Von Leon Uris
sind als Heyne-Taschenbücher erschienen:

Schlachtruf »Urlaub bis zum Wecken« · Band 01/597
Mila 18 · Band 01/882
Topas · Band 01/902
Die Berge standen auf · Band 01/919
Entscheidung in Berlin · Band 01/943
QB VII · Band 01/5068
Trinity · Band 01/5480

LEON URIS

EXODUS

Roman

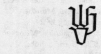

WILHELM HEYNE VERLAG
MÜNCHEN

HEYNE ALLGEMEINE REIHE
Nr. 01/7735

Die Originalausgabe erschien im Verlag
Doubleday & Company Inc., New York
unter dem Titel
EXODUS
Aus dem Amerikanischen von H. E. Gerlach

41. Auflage

Ungekürzte Taschenbuchausgabe
Lizenzausgabe mit Genehmigung des Autors
und des Kindler Verlages, München
Printed in Germany 1992
Umschlagfoto: Pictor International, München
Umschlaggestaltung: Atelier Ingrid Schütz, München
Satz: IBV Satz- und Datentechnik GmbH, Berlin
Gesamtherstellung: Presse-Druck Augsburg

ISBN 3-453-02873-2

*Dieses Buch
ist meiner Tochter Karen,
meinen Söhnen Mark und Michael
und ihrer Mutter gewidmet*

WORTE DES DANKES

Bei der Sammlung des Materials für ›Exodus‹ habe ich annähernd 50000 Meilen zurückgelegt. Die Anzahl der Tonbänder und der Interviews, die Massen von Büchern und die Menge der Filmaufnahmen und des ausgegebenen Geldes ergeben ähnlich eindrucksvolle Zahlen.

Im Laufe von zwei Jahren haben Hunderte von Leuten mir ihre Zeit, ihre Energie und ihr Vertrauen geschenkt. Ich hatte doppeltes Glück: Ungewöhnliche Hilfsbereitschaft und größtes Vertrauen begegneten mir.

Leider bin ich außerstande, allen, die mir geholfen haben, hier zu danken. Alle diese Personen aufzuführen, ergäbe ein eigenes Buch.

Es schiene mir aber mehr als undankbar, wenn ich die Bemühungen von zwei Menschen nicht betonte, ohne deren Hilfe ›Exodus‹ nicht entstanden wäre.

Ich hoffe, daß ich keinen gefährlichen Präzedenzfall schaffe, wenn ich meinem Agenten öffentlich danke. ›Exodus‹ wurde während einer Unterhaltung beim Essen geboren und wurde dank der Beharrlichkeit von Malcolm Stuart ein greifbares Projekt. Trotz unzähliger Rückschläge ließ er den Plan nicht fallen.

Ebenso danke ich aus ganzem Herzen Ilan Hartuv in Jerusalem. Er organisierte meine Reisen und begleitete mich durch ganz Israel im Zug, Flugzeug, Vauxhall oder Austin, im Jeep oder zu Fuß. Manchmal waren es ziemliche Strapazen. Vor allem aber danke ich Ilan, daß ich von seinem umfassenden Wissen lernen durfte.

›Exodus‹ behandelt in romanhafter Form ein historisches Geschehen. Die meisten der darin geschilderten Ereignisse sind verbürgte Geschichte, wenn auch die einzelnen Szenen großenteils vom Autor frei erfunden wurden.

Es mag Menschen geben, die heute noch leben und ähnliches miterlebt haben, wie es hier beschrieben wird, und es wäre daher denkbar, daß der Irrtum entsteht, einzelne Figuren dieses Buches seien identisch mit realen Personen.

Ich möchte deshalb betonen, daß es sich bei sämtlichen Gestalten um Geschöpfe des Autors und frei erfundene Romanfiguren handelt. Eine Ausnahme bilden natürlich namentlich erwähnte Persönlichkeiten des öffentlichen Lebens, wie Churchill, Truman, Pearson und andere, die in dem hier behandelten Zeitabschnitt eine bestimmte Rolle gespielt haben.

Inhalt

Erstes Buch
JENSEITS DES JORDANS
Seite 9

Zweites Buch
DAS LAND IST MEIN
Seite 247

Drittes Buch
AUGE UM AUGE
Seite 385

Viertes Buch
WACHE AUF, MEINE EHRE
Seite 555

Fünftes Buch
MIT FLÜGELN WIE ADLER
Seite 679

ERLÄUTERUNGEN
Seite 733

KARTE
Seite 8

Erstes Buch

JENSEITS DES JORDANS

*Bis Gott auch euren Brüdern Ruhe gibt, wie Er
sie euch gab; und auch sie das Land in Besitz nehmen, das Gott ihnen gibt jenseits des Jordans;
dann sollt ihr wiederkehren zu eurem Besitztum,
das ich euch gegeben habe.*

MOSES, 5. BUCH 3, 20

I

NOVEMBER 1946   WILLKOMMEN HIER IN ZYPERN
                                    (Shakespeare)

Die Maschine rollte holpernd auf die Halle zu und hielt vor einer
großen Tafel mit der Aufschrift: WELCOME TO CYPRUS. Mark
Parker, der durch das Fenster zu der Bergkette an der Nordküste
sah, erkannte in der Ferne den seltsam zerklüfteten Gipfel der
Fünffingerspitze. Ungefähr in einer Stunde würde er über den
Paß hinüber nach Kyrenia fahren. Er trat in den Gang, rückte den
Schlips zurecht, rollte die Hemdsärmel herunter und zog seine
Jacke an. *Welcome to Cyprus*, ging ihm dabei durch den Kopf. *Will-
kommen hier in Zypern* – das war doch Othello. Aber er konnte
nicht darauf kommen, wie die Stelle weiterging.

»Irgendwas zu verzollen?« fragte der Zollbeamte.

»Zwei Pfund Heroin und ein Buch mit pornographischen
Zeichnungen«, antwortete Mark, während er nach Kitty Ausschau hielt.

Müssen doch immer ihre Witze machen, diese Amerikaner,
dachte der Zollbeamte und ließ Parker passieren. Eine junge
Dame vom Empfang der britischen Flugleitung kam auf ihn zu.
»Sind Sie Mr. Mark Parker?«

»Bekenne mich schuldig.«

»Mrs. Kitty Fremont hat angerufen. Sie läßt Ihnen ausrichten,
es sei ihr leider nicht möglich, zum Flugplatz zu kommen, und
Sie möchten doch gleich nach Kyrenia fahren, in das Dom-Hotel.
Sie hat dort ein Zimmer für Sie bestellt.«

»Danke, mein Engel. Wo bekomme ich ein Taxi nach Kyrenia?«

»Ich werde Ihnen einen Wagen besorgen, Sir. Es wird einen
Augenblick dauern.«

»Kann ich hier irgendwo eine Coffein-Transfusion bekommen?«

»Ja, Sir. Die Kaffeebar befindet sich dort drüben am Ende der
Halle.«

Mark lehnte an der Theke und nahm einen kleinen Schluck

von dem heißen, schwarzen Kaffee. *Willkommen hier in Zypern –* er kam einfach nicht darauf, wie das vollständige Zitat hieß.

»Tatsächlich!« sagte eine dröhnende Stimme neben ihm. »Sie waren mir schon im Flugzeug so bekannt vorgekommen. Sie sind Mark Parker, stimmt's? Ich wette, Sie wissen nicht mehr, wer ich bin.«

Zutreffendes bitte unterstreichen, dachte Mark. Kennengelernt in: Rom, Paris, London, Madrid; und zwar an der Theke bei: Charley, Romeo, Alfonso, Jacques. Ich berichtete damals gerade über: Krieg, Revolution, Unruhen. An dem betreffenden Abend hatte ich bei mir: eine Blonde, Braune, Rothaarige (oder vielleicht war es auch die mit den zwei Köpfen).

Der Mann stand jetzt unmittelbar vor Mark und war vor Begeisterung kaum noch zu halten. »Na hören Sie, ich bin doch der Mann, der damals den Martini bestellte, als der Mixer keine Oliven hatte. Na, fällt's Ihnen jetzt wieder ein?« Mark seufzte, trank einen Schluck Kaffee und wartete auf den nächsten Ausbruch. »Ich weiß, das bekommen Sie dauernd zu hören, aber ich freue mich wirklich jedesmal, wenn ich Ihre Sachen in der Zeitung lese. Was machen Sie denn hier in Zypern?« Der Mann zwinkerte Mark zu und stieß ihm den Daumen in die Rippen. »Bestimmt wieder irgend so 'ne ganz kitzlige Sache. Aber wollen wir uns nicht mal irgendwo treffen und einen trinken? Ich wohne in Nikosia im Palast-Hotel.« Er drückte Mark eine Visitenkarte in die Hand. »Ich hab' hier außerdem so ein paar Beziehungen«, sagte er und blinzelte erneut.

»Verzeihung, Mr. Parker – Ihr Wagen ist da.«

Mark stellte die Tasse auf die Theke. »War nett, Sie mal wiederzusehen«, sagte er und ging rasch hinaus. Am Ausgang warf er die Visitenkarte in einen Papierkorb.

Das Taxi fuhr los, Mark lehnte sich zurück und schloß für einen Augenblick die Augen. Er war froh, daß Kitty nicht zum Flugplatz gekommen war. Es war so lange her, und jetzt gab es so viel zu berichten, sich an so vieles zu erinnern. Er fühlte, wie bei dem Gedanken an das Wiedersehen mit ihr eine Welle der Erregung in ihm aufstieg. Kitty – schöne, wunderschöne Kitty. Als das Taxi durch das Tor am Ende des Flughafengeländes fuhr, war Mark tief in Gedanken versunken.

Ja, Kitty. Sie war auch so ein typisch amerikanisches Produkt. Kitty war das sprichwörtliche ›Mädchen von nebenan‹, das häßliche junge Entlein, wie es im Buche steht. Sie entsprach genau der Klischeevorstellung von der ungebärdigen Range mit abstehenden Zöpfen, Sommersprossen und Zahnklammern; und ganz diesem Klischee entsprechend kamen die Klammern eines Tages herunter, auf die Lippen kam Rouge, der Pullover bekam Ausbuchtungen, und aus dem häßlichen jungen Entlein war ein wunderschöner Schwan geworden. Mark mußte lächeln, als er daran dachte – sie war so schön damals, so frisch und klar.

Und Tom. Tom Fremont war ein ebensolches amerikanisches Erzeugnis. Er war der gutgewachsene, gutaussehende Bursche mit dem jungenhaften Lächeln, der hundert Meter in knapp zehn Sekunden lief, beim Basketball aus zehn Meter Entfernung in den Korb traf und einen Ford-A mit verbundenen Augen zusammenbauen konnte. Tom Fremont war Marks bester Freund gewesen, schon immer, solange Mark zurückdenken konnte. Wir müssen schon miteinander befreundet gewesen sein, als wir entwöhnt wurden, dachte Mark.

Tom und Kitty – der typisch amerikanische Boy, das typisch amerikanische Girl, und der typisch amerikanische Mittlere Westen von Indiana. Ja, Tom und Kitty paßten zueinander wie Regen und Frühling.

Kitty war immer ein stilles Mädchen gewesen, sehr nachdenklich, mit einem leisen Schimmer von Trauer im Blick. Vielleicht war es nur Mark, der diese Trauer wahrnahm, denn für alle Menschen ihrer Umgebung war sie die personifizierte Heiterkeit. Sie hielt das Steuer stets mit beiden Händen fest, fand immer das richtige Wort, tat immer das Richtige und war voll freundlicher Teilnahme. Und doch war in ihr diese heimliche Trauer. Wenn es auch sonst niemand bemerkte, Mark sah es.

Mark fragte sich oft, was sie ihm so begehrenswert erscheinen ließ: vielleicht nur, daß sie für ihn so unerreichbar war. Kitty war jedenfalls von Anfang an Toms Mädchen gewesen, und Mark war nichts weiter übriggeblieben, als Tom zu beneiden.

Auf der Universität bezogen Tom und Mark ein gemeinsames Zimmer. Im ersten Jahr war Tom ganz unglücklich über die Trennung von Kitty. Stundenlang mußte sich Mark sein Gejammer anhören und ihn trösten. Als der Sommer kam, mußte Kitty mit ihren Eltern nach Wisconsin fahren. Sie ging noch zur Schule, und die Eltern wollten die stürmische Verliebtheit der jungen Leute durch die räumliche Trennung ein wenig dämpfen. Tom und Mark trampten durch Oklahoma und arbeiteten dort auf den Erdölfeldern.

Als dann die Vorlesungen wieder begannen, war Tom schon wesentlich ruhiger geworden. Die Abstände zwischen Toms und Kittys Briefen wurden länger, und die Abstände zwischen Toms Rendezvous auf dem Universitätsgelände wurden kürzer. Allmählich sah es so aus, als sei es zwischen dem College-Löwen und dem Mädchen zu Hause aus und vorbei.

Gegen Ende des Studiums hatte Tom seine Kitty so gut wie vergessen. Er war der Beau der Uni geworden, eine Rolle, die dem As des Basketball-Teams gut stand. Mark war bescheidener: er sonnte sich in Toms Ruhm und qualifizierte sich im übrigen als einer der schlechtesten Studenten des Zeitungswesens in der gesamten Geschichte der Universität.

Doch dann kam Kitty an die Uni. – Der Blitz schlug ein!

Mark konnte Kitty tausendmal sehen, und es war immer wieder genauso aufregend wie das erstemal. Diesmal ging es Tom ebenso. Einen Monat vor Toms Promotion brannten die beiden durch. Tom und Kitty, begleitet von Mark und Ellen, fuhren in einem Ford Modell A und mit vier Dollar und zehn Cent über die Grenze und suchten einen Friedensrichter auf. Ihre Flitterwochen verlebten sie hinten in dem Ford, der auf der Rückfahrt im Schlamm der Straße versank und bei strömendem Regen leckte wie ein Sieb. Es war ein verheißungsvoller Anfang für das typisch amerikanische junge Paar.

Nach Toms Promotion hielten die beiden ihre Heirat noch ein ganzes Jahr lang geheim. Kitty blieb an der Uni, um ihre Ausbildung als Krankenpflegerin zu beenden. Kitty und Krankenpflege, das schien zusammenzugehören, mußte Mark immer denken.

Tom betete Kitty an. Er war immer ein bißchen ungebärdig gewesen und sehr abgeneigt, sich zu binden; doch das gab sich jetzt, und er entwickelte sich weitgehend zu dem, was man einen treuen Ehemann nennt. Seine berufliche Laufbahn begann er als sehr kleiner Angestellter einer sehr großen Public-Relations-Firma. Sie zogen nach Chicago. Kitty arbeitete als Pflegerin am Kinderkrankenhaus. Zentimeter um Zentimeter, in typisch amerikanischem Stil, machten sie ihren Weg nach oben. Erst eine Etagenwohnung, und dann ein kleines Haus. Ein neuer Wagen, monatliche Abzahlungen, große Hoffnungen. Kitty erwartete Sandra, ihre Tochter.

Marks Gedanken rissen ab, als das Taxi jetzt langsamer durch die Außenbezirke von Nikosia fuhr, der Hauptstadt von Zypern, die aus der braunen Erde der Ebene zwischen den Bergketten im Norden und im Süden emporwuchs. »Sprechen Sie Englisch?« fragte Mark den Fahrer.

»Ja, Sir?«

»Da auf dem Flugplatz ist ein Schild, auf dem steht: Welcome to Cyprus. Wie heißt das eigentlich weiter?«

»Soviel ich weiß«, antwortete der Fahrer, »heißt das weiter gar nichts, das soll nur so eine Höflichkeit gegenüber den Touristen sein.«

Sie kamen in das eigentliche Nikosia. Die Ebenheit des Bodens, die gelben Häuser mit den roten Ziegeldächern, das Meer von Dattelpalmen, alles erinnerte Mark an Damaskus. Die Straße führte an der alten venezianischen Mauer entlang, die sich als geschlossener Kreis rings um die Altstadt zog. Mark sah die beiden Minaretts, die über dem türkischen Teil der Altstadt in den Himmel ragten. Sie gehörten zu St. Sophia, der prächtigen Kathedrale aus der Zeit der Kreuzritter, die später zu einer Moschee umgebaut wurde. Während sie an der Mauer entlangfuhren, kamen sie an den riesigen Befestigungen vorbei, die die Form von Pfeilspitzen hatten. Mark erinnerte sich von seinem letzten Aufenthalt auf Zypern her, daß es elf Pfeilspitzen waren, die aus der Mauer herausragten, eine ungerade Zahl. Er wollte schon den Fahrer fragen, wieso eigentlich gerade elf, ließ es dann aber lieber bleiben.

Sehr bald waren sie aus Nikosia wieder heraus und fuhren weiter durch die Ebene nach Norden. Sie kamen durch ein Dorf nach dem anderen, alle aus grauen Lehmhütten und einander zum Verwechseln ähnlich. In jedem Dorf stand ein Hydrant mit einer Inschrift: die Erbauung sei der Großmut Seiner Majestät des Königs von England zu verdanken. Auf den farblosen Feldern waren die Bauern mit diesen prachtvollen Arbeitstieren, den zyprischen Mauleseln, bei der Kartoffelernte.

Der Fahrer beschleunigte das Tempo, und Mark überließ sich von neuem seinen Erinnerungen...

Mark und Ellen hatten kurze Zeit nach Tom und Kitty geheiratet. Es war von Anfang an ein Irrtum gewesen. Zwei nette Menschen, aber nicht füreinander geschaffen. Es war Kitty Fremonts freundliche Klugheit gewesen, die Mark und Ellen zusammengehalten hatte. Sie beide konnten bei Kitty ihr Herz erleichtern, und durch Kitty blieb die Ehe äußerlich noch intakt, als ihre Zeit schon längst abgelaufen war. Dann brach sie auseinander, und sie ließen sich scheiden. Mark war froh, daß die Ehe kinderlos geblieben war. Nach der Scheidung ging Mark in den amerikanischen Osten, wo er ruhelos von einem Job zum nächsten wechselte, nachdem es ihm gelungen war, vom schlechtesten Studenten der Zeitungswissenschaft zum schlechtesten Journalisten der Welt zu avancieren. Er wurde einer jener ziellos treibenden Menschen, wie man sie in der Welt der Presse treffen kann. Dabei war er keineswegs dumm oder untalentiert, er war nur völlig unfähig, die Stelle im Leben zu finden, an die er gehörte. Mark war im Grunde ein schöpferischer Mensch, doch die routinemäßige Tätigkeit der Lokalberichterstattung verschüttete diese schöpferische Ader. Dennoch hatte er nicht den Wunsch, es als freier Schriftsteller zu versuchen. Er war sich klar darüber, daß er den Anforderungen, die damit verbunden waren, menschlich nicht gewachsen war. So war er weder Fisch noch Fleisch und fühlte sich im Grunde unglücklich.

Jede Woche kam ein Brief von Tom, worin er begeistert berichtete, mit welchem Eifer er ›nach oben kletterte‹. Außerdem stand in diesen Briefen, wie sehr er Kitty liebte und Sandra, ihr Töchterchen. Auch von Kitty kamen Briefe. Ihr Inhalt war ein nüchternes Abwägen dessen, wovon Tom in den Tönen überschwenglicher Begeisterung berichtete. Kitty hielt Mark auch über Ellen stets auf dem laufenden, bis sich Ellen dann wieder verheiratete.

1938 öffnete sich für Mark Parker die Welt. Bei dem American News Syndicate in Berlin war ein Posten zu besetzen, und Mark, bis dahin ein Nichtsnutz, der sich bei der Presse herumtrieb, stieg plötzlich zur Stellung eines Auslandskorrespondenten auf.

In dieser Eigenschaft erwies sich Mark als ein begabter Bursche. Hier war er in der Lage, seinen Wunsch nach schöpferischer Tätigkeit wenigstens zu einem Teil zu verwirklichen, indem er einen Stil entwickelte, der ihn als Individuum kenntlich machte – als Mark Parker, der mit keinem anderen zu verwechseln war. Mark war durchaus kein weltbewegendes Genie, aber er verfügte über den einen entscheidenden Instinkt, der den wirklich guten Auslandskorrespondenten ausmacht: Er hatte die Fähigkeit, alles, was irgendwo in der Luft lag, zu riechen, noch ehe es passierte. Die Welt war ein Rummelplatz. Mark fuhr kreuz und quer durch Europa, Asien und Afrika. Er hatte eine ganz bestimmte berufliche Funktion, seine Arbeit machte ihm Spaß, und er war ein gern gesehener, kreditwürdiger Gast an der Bar bei Charley, Romeo, Alfonso und Jacques, und die Liste der blonden, brünetten oder rothaarigen Kandidatinnen für den Club seiner ›Mädchen des Monats‹ war unerschöpflich.

Als der Krieg ausbrach, sauste Mark überall in Europa herum. Es war gut, zwischendurch für ein paar Tage in London auszuruhen, wo jedesmal ein Haufen Post von Tom und Kitty auf ihn wartete. Im Frühjahr 1942 meldete sich Tom Fremont freiwillig zum Marinekorps. Er fiel bei Guadalcanal.

Zwei Monate nach Toms Tod starb Sandra, die kleine Tochter, an Kinderlähmung.

Mark nahm Sonderurlaub und fuhr nach Hause, doch als er ankam, war Kitty Fremont nicht mehr zu finden. Er suchte nach ihr, ohne Erfolg, bis er wieder nach Europa zurück mußte. Allem Anschein nach war sie spurlos vom Erdboden verschwunden. Es berührte Mark merkwürdig: Aber diese Trauer, die er schon immer in Kittys Augen gesehen hatte, schien jetzt wie eine Prophezeiung, die in Erfüllung gegangen war.

Sofort nach Kriegsende kam er zurück, um erneut nach ihr zu suchen, doch die Spur war nicht mehr aufzufinden.

Im November 1945 rief ihn das American News Syndicate nach Europa zurück, um über den Prozeß in Nürnberg zu berichten. Mark war inzwischen ein anerkannter Fachmann und führte den Titel ›Sonderkorrespondent‹. Er blieb in Nürnberg, bis die obersten Nazis gehängt waren, und schrieb eine Reihe hervorragender Berichte über den Prozeß. Das war gerade erst ein paar Monate her.

ANS bewilligte Mark einen dringend benötigten Urlaub, bevor man ihn nach Palästina schickte, wo ein örtlich begrenzter Krieg bevorzustehen schien. Um diesen Urlaub im gewohnten Stil zu verbringen, lud Mark Parker ein Mädchen von der UNO ein, das er von früher her kannte, eine leidenschaftliche Französin, die an das Büro der UNO in Athen versetzt worden war.

Und dann geschah alles aus völlig heiterem Himmel. Er saß in Athen in der American Bar und vertrieb sich die Zeit mit einigen Kollegen von der Presse, als im Lauf der Unterhaltung die Rede irgendwie auf eine amerikanische Kinderpflegerin kam, die in Saloniki griechische Waisenkinder betreute und ihre Sache großartig machte. Einer der Korrespondenten war soeben von dort zurückgekommen und hatte den Bericht über das Kinderheim geschrieben. Der Name der Kinderpflegerin war Kitty Fremont.

Mark forschte sofort nach und stellte fest, daß sie auf Zypern im Urlaub war.

Das Taxi verließ jetzt die Ebene und begann eine schmale Straße hinaufzufahren, die in Windungen zu dem Paß anstieg, der über das Pentadaktylos-Gebirge hinüberführte. Die Dämmerung setzte ein. Als sie die Höhe erreicht hatten, bat Mark den Fahrer, am Straßenrand zu halten.

Er stieg aus und sah hinunter auf Kyrenia, die kleine Stadt, die, an den Fuß des Berges geschmiegt, schön wie ein Schmuckstück am Rand des Meeres lag. Links über ihm ragten die Ruinen von St. Hilarion, dem alten Schloß, in dem die Erinnerung an Richard Löwenherz und die schöne Berengaria geisterte. Er nahm sich vor, eines Tages mit Kitty hierherzufahren.

Es war schon fast dunkel, als sie Kyrenia erreichten. Die kleine Stadt bestand aus lauter weiß gekalkten Häusern mit roten Ziegeldächern, darüber lag das Schloß, und davor erstreckte sich das Meer. Kyrenia war so malerisch, so altmodisch und romantisch, wie es ein Ort nur sein konnte. Sie kamen an dem Miniaturhafen vorbei, wo im Schutze einer breiten Mole, die rechts und links ins Meer hinauslief, Fischerboote und kleine Jachten lagen. Auf dem einen Arm der Mole befand sich der Kai, auf dem anderen stand eine alte Befestigungsanlage, das Castellum Virginae.

Kyrenia war seit langem ein Zufluchtsort für Maler und pensionierte englische Offiziere. Es war einer der friedlichsten Orte, die es auf der Welt gab.

Nicht weit vom Hafen erhob sich der Riesenbau des Dom-Hotels, der unverhältnismäßig groß und in dieser verschlafenen kleinen Stadt fehl am Platze schien; doch das Dom-Hotel hatte sich zu einem Zentrum des Britischen Empire entwickelt. Überall in der Welt, wo der Union-Jack wehte, war es als Treffpunkt für Engländer bekannt. Es bestand aus einem Gewirr von Gesellschaftsräumen, Terrassen und Veranden, die auf das Meer hinausgebaut waren. Ein langer Pier von ungefähr hundert Meter Länge verband das Hotel mit einer kleinen Insel, auf die sich die Gäste begaben, um zu schwimmen oder in der Sonne zu liegen.

Das Taxi hielt an. Ein Hotelboy kam und nahm das Gepäck. Mark bezahlte und sah sich um. Es war November, doch die Luft war noch warm, und das Wetter war klar. Welch wunderbarer Ort für das Wiedersehen mit Kitty!

Der Portier überreichte Mark einen Brief.

Lieber Mark!
Ich bin in Famagusta aufgehalten und kann erst gegen neun zurück
sein. Wirst du mir das jemals verzeihen können? Ich kann es kaum
noch erwarten.
Alles Liebe   *Kitty.*

»Ich hätte gern ein paar Blumen, eine Flasche Whisky und einen
Kübel Eis«, sagte Mark.

»Mrs. Fremont hat für alles gesorgt«, sagte der Portier, während er dem Boy die Schlüssel gab. »Sie haben zwei ineinandergehende Zimmer mit Blick auf das Meer.«

Mark entdeckte auf dem Gesicht des Portiers ein Grinsen. Es war das gleiche dreckige Grinsen, das er in hundert Hotels gesehen hatte, in denen er mit hundert verschiedenen Frauen gewesen war. Er hatte zuerst die Absicht, dem Portier klarzumachen, daß er sich irre, entschloß sich aber dann, den Mann denken zu lassen, was immer er wollte.

Er nahm das Bild des dunkelnden Meeres in sich auf, dann packte er die Koffer aus, mixte sich einen Whisky mit Soda und trank ihn, während er in der Badewanne lag.

Sieben Uhr – noch zwei Stunden.

Er öffnete die Tür zu Kittys Zimmer. Es roch gut. Ihr Badeanzug und ein paar frisch gewaschene Strümpfe hingen über dem Rand der Badewanne. Ihre Schuhe standen aufgereiht neben dem Bett, er sah auf dem Frisiertisch ihre Toilettensachen. Mark mußte lächeln. Selbst in Kittys Abwesenheit war das Zimmer erfüllt von der Atmosphäre eines Menschen, der anders war als alle übrigen, die er kannte.

Er ging zurück in sein Zimmer und streckte sich auf dem Bett aus. Was mochten die Jahre aus ihr gemacht haben? Wie war sie mit dem tragischen Unglück fertig geworden? Kitty, dachte er, liebe, wunderschöne Kitty, bitte sei, wie du warst. Es war jetzt November 1946; wann hatte er sie das letztemal gesehen? 1938, kurz bevor er im Auftrag von ANS nach Berlin ging. Also vor acht Jahren. Dann war Kitty jetzt achtundzwanzig.

Erregung und Spannung wurden zuviel für Mark. Er war müde und nickte ein.

Das Klirren von Eiswürfeln im Glas – ein liebliches Geräusch für Mark Parker – weckte ihn aus tiefem Schlaf. Er rieb sich die Augen und suchte nach einer Zigarette.

»Sie haben geschlafen wie ein Toter«, hörte er eine Stimme mit sehr englischem Akzent sagen. »Ich habe fünf Minuten lang geklopft. Schließlich hat mich der Hotelboy hereingelassen. Sie haben hoffentlich nichts dagegen, daß ich mich mit einem Whisky versorgt habe.«

Die Stimme gehörte Major Fred Caldwell von der britischen Armee. Mark gähnte, reckte sich, um wach zu werden, und sah auf seine Uhr. Es war acht Uhr fünfzehn. »Was, zum Teufel, machen Sie denn hier in Zypern?« fragte er.

»Dasselbe wollte ich gerade Sie fragen.«

Mark steckte sich eine Zigarette an und richtete den Blick auf Caldwell. Er mochte ihn nicht sonderlich, haßte ihn aber auch nicht. Er war ihm zuwider, das war wohl das richtige Wort. Sie waren einander bisher zweimal begegnet. Caldwell war Adjutant von Colonel Bruce Sutherland gewesen, dem späteren Brigadier, einem durchaus befähigten Frontoffizier der britischen Armee. Das erstemal waren sie sich während des Krieges in Holland begegnet. In einem seiner Berichte hatte Mark auf einen taktischen Fehler der Engländer hingewiesen, der zur Folge gehabt hatte, daß ein ganzes Regiment aufgerieben worden war. Das zweitemal waren sie sich in Nürnberg bei dem Prozeß gegen die Kriegsverbrecher begegnet, über den Mark für ANS berichtete.

Gegen Ende des Krieges hatten Bruce Sutherlands Truppen als erste den Fuß in das Konzentrationslager Bergen-Belsen gesetzt. Sutherland und Caldwell waren beide nach Nürnberg gekommen, um hier als Zeugen auszusagen.

Mark ging ins Bad, wusch sich das Gesicht mit eiskaltem Wasser und suchte nach einem Handtuch. »Was kann ich für Sie tun, Freddy?«

»Wir wurden heute nachmittag von der CID telefonisch davon unterrichtet, daß Sie mit dem Flugzeug hier angekommen seien. Es liegt keine offizielle Bestätigung Ihres Auftrages vor.«

»Mein Gott, was seid ihr für eine mißtrauische Bande! Tut mir leid, Freddy, aber ich muß Sie enttäuschen. Ich bin auf dem Weg nach Palästina, und hier verbringe ich nur meinen Urlaub.«

»Mein Besuch bei Ihnen hat keinen dienstlichen Charakter, Parker«, sagte Caldwell. »Nur, sehen Sie, wir sind so ein bißchen empfindlich bei dem Gedanken an unsere Beziehungen in der Vergangenheit.«

»Ihr habt ein gutes Gedächtnis«, sagte Mark und fing an, sich umzuziehen. Caldwell machte für Mark einen Whisky zurecht.

Mark betrachtete den englischen Offizier nachdenklich und fragte sich verwundert, warum dieser Mann ihm eigentlich so sehr gegen den Strich ging. Vielleicht lag es an der Arroganz, die ihn als typisches Exemplar dieser ewigen Kolonisten abstempelte. Caldwell war ein schrecklich langweiliger Bursche, stur und engstirnig.

Was Mark beunruhigte, war Freddy Caldwells Gewissen, oder vielmehr das völlige Fehlen eines Gewissens. Was recht oder unrecht war, das ergab sich für Caldwell aus einer Heeresdienstvorschrift oder aus einem Befehl. »Habt ihr vielleicht irgendwelche schmutzigen Dinge auf Zypern zu verbergen?«

»Werden Sie bitte nicht komisch, Parker. Diese Insel gehört uns, und wir möchten gern wissen, was Sie hier wollen.«

»Wissen Sie, das gefällt mir an euch Engländern. Ein Holländer würde sagen: Scheren Sie sich zum Teufel. Ihr Burschen aber sagt immer: Würden Sie bitte so freundlich sein, sich zum Teufel zu scheren. Ich sagte bereits, daß ich hier im Urlaub bin. Feiere hier Wiedersehen mit einer alten Bekannten.«

»Und wer ist das?«

»Ein Mädchen namens Kitty Fremont.«

»Ah, die Kinderpflegerin. Eine tolle Frau, wirklich hinreißend. Lernte sie vor einigen Tagen beim Gouverneur kennen.« Freddy Caldwell sah auf die Verbindungstür zu Kittys Zimmer, die nur angelehnt war, und hob fragend die Augenbrauen.

»Geben Sie Ihre dreckige Fantasie in die Reinigung«, sagte Mark. »Ich kennen sie seit fünfundzwanzig Jahren.«

»Aha, die Liebe wird also immer größer.«

»Stimmt. Und daher bekommt Ihr Besuch jetzt gesellschaftlichen Charakter – also verschwinden Sie gefälligst.«

Caldwell lächelte, setzte sein Glas ab und klemmte sich sein Stöckchen unter den Arm.

»Freddy Caldwell«, sagte Mark, »ich möchte Sie gern einmal sehen, wenn dieses Lächeln aus Ihrem Gesicht weggewischt ist.«

»Wovon, in drei Teufels Namen, reden Sie eigentlich?«

»Wir befinden uns im Jahre 1946, Major. Ein Haufen Leute haben im letzten Krieg die Schlagworte gelesen, um die es in diesem Kampfe gehe, und haben daran geglaubt. Eure Uhr geht nach. Ihr werdet den kürzeren ziehen, überall – zuerst in Indien, dann in Afrika, und dann im Nahen Osten. Ich werde zur Stelle sein, um zuzusehen, wie ihr das Mandat in Palästina ver-

liert. Und man wird euch sogar auch aus Suez und Jordanien hinauswerfen. Die Sonne sinkt über dem Empire, Freddy – was wird
Ihre Frau bloß anfangen, wenn sie keine vierzig schwarzen Boys
mehr hat, denen sie mit der Peitsche befehlen kann?«

»Ich habe Ihre Berichte über den Nürnberger Prozeß gelesen,
Parker. Sie haben diese schreckliche amerikanische Tendenz, die
Dinge zu dramatisieren. Außerdem, alter Knabe, habe ich gar
keine Frau.«

»Ihr seid höfliche Burschen.«

»Sie sind also hier im Urlaub, Parker, vergessen Sie das nicht.
Ich werde Sutherland Ihre Grüße übermitteln. Cheerio.«

Mark lächelte und zog die Schultern hoch. Und dann fiel es
ihm wieder ein – Welcome to Cyprus. Das Shakespearezitat hieß
vollständig: »Willkommen hier in Zypern – Ziegen und Affen!«

II

Während Mark Parker darauf wartete, Kitty Fremont nach langer
Zeit endlich wiederzusehen, warteten in einem anderen Teil von
Zypern zwei Männer auf ein sehr andersgeartetes Wiedersehen.
Sie warteten in einem Wald, vierzig Meilen von Kyrenia entfernt,
nördlich von Famagusta.

Der Himmel war wolkig verhangen, und es leuchtete kein
Stern.

Die beiden Männer standen schweigend und starrten durch
die Dunkelheit hinunter zum Strand der Bucht.

Sie standen in einem unbewohnten, verfallenen, weißen
Haus, oben auf dem Hügel, inmitten eines Waldes von Pinien,
Eukalyptusbäumen und Akazien. Nichts war zu sehen oder zu
hören, es war dunkel und still, bis auf einen gelegentlichen
Windhauch und den leisen, unregelmäßigen Atem der beiden
Männer.

Der eine war ein griechischer Zyprer, ein Waldaufseher; er war
nervös.

Der andere schien so unbewegt wie eine Statue, und sein Blick
war beständig auf das Wasser gerichtet. Er hieß David ben Ami,
und dieser Name bedeutete: David, Sohn Meines Volkes.

Die Wolken begannen aufzureißen. Ein schwaches Licht fiel
auf das stille Wasser der Bucht und den Wald, auf das weiße

Haus und das Gesicht von David ben Ami, der am Fenster stand. Er war klein, von schlanker und zarter Figur, ein Mann Anfang der Zwanziger. Selbst in diesem schwachen Licht ließ das schmale, sensible Gesicht mit den tiefliegenden Augen den Geistesarbeiter erkennen, den Intellektuellen.

Das Gewölk verzog sich, und der Lichtschein lief über die Trümmer marmorner Säulen und Statuen hin, die rings um das weiße Haus in weitem Umkreis den Boden bedeckten.

Trümmer. Die vergänglichen Überreste von Salamis, der einstmals berühmten Stadt, die um die Zeitenwende in hoher Blüte gestanden hatte. Salamis, in grauer Vorzeit von Teuker, dem Kriegshelden, gegründet, als er aus dem Trojanischen Krieg heimkehrte. Salamis, das durch ein Erdbeben zerstört wurde und sich von neuem erhob, um ein zweitesmal dem Ansturm der Araber unter dem Banner des Islams zu erliegen und sich danach nie wieder zu erheben. Das Licht schimmerte auf den Trümmern Tausender von Säulen, die das weite Gebiet bedeckten, auf dem sich einstmals ein griechisches Forum erhoben hatte.

Die Wolken ballten sich zusammen, und es war wieder dunkel.

»Er müßte längst dasein«, flüsterte der Grieche nervös.

»Da«, sagte David ben Ami, »ich höre etwas.«

Von weit draußen auf dem Wasser war das schwache Geräusch eines Motors zu hören. David ben Ami hob das Glas an die Augen.

Das Geräusch des Motors wurde lauter.

Draußen blitzte ein Scheinwerfer auf, der einen Lichtstrahl über das Wasser zu dem weißen Haus auf dem Hügel sandte. Ein kurzes Blinkzeichen – einmal, zweimal, dreimal.

David ben Ami und der Waldaufseher rannten den Hügel hinunter, über das Geröll und durch das Gestrüpp, bis sie den Strand erreichten. Ben Ami erwiderte mit der Taschenlampe das Signal.

Das Geräusch des Motors verstummte.

Ein Mann, nur als undeutlicher Schatten zu erkennen, glitt über die Bordwand und begann auf den Strand zuzuschwimmen. David ben Ami entsicherte seine Maschinenpistole und spähte den Strand hinauf und hinunter, um festzustellen, ob sich etwa eine englische Patrouille näherte. Der Schwimmer tauchte jetzt aus dem Wasser auf und watete an Land. »David!« rief eine Stimme.

»Ari!« rief Ben Ami zurück. »Hierher, rasch!«

Zu dritt rannten sie den Strand hinauf, an dem weißen Haus vorbei und zu einem Landweg. Dort wartete ein Taxi, verborgen im Gebüsch. Ben Ami dankte dem Griechen für seine Hilfe, und das Taxi fuhr los, nach Famagusta.

»Meine Zigaretten sind naß geworden«, sagte Ari.

David gab ihm ein Päckchen. Die Flamme des Feuerzeuges beleuchtete für einen Augenblick das Gesicht des Mannes, der Ari hieß. Er war groß und kräftig, in auffälligem Gegensatz zu dem kleinen, feingliedrigen Ben Ami. Er hatte ein gutgeschnittenes Gesicht, doch der Ausdruck seiner Augen war kalt und hart.

Sein voller Name war Ari ben Kanaan, und er war der fähigste Mann der illegalen Organisation Mossad Aliyah Bet.

III

Es klopfte bei Mark Parker. Er öffnete. Vor ihm stand Katherine Fremont. Sie war fast noch schöner, als er sie in Erinnerung gehabt hatte. Lange standen sie schweigend und sahen sich an. Er betrachtete ihr Gesicht, ihre Augen. Sie war weiblicher geworden, eine Frau, sanft und mit dem Gefühl für andere, wie es nur durch eigenes schweres Leid entsteht.

»Ich sollte dir den Hals umdrehen, daß du nie auf einen meiner Briefe geantwortet hast«, sagte Mark.

»Mark«, flüsterte sie.

Sie fielen sich in die Arme und hielten sich umschlungen. In der nächsten Stunde sprachen beide wenig, sahen sich nur an, lächelten einander flüchtig zu und hielten sich von Zeit zu Zeit an den Händen.

Beim Essen kam die Unterhaltung ein wenig in Gang. Meist war die Rede von Marks Abenteuern als Auslandskorrespondent. Es fiel Mark auf, daß Kitty im Gespräch sorgfältig alles vermied, was sie selbst betraf.

Dann kam der Käse, Mark schenkte sich den Rest von seinem Bier ein, und danach entstand wieder ein unbehagliches Schweigen. Es war deutlich zu sehen, wie Kitty unter den fragenden Blicken von Mark nervös wurde.

»Komm«, sagte er, »gehen wir ein bißchen an den Hafen.«

»Ich will mir nur schnell meine Stola holen«, sagte sie.

Schweigend gingen sie nebeneinander den Kai entlang und auf der Mole hinaus zu dem Leuchtturm, der bei der schmalen Hafeneinfahrt stand. Der Himmel war bedeckt und die kleinen Boote, die im Hafen vor Anker lagen, waren nur als schwache Umrisse zu sehen. Sie sahen zu, wie der Leuchtturm sein Licht hinaus auf das Meer warf und einem Schleppfischer den Weg zum Schutz des Hafens zeigte. Ein leichter Wind strich durch Kittys blondes Haar. Sie zog ihre Stola enger um die Schultern zusammen. Mark setzte sich auf die Mauer und rauchte. Es war totenstill.

»Ich habe dich sehr unglücklich gemacht, daß ich gekommen bin«, sagte er. »Ich werde morgen wieder abreisen.«

»Nein«, sagte sie, »ich möchte nicht, daß du wegfährst.« Sie richtete den Blick hinaus auf das Meer. »Ich kann dir nicht sagen, wie mir zumute war, als ich dein Telegramm bekam. So vieles wurde in mir wieder wach, das ich mit aller Macht zu vergessen versucht hatte. Dabei wußte ich, daß dieser Augenblick eines Tages kommen würde – irgendwie fürchtete ich mich davor – und gleichzeitig bin ich froh, daß er jetzt da ist.«

»Es ist vier Jahre her, daß Tom gefallen ist. Wirst du denn niemals darüber hinwegkommen?«

»Ich weiß«, sagte sie leise, »Frauen verlieren im Krieg ihre Männer, das ist nun einmal so. Ich habe um Tom geweint. Wir liebten uns sehr, doch ich wußte, daß ich weiterleben würde. Ich weiß nicht einmal, wie er gestorben ist.«

»Darüber ist nicht viel zu sagen«, sagte Mark. »Tom war beim Marinekorps, und er ging mit zehntausend anderen irgendwo an Land, um einen Küstenstreifen zu besetzen. Er wurde getroffen und war tot. Kein Heldentum, keine Orden – nicht einmal so viel Zeit, um zu sagen: ›Grüße Kitty und sage ihr, daß ich sie liebe.‹ Es erwischte ihn halt, und es war aus. Das ist alles.«

Das Blut wich aus ihrem Gesicht. Mark zündete eine Zigarette an und gab sie ihr.

»Aber warum mußte Sandra sterben?« sagte sie. »Warum mußte auch mein Kind sterben?«

»Ich bin nicht Gott. Darauf kann ich keine Antwort geben.«

Sie setzte sich neben Mark auf die Mauer und lehnte ihren Kopf an seine Schulter. Ihr Atem ging unruhig. »Ich glaube, weiter kann ich nicht mehr davonlaufen«, sagte sie.

»Warum willst du es mir nicht erzählen?«

»Ich kann nicht –«

»Mir scheint, es wäre allmählich an der Zeit.«

Mehrmals setzte Kitty zum Sprechen an, doch es kam nur ein leises Gestammel heraus. Zu tief waren die Jahre des Schreckens in ihrem Inneren verschlossen. Sie warf die Zigarette ins Wasser und sah Mark an. Er hatte recht; er war der einzige Mensch auf der Welt, dem sie sich anvertrauen konnte.

»Es war sehr schlimm«, sagte sie, »als ich das Telegramm mit der Nachricht wegen Tom bekam. Ich liebte ihn so sehr. Doch dann – kaum zwei Monate später – starb Sandra an Kinderlähmung. Ich erinnere mich nicht mehr so genau an alles. Meine Eltern brachte mich nach Vermont in ein Heim.«

»In eine Anstalt?«

»Nein – so nennt man das bei armen Leuten –, bei mir hieß es Erholungsheim für Nervenleidende. Ich weiß nicht, wie viele Monate ich dort blieb. Ich konnte mich hinterher nicht mehr an alles erinnern. Ich war Tag und Nacht in einem dichten Nebel. Melancholie nennt man das.«

Kittys Stimme wurde plötzlich ruhig und fest. Die Tür war aufgesprungen, und die stumme Qual fand den Weg ins Freie. »Eines Tages hob sich der Schleier, der über meinem Geist gelegen hatte, und ich war mir wieder bewußt, daß Tom und Sandra tot waren. Es tat weh, und der Schmerz blieb. In jeder Minute des Tages erinnerte mich alles an sie. Jedesmal, wenn ich jemanden singen, jemanden lachen hörte – jedesmal sah ich ein Kind vor mir. Jeder Atemzug, den ich tat, war Schmerz. Ich betete – betete darum, Mark, daß mich der Nebel wieder einhüllen möge. Ja, ich betete darum, den Verstand zu verlieren, um mich nicht mehr erinnern zu müssen.«

Sie erhob sich, stand groß und aufrecht da, und die Tränen liefen ihr die Wangen herunter. »Ich riß aus, ging nach New York. Versuchte, mich in der Masse zu verlieren. Ich wohnte in einem kleinen Zimmer – ein Tisch, ein Stuhl, eine Glühbirne.« Sie lachte kurz und ironisch. »Es fehlte nicht einmal das Neonschild draußen vor dem Fenster, das an- und ausging. Alles dran, nicht wahr? Ich ging stundenlang ziellos durch die Straßen, bis sich all die Gesichter undeutlich verwischten, oder ich saß einfach da und sah aus dem Fenster, tagelang. Tom, Sandra, Tom, Sandra – der Gedanke an sie verließ mich keinen Augenblick.«

Kitty fühlte Mark hinter sich. Seine Hände ergriffen ihre Schultern. Draußen auf dem Wasser näherte sich der Schleppfischer der Hafeneinfahrt. Sie rieb ihre Wange an Marks Hand.

»Eines Abends hatte ich zu viel getrunken. Du kennst mich, ich kann schrecklich viel vertragen. Ich sah einen Jungen, der eine grüne Uniform anhatte, wie die von Tom. Er war allein, und er war groß und gut gewachsen – wie Tom. Wir haben dann zusammen weitergetrunken. Ich erwachte in einem billigen, schmutzigen Hotelzimmer – irgendwo, keine Ahnung. Ich war immer noch halb betrunken. Ich wankte zum Spiegel und sah mich im Spiegel an. Ich war nackt. Der Junge war auch nackt – lag quer über dem Bett.«

»Herrgott noch mal, Kitty, nun laß doch...«

»Nein, Mark, schon gut – laß mich zu Ende erzählen. Ich stand und sah in diesen Spiegel – wie lange, weiß ich nicht. Ich war unten angelangt, am tiefsten Punkt meines Lebens. Weiter hinunter konnte ich nicht mehr. Das hier – das war das Ende. Der Junge war bewußtlos – seltsam, ich erinnere mich nicht einmal mehr an seinen Namen. Ich sah seine Rasierklingen im Bad liegen, und ich sah das Rohr der Gasleitung, und eine Minute lang oder vielleicht auch eine Stunde – ich weiß nicht mehr, wie lange, stand ich am Fenster und sah hinunter auf den Bürgersteig, der zehn Stockwerke tiefer lag. Ich war am Ende meines Lebens angelangt, doch ich hatte nicht die Kraft, Schluß zu machen. Und dann geschah etwas Seltsames, Mark. Ich wußte plötzlich, daß ich weiterleben würde, ohne Tom und Sandra, der Schmerz war vorbei.«

»Kitty, liebe Kitty – ich habe so nach dir gesucht, und ich wollte dir so gern helfen.«

»Ich weiß. Aber das war etwas, mit dem ich allein fertig werden mußte, glaube ich. Ich fing wieder an, als Kinderpflegerin zu arbeiten, ich stürzte mich in die Arbeit. Als der Krieg in Europa zu Ende war, übernahm ich sofort die Leitung dieses griechischen Waisenheims – ein Posten, wo der Arbeitstag vierundzwanzig Stunden hat. Das war genau das, was ich brauchte, bis an den Rand meiner Kräfte zu arbeiten. Mark, ich – ich habe hundert Briefe an dich angefangen. Aber irgendwie hatte ich zu große Angst vor diesem Augenblick. Und jetzt bin ich froh, bin froh, daß ich es hinter mir habe.«

»Ich bin froh, daß ich dich gefunden habe«, sagte Mark.

Sie wandte sich nach ihm um und sah ihn an. »Das also war die Geschichte von Kitty Fremont...« Mark nahm sie bei der Hand, und sie gingen den Deich entlang zurück zum Kai. Vom Dom-Hotel klang Musik herüber.

IV

Brigadier Bruce Sutherland, Kommandeur von Zypern, saß an einem großen Schreibtisch in seinem auf der Hippocrates-Straße gelegenen Haus in Famagusta, einige vierzig Meilen von Kyrenia entfernt. Von kleinen, verräterischen Anzeichen abgesehen – ein leichter Ansatz von Leibesfülle in der Taillengegen und einige weiße Haare an den Schläfen, glaubte man ihm seine fünfundfünfzig Jahre nicht. Dagegen verriet die stocksteife Haltung eindeutig den Militär. Es klopfte, und sein Adjutant, Major Fred Caldwell, kam herein.

»'n Abend, Caldwell. Schon zurück von Kyrenia? Nehmen Sie Platz.« Sutherland schob die Akten beiseite, reckte sich und legte seine Brille auf den Schreibtisch. Er wählte von dem Pfeifenständer eine Pfeife und stopfte sie. Caldwell nahm dankend eine Zigarre, und die beiden Männer begannen, sich in dicke Wolken zu hüllen. Der Brigadier drückte auf die Klingel, und der griechische Boy erschien in der Tür.

»Zwei Gin und Soda, bitte.«

Sutherland stand auf und kam nach vorn. Er trug eine dunkelrote Samtjacke. Er ließ sich in einem Ledersessel nieder, der vor dem wandhohen Bücherregal stand. »Haben Sie Mark Parker angetroffen?«

»Jawohl, Sir.«

»Und was ist Ihr Eindruck?«

Caldwell zuckte die Schultern. »Dem äußeren Anschein nach ist ihm natürlich nicht das geringste vorzuwerfen. Er will weiter nach Palästina und ist hierhergekommen, um diese amerikanische Kinderpflegerin Katherine Fremont zu besuchen.«

»Fremont? O ja, diese reizende Frau, die wir beim Gouverneur kennenlernten.«

»Ich sage ja, Sir – es sieht alles ganz harmlos aus. Trotzdem, Parker ist nun mal Reporter, und ich muß immer noch an den Ärger denken, den wir durch ihn in Holland hatten.«

»Aber, aber«, sagte Sutherland. »Wir alle haben im Krieg Fehler gemacht. Er hat uns nur zufällig bei einem Fehler erwischt, den wir gemacht haben. Glücklicherweise haben wir den Krieg gewonnen, und ich glaube nicht, daß es zehn Leute gibt, die sich noch an die Geschichte von damals erinnern.« Die Getränke kamen. »Auf Ihr Wohl.« Sutherland setzte das Glas ab und strich sich seinen weißen Seehundsschnurrbart. Doch Fred Caldwell gab sich noch nicht zufrieden.

»Sir«, begann er erneut, »falls Parker nun neugierig wird und anfängt, sich hier genauer umzusehen – meinen Sie nicht, es wäre besser, ihn durch ein paar Leute von der CID beschatten zu lassen?«

»Hören Sie, mein Lieber, lassen Sie den Mann in Frieden. Man braucht einem Pressemann nur ›Nein‹ zu sagen, und man hat mit ziemlicher Sicherheit in ein Wespennest gestochen. Berichte über Flüchtlinge sind heutzutage nicht mehr gefragt, und ich glaube nicht, daß er sich für die Flüchtlingslager hier interessieren wird. Dennoch wollen wir nicht riskieren, seine Neugier zu wecken, indem wir ihm irgend etwas verbieten. Wenn Sie mich fragen – ich glaube, es war falsch, daß Sie ihn heute aufgesucht haben.«

»Aber ich bitte Sie, Brigadier – nach dieser unangenehmen Sache da in Holland –«

»Holen Sie den Schachtisch, Freddy!« In der Art, wie Sutherland ›Freddy‹ sagte, lag etwas endgültig Abschließendes. Caldwell brummte in sich hinein, während sie die Figuren aufstellten. Sie begannen zu spielen, doch Sutherland konnte deutlich sehen, daß sein Adjutant nicht bei der Sache war. Er legte die Pfeife aus der Hand und lehnte sich zurück.

»Caldwell, ich habe Ihnen zu erklären versucht, daß wir hier keine Konzentrationslager unterhalten. Die Flüchtlinge in den Lagern bei Caraolos werden nur so lange auf Zypern zurückgehalten, bis sich diese Querschädel in Whitehall darüber klargeworden sind, was sie in der Frage des Palästina-Mandats machen wollen.«

»Aber diese Juden sind so schwer zu bändigen«, sagte Caldwell mit gerunzelter Stirn. »Ich wäre wirklich für ein bißchen Disziplin im guten alten Stil.«

»Nein, Freddy, nicht in diesem Falle. Diese Leute sind keine Verbrecher, und sie haben die Sympathie der ganzen Welt auf ihrer Seite. Es ist Ihre und meine Aufgabe, dafür zu sorgen, daß es keine Unruhen gibt, keine Ausbrüche und überhaupt nichts, was man als Propaganda gegen uns verwenden könnte. Verstehen Sie?«

Es war Caldwell nicht klar. Er war im Gegenteil durchaus der Meinung, daß der Brigadier mit den Flüchtlingen wesentlich schärfer verfahren sollte. Aber bei einem Streit mit einem General kann niemand gewinnen, wenn er nicht zufällig ein noch höheres Tier ist. Die ganze Sache war außerdem so verwickelt – und Caldwell begnügte sich, einen Bauern vorzurücken.

»Sie sind am Zug, Sir«, sagte er.

Caldwell hob den Blick vom Schachbrett und sah zu Sutherland hinüber. Der Brigadier schien in Gedanken versunken zu sein und die Anwesenheit von Caldwell völlig vergessen zu haben. Das geschah in letzter Zeit immer häufiger.

»Sie sind am Zug, Sir«, wiederholte Caldwell.

Sutherlands Gesicht sah bekümmert aus. Armer Kerl, dachte Caldwell. Der Brigadier war fast seit dreißig Jahren mit Neddie Sutherland verheiratet gewesen. Nun hatte sie ihn plötzlich verlassen und war mit einem Mann, der zehn Jahre jünger war als sie, nach Paris durchgebrannt. Es war ein Skandal, der in Armee-Kreisen monatelang die Gemüter erschüttert hatte, und Sutherland schien noch immer schwer daran zu tragen. Es war ein schrecklicher Schlag für den Brigadier, der immer ein so korrekter Mann gewesen war.

Sutherlands blasses Gesicht war voller Falten, und auf seiner Nase erschienen kleine rote Äderchen. In diesem Augenblick sah er wirklich aus wie fünfundfünfzig, wenn nicht noch älter.

Doch Bruce Sutherland dachte nicht an Neddie, wie Caldwell annahm. Seine Gedanken waren bei den Flüchtlingslagern von Caraolos.

»Sie sind am Zug, Sir.«

»*Also will ich deine Feinde verderben, Israel –*«, murmelte Sutherland.

»Was haben Sie eben gesagt, Sir?«

V

Mark führte Kitty zurück an den Tisch, beide waren außer Atem.

»Weißt du, wann ich das letztemal Samba getanzt habe?« sagte sie.

»Für ein so altes Mädchen, wie du es bist, machst du deine Sache gar nicht schlecht.«

Mark sah sich im Raum um. An allen Tischen saßen englische Offiziere, in der Khaki-Uniform der Army und den weißen Jakken der Navy, und unterhielten sich mit unverkennbar englischem Akzent. Mark liebte Lokale dieser Art. Der Kellner brachte frische Getränke, und sie stießen miteinander an.

»Auf dein Wohl, Kitty, wo immer du dich befinden magst«, sagte Mark. »Ja, Gnädigste, was ist eigentlich Ihr nächstes Reiseziel?«

Kitty zog die Schultern hoch. »Ach, ich weiß nicht recht, Mark. Meine Arbeit in Saloniki ist zu Ende, und ich fange an, unruhig zu werden. Ich habe ein Dutzend Angebote, bei der UNO zu arbeiten, in allen Teilen Europas.«

»Ja, es war ein prächtiger Krieg«, sagte Mark. »Überall massenhaft Waisenkinder.«

»Nein, im Ernst«, sagte Kitty, »erst gestern bekam ich ein wirklich gutes Angebot, hier in Zypern zu arbeiten.«

»In Zypern?«

»Da in der Gegend von Famagusta sind irgendwelche Flüchtlingslager. Eine Amerikanerin hat sich an mich gewandt. Die Lager sind anscheinend überfüllt, und an der Straße nach Larnaca werden neue Lager eingerichtet. Ich sollte dort die Leitung übernehmen.«

Mark zog die Stirn in Falten.

»Das ist einer der Gründe, weshalb ich dich nicht auf dem Flugplatz abholen konnte. Ich war heute in Famagusta, um mit dieser Amerikanerin zu reden.«

»Und was hast du ihr gesagt?«

»Ich habe nein gesagt. Es sind Juden. Ich glaube zwar, daß jüdische Kinder kaum anders sind als irgendwelche anderen, aber ich möchte doch lieber nichts mit ihnen zu tun haben. Bei diesen Lagern scheint eine ganze Menge Politik mit im Spiele zu sein, und sie unterstehen nicht der Aufsicht der UNO.«

Mark schwieg nachdenklich. Kitty blinzelte ihn verschmitzt an und wedelte mit dem Zeigefinger vor seiner Nase hin und her. »Mach nicht so ein ernstes Gesicht. Willst du wissen, was der andere Grund war, weshalb ich dich nicht abholen konnte?«

»Du tust, als ob du einen kleinen Schwips hättest.«

»Ich glaube, so allmählich kriege ich auch einen. Also hören Sie, Mister Parker: Ich war in Famagusta, um meinen Freund ans Schiff zu bringen. Du kennst mich ja – der eine Mann reist ab, der nächste kommt an.«

»Solange du sie nicht durcheinanderbringst! Und was war das für ein Knabe, mit dem du hierher nach Zypern gefahren bist?«

»Möchtest du wohl gerne wissen, wie?«

30

»Mhm.«

»Colonel Howard Hillings, von der britischen Armee.«

»Irgendwas gewesen zwischen euch beiden?«

»Nein, zum Teufel. Er war so korrekt, daß es geradezu widerlich war.«

»Und woher kennst du ihn?«

»Er war der Chef der britischen Militärmission in Saloniki. Als ich die Leitung des Heims übernahm, fehlte es uns an allem – Betten, Medikamenten, Verpflegung, Decken – einfach alles. Kurz und gut, ich wandte mich an ihn. Er hat einen gewaltigen Papierkrieg für mich geführt, und wir wurden gute Freunde für immer und ewig. Er ist wirklich ein guter Kerl.«

»Erzähl weiter. Die Sache fängt an, außerordentlich interessant und spannend zu werden.«

»Vor ein paar Wochen erfuhr er, daß er nach Palästina versetzt würde und vorher in Urlaub gehen sollte, und da bat er mich, seinen Urlaub hier mit ihm zu verbringen. Weißt du, ich steckte so in der Arbeit drin, daß mir völlig entgangen war, seit achtzehn Monaten nicht einen einzigen freien Tag gehabt zu haben. Na, kurz und gut, sein Urlaub wurde abgeblasen, und heute mußte er sich in Famagusta melden, um dort das Schiff nach Palästina zu besteigen.«

»Irgendwelche Zukunftspläne als Mrs. Hillings?«

Kitty schüttelte den Kopf. »Ich mag ihn sehr. Er hat extra die weite Reise mit mir nach Zypern gemacht, nur um die richtige Umgebung für die Frage zu finden, ob ich ihn heiraten wollte –«

»Na und?«

»Ich habe Tom geliebt. Ich werde nie wieder etwas Ähnliches für einen Mann empfinden.«

»Du bist inzwischen achtundzwanzig, Kitty. Das ist ein gutes Alter, sich zur Ruhe zu setzen.«

»Ich beklage mich ja gar nicht. Ich habe etwas gefunden, was mir Befriedigung gewährt. – Mark, du gehst auch nach Palästina? So viele von den Offizieren hier werden jetzt nach Palästina versetzt.«

»Es gibt Krieg, Kitty.«

»Krieg? Aber warum denn? Das verstehe ich nicht.«

»Oh, aus allen möglichen Gründen. Es gibt überall auf der Welt eine Menge Leute, die entschlossen sind, ihr Leben selbst in die Hand zu nehmen. Kolonien kommen in unserer Zeit aus der Mode. Die Engländer reiten einen toten Gaul. Das da, das ist der

Soldat des neuen Weltreichs«, sagte Mark und zog eine Dollar-note aus der Tasche. »Wir haben Millionen dieser grünen Solda-ten in Marsch gesetzt, überallhin, in jeden Winkel der Welt. Es ist die größte Armee, die es je gegeben hat, und sie erobert die Welt ohne Blutvergießen. Aber Palästina – da liegen die Dinge wieder anders. Das ist eine Sache, Kitty, die fast etwas Erschreckendes hat. Da gibt es Leute, die ernstlich entschlossen sind, eine Nation wiedererstehen zu lassen, die seit zweitausend Jahren tot ist. Und das Tollste ist – ich glaube, sie werden es schaffen. Die Leute, von denen ich spreche, sind die Juden, die du nicht leiden kannst.«

»Das habe ich nicht gesagt«, widersprach Kitty, »daß ich die Ju-den nicht leiden könnte.«

»Ich möchte jetzt nicht mit dir streiten. Aber denk doch mal scharf nach, Liebling – hast du in der Zeit, seit du hier in Zypern bist, irgend etwas gehört oder gesehen, das vielleicht, sagen wir mal, auffällig oder ungewöhnlich zu nennen wäre?«

Kitty biß sich nachdenlich auf die Unterlippe und holte tief Luft.

»Nein«, sagte sie dann, »nur die Flüchtlingslager. Wie ich höre, sind sie überfüllt und in jämmerlichem Zustand. Warum fragst du?«

»Ich weiß nicht. Ich hab' halt nur so eine Ahnung, daß hier auf Zypern irgendwas los ist, irgendeine ganz dicke Sache.«

»Warum sagst du lieber nicht, daß du einfach von Beruf neu-gierig bist?«

»Nein, das allein ist es nicht. Kennst du einen Major Caldwell? Er ist der Adjutant von Brigadier Sutherland.«

»Ja, ein schrecklich langweiliger Kerl. Ich habe ihn beim Gou-verneur kennengelernt.«

»Er suchte mich im Hotel in meinem Zimmer auf, kurz bevor du kamst. Warum sollte mir der Adjutant eines Generals zehn Minuten nach meiner Ankunft auf die Bude rücken wegen einer Sache, die anscheinend ganz belanglos ist? Nein, Kitty, glaube mir, die Engländer sind wegen irgendeiner Sache hier nervös. Ich kann es nicht beweisen, aber ich gehe jede Wette ein, daß es mit diesen Flüchtlingslagern zusammenhängt. Sag mal – könn-test du nicht ein paar Wochen in diesen Lagern arbeiten, mir zu-liebe?«

»Natürlich, Mark, wenn du das möchtest.«

»Ach, hol's der Teufel«, sagte Mark und stellte das Glas aus der

Hand. »Wir sind im Urlaub. Du hast ganz recht, ich bin neugierig und mißtrauisch von Beruf. Denk nicht mehr dran, tanzen wir lieber.«

VI

An der Arsinos-Straße in Famagusta, gegenüber der alten Stadtmauer, lag das große und prächtige Haus eines griechischen Zyprers namens Mandria, dem die zyprisch-mittelmeerische Schiffahrtsgesellschaft gehörte und außerdem die meisten Taxis der Insel. In einem Raum dieses Hauses warteten Mandria und David ben Ami voll ungeduldiger Spannung auf Ari ben Kanaan, der seine nassen Kleider wechselte.

Beiden war klar, daß das Auftauchen Ari ben Kanaans in Zypern auf einen besonders wichtigen Auftrag der illegalen Organisation Mossad Aliyah Bet hinwies. Seit vielen Jahren ging die Politik der Engländer dahin, die jüdische Einwanderung nach Palästina zu verhindern oder auf ein Mindestmaß zu beschränken. Zum Vollzug dieser Politik hatte man die Royal Navy eingesetzt. Mossad Aliyah Bet war eine Organisation der in Palästina ansässigen Juden, deren Aufgabe es war, andere Juden heimlich nach Palästina zu schmuggeln. Jedesmal aber, wenn die englische Flotte eines der Mossad-Schiffe aufbrachte, das die Blockade zu durchbrechen versuchte, wurden die illegalen Einwanderer in die Internierungslager auf Zypern überführt.

Ari ben Kanaan, der sich inzwischen umgezogen hatte, betrat den Raum und nickte Mandria und David ben Ami zu. Ben Kanaan war ein stattlicher, kräftig gebauter Mann von gut über ein Meter achtzig. Er und Ben Ami waren seit langem gute Freunde; doch im Beisein von Mandria, dem Zyprer, der kein Mitglied ihrer Organisation war, sondern mit ihr nur sympathisierte, gaben sie das nicht zu erkennen.

Ari steckte sich eine Zigarette an und kam ohne Umschweife zur Sache. »Die Zentrale hat mich hierhergeschickt mit dem Auftrag, eine Massenflucht aus den Lagern zu organisieren. Die Gründe dafür sind uns wohl allen klar. Was ist deine Meinung dazu, David?«

Der junge Mann mit dem schmalen Gesicht ging nachdenklich hin und her. Er war schon vor Monaten nach Zypern gekommen, im Auftrag der geheimen Armee der Juden in Palästina, Palmach genannt. Er und Dutzende weiterer Palmach-Angehöriger hatten sich ohne Wissen der Engländer in die Flüchtlingslager eingeschlichen und dort Schulen eingerichtet, Lazarette und Synagogen, hatten sanitäre Anlagen gebaut und eine Kleinindustrie organisiert. Die illegalen Einwanderer, die man von Palästina nach Zypern gebracht hatte, waren Menschen ohne Hoffnung. Das Auftauchen junger Männer, die der jüdischen Armee in Palästina angehörten, gab ihnen neue Hoffnung und stärkte die Moral des Lagers. David ben Ami und die anderen Palmachmitglieder gaben Tausenden von Männern und Frauen in den Lagern eine militärische Ausbildung, wobei sie an Stelle von Gewehren Stöcke und als Ersatz für Handgranaten Steine verwendeten. David ben Ami war, obwohl nicht älter als zweiundzwanzig, der Palmach-Kommandeur auf Zypern. Falls die Engländer Wind davon bekommen hatten, daß sich Leute aus Palästina in die Lager eingeschlichen hatten, ließen sie sich jedenfalls nichts davon anmerken. Denn sie hatten kein Verlangen danach, sich in das Innere der von Haß erfüllten Lager zu begeben, und beschränkten sich darauf, sie von außen zu bewachen.

»Wie viele sollen fliehen?« fragte David.

»Ungefähr dreihundert.«

David schüttelte den Kopf. »Wir haben ein paar unterirdische Gänge gegraben, doch die führen zum Meer. Du wirst heute abend selbst festgestellt haben, daß die Strömung vor der Küste gefährlich ist und daß man ein sehr guter Schwimmer sein muß, wenn man es schaffen will. Die zweite Möglichkeit: Wir benutzen, um ins Lager hinein- und wieder herauszukommen, die Stellen außerhalb, wo die Abfälle abgeladen und abgefahren werden. Diese Kanäle werden nicht sonderlich scharf bewacht, aber so viele Leute auf einmal kann man dort unmöglich durchschleusen. Die dritte Möglichkeit: englische Uniformen und gefälschte Papiere; doch auch auf diese Weise kann man jeweils nur ein paar Leute hinein- oder herausbekommen. Die vierte und letzte Möglichkeit: Wir nageln einige von unseren Mitgliedern in Lattenkisten ein und schicken diese Kisten zum Hafen. Mister Mandria hier ist Eigentümer der Schiffahrtsgesellschaft, und seine Hafenarbeiter sind instruiert, wenn solche Kisten ankommen. Im Augenblick, Ari, sehe ich keinen Weg, wie man eine Massenflucht organisieren könnte.«

»Wir werden einen Weg finden«, sagte Ben Kanaan im Tone

sachlicher Feststellung. »Allerdings haben wir dafür nur ein paar Wochen Zeit.«

Mandria, der Grieche, erhob sich, seufzte und schüttelte den Kopf.

»Mister Ben Kanaan«, sagte er dann, »Sie sind heute abend an Land geschwommen und haben uns gebeten, das Unmögliche möglich zu machen, noch dazu in zwei Wochen. Mein Herz sagt« – Mandria legte die Hand auf sein Herz –, »daß es gelingen wird. Aber mein Kopf«, und er klopfte sich mit dem Zeigefinger an die Stirn, »sagt mir, daß es unmöglich ist.« Er verschränkte die Hände auf dem Rücken und ging unruhig durch das Zimmer. »Glauben Sie mir, Mister Ben Kanaan« – Mandria drehte sich herum und machte eine großartige Handbewegung –, »Ihr von Palmach und Mossad könnt euch darauf verlassen, daß die Griechen in Zypern bis zum letzten Blutstropfen für euch einstehen. Wir stehen auf eurer Seite. Wir stehen neben euch und hinter euch! Und dennoch – Zypern ist eine Insel, rings von Wasser umgeben, und die Engländer sind weder Dummköpfe noch Schlafmützen. Ich, Mandria, bin bereit, alles zu tun, was in meiner Macht steht, und trotzdem wird es Ihnen nicht gelingen, dreihundert Leute auf einmal aus den Lagern von Caraolos herauszubekommen. Diese Lager sind von drei Meter hohen Stacheldrahtpalisaden umgeben, und die Wachtposten haben Gewehre – geladene Gewehre.«

Ari ben Kanaan stand auf, groß und breit wie ein Turm vor den beiden anderen Männern. Er hatte kaum hingehört auf das, was Mandria mit soviel Pathos vorgebracht hatte. »Ich brauche für morgen eine englische Uniform«, sagte er, »Ausweispapiere und einen Fahrer. Und Sie können sich schon einmal nach einem Schiff umsehen, Mister Mandria. Ungefähr zwischen hundert und zweihundert Tonnen. Und, David, wir werden einen Fachmann brauchen, der sich auf die Herstellung von gefälschten Ausweisen versteht.«

»Wir haben da im Jugendblock einen Jungen, der ein wahrhafter Künstler auf diesem Gebiet sein soll, aber der wird nicht wollen. Alle andern sind kümmerliche Pfuscher.«

»Ich werde morgen nach Caraolos gehen und mit dem Jungen reden. Ich will mir ohnehin das Lager ansehen.«

Mandria war begeistert. Dieser Ari ben Kanaan, das war ein Mann. Ein Mann der Tat. Besorgen Sie ein Schiff! Wir brauchen einen Fälscher! Beschaffen Sie mir eine Uniform und einen Fahrer!

Das Leben war aufregend geworden, seit die Mossad- und die Palmach-Leute nach Zypern gekommen waren, und er fand es wunderbar, teilnehmen zu können an dem Spiel, in dem es gegen die Briten ging. Er ergriff Ari ben Kanaans Hand und drückte sie.

»Wir Zyprer sind auf eurer Seite«, sagte er. »Euer Kampf ist unser Kampf!«

Ben Kanaan sah Mandria abweisend an. »Herr Mandria«, sagte er, »man wird Sie für die Zeit und Mühe, die Sie aufwenden, in angemessener Form entschädigen.«

Im Raum entstand betretenes Schweigen. Mandria war weiß wie die Wand geworden. »Glauben Sie denn, wagen Sie ernstlich zu glauben, mein Herr, daß ich, Mandria, dies etwa für Geld tue? Glauben Sie, ich würde um des Geldes willen riskieren, zehn Jahre ins Gefängnis gesteckt oder aus der Heimat verbannt zu werden? Seit ich angefangen habe, mit Ihren Leuten vom Palmach zu arbeiten, hat mich das mehr als fünftausend Pfund gekostet.«

»Ich finde«, sagte David rasch und vermittelnd, »du solltest dich bei Herrn Mandria entschuldigen. Er selbst, seine Taxifahrer und seine Hafenarbeiter nehmen alle möglichen Risiken auf sich. Ohne die Hilfe der Griechen wäre es uns kaum möglich, hier zu arbeiten.«

Mandria ließ sich in einen Sessel fallen. Man sah ihm an, daß er tief verletzt war. »Jawohl, Ben Kanaan, wir bewundern euch. Denn wir meinen, wenn es euch gelingt, die Engländer aus Palästina hinauszuwerfen, dann gelingt es uns vielleicht eines Tages, hier in Zypern dasselbe zu tun.«

»Ich bitte um Verzeihung, Herr Mandria«, sagte Ari. »Ich bin vermutlich überreizt.« Doch er sagte die Worte rein mechanisch, ohne sie so zu meinen.

Das schrille Geräusch von Sirenen, das von draußen zu hören war, ließ die Unterhaltung abbrechen. Mandria öffnete die Tür zum Balkon und ging zusammen mit David hinaus. Ari ben Kanaan folgte ihnen und blieb hinter ihnen stehen. Sie sahen einen Panzerwagen mit Maschinengewehren, der an der Spitze einer Kolonne von Lastwagen die Straße vom Hafen heraufkam. Es waren insgesamt fünfundzwanzig Lastwagen, umgeben von Jeeps, auf denen Maschinengewehre aufmontiert waren.

Die Menschen, die eng zusammengedrängt auf den Lastwagen standen, waren Passagiere des illegalen Schiffes *Tor der Hoffnung*, das versucht hatte, von Italien aus Palästina zu erreichen und die englische Blockade zu durchbrechen. Das Schiff war von einem englischen Zerstörer gerammt worden. Man hatte es nach Haifa abgeschleppt und die illegalen Einwanderer unverzüglich nach Zypern gebracht.

Das Heulen der Sirenen wurde lauter, als die Wagenkolonne an dem Balkon von Mandrias Haus vorbeifuhr. Ein Wagen nach dem anderen kam vorbei, und die drei Männer, die auf dem Balkon standen, sahen von oben auf das Elend der eingepferchten, durcheinandergerüttelten Menschen. Es waren geschlagene Leute, Menschen, die am Ende waren, fassungslos, verfallen, entkräftet. Die Sirenen kreischten, die Wagenkolonne bog bei dem Tor der alten Stadtmauer um die Ecke auf die Straße nach Salamis ein, die zu den Lagern bei Caraolos führte. Dann waren die Wagen verschwunden, doch das Heulen der Sirenen zerschnitt noch lange die Luft.

David ben Amis Hände waren zu Fäusten geballt; er hatte die Zähne krampfhaft zusammengebissen, und in seinem Gesicht stand ohnmächtige Wut. Mandria weinte. Nur Ari ben Kanaan ließ keinerlei Regung erkennen. Sie verließen den Balkon und gingen wieder hinein.

»Sie werden sicherlich vieles miteinander zu bereden haben«, sagte Mandria, noch immer schluchzend. »Ich hoffe, Ben Kanaan, daß Ihr Zimmer Ihnen zusagt. Eine Uniform für Sie, Ausweise und Taxi werden wir bis morgen beschaffen. Gute Nacht.«

Kaum waren David und Ari allein, als sie sich in die Arme fielen. Der Große hob den Kleinen hoch und stellte ihn wieder hin, als wäre er ein Kind. Sie musterten einander, gratulierten sich gegenseitig zu ihrem guten Aussehen und umarmten sich von neuem.

»Was ist mit Jordana?« fragte David ungeduldig. »Warst du vor der Abreise bei ihr? Hat sie dir etwas für mich mitgegeben?«

»Etwas mitgegeben?« sagte Ari und strich sich das Kinn, als müßte er überlegen. »Warte mal –«

»Komm, Ari – es ist Monate her, seit ich einen Brief bekommen habe –«

Ari seufzte und holte einen Brief aus der Tasche, den David ihm aus der Hand riß. »Ich habe ihn in einen Gummibeutel gesteckt. Als ich an Land schwamm, war mein einziger Gedanke, daß du mir den Kopf abreißt, wenn dein blöder Brief naß wird.«

Doch David hörte nicht zu. Er hielt sich in dem dämmrigen Licht den Brief dicht vor die Augen und las langsam die Worte einer Frau, die Sehnsucht nach dem hatte, den sie liebte. Dann faltete er den Brief vorsichtig zusammen und verwahrte ihn sorgsam in seiner Brusttasche, um ihn später wieder und wieder zu lesen. Denn bis zum nächsten Brief konnten Monate vergehen. »Wie geht es ihr?« fragte er.

»Ich verstehe nicht, was meine Schwester eigentlich an dir hat. Jordana? Die ist unverändert. Sie ist wild und schön, und sie liebt dich sehr.«

»Und meine Eltern – meine Brüder – unsere Palmachgruppe – was macht –«

»Sachte, sachte. Ich bleibe ein Weilchen hier. Immer eins nach dem andern.«

David holte den Brief wieder heraus und las ihn noch einmal, und die beiden Männer schwiegen. Sie starrten durch die Scheiben der Balkontür auf die alte Stadtmauer jenseits der Straße. »Wie sieht es aus bei uns zu Hause?« fragte David mit leiser Stimme.

»Bei uns? Wie immer. Es wird geschossen, und es fallen Bomben. Genau, wie es Tag für Tag gewesen ist, seit wir Kinder waren. Es bleibt immer dasselbe. Jedes Jahr nähern wir uns einer Krise, die mit Sicherheit das Ende bedeutet – und dann bewegen wir uns auf die nächste Krise zu, die noch bedrohlicher ist als die letzte. Nein«, sagte Ari, »bei uns zu Haus ist alles beim alten. Nur – diesmal wird es Krieg geben.« Er legte dem kleineren David, seinem Freund, die Hand auf die Schulter. »Wir alle sind verdammt stolz auf das, was du in den Internierungslagern geleistet hast.«

»Ich habe mich bemüht, alles zu erreichen, was möglich ist, wenn man versucht, Soldaten mit Besenstielen auszubilden. Palästina ist für diese Leute unerreichbar fern. Sie haben keine Hoffnung mehr. – Ari, ich möchte dich bitten, kein Mißtrauen mehr gegen Mandria zu hegen. Er ist ein großartiger Mann und wirklich unser Freund.«

»Ich vertrage es nun einmal nicht, David, wenn Leute meinen, sie müßten uns beschützen.«

»Wir könnten unsere Arbeit hier nicht leisten ohne ihn und die Hilfe der Griechen.«

»Fall bitte nicht auf die Mandrias herein, die es überall auf der Welt gibt. Sie weinen blutige Tränen über die Millionen von uns, die man umgebracht hat, doch wenn es ernst wird, dann werden wir allein sein. Mandria wird uns genauso im Stich lassen wie alle andern. Wir werden verraten und verkauft sein, wie wir es stets gewesen sind. Wir haben keinerlei Freunde außer unseren eigenen Leuten, vergiß das nicht.«

»Und du irrst dich doch«, gab David heftig zurück.

»David, David, David. Ich bin schon so lange beim Palmach und Mossad-Mitglied, daß ich die Jahre nicht mehr zählen mag. Du bist noch jung. Das hier ist dein erster große Auftrag. Laß dir den Verstand nicht durch dein Gefühl verdunkeln.«

»Ich will aber, daß das Gefühl meinen Verstand verdunkelt«, antwortete David. »Mein Inneres brennt jedesmal, wenn ich so etwas wie diese Wagenkolonne sehe. Unsere Leute, Menschen unseres Volkes, eingesperrt wie Tiere im Käfig!«

»Wir versuchen es mit den verschiedensten Methoden«, sagte Ari, »und wir müssen dabei einen klaren Kopf behalten. Manchmal haben wir Erfolg, und manchmal mißlingt es uns. Hauptsache, daß man immer klar und nüchtern bleibt.«

Noch immer war aus der Ferne das Geräusch der Sirenen zu hören. David zündete sich eine Zigarette an und sah einen Augenblick nachdenklich vor sich hin. »Ich darf nie den Glauben daran verlieren«, sagte er feierlich, »daß ich an dem neuen Abschnitt einer Geschichte mitschreibe, deren Anfang über viertausend Jahre zurückliegt.« Er drehte sich um und sah aufgeregt nach oben in das Gesicht des Größeren.

»Ari, denken wir zum Beispiel an die Stelle, wo du heute abend an Land gekommen bist. Einstmals stand dort die Stadt Salamis. Und dieses Salamis war es, von wo die Erhebung ausging, deren Führer Bar Kochba war. Er vertrieb die Römer aus unserem Land und stellte das jüdische Königreich wieder her. Es gibt da in der Nähe der Internierungslager eine Brücke – die heißt die Judenbrücke. Sie heißt seit zweitausend Jahren so. An diese Dinge muß ich immer denken. Genau an derselben Stelle, an der wir einst gegen das römische Imperium gekämpft haben, kämpfen wir jetzt, zweitausend Jahre später, gegen das britische Empire.«

Ari ben Kanaan, der David um Haupteslänge überragte, sah lächelnd zu dem jüngeren Mann hinunter, wie ein Vater, der milde über die allzu große Begeisterung seines Sohnes lächelt. »Erzähl die Geschichte bis zu Ende. Nach dem Aufstand des Bar

Kochba kamen die römischen Legionen in unser Land zurück, nahmen eine Stadt nach der andern ein und metzelten die Bevölkerung nieder. In der Entscheidungsschlacht von Bejtar vereinigte sich das Blut der hingemordeten Frauen und Kinder zu einem roten Strom, der eine Meile weit floß. Akiba, einem der Anführer, wurde bei lebendigem Leibe die Haut heruntergezogen, und Bar Kochba wurde in Ketten nach Rom gebracht, um dort in der Löwengrube zu sterben. Oder war es Bar Giora, der bei einem anderen Aufstand in der Löwengrube starb? Es ist möglich, daß ich diese vielen Erhebungen durcheinanderbringe. O ja, die Bibel und unsere Geschichte sind voll von wunderbaren Erzählungen und gern geglaubten Wundern. Doch unser Heute, das ist kein Wunder, sondern Wirklichkeit. Wir haben keinen Josua, der die Sonne stillstehen und die Mauern einstürzen lassen kann. Die britischen Tanks werden nicht im Schlamm steckenbleiben wie die Wagen der Kanaaniter, und das Meer hat sich nicht über der englischen Flotte geschlossen wie damals über dem Heer das Pharao. Die Zeiten der Wunder sind vorbei, David.«

»Nein, sie sind nicht vorbei! Allein die Tatsache unserer Existenz ist ein Wunder. Wir haben die Römer überlebt, die Griechen und Hitler. Wir haben jeden überlebt, der uns unterdrücken wollte, wir werden auch das Empire überleben. Das ist ein Wunder, Ari.«

»Also, David – das eine weiß ich jedenfalls mit Sicherheit: Wie man mit Worten streitet und recht behält, darauf verstehen wir Juden uns. Und jetzt wollen wir ein bißchen schlafen.«

VII

»Sie sind am Zug, Sir«, wiederholte Fred Caldwell.

»Ja, ja – entschuldigen Sie.« Brigadier Sutherland studierte die Stellung der Figuren und rückte einen Bauern vor. Caldwell zog den Springer, und Sutherland wehrte ab, indem er gleichfalls einen Springer zog. Der Brigadier stellte fest, daß seine Pfeife ausgegangen war, fluchte und steckte sie wieder an.

Die beiden Männer blickten auf, als sie das leise, aber anhaltende Sirenengeheul hörten. Sutherland sah auf die Uhr an der

Wand. Das mußten die illegalen Einwanderer von dem Schiff *Tor der Hoffnung* sein.

»*Tor der Hoffnung!*« sagte Caldwell höhnisch. »*Zions Zinnen, Gelobtes Land, Stern Davids* – tolle Namen haben diese Blockadebrecher, das muß ich schon sagen.«

Sutherland legte die Stirn in Falten. Er versuchte, den nächsten Zug auszuklügeln, doch die Sirenen gingen ihm nicht aus den Ohren. Er starrte auf die elfenbeinernen Schachfiguren, doch was er vor sich sah, das war eine Kolonne von Lastwagen, angstverzerrte Gesichter, Maschinengewehre, Panzerwagen. »Wenn Sie nichts dagegen haben, Caldwell, dann möchte ich mich jetzt lieber zurückziehen.«

»Fehlt Ihnen irgend etwas, Sir?«

»Nein«, sagte der Brigadier. »Gute Nacht.« Er ging mit raschen Schritten hinaus, machte die Tür seines Schlafzimmers hinter sich zu und lockerte seine Jacke. Das Heulen der Sirenen schien ihm unerträglich laut. Er machte hastig das Fenster zu, um das Geräusch nicht mehr hören zu müssen.

Bruce Sutherland stand vor dem Spiegel und fragte sich, was eigentlich mit ihm los war. Mit ihm, einem Sutherland von Sutherland-Heights. Eine weitere ruhmreiche Karriere in einer langen Reihe ruhmreicher Karrierren, einer Reihe, die weiterging und so dauerhaft war wie England.

Doch in diesen letzten Wochen ging in Zypern irgend etwas vor sich. Etwas, das an seinen Nerven zerrte. Er stand vor dem Spiegel, sah in die schwimmenden Augen, die ihn aus dem Spiegel anblickten, und fragte sich, wo und wann das Ganze eigentlich angefangen hatte.

Sutherland: Guter Mann für jedes Team hieß es in den Annalen von Eton. *Sehr ordentlicher Knabe, dieser Sutherland. Familie, Ausbildung, Laufbahn, alles, wie es sein soll.*

Zur Army? Das ist das Richtige, Bruce, alter Junge. Wir Sutherlands haben seit Jahrhunderten in der Army gedient, das ist echte Familientradition.

Standesgemäße Heirat. Neddie Ashton, die Tochter von Colonel Ashton, das war ein guter Griff. Kommt aus einem guten Stall, die Neddie Ashton. Sehr geeignet als Herrin des Hauses, diese Frau. Kennt alle Leute, die man kennen muß. Sie wird dir für deine berufliche Laufbahn eine große Hilfe sein. Passen großartig zusammen, die Ashtons und die Sutherlands.

Wo lag der Fehler, fragte sich Sutherland? Neddie hatte ihm

zwei prächtige Kinder geschenkt. Albert war ein echter Sutherland, schon Captain in dem alten Regiment seines Vaters, und Martha hatte eine hervorragende Partie gemacht.

Bruce Sutherland nahm seinen Pyjama aus dem Schrank und zog ihn an. Er strich über den leichten Fettansatz in der Taillengegend. Gar nicht so schlecht für einen Mann von fünfundfünfzig. Er war noch immer sehr gut in Form.

Sutherland hatte im Zweiten Weltkrieg eine rasche Karriere gemacht, verglichen mit dem langsamen und mühsamen Avancement in Friedenszeiten. Er war in Indien gewesen, in Hongkong, in Singapur und im Nahen Osten. Doch erst im Krieg hatte sich gezeigt, aus welchem Holz er geschnitzt war. Er erwies sich als ein ungewöhnlich befähigter Infanteriekommandeur. Bei Kriegsende war er Brigadier.

Sutherland zog seine Hausschuhe an, ließ sich langsam in einen Sessel sinken, schirmte das Licht ab – und die Gedanken an die Vergangenheit stiegen in ihm auf.

Neddie war ihm immer eine gute Frau gewesen. Sie war eine gute Mutter, eine hervorragende Gastgeberin, und sie war genau die richtige Frau für einen Offizier in den Kolonien. Er war sehr vom Glück begünstigt gewesen. Wann war der Riß in ihrer Ehe entstanden? Doch er erinnerte sich genau. Das war in Singapur, vor vielen Jahren.

Er war damals Major, als er Marina begegnete, der Eurasierin mit dem olivfarbenen Teint. Dieser Frau, die geschaffen war für die Liebe. Jeder Mann trug tief in seinem Innersten verborgen das Bild einer Marina, doch seine Marina war aus Fleisch und Blut, war Lachen und Weinen, Glut und Leidenschaft, war Wirklichkeit.

Mit Marina zusammen zu sein, war wie auf einem kochenden Vulkan zu leben, der jeden Augenblick ausbrechen konnte. Sie brachte ihn um den Verstand, er war verrückt nach ihr. Er machte ihr vor Eifersucht wütende Szenen, um sie im nächsten Augenblick, den Tränen nahe, um Verzeihung zu bitten. Marina – Marina. Die dunklen Augen und das rabenschwarze Haar. Sie konnte ihn quälen, konnte ihn entzücken. Mit ihr, durch sie erlebte er Höhen, von deren Existenz er bis dahin überhaupt nichts gewußt hatte. Bruce Sutherland erinnerte sich, was für ein fassungsloses und tief gekränktes Gesicht Neddie gemacht hatte, als sie ihm eröffnete, daß sie alles wußte.

»Es ist nicht so, daß mich diese Sache etwa nicht tief verletzt hätte«, hatte Neddie gesagt, zu stolz, um zu weinen, »doch ich bin bereit, zu vergeben und zu vergessen. Wir müssen schließlich an die Kinder denken, an deine Karriere – und an unsere Familien. Ich will versuchen, eine Form zu finden, irgendwie weiter mit dir zu leben, Bruce, doch du mußt mir schwören, daß du diese Person nie wiedersiehst und daß du ein Gesuch um sofortige Versetzung von Singapur einreichst.«

Diese Person, wie du sie nennst, hatte Bruce gedacht, ist die Frau, die ich liebe. Sie hat mir etwas gegeben, was weder du noch tausend andere Neddies mir jemals geben könnten. Sie hat mir gegeben, was zu erhoffen kein Mann auf dieser Erde ein Recht hat.

»Ich möchte deine Antwort hören, Bruce.«

Antwort? Wie konnte die Antwort schon ausfallen. Sollte er etwa einem eurasischen Mädchen seine Karriere opfern? Dem Namen Sutherland Schande machen?

»Ich werde sie nie wiedersehen, Neddie«, hatte Bruce Sutherland versprochen.

Bruce Sutherland hatte sie nie wiedergesehen, doch er hatte auch nie aufgehört, an sie zu denken. Vielleicht war es das, womit alles angefangen hatte.

Die Sirenen waren nur noch sehr schwach zu hören. Die Wagenkolonne mußte schon ganz in der Nähe von Caraolos sein, dachte Sutherland. Bald würden die Sirenen schweigen, und dann konnte er schlafen. Er dachte an seine Pensionierung, die in vier bis fünf Jahren zu erwarten war. Der Stammsitz der Familie in Sutherland-Heights war für ihn allein viel zu groß. Er würde in einer kleinen Villa wohnen, vielleicht auf dem Lande. Es wurde allmählich Zeit, sich nach ein paar guten Settern für die Jagd umzusehen, sich Rosenkataloge schicken zu lassen und die Bibliothek zu vervollständigen. Es war zu überlegen, bei welchem Club in London er Mitglied werden sollte. Albert, Martha und seine Enkelkinder würden für ihn, wenn er in den Ruhestand trat, wirklich ein Trost sein. Und vielleicht – vielleicht würde er sich auch eine Geliebte zulegen.

Es schien sonderbar, daß er sich nach fast dreißigjähriger Ehe ohne Neddie zur Ruhe setzen sollte. Sie war all die Jahre so still, vornehm und reserviert gewesen. Sie war so taktvoll über seine Affäre mit Marina hinweggegangen. Und auf einmal, nachdem sie ihr ganzes Leben lang völlig korrekt gewesen war, brach sie hemmungslos aus, um die letzten Jahre zu retten, die ihr als Frau noch blieben. Ging mit irgend so einem Bohémien, der zehn Jahre jünger war als sie, auf und davon nach Paris. Alle Leute hatten großes Mitleid mit Bruce, dabei machte es ihm im Grunde wirklich nicht viel aus. Er hatte schon seit vielen Jahren keinerlei Berührung und nur wenig gefühlsmäßige Verbindung mit Neddie gehabt. Wenn sie meinte, sich austoben zu müssen, bitte sehr. Vielleicht würde er sie später wieder zu sich nehmen – doch vielleicht war eine Geliebte besser.

Das Geräusch der Sirenen hörte endlich auf. Im Raum herrschte völlige Stille, und nur das dumpfe Murren der Brandung, die sich am Strande brach, war noch zu hören. Bruce Sutherland öffnete das Fenster und atmete in tiefen Zügen die kühle, frische Novemberluft. Er ging in das Badezimmer, nahm seine Zahnprothese heraus, säuberte sie und legte sie in ein Glas Wasser. Wirklich ein Jammer, dachte er, daß er diese vier Zähne hatte verlieren müssen. Das sagte er nun schon seit mehr als dreißig Jahren. Damals hatte er sie bei einem Rugby-Spiel eingebüßt. Er prüfte die anderen Zähne und stellte befriedigt fest, daß sie noch in gutem Zustand waren.

Er machte das Medizinschränkchen auf und musterte die Reihe der Flaschen. Er nahm eine Büchse mit Schlafpulver heraus und löste eine doppelte Dosis in Wasser auf. Er schlief in letzter Zeit schlecht.

Sein Herz begann heftig zu klopfen, während er das Glas austrank. Er wußte, daß ihm wieder eine dieser entsetzlichen Nächte bevorstand. Verzweifelt versuchte er, die Gedanken loszuwerden, die in ihm aufstiegen. Er verkroch sich unter der Bettdecke und hoffte, rasch einschlafen zu können, doch schon begann es in seinem Kopf zu kreisen und zu wirbeln, immer rundherum, rundherum...

Bergen-Belsen – Bergen-Belsen – Bergen-Belsen – NÜRNBERG! – NÜRNBERG! NÜRNBERG! NÜRNBERG!

»Kommen Sie vor und nennen Sie Ihren Namen...«

»Bruce Sutherland, Brigadegeneral, Kommandeur des...«

»Zeuge, schildern Sie dem Gericht, aus eigener Anschauung...«

»Am 15. April, zwanzig Minuten nach fünf Uhr abends, rückten Teile der mir unterstellten Truppen in Bergen-Belsen ein.«

»Schildern Sie, aus eigener Anschauung...«

»Lager Eins war ein abgesperrter Raum von rund sechshundert Meter Breite und dreihundert Meter Länge. Auf diesem

Raum befanden sich achtzigtausend Menschen, osteuropäische Juden.«

»Schildern Sie dem Gericht...«

»Die Verpflegungsration für das Lager Nummer Eins bestand aus zehntausend Broten pro Woche.«

»Können Sie dem Gericht sagen...«

»Ja, das sind Hodenklemmen und Daumenschrauben, wie sie bei Folterungen verwendet wurden...«

»Schildern Sie...«

»Eine von uns durchgeführte Zählung ergab im Lager Eins dreißigtausend Tote, von denen fast dreizehntausend als Leichen am Boden herumlagen. Achtundzwanzigtausend Frauen und zwölftausend Männer befanden sich noch am Leben.«

»SCHILDERN SIE...!«

»Wir unternahmen alles, was in unseren Kräften stand, doch die Überlebenden waren durch Hunger und Krankheit so geschwächt, daß innerhalb weniger Tage nach unserem Eintreffen weitere dreizehntausend starben.«

»SCHILDERN SIE...!«

»Die Zustände, die wir im Lager vorfanden, waren nicht mehr menschlich.«

Bruce Sutherland hatte kaum seine Zeugenaussage in Nürnberg beendet, als er eine dringende Aufforderung erhielt, sofort nach London zurückzukehren. Diese Aufforderung kam von einem langjährigen guten Freund im Kriegsministerium, General Sir Clarence Tevor-Browne. Sutherland ahnte, daß es sich um etwas Ungewöhnliches handeln mußte.

Er flog am nächsten Tag nach London und begab sich unverzüglich zu dem riesigen Gebäude an der Ecke von White Hall und Great Scotland Yard, in dem sich das Kriegsministerium befand.

»Da sind Sie ja, Bruce! Kommen Sie herein, mein Lieber, kommen Sie! Schön, daß Sie da sind. Ich habe Ihre Zeugenaussage in Nürnberg verfolgt. Kein sehr schönes Geschäft.«

»Ich bin froh, daß ich es hinter mir habe«, sagte Sutherland.

»Hat mir so leid getan, das von Ihnen und Neddie zu hören. Falls ich irgend etwas für Sie tun kann...«

Sutherland schüttelte den Kopf.

Schließlich kam Tevor-Browne damit heraus, weshalb er ihn gebeten hatte, nach London zu kommen. »Hören Sie, Bruce«, sagte er, »ich habe Sie hergebeten, weil sich eine Aufgabe ergeben hat, die sehr viel Fingerspitzengefühl erfordert. Ich soll einen geeigneten Mann dafür empfehlen, und ich möchte gern Sie dafür vorschlagen. Ich wollte die Sache aber vorher mit Ihnen besprechen.«

»Ich höre, Sir Clarence«

»Bruce, diese Juden, die aus Europa abwandern, stellen für uns ein ernstliches Problem dar. Sie überschwemmen Palästina. Die Araber sind sehr beunruhigt über diese Einwanderungsmassen, die in das Mandatsgebiet kommen. Wir haben deshalb beschlossen, auf Zypern Internierungslager zu errichten, in denen diese Leute zurückgehalten werden. Jedenfalls ist das eine vorläufige Maßnahme, bis White Hall beschließt, wie wir uns in der Frage des Palästina-Mandats verhalten wollen.«

»Ich verstehe«, sagte Sutherland leise.

»Das Ganze ist eine sehr kitzlige Angelegenheit«, fuhr Tevor-Browne fort, »und erfordert eine sehr behutsame Behandlung. Kein Mensch hat den Wunsch, einen armen Haufen geschlagener Flüchtlinge zusammenzutreiben und einzusperren, und man muß auch bedenken – nun ja, Tatsache ist, daß diese Leute sich hoher und höchster Sympathie erfreuen, besonders in Frankreich und Amerika. Die geplanten Maßnahmen auf Zypern dürfen natürlich keinerlei Staub aufwirbeln. Wir möchten, ja wir müssen unbedingt alles vermeiden, was die öffentliche Meinung gegen uns aufbringen könnte.«

Sutherland ging zum Fenster, blickte auf das Wasser der Themse und sah den großen, zweistöckigen Autobussen zu, die über die Waterloo-Brücke fuhren. »Ich halte diese ganze Idee für verkehrt«, sagte er.

»Darüber haben wir beide nicht zu entscheiden, Bruce. White Hall erteilt die Befehle. Wir führen sie nur aus.«

Sutherland sah noch immer zum Fenster hinaus. »Ich habe die Menschen in Bergen-Belsen gesehen«, sagte er. »Wahrscheinlich sind es dieselben, die jetzt nach Palästina zu kommen versuchen.«

Er schritt zurück zu seinem Stuhl. »Seit dreißig Jahren haben wir in Palästina diesen Leuten gegenüber ein Versprechen nach dem anderen gebrochen.«

»Sehen Sie, Bruce«, sagte Tevor-Browne, »Sie und ich, wir machen uns in dieser Sache nichts vor, doch wir sind in der Minderheit. Wir beide haben zusammen im Nahen Osten gedient. Und jetzt will ich Ihnen mal was erzählen, mein Lieber. Ich habe im Krieg hier an diesem Schreibtisch gesessen und erlebt, wie aus dem arabischen Raum eine Verratsmeldung nach der andern kam: wie der ägyptische Generalstab Kriegsgeheimnisse an die Deutschen verkaufte, wie Kairo festlich geschmückt war, um Rommel als Befreier zu empfangen, wie die Iraker sich auf die Seite der Deutschen schlugen, wie die Syrier übergingen zu den Deutschen, wie der Mufti von Jerusalem sich als Agent der Nazis betätigte. Und so könnte ich Ihnen noch stundenlang weitererzählen. Sie müssen aber auch bedenken, wie die Sache für White Hall aussieht, Bruce. Wir können nicht riskieren, wegen einiger tausend Juden unser Ansehen und unseren Einfluß im ganzen Nahen Osten zu verlieren.«

»Und gerade das ist von all unseren Irrtümern der tragischste, Sir Clarence«, sagte Sutherland. »Wir werden den Nahen Osten auch so verlieren.«

»Sie sind ja ganz aufgeregt, Bruce.«

»Es gibt schließlich so etwas wie Recht und Unrecht.«

General Sir Clarence Tevor-Browne schüttelte mit einem bitteren Lächeln den Kopf. »Ich habe in meinem Leben sehr wenig gelernt, Bruce, aber das eine habe ich doch begriffen: Die Außenpolitik dieses oder irgendeines anderen Landes beruht nicht auf Recht oder Unrecht. Recht und Unrecht? Es ist nicht Ihre und nicht meine Sache, zu erörtern, wie es in diesem besonderen Falle mit der Frage von Recht oder Unrecht steht. Das einzige Reich, das auf Rechtschaffenheit beruht, ist das Himmelreich. Die Herrschaft der Welt beruht auf dem Öl. Und die Araber haben Öl.«

Bruce Sutherland schwieg. Dann nickte er und wiederholte: »Nur das Reich Gottes beruht auf Gerechtigkeit, die Herrschaft der Welt beruht auf dem Öl. Das ist eine wichtige Erkenntnis, Sir Clarence. In diesen beiden Sätzen scheint das ganze Leben enthalten zu sein. Wir alle – Menschen wie Völker – leben nach dem Gesetz der Notwendigkeit, nicht nach dem der Wahrheit.«

Tevor-Browne kam in seinem Stuhl nach vorn. »Irgendwo in seinem Weltenplan hat Gott uns für die schwierige Aufgabe vorgesehen, die Verantwortung für ein Empire zu tragen –«

»Und es steht uns nicht zu, nach dem Warum zu fragen«, sagte Sutherland leise. »Nur, ich kann diese Sklavenmärkte in Saudi-Arabien nicht vergessen, auch nicht den Augenblick, als ich das erstemal aufgefordert wurde, zuzusehen, wie einem Mann, der

47

gestohlen hatte, zur Strafe die Hände abgehackt wurden – und ebensowenig kann ich diese Juden in Bergen-Belsen vergessen.«

»Es ist nicht besonders gut, Soldat zu sein und ein Gewissen zu haben. Ich will Sie nicht zwingen, diesen Posten in Zypern anzunehmen.«

»Ich gehe hin. Selbstverständlich gehe ich hin. Nur, sagen Sie mir bitte – weshalb fiel Ihre Wahl gerade auf mich?«

»Die meisten von unseren Leuten sind pro-arabisch eingestellt, und zwar aus dem Grund, weil wir schon von jeher proarabisch gewesen sind, und weil einem Militär nicht viel anderes übrigbleibt, als sich nach der Politik zu richten. Ich möchte nicht gern jemanden nach Zypern schicken, der diesen Flüchtlingen gegenüber vielleicht feindlich eingestellt wäre. Es handelt sich um eine Aufgabe, die Verständnis und Mitgefühl verlangt.«

Sutherland stand auf. »Ich muß manchmal denken«, sagte er, »daß es beinahe ebensosehr ein Fluch ist, als Engländer auf die Welt zu kommmen, wie Jude zu sein.«

Sutherland nahm das Kommando auf Zypern an, doch sein Herz war voller Furcht. Er fragte sich, ob Tevor-Browne wußte, daß er Halbjude war. Der Entschluß, den er damals beim Tod seiner Mutter gefaßt hatte, dieser schreckliche Entschluß, der schon so lange zurücklag – jetzt kam er über ihn und rächte sich.

Er erinnerte sich, daß er damals in der Bibel Trost gesucht und auch gefunden hatte. Das war in den inhaltslosen Jahren mit Neddie gewesen, nach dem schmerzlichen Verlust des eurasischen Mädchens, der Frau, die er geliebt hatte, und alles zusammen hatte ihn immer stärker danach verlangen lassen, inneren Frieden zu finden. Wie wunderbar war das für ihn als Soldaten, von den großen kriegerischen Taten eines Josua, Gideon oder Joab zu lesen. Und diese wunderbaren Frauen – Ruth und Esther und Sara – und – und Deborah. Deborah, die Jeanne d'Arc der Juden, Befreierin ihres Volkes. Er wußte noch genau, wie es ihn kalt überlaufen hatte, als er die Worte las: *Wach auf, Deborah, wach auf, wach auf!*

Deborah – so hieß seine Mutter.

Deborah Davis war eine schöne und ungewöhnliche Frau gewesen. Kein Wunder, daß sich Harold Sutherland heftig in sie verliebt hatte. Die Familie sah großmütig darüber hinweg, als Harold es durchsetzte, daß *Der Widerspenstigen Zähmung* fünfzehnmal über die Bretter ging, damit er die schöne Schauspielerin Deborah Davis darin bewundern konnte, und die Familie lächelte

48

auch nachsichtig, als er sein Konto überzog, um sie mit Blumen und Geschenken zu überhäufen. Sie meinten, er würde sie schon vergessen.

Er vergaß sie nicht, und die Familie hörte auf, tolerant zu sein. Deborah Davis erhielt eine strenge Aufforderung, in Sutherland-Heights zu erscheinen, doch sie kam nicht. Daraufhin begab sich Harolds Vater, Sir Edgar, nach London, um sich diese erstaunliche junge Dame einmal näher anzusehen, die sich weigerte, nach Sutherland-Heights zu kommen. Deborah war ebenso geistreich wie schön, und Sir Edgar war von ihr hingerissen.

Er machte kein Hehl aus seiner Meinung, daß sein Sohn ein unverschämtes Glück gehabt hätte. Schließlich war bekannt, daß die Sutherlands schon immer eine Neigung für Schauspielerinnen gehabt hatten, und einige dieser Damen waren die gesellschaftlichen Prunkstücke in der Familiengeschichte der Sutherlands.

Da war natürlich der eine etwas heikle Punkt, daß Deborah Davis Jüdin war, doch dieses Problem erledigte sich dadurch, daß sie sich bereit erklärte, zur anglikanischen Kirche überzutreten.

Harold und Deborah hatten drei Kinder. Mary, die einzige Tochter, und Adam, der schwermütig und nicht ganz zurechnungsfähig war. Und Bruce, der älteste und Deborahs Liebling. Er liebte seine Mutter abgöttisch. Doch bei aller zärtlichen Nähe sprach sie nie über ihre Kindheit oder von ihren Eltern. Er wußte nur, daß sie sehr arm gewesen und von zu Hause weggelaufen war, um zur Bühne zu gehen.

Die Jahre vergingen. Bruce wurde Offizier und heiratete Neddie Ashton. Albert und Martha wurden geboren. Harold Sutherland starb, und Deborah wurde alt und älter.

Bruce erinnerte sich noch sehr genau an den Tag, an dem es geschah. Er war mit Neddie und den Kindern nach Sutherland-Heights gekommen, um längere Zeit dort zu bleiben. Wenn Bruce nach Hause kam, fand er seine Mutter entweder draußen bei den Rosen oder im Wintergarten, oder irgendwo im Haus, wo sie ihren Verpflichtungen nachging, heiter, lächelnd und glücklich. Doch als er an diesem Tag vorgefahren war, hatte sie weder dagestanden, um ihn zu begrüßen, noch war sie sonst irgendwo zu finden gewesen. Schließlich hatte er sie in ihrem Salon entdeckt, wo sie im Dunkeln saß. Das war seiner Mutter so unähnlich, daß er erschrak. Sie saß unbeweglich wie eine Statue und schien ihre Umgebung vergessen zu haben.

Bruce küßte sie sanft auf die Wange und kniete sich neben sie. »Fühlst du dich nicht wohl, Mutter?«

Sie wandte langsam den Kopf und flüsterte: »Heute ist Jom-Kippur, der Versöhnungstag.«

Bruce erschrak zutiefst.

Er sprach mit Neddie und seiner Schwester Mary darüber. Sie wurden sich darüber klar, daß ihre Mutter seit Vaters Tod zuviel allein gewesen war. Außerdem war Sutherland-Heights viel zu groß für sie. Sie sollte sich eine Wohnung in London nehmen, um Mary näher zu sein. Und außerdem wurde Deborah alt. Es fiel ihnen schwer, sich das klarzumachen, da ihnen die Mutter noch immer genauso schön erschien wie damals, als sie Kinder gewesen waren. Dann gingen Bruce und Neddie in den Nahen Osten. Mary schrieb glückliche Briefe, wie gut es ihrer Mutter gehe, und Deborahs Briefe berichteten von ihrem Glück, in London und in der Nähe von Marys Familie zu sein.

Doch als Bruce nach England zurückkam, sah die Sache ganz anders aus. Mary war völlig außer sich. Die Mutter war jetzt siebzig Jahre alt und wurde immer wunderlicher. Sie konnte sich an nichts mehr erinnern, was gestern gewesen war, dagegen äußerte sie ungereimtes Zeug über Ereignisse, die fünfzig Jahre zurücklagen. Dabei bekam es Mary mit der Angst zu tun, weil Deborah ihren Kindern gegenüber nie von ihrer Vergangenheit gesprochen hatte.

Was Mary aber am meisten beunruhigte, war, daß ihre Mutter häufig verschwunden war, ohne daß jemand wußte, wohin. Mary war sehr froh, daß Bruce wieder da war. Er war der Älteste, Mutters Liebling, und er war so zuverlässig. Bruce ging seiner Mutter eines Tages nach, als sie einen ihrer geheimnisvollen Spaziergänge unternahm. Ihr Ziel war eine Synagoge in Whitechapel.

Er überlegte alles sorgfältig und beschloß, seine Entdeckung für sich zu behalten. Sie war eine alte Frau; er hielt es nicht für richtig, sie an Dinge zu erinnern, die sich vor mehr als fünfzig Jahren ereignet hatten. Es schien ihm das beste, stillschweigend darüber hinwegzugehen.

Im Alter von fünfundsiebzig Jahren lag Deborah Sutherland im Sterben. Bruce kam gerade noch rechtzeitig nach England zurück. Die alte Frau lächelte, als sie ihren Sohn an ihrem Bett sitzen sah.

»Du bist jetzt Oberstleutnant – gut siehst du aus. Höre, Bruce – ich habe nicht mehr sehr viele Stunden zu leben –«

»Still, Mutter! Du wirst sehr bald wieder gesund und auf sein.«

»Nein, mein Sohn, ich muß dir etwas sagen. Ich wünschte mir so, deinen Vater zu heiraten. Ich wollte so gern – so gern die Herrin von Sutherland-Heights werden. Bruce, ich habe etwas Entsetzliches getan. Ich habe die Meinen verleugnet. Ich verleugnete sie im Leben. Jetzt möchte ich mit ihnen zusammen sein. Bruce – versprich mir, Bruce, daß ich dort begraben werde, wo meine Eltern liegen –«

»Ich verspreche es dir, Mutter.«

»Mein Vater – dein Großvater, du hast ihn nie gekannt. Als ich – als ich klein war, nahm er mich oft auf den Schoß und sagte zu mir – ›wach auf, Deborah, wach auf, wach auf‹ –«

Das waren ihre letzten Worte.

Bruce Sutherland saß lange am Bett seiner toten Mutter, betäubt vor Schmerz. Doch allmählich begann die Betäubung von ihm zu weichen, und er spürte einen brennenden Zweifel, der sich nicht unterdrücken ließ. War er wirklich gebunden an ein Versprechen, das er einer Sterbenden gegeben hatte? Das er ihr hatte geben müssen? Würde er, wenn er es nicht erfüllte, gegen den Ehrenkodex verstoßen, nach dem er stets gelebt hatte? War es nicht wirklich so, daß Deborah Sutherlands Geist im Laufe der vergangenen Jahre Stück für Stück von ihr gegangen war? Sie war im Leben nie Jüdin gewesen, warum sollte sie im Tode eine sein. Deborah war eine Sutherland gewesen und sonst nichts.

Was würde es für einen entsetzlichen Skandal geben, wenn er gezwungen sein sollte, sie auf einem verfallenden jüdischen Friedhof in einem Londoner Armenviertel begraben zu lassen. Mutter war tot. Die Lebenden – Neddie, Albert und Martha, die Familie seiner Schwester Mary und sein Bruder Adam – würden dadurch zutiefst verletzt werden. Das Recht der Lebenden ging vor.

Als er seine Mutter zum Abschied küßte und ihr Zimmer verließ, hatte er seinen Entschluß gefaßt.

Deborah wurde in Sutherland-Heights in der Familiengruft beigesetzt.

Die Sirenen! Die Sirenen der Wagenkolonne mit den jüdischen Flüchtlingen! Ihr Geheul wurde lauter und lauter, bis es ihm in den Ohren dröhnte. Bergen-Belsen – Marina – Neddie – Menschen, auf Lastwagen zusammengepfercht – die Lager von Caraolos – überfüllte Baracken – Tote – ich verspreche es dir, Mutter – ich verspreche es dir –

Ein Donnerschlag ließ das Haus bis in seine Grundfesten erzittern, Sturm erhob sich auf dem Meer, hohe Wogen brachen sich donnernd am Strand, kamen höher und höher, fast bis an das Haus heran. Sutherland schleuderte die Bettdecke fort und taumelte wie betrunken durch den Raum. Erstarrt blieb er am Fenster stehen, es blitzte und donnerte! Höher und höher stieg das tobende Meer!

»Brigadier! Brigadier Sutherland. Wachen Sie auf, Sir! Wachen Sie auf!«

Der griechische Boy stand bei ihm und rüttelte ihn heftig.

Sutherland öffnete die Augen und blickte wild um sich. Er war schweißgebadet, und sein Herz schlug hämmernd. Er schnappte nach Luft. Der Boy brachte ihm rasch einen Brandy.

Sutherland sah hinaus auf das Meer. Die Nacht war still, das Wasser lag spiegelglatt und spülte sanft gegen den Strand.

»Es ist schon wieder gut«, sagte er. »Alles in Ordnung.«

»Bestimmt, Sir?«

»Ja.«

Die Tür schloß sich.

Bruce Sutherland sank auf einen Stuhl, barg das Gesicht in seinen Händen, weinte und flüsterte immerzu: »Mutter... Mutter...«

VIII

Brigadier Bruce Sutherland schlief den quälenden Schlaf des Verdammten.

Mandria, der Zyprer, wälzte sich im Schlaf unruhig hin und her, doch seine Unruhe war frohe Erregtheit.

Mark Parker schlief den Schlaf eines Mannes, der eine Mission erfüllt hat.

Kitty Fremont schlief mit einem Seelenfrieden, wie sie ihn jahrelang nicht mehr gekannt hatte.

David ben Ami schlief erst, nachdem er Jordanas Brief so oft gelesen hatte, daß er ihn auswendig kannte.

Ari ben Kanaan schlief nicht. Für einen solchen Luxus war vielleicht später einmal Zeit, nicht jetzt. Er mußte so vieles wissen und hatte so wenig Zeit, um es zu lernen. Die ganze Nacht hockte er über Karten, Dokumenten und Berichten, machte sich mit allen Einzelheiten vertraut, die mit Zypern zusammenhingen, mit den Maßnahmen der Engländer, und mit den Leuten seines Volkes, die hier in Zypern saßen. Er arbeitete sich durch Stöße von Material durch, unablässig rauchend oder Kaffee trinkend, und sein Geist war ruhig und zuversichtlich.

Die Engländer hatten häufig geäußert, daß die Juden von Palästina, was den geheimen Nachrichtendienst betraf, es mit jedem anderen Volk aufnehmen könnten. Die Juden hatten dabei den Vorteil, daß jeder Jude in jedem beliebigen Lande der Welt für einen Mossad-Agenten eine potentielle Informationsquelle darstellte und ihm Schutz gewährte.

Der Tag brach an. Ari weckte David, und nach einem raschen Frühstück fuhren sie in einem von Mandrias Taxis hinaus zu dem Internierungslager bei Caraolos.

Das Lager und seine einzelnen Unterabteilungen zogen sich meilenweit am Rande der Bucht entlang, etwa auf halbem Wege zwischen Famagusta und den Ruinen von Salamis. Nur an den Stellen, an denen die Lagerabfälle zusammengetragen und nach draußen abgefahren wurden, konnten die Internierten und die Zyprer miteinander Kontakt aufnehmen. Die Engländer bewachten diese Stellen nicht besonders scharf, weil das Müllkommando aus sogenannten ›Vertrauensleuten‹ bestand. Dadurch entwickelten sie sich zu Orten mit lebhaftem Handel, wo Lederwaren und andere im Lager hergestellte Dinge gegen Brot und Kleidungsstücke getauscht wurden. Hier, wo das morgendliche Feilschen zwischen Griechen und Juden schon im vollen Gange war, schleuste David Ari ins Lager; und sie betraten die erste Sektion.

Ari musterte die hohe Wand aus Stacheldraht, die sich Meile um Meile hinzog. Selbst jetzt im November war es heiß und stickig durch den Staub, der beständig durch die Luft wirbelte. Die einzelnen Sektionen des Lagers mit ihren Gruppen von Zelten erstreckten sich in langer Reihe durch das mit Akazien umsäumte Gelände am Rande der Bucht. Jede Sektion war von drei bis dreieinhalb Meter hohen Stacheldrahtwänden eingefaßt. An den Ecken standen Wachttürme mit Scheinwerfern und Maschinengewehren. Ein abgemagerter Hund schloß sich ihnen auf ihrem Rundgang an. Auf seine Flanken war das Wort ›Bevin‹ gemalt – eine Verbeugung vor dem englischen Außenminister.

In jeder Sektion, zu der sie kamen, der gleiche Anblick: elende und verbitterte Menschen, auf engem Raum zusammenge-

53

pfercht. Fast alle trugen primitiv genähte Hosen und Hemden, hergestellt aus dem Stoff, mit dem die Zelte innen abgefüttert waren. Ari betrachtete die Gesichter, aus denen das Mißtrauen sprach, der Haß und die Hoffnungslosigkeit.

Jedesmal, wenn sie eine neue Sektion betraten, stürzte ein junger Mann oder ein Mädchen von etwas über oder unter Zwanzig auf Ari zu. Es waren Palmach-Mitglieder, die von Palästina hierhergebracht und ins Lager geschleust worden waren, um unter den Internierten zu arbeiten. Sie fielen ihm um den Hals und wollten wissen, wie es zu Hause aussah. Doch Ari vertröstete sie jedesmal mit der Zusage, er werde in den nächsten Tagen für alle Mitglieder der Arbeitsgruppe ein Palmach-Treffen abhalten. Jeder Palmach-Offizier führte Ari durch die Sektion, für die er verantwortlich war, und gelegentlich stellte Ari dabei eine Frage.

Doch die meiste Zeit sagte er nichts. Schweigend musterte er Meile um Meile des Stacheldrahts, auf der Suche nach einer Möglichkeit, dreihundert Leute auf einmal herauszubekommen.

Von den einzelnen Sektionen waren viele mit Menschen eines bestimmten Herkunftslandes belegt. Es gab polnische, französische und tschechische Sektionen. Es gab orthodoxe Juden, und es gab andere, die durch eine gemeinsame politische Überzeugung zusammengehalten wurden. Bei den meisten aber handelte es sich einfach um Überlebende, denen nichts anderes gemeinsam war, als daß sie Juden waren, die nach Palästina wollten. Und alle waren einander ähnlich durch das gleiche Elend.

David führte Ari zu einer hölzernen Brücke, die oben über die Wände aus Stacheldraht hinüberführte und die beiden Hauptabteilungen des Lagers miteinander verband. An der Brücke war eine Tafel angebracht mit der Aufschrift: WILLKOMMEN IN BERGEN-BEVIN. »Das ist übrigens eine verdammt bittere Ironie, Ari, mit dieser Brücke. Genauso eine Brücke gab es in Polen, im Ghetto von Lodz.«

David geriet mehr und mehr in Wut. Er war empört über die menschenunwürdigen Zustände, die in diesem englischen Lager herrschten, über die vergleichsweise größere Freiheit der deutschen Kriegsgefangenen auf Zypern, über die ungenügende Verpflegung, die mangelnde ärztliche Betreuung und ganz allgemein das schwere an ihnen begangene Unrecht. Ari

54

hörte kaum, was David in seiner Erregung äußerte. Er war viel zu sehr damit beschäftigt, sich die örtlichen Gegebenheiten einzuprägen. Schließlich bat er David, ihm die unterirdischen Gänge zu zeigen.

David führte Ari zu einer Gruppe orthodoxer Juden, die unmittelbar am Rande der Bucht lag. Nahe am Stacheldraht stand eine Reihe von Latrinen. An der ersten war ein Schild angebracht mit der Inschrift: BEVINGRAD. David zeigte Ari, daß das fünfte und sechste Häuschen nur dem Schein nach Latrinen waren. Die Löcher unter den Sitzen bildeten den Eingang zu unterirdischen Gängen, die unter dem Stacheldraht hindurch zur Bucht führten. Ari schüttelte den Kopf. Ein paar Leute mochten durch diese Gänge entkommen können, aber für eine Massenflucht waren sie nicht geeignet.

Mehrere Stunden waren vergangen. Sie hatten fast das ganze Lager besichtigt. Ari hatte die letzten beiden Stunden kaum ein Wort gesprochen. Schließlich fragte David, der es vor Ungeduld nicht mehr aushielt: »Nun, was ist dein Eindruck?«

»Mein Eindruck?« sagte Ari. »Mir scheint, daß Bevin hier nicht besonders populär ist. Was gibt es hier sonst noch zu sehen?«

»Das Jugendlager habe ich für zuletzt aufgespart. Wir haben dort unser Palmach-Hauptquartier.«

Als sie diesen Teil des Lagers betraten, stürzte auch hier ein Palmach-Angehöriger auf Ari zu. Diesmal aber erwiderte er die Umarmung herzlich, denn dieser junge Mann, Joab Yarkoni, war ein guter alter Freund. Er wirbelte Yarkoni im Kreis herum, stellte ihn auf die Füße und drückte ihn wieder an sich. Joab Yarkoni war ein dunkelhäutiger marokkanischer Jude, der als kleiner Junge nach Palästina emigriert war. Seine schwarzen Augen funkelten, und ein mächtiger Schnurrbart schien die Hälfte seines Gesichts einzunehmen. Joab und Ari hatten schon viele Abenteuer gemeinsam bestanden, denn obwohl Joab erst Anfang Zwanzig war, so war er doch einer der fähigsten Agenten von Mossad Aliyah Bet und verfügte über eine genaue Kenntnis der arabischen Länder. Von Anfang an war Yarkoni einer der gerissensten und wagemutigsten Mossad-Leute gewesen. Seine größte Leistung war ein Bravourstück gewesen, das es den Juden in Palästina ermöglicht hatte, mit dem Anbau von Dattelpalmen zu beginnen. Die Araber bewachten ihre Dattelpalmen eifersüchtig, doch Yarkoni hatte es fertiggebracht, hundert Schößlinge vom Irak nach Palästina hereinzuschmuggeln.

David ben Ami hatte Joab Yarkoni das Kommando in diesem Teil des Lagers übertragen, weil die Jugendsektion der wichtigste Teil des gesamten Lagers von Caraolos war.

Joab führte Ari durch die Sektion, in der sich lauter Waisenkinder befanden, von den kleinsten bis zum Alter von siebzehn Jahren. Die meisten Waisenkinder hatten den Krieg in Konzentrationslagern verbracht, und viele von ihnen hatten das Leben außerhalb des Stacheldrahts niemals kennengelernt. Im Gegensatz zu den anderen Sektionen standen hier mehrere feste Gebäude. Es gab eine Schule, einen großen Eßraum, ein Lazarett, mehrere kleinere Gebäude und einen großen Spielplatz. Verglichen mit der Lethargie in den übrigen Teilen des Lagers herrschte hier lebhafte Aktivität. Krankenschwestern, Ärzte, Lehrer und Fürsorgepfleger arbeiteten hier, die nicht zum Lager gehörten, sondern aus den Spenden amerikanischer Juden bezahlt wurden. Infolge dieses beständigen Kommens und Gehens von Außenseitern war die Jugendsektion der Teil des Lagers, der am lässigsten bewacht war. David und Joab hatten sich diesen Umstand sofort zunutze gemacht und hier das Palmach-Hauptquartier eingerichtet. Nachts verwandelte sich der Spielplatz in ein militärisches Ausbildungslager für die Internierten. Die Klassenzimmer dienten für Schulungskurse in arabischer Psychologie, palästinensischer Geographie, Taktik, Waffenkunde und hundert anderen Zweigen der Kriegführung.

Jeder Internierte, der vom Palmach militärisch ausgebildet wurde, mußte sich vor einem Scheintribunal verantworten. Dabei ging man von der Annahme aus, daß der Betreffende nach Palästina gelangt und dort von den Engländern geschnappt worden sei. Der Palmach-Ausbilder nahm ihn in ein Verhör, um den Nachweis zu erbringen, daß der Flüchtling illegal eingewandert war. Der ›Kandidat‹ mußte zahllose Fragen über die Geographie und die Geschichte von Palästina beantworten, um zu ›beweisen‹, daß er bereits seit vielen Jahren im Land lebte.

Wenn ein ›Kandidat‹ den Kursus erfolgreich beendet hatte, organisierte der Palmach seine Flucht, meist von der Jugendsektion oder durch die unterirdischen Gänge zu dem weißen Haus auf dem Hügel von Salamis, von dem aus er nach Palästina geschmuggelt wurde. Auf diese Weise waren, in kleinen Gruppen von jeweils zwei oder drei Leuten, bereits mehrere hundert Flüchtlinge nach Palästina gebracht worden.

Bei der britischen CID wußte man sehr wohl, daß in der Jugendsektion dunkle Dinge vor sich gingen. Von Zeit zu Zeit versuchte man, Spitzel im Lager anzusetzen, getarnt als Lehrer oder Pfleger, doch Ghetto und Konzentrationslager hatten eine Generation von Kindern hervorgebracht, die schweigen gelernt hatten, und die Eindringlinge waren jedesmal innerhalb von ein oder zwei Tagen entdeckt worden.

Ari beendete seine Inspektion in dem Schulgebäude. Eins der Klassenzimmer war kein Schulraum, sondern das Palmach-Hauptquartier. Im Pult des Lehrers war ein Funkgerät verborgen, das die Nachrichtenverbindung mit Palästina aufrechterhielt. Unter den Bodenbrettern waren Waffen für die militärischen Ausbildungskurse versteckt. Und in diesem Raum wurden auch Ausweise und Pässe gefälscht.

Ari sah sich die Ausrüstung der Fälscherwerkstatt an und schüttelte den Kopf. »Das ist eine völlig unbrauchbare Pfuscherei«, sagte er. »Joab, ich bin sehr unzufrieden mit dir.«

Yarkoni zuckte nur die Schultern.

»In den nächsten Wochen werden wir einen Fachmann brauchen«, sagte Ari. »Du hast mir doch gesagt, David, es gäbe einen hier in dieser Sektion.«

»Stimmt. Es ist ein Junge aus Polen, Dov Landau, doch der will nicht.«

»Wir haben wochenlang vergeblich versucht, ihn dazu zu bewegen«, sagte Joab.

»Ich möchte gern mit ihm reden.«

Ari bat die beiden, draußen zu warten, und betrat das Zelt von Dov Landau. Er sah sich einem blonden Jungen gegenüber, zu klein für sein Alter, der den unerwarteten Eindringling mißtrauisch musterte. Ari kannte den Blick, diese Augen, in denen der Haß stand. Er sah die nach unten gezogenen Mundwinkel und die verächtlich aufgeworfenen Lippen des Jungen, einen Ausdruck von Bösartigkeit, den so viele der Menschen zeigten, die im Konzentrationslager gewesen waren.

»Du heißt Dov Landau«, sagte Ari und sah dem Jungen fest in die Augen. »Du bist siebzehn Jahre alt und stammst aus Polen. Du bist im Konzentrationslager gewesen, und du bist ein Fachmann auf dem Gebiet der Fälschung. Ich heiße Ari ben Kanaan, komme aus Palästina und bin Mitglied von Mossad Aliyah Bet.«

Der Junge spuckte verächtlich aus.

»Hör zu, Dov – ich habe weder die Absicht, dich um etwas zu bitten, noch habe ich die Absicht, dir zu drohen. Ich möchte dir vielmehr einen ganz klaren geschäftlichen Vorschlag machen. Nennen wir es einmal einen gegenseitigen Beistandspakt.«

»Ich will Ihnen mal was sagen, Ben Kanaan«, sagte Dov Landau höhnisch. »Ihr Burschen seid auch nicht besser als die Deutschen oder die Engländer. Ihr wollt uns ja nur mit Gewalt nach Palästina haben, weil ihr Angst vor den Arabern habt. Klar, ich will nach Palästina, aber wenn ich dort bin, dann gehe ich zu einem Verein, bei dem ich Leute umlegen kann!«

Ari verzog keine Miene bei den giftigen Worten, die ihm der Junge entgegenschleuderte. »Großartig. Wir sind uns völlig einig. Dir gefallen die Gründe nicht, aus denen ich wünsche, daß du nach Palästina kommst, und mir gefallen die Gründe nicht, aus denen du dir wünschst, dorthin zu kommen. In einem Punkt aber stimmen wir überein: Du gehörst nach Palästina und nicht hierher.«

Der Junge kniff die Augen mißtrauisch zusammen. Dieser Ben Kanaan war nicht wie die anderen.

»Gehen wir einen Schritt weiter«, sagte Ari. »Dadurch, daß du hier auf deinem Hintern sitzt und nichts tust, wirst du nicht nach Palästina kommen. Ich schlage also vor, du hilfst mir, und ich helfe dir. Was du machst, wenn du erst einmal dort bist, das ist deine Sache.«

Dov Landau blinzelte überrascht.

»Es handelt sich um folgendes«, sagte Ari. »Ich brauche gefälschte Ausweise. Und zwar brauche ich Haufen von gefälschten Ausweisen innerhalb der nächsten Wochen, und diese Burschen hier sind nicht einmal imstande, ihre eigene Unterschrift zu fälschen. Ich möchte, daß du für mich arbeitest.«

Der Junge war durch das rasche und direkte Vorgehen von Ari völlig überrumpelt. Er versuchte Zeit zu gewinnen, um zu prüfen, ob da irgendwo eine Falle war. »Ich werd's mir überlegen«, sagte er.

»Sicher, überleg's dir. Du hast dreißig Sekunden Zeit.«

»Und wenn ich nun ablehne? Werden Sie dann versuchen, mich durch Prügel soweit zu kriegen?«

»Ich habe dir doch schon gesagt, Dov, wir brauchen einander. Ich möchte dir das mit aller Deutlichkeit erklären. Wenn du dich jetzt nicht an die Arbeit machst, dann werde ich persönlich dafür sorgen, daß du der letzte bist, der das Lager hier verläßt. Da du dann fünfunddreißigtausend Leute vor dir hast, wirst du, wenn du schließlich nach Palästina kommst, viel zu alt und schwach sein, um noch eine Bombe werfen zu können. Übrigens, deine dreißig Sekunden sind um.«

»Und woher weiß ich, daß ich Ihnen trauen kann?«

»Weil ich es gesagt habe.«

Über das Gesicht des Jungen glitt ein Lächeln, und er nickte, zum Zeichen, daß er sich an die Arbeit machen wollte.

»In Ordnung. Was du zu tun hast, werden dir entweder David ben Ami oder Joab Yarkoni sagen. Und ich möchte nicht, daß du irgendwelche Scherereien machst. Falls du besondere Fragen hast, dann wende dich an mich. Ich möchte, daß du in einer halben Stunde zum Palmach-Hauptquartier kommst, um dir anzusehen, was sie dort haben, und um David Bescheid zu sagen, was du noch brauchst.«

Ari drehte sich um und ging zum Zelt hinaus nach draußen, wo David und Joab standen und warteten. »Er wird in einer halben Stunde erscheinen, um sich an die Arbeit zu machen«, sagte er. David schnappte nach Luft, und Joab blieb vor Staunen der Mund offen. »Wie hast du das fertiggebracht?«

»Jugendpsychologie«, sagte Ari. »Ich fahre jetzt zurück nach Famagusta, und ich möchte euch beide heute abend dort im Haus von Mandria sehen. Bringt auch Seew Gilboa mit. Ihr braucht mich nicht zu begleiten. Ich weiß den Weg.«

David und Joab starrten fasziniert ihrem Freund nach, diesem bemerkenswerten Ari ben Kanaan, der sich über den Spielplatz entfernte, in Richtung der Müllabladestelle.

Am Abend wartete Mandria, der Zyprer, zusammen mit David, Joab und Seew Gilboa, Stunde um Stunde in seinem Wohnzimmer auf Ari ben Kanaan.

Gilboa, gleichfalls Palmach-Angehöriger, war ein breitschultriger Bauer aus Galiläa. Wie Yarkoni hatte auch er einen prächtigen Schnurrbart und war Anfang Zwanzig. Von allen Palmach-Agenten, die im Lager von Caraolos arbeiteten, war Seew Gilboa der beste Soldat. David hatte ihm die Leitung der militärischen Ausbildung übertragen. Mit Schwung und mit improvisierten Waffen hatte er seinen Leuten nachts auf dem Kinderspielplatz annähernd alles beigebracht, was sich ohne richtige Waffen beibringen ließ. Besenstiele waren Gewehre, Steine waren Handgranaten, Sprungfedern waren Bajonette. Er richtete Kurse ein für Nahkampf und Stockfechten. Vor allem aber impfte er den mutlosen Internierten einen ungeheuren Kampfgeist ein.

Es wurde immer später. Mandria fing an, nervös im Zimmer hin und her zu laufen. »Ich weiß nur«, sagte er, »daß ich ihm für heute nachmittag ein Taxi und einen Fahrer besorgt habe.«

»Beruhigen Sie sich, Herr Mandria«, sagte David. »Es ist durchaus möglich, daß Ari erst in drei Tagen wiederkommt. Er hat eine seltsame Arbeitsweise, aber wir kennen das schon bei ihm.«

Mitternacht ging vorüber, und die vier Männer fingen an, es sich in den Sesseln bequem zu machen. Nach einer halben Stunde begannen sie, schläfrig zu werden, und eine Stunde später schliefen alle fest.

Es war gegen fünf Uhr morgens, als Ari ben Kanaan den Raum betrat. Seine Augen waren schwer, weil er die ganze Nacht auf der Insel herumgefahren war, ohne sich auch nur eine Stunde Schlaf zu gönnen. Seit seiner Ankunft in Zypern hatte er nur selten und viel zu wenig geschlafen. Ari und Seew Gilboa umarmten sich in der beim Palmach üblichen Weise, und danach kam Ari sofort zur Sache, ohne sich mit einer Entschuldigung oder Erklärung für seine achtstündige Verspätung aufzuhalten.

»Herr Mandria – haben Sie schon das Schiff für uns?«

Mandria war sprachlos. Er schlug sich mit der Hand vor die Stirn.

»Herr Ben Kanaan! Vor weniger als dreißig Stunden sind Sie hier in Zypern angekommen und haben mich gebeten, Ihnen ein Schiff zu beschaffen. Ich bin kein Schiffbauer! Meine Firma, die Zyprisch-Mittelmeerische Schiffahrtsgesellschaft unterhält Zweigbüros in Famagusta, Larnaca, Kyrenia, Limassol und Paphos. Weitere Häfen gibt es in Zypern nicht. Alle meine Büros haben Auftrag, sich nach einem Schiff für Sie umzusehen. Wenn es auf Zypern überhaupt so etwas wie ein Schiff gibt, dann werden Sie es erfahren, Herr Ben Kanaan.«

Ari achtete nicht auf Mandrias Sarkasmus und wandte sich an die andern.

»Seew, ich nehme an, David hat dich schon darüber informiert, was wir vorhaben.«

Der Mann aus Galiläa nickte.

»Von jetzt an arbeitet ihr drei für mich. Sucht euch jemanden, der eure Posten im Lager übernimmt. Joab, wie viele gesunde Jugendliche im Alter zwischen zehn und siebzehn Jahren gibt es in deiner Sektion?«

»Oh – ich würde sagen, ungefähr sechs- bis siebenhundert.«

»Seew – suche dreihundert der kräftigsten aus. Gib ihnen die beste sportliche Ausbildung!«

Seew nickte.

»In einer halben Stunde wird es hell sein«, sagte Ari und stand auf. »Ich werde ein Taxi brauchen, um wieder loszufahren, Herr Mandria – der Mann, der mich gestern gefahren hat, ist vermutlich etwas müde geworden.«

»Ich werde Sie selbst fahren«, sagte Mandria.

»Großartig. Sobald es hell wird, fahren wir los. Und jetzt entschuldigt mich bitte, ich muß mir oben in meinem Zimmer noch etwas ansehen.«

Er ging so plötzlich hinaus, wie er hereingekommen war. Die anderen begannen alle auf einmal zu reden.

»Dann sollen also die dreihundert, die ausbrechen, Kinder sein«, sagte Seew.

»So scheint es in der Tat«, sagte Mandria. »Wirklich ein seltsamer Mann. Er hofft auf Wunder – und sagt nicht, was er vorhat.«

»Im Gegenteil«, sagte David, »er glaubt nicht an Wunder. Deshalb arbeitet er so intensiv. Ich habe den Eindruck, hier steckt mehr dahinter, als Ari uns wissen läßt. Es kommt mir vor, als ob diese Flucht von dreihundert Kindern nur ein Teil von dem ist, was er plant.«

Joab Yarkoni lächelte. »Wir alle kennen Ari ben Kanaan lange genug, um von vornherein darauf zu verzichten, seine Pläne erraten zu wollen. Wir kennen ihn auch lange genug, um zu wissen, daß er seine Sache versteht. Wenn es soweit ist, werden wir schon erfahren, was Ari vorhat.«

Am nächsten Tag fuhr Ari mit Mandria kreuz und quer durch Zypern, anscheinend wahllos und ziellos. Sie fuhren die östliche Bucht entlang, vorbei an Salamis und Famagusta, bis an die Spitze von Kap Greco. In Famagusta stieg Ari aus, ging an der alten Stadtmauer entlang und studierte das Hafengelände. Mit Mandria sprach er mit Ausnahme gelegentlicher kurzer Fragen den ganzen Tag über kaum ein Wort. Dem Zyprer kam es so vor, als sei dieser Riese aus Palästina das kälteste menschliche Wesen, das er je kennengelernt hatte. Er verspürte eine gewisse Feindseligkeit, konnte dabei aber nicht umhin, Ari seiner völligen Konzentration und anscheinend übermenschlichen Ausdauer wegen zu bewundern. Dieser Mann, mußte Mandria denken, schien sich mit ungeheurer Leidenschaft für eine Sache einzusetzen – was eigentlich erstaunlich war, weil Ben Kanaan äußerlich keinerlei Spuren menschlicher Gefühlsbewegung erkennen ließ.

Von Kap Greco aus fuhren sie die südliche Bucht entlang und dann hinein in das hohe, felsig zerklüftete Gebirge, wo sich die Sporthotels für die Wintersaison rüsteten. Sollte Ben Kanaan dabei irgend etwas entdeckt haben, das für ihn von Interesse war, so gab er jedenfalls nichts davon zu erkennen. Mandria war ziemlich erschöpft, als sie nach Mitternacht wieder in Famagusta eintrafen. Doch es fand sofort eine neue Konferenz mit Seew, David und Joab statt. Danach begann Ari erneut, bis zum Morgen Karten und Berichte zu studieren.

Am Morgen des vierten Tages nach Ari ben Kanaans Ankunft auf Zypern erhielt Mandria einen Anruf seines Büros in Larnaca mit der Mitteilung, daß soeben ein Schiff aus der Türkei eingelaufen sei, das seinen Anforderungen entspräche und käuflich zu erwerben sei. Mandria fuhr Ari nach Caraolos, wo sie David und Joab abholten, und zu viert fuhren sie los nach Larnaca.

Seew Gilboa kam nicht mit, weil er bereits damit beschäftigt war, die dreihundert Jugendlichen auszuwählen und spezielle Trainingskurse für sie einzurichten.

Mandria war stolz und sehr mit sich zufrieden, während sie die Straße von Famagusta nach Larnaca entlangfuhren. Auf halbem Wege wurde Ari plötzlich auf etwas aufmerksam, das auf einem großen Feld links von der Straße vor sich ging. Er bat Mandria, anzuhalten, und stieg aus, um nachzusehen. Es wurde dort fieberhaft gebaut. Allem Anschein nach handelte es sich um Barakken.

»Die Engländer bauen ein neues Lager«, sagte David.

»Caraolos wird allmählich zu klein.«

»Warum habe ich davon nichts erfahren?« fragte Ari heftig.

»Du hast nicht danach gefragt«, antwortete Joab Yarkoni.

»Soweit wir es abschätzen können«, sagte David, »wird man in zwei bis drei Wochen damit anfangen, alle, die in Caraolos zu viel sind, in das neue Lager zu überführen.«

Ari stieg wieder ein, und sie fuhren weiter. Joab Yarkoni, der nichts von dem Versuch hielt, die Pläne seines Freundes erraten zu wollen, stellte dennoch fest, daß ihn dieses neue Lager außerordentlich beschäftigte. Es war geradezu zu spüren, wie es in Aris Kopf arbeitete.

Sie kamen nach Larnaca und fuhren durch schmale, gewundene Gassen hinunter zum Hafen, an dem saubere zweistöckige weiße Häuser längs der Straße standen. Sie hielten vor der Taverne ›Zu den vier Laternen‹, wo sie der türkische Schiffseigner, ein Mann namens Armatau, erwartete. Ari bestand darauf, sofort das Schiff zu besichtigen – ohne erst bei einem Glas um den Preis zu feilschen, was hier doch ein so wesentlicher Teil jeder normalen geschäftlichen Transaktion war.

Armatau führte sie über die Straße hinüber zu dem langen Pier, der sich mehr als eine halbe Meile weit ins Meer hinaus erstreckte. Während sie an einem Dutzend Schleppfischern, Barkassen und Segelbooten entlanggingen, sprach Armatau unablässig auf sie ein. Er versicherte ihnen, daß das Schiff, welches sie sogleich in Augenschein nehmen sollten, in der Tat eine Königin des Meeres sei. Ziemlich am Ende des Piers blieben sie bei einem uralten Seelenverkäufer stehen, an dessen hölzernem Bug fast verblichen der Name *Aphrodite* zu lesen war.

»Ist sie nicht eine Schönheit?« sagte Armatau, glühend vor Begeisterung. Dann schwieg er gespannt, während vier Augenpaare den alten Kahn kühl und kritisch von vorn bis achtern musterten.

»Sie ist natürlich kein Schnellboot«, sagte der Türke.

Aris Schätzung nach war die *Aphrodite* 45 Meter lang und verdrängte rund zweihundert Tonnen. Der ganzen Bauweise und dem Aussehen nach mußte sie ungefähr fünfundvierzig Jahre alt sein.

»Sag mal, wer war eigentlich Aphrodite?« fragte Joab Yarkoni, mit den Augen zwinkernd.

»Aphrodite war die Göttin der Liebe. Sie wurde von der Brandung an den Strand gespült, nur ein paar Meter von hier entfernt – vor etwa fünftausend Jahren«, antwortete David.

»Ja, das alte Mädchen hat bestimmt eine Menge durchgemacht«, sagte Joab.

Der Türke schluckte die Sticheleien hinunter und versuchte zu lächeln. Ben Kanaan drehte sich zu ihm herum und sah ihn an.

»Hören Sie, Armatau, mich interessiert nur das eine. Bis Palästina sind es zweihundert Meilen. Sie muß die Reise schaffen. Kann sie das, ja oder nein?«

Armatau warf beide Arme in die Luft. »Bei der Ehre meiner Mutter«, sagte er, »ich habe dreihundert Reisen zwischen Zypern und der Türkei mit ihr gemacht. Das wird Herr Mandria hier Ihnen bestätigen können. Er weiß es.«

»Ja, das stimmt«, sagte Mandria. »Sie ist alt, aber zuverlässig.«

»Herr Armatau, gehen Sie mit meinen beiden Freunden an Bord und zeigen Sie ihnen die Maschinen.«

Als die drei Männer unter Deck verschwunden waren, sagte Mandria zu Ari: »Armatau ist zwar Türke, aber man kann seinen Worten Glauben schenken.«

»Was für eine Geschwindigkeit kann man aus diesem Ding wohl herausholen?« fragte Ari.

»Schätzungsweise fünf Knoten – bei achterlichem Wind. Die *Aphrodite* hat es nicht so eilig.«

Sie gingen an Bord und inspizierten das Deck und die Aufbauten. Die *Aphrodite* war halb verrottet und längst über die Zeit hinaus, wo es sich bezahlt gemacht hätte, sie auszubessern. Trotz ihres offensichtlich schlechten Zustandes war sie von einer soliden Festigkeit. Man hatte das Gefühl, daß sie mit den Tücken des Meeres vertraut war und schon manche Schlacht gegen Wind und Wellen gewonnen hatte.

Nach einer halben Stunde waren David und Joab mit ihrer Besichtigung fertig.

»Dieses Schiff ist eine absolute Mißgeburt«, sagte David, »aber ich bin fest davon überzeugt, daß sie es schafft.«

»Bekommen wir dreihundert Leute an Bord?« fragte Ari.

David rieb sich das Kinn. »Vielleicht mit einem Schuhanzieher.«

»Wir werden allerhand ausbessern und reparieren müssen«, sagte Ari zu Mandria. »Wir müssen natürlich vermeiden, irgendwelche Aufmerksamkeit zu erregen.«

Mandria lächelte. Jetzt war er in seinem Element. »Ich verfüge da, wie Sie sich denken können, über sehr gute Beziehungen. Es handelt sich nur darum, die richtigen Leute zu schmieren, und Sie können versichert sein, daß man nichts sieht, nichts hört, und keine Behörde etwas erfährt.«

»Sehr gut. David, gib heute abend einen Funkspruch nach Palästina durch. Sag den Leuten, daß wir einen Kapitän und zwei Mann Besatzung brauchen.«

»Wird eine dreiköpfige Besatzung ausreichen?«

»Na schön, warum soll ich es euch nicht sagen – ihr beiden und Seew werdet mit mir auf diesem Schlammkahn nach Palästina zurückkehren. Wir werden die Crew vervollständigen. Joab! Du hast ja schon immer etwas für reifere Frauen übrig gehabt, also, jetzt hast du eine. Du hast den Auftrag, diesen Kasten einigermaßen in Ordnung zu bringen.«

Zum Schluß wandte er sich an Armatau, der noch immer hingerissen war von dem Tempo, mit dem Ari seine Fragen stellte und Anweisungen erteilte. »Also, Armatau, Sie können beruhigt sein, Sie haben uns das Monstrum verkauft – aber nicht zu dem Preis, den Sie sich gedacht haben. Gehen wir in die ›Vier Laternen‹, um den Handel abzuwickeln.«

Ari sprang vom Deck herunter auf den Pier und gab Mandria die Hand. »David und Joab – ihr müßt allein zusehen, wie ihr nach Famagusta zurückkommt. Herr Mandria wird mich, wenn wir unser Geschäft mit Armatau abgewickelt haben, nach Kyrenia fahren.«

»Nach Kyrenia?« sagte Mandria verwirrt. »Wird denn dieser Mann niemals müde? Kyrenia ist auf der ganz anderen Seite der Insel«, sagte er protestierend.

»Ist Ihr Wagen nicht in Ordnung?« fragte Ari.

»Doch, doch«, sagte Mandria, »ich werde Sie nach Kyrenia fahren.« Ari begann, mit Mandria und dem Türken den Pier entlang zurückzugehen.

»Ari!« rief David hinter ihm her. »Wie sollen wir die alte Dame nennen?«

»Der Dichter bist du«, rief Ari zurück. »Gib du ihr einen Namen.«

Joab und David sahen den drei Männern nach, bis sie am Ende des Piers verschwunden waren. Dann fingen sie von einem Ohr bis zum andern zu grinsen an und sich gegenseitig zu umarmen.

»Dieser Kerl, der Ari! Eine feine Art, uns mitzuteilen, daß es nach Hause geht.«

»Du kennst doch Ari«, sagte David. »Um Gottes willen nur keine Gefühle zeigen!«

Sie atmeten tief und glücklich, und einen Augenblick lang dachten beide an Palästina. Dann betrachteten sie die *Aphrodite*. Sie war wirklich ein trauriges, altes Mädchen. Sie gingen auf dem Deck umher und musterten das alte Wrack.

»Mir fällt ein guter Name ein«, sagte Joab. »Wollen wir sie nicht *Bevin* nennen?«

»Ich weiß einen besseren Namen«, sagte David ben Ami. »Von heute an heißt dieses Schiff *Exodus*.«

IX

Mark steuerte den Mietwagen von der Straße herunter und parkte. Er war mit Kitty hoch hinauf in das Gebirge gefahren, das sich unmittelbar hinter Kyrenia erhob. Vor ihnen zog sich ein riesiges, zerklüftetes Felsmassiv mehr als hundert Meter hoch nach oben. Auf seinem Gipfel standen die Ruinen von St. Hilarion. Ein Märchenschloß, das noch verfallen an Macht und Glanz des Gotenreichs gemahnte.

Mark nahm Kitty bei der Hand und führte sie den Hang hinauf. Sie kletterten die Zinnen empor, bis sie auf den unteren Mauern standen und in den Schloßhof sahen.

Mühsam bahnten sie sich einen Weg durch die Trümmer und wanderten durch königliche Gemächer und riesige Hallen, durch die Ställe, das Kloster und die Bollwerke. Es war totenstill, doch die Räume schienen zu atmen, belebt von Geistern der Vergangenheit, die raunend Geschichten von einer längst vergangenen Zeit erzählten, da Menschen hier geliebt und gehaßt und gekämpft hatten.

Dann stiegen Mark und Kitty fast eine Stunde lang hinauf zur höchsten Spitze des Berges. Schließlich standen sie oben, heiß und außer Atem, hingerissen von dem Anblick, der sich ihnen bot. Vor ihnen fiel der Fels als steiles Kliff fast neunhundert Meter hinunter nach Kyrenia. Am Horizont lag als schmaler Strich die türkische Küste, und rechts und links an den Rändern steiler Schründe hingen üppige grüne Wälder, terrassenförmig angelegte Weingärten und Häuser. Von weiter unten schimmerten Olivenhaine silbern herauf, durch ihre Blätter strich ein Windhauch. Mark sah Kitty an, die sich als Silhouette gegen den Himmel abhob, während eine Wolke hinter ihr vorbeizog. Wie schön sie ist, dachte Mark, wie wunderschön. Kitty Fremont war anders als alle Frauen, die er kannte. Sie war etwas Einmaliges für ihn. Er begehrte sie nicht, wollte sie nicht begehren. Es gab für Mark Parker nicht viel auf dieser Welt, wovor er Achtung hatte. Es war ihm ein Bedürfnis, Kitty Achtung entgegenzubringen. Außerdem war sie die einzige Frau, in deren Gesellschaft er sich absolut wohl fühlte; denn bei ihr konnte er sich geben, wie er war, hatte er es nicht nötig, Eindruck zu machen, brauchte er das alte Spiel nicht zu spielen.

Sie setzten sich auf einen großen Felsblock und betrachteten staunend die Fülle von Schönheit, die sie umgab. Das Schloß, das Meer, den Himmel, die Berge.

»Ich glaube«, sagte Mark schließlich, »das hier ist die schönste Aussicht, die es auf der ganzen Welt gibt.«

Sie nickte.

Es waren wunderbare Tage für sie beide gewesen. Kitty schien seit der Ankunft von Mark ein ganz neuer Mensch geworden zu sein. Sie hatte die wunderbar heilende Wirkung einer Beichte an sich erfahren.

»Ich muß gerade an etwas Schreckliches denken«, sagte Kitty. »Ich denke daran, wie froh ich bin, daß man diesen Colonel Howard Hillings nach Palästina geschickt hat und daß ich dich für mich ganz allein habe. Wie lange kannst du bleiben?«

»Ein paar Wochen, solange du mich dahaben willst.«

»Ich möchte, daß wir uns nie wieder so weit voneinander entfernen.«

»Bist du dir eigentlich klar darüber«, sagte er, »daß im Dom-Hotel alle Welt davon überzeugt ist, wir hätten eine Affäre?« – »Wunderbar!« sagte Kitty. »Ich werde heute abend ein Schild an meine Tür hängen, auf dem mit großen roten Buchstaben steht: Ich liebe Mark Parker wahnsinnig.«

Sie blieben eine weitere Stunde sitzen und begannen dann lustlos hinabzusteigen, um vor Einbruch der Dunkelheit in der Stadt zu sein.

Kurze Zeit, nachdem Mark und Kitty zum Hotel zurückgekehrt waren, langte Mandria in Kyrenia an, fuhr zum Hafen und parkte am Kai. Ari stieg aus und sah hinüber zu dem Turm des Kastells, das auf der anderen Seite des Hafens am Rande des Meeres stand. Er ging zusammen mit Mandria hinüber, und beide stiegen die Treppe im Innern des Turmes hinauf. Oben vom Turm hatte man einen sehr guten Überblick, und Ari musterte die Gegend aufmerksam und schweigsam wie immer.

Den Abschluß des Hafens gegen die See bildeten die beiden Arme der Mole, von denen der eine von dem Turm des Kastells aus, auf dem sie standen, und der andere gegenüber von dem Kai mit seinen Häusern in annähernd kreisförmigen Bogen hinausgingen, bis sie sich fast berührten. Nur eine schmale Öffnung blieb frei, die Hafeneinfahrt. Das Hafenbecken war nicht groß, nur einige hundert Meter im Durchmesser, und es war voll von kleinen Fahrzeugen.

67

»Glauben Sie, daß man die *Aphrodite* hier in den Hafen herein-bekommen kann?« fragte Ari.

»Sie hereinzubekommen ist kein Problem«, sagte Mandria. »Aber mit ihr zu wenden und wieder hinauszufahren, das wird schwierig.«

Ari schwieg nachdenklich, während sie zum Wagen zurück-gingen. Sein Blick war auf den kleinen Hafen gerichtet. Es be-gann bereits dunkel zu werden, als sie bei dem Wagen anlang-ten.

»Sie fahren wohl am besten allein nach Famagusta zurück. Ich habe im Dom-Hotel noch etwas mit jemand zu besprechen«, sagte Ari, »und ich weiß nicht, wie lange das dauern wird. Ich werde schon irgendwie nach Famagusta kommen.«

Bei jedem anderen hätte Mandria es übelgenommen, wie ein Taxi-Chauffeur weggeschickt zu werden, doch bei Ben Kanaan gewöhnte er sich allmählich daran, Befehle entgegenzunehmen. Er drehte den Zündschlüssel herum und startete.

»Mandria – Sie waren mir eine große Hilfe. Vielen Dank.«

Mandria strahlte, während Ari sich entfernte. Das waren die ersten freundlichen Worte, die er von Ben Kanaan gehört hatte.

Im großen Saal des Dom-Hotels mengten sich die Klänge eines Strauß-Walzers mit dem Gewirr englischer Sätze, dem Klirren der Gläser und dem leisen Rauschen des Meeres, das von drau-ßen hereindrang. Mark trank seinen Kaffee aus, wischte sich den Mund mit der Serviette ab und starrte dann über Kittys Schulter zum Eingang hin, wo soeben ein hochgewachsener Mann er-schienen war. Der Mann beugte sich zu dem Ober und flüsterte ihm etwas ins Ohr, und der Ober zeigte auf den Tisch, an dem Mark saß. Mark machte große Augen, als er Ari ben Kanaan er-kannte. »Du machst ein Gesicht, als hättest du einen Geist gese-hen«, sagte Kitty.

»Das habe ich auch, und er wird gleich hier sein. Wir haben ei-nen sehr interessanten Abend vor uns.«

Kitty wandte sich um und sah Ari ben Kanaan, der wie ein Riese ihren Tisch überragte. »Freut mich, daß Sie mich noch ken-nen, Parker«, sagte er, nahm unaufgefordert Platz und wandte sich an Kitty. »Und Sie sind offenbar Mrs. Katherine Fremont.«

Aris und Kittys Blicke trafen sich, und beide sahen sich an. Es entstand ein unbehagliches Schweigen, bis sich Ari schließlich nach einem Kellner umsah und ihn heranrief. Er bestellte Sand-wiches.

»Darf ich vorstellen, Kitty«, sagte Mark. »Das ist Ari ben Kanaan, ein sehr alter Bekannter von mir. Mrs. Fremont ist Ihnen ja offenbar bekannt.«

»Ari ben Kanaan«, sagte Kitty. »Was für ein sonderbarer Name.«

»Es ist ein hebräischer Name, Mrs. Fremont, und bedeutet: Löwe, Sohn Kanaans.«

»Das ist geradezu verwirrend.«

»Ganz im Gegenteil, das Hebräische ist eine sehr logische Sprache.«

»Ach, wirklich? Den Eindruck hatte ich nicht«, sagte Kitty mit einem leicht sarkastischen Unterton.

Mark beobachtete die beiden. Sie waren sich kaum begegnet, und schon war zwischen ihnen das Wortgeplänkel im Gang, das Spiel, das er so oft selbst gespielt hatte. Offenbar hatte Ben Kanaan bei Kitty irgendeine angenehme oder unangenehme Schwingung ausgelöst, dachte Mark, denn sie zeigte die Krallen.

»Eigentlich sonderbar«, sagte Ari, »daß das Hebräische auf Sie nicht den Eindruck des Logischen macht. Immerhin fand Gott das Hebräische so logisch, daß er die Bibel in dieser Sprache schreiben ließ.«

Kitty lächelte und nickte. Die Kapelle ging über zu einem Foxtrott. »Tanzen Sie, Mrs. Fremont?«

Mark lehnte sich zurück und sah zu, wie Ben Kanaan Kitty auf die Tanzfläche führte, den Arm um sie legte und sie mit geschmeidiger Eleganz über das Parkett bewegte. Es war offensichtlich, daß auf den ersten Blick der Funke übergesprungen war, und diese Vorstellung behagte Mark gar nicht; es fiel ihm schwer, daß Kitty ein sterbliches Wesen sein sollte wie andere auch, empfänglich für die Spiele der Sterblichen. Die beiden tanzten nahe an seinem Tisch vorbei. Kittys Gesicht war seltsam verändert, sie schien wie betäubt.

Doch dann mußte Mark an etwas anderes denken, was ihn selbst anging. Von dem Augenblick an, da er in Zypern gelandet war, hatte er das Gefühl gehabt, daß hier irgend etwas in der Luft lag. Dieses Gefühl wurde durch das Auftauchen Ben Kanaans bestätigt. Er kannte den Mann aus Palästina genau genug, um sich darüber klarzusein, daß er einer der wichtigsten Agenten von Mossad Aliyah Bet war. Er begriff auch, daß Ben Kanaan etwas von ihm wollte. Und was war mit Kitty? Wußte

69

er über sie nur deshalb Bescheid, weil sie mit ihm zusammen war, oder gab es dafür noch irgendeinen anderen Grund?

Kitty war ziemlich groß, doch in Ari ben Kanaans Armen kam sie sich klein und hilflos vor. Sie hatte ein merkwürdiges Gefühl. Das plötzliche Auftauchen dieses athletischen, gutaussehenden Mannes hatte sie aus der Fassung gebracht. Und jetzt, in seinem Arm, nachdem sie ihn eben erst kennengelernt hatte, fühlte sie sich gelöst. Es war ein angenehmes Gefühl, wie sie es seit vielen, vielen Jahren nicht mehr gehabt hatte. Gleichzeitig aber kam sie sich sehr töricht vor.

Der Tanz war zu Ende, und die beiden kamen zurück an den Tisch.

»Ich dachte, bei Ihnen in Palästina würde nur Horra getanzt«, sagte Mark.

»Ich bin allzulange mit der westlichen Zivilisation in Berührung gewesen«, entgegnete Ari.

Die Sandwiches kamen, und er aß mit Heißhunger. Mark wartete geduldig darauf, daß ihm Ben Kanaan den Grund seines Besuches eröffnete. Er sah vorsichtig zu Kitty hin. Sie schien sich wieder einigermaßen in der Hand zu haben, obwohl sie Ari von der Seite her ansah, als sei sie auf der Hut und warte nur darauf, zuzuschlagen.

Endlich hatte Ari gegessen und sagte beiläufig: »Ich hätte gern etwas mit Ihnen beiden besprochen.«

»Hier?« sagte Mark. »Inmitten der britischen Armee?«

Ari lächelte und sagte, zu Kitty gewandt: »Parker hatte noch keine Gelegenheit, Ihnen zu erzählen, Mrs. Fremont, daß der Job, den ich habe, in gewissen Kreisen als suspekt angesehen wird. Die Engländer erweisen uns sogar immer wieder die zweifelhafte Ehre, uns als ›Untergrundbewegung‹ zu bezeichnen. Eines der ersten Dinge, die ich einem neuen Mitglied unserer Organisation immer einzuschärfen versuche, ist die Gefährlichkeit einer geheimen Zusammenkunft um Mitternacht. Meiner Meinung nach gibt es für das, was wir zu besprechen haben, keinen besseren Ort als diesen hier.«

»Ich schlage vor, daß wir in mein Zimmer hinaufgehen«, sagte Mark.

Sie hatten kaum die Tür hinter sich geschlossen, als Ari ohne Einleitung auf die Sache kam. »Hören Sie, Parker, Sie und ich wären in der Lage, uns gegenseitig einen wertvollen Dienst zu erweisen.«

»Lassen Sie hören.«

»Sind Sie informiert über die Internierungslager bei Caraolos?«

Mark und Kitty nickten.

»Ich bin eben fertig geworden mit der Ausarbeitung der Pläne für die Flucht von dreihundert Jugendlichen. Wir werden sie hierherbringen und auf ein Schiff verfrachten, das im Hafen von Kyrenia liegt.«

»Ihr habt seit Jahren Flüchtlinge nach Palästina geschmuggelt; das ist nichts Neues mehr, Ben Kanaan.«

»Es wird etwas Neues sein, wenn Sie mir helfen, es dazu zu machen. Erinnern Sie sich, welchen Staub unser illegales Schiff, *Das Gelobte Land*, damals in der Öffentlichkeit aufgewirbelt hat?«

»Und ob ich mich erinnere.«

»Den Engländern war die Suppe damals ganz schön versalzen. Wir sind der Meinung, daß wir nur dann eine Chance haben, den Engländern die Fortsetzung ihrer Einwanderungspolitik in Palästina unmöglich zu machen, wenn es uns gelingt, einen weiteren Zwischenfall zu inszenieren, der ebensoviel Aufsehen erregt wie der von damals.«

»Ich bin leider nicht ganz mitgekommen«, sagte Mark. »Angenommen, es gelingt Ihnen, eine Massenflucht aus dem Lager von Caraolos zu organisieren – wie wollen Sie die Leute nach Palästina hinüberbringen? Und wenn es Ihnen gelingt, sie nach Palästina zu bringen – wo ist dann die Story?«

»Das ist genau der springende Punkt«, sagte Ari. »Sie sollen gar nicht bis nach Palästina kommen. Sie sollen nur hier in Kyrenia an Bord des Schiffes gehen.«

Mark beugte sich vor. Offensichtlich steckte mehr hinter Ben Kanaans Plan, als es auf den ersten Blick den Anschein gehabt hatte. Die Sache begann ihn zu interessieren.

»Nehmen wir einmal an«, sagte Ari, »es gelingt mir, dreihundert Waisenkinder aus dem Lager herauszubekommen und hier in Kyrenia an Bord eines Schiffes zu bringen. Nehmen wir weiter an, die Engländer kommen dahinter und halten das Schiff im Hafen fest. Und nun nehmen wir einmal an, daß Sie bereits einen Bericht fertig haben, der in Paris oder New York vorliegt. In dem Augenblick, wo diese Waisenkinder an Bord gehen, bringt die Presse Ihren Bericht auf der ersten Seite.«

Mark stieß einen leisen Pfiff aus. Wie die meisten amerikanischen Korrespondenten hatte er Mitgefühl mit Flüchtlingen. Er bekam seine Story, und Ben Kanaan bekam die Propaganda, die er haben wollte. Würde die Geschichte wichtig genug sein, daß es sich für ihn lohnte, einzusteigen? Er hatte keine Möglichkeit, Informationen einzuholen oder die Sache mit irgend jemandem durchzusprechen. Er mußte selbst und allein Für und Wider abwägen und sich entscheiden. Ari hatte ihn nur einmal am Knochen riechen lassen, um seinen Appetit zu reizen. Wenn er weitere Fragen an ihn stellte, so konnte das bedeuten, daß er in die Sache verwickelt wurde. Mark sah Kitty an, der das Ganze völlig rätselhaft zu sein schien. »Wie wollen Sie es eigentlich fertigbringen, dreihundert Kinder aus dem Lager herauszubekommen und nach Kyrenia zu schaffen?« fragte er.

»Soll das etwa heißen, daß Sie bereit sind, mitzumachen?«

»Das soll heißen, daß ich es gern wissen möchte, ohne mich dadurch zu irgend etwas zu verpflichten. Falls ich mich dagegen entscheide, so gebe ich Ihnen mein Wort, daß alles, was hier gesagt wird, unter uns bleibt.«

»Das genügt mir«, sagte Ari. Er setzte sich auf den Rand der Kommode und entwickelte seinen Fluchtplan Punkt für Punkt. Mark zog die Stirn in Falten. Der Plan war kühn, verwegen, ja geradezu fantastisch, dabei war er gleichzeitig von erstaunlicher Einfachheit. Was Mark betraf, so hatte er einen Bericht zu schreiben, ihn aus Zypern herauszuschmuggeln und an das Pariser oder Londoner Büro des ANS gelangen zu lassen. Auf ein verabredetes Stichwort hin sollte dieser Bericht dann genau in dem Augenblick in der Presse erscheinen, in dem die Flucht stattfand. Ari schwieg, und Mark begann zu überlegen.

Er zündete sich eine Zigarette an, ging im Zimmer hin und her und stellte Ari in rascher Folge ein Dutzend Fragen. Doch Ari schien an alles gedacht zu haben. Ja, hier ergab sich unter Umständen wirklich eine Story, sogar eine sensationelle Serie. Mark versuchte abzuschätzen, welche Chancen dieser verwegene Plan hatte. Die Aussichten für das Gelingen waren bestenfalls fifty-fifty. Mark stellte dabei in Rechnung, daß Ari ein ungewöhnlich kluger Mann war, der die Mentalität der Engländer in Zypern genau kannte. Mark wußte auch, daß Ari Mitarbeiter besaß, die das Zeug dazu hatten, ein solches Unternehmen zum Erfolg zu führen.

»Ich mache mit«, sagte Mark.

»Freut mich«, sagte Ari. »Ich hatte mir gleich gedacht, daß Sie erkennen würden, was für Möglichkeiten hier stecken.« Dann wandte er sich an Kitty und sagte: »Mrs. Fremont – vor etwa einer

Woche hat man Sie gefragt, ob Sie bereit wären, im Lager bei den Kindern zu arbeiten. Haben Sie sich die Sache überlegt?«

»Ich habe mich entschlossen, abzulehnen.«

»Würden Sie es sich vielleicht jetzt noch einmal überlegen – sagen wir, um Parker zu helfen?«

»Was haben Sie eigentlich mit Kitty vor?« fragte Mark.

»Alle Lehrer, Pflegerinnen und Pfleger, die von außen ins Lager kommen, sind Juden«, sagte Ari, »und wir müssen von der Voraussetzung ausgehen, daß die Engländer diese Leute verdächtigen.«

»Wessen?«

»Der Zusammenarbeit mit unserer illegalen Organisation. Sie aber sind eine Christin, Mrs. Fremont. Wir meinen, daß sich ein Mensch Ihrer Herkunft und Religion unbehinderter bewegen könnte.«

»Mit anderen Worten, Sie wollen Kitty als Kurier verwenden.«

»Mehr oder weniger, ja. Wir stellen im Lager eine große Menge gefälschter Ausweise her, die wir für draußen brauchen.«

»Mir scheint«, sagte Mark, »ich sollte Ihnen wohl besser mitteilen, daß ich mich bei den Engländern keiner allzugroßen Beliebtheit erfreue. Ich war kaum hier angekommen, als ich auch schon Sutherlands Adjutanten auf dem Hals hatte. Ich glaube zwar nicht, daß ich irgendwelche Schwierigkeiten haben werde, aber wenn Kitty jetzt im Lager Caraolos arbeitet, würden die Engländer höchstwahrscheinlich annehmen, sie arbeite dort für mich.«

»Ganz im Gegenteil. Für die Engländer wäre es eine ausgemachte Sache, daß Sie nie und nimmer Mrs. Fremont nach Caraolos geschickt haben, um dort für Sie zu arbeiten.«

»Vielleicht haben Sie recht.«

»Natürlich habe ich recht«, sagte Ari. »Nehmen wir einmal das Schlimmste an. Angenommen, man findet bei Mrs. Fremont gefälschte Ausweise. Es geschähe ihr nicht das geringste, man wäre nur einigermaßen erstaunt, brächte sie zum Flugplatz und in eine Maschine, die sie aus Zypern fortbringt.«

»Moment mal«, sagte Kitty. »Jetzt habe ich lange genug zugehört, wie ihr beiden über mich verfügt. Ich bedaure sehr, daß ich mir anhören mußte, was heute abend hier besprochen wurde. Ich werde nicht in Caraolos arbeiten, Mr. Ben Kanaan, und ich will mit Ihrem ganzen Plan nichts zu tun haben.«

Ari warf Mark einen fragenden Blick zu, doch der zuckte nur die Achseln und sagte: »Sie ist erwachsen.«

»Ich dachte, Sie wären mit Parker befreundet.«

»Das bin ich auch«, sagte Kitty, »und ich verstehe, daß ihn die Sache interessiert.«

»Und ich verstehe nicht, Mrs. Fremont, daß diese Sache Sie so wenig interessiert. Wir haben jetzt Ende 1946. In wenigen Monaten werden seit dem Ende des Krieges in Europa zwei Jahre vergangen sein. Und noch immer sitzen Menschen von uns hinter Stacheldraht, unter den grauenhaftesten Verhältnissen. Es gibt Kinder in Caraolos, die überhaupt nicht wissen, daß es eine Welt außerhalb des Stacheldrahtes gibt. Wenn es uns nicht gelingt, eine Änderung der englischen Politik zu erzwingen, dann können diese Armen unter Umständen ihr weiteres Leben hinter Stacheldraht verbringen.«

»Das ist es ja gerade«, gab Kitty heftig zurück. »Alles, was mit Caraolos zusammenhängt, ist von der Politik überhaupt nicht zu trennen. Ich bin sicher, die Engländer werden auch ihre guten Gründe haben. Und ich habe keine Lust, die Partei irgendeiner Seite zu ergreifen.«

»Mrs. Fremont – ich war Hauptmann der britischen Armee und bin Träger einer Tapferkeitsmedaille. Um eine alte Phrase zu benutzen: Einige meiner besten Freunde sind Engländer. Es gibt bei uns Dutzende von englischen Offizieren und Soldaten, die ganz und gar nicht mit dem einverstanden sind, was in Palästina geschieht, und die Tag und Nacht mit uns zusammenarbeiten. Das ist keine Frage der Politik, sondern der Menschlichkeit.«

»Ich bezweifle Ihre Aufrichtigkeit. Wie könnten Sie sonst das Leben von dreihundert Kindern aufs Spiel setzen?«

»Die meisten Menschen haben einen Lebenszweck«, sagte Ari. »Das Leben in Caraolos ist zwecklos. Doch für seine Freiheit zu kämpfen, das ist ein Lebenszweck. In Europa sitzen eine Viertelmillion von unseren Leuten, die nach Palästina wollen. Jeder von ihnen würde, wenn er nur die Möglichkeit dazu hätte, sich an Bord dieses Schiffes in Kyrenia begeben.«

»Sie sind ein sehr kluger Mann, Mr. Ben Kanaan. Ich bin Ihnen in der Diskussion nicht gewachsen. Sie haben auf alles eine Antwort.«

»Ich dachte, Sie seien Krankenschwester«, sagte Ben Kanaan ironisch.

»Die Welt ist voll von Menschen, die leiden. Es gibt tausend Stellen, wo meine Arbeit ebenso nötig gebraucht wird wie in Caraolos, ohne daß die Sache einen Haken hat.«

»Warum wollen Sie nicht einmal nach Caraolo kommen, sich die Sache ansehen und mir dann sagen, was Sie davon halten?«

»Sie werden mich nicht überlisten, und ich lasse mich von Ihnen auch nicht provozieren. Ich habe in Amerika als Nachtschwester auf einer Unfallstation gearbeitet. Sie können mir in Caraolos nichts zeigen, was ich nicht schon gesehen hätte.«

Es wurde still im Raum. Schließlich holte Ari Ben Kanaan tief Luft und hob die Hände hoch. »Schade«, sagte er, »aber da kann man nichts machen. Parker, ich werde mich in den nächsten Tagen mit Ihnen in Verbindung setzen.« Er ging zur Tür.

»Mr. Ben Kanaan«, sagte Kitty, »sind Sie auch ganz sicher, daß ich diese Geschichte nicht unseren gemeinsamen Freunden erzähle?«

Ari kam zurück, blieb vor ihr stehen und sah ihr von oben in die Augen. Es wurde ihr augenblicklich klar, daß sie etwas Falsches gesagt hatte. Er lächelte kurz und ironisch. »Sie wollen vermutlich nur als Frau das letzte Wort behalten. Ich täusche mich eigentlich nur sehr selten in Menschen. Ich kann mir das nicht leisten. Und für Amerikaner habe ich etwas übrig, Amerikaner haben ein Gewissen. Sollte sich das Ihre bemerkbar machen, so können Sie mich bei Mr. Mandria erreichen, und es wird mir eine Freude sein, Sie in Caraolos herumzuführen.«

»Sie sind sich Ihrer selbst sehr sicher, nicht wahr?«

»Ich würde sagen«, antwortete Ari, »daß ich es im Augenblick etwas mehr bin als Sie.« Er ging hinaus.

Die Erregung, die sein Besuch ausgelöst hatte, legte sich nur langsam, nachdem er gegangen war. Schließlich schleuderte Kitty die Schuhe von den Füßen und hockte sich auf das Bett. »Allerhand! Aber du hattest ja gleich gesagt, wir hätten einen interessanten Abend vor uns.«

»Ich glaube«, sagte Mark, »es war sehr klug von dir, daß du dich herausgehalten hast.«

»Und du?«

»Das ist ein Tag Arbeit. Und es kann unter Umständen eine wirklich große Sache werden.«

»Und wenn du nun abgelehnt hättest?«

»Oh, dann hätten sie irgendeinen anderen Korrespondenten aus Europa hergeholt. Diese Leute verfügen über allerhand Mittel und Wege. Ich war nur zufällig passend zur Stelle.«

»Sag mal, Mark«, sagte Kitty zögernd, »habe ich mich sehr töricht benommen?«

»Ich glaube, nicht törichter als hundert andere Frauen auch.«

»Ein toller Mann ist das. Woher kennst du ihn?«

»Das erstemal traf ich ihn in Berlin, Anfang 1939. Ich hatte dort gerade meinen Posten bei ANS angetreten. Er kam nach Berlin im Auftrag von Mossad Aliyah Bet, um möglichst viele Juden aus Deutschland herauszuschleusen, bevor der Krieg ausbrach. Er war damals Anfang Zwanzig. Später traf ich ihn dann wieder in Palästina. Das war im Krieg. Er war Angehöriger der britischen Armee und hatte irgendeinen Geheimauftrag. Was es genau war, weiß ich nicht. Nach Kriegsende tauchte er dann an den verschiedensten Stellen in Europa auf, um Waffen zu kaufen und illegale Einwanderer nach Palästina zu schmuggeln.«

»Glaubst du im Ernst, dieser absolut fantastische Plan, den er da hat, könnte gelingen?«

»Er ist ein schlauer Bursche.«

»Ja, das muß ich allerdings sagen – dieser Ben Kanaan ist anders als alle Juden, die ich kennengelernt habe. Du weißt schon, was ich meine. Man stellt sich ja, wenn man an Juden denkt, nicht gerade Leute mit Fähigkeiten vor, wie er sie hat – denkt nicht an Athleten, tollkühne Draufgänger – und dergleichen.«

»So? Und wie sieht die Vorstellung denn aus, Kitty, die du von den Juden hast? Vielleicht hast du noch diese alten Vorstellungen, wie sie bei uns zu Hause üblich waren: ... der kleine Judenjunge namens Maury heiratet ein kleines Judenmädchen namens Sadie ...«

»Ach, hör doch auf, Mark! Ich habe schließlich lange genug mit jüdischen Ärzten gearbeitet, um zu wissen, daß die Juden arrogante und aggressive Leute sind. Sie fühlen sich erhaben und blicken auf uns herab.«

»Herabsehen? Wohl mit einem Minderwertigkeitskomplex?«

»Das würde ich dir abnehmen, wenn hier die Rede von Deutschland wäre.«

»Was willst du eigentlich sagen, Kitty – daß wir reinrassig sind?«

»Ich will nur sagen, daß kein amerikanischer Jude mit einem Neger oder einem Mexikaner oder einem Indianer tauschen würde.«

»Und ich sage dir, daß man einen Menschn nicht zu lynchen braucht, um ihm das Herz aus dem Leibe zu reißen. Oh, ja, die amerikanischen Juden haben es gut, aber daß eine große Anzahl von Leuten so denkt wie du und daß die Juden zweitausend

Jahre lang der Sündenbock gewesen sind, das hat auf sie abgefärbt. Warum diskutierst du darüber nicht mit Ben Kanaan? Er scheint zu wissen, wie man mit dir umgehen muß.«

Kitty richtete sich wütend vom Bett auf. Doch dann fingen beide zu lachen an. Sie konnten nicht ernstlich böse miteinander sein.

»Sag mal, Mark, was bedeutet das eigentlich: Mossad Aliyah Bet?«

»Das Wort ›Aliyah‹ bedeutet Aufstieg. Wenn ein Jude nach Palästina geht, so bezeichnet man das immer als eine ›Aliyah‹ – als Aufstieg. Aleph, das ist der Buchstabe A, bezeichnet die legale Einwanderung, und Bet, also der Buchstabe B, die illegale Einwanderung. Mossad Aliyah Bet heißt also alles in allem: illegale Einwanderungs-Organisation.«

»Du lieber Gott«, sagte Kitty lächelnd, »was für eine logische Sprache das Hebräische ist.«

Die beiden nächsten Tage war Kitty verwirrt und unruhig. Sie wollte sich nicht eingestehen, daß sie den Wunsch hatte, den Riesen aus Palästina wiederzusehen. Mark spürte genau, was mit ihr los war, doch er ließ sich nichts anmerken und tat, als hätte es einen Ben Kanaan überhaupt nicht gegeben.

Sie wußte nicht genau, was sie beunruhigte; sie stellte nur fest, daß Ben Kanaans Besuch einen starken und nachhaltigen Eindruck auf sie gemacht hatte. Lag das an dem amerikanischen Gewissen, über das Ben Kanaan so genau Bescheid wußte, oder bereute sie ihre unkontrollierte, antisemitische Reaktion?

Ganz beiläufig, oder vielmehr doch nicht so ganz beiläufig, fragte sie Mark, wann er Ari wiedersehen werde. Ein andermal winkte sie ziemlich deutlich mit dem Zaunpfahl, indem sie sagte, daß es ihr Spaß machen würde, mit Mark nach Famagusta zu fahren, um die Stadt zu besichtigen. Dann wieder wurde sie böse über sich selbst und beschloß, überhaupt nicht mehr an Ari zu denken.

Am Abend des dritten Tages konnte Mark durch die Verbindungstür hören, wie Kitty unruhig in ihrem Zimmer auf und ab ging. Sie setzte sich in einen Sessel, rauchte im Dunkeln eine Zigarette und war entschlossen, sich über die ganze Sache vernünftig klarzuwerden.

Es behagte ihr nicht, daß sie gegen ihren Willen in die seltsam fremde Welt hineingezogen werden sollte, in der Ben Kanaan lebte. Ihr ganzes Leben lang war sie stets vernünftig, ja sogar be-

77

rechnend vorgegangen. »Kitty ist ein so verständiges Mädchen«, hatte man immer von ihr gesagt.

Als sie in Tom Fremont verliebt war und beschlossen hatte, ihn für sich zu gewinnen, hatte sie nach einem genau überlegten Plan gehandelt. Sie führte einen vernünftigen Haushalt und wirtschaftete vernünftig. Sie faßte den Plan, ihr Kind im Frühjahr zu bekommen, und das war auch vernünftig gewesen. Sie hütete sich, momentanen Eingebungen zu folgen, sondern handelte lieber nach einem vorgefaßten Plan.

Sie konnte nicht verstehen, was in diesen letzten beiden Tagen mit ihr eigentlich geschehen war. Da tauchte plötzlich ein sonderbarer Mann auf und erzählte ihr eine Geschichte, die noch sonderbarer war; sie sah das harte, gutgeschnittene Gesicht Ari ben Kanaans vor sich, mit diesen durchdringenden Augen, die spöttisch lächelnd ihre Gedanken zu lesen schienen. Sie erinnerte sich daran, was sie gefühlt hatte, als sie mit ihm tanzte.

Die ganze Sache war völlig unlogisch. Kitty fühlte sich nun einmal unbehaglich unter Juden; das hatte sie Mark gegenüber ja auch zugegeben. Und außerdem – wie ging das zu, daß dieses Gefühl jetzt in ihr immer stärker wurde?

Schließlich sah sie ein, daß sie so lange unruhig sein würde, bis sie Ari wiedergesehen und das Lager bei Caraolos besichtigt hatte. Sie beschloß also, ihn wiederzusehen, um sich die ganze Sache aus dem Kopf zu schlagen und um sich die Bestätigung zu verschaffen, daß es sich hier nicht etwa um eine mystische Verstrickung, sondern nur um eine plötzliche und rasch vorübergehende Faszination handelte. Sie wollte Ari ben Kanaan in seinem Lager stellen und ihn dort mit seinen eigenen Waffen schlagen.

Mark war nicht überrascht, als Kitty ihn am nächsten Morgen beim Frühstück bat, mit Ben Kanaan einen Zeitpunkt für ihren Besuch in Caraolos zu vereinbaren.

»Ich war sehr froh über deinen Entschluß von neulich abend«, sagte er. »Bitte bleib dabei.«

»Ich verstehe es selber nicht so ganz«, sagte sie.

»Dieser Ben Kanaan – er hat genau gewußt, daß er dich herumkriegen wird. Sei doch nicht so dumm. Wenn du nach Caraolos gehst, dann hängst du drin. Paß mal auf – ich steige auch aus. Wir reisen sofort ab.«

Kitty schüttelte den Kopf.

»Vor lauter Neugier wirst du unvorsichtig. Du warst doch sonst immer so ein kluges Mädchen. Was ist denn nur mit dir los?«

»Das klingt komisch aus meinem Munde, nicht wahr, Mark – doch ich habe beinah das Gefühl, als werde ich von irgend etwas getrieben. Aber du kannst mir glauben, ich will nach Caraolos, um mit der ganzen Sache Schluß zu machen – und nicht, um irgend etwas anzufangen.«

X

Kitty gab ihren Passierschein bei der englischen Wache am Tor ab und betrat das Lager bei der Sektion 57, die unmittelbar neben der Jugendsektion lag. »Sind Sie Mr. Fremont?«

Sie drehte sich um, nickte und sah in das Gesicht eines jungen Mannes, der ihr lächelnd die Hand hinhielt. Sie stellte fest, daß er einen sehr viel freundlicheren Eindruck machte als sein Landsmann.

»Ich bin David ben Ami«, sagte er. »Ari bat mich, Sie in Empfang zu nehmen. Er kommt gleich.«

»Und was bedeutet Ben Ami? Ich habe seit kurzer Zeit angefangen, mich für hebräische Namen zu interessieren.«

»Das heißt: Sohn meines Volkes«, antwortete David. »Wir hoffen, Mr. Fremont, daß Sie uns bei unserem ›Unternehmen Gideon‹ helfen werden.«

»Unternehmen Gideon?«

»Ja, so habe ich Aris Plan genannt. Kennen Sie die Bibel, Buch der Richter? Gideon sollte aus dem Volk Männer auswählen, um mit ihnen gegen die Midianiter zu streiten. Er wählte dreihundert Mann aus. Auch wir haben dreihundert ausgewählt, die gegen die Engländer streiten sollen. Der Vergleich mag ein wenig weit hergeholt sein, und Ari wirft mir vor, ich sei romantisch.«

Kitty hatte sich für einen Abend gewappnet, der schwierig zu werden versprach, doch jetzt fühlte sie sich entwaffnet durch diesen freundlichen jungen Mann. Der Tag ging zur Neige, ein kühler Wind wirbelte den trockenen Staub auf. Kitty zog sich ihre Jacke über. In der Ferner erkannte sie die unverkennbare Gestalt Ari ben Kanaans, der quer durch das Lager zu ihnen herankam. Sie holte tief Luft und versuchte der Erregung Herr zu werden,

79

die sie auch jetzt wieder verspürte, genauso wie bei der ersten Begegnung.

Er blieb vor ihr stehen, und sie nickten sich schweigend zu. Kitty sah ihn mit kalten Augen an und gab ihm wortlos zu verstehen, daß sie gekommen sei, um die Herausforderung anzunehmen, und daß sie nicht die Absicht habe, zu verlieren.

Die Sektion 57 war größtenteils mit sehr alten, religiösen Menschen belegt. Sie gingen langsam durch die Reihen der Zelte, die überfüllt waren mit ungepflegten, verwahrlosten Männern. Die Wasserzuteilung sei so knapp, erklärte Ben Ami, daß jede Körperpflege praktisch unmöglich sei. Auch die Ernährung war ungenügend. Die Lagerinsassen machten einen geschwächten Eindruck. Ihre Gesichter zeigten teils den Ausdruck der Verbitterung und teils den dumpfer Betäubung, und alle waren vom Tode gezeichnet.

Sie blieben einen Augenblick am geöffneten Eingang eines Zeltes stehen, in dem ein Greis mit zerfurchtem Gesicht an einer hölzernen Plastik arbeitete.

Er hielt sie in die Höhe, damit Kitty sie sehen konnte. Es waren zwei zum Gebet gefaltete Hände, die mit Stacheldraht zusammengeschnürt waren. Ari beobachtete sie genau, um ihre Reaktion festzustellen.

Der Ort mit all seinem Elend, seinem Schmutz und seiner Ärmlichkeit war ebenso abstoßend wie mitleiderregend, doch Kitty hatte sich auf noch Schlimmeres gefaßt gemacht. Sie gewann allmählich die Überzeugung, daß Ari ben Kanaan doch keine geheimnisvolle Macht über sie besaß.

Sie machten erneut halt, um einen Blick in ein großes Zelt zu tun, das als Synagoge diente. Über dem Eingang war ein roh geschnitztes Symbol der Menora angebracht, des rituellen Leuchters.

Im Innern des Zeltes bot sich Kitty ein seltsames, ungewohntes Bild: alte Männer, die mit dem Oberkörper hin und her schwangen, während sie sonderbare Gebete murmelten. Es war eine für Kitty völlig unbekannte Welt. Ihr Blick blieb auf einem besonders verwahrlosten alten Mann mit langem Bart hängen, der laut weinte und vor Qual aufschrie.

David nahm sie bei der Hand und führte sie nach draußen. »Er ist ein alter Mann«, sagte David. »Er redet mit Gott und sagt ihm, daß er das Leben eines Gläubigen geführt habe – er habe Gottes Gebote gehalten, die Thora verehrt und dem Bund Abrahams,

Isaaks und Jakobs auch im tiefsten, bittersten Leid die Treue gehalten. Er bittet Gott, ihn gnädig zu erlösen, weil er ein guter Mensch gewesen sei.«

»Diese alten Männer da drinnen«, sagte Ari, »sind sich nicht so ganz klar darüber, daß der einzige Messias, der sie eines Tages vielleicht erlöst, ein aufgepflanztes Seitengewehr ist.«

Kitty sah Ari an. Dieser Mann hatte etwas Unmenschliches an sich. Ari, der Kittys Ablehnung spürte, ergriff sie am Arm. »Wissen Sie, was ein ›Sonderkommando‹ ist?«

»Ari, bitte –!« sagt David.

»Das ist eine Gruppe, die von den Deutschen gezwungen wurde, bei den Verbrennungsöfen zu arbeiten. Ich würde Ihnen gern einen alten Mann hier zeigen. Er hat aus einem solchen Ofen in Buchenwald die Knochen seiner verbrannten Enkelkinder herausgeholt und sie in einem Schubkarren weggefahren. Sagen Sie mir, Mrs. Fremont – hat man Ihnen dort auf der Unfallstation, wo Sie gearbeitet haben, etwas Besseres zu bieten gehabt?«

Kitty drehte sich der Magen um. Doch dann stieg die Empörung in ihr hoch und sie schlug zurück, während ihr vor Zorn die Tränen in die Augen schossen. »Ihnen ist wirklich jedes Mittel recht.«

»Mir ist jedes Mittel recht, um Ihnen klarzumachen, wie verzweifelt unsere Lage ist.«

Sie starrten sich feindselig und schweigend an. »Wollen Sie sich nun die Jugendsektion ansehen oder nicht?«

»Gehen wir«, sagte Kitty, »damit wir es hinter uns haben.«

Zu dritt betraten sie die Brücke, die oben über den Stacheldraht in die Abteilung des Lagers führte, in der die Kinder und Jugendlichen untergebracht waren, und sahen sich die Ernte an, die der erbarmungslose Schnitter Krieg gehalten hatte. Sie besichtigten das Lazarett, schritten die langen Reihen der Betten mit tuberkulösen Kindern ab, gingen durch die anderen Stationen, sahen die rachitisch verkrümmten Glieder, die von Gelbsucht verfärbten Gesichter, die schwärenden Wunden, die nicht heilen wollten. Und sie gingen durch die geschlossene Abteilung, deren jugendliche Insassen den leeren, starren Blick der Geisteskranken zeigten. Sie gingen an den Zelten entlang, in denen die Abiturienten der Jahrgänge 1940 bis 1945 lagen, die Matrikulanten des Ghettos, die Studenten der Konzentrationslager, die Doktoranden der Trümmerlandschaft. Junge Menschen ohne Eltern und ohne

Heim. Mit den kahlgeschorenen Schädeln der Entlausten. In Lumpen. Bettnässer, in deren Gesicht das Grauen stand, Kinder, die nachts im Schlaf schrien. Brüllende Säuglinge und finster blickende Halbwüchsige.

Als sie die Besichtigung beendet hatten, sagte Kitty: »Das ärztliche Personal, das Sie hier haben, ist hervorragend, und die Kinder werden mit allem versorgt, was sie brauchen.«

»Nicht den Engländern zu verdanken«, gab Ari zurück. »Alles Spenden unserer eigenen Leute.«

»Bitte«, sagte Kitty, »von mir aus kann es auch als Manna vom Himmel gefallen sein. Ich bin hierhergekommen, weil mein amerikanisches Gewissen mich trieb. Ich habe alles gesehen, und mein Gewissen ist zufriedengestellt. Und jetzt möchte ich gehen.«

»Mrs. Fremont –«, sagte David ben Ami.

»Laß, David! Es hat keinen Zweck. Es gibt eben Leute, auf die allein schon unser Anblick abstoßend wirkt. Bring Mrs. Fremont zum Ausgang.«

David und Kitty gingen eine Zeltstraße entlang. Als sie sich kurz umwandte, sah sie, daß Ari ihr nachstarrte. Sie wollte möglichst rasch aus dem Lager heraus. Sie wollte zurück zu Mark und an diese ganze scheußliche Geschichte nicht mehr denken.

Sie kamen an einem großen Zelt vorbei, aus dem ausgelassenes Gelächter ertönte. Es war glückliches Kinderlachen, das in dieser Umgebung seltsam klang. Kitty blieb neugierig beim Zelteingang stehen und lauschte. Ein Mädchen las eine Geschichte vor. Sie hatte eine entzückende Stimme.

»Das ist ein erstaunliches Mädchen«, sagte David. »Sie arbeitet hier als Kindergärtnerin und macht ihre Sache ganz großartig.«

Aus dem Zelt klang erneut helles Gelächter. Kitty ging zum Eingang, zog die Leinwand beiseite und sah hinein. Das Mädchen saß mit dem Rücken zum Eingang, auf einer Kiste, über das Buch gebeugt, das sie nahe an eine Kerosinlampe hielt. Im Kreis um sie herum saßen mit großen Augen zwanzig Kinder. Als Kitty und David hereinkamen, sahen sie zur Tür.

Das Mädchen hörte auf zu lesen, drehte sich um und stand dann auf, um die Hereinkommenden zu begrüßen. Die Lampe flackerte in dem Luftzug, der von dem offenen Eingang kam, und ließ die Schatten der Kinder auf der Zeltwand tanzen.

Kitty sah das Mädchen an, und ihre Augen weiteten sich schreckhaft.

Sie verließ mit raschen Schritten das Zelt, dann blieb sie stehen, drehte sich um und starrte durch den Eingang zu dem erstaunten Mädchen hin. Sie setzte wiederholt zum Sprechen an, konnte aber vor Verwirrung kein Wort herausbringen.

Schließlich sagte sie kaum hörbar: »Ich möchte mich gern mit diesem Mädchen unterhalten – allein.«

Ari, der inzwischen herangekommen war, nickte David zu. »Bring die Kleine zum Schulgebäude. Wir warten dort.«

Ari brannte die Laterne im Schulzimmer an und machte die Tür zu. Kitty blieb stumm, und ihr Gesicht war blaß.

»Dieses Mädchen erinnert Sie an irgend jemand«, sagte Ari abrupt. Kitty antwortete nicht. Durch das Fenster sah Ari, wie David mit dem Mädchen herankam. Er warf noch einmal einen Blick auf Kitty und ging dann hinaus.

Als Kitty allein war, schüttelte sie den Kopf. Es war verrückt. Warum war sie hierhergekommen? Warum war sie gekommen? Sie zwang sich zur Ruhe, rang um Fassung – um erneut dem Anblick dieses Mädchens standzuhalten.

Die Tür ging auf, und das Mädchen kam langsam herein. Kitty hielt den Atem an. Dieses Gesicht! Nur mit Mühe hielt sie sich zurück, das Mädchen in die Arme zu nehmen und an sich zu drücken.

Das Mädchen sah sie verwundert an, doch es schien irgend etwas zu begreifen, und ihr Blick verriet Mitleid.

»Ich heiße – Katherine Fremont«, sagte Kitty. »Sprichst du Englisch?«

»Ja.«

Wie reizend die Kleine war! Ihre Augen glänzten lebhaft, als sie lächelte und Kitty die Hand reichte.

Kitty legte dem Mädchen die Hand auf die Wange – und ließ sie dann rasch herunterfallen.

»Ich – ich bin Kinderpflegerin. Ich hätte gern mit dir gesprochen. Wie heißt du?«

»Karen«, sagte das Mädchen. »Karen Hansen-Clement.«

Kitty setzte sich auf das Feldbett und bat das Mädchen, sich zu ihr zu setzen.

»Wie alt bist du?«

»Ich bin gerade sechzehn geworden, Mrs. Fremont.«

»Ach bitte, sag doch Kitty zu mir.«

»Gern, Kitty.«

»Wie ich höre, arbeitest du hier bei den Kindern.«

Das Mädchen nickte.

»Das ist schön. Weißt du, ich – ich werde möglicherweise auch hier arbeiten, und – nun ja, ich wüßte gern genauer über dich Bescheid. Eigentlich möchte ich alles wissen. Hast du Lust, es mir zu erzählen?«

Karen lächelte. Sie fühlte sich zu Kitty hingezogen, und sie spürte instinktiv, daß Kitty nach ihrer Zuneigung verlangte – sie brauchte.

»Eigentlich bin ich aus Deutschland«, sagte Karen, »aus Köln. Aber das ist schon so lange her –«

XI

Das Leben ist wunderbar, wenn man sieben Jahre alt ist, wenn dein Vater der berühmte Professor Johann Clement ist, und wenn in Köln gerade Karneval gefeiert wird. In der Karnevalszeit gibt es vieles, was schön ist, aber etwas gibt es, was immer ganz besonders schön ist, und das ist ein Spaziergang mit Pappi. Da geht man unter den Bäumen am Ufer des Rheins entlang, oder man kann auch in den Zoo gehen, der die wunderbarsten Affenkäfige von der ganzen Welt hat, oder man kann um den Dom herumgehen und hinaufsehen zu den beiden Türmen, die so hoch sind, daß sie bis in den Himmel zu ragen scheinen. Und das Schönste von allem ist, früh am Morgen mit Pappi und Maximilian durch den Stadtpark zu gehen. Maximilian, das ist der großartigste Hund von ganz Köln, obwohl er ein bißchen komisch aussieht. In den Zoo darf Maximilian natürlich nicht mit.

Manchmal nimmt man auch Hans auf so einen Spaziergang mit, aber kleine Brüder sind meist ziemlich lästig.

Wenn man so ein kleines Mädchen ist, dann hat man seine Mammi auch sehr lieb und möchte sie gern dabeihaben, wenn man mit Pappi und Hänschen und Maximilian spazierengeht. Aber Mammi bekommt wieder ein Baby und fühlt sich in letzter Zeit gar nicht wohl. Es wäre hübsch, wenn das Baby ein Schwesterchen sein würde, denn als Mädchen hat man mit *einem* Bruder schon Ärger genug.

Am Sonntag setzt sich die ganze Familie – bis auf den armen Maximilian, der auf das Haus aufpassen muß – ins Auto, und Pappi fährt am Rhein entlang nach Bonn, wo die Oma wohnt.

Dort treffen sich jeden Sonntag viele Tanten und Onkel und Vettern und Kusinen, und Oma hat hundert kleine Plätzchen gebakken oder vielleicht sogar noch mehr.

Bald, wenn es Sommer sein wird, wird man eine herrliche Reise machen, an die Nordsee oder durch den Schwarzwald oder nach Baden-Baden, wo man stets im Park-Hotel zu wohnen pflegt.

Professor Johann Clement ist ein schrecklich berühmter Mann. In der Universität nehmen alle Leute den Hut vor ihm ab, machen eine Verbeugung und sagen lächelnd: »Guten Morgen, Herr Professor.« Abends kommen andere Professoren mit ihren Frauen, und manchmal kommen fünfzehn oder zwanzig Studenten zu Besuch, und in Pappis Zimmer ist es dann ganz voll. Da sitzen sie und reden und trinken und singen bis spät in die Nacht.

Am schönsten aber waren doch die Abende, an denen kein Besuch da war und an denen Pappi auch nicht arbeiten oder einen Vortrag halten mußte. Dann saß die ganze Familie vor dem Kamin. Es war so schön, auf Pappis Schoß zu sitzen, in die Flammen zu sehen, den Rauch seiner Pfeife zu riechen und zuzuhören, wenn Pappi mit seiner tiefen, freundlichen Stimme ein Märchen vorlas.

Damals, in den dreißiger Jahren, geschahen viele sonderbare Dinge, die man gar nicht richtig verstehen konnte. Die Leute schienen sich vor irgend etwas zu fürchten und sprachen flüsternd miteinander, besonders in der Universität. Doch das alles scheint ganz unwichtig, wenn die Karnevalszeit kommt.

Für Professor Johann Clement gab es vieles zu bedenken. In einer Zeit, wo um einen her alles drüber und drunter ging, mußte man seinen klaren Kopf behalten. Clement war der festen Überzeugung, daß der Ablauf menschlicher Entwicklungen für einen Wissenschaftler ebenso überschaubar und berechenbar war wie der Rhythmus von Ebbe und Flut. Es gab Wogen der Erregung und des Hasses, und es gab Wogen völliger Unvernunft. Diese Wogen erreichten einen Höhepunkt und vergingen dann wieder. In diesem bewegten Meer lebten alle Menschen, bis auf einige wenige, die auf einer Insel hausten, einer Insel, die so steil war, daß der Mahlstrom des Lebens sie nie erreichte. Eine Universität, so meinte Johann Clement ein wenig naiv-zuversichtlich, sei eine solche Insel, ein solcher Zufluchtsort.

Im Mittelalter hatte es schon einmal eine Welle des Hasses und der Unwissenheit gegeben, als die Kreuzritter die Juden töteten. Doch die Zeit, da man den Juden die Schuld für die Pest gab und ihnen vorwarf, sie hätten das Wasser in den Brunnen der Christen vergiftet, war vorbei. Im Zeitalter der Aufklärung, das auf die Französische Revolution gefolgt war, hatten die Christen eigenhändig die Mauen des Ghettos niedergerissen. Und in dieser neuen Ära waren die Juden von dem Ruhm und der Größe Deutschlands nicht mehr zu trennen gewesen. Die Juden hatten ihre eigenen Anliegen den größeren Problemen der Menschheit untergeordnet; sie hatten sich assimiliert und waren Mitglieder der großen menschlichen Gesellschaft geworden. Und wie viele bedeutende Männer hatten sie hervorgebracht! Heine und Rothschild und Marx und Mendelssohn und Freud – die Reihe war lang. Genau wie er, Johann Clement, waren auch diese Männer Deutsche – erstlich, letztlich und überhaupt.

Der Antisemitismus, so meinte Johann Clement, zog sich wie ein roter Faden durch die menschliche Geschichte. Er war nicht wegzudenken, war eine unumstößliche Tatsache. Unterschiede gab es nur in bezug auf den Grad und die Art. Zweifellos war er, Clement, sehr viel besser dran als die Juden in den östlichen Teilen Europas oder in den noch halb barbarischen Ländern Afrikas. Die Judenprogrome, wie etwa der von Frankfurt, gehörten einer vergangenen Epoche an.

Es war denkbar, daß Deutschland von einer neuen antisemitischen Welle erfaßt wurde, aber ihn würde sie nicht erfassen. Er würde auch nicht aufhören zu glauben, daß die Deutschen, ein Volk mit einem solchen kulturellen Erbe, letzten Endes doch diese Elemente, die vorübergehend die Herrschaft an sich gerissen hatten, ablehnen und ausbooten würden.

Johann Clement beobachtete die Entwicklung genau. Angefangen hatte es mit wirrem und wildem Gekeife. Dann kamen gedruckte Anschuldigungen und Unterstellungen. Dann ein Boykott jüdischer Geschäftsleute, und dann die Verunglimpfungen in der Öffentlichkeit, wo Juden auf der Straße geschlagen und an den Bärten gerissen wurden. Dann kam der nächtliche Terror der Braunhemden. Und dann kamen die Konzentrationslager.

Gestapo, SS, SD, KRIPO, RSHA. Bald wurde jede Familie in Deutschland von den Nazis bespitzelt, und der Würgegriff der Tyrannei wurde enger und enger, bis das letzte Röcheln des Widerstandes erstickte und erstarb.

Doch wie die meisten deutschen Juden glaubte Professor Johann Clement noch immer daran, daß ihm diese neue Bedrohung nichts anhaben werde. Die Universität war eine Insel, seine sichere Zuflucht, und er war der Meinung, durch und durch Deutscher zu sein.

Diesen einen Sonntag würde man nie vergessen. Die ganze Familie hatte sich bei Oma in Bonn versammelt. Sogar Onkel Ingo war den weiten Weg von Berlin herübergekommen. Alle Kinder waren nach draußen zum Spielen geschickt worden, und man hatte die Tür des Wohnzimmers abgeschlossen.

Auf der Rückfahrt hatten Mami und Papi nicht ein Wort gesprochen. Manchmal benahmen sich die Erwachsenen wirklich wie Kinder. Kaum zu Hause angekommen, wurde man schon ins Bett gesteckt. Diese geheimen Unterhaltungen wurden immer häufiger. Wenn man aber an der Tür stand und sie nur einen kleinen Spalt breit aufmachte, konnte man jedes Wort hören. Mami war schrecklich aufgeregt, Papi so ruhig und besonnen wie immer.

»Lieber Johann, wir müssen endlich irgend etwas unternehmen. Diesmal wird es auch uns treffen. Es ist schon so weit, daß ich Angst habe, mit den Kindern auf die Straße zu gehen.«

»Es ist wahrscheinlich nur dein Zustand, der dich alles als so schlimm ansehen läßt, schlimmer als es ist.«

»Seit fünf Jahren erzählst du mir nun, es würde besser werden. Aber es wird nicht besser.«

»Solange ich hier an der Universität bin, sind wir sicher.«

»Mein Gott, Johann – wie lange willst du dir denn noch etwas vormachen –, wir haben keine Freunde mehr. Die Studenten kommen nicht mehr zu uns. Keiner von unseren Bekannten wagt es noch, mit uns zu reden.«

Johann Clement steckte sich seine Pfeife an und seufzte. Mirjam kauerte neben ihm auf dem Fußboden und legte ihren Kopf auf seinen Schoß, und er strich ihr über das Haar. Maximilian, der nahe bei ihnen vor dem Kamin lag, streckte sich und gähnte.

»Ich gebe mir ja solche Mühe, mutig und vernünftig zu sein wie du«, sagte Mirjam.

»Ich bin in diesem Haus geboren. Mein ganzes Leben, alles, was ich mir je gewünscht, alle Dinge, an denen je mein Herz gehangen hat, sind in diesen Räumen hier. Mein einziger Wunsch ist, daß unser Sohn Hans eines Tages dies alles ebenso lieben soll, wie ich es geliebt habe. Manchmal frage ich mich, ob ich recht gehandelt habe, dir und den Kindern gegenüber – aber irgend etwas in mir erlaubt mir nicht, davonzulaufen. Nur noch ein kleines Weilchen, Mirjam – das geht vorbei.«

9. NOVEMBER 1938

Hunderte von Synagogen niedergebrannt!
Tausende jüdischer Wohnungen demoliert!
7500 jüdische Geschäfte geplündert!
34 Juden ermordet!
Tausende von Juden schwer mißhandelt und verhaftet!

DER GESAMTHEIT DER JUDEN IN DEUTSCHLAND WIRD HIERMIT EINE GELDBUSSE VON EINER MILLIARDE REICHSMARK AUFERLEGT!
DIE ARISIERUNG MUSS BESCHLEUNIGT WERDEN!
GRUNDBESITZ WIRD ENTEIGNET!
DIE JUDEN HABEN KEINERLEI ANSPRUCH AUF DEN BESITZ VON KUNSTGEGENSTÄNDEN ODER SCHMUCK! AB SOFORT IST DEN JUDEN DER BESUCH VON THEATER, KINO UND KONZERT UNTERSAGT!
ALLE JUDEN KÖNNEN JEDERZEIT ZUR ZWANGSARBEIT HERANGEZOGEN WERDEN!

Es war schwer, sich vorzustellen, daß es noch schlimmer werden könnte. Doch die Flut stieg höher und höher, und schließlich brachen die Wogen über Johann Clements Insel herein, als die kleine Karen eines Tages nach Hause gestürzt kam, das Gesicht blutüberströmt, während in ihren Ohren noch die Schreie gellten: »Jude! Jude! Jude!«

Wenn ein Mensch eine so tief verwurzelte, eine so unerschütterliche Überzeugung hat wie Johann Clement, dann wird die Erschütterung und Zerstörung dieser Überzeugung zu einer grauenhaften Katastrophe. Nicht genug damit, daß er, Johann Clement, sich getäuscht hatte, er hatte auch das Leben seiner Familie gefährdet. Verzweifelt suchte er nach einem Ausweg, und bei dieser Suche verwies man ihn schließlich an die Gestapo in Berlin. Als er aus Berlin zurückkam, schloß er sich zwei Tage und zwei Nächte lang in seinem Arbeitszimmer ein, hockte dort an seinem Schreibtisch und starrte auf das Schriftstück, das vor ihm lag. Dieses Schriftstück war ein Papier, das man ihm bei der Gestapo in die Hand gedrückt hatte, doch es war von nahezu unheimlich-magischer Kraft. Er brauchte nur seinen Namen darauf zu setzen, dann hatte er für sich und seine Familie in Zukunft nichts mehr zu befürchten. Es war ein lebensspendendes Dokument. Er las es wieder und wieder durch, bis er jedes Wort, das dieses Schriftstück enthielt, auswendig wußte.

... aufgrund der oben angegebenen Nachforschungen und der unbestreitbar daraus sich ergebenden Tatsachen bin ich, Johann Clement, der absoluten Überzeugung, daß die Angaben über meine Geburt nicht der Wahrheit entsprechen. Ich habe niemals dem jüdischen Glauben angehört. Ich bin Arier und ...

Unterschreibe es! Unterschreibe es! Tausendmal ergriff er den Federhalter, um seinen Namen unter das Schriftstück zu setzen. Es war jetzt nicht die Zeit, sich auf den Ehrenstandpunkt zu stellen. Er war nie Jude gewesen – warum sollte er das nicht unterschreiben – was bedeutete das schon. Warum nicht unterschreiben?

Die Gestapo hatte es Johann Clement mit aller Deutlichkeit erklärt: Sollte er nicht bereit sein, dieses Dokument zu unterschreiben und seine Forschungsarbeit fortzusetzen, so durfte seine Familie Deutschland nur verlassen, wenn er als Geisel dablieb.

Am Morgen des dritten Tages kam er aus seinem Arbeitszimmer heraus, bleich und eingefallen. Er begegnete dem angstvollen Blick Mirjams. Er ging zum Kamin und warf das Schriftstück in die Flammen. »Ich kann nicht«, sagte er leise. »Du mußt unverzüglich mit den Kindern aus Deutschland fort.« Er bangte plötzlich um jeden Augenblick, den seine Familie noch da war. Bei jedem Klopfen an der Tür, jedem Läuten des Telefons, jedem sich nähernden Schritt, ergriff ihn eine Angst, wie er sie noch nie in seinem Leben verspürt hatte.

Er machte einen Plan. Zunächst sollte die Familie nach Frankreich, wo sie bei befreundeten Kollegen bleiben konnte. Mirjam stand kurz vor der Niederkunft und konnte keine weite Reise machen. Wenn das Baby erst einmal da war, und sie sich wieder erholt hatte, dann konnten sie nach England oder Amerika weiterfahren. Noch war nicht alles verloren. Wenn erst einmal die Familie in Sicherheit war, dann konnte er immer noch überlegen, was aus ihm werden sollte. Es gab mehrere Geheimorganisationen in Deutschland, die sich speziell damit befaßten, Wissenschaftler aus Deutschland herauszuschmuggeln. Man hatte ihm den Tip gegeben, sich an eine dieser Organisationen zu wenden, die in Berlin saß und sich Mossad Aliyah Bet nannte.

Die Koffer waren gepackt, es war alles soweit. Am letzten Abend vor der Abreise saßen Johann Clement und seine Frau schweigend beieinander und hofften verzweifelt auf irgendein Wunder, das ihnen einen Aufschub gewähren würde.

Doch in der Nacht begannen bei Mirjam Clement die Wehen. Da sie nicht in ein Krankenhaus durfte, gebar sie zu Hause. Es war ein Sohn. Die Geburt war schwierig, und Mirjam brauchte mehrere Wochen, um sich davon zu erholen.

Panik ergriff Johann Clement! Er wurde gepeinigt von der Vorstellung, daß seine Familie in der Falle saß, ohne jede Möglichkeit, dem nahenden Unheil zu entrinnen.

In fliegender Hast fuhr er nach Berlin und begab sich in die Meinekestraße 10, wo sich das Büro von Mossad Aliyah Bet befand. Es war wie in einem Irrenhaus. Im Vorraum drängten sich die Menschen, die verzweifelt aus Deutschland herauszukommen versuchten.

Gegen zwei Uhr morgens führte man ihn in ein Zimmer, in dem ein sehr junger und sehr erschöpfter Mann saß. Sein Name war Ari ben Kanaan, und er war aus Palästina hierhergeschickt worden, um deutschen Juden zu helfen, die aus dem Land herauswollten. Ben Kanaan sah ihn mit geröteten Augen an. »Also gut, Herr Professor«, sagte er seufzend, »wir werden dafür sorgen, daß Sie hinauskommen. Fahren Sie jetzt wieder nach Hause, man wird sich mit Ihnen in Verbindung setzen. Ich muß einen Paß beschaffen, ein Visum, muß die entsprechenden Leute bestechen. Es wird einige Tage dauern.«

»Es handelt sich nicht um mich. Ich kann nicht fort, und auch meine Frau nicht. Aber ich habe drei Kinder. Sie *müssen* sie hinausbringen.«

»Ich *muß* Sie hinausbringen«, wiederholte Ben Kanaan. »Herr Professor, Sie sind ein wichtiger Mann. Ihnen kann ich vielleicht helfen, Ihren Kindern kann ich nicht helfen.«

»Sie müssen!« schrie Clement.

Ari ben Kanaan schlug mit der Faust auf den Tisch und sprang auf. »Haben Sie die Leute gesehen, die sich da draußen drängen? Sie alle wollen aus Deutschland hinaus!« Er lehnte sich über den Schreibtisch, bis sein Gesicht unmittelbar vor Johann Clement war. »Seit fünf Jahren haben wir euch gebeten, haben wir gebettelt, daß ihr aus Deutschland fortgeht! Jetzt aber, selbst wenn es uns gelingt, euch hinauszubekommen, lassen die Engländer euch nicht nach Palästina hinein. ›Wir sind Deutsche‹, habt ihr die ganze Zeit gesagt, ›wir sind Deutsche – uns werden sie doch nichts tun.‹ Herrgott noch mal, was soll *ich* denn jetzt machen!«

Ari schluckte und ließ sich in seinen Stuhl fallen. Er schloß einen Augenblick lang ermüdet die Augen. Dann ergriff er ein Bündel mit Schriftstücken, das auf seinem Schreibtisch lag und blätterte es durch. »Ich habe hier Ausreisevisa für vierhundert Kinder. Dänische Familien haben sich bereit erklärt, sie aufzunehmen. Wir haben einen Zug organisiert. Eins von Ihren Kindern kann mitfahren.«

»Aber – ich habe drei Kinder.«

»Und ich habe zehntausend Kinder. Und keine Ausreisevisa für sie. Und ich bin machtlos gegen die englische Flotte. Ich schlage vor, daß Sie das älteste Ihrer Kinder schicken. Das wird am besten auf sich allein aufpassen können. Der Zug fährt morgen abend, vom Potsdamer Bahnhof.«

Karen drückte schläfrig ihre Lieblingspuppe an sich. Ihr Vater kniete neben ihr. In ihrem Halbschlummer roch sie den wunderbaren Geruch seiner Pfeife.

»Es wird eine sehr schöne Reise werden, Karen. Das ist genau, als ob du nach Baden-Baden führest.«

»Aber ich mag nicht, Papi.«

»Hör mal, Karen – denk doch nur an all die netten Jungen und Mädchen, die mit dir fahren.«

»Ich will aber nicht mit ihnen fahren. Ich will hierbleiben, bei dir und Mami und Hans und Maximilian. Und bei meinem neuen Brüderchen.«

»Na, na, Karen Clement! Meine Tochter wird doch nicht weinen.«

»Ich will nicht weinen – ich will ganz bestimmt nicht weinen. Papi – Papi – werde ich bald wieder bei dir sein?«

»Ja, weißt du – wir werden uns alle Mühe geben –«

Eine Frau näherte sich Johann Clement und berührte seine Schulter. »Entschuldigen Sie«, sagte sie, »es ist Zeit.«

»Ich setze sie in den Zug.«

»Tut mir leid – aber die Eltern dürfen nicht mit in den Zug.«

Er nickte, drückte Karen rasch noch einmal an sich, trat zurück und biß so fest auf seine Pfeife, daß ihm die Zähne weh taten.

Karen ließ sich von der Frau bei der Hand nehmen, doch dann

blieb sie stehen und drehte sich noch einmal um. Sie gab ihrem Vater ihre Stoffpuppe. »Papi, nimm du mein Püppchen, es wird auf dich aufpassen.«

Scharen angsterfüllter Eltern drängten sich am Zug, und die abreisenden Kinder preßten ihre Gesichter gegen das Glas der Fenster, riefen, winkten, und suchten verzweifelt einen letzten Blick zu erhaschen.

Johann Clement suchte nach seiner Tochter, konnte sie aber nicht mehr sehen.

Der Zug setzte sich langsam in Bewegung. Die Eltern liefen nebenher und riefen ein letztes Lebewohl.

Professor Clement stand regungslos in der Menge. Als der letzte Wagen vorbeikam, hob er den Blick und sah Karen ganz ruhig und gefaßt auf der hintersten Plattform stehen. Sie legte die Finger an die Lippen und warf ihm eine Kußhand zu – als ob sie ahnte, daß sie ihn nie wiedersehen sollte.

Er sah ihr nach, sah die kleine Figur kleiner und kleiner werden, bis nichts mehr zu sehen war. Sein Blick fiel auf die Puppe, die er in der Hand hielt. »Leb wohl, mein Leben«, sagte er leise.

XII

Aage und Meta Hansen bewohnten ein wunderschönes Haus in einem Vorort von Aalborg. Es war genau das richtige Heim für ein kleines Mädchen. Sie hatten keine eigenen Kinder. Die Hansens waren ein gut Teil älter als die Clements; Aage bekam schon graue Haare, und Meta war durchaus nicht so schön wie Mirjam; doch Karen fühlte sich dennoch wohl und sicher bei ihnen, vom ersten Augenblick an, als die beiden sie halb im Schlaf in ihr Auto getragen hatten.

Die Fahrt nach Dänemark war wie ein böser Traum gewesen. Sie erinnerte sich nur noch, daß rings um sie herum Kinder gesessen und leise vor sich hingeschluchzt hatten. Alles übrige war undeutlicher Nebel – sie hatten sich in Reihen aufstellen müssen, man hatte ihnen Zettel angesteckt, unbekannte Menschen hatten in einer unverständlichen Sprache zu ihnen gesprochen. Dann ging es in einen Warteraum, in einen Autobus, es gab einen neuen Zettel. Schließlich hatte man sie allein in den Raum geführt, in dem Meta und Aage Hansen standen und ungeduldig warteten. Aage nahm sie in die Arme und trug sie zum Wagen, und Meta hielt sie auf der ganzen Fahrt bis nach Aalborg auf ihrem Schoß, streichelte sie und sprach freundlich mit ihr, und Karen wußte, daß sie bei guten Leuten war.

Aage und Meta blieben erwartungsvoll an der Tür stehen, als Karen zögernd und auf Zehenspitzen in das Zimmer ging, das sie für sie eingerichtet hatten. Es war voll von Puppen und Spielsachen und Büchern und Kleidern und so ungefähr von allem, was sich ein kleines Mädchen überhaupt nur wünschen konnte. Doch dann entdeckte Karen den wuscheligen jungen Hund auf ihrem Bett. Sie kniete sich neben ihn und streichelte ihn, und er leckte ihr das Gesicht, und sie spürte seine nasse Nase an ihrer Backe. Sie drehte sich um und lächelte den Hansens zu, und Aage und Meta lächelten zurück.

Die ersten Nächte ohne Papi und Mami waren schrecklich. Und es war so sonderbar, wie sehr sie ihren Bruder Hans vermißte. Sie aß kaum und saß nur still für sich allein in ihrem Zimmer und streichelte den kleinen Hund, den sie Maximilian getauft hatte.

Meta Hansen verstand das alles sehr gut. Abends saß sie bei Karen, streichelte sie und hielt ihre Hand, bis das leise Schluchzen aufgehört hatte und Karen eingeschlafen war.

In der darauffolgenden Woche kam ein nicht abreißender Strom von Besuchern, die Geschenke mitbrachten, mächtig viel Getue um Karen machten und in einer Sprache auf sie einredeten, die sie noch nicht verstehen konnte. Die Hansens waren sehr stolz, und Karen gab sich die größte Mühe, zu allen Leuten nett zu sein. Und ein paar Tage später wagte sie sich zum erstenmal aus dem Haus nach draußen.

Karen hatte Aage Hansen schrecklich gern. Er rauchte Pfeife, genau wie ihr Papi, und er machte gerne Spaziergänge. Aalborg war ein interessanter Ort. Es gab da, wie in Köln, ein Wasser, das hieß der Limfjord. Herr Hansen war Rechtsanwalt und ein großer Mann, und beinahe alle Leute schienen ihn zu kennen. Er war natürlich kein so großer Mann wie ihr Papi – aber das waren sowieso nur sehr wenige Leute.

Eines Abends sagte Aage: »Hör mal, Karen, du bist jetzt schon beinah drei Wochen bei uns, und wir möchten gern etwas mit dir besprechen, etwas sehr Wichtiges.«

Er verschränkte die Hände auf dem Rücken, schritt im Zimmer auf und ab und sprach zu ihr, auf eine ganz wunderbare Art, und so, daß sie auch alles sehr gut verstehen konnte. Er erzählte ihr, es gäbe jetzt in Deutschland so vieles, was gar nicht schön sei, und ihre Eltern meinten, es sei besser, wenn sie vorläufig erst einmal hier bei ihnen bliebe. Und dann sagte Aage Hansen, sie wüßten sehr gut, daß sie ihr niemals die Eltern ersetzen könnten, da aber Gott ihnen nun einmal keine eigenen Kinder gegeben habe, seien sie sehr glücklich, sie bei sich zu haben, und sie möchten gern, daß auch Karen glücklich sei.

Doch, Karen verstand das alles sehr gut, und sie sagte Aage und Meta, sie hätte nichts dagegen, vorläufig erst einmal bei ihnen zu bleiben.

»Und noch etwas, Karen. Da wir uns dich nun für ein Weilchen ausleihen, und weil wir dich so gern haben, wollten wir dich fragen – würde es dir etwas ausmachen, wenn du dir unseren Namen ausleihst?«

Darüber mußte Karen nachdenken. Ihr schien, Aage hatte noch irgendwelche anderen Gründe. Seine Frage hatte diesen besonderen Ton gehabt, hatte so erwachsen geklungen – genau wie bei Mami und Papi, wenn sie hinter geschlossenen Türen miteinander geredet hatten. Dann nickte sie und sagte, ja, das wäre ihr auch recht.

»Schön! Dann heißt du jetzt also Karen Hansen.«

Aage und Meta nahmen sie bei der Hand, wie sie das jeden Abend taten, brachten sie in ihr Zimmer und machten die kleine Lampe an. Aage spielte mit ihr und kitzelte sie, und Maximilian sprang aufs Bett und tobte mit. Karen lachte, bis sie nicht mehr konnte, dann schlüpfte sie unter die Bettdecke und sagte ihr Abendgebet. »– und behüte Mami und Papi und Hans und mein kleines Brüderchen, und alle meine Onkel und Tanten und Vettern und Kusinen – und auch die Hansens, die so nett zu mir sind – und die beiden Maximilians.«

»Ich komme gleich und setze mich an dein Bett«, sagte Meta.

»Das ist nicht nötig. Du brauchst jetzt nicht mehr bei mir zu sitzen. Maximilian paßt auf mich auf.«

»Gute Nacht, Karen.«

»Sag mal, Aage, sind die Leute in Dänemark auch so böse auf die Juden?«

Meine liebe Frau Clement, verehrter Herr Professor,
ist es wirklich schon sechs Wochen her, daß Karen zu uns kam? Sie ist
ein erstaunliches Kind. Ihre Lehrerin hat uns erzählt, daß sie sich in der

94

Schule sehr gut macht. Es ist kaum zu glauben, wie schnell sie Dänisch lernt. Wahrscheinlich kommt das daher, daß sie mit Gleichaltrigen zusammen ist. Sie hat schon viele Freundinnen hier.

Der Zahnarzt riet uns, einen Zahn ziehen zu lassen, um Platz zu machen für einen neuen. Es war nicht weiter schlimm. Wir möchten gern, daß Karen Musikstunden bekommt, und werden Ihnen darüber noch genauer schreiben.

Jeden Abend schließt sie in ihr Gebet . . .

Und dabei lag ein Brief von Karen, in Blockschrift:
LIEBE MAMI, PAPI, HANS, MAXIMILIAN, UND MEIN NEUES BRÜDERCHEN, ICH HABE SOLCHE SEHNSUCHT NACH EUCH, WIE ICH EUCH GAR NICHT SAGEN KANN –

Im Winter läuft man Schlittschuh auf dem Eis des Limfjords, baut Schneemänner und rodelt, und dann sitzt man am knisternden Kamin, und Aage reibt einem die eiskalten Füße.

Doch der Winter verging, der Limfjord taute auf, und das Land wurde grün und blühte. Und als der Sommer kam, fuhren alle an die Nordsee, nach Blokhus, und Karen fuhr mit Meta und Aage im Segelboot hundert Meilen weit hinaus auf das Meer.

Das Leben bei Hansens war schön und abwechslungsreich. Karen hatte eine Menge ›bester‹ Freundinnen, und sie fand es wunderbar, mit Meta zum Einkaufen auf den Fischmarkt zu gehen, wo es nach allem möglichen roch, oder mit ihr in der Küche zu sein und zuzusehen, wie man einen Kuchen bäckt. Und Meta konnte einem gut helfen bei so vielen Dingen, beim Nähen oder bei den Schularbeiten, und sie war ein so wunderbarer Trost, wenn Karen mal mit Fieber oder Halsschmerzen im Bett liegen mußte.

Aage hatte immer ein Lächeln für sie und offene Arme, und er schien beinah genauso klug und freundlich zu sein wie ihr richtiger Papi.

Eines Tages, als Karen gerade zum Tanzunterricht war, rief Aage zu Hause an und bat Meta ins Büro zu kommen.

»Ich habe eben Nachricht vom Roten Kreuz bekommen«, sagte er zu seiner Frau. Er war sehr erregt, und sein Gesicht war blaß.

»Sie sind alle miteinander verschwunden. Spurlos. Die ganze Familie. Ich habe alles versucht, aber ich bekomme keinerlei Auskunft aus Deutschland.«

»Und was vermutest du, Aage?«

»Was gibt es da zu vermuten? Man hat sie alle in ein Konzentrationslager gebracht – oder an einen noch schlimmeren Ort.«

»Oh, mein Gott!«

Sie brachten es nicht übers Herz, Karen zu erzählen, daß ihre ganze Familie verschwunden war. Karen schöpfte Verdacht, als keine Briefe mehr aus Deutschland kamen, doch sie hatte zu große Angst, Fragen zu stellen. Sie liebte die Hansens und vertraute ihnen blind. Ihr Instinkt sagte ihr, daß sie ihre guten Gründe haben mußten, wenn sie Karens Familie mit keinem Wort mehr erwähnten.

Außerdem geschah etwas Sonderbares. Gewiß, Karen hatte Sehnsucht nach ihren Eltern und Geschwistern, doch allmählich schien das Bild ihrer Mutter und ihres Vaters mehr und mehr zu verblassen. Wenn ein achtjähriges Kind so lange von seinen Eltern getrennt ist, dann wird es immer schwerer, sich an sie zu erinnern.

Karen war manchmal traurig, daß sie sich nicht deutlicher erinnern konnte. Gegen Ende des Jahres konnte sie sich kaum noch vorstellen, daß sie einmal nicht Karen Hansen geheißen hatte und keine Dänin gewesen sein sollte.

WEIHNACHTEN 1939

In Europa war Krieg, und seit Karens Ankunft bei Hansens war ein Jahr vergangen. Karen sang mit ihrer glockenreinen Stimme ein Weihnachtslied, während Meta sie am Klavier begleitete. Dann ging Karen in ihr Zimmer und holte aus dem Schrank ein Paket, das sie dort versteckt hatte. Es enthielt das Weihnachtsgeschenk, das sie in der Schule gebastelt hatte. Stolz überreichte sie es Meta und Aage. Auf das Papier, womit es eingepackt war, hatte sie geschrieben:

FÜR MAMI UND PAPI, VON EURER TOCHTER KAREN.

8. APRIL 1940

Die Nacht war trügerisch und voll Verrat. Durch den Nebel drang das dumpfe Geräusch marschierender Truppen, die sich auf die dänische Grenze zu bewegten. Die dunstige Morgendämmerung brachte Fähre auf Fähre heran. Sie glitten lautlos durch die Nebelschwaden über das Wasser, beladen mit Soldaten in Stahlhelmen. Die deutsche Wehrmacht rückte an, schweigend und mit der Präzision eines Roboters, und überzog das ganze Land.

9. APRIL 1940

Karen und die anderen Mädchen aus ihrer Klasse stürzten an die Fenster und sahen nach oben zum Himmel, der schwarz war von dröhnenden Flugzeugen, die eins nach dem andern herunterkamen und auf dem Flugplatz von Aalborg landeten.

Die Menschen stürzten verwirrt auf die Straße.

»Hier spricht der Dänische Rundfunk. Heute früh vier Uhr fünfzehn hat die deutsche Wehrmacht bei Saed und Krusau die dänische Grenze überschritten!«

Völlig konsterniert durch das unerwartet schnelle Zuschlagen der Deutschen saßen die Dänen an ihren Radiogeräten und warteten verzweifelt auf eine Botschaft König Christians. Dann kam die Proklamation: Dänemark kapitulierte, ohne einen Schuß zu seiner Verteidigung abgegeben zu haben. Das Beispiel Polens hatte deutlich genug gezeigt, daß jeder Widerstand zwecklos war.

Meta Hansen holte Karen eilig aus der Schule nach Hause und packte die Koffer, um nach Bornholm oder irgendeiner anderen abgelegenen Insel zu fliehen. Aage beruhigte sie und redete ihr gut zu, erst einmal abzuwarten. Es würde Wochen oder gar Monate dauern, bis die Deutschen eine Zivilverwaltung in Gang bekämen.

Der Anblick des Hakenkreuzes und der deutschen Uniformen ließ in Karen eine Fülle von Erinnerungen aufsteigen, und mit den Erinnerungen kam die Angst. Alle Leute waren in den ersten Wochen ängstlich und verwirrt; nur Aage blieb ruhig.

Die deutsche Besatzungsmacht und die deutsche Zivilverwaltung machten großartige Versprechungen. Die Dänen, so sagten sie, seien Arier. Die Deutschen betrachteten sie als ihre Brüder, und das Land hätten sie in erster Linie deshalb besetzt, um die Dänen vor den Bolschewisten zu schützen. Dänemark könne, so sagten sie, seine inneren Angelegenheiten weiterhin selbst verwalten. Dänemark sollte ein Musterprotektorat werden. Aufgrund dieser Zusicherungen traten, nachdem sich die anfängliche Erregung gelegt hatte, wieder annähernd normale Verhältnisse ein.

Der ehrwürdige König Christian nahm seine täglichen Ausritte vom Schloß Amalienborg in Kopenhagen wieder auf. Ohne jede Begleitung oder Bewachung bewegte er sich furchtlos durch die Stadt, und die Dänen folgten seinem Beispiel. Die Losung des Tages hieß: passiver Widerstand.

Aage hatte recht behalten. Karen besuchte wieder die Schule, ging zu ihrem Tanzunterricht, und das Leben in Aalborg nahm seinen gewohnten Gang, als sei überhaupt nichts geschehen.

Es kam das Jahr 1941. Seit der Besetzung durch die Deutschen waren acht Monate vergangen. Mit jedem Tag wurde es deutlicher, daß die Spannung zwischen den Deutschen und der Bevölkerung ihres ›Musterprotektorats‹ wuchs. König Christian ärgerte die Eroberer, indem er sie nach wie vor nicht zur Kenntnis nahm. Auch die Bevölkerung ignorierte die Deutschen, soweit sie irgend konnte, oder aber, noch schlimmer, sie machte sich über die Wichtigtuerei der Deutschen lustig und quittierte ihre großsprecherischen Proklamationen mit Gelächter. Je lauter die Dänen lachten, desto wütender wurden die Deutschen.

Alle Illusionen, die sich die Dänen im Anfang der deutschen Besatzungszeit gemacht hatten, wurden sehr bald zerstört. Die dänische Industrie, die dänische Landwirtschaft und die geographische Lage Dänemarks waren in den deutschen Herrschaftsplan einbezogen. Dänemark sollte ein weiteres Rädchen der deutschen Kriegsmaschine werden. Gegen Mitte des Jahres 1941 hatte sich daher in Dänemark, wo man das Beispiel Norwegens, des skandinavischen Brudervolkes, vor Augen hatte, eine zahlenmäßig zwar noch geringe, aber sehr entschlossene Widerstandsbewegung gebildet.

Reichsbevollmächtigter Best, Oberhaupt der deutschen Zivilverwaltung in Dänemark, war dem ›Musterprotektorat‹ gegenüber für eine Politik der Mäßigung, solange die Dänen friedlich blieben und zur Mitarbeit bereit waren. Die Maßnahmen gegen die Dänen waren milde im Vergleich zu dem Vorgehen in den anderen besetzten Gebieten. Trotzdem wuchs die Widerstandsbewegung unaufhaltsam. Ihre Mitglieder konnten es zwar nicht wagen, die deutschen Truppen mit Waffengewalt zu bekämpfen oder eine allgemeine Erhebung zu planen, doch sie fanden einen Weg, ihrem Haß auf die Deutschen wirksamen Ausdruck zu verleihen. Dieser Weg hieß Sabotage.

Dr. Werner Best verlor die Nerven nicht. In aller Ruhe erfaßte er diejenigen Dänen, die mit den Nazis sympathisierten, um der neuen Bedrohung Herr zu werden. Die von den Deutschen aufgestellte Hilfspolizei entwickelte sich zu einer Bande dänischer Terroristen, die zu Strafaktionen gegen ihre eigenen Landsleute eingesetzt wurde. Jeder Sabotageakt wurde mit einer Aktion der HIPOS beantwortet.

Während die Monate und Jahre der deutschen Besatzung ins

Land gingen, erlebte Karen Hansen im abgelegenen Aalborg, wo das Leben ganz normal schien, ihren elften und ihren zwölften Geburtstag. Die Berichte von Sabotageakten und der gelegentliche Krach einer Schießerei oder einer Explosion erschütterten die Ruhe des Städtchens nur für kurze Zeit.

Karen hörte auf, ein Kind zu sein, und verspürte die ersten Freuden und Leiden einer tiefen Zuneigung, die nicht den Eltern oder einer Freundin galt. Sie schwärmte für Mogen Sörensen, den besten Fußballspieler der Schule, und da ihre Zuneigung nicht unerwidert blieb, wurde sie von allen anderen Mädchen beneidet.

Ihre tänzerische Begabung war so groß, daß die Lehrerin Meta und Aage Hansen nahelegte, das junge Mädchen die Aufnahmeprüfung für das Königliche Ballett in Kopenhagen machen zu lassen. Karen sei ein sehr begabtes Kind, meinte die Lehrerin, und in ihrem Tanz äußere sich eine Empfindungsfähigkeit, die weit über ihr Alter hinausginge.

Anfang 1943 wurden die Hansens immer unruhiger. Die dänische Widerstandsbewegung gab den Alliierten durch Funkspruch sehr wertvolle Informationen über die Anlage wichtiger Rüstungsbetriebe und großer Nachschublager auf dänischem Gebiet. Sie ging in ihrer Mitarbeit so weit, der Royal Air Force die genaue Lage dieser Angriffsziele zu übermitteln.

Die HIPOS und andere von den Deutschen gekaufte Terroristen schritten zu Vergeltungsmaßnahmen. Als die Aktivität auf beiden Seiten zunahm, fing Aage an, sich Gedanken zu machen. Alle Leute in Aalborg wußten, wo Karen herkam. Zwar hatte man gegen die dänischen Juden bisher noch nichts unternommen, doch das konnte sich plötzlich ändern. Mit ziemlicher Sicherheit war auch anzunehmen, daß die Deutschen durch die HIPOS über Karens jüdische Herkunft informiert waren. Schließlich faßten Meta und Aage den Entschluß, ihr Haus in Aalborg zu verkaufen und nach Kopenhagen zu ziehen, unter dem Vorwand, daß die beruflichen Möglichkeiten für Aage dort besser seien und daß Karen in Kopenhagen auch eine bessere Tanzausbildung bekommen könne.

Im Sommer des Jahres 1943 trat Aage als Sozius in ein Rechtsanwaltsbüro in Kopenhagen ein. In dieser Stadt von einer Million Einwohner hofften sie völlig anonym untertauchen zu können. Für Karen wurden falsche Papiere beschafft, aus denen hervorging, daß sie ihre leibliche Tochter war. Karen nahm Abschied von Mogen Sörensen und durchlitt heftigen Liebeskummer.

Die Hansens fanden eine sehr schöne Wohnung am Sorte-dams Dossering. Das war eine breite Straße, die sich mit vielen Bäumen an einem künstlichen Wasserlauf entlangzog, über den zahlreiche Brücken in die Altstadt führten.

Nachdem sich Karen in der neuen Umgebung eingewöhnt hatte, fand sie Kopenhagen ganz wunderbar. Diese Stadt war wie ein Märchen. Sie machte stundenlange Spaziergänge mit Aage und Maximilian, um sich all das Wunderbare anzusehen, was es hier gab. Man konnte am Hafen entlanggehen, an der Figur der kleinen Meerjungfrau vorbei, die Langelinie entlang oder durch die Gärten des Schlosses Christiansborg. Es gab Kanäle und schmale Straßen mit alten, fünfstöckigen Backsteinhäusern. Überall waren zahllose Radfahrer unterwegs, und auf dem riesigen Fischmarkt am Gammel-Strand herrschte solcher Betrieb, daß der Fischmarkt von Aalborg dagegen gar nichts war.

Die Krönung von allem aber bildete das Tivoli mit seinen Anlagen und Blumenbeeten, seiner abendlichen Lichterfülle, seinen Rutschbahnen, Schaukeln und Karussellen, dem Kinderorchester und dem Wivex-Restaurant, mit Feuerwerk und Gelächter. Karen verstand bald gar nicht mehr, wie sie es überhaupt fertiggebracht hatte, irgendwo anders zu leben als in Kopenhagen.

Eines Tages kam Karen die Straße herunter nach Hause gelaufen. Sie rannte die Treppe hinauf und riß die Wohnungstür auf, stürzte auf Aage zu und umarmte ihn.

»Papi! Papi! Papi!«

Sie zog ihn vom Stuhl hoch und tanzte um ihn herum. Dann ließ sie ihn verdutzt mitten im Zimmer stehen, tanzte um die Möbel herum, kam zu ihm zurück und warf von neuem die Arme um ihn. Meta erschien an der Tür und lächelte.

»Deine Tochter versucht dir mitzuteilen, daß sie beim Königlichen Ballett angenommen ist.«

»So?« sagte Aage. »Na, das ist ja schön.«

Abends, als Karen schlief, konnte Meta, die schrecklich stolz war, Aage gegenüber endlich ihrem Herzen Luft machen.

»Soviel Talent wie Karen hat, sagte man mir, gäbe es unter tausend Mädchen nur einmal. Nach fünf bis sechs Jahren intensiver Ausbildung könnte sie ganz große Klasse werden.«

»Freut mich – freut mich wirklich«, sagte Aage, der versuchte, sich nicht anmerken zu lassen, wie stolz er war.

Doch nicht alles in Kopenhagen war Heiterkeit und Märchenland.

Nacht für Nacht erzitterte die Erde von Explosionen, Sprengungen der Widerstandsbewegung, deren Blitze die Nacht erhellten, und die Luft war erfüllt von lodernden Flammen, vom Krachen der Gewehrschüsse, dem Hämmern der Maschinengewehre.

Sabotage! Vergeltungsmaßnahmen!

Die HIPOS begannen, systematisch Orte und Dinge zu zerstören, die den Dänen lieb und teuer waren. Dänische Nazi-Terroristen sprengten Theater in die Luft, Brauereien und Vergnügungsstätten. Die dänische Widerstandsbewegung schlug zurück und führte Sprengungen in Betrieben aus, die für die deutsche Rüstung arbeiteten. Bald verging kein Tag und keine Nacht, in denen man nicht den Donner der Explosionen vernahm.

Bei den Paraden der Deutschen waren die Straßen leer. Wenn die Deutschen sich in der Öffentlichkeit produzierten, blieben die Dänen in ihren Häusern. Doch an jedem dänischen Nationalfeiertag drängte sich die schweigende Menge der Leidtragenden auf den Straßen. Und der tägliche Ausritt des alten Königs rief eine vielhundertköpfige Menge auf den Plan, die den König mit lauten Zurufen begrüßte und neben ihm herlief.

Die Spannung wuchs und wuchs, bis sie sich schließlich entlud.

Am Morgen des 29. August 1943 erfolgte eine Detonation, die über ganz Seeland hin zu hören war: Die dänische Flotte hatte sich selbst versenkt, um den Seeweg vollkommen zu blockieren!

Die ergrimmten Deutschen marschierten zum Regierungsgebäude und zum königlichen Schloß Amalienborg. Die königliche Wache trat ihnen entgegen. Es entspann sich ein erbittertes Gefecht, doch nach kurzer Zeit war alles vorbei. Statt der königlichen Wachen zogen deutsche Soldaten vor dem Schloß in Amalienborg auf.

Eine ganze Anzahl deutscher Generale und hoher SS-Funktionäre erschien in Dänemark, um die Dänen ›auf Vordermann‹ zu bringen‹. Das dänische Parlament wurde aufgelöst, und es erging eine Reihe scharfer Erlasse. Das Musterprotektorat hatte aufgehört, ein ›Muster‹ zu sein, sofern es das überhaupt jemals gewesen war.

Die Dänen beantworteten die Maßnahmen der Deutschen mit gesteigerter Sabotage. Waffen- und Munitionslager, Fabriken und Brücken wurden in die Luft gejagt. Die Deutschen wurden allmählich nervös. Die Sabotage der Dänen begann sich empfindlich bemerkbar zu machen.

Vom deutschen Hauptquartier im Hotel d'Angleterre erging

die Verordnung: ALLE JUDEN HABEN EINE GELBE ARM-
BINDE MIT DEM JUDENSTERN ZU TRAGEN.

In der Nacht darauf übertrug der illegale Sender eine Botschaft
an das dänische Volk: »König Christian hat von Schloß Amalienborg aus auf die deutsche Anordnung, alle Juden hätten einen Judenstern zu tragen, die folgende Antwort erteilt. Der König hat
erklärt, daß es zwischen einem Dänen und einem Juden keinerlei
Unterschied gäbe. Er selbst wird als erster den Davidstern tragen, und er erwartet, daß jeder loyale Däne das gleiche tut.«

Am nächsten Tag trug fast die gesamte Bevölkerung von Kopenhagen Armbinden, auf denen der Davidstern zu sehen war.

Am nächsten Tag hoben die Deutschen ihre Anordnung wieder auf.

Aage selbst war nicht aktiv in der Widerstandsbewegung tätig,
doch seine Kollegen, mit denen er assoziiert war, standen an führender Stelle. Daher war er ziemlich genau darüber informiert,
was vorging. Im Spätsommer 1943 wurde er sehr unruhig und
fand, er müsse nun mit Meta zu einem Entschluß kommen, was
mit Karen geschehen sollte.

»Ich weiß es positiv«, sagte er zu seiner Frau. »Im Lauf der
nächsten Monate werden die Deutschen alle Juden in Dänemark
abholen. Wir kennen nur den genauen Zeitpunkt noch nicht, zu
dem die Gestapo zuschlagen wird.«

Meta Hansen ging ans Fenster und starrte hinaus, hinunter auf
das Wasser und die Brücke zur Altstadt. Es war Abend, Karen
würde bald aus der Ballettschule nach Hause kommen. Meta
hatte den Kopf mit allen möglichen Plänen und Vorbereitungen
für Karens dreizehnten Geburtstag voll gehabt. Es sollte alles
ganz wunderbar werden – mit vierzig Kindern, im Tivoli.

Aage steckte sich die Pfeife an und sah auf Karens Bild, das auf
seinem Schreibtisch stand. Er seufzte.

»Ich kann sie nicht weggeben«, sagte Meta.

»Wir haben kein Recht –«

»Das ist doch etwas ganz anderes, sie ist keine dänische Jüdin.
Wir haben Papiere, aus denen hervorgeht, daß sie unsere Tochter ist.«

Aage legte seiner Frau die Hand auf die Schulter. »Irgend jemand in Aalborg könnte die Deutschen informieren.«

»Man wird sich doch nicht diese Mühe machen – um ein
Kind.«

»Kennst du diese Leute noch immer nicht?«

Meta drehte sich herum und sagte: »Wir lassen sie taufen und adoptieren sie.«

Aage schüttelte langsam den Kopf. Seine Frau sank in einen Sessel und biß sich auf die Lippe. Sie umklammerte die Armlehne so krampfhaft, daß ihre Hand weiß wurde. »Was wird werden, Aage?«

»Sämtliche Juden sollen heimlich an die Seeländische Küste gebracht werden, in die Nähe des Öre-Sunds. Wir sind dabei, alle Fahrzeuge, die wir bekommen können, aufzukaufen für die Überfahrt nach Schweden. Die Schweden haben uns Nachricht zukommen lassen, daß sie bereit sind, alle aufzunehmen und für sie zu sorgen.«

»Wie viele Nächte habe ich wach gelegen und an diese Möglichkeit gedacht. Ich habe mir einzureden versucht, daß sie in größerer Gefahr ist, wenn sie fliehen muß. Und ich sage mir immer wieder, daß sie sicherer ist, wenn sie hier bei uns bleibt.«

»Überlege dir, was du sagst, Meta.«

Sie sah ihn mit einem Ausdruck der Verzweiflung und der Entschlossenheit an, wie er ihn bei ihr noch nie gesehen hatte. »Nie und nimmer werde ich Karen weggeben, Aage. Ich kann ohne sie nicht leben.«

Alle Dänen, die mitzumachen gebeten wurden, setzten ihre ganze Kraft ein. Die gesamte jüdische Bevölkerung Dänemarks wurde heimlich nach dem Norden von Seeland gebracht und hinübergeschmuggelt nach Schweden, wo sie in Sicherheit war. Kurze Zeit darauf machten die Deutschen in ganz Dänemark eine Razzia, um die Juden abzuholen. Sie fanden keine mehr vor.

Karen blieb in Kopenhagen. Obwohl ihr auch in der Folge nichts geschah, trug Meta doch schwer an der Verantwortung, die sie auf sich genommen hatte. Die deutsche Besatzung wurde für sie ein einziger Angsttraum. Jedes neue Gerücht löste eine Panik bei ihr aus. Drei- oder viermal floh sie mit Karen aus Kopenhagen zu Verwandten in Jütland.

Aage schloß sich der Widerstandsbewegung an und wurde immer aktiver. Jede Woche war er drei bis vier Nächte nicht zu Hause. Für Meta waren es lange und schreckliche Nächte.

Der dänische Widerstand, dessen Kräfte inzwischen zusammengefaßt und auf bestimmte Ziele gerichtet waren, konzentrierte seine Energie auf die Zerstörung der deutschen Transportwege. Es verging kaum eine halbe Stunde, ohne daß irgendwo eine Eisenbahnstrecke unterbrochen wurde. Bald war das gesamte dänische Eisenbahnnetz von den Trümmern und Wracks der in die Luft gesprengten Züge gesäumt.

Die HIPOS rächten sich, indem sie das Tivoli sprengten, den Lieblingsort aller Kopenhagener.

Die Dänen riefen zum Generalstreik gegen die Deutschen auf. Sie gingen in Massen auf die Straßen und errichteten in ganz Kopenhagen Barrikaden, von denen dänische, amerikanische, englische und russische Fahnen wehten.

Die Deutschen verhängten den Belagerungszustand über Kopenhagen.

Reichskommissar Best brüllte wütend: »Der Mob von Kopenhagen soll die Knute zu spüren bekommen!«

Der Generalstreik wurde niedergeknüppelt, doch die Widerstandsbewegung setzte ihre Zerstörungsarbeit fort.

19. SEPTEMBER 1944

Die Deutschen internierten die gesamte dänische Polizei, weil es ihr nicht gelungen war, die Ordnung aufrechtzuerhalten, und weil sie Sympathie für die gegen die Besatzungsmacht gerichteten Aktionen der dänischen Bevölkerung bekundet hatte. Die Widerstandsbewegung unternahm einen tollkühnen Anschlag auf die amtlichen Archive der Nazis und vernichtete sämtliche Akten. Die Widerstandsbewegung stellte leichte Waffen her und schmuggelte Männer nach Schweden, wo sie dem Dänischen Freikorps beitraten. Die Wut der Widerstandskämpfer richtete sich gegen die HIPOS und andere Verräter, mit denen teilweise kurzer Prozeß gemacht wurde.

HIPOS und Gestapo, rasend vor Wut, antworteten zur Vergeltung mit einer Welle wahlloser Erschießungen.

Und dann begannen Flüchtlinge aus Deutschland nach Dänemark zu strömen. Sie überschwemmten das Land und forderten Nahrung und Unterkunft, ohne dafür zu danken. Die Dänen drehten ihnen verächtlich den Rücken.

Im April des Jahres 1945 schwirrten alle möglichen Gerüchte durch die Luft.

4. MAI 1945

»Mami! Papi! Der Krieg ist aus! Der Krieg ist aus!«

XIII

Der Krieg war aus, und in Dänemark rückten die Sieger ein, die Amerikaner, die Engländer und das Dänische Freikorps. Es waren bewegte Tage – eine Woche der Vergeltung, der Abrechnung mit den HIPOS und den dänischen Verrätern, mit Reichskommissar Best und der Gestapo. Eine Woche lärmender, überschwenglicher Freude, deren Höhepunkt die Wiedereröffnung des dänischen Parlaments durch den alten König Christian war. Er sprach mit stolzer, aber matter Stimme, die vor Bewegung unsicher war.

Für Meta und Aage Hansen war die Woche der Befreiung eine Zeit der Sorge. Vor sieben Jahren hatten sie ein Kind aus schwerer Gefahr errettet und es herangezogen zu einem blühenden jungen Mädchen, einem Mädchen von strahlender Anmut und Heiterkeit. Und jetzt: der Tag des Gerichts.

In einem Anfall von Angst und Verzweiflung hatte Meta Hansen einst geschworen, sie würde Karen nie und nimmer hergeben. Nun aber wurde Meta Hansen das Opfer ihrer Rechtschaffenheit. Was ihr jetzt zu schaffen machte, waren nicht mehr äußere Feinde, sondern ihr christliches Gewissen. Und auch Aage würde tun, was ihm sein dänisches Ehrgefühl befahl. Mit der Befreiung kam für sie die Angst vor der Leere, die in ihrem Leben entstehen würde, wenn Karen eines Tages nicht mehr da war. Beide waren in den letzten sieben Jahren sehr gealtert. Das zeigte sich in dem Augenblick, als die Spannung des Krieges zu Ende war. So bedrohlich es in den vergangenen Jahren mitunter auch ausgesehen hatte, sie hatten doch nie das Lachen verlernt; jetzt aber, während ganz Dänemark lachte, war es bei ihnen still geworden. Die Hansens hatten kein anderes Verlangen, als Karen anzusehen, ihre Stimme zu hören, und stundenlang saßen sie in Karens Zimmer, verzweifelt bemüht, möglichst viele Erinnerungen für später zu sammeln.

Karen war sich darüber klar, was kommen mußte. Sie liebte die Hansens. Aage hatte immer das Richtige getan. Sie mußte warten, bis er als erster sprach. Von Tag zu Tag wurde die Stimmung bedrückter und das Schweigen schwerer. Endlich, zwei Wochen nach der Befreiung, als sie wieder einmal schweigend zu Abend gegessen hatten, erhob sich Aage vom Tisch und legte seine Serviette hin. Sein freundliches Gesicht lag in bekümmerten Falten, und seine Stimme war matt und ausdruckslos. »Wir müssen versuchen, deine Eltern zu finden, Karen«, sagte er. »Das ist unsere Pflicht.« Damit ging er rasch hinaus. Karen sah zur Tür, hinter der er verschwunden war, und dann zu Meta, die ihr am Tisch gegenübersaß.

»Ich liebe euch doch«, sagte Karen, lief in ihr Zimmer und warf sich schluchzend auf das Bett. Sie machte sich bittere Vorwürfe, daß sie den Hansens diese Sorge bereitete. Und auch noch aus einem anderen Grund war sie mit sich unzufrieden. Sie wußte nichts über ihre Vergangenheit; jetzt aber verlangte es sie danach, darüber Klarheit zu erhalten. Einige Tage später begaben sie sich zu der internationalen Flüchtlingsorganisation.

»Das ist meine Pflegetochter«, sagte Aage.

Die Sachbearbeiterin, mit der sie sprachen, hatte in der kurzen Zeit seit der Befreiung schon viele Fälle wie den des Ehepaares Hansen und ihrer Pflegetochter Karen erlebt. Tag für Tag war sie gezwungen, Augenzeuge von Tragödien zu werden. Überall, in Dänemark und Holland, in Schweden, Belgien und Frankreich erschienen Pflegeeltern wie die Hansens, die Kinder bei sich aufgenommen, sie verborgen, geschützt und aufgezogen hatten, um ihren bitteren Lohn zu empfangen.

»Ich muß Sie darauf aufmerksam machen, daß die Sache schwierig und nervenaufreibend ist, und daß es nicht so rasch gehen wird. Es gibt Millionen herumirrender Menschen in Europa. Wir haben keinerlei Ahnung, wie lange es dauern wird, die auseinandergerissenen Familien wieder zusammenzuführen.«

Sie teilten der Sachbearbeiterin alle ihnen bekannten Tatsachen mit, übergaben ihr eine Liste sämtlicher Verwandter Karens und die Briefe ihrer Eltern. Da Karen eine sehr zahlreiche Verwandtschaft hatte, und ihr Vater ein prominenter Mann gewesen war, machte die Dame ihnen ein klein wenig Hoffnung.

Es verging eine Woche, dann eine zweite und schließlich eine dritte. Es wurde Juni und Juli. Für Aage und Meta waren es qualvolle Monate. Immer häufiger standen sie in der offenen Tür zu Karens Zimmer. Es war ein reizendes Jungmädchenzimmer. Ihre Schlittschuhe standen da, ihre Ballettschuhe, an der Wand hingen Bilder von Klassenkameradinnen und von Primaballerinen. Auch das Foto eines jungen Mannes, des Sohnes der Familie Petersen, für den sie schwärmte.

Schließlich wurden Hansens aufgefordert, in das Büro der Flüchtlingsorganisation zu kommen.

»Wir stehen vor der Tatsache«, sagte die Sachbearbeiterin, »daß alle von uns angestellten Nachforschungen bisher ergebnislos gewesen sind. Das bedeutet aber nichts Endgültiges. Die Sache ist eben schwierig und braucht Zeit. Wenn ich zu entscheiden hätte, so würde ich Karen davon abraten, allein nach Deutschland zu reisen, ja, nicht einmal in Begleitung von Herrn Hansen. In Deutschland herrscht völliges Chaos, und Sie würden auch dort nichts ausfindig machen, was wir nicht ebensogut von hier aus ermitteln könnten.« Die Dame machte eine Pause, warf den Hansens und Karen einen scheuen Blick von der Seite zu und sagte dann zögernd: »Ich muß Sie vorsorglich auf etwas aufmerksam machen. Wir bekommen täglich mehr und mehr Meldungen, aus denen hervorgeht, daß etwas ganz Schreckliches geschehen ist. Eine große Anzahl von Juden ist umgebracht worden. Es hat allmählich den Anschein, daß es sich um Millionen handelt.«

Das war für die Hansens ein nochmaliger Aufschub. Doch welch entsetzlicher Aufschub! Sollten sie Karen nur deshalb behalten dürfen, weil mehr als fünfzig ihrer nächsten Angehörigen umgebracht worden waren? Die Hansens wurden unschlüssig hin und her gerissen. Die Entscheidung kam von Karen selbst.

Bei aller Liebe und Zuneigung, die sie für Aage und Meta Hansen empfunden und von ihnen empfangen hatte, war zwischen ihnen immer eine seltsame, unsichtbare Barriere gewesen. Im Anfang der deutschen Besatzung, als Karen erst acht Jahre alt gewesen war, hatte Aage ihr gesagt, sie dürfe nie darüber sprechen, daß sie Jüdin sei, weil sie dadurch ihr Leben gefährden würde. Karen hatte sich daran gehalten, genau wie sie auch sonst Aage in allem gehorchte, da sie ihn liebte und ihm vertraute. Dennoch aber mußte sie immer wieder darüber nachdenken, wieso sie eigentlich anders war als andere Leute, und wieso sie durch diese ihr nicht verständliche Andersartigkeit ihr Leben gefährde. Da sie nie danach fragen konnte, hatte sie auch niemals Aufschluß darüber bekommen. Dazu kam, daß Karen keinen Kontakt mit anderen Juden gehabt hatte. Sie fühlte sich nicht anders als andere Dänen, und sie wußte, daß sie auch nicht anders aussah als sie. Dennoch gab es eine unsichtbare, trennende Schranke.

Vielleicht hätte dieses Problem eines Tages von selbst aufgehört, sie zu beschäftigen, doch Aage und Meta erinnerten Karen, ohne es zu wissen und zu wollen, immer wieder daran. Sie waren gläubige und eifrige Lutheraner, gingen jeden Sonntag mit

Karen zur Kirche, und jeden Abend vorm Zubettgehen las Aage aus dem Buch der Psalmen vor. Karen hütete die kleine, in Schweinsleder gebundene Bibel, die sie zu ihrem zehnten Geburtstag von den Hansens geschenkt bekommen hatte, wie einen Schatz, und sie las begeistert die wunderbaren und märchenhaften Geschichten, besonders die aus dem Buch der Richter, dem Buch Samuel und dem Buch der Könige. In der Bibel zu lesen, das war genauso aufregend und wunderbar, wie in Andersens Märchen.

Doch in der Bibel war so vieles, was Karen nicht verstand, was sie beunruhigte. Oftmals wünschte sie sich, mit Aage über alles sprechen zu können. Jesus war ja auch Jude gewesen, und seine Mutter und alle seine Jünger waren Juden. Das ganze Alte Testament, das Karen besonders faszinierend fand, handelte ausschließlich von den Juden. Und hieß es nicht immer wieder, daß die Juden das Volk waren, das Gott auserwählt hatte?

Wenn das wahr war, wie konnte es dann so gefährlich sein, Jude zu sein, und woher kam es dann, daß die Juden so gehaßt wurden?

Je älter Karen wurde, desto intensiver suchte sie nach einer Antwort auf diese Fragen. Als sie vierzehn war, konnte sie sich schon vieles von dem, was in der Bibel stand, zurechtlegen und ausdeuten. Fast alles, was Jesus gelehrt hatte, war schon im Alten Testament niedergelegt. Und das war das größte von allen Rätseln: Sollte Jesus erneut auf die Erde kommen, so würde er, das stand für Karen fest, bestimmt lieber in eine Synagoge gehen als in eine Kirche. Wie konnten Menschen Jesus verehren und Gottes auserwähltes Volk hassen?

An ihrem vierzehnten Geburtstag ereignete sich noch etwas anderes, was Karen aufmerksam und nachdenklich machte. In diesem Alter wurden die dänischen Mädchen konfirmiert, und die Konfirmation war eine feierliche und festliche Sache. Karen war als Dänin und als Christin herangewachsen, dennoch hatten die Hansens wegen der Konfirmation Bedenken. Sie sprachen darüber, und Aage und Meta waren sich einig, daß sie keine Entscheidung fällen könnten in einer Frage, die bereits durch Gott entschieden war. So sagten sie Karen eines Abends, daß sie die Konfirmation mit Rücksicht auf den Krieg und die Unsicherheit der Verhältnisse lieber verschieben wollten. Doch Karen ahnte den wahren Grund.

Als sie damals zu den Hansens gekommen war, hatte sie nach

Liebe und nach Schutz verlangt. Jetzt aber hatte sie ein größeres Verlangen: Sie wollte wissen, woher sie kam und wer sie war. Und sie wollte wissen, was es eigentlich bedeutete, Jude zu sein. All diese brennenden Fragen hatte sie bisher verdrängt, um für immer als Dänin unter Dänen leben zu können. Jetzt war ihr das nicht mehr möglich.

Als sich der Krieg seinem Ende näherte, begriff Karen, daß sie nicht bei den Hansens bleiben konnte, und sie bereitete sich innerlich auf den Schock der unvermeidlichen Trennung vor. Karen Hansen zu sein, das war nur eine Rolle, die sie gespielt hatte. Jetzt wurde es für sie eine Sache von höchster Wichtigkeit, Karen Clement zu werden. Sie versuchte Einzelheiten ihrer Vergangenheit zu rekonstruieren, sich an ihren Vater zu erinnern, an ihre Mutter und an ihre Brüder. Erinnerungen tauchten wieder vor ihr auf, undeutlich und ohne Zusammenhang. Immer wieder stellte sie sich vor, wie es sein würde, wenn sie wieder mit ihren Eltern und Geschwistern vereint wäre.

Als dann das Ende des Krieges kam, war Karen vorbereitet und gefaßt. Einige Monate nach Kriegsende eröffnete sie eines Abends den Hansens, daß sie sich aufmachen wolle, um ihre Eltern zu suchen. Sie sagte ihnen, daß sie mit der Dame im Büro der Flüchtlingsorganisation gesprochen habe, und daß die Aussichten, ihre Familie zu finden, größer seien, wenn sie sich in ein Lager für Zwangsverschleppte in Schweden begäbe. In Wirklichkeit waren die Aussichten nicht größer, als wenn sie in Kopenhagen geblieben wäre, doch sie ertrug es nicht, den Abschiedsschmerz der Hansens zu verlängern.

Karen blutete das Herz. Sie hatte mehr Mitleid mit Aage und Meta als mit sich selbst. Mit dem Versprechen, ihnen zu schreiben, und mit der schwachen Hoffnung, sie irgendwann einmal wiederzusehen, überließ sich Karen Hansen-Clement, vierzehn Jahre alt, dem endlosen Strom der Menschen, die der Krieg von Heim und Herd vertrieben hatte.

XIV

Die ersten Monate fern von Dänemark waren wie ein böser Traum. Bisher war sie immer behütet und beschützt gewesen, jetzt erschrak sie vor der rauhen Wirklichkeit. Doch eine unbeugsame Entschlossenheit trieb sie auf ihrem Weg voran.

Dieser Weg führte sie zunächst in ein Lager in Schweden, und von dort auf ein Schloß in Belgien, wo es von Menschen ohne Heim, Habe und Ziel wimmelte. Es waren Menschen, die in Konzentrationslagern gesessen hatten, Menschen, die geflohen und untergetaucht waren, die sich verborgen gehalten hatten, die als Partisanen gekämpft und in den Wäldern und auf den Bergen gelebt hatten, es waren Angehörige aus dem zahllosen Heer der Zwangsarbeiter. Jeder Tag brachte ungewisse Gerüchte und neue schreckliche Gewißheiten. Jeder Tag brachte für Karen immer neue erschütternde Nachrichten. Fünfundzwanzig Millionen Tote – das war die grauenhafte Ernte des Krieges.

Von Belgien führte sie der Weg nach Frankreich, nach La Ciotat, einem Lager für Zwangsverschleppte am Golf von Lion, einige Meilen von Marseille entfernt. Das Lager war ein freudloser Ort. Auf engem Raum standen düstere Zementbaracken, die in einem Meer von Schlamm zu versinken schienen. Von Tag zu Tag stieg die Zahl der Flüchtlinge, die sich hier ansammelten. Das Lager war überfüllt, es fehlte an allem, und die Lagerinsassen schienen auch hier vom Schreckgespenst des Todes verfolgt zu sein. Für diese Menschen war ganz Europa zu einem einzigen Sarg geworden.

Massenmord! Ausrottung! Ein Totentanz von sechs Millionen! Hier hörte Karen die Namen Himmler und Frank, sie hörte von Streicher, von Kaltenbrunner und von Heydrich. Sie hörte von Ilse Koch, die Lampenschirme aus tätowierter Menschenhaut hergestellt hatte, von Dieter Wisliczeny, der als Leithammel die Schafe zur Schlachtbank geführt hatte. Sie hörte von Krämer, der Spezialist im Auspeitschen nackter Frauen gewesen war, und sie erfuhr den Namen des größten Verbrechers: Eichmann, dem Meister im Massenmord.

Sie hörte die Namen all der anderen, die sich an unmenschlicher Grausamkeit gegenseitig zu überbieten versucht hatten.

Karen verwünschte den Tag, an dem sie die verschlossene Tür mit der Inschrift ›Jude‹ geöffnet hatte, denn hinter dieser Tür war der Tod. Es verging kaum ein Tag ohne eine weitere Bestätigung, daß noch einer ihrer Verwandten umgekommen war.

Massenmord – ausgeführt mit der Präzision einer Maschine. Anfangs waren die Methoden noch primitiv. Die Opfer wurden erschossen. Dann entwickelte man Wagen, in denen die Häftlinge auf der Fahrt zum Massengrab vergast wurden. Doch auch diese Gaswagen arbeiteten nicht schnell genug. Als nächstes erdachte man Verbrennungsöfen und Gaskammern, in denen innerhalb einer halben Stunde zweitausend Menschen umgebracht werden konnten; das ergab in einem der größten Lager an ›guten‹ Tagen zehntausend Tote. Die Organisation und die Methode erwiesen sich als wirkungsvoll, und die Ausrottung nahm planmäßig und in großem Maßstab ihren Verlauf.

Karen hörte von Tausenden von Gefangenen, die sich selbst in den elektrisch geladenen Drahtzaun geworfen hatten, um so den Gaskammern zu entgehen.

Karen hörte von Hunderten, ja Tausenden, die – ausgemergelte, von Hunger und Seuche angefallene Körper – zwischen Holzscheiten in Gräben geworfen, mit Benzin übergossen und verbrannt worden waren.

Karen hörte von dem Täuschungsmanöver, das man veranstaltete, um kleine Kinder ihren Müttern zu entreißen, indem man eine Umordnung des Lagers vorschützte. Sie hörte von Zügen, in die Alte und Schwache, eng aneinandergedrängt, geworfen wurden.

Karen hörte von den Entlausungskammern, in denen man den Gefangenen Seifenstücke in die Hand gegeben hatte. Die Räume waren Gaskammern und die Seife war aus Stein.

Karen hörte von Müttern, die ihre Kinder in den Kleidern versteckten, die sie an Haken hängen mußten, ehe man sie in die Gaskammern führte. Aber die Deutschen kannten den Trick und fanden die Kleinen immer.

Karen hörte von Tausenden, die nackt neben den Gräbern knieten, die sie selbst gegraben hatten, von Vätern, die ihre Hände über die Augen der Söhne legen mußten, wenn Deutsche ihnen mit Pistolen den Genickschuß gaben.

Sie hörte von SS-Hauptsturmführer Fritz Gebauer, der sich auf das Erdrosseln von Frauen spezialisiert hatte, und der gern zusah, wenn Kinder in Fässern mit Eiswasser erfroren.

Sie hörte von Heinen, der eine Methode erfand, wie man mehrere Leute in eine Reihe aufstellen und durch eine einzige Kugel umbringen konnte. Er suchte seinen Rekord zu überbieten.

Sie hörte von Franz Warzok, der Wetten darüber abschloß, wie lange ein menschliches Wesen am Leben bleibt, wenn man es an den Füßen aufhing.

Sie hörte von Obersturmbannführer Rokita, der Körper in einzelne Teile zerriß.

Sie hörte von Steiner, der die Köpfe und Bäuche von Gefangenen durchbohrte, ihnen die Fingernägel herausriß und die Augen herausdrückte, und der gern nackte Frauen bei den Haaren faßte und sie im Kreis herumschleuderte.

Sie hörte von General Franz Jächeln, der das Massaker von Babi Yar geleitet hatte. Babi Yar war ein Vorort von Kiew, in dem innerhalb von zwei Tagen 33 000 Juden zusammengetrieben und erschossen wurden. Jubelnde Ukrainer hatten dabei zugesehen.

Sie hörte vom anatomischen Institut Professor Hirts in Straßburg und von seinen Assistenten, und sie sah verstümmelte Frauen, die ihnen als Versuchsobjekte gedient hatten.

Dachau war das größte ›wissenschaftliche‹ Zentrum gewesen. Sie hörte, daß Dr. Heisskeyer dort Kindern TB-Bazillen einimpfte und ihren Tod beobachtete. Dr. Schütz interessierte sich für Blutvergiftungen. Dr. Rascher wollte das Leben der deutschen Fliegermannschaften retten, und bei seinen Experimenten mit hohem Luftdruck erfroren menschliche Versuchskaninchen, während man sie sorgfältig hinter Spezialfenstern beobachtete. Es gab noch weitere Versuche, die die Deutschen in ihrer Reihe ›Wahrheit in der Wissenschaft‹ unternommen hatten. Sie erreichten den Höhepunkt mit dem Versuch der künstlichen Befruchtung mit Tiersamen bei Frauen.

Karen hörte von Wilhaus, dem Lagerkommandanten von Janowka, der den Komponisten Muno beauftragte, den ›Todestango‹ zu schreiben. Diese Musik war für 200 000 Juden in Janowka die letzte ihres Lebens. Sie hörte mehr über Wilhaus. Sie hörte, daß sein Steckenpferd darin bestand, kleine Kinder in die Luft zu werfen, um zu sehen, wie oft man den Körper mit der Pistole treffen konnte, ehe er am Boden aufschlug. Seine Frau Ottilie war ebenfalls ein ausgezeichneter Schütze.

Karen weinte fassungslos. Sie wurde verfolgt von Visionen des Schrecklichen, das sie erfuhr. Sie lag in den Nächten schlaflos, und die Namen aus dem Land des Grauens marterten ihr Gehirn.

Hatte man ihren Vater, ihre Mutter und ihre Brüder nach Buchenwald gebracht, oder waren sie in Dachau umgekommen? Vielleicht waren sie in Chelmno, mit einer Million Opfer, oder in Majdanek, mit siebenhundertundfünfzigtausend Menschen umgekommen. Oder in Belzec oder in Treblinka, in Sobibor oder

Trawniki, in Poniatow oder Krivoj Rog. Hatte man sie in den Gräben von Krasnik erschossen oder auf dem Scheiterhaufen von Klooga verbrannt oder ihre Körper von Hunden in Diedzyn zerreißen lassen oder in Stutthof zu Tode gefoltert?

Die Peitschenhiebe! Die Eisbäder! Der elektrische Stuhl! Die Lötkolben! Massenmord!

Waren sie im Lager von Choisel oder Dora gewesen, in Groß-Rosen oder Neuengamme, oder hatten sie den ›Todestango‹ in Janowka hören müssen?

War ihre Familie unter den Toten, deren Körper in Danzig zu Seife verarbeitet wurden?

Der Tod verfolgte die ›displaced persons‹ im Lager von La Ciotat in der Nähe von Marseille in Frankreich.

Karen konnte weder essen noch schlafen. Immer neue Namen hörte sie aus dem Land des Grauens. Kivioli, Warka, Magdeburg, Plaszow, Trzebynia, Mauthausen, Sachsenhausen, Oranienburg, Landsberg, Bergen-Belsen, Rensdorf, Blizin.

Flossenbürg! Ravensbrück! Natzweiler!

Doch alle diese Namen waren harmlos, verglichen mit Auschwitz! Auschwitz, mit seinen drei Millionen Toten! Mit seinen Magazinen, die bis unter die Decke mit Brillen angefüllt waren, mit Schuhen, mit Kleidung, mit Puppen und mit riesigen Ballen menschlichen Haares zur Herstellung von Matratzen! Auschwitz, wo die Goldzähne der Toten sorgfältig gesammelt und eingeschmolzen wurden. Auschwitz, wo besonders wohlgeformte Totenschädel präpariert und als Briefbeschwerer verwendet wurden; Auschwitz, über dessen Eingangstor ein Schild hing mit der Inschrift: ARBEIT MACHT FREI.

Karen Hansen-Clement versank in tiefe Melancholie. Sie hörte und sah, bis sie nichts mehr sehen und nichts mehr hören konnte. Sie war erschöpft und verwirrt, und willenlos. Und dann, wie so oft, wenn man am Ende zu sein glaubt, kam die Wendung, und es ging aufwärts.

Es begann damit, daß sie einem elternlosen Kind zulächelte und über das Haar strich, und das Kind die Wärme ihres Mitgefühls spürte. Karen vermochte Kindern das zu geben, wonach sie am meisten verlangten: Zärtlichkeit. Sie flogen ihr zu. Karen schien instinktiv zu wissen, wie man eine Nase putzt, ein Wehweh heilt oder eine Träne trocknet, und sie konnte in vielen Sprachen Geschichten erzählen und Lieder am Klavier singen.

Sie stürzte sich mit einem Eifer in die Arbeit, nahm sich der kleineren Kinder so völlig an, daß sie darüber sogar den eigenen Schmerz ein wenig vergaß. Ihre Geduld war unermüdlich, und immer hatte sie Zeit und Kraft für andere.

In La Ciotat verlebte sie ihren fünfzehnten Geburtstag. Gewiß, Karen war halsstarrig, aber sie klammerte sich voller Zuversicht an zwei große Hoffnungen. Ihr Vater war ein prominenter Mann, und die Nazis hatten ein Lager gehabt, in dem die Häftlinge weder gequält noch umgebracht wurden. Das war das Lager Theresienstadt in der Tschechoslowakei. Falls man ihn dorthin gebracht hatte, was durchaus möglich war, dann konnte er noch am Leben sein. Die andere, allerdings schwächere Hoffnung war, daß man viele Wissenschaftler heimlich aus dem Land herausgebracht hatte, auch nachdem sie bereits in Konzentrationslager gekommen waren. Diesen vagen Hoffnungen stand die bestätigte Gewißheit gegenüber, daß mehr als die Hälfte ihrer Verwandten ums Leben gekommen war.

Eines Tages kamen mehrere Dutzend Neuzugänge, und das ganze Lager schien über Nacht völlig verwandelt. Diese Neuen, Mitglieder der Organisation Mossad Aliyah Bet und Palmach, kamen aus Palästina, um die innere Organisation des Lagers in die Hand zu nehmen.

Einige Tage nach ihrer Ankunft tanzte Karen für ihre kleinen Schützlinge, zum erstenmal wieder seit dem Sommer. Von diesem Augenblick an wurde sie immer wieder aufgefordert, zu tanzen, und bald gehörte sie zu den populärsten Insassen des ganzen Lagers. Ihr Ruhm drang sogar bis nach Marseille, wohin sie fahren mußte, als sie aufgefordert wurde, in der Weihnachtsaufführung die Nußknacker-Suite zu tanzen.

WEIHNACHTEN 1945

Die Einsamkeit des ersten Weihnachtsfestes fern von den Hansens war schrecklich. Die Hälfte der Kinder von La Ciotat war nach Marseille gekommen, um Karen tanzen zu sehen, und Karen tanzte an diesem Abend, wie sie noch nie getanzt hatte.

Nach der Vorstellung kam ein Mädchen aus Palästina, eine Palmach-Angehörige namens Galila, die in La Ciotat Gruppenführerin war, zu Karen und bat sie, zu warten, bis alle gegangen waren. Galila liefen die Tränen über die Wangen, während sie sagte:

»Karen – wir haben soeben die Bestätigung bekommen, daß

deine Mutter und deine beiden Brüder in Dachau umgebracht worden sind.«

Karen versank in noch tieferen Gram als zuvor. Der unerschütterliche Mut, der sie bisher aufrechterhalten hatte, verließ sie. Es war ein Fluch, als Jüdin geboren zu sein, und nur dieser Fluch, so schien es ihr, hatte sie den wahnsinnigen Entschluß fassen lassen, aus Dänemark wegzugehen.

Allen Kindern in La Ciotat war eines gemeinsam. Sie alle glaubten daran, daß ihre Eltern noch lebten. Und alle warteten auf ein Wunder, das sich aber nie ereignete. Was für ein Narr war sie gewesen, an dieses Wunder zu glauben!

Als sie nach mehreren Tagen wieder einigermaßen zu sich kam, schüttete sie Galila ihr Herz aus. Sie meinte, es würde über ihre Kraft gehen, untätig dazusitzen und auf die Nachricht zu warten, daß auch ihr Vater tot sei.

Galila, das Mädchen aus Palästina und ihre einzige Vertraute im Lager, war der Meinung, daß Karen, wie alle Juden, nach Palästina gehen sollte. Palästina sei der einzige Ort, wo man als Jude ein menschenwürdiges Leben führen könne, erklärte Galila. Doch Karen, deren Hoffnung vernichtet war, wollte vom ganzen Judentum nichts mehr wissen; denn es hatte ihr nur Unglück gebracht, und von ihr übriggeblieben war einzig eine Dänin, Karen Hansen. Nachts schlug sich Karen mit der gleichen Frage herum wie jeder Jude, seit vor zweitausend Jahren der Tempel in Jerusalem zerstört und die Juden in alle vier Winde zerstreut worden waren, um seitdem ruhelos über die Erde zu wandern. Sie fragte sich: »Warum gerade ich?«

Mit jedem Tag kam sie dem Augenblick näher, da sie den Hansens schreiben wollte, um sie zu bitten, für immer zu ihnen zurückkehren zu dürfen.

Dann aber kam eines Morgens Galila in Karens Baracke gestürzt und zerrte sie zum Verwaltungsgebäude, wo Karen mit einem Mann namens Dr. Brenner bekannt gemacht wurde, einem Flüchtling, der neu nach La Ciotat gekommen war. »O mein Gott!« rief Karen, als sie die Nachricht erfuhr. »Sind Sie sicher?«

»Ja«, sagte Dr. Brenner, »ich bin völlig sicher. Sehen Sie, Ihr Vater ist ein alter Bekannter von mir. Ich hatte einen Lehrstuhl in Berlin. Wir haben häufig miteinander korrespondiert, und wir haben uns auf Tagungen getroffen. Ja, Sie können mir glauben, wir waren zusammen in Theresienstadt, und ich habe ihn noch kurz vor Kriegsende dort gesehen.«

XV

Eine Woche später bekam Karen einen Brief von den Hansens, mit der Mitteilung, daß die Flüchtlingsorganisation um Auskunft über Karens Aufenthalt gebeten und außerdem angefragt habe, ob das Ehepaar Hansen irgend etwas über Karens Mutter oder ihre Brüder wüßte.

Man nahm an, daß die Anfrage von Johann Clement kam oder von jemandem, der in seinem Auftrag handelte. Karen schloß daraus, daß ihr Vater und ihre Mutter voneinander getrennt worden waren, und ihr Vater keine Kenntnis vom Tod ihrer Mutter und ihrer Brüder hatte. Der nächste Brief von den Hansens teilte mit, daß sie zwar geantwortet hätten, die Flüchtlingsorganisation aber den Kontakt mit Clement verloren habe.

Er lebte! Die vielen und langen Monate, die sie in den Lagern in Schweden, in Belgien und in La Ciotat zugebracht hatte, hatten sich also doch gelohnt! Noch einmal fand sie den Mut, nach ihrer Vergangenheit zu forschen.

Karen wunderte sich, wieso La Ciotat durch Geldspenden von Juden, die in Amerika lebten, finanziert wurde. Alle Nationen waren im Lager vertreten, aber keine Amerikaner. Sie fragte Galila, die aber zuckte nur die Achseln und sagte: »Zionismus, das ist, wenn jemand einen anderen um Geld bittet, um es einem dritten zu geben, damit ein vierter nach Palästina kann.«

»Wie schön«, meinte Karen, »daß wir Freunde haben, die zusammenhalten.«

»Wir haben allerdings auch Feinde, die zusammenhalten«, antwortete Galila.

Die Insassen des Lagers La Ciotat waren ihrem Aussehen und ihrem Verhalten nach wahrhaftig nicht anders als andere Menschen, stellte Karen fest. Die meisten von ihnen waren durch die Tatsache, daß sie Juden waren, genauso verwirrt wie sie selbst.

Als sie genügend Hebräisch gelernt hatte, um sich allein zurechtzufinden, wagte sie sich in den Teil des Lagers, in dem die orthodoxen Juden untergebracht waren, und beobachtete dort die für sie seltsamen rituellen Handlungen, die Gebete und die Kleidung dieser Leute. Das Judentum war unabsehbar wie ein Meer, und ein fünfzehnjähriges Mädchen konnte darin wahrhaftig ertrinken. Die jüdische Religion beruhte auf einem umfassenden System von Gesetzen. Einige davon waren schriftlich festgelegt, und einige nur mündlich überliefert. Sie erstreckten sich bis in die kleinsten Kleinigkeiten, so zum Beispiel gab es eine Vorschrift, wie man auf einem Kamel zu beten habe. Der heilige Kern dieser Religion waren die fünf Bücher Moses, die Thora.

Von neuem versuchte Karen, in der Bibel Antwort auf ihre Fragen zu finden, und von neuem geriet sie dabei in Verwirrung. Wie konnte es Gott zulassen, daß man sechs Millionen seines auserwählten Volkes umbrachte? Karen kam zu dem Schluß, daß nur die Erfahrung, das Leben selbst, ihr eines Tages die Antwort auf diese Fragen geben würde.

Die Insassen des Lagers La Ciotat brannten vor Begierde, Europa hinter sich zu lassen und nach Palästina zu kommen. Das einzige, was sie daran hinderte, sich in einen wilden Mob zu verwandeln, war die Anwesenheit der Palmach-Angehörigen aus Palästina.

Vor einem Jahr hatten alle vorübergehend neue Hoffnung geschöpft, als die Labour-Partei ans Ruder gekommen war und England versprochen hatte, aus Palästina ein Mustermandat ohne Einwanderungsbeschränkung zu machen. Es war sogar die Rede davon gewesen, Palästina zu einem Bestandteil des britischen Commonwealth zu machen. Doch diese Versprechungen platzten, als die Labour-Regierung ihr Ohr der Stimme des schwarzen Goldes lieh, das unter den Wüsten Arabiens lag. Wie schon einmal vor fünfundzwanzig Jahren wurde die Entscheidung verschoben, und anstelle einer Entscheidung gab es Kommissionen, Untersuchungen und Palaver.

Doch das änderte nichts an dem brennenden Verlangen der Juden von La Ciotat, nach Palästina zu kommen. Agenten von Mossad Aliyah Bet fuhren überall in Europa herum, sammelten die jüdischen Überlebenden und brachten sie über die Grenzen, mit Bestechung, mit gefälschten oder gestohlenen Papieren, mit List und notfalls auch mit Gewalt.

Frankreich und Italien hatten sich von Anfang an auf die Seite der Flüchtlinge gestellt und arbeiteten mit den Mossad-Leuten Hand in Hand. Sie öffneten dem Flüchtlingsstrom ihre Grenzen und errichteten Lager. Italien war darin allerdings sehr behindert, weil es von den Engländern besetzt war. Daher verlagerte sich das Schwergewicht nach Frankreich.

Bald konnten die Lager wie das bei La Ciotat die Massen der Flüchtlinge kaum noch fassen. Mossad Aliyah Bet befürwortete deshalb die illegale Einwanderung. In allen europäischen Häfen waren Mossad-Agenten am Werke, die mit dem Geld, das ihnen von amerikanischen Juden zur Verfügung gestellt worden war, Schiffe kauften und reparieren ließen, um die britische Blockade zu durchbrechen. Die Engländer sperrten mit ihrer Flotte nicht nur den Seeweg nach Palästina; sie bedienten sich auch ihrer Gesandtschaften und Konsulate, um Gegenspionage gegen Mossad Aliyah Bet zu treiben.

Kleine, kümmerliche Schiffe, bis an die Grenze der Tragfähigkeit mit verzweifelten Menschen beladen, stachen mit Kurs auf Palästina in See, um zumeist von den Engländern aufgebracht zu werden, sobald sie die Drei-Meilen-Zone erreicht hatten. Die illegalen Einwanderer wurden interniert, wieder einmal waren die Flüchtlinge in einem Lager gelandet. Diesmal war es ein Lager in Palästina, bei Atlit.

Nachdem Karen erfahren hatte, daß ihr Vater lebte, brannte auch sie darauf, nach Palästina zu gelangen. Denn es schien ihr selbstverständlich, daß ihr Vater gleichfalls dorthin kommen werde.

Obwohl sie erst fünfzehn war, wurde sie zu den Zusammenkünften des Palmach hinzugezogen, die nachts am Lagerfeuer stattfanden, und bei denen wunderbare Geschichten von Erez Israel erzählt wurden. Sie wurde zur Abschnittsleiterin ernannt und bekam die Aufsicht über hundert Kinder, die sie für den Augenblick vorzubereiten hatte, da sie sich an Bord eines Mossad-Schiffes begeben sollten, um die Blockade zu durchbrechen und Palästina zu erreichen.

Die britische Einwanderungsquote für Palästina betrug monatlich nur fünfzehnhundert, und die Engländer wählten immer Leute aus, die entweder zu alt oder noch zu jung waren, um zu kämpfen. Die Männer ließen sich Bärte wachsen und färbten sich die Haare grau, um alt auszusehen, doch darauf fielen die Engländer nur selten herein.

Eines Tages im April des Jahres 1946, neun Monate, nachdem Karen aus Dänemark fortgegangen war, teilte ihr Galila die große Neuigkeit mit.

»In den nächsten Tagen kommt ein Aliyah-Bet-Schiff, und du und deine Kinder fahren mit.«

Karens Herz schlug.

»Und wie heißt das Schiff?« fragte sie.

»Es heißt *Stern Davids*«, antwortete Galila.

XVI

Bei der britischen CID war man über den ägäischen Trampdampfer *Karpathos* sehr genau im Bilde. Man wußte, wann die *Karpathos* in Saloniki von Mossad Aliyah Bet erworben worden war. Man hatte den Weg des fünfundvierzig Jahre alten Schiffes von achthundert Tonnen zum Piräus, dem Hafen von Athen, verfolgt, wo eine amerikanische Aliyah-Bet-Crew an Bord kam und mit der *Karpathos* nach Genua gelangte. Man hatte beobachtet, wie die *Karpathos* dort ausgebessert und zum Blockadebrecher umgebaut wurde, und man wußte den genauen Zeitpunkt, an dem das Schiff von Genua ausgelaufen war und sich auf den Weg zum Golfe du Lion begeben hatte.

An der ganzen südfranzösischen Küste wimmelte es von Agenten der CID. Rund um das Lager von La Ciotat waren Posten verteilt, die Tag und Nacht Ausschau hielten, um Anzeichen irgendeiner Bewegung größeren Ausmaßes zu entdecken. Ein Dutzend wichtiger und unwichtiger französischer Beamter wurde bestochen.

Whitehall versuchte Druck auf Paris auszuüben, um zu verhindern, daß die *Karpathos* in französische Gewässer hineingelangte. Doch der politische Druck und die Bestechungsgelder der Engländer vermochten die Zusammenarbeit zwischen den Franzosen und Mossad Aliyah Bet nicht zu stören. Die *Karpathos* erreichte die Drei-Meilen-Zone.

Die nächste Phase des Spiels bestand aus einer Reihe von Täuschungsmanövern, die das Ziel hatten, die Engländer hinters Licht zu führen und abzulenken. Wagenkolonnen, von französischen Fuhrunternehmern zur Verfügung gestellt und von französischen Fahrern gesteuert, verließen mehrfach in verschiedenen Richtungen das Lager. Als die Engländer schließlich völlig verwirrt waren, erfolgte der eigentliche Ausbruch. Sechzehnhundert Flüchtlinge, darunter Karen mit ihren hundert Kindern, wurden eilig aus dem Lager heraus zu einem geheimen Treffpunkt an der Küste gebracht. Das gesamte Gebiet war nach außen hin in weitem Umkreis durch französisches Militär abgeriegelt. An einer unbeobachteten Stelle der Küste wurden die Flüchtlinge aus den Lastwagen ausgeladen und in Schlauchbooten zu der alten *Karpathos* hinausgebracht, die draußen vor der Küste vor Anker lag.

Die ganze Nacht fuhren die Schlauchboote zwischen der Küste und dem Schiff hin und her. Die amerikanischen Besatzungsmitglieder holten die ängstlichen Flüchtlinge mit kräftigen Armen an Bord, und Palmach-Männer brachten sie rasch an die für die einzelnen Gruppen vorgesehenen Plätze. Die Flüchtlinge hatten nichts bei sich als einen Rucksack, eine Feldflasche voll Wasser, und den brennenden Wunsch, Europa hinter sich zu lassen.

Karens Schützlinge, die Kleinsten, wurden als erste an Bord gebracht und bekamen eine Ecke im Laderaum zugewiesen, in der Nähe der Leiter, die zum Deck hinaufführte. Karen beeilte sich, die Kleinen zur Ruhe zu bringen. Glücklicherweise waren die meisten durch die Aufregung so mitgenommen, daß sie sofort einschliefen. Ein paar weinten, doch Karen war sofort zur Stelle, um sie zu trösten und zu beruhigen.

Es verging eine Stunde, dann eine zweite und eine dritte, und der Laderaum wurde allmählich zu eng. Mehr und mehr Flüchtlinge kamen, bis der Laderaum so vollgepackt war, daß man sich kaum noch rühren konnte.

Dann wurde das Deck mit Flüchtlingen belegt, und als auch hier alles vollgepackt war, ergoß sich der Strom auf die Brücke.

Bill Fry, der amerikanische Kapitän des Schiffes, kam die Leiter herunter und warf einen Blick auf die zusammengepferchte Masse in dem Laderaum. Er stieß einen leisen Pfiff aus. Er war ein stämmiger, untersetzter Mann mit einem Stoppelbart und einem kalten Zigarettenstummel zwischen den Zähnen.

»Junge, Junge, so was müßte die Bostoner Feuerpolizei mal sehen«, brummte er. »Die würden einen Heidenspektakel machen.«

Er verstummte und lauschte. Aus der Dunkelheit war eine sehr süße Stimme zu hören, die ein Wiegenlied sang. Er stieg die letzten Stufen der Leiter hinunter, trat über die Menschen hinweg, die unten im Raum lagen, und ließ den Schein seiner Taschenlampe auf Karen fallen, die einen kleinen Jungen in ihren Armen hielt und ihn in Schlaf sang. Einen Augenblick lang meinte er, eine Madonna vor sich zu sehen, und blinzelte verblüfft. Karen hob den Kopf und gab ihm einen Wink, den Schein der Taschenlampe von ihrem Gesicht zu nehmen.

»He, Kleine«, sagte Bill mit seiner polternden Stimme, »sprichst du Englisch?«

»Ja.«

»Wer hat denn die Aufsicht hier bei den Kindern?«

»Die Aufsicht habe ich, und ich möchte Sie bitten, ein bißchen leiser zu sprechen. Ich habe Mühe genug gehabt, die Kinder zur Ruhe zu bringen.«

»Ich rede so laut, wie's mir paßt. Ich bin der Käptn. Du bist ja kaum älter als die meisten von deinen Kindern.«

»Wenn Sie Ihre Sache als Kapitän so gut machen wie ich meine hier bei den Kindern«, antwortete Karen ärgerlich, »dann sind wir morgen früh in Palästina.«

Bill Fry kraulte sich sein bärtiges Kinn und lächelte. Er sah wahrhaftig nicht aus wie einer der würdigen dänischen Schiffskapitäne, mußte Karen denken, und seine Grobheit war mit Sicherheit nur gespielt.

»Du gefällst mir, Kleine. Wenn du irgendwas brauchst, dann komm auf die Brücke und sag mir Bescheid. Und sei ein bißchen respektvoller.«

»Besten Dank, Herr Kapitän.«

»Nicht nötig. Nenn mich einfach Bill. Wir sind alle vom gleichen Stamm.«

Karen sah ihm nach, wie er die Leiter wieder hinaufstieg. Am Himmel konnte sie das erste schwache Morgenlicht erkennen. Die *Karpathos* war bis auf den letzten Zentimeter vollgepackt mit Menschen – sechzehnhundert Flüchtlinge. Knarrend und ächzend kam der halbverrostete Anker herauf und schlug gegen den hölzernen Rumpf. Die fünfundvierzig Jahre alten Maschinen kamen langsam auf Touren. Eine Nebelwand hüllte das Schiff ein, als hielte Gott selbst eine schützende Hand darüber, und der alte Kasten entfernte sich knatternd von der französischen Küste, mit der Höchstgeschwindigkeit von sieben Knoten. Nach kurzer Zeit hatte das Schiff die Drei-Meilen-Grenze hinter sich gelassen – Mossad Aliyah Bet hatte die erste Runde gewonnen! Am Mast wurde eine blauweiße jüdische Flagge gehißt, und anstelle des Namens *Karpathos* erschien der neue Name des Schiffes: *Stern Davids*.

Das Schiff schlingerte jämmerlich. In den überfüllten Laderäumen, in denen es keinerlei Ventilation gab, wurden alle Passagiere blaß. Gemeinsam mit den anderen Palmach-Angehörigen war Karen eifrig beschäftigt, ihre Schützlinge mit Obst zu füttern und ihnen kalte Umschläge zu machen, um ein stärkeres Ausbreiten der Seekrankheit zu verhüten. Wo die Zitronen nicht halfen, war sie rasch mit dem Waschlappen zur Hand. Doch das wirksamste Mittel zur Aufrechterhaltung von Ruhe und Ordnung war, gemeinsam Lieder zu singen, Spiele zu erfinden und viele lustige Geschichten zu erzählen.

Sie behielt die Kinder gut in der Hand. Gegen Mittag wurde die Hitze schlimmer und die Luft immer stickiger, und in dem engen, dunklen Laderaum, der mit schwitzenden und sich übergebenden Menschen überfüllt war, entwickelte sich bald unerträglicher Gestank. Es dauerte nicht lange, bis die ersten ohnmächtig wurden. Nur die Bewußtlosen wurden nach oben an Deck gebracht. Für die anderen war einfach kein Platz.

Drei Ärzte und vier Schwestern, alles Flüchtlinge aus La Ciotat, waren fieberhaft tätig. »Gebt den Leuten zu essen, damit sie was im Magen haben«, verordneten sie. Karen redete den Kleinen gut zu und schob ihnen den Löffel in den Mund. Gegen Abend verteilte sie Beruhigungsmittel und wusch den Kindern Hände und Gesicht mit einem Lappen. Sie mußte sparsam mit dem Wasser umgehen, denn es war sehr knapp.

Endlich ging die Sonne unter, und in den Laderaum kam ein Hauch frischer Luft. Karen hatte gearbeitet, bis sie nicht mehr konnte, und ihr Kopf war schwer und benommen. Sie fiel in einen Halbschlaf, aus dem sie jedesmal erwachte, sobald eines ihrer Kinder zu weinen begann. Sie hörte jedes Knarren und Ächzen des alten Schiffes, das mühsam seinen Weg nach Palästina machte. Erst gegen Morgen fiel sie in einen tiefen Schlaf voll seltsamer und verworrener Träume.

Ein plötzliches, dröhnendes Geräusch ließ sie erschreckt hochfahren. Es war heller Tag. Alle zeigten hinauf zum Himmel, wo ein riesiger viermotoriger Bomber erschienen war.

»Ein Engländer! Ein Lancaster-Bomber!«

»Alles an den Plätzen bleiben«, dröhnte es aus dem Lautsprecher. »Kein Grund zur Aufregung, es besteht keine Gefahr.«

Gegen Mittag erschien am Horizont ein englischer Kreuzer, HMS *Defiance*, und näherte sich drohend dem *Stern Davids*, während seine Morselampen eifrig blinkten. Ein kleiner, geschmeidiger Zerstörer, HMS *Blakely*, stieß zu der *Defiance*, und die beiden Kriegsschiffe zogen neben dem alten Trampdampfer einher, der langsam und knatternd seine Reise fortsetzte.

»Unser königlicher Geleitschutz ist eingetroffen«, verkündete Bill Fry über die Lautsprecheranlage.

Nach allen Spielregeln war der Streit mit Worten nunmehr vorbei. Wieder einmal war es Mossad Aliyah Bet gelungen, mit einem Schiff Europa zu verlassen und das offene Meer zu erreichen. Die Engländer hatten das Fahrzeug gesichtet und folgten ihm. In dem Augenblick, da das Schiff mit den illegalen Einwanderern in die Drei-Meilen-Zone vor Palästina hineinfuhr, würden die Engländer an Bord kommen und das Einwandererschiff nach Haifa abschleppen. Die Flüchtlinge an Bord der *Stern Davids* riefen wütend zu den englischen Schiffen hinüber und verwünschten Bevin. Sie entrollten ein großes Transparent mit der Inschrift: HITLER HAT UNS UMGEBRACHT, UND DIE ENGLÄNDER WOLLEN UNS NICHT LEBEN LASSEN! Die *Defiance* und die *Blakely* reagierten nicht darauf, dampften aber auch nicht weiter, wie mancher, der noch an Wunder glaubte, vielleicht im stillen bei sich gehofft hatte.

Die Kinder waren im Augenblick zwar ruhig, doch Karen machte sich Sorgen. Viele der Kleinen wurden durch den Mangel an frischer Luft ernstlich krank. Sie ging nach oben an Deck, arbeitete sich mühsam durch das Gewirr von Armen, Beinen und Rucksäcken und stieg hinauf zur Brücke. Im Ruderhaus saß Bill Fry, der eine Tasse Kaffee trank und dabei die Menschen beobachtete, die in drangvoller Enge das Deck bevölkerten. Bei ihm stand der Palmach-Chef, der irgendwelche Wünsche hatte. »Herrgott noch mal!« brummte Bill. »Dieses ewige Gerede. Befehle sind nicht dazu da, um darüber zu diskutieren. Sie sind dazu da, um befolgt zu werden. Wie, zum Teufel, wollt ihr Burschen eigentlich irgendwas erreichen, wenn ihr über jede Sache so lange redet? Hier an Bord bin ich der Kapitän!«

Der Palmach-Chef, der Bills Ausbruch kaum zur Kenntnis nahm, führte ungerührt zu Ende, was er auf dem Herzen hatte, und ging. Bill brummte in seinen Bart und steckte sich einen Zigarrenstummel an. Dann fiel sein Blick auf Karen, die ziemlich blaß in der Tür stand.

»Hallo, Kleine«, sagte er lächelnd. »Kaffee?«

»Sehr gern.«

»Du siehst schlecht aus.«

»Ich komme bei den Kindern nicht allzuviel zum Schlafen.«

»Hm – wie kommst du denn mit ihnen zurecht?«

»Deshalb wollte ich mit Ihnen sprechen. Es geht ihnen zum Teil gar nicht gut, und da unten in dem Laderaum sind auch eine ganze Reihe schwangerer Frauen.«

»Weiß ich, weiß ich.«

»Ich finde, die Kleinen sollten für eine Weile nach oben an Deck gebracht werden.«

Er zeigte nach unten auf das übervölkerte Deck. »Wohin denn?«

»Sie müssen eben ein paar hundert Freiwillige finden, die mit uns tauschen.«

»Also, hör mal zu, Kleine, ich mag dir nicht gern einen Korb geben, aber ich habe eine ganze Masse anderer Sorgen. Und so einfach ist die Sache nicht. Wir können auf dieser Nußschale nicht anfangen, die Leute hin und her zu schicken.«

Karens Gesicht blieb sanft, und auch ihre Stimme klang unverändert freundlich, als sie sagte: »Ich gehe jetzt wieder nach unten und bringe meine Kinder an Deck.« Damit wandte sie sich zum Gehen.

»Komm mal her, du. Wie kann ein Mädchen, das so nett aussieht, bloß so eklig sein?« Bill strich sich über das Kinn. »Also gut! Wir werden deine Bälger an Deck unterbringen. Herrgott noch mal, dauernd kommt einer und will was!«

Am Abend brachte Karen ihre Kinder zu einer Stelle auf dem Achterdeck. In der wunderbar frischen und kühlen Luft fielen sie in einen tiefen, ruhigen Schlaf.

Am nächsten Tag war das Meer spiegelglatt. Mit der Morgendämmerung erschienen weitere englische Aufklärer, und der inzwischen bereits vertraute Geleitschutz, die *Defiance* und die *Blakely*, folgten dem Schiff noch immer. Eine Welle der Erregung lief durch das Schiff, als Bill über Lautsprecher mitteilte, daß sie nur noch knappe vierundzwanzig Stunden von Erez Israel entfernt seien – dem Lande Israel. Alle hielten den Atem an. Die Spannung stieg, und es entstand eine seltsame Stille, die viele Stunden lang anhielt. Gegen Abend kam die *Blakely* nahe an die *Stern Davids* heran.

Aus dem Lautsprecher der *Blakely* dröhnte eine Stimme in englischer Sprache über das Wasser. »Hallo, Einwandererschiff – hier spricht Captain Cunningham von der *Blakely*. Ich möchte Ihren Kapitän sprechen.«

»Hello, *Blakely*«, rief Bill Fry zurück. »Was gibt's?«

»Wir wollen einen Unterhändler zu Ihnen an Bord schicken, um mit Ihnen zu reden.«

»Das können Sie auch so. Wir sind hier ganz unter uns und haben keine Geheimnisse voreinander.«

»Also gut. Irgendwann nach Mitternacht werden Sie die Gewässer von Palästina erreichen. Wir haben die Absicht, dann bei Ihnen an Bord zu kommen und Sie nach Haifa abzuschleppen.

Wir möchten gern wissen, ob Sie bereit sind, dies ohne Widerstand geschehen zu lassen.«

»Hello, Cunningham. Wir haben einige schwangere Frauen und kranke Leute an Bord, und wir wollten fragen, ob Sie bereit wären, die zu übernehmen.«

»Wir haben keine dahingehenden Anweisungen. Werden Sie sich von uns abschleppen lassen oder nicht?«

»Wohin hatten Sie gesagt?«

»Nach Haifa.«

»Teufel auch – wir müssen vollkommen vom Kurs abgekommen sein. Das hier ist nämlich ein Vergnügungsdampfer vom Eriesee.«

»Dann werden wir gezwungen sein, mit Gewalt bei Ihnen an Bord zu gehen!«

»Cunningham!«

»Ja?«

»Sagen Sie es Ihren Offizieren und Mannschaften: Ihr könnt euch alle zum Teufel scheren!«

Die Nacht kam, doch niemand schlief. Alles starrte durch die Dunkelheit, um die Küste zu erspähen, den ersten Blick auf Erez Israel zu tun. Nichts war zu sehen. Die Nacht war neblig. Kein Mond, kein Stern, und die *Stern Davids* schlingerte in der unruhigen See.

Gegen Mitternacht klopfte ein Palmach-Gruppenleiter Karen auf die Schulter. »Komm mit auf die Brücke«, sagte er.

Mühsam bahnten sie sich über die an Deck ausgebreiteten Leiber den Weg zum Ruderhaus, wo sich zwanzig Mann der Besatzung und die Palmach-Gruppenleiter drängten. Es war stockdunkel; nur das bläuliche Licht, das vom Kompaß kam, leuchtete. In der Nähe des Ruders erkannte Karen als dunklen Umriß die gedrungene Gestalt von Bill Fry.

»Sind alle da?«

»Alle vollzählig zur Stelle.«

»Also, hört mal zu«, ertönte Bills Stimme aus der Dunkelheit.

»Ich habe die Sache mit den Palmach-Chefs und meiner Mannschaft durchgesprochen, und wir sind zu einem Entschluß gelangt. An der ganzen Küste ist dicker Nebel. Wir haben einen Hilfsmotor an Bord, mit dem wir eine Geschwindigkeit von fünfzehn Knoten erreichen können. In zwei Stunden kommen wir in die Gewässer von Palästina. Falls es so neblig bleibt, wollen wir versuchen, durchzubrechen und das Schiff südlich von Cäsarea auf Strand zu setzen.«

Durch den Raum ging ein erregtes Gemurmel.

»Können wir denn diesen Kriegsschiffen entkommen?«

»Die werden unseren Äppelkahn für die *Thunderbird* halten müssen, ehe ich bis drei gezählt habe«, gab Bill Fry zurück.

»Aber werden sie uns nicht auf ihrem Radargerät sehen?«

»Das schon – aber bis ganz an die Küste werden sie uns nicht nachkommen. Die riskieren nicht, einen Kreuzer auf Strand zu setzen.«

»Und was ist mit der britischen Garnison in Palästina?«

»Wir haben uns mit dem Palmach an Land in Verbindung gesetzt. Man erwartet uns. Ich bin überzeugt, daß man den Engländern einen interessanten Abend veranstalten wird. Also, ihr habt ja alle in La Ciotat eine Spezialausbildung durchgemacht, wie man sich bei einer Landung zu verhalten hat. Ihr wißt, womit zu rechnen ist, und was ihr zu tun habt, Karen und die beiden anderen, die eine Kindergruppe haben – bleibt mal lieber noch einen Augenblick hier, damit ich euch spezielle Anweisungen geben kann. Noch irgendwelche Fragen?«

Keine Fragen.

»Irgendwelche Beanstandungen?«

Keine Beanstandungen.

»Mist verdammter; also: Hals- und Beinbruch – und Gott mit euch.«

XVII

Der Wind trieb den Nebel in Schwaden durch die alte, verfallene Hafenstadt Cäsarea mit ihren Ruinen, ihren geborstenen Mauern und dem zerfallenen Hafen, der schon seit vierhundert Jahren vor der Zeitwende nicht mehr in Gebrauch war.

Fünf Jahrhunderte lang war Cäsarea, von Herodes zu Ehren Cäsars erbaut, die Hauptstadt der römischen Provinz Palästina gewesen. Von dieser einstigen Hauptstadt waren nur noch Ruinen übrig. Der Wind fuhr über das Wasser, wühlte es auf und warf es schäumend gegen die Felsen, die sich bis weit vor der Küste aus dem Meer erhoben.

Hier hatte der Aufstand gegen die Römer geendet, mit dem

Blutbad, bei dem zwanzigtausend Hebräer niedergemetzelt wurden, und hier hatte der weise Rabbi Akiba, der sein Volk aufgerufen hatte, mit Bar Kochba für die Freiheit zu kämpfen, sein Martyrium erlitten. Noch immer mündete hier der Krokodilfluß ins Meer, an dessen Ufer man Akiba bei lebendigem Leibe die Haut heruntergezogen hatte.

Einige Meter südlich der Ruinen erhoben sich die ersten Gebäude eines jüdischen Fischerkollektivs namens Sdot Yam – Meeresacker. Keiner in dieser Siedlung schlief in dieser Nacht, alle Fischer und ihre Frauen waren wach.

Sie saßen alle geduckt in den Ruinen und spähten schweigend und in atemloser Spannung hinaus auf das Meer. Es waren zweihundert Männer und Frauen, und bei ihnen waren weitere zweihundert Männer des Palmach.

Von dem alten Drususturm, der sich aus der Brandung erhob, kam ein Blinkzeichen, und alle machten sich sprungbereit.

Draußen, an Bord der *Stern Davids*, biß Bill Fry auf seinen Zigarrenstummel und umklammerte mit den Händen das Steuerruder des alten Schiffes. Langsam und vorsichtig steuerte er es näher an den Strand, vorbei an heimtückischen Riffen und Untiefen. An Deck standen die Flüchtlinge dicht beieinander und preßten sich an die Reling.

Die *Stern Davids* erzitterte und ächzte, als ihr hölzerner Rumpf krachend auf eine zerklüftete Klippe aufsetzte. Eine einzelne Leuchtrakete stieg in die Luft. Es ging los!

Alle sprangen über Bord, versanken bis zum Hals im Wasser und kämpften sich schrittweise durch die Brandung auf die Küste zu.

Als die Rakete aufleuchtete, sprangen die Fischer und Palmach-Truppen aus ihrer Deckung und wateten hinaus, den Flüchtlingen entgegen. Dabei glitten viele aus und versanken in tiefen Löchern, oder sie wurden von einer plötzlichen Welle erfaßt und gegen die Felsen geworfen, doch nichts vermochte sie aufzuhalten. Die beiden Menschenströme, der vom Land und der von draußen, trafen aufeinander. Kräftige Arme ergriffen die Flüchtlinge und schleppten sie an Land.

»Rasch! Rasch!« rief man den Flüchtlingen zu. »Zieht euer Zeug aus, schnell, und zieht diese Sachen hier an!«

»Sämtliche Ausweispapiere wegwerfen!«

»Alle, die umgezogen sind, mitkommen – los, los, – macht zu!«

»Leise! Keinen Lärm machen!«

127

»Kein Licht machen!«

Die Flüchtlinge rissen sich ihre nassen Sachen vom Leibe und zogen die blaue Fischerkleidung an.

»Nicht zusammenbleiben – verteilt euch!«

Karen stand an der Reling und reichte die Kinder eins nach dem anderen den Palmach-Helfern hinunter, die sie an Land brachten und dann so rasch wie möglich wieder zum Schiff zurückwateten. Es waren kräftige, standfeste Männer dazu nötig, die Kinder durch die Brandung zu tragen.

»Beeilt euch – schneller, schneller!«

Einzelne Flüchtlinge fielen ergriffen auf die Knie, um den heiligen Boden zu küssen.

»Dazu werdet ihr später noch Zeit genug haben, nicht jetzt!«

»Weiter, Leute, macht weiter!«

Bill Fry stand auf der Brücke und brüllte Befehle durch ein Sprachrohr. Innerhalb einer Stunde waren fast alle von Bord, bis auf einige Dutzend Kinder und die Gruppenleiter.

Dreißig Kilometer weiter nördlich inszenierte ein Palmach-Kommando einen Überfall auf britische Nachschublager bei Haifa, um die Aufmerksamkeit der britischen Truppen von dem Landungsmanöver bei Cäsarea abzulenken.

An Land waren die Fischer und der Palmach fieberhaft tätig. Die Flüchtlinge wurden teils in Siedlungen gebracht, teils auf Lastwagen verladen, die eilig mit ihnen davonfuhren.

Als das letzte Kind über die Reling gehoben wurde, kam Bill Fry die Treppe zum Deck herunter und befahl den Gruppenleitern von Bord zu gehen.

Karen fühlte, wie das eiskalte Wasser über ihrem Kopf zusammenschlug. Sie ruderte und paddelte mit den Füßen, orientierte sich, und schwamm auf die Küste zu, bis sie Grund unter den Füßen hatte. Vom Land her hörte sie erschreckte Ausrufe auf hebräisch und deutsch. Sie kam an einen großen Felsblock und kroch auf allen vieren darüber. Eine Woge spülte sie hinunter ins Meer. Sie hatte jedoch Boden unter den Füßen und arbeitete sich Schritt für Schritt gegen die zurückflutende Brandung ans Land. Ein zweitesmal wurde sie umgerissen und kroch auf allen vieren näher an die Küste heran.

Plötzlich heulten Sirenen! Schüsse krachten! An Land stürmte alles auseinander!

Karen erhob sich aus dem Wasser, das ihr jetzt nur noch bis an die Knie ging, und schnappte nach Luft. Unmittelbar vor ihr standen ein halbes Dutzend englische Soldaten in Khaki-Uniformen und mit Gummiknüppeln in den Händen.

»Nein!« schrie sie. »Nein, nein, nein!«

Sie warf sich in die Postenkette, schreiend, kratzend und wütend mit den Füßen um sich stoßend. Ein Arm ergriff sie von hinten und drückte sie in die Brandung. Ihre Zähne gruben sich in die Hand des Soldaten, der vor Schmerz aufschrie und sie losließ.

Karen griff von neuem an und schlug wie rasend um sich. Einer der Soldaten hob seinen Gummiknüppel und ließ ihn auf ihren Kopf heruntersausen. Karen brach stöhnend zusammen und fiel bewußtlos ins Wasser.

Sie machte die Augen auf. In ihrem Kopf spürte sie einen heftigen, klopfenden Schmerz. Doch sie lächelte, als sie den Blick hob und vor sich das stoppelbärtige Gesicht und die milden Augen von Bill Fry sah.

»Die Kinder!« rief sie im nächsten Augenblick und kam mit einem Ruck hoch von der Koje, auf der sie lag. Bill hielt sie an den Schultern fest.

»Reg dich nicht auf«, sagte er. »Die meisten Kinder haben es geschafft. Und ein paar, die man geschnappt hat, sind hier.«

Karen schloß seufzend die Augen und ließ sich wieder auf die Koje sinken. »Wo sind wir denn?«

»In Atlit – einem englischen Internierungslager. Es hat wunderbar geklappt. Über die Hälfte der Leute sind durch die Lappen gegangen. Die Engländer hatten eine solche Wut, daß sie jeden, den sie zu fassen kriegten, kurzerhand mitgeschleppt haben. Meine Crew, Fischer, Flüchtlinge, alles wild durcheinander. Wie fühlst du dich denn?«

»Ganz scheußlich. Was ist eigentlich passiert?«

»Du hast im Alleingang versucht, die britische Armee in die Flucht zu schlagen.«

Karen schob die Decke beiseite, kam mit dem Oberkörper hoch und befühlte die Schwellung an ihrem Kopf. Ihre Sachen waren noch feucht. Sie stand auf und ging, ein bißchen unsicher, an den Zelteingang. Sie sah Hunderte von Zelten und eine hohe Wand aus Stacheldraht. Draußen vor dem Stacheldraht standen englische Wachtposten.

»Ich verstehe gar nicht, was mit mir los war«, sagte Karen. »Ich habe in meinem ganzen Leben noch nie jemanden geschlagen.

Ich sah diese Soldaten, die dastanden – und mich nicht vorbeilassen wollten. Wie es kam, weiß ich auch nicht, aber auf einmal war es für mich ungeheuer wichtig – ich mußte meinen Fuß auf die Erde Palästinas setzen. Ich meinte, ich müßte sterben, wenn es mir nicht gelang. Ich begreife selbst nicht, wie das über mich kam.«

»Möchtest du was essen, Kleine?«

»Ich habe keinen Hunger. Was werden sie jetzt mit uns machen?«

Bill zog die Schultern hoch. »In ein paar Stunden wird es hell sein. Dann werden sie uns einzeln vernehmen und einen Haufen blöder Fragen an uns richten, aber du weißt ja genau, was du zu antworten hast.«

»Ja – ich bleibe dabei, daß dies hier meine Heimat ist, ganz gleich, was man mich fragt.«

»Trotzdem wird man dich zwei oder drei Monate dabehalten, aber dann werden sie dich laufenlassen. Jedenfalls bist du in Palästina.«

»Und was wird mit Ihnen?«

»Mit mir? Man wird mich aus Palästina hinauswerfen, genau wie letztesmal. Ich werde ein neues Mossad-Schiff bekommen – und erneut versuchen, die Blockade zu durchbrechen.«

Ihr Schädel begann zu brummen. Karen streckte sich auf der Koje aus, doch sie machte kein Auge zu. Lange studierte sie Bills Gesicht, das vor Müdigkeit grau war.

»Sagen Sie, Bill – weshalb sind Sie eigentlich hier?«

»Was meinst du denn damit?«

»Sie sind Amerikaner. Mit den Juden in Amerika ist es doch etwas anderes.«

»Alle denken immer, sie müßten irgendwas Großartiges aus mir machen.« Er wühlte in seinen Taschen und brachte ein paar Zigarren zum Vorschein. Sie waren naß und unbrauchbar. »Die Leute von Aliyah Bet kamen eines Tages zu mir. Sie sagten, sie brauchten Seeleute. Und ich bin Seemann – bin mein ganzes Leben lang einer gewesen. Habe mich heraufgearbeitet, vom Schiffsjungen bis zum Ersten Offizier. Das ist alles. Ich werde für meine Arbeit bezahlt.«

»Bill.«

»Hm?«

»Ich glaube Ihnen nicht ganz.«

Bill Fry schien selbst nicht sonderlich überzeugt von dem, was er gesagt hatte. Er stand auf. »Das ist schwer zu erklären, Karen. Ich liebe Amerika. Ich würde für fünfzig Palästina nicht das eintauschen, was ich dort drüben habe.«

Karen stützte den Kopf in die Hand. Bill ging im Zelt auf und ab und versuchte, nachzudenken. »Sicher, wir sind Amerikaner, aber wir sind eine besondere Art von Amerikanern. Wir sind ein bißchen anders. Vielleicht liegt das an uns selbst – vielleicht aber auch an den andern; ich bin nicht schlau genug, um herauszubekommen, wie es eigentlich ist. Mein ganzes Leben lang habe ich zu hören bekommen, daß man mich für einen Feigling hält, weil ich Jude bin. Ich will dir mal was sagen, Kleine: Jedesmal, wenn die Palmach-Leute ein britisches Depot in die Luft sprengen oder irgendwelche Araber zum Teufel jagen, dann verschaffen sie *mir* damit Respekt. Sie stempeln jeden, der mir erzählen will, die Juden seien feige, zum Lügner. Die Jungens hier kämpfen *meinen* Kampf um Anerkennung und Respekt – verstehst du das?«

»Ich glaube, ja.«

»Also, der Teufel soll mich holen, wenn ich es selber verstehe.«

Er setzte sich zu Karen und besah sich die Schwellung an ihrem Kopf. »Es sieht nicht allzu schlimm aus. Ich habe diesen verdammten Tommys gesagt, sie sollten dich ins Lazarett bringen.«

»Das heilt schon wieder«, sagte sie.

Im Lauf der Nacht unternahm der Palmach einen Überfall auf das Lager und sprengte ein großes Loch in den Stacheldrahtzaun, durch das weitere zweihundert Flüchtlinge entkamen. Karen und Bill Fry gehörten nicht dazu.

Als der genaue Bericht über den Zwischenfall mit der *Stern Davids* Whitehall erreichte, wurde den Engländern klar, daß sie ihre Einwanderungspolitik ändern mußten. Bisher hatten die Blockadebrecher jedesmal nur einige hundert Leute nach Palästina gebracht. Dieses Schiff aber hatte annähernd zweitausend Flüchtlinge an Bord gehabt, und der größere Teil davon war bei der Landung in Cäsarea und dem darauffolgenden Überfall auf das Lager bei Atlit entkommen. Die Engländer sahen sich der Tatsache gegenüber, daß die französische Regierung die Juden ganz offen unterstützte und daß von den Juden in Palästina jeder siebente illegal eingewandert war.

Daraus ergab sich für die Engländer eine schwierige Situation. Von einer endgültigen Lösung des Palästina-Problems waren sie nach wie vor weit enfernt, und so kam man zu dem Entschluß, die Juden nicht mehr bei Atlit zu internieren, sondern aus Palästina wegzubringen. Der Druck der illegalen Einwanderung und besonders der Erfolg der *Stern Davids* hatte zur Folge, daß Internierungslager auf Zypern errichtet wurden.

Karen Hansen-Clement wurde mit einem britischen Gefangenenschiff auf die Insel Zypern gebracht und im Lager Caraolos interniert. Doch während die *Karpathos* alias *Stern Davids* vor der Küste von Cäsarea lag, festgeklemmt zwischen den Felsen, und die Brandung allmählich Kleinholz aus ihr machte, war Mossad Aliyah Bet mit beschleunigtem Tempo weiter am Werk und organisierte neue Schiffe, die immer größere Flüchtlingsgruppen nach Palästina bringen sollten.

Sechs Monate lang blieb Karen im wirbelnden Staub von Caraolos und arbeitete bei den Kindern. Die lange Zeit, in der sie von einem Lager zum andern gewandert war, hatte nicht vermocht, sie hart zu machen oder zu verbittern. Sie lebte in der Hoffnung auf den Augenblick, da sie Palästina von neuem sehen würde – Erez Israel.

Bis Karen die Geschichte ihres Lebens zu Ende erzählt hatte, waren viele Stunden vergangen. In diesen Stunden war zwischen Karen und Kitty Fremont ein innerer Kontakt entstanden. Beide entdeckten die Einsamkeit des anderen und sein Verlangen nach menschlicher Nähe.

»Hast du noch irgend etwas von deinem Vater gehört?« fragte Kitty.

»Nein, seit La Ciotat nicht mehr – und das ist schon sehr lange her.«

Kitty sah auf die Uhr. »Du lieber Gott – es ist nach Mitternacht.«

»Ich habe gar nicht gemerkt, wie die Zeit vergangen ist«, sagte Karen.

»Ich auch nicht. Gute Nacht, Karen.«

»Gute Nacht, Kitty. Sehen wir uns wieder?«

»Ich weiß nicht – vielleicht.«

Kitty ging hinaus und wandte sich dem Ausgang zu. Die endlosen Zeltreihen lagen still da. Vom Wachtturm fuhr der Kegel des Scheinwerfers darüber hin. Der Staub wirbelte hoch, während sie die Zeltstraße entlangging. Kitty nahm ihre Jacke fester zusammen. Ari ben Kanaan kam heran und blieb vor ihr stehen. Er gab ihr eine Zigarette, beide verließen schweigend das Kinderlager und gingen über die Brücke. Kitty blieb einen Augenblick stehen und sah zurück, dann ging sie weiter, durch die Sektion der Alten zum Hauptausgang.

»Ich bin bereit, für Sie zu arbeiten«, sagte Kitty, »unter einer Bedingung. Dieses Mädchen geht nicht mit auf das Schiff, sondern bleibt hier bei mir im Lager.«

»Einverstanden.«

Kitty wandte sich um und ging mit raschen Schritten zur Wache.

XVIII

Der Plan, den David romantischerweise ›Unternehmen Gideon‹ benannt hatte, lief an. Dov Landau stellte bündelweise gefälschte Ladescheine und englische Militärpapiere her, die Kitty Fremont aus dem Lager herausbrachte und Ari ben Kanaan übergab.

Die Ladescheine ermöglichten es Ben Kanaan, die erste Phase seines Plans abzuwickeln. Bei seinen Erkundungsfahrten durch Zypern hatte er nicht weit von Caraolos an der Straße nach Famagusta ein großes britisches Nachschublager entdeckt. Es war von einem hohen Gitter umgeben und enthielt große Mengen von Lastwagen und anderen Transportmitteln und rund ein Dutzend riesiger Magazine. Während des Krieges hatte dieses Lager als Nachschubbasis für die Alliierten im Nahen Osten gedient, und auch jetzt noch ging ein Teil der hier lagernden Bestände auf dem Seeweg an britische Streitkräfte, die in dieser Ecke der Welt stationiert waren. Andere Lagerbestände waren als nicht mehr benötigt freigegeben und von Privathand aufgekauft worden. Daher fand ein beständiger, wenn auch nicht allzu umfangreicher Warenverkehr von diesem Depot zum Hafen von Famagusta statt.

Mandrias Schiffahrtsgesellschaft war die Maklerfirma für die britische Armee in Zypern. In dieser Eigenschaft verfügte Mandria über eine Liste, auf der Art und Menge aller im Depot lagernden Bestände aufgeführt waren. Außerdem verfügte er über eine ausreichende Menge von Ladescheinen.

Dienstag morgens Punkt acht Uhr fuhren Ari ben Kanaan und dreizehn Palmach-Angehörige, alle in englischer Uniform und mit englischen Dienstausweisen, in einem englischen Lastwagen vor dem Depot vor und hielten beim Haupteingang an. Das

›Arbeitskommando‹ bestand aus Seew Gilboa, Joab Yarkoni und David ben Ami.

Ari, dessen Papiere ihn als ›Captain Caleb Moore‹ auswiesen, präsentierte dem Depotchef eine Anforderungsliste. Aris ›Arbeitskommando‹ hatte den Auftrag, alle auf der Liste verzeichneten Gegenstände zusammenzuholen und zum Hafen von Famagusta zu bringen, wo sie auf der SS *Achab* verladen werden sollten.

Die Papiere waren so hervorragend gefälscht, daß es dem Depotchef überhaupt nicht einfiel, an den Caleb in der Bibel zu denken, der als Spion für Moses gearbeitet hatte, oder daß die *Achab*, ein imaginäres Schiff, den Namen des Mannes trug, der in Jericho die Bundeslade gestohlen hatte.

Als erster Posten waren zwölf Lastwagen und zwei Jeeps aufgeführt. Sie wurden vom Parkplatz herangerollt und ›Captain Caleb Moore‹ übergeben. Danach setzte sich das ›Arbeitskommando‹ in Bewegung, ging von Magazin zu Magazin und belud die zwölf neuen Lastwagen mit allem, was man auf der *Aphrodite/Exodus* brauchen würde, um mit dreihundert Kindern nach Palästina zu fahren.

Joab Yarkoni, der für die Ausrüstung des Schiffes verantwortlich war, hatte eine Liste zusammengestellt, auf der unter anderem ein Funkgerät neuester Bauart verzeichnet war, außerdem alle möglichen Konserven, Medikamente, Blinklampen, leichte Waffen, Wasserkannen, Decken, Frischluftanlagen, eine Lautsprecheranlage und hundert andere Posten. Joab war wütend, weil Ari darauf bestanden hatte, daß er sich seinen mächtigen schwarzen Schnurrbart abnehme. Auch Seew hatte seinen Schnurrbart opfern müssen, weil Ari befürchtete, die Schnurrbärte könnten sie zu leicht als Leute aus Palästina verraten.

David lud außer den Sachen, die für die *Exodus* bestimmt waren, noch einige Tonnen anderer Dinge auf, die in Caraolos dringend benötigt wurden.

Seew Gilboa wäre beinahe geplatzt, als er das britische Waffenarsenal sah. All die Jahre, seit er beim Palmach war, hatte es ihnen immer an Waffen gefehlt, und der Anblick dieser Massen wunderschöner Maschinengewehre, Granatwerfer und Karabiner zerriß ihm schier das Herz.

Das ›Arbeitskommando‹ arbeitete mit der Präzision eines Uhrwerks. Ari wußte aus Mandrias Liste genau, wo die einzelnen Dinge lagerten. Als sie am Nachmittag alles beisammen hatten, lud Joab Yarkoni zum Schluß noch einige Kisten mit Whisky, Brandy und Gin und ein paar Flaschen Wein auf – für medizinische Zwecke.

Zwölf funkelnagelneue Lastwagen verließen das Depot, vollgepackt bis an den Rand, angeblich in Richtung Famagusta, wo die Waren und die Lastwagen auf die SS *Achab* verladen werden sollten. Ari bedankte sich bei dem Depotchef für die ausgezeichnete Zusammenarbeit, und das ›Arbeitskommando‹ fuhr sechs Stunden nach seiner Ankunft wieder ab.

Die Palmach-Männer waren begeistert, mit welcher Leichtigkeit sie ihren ersten Sieg errungen hatten, doch Ari ließ ihnen keine Zeit, um sich auszuruhen oder stolz zu sein. Dies war nur der Anfang.

Der nächste Schritt des Unternehmens Gideon bestand darin, eine Stelle ausfindig zu machen, wo sie mit den Lastwagen und allem anderen, was sie gestohlen hatten, bleiben konnten. Ari hatte auch hierfür einen Vorschlag bereit. Er hatte am Stadtrand von Famagusta ein britisches Camp entdeckt, das nicht mehr benutzt wurde. Offensichtlich war früher einmal eine kleinere Einheit dort stationiert gewesen. Die Abzäunung, zwei Dienstbaracken und die Nebengebäude standen noch. Auch die elektrische Zuleitung war intakt geblieben.

In den folgenden drei Nächten kamen alle Palmach-Angehörigen von Caraolos zu diesem Camp. Sie waren fieberhaft damit beschäftigt, Zelte aufzustellen, das Lager in Ordnung zu bringen und dem Ganzen den Anstrich zu geben, das Camp sei wieder in Betrieb genommen.

Die zwölf Lastwagen und die zwei Jeeps wurden in der Khaki-Farbe der britischen Armee angestrichen. Auf die Türen der Fahrzeuge malte Joab Yarkoni ein Zeichen, das man für eines der tausend Abzeichen der Army halten konnte, und darunter stand: 23. Transportkompanie SMJSZ.

Im Dienstraum der ›Kompanie‹ lagen auf den Schreibtischen echte und gefälschte britische Dienstpapiere herum, um dem Ganzen authentisches Aussehen zu verleihen.

Nach vier Tagen sah das kleine Camp mit den zwölf Lastwagen ganz normal und unauffällig aus. Sie hatten aus dem Depot eine genügende Anzahl britischer Uniformen mitgenommen, um den Palmach in angemessener Weise einkleiden zu können, und auch sonst war genug von allem da, um das Camp vollständig auszustatten.

Als Krönung des Ganzen befestigte Joab Yarkoni über dem Tor ein Schild mit der Inschrift: 23. Transportkompanie SMJSZ. Alles seufzte erleichtert auf, als das Schild hing und das Lager seinen offiziellen Namen hatte.

Seew sah die Tafel an und kratzte sich am Kopf. »Was soll das eigentlich heißen – SMJSZ?«

»Das heißt: Seiner Majestät jüdische Streitkräfte auf Zypern – was denn sonst?« antwortete Joab.

Die Fassade zur Durchführung des Unternehmens Gideon stand. Ari ben Kanaan hatte die Stirn gehabt, seine Gruppe als Einheit der britischen Armee zu tarnen. In der Uniform eines englischen Offiziers hatte er selbst das Hauptquartier von Mossad Aliyah Bet in aller Öffentlichkeit an der Straße nach Famagusta aufgeschlagen, und er war entschlossen, für die Endphase seines Planes ausschließlich britische Heeresausrüstung zu benützen. Das war ein gewagtes Spiel, doch er hielt sich an den einfachen Grundsatz: Die beste Tarnung für einen Geheimagenten ist, sich so normal wie möglich zu benehmen.

Die nächste Phase des Unternehmens Gideon lief an, als drei amerikanische Seeleute von der Crew eines Frachtdampfers in Famagusta ihr Schiff verließen. Es waren Mossad-Leute, die im Krieg bei der amerikanischen Flotte gedient hatten. Von einem anderen Schiff kamen zwei Spanier, die nach der Machtübernahme durch Franco ins Exil gegangen waren. Es kam häufig vor, daß rotspanische Seeleute auf Aliyah-Bet-Schiffen arbeiteten. Damit hatte die *Exodus* eine Besetzung, die durch Ari, David, Joab und Seew vervollständigt wurde.

Hank Schlosberg, der amerikanische Skipper, und Joab gingen ans Werk, die *Exodus* zum Blockadebrecher umzubauen. Larnaca war ein kleiner Hafen, und Mandria wußte es zu bewerkstelligen, daß nichts über eine ungewöhnliche Aktivität an Bord der *Aphrodite* bekannt wurde, die am Ende der Pier lag.

Zunächst wurden auf und unter Deck sämtliche Schränke, Fächer, Bretter und Borde abgebaut. Das ganze Schiff wurde von vorn bis achtern ein leerer Raum.

Dann wurden an Deck zwei hölzerne Häuschen errichtet, eins für die Jungen und eines für die Mädchen. Die Mannschaftsmesse wurde zum Lazarettraum umgestaltet. Man würde auf der *Exodus* weder Messe noch Kombüse brauchen. Die gesamte Verpflegung würde aus Konserven bestehen, und essen würde man aus der Büchse. Die Kombüse wurde zu Waffenkammer und Lagerraum umgebaut. Auch die Mannschaftskajüten wurden ausgebaut. Die Crew sollte oben auf der kleinen Brücke schlafen. Die Lautsprecheranlage wurde eingebaut, die uralte Schiffsmaschine sorgfältig überholt. Ein Mast aufgerichtet und ein Segel vorbereitet für den Fall, daß die Maschine ausfallen sollte.

Unter den dreihundert ausgesuchten Jugendlichen waren auch Kinder strenggläubiger Juden, und daraus ergab sich ein Problem besonderer Art. Yarkoni mußte das Oberhaupt der jüdischen Gemeinde von Zypern mit der Bitte aufsuchen, für diese Strenggläubigen ›koscheres‹ Büchsenfleisch herstellen zu lassen.

Dann wurde der Raum unter Deck und über Deck genau ausgemessen. Trennungswände wurden eingebaut, mit einem Zwischenraum von jeweils fünfundvierzig Zentimetern. Diese fünfundvierzig Zentimeter sollten als Kojen dienen und es jedem Kind gestatten, entweder auf dem Rücken oder auf dem Bauch zu liegen – allerdings nicht den Luxus, sich von einer Seite auf die andere zu drehen.

Die Rettungsboote wurden repariert. In die Bordwand wurden große Löcher geschnitten und Windfänge mit Ventilatoren eingebaut, damit Luft in den Raum unter Deck kam. Auch die aus dem britischen Depot gestohlenen Frischluftanlagen wurden eingebaut.

Die Arbeit ging glatt vonstatten. Daß auf einem alten Seelenverkäufer wie der *Aphrodite* ein halbes Dutzend Leute beschäftigt waren, war im Hafen von Larnaca ein ganz normaler Anblick.

Schwieriger war schon die Frage, wie man die Verpflegung und die übrige Ausrüstung an Bord bringen sollte. Ari fand es zu riskant, mit den khakifarbenen Lastwagen an den Hafen zu fahren, weil das bestimmt einiges Aufsehen erregt hätte. Daher lief die *Exodus*, als der Umbau im wesentlichen beendet war, Nacht für Nacht heimlich aus Larnaca aus und begab sich zu einem unbeobachteten Treffpunkt in der Südbucht, einige Meilen von Larnaca entfernt. Dorthin kamen die Lastwagen der 23. Transportkompanie SMJSZ, mit all den guten Dingen beladen, die man in dem britischen Depot geklaut hatte. Die ganze Nacht hindurch fuhren die Schlauchboote zwischen der Küste und dem Schiff hin und her, bis die *Exodus* so beladen war, daß nichts mehr in ihre Vorratskammern hineinging.

Inzwischen führte Seew Gilboa in der Jugendsektion des Lagers Caraolos die Aufgabe aus, die er im Rahmen des Unternehmens Gideon hatte. Er wählte sorgfältig dreihundert der kräftigsten Jungen und Mädchen aus und führte sie in Gruppen auf den Spielplatz, wo sie fit gemacht wurden durch gymnastische Übungen, Unterricht bekamen im Kampf mit Messern und Stökken, wo sie lernten, wie man mit einem Gewehr umgeht und wie man Handgranaten wirft. Rings um den Spielplatz standen Aufpasser; sobald ein englischer Wachtposten auftauchte, ertönte ein Warnungssignal, und aus dem kriegerischen Spiel wurde ein friedliches Spiel. Die Kinder, die eben noch geschossen hatten, sangen drei Sekunden später Kinderlieder.

Bei dem Unternehmen Gideon ergab sich eine gewisse Schwierigkeit, die jedoch nur Aris engste Mitarbeiter betraf: David, Seew und Joab.

David war zwar ein feinfühliger junger Mann und ein Mann der Wissenschaften, doch wenn er einmal in Fahrt war, fürchtete er sich vor nichts, und jetzt war er in Fahrt. Bei dem englischen Depot war die Sache das erstemal so glatt gegangen, daß David, Seew und Joab meinten, es sei geradezu Sünde, auch nur einen Schnürsenkel dort zu lassen. David war dafür, von früh bis spät mit den Lastwagen der 23. Transportkompanie in das Depot zu fahren und alles mitzunehmen, was nicht niet- und nagelfest war. Seew wollte sogar Kanonen mitnehmen. Sie hatten so lange mit so wenig Waffen auskommen müssen, daß diese günstige Gelegenheit eine allzu große Versuchung darstellte.

Ari war dagegen und meinte, diese Habgier könnte das Gelingen des ganzen Planes gefährden. Die Engländer schliefen zwar, aber so fest schliefen sie nun auch wieder nicht. Die Wagen der 23. Transportkompanie sollten lediglich von Zeit zu Zeit beim Depot aufkreuzen, schon damit die Sache normal aussähe, doch das ganze Lager leer zu machen, könnte ihnen allen das Genick brechen.

Dennoch gelang es Ari nicht, seine jungen Mitarbeiter im Zaum zu halten. Sie machten immer wildere Pläne. Joab ging in seiner Frechheit so weit, einige englische Offiziere zum Essen in die Messe der 23. Transportkompanie einzuladen. Aris Geduld war am Ende. Er drohte, sie alle miteinander nach Palästina zu schicken, um sie dort auf Vordermann bringen zu lassen.

Rund zwei Wochen nach dem Anlaufen des Unternehmens Gideon war alles so weit vorbereitet, daß die entscheidende Phase ablaufen konnte – die Überführung der dreihundert Kinder nach Kyrenia und das Erscheinen von Parkers Bericht in der

138

Presse. Das Stichwort hierfür mußten die Engländer selbst geben. Dieses entscheidende Manöver sollte anlaufen, sobald die Engländer das neue Internierungslager an der Straße nach Larnaca in Betrieb nahmen und anfingen, Insassen des Lagers bei Caraolos dorthin zu verlegen.

XIX

Caldwell, Sutherlands Adjutant, kam in das Büro von Major Allan Alistair, Chef des Intelligence Service auf Zypern. Alistair, ein Mann von etwas über Vierzig, der ein leises Organ hatte und einen scheuen Eindruck machte, nahm ein Aktenbündel von seinem Schreibtisch und ging mit Caldwell den Flur entlang zu Sutherlands Büro.

Der Brigadier bat Caldwell und Alistair, Platz zu nehmen, und forderte den Mann vom Intelligence Service durch ein kurzes Nicken auf, mit seinem Vortrag zu beginnen. Alistair strich sich mit dem Finger über die Nase und blätterte in seinen Akten. »Wir haben in Caraolos eine auffällige Zunahme der jüdischen Aktivität in der Jugendsektion beobachtet«, sagte er fast flüsternd. »Wir vermuten, daß man einen Aufruhr oder einen Ausbruchsversuch vorbereitet.«

Sutherland trommelte ungeduldig auf der Schreibtischplatte. Mit seiner leisen Stimme und seiner Heimlichtuerei machte ihn Alistair jedesmal nervös, und jetzt ging das im gleichen Ton pausenlos so weiter.

»Mein lieber Allan Alistair«, sagte Sutherland schließlich, »ich habe Ihnen jetzt eine Viertelstunde lang zugehört. Sie vermuten also, daß die Juden irgendeinen finsteren Anschlag planen. In den letzten vierzehn Tagen haben Sie versucht, drei Vertrauensleute in der Jugendsektion und fünf an anderen Stellen im Lager anzusetzen. Jeder Ihrer Meisterspione ist innerhalb einer Stunde entlarvt und von den Juden hinausgeworfen worden. Sie haben mir zwei Seiten Funksprüche vorgelesen, die Sie aufgefangen haben und die Sie nicht entschlüsseln konnten, und diese Funksprüche stammen Ihrer Meinung nach von einem Geheimsender, dessen Standort Sie nicht feststellen können.«

Alistair und Caldwell warfen sich einen raschen Blick zu, als ob sie sagen wollten: »Das wird heute mal wieder schwierig mit dem Alten.«

»Verzeihung, Sir«, sagte Alistair, »wir sind bei unsrer Arbeit notwendigerweise zu einem großen Teil auf Vermutungen angewiesen. Andererseits haben wir aber auch einwandfreie Tatsachen festgestellt und mitgeteilt, ohne daß daraufhin irgend etwas unternommen worden ist. Es ist uns bekannt, daß es in Caraolos von Palmach-Leuten aus Palästina wimmelt und daß diese Leute auf dem Spielplatz militärische Ausbildungskurse durchführen. Es ist uns außerdem bekannt, daß die Organisationen in Palästina ihre Agenten, die sie nach Zypern schicken, an einer bestimmten Stelle in der Nähe der Ruinen von Salamis an Land bringen. Und wir haben allen Grund zu der Annahme, daß dieser Grieche, Mandria, mit ihnen zusammenarbeitet.«

»Herrgott noch mal!« sagte Sutherland ärgerlich. »Das weiß ich auch. Sie scheinen zu vergessen, meine Herren, daß es nur der Anwesenheit dieser Leute aus Palästina zu verdanken ist, wenn sich die Lagerinsassen noch nicht in eine wilde Horde verwandelt haben. Sie sind es, die die Schulen leiten, die Lazarette, die Küchen und überhaupt alles, was es sonst noch im Lager gibt. Außerdem sorgen sie für Disziplin und verhindern Massenausbrüche, indem sie immer nur bestimmte Leute ins Lager hinein- und aus dem Lager herauslassen. Wenn wir diese Männer aus Palästina rauswerfen, werden wir uns die schönsten Schwierigkeiten einhandeln.«

»Dann sollte man sich ein paar von diesen Burschen kaufen«, meinte Caldwell, »damit wir wenigstens wissen, was sie vorhaben.«

»Man kann diese Leute nicht kaufen«, sagte Alistair. »Sie halten zusammen wie Pech und Schwefel. Jedesmal, wenn wir denken, wir hätten einen, der uns was erzählt, dann bindet er uns irgendeinen Bären auf.«

»Dann muß man den Kerlen eben die Hölle heiß machen«, sagte Caldwell heftig, »muß ihnen die Furcht Gottes einbläuen.«

»Freddy, Freddy!« sagte Sutherland tadelnd und brannte sich seine Pfeife an. »Man kann diesen Leuten keine Angst einjagen. Es sind Überlebende aus den Konzentrationslagern. Wissen Sie noch, wie es in Bergen-Belsen aussah, Freddy? Meinen Sie, wir könnten diesen Leuten irgend etwas antun, was noch schlimmer wäre?«

Major Alistair begann zu bedauern, daß er Caldwell gebeten

hatte, mitzukommen. Er war so schrecklich engstirnig. »Herr General«, sagte Alistair rasch, »wir alle hier sind Soldaten. Dennoch wäre es unverantwortlich von mir, wenn ich Ihnen berichten wollte, in Caraolos sei alles friedlich, und meiner Meinung nach sei es das beste, weiterhin nichts zu unternehmen und einfach abzuwarten, bis es irgendwo knallt.«

Sutherland stand auf, verschränkte die Hände auf dem Rücken und begann nachdenklich auf und ab zu gehen. Er zog ein paarmal an seiner Pfeife und klopfte sie mit dem Pfeifenstiel gegen die Zähne. »Ich habe hier in Zypern den Auftrag, dafür zu sorgen, daß es in diesen Lagern ruhig bleibt, bis sich unsere Regierung darüber klar wird, was sie in der Frage des Palästina-Mandats zu tun gedenkt. Wir müssen deshalb unbedingt alles vermeiden, was in der Öffentlichkeit unnötigen Staub aufwirbeln könnte.«

Fred Caldwell war wütend. Er begriff einfach nicht, wieso Sutherland dafür sein konnte, nichts zu unternehmen und die Juden machen zu lassen, was sie wollten. Das war zu hoch für ihn, wirklich völlig unbegreiflich.

Allan Alistair verstand es zwar, war damit aber nicht einverstanden. Er war dafür, irgendwelche jüdischen Pläne in Caraolos durch rasche Gegenmaßnahmen zu durchkreuzen. Aber er konnte schließlich nichts weiter tun, als Sutherland das Ergebnis seiner Ermittlungen vorzulegen; die Entscheidung darüber, wie man darauf reagieren sollte, lag bei dem Brigadier.

»War sonst noch etwas?« fragte Sutherland.

»Ja, Sir«, sagte Alistair, »es gibt noch ein weiteres Problem.« Er blätterte in seinen Akten. »Ich wollte Sie fragen, ob Sie meinen Bericht über diese Amerikanerin, Katherine Fremont, und den Korrespondenten Parker gelesen haben?«

»Was ist mit den beiden?«

»Also, wir wissen nicht genau, ob sie seine Geliebte ist, jedenfalls aber steht fest, daß Mrs. Fremont kurze Zeit nach Parkers Ankunft in Zypern angefangen hat, im Lager Caraolos zu arbeiten. Es ist uns von früher her bekannt, daß Parker den Engländern nicht gerade freundlich gesinnt ist.«

»Unsinn. Er ist ein hervorragender Reporter. Seine Berichte über die Nürnberger Prozesse waren großartig. Wir haben damals in Holland einen Fehler gemacht, der uns teuer zu stehen kam, und dieser Mann fand ihn heraus und berichtete darüber. Schließlich war er Kriegsberichterstatter.«

»Scheint es Ihnen richtig, Sir, wenn wir es für durchaus möglich halten, die Tatsache, daß Mrs. Fremont in Caraolos arbeitet, könnte etwas damit zu tun haben, daß Parker einen Bericht über das Lager vorbereitet?«

»Major Alistair – sollten Sie jemals angeklagt werden, einen Mord begangen zu haben, so möchte ich Ihnen wünschen, daß man Sie nicht aufgrund von Beweisen verurteilt, wie Sie mir sie soeben erbracht haben.«

Auf den Wangen des Majors erschienen vor Erregung kleine rote Flecken.

»Diese Fremont ist nun einmal eine der fähigsten Kinderpflegerinnen im Nahen Osten. Die griechische Regierung hat sie nach Saloniki geholt, wo sie ein Waisenheim geleitet hat, und zwar hervorragend. Das steht auch in Ihrem Bericht. Mrs. Fremont und Mark Parker sind seit ihrer Kindheit miteinander befreundet. Das steht gleichfalls in Ihrem Bericht. Und es steht ferner in Ihrem Bericht, daß es die jüdische Wohlfahrt war, die sich wegen der Arbeit im Lager an sie gewandt hatte. Sie lesen doch Ihre Berichte, Major Alistair, oder?«

»Verzeihung, Sir...«

»Ich bin noch nicht zu Ende. Nehmen wir einmal an, unser schlimmster Verdacht sei begründet. Nehmen wir also an, daß Mrs. Fremont tatsächlich Material für Mark Parker sammelt. Nehmen wir weiter an, daß Mark Parker eine Artikelserie über Caraolos schreibt. Ich bitte Sie, meine Herren, wir haben jetzt Ende 1946; der Krieg ist seit mehr als anderthalb Jahren vorbei. Die Leute wollen nichts von Flüchtlingen hören, und wenn sie etwas darüber lesen, dann macht es auf sie sehr wenig Eindruck. Wenn wir aber eine amerikanische Kinderpflegerin und einen amerikanischen Pressemann aus Zypern hinauswerfen, ist das sicherlich eine Sensation für die Leute. Meine Herren, die Sitzung ist beendet.«

Alistair nahm rasch seine Akten zusammen. Fred Caldwell, der kochend vor Wut dagesessen hatte, sprang auf. »Und ich sage, wir sollten ein paar von diesen Dreckjuden aufhängen, damit sie sehen, wer eigentlich der Herr im Hause ist.« Damit wollte er hinaus.

»Freddy!« rief Sutherland hinter ihm her. Caldwell, schon in der Tür, blieb stehen und drehte sich um. »Wenn Sie den Juden unbedingt an den Kragen wollen, kann ich veranlassen, daß Sie nach Palästina versetzt werden. Die Juden dort sind nicht hinter

Stacheldraht, und sie sind bewaffnet. Solche Männlein wie Sie essen sie gern zum Frühstück.«

Caldwell ging rasch mit Alistair den Flur entlang und brummte wütend in sich hinein. »Kommen Sie mit in mein Büro«, sagte Alistair. Caldwell ließ sich in einen Stuhl fallen und fuchtelte mit den Händen herum. Alistair nahm einen Brieföffner von seinem Schreibtisch und spielte nervös damit, während er im Büro auf und ab ging.

»Also, wenn Sie mich fragen«, sagte Caldwell, »man sollte den Alten adeln und in den Ruhestand versetzen.«

Alistair kam zurück zum Schreibtisch und biß sich unschlüssig auf die Lippe. »Hören Sie, Freddy, ich habe mir die Sache schon seit mehreren Wochen überlegt. Sutherland verhält sich wirklich ganz unmöglich. Ich werde General Tevor-Browne einen persönlichen Brief schreiben.«

Caldwell zog die Augenbrauen in die Höhe. »Das ist ein bißchen riskant, alter Junge.«

»Wir müssen irgend etwas unternehmen, ehe uns diese verdammte Insel eines Tages um die Ohren fliegt. Sie sind Sutherlands Adjutant. Wenn Sie mich dabei unterstützen, dann garantiere ich Ihnen, daß nichts ins Auge geht.«

Caldwell hatte es satt mit Sutherland. Und Alistair war ein angeheirateter Verwandter von Tevor-Browne. Er nickte zustimmend.

»Dann könnten Sie bei der Gelegenheit bei Tevor-Browne auch gleich ein gutes Wort für mich einlegen.«

Es klopfte, und herein kam ein Korporal mit einem Bündel neuer Informationen. Er übergab Alistair das Bündel und ging wieder hinaus. Alistair blätterte die Meldungen durch und seufzte. »Als ob ich nicht schon genug Sorgen hätte. Auf der Insel ist eine organisierte Bande von Dieben tätig. Die Burschen sind so gerissen, daß wir nicht einmal herausbekommen, was sie eigentlich klauen.«

Einige Tage später traf Major Alistairs dringender und vertraulicher Bericht bei General Tevor-Browne ein. Seine erste Reaktion war, Alistair und Caldwell nach London kommen zu lassen und ihnen eine gewaltige Standpauke für diesen Bericht zu halten, der an Meuterei grenzte. Doch dann machte er sich klar, daß Alistair es nicht riskiert hätte, ihm einen solchen Brief zu schicken, wenn er nicht ernstlich beunruhigt wäre.

Falls sich Tevor-Browne dafür entschied, Alistairs Rat zu befolgen und in Caraolos rasch durchzugreifen, um eventuelle Pläne der Juden zu durchkreuzen oder zu vereiteln, mußte er sich beeilen. Denn Ari ben Kanaan hatte bereits den genauen Zeitpunkt festgesetzt, zu dem die Kinder mit Sicherheit aus Caraolos fortgebracht werden sollten.

Die Engländer hatten bekanntgegeben, daß die neuen Lager in der Nähe von Larnaca fertiggestellt seien, und daß man in den nächsten Tagen damit beginnen würde, einen großen Teil der Insassen aus den überfüllten Lagern bei Caraolos dorthin zu überführen. Die Flüchtlinge sollten mit Lastwagen hingebracht werden, und zwar zehn Tage lang täglich jeweils drei- bis fünfhundert. Ari setzte den sechsten Tag als Zeitpunkt X des Unternehmens Gideon fest.

XX

PERSÖNLICH ZU ÜBERBRINGEN AN
MR. KENNETH BRADBURY
 AMERICAN NEWS SYNDICATE, LONDON
 Lieber Brad,
der Überbringer dieses Briefes und des beiliegenden Berichtes aus Zypern ist F. F. Withman, ein Pilot der British Intercontinental Airways
 Der Tag X des Unternehmens Gideon ist in fünf Tagen. Telegrafieren Sie mir sofort, ob Sie meinen Bericht bekommen haben. Ich habe mich auf eigene Faust eingeschaltet, glaube aber, daß eine ganz dicke Sache daraus werden könnte.
 Am Tag X werde ich Ihnen ein Telegramm schicken. Wenn die Unterschrift MARK ist, so bedeutet das, daß alles planmäßig verlaufen ist und daß Sie die Story loslassen können. Wenn es mit PARKER unterschrieben ist, dann halten Sie die Story noch zurück, denn das bedeutet, daß irgend etwas schiefgegangen ist. Ich habe F. F. Whitman als Belohnung für sichere Überbringung 500 Dollar versprochen. Seien Sie so gut und geben Sie ihm das Geld, ja?   *Mark Parker*

MARK PARKER
DOM-HOTEL
KYRENIA/ZYPERN
 TANTE DOROTHEA WOHLBEHALTEN IN LONDON

GELANDET STOP HABEN UNS ALLE SEHR GEFREUT SIE
ZU SEHEN STOP HOFFEN BALD VON DIR ZU HÖREN.
BRAD

Marks Bericht lag also im Londoner Büro von ANS vor, um auf
ein verabredetes Stichwort hin in den Zeitungen zu erscheinen.

Kitty zog, als sie in Caraolos zu arbeiten anfing, vom Dom-Hotel in das King-George-Hotel in Famagusta um. Mark beschloß,
im Dom-Hotel wohnen zu bleiben, um an Ort und Stelle zu sein,
wenn die *Exodus* in den Hafen von Kyrenia kam.

Er war zweimal im Wagen nach Famagusta gefahren, um Kitty
zu besuchen. Beide Mal hatte er sie nicht angetroffen, da sie im
Lager gewesen war. Was Mark schon befürchtet hatte, wurde
ihm von Mandria bestätigt: Dieses junge Mädchen im Lager arbeitete als Kittys Assistentin, und die beiden waren den ganzen
Tag zusammen. Mark machte sich Sorgen. Kitty schien die unsinnige Idee zu haben, ihre tote Tochter sei in diesem Mädchen
wieder lebendig geworden. Das Ganze war nicht normal, war irgendwie überspannt. Dazu kam noch, daß Kitty sich darauf eingelassen hatte, gefälschte Papiere aus dem Lager herauszuschmuggeln.

Bis zu der entscheidenden Phase des Unternehmens Gideon
waren es nur noch wenige Tage. Die Spannung machte Mark
nervös, und Kittys sonderbares Betragen machte ihn noch nervöser. Er verabredete sich mit ihr im King George.

Auf der Fahrt nach Famagusta waren seine Nerven bis zum
Zerreißen angespannt. Es war alles allzu glatt gegangen. Ben Kanaan und seine Räuberbande hatten die Engländer völlig in die
Irre geführt. Die Engländer waren sich darüber klar, daß irgend
etwas im Gange war, aber es schien ihnen einfach nicht möglich,
dahinterzukommen, wo die Drahtzieher saßen. Mark war voller
Bewunderung für die Klugheit Ben Kanaans und den Mut des
Palmach. Die Ausrüstung der *Exodus* und die Ausbildung der
dreihundert Jugendlichen waren mustergültig. Diese Sache
würde tatsächlich die sensationellste Story ergeben, die er jemals
in die Finger bekommen hatte, doch er machte sich zur gleichen
Zeit auch sehr große Sorgen über seine Beteiligung an der ganzen
Angelegenheit.

Im King George, das wie das Dom-Hotel direkt am Meer lag,
sah er Kitty an einem Tisch auf der Terrasse sitzen.

»Hallo, Mark«, sagte sie lächelnd und gab ihm, als er neben ihr Platz nahm, einen Kuß auf die Wange.

Er bestellte etwas zu trinken, gab Kitty eine Zigarette und zündete sich selbst eine an. Kitty sah großartig aus; sie schien um zehn Jahre jünger.

Die Cocktails kamen.

»Du machst keinen besonders glücklichen Eindruck«, sagte Kitty. »Ist es die Spannung?«

»Natürlich«, sagte er ärgerlich. »Meinst du vielleicht, ich wäre nicht gespannt?«

Sie erhoben die Gläser und sahen sich an. Kitty stellte ihr Glas rasch wieder hin. »Hören Sie, Mr. Parker – Sie funkeln ja wie ein Warnungsschild vor einer Kurve. Mach deinem Herzen Luft, ehe du explodierst.«

»Was hast du? Bist du böse mit mir? Magst du mich nicht mehr?«

»Mein Gott, Mark – ich wußte gar nicht, daß du so empfindlich bist. Ich habe viel Arbeit gehabt. Außerdem waren wir uns doch einig, daß wir uns in diesen zwei Wochen lieber nicht so oft sehen wollten, nicht wahr?«

»Gestatten Sie: Mein Name ist Mark Parker. Wir haben uns früher mal ziemlich gut gekannt. Es war bei uns üblich, daß wir über alles miteinander sprachen.«

»Ich weiß nicht, worauf du hinauswillst.«

»Ich meine Karen – Karen Clement-Hansen. Ein kleines Flüchtlingsmädchen aus Deutschland, via Dänemark.«

»Ich wüßte nicht, was es darüber zu reden gäbe.«

»Ich glaube doch.«

»Sie ist einfach ein reizendes Mädchen, und ich habe sie gern. Sie mag mich, und ich mag sie.«

»Lügen war nie deine Stärke.«

»Ich mag nicht darüber reden!«

»Du läßt dich da auf etwas ein, was zwangsläufig schiefgehen muß. Das letztemal bist du nackt im Bett eines Matrosen gelandet. Diesmal wirst du vermutlich draufgehen.«

Sie sah zur Seite und sagte: »Dabei bin ich immer so vernünftig gewesen, mein ganzes Leben lang.«

»Willst du etwa versuchen, alles, was du in dieser Beziehung versäumt hast, jetzt auf einmal nachzuholen?«

Sie legte die Hand auf seine Hand. »Ich verstehe es auch nicht – aber mir ist, als wäre ich neu geboren. Sie ist ein so ungewöhnliches Mädchen, Mark.«

»Und was machst du, wenn sie auf die *Exodus* geht? Hast du vor, sie nach Palästina zu begleiten?«

Kitty zerdrückte ihre Zigarette im Aschenbecher und trank ihren Cocktail aus. Ihre Augen wurden schmal, und ihr Gesicht zeigte einen Ausdruck, den Mark an ihr kannte. »Was hast du getan?« fragte er.

»Karen geht nicht mit auf die *Exodus*. Das war die Bedingung, unter der ich mich bereit erklärte, für Ari ben Kanaan zu arbeiten.«

»Was für ein Blödsinn, Kitty – was für ein verdammter Blödsinn!«

»Hör auf!« sagte sie. »Hör auf, so zu tun, als ob irgend etwas dabei nicht in Ordnung wäre. Ich bin einsam gewesen, habe gehungert nach einer Zuneigung, einer Liebe, wie sie dieses Mädchen mir geben kann. Und ich kann für sie der Mensch sein, nach dem sie verlangt.«

»Du willst gar nicht ›ein Mensch‹ sein – du möchtest ihre Mutter sein.«

»Na, und wenn? Auch das wäre ganz in Ordnung.«

»Also, hör mal, wir wollen uns hier nicht weiter anschreien. Wir wollen in aller Ruhe darüber reden. Ich weiß nicht, was du dir da ausgedacht hast, aber ihr Vater ist vermutlich noch am Leben. Und wenn nicht, dann hat sie die Hansens in Dänemark. Und drittens: Dieses Mädchen ist von den Leuten aus Palästina genauso verrückt gemacht worden wie alle anderen auch. Sie will unbedingt nach Palästina.«

Kittys Augen bekamen einen traurigen Ausdruck, und Mark bereute, was er gesagt hatte.

»Es war falsch von mir«, sagte Kitty, »daß ich sie nicht auf die *Exodus* gehen lassen will. Ich wollte sie ein paar Monate um mich haben, wollte ihr Vertrauen gewinnen, wollte ihr allmählich beibringen, wie wunderbar es wäre, wenn sie mit mir nach Amerika käme. Ich dachte, wenn ich ein paar Monate mit ihr zusammen sein könnte, dann wüßte ich genau ––«

»Kitty, Kitty! Karen ist nicht Sandra. Du hast die ganze Zeit nach Sandra gesucht, von dem Augenblick an, als der Krieg zu Ende war. Du hast nach ihr gesucht in diesem Waisenhaus in Saloniki. Vielleicht war das der Grund, weshalb du Ben Kanaans Herausforderung annehmen mußtest; denn in Caraolos waren Kinder, und du dachtest, eins von diesen Kindern könnte vielleicht Sandra sein.«

147

»Bitte, Mark – hör auf.«

»Schon gut. Und was kann ich für dich tun?«

»Versuche festzustellen, ob ihr Vater am Leben ist. Wenn er nicht lebt, möchte ich Karen adoptieren und sie nach Amerika mitnehmen.«

»Ich werde mein möglichstes tun«, sagte er. Er sah Ari ben Kanaan, der, als Captain Caleb Moore verkleidet, rasch herankam und bei ihnen am Tisch Platz nahm. Sein Gesicht war kühl und beherrscht wie immer.

»Ich habe eben eine Nachricht von David aus Caraolos bekommen. Ich muß sofort hin. Und es scheint mir das Beste, Sie kommen mit«, sagte er zu Kitty.

»Was ist los?« fragten Mark und Kitty voller Aufregung im gleichen Atemzug.

»Genau weiß ich es auch nicht. Dieser Landau, der Junge, der die gefälschten Papiere für uns herstellt – er arbeitet im Augenblick an den Listen für die Überführung der dreihundert Kinder. Er weigert sich, weiterzumachen, ehe er nicht mit mir gesprochen hat.«

»Und was soll ich dabei?« fragte Kitty.

»Ihre Freundin Karen ist so ziemlich der einzige Mensch, der mit ihm reden kann.«

Kitty wurde blaß.

»Diese Papiere müssen innerhalb der nächsten sechsunddreißig Stunden fertig sein«, sagte Ari. »Es könnte notwendig werden, daß Sie Karen veranlassen, mit dem Jungen zu reden.«

Kitty stand schwankend auf und folgte Ari widerstandslos. Mark schüttelte bekümmert den Kopf und sah noch lange zu der Tür, durch die sie verschwunden waren.

XXI

Karen stand in dem Klassenzimmer, das als Palmach-Hauptquartier diente. Wütend starrte sie auf den Jungen mit dem sanften Gesicht und dem blonden Haar. Er war etwas klein für einen Siebzehnjährigen, und sein sanftes Äußere war eine Täuschung. In seinen kalten, blauen Augen brannte Qual, Verwirrung und Haß. Er stand bei einer kleinen Nische, die die Papiere und Instrumente enthielt, die er für seine Fälschungen verwendete. Karen ging zu ihm hin und fuhr ihm mit dem Finger unter der Nase hin und her. »Dov? Was hast du wieder angestellt?« Er schob die Unterlippe vor und brummte. »Hör auf, mich anzuknurren wie ein Hund«, sagte sie. »Ich will wissen, was du angestellt hast.«

Er blinzelte nervös. Es hatte keinen Sinn, mit Karen streiten zu wollen, wenn sie wütend war. »Ich habe ihnen gesagt, daß ich mit Ben Kanaan sprechen will.«

»Und warum?«

»Weißt du, was das ist? Das sind gefälschte, englische Formulare. Ben Kanaan hat mir eine Liste mit den Namen von dreihundert Jungens und Mädchen aus unserer Sektion gegeben, die auf diesen Papieren hier aufgeführt werden – und dann in das neue Lager bei Larnaca verlegt werden sollen. In Wirklichkeit kommen sie aber gar nicht in das neue Lager. Sie sollen auf ein Mossad-Schiff, das irgendwo liegt. Und dieses Schiff fährt nach Palästina.«

»Na und? Du weißt doch, wir fragen die Leute von Mossad oder Palmach nicht danach, was sie vorhaben.«

»Doch, diesmal frage ich danach. Unsere beiden Namen stehen nicht auf der Liste. Ich mache diese Papiere nicht fertig, wenn sie nicht auch uns mitnehmen.«

»Du weißt ja gar nicht, ob wirklich ein Schiff da ist. Und sollte ein Schiff da sein und wir nicht mitfahren, dann wird das seine Gründe haben. Wir beide haben eine ganz bestimmte Arbeit hier in Caraolos zu tun.«

»Ich frage nicht danach, ob sie mich hier brauchen oder nicht. Man hat mir versprochen, daß man mich nach Palästina bringt, und ich fahre mit.«

»Denkst du denn gar nicht daran, daß wir diesen Männern von Palmach auch etwas schuldig sind für all das, was sie für uns getan haben?«

»Für uns getan, für uns getan! Weißt du eigentlich gar nicht, weshalb die so darauf versessen sind, Juden nach Palästina zu schmuggeln? Meinst du wirklich, sie täten das nur, weil sie uns so lieben? Nein, das machen sie, weil sie Leute brauchen, die gegen die Araber kämpfen.«

»Und was ist mit den amerikanischen Juden und all den andern, die nicht gegen die Araber kämpfen? Warum helfen die uns?«

»Das will ich dir sagen. Die geben Geld, um ihr schlechtes Gewissen zu beruhigen. Sie fühlen sich schuldig, weil man sie nicht auch in die Gaskammer gesteckt hat.«

Karen biß die Zähne aufeinander und schloß die Augen, um ihre Fassung nicht zu verlieren. »Dov, Dov! Gibt es für dich nichts anderes als Haß?« Sie drehte sich um und wollte zur Tür.

Dov lief ihr nach und versperrte ihr den Ausgang. »Jetzt bist du wieder wütend auf mich«, sagte er.

»Ja, das bin ich.«

»Karen, du bist der einzige Freund, den ich habe.«

»Du willst ja nur nach Palästina, damit du dich den Terroristen anschließen und Menschen töten kannst.«

Karen ging zurück, setzte sich in eine Schulbank und seufzte. An der Wandtafel vor ihr stand in Blockschrift der Satz: DIE BAL-FOUR-DEKLARATION VOM JAHRE 1917 ENTHÄLT DAS VERSPRECHEN ENGLANDS, DEN JUDEN EINE HEIMAT IN PALÄSTINA ZU GEBEN. »Ich möchte auch nach Palästina«, sagte sie leise. »Ich wünsche es mir so sehr, daß es mich fast umbringt. Mein Vater erwartet mich dort – das weiß ich bestimmt.«

»Geh jetzt wieder in dein Zelt und warte dort auf mich«, sagte Dov. »Ben Kanaan wird gleich hier sein.«

Als Karen gegangen war, lief Dov zehn Minuten lang nervös hin und her durch das Klassenzimmer und steigerte sich in immer größere Wut hinein.

Endlich öffnete sich die Tür, und die hohe, breite Gestalt Ari ben Kanaans kam herein, gefolgt von David ben Ami und Kitty Fremont. David machte die Tür zu und schloß ab.

Dov kniff mißtrauisch die Augen zusammen. »Die da will ich nicht dabeihaben«, sagte er.

»Aber ich«, sagte Ari. »Also rede.«

Dov blinzelte und zögerte unschlüssig. Er wußte, daß er gegen Ben Kanaan nicht aufkam. Er ging zu der Nische und schnappte sich die Vordrucke der Überführungsliste. »Ich nehme an, daß Sie hier in Zypern ein Aliyah-Bet-Schiff haben und daß die dreihundert, die auf dieser Liste stehen, auf dieses Schiff gebracht werden sollen.«

»Gar keine schlechte Idee«, sagte Ari. »Weiter.«

»Wir haben eine Abmachung getroffen, Ben Kanaan. Ich mache diese Liste für Sie nicht fertig, wenn nicht auch mein Name und der von Karen Clement draufkommt. Noch irgendwelche Fragen?«

Ari warf Kitty von der Seite einen raschen Blick zu.

»Hast du eigentlich schon mal daran gedacht, Dov, daß du der einzige Spezialist hier bist und daß wir dich deshalb hier brauchen?« sagte David ben Ami. »Und hast du auch schon mal daran gedacht, daß ihr beiden, du und Karen, hier wertvoller seid als in Palästina?«

»Haben Sie eigentlich schon mal daran gedacht, daß mir das verdammt gleichgültig ist?« antwortete Dov.

Ari senkte den Blick, um ein Lächeln zu verbergen. Dov war ein schlauer Bursche und mit allen Wassern gewaschen. Es waren ausgekochte Jungens, die die Konzentrationslager überleben konnten.

»Es scheint, du hast die Trümpfe in der Hand«, sagte Ari. »Setz deinen Namen mit auf die Liste.«

»Und was ist mit Karen?«

»Davon war bei unserer Abmachung nicht die Rede.«

»Aber ich mache es jetzt zur Bedingung.«

Ari ging zu ihm hin, baute sich dicht vor ihm auf und sagte: »Das paßt mir nicht, Dov.«

Dov begehrte auf. »Schlagen Sie mich doch! Ich bin von Spezialisten geschlagen worden! Bringen Sie mich um! Ich habe keine Angst. Nach dem, was ich bei den Deutschen erlebt habe, kann mich nichts mehr einschüchtern.«

»Hör auf, zionistische Propaganda herzubeten«, sagte Ari.

»Geh ins Zelt und warte dort. Du bekommst in zehn Minuten Antwort.«

Dov schloß die Tür auf und rannte hinaus.

»Dieses kleine Biest!« sagte David.

Ari gab David einen Wink, und David ging hinaus. Kaum hatte sich die Tür hinter ihm geschlossen, als Kitty wie von Sinnen auf Ari losstürzte und rief: »Karen geht nicht auf dieses Schiff! Das haben Sie mir fest zugesagt! Sie geht nicht auf die *Exodus!*« Ari packte sie bei den Handgelenken. »Ich rede kein Wort mit Ihnen, wenn Sie sich jetzt nicht zusammennehmen. Wir haben genug auf dem Hals, auch ohne eine hysterische Frau.«

Kitty riß sich heftig los.

»Hören Sie zu«, sagte Ari. »Mit dieser Möglichkeit hatte ich wirklich nicht gerechnet. In weniger als vier Tagen ist es soweit. Dieser Bursche hat uns in der Hand, und er weiß es. Wenn er die Papiere nicht fertigmacht, sind wir aufgeschmissen.«

»Reden Sie mit ihm – versprechen Sie ihm alles, was er will, aber lassen Sie Karen hier!«

151

»Ich würde mit ihm reden, bis ich heiser bin, wenn ich meinte, daß damit irgend etwas zu erreichen wäre.«

»Ben Kanaan, bitte – er wird nachgeben. Er wird nicht darauf bestehen, daß Karen mitkommt.«

Ari schüttelte den Kopf: »Ich habe Jungens wie ihn zu Hunderten gesehen. Es ist nicht viel in ihnen heil geblieben. Karen ist für Dov das einzige, was ihn noch mit der Welt der anderen verbindet. Sie wissen genausogut wie ich, daß er zu diesem Mädchen halten wird.«

Kitty lehnte sich mit dem Rücken gegen die Wandtafel, ihr Kleid streifte über die Kreide, mit der dort angeschrieben war: DIE BALFOUR-DEKLARATION VON 1917 ENTHÄLT DAS VERSPRECHEN ENGLANDS...

Ben Kanaan hatte recht, und sie wußte es. Und Mark hatte auch recht gehabt.

»Es gibt nur einen Weg«, sagte Ari. »Gehen Sie zu diesem Mädchen und sagen Sie ihm, wie es in Ihnen aussieht. Erklären Sie Karen, weshalb Sie möchten, daß sie hierbleibt.«

»Das kann ich nicht«, sagte Kitty mit leiser Stimme. »Ich kann nicht.« Sie hob den Blick und sah Ben Kanaan verzweifelt und hilflos an.

»Mit so was hatte ich wirklich nicht gerechnet«, sagte er. »Tut mir leid, Kitty.« Es war das erstemal, daß er sie Kitty nannte.

»Bringen Sie mich zu Mark zurück«, sagte sie.

Sie gingen hinaus. Draußen stand David. »Geh zu Dov«, sagte Ari, »und sag ihm, daß wir mit seinen Bedingungen einverstanden sind.«

Dov rannte los, als er es erfahren hatte. Atemlos und aufgeregt kam er in Karens Zelt gestürzt. »Wir fahren nach Palästina!« rief er.

»O Gott«, sagte Karen. »O Gott!«

»Wir dürfen nicht darüber reden. Die anderen wissen nichts davon, nur du und ich.«

»Und wann?«

»In den allernächsten Tagen. Ben Kanaan und seine Leute werden mit Lastwagen und in englischen Uniformen kommen. Angeblich, um uns in das neue Lager bei Larnaca zu bringen.«

»O mein Gott.«

Hand in Hand verließen sie das Zelt. Langsam gingen sie durch die langen Reihen der Zelte unter den Akazien zu dem Spielplatz, wo Seew mit einer Schulklasse Messerfechten übte.

Dov Landau ging weiter, allein, an der Wand aus Stacheldraht entlang. Er sah draußen die englischen Wachtposten auf und ab gehen. Am Ende der langen Wand aus Stacheldraht stand ein Wachtturm, ausgerüstet mit Maschinengewehr und Scheinwerfer. Stacheldraht – Maschinengewehr – Wachtposten –

Wann in einem Leben war er einmal nicht hinter Stacheldraht gewesen? Gab es das wirklich, ein Leben ohne Stacheldraht, Maschinengewehre und Wachtposten? Es fiel ihm schwer, sich daran zu erinnern. Es lag so weit zurück, zu weit...

XXII

WARSCHAU, SOMMER 1939

Mendel Landau war ein kleiner Warschauer Bäcker. Verglichen mit Professor Johann Clement lebte er am anderen Ende der Welt. Mendel Landau und Johann Clement hatten in der Tat absolut nichts gemeinsam. Aber beide waren Juden.

Deswegen mußte jeder von ihnen auf die Frage nach der Einstellung zu seiner Umwelt seine eigene Antwort finden. Professor Clement hatte sich bis zuletzt an die Idee der Assimilation geklammert. Mendel Landau war zwar ein schlichter, einfacher Mann, hatte aber gleichfalls über dieses Problem nachgedacht. Er war allerdings zu einem völlig anderen Ergebnis gelangt.

Im Gegensatz zu Clement hatte Mendel Landau in einer Umgebung gelebt, die ihm das Bewußtsein eingeprägt hatte, ein Fremder zu sein, ein Eindringling. Siebenhundert Jahre lang waren die Juden in Polen allen möglichen Formen der Verfolgung ausgesetzt gewesen, angefangen von Mißhandlungen bis zum Massenmord. Sie hatten im Ghetto gelebt, hinter hohen Mauern, die sie von der Umwelt trennten.

In diesem Ghetto aber war etwas Sonderbares geschehen. Dort hatte sich das religiöse und kulturelle Eigenleben der Juden vertieft statt zu erlöschen, und ihre Zahl war ständig größer geworden. Da sie gewaltsam von der Außenwelt isoliert waren, hielten sich die Juden immer strenger an die mosaischen Gesetze, und diese Gesetze waren zu einem mächtigen Band geworden, das sie untereinander fest zusammenhielt. In den jüdischen Gemeinden, die im Ghetto ganz auf sich selbst gestellt waren, entwickelte sich ein besonders fester familiärer und kommunaler Zusammenhalt, der auch nach der Abschaffung des Ghettos bestehen blieb.

Die jahrhundertelangen Verfolgungen hatten ihren grausigen Höhepunkt im Jahre 1648 erreicht, als bei einem Kosakenaufstand eine halbe Million Juden umgebracht wurde. Das finstere Mittelalter, das im westlichen Europa sein Ende gefunden hatte, schien im polnischen Ghetto weiterzuleben.

Zu allen Zeiten der jüdischen Geschichte hatte es immer dann, wenn es besonders bedrohlich und hoffnungslos aussah, Männer unter den Juden gegeben, die mit dem Anspruch auftraten, der neue ›Messias‹ zu sein. Gleichzeitig entwickelte sich die jüdische Mystik, die sich bemühte, biblische Erklärungen für die jahrhundertelangen Leidenszeiten zu finden. Mit ihrer verwickelten Geheimlehre, der Kabbala, versuchten die jüdischen Mystiker, den heiligen Schriften einen verborgenen Sinn zu entreißen und einen Weg zu finden, auf dem Gott sie aus der Wüstenei des Todes erretten könne.

Während die ›Erlöser‹ ihre messianische Botschaft verkündeten und die Mystiker die Schriften erforschten, erwuchs im Ghetto noch eine weitere Glaubensbewegung: die Chassidim, die die unerträgliche Wirklichkeit durch religiöse Inbrunst zu überwinden suchten.

Die Kabbala, der Chassidismus – Mendel Landau waren sie bekannt, diese Ausgeburten der Verzweiflung. Er wußte auch, daß es aufgeklärtere Zeiten gegeben hatte, in denen das Los der Juden leichter gewesen war. Und er wußte von den vielen Freiheitskriegen der Polen, bei denen die Juden zu den Waffen gegriffen und an der Seite der Polen gekämpft hatten.

Vieles von dem, was Mendel Landau wußte, war alte Geschichte, längst versunkene Vergangenheit. Jetzt aber schrieb man das Jahr 1939, und Polen war eine Republik. Er und seine Familie lebten nicht mehr in einem Ghetto. Es gab in Polen dreieinhalb Millionen Juden, und die Juden spielten eine wichtige Rolle im Leben der Nation. Freilich war ihre Unterdrückung mit dem Entstehen der Republik nicht beendet, nur der Grad war ein anderer geworden. Noch immer gab es für die Juden Sondersteuern und wirtschaftliche Beschränkungen. Und noch immer gaben die meisten Polen für eine Überschwemmung oder eine Dürre den Juden die Schuld.

Gewiß, das Ghetto war verschwunden, doch für Mendel Landau war ganz Polen ein Ghetto, ganz gleich, wo er wohnte. Gewiß, Polen war eine Republik, doch Mendel Landau hatte auch in den Jahren nach 1936 Pogrome erlebt. Es hatte antisemitische Ausschreitungen gegeben, in Brzesc, Czenstochau, Brzytyk, Minsk, Mazowiecki, und er hatte die höhnischen Stimmen des Gesindels im Ohr, das sich einen Spaß daraus gemacht hatte, jüdische Läden zu demolieren und den Juden die Bärte abzuschneiden.

Deshalb war Mendel Landau zu einer anderen Schlußfolgerung gekommen als Johann Clement. Nach siebenhundert Jahren jüdischer Ansässigkeit war Mendel Landau in Polen noch immer ein Fremder, ein Eindringling, und er war sich darüber klar.

Er war ein einfacher und sehr bescheidener Mann. Seine Frau Lea war ein treues, biederes Weib, eine gute Mutter und eine schwer arbeitende Hausfrau.

Mendel Landau hatte den Wunsch, seinen Kindern irgend etwas mitzugeben. Doch die gläubige Inbrunst der Chassidim und ihr Gebetseifer sagten ihm nicht zu, und er hielt auch nichts von irgendeinem neuen Messias oder der Geheimwissenschaft der Kabbala. Er war nur noch bedingt ein Anhänger der jüdischen Religion. Er hielt die jüdischen Feste ein, ungefähr so, wie die meisten Christen Ostern und Weihnachten feiern. Er schätzte die Bibel, in der die Geschichte seines Volkes berichtet wurde, doch sie war für ihn mehr eine historische Quelle als ein Gegenstand der Verehrung. Er konnte also seinen Kindern keinen tief verwurzelten Glauben überliefern. Was Mendel Landau seinen Kindern mitgab, war eine Idee. Diese Idee lag in weiter Ferne, sie war ein Traum, und sie war unrealistisch. Sein Vermächtnis an seine Kinder war die Idee, daß die Juden eines Tages nach Palästina zurückkehren und den alten jüdischen Staat wieder errichten sollten. Nur als Nation würden die Juden jemals ihre Gleichberechtigung erreichen können. Mendel Landau, der Bäcker, mußte schwer arbeiten. Er hatte vollauf genug zu tun und zu denken, um seine Familie durchzubringen und seinen Kindern ein Heim zu geben, eine Erziehung und seine Liebe. In seinen kühnsten Träumen dachte er nicht daran, daß er selbst jemals Palästina sehen würde, und er glaubte auch nicht wirklich, daß seine Kinder jemals dorthin kommen würden. Doch er glaubte an die Idee.

Mendel war mit diesem Glauben unter den polnischen Juden nicht allein. Unter den dreieinhalb Millionen Juden, die in Polen lebten, gab es Hunderttausende, die dem gleichen Stern folgten, und diese Hunderttausende bildeten die Keimzelle der zionisti-

155

schen Bewegung. Es gab orthodoxe Zionisten, sozialistische Zionisten, bürgerliche Zionisten, und es gab sogar auch kleine militante zionistische Gruppen.

Da Mendel Gewerkschaftsmitglied war, gehörten er und seine Familie einer Gruppe sozialistischer Zionisten an, die sich Habonim, die ›Bauleute‹, nannten. Diese ›Bauleute‹ bildeten den Mittelpunkt, um den sich das ganze Leben der Landaus bewegte. Von Zeit zu Zeit kamen Männer aus Palästina, die Reden hielten und Anhänger warben; es gab Bücher und Schriften und Diskussionen, und es gab Abende, an denen man zusammenkam und Lieder sang und tanzte, um die Idee wachzuhalten.

Die Landaus waren eine sechsköpfige Familie. Der älteste Sohn, Mundek, war ein stämmiger Bursche von achtzehn Jahren und gleichfalls Bäcker. Mundek war der geborene Führer und Gruppenleiter bei den ›Bauleuten‹. Ruth, die ältere Tochter, war siebzehn und genauso schüchtern, wie es ihre Mutter als junges Mädchen gewesen war. Sie liebte Jan, der gleichfalls einen führenden Posten bei den Bauleuten bekleidete, und Jan liebte sie. Dann kam Rebekka, vierzehnjährig, und schließlich der Jüngste, der kleine Dov. Er war zehn Jahre alt, hatte blonde Haare und große blaue Augen, und er war noch zu jung, um Mitglied der Bauleute zu sein. Er liebte und bewunderte seinen großen Bruder, Mundek, der ihm wohlwollend gestattete, zu den Versammlungen der Bauleute mitzukommen.

Am 1. September 1939 marschierten die Deutschen, nachdem sie eine Reihe von Grenzzwischenfällen inszeniert hatten, in Polen ein. Mendel Landau und sein ältester Sohn Mundek gingen zum Heer.

Die deutsche Wehrmacht zerschlug Polen in einem Blitzkrieg, der nur sechsundzwanzig Tage dauerte. Mendel Landau blieb auf dem Schlachtfeld, und mit ihm mehr als dreißigtausend Juden, die wie er auf polnischer Seite gekämpft hatten.

Die Landaus konnten sich nicht den Luxus leisten, den Gefallenen lange zu betrauern, denn für sie bestand drohende Gefahr. Mundek, der an der todesmutigen, aber vergeblichen Verteidigung von Warschau teilgenommen hatte, kehrte als Oberhaupt der Familie heim.

In dem Augenblick, da die Deutschen in Warschau einrückten, versammelten sich die Bauleute, um zu überlegen, was nun zu tun sei. Die meisten polnischen Juden meinten, es würde ihnen nichts geschehen und nahmen eine abwartende Haltung ein. Die Bauleute und andere zionistische Gruppen in allen Teilen des Landes waren nicht so naiv. Sie waren sich dessen bewußt, daß die deutsche Besatzung eine schwere Gefahr bedeutete.

Die Bauleute beschlossen, in Warschau zu bleiben, den Widerstand innerhalb der Stadt zu organisieren und mit den anderen Bauleute-Gruppen im übrigen Polen Verbindung zu halten. Mundek wurde, obwohl er noch nicht neunzehn war, zum militärischen Führer der Warschauer Gruppe gewählt. Jan, Ruths heimliche Liebe, wurde Mundeks Stellvertreter.

Sofort nach der Machtübernahme durch die Deutschen erließ der neuernannte Generalgouverneur Hans Frank eine ganze Reihe von Verordnungen, die sich gegen die Juden richteten. Das Abhalten von Gottesdiensten wurde ihnen verboten, ihre Bewegungsfreiheit wurde beschränkt und ihre Besteuerung enorm erhöht. Die Juden wurden aus allen öffentlichen Ämtern entfernt; das Betreten öffentlicher Gebäude oder Anlagen war ihnen untersagt, jüdische Kinder durften die öffentlichen Schulen nicht mehr besuchen. Es gab sogar Gerüchte, wonach das Ghetto wieder eingerichtet werden sollte.

Gleichzeitig mit diesen einschränkenden Maßnahmen eröffneten die Deutschen eine ›Aufklärungskampagne‹ für die polnische Bevölkerung. Dieser propagandistische Feldzug unterstützte die bereits weitverbreitete Meinung, daß die Juden den Krieg verschuldet hätten. Die Deutschen erklärten, daß die Juden verantwortlich seien für die deutsche Invasion, deren Ziel es gewesen sei, Polen vor der ›jüdisch-bolschewistischen‹ Gefahr zu schützen.

In Berlin suchten inzwischen Nazigrößen krampfhaft nach einer ›Lösung des jüdischen Problems‹. Die verschiedensten Vorschläge wurden ventiliert. Die alte Idee, sämtliche Juden nach Madagaskar zu bringen, kam erneut zur Sprache.

Zwar hätte man es vorgezogen, die Juden nach Palästina zu schicken, doch das war durch die britische Blockade unmöglich. SS-Obersturmbannführer Eichmann hatte schon lange ›Umsiedlungsarbeit‹ unter den Juden geleistet. Er schien den Nazi-Größen also der geeignete Mann zu sein, um die ›Endlösung‹ der Judenfrage in die Hand zu nehmen.

Soviel war jedenfalls klar: Solange man noch keine endgültige Lösung gefunden hatte, mußte man ein Programm der Massenaussiedlung von Juden in Angriff nehmen. Die meisten Nazis waren sich darin einig, daß Polen hierfür am besten geeignet sei. Denn erstens einmal gab es dort bereits dreieinhalb Millionen Juden, und zweitens würde man dort, im Gegensatz zu Westeuropa, auf nur geringen oder gar keinen öffentlichen Widerstand stoßen.

Generalgouverneur Frank war dagegen, daß noch mehr Juden in Polen abgeladen werden sollten. Er hatte versucht, die polnischen Juden verhungern zu lassen, und er hatte so viele von ihnen erschossen oder erhängt, wie er nur konnte. Doch Frank wurde von den Planungschefs in Berlin überstimmt.

Die Deutschen überzogen Polen mit einem engmaschigen Netz, aus dem kein Jude entschlüpfen sollte. Einsatzgruppen drangen in Dörfer und kleinere Städte ein und trieben die jüdischen Bewohner zusammen. Sie wurden in Viehwaggons verladen und in die größeren Städte umgesiedelt, ohne daß sie von ihrer Habe etwas mitnehmen durften.

Einige Juden, die rechtzeitig von den Razzien erfahren hatten, flüchteten oder versuchten, mit Hilfe von Geld und Wertgegenständen bei christlichen Familien unterzutauchen. Doch nur wenige Polen riskierten es, Juden bei sich zu verstecken. Andere preßten aus den Juden den letzten Pfennig heraus, um sie dann gegen die von den Deutschen ausgesetzte Belohnung auszuliefern.

Sofort nach der Umsiedlung der Juden in die größeren Städte wurde eine Regierungsverordnung erlassen, die den Juden auferlegte, ein weißes Armband zu tragen, auf dem sich in genau vorgeschriebener Größe ein gelber Davidstern befinden mußte.

Der Winter in Warschau war nicht leicht für die Landaus. Der Tod von Mendel Landau, die zunehmenden Gerüchte vom Wiederaufleben des Ghettos, das Aussiedlungsprogramm der Deutschen und die Verknappung der Lebensmittel, das alles machte das Leben sehr schwierig.

Mitte Oktober 1940 klopfte es eines Morgens an der Wohnungstür. Draußen standen ein paar ›Blaue‹ – polnische Polizisten, die mit den Deutschen zusammenarbeiteten. Sie eröffneten Lea Landau, daß sie zwei Stunden Zeit habe, um ihre Sachen zu packen und umzuziehen. Die Landaus und alle Warschauer Juden wurden in ein Viertel im Zentrum der Stadt, in der Nähe der Eisenbahnstation, umgesiedelt.

Es gelang Mundek und Jan, ein ganzes dreistöckiges Haus als Wohnung und Hauptquartier für mehr als hundert Mitglieder

der ›Bauleute‹ zu bekommen. Die fünf Mitglieder der Familie Landau hatten einen einzigen Raum zur Verfügung, der mit Matratzen und ein paar Stühlen möbliert war. Das Bad und die Küche teilten sie mit zehn anderen Familien.

Die Juden wurden auf einem engen Raum zusammengedrängt, der sich, nur sechs Querstraßen breit und zwölf Querstraßen lang, von der Jerozolimska zum Friedhof erstreckte. Das Haus der ›Bauleute‹ lag im Besenbinderviertel, auf der Leszno-Straße. Lea hatte etwas Schmuck und einige Wertgegenstände gerettet, die später vielleicht einmal nützlich werden konnten, wenn sie auch im Augenblick noch keine finanziellen Sorgen hatten, da Mundek weiterhin als Bäcker arbeitete. Außerdem brachten die Bauleute alles, was sie an Nahrungsmitteln auftreiben konnten, in die gemeinsame Küche, in der für alle gekocht wurde.

Aus allen Provinzen strömten die Juden nach Warschau. Sie kamen in endlosen Reihen, mit Säcken, Karren oder Kinderwagen, die alles enthielten, was sie hatten mitnehmen dürfen. Sie entstiegen einem vollbeladenen Zug nach dem anderen, der auf einem Rangiergleis in der Nähe des Judenviertels hielt. Immer mehr Menschen drängten sich auf dem engen Raum. Jan und seine Familie zogen um in das Zimmer, in dem die Landaus wohnten. Es waren jetzt neun Menschen in einem Raum. Die heimliche Liebe zwischen Ruth und Jan wurde zum offenen Geheimnis.

Die Deutschen veranlaßten die Juden, zur Ordnung ihrer eigenen Angelegenheiten eine Gemeindeverwaltung einzurichten. Dieser ›Judenrat‹ war ein Werkzeug für den Vollzug deutscher Anordnungen. Es gab auch eine ganze Reihe von Juden, die meinten, es sei besser, gemeinsame Sache mit den Deutschen zu machen, und die daher einer von den Deutschen aufgestellten jüdischen Polizei beitraten. Die Zahl der Menschen, die zusammengedrängt auf dem engen Raum des jüdischen Viertels lebte, stieg auf mehr als eine halbe Million an.

Gegen Ende des Jahres 1940, ein Jahr nach der Eroberung Polens, steckten die Deutschen viele Tausende von Juden in Arbeitsbataillone. Rund um das jüdische Viertel von Warschau mußten sie eine drei Meter hohe Mauer bauen. Auf der Mauer wurde Stacheldraht gespannt. Die Mauer hatte fünfzehn Tore, die von polnischen ›Blauen‹ und litauischen Posten bewacht wurden. Das Ghetto in Polen war wiedererstanden! Der Verkehr mit der Welt außerhalb des Ghettos hörte fast vollständig auf. Mundek, der bisher außerhalb des Ghettos gearbeitet hatte, wurde arbeitslos. Die Lebensmittelrationen innerhalb des Ghettos wurden so sehr gesenkt, daß kaum die Hälfte der Insassen davon leben konnte. Die einzigen Familien, bei denen eine gewisse Chance bestand, daß sie sich einigermaßen ernähren konnten, waren die, deren Mitglieder im Besitz von ›Arbeitskarten‹ waren. Sie arbeiteten in irgendeinem der Zwangsarbeitsbataillone oder in Fabriken.

Unter den Bewohnern des Ghettos brach eine Panik aus. Einzelne Juden gaben ihr ganzes Vermögen, um Nahrungsmittel einzutauschen. Andere versuchten zu fliehen und sich in den Häusern von Christen zu verbergen; doch die meisten dieser Versuche endeten entweder mit dem Tod oder damit, daß die Juden von den Menschen außerhalb des Ghettos betrogen und verraten wurden. Innerhalb des Ghettos entwickelte sich das Leben mit jedem Tag mehr und mehr zu einem Kampf um die nackte Existenz.

Die Zwangslage wies Mundek Landau eine Führerrolle zu. Durch seinen Einfluß bei den ›Bauleuten‹ erhielt er vom ›Judenrat‹ die Konzession zum Betrieb einer der wenigen Bäckereien des Ghettos. So konnte seine Gruppe einigermaßen verpflegt werden und am Leben bleiben.

Doch auch im Ghetto gab es vereinzelte Lichtblicke. Ein sehr gutes Sinfonieorchester veranstaltete wöchentlich Konzerte, es gab Schulen mit regelmäßigem Stundenplan, kleine Theatergruppen bildeten sich. Es gab Vorträge und Diskussionen über alle möglichen Themen; eine Ghetto-Zeitung wurde gedruckt, und das Ghetto-Geld wurde legales Zahlungsmittel. Heimlich wurden Gottesdienste abgehalten. Es waren vorwiegend die Bauleute, die diese vielseitige Aktivität in Gang setzten. Der kleine Dov hätte am liebsten von früh bis spät bei den Bauleuten gesessen, doch die Familie drang darauf, daß er zur Schule ging und möglichst viel lernte.

Im Frühjahr 1941 beschloß Adolf Hitler, das jüdische Problem endgültig zu lösen. In einer Geheimsitzung am Großen Wannsee verkündete Heydrich den führenden Männern des SD, der SS und anderen Nazi-Größen den Geheimbefehl des Führers. Die Endlösung hieß: Ausrottung! Mit dieser Aufgabe wurde der Siedlungsexperte SS-Obersturmbannführer Eichmann betraut.

Innerhalb weniger Monate wurden aus den ›Einsatzkommandos‹ – den Liquidationskommandos des SD – ›Sondereinsatzgruppen‹ formiert und nach Polen, in das Baltikum und das besetzte russische Gebiet in Marsch gesetzt, um dort den Führerbefehl zu vollziehen und die Massenliquidierung zu organisieren. Zunächst gingen die Einsatzgruppen nach einem feststehenden Schema vor. Sie trieben die Juden zusammen und brachten sie in irgendein abgelegenes, unbeobachtetes Gebiet. Dort wurden die Juden gezwungen, ihr eigenes Grab zu graben, sich auszuziehen und nackt an ihrem Grab hinzuknien. Sie bekamen den Genickschuß.

Einen besonderen Höhepunkt erreichte die Aktivität der Einsatzgruppen in Kiew, vor allem in einem Vorort namens Babi Yar, wo innerhalb von zwei Tagen am Rande riesiger Massengräber dreiunddreißigtausend Juden erschossen wurden.

Daß die Einsatzgruppen so ›erfolgreich‹ arbeiten konnten, lag zum Teil auch daran, daß sie auf keinerlei Widerstand seitens der Bevölkerung stießen, die annähernd ebenso judenfeindlich war wie die Deutschen. Das Massaker von Babi Yar fand vor den Augen zahlreicher Ukrainer statt, die laut ihre Zustimmung bekundeten. Doch es zeigte sich bald, daß die Methode der Einsatzgruppen für den großen Plan der Ausrottung sämtlicher Juden unzureichend war. Das Erschießen war umständlich und ging zu langsam. Außerdem taten die Juden den Nazis nicht den Gefallen, in ausreichenden Mengen zu verhungern.

Daher arbeiteten die Nazis einen grandiosen Plan aus. Er erforderte die sorgfältigste Auswahl unauffälliger, abgelegener Plätze mit Eisenbahnanschluß in der Nähe größerer Orte. Hochqualifizierte Fachleute wurden beauftragt, Vernichtungslager zu entwerfen, die an geeigneten Punkten errichtet werden sollten, um die Massenliquidierungen mit möglichst geringen Unkosten durchzuführen. Aus dem Personal der schon seit langem bestehenden Konzentrationslager innerhalb von Deutschland wählte man die besten Leute aus, die die neu zu errichtenden Lager übernehmen sollten.

Es wurde Winter. Im Warschauer Ghetto hielt der Tod eine Ernte, die sogar die Zahl der Toten überstieg, die in den Gruben von Babi Yar lagen. Hunderte und Tausende von Menschen verhungerten oder erfroren. Es starben Kinder, die zu schwach waren, um zu weinen, und alte Menschen, die keine Kraft mehr hatten, um zu beten. Jede Nacht starben Hunderte; die Straßen waren morgens mit Toten übersät. Sanitätskommandos zogen durch die Straßen und schaufelten die Leichen auf Karren. Säuglinge, Kinder, Frauen, Männer wurden aufgeladen und zu den Krematorien gefahren, wo man die Leichen verbrannte.

Dov war inzwischen elf Jahre alt. Als Mundeks Bäckerei geschlossen wurde, ging Dov nicht mehr in die Schule, sondern lungerte auf der Suche nach Nahrung herum. Selbst Gruppen wie die Bauleute, die fest zusammenhielten, waren in schwerer Bedrängnis. Dov lernte es, sich mit List und Schläue im Ghetto am Leben zu erhalten. Er hielt Augen und Ohren offen und entwickelte die scharfe Witterung und den Instinkt, mit denen sich ein Tier im Kampf ums Dasein behauptet. Es gab viele Tage, an denen der Kochtopf der Familie Landau leer war. Wenn es keinem der Familie oder der Bauleute gelungen war, eine Mahlzeit zusammenzubekommen, trennte sich Lea von einem ihrer letzten Schmuckstücke, um es gegen Nahrung einzutauschen.

Es war ein langer, harter Winter. Einmal, als sie fünf Tage lang nichts zu essen gehabt hatten, gab es bei den Landaus endlich wieder eine Mahlzeit; doch Leas Hand war ohne Ehering. Dann ging es ihnen wieder besser, denn die Bauleute hatten ein Pferd organisiert. Es war ein alter, magerer Klepper, und der Genuß von Pferdefleisch war den Juden verboten; doch es schmeckte wunderbar.

Ruth war jetzt neunzehn. Als sie in diesem Winter Jan heiratete, war sie so mager, daß man sie eigentlich nicht hübsch nennen konnte. Sie verlebten ihre Flitterwochen in dem einen Zimmer, das sie mit den vier anderen Landaus und den drei Mitgliedern von Jans Familie teilten. Offenbar aber hatte das junge Paar es doch fertiggebracht, irgendwann und irgendwo allein zu sein, denn im Frühling erwartete Ruth ein Kind.

Als Führer der Bauleute war es eine der wichtigsten Aufgaben Mundeks, den Kontakt mit der Welt außerhalb des Ghettos aufrechtzuerhalten. Das konnte man machen, indem man die polnischen und die litauischen Posten an den Toren bestach. Mundek war jedoch der Ansicht, das Geld müsse für wichtigere Dinge gespart werden. Daher erkundete man die Möglichkeiten, ›unter der Mauer hindurch‹ aus dem Ghetto hinaus und ins Ghetto hereinzukommen: durch die Abwasserkanäle.

Es war höchst gefährlich, die Stadt zu betreten. Es gab ganze Banden polnischer Strolche, die beständig nach Juden Ausschau hielten, die sich aus dem Ghetto herausgeschlichen hatten, um sie zu erpressen oder der Polizei zu übergeben und die dafür ausgesetzte Belohnung einzustreichen. Die Bauleute hatten auf diese Weise schon fünf ihrer Mitglieder verloren. Der letzte, der von polnischen Gangstern dem SD ausgeliefert und gehängt worden war, war Jan gewesen, Ruths Mann.

Der kleine Dov war schlau und kannte die Schliche, die man kennen mußte, um sich am Leben zu erhalten. Er ging zu seinem Bruder Mundek und bat ihn, man möge doch ihn mit der Aufgabe betrauen, als Kurier durch den Kanal zu gehen. Mundek wollte zunächst nichts davon hören, doch Dov ließ nicht locker. Mit seinen blonden Haaren und blauen Augen sah er von ihnen allen am wenigsten wie ein Jude aus. Er war noch so jung, daß man bei ihm kaum Verdacht schöpfen würde. Mundek wußte, daß Dov das Zeug dazu hatte, doch er brachte es nicht übers Herz, seinen kleinen Bruder einer solchen Gefahr auszusetzen. Als Mundek dann aber innerhalb weniger Tage auch noch den sechsten und den siebenten Kurier einbüßte, beschloß er, es mit Dov zu versuchen. Mundek sagte sich außerdem, daß sie alle miteinander ohnehin Tag für Tag in Lebensgefahr waren. Lea verstand ihn.

Dov erwies sich als der beste Kurier des ganzen Ghettos. Er erkundete ein Dutzend verschiedener Wege, um ›unter der Mauer‹ in die Stadt und von der Stadt ins Ghetto zu gelangen. Er wurde heimisch in den unterirdischen Gängen und in dem schlammigen, stinkenden, fauligen Wasser, das unterhalb von Warschau floß. Jede Woche machte Dov den Weg durch die schwarze Nacht des Kanals und den schlammigen Dreck, der ihm bis an die Schultern ging. War er erst einmal ›unter der Mauer‹ aus dem Ghetto heraus, so begab er sich auf die Zabrowska 99, wo eine Frau wohnte, von der er wußte, daß sie Wanda hieß. Nachdem er sich bei ihr satt gegessen hatte, machte er sich auf den Rückweg und stieg wieder hinunter in den Kanal, beladen mit Pistolen, Munition, Geld, Radioteilen, mit Nachrichten aus anderen Ghettos und von den Partisanen.

In der Zwischenzeit hielt sich Dov am liebsten im Hauptquartier der ›Bauleute‹ auf, wo Mundek und Rebekka den größten Teil ihrer Zeit verbrachten. Rebekka war damit beschäftigt, Ausweise und Pässe zu fälschen. Dov sah ihr dabei zu und fing bald an, ihr bei der Arbeit zu helfen. Es dauerte nicht lange, bis sich herausstellte, daß Dov eine außerordentliche Begabung für Nachahmungen besaß. Er hatte scharfe Augen und eine sichere Hand, und im Alter von zwölf Jahren

163

entwickelte er sich rasch zu dem besten Fälscher, den die ›Bauleute‹ hatten.

Im Juni 1942 unternahmen die Deutschen einen entscheidenden
Schritt zur ›Endlösung‹ des jüdischen Problems. Sie errichteten
mehrere Lager zur Liquidierung der jüdischen Bevölkerung. Um
mit den Juden im Gebiet von Warschau fertigzuwerden, errichtete man an einer abgelegenen Stelle, einem Ort namens Treblinka, auf einem abgegrenzten Gelände von dreiunddreißig Morgen ein Lager, dessen zwei Hauptgebäude dreizehn Gaskammern enthielten. Außerdem gab es dort Unterkünfte für Arbeiter
und das deutsche Lagerpersonal, und riesige Flächen, die für das
Verbrennen der Leichen vorgesehen waren. Treblinka, eines der
ersten dieser Lager, war nur ein Vorläufer späterer Lager größeren Umfangs.

Der Juli bringt einen Tag der Trauer für alle Juden. Vielleicht
war an diesem Tag des Jahres 1942 die Trauer der Juden, die im
Warschauer Ghetto oder einem anderen Ghetto in Polen lebten,
noch tiefer als die Trauer der Juden in anderen Ländern. Es war
Tischa Be'Aw, der Tag, an dem die Juden der Zerstörung des
Tempels in Jerusalem durch die Babylonier und die Römer gedenken. Es war ein Tag der Trauer, denn die Eroberung Jerusalems durch die Römer vor fast zweitausend Jahren hatte das
Ende der jüdischen Nation bedeutet. Seitdem waren die Juden in
alle vier Winde zerstreut. Seit jenem Tage leben sie in der Diaspora.

1942 fiel Tischa Be'Aw zeitlich mit beschleunigten Maßnahmen zur ›Endlösung‹ des jüdischen Problems zusammen.

Während die Warschauer Juden sowohl ihres damaligen als
auch ihres gegenwärtigen Unglücks in Trauer gedachten, kamen
deutsche Dienstwagen ins Ghetto gefahren und hielten vor dem
Haus, in dem der ›Judenrat‹ seinen Sitz hatte. Allem Anschein
nach handelte es sich um eine weitere Razzia. Man wollte neue
Leute in die Zwangsarbeitsbataillone stecken. Doch diesmal lag
irgendein Unheil in der Luft. Die Deutschen wollten nur sehr alte
und sehr junge Leute haben. Panik verbreitete sich im Ghetto, als
die alten Leute zusammengetrieben wurden, und die Deutschen
sich Kinder herausgriffen, sie den ängstlichen Müttern entrissen.

Die Alten und die Kinder mußten sich auf dem ›Umschlagplatz‹ in Reih und Glied aufstellen und wurden dann durch die
Stawki-Straße zu dem Rangiergleis geführt, wo ein langer Güter-

wagenzug bereitstand. Eine erschrockene und bestürzte Menschenmenge drängte hinzu, verzweifelte Eltern wurden mit vorgehaltener Pistole von ihren Kindern ferngehalten, und mehrere wurden auch erschossen.

Die Kinder lachten und sangen. Die deutschen Wachtposten hatten ihnen einen Ausflug aufs Land versprochen. Das war eine herrliche Sache! Viele von den Kindern konnten sich kaum noch erinnern, jemals außerhalb des Ghettos gewesen zu sein.

Der Zug setzte sich in Richtung auf Treblinka in Bewegung. Das Ziel der Reise war die ›Endlösung‹. Tischa Be'Aw – 23. Juli 1942.

Zwei Wochen später kam Dov Landau von Wandas Wohnung auf der Zabrowska 99 mit einem grauenhaften Bericht zurück. Er besagte, daß alle, die man am Tischa Be'Aw und bei fünf darauffolgenden Razzien zusammengetrieben hatte, nach Treblinka gebracht und dort in Gaskammern getötet worden waren. Nach Mitteilungen aus anderen Ghettos gab es in Polen mehrere derartige Lager: Belzec, im Gebiet von Krakau, Chelmno bei Lodz, und Majdanek, in der Nähe von Lublin, waren bereits in Betrieb oder kurz vor der Fertigstellung. Allem Anschein nach, so hieß es in dem Bericht, seien ein Dutzend weiterer Lager dieser Art im Bau.

Massenmord in Gaskammern? Es schien unfaßbar! Mundek, als Oberhaupt der Bauleute, traf sich mit den Führern eines halben Dutzend anderer zionistischer Gruppen innerhalb des Ghettos, und sie erließen gemeinsam einen Aufruf an alle, sich zu erheben und aus dem Ghetto auszubrechen.

Dieser Appell hatte mehr moralische als praktische Bedeutung. Die Juden hatten keine Waffen. Hinzu kam, daß jeder, der einen Ausweis als Zwangsarbeiter hatte, fest davon überzeugt war, dieser Ausweis stelle für ihn eine Lebensversicherung dar.

Doch der entscheidende Grund dafür, daß die Juden keinen Aufstand machen konnten, war die Tatsache, daß in Polen für einen solchen Aufstand keine Unterstützung von außerhalb des Ghettos zu erwarten war. In Frankreich hatte die Vichy-Regierung das Ansinnen der Deutschen auf Auslieferung der französischen Juden glatt abgelehnt. In Holland war die Bevölkerung einmütig entschlossen, die dort lebenden Juden versteckt zu halten. In Dänemark setzte sich nicht nur der König über die Anordnungen der Deutschen hinweg, sondern die Dänen brachten ihre gesamte jüdische Bevölkerung nach Schweden in Sicherheit.

Wenn die Polen vielleicht auch nicht unbedingt für die Ausrot-

165

tung ihrer Juden waren, so waren sie jedenfalls nicht dagegen. Und soweit manche vielleicht dagegen waren, unternahmen sie nichts, um dieser Ablehnung Ausdruck zu verleihen. Nur eine sehr kleine Minorität des polnischen Volkes war bereit, einen Juden, der unterzutauchen versuchte, aufzunehmen und zu verbergen.

Im Innern des Ghettos verfolgte jede der verschiedenen Gruppen und Organisationen völlig verschiedene Ziele. Die strenggläubigen Juden waren mit den sozialistischen Juden nicht einig, und die konservativen stritten mit den linksradikalen.

Die Juden lieben das Debattieren; in der Eintönigkeit des Ghettos war Argumentieren und Debattieren ein wunderbarer Zeitvertreib geworden. Doch jetzt war höchste Gefahr entstanden. Die von Mundek geführten Bauleute vereinigten die unterschiedlichen Gruppen unter einem gemeinsamen Kommando, das sich abgekürzt als ZOB bezeichnete und die Aufgabe hatte, das Leben derjenigen Juden zu retten, die im Ghetto noch am Leben waren.

Immer wieder machte Dov den Weg durch die Kanäle zu Wandas Wohnung auf der Zabrowska 99. Dabei nahm er jedesmal ein Schreiben des ZOB an die polnische Widerstandsbewegung mit, worin diese um Unterstützung und um Waffen gebeten wurde. Die meisten dieser Appelle blieben unbeantwortet. In den wenigen Fällen, in denen eine Antwort kam, war sie ausweichend. Diesen ganzen schrecklichen Sommer hindurch, während die Deutschen immer wieder Juden zusammentrieben und nach Treblinka abtransportierten, machte der ZOB verzweifelte Anstrengungen, die völlige Vernichtung zu verhindern.

Als Dov Anfang September wieder einmal den Weg nach Warschau machte, wurde es für ihn außerordentlich gefährlich. Als er aus dem Haus, in dem Wanda wohnte, wieder herauskam, verfolgten ihn vier finstere Burschen, die ihn in einer Sackgasse stellten und von ihm verlangten, er solle seinen Ausweis zeigen, um zu beweisen, daß er kein Jude sei. Der Junge stand mit dem Rücken gegen die Wand. Seine Peiniger drangen auf ihn ein, um ihm die Hosen herunterzuziehen und nachzusehen, ob er beschnitten sei. Da zog Dov eine Pistole heraus, die man ihm für das Ghetto mitgegeben hatte, erschoß damit den einen der Angreifer und trieb die andern drei in die Flucht. Dann rannte er los, so rasch er konnte, bis er wieder unter der Erde und in der Sicherheit des Kanals war.

Als er schließlich im Hauptquartier der ›Bauleute‹ angelangt war, brach er zusammen. Mundek versuchte, ihn zu beruhigen. Dov fühlte sich immer in Sicherheit, wenn sein großer Bruder bei ihm war. Mundek war inzwischen schon fast einundzwanzig, doch er war hager und sah immer müde aus. Er hatte seine Aufgabe als Führer ernst genommen und seine Kräfte rücksichtslos eingesetzt. Es war ihm gelungen, fast die ganze ›Bauleute‹-Gruppe beisammenzuhalten; er hatte dafür gesorgt, daß ihr Mut nie erlahmte.

Die beiden Brüder redeten leise miteinander. Dov wurde allmählich wieder ruhig. Mundek legte ihm den Arm um die Schulter, und gemeinsam gingen sie vom Hauptquartier zu dem Zimmer, in dem die Familie wohnte. Unterwegs sprach Mundek von dem Baby, das Ruth in wenigen Wochen erwartete, und wie wunderbar es für Dov sein würde, Onkel zu werden. Natürlich wären alle Mitglieder der ›Bauleute‹ Tanten und Onkeln von dem Baby, aber Dov werde ein richtiger Onkel sein. Innerhalb der Gruppe hatte es mehrere Eheschließungen gegeben, und es gab bereits drei Babys – drei neue ›Bauleute‹. Aber Ruths Baby werde das prächtigste von allen sein. Außerdem berichtete Mundek als große Neuigkeit, daß es den Bauleuten wieder gelungen war, ein Pferd zu organisieren, und es bald ein richtiges Festmahl geben werde. Allmählich hörte Dov zu zittern auf. Als sie sich dem Ende der Treppe näherten, sah Dov seinen Bruder Mundek lächelnd an und sagte ihm, er habe ihn sehr lieb.

Als sie aber die Tür zu ihrem Zimmer öffneten und das Gesicht von Rebekka sahen, begriffen sie augenblicklich, daß Schreckliches geschehen sein mußte. Mundek gelang es schließlich, seine Schwester dazu zu bringen, einigermaßen zusammenhängend zu berichten.

»Mutter und Ruth«, rief sie weinend. »Man hat sie aus der Fabrik herausgeholt. Ihre Arbeitskarten wurden ungültig gemacht, und man hat sie zum Umschlagplatz geschafft.«

Dov fuhr herum und wollte zur Tür. Mundek hielt ihn fest. Dov schrie und stieß mit den Füßen um sich.

»Dov – Dov! Wir können doch nichts dagegen tun!«

»Mama! Ich will zu Mama!«

»Dov! Dov! Wir können doch nicht zusehen, wie man sie wegbringt!«

Ruth, die im achten Monat war, machte den Gaskammern von Treblinka einen Strich durch die Rechnung. Sie starb bei der Geburt, und ihr Baby starb mit ihr, in einem Viehwagen, in den so viele Menschen gepreßt waren, daß es der Gebärenden nicht möglich war, sich hinzulegen.

Der Kommandant von Treblinka tobte vor Wut. Wieder einmal hatte es bei den Gaskammern eine technische Störung gegeben, und dabei war bereits ein neuer Güterzug mit Juden aus dem Warschauer Ghetto im Anrollen. Der Kommandierende SS-Brigadeführer war stolz darauf gewesen, daß Treblinka bisher gegenüber allen anderen Vernichtungslagern in Polen den Rekord gehalten hatte. Und jetzt meldeten ihm seine Techniker, daß es unmöglich war, die Anlage bis zur Ankunft des Zuges aus Warschau wieder betriebsfähig zu machen. Und was die Sache noch schlimmer machte: Himmler persönlich hatte sich zu einer Besichtigung angesagt.

So blieb ihm nichts anderes übrig, als sämtliche altmodischen, ausrangierten Gaswagen, die er in der Gegend auftreiben konnte, zu dem Nebengleis zu schicken, wo der Zug ankommen sollte. Normalerweise gingen in diese Gaswagen jeweils nur zwanzig Leute, doch das würde diesmal nicht reichen. Schließlich herrschte ja Notstand. Wenn man die Opfer aber zwang, die Hände über den Köpfen zu halten, gingen in jeden Wagen sechs bis acht Juden mehr hinein. Außerdem blieb dann zwischen den Köpfen und der Decke noch ein schmaler Zwischenraum, in dem man zusätzlich acht bis zehn Kinder unterbringen konnte.

Lea Landau war betäubt vom Schmerz um Ruths Tod, als der Zug in der Nähe von Treblinka hielt. Sie und dreißig andere wurden aus dem Viehwagen herausgeholt und von Wachmannschaften, die mit Peitschen und Knüppeln ausgerüstet waren und Hunde bei sich hatten, gezwungen, in einen der wartenden Gaswagen zu steigen und die Hände über die Köpfe zu halten. Als der Wagen so vollgestopft war, daß nichts mehr hineinging, wurden die eisernen Türen geschlossen. Der Wagen fuhr los, und innerhalb von Sekunden füllte sich der eiserne Käfig mit Kohlenstoffmonoxyd. Von den Insassen war keiner mehr am Leben, als die Wagen das Lager Treblinka erreichten und vor den Massengräbern hielten, wo die Leichen ausgeladen und den Toten die Goldzähne gezogen wurden. Um diesen Gewinn jedoch hatte Lea Landau die Deutschen betrogen; denn sie hatte sich ihre Goldzähne schon längst ziehen lassen, um Nahrungsmittel dafür einzutauschen.

Das Jahr 1942 näherte sich seinem Ende. Wieder einmal wurde es Winter, und die Razzien der Gestapo wurden immer häufiger. Sämtliche Bewohner des Ghettos zogen in die Keller und nahmen alles mit, was wertvoll war. Die Keller wurden erweitert und verwandelten sich teilweise, wie bei den ›Bauleuten‹, in regelrechte Bunker. Es entstanden Dutzende und schließlich Hunderte solcher Bunker, und man trieb unterirdische Gänge durch die Erde, die die verschiedenen Bunker untereinander verbanden.

Die Razzien der Deutschen und der mit ihnen arbeitenden polnischen und litauischen Kommandos ergaben eine immer geringere Ausbeute für Treblinka. Die Deutschen wurden böse. Die Bunker waren so gut getarnt, daß es fast unmöglich war, sie zu finden.

Schließlich begab sich der Kommandant von Warschau persönlich in das Ghetto, um mit dem Vorstand des ›Judenrates‹ zu reden. Er war sehr böse und verlangte, daß die jüdische Gemeindeverwaltung die Deutschen bei der raschen Abwicklung des Umsiedlungsprogramms unterstützen sollte, indem sie die Feiglinge ermittelte, die sich vor ›ehrlicher Arbeit‹ drückten. Seit mehr als drei Jahren hatte der Judenrat in einer üblen Klemme gesessen, hin und her gerissen zwischen der Notwendigkeit, Anordnungen der Deutschen auszuführen, und dem Versuch, die eigenen Leute zu retten. Kurz nach dem Besuch des Kommandanten und der Aufforderung zur Mitarbeit beging der Leiter des Judenrates Selbstmord.

Mundek und die ›Bauleute‹ hatten die Aufgabe, die Verteidigung des Abschnitts des Besenbinderviertels vorzubereiten. Dov verbrachte seine Zeit entweder im Kanal oder im Bunker, wo er Ausweise und Pässe fälschte. Er machte jetzt wöchentlich zweimal den Weg ›unterhalb der Mauer‹ nach Warschau, und das bedeutete für ihn immerhin die Möglichkeit, sich zweimal in der Woche bei Wanda satt zu essen. Bei seinen Gängen aus dem Ghetto nach Warschau nahm er jetzt Leute mit, die zu alt oder aus anderen Gründen nicht imstande waren zu kämpfen. Wenn er zurückkam, brachte er Waffen und Radioeinzelteile mit.

Im Lauf des Winters 1942/43 erreichte die Anzahl der Todesopfer ein erschreckendes Maß. Von den ursprünglich fünfhunderttausend Juden, die man in das Ghetto gebracht hatte, waren um die Jahreswende nur noch fünfzigtausend am Leben.

Eines Tages, um die Mitte des Januar, als es gerade wieder soweit war, daß Dov in den Kanal hinuntersteigen sollte, nahmen ihn Mundek und Rebekka beiseite.

»Man kommt in diesen Tagen gar nicht so recht dazu, einmal in Ruhe dazusitzen und miteinander zu reden«, sagte Mundek einleitend.

»Hör mal, Dov«, sagte Rebekka. »Wir haben uns alle darüber unterhalten, während du das letztemal in Warschau warst, und haben dann abgestimmt. Wir haben beschlossen, daß du auf der anderen Seite der Mauer bleiben sollst.«

»Habt ihr irgendeinen Sonderauftrag für mich?« fragte Dov.

»Nein – du verstehst uns nicht.«

»Was meint ihr denn?«

»Wir haben beschlossen«, sagte Rebekka, »daß ein paar von uns draußen bleiben sollen.«

Dov verstand noch immer nicht. Er wußte, daß ihn die Bauleute brauchten. Beim ganzen ZOB war keiner, der die verschiedenen Wege durch den Kanal so genau kannte wie er. Wenn der ZOB sich jetzt ernstlich auf die Verteidigung einrichten wollte, dann hatte er ihn doch noch nötiger als bisher. Außerdem war es durch die Ausweise und Reisepässe, die er gefälscht hatte, möglich gewesen, mehr als hundert Leute aus Polen herauszubekommen. Er sah seine Schwester und seinen Bruder fragend an.

Rebekka drückte ihm einen Briefumschlag in die Hand. »Da hast du Geld und Ausweise. Bleib so lange bei Wanda, bis sie eine Familie gefunden hat, die dich aufnimmt.«

»Ihr habt gar nicht darüber abgestimmt. Das habt ihr beiden euch nur ausgedacht. Ich gehe nicht.«

»Du gehst«, sagte Mundek. »Das ist ein Befehl.«

»Das ist kein Befehl«, sagte Dov.

»Doch – ich befehle es dir als Oberhaupt der Familie Landau!«

Sie standen zu dritt in einer Ecke des Bunkers. Es war sehr still in dem unterirdischen Raum. »Es ist ein Befehl«, wiederholte Mundek.

Rebekka nahm Dov am Arm und strich ihm über das blonde Haar. »Du bist ein großer Junge geworden, Dov«, sagte sie. »Wir haben nicht viel Gelegenheit gehabt, dich zu verwöhnen, nicht wahr? Ich habe gesehen, wie du hundertmal in den Kanal hinuntergestiegen bist, und ich habe erlebt, wie du uns etwas zu essen gebracht hast, was du irgendwo gestohlen hattest. Du hast eigentlich kaum eine richtige Kindheit gehabt.«

»Das ist doch nicht eure Schuld.«

»Hör zu, Dov«, sagte Mundek. »Du darfst Rebekka und mir diesen einen Wunsch nicht abschlagen. Wir haben dir nicht viel geben können. Du mußt uns den Versuch erlauben, dir wenigstens dein Leben zu geben.«

»Mir liegt aber gar nichts an meinem Leben, wenn ich nicht bei euch sein darf.«

»Bitte, Dov – bitte verstehe uns doch. Einer von der Familie Landau soll am Leben bleiben. Wir möchten, daß wenigstens du am Leben bleibst – für uns alle.«

Dov sah seinen Bruder an, den er liebte und verehrte.

»Ich verstehe«, sagte er mit leiser Stimme. »Ja – ich werde leben.«

Er sah auf das Päckchen und schlug es in ein Stück Segeltuch ein, damit es im Kanal nicht naß werden sollte. Rebekka drückte seinen Kopf an ihre Brust.

»In Erez Israel werden wir uns wiedersehen«, sagte sie.

»Ja, im Lande Israel.«

»Du warst ein guter Soldat«, ergänzte Mundek. »Ich bin stolz auf dich. Schalom Lehitraoth.«

»Schalom Lehitraoth«, wiederholte Dov.

Seinen dreizehnten Geburtstag verbrachte Dov Landau in den Kanälen unterhalb der Stadt Warschau, durch die er zu Wandas Wohnung watete, mit so schwerem Herzen, daß es beinahe brechen wollte. Zu einer anderen Zeit und in einer anderen Welt hätte er heute sein Bar Mizwah gefeiert und damit das Mitspracherecht des Mannes in der jüdischen Gemeinschaft erhalten.

XXIII

Am 18. Januar 1943, drei Tage nachdem Dov das Ghetto verlassen und sich zu Wanda begeben hatte, wo er zunächst einmal sicher war, kamen die Deutschen, die polnischen Blauen und die litauischen Büttel in Massen in das Ghetto geströmt. Jetzt, da nur noch fünfzigtausend Juden übrig waren, sollte die ›Endlösung‹ beschleunigt und mit Gewalt vollzogen werden. Doch die Deutschen und ihre Polen und Litauer liefen in einen Geschoßhagel, der ihnen aus den Verteidigungsstellungen des ZOB entgegenschlug. Sie erlitten schwere Verluste und mußten fliehen.

Die Nachricht verbreitete sich wie ein Lauffeuer durch Warschau! Die Juden machten einen Aufstand!

Am Abend dieses Tages lauschte in Warschau alles gespannt auf die Stimme des Geheimsenders des ZOB, der immer von neuem diesen Appell wiederholte: »Kameraden, Landsleute! Wir haben heute einen Schlag gegen die Tyrannei geführt. Wir fordern alle unsere polnischen Brüder außerhalb des Ghettos auf, sich zum Kampf gegen den gemeinsamen Feind zu erheben. Vereinigt euch mit uns!«

Dieser Appell stieß auf taube Ohren. Doch am Hauptquartier des ZOB auf der Mila-Straße wurde die Flagge mit dem Davidsstern gehißt, und daneben flatterte die polnische Fahne. Die Juden des Ghettos hatten beschlossen, unter dem Banner zu kämpfen und zu sterben, unter dem zu leben man ihnen verwehrt hatte.

Die Männer des ZOB übernahmen die Macht im Ghetto. Sie setzten den Judenrat ab, machten mit allen, die als Kollaborateure bekannt waren, kurzen Prozeß und bezogen dann die vorbereiteten Verteidigungsstellungen.

Generalgouverneur Frank beschloß, lieber keinen Angriff auf das Ghetto zu machen, um dem ZOB nicht die Trümpfe zuzuspielen. Die Deutschen beschränkten sich darauf, die Sache zu bagatellisieren. Sie eröffneten einen Propagandakrieg, indem sie mit Lautsprecherwagen die Insassen des Ghettos aufforderten, herauszukommen und sich freiwillig zur Umsiedlung zu melden, wobei sie ihnen als Lohn für ›ehrliche Arbeit‹ gute Behandlung zusicherten.

Der ZOB erließ einen Tagesbefehl, durch den die noch im Ghetto befindlichen Juden darüber unterrichtet wurden, daß jeder, der die Aufforderung der Deutschen befolgte, von ihnen nicht evakuiert, sondern sofort erschossen werden würde.

Nach zwei Wochen, in denen es ruhig geblieben war, schickten die Deutschen erneut Patrouillen, um Juden herauszuholen. Diesmal kamen sie schwerbewaffnet und bewegten sich mit äußerster Vorsicht. Die Männer vom ZOB ließen die Deutschen herankommen und eröffneten dann aus sorgfältig vorbereiteten Verteidigungsstellungen das Feuer. Wieder mußten die Deutschen aus dem Ghetto fliehen.

Während die Deutschen in der Presse und im Radio die jüdischen Bolschewisten beschimpften, die an allem schuld seien, bauten die Männer vom ZOB ihre Abwehrstellungen weiter aus, und ihr Geheimsender richtete an die polnische Widerstandsbewegung immer wieder die verzweifelte Bitte, den Juden im Ghetto zu Hilfe zu kommen. Doch es kamen keine Waffen, es kam keine Hilfe der Widerstandsbewegung, und nur ein paar Dutzend Freiwillige wagten den Weg durch den Kanal, um im Ghetto zu kämpfen.

Die Deutschen faßten den Plan, jeglichen Widerstand im Ghetto durch einen vernichtenden Schlag zu beseitigen. Sie wählten einen besonderen Tag für den Angriff: den Vortag des Pessach-Festes, das die Juden zur Erinnerung an den Auszug der Kinder Israels aus Ägypten begehen, und das im Jahre 1943 auf den 20. April fiel. Die SS hatte den Vorabend des Pessach-Festes gewählt, weil sie hoffte, den vernichtenden Schlag innerhalb eines Tages führen und Hitler am 20. April als Geburtstagsgeschenk die Ausradierung des Warschauer Ghettos melden zu können.

Gegen drei Uhr morgens bildeten dreitausend SS-Leute, ausgesuchte Elitetruppen, verstärkt durch Polen und Litauer, einen dichten Ring um das gesamte Ghetto. Dutzende von Scheinwerfern suchten im Ghetto nach Zielen für die Granatwerfer und die leichte Artillerie der Deutschen. Das vorbereitende Artilleriefeuer dauerte an, bis es hell wurde. Dann begann die SS ihren Angriff über die Mauer. Von mehreren Seiten aus vorrückend, drangen die Deutschen tief in das Innere des Ghettos ein, ohne Widerstand zu finden. Plötzlich aber eröffneten die Kämpfer des ZOB, Männer und Frauen, von den Dächern der Häuser, aus den Fenstern und aus getarnten Feuerstellungen auf kurze Distanz das Feuer auf die überraschten und umzingelten Deutschen. Zum drittenmal mußten die Deutschen aus dem Ghetto fliehen.

Rasend vor Wut kamen sie zurück mit Tanks, doch die Tanks wurden empfangen mit einem Hagel von Flaschen, die mit Benzin gefüllt waren, und die die eisernen Ungeheuer in brennende Särge verwandelten. Als die Tanks manövrierunfähig liegenblieben, mußte die SS erneut fliehen, diesmal unter Hinterlassung Hunderter von Toten, die die Straßen des Ghettos bedeckten. Die Kämpfer des ZOB kamen aus ihren getarnten Stellungen herausgestürzt, um die Waffen und die Uniformen der Deutschen an sich zu nehmen.

Konrad, der für die Sicherheit im Ghetto verantwortliche Mann, wurde seines Postens enthoben, und SS-General Stroop bekam den Befehl, das Ghetto so gründlich zu vernichten, daß nie wieder irgend jemand es wagen würde, sich der Macht der Nazis zu widersetzen.

Stroop unternahm einen Angriff nach dem andern. Jeder neue Angriff erfolgte nach einem anderen Plan und aus einer anderen Richtung. Doch jeder Angriff und jede Patrouille erlitten das gleiche Schicksal. Sie wurden vom ZOB abgeschlagen, dessen Angehörige wie die Rasenden kämpften und jedes Haus, jeden Raum und jeden Fußbreit erbittert verteidigten. Nicht einer dieser Kämpfer fiel lebend in die Hand des Feindes. Sooft die Deutschen in das Ghetto eindrangen, jedesmal wurden sie von den Juden durch selbstgebaute Landminen, durch Fallen, durch wütende Gegenangriffe und mit dem Mut der Verzweiflung wieder hinausgeworfen.

Zehn Tage waren vergangen, und noch immer hatten die Deutschen keinen Erfolg erzielt. Daraufhin unternahmen sie einen konzentrischen Angriff auf das Ghetto-Krankenhaus, wo sie keinen Widerstand vorfanden, erschossen alle Patienten, sprengten das Gebäude in die Luft und gaben dann lautstark bekannt, daß es ihnen gelungen sei, das Hauptquartier des ZOB zu zerstören.

Doch die Deutschen setzten ihre Angriffe fort, und bald machte sich ihre zahlenmäßige und materialmäßige Überlegenheit bemerkbar. Der ZOB konnte einen gefallenen Kämpfer nicht ersetzen; war eine Stellung zerstört, so blieb nichts weiter übrig, als die Front zurückzunehmen; es war nicht möglich, die Munition so rasch zu ersetzen, wie sie verschossen wurde. Und doch gelang es den Deutschen trotz aller Überlegenheit nicht, festen Fuß innerhalb des Ghettos zu fassen. Der ZOB richtete an viele Juden, die nicht den Kampfgruppen angehörten, die Aufforderung, durch den Kanal nach Warschau zu entweichen, da die Gewehre nicht mehr ausreichten, um alle zu bewaffnen.

Aus den drei Tagen, die Konrad für die Niederwerfung des Ghetto-Aufstandes geringschätzig veranschlagt hatte, waren bereits zwei Wochen geworden. Am fünfzehnten Tag kämpfte Rebekka Landau in einem Gebäude im Besenbinderviertel, kaum ein paar Straßen vom Hauptquartier der ›Bauleute‹ entfernt. Eine Granate, die in das Haus einschlug, tötete alle Kämpfer bis auf Rebekka, die durch die einstürzenden Wände gezwungen wurde, auf die Straße zu fliehen. Die Deutschen versuchten, ihr den Rückweg abzuschneiden. Als Rebekka erkannte, daß sie nicht entkommen konnte, griff sie in ihr Kleid, holte eine Handgranate hervor, lief auf drei deutsche Soldaten zu, zog die Granate ab und tötete sich und ihre drei Feinde.

Nach drei Wochen war Stroop gezwungen, seine Taktik zu ändern. Seine Leute hatten schwere Verluste erlitten, und die Nazis waren nicht mehr in der Lage, den heldenhaften Kampf der Juden durch Propaganda zu vertuschen. Stroop zog seine Leute zurück, verstärkte den Ring um das Ghetto und erklärte den Belagerungszustand. Er holte schwere Artillerie heran, die aus nächster Nähe das Feuer eröffnete, um alle Gebäude, deren sich die Juden so erfolgreich als Abwehrstellungen bedient hatten, dem Erdboden gleichzumachen. Nachts kamen Heinkel-Bomber, die das Ghetto mit einem Regen von Brandbomben belegten.

Mundek, der zu einer Besprechung der Gruppenführer im ZOB-Hauptquartier gewesen war, kam in den Bunker der Bauleute zurück. Er selbst und seine Leute waren halb tot vor Erschöpfung, Hunger und Durst. Viele hatten schlimme Brandwunden. Sie sammelten sich um ihn. »Die deutsche Artillerie hat so gut wie alle Häuser zusammengeschossen«, sagte er. »Was noch steht, brennt.«

»Ist es gelungen, Verbindung mit dem polnischen Widerstand aufzunehmen?«

»Doch, wir haben Verbindung mit ihnen aufgenommen, aber sie werden uns nicht helfen. Wir können keinerlei Nahrung, Munition oder irgendwelchen sonstigen Nachschub von ihnen erwarten. Wir müssen mit dem auskommen, was wir haben. Unser Meldewesen ist so gut wie ruiniert. Das, Freunde, aber bedeutet, daß wir nicht mehr nach einem gemeinsamen Plan vorgehen können. Jeder Bunker ist auf sich selbst gestellt. Wir werden versuchen, die Verbindung zum ZOB durch Melder aufrechtzuerhalten. Doch wenn die Deutschen das nächstemal kommen, wird jede Gruppe auf eigene Faust handeln müssen.«

»Wie lange können wir uns auf diese Weise noch halten, Mundek? Wir haben nur noch dreißig Leute, zehn Pistolen und sechs Gewehre.«

Mundek lächelte. »Ganz Polen hat sich nur sechsundzwanzig Tage halten können. Das haben wir bereits geschafft.« Mundek teilte die Wachen ein, gab den kleinen Rest Verpflegung aus, der noch vorhanden war, und legte den Weg eines Spähtrupps bei Morgengrauen fest.

Rywka, eines der Mädchen, nahm ein arg mitgenommenes Akkordeon und begann eine langsame, wehmütige Weise zu spielen. Und in dem feuchten, stickigen Bunker, drei Meter unter der Erde, vereinigten die ›Bauleute‹, die noch am Leben waren, ihre Stimmen zu einem sehnsüchtigen Gesang. Sie sangen ein Lied, das sie als Kinder gelernt und auf den Versammlungen der ›Bauleute‹ gesungen hatten. Der Text des Liedes erzählte davon, wie schön es in Galiläa war, im Lande Israel, und daß dort auf den Feldern der Weizen wuchs, dessen Ähren sanft im Winde schwankten. In einem Bunker unter der Erde des Warschauer Ghettos sangen sie von den Feldern in Galiläa, die sie, wie sie wußten, niemals sehen würden.

»Achtung!« rief der Posten nach unten, als er eine einsame Gestalt erspähte, die durch die Flammen und Trümmer langsam herankam.

Das Licht ging aus, und im Bunker wurde es dunkel und still.

Dann klopfte jemand an die Tür. Es war das verabredete Zeichen. Die Tür wurde geöffnet und geschlossen, und im Bunker wurde es wieder hell.

»Dov! Um Himmels willen! Was willst du denn hier?«

»Schick mich nicht wieder fort, Mundek!«

Die beiden Brüder umarmten sich, und Dov weinte. Er war glücklich, daß er wieder bei Mundek war. Alle drängten sich um Dov, der die schlimme Botschaft brachte: Es sei endgültig entschieden, daß die polnische Widerstandsbewegung den Juden nicht zu Hilfe kommen würde und daß draußen alle Leute den Aufstand des Ghettos zu verschweigen trachteten.

»Als ich jetzt zurückkam«, sagte Dov, »war der Kanal voll von Menschen, die einfach im Schlamm liegen. Sie sind so schwach, daß sie nicht mehr weiterkönnen. Sie wissen auch nicht, wohin. Niemand in Warschau ist bereit, sie aufzunehmen.«

So kam also der kleine Dov in das Ghetto zurück – und nicht nur er. Es geschah etwas sehr Merkwürdiges. Aus ganz Warschau und den umliegenden Dörfern kamen jetzt Juden, denen es gelungen war, unterzutauchen und als Christen zu leben, wieder ins Ghetto zurück, um an der letzten Phase des Kampfes teilzunehmen. Sie hielten es für ein Privileg, ehrenvoll zu sterben.

Das Bombardement hörte endlich auf. Die Häuser brannten nieder, das Feuer erlosch.

Von neuem schickte Stroop seine SS in das Ghetto, und diesmal hatte sie gewonnenes Spiel. Die Juden hatten keinerlei Abwehrstellungen mehr, keine Verbindung untereinander, kaum noch Waffen und fast nichts mehr zu essen und zu trinken. Die Deutschen gingen systematisch vor, riegelten jeweils einen Abschnitt des Ghettos ab und knackten mit Artillerie und Flammenwerfern einen Bunker nach dem andern, bis in dem ganzen Abschnitt nichts mehr lebte.

Sie bemühten sich, Gefangene zu machen, um aus ihnen die genaue Lage der anderen Bunker herauszufoltern, doch die Kämpfer des ZOB verbrannten lieber bei lebendigem Leibe, als sich zu ergeben.

Die Deutschen öffneten die Schleusendeckel und pumpten Giftgas in die Kanäle. Bald war das schlammige Wasser voller Leichen. Doch der ZOB kämpfte noch immer. Wenn die Besatzung eines Bunkers eine deutsche Patrouille entdeckte, kam sie hervor und schlug rasch tödlich zu. Selbstmörderkommandos stürzten sich in den Tod. Die Verluste der Deutschen stiegen in die Tausende.

Am 14. Mai 1943 versammelte Mundek die zwölf Überlebenden seiner Gruppe. Er sagte ihnen, sie hätten die Wahl zwischen zwei Möglichkeiten: entweder dazubleiben und zu kämpfen bis zum letzten Mann, oder aber die Flucht durch den Kanal zu versuchen. Vielleicht gelang es Dov, sie aus dem Ghetto heraus und in Sicherheit zu bringen. Dann bestand die freilich sehr geringe Chance, eine Gruppe der Widerstandskämpfer zu erreichen und sich ihr anzuschließen. Dov versicherte Mundek, es sei möglich, das vergaste Gebiet des Kanalsystems zu umgehen.

Er machte sich zunächst allein auf den Weg, und es gelang ihm wirklich, in die Stadt zu kommen. Doch als er sich dem Haus Zabrowska 99 näherte, sagte ihm sein Instinkt, daß dort irgend etwas nicht stimmte. Ohne stehenzubleiben ging er an dem Haus vorbei. Seine scharfen Augen entdeckten ein Dutzend Leute, die von verschiedenen Beobachtungsposten aus das Haus Zabrowska 99 überwachten. Dov wußte nicht, ob Wanda von der Gestapo gefaßt worden war oder nicht, aber er wußte jedenfalls, daß das Haus nicht mehr sicher war.

Spät am Abend kam er ins Ghetto zurück. Es war selbst für ihn nicht leicht, den Bunker zu finden, denn es gab keine Straßen, keine Häuser mehr, nur noch Trümmer. Als er näher kam, roch er den vertrauten Geruch verbrannten Fleisches. Er stieg hinunter und zündete die Kerze einer kleinen Lampe an, die er immer bei seinen Gängen durch den Kanal benutzte. Bei ihrem flakkernden Licht ging Dov von einem Ende des Bunkers zum anderen, kniete sich bei jedem, der am Boden lag, hin und leuchtete ihm mit seiner Kerze ins Gesicht. Die noch rauchenden Toten waren durch Flammenwerferstöße aus nächster Nähe bis zur völligen Unkenntlichkeit entstellt. Dov Landau wußte nicht, welche der verkohlten Leichen die seines geliebten Bruders Mundek war.

Am 15. Mai 1943 brachte der Sender ZOB seinen letzten Aufruf: »Hier spricht das Warschauer Ghetto! Wir bitten euch, helft uns!«

Am nächsten Tag, nachdem bereits sechs volle Wochen seit dem ersten deutschen Angriff vergangen waren, ließ SS-General Stroop die große Synagoge in der Tlamatzka sprengen, die seit vielen Jahrzehnten ein Symbol des Judentums in Polen gewesen war. Am gleichen Tag verkündeten die Deutschen, das Problem des Warschauer Ghettos sei nunmehr endgültig gelöst. Stroop meldete seiner vorgesetzten Dienststelle die Eroberung von sechzehn Pistolen und vier Gewehren. Außerdem teilte er mit, daß die Trümmer der Gebäude brauchbares Baumaterial ergäben. Gefangene seien nicht gemacht worden.

Selbst nach dieser mit so außerordentlicher Gründlichkeit vollzogenen Vernichtung gab es noch einzelne Kämpfer des ZOB, die sich weigerten zu sterben. Auch in den Trümmern ging der Kampf weiter. Die Juden, die auf irgendwelche Weise mit dem Leben davongekommen waren, fanden einander, bildeten zu zweien und dreien kleine ›Rudel‹ und überfielen bei Nacht deutsche Patrouillen. Die SS-Leute und die polnischen Blauen glaubten steif und fest, im Ghetto gingen Gespenster um.

Dov fand sechs andere Juden. Sie gingen von Bunker zu Bunker, bis alle bewaffnet waren. Sie zogen hierhin und dorthin, doch der Anblick und der Gestank des Todes war überall. Bei Nacht führte Dov sie durch den Kanal in die Stadt, wo sie rasche Überfälle auf Lebensmittelgeschäfte unternahmen.

Den ganzen Tag über blieben Dov und die sechs anderen unter der Erde, in einem frisch ausgehobenen Bunker. Fünf schreckliche Monate lang erblickten weder Dov Landau noch einer seiner Kameraden jemals das Licht des Tages. Sie starben einer nach dem anderen – drei bei einem Überfall in Warschau, zwei begingen Selbstmord, und einer verhungerte.

Schließlich war nur noch Dov allein am Leben. Gegen Ende des fünften Monats wurde er von einer deutschen Patrouille gefunden. Er war dem Tode nahe und hatte kaum noch Ähnlichkeit mit einem menschlichen Wesen. Man schleppte ihn zur Gestapo, um ihn zu vernehmen.

Jede Vernehmung endete damit, daß Dov Landau geschlagen wurde. Man glaubte ihm einfach nicht, daß er ohne jede Hilfe von außen so lange in den Trümmern des Warschauer Ghettos am Leben geblieben sei.

XXIV

Dov Landau, dreizehn Jahre alt, Ghettoratte, Kanalratte, Trümmerratte und Spezialist für Fälschungen, wurde einem Aussiedlungstransport zugeteilt. Zusammen mit sechzig anderen Juden wurde er in einen offenen Güterwagen verfrachtet. Der Zug setzte sich in Bewegung und rollte durch die einsame Landschaft und die eisige Kälte nach Süden – Richtung Auschwitz.

BERLIN 1940. SS-Brigadeführer Höß erschien im Dienstzimmer des SS-Obersturmbannführers Eichmann, dem man die Aufgabe übertragen hatte, die ›Endlösung‹ des jüdischen Problems zu vollziehen. Eichmann zeigte Höß den Plan, die Gemeinschaftsarbeit aller Nazi-Größen. Höß war von dem ausgeklügelten Plan des Massenmordes sehr beeindruckt.

Der ganze europäische Kontinent war mit Konzentrationslagern und Gefängnissen für politische Häftlinge wie mit einem feinmaschigen Geflecht überzogen. In jedem besetzten Land befanden sich Gestapo-Dienststellen. Ein weiteres Netz von dreihundert Nebenlagern umspannte Europa, die Hälfte davon war für Juden.

Trotz aller Konzentrationslager und ihrer sorgfältig ausgewählten Lage wußten die Nazis, daß außerordentliche Schwierigkeiten entstehen würden, falls sie versuchten, in Westeuropa Vernichtungslager einzurichten. Man hatte Höß nach Berlin gerufen, weil Polen sowohl in bezug auf die Balkanländer als auch in bezug auf Westeuropa verkehrstechnisch am günstigsten gelegen war. Ein solches Lager, das als Modell dienen konnte, brauchte ein ausgedehntes Gelände. Schließlich gab es außer den Juden, deren man sich entledigen wollte, auch noch Russen, Franzosen, verschiedene Kategorien von Kriegsgefangenen, Partisanen, politische Gegner in den besetzten Ländern, strenggläubige Katholiken, Zigeuner, Freimaurer, Marxisten, Bolschewiken, gemeine Verbrecher, und nicht zuletzt Deutsche, die sich für den Frieden einsetzten, für Liberalismus, Gewerkschaften, oder solche, die ganz schlicht Defätisten waren. Es gab Personen, die verdächtig waren, feindliche Agenten zu sein, Prostituierte, Homosexuelle und manche anderen ›unerwünschten Elemente‹. Sie alle sollten ausgerottet werden, um Europa für die ›arische Rasse‹ zu säubern.

Ein solches Lager, wie es Eichmann vor Augen hatte, würde alle diese Leute aufnehmen können. Eichmann teilte Höß mit, daß man ihm in Anerkennung seiner langjährigen treuen Dienste die Leitung dieses neu zu errichtenden Lagers übergeben wolle. Er ging an die Karte und zeigte mit dem Finger auf eine kleine polnische Stadt in der Nähe der tschechischen Grenze. Eine Stadt namens Auschwitz.

Der Zug, der mit Dov Landau nach Auschwitz unterwegs war, hielt bei dem Eisenbahnknotenpunkt Krakau auf einem Rangiergleis. Eine ganze Reihe weiterer Wagen wurden angehängt. Viehwagen mit Juden aus Frankreich und Griechenland, Kohlenwagen mit Juden aus der Tschechoslowakei, und offene Güterwagen mit Juden aus Italien, alle zur Aussiedlung bestimmt. Es war bitter kalt. Dov, der auf einem offenen Güterwagen stand, besaß keinerlei Schutz gegen den eisigen Wind und den treibenden Schnee als sein zerfetztes Hemd und das bißchen Körperwärme der eng zusammengepferchten Menschen.

Als die Nazis Höß dazu auswählten, Kommandant des Lagers Auschwitz zu werden, der größten Todesfabrik und Vernichtungszentrale, schätzten sie den Mann, dem sie diese Aufgabe übertrugen, richtig ein. Höß konnte auf eine lange Erfahrung im System der Konzentrationslager zurückblicken, bis zum Jahre 1934, kurz nachdem Hitler an die Macht gekommen war. Zuletzt war er stellvertretender Kommandant des Lagers Sachsenhausen gewesen. Höß war ein Pedant, systematisch; Befehle führte er aus, ohne sie jemals als bedenklich zu empfinden, und auch die härteste Arbeit hatte ihn nie gestört.

Im Gebiet von Auschwitz wurden auf einem Gelände von zwanzigtausend Morgen alle Gehöfte abgerissen und das Ganze mit einem hohen Stacheldrahtzaun abgegrenzt. Ein Stab ausgesuchter Konstrukteure, Techniker, Transportfachleute und Elitetruppen der SS machten sich ans Werk, um das riesige Projekt zu verwirklichen. Drei Kilometer vom Hauptlager Auschwitz entfernt wurde ein gesondertes Lager errichtet, Birkenau, das zur Aufnahme der Gaskammern bestimmt war. Birkenau war ein abgelegener Ort mit eigenem Gleisanschluß. Man hatte diese Stelle gewählt, weil sie vom westlichen, östlichen und südlichen Europa aus mit der Eisenbahn gut zu erreichen war. Auschwitz war eine kleine Stadt ohne jede Bedeutung. Bei der Errichtung dieser Lager begegneten die Nazis allerdings Einwänden ihrer Wehrmacht.

Die deutsche Wehrmacht brauchte alle Eisenbahnen und alles rollende Material für den Krieg an der Ostfront. Das Oberkommando sah es als Unsinn an, wertvollen Frachtraum dafür zu mißbrauchen, um Juden durch ganz Europa zu transportieren. Doch die Nazis blieben hartnäckig bei ihrer Meinung, daß die Endlösung der Judenfrage ebenso wichtig war wie die Kriegführung. Die Gegensätze prallten so hart aufeinander, daß Hitler persönlich entscheiden mußte. Und Hitler entschied zugunsten von SS, SD, Gestapo und der übrigen Nazigrößen gegen seine Generalität.

Höß übernahm die Leitung des neuen Lagers bei Auschwitz und fuhr nach Treblinka, um die dortigen Ausrottungsmethoden zu studieren. Er stellte fest, daß der Leiter des Lagers Treblinka, SS-Brigadeführer Wirth, ein dilettantischer Anfänger war. Die Vergasungen in Treblinka wurden mit Kohlenmonoxyd durchgeführt, dessen Wirkungsgrad unzureichend war; die technische Anlage versagte häufig und verbrauchte außerdem wertvolles Benzin. Wirth arbeitete außerdem nicht systematisch und ohne die geringste Tarnung, so daß es immer wieder zu Meutereien der Juden kam. Und schließlich fand Höß es kümmerlich, daß in Treblinka nur dreihundert Leute auf einmal vergast werden konnten.

Als die Gaskammern von Birkenau bei Auschwitz in Betrieb genommen wurden, führte Höß mit den ersten Ankömmlingen umfangreiche Versuchsreihen durch. Er und sein technisch-wis-

181

senschaftlicher Stab kamen zu dem Schluß, daß Zyklon B, ein Blausäuregas, das brauchbarste Material für ihre Zwecke war.

Die Gaskammern von Birkenau waren so konstruiert, daß jeweils dreitausend Leute hineingingen, und bei voller Ausnützung der Kapazität konnten hier, je nach den Wetterverhältnissen, bis zu zehntausend Menschen pro Tag vergast werden.

Der Zug, in dem sich Dov Landau befand, bestand inzwischen aus fast fünfzig Wagen. Er hielt bei Chrzanow, der letzten Station vor Auschwitz. Von den Insassen war bereits jeder fünfte tot. Hunderte waren an den Seiten der Güterwagen festgefroren und konnten sich nicht bewegen, ohne sich die Haut von den Armen oder Beinen herunterzureißen. Viele Frauen warfen ihre Kinder aus den Wagen heraus und flehten die neugierig zusehenden Bauern an, sie möchten sie zu sich nehmen und verbergen. Die Toten wurden aus den Wagen geholt und in sechs neuen Wagen gestapelt, die am Ende des Zuges angehängt wurden. Dov befand sich in sehr schlechter körperlicher Verfassung, doch er war wach und auf der Hut. Er wußte genau, was ihm bevorstand, und er war sich klar darüber, daß es jetzt mehr als je zuvor darauf ankam, schlau zu sein und richtig zu reagieren. Der Zug rollte weiter. Es war noch eine Stunde bis Auschwitz.

Höß war eifrig bemüht, die Arbeit in Birkenau zu perfektionieren. Zunächst entwickelte er ein System der Tarnung und Täuschung, damit die Opfer bis zum letzten Augenblick nichts ahnten und ruhig blieben. Die Gebäude, die die Gaskammern enthielten, wurden mit schönen Anlagen umgeben, mit Blumenbeeten, Ziersträuchern und Rasenflächen. Überall standen Tafeln, auf denen in vielen Sprachen geschrieben stand: SANITÄTSBLOCK. Die Täuschung bestand im wesentlichen darin, daß man den Opfern sagte, sie kämen zu einer ärztlichen Untersuchung und sollten entlaust und geduscht werden, bevor man sie neu einkleiden und in eins der Arbeitslager bringen würde.

Rings um die Gaskammern waren saubere Umkleideräume mit numerierten Haken zum Aufhängen der Kleidung. Jedem wurde eingeschärft, sich seine Nummer zu merken. Die Haare wurden für die ›Entlausung‹ geschnitten, und die Opfer wurden aufgefordert, vor Betreten des ›Duschraums‹ die Brillen abzulegen. Dann bekam jeder ein Stück Seife mit einer Nummer. Jeweils dreitausend Menschen wurden nackt durch die langen

182

Korridore geführt. Rechts und links waren große Türen. Die Türen öffneten sich, und dahinter wurden riesige ›Duschräume‹ sichtbar.

Von den Opfern waren die meisten viel zu betäubt, um wirklich zu begreifen, was mit ihnen geschah. Sie begaben sich widerstandslos in die Duschräume. Manche aber untersuchten die Seife, die man ihnen gegeben hatte, und stellten fest, daß es ein Stück Stein war. Anderen fiel auf, daß die Brausen an der Decke Attrappen waren und die Duschräume keinen Wasserabfluß hatten.

Oft entstand im letzten Augenblick eine Panik, doch anstelle der Sanitäter erschienen jetzt SS-Leute, die jeden, der zögerte, mit Knüppeln und Knuten in die ›Duschräume‹ hineintrieben.

Die eisernen Türen wurden hermetisch geschlossen, aus einer Öffnung an der Decke strömte Blausäuregas, und in zehn oder fünfzehn Minuten, je nach der Menge des Gases, war alles vorbei.

Dann kamen die Sonderkommandos. Sie bestanden aus Insassen des Lagers Auschwitz und hatten die Aufgabe, die Leichen aus den Gaskammern herauszuholen und zu den Verbrennungsöfen zu bringen. Vor der Verbrennung wurden Ringe und Goldzähne entfernt. Sie wurden eingeschmolzen. Das Gold wurde nach Berlin geschickt.

Um Familienbilder oder Liebesbriefe, die man in den abgelegten Kleidern fand, kümmerte sich keiner. Die SS-Leute durchsuchten lieber das Futter, in dem häufig Schmuck versteckt war Oft fand man auch einen Säugling, den die Mutter in den Kleidern versteckt hatte: Er wanderte dann mit zur nächsten ›Dusche‹.

Zu seinen SS-Männern war Höß wie ein Vater. Bei jedem Transport, der nach Birkenau kam, hatten sie zwar hart zu schuften. Dafür aber gab es dann Sonderrationen, und vor allem Schnaps. Sein System funktionierte reibungslos; nichts vermochte ihn zu irritieren. Er war nicht einmal aus der Fassung gebracht, als Eichmann eine Viertelmillion Juden aus Ungarn praktisch ohne jede Vorbereitung bei ihm ablud.

Das größte Problem in Birkenau war die Beseitigung der Leichen. Anfangs wurden sie direkt von den Gaskammern in offene Massengräber gebracht und mit Kalk überschüttet. Doch der Gestank wurde bald unerträglich. Die SS-Leute zwangen die jüdischen Sonderkommandos, alle Leichen wieder herauszuholen.

Sie wurden verbrannt und die Knochen anschließend zerkleinert. Doch auch das Verbrennen in Freien ergab einen zu üblen Gestank. Daher ging man zum Bau geschlossener Verbrennungsöfen über.

Höß forderte von seinen Wissenschaftlern und Technikern eine noch größere Vergasungskapazität und weitere Senkung der Kosten. Seine Ingenieure entwarfen daraufhin ausgedehnte Erweiterungspläne, die sorgfältig kalkuliert waren. Einer dieser Pläne sah die Konstruktion einer hydraulisch nach oben und unten bewegbaren Gaskammer vor, ähnlich einem Fahrstuhl, die ihren Inhalt im nächsten Stockwerk abladen sollte, das als Krematorium gedacht war. Weitere Entwürfe befaßten sich damit, die Kapazität von Birkenau auf vierzigtausend Vergasungen pro Tag zu steigern.

Der Zug, in dem sich Dov Landau befand, fuhr durch Auschwitz hindurch und hielt auf dem Abstellgleis von Birkenau.

XXV

Dov war halb verhungert und blau vor Kälte. Doch die Jahre des beständigen Umgangs mit der Gefahr und dem Tod hatten seinen Instinkt so geschärft, daß er selbst in diesem Zustand hellwach und auf der Hut war. Er wußte, die nächste Stunde würde über Leben und Tod entscheiden.

Die Türen der Viehwagen wurden aufgerissen, und alle, die wie er auf offenen Güterwagen standen, wurden mit rauhen Kommandos angewiesen, herunterzuspringen. Mühsam kletterten die armen Opfer aus dem Wagen heraus. Auf einem langen Bahnsteig sahen sie sich einer Kette von SS-Leuten gegenüber, die mit Knüppeln, Peitschen und Pistolen und mit Hunden, die bösartig knurrend an ihren Leinen zerrten, bereitstanden. Die Peitschen pfiffen durch die kalte Luft, und wo sie trafen, schrien Menschen vor Schmerz auf. Gummiknüppel schlugen mit dumpfem Knall auf die Köpfe, Pistolenschüsse streckten nieder, wer zu schwach zum Gehen war.

Die Opfer mußten in Viererreihen antreten, und die endlose Menschenschlange bewegte sich langsam und gleichmäßig auf ein großes Gebäude am Ende des Bahnsteiges zu.

Dov sah sich um. Links standen die Züge. Hinter den Zügen sah er auf der Straße vor dem Bahnhof eine Reihe wartender Lastwagen stehen. Es waren keine geschlossenen Wagen, konnten daher, so folgerte Dov, keine Gaswagen sein. Rechts, hinter der Sperrkette der Wachmannschaften sah Dov die gepflegten Grünanlagen und die Bäume, die die Ziegelbauten von Birkenau umgaben. Er musterte die Form der Gebäude mit ihren hohen Schornsteinen: Es wurde ihm klar, daß sich dort rechts Gaskammern und Verbrennungsöfen befinden mußten.

Dov wurde übel vor Angst. Er glaubte, sich erbrechen zu müssen. Doch er unterdrückte es und bemühte sich krampfhaft, Haltung zu bewahren. Er wußte, er durfte sich nicht anmerken lassen, daß er sich fürchtete.

Die Viererreihe, in der sich Dov befand, war am Ende des Bahnsteigs angelangt und betrat den Raum. Sie teilte sich in vier Einzelreihen, und jede Reihe bewegte sich auf einen Tisch zu, der am Ende des Raumes stand. An jedem dieser Tische saß ein SS-Arzt, und hinter jedem dieser Ärzte stand ein Dutzend SS-Leute.

Dov konzentrierte seine Aufmerksamkeit auf den Tisch vor sich und versuchte, dahinterzukommen, was hier vorging. Der Arzt musterte jeden, der bei seinem Tisch ankam, mit einem flüchtigen Blick und schickte ihn dann in eine von drei Richtungen.

Der erste dieser drei Wege führte durch eine Tür rechts. Dov begann zu zählen: Auf je zehn Menschen kamen sieben, die durch diese Tür rechts geschickt wurden. Das waren alte Leute, Kinder oder Kranke. Da Dov vermutete, daß die Gebäude auf der rechten Seite die Gaskammern enthielten, folgerte er, daß diejenigen, die durch die rechte Tür geschickt wurden, sofort vergast werden sollten.

Der zweite Weg führte durch eine Tür links. Durch diese Tür ging es nach draußen auf die Straße, wo die Wagenkolonnen warteten. Auf jeweils zehn kamen etwa zwei, die dort hinausgeschickt wurden, und das waren alles Leute, die noch einigermaßen bei Kräften zu sein schienen. Dov schloß daraus, daß diese Leute in ein Arbeitslager kamen.

Die Tür rechts bedeutete also Tod, die Tür links das Leben!

Es gab auch noch eine dritte Gruppe. Diese Leute, auf jeweils zehn oder zwanzig kam höchstens einer, waren meistens schöne junge Frauen und Mädchen. Auch einige hübsche Jungens, so um die fünfzehn, wurden dieser Gruppe zugeteilt.

Dov holte ein paarmal tief Luft, während die Reihe, in der er stand, sich langsam vorwärtsbewegte. Er war nur noch Haut und Knochen, und es war ihm klar, daß er kaum Aussicht hatte, durch den Ausgang links in ein Arbeitslager geschickt zu werden.

Der Arzt besah sich ein Opfer nach dem anderen und wiederholte monoton: »Rechts – rechts – rechts – rechts.«

Dov Landau kam an den Tisch und blieb davor stehen. Der Arzt sah Dov flüchtig an und sagte: »Rechts!«

Dov lächelte und sagte seelenruhig: »Ich glaube, Herr Doktor, Sie irren sich. Ich bin nämlich Spezialarbeiter – Fachmann für Fälschungen. Schreiben Sie Ihren Namen da auf das Stück Papier, dann werde ich es Ihnen beweisen.«

Der Arzt lehnte sich verblüfft in seinem Stuhl zurück. Dovs Kaltblütigkeit imponierte ihm. Der Knabe wußte offensichtlich genau, was ihm bevorstand. Der monotone Todesmarsch stockte plötzlich. Dann faßte sich der Arzt und lächelte höhnisch. Zwei SS-Männer ergriffen Dov und schleppten ihn fort.

»Halt!« rief der Arzt. Er sah Dov noch einmal an und befahl ihm, wieder an den Tisch zu kommen. Sicher versuchte der Junge nur zu bluffen. Der Arzt war schon entschlossen, Dov durch die Tür nach rechts zu schicken, doch dann gewann seine Neugier die Oberhand. Er nahm einen Block und kritzelte seinen Namen darauf.

Dov schrieb sechs Wiederholungen des Namenszuges auf den Block und gab ihn zurück. »Können Sie mir sagen, welche davon Ihre Unterschrift ist«, fragte er.

Ein halbes Dutzend SS-Leute sah dem Arzt über die Schulter und machte erstaunte Augen. Der Arzt warf nochmals einen Blick auf Dov und sagte dann leise etwas zu einem der SS-Leute, der sich daraufhin entfernte.

»Bleib da an der Seite stehen«, sagte der Arzt.

Dov blieb neben dem Tisch stehen und sah die Reihe der Menschen herankommen, von denen pro Minute vier zum Tode verurteilt wurden.

Fünf Minuten vergingen. Zehn Minuten vergingen. Die Schlange, die sich vom Bahnsteig hereinwand, schien ohne Ende.

Der SS-Mann kam mit einem anderen zurück, der ein hohes Tier zu sein schien, denn seine Brust war bedeckt mit Orden und Ehrenzeichen. Der Arzt übergab dem Offizier den Block mit den

Unterschriften, die dieser sich fast eine Minute lang aufmerksam ansah.

»Wo hast du das gelernt?« fragte er.

»Im Warschauer Ghetto.«

»Was kannst du?«

»Ich kann Pässe fälschen, Ausweise, Formulare, Banknoten – alle Arten von Dokumenten.«

»Komm mit.«

Dov ging durch die linke Tür hinaus. Als er in dem Lastwagen saß, der zum Lager Auschwitz fuhr, erinnerte er sich daran, was sein Bruder Mundek gesagt hatte. »Wenigstens einer von der Familie Landau muß mit dem Leben davonkommen.« Kurz darauf fuhr der Lastwagen durch den Haupteingang des Lagers Auschwitz. Über dem Eingang hing ein Schild: ARBEIT MACHT FREI.

Meilenweit erstreckten sich die hölzernen Baracken des Hauptlagers durch das schlammige Gelände, Block neben Block, voneinander getrennt durch hohe Wände aus elektrisch geladenem Stacheldraht. In diesen Baracken hausten die Arbeitskräfte, mit denen an die dreißig zusätzliche Zwangsarbeitslager versorgt wurden. Alle Lagerinsassen trugen einen blau-weiß gestreiften Sträflingsanzug und auf der linken Brustseite und am rechten Hosenbein ein farbiges Dreieck: Bei den Homosexuellen war das Dreieck rosa, bei den ›Asozialen‹ war es schwarz, bei den Kriminellen grün, bei den Bibelforschern violett, bei allen ›Politischen‹ rot, und bei den Juden war es der traditionelle Davidstern. Außerdem bekam Dov, genau wie alle anderen in Auschwitz, noch ein weiteres Erkennungszeichen: eine Nummer, die auf seinen linken Unterarm tätowiert wurde. Dov Landau war jetzt ein blau-weiß gestreifter Jude mit der Nummer 359 195.

ARBEIT MACHT FREI. Dov Landau beging in Auschwitz seinen vierzehnten Geburtstag, und sein Geburtstagsgeschenk war die Tatsache, daß er noch lebte. Verglichen mit den vielen Tausenden der anderen Häftlinge war sein Los nicht einmal das schlechteste, denn er und die paar anderen Fälscher gehörten sozusagen zur Elite. Seine Arbeit bestand darin, Ein- und Fünf-Dollar-Noten zu fälschen, die für Agenten der deutschen Spionage im Westen gebraucht wurden. Und doch fragte sich Dov nach einiger Zeit, ob es nicht besser gewesen wäre, in Birkenau zu sterben.

Hier in Auschwitz war die Ernährung völlig unzureichend.

Die zu Skeletten abgemagerten Häftlinge wurden unbarmherzig an die Arbeit getrieben. Fünf Stunden Schlaf, die man ihnen zugestand, mußten sie eng zusammengepfercht auf Brettern verbringen. Epidemien brachen aus. Die Lagerinsassen wurden gequält, geschlagen, gefoltert, in den Wahnsinn getrieben, erniedrigt. Sie waren allen überhaupt nur denkbaren Grausamkeiten ausgesetzt. Jeden Morgen fand man Dutzende, die sich erhängt oder ihrer Qual ein Ende gemacht hatten, indem sie in den elektrisch geladenen Stacheldraht gerannt waren. Die Strafkompanie lebte in dunklen Einzelzellen und wurde mit versalzenem Gemüse überfüttert, das einen unstillbaren Durst hervorrief.

Hier im Block X benutzte Dr. Wirth Frauen als Versuchskaninchen, und Dr. Schumann sterilisierte sie durch Kastration und Röntgenstrahlen. Clauberg entfernte Eierstöcke, und Dr. Dehring machte 17000 chirurgische Experimente ohne Betäubung.

Das war Auschwitz, und so sah das Leben aus, das man Dov Landau geschenkt hatte. ARBEIT MACHT FREI.

»Einer von der Familie Landau muß überleben«, hatte Mundek gesagt. Wie hatte Mundek überhaupt ausgesehen? Er konnte sich kaum noch erinnern. Oder Ruth oder Rebekka, oder seine Mutter, sein Vater? An seinen Vater hatte er gar keine Erinnerung mehr. Sein Gedächtnis wurde von Tag zu Tag schwächer, ganz nebelhaft wußte er nur noch um seine Vergangenheit. Für ihn gab es jetzt nur Todesfurcht und Schrecken, und ein Leben ohne diese ständige Angst vor Tod und Mißhandlung lag bereits außerhalb seines Vorstellungsvermögens.

So verging ein Jahr. In Birkenau kamen und gingen die Züge. Die Zahl derer, die in den Arbeitslagern rund um Auschwitz ums Leben kam, zu Tode gequält wurde, verhungerte oder einer Seuche erlag, war fast genauso erschreckend hoch wie die Rekordzahlen von Birkenau. Doch irgendwie gelang es Dov, seinen Verstand nicht zu verlieren.

Selbst in der Finsternis dieser Hölle gab es gewisse Lichtblicke. Es gab ein Lagerorchester. Es gab eine illegale Organisation, und diese Organisation verfügte über einen Radioempfänger.

Im Sommer des Jahres 1944 wurde das gesamte Lager von einer seltsamen Unruhe erfaßt. Immer häufiger waren russische Bomber am Himmel zu sehen, und Geheimsender meldeten deutsche Niederlagen. Das Dunkel und die Qual wurden von einem ersten schwachen Hoffnungsschimmer erhellt. Jeder neue Sieg der Alliierten versetzte die SS-Leute in wütende Mordlust, so daß sich die Häftlinge stets vor neuen Meldungen deutscher Niederlagen fürchteten. In Birkenau wurde noch fieberhaft gearbeitet, bis die Gaskammern schließlich fast Tag und Nacht in Betrieb waren.

Im Herbst wurde es immer klarer, daß die Deutschen den Krieg verloren hatten. Sie wurden an allen Fronten geschlagen. Doch je mehr Niederlagen sie einstecken mußten, um so größer wurde ihr Eifer auf dem Gebiet der Massenliquidierung.

Im Oktober 1944 unternahmen die Sonderkommandos von Birkenau einen verzweifelten Aufstand, bei dem eines der Krematorien in die Luft gesprengt wurde. Immer wieder kam es vor, daß sich die Sonderkommandos auf SS-Leute stürzten und sie mitsamt ihren Hunden in die Verbrennungsöfen warfen. Schließlich wurden sämtliche Angehörige der Sonderkommandos erschossen, und das Lager forderte in Auschwitz neue Sonderkommandos an.

Eichmann unternahm noch eine letzte Anstrengung. Zwanzigtausend Juden, die Creme des europäischen Judentums, die sich bisher auf tschechischem Boden im Lager Theresienstadt ›unter garantiertem Schutz‹ befunden hatten, wurden jetzt ebenfalls nach Birkenau in Marsch gesetzt. Zur Vernichtung.

Die Zahl der in Birkenau umgebrachten Juden stieg immer mehr an und erreichte schließlich die unvorstellbare Höhe von einer Million aus Polen, fünfzigtausend aus Deutschland, hunderttausend aus Holland, hundertfünfzigtausend aus Frankreich, fünfzigtausend aus Österreich und der Tschechoslowakei, fünfzigtausend aus Griechenland, zweihundertfünfzigtausend aus Bulgarien, Italien, Jugoslawien und Rumänien und dazu schließlich noch eine Viertelmillion aus Ungarn.

Und Tag für Tag während dieses makabren Vernichtungsfeldzuges ertönte der Ruf nach weiteren Sonderkommandos.

Im November wurde die Fälscherwerkstätte in Auschwitz plötzlich geschlossen, und alle, die darin gearbeitet hatten, wurden nach Birkenau geschickt und dort als Sonderkommando verwendet.

Dovs neue Tätigkeit bestand darin, auf dem Korridor vor den Gaskammern zu warten, bis die Menschen vergast worden waren. Zusammen mit den anderen, die als Sonderkommando eingesetzt waren, wartete er, bis die Schreie der Sterbenden und das irre Hämmern gegen die eisernen Türen aufgehört hatten. Sie warteten weitere fünfzehn Minuten, bis das Gas abgezogen war.

Dann öffneten sie die Türen der Gaskammern. Zusammen mit den anderen mußte Dov das grauenhafte Gewirr ineinander verkrampfter Arme und Beine mit Stricken und Haken entwirren, die Toten herausholen und auf Karren laden, mit denen sie zu den Verbrennungsöfen gebracht wurden. Waren die Leichen entfernt, mußte er in die Gaskammern hineingehen, den Boden mit einem Wasserschlauch abspritzen und den ›Duschraum‹ für die nächsten Opfer herrichten, die bereits in den Auskleideräumen warteten. Drei Tage lang war Dov mit dieser grauenhaften Arbeit beschäftigt. Sie verschlang den letzten Rest seiner Kraft, und der unbeugsame, zähe Lebenswille, der ihn bis hierher aufrechterhalten hatte, schien zu erlöschen. Er fürchtete sich stets vor dem Augenblick, da sich die eiserne Tür öffnete. Der Gedanke daran war schrecklicher als die Erinnerung an das Ghetto oder den Kanal. Er wußte, daß er nicht imstande war, diesen grauenhaften Anblick noch oft zu ertragen.

Doch dann geschah etwas völlig Unerwartetes! Die Deutschen gaben Befehl, die Verbrennungsöfen abzubrechen und die Gaskammern zu sprengen! Die Alliierten rückten vom Westen und die Russen vom Osten immer näher. Die Nazis machten verzweifelte Anstrengungen, um die Spuren ihrer Verbrechen zu beseitigen. Überall in Polen wurden die Massengräber geöffnet und die Knochen der Leichen zerstückelt und zerstreut. Von der deutschen Wehrmacht dringend benötigte Transportmittel wurden dazu verwendet, die Juden nach Deutschland zu bringen.

Am 22. Januar 1945 erreichten Truppenteile der russischen Armee die Lager Auschwitz und Birkenau und befreiten die Häftlinge. Die Orgie des Mordens war zu Ende. Dov Landau, fünfzehnjährig, war einer der fünfzigtausend, die von den dreieinhalb Millionen polnischer Juden am Leben geblieben waren. Er hatte das Versprechen gehalten, das er seinem Bruder gegeben hatte.

XXVI

Die russischen Militärärzte, die Dov untersuchten, waren erstaunt, daß der Junge die Jahre der Entbehrungen und Leiden überstanden hatte, ohne dauernden Schaden davongetragen zu haben. Er war schwächlich und unterentwickelt, zu klein für sein

Alter, und er würde nie längere Zeit körperlich schwer arbeiten können, doch durch entsprechende Pflege konnte er einigermaßen in eine normale körperliche Verfassung gebracht werden.

Etwas anderes war es mit dem psychischen Schaden, den man ihm zugefügt hatte. Der Junge hatte sich durch all die Jahre mit geradezu übermenschlicher Energie am Leben erhalten. Jetzt aber, da die beständige Anspannung nachließ, schoß ihm bei Tag und Nacht ein Strom quälender Bilder durch den Kopf. Er versank in tiefe Depression, und sein geistiger Zustand näherte sich bedrohlich der dünnen Grenze, die den Normalen von dem nicht mehr Normalen trennt.

Die Wände aus Stacheldraht waren niedergerissen, die Gaskammern und die Verbrennungsöfen waren verschwunden, doch die Erinnerung an das Schreckliche war in ihm wach geblieben, und noch immer schien der grauenhafte Geruch in der Luft zu hängen. Jedesmal, wenn er sich die blaue Nummer ansah, die man ihm auf den linken Unterarm tätowiert hatte, durchlebte er von neuem den schaurigen Augenblick, wenn sich die Türen der Gaskammern öffneten. Und immer wieder sah er im Geist das Bild, wie aus einer Gaskammer in Treblinka die Leiche seiner Mutter herausgeholt wurde. Und wieder und wieder kniete er in dem Bunker im Warschauer Ghetto, hielt seine flackernde Kerze dicht über die Gesichter der Toten und fragte sich, welcher davon wohl sein Bruder Mundek sei.

Die Juden, die in Auschwitz am Leben geblieben waren, hockten dort in mehreren Baracken zusammen. Dov konnte sich nicht vorstellen, daß es eine Welt gab, in der das Leben nicht aus Elend, Niedertracht und Qual bestand. Eine Welt, in der man nicht hungerte und fror, überstieg seine Begriffe. Selbst die Nachricht, daß die Deutschen kapituliert hätten, löste bei den Menschen in Auschwitz keine Freude aus.

Dov Landaus Denken war vergiftet vom Haß. Er fand es schade, daß die Gaskammern verschwunden waren, denn er malte sich in Gedanken aus, wie man reihenweise deutsche SS-Leute mit ihren Hunden hineintrieb.

Der Krieg war zu Ende, doch keiner wußte recht, was er anfangen und wohin er gehen sollte. Nach Warschau? Warschau war zweihundert Kilometer entfernt, und die Straßen waren verstopft von Flüchtlingsströmen. Und selbst wenn er es schaffen sollte, nach Warschau zu kommen, was dann?

Das Ghetto lag völlig in Trümmern, und seine Mutter und sein

Vater und seine Schwester und Mundek waren nicht mehr da, sie waren alle tot. Tagein, tagaus saß Dov am Fenster und starrte stumm auf den düsteren Himmel, der wie ein Leichentuch über der Landschaft lag.

Allmählich wagten sich die Juden in Auschwitz, einer nach dem andern, aus dem Lager hinaus und machten sich auf den Weg nach Haus. Und einer nach dem andern kamen sie enttäuscht und verzweifelt wieder nach Auschwitz zurück. Die Deutschen waren zwar nicht mehr da, doch die Polen machten ganz in ihrem Sinne weiter. Sie waren weder erschüttert noch entrüstet, daß man dreieinhalb Millionen Juden umgebracht hatte. Ganz im Gegenteil, überall in den Städten und Ortschaften stand es an den Wänden und schrien es die Leute: Die Juden sind am Krieg schuld! Die Juden haben den Krieg angefangen, um daran zu verdienen! An unserem ganzen Unglück sind die Juden schuld!

Es gab nicht eine Träne für die, die umgekommen waren, doch eine Fülle von Haß gegen diejenigen, die am Leben geblieben waren. Der Mob zertrümmerte jüdische Geschäfte und verprügelte Juden, die versuchten, zu ihrem Heim und Eigentum zurückzukehren. Und so kamen alle, die sich aus dem Lager herausgewagt hatten, wieder nach Auschwitz zurück. Sie hockten in den dreckigen Baracken, verzweifelt und halb von Sinnen, und erwarteten mutlos ihr Ende. Das Schreckgespenst des Todes blieb in ihrer Mitte, und der Geruch von Birkenau hing noch immer in der Luft.

Im Sommer 1945 kam ein Mann in das Lager, der von den Überlebenden mit Mißtrauen und Knurren empfangen wurde. Es war ein hochgewachsener, stattlicher Mann, etwas über Zwanzig, mit einem mächtigen schwarzen Schnurrbart. Er hatte ein schneeweißes Hemd an, dessen Ärmel er bis über die Ellbogen aufgekrempelt hatte, und er ging durch das Lager in der ungewohnten, wunderbaren Gangart eines freien Menschen. Eine Versammlung unter freiem Himmel wurde einberufen, und die Juden kamen aus den Baracken heraus und scharten sich um ihn.

»Mein Name ist Bar Dror, Schimschon Bar Dror«, rief der junge Mann. »Ich bin aus Palästina hierhergeschickt worden, um euch alle in die Heimat zu holen!«

Seine Worte lösten Jubelrufe und Freudentränen aus. Bar Dror wurde mit zahllosen Fragen überschüttet. Viele fielen auf ihre

Knie und küßten ihm die Hände, andere wollten ihn nur einmal berühren, ihn hören, ihn sehen. Ein freier Jude, aus Palästina! Schimschon Bar Dror – Samson, Künder der Freiheit – war gekommen, um sie nach Hause zu bringen.

Bar Dror übernahm die Leitung des Lagers und stürzte sich mit Eifer in die Arbeit. Er erklärte ihnen, daß es noch einige Zeit dauern werde, bis sie sich auf den Weg machen könnten, doch in der Zwischenzeit, bis Mossad Aliyah Bet die erforderlichen Vorbereitungen getroffen hätte, täten sie besser daran, ein menschenwürdiges Leben zu führen.

Das Lager, dessen Insassen neue Hoffnung schöpften, bekam ein völlig verändertes Gesicht. Bar Dror organisierte Lagerausschüsse, die für Sauberkeit und Ordnung sorgten, eine Schule wurde eingerichtet, eine Theatergruppe gebildet, ein kleines Orchester gegründet und Tanzabende veranstaltet, eine Lagerzeitung wurde gedruckt, und man hielt Zusammenkünfte ab, in denen endlos über Palästina diskutiert wurde. Schimschon begann, in der Nähe des Lagers sogar eine Musterfarm einzurichten, um die Insassen landwirtschaftlich auszubilden. Als die Selbstverwaltung des Lagers endlich funktionierte, ging er daran, aus den Flüchtlingstrecks weitere Juden herauszuholen und sie gleichfalls zum Sammelplatz in Auschwitz zu bringen.

Doch während Bar Dror und andere Mitglieder des Mossad Aliyah Bet unermüdlich tätig waren, um die Juden zu sammeln und sie aus Polen herauszuschleusen, waren andere Kräfte ebenso eifrig am Werke, sie in Polen festzuhalten. Überall in Europa übten die englischen Botschaften und Konsulate Druck auf die Regierungen aus, um sie zu veranlassen, ihre Grenzen für diese Flüchtlinge zu sperren. Denn, so argumentierten die Engländer, das Ganze sei ein Komplott der Zionisten aller Länder, um in der Frage des Palästina-Mandats eine Lösung in ihrem Sinne zu erzwingen.

Während dieser unterirdische Kampf zwischen den Engländern und Mossad Aliyah Bet im Gange war, erließ die polnische Regierung eine staunenerregende Verordnung. Darin hieß es, daß alle Juden in Polen zu bleiben hätten. Die polnische Regierung begründete diesen Schritt mit der Befürchtung, eine Auswanderung von Juden aus Polen könnte in der übrigen Welt den – im übrigen durchaus zutreffenden – Eindruck hervorrufen, daß Polen die Juden auch weiterhin verfolge.

So wurden die Juden in einem Land festgehalten, in dem man

sie nicht haben wollte, und daran gehindert, in ein Land zu gehen, in dem sie willkommen waren.

Es wurde Winter in Auschwitz, und die Zuversicht im Lager sank allmählich. Alle Anstrengungen, die Bar Dror gemacht hatte, waren vergeblich gewesen. Die Männer aus Palästina versuchten, den Lagerinsassen den politischen Kampf zu erklären, der im Gange war, doch die Überlebenden wollten sie nicht anhören. Sie interessierten sich nicht für Politik.

Mitten im tiefen Winter kam ein zweiter Mann von Aliyah Bet ins Lager, und gemeinsam mit Bar Dror faßte er einen gewagten Entschluß. Die Gruppenleiter wurden zusammengerufen und bekamen den Auftrag, alles für den Abmarsch vorzubereiten.

»Wir müssen die tschechische Grenze erreichen«, sagte Bar Dror. »Das ist zwar nicht sehr weit, doch der Weg dahin wird schwierig. Wir können uns nicht schneller bewegen als der Langsamste von uns, und wir müssen die Straße vermeiden.« Bar Dror entfaltete eine Karte und zeichnete eine Marschroute von rund hundert Kilometern ein, durch die Karpaten und über den Jablonka-Paß.

»Und was wird, wenn wir an die Grenze kommen?« fragte einer.

»Wir haben Leute von Aliyah Bet hingeschickt, die die polnischen Grenzwachen bestechen. Wenn wir in die Tschechoslowakei durchkommen, sind wir fürs erste sicher. Jan Masaryk ist unser Freund. Er wird es nicht zulassen, daß man uns wieder zurückschickt.«

Sie brachen mitten in der Nacht von Auschwitz auf, vermieden die Straße und schleppten sich mühsam querfeldein durch den hohen Schnee – ein mitleiderregender Zug von Überlebenden, bei dem die Starken die Schwachen stützten und die Kinder trugen. Sechs schreckliche Tage lang schleppten sie ihre entkräfteten Körper durch die Winterkälte und kämpften sich gegen den schneidenden Wind hinauf ins Gebirge. Wie durch ein Wunder gelang es den Männern von Aliyah Bet, alle am Leben zu erhalten und sie näher und näher an die Grenze heranzuführen.

Längs der Grenze waren andere Männer von Aliyah Bet fieberhaft damit beschäftigt, Bestechungsgelder unter den polnischen Grenzposten zu verteilen, und als sich die abgerissene Karawane der Grenze näherte, kehrten ihr die bestochenen Posten den Rücken, und die Juden waren in der Tschechoslowakei.

Weiter ging der Marsch durch die Kälte, über den Jablonka-

Paß hinüber und jenseits ins Tal hinunter, wo sie völlig erschöpft anlangten, ausgehungert, mit wundgelaufenen Füßen und ärztlicher Hilfe bedürftig. Ein Sonderzug stand bereit, organisiert von Mossad Aliyah Bet. Die Flüchtlinge bestiegen die geheizten Wagen und bekamen Nahrung und Pflege.

Jeder Jude, der legal nach Palästina eingewandert war, stellte seinen Paß Mossad Aliyah Bet zur Verfügung, damit ihn ein anderer Einwanderer benutzen konnte. An die Flüchtlinge aus Auschwitz wurden fünfhundert solcher Pässe verteilt, die vorsorglich auch noch mit Einreisevisen für Venezuela, Ekuador, Paraguay und andere südamerikanische Staaten versehen waren. Diese ›Dokumente‹ würden die Engländer zunächst einmal in Schach halten. Die britische CID bekam Wind von den fünfhundert Juden, die von Polen in die Tschechoslowakei gekommen waren und meldete den Fall dem Auswärtigen Amt in London. Whitehall gab dem britischen Botschafter in Prag telegrafisch Anweisung, sich sofort mit dem tschechischen Außenminister Masaryk in Verbindung zu setzen und dafür zu sorgen, daß der Zug angehalten und nach Polen zurückgeschickt werde. Der britische Botschafter, der im Sinne seiner Instruktionen bei Jan Masaryk vorstellig wurde, führte aus, die Aktion des Mossad sei illegal, widerspreche den polnischen Gesetzen und sei von den Zionisten nur unternommen worden, um eine Entscheidung über Palästina zu erzwingen.

Masaryk lächelte. »Ich verstehe zwar nicht viel von den Wegen des Öls, dafür aber sehr viel von den Wegen der Menschen.«

In der diskreten Sprache der Diplomatie deutete der Botschafter indigniert an, daß die Mißachtung britischer Interessen unerfreuliche Auswirkungen für die Tschechoslowakei haben könnte.

»Herr Botschafter«, sagte Masaryk in verändertem Tonfall, »ich werde mich weder dieser noch einer anderen britischen Drohung beugen. Solange ich Außenminister der Tschechoslowakei bin, werden die Grenzen meines Landes für jeden Juden offen sein, gleichgültig ob mit oder ohne Paß und Visum.«

Die Unterredung war beendet, und der Botschafter mußte Whitehall davon unterrichten, daß es nicht möglich gewesen sei, den Zug anzuhalten. Er rollte nach Preßburg weiter und näherte sich der österreichischen Grenze.

Die Engländer unternahmen erneut den Versuch, den Zug

anzuhalten, doch diesmal überquerte er unter dem Schutz eines hohen amerikanischen Offiziers die Grenze.

In Wien gab es einen Aufenthalt, den die Überlebenden von Auschwitz dringend nötig hatten. In einem riesigen Ausrüstungslager, das von amerikanischen Juden zur Unterstützung der überlebenden europäischen Juden eingerichtet worden war, wurden sie neu eingekleidet.

Von Österreich ging es nach Italien, und dort genoß Mossad Aliyah Bet die uneingeschränkte Unterstützung der Öffentlichkeit und der amtlichen Stellen. Die Freizügigkeit war nur dadurch behindert, daß das Land von den Engländern besetzt war.

Paradoxerweise bestanden die britischen Besatzungstruppen zum Teil aus Einheiten palästinensischer Juden. Die Palästina-Brigade der britischen Armee, deren Einheiten überall im besetzten Italien verteilt waren, hatte beim britischen Oberkommando lange Zeit als Elitetruppe gegolten. Doch dann gingen Agenten von Aliyah Bet zur Palästina-Brigade, und es dauerte nicht lange, da waren die palästinensischen Soldaten eifrig damit beschäftigt, Flüchtlingslager zu errichten, die Flüchtlinge auf illegale Einwandererschiffe zu schmuggeln und dergleichen mehr. Theoretisch unterstanden die Einheiten britischen Offizieren, praktisch aber unterstanden sie dem Kommando des Palmach und der Aliyah Bet. Schimschon Bar Dror war Sergeant in einer dieser Einheiten, und seine britischen Armeepapiere dienten ihm zur Einreise nach Polen und zur Rückkehr von dort, nachdem er die Flüchtlinge in Marsch gesetzt hatte. Es war Frühling, als der Zug mit den Flüchtlingen aus Auschwitz, unter denen sich auch Dov befand, in der Nähe des Comer Sees auf einem sehr abgelegenen Nebengleis außerhalb von Mailand anhielt. Man hatte den Flüchtlingen zwar vorsorglich mitgeteilt, daß sie von Leuten in Empfang genommen würden, die englische Uniformen trugen, doch es hätte nicht viel gefehlt, daß trotzdem eine Panik ausgebrochen wäre. Soldaten, Männer in Uniform, mit dem Judenstern am Ärmel? Das war für die Überlebenden aus Auschwitz nicht zu fassen. Der Judenstern war immer das Abzeichen des Ghettos gewesen. Mit Ausnahme der Aufstände in den Ghettos hatte seit annähernd zweitausend Jahren kein Jude mehr unter diesem Zeichen gekämpft.

Die polnischen Juden stiegen zögernd und mißtrauisch aus. Die Soldaten, die sie in Empfang nahmen, waren freundlich, sprachen hebräisch, einige von ihnen sogar jiddisch. Doch sie schienen eine ganz andere Art von Juden zu sein.

Eine Woche nach der Ankunft in Mailand wurde eine Gruppe von hundert Leuten, darunter auch Dov, mitten in der Nacht aus dem Lager geholt und auf englische Lastwagen verladen, die von Angehörigen der Palästina-Brigade gefahren wurden. Die Wagenkolonne begab sich in rascher Fahrt zu einem geheimen Treffpunkt an der Küste, wo weitere dreihundert Flüchtlinge aus anderen Lagern dazustießen.

Aus dem nahe gelegenen Hafen von Spezia kam ein kleines Fahrzeug heran, das vor der Küste Anker warf. Die Flüchtlinge wurden in Schlauchbooten an Bord gebracht, das Schiff lichtete Anker, ließ die Drei-Meilen-Zone hinter sich und wurde alsbald von der englischen Flotte gesichtet, die beständig auf der Lauer lag.

Doch mit diesem Schiff, der *Zinnen von Zion,* ging irgend etwas Ungewöhnliches vor. Im Gegensatz zu allen anderen Flüchtlingsschiffen nahm dieses Schiff nicht Kurs auf Palästina, sondern auf den Golfe du Lion. Weder die Engländer noch die Flüchtlinge an Bord der *Zinnen von Zion* hatten die leiseste Ahnung, daß dieses kleine Fahrzeug nur ein Rädchen in einem gigantischen Plan war.

XXVII

Bill Fry saß an einem Tisch des Restaurants von Miller Brothers in Baltimore, Maryland, und stocherte in seinem Essen. Er hatte keinen rechten Appetit. Mein Gott, dachte er, ich möchte wirklich wissen, ob ich mit diesem Krautdampfer über den Atlantik komme. Bill Fry galt als der fähigste Kapitän von Mossad Aliyah Bet. Durch seine Landung mit der *Stern Davids* bei Cäsarea war die illegale Einwanderung in ein neues Stadium eingetreten. Die Engländer hatten sich gezwungen gesehen, die Internierungslager auf Zypern zu errichten. Das war ein Wendepunkt geworden, denn Mossad Aliyah Bet hatte ein Flüchtlingsschiff nach dem andern nach Palästina fahren lassen, und die Engländer hatten einen Transport Flüchtlinge nach dem andern nach Zypern gebracht. Jetzt war ein neues kritisches Stadium erreicht: Die Internierungslager auf Zypern konnten die Massen der illegalen Einwanderer nicht mehr fassen. Mossad Aliyah Bet, stolz auf diesen Erfolg und wild entschlossen, die englische Politik der Einwanderungsbeschränkung zu boykottieren, hatte einen abenteuerlichen Plan gefaßt und Bill Fry dazu ausersehen, ihn durchzuführen.

Das bisher größte Schiff der illegalen Flotte war die *Stern Davids* gewesen, die fast zweitausend Passagiere befördert hatte. Die anderen Schiffe hatten höchstens tausend Passagiere an Bord gehabt. Die Leute von Mossad Aliyah Bet meinten nun, daß es für die Engländer ein Schlag sein müßte, wenn es gelänge, die Blockade mit einem Schiff zu durchbrechen, das mehr als fünftausend Flüchtlinge an Bord hatte.

Bill wurde beauftragt, hierfür ein geeignetes Schiff ausfindig zu machen und es zum Einwandererschiff umbauen zu lassen. Damit sollte er fünftausend Flüchtlinge aus dem Sammellager La Ciotat in Südfrankreich abholen und nach Palästina bringen. Man fand, es sei das beste, ein solches Schiff in den Vereinigten Staaten oder in Südamerika zu kaufen, wo die Engländer nicht alle Häfen so genau überwachten, wie dies in Europa der Fall war.

Agenten von Mossad Aliyah Bet bereisten Südamerika, während Bill in den Häfen im Golf von Mexiko und an der Ostküste auf die Suche ging. Es zeigte sich bald, daß für das Geld, das zur Verfügung stand, kein brauchbares Schiff zu haben war. Deshalb hatte Bill ein gewagtes Spiel gespielt, und jetzt machte er sich Sorgen. Er hatte einen uralten, altmodischen Dampfer gekauft, der nie den Ozean zu sehen bekommen hatte, sondern immer nur durch die Chesapeake Bay zwischen Baltimore und Norfolk gefahren war. Der einzige Vorzug, den Bill an diesem Schiff, der *General Stonewall Jackson*, entdecken konnte, war der niedrige Preis, den man für den Dampfer verlangt hatte.

Ein Ober in weißer Jacke kam an den Tisch und fragte Bill: »Ist mit dem Essen irgend etwas nicht in Ordnung, mein Herr?«

»Hm? Nein, nein – das Essen ist prima«, brummte Bill und schob sich einen Löffel voll in den Mund.

War es ein Fehler gewesen, den alten Kasten zu kaufen? Im Augenblick befand er sich auf einer Werft in Newport News, Virginia, und wurde umgebaut, um 6850 Flüchtlinge aufnehmen zu können.

Bill seufzte. Er dachte an die andere Seite der Sache. Angenommen, es gelang ihm, siebentausend Flüchtlinge auf einen Schlag

198

aus Europa wegzubringen! Das würde die bisherige britische Politik praktisch auffliegen lassen!

Bill schob den Teller zurück und verlangte die Rechnung. Er fischte sich den ausgegangenen Zigarrenstummel aus dem Aschenbecher, brannte ihn an und las zum soundsovielten Male das Telegramm aus Newport News: JACKSON FERTIG-GESTELLT. In Newport News versammelte Bill am nächsten Tag seine Crew, die aus Palmach- und Aliyah-Bet-Leuten, amerikanischen Juden, sympathisierenden spanischen Loyalisten, Italienern und Franzosen bestand. Er besichtigte das Schiff und machte eine kurze Probefahrt durch die Bucht, dann stellte er den Hebel auf ›Volle Kraft voraus‹ und steuerte auf den Atlantischen Ozean hinaus.

Schon nach drei Stunden hatte die *Jackson* Maschinenschaden und mußte nach Newport News zurück.

Im Verlauf der nächsten vierzehn Tage unternahm Bill drei weitere Versuche. Sobald sich der alte Kasten etwas weiter aus den ruhigen Gewässern entfernte, an die er gewöhnt war, streikte er, und Bill mußte in den Hafen zurücksteuern.

Schließlich gestand Bill den Leuten von Aliyah Bet, daß er einen Fehler gemacht habe. Mit der *Jackson* sei einfach nichts zu machen. Doch sie beschworen ihn, das Schiff nochmals gründlich überholen zu lassen und nach einer weiteren Woche einen letzten Versuch zu unternehmen.

Bei diesem fünften Versuch hielt die ganze Crew den Atem an, als der alte Kasten an Cap Henry vorbeidampfte, auf den hohen Ozean hinausfuhr – und nicht streikte, sondern weiterdampfte.

Zweiundzwanzig Tage später keuchte die *Stonewall Jackson* durch den Golfe du Lion und näherte sich dem Hafen von Toulon, der vierzig Meilen von Marseille und nur zwanzig Meilen von dem Flüchtlingssammellager La Ciotat entfernt war. In Frankreich war gerade ein Streik der Lastwagenfahrer im Gange, und die Leute der CID, die mit der Überwachung des Lagers La Ciotat betraut waren, atmeten für einen Augenblick erleichtert auf. Denn solange keine Lastwagen fuhren, war auch nicht mit Flüchtlingsbewegungen zu rechnen. Außerdem war, seit vor mehreren Wochen die *Zinnen von Zion* in Port-de-Bouc gelandet war, keinerlei Meldung mehr gekommen, daß aus irgendeinem europäischen Hafen ein illegales Schiff unterwegs sei. So überraschte man die Engländer gerade zu dem Zeitpunkt, als sie sich ein Nickerchen gönnten.

Über die *Jackson* war bei der CID keine Vorwarnung eingegangen, da sie in den Staaten gekauft und umgebaut worden war. Ferner war bisher noch kein Aliyah-Bet-Schiff so groß gewesen, daß es den Atlantik hätte überqueren können. Kurze Zeit vor dem Eintreffen der *Jackson* im Hafen von Toulon setzte sich Aliyah Bet mit der Leitung der französischen Transportarbeitergewerkschaft in Verbindung und erklärte den Leuten, worum es sich hier handelte. Die Gewerkschaft organisierte in aller Stille Fahrer und Lastwagen, und während der Streik der Lastwagenfahrer noch überall anhielt, wurden aus dem Lager La Ciotat 6500 Flüchtlinge nach Toulon gebracht. Unter ihnen war auch Dov Landau.

Die CID kam im letzten Augenblick dahinter und eilte nach Toulon. Angehörige des Hafenamtes wurden mit enormen Summen geschmiert, damit sie das Auslaufen der *Jackson* wenigstens so lange verzögerten, bis die CID Instruktionen aus London erhalten hatte. Mossad Aliyah Bet bestach gleichfalls Beamte des Hafenamtes, um zu erreichen, daß das Schiff auslaufen dürfe, das jetzt nicht mehr *Stonewall Jackson,* sondern *Gelobtes Land* hieß und öffentlich die blau-weiße Flagge mit dem Davidsstern gehißt hatte. Bei der Admiralität, Chatham House, und im Auswärtigen Amt, Whitehall, fanden eilige Besprechungen statt. Es lag auf der Hand, welche Folgen aus einem so großen illegalen Flüchtlingstransport für die englische Politik zu erwarten waren. Die *Gelobtes Land* mußte unter allen Umständen zurückgehalten werden. London versuchte Paris unter Druck zu setzen. Außerhalb von Toulon erschienen britische Kriegsschiffe. Die Franzosen reagierten auf Drohungen der Engländer, indem sie der *Gelobtes Land* die Genehmigung zum Auslaufen erteilten.

Unter dem Jubel der an Bord befindlichen Flüchtlinge lief die *Gelobtes Land* von Toulon aus. In dem Augenblick, als sie die Drei-Meilen-Zone hinter sich gelassen hatte, wurde sie von den britischen Kreuzern *Apex* und *Dunston Hill* in Empfang genommen und begleitet.

Dreieinhalb Tage lang steuerte Bill Fry die *Gelobtes Land* mit Kurs auf Palästina. Ihr hoher, schmaler Schornstein qualmte, ihre Maschinen ächzten, ihr Deck bog sich unter der Menschenfülle, und ihre Wachhunde, die beiden Kreuzer, hielten Wache.

Die *Apex* und die *Dunston Hill* blieben in ständiger Funkverbindung mit der Admiralität in London. Als sich die *Gelobtes Land* auf rund fünfzig Meilen der Küste von Palästina genähert hatte, durchbrachen die Engländer die Spielregeln der illegalen Einwanderungsblockade. Die *Apex* kam dicht an den alten Dampfer heran, schoß ihm eine Salve vor den Bug und forderte ihn über Lautsprecher auf, sich bereit zu halten, ein englisches Prisenkommando an Bord zu nehmen.

Bill Fry biß sich auf seine Zigarre. Er schnappte sich ein Megaphon und ging auf die Brücke. »Wir befinden uns auf hoher See«, rief er zu der *Apex* hinüber. »Wenn ihr bei uns an Bord kommt, ist das Piraterie!«

»Tut mir leid, Jungens, aber Befehl ist Befehl. Seid ihr bereit, unser Prisenkommando ohne Widerstand an Bord zu lassen?«

Bill drehte sich zu dem Palmach-Chef um, der hinter ihm stand und sagte: »Diesen Himmelhunden wollen wir einen Empfang bereiten, der sich gewaschen hat.«

Die *Gelobtes Land* versuchte, sich mit Volldampf von den Kreuzern zu entfernen. Die *Apex* ging längsseits, machte eine scharfe Wendung und rammte mit einem starken Stoß ihres stählernen Bugs den alten Kahn mittschiffs. Die Bugspitze drang oberhalb der Wasserlinie tief in die Bordwand und ließ den Dampfer unter dem Anprall erzittern. Dann eröffnete die *Apex* Maschinengewehrfeuer, um die Flüchtlinge von Deck zu vertreiben und den Weg für das Prisenkommando freizumachen.

Englische Marinesoldaten, ausgerüstet mit Gasmasken und leichten Waffen, sprangen über die Reling der *Gelobtes Land* und gingen über das Deck in Richtung auf die Aufbauten mittschiffs vor. Die Palmach-Männer versperrten ihnen mit Stacheldraht den Weg und empfingen sie mit einem Steinhagel und Wasserstrahlen aus Hochdruckschläuchen.

Die Engländer wurden dadurch zum Bug zurückgedrängt. Sie hielten sich den Palmach mit Maschinenpistolen vom Leibe und forderten Verstärkung an. Weitere Soldaten kamen an Bord, diesmal mit Drahtscheren. Die Engländer griffen zum zweitenmal an. Abermals wurden sie durch heftige Wasserstrahlen zurückgetrieben, doch erneut gingen sie unter dem Feuerschutz von Maschinengewehren der *Apex* zum Angriff vor. Sie erreichten die Stacheldrahtbarrikade und wollten sie zerschneiden. Aber der Palmach trieb sie mit Strahlen brühend heißen Dampfes zurück. Jetzt ging der Palmach zum Angriff über. Er überwältigte die Engländer und warf sie einen nach dem andern ins Meer.

Die *Apex* stellte den Angriff ein, um ihre Männer aus dem Wasser zu fischen, und die *Gelobtes Land* dampfte noch einmal davon, wenn auch mit einem riesigen Loch in der Flanke. Doch die *Dunston Hill* setzte ihr nach und holte sie ein. Man überlegte sich an Bord des Kreuzers, ob es ratsam sei, den Dampfer nochmals zu rammen. Das war riskant. Ein zweiter Stoß konnte den alten Dampfer zum Sinken bringen. Statt dessen eröffnete die *Dunston Hill* mit schweren Maschinengewehren das Feuer, bis kein Palmach-Angehöriger und kein Flüchtling mehr an Deck waren. Dann kam das Prisenkommando der *Dunston Hill* mittschiffs mit Strickleitern an Bord. Ein wildes Handgemenge entstand. Die Engländer drängten, mit Gummiknüppeln um sich schlagend und gelegentlich auch schießend, auf die Leiter zu, die zur Kommandobrücke hinaufführte.

Jetzt erschien auch die *Apex* wieder auf der Bildfläche, und die beiden Kreuzer nahmen den Dampfer in die Mitte. Das Prisenkommando der *Apex* kam, geschützt durch einen Vorhang aus Tränengas, erneut an Bord; die Matrosen der *Dunston Hill* drängten von der anderen Seite, und der Palmach mußte zurückweichen. Dov Landau kämpfte auch mit. Gemeinsam mit anderen Flüchtlingen verteidigte er die Leiter zur Brücke. Immer wieder stießen sie die Engländer die Leiter hinunter, bis sie durch Tränengas und Schüsse vertrieben wurden.

Die Engländer, die jetzt die Herrschaft an Bord hatten, holten Verstärkung heran und hielten die Flüchtlinge und den Palmach mit ihren Schußwaffen in Schach, während einige von ihnen das Ruderhaus erstürmten, um das Schiff in ihre Gewalt zu bekommen. Bill Fry und fünf von seiner Crew empfingen die ersten drei Engländer, die in das Ruderhaus eindrangen, mit Pistolen und wütenden Fäusten. Bill, der vollkommen abgeschnitten war, kämpfte trotzdem weiter, bis ihn englische Matrosen aus dem Ruderhaus zerrten und mit Gummiknüppeln erschlugen. Nach einem vierstündigen Kampf, bei dem acht ihrer Leute getötet und an die zwanzig schwer verwundet worden waren, hatten die Engländer das Schiff in ihre Hand bekommen. Von den Juden waren fünfzehn getötet worden, darunter der amerikanische Kapitän Bill Fry.

Im Hafen von Haifa wurden umfassende Maßnahmen zur Absperrung und Geheimhaltung ergriffen, als die *Dunston Hill*, mit der *Gelobtes Land* im Schlepptau, herankam. Der alte Dampfer hatte schwere Schlagseite. Das ganze Hafengebiet wimmelte von britischen Truppen. Die sechste Fallschirmdivision war zur Stelle, und die Fallschirmjäger waren bis an die Zähne bewaffnet. Doch das alles nutzte den Engländern nichts. Die Juden hatten bereits einen genauen Bericht der gewaltsamen Aufbringung der *Gelobtes Land* nach Palästina gefunkt, und der jüdische Rundfunk hatte die Nachricht verbreitet.

Als sich die Schiffe der Bucht von Haifa näherten, riefen die Juden in Palästina zum Generalstreik aus. Die Engländer mußten rings um den Hafen Truppen und sogar Tanks einsetzen, um eine trennende Schranke zwischen den Flüchtlingen und den erbitterten Palästina-Juden zu errichten.

Vier britische Schiffe für den Transport von Gefangenen, die *Empire Monitor*, die *Empire Renown*, die *Empire Guardian* und die *Magna Charta* lagen bereit, um die Flüchtlinge der *Gelobtes Land* unverzüglich abzutransportieren. Doch in dem Augenblick, in dem der alte amerikanische Küstendampfer in den Hafen geschleppt wurde, erschütterte eine gewaltige Detonation Stadt und Hafen: Die *Empire Monitor* war in die Luft geflogen. Froschmänner des Palmach waren unter Wasser herangeschwommen und hatten eine Haftmine angebracht.

Die *Gelobtes Land* machte fest, und die Engländer begannen sofort, die Flüchtlinge von Bord zu bringen. Die meisten dieser Flüchtlinge hatten zu Schweres hinter sich, um noch Kampfgeist zu besitzen. Widerstandslos ließen sie sich in die Entlausungsbaracken führen, wo sie nackt ausgezogen, geduscht, nach Waffen untersucht und dann eilig auf die restlichen drei Transportschiffe gebracht wurden. Es war eine tragische Prozession.

Dov Landau und fünfundzwanzig andere hatten sich an Bord der *Gelobtes Land* in einem Laderaum verbarrikadiert und sich bis zu allerletzt gegen die Briten zur Wehr gesetzt. Die Engländer pumpten den Raum mit Tränengas voll, und Dov, der sich noch immer wehrte, wurde durch vier Soldaten von der *Gelobtes Land* heruntergeholt, an Bord der *Magna Charta* gebracht und dort in eine vergitterte Zelle gesperrt.

Die englischen Transportschiffe, auf denen die Flüchtlinge noch enger als auf der *Gelobtes Land* zusammengepfercht waren, liefen noch in der gleichen Nacht von Haifa aus, begleitet von den beiden Kreuzern, der *Dunston Hill* und der *Apex*.

Brachte man die Flüchtlinge in die bereits überfüllten Lager auf Zypern, so hatten die Juden ihr Spiel gewonnen. Weitere sechstausendfünfhundert Juden wären auf diese Weise aus Europa

203

geschafft und der Zahl der Juden hinzugefügt worden, die in Zypern saßen und darauf warteten, nach Palästina zu kommen.

Daher ordneten die Engländer an: »Die Flüchtlinge von der sogenannten *Gelobtes Land*, die sich an Bord der *Empire Guardian*, der *Empire Renown* und der *Magna Charta* befinden, sind nach Toulon zurückzubringen, dem Hafen, in dem sie sich eingeschifft haben. Von jetzt an werden alle Blockadebrecher, die aufgebracht werden, in die Häfen zurückgebracht, aus denen sie ausgelaufen sind.« Die Männer des Palmach und von Mossad Aliyah Bet, die sich bei den Flüchtlingen an Bord der drei Schiffe befanden, wußten, was sie zu tun hatten. Wenn sich die Flüchtlinge jetzt zurückschicken ließen und in Toulon von Bord gingen, bedeutete das das Ende der illegalen Einwanderung.

Als die drei Transportschiffe in den Golfe du Lion hineinfuhren und nahe der Küste vor Anker gingen, wurden in Toulon von den Engländern vorsorgliche Maßnahmen zum Zweck der Geheimhaltung getroffen. Gleichzeitig teilten die Palmach-Chefs der drei englischen Schiffe den englischen Kapitänen mit: »Wir werden uns nur mit Gewalt an Land bringen lassen.«

Der englische Kommandant, dem die drei Schiffe unterstanden, erbat von der Admiralität in London durch Funkspruch Anweisungen, wie er sich verhalten solle. Whitehall setzte Paris sofort unter Druck und ging beinahe so weit, mit dem Abbruch der diplomatischen Beziehungen zu drohen. Die Franzosen wurden ernstlich gewarnt, Partei für die Juden zu ergreifen oder die Engländer daran zu hindern, die Ausschiffung mit Gewalt vorzunehmen. Vier Tage gingen Funksprüche und Instruktionen zwischen London und den Transportschiffen und zwischen Paris und London hin und her. Schließlich verkündete die französische Regierung den Engländern ihren dramatischen Entschluß:

»Die französische Regierung wird eine gewaltsame Ausschiffung der Flüchtlinge weder zulassen noch sich daran beteiligen. Falls die Flüchtlinge wünschen sollten, freiwillig nach Frankreich zurückzukehren, sind sie uns jederzeit willkommen.«

Nachdem sich die Engländer von dem Schock erholt hatten, teilten sie den Flüchtlingen mit, daß sie die Wahl hätten, im Hafen von Toulon von Bord zu gehen oder so lange im Golfe du Lion an Bord zu bleiben, bis sie verreckt wären.

Die Juden an Bord der *Empire Guardian*, der *Empire Renown* und der *Magna Charta* verschanzten sich. Der Palmach organisierte Schulen, gab hebräischen Unterricht, druckte eine Zeitung, gründete ein Theater und versuchte auf alle Weise, die Stimmung aufrechtzuerhalten. Die französische Regierung schickte Tag für Tag von Toulon aus lange Reihen von Barkassen zu den Schiffen hinaus, um die Flüchtlinge mit guten Nahrungsmitteln und Medikamenten zu versorgen. An Bord der Schiffe kam ein Dutzend Babys zur Welt. Am Ende der ersten Woche hielten die Flüchtlinge unerschütterlich an ihrem Entschluß fest.

An Land erschienen Reporter, die sich für die drei Schiffe zu interessieren begannen und erbittert über die eiserne Geheimhaltung der Engländer waren. Eines Nachts schwamm ein Aliyah-Bet-Mann von Bord der *Empire Guardian* an Land und teilte der französischen Presse die ganze Story in allen Einzelheiten mit.

Berichte über das Schicksal der *Gelobtes Land* gingen durch die Presse von Frankreich, Italien, Holland und Dänemark. In allen vier Ländern erschienen Leitartikel, in denen den Engländern heftige Vorwürfe gemacht wurden. Diese Vorwürfe vom Kontinent kamen für die Engländer nicht unerwartet. Man war in London darauf vorbereitet gewesen. Ja, man hatte sich sogar auf noch mehr vorbereitet, hatte mit allem gerechnet, nur nicht mit der Hartnäckigkeit der Flüchtlinge.

Die Lebensbedingungen auf den Transportschiffen waren miserabel. Es war stickend heiß, und viele der Flüchtlinge waren krank. Dennoch weigerten sie sich, an Land zu gehen. Die Angehörigen der britischen Schiffsbesatzungen, die sich nicht in die abgesperrten Unterbringungsräume hineintrauten, wurden allmählich nervös. Am Ende der zweiten Woche waren die Juden unverändert standhaft, und die Aufregung in der Presse nahm zu.

Es verging eine dritte und auch noch eine vierte Woche. Die Entrüstung in der Öffentlichkeit bekann sich allmählich zu legen. Doch dann kam der erste Jude freiwillig und ohne Gewaltanwandung an Land. Er war tot. Die Empörung flammte erneut auf. Die Kapitäne der drei Schiffe meldeten nach London, daß die Flüchtlinge entschlossener zu sein schienen denn je. Whitehall geriet von Stunde zu Stunde mehr in Druck. Weitere Leichen mußten in der Öffentlichkeit böses Blut erregen.

Die politischen Drahtzieher beschlossen, einen neuen Dreh zu versuchen. Sie forderten die Flüchtlinge auf, Delegationen zu entsenden, um die Lage zu besprechen und zu verhandeln. Sie wollten eine Kompromißlösung finden, die es ihnen gestattete, aus der ganzen Geschichte herauszukommen, ohne das Gesicht zu verlieren. Doch von allen drei Schiffen bekamen sie die gleichlautende Antwort: »Wir fordern nicht mehr und nicht weniger als Palästina.«

Als in der sechsten Woche der zweite Tote an Land gebracht wurde, stellten die Engländer den Juden ein Ultimatum: entweder sie sollten an Land kommen oder die Folgen tragen. Es blieb unklar, worin diese Folgen bestehen sollten. Doch als die Flüchtlinge sich auch durch dieses Ultimatum nicht einschüchtern ließen, mußten die Engländer etwas unternehmen: »Die *Empire Guardian* und die *Empire Renown* laufen unverzüglich aus. Ziel dieser beiden Schiffe ist Hamburg. Die Passagiere werden dort von Bord gehen oder notfalls von Bord gebracht werden und so lange in einem Internierungslager in der britischen Besatzungszone verbleiben, bis weitere Weisung erfolgt.«

Um das Gesicht nicht ganz zu verlieren, gestatteten die Engländer dem letzten der drei Transportschiffe, der *Magna Charta*, die an Bord befindlichen Flüchtlinge in Zypern auszuladen, wo sie nach Caraolos gebracht wurden. Dov Landau hatte das Glück, seinen sechzehnten Geburtstag nicht in einem Lager in Deutschland, sondern in Caraolos zu verbringen; doch der Junge bestand nur noch aus Haß.

XXVIII

Auch seinen siebzehnten Geburtstag erlebte Dov Landau im Lager und hinter Stacheldraht. Er verbrachte ihn genau wie alle Tage. Er lag auf seiner Koje, starrte ins Leere und sprach kein Wort. Er hatte mit keinem Menschen gesprochen, seit man ihn mit Gewalt von Bord der *Gelobtes Land* heruntergeholt hatte. Während der langen Wochen im Hafen von Toulon war sein Haß immer bitterer geworden.

Hier in Caraolos hatten alle möglichen Leute, Palmach-Angehörige, Wohlfahrtspfleger, Ärzte und Lehrer versucht, durch die Wand seiner Verbitterung an ihn heranzukommen; doch Dov traute keinem und wollte niemanden in seiner Nähe haben. Tagsüber lag er schweigend auf seiner Koje. Nachts wehrte er sich dagegen, einzuschlafen, denn im Schlaf kamen stets die furchtbaren Träume. Er träumte immer wieder davon, wie sich die Türen der Gaskammern von Birkenau geöffnet hatten. Stundenlang konnte Dov dasitzen und auf die Nummer starren, die auf seinem linken Unterarm eintätowiert war: 359195.

Schräg gegenüber, auf der anderen Seite der Zeltstraße wohnte ein Mädchen. Es war das schönste Mädchen, das er je gesehen hatte. Das war auch weiter kein Wunder, denn dort, wo er bisher gelebt hatte, konnten die Frauen nicht schön sein. Sie arbeitete als Kindergärtnerin und betreute eine Menge kleinerer Kinder. Sie lächelte ihm jedesmal zu, wenn sie ihn sah, und sie schien gar nicht böse auf ihn zu sein, ihn nicht abzulehnen, wie es alle anderen taten. Dieses Mädchen hieß Karen Hansen-Clement.

Karen erkundigte sich, was mit Dov eigentlich los war und weshalb er nicht am Unterricht oder am Spiel teilnahm. Man warnte sie vor ihm und riet ihr, sich nicht mit ihm einzulassen. Er sei ein ›hoffnungsloser Fall‹, vielleicht sogar ein gefährlicher Bursche. Diese Warnung hatte auf Karen genau die gegenteilige Wirkung. Sie wußte, daß Dov in Auschwitz gewesen war, und sie hatte grenzenloses Mitleid mit ihm. Schon mehrfach war es ihr gelungen, das Vertrauen Jugendlicher zu gewinnen, mit denen andere nichts hatten anfangen können, und obwohl sie sich sagte, daß es vielleicht besser war, Dov in Ruhe zu lassen, begann sie sich doch immer mehr für ihn zu interessieren, je öfter sie zu seinem Zelt hinübersah.

Eines heißen Tages lag Dov wie üblich auf seiner Koje und starrte vor sich hin und schwitzte. Plötzlich fuhr er hoch. Er spürte, daß jemand zugegen war. Als er Karen vor sich stehen sah, erstarrte er.

»Ich wollte dich fragen, ob du mir deinen Wassereimer borgst«, sagte sie. »Meiner ist undicht, und der Wasserwagen wird gleich kommen.«

Dov starrte sie an und blinzelte nervös.

»Ich hatte dich gefragt, ob ich mir einmal deinen Wassereimer ausleihen darf.«

Dovs Antwort bestand in einem Knurren.

»Was soll das heißen – ja oder nein? Kannst du denn nicht reden?«

Sie sahen sich an wie zwei Kampfhähne. Karen tat es schon leid, daß sie überhaupt gekommen war. Sie holte tief Luft. »Ich heiße Karen«, sagte sie. »Ich wohne schräg gegenüber.«

Dov sagte noch immer nichts. Er starrte sie nur schweigend an.

»Also – darf ich deinen Eimer nehmen, oder nicht?«

»Was willst du eigentlich hier? Bist du auch hergekommen, um große Worte zu machen?«

»Nein«, sagte Karen, »ich bin hergekommen, weil ich mir deinen Eimer ausleihen wollte. Du bist wirklich niemand, über den man große Worte machen könnte.«

Er wandte sich ab, setzte sich auf die Kante seiner Koje und kaute an den Nägeln. Ihre Direktheit entwaffnete ihn. Er deutete mit der Hand auf den Wassereimer, der auf der Erde stand. Karen hob ihn auf. Dov warf ihr von der Seite einen kurzen Blick zu.

»Sag mal, wie heißt denn du? Ich wüßte gern, wie ich dich nennen soll, wenn ich dir den Eimer wiederbringe.«

Dov blieb stumm.

»Na sag schon – na?«

»Dov!«

»Und ich heiße Karen. Vielleicht kannst du das nächstemal, wenn wir uns sehen, ›Tag, Karen‹ zu mir sagen. Das wär doch schon was – wenn du auch ein finsteres Gesicht dabei machst.«

Sehr langsam wandte er sich wieder zu ihr herum, doch sie war nicht mehr da. Er ging zum Ausgang des Zeltes und sah ihr nach, wie sie zu dem Wasserwagen ging, der eben vorbeigekommen war. Er fand sie sehr schön.

Es war das erstemal seit vier Monaten, daß von außen irgend etwas an Dov Landau herangekommen war. Diese Karen war so ganz anders als alle anderen, die mit ihm zu reden versuchten. Sie war kurz angebunden und schnippisch und ein bißchen scheu, gleichzeitig strahlte etwas von ihr aus, etwas Zärtliches. Sie hielt keine großen Reden, betete nicht irgend etwas her, was sie nicht meinte. Sie war genau wie er in Caraolos eingesperrt, doch sie beklagte sich nicht darüber und schien auch nicht verbittert zu sein wie all die anderen. Sie hatte eine wunderschöne Stimme, die aber auch sehr energisch sein konnte.

»Da hast du deinen Eimer wieder«, sagte Karen, »und vielen Dank auch. Auf Wiedersehen, Dov.« Dov brummte vor sich hin.

»Ach richtig, du bist ja der, der nicht redet, sondern brummt. In meinem Kindergarten habe ich einen kleinen Jungen, der ist genauso. Allerdings behauptet er, er wäre ein Löwe.«

»Auf Wiedersehen!« brüllte Dov, so laut er konnte.

Die Tage verstrichen in der Gleichförmigkeit des Lagers, und doch war irgend etwas anders geworden. Dov war nach wie vor stumm, mürrisch und in sich gekehrt, aber immer häufiger kam es vor, daß er nicht an den Tod dachte und an seinen Haß. Er hörte die Stimmen der Kinder vom Spielplatz, und er hörte, wie Karen mit den Kindern sprach. Das erschien Dov ganz sonderbar. In der ganzen Zeit in Caraolos hatte er noch nie die Stimmen der spielenden Kinder gehört. Er hörte sie erst, seit er Karen kennengelernt hatte.

Eines Nachts stand Dov am Stacheldraht und sah zu, wie der Kegel des Scheinwerfers über die Reihen der Zelte glitt. Er stand oft nachts am Stacheldraht und sah den Scheinwerfern zu. Er hatte noch immer Angst vor dem Einschlafen. Auf dem Spielplatz hatte die Palmach-Gruppe ein Feuer gemacht, saß darum herum und sang und tanzte. Dov hatte diese Lieder früher auch einmal gesungen, bei den Zusammenkünften der ›Bauleute‹. Doch er mochte sie jetzt nicht mehr hören. Damals waren Mundek und Ruth und Rebekka dabeigewesen.

»Hallo, Dov!«

Er fuhr herum und sah Karen in der Dunkelheit vor sich stehen.

»Hast du keine Lust, zum Feuer mitzukommen?« fragte Karen. Sie kam näher an ihn heran, doch er wandte ihr den Rücken zu.

»Du magst mich doch, nicht wahr? Mit mir kannst du doch reden. Warum willst du nicht mitmachen, wenn wir zusammenkommen?«

Er schüttelte den Kopf.

»Dov –«, sagte sie mit leiser Stimme.

Er fuhr herum und sah sie wütend an. »Armer Dov!« rief er. »Der arme Irre! Du bist genau wie alle anderen! Du redest bloß sanfter!« Dov griff nach ihr, legte die Hände um ihren Hals und drückte ihr die Kehle zu. »Laß mich in Ruhe – hörst du – laß mich in Ruhe!«

Karen sah ihm fest in die Augen. »Nimm deine Hände von meinem Hals, augenblicklich.«

Er ließ die Arme sinken. »Ich wollte dir nichts tun«, sagte er. »Ich wollte dich nur erschrecken.«

»Erschreckt hast du mich nicht«, sagte sie und ging.

Eine Woche lang sah ihn Karen weder an noch sprach sie mit ihm. Dov plagte die Unruhe. Es war ihm unmöglich, wie früher stundenlang dazuliegen und vor sich hinzustarren. Den ganzen Tag ging er ruhelos im Zelt auf und ab. Früher war er mit seinen Gedanken allein gewesen. Jetzt konnte er überhaupt nicht mehr denken!

Eines Abends war Karen mit ihren Kindern auf dem Spielplatz. Ein kleiner Junge fiel beim Spielen hin und fing an zu weinen. Sie kniete sich zu ihm nieder, legte die Arme um ihn und tröstete ihn. Irgend etwas veranlaßte sie, den Blick zu heben. Vor ihr stand Dov. »Tag, Karen«, sagte er kurz und ging rasch wieder davon.

Die anderen hatten Karen zwar davor gewarnt, sich mit Dov einzulassen. Doch Karen wußte es besser. Sie wußte, daß er verzweifelt war, daß er einen Menschen brauchte, und daß dieses kurze ›Tag, Karen‹ seine Form dafür war, sie um Verzeihung zu bitten.

Ein paar Tage später fand sie abends auf ihrem Bett eine Zeichnung: Sie stellte ein kniendes Mädchen dar, das einen kleinen Jungen im Arm hielt. Dahinter war Stacheldraht. Sie ging hinüber zu Dovs Zelt, aber Dov drehte ihr den Rücken zu, als er sie kommen sah.

»Du bist ein sehr guter Zeichner«, sagte Karen.

»Muß ich ja wohl«, sagte er bissig. »Hab' ja viel Übung gehabt. Meine Spezialität sind George Washington und Abraham Lincoln.«

Er saß unbehaglich auf seiner Koje und biß sich auf die Lippe. Karen setzte sich neben ihn. Ihm war sonderbar zumute, denn er hatte, seine Schwestern ausgenommen, noch nie so nahe neben einem Mädchen gesessen. Sie berührte mit dem Finger die blaue Nummer, die auf seinem linken Unterarm eintätowiert war und fragte: »Auschwitz?«

»Warum gibst du dich eigentlich mit mir ab?«

»Bist du noch nie auf den Gedanken gekommen, ich könnte dich vielleicht gern haben?«

»Mich gern haben?«

»Du siehst sehr nett aus, wenn du nicht gerade eine finstere Miene machst – was allerdings, das muß ich zugeben, meistens der Fall ist, und du hast eine sehr nette Stimme, wenn du mal nicht brummst oder knurrst.«

Seine Lippen zitterten. »Ich – mag dich auch gern. Du bist nicht so wie all die andern. Du verstehst mich. Mundek, mein Bruder, der verstand mich auch.«

»Wie alt bist du?«

»Siebzehn«, sagte Dov. Dann sprang er plötzlich auf, fuhr herum und fauchte: »Wie ich sie hasse, diese gottverdammten Engländer. Sie sind nicht besser als die Deutschen.«

»Dov!«

Der heftige Ausbruch war so schnell vorbei, wie er gekommen war. Und doch, es war ein Anfang. Er hatte seinem Herzen Luft gemacht. Es war seit einem Jahr das erstemal, daß er mehr als ein oder zwei Worte hintereinander gesprochen hatte.

Dov war gern mit Karen zusammen. Er freute sich, wenn sie zu ihm kam, weil sie zuhören konnte und weil sie ihn verstand. Er konnte ihr manchmal eine Weile ganz ruhig irgend etwas erzählen. Dann auf einmal brachen die Erbitterung und der Haß aus ihm heraus. Hinterher zog er sich wieder in sich selbst zurück und versank in düsteres Schweigen.

Karen faßte allmählich Zutrauen zu ihm und erzählte ihm, wie es wäre, wenn sie ihren Vater in Palästina wiedersähe. In der ganzen Zeit, seit Karen von den Hansens weggegangen war, hatte sie immer soviel Arbeit mit den Kleinen gehabt, daß sie nie Zeit gefunden hatte, sich mit einem Menschen wirklich anzufreunden. Dov schien stolz zu sein, daß sie gern mit ihm über all diese Dinge redete, und sie – ja, das war sonderbar, aber sie fand es auch sehr schön, sie ihm erzählen zu können.

Eines Tages geschah etwas sehr Bedeutsames: Dov Landau lächelte, zum erstenmal, nach langer, langer Zeit.

XXIX

Es waren nur noch vierundzwanzig Stunden bis zu der letzten, der entscheidenden Phase des Unternehmens Gideon. Ari ben Kanaan versammelte seine Leute im Haus von Mandria, um noch einmal alles mit ihnen zu besprechen. David ben Ami übergab Ari die Listen und Papiere für die Verlegung, die Dov Landau soeben fertiggestellt hatte. Ari prüfte sie und meinte, der Junge sei ein wahrer Künstler. Niemand konnte die Echtheit dieser Dokumente bezweifeln. David erstattete Meldung über den Umbau und die Ausrüstung der *Exodus*, wobei man an alles gedacht hatte, angefangen von allgemeinen Sicherheitsmaßnahmen bis zu koscherem Konservenfleisch für die strenggläubigen Kinder.

Joab Yarkoni, der Marokkaner, meldete, daß alle Lastwagen fahrbereit seien und innerhalb von zwanzig Minuten vom Lager der 23. Transportkompanie aus in Caraolos sein könnten. Er gab ferner die genauen Zeiten für die Fahrt von Caraolos nach Kyrenia auf den einzelnen Strecken an.

Seew Gilboa sagte, daß die dreihundertundzwei Kinder innerhalb von zwanzig Minuten auf den Wagen verladen sein könnten und daß er den Kindern erst unmittelbar vor der Abfahrt bekanntgeben werde, wohin die Reise gehe.

Hank Schlosberg, der amerikanische Skipper der *Exodus*, sagte, er werde bei Morgengrauen in Larnaca abfahren und Kurs auf Kyrenia nehmen, um mindestens ein bis zwei Stunden vor der voraussichtlichen Ankunft der Wagenkolonne im Hafen einzutreffen. Mandria meldete, daß er längs der ganzen Fluchtstrecke Späher postiert habe, die die Wagenkolonne auf jede auffällige Aktivität der Engländer aufmerksam machen können. Desgleichen habe er Späher auf einem halben Dutzend Ausweichstrecken postiert. Mandria sagte, er werde, wie befohlen, hier in seinem Haus in Famagusta warten. Wenn die Wagenkolonne vorbeigekommen sei, werde er augenblicklich Mark Parker in Kyrenia anrufen.

Ari stand auf und sah seine Leute an. Sie waren nervös, alle miteinander. Sogar Yarkoni, der sonst die Ruhe selbst war, starrte auf den Fußboden. Ari lobte seine Mitarbeiter nicht, und er wünschte ihnen auch nicht Hals- und Beinbruch. Für anerkennende Worte war im Augenblick keine Zeit, und daß alles gut ging, dafür würden sie schon selber sorgen.

»Ich hatte ursprünglich die Absicht, die Kinder erst in drei Tagen nach Kyrenia zu bringen«, sagte er. »Ich wollte warten, bis die Engländer selbst angefangen hätten, Kinder aus dem Lager von Caraolos in das neue Lager zu überführen. Inzwischen haben wir jedoch erfahren, daß Major Alistair Verdacht geschöpft hat. Es besteht sogar Grund zu der Annahme, daß er sich über Brigadier Sutherlands Kopf hinweg mit London in Verbindung gesetzt und um Anweisungen gebeten hat. Deshalb müssen wir sofort handeln. Unsere Lastwagen sind morgen früh neun Uhr in Caraolos. Ich hoffe, Herr Mandria, daß wir bis gegen zehn Uhr die Kinder verladen haben und mit unserer Wagenkolonne hier an Ihrem Haus vorbeikommen werden. Von dem Augenblick an, da wir von der Straße nach Larnaca abbiegen, haben wir zwei kritische Stunden vor uns. Wir haben absolut keinen Grund anzunehmen, daß man unsere Kolonne anhalten wird. Die Wagen der 23. Transportkolonne sind in ganz Zypern bekannt. Dennoch, wir müssen damit rechnen, daß wir verdächtigt werden könnten. Gibt es noch irgendwelche Fragen?«

Keine Fragen.

David ben Ami, sentimental wie er nun einmal war, konnte die Gelegenheit ohne einen Trinkspruch nicht vorbeigehen lassen. Diesmal hatte auch Ari nichts gegen die Unbekümmertheit seines Freundes einzuwenden.

»LeChajim«, sagte David, indem er sein Glas hob.

»LeChajim«, fielen die anderen ein.

»Ich habe dieses ›LeChajim‹ von euch so oft gehört«, sagte Mandria. »Was bedeutet es?«

»Es heißt ›Zum Leben!‹« antwortete David, »und für Juden ist das wahrhaftig keine geringe Forderung.«

»Zum Leben!« wiederholte Mandria. »Ein gutes Wort!«

Ari ging zu Mandria und umarmte ihn, so wie es beim Palmach üblich war. »Sie waren uns ein guter Freund«, sagte er. »So, und jetzt muß ich zu Parker.«

Mandria strahlte, und die Tränen liefen ihm über das Gesicht. Daß Ari ihn umarmt hatte, bedeutete, daß man ihn als einen der ihren anerkannt hatte.

Eine halbe Stunde später traf sich Ari, nunmehr als Captain Caleb Moore, mit Mark auf der Terrasse des King George. Mark war ein Nervenbündel. Ari nahm Platz, lehnte eine Zigarette ab und bestellte sich etwas zu trinken.

»Nun?« fragte Mark ungeduldig.

»Morgen. Um neun sind wir in Caraolos.«

»Ich dachte, Sie wollen warten, bis die Engländer angefangen hätten, die Kinder zu verlegen?«

»Ja, das wäre auch besser gewesen, aber wir können nicht länger warten. Einer unserer Vertrauensleute bei der CID hat uns mitgeteilt, daß Alistair Lunte gerochen hat.« Mark machte ein besorgtes Gesicht. »Kein Grund zur Aufregung«, sagte Ari, »die Sache ist schon so gut wie vorbei. Die Engländer haben zwar Verdacht geschöpft, aber sie wissen noch nichts. Also, jetzt sind Sie im Bilde.«

Mark nickte. Er werde ein Telegramm nach London schicken, mit der Bitte, seinen Urlaub zu verlängern. Durch die Unterschrift ›Mark‹ wisse Bradbury, daß das Unternehmen Gideon geglückt sei, und könne Parkers Bericht an die Presse weitergeben.

»Und was, wenn ich bis zehn keinen Anruf von Mandria habe?«

Ari lächelte. »Dann würde ich Ihnen vorschlagen, schleunigst aus Zypern abzuhauen; es sei denn, Sie wollen als Berichterstatter meiner Hinrichtung beiwohnen.«

»Könnte eine nette Story ergeben«, antwortete Mark.

»Übrigens«, sagte Ari und sah beiläufig auf das Meer hinaus, »Kitty ist gar nicht mehr im Lager gewesen, seit wir Karen auf die Liste für die *Exodus* setzen mußten.«

»Stimmt. Sie ist bei mir, im Dom-Hotel.«

»Und wie geht es ihr?«

»Wie soll es ihr gehen? Natürlich miserabel. Sie möchte nicht, daß Karen auf die *Exodus* mitgeht. Können Sie ihr das verübeln?«

»Ich mache ihr keinen Vorwurf. Sie tut mir leid.«

»Nett von Ihnen. Ich wußte gar nicht, daß Ihnen jemand leid tun kann.«

»Ich bedaure es, daß sie ihrem Gefühl erlaubt hat, mit ihr durchzugehen.«

»Ach, richtig, für Sie existieren doch keine menschlichen Gefühle. Das hatte ich ganz vergessen.«

»Sie sind nervös, Mark.«

Aris kühle Gelassenheit machte Mark wütend. Er mußte daran denken, wie verzweifelt Kitty gewesen war, als sie ihm erzählt hatte, Karen würde auf das Schiff mitgehen. »Was wollen Sie eigentlich? Kitty hat in ihrem Leben mehr gelitten, als ein Mensch überhaupt leiden darf.«

»Gelitten?« sagte Ari. »Ich bezweifle, daß Kitty Fremont überhaupt weiß, was dieses Wort bedeutet.«

»Zum Teufel mit Ihnen, Ben Kanaan, hol Sie der Teufel! Glauben Sie, daß die Juden das Recht zu leiden gepachtet haben?«

Mark stand auf und wollte gehen. Ari griff ihn am Arm und hielt ihn fest. Zum erstenmal erlebte Mark bei Ben Kanaan, daß ihn seine ruhige Gelassenheit verließ. Es blitzte zornig in Aris Augen. »Verdammt noch mal – begreifen Sie denn gar nicht, um was es hier geht? Denken Sie vielleicht, das wäre eine Landpartie? Wir nehmen es morgen mit dem britischen Empire auf, und es geht hart auf hart!«

Er ließ Marks Arm los und beherrschte sich sofort wieder. Fast tat er Mark im Augenblick ein kleines bißchen leid. Ari verstand sich vielleicht besser zu beherrschen, doch auch bei ihm machte sich die Spannung allmählich bemerkbar.

Einige Stunden später war Mark wieder im Dom-Hotel in Kyrenia. Er klopfte an Kittys Tür. Sie zwang sich zu einem matten Lächeln, doch Mark sah ihren Augen an, daß sie geweint hatte.

»Morgen geht es los«, sagte er.

Kitty erstarrte. »Schon so bald?«

»Ja, sie fürchten, die Engländer könnten irgend etwas gemerkt haben.«

Kitty ging ans Fenster und sah hinaus. Es war ein strahlend klarer Abend. Sogar der schwache Streifen der türkischen Küste war zu sehen. »Ich habe versucht, meinen ganzen Mut zusammenzunehmen, wollte meinen Koffer packen und abreisen«, sagte sie. »Aber ich kann nicht.«

»Hör zu«, sagte Mark. »Sobald die Sache hier vorbei ist, fahren wir beide zusammen für ein paar Wochen an die Riviera.«

»Ich dachte, du müßtest nach Palästina?«

»Ich weiß nicht, ob die Engländer mich nach dieser Geschichte dort noch hineinlassen. Kitty, ich habe ein scheußlich schlechtes Gewissen, daß ich dich in die ganze Sache mit hineingezogen habe.«

»Es ist nicht deine Schuld, Mark.«

»Das hast du schön gesagt, aber es stimmt nicht. Wirst du damit fertig werden?«

»Doch, ich glaube schon. Ich hätte es wissen müssen. Du hattest mich gewarnt. Und mir war von Anfang an klar, daß ich mich auf sehr schwankendem Boden bewegte. Weißt du, Mark – es ist sonderbar, wir haben noch darüber gestritten, an dem Abend, an dem ich Ben Kanaan kennenlernte. Ich hatte damals zu dir gesagt, mit den Juden sei irgend etwas eigenartig. Sie sind eben doch anders als wir.«

»Jedenfalls haben sie eine unwahrscheinliche Fähigkeit, in Schwierigkeiten zu geraten«, sagte Mark. »Das scheint geradezu ihr Hobby zu sein.« Mark stand auf und rieb sich die Stirn. »Also – es mag sein, wie es will, essen könnten wir eigentlich trotzdem. Ich bin hungrig.«

Kitty lehnte in der Tür, während Mark das Gesicht in kaltes Wasser tauchte. Er suchte nach dem Handtuch, und sie reichte es ihm.

»Mark – es wird sehr gefährlich sein auf der *Exodus*, nicht wahr?«

Er zögerte einen Augenblick. Es hatte keinen Sinn, ihr jetzt noch etwas vorzumachen. »Die *Exodus* ist eine schwimmende Bombe«, sagte er.

»Sag mir die Wahrheit, Mark. Kann diese Sache überhaupt gutgehen?«

»Da dieses gefühllose Monstrum, dieser Ari ben Kanaan, das Unternehmen leitet, besteht immerhin eine gewisse Chance.«

Die Sonne ging unter, und es war Nacht. Mark saß in Kittys Zimmer, und beide schwiegen.

»Es hat keinen Sinn, die ganze Nacht aufzubleiben«, sagte er schließlich.

»Bitte bleib da«, sagte Kitty. »Ich lege mich nur aufs Bett.« Sie griff in den Nachttischkasten und holte zwei Schlaftabletten heraus. Dann machte sie das Licht aus, wandte sich um und versuchte Schlaf zu finden.

Mark setzte sich ans Fenster und sah der Brandung zu, die an den Strand schlug. So vergingen zwanzig Minuten. Mark drehte sich um und sah zu Kitty hinüber. Sie schien eingeschlafen zu sein, wälzte sich aber unruhig hin und her. Er ging an ihr Bett, blieb eine Weile bei ihr stehen und sah sie an. Dann deckte er sie mit einer Decke zu und ging wieder zu seinem Stuhl zurück.

In Caraolos saß Karen mit Dov in einer Koje. Beide waren zu aufgeregt, um schlafen zu können. Sie sprachen leise miteinander. Von allen Kindern wußten nur sie allein, was der morgige Tag bringen würde.

Schließlich gelang es Karen, Dov zu überreden, sich auszustrecken. Als ihm die Augen zufielen, stand sie auf. Eine seltsame Empfindung ging durch ihren Körper. Etwas, was sie nicht verstand und wovor sie fast ein wenig erschrak. Dov bedeutete ihr mehr, als ihr bisher bewußt gewesen war. Es war nicht nur Mitleid, was sie für ihn empfand. Es war noch etwas anderes, etwas Unverständliches. Sie wäre gern zu Kitty gegangen, um mit ihr darüber zu reden. Doch Kitty war nicht da.

Bei der 23. Transportkompanie SMJSZ lagen drei Männer auf ihren Feldbetten, mit offenen Augen, hellwach.

Seew Gilboa wagte zum erstenmal seit fast einem Jahr wieder an den Frühling in Galiläa zu denken, an die Felder seines Dorfes, an seine Frau und sein Kind. Joab Yarkoni dachte an Sdot Yam, das Fischerdorf, und wie schön es wäre, wieder mit seinem Trawler hinaus zum Fischen fahren zu können. Er stellte sich das Wiedersehen mit seinem Bruder und seiner Schwester vor.

Und David ben Ami dachte an Jerusalem, das er fast ebenso heiß liebte wie Jordana, Aris Schwester.

Die drei Männer waren sich darüber klar, daß sie vielleicht nur kurze Zeit in Palästina bleiben würden; denn sie waren Palmach- und Aliyah-Bet-Angehörige und konnten jederzeit an irgendeiner anderen Stelle gebraucht werden. Doch in dieser Nacht dachten sie alle an ihr Zuhause.

Brigadier Bruce Sutherland erwachte wieder einmal aus einem seiner quälenden Träume. Er zog sich an, verließ das Haus und ging einsam durch das nächtliche Famagusta. Er war müde, sehr müde und erschöpft, und er fragte sich, ob es für ihn jemals wieder eine Nacht geben würde, in der er die Augen schließen und ruhig schlafen konnte.

Mandria lief unruhig hin und her in dem Raum, in dem sich die Männer von Mossad Aliyah Bet so oft versammelt hatten. Mandria und andere Griechen auf Zypern, die gleich ihm mit den Juden zusammenarbeiteten, begannen allmählich an die Möglichkeit einer Widerstandsbewegung der Griechen gegen die Herrschaft der Engländer auf Zypern zu denken.

Ein Mann aber schlief fest und tief. Ari ben Kanaan schlief wie ein satter Säugling, so als ob auf der ganzen Welt Frieden herrschte. Zwanzig Minuten vor neun Uhr morgens bestieg Ari ben Kanaan, in seiner Verkleidung als Captain Moore, den Jeep an der Spitze der Kolonne von zwölf Lastwagen der 23. Transportkompanie. Am Steuer eines jeden Wagens saß ein Palmach-Mitglied in englischer Uniform. Die Kolonne setzte sich in Bewegung und hielt zwanzig Minuten später vor dem Verwaltungsgebäude des Lagers.

Ari ging hinein und klopfte bei dem Lagerkommandanten an, dessen Bekanntschaft er in den letzten drei Wochen gemacht und sorgsam gepflegt hatte.

»Guten Morgen, Sir«, sagte Ari.

»Guten Morgen, Captain Moore. Was führt Sie zu mir?«

»Wir haben von der Kommandantur einen eiligen Sonderauftrag bekommen, Sir. Das Lager in Larnaca scheint schneller fertig zu werden, als man erwartet hatte. Ich soll schon heute einen Teil der Kinder hinüberbringen.« Ari legte die gefälschten Papiere auf den Schreibtisch des Lagerkommandanten.

Der CO blätterte die Listen durch. »Davon steht nichts auf unserem Verlegungsplan«, sagte er. »Die Verlegung der Kinder sollte erst in drei Tagen beginnen.«

»Kommt aber von der Kommandantur, Sir«, sagte Ari.

Der CO biß sich nachdenklich auf die Lippe, sah Ari an, prüfte nochmals die Papiere und hob dann den Hörer ab. »Hallo – hier Potter. Captain Moore hat Anweisung, dreihundert Kinder aus Sektion 50 in das neue Lager zu bringen. Weisen Sie ein Arbeitskommando an, den Transport schleunigst zusammenzustellen.«

Der CO nahm seinen Füller und zeichnete die Verlegungspapiere ab. »Mhm, was ich noch sagen wollte, Moore – besten Dank für den Whisky, den Sie uns geschickt haben.«

»War mir ein Vergnügen, Sir.«

Ari nahm die Papiere wieder an sich. Der CO seufzte. »Juden kommen und Juden gehen«, sagte er.

»Ja, Sir«, sagte Ari. »Sie kommen – und sie gehen.«

Im Zimmer von Mark war der Frühstückstisch am Fenster gedeckt. Kitty und Mark hatten kaum etwas gegessen.

»Wie spät ist es?« fragte Kitty zum fünfzehntenmal.

»Gleich halb zehn«, sagte Mark. Dann zeigte er aufs Meer hinaus und sagte: »Da, sieh doch mal.«

Draußen erschien die altehrwürdige *Aphrodite/Exodus* und näherte sich langsam dem Hafeneingang.

»Großer Gott!« sagte Kitty. »Ist das die *Exodus*?«

»Ja, das ist sie.«

»Mein Gott, Mark – das Schiff sieht aus, als würde es im nächsten Augenblick auseinanderfallen.«

»Allerdings.«

»Aber wie um alles in der Welt wollen sie denn auf diesem Schiff dreihundert Kinder unterbringen?«

Mark brannte sich eine neue Zigarette an. Er wäre gern aufgestanden und im Zimmer umhergegangen, doch er wolle Kitty nicht merken lassen, wie unruhig er war.

Neun Uhr dreißig.

Neun Uhr vierzig.

Die *Exodus* passierte den Leuchtturm und gelangte durch die schmale Einfahrt in den Hafen von Kyrenia.

Neun Uhr fünfzig.

»Mark, bitte setz dich hin. Du machst mich ganz nervös.«

»Wir müßten eigentlich bald einen Anruf von Mandria haben. Es kann jetzt jede Minute soweit sein.«

Zehn Uhr.

Zehn Uhr fünf.

Sechs Minuten nach zehn. Sieben Minuten nach zehn.

»Verdammt! Wo bleibt denn der Kaffee, den ich bestellt hatte? Kitty, geh doch mal in dein Zimmer und ruf unten an, ja? Sag ihnen, sie sollen endlich den Kaffee heraufbringen.«

Zehn Uhr fünfzehn.

Der Kaffee wurde gebracht.

Zehn Uhr siebzehn. Marks Nervosität ließ nach. Er wußte: wenn er in den nächsten zehn Minuten nichts von Mandria hörte, dann war irgendwas schiefgegangen.

Zehn Uhr zwanzig. Das Telefon klingelte!

Mark und Kitty sahen sich einen Augenblick an. Mark wischte sich den Schweiß von der Handfläche, holte tief Luft und nahm den Hörer ab.

»Hallo.«

»Mr. Parker.«

»Am Apparat.«

»Einen Augenblick bitte, Sie werden aus Famagusta verlangt.«

»Hallo – hallo – hallo.«

»Parker?«

»Am Apparat.«

»Hier ist Mandria.«

»Ja.«

»Sie sind soeben hier durchgekommen.«

Mark legte den Hörer auf. »Er hat sie also tatsächlich aus dem Lager herausbekommen. Sie fahren jetzt auf der Straße nach Larnaca. In rund fünfzehn Minuten werden sie abbiegen und in nördlicher Richtung davonbrausen. Es ist eine Strecke von rund fünfzig Meilen, größtenteils durch flaches Land. Nur einmal müssen sie über einen Paß, falls sie nicht einen Umweg machen müssen. Sie müßten also kurz nach zwölf hier sein, wenn alles klargeht. Komm, Kitty, jetzt brauchen wir ja nicht mehr hier zu warten.« Er nahm seinen Feldstecher, ging mit Kitty nach unten zum Empfang und verlangte ein Telegrammformular.

KENNETH BRADBURY
AMERICAN NEWS SYNDICATE
LONDON
NETTE BEKANNTSCHAFT GEMACHT STOP ERBITTE ZWEI WOCHEN URLAUBSVERLÄNGERUNG.   MARK

»Geben Sie das bitte auf, als dringendes Telegramm. Wie lange wird das dauern?«

Der Portier sah auf das Formular und sagte: »Es wird in ein paar Stunden in London sein.«

Mark und Kitty verließen das Hotel und gingen zum Hafen.

»Was war das für ein Telegramm?« fragte Kitty.

»Das war das verabredete Signal, daß mein Bericht heute abend an die Presse gehen soll.«

Am Kai blieben sie eine Weile stehen und sahen zu, wie der gebrechliche Kahn im Hafen festmachte. Dann nahm Mark Kittys Arm. Sie gingen hinüber auf die andere Seite des Hafens und stiegen auf den Turm des Kastells. Von hier oben konnten sie sowohl den Hafen sehen als auch weit die Küstenstraße hinunter, auf der die Wagenkolonne ankommen mußte.

Gegen elf Uhr fünfzehn richtete Mark seinen Feldstecher auf diese Straße, die sich am Meer entlangzog, in Windungen hinter den Hügeln verschwand und wieder hervorkam. Der Paß über das Gebirge war zu weit entfernt, um ihn von hier aus sehen zu können. Plötzlich erstarrte er: Er hatte einen Staubschleier gesichtet, und jetzt erkannte er eine Reihe von Lastwagen, klein wie Ameisen. Er stieß Kitty an und gab ihr das Glas. Sie hielt es auf die Wagen gerichtet, die auf der sich schlängelnden Straße auftauchten, verschwanden, von neuem sichtbar wurden und sich langsam auf Kyrenia zu bewegten.

»Sie sind ungefähr noch eine halbe Stunde entfernt.«

Sie stiegen von dem Turm wieder herunter, gingen wieder auf die andere Seite des Hafens und blieben am Ende des Kais stehen. Von hier waren es nur fünf Minuten zum Dom-Hotel. Als die Wagenkolonne das Krankenhaus am Stadtrand passierte, nahm Mark Kitty bei der Hand und ging mit ihr zum Hotel zurück.

Dort begab sich Mark in eine Telefonzelle und ließ sich dringend mit dem britischen Intelligence Service in Famagusta verbinden.

»Ich hätte gern Major Alistair gesprochen«, sagte Mark. Er hielt ein Taschentuch über die Sprechöffnung und sprach mit englischem Akzent.

»Verzeihung, wer spricht dort, und um was handelt es sich bitte?«

»Hören Sie mal«, sagte Mark, »dreihundert Juden sind aus Caraolos entflohen. Also stellen Sie jetzt gefälligst keine dummen Fragen, sondern verbinden Sie mich mit Alistair.«

Der Apparat auf Major Alistairs Schreibtisch läutete.

»Hier Alistair«, sagte er mit seiner leisen Stimme.

»Hier ist ein guter Freund«, sagte Mark. »Ich wollte Ihnen nur melden, daß mehrere hundert Juden aus Caraolos ausgebrochen sind und sich in diesem Augenblick im Hafen von Kyrenia an Bord eines Schiffes begeben.«

Dann legte er auf.

Alistair drückte mehrfach rasch auf die Gabel. »Hallo, wer spricht denn da? Hallo – hallo!« Er legte den Hörer hin und nahm ihn sofort wieder ab. »Hier Alistair. Ich habe soeben eine Meldung über die Flucht von dreihundert Juden bekommen. Sie sollen sich in Kyrenia an Bord eines Schiffes begeben. Geben Sie Alarmstufe blau. Sagen Sie dem Ortskommandanten von Kyrenia, er solle sofort feststellen, was los ist. Falls die Meldung stimmt, müssen sofort einige Einheiten unserer Flotte dorthin dirigiert werden.«

Alistair legte den Hörer hin und machte sich eiligst auf den Weg zu Sutherlands Büro.

Die Wagenkolonne kam in den Hafen gerollt und hielt auf dem Kai. Ari ben Kanaan entstieg dem Jeep an der Spitze der Kolonne, und der Fahrer fuhr mit dem Jeep davon. Die Lastwagen kamen herangefahren und hielten bei der *Exodus*. Jungen und Mädchen stiegen aus und begaben sich rasch und ohne jeden Lärm an Bord. Alles vollzog sich, dank der Ausbildung durch Seew Gilboa, in mustergültiger Disziplin. An Bord schleusten Joab, David und Hank Schlosberg, der Kapitän, die Jugendlichen an ihre Plätze im Raum und an Deck.

Am Kai blieben ein paar Neugierige stehen und staunten. Einige englische Soldaten zuckten die Achseln und kratzten sich am Kopf. Sobald einer der Lastwagen leer war, fuhr der Fahrer damit in die Berge davon und ließ ihn in der Nähe der Ruinen von St. Hilarion stehen. Die 23. Transportkompanie, die in diesem Augenblick ihre Aufgabe erfüllt hatte, hörte zu existieren auf. Joab hinterließ in seinem Lastwagen einen Zettel, auf dem er sich bei den Engländern für die Überlassung des Fahrzeuges bedankte. Ari ging an Bord und begab sich in das Ruderhaus. Nach zwanzig Minuten war der letzte Lastwagen entladen und alle an Bord. Ari übergab Hank das Kommando.

Der Kapitän lichtete den Anker und ließ die Maschinen auf Touren laufen.

»Geht zu den Kindern«, sagte Ari zu Seew, David und Joab,

»und erklärt ihnen genau, was wir vorhaben und was wir von ihnen erwarten. Jedes Kind, das meint, es könne die Sache nicht durchstehen, soll hierher ins Ruderhaus kommen, mir Bescheid sagen; dann wird es nach Caraolos zurückgebracht werden. Macht den Kindern klar, daß ihr Leben in Gefahr ist, wenn sie bleiben. Weder von euch noch von den Kindern soll auf diejenigen, die lieber von Bord gehen wollen, irgendein Druck ausgeübt werden, um sie zum Bleiben zu veranlassen.«

Während die Palmach-Angehörigen von der Brücke nach unten gingen, um die Kinder zu unterweisen, begab sich die *Exodus* in die Mitte des Hafens und ging dort vor Anker.

Im nächsten Augenblick tönte ganz Kyrenia wider vom Schrillen der Sirenen. Ari richtete sein Fernglas auf die Hügel und die Küstenstraße und sah Dutzende englischer Lastwagen und Jeeps, die sich Kyrenia näherten. Er mußte laut lachen, als er sah, wie die Lastwagen der einstmaligen 23. Transportkompanie, die von Kyrenia aus in die Berge gebracht wurden, den Wagenkolonnen mit englischen Soldaten begegneten, die in entgegengesetzter Richtung herangebraust kamen.

Die Engländer kamen heran und strömten in den Hafen! Ein Wagen nach dem anderen hielt auf dem Kai und entlud Soldaten. Soldaten rannten im Galopp auf beiden Seiten die Mole entlang und brachten bei der engen Hafeneinfahrt Maschinengewehre und die Granatwerfer in Stellung, um die *Exodus* am Auslaufen zu hindern.

Immer mehr Wagen kamen heran. Der Kai wurde abgesperrt, neugierige Zuschauer wurden zurückgedrängt. Innerhalb einer Stunde wimmelte es im Hafen von fünfhundert schwerbewaffneten Soldaten. Vor der Hafeneinfahrt nahmen zwei Torpedoboote Aufstellung. Am Horizont sah Ari drei Zerstörer, die eilig herankamen. Das Sirenengeheul nahm kein Ende! Der kleine verschlafene Ort verwandelte sich in ein Aufmarschgebiet! Dann kamen Tanks herangerollt, und die Maschinengewehre und Granatwerfer wurden durch Artillerie ersetzt.

Unter erneutem Sirenengeheul erschien am Kai ein Wagen, dem Brigadier Sutherland, Caldwell und Alistair entstiegen. Major Cooke, der Ortskommandant von Kyrenia, begab sich zu Sutherland und erstattete Meldung.

»Das Schiff da draußen, Sir, das ist es. Und es ist tatsächlich vollgeladen mit Juden. Aber es kann unter gar keinen Umständen entkommen.«

Sutherland sah sich im Hafen um. »Was ihr hier aufgebaut habt, genügt, um eine Panzerdivision zu bekämpfen«, sagte er. »Die auf dem Schiff da müssen wahnsinnig geworden sein. Lassen Sie sofort eine Lautsprecheranlage installieren.«

»Jawohl, Sir.«

»Also, wenn Sie mich fragen«, sagte Caldwell, »wir sollten den Kahn in die Luft jagen.«

»Ich habe Sie aber nicht gefragt«, sagte Sutherland scharf. »Cooke! Lassen Sie das ganze Hafengebiet absperren. Organisieren Sie ein Prisenkommando – Tränengas, leichte Waffen, für den Fall, daß sie nicht freiwillig zurückkommen wollen. Freddy, laufen Sie doch eben mal rüber zum Dom-Hotel, und sagen Sie der Kommandantur, daß ich eine allgemeine Nachrichtensperre wünsche.«

Alistair musterte schweigend die *Exodus*.

»Was halten Sie von der Sache, Alistair?«

»Gefällt mir nicht, Sir«, sagte er. »Die würden so etwas nicht am hellichten Tag inszenieren, wenn sie nicht irgend etwas im Schilde führten.«

»Nun beruhigen Sie sich schon, Alistair. Sie vermuten hinter allem irgendeinen finsteren Anschlag.«

Mark Parker drängte sich durch die Absperrungen und näherte sich den beiden Offizieren.

»Was bedeutet die ganze Aufregung eigentlich?« fragte er Alistair.

Als Alistair Mark sah, wußte er sofort, daß sein Verdacht richtig gewesen war. »Nun seien Sie mal nett, Parker«, sagte er, »und sagen Sie uns, was los ist. Wirklich, alter Junge, wenn Sie das nächstemal mit mir telefonieren, sollten Sie vorher Ihren britischen Akzent auffrischen.«

»Ich verstehe nicht, wovon Sie reden, Major Alistair.«

Sutherland ging allmählich ein Licht auf. Er sah von der *Exodus* zu Parker und Alistair, und ihm wurde klar, daß Mossad Aliyah Bet ihn überrumpelt hatte. Die Röte stieg ihm ins Gesicht.

Major Cooke, der Ortskommandant von Kyrenia, kam und meldete: »Das Prisenkommando wird in zehn Minuten bereitstehen, Sir. Zweihundert Mann, die auf Fischerbooten zu dem Schiff hinausfahren.«

Sutherland hatte kaum hingehört. »Wo bleibt denn der Lautsprecher, verdammt noch mal!«

Zehn Minuten später hob Sutherland das Mikrophon an den

Mund. Im Hafen wurde es still. Das Prisenkommando stand bereit, um an Bord der *Exodus* zu gehen, die in der Mitte des Hafenbeckens vor Anker lag.

»Hallo, da draußen! Hier spricht Brigadier Bruce Sutherland, der Inselkommandant von Zypern«, hallte es mit vielfältigem Echo durch den Hafen. »Können Sie mich hören?«

Im Ruderhaus der *Exodus* schaltete Ari ben Kanaan seine Lautsprecheranlage ein. »Hallo, Sutherland!« rief er. »Hier spricht Captain Caleb Moore von der 23. Transportkompanie, Seiner Majestät Jüdischer Streitkräfte auf Zypern. Wenn Sie Ihre Lastwagen suchen, die stehen oben bei St. Hilarion.«

Sutherland wurde blaß. Alistair fiel der Unterkiefer herunter.

»Hallo, da draußen!« rief Sutherland zurück. »Wir geben Ihnen zehn Minuten Zeit, an den Kai zurückzukommen. Wenn Sie nicht freiwillig kommen, sind wir gezwungen, Ihnen ein schwerbewaffnetes Prisenkommando zu schicken, das Sie mit Gewalt zurückbringt.«

»Hallo, Sutherland! Hier spricht die *Exodus*. Wir haben dreihundertundzwei Kinder an Bord. Unser Maschinenraum ist mit Dynamit gefüllt. Wenn einer Ihrer Männer bei uns an Bord kommen sollte oder wenn auch nur ein Schuß auf uns abgegeben wird, dann sprengen wir uns in die Luft!«

In diesem Augenblick ging Mark Parkers Bericht von London aus über Fernschreiber in alle Welt.

Sutherland, Alistair und die fünfhundert englischen Soldaten auf dem Kai waren sprachlos, als jetzt am Mast der *Exodus* eine Flagge gehißt wurde. Es war der Union Jack, mit einem riesigen Hakenkreuz in der Mitte. Der Kampf der *Exodus* hatte begonnen!

XXX

ANS SONDERBERICHT
DAVID GEGEN GOLIATH, MODELL 1946
VON UNSEREM SONDERBERICHTERSTATTER
MARK PARKER
KYRENIA, ZYPERN

Ich schreibe diesen Bericht in Kyrenia, einer kleinen, zauberhaft schönen Hafenstadt an der Nordküste der britischen Kronkolonie Zypern.

Zypern hatte eine reichbewegte Geschichte. Die Insel ist voll von Denkmälern einer großen Vergangenheit, angefangen von den Ruinen der Stadt Salamis bis zu den Kathedralen von Famagusta und Nikosia und den zahlreichen Schlössern aus der Zeit der Kreuzritter.

Doch diese bewegte Vergangenheit kann es nicht an Dramatik mit dem aufnehmen, was sich in diesem Augenblick in dieser kleinen, abgelegenen und unbekannten Stadt abspielt. Seit einigen Monaten ist Zypern ein Internierungszentrum für jüdische Flüchtlinge, die versuchen, die englische Einwanderungsblokkade zu durchbrechen und nach Palästina zu gelangen.

Auf bisher noch ungeklärte Weise sind heute dreihundert Kinder im Alter zwischen zehn und siebzehn aus dem Internierungslager bei Caraolos entkommen und quer über die Insel nach Kyrenia geflohen, wo sie ein umgebautes Transportschiff von rund zweihundert Tonnen erwartete, um sie nach Palästina zu bringen. Die Flüchtlinge sind fast alle Überlebende aus deutschen Konzentrations- und Vernichtungslagern. Das Bergungsschiff, das man passenderweise in *Exodus* umbenannt hat, wurde, bevor es den Hafen verlassen konnte, vom britischen Intelligence Service entdeckt.

Das Schiff mit den dreihundert Flüchtlingskindern an Bord liegt vor Anker in der Mitte des Hafens, der einen Durchmesser von knapp dreihundert Metern hat.

Ein Sprecher der *Exodus* hat mitgeteilt, daß der Raum des Schiffes mit Dynamit gefüllt ist. Die Kinder sind entschlossen, gemeinsam Selbstmord zu begehen, und man wird das Schiff in die Luft sprengen, wenn die Engländer versuchen sollten, an Bord zu gehen.

LONDON

General Sir Clarence Tevor-Browne, der an seinem Schreibtisch in London saß, legte die Zeitung mit Parkers Bericht beiseite, brannte sich eine Zigarre an und beschäftigte sich mit den inzwischen eingegangenen letzten Meldungen. Mark Parkers Bericht hatte nicht nur in Europa, sondern auch in den Vereinigten Staaten wie eine Bombe eingeschlagen. Sutherland hatte es abgelehnt, die Verantwortung für den Befehl zu übernehmen, an Bord der *Exodus* zu gehen, und Tevor-Browne um Anweisung gebeten, was er tun solle.

Tevor-Browne war sich darüber klar, daß er die Ereignisse zum

Teil verschuldet hatte. Er selbst hatte Bruce Sutherland für den Posten in Zypern vorgeschlagen, und er hatte auf den Brief von Alistair nicht reagiert, obwohl dieser Brief die Warnung enthalten hatte, daß irgend etwas passieren würde, wenn man Sutherland nicht abberiefe.

Humphrey Crawford betrat das Büro von Tevor-Browne. Crawford, ein bleichgesichtiger, ehrgeiziger Beamter der nahöstlichen Abteilung des Kolonialministeriums, diente als Verbindungsmann zwischen der Armee und den politischen Drahtziehern von Whitehall und Chatham House.

»Tag, Sir Clarence«, sagte Crawford nervös. »Es wird Zeit, daß wir zu Bradshaw gehen.«

Tevor-Browne stand auf und nahm einige Unterlagen vom Schreibtisch. »Wollen den alten Cecil Bradshaw nicht warten lassen«, sagte er.

Cecil Bradshaws Büro befand sich im Institute of International Relations im Chatham House. Brandshaw war seit dreißig Jahren einer der tonangebenden Leute in allen Fragen der nahöstlichen Politik.

Als General Sir Clarence Tevor-Browne und Humphrey Crawford das Büro von Cecil Bradshaw betraten, stand dieser beleibte Mann in den Sechzigern mit dem Rücken zu ihnen und sah die Wand an. Humphrey Crawford nahm nervös auf einer Stuhlkante Platz. Tevor-Browne machte es sich in einem Ledersessel bequem und zündete sich eine Zigarre an.

»Gratuliere, meine Herren«, sagte Bradshaw, das Gesicht noch immer zur Wand gerichtet, ironisch und mit vor Ärger bebender Stimme. »Wie ich aus der Presse sehe, haben wir heute das Rennen an allererster Stelle gemacht.« Dann drehte er sich herum, klopfte sich auf seinen Schmerbauch und lächelte. »Sie haben vermutlich angenommen, daß ich vor Wut schäume. Aber nein, keineswegs. Ich bekam heute vormittag einen Anruf von Whitehall. Wie zu erwarten war, hat der Minister diese *Exodus*-Affäre mir zugeschoben.« Bradshaw setzte sich an seinen Schreibtisch, warf einen Blick auf die dort liegenden Berichte und nahm mit einer raschen Bewegung seine dicke Hornbrille ab. »Sagen Sie, Sir Clarence – waren Ihre Leute vom Intelligence Service da in Zypern eigentlich tot, oder waren sie nur gerade beim Tennisspielen? Und außerdem scheint mir, daß Sie uns einige Erklärungen über diesen Sutherland schuldig sind. Es war ja Ihre Idee, Sutherland nach Zypern zu schicken.«

226

Tevor-Browns ließ sich nicht einschüchtern. »Mir scheint, die Einrichtung von Internierungslagern auf Zypern war Ihre Idee. Was haben Sie dazu zu erklären?«

»Meine Herren«, sagte Crawford rasch, um einem Zusammenstoß vorzubeugen, »wir sind durch diese *Exodus* in eine sehr heikle Situation gekommen. Es ist das erstemal, daß die amerikanische Presse in solcher Form davon Notiz nimmt.«

Bradshaw lachte, daß sich seine Apfelbäckchen röteten. »Trotz allem Gerede von Truman haben die Amerikaner seit Kriegsende nicht mehr als zehntausend jüdische Flüchtlinge in ihr Land hineingelassen. Gewiß, Truman ist ein Förderer des Zionismus – solange Palästina nicht in Pennsylvanien liegt. Alle Leute reden große Töne, doch wir sind nach wie vor die einzigen, die eine Million Juden auf dem Hals haben, eine Million, die unsere ganze Position im Nahen Osten ruinieren könnte.« Bradshaw setzte seine Brille wieder auf. »*Stern Davids, Moses, Palmach, Zinnen von Zion, Tor der Hoffnung*, und jetzt die *Exodus*. Die Zionisten sind sehr kluge Leute. Seit fünfundzwanzig Jahren haben sie uns in Palästina den Schwarzen Peter zugeschoben. Sie lesen aus den Mandatsbestimmungen und der Balfour-Deklaration Sachen heraus, die gar nicht drinstehen. Sie sind imstande, solange auf ein Kamel einzureden, bis es überzeugt ist, es sei ein Muli. Bei Gott – zwei Stunden mit Chaim Weizmann, und ich bin drauf und dran, selbst Zionist zu werden.« Cecil Bradshaw nahm seine Brille wieder ab.

»Es ist bekannt, Tevor-Browne, wo Ihre Sympathien liegen.«

»Ich weiß, was Sie damit sagen wollen, Bradshaw, und ich muß Ihre Unterstellung ablehnen. Es mag sein, daß ich einer der wenigen bin, die immer wieder sagen, die einzige Möglichkeit, unsere Stellung in Nahen Osten zu halten, sei die Schaffung eines starken jüdischen Palästina. Doch wenn ich das sage, so habe ich damit nicht das jüdische Interesse im Auge, sondern das Interesse Englands.«

»Kommen wir lieber zu dieser *Exodus*-Affäre«, unterbrach ihn Bradshaw. »Es ist völlig klar, worum es dabei geht. Im Falle der *Gelobtes Land* haben wir nachgegeben, diesmal aber werden wir nicht nachgeben. Die *Exodus* befindet sich in britischen und nicht in französischen Gewässern. Wir werden nicht an Bord gehen, wir werden das Schiff auch nicht nach Deutschland schicken, und wir werden es nicht versenken. Die sollen da in Kyrenia auf dem Schiff sitzen bleiben, bis sie schwarz werden. Haben Sie gehört, Tevor-Browne? Bis sie schwarz werden!« Er redete sich so in Wut, daß seine Hand zu zittern begann.

Tevor-Browne schloß die Augen und sagte: »Wir haben kein Recht, dreihundert Kinder, die in Konzentrationslagern aufgewachsen sind, daran zu hindern, nach Palästina zu gehen. Erdöl, Suezkanal, Araber – zum Teufel damit! Wir haben kein Recht dazu! Wir haben uns schon lächerlich genug gemacht, als wir die Flüchtlinge von der *Gelobtes Land* nach Deutschland geschickt haben.«

»Ihre Einstellung ist mir bekannt!«

»Meine Herren!«

Tevor-Browne stand auf und trat an Bradshaws Schreibtisch. »Es gibt für uns nur eine Möglichkeit, wie wir in dieser Sache gewinnen können. Die Juden haben den ganzen Vorfall planmäßig inszeniert, um für sich Propaganda zu machen. Machen Sie ihnen einen Strich durch die Rechnung. Geben Sie der *Exodus* noch in dieser Minute die Erlaubnis zum Auslaufen. Das ist genau das, was sie nicht wollen.«

»Nie und nimmer!«

»Sehen Sie denn nicht ein, daß wir den Juden die Trümpfe zuspielen?«

»Solange ich in diesem Amt sitze, wird die *Exodus* nicht auslaufen!«

XXXI

MARK PARKER
DOM-HOTEL
KYRENIA, ZYPERN
STORY MACHT WIND STOP
SCHICKEN SIE FORTSETZUNGEN
                           KEN BRADBURY, ANS LONDON

ANS-BERICHT AUS KYRENIA, ZYPERN
VON MARK PARKER

Es ist ein grotesker Anblick: Eintausend schwerbewaffnete Soldaten, Tanks, Artillerie und Einheiten stehen hilflos einem unbewaffneten Bergungsschiff gegenüber.

In dem Kampf um die *Exodus* steht es am Ende der ersten Woche unentschieden. Weder die Engländer noch die Flüchtlinge sind bereit, nachzugeben. Bisher hat noch niemand versucht, an Bord des Blockadebrechers zu gehen, der damit gedroht hat, sich in die Luft zu sprengen. Das Schiff liegt nur ein paar hundert Meter vom Kai entfernt, und mit dem Fernglas kann man es auf Armeslänge heranholen.

Die Stimmung der dreihundert Kinder an Bord der *Exodus* ist allem Anschein nach äußerst gut.

Tag für Tag gingen Marks Berichte hinaus, und jeder neue Bericht enthielt neue und interessante Einzelheiten.

Als Cecil Bradshaw beschloß, aus der *Exodus* einen Präzedenzfall zu machen, war er sich darüber klar, daß es Ablehnung und Kritik hageln würde. Die französische Presse reagierte mit der üblichen Aufregung, wobei sie sich eines so heftigen Tons bediente, wie er in der Geschichte der englisch-französischen Freundschaft noch nie angeschlagen worden war. Die gesamte europäische Presse befaßte sich mit dem Fall; sogar in England waren die Meinungen geteilt, und einige Zeitungen warfen die Frage auf, ob Whitehall weise daran getan habe, der *Exodus* zu verbieten, nach Palästina auszulaufen.

Bradshaw war ein erfahrener Politiker, der schon manchen Sturm durchgemacht hatte. Dies hier war ein Sturm im Wasserglas, und Bradshaw war überzeugt, daß er abflauen würde. Er schickte drei freundlich gesinnte Journalisten nach Kyrenia, um Parkers Berichten entgegentreten zu können, und ein halbes Dutzend Fachleute waren fieberhaft damit beschäftigt, die englische Haltung zu erklären und zu untermauern.

Die Engländer hatten durchaus gute Gründe, und sie argumentierten sehr geschickt, doch es war nicht leicht, über das natürliche Mitleid, das selbstverständlich jedermann für ein Häufchen von Flüchtlingskindern hatte, hinwegzukommen.

»Wenn die Absichten der Zionisten wirklich so lauter sind, weshalb gefährden sie dann das Leben von dreihundert unschuldigen Kindern? Das Ganze ist ein bösartiges und kaltblütig inszeniertes Komplott, um Sympathie in der Öffentlichkeit zu gewinnen und das wirkliche Problem des Palästina-Mandats zu vernebeln. Wir haben es hier ganz offensichtlich mit Fanatikern zu tun. Ari ben Kanaan ist ein professioneller zionistischer Agitator, der schon jahrelang in der illegalen Arbeit tätig ist.«

Reporter aus einem halben Dutzend Ländern landeten auf

dem Flugplatz Nikosia und baten um die Erlaubnis, das Gebiet von Kyrenia zu betreten. Auch mehrere große Zeitschriften entsandten Wort- und Bildberichter. Das Dom-Hotel begann allmählich dem Tagungsbüro eines politischen Kongresses zu gleichen.

In Pariser Cafés wurden die Engländer beschimpft.

In Lokalen in London wurden die Engländer verteidigt.

In Stockholm wurde gebetet.

In Rom wurde debattiert.

Bei den Buchmachern in New York wurden Wetten abgeschlossen, vier zu eins, daß die *Exodus* nicht auslaufen würde.

Gegen Ende der zweiten Woche bekam Mark von Ari die Erlaubnis, an Bord zu kommen. Da er der erste war, der Zugang zur *Exodus* erhielt, erschienen seine folgenden drei Berichte in allen Zeitungen auf der ersten Seite.

ANS-SONDERBERICHT
ERSTES INTERVIEW MIT ARI BEN KANAAN,
DEM SPRECHER DER EXODUS, KYRENIA, ZYPERN

Heute hatte ich als erster Korrespondent Gelegenheit, Ari ben Kanaan, den Sprecher der Kinder an Bord der *Exodus* zu interviewen. Ich unterrichte Ben Kanaan über die Kritik der englischen Presse, die behauptet, er sei ein professioneller zionistischer Quertreiber, und über die anderen Vorwürfe, die von Whitehall gegen ihn erhoben wurden. Unsere Unterredung fand in dem Ruderhaus der *Exodus* statt, der einzigen Stelle an Bord des Schiffes, wo nicht qualvolle Enge herrscht. Auch heute noch schienen die Kinder entschlossen und begeistert zu sein, doch machen sich bei ihnen die physischen Auswirkungen der vierzehntätigen Belagerung allmählich bemerkbar.

Ben Kanaan, dreißig, ein stämmiger Bursche von über einsachtzig, mit schwarzen Haaren und hellblauen Augen, den man für einen erfolgreichen Filmproduzenten halten könnte, bat mich, den Menschen in aller Welt, die mit guten Wünschen an die *Exodus* dächten, seinen Dank zu übermitteln. Er versicherte mir, daß sich die Kinder großartig hielten.

Auf meine Fragen antwortete er mir: »Die persönlichen Angriffe gegen mich lassen mich kalt. Es interessiert mich übrigens, ob die Engländer auch erwähnt haben, daß ich im Zweiten Weltkrieg als Hauptmann in der englischen Armee gedient habe. Ich gebe zu, daß ich ein zionistischer Querulant bin, und ich werde so lange einer bleiben, bis die Engländer ihre Versprechungen in bezug auf Palästina einlösen. Ob meine Arbeit legal oder illegal ist, das ist Ansichtssache.«

Auf meine weiteren Fragen hinsichtlich der englischen Argumentation und der Bedeutung der *Exodus* sagte er: »Man wirft uns Juden alles mögliche vor, und wir sind daran gewöhnt. Bei jedem Problem, das mit dem Palästina-Mandat zusammenhängt und das mit logischen Erklärungen und vernünftigen Begründungen nicht aus der Welt zu schaffen ist, kommen die Engländer mit der alten Ausrede, es handle sich um irgendein finsteres Komplott des Zionismus. Ich bin wirklich erstaunt, daß sie den Zionisten noch nicht vorgeworfen haben, sie seien schuld an den Schwierigkeiten, die sie in Indien haben. Zum Glück für uns ist Ghandi kein Jude.

Whitehall bedient sich der geheimnisvollen Zionisten, dieser strapazierten Prügelknaben, um drei Jahrzehnte übler Machenschaften im Mandatsgebiet zu vertuschen, drei Jahrzehnte, in denen man sowohl die Juden als auch die Araber belogen, betrogen und verkauft hat. Das erste Versprechen, das die Engländer nicht eingehalten haben, war die Balfour-Deklaration von 1917, worin den Juden eine Heimat versprochen wurde, und seither haben sie ihr Wort immer wieder gebrochen. Den letzten Verrat hat die Labour-Partei begangen, die vor den Wahlen versprach, die Grenzen von Palästina für die Überlebenden des Hitler-Regimes zu öffnen.

Ich nehme mit Staunen zur Kenntnis, daß Whitehall Krokodilstränen darüber vergißt, daß wir das Leben von Kindern aufs Spiel setzen. Jedes der dreihundert Kinder ist freiwillig an Bord der *Exodus*. Jedes dieser Kinder ist durch das Hitler-Regime Waise geworden. Jedes dieser Kinder hat fast sechs Jahre in deutschen und britischen Konzentrationslagern verbracht.

Wenn Whitehall wirklich so besorgt um das Wohl dieser Kinder ist, dann fordere ich die Engländer auf, den Pressevertretern die Erlaubnis zu geben, das Lager bei Caraolos in Augenschein zu nehmen. Es ist nicht mehr und nicht weniger als ein Konzentrationslager: Stacheldraht, Wachtürme mit Maschinengewehren, unzureichende Ernährung, zu wenig Wasser, ungenügende sanitäre Einrichtungen. Gegen die Menschen, die dort hinter Stacheldraht sitzen, liegt nichts vor: man hat keinerlei Anklage gegen sie erhoben, dennoch aber werden sie zwangsweise in Caraolos festgehalten.

Whitehall redet davon, daß wir versuchten, die Engländer in der Frage des Palästina-Mandats zu einer ungerechten Lösung zu zwingen. In Europa sitzt eine Viertelmillion Juden, die Überlebenden von sechs Millionen. Die englische Quote für Palästina gestattet monatlich siebenhundert Juden, dort legal einzuwandern. Ist das die ›gerechte‹ Lösung der Engländer?

Zum Schluß: Ich bestreite das Recht der Engländer, in Palästina zu sein. Haben sie etwa mehr Recht, dort zu sein als die Überlebenden des Hitler-Regimes? Die Herren von Whitehall täten gut daran, ihre Erklärungen gründlicher zu überdenken. Ich richte an den Außenminister die gleiche Aufforderung, die ein großer Mann vor dreitausend Jahren an einen anderen Unterdrücker gerichtet hat: LASS MEIN VOLK HEIMKEHREN.«

Auf den Rat von Mark gestattete Ari auch anderen Reportern, an Bord der *Exodus* zu kommen, und die Presseleute lagen den Engländern in den Ohren, daß sie das Lager in Caraolos sehen wollten. Cecil Bradshaw hatte Kritik in der Öffentlichkeit erwartet, aber er hatte nicht damit gerechnet, daß die Entrüstung ein solches Ausmaß erreichen würde. Eine Besprechung löste die andere ab. Denn im Augenblick war die Aufmerksamkeit der ganzen Welt auf den Hafen von Kyrenia gerichtet. Jetzt der *Exodus* die Erlaubnis zum Auslaufen zu erteilen, wäre geradezu verheerend gewesen.

General Sir Clarence Tevor-Browne begab sich per Flugzeug und in aller Stille nach Zypern, um das Kommando zu übernehmen und zu sehen, ob noch irgend etwas zu retten war.

Das Flugzeug, mit dem er kam, landete kurz nach Mitternacht auf dem abgesperrten Flugplatz von Nikosia. Major Alistair nahm ihn in Empfang, beide stiegen rasch in einen Wagen und fuhren zur Kommandantur in Famagusta.

»Ich wollte gern mit Ihnen sprechen, Alistair, ehe ich die Geschäfte von Sutherland übernehme. Ich habe Ihren Brief bekommen, Sie können also ganz offen reden.«

»Ja, Sir«, sagte Alistair, »ich würde sagen, daß Sutherland den Anforderungen einfach nicht gewachsen war. Mit dem Mann ist irgend etwas vorgegangen. Caldwell erzählt mir, daß er dauernd Angstträume hat. Er geht die ganze Nacht herum, bis gegen Morgen, und er verbringt seine Zeit damit, in der Bibel zu lesen.«

»Wirklich ein Jammer«, sagte Tevor-Browne. »Und dabei war Bruce Sutherland ein so hervorragender Soldat. Ich verlasse mich darauf, daß das Gesagte unter uns bleibt. Wir müssen den Mann decken.«

»Selbstverständlich, Sir«, sagte Alistair.

Mark ging an Bord der *Exodus* und ließ Karen bitten, in das Ruderhaus zu kommen. Er war unruhig, als er sich mühsam einen Weg über das überfüllte Deck bahnte. Die Kinder sahen blaß und eingefallen aus, und sie rochen schlecht, weil Waschwasser knapp war.

Ari, den er im Ruderhaus traf, war so ruhig und gelassen wie immer. Mark gab ihm Zigaretten und ein paar Flaschen Brandy.

»Wie steht's denn da draußen?« fragte Ari.

»Sieht nicht nach irgendeinem Kurswechsel aus, nachdem Tevor-Browne jetzt hergekommen ist. Die Story der *Exodus* beherrscht noch immer überall die erste Seite. Macht mehr Aufsehen, als ich erwartet hatte. Hören Sie, Ari, die Sache hat für uns beide, für Sie und für mich, genau den Erfolg gehabt, der beabsichtigt war. Sie haben erreicht, was Sie wollen, es ist den Engländern genau ins Auge gegangen. Doch ich habe zuverlässige Informationen, daß die Engländer entschlossen sind, nicht nachzugeben.«

»Worauf wollen Sie eigentlich hinaus?«

»Ich bin der Meinung, daß Sie dieser ganzen Sache eine letzte Steigerung geben können, indem Sie eine humane Geste machen und mit dem Schiff an den Kai zurückgehen. Wir bringen einen ganz großen Bericht darüber, wie die Engländer die Kinder nach Caraolos zurückbringen – einen Bericht, der den Leuten das Herz brechen wird.«

»Hat Kitty Sie mit diesem Vorschlag zu mir geschickt?«

»Ach, lassen Sie das doch, bitte. Sehen Sie sich nur mal die Kinder da unten an Deck an. Die stehen das nicht mehr lange durch.«

»Sie wissen, um was es geht.«

»Die Sache hat auch noch eine andere Seite, Ari. Ich fürchte, wir haben den Rahm abgeschöpft. Sicher, jetzt sind wir mit unserer Geschichte noch auf der Titelseite, aber Frank Sinatra braucht nur morgen in einem Nachtlokal irgendeinem Pressemann einen Linkshaken zu verpassen, und dann gehören wir zu ›Ferner liefen‹.«

Karen kam in das Ruderhaus. »Guten Tag, Mister Parker«, sagte sie mit leiser Stimme.

»Tag, Kleine. Hier ist ein Brief und ein Päckchen von Kitty.«

Sie nahm den Brief und gab Mark einen für Kitty. Das Päckchen lehnte sie genauso ab wie alle anderen vorher.

Als sie gegangen war, sagte Mark: »Ich bringe es einfach nicht übers Herz, Kitty zu sagen, daß sie das Päckchen nicht für sich persönlich annehmen will. Das Mädchen ist krank. Haben Sie die Ringe unter ihren Augen gesehen? In ein paar Tagen werden Sie hier auf diesem Schiff ernstliche Schwierigkeiten haben.«

»Wir sprachen davon, wie man das Interesse in der Öffentlichkeit aufrechterhalten könnte. Ich möchte zunächst einmal das eine klarstellen, Parker: Wir gehen nicht zurück nach Caraolos. In Europa sitzt eine Viertelmillion Juden, die auf eine Antwort warten, und wir sind die einzigen, die ihnen diese Antwort geben können. Von morgen an treten wir in den Hungerstreik. Jeden, der ohnmächtig wird, werden wir oben an Deck hinlegen, damit ihn die Engländer sich ansehen können.«

»Sie Satan«, fauchte Mark, »Sie stinkendes Untier!«

»Nennen Sie mich, wie Sie wollen, Parker. Meinen Sie, es macht mir Spaß, eine Horde von Waisenknaben verhungern zu lassen? Geben Sie mir irgendeine andere Waffe! Geben Sie mir etwas, womit ich auf diese Tanks und die Zerstörer schießen kann! Wir haben nichts als unseren Mut und unseren Glauben. Zweitausend Jahre lang hat man uns geschlagen und erniedrigt. Damit ist es Schluß! Diesmal gewinnen wir.«

XXXII

HUNGERSTREIK AUF DER EXODUS!
DIE KINDER WOLLEN LIEBER VERHUNGERN, ALS
NACH CARAOLOS ZURÜCKGEHEN!

Nachdem der Kampf der *Exodus* zwei Wochen lang von Tag zu Tag in der Öffentlichkeit ständig wachsendes Aufsehen erregt hatte, verblüffte und überrumpelte Ari ben Kanaan jetzt alle Welt, indem er zum Angriff überging. Nun war es nicht mehr möglich, abzuwarten; die Kinder erzwangen eine Entscheidung.

An der Bordwand der *Exodus* wurde eine große Tafel befestigt, auf der in englischer, französischer und hebräischer Sprache zu lesen war:

HUNGERSTREIK: 1 STUNDE
HUNGERSTREIK: 15 STUNDEN

Zwei Jungen und ein Mädchen, im Alter von zehn, zwölf und fünfzehn Jahren, wurden zum Vorderdeck der *Exodus* gebracht und dort hingelegt. Sie waren bewußtlos.

HUNGERSTREIK: 20 STUNDEN

Zehn Kinder lagen nebeneinander auf dem Vorderdeck.

»Ich bitte dich, Kitty, lauf nicht dauernd hin und her! Setz dich endlich hin!«

»Es ist jetzt schon über zwanzig Stunden. Wie lange will er damit noch weitermachen? Ich habe einfach nicht den Mut gehabt, zum Hafen zu gehen und nachzusehen. Gehört Karen zu den Kindern, die bewußtlos an Deck liegen?«

»Ich habe dir schon zehnmal gesagt, daß sie nicht dabei ist.«

»Die Kinder sind ohnehin nicht besonders kräftig, und sie sind jetzt zwei Wochen lang auf diesem Schiff eingesperrt gewesen. Sie haben keine Widerstandskraft mehr.«

Kitty zog nervös an ihrer Zigarette und fuhr sich durch die Haare. »Dieser Ari ben Kanaan ist kein Mensch – er ist ein Unmensch, eine Bestie.«

»Ich habe auch darüber nachgedacht«, sagte Mark. »Ich habe sogar ziemlich viel darüber nachgedacht. Ich weiß nicht, ob wir wirklich begreifen, was es ist, das diese Menschen so fanatisch macht. Bist du einmal in Palästina gewesen? Im Süden eine Wüste, in der Mitte verwittert, und im Norden ein Sumpf. Ausgedörrt von der Sonne und rings umgeben von einem Heer von Feinden, von fünfzig Millionen erbitterter Gegner. Und trotzdem brechen sich diese Leute den Hals, um hinzukommen. Sie nennen es das Land, in dem Milch und Honig fließt, und sie singen Lieder, in denen von Wassergräben und Berieselungsanlagen die Rede ist. Vor zwei Wochen habe ich Ari ben Kanaan erklärt, das Leiden sei keine Sache, worauf die Juden ein Monopol besäßen; doch allmählich beginne ich zu zweifeln. Im Ernst, ich bin mir wirklich nicht sicher. Ich frage mich, was einem Menschen so zusetzen kann, das ihn so fanatisch werden läßt.«

»Versuche nicht, ihn zu verteidigen, Mark, und versuche auch nicht, diese Menschen zu verteidigen.«

»Vergiß bitte das eine nicht: Ben Kanaan könnte nicht tun, was er tut, wenn er die Kinder nicht hinter sich hätte. Und die Kinder stehen hundertprozentig hinter ihm.«

»Das ist es ja gerade«, sagte Kitty, »diese Loyalität. Dieses fantastische Zusammengehörigkeitsgefühl, das sie verbindet.«

Das Telefon läutete. Mark meldete sich, sagte »danke« und legte wieder auf.

»Was war denn?« fragte Kitty. »Mark, ich habe dich gefragt, was war!«

»Sie haben weitere Kinder nach oben an Deck gebracht – ein halbes Dutzend.«

»Ist – ist Karen dabei?«

»Ich weiß es nicht. Ich werde hingehen und es feststellen.«

»Mark…«

»Ja?«

»Ich möchte auf die *Exodus*.«

»Das ist unmöglich.«

»Ich halte es einfach nicht mehr aus.«

»Wenn du das machst, bist du erledigt.«

»Nein, Mark – es ist anders. Wenn ich wüßte, sie ist am Leben, ist nicht ernstlich krank, dann könnte ich es ertragen. Das schwöre ich dir. Ich weiß es genau. Aber ich kann nicht untätig dasitzen und mir vorstellen, daß sie vielleicht stirbt. Das kann ich nicht.«

»Selbst wenn ich Ben Kanaan dazu bringen könnte, daß er dich auf die *Exodus* läßt, werden es dir die Engländer nicht erlauben.«

»Du mußt es für mich durchsetzen«, sagte sie bittend und nachdrücklich zugleich, »du mußt!«

Sie stellte sich an die Tür und versperrte ihm den Weg. Mark sah sie an und senkte den Blick. »Ich werde mein möglichstes tun«, sagte er.

HUNGERSTREIK: 35 STUNDEN

Vor den Gebäuden der englischen Botschaft in Paris und Rom erschienen wütende Demonstranten. Erregte Sprechchöre und große Spruchbänder forderten die Freigabe der *Exodus*. In Paris mußte die Polizei mit Gummiknüppeln und Tränengas gegen die erregte Menge vorgehen. In Kopenhagen, in Stockholm, in Brüssel und im Haag fanden gleichfalls Demonstrationen statt. Diese waren gemäßigter.

HUNGERSTREIK: 38 STUNDEN

In Zypern wurde aus Protest gegen die Engländer der Generalstreik erklärt. Der Verkehr stand still, die Läden wurden geschlossen. In den Häfen ruhte die Arbeit. Theater und Restaurants waren leer.

HUNGERSTREIK: 40 STUNDEN

Ari ben Kanaan stand vor seinen Untergebenen und Mitarbeitern. Er sah in die verdüsterten Gesichter von Joab, David, Seew und Hank Schlosberg.

Seew, der Farmer aus Galiläa, sprach als erster. »Ich bin Soldat«, sagte er. »Ich kann nicht dabeistehen und zusehen, wie Kinder verhungern.«

»In Palästina«, erwiderte Ari heftig, »kämpfen junge Menschen, die nicht älter sind als diese hier, bereits als Gadna-Soldaten.«

»Kämpfen und Verhungern ist zweierlei.«

»Das hier ist nur eine andere Form des Kampfes«, sagte Ari. Joab Yarkoni hatte viele Jahre lang mit Ari zusammengearbeitet und war gemeinsam mit ihm im Zweiten Weltkrieg Soldat gewesen. »Du weißt, Ari«, sagte er, »daß ich immer zu dir gehalten habe. Aber in dem Augenblick, wo eines der Kinder stirbt, wird die ganze Sache zwangsläufig zu einem Bumerang, der auf uns zurückfällt.«

Ari sah Hank Schlosberg an, den amerikanischen Käptn. Hank zog die Schultern hoch. »Du bist der Boß, Ari, aber die Crew wird langsam nervös. Davon stand nichts in ihrem Heuervertrag.«

»Mit anderen Worten«, sagte Ari, »ihr wollt klein beigeben?«

Ihr Schweigen bestätigte seine Vermutung.

»Und was ist mit dir, David? Du hast dich noch nicht geäußert.«

»Sechs Millionen Juden sind in Gaskammern gestorben, ohne zu wissen, warum oder wofür sie starben«, sagte David. »Wenn jetzt dreihundert von uns auf der *Exodus* sterben, dann wissen wir sehr genau, warum und wofür. Und die Welt wird es auch wissen. Als wir vor zweitausend Jahren eine Nation waren und uns gegen die Herrschaft der Römer und der Griechen empörten, da begründeten wir Juden die Tradition, bis zum letzten Mann zu kämpfen. Wir taten es bei Arbela und in Jerusalem. Wir kämpften nach dieser Devise bei Bejtar, bei Herodium und Nachaeros. In Massada haben wir vier Jahre lang der Belagerung durch die Römer standgehalten, und als die Römer in die Festung eindrangen, war keiner von uns mehr am Leben. Nirgends und niemals hat irgendein Volk für seine Freiheit so gekämpft, wie unser Volk es getan hat. Wir haben die Römer und die Griechen aus unserem Lande vertrieben, bis wir schließlich in alle vier Winde zerstreut wurden. Wir haben seit zweitausend Jahren nicht viel Gelegenheit gehabt, als Nation zu kämpfen. Und als wir eine solche Möglichkeit im Ghetto von Warschau hatten, da

haben wir getreu unserer Tradition bis zum letzten Mann gekämpft. Wenn wir jetzt von Bord gehen und freiwillig hinter
den Stacheldraht zurückkehren, dann haben wir Gott die
Treue gebrochen.«

»Noch irgendwelche Fragen?« sagte Ari.

HUNGERSTREIK: 42 STUNDEN

In den Vereinigten Staaten, in Südafrika und in England vereinigten sich die Juden in den Synagogen in Massen zum Gebet, und auch in vielen christlichen Kirchen betete man für die
Kinder an Bord der *Exodus*.

HUNGERSTREIK: 45 STUNDEN

In Argentinien begannen die Juden zu fasten, um ihre Sympathie für die Kinder an Bord der *Exodus* zu bekunden.

HUNGERSTREIK: 47 STUNDEN

Es wurde bereits dunkel, als Kitty an Bord kam. Der Gestank war atemberaubend. Überall an Deck lagen die Kinder in
drangvoller Enge, und alle lagen lang ausgestreckt und völlig
bewegungslos, um Kräfte zu sparen.

»Ich möchte mir die Kinder ansehen, die bewußtlos geworden sind«, sagte sie.

David führte sie zum Vorderdeck, wo sechzig bewußtlose
Kinder in drei Reihen nebeneinander lagen. David leuchtete
mit seiner Laterne, während Kitty von einem Kind zum nächsten ging, den Puls fühlte und die Pupillen prüfte. Ein halb-
dutzendmal meinte sie, ohnmächtig zu werden, wenn sie den
Körper eines Kindes herumdrehte, das Ähnlichkeit mit Karen
hatte.

David führte sie auf dem Deck herum, wo die Kinder eng
nebeneinander lagen. Sie starrten Kitty aus glanzlosen Augen
an. Ihre Haare verfilzt und ihre Gesichter von einer Dreckkru-
ste überzogen.

Dann führte David sie hinunter in den Raum. Kitty wurde
fast übel von dem Gestank, der ihr entgegenschlug. Sie sah in
dem dämmrigen Licht die Kinder, die auf schmalen Brettern
übereinanderlagen.

In einer Ecke fand sie Karen, in einem Gewirr von Armen
und Beinen. Neben ihr eingeschlafen lag Dov. Sie lagen auf
Lumpen, und der Boden unter ihnen war feucht.

»Karen«, flüsterte sie. »Karen, ich bin's, Kitty.«

Karen öffnete mühsam die Augen. Sie hatte tiefe, dunkle
Ringe unter den Augen, und ihre Lippen waren vor Trocken-

heit aufgesprungen. Sie war zu schwach, um sich aufzusetzen. »Kitty?«

»Ja, ich bin's.«

Karen streckte ihr die Arme entgegen, und Kitty hielt sie lange fest. »Geh nicht fort, Kitty. Ich habe solche Angst.«

»Ich bleibe in deiner Nähe«, sagte Kitty leise und ließ Karen los. Sie ging in den Lazarettraum, nahm den geringen Bestand an Medikamenten in Augenschein und seufzte. »Damit ist nicht viel zu machen«, sagte sie zu David. »Aber ich werde versuchen, den Kindern jede mögliche Erleichterung zu verschaffen. Können Sie und Joab mir dabei helfen?«

»Selbstverständlich.«

»Von den Bewußtlosen sind einige in einem sehr bedenklichen Zustand. Wir müssen versuchen, ihnen kalte Umschläge zu machen, damit das Fieber sinkt. Aber da oben an Deck ist es kühl. Wir müssen sie zudecken. Und dann möchte ich, daß jeder, der dazu imstande ist, sich an die Arbeit macht, das Schiff zu säubern.«

Kitty war stundenlang fieberhaft tätig, um den Tod abzuwehren. Doch es war, als wollte man den Ozean mit einem Löffel ausschöpfen. Kaum hatte sie das eine Kind notdürftig versorgt, da verschlimmerte sich der Zustand bei drei anderen Kindern bedrohlich. Es fehlte an Medikamenten, an Wasser. Und Nahrung, das einzige, was den Kindern wirklich geholfen hätte, durfte sie ihnen nicht geben.

HUNGERSTREIK: 81 STUNDEN

Siebzig Kinder lagen bewußtlos auf dem Vorderdeck der *Exodus*. Die englischen Soldaten auf dem Kai begannen zu murren. Viele von ihnen konnten es nicht mehr mit ansehen und baten darum, abgelöst zu werden, selbst auf die Gefahr hin, vor ein Kriegsgericht zu kommen.

HUNGERSTREIK: 82 STUNDEN

Karen Hansen-Clement wurde bewußtlos auf das Vorderdeck gebracht.

HUNGERSTREIK: 83 STUNDEN

Kitty kam in das Ruderhaus und sank erschöpft auf einen Stuhl. Sie hatte fünfunddreißig Stunden lang pausenlos gearbeitet; sie war erschöpft und halb betäubt. Ari goß ihr einen kräftigen Schluck Brandy ein.

»Da«, sagte er, »trinken Sie das mal. Sie befinden sich ja nicht im Hungerstreik.«

Sie schluckte den Brandy hinunter, und ein zweites Glas ließ sie wieder zu sich kommen. Sie sah Ari ben Kanaan lange und eindringlich an. Er war ein Mann von ungewöhnlicher Kraft. Die Belagerung schien ihm so gut wie gar nicht zugesetzt zu haben. Sie sah in seine kalten Augen und fragte sich, was für Gedanken, was für Pläne, was für Anschläge ihm wohl durch den Kopf gehen mochten. Sie fragte sich, ob er Angst hätte, ob er überhaupt wußte, was Angst war. Sie fragte sich, ob er bekümmert oder erschüttert sei.

»Ich hatte erwartet, daß Sie viel eher hierherkommen würden«, sagte er.

»Ich komme nicht, um etwas von Ihnen zu erbitten, Ari ben Kanaan. Ich will nur Meldung erstatten, wie ein Soldat, der seine Pflicht tut. Ben Kanaan und Gott – ist das so richtig, in dieser Reihenfolge? Wenigstens zehn der Kinder schweben in Lebensgefahr. Wenn der Hungerstreik weitergeht, werden sie sterben. Wie entscheiden Sie als oberster Richter über Leben und Tod?«

»Es ist nicht das erstemal, daß man mich beschimpft, Kitty. Das läßt mich kalt. Wie aber steht es bei Ihnen: Ist Ihr menschliches Mitgefühl so groß, daß Ihnen beim Anblick all dieser Kinder das Herz bricht, oder gilt Ihr Appell nur dem Leben eines dieser Kinder?«

»Sie haben kein Recht, mich das zu fragen.«

»Ihnen geht es um das Leben eines Mädchens. Mir geht es um das Leben einer Viertelmillion Menschen.«

Kitty stand auf. »Ich glaube, es ist besser, ich gehe wieder an meine Arbeit. Hören Sie, Ari – Sie haben gewußt, aus welchem Grund ich an Bord kommen wollte. Warum haben Sie es mir erlaubt?«

Er wandte ihr den Rücken zu und sah durch das Fenster hinaus auf das Meer, wo die Kreuzer und Zerstörer Wache hielten. »Vielleicht, weil ich Sie gern sehen wollte.«

HUNGERSTREIK: 85 STUNDEN

General Sir Clarence Tevor-Browne ging unruhig in Sutherlands Büro auf und ab. Die Luft im Raum war blau vom Rauch seiner Zigarre. Von Zeit zu Zeit blieb er am Fenster stehen und sah gespannt durch die schmutzigen Scheiben nach draußen in die Richtung von Kyrenia.

Sutherland klopfte seine Pfeife aus und musterte die reichhaltige Auswahl von belegten Broten auf dem Teetisch. »Möchten

Sie nicht Platz nehmen, Sir Clarence, einen Schluck Tee trinken und etwas essen?«

Tevor-Browne sah auf seine Armbanduhr und seufzte. Er setzte sich, nahm ein Stück Brot, starrte es an, biß hinein und legte es hastig wieder aus der Hand. »Ich habe ein schlechtes Gewissen, wenn ich esse«, sagte er.

»Ja, das ist kein gutes Geschäft für einen Mann, der ein Gewissen hat«, sagte Sutherland. »Zwei Kriege, elf Posten in den Kolonien, sechs Auszeichnungen und drei Orden – und jetzt scheitere ich an einem Häufchen unbewaffneter Kinder. Prächtiger Abschluß einer dreißigjährigen Dienstzeit, finden Sie nicht auch, Sir Clarence?« Tevor-Browne sah zu Boden.

»Oh, ich wußte, daß Sie mit mir darüber reden wollten«, sagte Sutherland.

Tevor-Browne schenkte sich Tee ein und seufzte halb verlegen.

»Ja, sehen Sie, Bruce – wenn die Entscheidung bei mir läge –«

»Unsinn, Sir Clarence. Sie brauchen sich doch keine Vorwürfe zu machen. Ich mache mir Vorwürfe. Denn ich war es, der versagt und Ihr Vertrauen enttäuscht hat.« Sutherland stand auf. Seine Augen brannten. »Ich bin müde«, sagte er, »sehr müde.«

»Wir werden Ihre Pensionierung so unauffällig wie möglich in die Wege leiten, mit vollem Ruhestandsgehalt«, sagte Tevor-Browne. »Sie können sich da ganz auf mich verlassen. Und hören Sie mal, Bruce – ich habe auf dem Wege hierher in Paris Station gemacht und ein langes Gespräch mit Neddie gehabt. Ich habe ihr von Ihren Schwierigkeiten erzählt. Wenn Sie ihr nur ein gutes Wort geben, dann könnten Sie beide wieder zusammenkommen. Neddie möchte gern zu Ihnen zurück, und Sie werden sie nötig haben.«

Sutherland schüttelte den Kopf. »Zwischen Neddie und mir ist es seit Jahren aus. Das einzige sinnvolle Bindeglied, das es jemals zwischen uns gab, war die Armee.«

»Haben Sie schon irgendwelche Pläne?«

»Diese Monate hier auf Zypern haben in mir etwas bewirkt, Sir Clarence, besonders die letzten Wochen. Sie mögen da vielleicht anderer Ansicht sein, aber ich habe nicht das Gefühl, eine Niederlage erlitten zu haben. Ich habe ganz im Gegenteil das Gefühl, vielleicht etwas sehr Wertvolles gewonnen zu haben. Etwas, das ich vor langer Zeit verloren hatte.«

»Und was ist das?«

»Das Recht. Erinnern Sie sich? Als ich diesen Posten übernahm, da sagten Sie mir, das einzige Reich, das auf Gerechtigkeit beruhe, sei das Reich Gottes, während die Reiche dieser Welt auf dem Öl beruhen.«

»Ich erinnere mich noch sehr genau«, sagte Tevor-Browne.

»Ich habe sehr oft daran denken müssen«, sagte Sutherland, »seit dieser Sache mit der *Exodus*. Mein ganzes Leben lang habe ich den Unterschied zwischen Recht und Unrecht gekannt. Die meisten von uns kennen ihn. Ihn zu kennen, ist noch nicht dasselbe, wie danach zu leben. Wie oft im Leben tut jemand Dinge, die sein Gewissen belasten, um seine Existenz nicht zu gefährden. Wie habe ich die seltenen Ausnahmemenschen bewundert, die die Kraft hatten, für ihre Überzeugung einzutreten, selbst wenn dies Schande, Folter oder sogar ihren Tod bedeutete. Was für ein wunderbares Gefühl inneren Friedens müssen diese Menschen haben, so ein Mann wie Ghandi. Sie fragten mich nach meinen Plänen. Ich habe die Absicht, mich in diesen armseligen Landstrich zu begeben, den die Juden ihr Himmelreich auf Erden nennen. Ich möchte das alles kennenlernen – Galiläa – Jerusalem – alles.«

»Ich beneide Sie, Bruce.«

»Vielleicht werde ich mich in der Nähe von Safed zur Ruhe setzen – auf dem Berge Kanaan.«

Major Alistair kam herein. Er war bleich, und seine Hand zitterte, als er Tevor-Browne eine Meldung überreichte. Tevor-Browne las sie. »Gott sei uns allen gnädig«, sagte er leise und gab die Meldung an Bruce Sutherland weiter.

DRINGEND

Ari ben Kanaan, der Sprecher der Exodus, *hat bekanntgegeben, daß ab morgen mittag 12 Uhr täglich zehn Freiwillige auf der Brücke des Schiffes in aller Öffentlichkeit und vor den Augen der Engländer Selbstmord begehen werden. Diese Protestaktion wird so lange fortgesetzt, bis man der Exodus erlaubt, nach Palästina auszulaufen, oder bis an Bord niemand mehr am Leben ist.*

Bradshaw, begleitet von Humphrey Crawford und einem halben Dutzend Adjutanten, verließ London und begab sich eilig in die Stille eines abgelegenen kleinen Hauses auf dem Lande. Es blieben ihm noch vierzehn Stunden.

Bei der ganzen Sache hatte er sich schwer verrechnet. Erstens hatte er nicht mit einer solchen Zähigkeit und Entschlossenheit der Kinder an Bord des Schiffes gerechnet. Zweitens hatte er nicht gedacht, daß die Geschichte in der Öffentlichkeit soviel Staub aufwirbeln würde, und schließlich hatte er es nicht für möglich gehalten, daß Ben Kanaan zum Angriff übergehen und ihn derartig unter Druck setzen würde. Bradshaw war ein sturer Bursche, doch er wußte, wann er verloren hatte. Jetzt suchte er krampfhaft nach einem Kompromiß, der es den Engländern ermöglichen sollte, ihr Gesicht zu wahren.

Er gab Crawford und seinen Adjutanten den Auftrag, sich telegrafisch oder telefonisch mit einem Dutzend der einflußreichsten jüdischen Bürger Englands, Palästinas und der Vereinigten Staaten in Verbindung zu setzen und sie um ihre Intervention zu bitten. Besonders die führenden Köpfe in Palästina konnten Ben Kanaan raten, von seinem Vorhaben abzusehen oder ihn zumindest veranlassen, den Beginn der Aktion so lange zu verzögern, bis Bradshaw Kompromißvorschläge machen konnte. Wenn es ihm gelang, Ben Kanaan an den Verhandlungstisch zu bringen, dann konnte er die *Exodus* zu Tode reden. Innerhalb von sechs Stunden antworteten alle führenden Juden übereinstimmend: WERDEN NICHT INTERVENIEREN.

Als nächsten Schritt setzte sich Bradshaw mit Tevor-Browne auf Zypern in Verbindung. Er bat den General, der *Exodus* mitzuteilen, daß die Engländer damit beschäftigt seien, einen Kompromißvorschlag auszuarbeiten, und daß man den Beginn der Aktion um vierundzwanzig Stunden verschieben möge.

Tevor-Browne führte den Auftrag aus und übermittelte Bradshaw Ben Kanaans Antwort.

DRINGEND

Ben Kanaan hat uns wissen lassen, daß es für ihn nichts zu diskutieren gibt. Die einzige Frage für ihn ist, ob die Exodus ausläuft oder nicht. Er stellt außerdem fest, daß zu seinen Bedingungen eine völlige Amnestie für alle an Bord befindlichen Männer aus Palästina gehört. Zusammenfassend erklärte Ben Kanaan: Laßt mein Volk in Frieden ziehen.

Tevor-Browne

Cecil Bradshaw fand keinen Schlaf. Er ging auf und ab, auf und ab. Nur noch sechs Stunden, dann wollten die Kinder auf der *Exodus* anfangen.

Drei Stunden blieben ihm noch, sich zu entscheiden und dem Kabinett seinen Entschluß vorzulegen. Ein Kompromiß schien nicht möglich.

Kämpfte er gegen einen Wahnsinnigen? Oder war dieser Ari ben Kanaan ein gerissener Bursche, der nach einem kaltblütigen Plan handelte und ihn listig tiefer und tiefer in eine Falle gelockt hatte?

LASST MEIN VOLK IN FRIEDEN ZIEHEN!

Cecil Bradshaw setzte sich an seinen Schreibtisch und knipste die Lampe an.

DRINGEND
Ari ben Kanaan, der Sprecher der Exodus, hat bekanntgegeben, daß ab morgen mittag 12 Uhr täglich zehn Freiwillige auf der Brücke des Schiffes Selbstmord begehen werden –

Selbstmord – Selbstmord – Selbstmord!

Bradshaws Hand zitterte so heftig, daß er das Blatt fallen ließ. Auf seinem Schreibtisch lag ein Dutzend offizieller Stellungnahmen verschiedener europäischer und amerikanischer Regierungen. Sie alle gaben, in der höflichen Sprache der Diplomatie, ihrer ernsten Sorge über den Stillstand in der Frage der *Exodus* Ausdruck. Desgleichen lagen auf seinem Schreibtisch Noten sämtlicher arabischer Regierungen, in denen mitgeteilt wurde, daß man es als Affront empfände, wenn die *Exodus* die Erlaubnis erhalten sollte, nach Palästina auszulaufen.

Cecil Bradshaw wußte weder ein noch aus. Die letzten Tage waren für ihn eine Hölle gewesen. Wie war es eigentlich dazu gekommen? Dreißig Jahre lang war er federführend und maßgeblich in allen Fragen der Nahost-Politik tätig gewesen, und jetzt saß er wegen eines unbewaffneten Bergungsschiffes in einer so üblen Klemme. Was für einen sonderbaren Streich hatte ihm das Schicksal doch gespielt, daß es ihn jetzt als Unterdrücker erscheinen ließ. Ihn konnte gewiß niemand beschuldigen, Antisemit zu sein. Im geheimen bewunderte Bradshaw die Juden in Palästina sogar und verstand durchaus die historische Bedeutung ihrer Rückkehr dorthin. Er hatte die Stunden, die er damit verbracht hatte, mit den zionistischen Unterhändlern zu debattieren, in bester Erinnerung und schätzte sie wegen ihrer hervorragenden Fähigkeiten in der Diskussion. Freilich war Cecil Bradshaw davon überzeugt, daß Englands Interesse bei den Arabern lag. Schon war die Zahl der Juden im Mandatsgebiet auf über eine halbe Million angewachsen. Und die Araber waren ungehalten darüber, daß die Engländer eine jüdische Nation in ihrer Mitte förderten.

Während all der Jahre seiner Tätigkeit war er Realist geblieben. Was war jetzt eigentlich los mit ihm, daß er plötzlich seine eigenen Enkelkinder bewußtlos auf dem Oberdeck der *Exodus* liegen wähnte?

Bradshaw kannte die Bibel so gut wie jeder andere anständige Engländer und hatte auch das ausgeprägte Ehrgefühl, das den meisten Briten eigen ist. War es denkbar, daß diese Leute auf der *Exodus* von mystischen Kräften getrieben waren? Nein, er war Diplomat und Realist, und er glaubte nicht an irgend etwas Übernatürliches.

Und doch – ein Heer und eine Flotte standen ihm zur Verfügug; er konnte, wenn er wollte, die *Exodus* und alle anderen Blokkadebrecher in die Luft sprengen – aber er konnte sich einfach nicht dazu entschließen.

Auch der Pharao von Ägypten hatte die Macht auf seiner Seite gehabt! Bradshaw brach der Schweiß aus. Das waren doch alles Hirngespinste! Er war übermüdet, seine Nerven waren überansprucht. Was für ein Unfug!

LASST MEIN VOLK IN FRIEDEN ZIEHEN!

»Crawford!« rief Bradshaw laut. »Crawford!«

Crawford kam eilig hereingestürzt. »Hatten Sie nach mir gerufen?«

»Crawford – setzen Sie sich mit Tevor-Browne auf Zypern in Verbindung – sofort. Sagen Sie ihm – sagen Sie ihm, er soll die *Exodus* nach Palästina auslaufen lassen.«

Zweites Buch

DAS LAND
IST MEIN

Denn Mein ist das Land, und ihr seid Fremd-
linge und Gäste vor Mir. Und alle in eurem
Lande sollt das Land auslösen.

MOSES, 3. BUCH 23/24

I

Der Kampf um die *Exodus* war beendet!

Innerhalb von Sekunden gingen die Worte ›*Exodus* darf auslaufen‹ durch den Äther, und bald erschienen sie überall auf der Welt als Schlagzeile.

Auf Zypern war die Freude der Bevölkerung grenzenlos, und um die ganze Welt ging ein tiefes Aufatmen. Die Kinder an Bord der *Exodus* waren zu erschöpft, um den Sieg zu feiern.

Die Engländer ersuchten Ari ben Kanaan dringend, an den Kai zu kommen, damit man den Kindern ärztliche Pflege angedeihen lassen und das Schiff inspizieren und überholen könnte. Ben Kanaan war einverstanden. Als die *Exodus* anlegte, begann in Kyrenia eine fieberhafte Tätigkeit. An die zwanzig englische Militärärzte kamen an Bord und ließen die schweren Fälle rasch an Land schaffen. Im Dom-Hotel wurde in aller Eile ein improvisiertes Lazarett eingerichtet. Wagenkolonnen brachten Verpflegung und Bekleidung heran. Die Bevölkerung von Zypern schickte Geschenke. Ingenieure der englischen Flotte inspizierten den alten Dampfer von vorn bis achtern, um jedes Leck zu dichten, den Motor zu überholen und das ganze Schiff auszubessern. Sanitätertrupps desinfizierten das Schiff bis in den letzten Winkel.

Nach einer ersten Überprüfung teilte man Ari mit, daß es mehrere Tage dauern werde, ehe die Kinder soweit gekräftigt seien und die *Exodus* instand gesetzt sei. Schiff und Passagiere konnten erst dann die rund sechsunddreißigstündige Reise nach Palästina überstehen. Die kleine jüdische Gemeinde von Zypern schickte eine Abordnung zu Ari mit der Bitte, er möge den Kindern erlauben, vor der Abfahrt den ersten Abend des kurz bevorstehenden Chanukka-Festes auf Zypern zu feiern. Ari war auch damit einverstanden.

Erst nachdem man Kitty immer wieder versichert hatte, daß Karens Zustand nicht bedrohlich sei, gestattete sie sich den Luxus eines heißen Bades. Sie aß ein dickes Steak, trank einen doppelten Whisky und schlief danach herrlich und tief, siebzehn Stunden lang.

Als sie erwachte, sah sie sich einem Problem gegenüber, dem

sie nicht länger ausweichen konnte. Sie mußte sich entscheiden, entweder die Episode mit Karen für immer zu beenden oder dem Mädchen nach Palästina zu folgen.

Als Mark gegen Abend zum Tee in Kittys Zimmer kam, war ihr von den hinter ihr liegenden Strapazen nichts mehr anzusehen. Nach dem langen Schlaf sah sie im Gegenteil ausgesprochen gut aus.

»Im Presseraum noch immer hektischer Betrieb?«

»Nein«, sagte Mark, »nicht mehr. Die Hauptleute und die Könige sind im Aufbruch. Die *Exodus* ist eine Neuigkeit von vorgestern. Na, ich nehme an, daß wir noch einen letzten Bericht auf der ersten Seite herausschlagen können, wenn das Schiff in Haifa landet.«

»Die Menschen sind treulos.«

»Nein, Kitty, das sind sie nicht. Aber die Welt hat nun einmal die Angewohnheit, sich weiterzudrehen.«

Kitty nahm einen Schluck von ihrem Tee und versank in Schweigen. Mark steckte sich eine Zigarette an und legte die Füße auf das Fensterbrett. Er tat, als wären seine Finger eine Pistole, mit der er über die Spitzen seiner Schuhe auf die Pier zielte.

»Und was hast du jetzt vor, Mark?«

»Ich? Der alte Mark Parker ist in den Domänen Seiner Majestät nicht mehr gern gesehen. Ich gehe zunächst in die Staaten zurück, und dann mache ich vielleicht mal einen Abstecher nach Asien. Das hat mich sowieso schon immer gereizt. Wie ich höre, geht es dort drunter und drüber.«

»Du meinst, die Engländer würden dich nach Palästina nicht hineinlassen?«

»Völlig ausgeschlossen. Ich habe mich sehr unbeliebt gemacht. Hätte es sich nicht um korrekte Engländer gehandelt, würde ich sogar sagen, sie hassen mich wie die Pest. Aber, ehrlich gestanden, ich kann ihnen das nicht übelnehmen.«

»Gib mir eine Zigarette.«

Mark zündete eine Zigarette an und gab sie ihr. Dann machte er mit seiner imaginären Pistole weiter Zielübungen und wartete ab.

»Du bist ein Scheusal, Mark! Ich hasse deine überhebliche Art, meine Gedanken zu lesen.«

»Du bist ein emsiges kleines Mädchen. Du warst bei den Engländern und hast sie um die Einreisegenehmigung nach Palästina gebeten. Wie höfliche Leute, die sie nun einmal sind, haben sie dir mit einer Verbeugung die Tür aufgemacht. Du bist für sie einfach eine saubere Amerikanerin, die ihre Pflicht getan hat. Daß du so ein bißchen für Aliyah Bet gearbeitet hast, davon weiß man bei der CID natürlich nichts. Also fährst du nun, oder fährst du nicht?«

»Gott, ich weiß nicht.«

»Du meinst, du hast dich doch nicht dazu überreden können?«

»Ich meine, daß ich es nicht weiß.«

»Was möchtest du nun – soll ich dir abraten oder zuraten?«

»Du könntest endlich aufhören, dich wie ein Buddha zu benehmen, der von seiner Höhe lächelnd auf die armen Sterblichen und ihre Nöte herabschaut. Und du könntest aufhören, aus dem Hinterhalt auf mich zu schießen.«

Mark nahm die Füße vom Fensterbrett und sagte: »Dann geh doch – geh in Gottes Namen nach Palästina. Das wolltest du doch hören, nicht wahr?«

»Ich fühle mich noch immer unbehaglich, wenn ich unter lauter Juden bin – ich kann mir nicht helfen.«

»Du fühlst dich aber gar nicht unbehaglich, wenn du mit diesem Mädchen zusammen bist? Erinnert sie dich immer noch an deine Tochter?«

»Nein, nicht mehr, eigentlich gar nicht. Dazu ist sie eine viel zu ausgeprägte Persönlichkeit. Aber ich liebe sie und möchte sie gern bei mir haben, falls das der Sinn deiner Frage gewesen sein sollte.«

»Ich hätte Sie gern noch etwas gefragt, Mrs. Fremont.«

»Bitte.«

»Liebst du eigentlich Ari ben Kanaan?«

Ob sie Ari ben Kanaan liebte? Sicher, sie verspürte jedesmal eine starke Wirkung, wenn er in ihrer Nähe war, mit ihr sprach oder sie ansah, ja sogar, wenn sie nur an ihn dachte. Sie hatte noch nie einen Mann gekannt, der so war wie er. Sie hatte ein bißchen Angst vor seiner Verschlossenheit, seiner Beherrschtheit und seiner Energie. Sie war voller Bewunderung für seinen Mut und seine Kühnheit. Sie wußte auch, daß es Augenblicke gab, in denen er ihr so zuwider war, wie ihr noch nie irgendein anderer Mensch zuwider gewesen war. Aber ob sie ihn liebte?

»Ich weiß es nicht«, sagte sie leise. »So wenig ich imstande bin, sehenden Auges in diese Sache hineinzugehen – ebensowenig scheint es mir möglich, mich davon zu entfernen. Und ich weiß nicht, warum – ich weiß es einfach nicht.«

Später saß Kitty über eine Stunde an Karens Bett in der Krankenstation, die man im zweiten Stock des Hotels eingerichtet hatte. Das Mädchen hatte sich erstaunlich rasch erholt. Die Ärzte waren sehr beeindruckt von der geradezu magischen Wirkung, die die zwei Worte ›Erez Israel‹ auf alle Kinder hatte. Diese beiden Worte vermochten mehr als irgendeine Medizin. Während Kitty bei Karen saß, betrachtete sie die Gesichter der Kinder in den anderen Betten. Was für Menschen waren das? Woher kamen sie? Wohin gingen sie? Was für sonderbare Wesen, besessen und angetrieben von einem seltsamen, unbegreiflichen Fanatismus.

In dem Gespräch zwischen Kitty und Karen entstanden immer wieder lange Pausen, in denen es beide nicht wagten, die Frage anzuschneiden, ob Kitty mit nach Palästina käme. Schließlich schlief Karen ein. Kitty sah sie lange an, dann küßte sie Karen auf die Stirn und strich ihr über das Haar, und Karen lächelte im Schlaf. Draußen auf dem Korridor begegnete sie Dov Landau, der ruhelos auf und ab ging. Beide blieben stehen, starrten einander an, und Kitty ging wortlos an ihm vorüber.

Die Sonne versank im Meer, als Kitty in den Hafen kam. Am Kai standen Seew Gilboa und Joab Yarkoni und überwachten das Verladen von Kisten auf die *Exodus*. Kitty sah sich nach Ari um, doch er war nicht zu sehen.

»Schalom, Kitty!« riefen Seew und Joab ihr zu.

»Hello!« rief sie zurück.

Sie ging den Kai entlang und auf der Mole hinaus zum Leuchtturm. Es wurde kühl, Kitty zog ihre Wolljacke an. Ich muß dahinterkommen, ich muß, muß, muß, sagte sie sich immer wieder.

Am Ende der Mole sah sie David ben Ami sitzen. Er schien in Gedanken verloren, sah aufs Meer hinaus und warf flache Steine über das Wasser. Sie ging zu ihm hin; er blickte auf und lächelte.

»Schalom, Kitty. Sie sehen ausgeruht aus.«

Sie setzte sich neben ihn. Eine Weile bewunderten beide schweigend den Sonnenuntergang.

»Denken Sie an zu Hause?« fragte Kitty schließlich.

»Ja.«

»An Jordana – so heißt sie doch, nicht wahr –, Aris Schwester?«

David nickte.

»Werden Sie sie sehen?«

»Wenn ich Glück habe, werden wir ein bißchen Zeit füreinander haben.«

»David —«

»Ja?«

»Was wird aus den Kindern?«

»Wir werden gut für sie sorgen. Sie sind unsere Zukunft.«

»Ist die Situation in Palästina gefährlich?«

»Ja, die Situation ist außerordentlich gefährlich.«

Danach schwiegen beide wieder eine ganze Weile. Dann fragte David:

»Fahren Sie mit uns?«

Kitty stockte das Herz. »Warum fragen Sie?«

»Es scheint allmählich so selbstverständlich, daß Sie bei uns sind. Außerdem erwähnte Ari irgend etwas davon.«

»Wenn Ari daran interessiert ist, warum fragt er mich dann nicht?«

David lachte. »Ari bittet nie einen Menschen um irgend etwas.«

»David«, sagte Kitty plötzlich. »Sie müssen mir helfen. Ich bin völlig ratlos. Sie scheinen der einzige zu sein, der ein bißchen Verständnis dafür hat —«

»Wenn ich kann, helfe ich Ihnen gern.«

»Ich bin in meinem Leben noch nie unter lauter Juden gewesen. Ihr seid mir fremd, ich finde euch so rätselhaft.«

»Wir Juden erscheinen uns selbst womöglich noch rätselhafter«, sagte David.

»Darf ich ganz offen sein? Ich komme mir so als Außenseiter vor.«

»Das ist völlig normal, Kitty. Geht den meisten Leuten so. Wir sind schon eine sonderbare Gesellschaft.«

»Aber jemand wie dieser Ari ben Kanaan. Was ist das für ein Mensch? Wie ist er wirklich? Ist er überhaupt eine reale Person?«

»Ari ist durchaus real. Er ist das Produkt einer historischen Fehlentwicklung.«

Sie gingen zum Hotel zurück, da es Zeit zum Abendessen war.

»Ich weiß nicht recht, wo man eigentlich anfangen soll«, sagte David. »Doch mir scheint, wenn man die Geschichte Ari ben Kanaans richtig erzählen will, dann muß man bei Simon Rabinski anfangen, einem russischen Juden, der im Ghetto von Schitomir lebte. Ja, ich glaube, man muß zurückgehen bis vor die Jahrhundertwende. Wenn ich mich recht erinnere, ereignete sich die entscheidende Wende im Jahre 1884.«

II

Simon Rabinski war ein Schuhmacher. Seine Frau hieß Rachel. Sie war ihm ein gutes und treues Weib. Simon hatte zwei Söhne, und diese Söhne waren sein größter Schatz.

Jakob, der jüngere, war vierzehn Jahre alt. Er war ein Hitzkopf, mit scharfer Zunge und von raschem Geist. Er war jederzeit sofort bereit, ein Streitgespräch zu beginnen.

Yossi, der ältere der beiden Brüder, war sechzehn. Seine Erscheinung war auffallend. Er war ein athletischer Bursche von über einsachtzig und mit dem brandroten Haar, wie es seine Mutter Rachel hatte. Er war ebenso sanft, wie sein Bruder Jakob wild war.

Die Familie Rabinski war sehr arm. Sie lebte in dem südwestlichen Teil von Rußland, der Bessarabien, die Ukraine, die Krim und Teile von Weißrußland umfaßte und als jüdische Zone bekannt war. Die Grenzen dieser Zone, der einzigen, in der Juden in Rußland ansässig sein durften, waren im Jahre 1804 festgesetzt worden, und das ganze Gebiet war nichts als ein riesiges Ghetto.

Die Abgrenzung dieses jüdischen Wohngebiets war nur ein Ereignis in einer jahrhundertelangen Geschichte von Verfolgung und Diskriminierung. Diese jahrhundertelange Verfolgung erreichte einen kritischen Höhepunkt in der Regierungszeit Katharinas I., als eine Reihe von Pogromen gegen diejenigen Juden stattfand, die nicht gewillt waren, zum griechisch-katholischen Glauben überzutreten. Da alle Versuche, die Juden zu bekehren, völlig vergeblich waren, vertrieb Katharina I. schließlich einige tausend Juden aus Rußland. Die meisten von ihnen gingen nach Polen.

Es folgte die Zeit der Eroberungskriege, in denen Polen erobert und wieder erobert, geteilt und erneut geteilt wurde. Katharina II. erbte dabei die Juden, die vorher von Katharina I. vertrieben worden waren.

Diese Ereignisse führten in direkter Folge zur Errichtung des abgegrenzten jüdischen Wohngebietes. Im Jahre 1827 wurden die Juden erbarmungslos aus den kleinen Ortschaften in die bereits überfüllten jüdischen Viertel der größeren Städte getrieben. Im gleichen Jahr ordnete der Zar an, daß jährlich eine bestimmte Anzahl von Juden als Rekruten in das russische Heer einzutreten und eine fünfundzwanzigjährige Dienstzeit abzuleisten hätten.

Simon Rabinski, Schuhmacher im Ghetto von Schitomir, sein treues Weib Rachel und seine Söhne Jakob und Yossi waren Gefangene des jüdischen Wohngebietes und einer ganz bestimmten, feststehenden Lebensform. Zwischen den jüdischen Gemeinden und der übrigen russischen Bevölkerung bestanden keinerlei gesellschaftliche und sehr wenig geschäftliche Verbindungen. Die einzigen regelmäßigen Besucher, die aus der Außenwelt in die abgeschlossene Welt der Juden kamen, waren die Steuereinnehmer, die alles, was nicht niet- und nagelfest war, mitgehen ließen. Häufige, wenn auch nicht ebenso regelmäßige Besucher waren wilde Horden von Kosaken, Bauern und Studenten, die es nach Judenblut dürstete.

In ihrer Isolierung empfanden die Juden nur geringe oder gar keine Loyalität für › Mütterchen Rußland ‹. Ihre Umgangssprache war nicht Russisch, sondern Jiddisch. Die Sprache ihrer Gebete war das alte Hebräisch. Die Juden unterschieden sich von ihrer russischen Umwelt vor allem auch durch ihre Kleidung. Sie trugen schwarze Hüte und lange Kaftane. Obwohl es durch Gesetz streng verboten war, trugen viele von ihnen Schläfenlocken, und es war ein bei den Russen beliebter Sport, einen Juden zu fangen und ihm seine langen Locken abzuschneiden.

Simon Rabinski lebte nicht anders, als sein Vater und sein Großvater im Ghetto gelebt hatten. Da sie so arm waren, wurde lange um eine paar Kopeken gefeilscht. Dennoch aber, ungeachtet allen Elends der tragischen Existenz, hielten sich Simon Rabinski und alle anderen Juden innerhalb des Ghettos bei allen geschäftlichen Dingen an einen starren Ehrenkodex. Niemand durfte seinen Nachbarn schädigen, betrügen oder bestehlen.

Der Rabbi war Lehrer, geistiger Führer, Richter und Gemeindevorsteher in einer Person, Rabbis waren zumeist große Gelehrte. Ihre Weisheit war häufig allumfassend, und ihre Autorität wurde nur selten, eigentlich fast nie, angezweifelt.

Das Leben der Gemeinde bewegte sich um einen Mittelpunkt, den die göttlichen Gesetze, die Synagoge und der Rabbi darstellten.

Viele Leute behaupteten, Simon Rabinski, der Schuhmacher, würde an Weisheit nur hinter dem Rabbi selbst zurückstehen. Im jüdischen Wohngebiet, wo fast alle arm waren und Not litten, war Weisheit der Maßstab für den Wohlstand eines Mannes. Simon versah in der Synagoge das Amt eines Vorbeters. Außerdem wurde er Jahr für Jahr in ein oder zwei hohe Ämter der jüdischen Gemeinde gewählt. Es war Simons höchster Wunsch, seine Söhne mit der Sehnsucht nach all dem Wunderbaren zu erfüllen, das der Geist zu erringen vermochte.

Die Juden nannten ihren Talmud ein ›Meer‹, und sie behaupteten, dieses Meer sei so groß, daß man niemals an das andere Ufer gelangen könnte, selbst wenn man sein ganzes Leben ausschließlich dem Studium des Talmud widme.

An einem Abend jeder Woche wurde Simon Rabinski und jeder andere Ghettojude zu einem König. An diesem Abend ertönte im Ghetto das Horn, das zum Sabbath rief. Dann legte Simon das Werkzeug aus der Hand und machte sich bereit für den Tag, der seinem Gott gewidmet war. Wie liebte er den Klang des Horns! Es war der gleiche Ton, der die Menschen seines Volkes viertausend Jahre lang zum Gebet und zur Schlacht gerufen hatte. Dann ging Simon in das rituelle Bad, während sein braves Weib Rachel die Sabbathkerzen entzündete und ein Gebet sprach. Simon zog sein Sabbathgewand an, einen langen schwarzen Kaftan aus Seide und einen prächtigen, pelzverbrämten Hut. Stolz ging er zur Synagoge, Yossi an der einen und Jakob an der anderen Hand.

Kamen sie wieder nach Haus, so versammelte man sich zum Sabbathmahl, an dem nach alter Tradition eine Familie teilnahm, die noch ärmer war. Die Kerzen brannten, auf dem Tisch standen Brot und Sabbathwein, Simon sprach den Segen und dankte Gott.

Am Sabbath betete und meditierte Simon Rabinski. Er sprach mit seinen Söhnen und fragte sie nach dem, was sie gelernt hatten, behandelte mit ihnen religiöse und philosophische Fragen.

War der Sabbath vorbei, so kehrte Simon Rabinski in die bittere Wirklichkeit seines Lebens zurück. In dem feuchten Keller, der Werkstatt und Heim zugleich war, saß er bei Kerzenlicht über seine Schusterbank gebeugt und führte mit seinen faltigen Händen kunstgerecht ein Messer durch das Leder.

Simon Rabinski war ein frommer Mann. Doch selbst ein Mann von seiner großen Frömmigkeit konnte die Augen nicht vor dem Elend verschließen, das ihn rings umgab. »Wie lange noch, o Herr, wie lange?« fragte er dann wohl. »Wie lange sollen wir noch in diesem Abgrund der Finsternis verbringen?« Doch sein Herz wurde leicht, und Begeisterung ergriff ihn, wenn er seine Lieblingsstelle aus dem Pessachgebet wiederholte: »Nächstes Jahr in Jerusalem!«

Nächstes Jahr in Jerusalem?

Würde es jemals kommen, dieses *nächste Jahr*? Würde der Messias je erscheinen und sie in die Heimat führen?

III

Nicht nur die Juden lebten in bitterem Elend. Ganz Rußland, besonders die Landbevölkerung, wurde immer wieder von Hungersnöten heimgesucht. Die Herren des Landes verharrten in den Anschauungen des Feudalismus, widersetzten sich der Industrialisierung und beuteten ihre Untertanen aus.

Das Volk murrte; es gärte im ganzen Land. Überall entstanden Reformbewegungen, bildeten sich Gruppen, die bestrebt waren, die bestehenden Zustände zu ändern und bessere Lebensbedingungen herbeizuführen. Zwar hatte sich Zar Alexander II. endlich bereit gefunden, die Leibeigenschaft aufzuheben und einige Bodenreformen durchzuführen; doch diese Maßnahmen kamen zu spät und waren völlig unzureichend.

In dem Bestreben, die Aufmerksamkeit des Volkes von den wahren Ursachen der Mißstände abzulenken, beschlossen die Drahtzieher, die dem Zaren zur Seite standen, den Antisemitismus als politische Waffe zu verwenden. Sie starteten eine Kampagne, bei der sie die Anzahl der jüdischen Mitglieder der verschiedenen Reformbewegungen übertrieben hoch angaben und behaupteten, es handle sich nur um ein Komplott jüdischer Anarchisten, die darauf ausgingen, das zaristische Regime um des eigenen Profits willen zu stürzen.

Der jahrhundertealte Judenhaß, der auf religiöser Intoleranz, Aberglauben und Unwissenheit beruhte, erhielt neue Nahrung und wurde heimlich und planmäßig gefördert. Es kam zu blutigen Pogromen, die von der russischen Regierung stillschweigend geduldet, oft sogar gebilligt, wenn nicht gefördert wurden.

Am 13. März 1881 ereilte die Juden ein schlimmes Verhängnis: Zar Alexander II. fiel einem Attentat zum Opfer, und einer der Attentäter war ein jüdisches Mädchen. Jahre des Schreckens folgten. Verzweifelt suchten die in dem südrussischen Wohngebiet lebenden Juden nach einem rettenden Ausweg, einer Lösung ihrer Probleme. Sie machten tausend Vorschläge. Einer war irrealer als der andere. In vielen Ghettos meldete sich eine neue

Stimme zum Wort, eine Gruppe, deren Mitglieder sich Chovevej Zion nannten – die Zionsfreunde.

Gleichzeitig mit den Zionsfreunden erschien eine Schrift aus der Feder Leo Pinskers über die Ursachen und die Lösung des jüdischen Problems, die den Nagel auf den Kopf zu treffen schien. Pinsker erklärte darin, der einzige Weg aus dem russischen Ghetto sei die Befreiung aus eigener Kraft.

Gegen Ende des Jahres 1881 brach eine Gruppe jüdischer Studenten mit dem Wahlspruch: ›Beth Jakov Lelechu wenelchu – Haus Jakobs laßt uns ziehen!‹ von Romny nach Palästina auf. Diese Gruppe kühner Abenteurer, vierzig an der Zahl, wurde weit und breit unter dem aus den Anfangsbuchstaben ihres Wahlspruchs abgeleiteten Namen ›Bilu‹ bekannt.

Die Biluim gingen daran, in Palästina kleine bäuerliche Siedlungen ins Leben zu rufen. Bis zum Jahre 1884 gab es bereits ein halbes Dutzend solcher Siedlungen im Heiligen Lande. Sie waren klein und schwach und hatten mit Schwierigkeiten jeder Art zu kämpfen, doch es war ein Anfang.

In Schitomir und in allen anderen Städten des russischen Wohngebiets fanden Abend für Abend heimliche Versammlungen statt. Die Jugend begann zu rebellieren und neue Wege zu gehen.

Jakob Rabinski, der jüngere der beiden Brüder, wurde von den neuen Ideen ergriffen und entflammt. Manche Nacht lag er schlaflos in dem Alkoven der Werkstatt, den er mit seinem Bruder Yossi teilte, und starrte in die Dunkelheit. Er dachte daran, wie wunderbar es sein mußte, kämpfen zu können! Wie wunderbar, aufzubrechen und wirklich nach Palästina zu kommen! Jakobs Gedanken waren erfüllt von der ruhmreichen Vergangenheit der Hebräer. Oftmals stellte er sich vor, er würde an der Seite Judas kämpfen, des ›Hammers‹ zu der Zeit, da die Makkabäer die Griechen aus Judäa vertrieben hatten.

Als die Zionsfreunde nach Schitomir kamen, lief Jakob sofort zu ihren Versammlungen. Ihre Botschaft von der Befreiung der Juden aus eigener Kraft war Musik in seinen Ohren. Die Zionsfreunde hätten gern auch seinen Bruder Yossi für sich gewonnen, weil er so groß und stark war. Doch Yossi näherte sich diesen radikalen Ideen nur zögernd, weil er seinen Vater ehrte, wie Gott es befohlen hatte. Doch als sein Bruder Jakob eines Abends zu dem Kerzenmacher Cohen gegangen war, in dessen Werkstatt ein richtiger Bilu sprach, der zu Besuch aus Palästina gekommen war, hielt es auch Yossi vor Neugier nicht mehr aus. Er wollte alles ganz genau wissen – wie der Bilu ausgesehen hatte, was er gesagt hatte, alles.

»Ich finde, Yossi, das nächstemal solltest du wirklich mitkommen«, sagte Jakob.

Yossi seufzte. Ging er hin, würde er damit zum erstenmal in seinem Leben den Wünschen seines Vaters offen zuwiderhandeln.

»Also gut«, sagte er leise zu Jakob, »ich komme mit.« Und danach betete er den ganzen Tag inbrünstig um Vergebung für das, was er zu tun beabsichtigte.

Die beiden Brüder sagten ihrem Vater, sie wollten für einen Freund der Familie, der kürzlich gestorben war, Kaddisch beten. Sie verließen das Haus und begaben sich eilig zu der Werkstatt des Kerzenmachers. Es war eine kleine Kellerwerkstatt, ganz der ihres Vaters ähnlich. Es roch nach Wachs und Duftstoffen. Die Fenstervorhänge waren zugezogen. Draußen auf der Straße waren Wachen postiert. Der Raum war voller Menschen, und Yossi war überrascht, so viele bekannte Gesichter zu sehen. Der Redner stammte ursprünglich aus Odessa und hieß Wladimir.

Wladimir war ganz anders als die Juden von Schitomir, sowohl seinem Äußeren als auch seinem Benehmen nach. Er trug weder Bart noch Schläfenlocken. Er hatte Stiefel an und eine dunkle Lederjacke. Jakob war hingerissen, als er zu sprechen begann, doch unter den Zuhörern gab es mehrere, die dem Redner ins Wort fielen und mißtrauische Fragen an ihn richteten.

»Bist du der Messias, der gekommen ist, uns in das Land unserer Väter zu führen?« rief einer von ihnen.

»Hast du den Messias unter deinem Bett gefunden, als du dich beim letzten Pogrom darunter verstecktest?« erwiderte Wladimir.

»Wie kann ich sicher sein, daß du nicht ein Spitzel des Zaren bist?« fragte ein anderer.

»Wie kannst du sicher sein, daß du nicht das nächste Opfer des Zaren sein wirst?« schlug Wladimir zurück.

Es wurde ruhig im Raum. Wladimir sprach leise und eindringlich. Er rief seinen Zuhörern alles ins Gedächtnis, was die Juden in Polen und in Rußland erlitten hatten, er dehnte seinen zusammenfassenden Rückblick auf Deutschland und Österreich aus, sprach von den Vertreibungen der Juden aus England und Frankreich, von den Pogromen in Bray und York, in Speyer und

Worms. Und er sprach von der spanischen Inquisition, einer der schrecklichsten Leidenszeiten, in deren Verlauf unvorstellbare Greuel gegen die Juden im Namen der Kirche verübt worden waren. Und schließlich sagte Wladimir: »Kameraden, alle Nationen dieser Erde haben uns verhöhnt und erniedrigt. Wir müssen uns erheben und wieder zu einer Nation werden. Das ist unsere einzige Rettung. Pinsker hat dies erkannt, und die Zionsfreunde und die Biluim wissen es und handeln danach. Wir müssen das Haus Israel neu erbauen!«

Jakob schlug das Herz, als er mit seinem Bruder die Versammlung verließ. »Nun, Yossi, was habe ich dir gesagt? Und du hast heute abend gesehen, sogar Rabbi Lipzin war da.«

»Ich muß es mir überlegen«, sagte Yossi abwehrend. Dabei war er sich ebenso wie Jakob bereits klar, daß Wladimir recht hatte. Dies war ihre einzige Rettung.

Als sie nach Hause kamen, stand Simon Rabinski in seinem langen Nachthemd hinter seiner Werkbank, die Hände auf dem Rücken verschränkt. Auf der Werkbank brannte eine Kerze.

»Guten Abend, Papa«, sagten sie und wollten in ihren Alkoven.

»Yossi! Jakob!« rief Simon. Beide gingen langsam zu ihm hin und blieben vor der Schusterbank stehen.

Die Mutter machte die Tür auf und sah blinzelnd herein. »Simon«, sagte sie, »sind die Jungens zu Hause?«

»Sie sind zu Hause.«

»Sag ihnen, sie sollten nicht so spät am Abend auf der Straße bleiben.«

»Ja, Mama«, sagte Simon. »Geh jetzt wieder schlafen. Ich werde mit ihnen reden.«

Simon sah von Jakob zu Yossi und wieder zu Jakob. »Ich muß Frau Horowitz morgen erzählen, daß ihr Mann gewiß in Frieden ruhen kann, weil meine beiden Söhne heute abend für ihn Kaddisch gebetet haben.«

Es war Yossi unmöglich, seinem Vater gegenüber unehrlich zu sein. »Wir haben nicht für Red Horowitz gebetet«, murmelte er.

Simon Rabinski tat überrascht und hob die Hände in die Höhe.

»So, so! Nun, ich hätte es mir denken können. Ihr wart gewiß auf Freiersfüßen. Grad heute war Abraham, der Heiratsvermittler, hier bei mir im Laden. Er sagte zu mir, Simon Rabinski, sagte er, einen schönen Sohn hast du da an deinem Yossi. Er wird dir eine gute Mitgift von der Familie eines reichen Mädchens bringen – stell dir vor, Yossi, er will schon jetzt eine Braut für dich aussuchen.«

»Wir waren nicht auf Brautschau«, sagte Yossi und schluckte.

»Nein? Nicht auf Brautschau und nicht zum Kaddisch? Vielleicht wart ihr noch einmal in der Synagoge?«

»Nein, Vater«, sagte Yossi fast unhörbar.

Jakob hielt es nicht länger aus. »Wir waren in einer Versammlung der Zionsfreunde!« sagte er.

Yossi sah seinen Vater verlegen an, wurde rot und nickte. Jakob machte ein trotziges Gesicht. Er schien froh zu sein, daß es heraus war. Simon seufzte und sah seine beiden Söhne lange Zeit schweigend und eindringlich an.

»Ich bin gekränkt«, sagte er schließlich.

»Deshalb hatten wir ja auch nichts davon gesagt, Vater«, sagte Yossi. »Wir wollten dich nicht kränken.«

»Ich bin nicht gekränkt, weil ihr zu einer Versammlung der Zionsfreunde gegangen seid. Ich bin gekränkt, weil die Söhne von Simon Rabinski so gering von ihrem Vater denken, daß sie sich ihm nicht mehr anvertrauen.« Jetzt wand sich auch Jakob verlegen. »Aber«, sagte er, »wenn wir es dir gesagt hätten, dann hättest du uns vielleicht verboten, hinzugehen.«

»Sag mir, Jakob – wann habe ich euch jemals verboten, Wissen zu erwerben? Habe ich euch jemals ein Buch verboten? Gott verzeih mir – selbst, als es euch in den Sinn kam, das Neue Testament lesen zu wollen – habe ich es euch verboten?«

»Nein, Vater«, sagte Jakob.

»Mir scheint, es ist höchste Zeit, daß wir einmal miteinander reden«, sagte Simon.

Yossis rotes Haar leuchtete im Schein der Kerze. Er war um einen halben Kopf größer als sein Vater. Er sprach fest und bestimmt. Yossi war zwar langsam von Entschluß, doch wenn er sich erst einmal entschlossen hatte, blieb er dabei. »Jakob und ich haben dir nichts davon gesagt, weil wir wissen, was du von den Zionsfreunden und den neuen Ideen hältst und weil wir dich nicht verletzen wollten. Aber ich bin froh, daß ich heute abend hingegangen bin.«

»Auch ich finde es gut, daß du hingegangen bist«, sagte Simon.

»Rabbi Lipzin möchte gern, daß ich in die Mannschaft zur Verteidigung des Ghettos eintrete«, sagte Yossi.

»Rabbi Lipzin bricht mit so vielen Traditionen, daß ich mich allmählich frage, ob er überhaupt noch ein Rabbi ist«, sagte Simon.

»Das ist es ja gerade, Vater«, sagte Yossi. »Du hast Angst vor den neuen Ideen.« Es war das erstemal, daß Yossi so zu seinem Vater sprach, und er schämte sich im gleichen Augenblick.

Simon kam hinter seiner Werkbank hervor, legte seinen Söhnen die Hände auf die Schultern, führte sie zu ihrem Alkoven und bat sie, sich auf ihre Betten zu setzen. »Meint ihr denn, ich wüßte nicht genau, was in euren Köpfen spukt? Neue Ideen, wahrhaftig! Von Emanzipation und Ghettoverteidigung war genauso die Rede, als ich in eurem Alter war. Ihr macht nur eine Krise durch, die jeder Jude durchmachen muß – um seinen Frieden mit der Welt zu machen –, um zu wissen, wo sein Platz in der Welt ist. Ich habe als junger Mensch sogar einmal daran gedacht, den christlichen Glauben anzunehmen! Meint ihr wirklich, ich wüßte nicht, wie es in euch aussieht?«

Yossi war verblüfft. Sein Vater hatte dran gedacht, zu konvertieren!

»Warum sollte es falsch sein, daß wir uns verteidigen wollen?« fragte Jakob. »Warum wird es von unseren eigenen Leuten als Sünde betrachtet, wenn wir versuchen, uns bessere Lebensbedingungen zu verschaffen?«

»Du bist Jude«, antwortete sein Vater, »und das bringt bestimmte Verpflichtungen mit sich.«

»Auch die Verpflichtung, daß ich mich unter meinem Bett verkrieche, wenn man mich töten will?« sagte Jakob laut und heftig.

»Sprich nicht so mit Vater«, sagte Yossi.

»Niemand hat behauptet, es sei leicht, Jude zu sein. Wir sind nicht da, um von den Früchten dieser Erde zu leben. Wir sind in die Welt gestellt, um über die Gebote Gottes zu wachen. Das ist unsere Mission. Das ist unsere Aufgabe.«

»Und das ist unser Lohn!« gab Jakob zurück.

»Der Messias wird erscheinen und uns in das Land unserer Väter führen, wenn der Herr in seiner Güte die Zeit für gekommen hält«, sagte Simon, unverändert ruhig und gelassen. »Und ich glaube nicht, daß es Jakob Rabinski ansteht, Zweifel zu hegen an der Weisheit des Herrn. Ich glaube vielmehr, daß es Jakob Rabinski ansteht, zu leben nach den Geboten der heiligen Thora.«

Jakob schossen vor Zorn die Tränen in die Augen. »Ich zweifle nicht an Gottes Geboten«, rief er, »aber ich zweifle an der Weisheit einiger Männer, die diese Gebote auslegen.«

Es trat eine kurze Stille ein. Yossi schluckte. Noch nie hatte jemand so zu seinem Vater gesprochen. Und doch bewunderte er heimlich den Mut seines Bruders. Denn Jakob hatte gewagt, die Frage zu stellen, die er selbst nicht zu stellen wagte.

»Wenn wir nach Gottes Ebenbild erschaffen sind«, fuhr Jakob fort, »dann ist der Messias in uns allen lebendig, und der Messias in meiner Brust sagt mir unablässig, daß ich mich erheben und zurückschlagen soll. Er sagt mir unablässig, daß ich mich mit den Zionsfreunden auf den Weg in das Gelobte Land machen soll. Das ist es, Vater, was mir der Messias sagt.«

Simon Rabinski blieb unerschütterlich. »Wir sind im Laufe unserer Geschichte immer wieder von Männern heimgesucht worden, die sich fälschlich als Messias bezeichneten. Ich fürchte, daß auch du jetzt einem solchen falschen Messias dein Ohr leihst.«

»Und woran soll ich den wahren Messias erkennen?« fragte Jakob herausfordernd.

»Die Frage ist nicht, ob Jakob Rabinski den Messias erkennt. Die Frage ist, ob der Messias den Jakob Rabinski erkennen wird. Wenn Jakob Rabinski von Gottes Geboten abweicht und falschen Propheten sein Ohr leiht, dann wird der Messias ohne Zweifel erkennen, daß Jakob Rabinski aufgehört hat, Jude zu sein. Ich möchte Jakob Rabinski daher empfehlen, weiterhin als ein Jude zu leben, wie es sein Vater und seines Vaters Väter getan haben.«

IV

»Schlagt die Juden tot!«

Ein Steinschlag durchschlug das Fenster des Seminars. Eilig brachte der Rabbi seine Schüler durch den hinteren Ausgang in die Sicherheit des Kellers. Durch die Straßen hasteten Juden, die sich in wilder Flucht vor einer aufgebrachten Meute von mehr als tausend Primanern und Kosaken in Sicherheit zu bringen versuchten.

»Schlagt die Juden tot!« schrien sie. »Schlagt die Juden tot!«

Wieder einmal fand ein Pogrom statt, inszeniert von Andrejew, dem buckligen Direktor des Städtischen Gymnasiums und dem größten Judenhasser von Schitomir. Andrejews Schüler zogen randalierend durch das Ghetto, zertrümmerten die Schaufenster, schleppten alle Juden, die sie erwischten, auf die Straße und schlugen erbarmungslos auf sie ein.

»Schlagt sie tot, die Juden – schlagt sie tot – schlagt sie tot!« Jakob und Yossi hielt es nicht im Keller des Seminars. Sie rannten durch schmale Gäßchen und ausgestorbene Seitenstraßen nach Haus, um ihre Eltern zu beschützen. Mehrfach mußten sie ausweichen und in Deckung gehen, wenn sich das Getrappel der Kosakenpferde und das blutrünstige Geschrei der Menge näherte. Sie bogen in die Straße ein, in der die Werkstatt ihres Vaters lag, und prallten auf ein Dutzend junger Burschen mit bunten Mützen. Schüler von Andrejew.

»Da sind zwei von denen!«

Jakob und Yossi machten kehrt und liefen davon, um das Rudel der Verfolger von der Wohnung ihrer Eltern abzulenken. Mit Gejohle setzten die Gymnasiasten den beiden Brüdern nach. Lange ging die Jagd kreuz und quer durch die Straßen und Gäßchen, über Hinterhöfe und Gartenzäune, bis die Verfolger sie in einer Sackgasse stellten. Yossi und Jakob standen mit dem Rücken gegen die Wand, schwitzend und keuchend, während die Angreifer einen Halbkreis bildeten und auf sie eindrangen. Ihr Anführer trat mit funkelnden Augen vor, schwang ein Eisenrohr und holte aus zum Schlag auf Yossi.

Yossi wehrte den Schlag ab, packte den Angreifer, hob ihn hoch und warf ihn der übrigen Meute entgegen. Jakob nahm zwei von den Steinen, die er immer bei sich trug, aus einer Tasche und schleuderte sie gegen die Köpfe zweier Angreifer, die bewußtlos zu Boden fielen. Die anderen Gymnasiasten stoben in wilder Flucht davon.

Die beiden Brüder stürzten nach Haus und rissen die Tür der Werkstatt auf.

»Mama! Papa!«

Die Werkstatt war ein Trümmerfeld.

»Mama! Papa!«

Sie fanden die Mutter, die wie von Sinnen in einer Ecke kauerte.

Yossi schüttelte sie heftig. »Wo ist Papa?«

»Die Thora!« schrie sie. »Die Thora!«

In diesem Augenblick wankte, sechs Querstraßen weiter, Simon Rabinski in die brennende Synagoge und bahnte sich keuchend den Weg zum Ende des Raumes, dorthin, wo der Thoraschrein stand. Er zog die Vorhänge beiseite, auf denen die Zehn Gebote geschrieben standen, und holte das Sefer Thora herunter, die Rolle mit den Geboten Gottes.

Simon drückte das heilige Pergament an seine Brust, um es vor den Flammen zu schützen, und wankte zur Tür zurück. Er hatte schwere Verbrennungen erlitten, und war dem Ersticken nahe. Er wankte durch die Tür nach draußen und fiel auf die Knie.

Zwanzig der Schüler Andrejews erwarteten ihn.

»Schlagt den Juden tot!«

Simon kroch noch ein paar Meter auf den Knien weiter, dann brach er zusammen und beschützte, am Boden liegend, das Sefer Thora mit seinem Leib. Knüppel zerschmetterten seinen Schädel, genagelte Schuhe traten ihm ins Gesicht.

»Schlagt den Juden tot!«

In seiner Todesqual rief Simon Rabinski laut: »Höre, o Israel – der Herr ist unser Gott!«

Simon Rabinski war, als man ihn fand, bis zur Unkenntlichkeit entstellt. Das Sefer Thora, die Rolle mit den Geboten, die Gott dem Moses verkündet hatte, war dem Alten vom Mob abgenommen und verbrannt worden.

Das ganze Ghetto von Schitomir betrauerte seinen Tod. Er hatte den ehrenvollsten Tod erlitten, den es für einen Juden geben konnte. Er hatte das Sefer Thora mit seinem Leib geschützt! Er wurde zusammen mit einem Dutzend anderer bestattet, die gleich ihm bei Andrejews Pogrom umgebracht worden waren.

Für Rachel Rabinski war der Tod ihres Mannes nur eine weitere Tragödie im Verlauf eines Lebens, in dem sie kaum etwas anderes gekannt hatte als Kummer und Sorgen. Doch diesmal ging es über ihre Kraft. Auch ihre Söhne waren ihr kein Trost. Man brachte sie zu Verwandten, die in einer anderen Stadt wohnten. Yossi und Jakob gingen jeden Tag zweimal zur Synagoge, um für ihren Vater Kaddisch zu beten. Yossi mußte daran denken, wie sehr sein Vater bestrebt gewesen war, das Leben eines Juden zu führen, damit ihn der Messias erkenne. Es war seine Lebensaufgabe gewesen, über Gottes Gebote zu wachen. Vielleicht hatte sein Vater recht gehabt – vielleicht war es nicht ihr Los, von den Früchten der Erde zu leben, sondern als Wächter der göttlichen Gebote zu dienen. In seinem Schmerz versuchte Yossi, eine Erklärung für den grausamen Tod seines Vaters zu finden.

In Jakob sah es anders aus. Sein Herz war voller Haß, und selbst wenn er zur Synagoge ging, um das Klagegebet für seinen

Vater zu sprechen, sann er auf Rache. Er war unruhig und voller Bitterkeit. Er schwor grimmig, den Tod seines Vaters zu rächen.

Yossi, der wußte, wie es um seinen Bruder stand, ließ ihn nicht aus den Augen. Er versuchte, ihn zu beruhigen und zu trösten, doch Jakob war untröstlich.

Einen Monat nach dem Tod von Simon Rabinski schlich sich Jakob eines Nachts, während Yossi schlief, heimlich aus der Werkstatt. In seinem Gürtel hatte er ein langes, scharfes Messer versteckt, das er von der Schusterbank seines Vaters genommen hatte. Er wagte sich aus dem Ghetto hinaus und begab sich zu der Wohnung Andrejews, des Judenhassers.

Ein instinktives Gefühl ließ Yossi wenige Minuten später wach werden. Als er sah, daß Jakob fort war, kleidete er sich hastig an und rannte ihm nach. Er ahnte, wohin sein Bruder gegangen war.

Gegen vier Uhr morgens hob Jakob Rabinski den Messingklopfer an der Tür von Andrejews Wohnung. Als der bucklige Andrejew die Tür öffnete, sprang Jakob auf ihn zu und rannte ihm das Messer tief ins Herz. Andrejew stieß einen kurzen Schrei aus und fiel tot zu Boden.

Als Yossi kurz danach angestürzt kam, fand er seinen Bruder, der wie hypnotisiert die Leiche des Mannes anstarrte, den er ermordet hatte. Er zog Jakob fort, und beide flohen.

Den ganzen nächsten Tag und die folgende Nacht hielten sie sich im Keller des Hauses von Rabbi Lipzin verborgen. Die Nachricht von der Ermordung Andrejews war wie ein Lauffeuer durch Schitomir gegangen. Der Ältestenrat des Ghettos versammelte sich und faßte einen Beschluß.

»Wir haben Anlaß, zu befürchten, daß man euch erkannt hat«, sagte der Rabbi, als er von der Versammlung nach Haus kam.

»Dein rotes Haar, Yossi, ist einigen der Gymnasiasten aufgefallen.«

Yossi biß sich auf die Lippe und sagte nicht, daß er nur versucht hatte, die Tat zu verhindern. Jakob zeigte keinerlei Reue, sondern sagte: »Ich würde es ein zweitesmal tun, gern sogar.«

»Wenn wir auch durchaus verstehen, was euch zu dieser Tat getrieben hat«, sagte der Rabbi, »so können wir sie dennoch nicht gutheißen. Es ist sehr wohl möglich, daß es durch euch zu einem weiteren Pogrom kommt. Andererseits – wir sind Juden, und es gibt für uns vor einem russischen Gericht kein Recht. Wir haben einen Beschluß gefaßt, dem ihr euch zu fügen habt.«

»Ja, Rabbi«, sagte Yossi.

»Ihr müßt eure Locken abschneiden und euch wie die Gojim kleiden. Wir werden euch Nahrung und Geld für eine Woche geben. Ihr müßt Schitomir sofort verlassen und dürft nie mehr hierher zurückkehren.«

So wurden Jakob und Yossi Rabinski, der eine vierzehn und der andere sechzehn Jahre alt, im Jahre 1884 Flüchtlinge. Sie gingen nach Osten, wanderten nur bei Nacht auf der Landstraße und hielten sich tagsüber verborgen. Sie erreichten Lubny, rund dreihundert Kilometer von Schitomir entfernt, suchten sofort das Ghetto auf und begaben sich zum Rabbi. Von ihm erfuhren sie, daß ihnen die Kunde ihrer Tat schon vorausgeeilt war. Der Rabbi berief den Ältestenrat, und man beschloß ohne Zögern, den beiden Brüdern für eine weitere Woche Nahrung und Geld mit auf den Weg zu geben.

Yossi und Jakob machten sich von neuem auf den Weg. Ihr nächstes Ziel war Charkow, rund zweihundertundfünfzig Kilometer entfernt, wo man vielleicht nicht so eifrig nach ihnen fahndete. Der Rabbi von Charkow wurde unterrichtet, daß die beiden Rabinskis dorthin unterwegs seien.

Doch die ganze Gegend war alarmiert, und die beiden Brüder konnten sich nur mit größter Vorsicht bewegen. Sie brauchten zwanzig Tage, um nach Charkow zu kommen. Überall im ganzen jüdischen Wohnbezirk befand sich ihr Steckbrief, und für alle Russen war es geradezu eine heilige Pflicht geworden, nach den beiden Brüdern zu fahnden. Zwei Wochen lang hielten sie sich in dem feuchten Keller unter der Synagoge von Charkow verborgen. Nur dem Rabbi und einigen Ältesten war ihre Anwesenheit bekannt. Schließlich erschien Rabbi Salomon bei ihnen und sagte: »Ihr seid selbst hier nicht sicher. Es ist nur eine Frage der Zeit, bis man euch entdeckt. Schon jetzt schnüffelt die Polizei hier herum und fragt die Leute aus. Und nun, da der Winter bevorsteht, wird es für euch unmöglich sein, weiterzukommen.« Der Rabbi seufzte und schüttelte den Kopf. »Wir haben auch versucht, Papiere für euch zu beschaffen, damit ihr die Grenzen des jüdischen Wohngebiets überschreiten könnt, doch ich fürchte, das ist unmöglich. Ihr seid bei der Polizei allzu bekannt.«

Der Rabbi ging unruhig hin und her. »Wir sind zu der Einsicht gekommen, daß es nur eine Möglichkeit gibt. Es wohnen hier im Distrikt einige jüdische Familien, die sich taufen ließen und jetzt als Kleinbauern leben. Wir meinen, es wird für euch das sicherste sein, wenn ihr euch zumindest bis zum Frühling bei einer dieser Familien verbergt.«

»Rabbi Salomon«, sagte Yossi, »wir sind euch für alles, was ihr für uns getan habt, sehr dankbar. Doch mein Bruder und ich haben etwas anderes beschlossen.«

»So? Und was habt ihr beschlossen?«

»Wir wollen nach Palästina«, sagte Jakob.

»Nach Palästina?« sagte der Rabbi erstaunt. »Wie denn?«

»Wie haben uns einen Weg dorthin überlegt. Gott wird uns helfen.«

»Ich zweifle nicht daran, daß euch Gott helfen wird, aber er läßt sich auch nicht dazu zwingen, ein Wunder zu tun. Es sind gut und gern sechshundert Kilometer bis zum Hafen von Odessa. Und selbst wenn ihr Odessa erreichen solltet, wie wollt ihr ohne Papiere auf ein Schiff kommen?«

»Unser Weg führt nicht über Odessa.«

»Es gibt keinen anderen Weg!«

»Wir wollen nicht über das Schwarze Meer fahren. Wir haben vor, zu Fuß zu gehen.«

Rabbi Solomon schnappte nach Luft.

»Moses wanderte vierzig Jahre lang«, sagte Jakob. »So lange werden wir nicht brauchen.«

»Junger Freund, ich weiß sehr wohl, daß Moses vierzig Jahre lang gewandert ist, doch das erklärt noch immer nicht, wie ihr zu Fuß nach Palästina kommen wollt.«

»Ich will es Ihnen erklären«, sagte Yossi. »Wir wollen nach Süden wandern. In dieser Richtung wird die Polizei nicht allzu eifrig nach uns suchen. Wir wollen das jüdische Wohngebiet hinter uns lassen und über den Kaukasus in die Türkei.«

»Unsinn! Wahnsinn! Das ist unmöglich! Wollt ihr mir vielleicht erzählen, daß ihr mehr als dreitausend Kilometer zu Fuß zurücklegen wollt, in der Winterkälte, durch fremde Länder und über ein hohes Gebirge – ohne Papiere, ohne Kenntnis von Land und Leuten und mit einem Steckbrief der Polizei? Ihr seid noch halbe Kinder!«

Jakob sah den Rabbi an, und in seinen Augen brannte das Feuer der Begeisterung. »Fürchte dich nicht, denn ich bin bei dir. Ich will die Deinen sammeln aus Ost und West, aus Nord und Süd; will heranführen meine Söhne aus der Ferne und meine Töchter von den Enden der Erde«, zitierte er.

Und so geschah es, daß die Brüder Rabinski, gesucht wegen Mordes, von Charkow aus weiterflohen. Sie zogen nach Osten und nach Süden durch die Kälte eines unbarmherzig strengen Winters.

Sie arbeiteten sich nachts durch den Schnee, der ihnen bis an die Knie ging, stemmten ihre jungen Leiber gegen den heulenden Wind, während die Kälte ihre Glieder erstarren ließ. Der Magen knurrte ihnen vor Hunger. Sie ernährten sich durch Diebstähle auf dem flachen Lande und verbargen sich am Tage in den Wäldern.

In diesen qualvollen Nächten war es Jakob, der Yossi mit seiner Begeisterung für ihre Mission aufrechterhielt. Und manche Nacht mußte Yossi seinen Bruder acht Stunden lang auf dem Rücken tragen, weil Jakobs Füße so wund waren, daß er nicht laufen konnte.

Über das Eis und durch den Schnee wankten sie nach Süden, die Füße mit Lumpen umwickelt, Meter um Meter, Meile um Meile, Woche um Woche. Im Frühling erreichten sie Rostow. Sie brachen zusammen.

Sie fanden das Ghetto, wo man sie aufnahm und ihnen Nahrung und Obdach gewährte. Sie vertauschten ihre Lumpen gegen neue Kleider. Mehrere Wochen lang mußten sie ausruhen, bis sie kräftig genug waren, ihren Weg fortzusetzen. Doch gegen Ende des Frühlings hatten sie sich von den Strapazen des Winters völlig erholt und begaben sich erneut auf die Wanderung.

Sie brauchten sich jetzt nicht mehr mit den feindlichen Elementen herumzuschlagen, mußten sich aber mit noch größerer Vorsicht bewegen, da sie das jüdische Wohngebiet hinter sich gelassen hatten und sich nicht mehr darauf verlassen konnten, bei jüdischen Gemeinden Schutz, Nahrung und Obdach zu finden. Sie gingen von Rostow aus nach Süden, der Küste des Schwarzen Meeres entlang. Sie konnten sich jetzt nur von dem ernähren, was sie auf den Feldern stahlen. Bei Tage ließen sie sich niemals sehen.

Als es erneut Winter wurde, waren sie vor eine ungeheuer schwere Entscheidung gestellt. Sollten sie versuchen, den Kaukasus im Winter zu überqueren oder mit einem Schiff über das Schwarze Meer zu fahren? Beide Wege waren gefährlich. Zwar schien es glatter Wahnsinn, sich im Winter in ein hohes Gebirge zu wagen, doch ihr Verlangen, Rußland hinter sich zu lassen, war so brennend, daß sie beschlossen, es zu riskieren.

In und um Stavropol, am Fuße des Gebirges, verübten sie eine Reihe von Einbrüchen, um sich für den Angriff auf die Berge ausreichend mit Kleidung und Nahrung auszurüsten. Dann flohen sie weiter in den Kaukasus hinein, noch immer von der Polizei verfolgt, um nach Armenien zu kommen.

Abermals wanderten sie durch die grausame Kälte des Winters. Doch das erste Jahr ihrer Wanderschaft hatte sie abgehärtet und sie allerhand Schliche gelehrt, und ihre Sehnsucht, nach Palästina zu kommen, wurde immer größer. Die letzte Strecke des Weges legten sie halb betäubt zurück, nur noch vom Instinkt vorwärts getrieben.

Und im Frühling erlebten sie zum zweitenmal das Wunder der Wiedergeburt. Eines Tages richteten sie sich auf und atmeten zum erstenmal freie Luft – sie hatten ›Mütterchen Rußland‹ für immer hinter sich gelassen. Jakob drehte sich, als er die Grenze zur Türkei überschritten hatte, noch einmal um und spuckte aus, in Richtung Rußland.

Jetzt konnten sie sich frei bei Tage bewegen, doch es war ein fremdes Land mit ungewohnten Gebräuchen und Gerüchen, und sie hatten weder Pässe noch Ausweise. Die ganze östliche Türkei war gebirgig, und sie kamen nur langsam voran. Wenn sie auf den Feldern keine Nahrung stehlen konnten, arbeiteten sie, und zweimal in diesem Frühling wurden sie erwischt und für kurze Zeit ins Gefängnis gesteckt. Yossi meinte, sie müßten nun mit dem Stehlen aufhören, weil es zu gefährlich für sie sei, wenn man sie erwischte: Man könnte sie nach Rußland zurückschikken!

Im Sommer kamen sie am Fuß des Berges Ararat vorbei, auf dem die Arche Noah gelandet war. Und weiter ging es nach Süden.

In jedem Dorf fragten sie: »Wohnen hier Juden?«

In einigen Dörfern gab es Juden, und die Brüder bekamen von ihnen Nahrung, Kleidung und Obdach, und wurden mit guten Wünschen auf den Weg gebracht. Diese Juden waren anders als alle, die sie bisher kennengelernt hatten. Es waren unwissende und abergläubische Bauern, doch sie kannten ihre Thora, hielten den Sabbath und feierten die jüdischen Feste.

»Gibt es hier im Osten Juden?«

»Wir sind Juden.«

»Wir möchten gern mit eurem Rabbi sprechen.«

»Wo wollt ihr hin?«

»Wir sind auf dem Weg in das Gelobte Land.«

Dies war das magische Wort, das ihnen den Weg ebnete.

»Gibt es hier Juden?«

»Im nächsten Dorf wohnt eine jüdische Familie.«

Überall wurden sie gastlich aufgenommen.

So vergingen zwei Jahre. Die beiden Brüder drängten hartnäckig weiter auf ihrem Weg, machten nur halt, wenn die Erschöpfung zu groß wurde, oder wenn sie arbeiten mußten, um sich zu ernähren.

»Wohnen hier im Ort Juden?«

Sie überschritten die türkische Grenze und kamen nach Syrien, in ein ebenso fremdes Land. In Aleppo machten sie die erste Bekanntschaft mit der arabischen Welt. Sie durchquerten Bazare, kamen durch Straßen, die von Kamelmist bedeckt waren und hörten die mohammedanischen Gesänge, die von den Minaretts ertönten.

Und weiter wanderten sie, bis sich vor ihnen plötzlich die blaugrüne Weite des Mittelmeeres auftat. Statt der Stürme und der Kälte der hinter ihnen liegenden Jahre begrüßte sie hier glühende Hitze. Sie trotteten die Küste entlang, in Lumpen gehüllt.

»Wohnen hier Juden?«

Ja, es gab Juden, doch sie waren wieder anders. Diese Juden sahen aus wie Araber, sprachen wie diese und waren arabisch angezogen. Doch sie sprachen auch Hebräisch und kannten die Thora. Genau wie die Juden in Südrußland und die Juden in der Türkei nahmen auch diese wie Araber aussehenden Juden die beiden Brüder mit Selbstverständlichkeit bei sich auf und teilten ihre Nahrung und ihre Lagerstatt mit ihnen. Sie segneten die Brüder, wie man sie überall auf ihrem Wege gesegnet hatte, um der Heiligkeit ihrer Mission willen.

Und weiter ging der Weg in den Libanon, vorbei an Tripolis und Beirut, und immer näher kamen sie dem Gelobten Land.

»Wohnen hier Juden?«

Inzwischen war das Jahr 1888 gekommen. Mehr als vierzig Monate waren vergangen seit der Nacht, da Jakob und Yossi aus dem Ghetto von Schitomir geflohen waren. Yossi war zu einem hageren und zähen Riesen von einsachtundachtzig, mit einem Körper aus Stahl, herangewachsen. Er war jetzt zwanzig Jahre alt und trug einen flammend roten Bart.

Jakob war achtzehn. Auch er war durch die mehr als dreijährige Wanderschaft abgehärtet, doch er war nach wie vor von mittlerer Größe, hatte ein dunkles, sensibles Gesicht und war noch immer der unbändige Feuerkopf, der er schon als Knabe gewesen war.

Sie standen auf einem Berg. Vor ihnen öffnete sich ein Tal. Jakob und Yossi starrten hinunter auf den Hule-See im Norden von Galiläa. Yossi Rabinski setzte sich auf einen Felsen und weinte.

Jakob legte ihm die Hand auf die Schulter und sagte: »Wir sind da, Yossi, wir sind da!«

Sie waren am Ziel ihrer Wanderschaft angelangt.

V

Vom Hügel aus schauten sie in das Land. Auf der anderen Seite des Tales erhob sich im Libanon der schneebedeckte Gipfel des Berges Hermon. Unter ihnen dehnte sich der Hule-See mit seinen Sümpfen. Zu ihrer Rechten lag am Hang ein Araberdorf.

Wie schön war das Gelobte Land, wenn man es von hier oben sah! Yossi Rabinski fühlte eine Begeisterung in sich, wie er sie noch nie erlebt hatte. Und wie junge Menschen es oft in solchen Augenblicken tun, schwor er heimlich, eines Tages hierher zurückzukommen, um genau von dieser Stelle aus auf ein Stück Land hinunterzusehen, das dann ihm gehören würde.

Sie blieben dort den Tag und die Nacht, und am nächsten Morgen begannen sie den Abstieg in Richtung auf das Araberdorf. Die weißen Häuser, die sich in einer Mulde zusammendrängten, leuchteten hell in der Morgensonne. Weideland und Olivenhaine zogen sich vom Dorf abwärts zu den Sümpfen des Hule-Sees. Auf den Feldern zog ein Esel eine hölzerne Pflugschar. Andere Esel trugen auf ihren Rücken eine schmale Ernte. In den Weingärten waren Araberfrauen bei der Arbeit. Das Dorf machte den Eindruck, als habe sich hier seit tausend Jahren nichts verändert.

Die Schönheit des Bildes verging, als sie sich dem Dorf näherten. Ein widerwärtiger Gestank ekelte sie an. Von den Feldern und aus den Häusern verfolgten die Dorfbewohner die Brüder mit mißtrauischen Blicken, als sie die schmutzige Straße entlanggingen. Das Leben bewegte sich träge in der glühenden Sonne. Die Dorfstraße war voll vom Mist der Kamele und Esel. Haufen riesiger Fliegen umtanzten die beiden Brüder. Ein Hund lag regungslos im Wasser des offenen Rinnsteins, um sich zu kühlen. Verschleierte Frauen verschwanden ängstlich in armseligen Lehmhütten. Die Hälfte der Hütten war baufällig und schien kurz davor, einzustürzen. In jeder Hütte wohnten ein Dutzend oder mehr Menschen, außerdem auch noch Hühner, Mulis und Ziegen.

Die beiden Rabinskis blieben am Brunnen des Dorfes stehen. Hochgewachsene Mädchen balancierten riesige Wassergefäße auf den Köpfen oder knieten auf der Erde, eifrig damit beschäftigt, Wäsche zu schrubben. Beim Erscheinen der Fremden verstummte die Unterhaltung.

»Können wir etwas Wasser haben?« fragte Yossi.

Niemand wagte zu antworten. Sie zogen einen Eimer voll Wasser herauf, wuschen sich das Gesicht, füllten ihre Wasserflaschen und gingen rasch weiter.

Sie kamen zu einer halbverfallenen Hütte, dem Caféhaus des Ortes. Die Männer saßen oder lagen träge herum, während ihre Frauen die Felder bestellten. In der Luft hing der Geruch starken Kaffees und mischte sich mit dem Duft des Pfeifenrauches und den üblen Gerüchen des Dorfes.

»Wir hätten gern nach dem Weg gefragt«, sagte Yossi.

Nach einer Weile erhob sich einer der Araber vom Boden und forderte sie auf, ihm zu folgen. Er führte sie aus dem Dorf heraus an einen Bach; am anderen Ufer des Baches stand eine kleine Moschee mit einem Minarett. Hier am Ufer stand ein ansehnliches Steinhaus und dicht dabei ein Gebäude, das als Gemeindehaus diente. Dorthin führte man die beiden Brüder, bat sie, einzutreten und Platz zu nehmen. Der Raum war hoch, mit weißgekalkten Wänden, dicken Mauern und geschickt angeordneten Fenstern. Eine lange Bank lief rings an den Wänden entlang. Sie war mit bunten Kissen bedeckt. An den Wänden hingen allerlei Schwerter, bunter Tand und Bilder von Arabern und fremden Gästen.

Schließlich kam ein Mann herein, der Mitte Zwanzig sein mochte. Er war mit einem gestreiften Umhang bekleidet, der ihm bis zu den Knöcheln ging. Auf dem Kopf trug er ein weißes Tuch mit einem schwarzen Band. Seine Erscheinung ließ sofort erkennen, daß es sich um einen wohlhabenden Mann handeln mußte.

»Ich bin Kammal, der Muktar von Abu Yesha«, sagte er. Er klatschte in seine mit Ringen geschmückten Hände und befahl, Obst und Kaffee für die Fremden zu bringen. Während sich seine

Brüder entfernten, um den Auftrag auszuführen, betraten die Dorfältesten schweigend und erhaben den Raum.

Zur Überraschung der beiden Rabinskis konnte Kammal ein wenig Hebräisch. »Der Ort, an dem dies Dorf steht, ist die Stelle, an der Josua begraben sein soll«, erklärte er ihnen. »Josua ist nicht nur ein hebräischer Kriegsheld, sondern ebenso auch ein moslemischer Prophet.«

Danach versuchte Kammal, der sich an die arabische Sitte hielt, niemals eine direkte Frage zu stellen, auf Umwegen herauszubekommen, wer die Fremden waren und was der Anlaß ihres Besuchs war. Schließlich deutete er versuchsweise an, die beiden hätten sich wohl verirrt. Bisher hatten sich noch nie Juden in das Hule-Gebiet gewagt.

Yossi erklärte, daß sie vom Norden her ins Land gekommen seien und die nächstgelegene jüdische Ansiedlung suchten. Nach einer weiteren halben Stunde versteckter Fragen war Kammal beruhigt. Offenbar waren die beiden Juden nicht mit der Absicht gekommen, hier in diesem Gebiet Land zu erwerben.

Jedenfalls schien er etwas zutraulicher zu werden, und die beiden Brüder erfuhren, daß er nicht nur der Muktar von Abu Yesha war, dem alles Land hier gehörte, sondern auch der geistige Führer und der einzige schriftkundige Mann des Ortes.

Yossi hatte diesen Mann irgendwie gern – warum, wußte er nicht. Er erzählte Kammal von ihrer weiten Pilgerfahrt, der mühsamen Wanderung von Rußland hierher, von ihrem Wunsch, in Palästina seßhaft zu werden und ein Stück Land zu bebauen. Als sie das Obst, das man ihnen anbot, verzehrt hatten und Yossi sich verabschiedete, sagte Kammal:

»Dreißig Kilometer südlich von hier werdet ihr Juden finden. Ihr könnt bis zum Abend dort sein, wenn ihr euch an die Straße haltet. Der Ort heißt Rosch Pina.«

Rosch Pina – der Eckstein! Wie aufregend. Diesen Namen hatte Yossi im Ghetto von Schitomir oft gehört.

»Rosch Pina liegt etwa in der Mitte zwischen dem Hule-See und dem See Genezareth. Auf dem Wege dorthin werdet ihr an einem großen Hügel vorbeikommen. Unter diesem Hügel liegt das alte Chazor. Möge Gott euch auf eurem Wege beschützen.«

Die Straße führte aus den Feldern von Abu Yesha heraus und an den stinkenden Hule-Sümpfen entlang. Yossi warf einen Blick über die Schulter zurück. Er konnte die Stelle sehen, von der sie heute früh aufgebrochen waren. Ich komme wieder, sagte er zu sich selbst, ich komme wieder, das weiß ich genau.

Gegen Mittag kamen sie zu dem großen, von Menschenhand geschaffenen Hügel, den ihnen Kammal beschrieben hatte. Während sie hinaufstiegen, machten sie sich klar, daß unter der Erde, über die sie schritten, die uralte Stadt Chazor begraben lag. Yossi war begeistert. »Stelle dir doch nur einmal vor«, sagte er zu Jakob, »vielleicht hat Josua genau hier gestanden, wo wir jetzt stehen, als er die Stadt eroberte und die Kanaaniter schlug!«

Yossi befand sich, seit er den ersten Blick in das Gelobte Land getan hatte, in einem Zustand freudiger Bewegtheit, bemerkte überhaupt nichts von dem Mißmut, der seinen Bruder Jakob ergriffen hatte. Jakob wollte seinem Bruder nicht die gute Laune verderben, deshalb sagte er nichts; doch seine Stimmung wurde von Minute zu Minute trüber.

Gegen Abend erreichten sie Rosch Pina, die nördlichste jüdische Ansiedlung. Ihre Ankunft erregte großes Aufsehen. In einem kleinen Gebäude, das als Versammlungsraum diente, wurden sie mit Fragen überschüttet. Doch es war vierzig Monate her, seit sie Schitomir verlassen hatten, und sie konnten den Fragern nur mitteilen, daß die Pogrome, die 1881 begonnen hatten, von Jahr zu Jahr immer schlimmer geworden waren.

Die beiden Brüder ließen sich zwar nichts anmerken, aber Rosch Pina war für sie eine bittere Enttäuschung. An Stelle blühender Bauernhöfe fanden sie ein heruntergekommenes, verarmtes Dorf. Es gab hier nur ein paar Dutzend arme Juden, und sie lebten unter Verhältnissen, die nicht viel besser waren als die der Araber von Abu Yesha.

»Manchmal denke ich, wir hätten besser getan, in Rußland zu bleiben«, meinte einer der Biluim. »Im Ghetto war man doch wenigstens unter Juden. Wir konnten Bücher lesen und Musik hören, es gab Menschen, mit denen man reden konnte – und es gab Frauen. Hier gibt es nichts von alledem.«

»Aber«, sagte Yossi, »und was ist mit allem, was wir auf den Versammlungen der Zionsfreunde zu hören bekamen –«

»Sicher, als wir hier ankamen, da waren wir voller Hoffnungen und Pläne. Aber die verliert man bald in diesem Land. Seht es euch doch an! Alles ist heruntergekommen, nichts gedeiht. Das wenige, was wir haben, stehlen die Beduinen, und was die Beduinen übriglassen, das nehmen die Türken. Wenn ich an eurer Stelle wäre, ginge ich nach Jaffa weiter und führe mit dem nächsten Schiff nach Amerika.«

Was für eine ausgefallene Idee, dachte Yossi.

»Wenn Rothschild, Baron Hirsch und Schumann uns nicht unterstützten, wären wir alle schon längst verhungert.«

Am nächsten Morgen brachen sie von Rosch Pina auf und machten sich auf den Weg durch die Berge nach Safed. Safed war eine der vier heiligen Städte der Juden. Es lag auf einem wunderschönen, kegelförmigen Hügel am Eingang des Hule-Gebietes. Hier, so hoffte Yossi, würde ihre Enttäuschung verschwinden; denn hier lebten schon in der zweiten, dritten und vierten Generation Juden, die sich dem Studium der Kabbala widmeten und nach den Lehren der mittelalterlichen jüdischen Mystik lebten.

Doch der Schock von Rosch Pina wiederholte sich in Safed. Sie fanden einige hundert betagter Juden vor, die mit dem Studium der Schriften beschäftigt waren und von den Almosen ihrer Glaubensbrüder in aller Welt lebten. Sie interessierten sich nicht dafür, das Haus Israel neu zu erbauen – sie hatten keinen anderen Wunsch, als in Ruhe über den Büchern zu hocken.

Die Brüder Rabinski brachen auch von Safed am nächsten Morgen wieder auf und bestiegen den in der Nähe gelegenen Berg Kanaan, um sich umzusehen und zu orientieren. Die Aussicht, die sich von hier oben bot, war wunderbar. Wenn sie zurücksahen, sahen sie Safed auf dem kegelförmigen Hügel liegen und dahinter den See Genezareth. Im Norden lagen die schwingenden Hügel des Hule-Gebietes, von wo sie hergekommen waren. Yossi sah mit Vorliebe auf das Land, das sein Fuß betreten hatte. Und von neuem tat er das Gelübde, daß dieses Land eines Tages ihm gehören sollte.

Jakob vermochte seine Verbitterung nicht mehr zu verbergen.

»Unser ganzes Leben lang, in allen unseren Gebeten«, sagte er. »Und nun sieh dir das an, Yossi!«

Yossi legte dem Bruder die Hand auf die Schulter. »Sie doch nur, wie schön es von hier oben aus erscheint«, sagte er. »Höre, Jakob, wir werden erreichen, daß das Land eines Tages unten im Tal genauso schön aussieht wie hier vom Gipfel aus.«

»Ich weiß nicht, was ich überhaupt glauben soll«, sagte Jakob mit leiser Stimme. »Da sind wir nun gewandert, Winter um Winter durch die grimmige Kälte – und jahrelang durch die Glut des Sommers.«

275

»Sei nicht mehr traurig«, sagte Yossi. »Morgen machen wir uns auf den Weg nach Jerusalem.«

Jerusalem! Beim Klang dieses magischen Wortes faßte auch Jakob wieder neuen Mut.

Am nächsten Morgen stiegen sie vom Berg Kanaan herab, wanderten das Südufer des Sees Genezareth entlang und hinein in das Ginossar-Tal, vorbei an Arbel und dem Schlachtfeld, auf dem Saladin einst die Kreuzritter vernichtend geschlagen hatte.

Doch während sie weiter und weiter wanderten, wurde auch Yossi immer niedergeschlagener. Ihr Gelobtes Land war nicht ein Land, in dem Milch und Honig floß, sondern ein Land faulender Sümpfe, verwitterter Hügel, steiniger Felder und unfruchtbarer Erde – unfruchtbar, weil Araber und Türken seit tausend Jahren nichts für diese Erde getan hatten.

Nach einiger Zeit kamen sie zu dem Berge Tabor, in der Mitte von Galiläa, und sie bestiegen diesen Berg, der eine so bedeutende Rolle in der Geschichte ihres Volkes gespielt hatte. Denn hier oben hatten Deborah, die Jeanne d'Arc der Juden, und ihr General Barak mit ihren Truppen im Hinterhalt gelegen, um dann hervorzubrechen und den eindringenden Feind zu vernichten.

Vom Gipfel des Berges Tabor aus hatten sie einen viele Meilen weiten Rundblick. Was sie aber sahen, war das trostlose Bild eines unfruchtbaren, sterbenden Landes.

Und weiter zogen sie ihres Weges mit schwerem Herzen. Doch als sie zu den Hügeln von Judäa kamen, ergriff sie von neuem die Begeisterung! Jeder Stein erzählte hier von der Geschichte ihres Volkes. Höher und höher stiegen sie die Hügel hinauf, bis sie schließlich oben auf dem Kamm angelangt waren – und Yossi und Jakob sahen die Stadt Davids!

Jerusalem! Traum ihrer Träume! All die Jahre der Entbehrung, der Bitterkeit und des Leides wurden unwesentlich in diesem Augenblick.

Sie betraten die alte, ummauerte Stadt durch das Damaskus-Tor, gingen durch schmale Straßen und Bazare zu der mächtigen Hurva-Synagoge. Und von der Synagoge aus gingen sie zu der Mauer des alten Tempels, der einzigen, die stehengeblieben war. Diese Mauer war die heiligste Stätte in der ganzen jüdischen Welt.

Doch als sie dann bei den Juden von Jerusalem vorsprachen und um Obdach baten, vergingen ihnen alle Illusionen. Diese Ju-

276

den hier waren Chassidim, übertrieben strenggläubige Fanatiker, die die Gesetzesvorschriften so streng interpretierten, daß sie glaubten, man könne ihnen nur dann gerecht werden, wenn man sich völlig von der zivilisierten Welt absonderte. Schon im russischen Ghetto hatten sich diese Juden von den anderen isoliert.

Zum erstenmal, seit sie Schitomir verlassen hatten, wurde Yossi und Jakob in einem jüdischen Heim die Gastfreundschaft verweigert. Die Juden von Jerusalem hatten für die Biluim nichts übrig, und die Zionsfreunde standen bei ihnen in Verruf wegen ihrer Ideen, die gegen das göttliche Gebot verstießen.

Und so mußten die beiden Brüder erleben, daß man sie im Lande ihrer Väter als Eindringlinge behandelte. Bekümmert machten sie sich von Jerusalem erneut auf den Weg, stiegen die Hügel von Judäa hinunter und lenkten ihre Schritte nach der Hafenstadt Jaffa.

Diese uralte Stadt, die seit den Zeiten der Phönizier ununterbrochen als Hafen gedient hatte, bot das gleiche Bild wie Beirut, Aleppo oder Tripolis: enge Straßen, Schmutz, Verwahrlosung und Verfall. Immerhin gab es hier in der Nähe einige jüdische Ansiedlungen: Rischon le Zion, Rechovot und Petach Tikwa. In Jaffa selbst gab es ein paar jüdische Geschäfte und außerdem eine Agentur für jüdische Einwanderer. Und hier wurden sie genau über die Situation unterrichtet.

In ganz Palästina, einer Provinz des ottomanischen Reiches, gab es nur fünftausend Juden. Die meisten davon lebten der Vergangenheit zugewandt, beschäftigt mit dem Studium der Schriften und mit dem Gebet, in den vier heiligen Städten Safed, Jerusalem, Hebron und Tiberias. Die zehn oder zwölf landwirtschaftlichen Siedlungen, die von jüdischen Einwanderern ins Leben gerufen worden waren, befanden sich alle in arger Bedrängnis. Sie wurden notdürftig am Leben gehalten durch die Spenden reicher europäischer Juden, der Barone Hirsch und Rothschild und des Schweizer Multimillionärs Schumann. Der anfängliche Idealismus der Biluim hatte sich weitgehend verflüchtigt. Es war ein Unterschied, ob man in einem Keller im russischen Ghetto von der Wiedererrichtung des Hauses Israel sprach oder ob man der rauhen Wirklichkeit in Palästina gegenüberstand. Die Biluim hatten keine Ahnung von Landwirtschaft. Ihre Gönner in Europa schickten ihnen Fachleute, die sie beraten sollten; doch man verwendete billige arabische Arbeitskräfte und beschränkte sich auf die Erzeugung von zwei bis drei landwirtschaftlichen Produkten für den Export: Oliven, Wein und Zitrusfrüchten. Man hatte keinerlei Versuche unternommen, die Arbeit selbst in die Hand zu nehmen oder die Landwirtschaft rentabel zu machen. Die Juden waren praktisch zu Aufsehern geworden.

Sowohl die Araber als auch die Herren im Lande, die Türken, bestahlen die Juden, wo sie nur konnten. Von den Erträgen wurden enorm hohe Steuern erhoben, und es gab einschränkende Verordnungen aller Art. Die Räuberbanden der Beduinen betrachteten die Juden als ›Kinder des Todes‹, weil sie es ablehnten, sich zur Wehr zu setzen.

Immerhin gab es in und um Jaffa einige hundert junge Juden, die ähnliche Absichten hatten wie die Brüder Rabinski. Sie hielten die Idee der Biluim-Bewegung lebendig. Sie diskutierten Abend für Abend in den arabischen Kaffeehäusern. Der Versuch, dieses heruntergewirtschaftete Land wieder fruchtbar zu machen, schien eine fast unmögliche Aufgabe; und doch war es zu schaffen, wenn man nur genügend Juden hatte, die bereit waren, zuzupacken und notfalls auch zu kämpfen. Für Yossi war es eine ausgemachte Sache, daß früher oder später mehr und mehr Juden nach Palästina kommen würden, da die Pogrome in Rußland zwangsläufig immer häufiger und schlimmer werden mußten und die Unruhe unter allen russischen Juden zunahm. Alle waren sich darüber klar, daß irgend etwas fehlte, was nicht im Talmud, nicht in der Thora und auch nicht im Midrasch stand. Die meisten der jungen Leute waren wie Jakob und Yossi aus Rußland geflohen, um der Not und dem Elend zu entgehen, um nicht im russischen Heer dienen zu müssen, oder auf Grund irgendwelcher idealistischer Hoffnungen. Von den in Palästina ansässigen Juden wurden sie als ›Außenseiter‹ behandelt. Außerdem waren sie staaten- und heimatlos.

Es dauerte ein Jahr, bis auf einen Brief nach Schitomir Antwort von Rabbi Lipzin kam. Er schrieb ihnen, daß ihre Mutter vor Kummer gestorben sei.

In den nächsten vier bis fünf Jahren wuchsen Jakob und Yossi zu Männern heran. Sie arbeiteten bald hier und bald da, im Hafen von Jaffa und auf den Feldern der jüdischen Siedlungen, manchmal als Arbeiter und manchmal als Aufseher.

Sie schlugen sich durch und nahmen jede Arbeit an, die sich bot. Allmählich verloren sie mehr und mehr den Kontakt mit der tiefen Religiosität, die die beherrschende Kraft des Lebens im

Ghetto gewesen war. Nur zu den hohen Festtagen begaben sie sich nach Jerusalem. Und nur am Versöhnungstag, Yom Kippur, hielten sie innere Einkehr – ebenso am Rosch Haschana, dem Neujahrstag. Jakob und Yossi Rabinski wurden typische Vertreter einer neuen Art von Juden. Sie waren jung und stark. Sie waren freie Männer, die eine Freiheit schätzten, die es im Ghetto nie gegeben hatte. Und doch fehlte ihnen etwas. Sie verlangten nach einem festen Ziel, und sie wünschten sich Kontakt mit den Juden in Europa.

So kamen und gingen die Jahre 1891, 1892 und 1893. Doch während Jakob und Yossi scheinbar ziellos in Palästina lebten, ereignete sich an einer anderen Stelle der Welt etwas, was ihr Schicksal und das Schicksal jedes Juden für alle Zeit beeinflussen sollte.

VI

In Frankreich wie fast überall in Westeuropa hatten es die Juden besser als in Osteuropa. Die Französische Revolution hatte auch für die Juden eine Wende gebracht. Frankreich war das erste europäische Land gewesen, das den Juden alle bürgerlichen Rechte zuerkannt hatte.

Doch der Judenhaß ist eine unheilbare Seuche. Der Erreger dieser Seuche mag unter bestimmten demokratischen Bedingungen nicht sonderlich virulent werden. Gelegentlich sieht es sogar so aus, als sei der Erreger völlig verschwunden; doch selbst im besten Klima stirbt er niemals gänzlich aus.

In Frankreich lebte ein junger aktiver Hauptmann der Armee. Er stammte aus guter und begüterter Familie. Im Jahre 1894 wurde er vor ein Kriegsgericht gestellt, weil er angeblich militärische Geheimnisse an die Deutschen verraten haben sollte. Der Prozeß, den man ihm machte, bewegte die ganze Welt und erschütterte das Ansehen der französischen Rechtsprechung auf das schwerste. Er wurde des Hochverrats für schuldig befunden und zu lebenslänglicher Verbannung auf die Teufelsinsel verurteilt.

Er hieß Alfred Dreyfuß.

In dem strengen Winter des Jahres 1894 stand der in Ungnade gefallene Alfred Dreyfuß auf einem Hof, wo man ihm öffentlich die Epauletten herunterriß, ihm ins Gesicht schlug und seinen Degen zerbrach. Unter gedämpftem Trommelklang wurde er zum Verräter an Frankreich erklärt. Als man ihn abführte, rief er laut: »Ich bin unschuldig! Vive la France!«

Alfred Dreyfuß war Jude. Die schleichende Seuche des Antisemitismus brach erneut in Frankreich aus. Aufgebrachte Menschenmengen liefen durch die Straßen von Paris und schrien den jahrhundertealten Ruf: »Tod den Juden!«

Unter den Menschen, die auf jenem Hof in Paris Zeuge wurden, wie man Dreyfuß öffentlich ächtete, befand sich ein Mann, der den Ruf: »Ich bin unschuldig!« nicht vergessen konnte, selbst dann nicht, als Dreyfuß später rehabilitiert wurde. Er konnte noch weniger vergessen, wie der Mob von Paris geschrien hatte: »Tod den Juden!«

Der Mann hieß Theodor Herzl. Herzl war gleichfalls Jude, in Ungarn geboren, doch in Wien aufgewachsen. Er war kein orthodoxer Jude und in den heiligen Büchern nicht sonderlich beschlagen. Er und seine Familienangehörigen waren überzeugte Anhänger der damals vorherrschenden Assimilationstheorie.

Herzl war ein brillanter Essayist. Doch seine innere Unruhe trieb ihn von Ort zu Ort. Glücklicherweise war die Familie in der Lage, dieses unstete Wanderleben ausreichend zu finanzieren.

So kam Herzl auch nach Paris, und hier wurde er schließlich Pariser Korrespondent der einflußreichen Wiener Zeitung *Neue Freie Presse*. Er war glücklich. Man lebte gut in Paris. Seine Arbeit als Korrespondent machte ihm Freude, und die Atmosphäre dieser Stadt begünstigte wunderbar jede Form des geistigen Austausches. Was aber hatte ihn wirklich nach Paris gebracht? Welche unsichtbare Hand hatte ihn an jenem Wintertag auf diesen Hof geführt? Warum gerade ihn, Herzl? Weder in seiner Lebensform noch in seiner Denkweise war er in erster Linie Jude. Aber als er hörte, wie der Mob auf der Straße schrie: »Tod den Juden!«, da änderte sich sein Leben und das Leben eines jeden Juden für immer.

Theodor Herzl begann nachzudenken. Er erkannte, daß Antisemitismus ein unausrottbares Übel war. Solange es Juden gab, würde es Menschen geben, die diese Juden haßten. In seiner tiefen Sorge fragte sich Herzl, wie dieses Problem zu lösen war, und er kam auf seine Frage zu einer Antwort – zu der gleichen Antwort, zu der vor ihm eine Million Juden in hundert verschiedenen Ländern gekommen waren, zu der Lösung, von der Leo

Pinsker in seiner Schrift über die Auto-Emanzipation gesprochen hatte. Herzl gelangte zu der Überzeugung: Nur wenn sich die Juden wieder zu einer Nation zusammenschlossen, bestand die Möglichkeit, daß die Juden aller Länder eines Tages als freie Menschen leben konnten. Das Buch, in dem er seine Gedanken niederlegte, hieß ›Der Judenstaat‹.

Herzl, der nun plötzlich eine Mission hatte, machte sich fieberhaft und ohne Schonung seiner Person ans Werk, Unterstützung für seine Idee zu gewinnen. Er suchte die reichen Philantropen auf, welche die jüdischen Kolonien in Palästina unterstützten. Doch diese Männer bezeichneten seine Idee eines jüdischen Staates als Unfug. Wohltätigkeit, bitte sehr – als Juden spendeten sie für die Juden, die arm waren –, aber von der Wiedererrichtung einer Nation zu reden, erschien ihnen als Hirngespinst.

Doch die Idee wuchs und verbreitete sich über die ganze Welt. Herzls Idee war weder neu noch einzigartig, doch sein dynamischer Wille drängte auf ihre Verwirklichung.

Im Jahre 1897 fand in Basel ein Kongreß führender Juden aus aller Welt statt. Es war in der Tat ein Parlament des Weltjudentums. So etwas hatte es seit der Zerstörung des Zweiten Tempels nicht mehr gegeben.

Die neue Bewegung gab sich den Namen Zionismus, und der Baseler Kongreß gab die historische Erklärung ab:

DER ZIONISMUS ERSTREBT FÜR DAS JÜDISCHE VOLK DIE SCHAFFUNG EINER ÖFFENTLICH-RECHTLICHEN GESICHERTEN HEIMSTÄTTE IN PALÄSTINA.

In seinem Tagebuch schrieb Theodor Herzl damals: »Ich habe in Basel einen jüdischen Staat gegründet. Wenn ich das heute laut sagte, würde mich die ganze Welt auslachen. Vielleicht schon in fünf, bestimmt aber in fünfzig Jahren wird aller Welt klarsein, daß ich recht hatte.«

Wie ein Besessener stürzte sich Herzl in die Arbeit. Er war eine zwingende Persönlichkeit und riß durch seine Begeisterung alle Menschen in seiner Umgebung mit. Er sicherte das Gewonnene, warb neue Anhänger, errichtete Stiftungsfonds und baute den Zionismus zu einer organisierten Bewegung aus. Dabei ging es ihm zunächst vordringlich darum, einen Staatsvertrag oder irgendeine andere legale Basis zu erreichen, auf der der Zionismus aufbauen konnte.

Innerhalb des Judentums bestand eine Spaltung. Herzl stieß immer wieder auf den Widerstand derjenigen Juden, die den

Zionismus seines politischen Charakters wegen ablehnten. Viele der alten Zionsfreunde machten seinen Kurs nicht mit. In den Kreisen der strenggläubigen Juden verurteilte man Herzl voller Abscheu als falschen Propheten, während er in einem anderen Teil des Lagers als Messias gefeiert wurde. Doch die Bewegung, die er einmal ins Leben gerufen hatte, war nicht mehr aufzuhalten. Schon zählte sie Hunderttausende von Juden zu ihren begeisterten Anhängern, die als Ausweis ihrer Stimmberechtigung einen ›Schekel‹ bei sich trugen.

Herzl arbeitete über seine Kräfte. Er erschöpfte sein Privatvermögen, vernachlässigte seine Familie und überforderte seine Gesundheit. Noch hatte er keinen Staatsvertrag. Doch auch ohne diesen begann er schon, bei Staatsoberhäuptern zu antichambrieren, um mit ihnen über seine Idee zu verhandeln. Der Sultan des wankenden ottomanischen Reichs, Abdul Hamid II., gewährte Herzl eine Audienz und schien nicht abgeneigt, den Zionisten gegen eine entsprechend hohe Summe Geldes einen Staatsvertrag für Palästina zu geben; denn der alte Despot brauchte Geld. Dann aber lehnte er, in der Hoffnung auf ein noch besseres Geschäft, den Vorschlag der Zionisten ab. Ein schwerer Rückschlag für Herzl.

Schließlich zeigte sich England seinen Wünschen geneigt. Das britische Empire erweiterte um die Jahrhundertwende seine Einflußsphäre im Nahen Osten. Den Engländern war daher sehr daran gelegen, die Gunst des Judentums zu gewinnen, um ihre eigenen Pläne weiter verfolgen zu können. Sie boten den Zionisten einen Teil der Halbinsel Sinai für die Ansiedlung jüdischer Einwanderer an. Bei diesem Vorschlag ging man von der mehr oder weniger stillschweigenden Unterstellung aus, daß dieses Gebiet sozusagen unmittelbar vor der Tür zu dem Gelobten Land lag und daß diese Tür offenstehe, sobald die Engländer die Herren im Lande waren. Doch der ganze Plan war zu unbestimmt, und weil Herzl immer noch hoffte, einen Staatsvertrag für Palästina zu erhalten, ließ man die Sache fallen.

Als weitere Versuche, zu einem Palästina-Vertrag zu gelangen, fehlschlugen, kamen die Engländer mit einem zweiten Vorschlag. Sie boten den Zionisten das afrikanische Territorium Uganda an. Da die Situation in Europa immer schwieriger wurde und Herzl die Überzeugung gewann, daß man eine provisorische Zuflucht schaffen müsse, um die Lage der Juden zu erleichtern, griff er den Vorschlag der Engländer auf und erklärte sich bereit, ihn dem nächsten Zionistenkongreß zu unterbreiten.

Doch als Herzl dem Kongreß den Uganda-Plan vorlegte, stieß er auf heftige Opposition, deren Wortführer die russischen Zionisten waren. Sie lehnten ihn ab, weil sie in der Bibel keinen Hinweis auf Uganda finden konnten.

Fünfundzwanzig Jahre unablässiger Pogrome in Rußland und in Polen hatten dazu geführt, daß die Juden jetzt zu Tausenden aus Osteuropa flohen. Um die Jahrhundertwende waren es fünfzigtausend, die den Weg nach Palästina gefunden hatten. Abdul Hamid II., der diese Einwanderer als Bundesgenossen der Engländer betrachtete, ordnete an, daß keine weiteren Juden aus Rußland, Polen oder Österreich ins Land durften. Doch die Dinge im Staate des Sultans waren ›faul‹, und die Bestechungsgelder der Zionisten hielten die Tür von Palästina für alle offen, die hineinwollten.

Dies war die erste Aliyah-Welle des jüdischen Exodus!

Doch während die Juden aus dem Exil in ihr Gelobtes Land zurückzukehren begannen, ereignete sich in der arabischen Welt etwas Neues. Nach Jahrhunderten der Unterjochung regte sich bei den Arabern eine schwellende, wachsende Unruhe, die den Beginn des arabischen Nationalismus ankündigte.

Das zwanzigste Jahrhundert! Chaos im Nahen Osten! Zionismus! Arabischer Nationalismus! Niedergang der ottomanischen und Aufstieg der britischen Macht! Das alles brodelnd in einem riesigen Kessel, der irgendwann kochen und überlaufen mußte.

Theodor Herzl vollendete seine Bahn mit der Leuchtkraft und der Schnelligkeit eines Kometen. Seit jenem Tag, an dem er Alfred Dreyfuß hatte rufen hören: »Ich bin unschuldig!« waren nur zehn Jahre verstrichen bis zu dem Tag, an dem er, vierundvierzigjährig, einem Herzschlag erlag.

VII

Als die zionistische Bewegung aufkam, gehörten die beiden Brüder Rabinski in Palästina schon zur alten Garde. Sie kannten das Land in- und auswendig, und es gab kaum einen Beruf, in dem sie nicht gearbeitet hatten. Ihre Illusionen hatten sie fast samt und sonders eingebüßt.

Jakob war ruhelos und bitter. Yossi versuchte, seinem Dasein ein gewisses Maß von Befriedigung abzugewinnen. Er wußte die relative Freiheit zu schätzen, die er genoß. Außerdem träumte er nach wie vor von dem Land im Hule-Tal, oberhalb von Safed.

Jakob verachtete die Araber und die Türken. Er betrachtete sie genauso als Feinde wie in Rußland die Kosaken und die Gymnasiasten. Gewiß, die Türken duldeten nicht, daß man die Juden erschlug, doch alles andere, was man ihnen antat, schienen sie zu billigen. Manchen Abend und manche Nacht saßen Jakob und Yossi und diskutierten.

»Es stimmt schon«, sagte Jakob, »wir sollten das Land rechtmäßig erwerben, indem wir es kaufen – doch woher bekommen wir die Leute, die den Boden bearbeiten, und wie sollen wir die Beduinen und die Türken dazu bringen, daß sie uns in Ruhe lassen?«

»Leute, die den Boden bearbeiten, werden wir bekommen, sobald es mit den Pogromen wieder schlimmer wird«, antwortete Yossi.

»Was die Türken angeht – die kann man kaufen. Und was die Araber angeht, so müssen wir lernen, Seite an Seite mit ihnen in Frieden zu leben. Das aber wird uns nur gelingen, wenn wir sie verstehen lernen.«

Jakob zog die Schultern hoch. »Das einzige, was ein Araber versteht, ist das da.« Und er hob die Faust und schüttelte sie.

»Du wirst eines Tages noch am Galgen enden«, sagte Yossi.

Die beiden Brüder entfernten sich in ihren Ansichten immer weiter voneinander. Yossi hielt an seinem Wunsch nach friedlicher Verständigung fest, und Jakob hielt nach wie vor den offenen Angriff für das beste Mittel, sich gegen Ungerechtigkeit zu schützen.

Kurz nach der Jahrhundertwende schloß sich Jakob einer Gruppe von fünfzehn jungen Männern an, die ein kühnes Wagnis unternahmen. Eine der von den reichen Wohltätern dotierten Stiftungen erwarb einen Zipfel Land hoch oben im Yesreel-Tal, einem Gebiet, in das sich seit Jahrhunderten kein Jude mehr gewagt hatte. Hier errichteten die fünfzehn Pioniere eine Farm, die der Ausbildung von Landwirten und der Erprobung landwirtschaftlicher Methoden dienen sollte. Sie nannten die Neusiedlung Sde Tov – Feld der Güte. Ihre Lage war außerordentlich gefährlich, denn sie waren rings von arabischen Siedlungen umgeben und auf Gnade und Ungnade den Beduinen ausgeliefert, die nicht davor zurückscheuten, einen Mord zu begehen, wenn es etwas zu erbeuten gab.

Um 1900 gab es in Palästina rund fünfzigtausend Juden. Yossi fand etwas mehr Geselligkeit. Von denen, die vor den Pogromen geflohen waren, wollten die meisten nichts mit den landwirtschaftlichen Siedlungen, die sich mühsam am Leben hielten, zu tun haben. Sie waren zufrieden, sich als Händler oder Kaufleute in Jaffa niederlassen zu können. Einige siedelten sich auch in der kleinen Hafenstadt Haifa an. Es gab jedoch zu viele neue Einwanderer, als daß alle ihr Auskommen als Handeltreibende hätten finden können. Allzu viele unter ihnen besaßen nichts weiter als das, was sie auf dem Leib trugen. Und es dauerte nicht lange, bis man die Frage der Landgewinnung eifrig zu erwägen begann.

In einem schäbigen, heruntergewirtschafteten Hotel in Jaffa eröffneten die Zionisten ihr erstes Büro für den Ankauf von Land: die Zionistische Siedlungsgesellschaft. Auch die von Rothschild und Schumann ins Leben gerufenen Stiftungen gingen in verstärktem Maße daran, Land zu erwerben, um neue Siedlungen für die Heimkehrer zu errichten.

Um die Mitte des Jahres 1902 setzte sich die Schumann-Stiftung mit Yossi Rabinski in Verbindung und bot ihm den Posten eines Aufkäufers an. Es gab keinen Juden, der das Land besser kannte als er, und er war für seinen Mut, sich in arabisches Gebiet hineinzubegeben, bekannt. Außerdem verfügte er über das erforderliche Geschick, mit den Türken fertig zu werden, denn offiziell durften die Juden nur in sehr geringem Umfang Land erwerben, und wer mit den arabischen Großgrundbesitzern Geschäfte machen wollte, mußte schlau und gerissen sein.

Yossi hatte einige Zweifel hinsichtlich der neuen Siedlungen. Von Spenden zu leben und Fellachen für sich arbeiten zu lassen, schien ihm nicht der richtige Weg zu Wiedergewinnung des Gelobten Landes: doch die Möglichkeit, Grund und Boden für die Juden zu erwerben, ließ ihn den Posten annehmen.

Für diesen Entschluß gab es auch noch andere Motive. Yossi bekam dadurch die Möglichkeit, seinen Bruder Jakob häufiger zu sehen. Außerdem konnte er jede Ecke des Landes kennenlernen. Und schließlich reizte ihn die Möglichkeit, das Gebiet jenseits von Rosch Pina, der letzten jüdischen Ansiedlung, zu bereisen, um das Hule-Tal bei Abu Yesha wiederzusehen.

Yossi war wirklich ein prächtiger Anblick, wenn er auf seinem weißen Araberhengst angeritten kam. Er war jetzt ein Mann von dreißig Jahren, groß, hager und muskulös. Sein roter Bart stach leuchtend gegen das Weiß des Mantels und die arabische Kopfbedeckung ab, die er trug. Über seine Brust liefen Patronengurte, und an seiner Seite hing ein lederner Ochsenziemer, wenn er durch die Hügel von Samaria, über die Ebene von Scharon und weit hinein nach Galiläa ritt, auf der Suche nach Land.

Überall in Palästina befand sich das Land größtenteils im Besitz einer kleinen Gruppe mächtiger Familien arabischer Großgrundbesitzer. Sie überließen das Land den Fellachen gegen eine Pacht, die die Hälfte oder gar drei Viertel der gesamten Ernte betrug, aber sie taten nicht das geringste für diese armen Schlucker.

Yossi und die Aufkäufer der anderen Gesellschaften konnten Land nur zu unerhört hohen Preisen erwerben. Die Großgrundbesitzer verkauften den Juden nur die wertlosesten Grundstücke und unfruchtbare Sümpfe. Sie hielten es für ausgeschlossen, daß man mit diesem Land jemals etwas anfangen konnte; gleichzeitig aber war ihnen das ›hebräische Gold‹ außerordentlich willkommen.

Yossi ritt häufig durch das Gebiet jenseits der letzten jüdischen Siedlung, Rosch Pina, und oft besuchte er dabei Kammal, den Muktar von Abu Yesha. Die beiden Männer wurden Freunde.

Kammal, der einige Jahre älter war als Yossi, stellte eine seltene Ausnahme unter den arabischen Großgrundbesitzern dar. Die meisten Efendis lebten nicht auf ihren Ländereien, sondern in Orten, wo man sich amüsieren konnte, wie in Beirut oder Kairo. Bei Kammal war das anders. Ihm gehörte alles Land in und um Abu Yesha, und hier herrschte er als absoluter Monarch. Als junger Mann hatte er die Tochter eines armen Fellachen geliebt. Das Mädchen litt an der ägyptischen Augenkrankheit, doch Kammals Vater hatte nicht auf die Bitten seines Sohnes gehört, dem Mädchen ärztliche Hilfe angedeihen zu lassen. Kammals Vater war der Meinung, daß sich sein Sohn vier Frauen und so viele Konkubinen leisten konnte, wie er nur wollte. So sah er nicht ein, weshalb man sich wegen einer armseligen Fellachin Sorgen machen sollte. Das Mädchen wurde blind und starb vor ihrem achtzehnten Geburtstag.

Dieses Erlebnis brachte Kammal dazu, Widerwillen gegen die Anschauungen seiner eigenen Kaste zu empfinden. Der Verlust hatte ihn so tief getroffen, daß sich in der Folge bei ihm so etwas wie ein soziales Gewissen entwickelte. Er ging nach Kairo, nicht um sich in das Nachtleben dieser Stadt zu stürzen, sondern um

Kenntnisse über fortschrittliche Methoden der Landwirtschaft, sanitäre Einrichtungen und Gesundheitspflege zu erwerben. Als sein Vater starb, kehrte er nach Abu Yesha zurück, entschlossen, hier unter den Menschen zu leben, für die er verantwortlich war, und ihre unwürdigen Lebensbedingungen zu verbessern.

Doch er kämpfte auf verlorenem Posten. Die Türken waren nicht bereit, im Dorf eine Schule zu bauen oder irgend etwas für die Verbesserung der sanitären Verhältnisse zu tun. Die Zustände im Dorf waren kaum anders, als sie vor tausend Jahren gewesen waren. Besonders schmerzlich war es für Kammal, daß es ihm nicht möglich war, das Wissen, das er erworben hatte, seinen Dorfbewohnern zugänglich zu machen. Sie waren so naiv und rückständig, daß sie einfach nichts begriffen. Zwar stand es in Abu Yesha, seit Kammal hier Muktar geworden war, besser als in irgendeinem anderen arabischen Dorf in Galiläa; doch die Verhältnisse waren noch immer primitiv.

Kammal fand es seltsam, daß jetzt plötzlich so viele Juden nach Palästina kamen, und da er dahinterkommen wollte, was das zu bedeuten hatte, pflegte er bewußt freundschaftlichen Umgang mit Yossi Rabinski.

Yossi versuchte, Kammal dazu zu bewegen, ihm ein Stück Land, das nicht kultiviert werden sollte, zu verkaufen, um eine jüdische Siedlung zu errichten; doch Kammal hatte Bedenken. Er fand diese Juden verwirrend. Er wußte nicht, ob man ihnen trauen konnte; denn zweifellos waren nicht alle so wie Yossi Rabinski. Außerdem wollte er nicht der erste Efendi sein, der im Hule-Tal Land verkaufte.

Wie Kammal von Yossi lernte, so lernte auch Yossi von Kammel. Bei aller Aufgeklärtheit war Kammal durch und durch Araber. Er hatte drei Frauen, von denen er niemals sprach, denn für einen Araber war die Frau nicht viel mehr als eine Sklavin. Kammal war stets gastfreundlich und höflich, doch wenn es ans Handeln ging, konnte er sehr hart sein. Gelegentlich bat er Yossi sogar um Rat in irgendeiner Sache, bei der es sich ausgesprochen darum handelte, jemanden übers Ohr zu hauen; doch das erschien dem Araber völlig legitim.

Durch Kammal erfuhr Yossi Rabinski vieles über die ruhmreiche und tragische Geschichte des arabischen Volkes. Er hörte von dem kometenhaften Aufstieg des Islam, von der Zeit, da Bagdad und Damaskus kulturelle Zentren gewesen waren wie einst Athen, von den Kriegen zwischen den Mohammedanern und den Kreuzrittern und von den Einfällen der Mongolen.

Die Araber hatten ihre Kräfte in endlosen Kämpfen erschöpft, bis schließlich der Glanz ihrer ruhmvollen Städte erloschen und die blühenden Oasen verfallen und versandet waren. Sie wandten sich mehr und mehr gegen sich selbst, in erbitterten Kämpfen, in denen Bruder gegen Bruder stand. So waren sie nicht mehr fähig, den letzten vernichtenden Schlag abzuwehren, den diesmal die eigenen Glaubensgenossen gegen sie führten. Die mächtigen Ottomanen eroberten das Land der Araber, und es folgten fünf Jahrhunderte des Feudalismus und der Korruption. Ein Tropfen Wasser wurde in der unfruchtbaren Wüste wertvoller als Gold und Spezereien. Das Leben wurde zu einem unablässigen, erbitterten Kampf um die nackte Existenz. Die arabische Welt, in der es kein Wasser mehr gab, zerfiel und versank im Dreck. Seuchen brachen aus, und überall herrschten Unwissenheit und Armut. In dieser Welt waren Betrug, Verrat, Mord und Blutrache an der Tagesordnung. Die grausame Wirklichkeit zwang den Araber zu einer Verhaltensweise, die Außenstehenden unverständlich war.

Für Yossi Rabinski hatte die Vielseitigkeit des arabischen Charakters etwas Faszinierendes. Stundenlang konnte er in Jaffa in den Läden stehen und den Arabern zusehen, die endlos feilschten und sich dabei laut beschimpften. Er sah, daß die Lebensart der Araber einem Schachspiel glich. Jeder Zug erfolgte mit hinterhältiger Schläue, die darauf ausging, den Partner zu überlisten.

Bei seinen Expeditionen für den Landkauf wurde Yossi mit den skrupellosen Methoden der Araber vertraut. Doch wenn er das Heim eines Arabers betrat, war er stets von neuem beeindruckt von ihrer nicht zu überbietenden Gastfreundlichkeit. Habgier und Genußsucht, Haß und Schläue, Hinterlist und Gewalt, Freundlichkeit und Wärme – sie alle waren Bestandteile des fantastischen Gemischs, das den arabischen Charakter für den Außenseiter zu einem erstaunlichen Rätsel machte.

Jakob blieb nicht lange in Sde Tov. Die Versuchsfarm war ein Fehlschlag gewesen. In seinem Innern sah es nicht anders aus als vorher, und er wanderte weiter ruhelos durch das Land, auf der Suche nach einem Platz, an den er gehörte.

Im Jahre 1905 brach in Rußland die Revolution aus, die schon lange geschwelt hatte. Sie wurde niedergeschlagen. Doch die mißglückte Revolution war das Signal für neue Pogrome, die so grauenhaft waren, daß sich die ganze zivilisierte Welt entsetzte. Mehrere hunderttausend Juden verließen Rußland. Die meisten gingen nach Amerika, einige kamen nach Palästina.

Die Juden, die jetzt in das Gelobte Land kamen, gehörten einer neuen Generation an. Sie waren nicht geflohen wie die beiden Brüder Rabinski, und sie hatten auch nicht die Absicht, hier Handel zu treiben. Es waren junge Leute, geschult im Geist des Zionismus, voller Idealismus und fest entschlossen, das Land zu erschließen und zu gewinnen.

Das Jahr 1905 brachte die zweite Aliyah-Welle des Exodus.

VIII

Den Idealismus, der bisher in Palästina gefehlt hatte, brachte die zweite Aliyah-Welle. Die neuen Einwanderer waren nicht damit zufrieden, Kaufleute in Jaffa zu sein, und sie hatten auch nicht die Absicht, von milden Gaben ihrer Glaubensgenossen zu leben. Sie waren erfüllt von der Mission, das Land zurückzugewinnen.

Sie machten sich in Gruppen zu dem Land auf, das die Efendis verkauft hatten, und versuchten, die sumpfigen Böden zu entwässern. Es war eine harte Arbeit. Für viele von der alten Garde war es einfach unvorstellbar, daß die Juden wie die Fellachen auf den Feldern arbeiten sollten. In Palästina hatten sie die Aufseher gespielt, und dort, wo sie hergekommen waren, hatten sie mit der Feldbestellung überhaupt nichts zu tun gehabt. Von allem, was die zweite Aliyah-Welle brachte, war der wertvollste Beitrag die Entschlossenheit der Menschen, selbst Hand anzulegen und den Boden durch eigene Arbeit zu erobern. Durch ihren Wortführer, A. D. Gordon, erhielt die Arbeit ihre Würde. Gordon war ein älterer Mann und ein Wissenschaftler, doch er verzichtete auf seine Wissenschaft, um den Boden mit seinen eigenen Händen zu bearbeiten.

Jakob war begeistert. Er brach abermals auf, um auf einer Versuchsfarm in Galiläa mitzuarbeiten. Auf dieser Farm namens Chedera war das Staunens kein Ende, als sich die jungen Juden der zweiten Aliyah-Welle an die Arbeit machten. Eines Tages kam Jakob nach Jaffa, um mit Yossi zu sprechen. Er war voller

Eifer für eine neue Idee, und er sprach davon mit der leidenschaftlichen Begeisterung, die ihm eigen war.

»Dir ist ja bekannt!« sagte er, »daß sich die Beduinen der Erpressung bedienen, um unsere Siedler zu veranlassen, sie als Wächter zu engagieren – als Schutz gegen sie selbst. Nun, dasselbe versuchten sie auch in Chedera. Sie drohten, alles mögliche zu tun, falls wir sie nicht anstellten. Aber wir haben ihnen den Gefallen nicht getan und uns unserer Haut sehr gut gewehrt. Eine Zeitlang war die Lage für uns ziemlich kritisch, doch dann lockten wir sie in eine Falle, erschlugen den Anführer ihrer Bande, und seitdem haben sie sich bei uns nicht mehr sehen lassen.

Wir haben die Sache durchgesprochen«, fuhr Jakob fort, »und wir sind zu folgender Überzeugung gekommen: Wenn wir imstande sind, eine unserer Siedlungen zu verteidigen, dann können wir alle verteidigen. Wir haben beschlossen, eine Wachmannschaft aufzustellen, die die ganze Gegend abpatrouilliert, und wir wollen, daß du die Leitung einer der Gruppen dieser Wachmannschaft übernimmst.«

Eine jüdische Wachmannschaft! Was für eine erstaunliche Idee!

Yossi fand es sehr aufregend, doch er antwortete in seiner zurückhaltenden Art: »Das muß ich mir noch überlegen.«

»Was gibt es dabei denn zu überlegen?«

»So einfach ist die Sache nicht. Zunächst einmal werden die Beduinen auf diese wichtige Einnahmequelle nicht kampflos verzichten. Und außerdem sind noch die Türken da. Sie werden es uns kaum erlauben, Waffen zu tragen.«

»Ich will ganz offen sein«, sagte Jakob. »Wir wollen dich gern dabeihaben, weil du das Land besser als irgendein anderer kennst, und weil niemand soviel Erfahrung im Umgang mit den Arabern und Türken hat wie du.«

»Sieh mal an«, sagte Yossi ironisch. »Auf einmal wird es meinem lieben Bruder klar, daß mein jahrelanger, freundschaftlicher Umgang mit den Arabern doch keine reine Zeitverschwendung gewesen ist.«

»Nun sag schon, Yossi – was ist deine Antwort?«

»Ich sagte schon, daß ich es mir überlegen muß. Es dürfte ziemlich viel Überredungskunst erfordern, unsere Farmer dazu zu bewegen, daß sie sich von uns bewachen lassen. Und das eine dabei gefällt mir wirklich nicht: Wenn wir geladene Schußwaffen tragen, dann könnte man das so auslegen, als ob wir Streit suchten.«

Jakob warf die Hände in die Luft. »Wenn man seinen eigenen Grund und Boden verteidigen will, sucht man also Streit! Nach zwanzig Jahren in Palästina redest du noch wie ein Ghetto-Jude.«

»Wir sind in friedlicher Absicht hierhergekommen«, sagte Yossi, ohne sich aus der Ruhe bringen zu lassen. »Wir haben das Land rechtmäßig erworben. Wir haben unsere Siedlungen errichtet, ohne jemanden zu stören. Wenn wir jetzt anfangen, uns zu bewaffnen, ist das ein Bruch mit den friedlichen Zielen des Zionismus. Mach mir und dir bitte nicht vor, daß das etwa keine riskante Sache wäre.«

»Du machst mich krank«, sagte Jakob heftig. »Also gut, Yossi, mach nur so weiter und erschließe Land unter der großmütigen Protektion dieser Halsabschneider, der Beduinen. Bitte sehr. Ich werde unsern Leuten sagen, mein Bruder befände sich in tiefer Meditation. Jedenfalls, ob mit dir oder ohne dich, die Wachmannschaften werden aufgestellt. Der Trupp, den du übernehmen solltest, begibt sich nächste Woche zu unserem Stützpunkt.«

»Und wo ist der?«

»Auf dem Berge Kanaan.«

Yossi schlug das Herz. Auf dem Berge Kanaan! Seine Lippen zitterten, aber er versuchte, seine Erregung zu verbergen. »Ich werde es mir überlegen«, sagte er.

Yossi überlegte es sich. Er war es leid, Land für die Schumann-Stiftung aufzukaufen und weitere Siedlungen zu errichten, die von Spenden leben mußten.

Ein Dutzend bewaffneter Juden, die ebensolche Hitzköpfe waren wie Jakob, konnten allerhand Ärger und Schwierigkeiten machen. Für eine bewaffnete Wachmannschaft benötigte man Klugheit und Zurückhaltung. Doch der Gedanke, in der Umgebung des Berges Kanaan zu leben und die Möglichkeit zu haben, von Zeit zu Zeit in das Hule-Tal zu kommen, war allzu verlockend.

Yossi trennte sich von der Schumann-Stiftung und stieß zu der neuen Gruppe, als diese am Berge Kanaan anlangte. Sie nannten sich Haschomer: die Wächter.

Das Gebiet, das Yossi mit seinem Trupp zu sichern hatte, erstreckte sich vom Berg Kanaan in einem kreisförmigen Bogen, der von Rosch Pina aus bis nach Safed und Meron führte. Yossi war sich darüber klar, daß es über kurz oder lang Ärger geben mußte. Die Beduinen würden zweifellos zurückschlagen, wenn sie erfuhren, daß sie ihren einträglichen Posten verloren hatten.

Yossi ersann einen Plan, der die Absicht verfolgte, die zu erwartenden Schwierigkeiten zu verhüten. Der bedrohlichste der Beduinenstämme in diesem Gebiet wurde von einem alten Renegaten und Schmuggler namens Suleiman angeführt, der sein Lager meist in den Bergen oberhalb von Abu Yesha aufschlug. Suleiman erpreßte als Lohn für seinen ›Schutz‹ den vierten Teil dessen, was in Rosch Pina geerntet wurde. Am Tage nach seiner Ankunft, noch ehe die Araber etwas von der Anwesenheit der Wachmannschaften wußten, ritt Yossi allein und unbewaffnet los, um Suleimans Lager zu suchen.

Spät am Abend fand er es, jenseits von Abu Yesha, in der Nähe von Tel Chaj an der Grenze zum Libanon. Die mit Ziegenfell bespannten Zelte des Lagers standen unregelmäßig verstreut auf dem braun-verwitterten Erdreich der Hügel. Diese ewigen Nomaden betrachteten sich als die reinsten und freiesten aller Araber und sahen mit Verachtung auf die ärmlichen Fellachen und auf die Bewohner der Städte herab. Das Leben des Beduinen war hart, doch er war ein freier Mann. Er war ein Kämpfer, der alle anderen Araber an Wildheit, und ein Händler, der alle anderen Araber an Gerissenheit übertraf.

Das Erscheinen des riesenhaften Fremden mit dem roten Bart verursachte allgemeinen Alarm. Die Frauen, in den schwarzen Gewändern der Beduinen, die Gesichter verhängt durch Ketten aus Münzen, brachten sich eilig in Sicherheit, als Yossi herangeritten kam. Als er in der Mitte des Lagers angekommen war, kam ein negroider Araber auf ihn zu, offensichtlich ein Mann aus dem Sudan. Der Sudanese stellte sich als Suleimans Leibsklave vor und führte Yossi zu dem größten der Zelte, in dessen Nähe eine große Ziegenherde weidete.

Der alte Brigant kam aus seinem Zelt heraus. Er trug ein schwarzes Gewand und ein schwarzes Kopftuch. An seinem Gürtel hingen zwei reichverzierte, silberne Dolche. Er war auf einem Auge blind, und sein Gesicht war von den Narben vieler Kämpfe bedeckt, zerfetzt von den Krallen der Frauen und den Messern der Männer.

Suleiman und Yossi musterten einander mit raschen Blicken, und der Besucher wurde in das Zelt geführt. Die Erde am Boden des Zeltes war mit Matten und Kissen bedeckt. Die beiden Männer ließen sich nieder. Suleiman befahl seinem Sklaven, Obst und Kaffee für den Gast zu bringen. Die beiden Männer rauchten gemeinsam aus einer langstieligen Wasserpfeife und tauschten eine halbe Stunde lang inhaltslose Höflichkeiten aus. Der Sklave brachte Reis mit Lammfleisch, und als Nachtisch gab es Melonen, während sie eine weitere Stunde lang Konversation machten. Suleiman war sich darüber klar, daß Yossi kein gewöhnlicher Jude sei und auch nicht in einer gewöhnlichen Mission gekommen war.

Schließlich fragte er Yossi nach dem Grund seines Besuches, und Yossi teilte ihm mit, daß Haschomer den Wachdienst übernommen habe, den bisher Suleiman versehen hatte. Er dankte ihm für seine treuen Dienste. Suleiman nahm diese Neuigkeit zur Kenntnis, ohne mit der Wimper zu zucken. Yossi bat ihn um einen Handschlag, zur Besiegelung eines Freundschaftspaktes. Suleiman lächelte und gab ihm seine Hand.

Am späten Abend kam Yossi nach Rosch Pina und berief eine Versammlung der Farmer ein. Alle waren über das Vorhaben mit den Wachmannschaften entsetzt. Sie waren überzeugt, daß Suleiman ihnen die Kehle durchschneiden würde, wenn er davon hörte. Das Erscheinen von Yossi Rabinski und sein Versprechen, in Rosch Pina zu bleiben, trug sehr dazu bei, sie zu beruhigen.

Im Hintergrund des Versammlungsraumes saß ein zwanzigjähriges Mädchen, das Yossi Rabinski nicht aus den Augen ließ und jedem seiner Worte lauschte. Sie hieß Sara und war erst kürzlich aus Polnisch-Oberschlesien nach Palästina gekommen. Sie war ebenso klein und schmal wie Yossi groß und breit war, und ihr Haar war so schwarz wie das seine rot. Sie war begeistert von seinem Anblick, und vom Klang seiner Stimme.

»Sie sind neu hier«, sagte er nach der Versammlung zu ihr.
»Ja.«
»Ich bin Yossi Rabinski.«
»Jeder kennt Sie.«

Yossi blieb eine Woche in Rosch Pina. Er rechnete fest damit, daß Suleiman etwas im Schilde führte; doch er wußte, daß der Beduine schlau genug war, um abzuwarten. Yossi war unterdessen außerordentlich von Sara beeindruckt. Doch er hatte als Erwachsener wenig oder gar keinen Umgang mit jüdischen Mädchen gehabt, und in ihrer Gegenwart wurde er stumm und verlegen. Je mehr Sara ihn neckte, desto mehr zog er sich in sein Schnekkenhaus zurück. Allen Leuten in Rosch Pina, mit Ausnahme von Yossi, war klar, daß er verliebt war.

Am neunten Tage kamen mitten in der Nacht ein Dutzend Araber auf leisen Sohlen nach Rosch Pina und machten sich mit mehreren Zentnern Getreide auf und davon. Yossi, der Wache hielt, sah sie kommen und beobachtete jede ihrer Bewegungen. Er hätte sie mit Leichtigkeit auf frischer Tat ertappen können, doch es war für einen Beduinen nichts Ehrenrühriges, bei einem Diebstahl erwischt zu werden. Yossi hatte eine andere Strategie im Sinn.

Am nächsten Morgen schwang sich Yossi aufs Pferd und ritt ein zweitesmal zu dem Lager Suleimans. Diesmal aber war er mit seinem drei Meter langen ledernen Ochsenziemer bewaffnet. Er sprengte in vollem Galopp in das Lager hinein und auf das Zelt Suleimans zu. Er sprang vom Pferd. Der Sudanese kam heraus, begrüßte Yossi süßlich lächelnd und bat ihn, einzutreten. Yossi schlug ihn mit dem Handrücken zu Boden, so wie man eine Fliege von seinem Ärmel verscheucht.

»Suleiman!« rief er so laut, daß es im ganzen Lager zu hören war. »Komm heraus!«

Ein Dutzend Männer aus Suleimans Sippe stand plötzlich, wie aus dem Boden geschossen, vor ihm; sie hielten Gewehre in den Händen und machten erstaunte Gesichter.

»Komm heraus!« rief Yossi nochmals mit lauter Stimme.

Der alte Brigant ließ sich Zeit. Schließlich erschien er. Er trat vor das Zelt, legte die Hände an die Hüften und lächelte drohend. Die beiden standen sich in einer Entfernung von drei Metern gegenüber.

»Wer meckert hier vor meinem Zelt wie eine kranke Ziege?« fragte Suleiman. Die Männer seiner Sippschaft schüttelten sich vor Lachen.

»Es ist Yossi Rabinski, der wie eine kranke Ziege meckert«, sagte er. »Und er sagt, daß Suleiman ein Dieb und ein Lügner ist!«

Das Lächeln auf Suleimans Gesicht veränderte sich zu einer bösartigen Grimasse. Die Beduinen warteten gespannt auf das Zeichen, sich auf den Juden zu stürzen.

»Nur zu!« sagte Yossi herausfordernd. »Ruf deine ganze Sippschaft zusammen. Deine Ehre ist nicht mehr wert als die eines Schweins, und wie ich höre, ist dein Mut nicht größer als der eines Weibes.«

Sein Mut nicht größer als der eines Weibes! Das war die tödlichste Beleidigung, die es für Suleimans Ohren gab. Yossi hatte ihn persönlich herausgefordert.

Suleiman erhob die Faust und schüttelte sie. »Deine Mutter ist die übelste von allen Huren auf der Welt.«

»Mach nur so weiter, du Waschweib – du kannst ja doch nur reden«, gab ihm Yossi zur Antwort.

Suleimans Ehre stand auf dem Spiele. Er zog einen seiner silbernen Dolche heraus und ging mit einem wilden Schrei auf den rotbärtigen Riesen los.

Yossis Ochsenziemer pfiff durch die Luft! Er wickelte sich um die Füße des Arabers, riß ihn mit einem Ruck hoch und ließ ihn zu Boden stürzen. Yossi war mit einem Satz über ihm. Er ließ den Ochsenziemer mit solcher Wucht auf Suleimans Rücken knallen, daß das Echo des Schlages von den Bergen widerhallte.

»Wir sind Brüder! Wir sind Brüder!« schrie Suleiman, nach dem fünften Schlag um Gnade bittend.

»Hör zu, Suleiman«, sagte Yossi. »Du hast mir dein Wort gegeben und es mit einem Handschlag besiegelt. Und du hast dein Wort gebrochen. Wenn du oder einer deiner Leute jemals wieder den Fuß auf eins unserer Felder setzt, dann werde ich dir mit diesem Ochsenziemer das Fleisch von den Rippen schlagen und die Fetzen den Schakalen zum Fraß vorwerfen.«

Yossi stand auf und durchbohrte mit seinem Blick die erstaunten Beduinen. Sie waren starr vor Verblüffung. Noch nie hatten sie einen Mann erlebt, der so stark, so furchtlos und so wütend war.

Ohne sich auch nur im geringsten um ihre Gewehre zu kümmern, wandte ihnen Yossi den Rücken, ging zu seinem Pferd, stieg auf und ritt davon.

Suleiman und seine Leute rührten nie wieder ein jüdisches Feld an.

Als Yossi am nächsten Morgen aufsaß, um zum Berge Kanaan und zu seinen Leuten zurückzureiten, fragte ihn Sara, wann er zurückkäme. Er murmelte irgend etwas in seinen Bart. Er komme ungefähr jeden Monat einmal nach Rosch Pina. Dann grüßte er und galoppierte davon, und Sara fühlte, wie dieser Abschied sie schmerzte. So wie Yossi Rabinski war kein anderer – kein Jude, kein Araber, kein Kosak und auch kein König! Sie sah ihm nach, wie er davonritt, und schwor sich, diesen Mann bis an das Ende ihres Lebens zu lieben.

Ein Jahr lang befehligte Yossi seine Wachmannschaft mit solcher Klugheit, daß es im ganzen Gebiet fast gar keine Schwierigkeiten gab. Es war nie nötig, von der Schußwaffe Gebrauch zu machen. Gab es Ärger, ging er zu den Arabern, um mit ihnen freundlich zu verhandeln und sie zu warnen. Passierte dann erneut etwas, gebrauchte er seinen Ochsenziemer. Yossi Rabinskis Ochsenziemer wurde mit der Zeit im nördlichen Teil von Galiläa ebenso bekannt und berühmt wie sein roter Bart. Die Araber nannten ihn den ›Blitz‹.

Für Jakob war das alles viel zu langweilig. Es verlangte ihn nach Tatkraft. Nachdem er sechs Monate beim Haschomer gewesen war, machte er auch dort wieder Schluß und begab sich auf die Suche, in der Hoffnung, irgend etwas zu finden, was die innere Leere ausfüllen könnte, die er sein ganzes Leben lang empfunden hatte.

Yossi war als Wächter weder glücklich noch unglücklich. Diese Tätigkeit machte ihm mehr Spaß, als Land aufzukaufen. Außerdem wurde dadurch demonstriert, daß die Juden in der Lage und entschlossen waren, sich zur Wehr zu setzen, und nicht mehr ›Kinder des Todes‹ zu sein. Er freute sich jedesmal, wenn ihn seine dienstliche Tour nach Norden führte. Dann konnte er seinen Freund Kammal besuchen und anschließend auf seinen Berg hinaufreiten, um seinen Traum zu nähren.

Insgeheim freute er sich besonders auf den Augenblick, wenn er nach Rosch Pina hineinritt. Er richtete sich dann jedesmal im Sattel auf, um auf seinem weißen Hengst noch prächtiger zu wirken. Sein Herz schlug rascher, denn er wußte, daß ihm Sara, das dunkeläugige Mädchen aus Oberschlesien, zusah. Doch wenn er den Mund aufmachen oder handeln sollte, dann verließ ihn der Mut.

Sara war ratlos. Yossi konnte seine Schüchternheit einfach nicht überwinden. In Saras Heimat wäre der Heiratsvermittler zu Yossis Vater gegangen und hätte alles arrangiert. Hier aber gab es keinen Heiratsvermittler, nicht einmal einen Rabbi.

So verging ein ganzes Jahr. Eines Tages kam Yossi unerwartet nach Rosch Pina geritten. Alles, was er über die Lippen brachte, war, Sara zu fragen, ob sie Lust hätte, mit ihm in das Hule-Tal zu reiten, um sich das Land nördlich der Siedlung anzusehen.

Wie aufregend für Sara! Kein Jude außer Yossi Rabinski

wagte sich so weit ins Land hinein! Sie ritten durch Abu Yesha und dann hinauf auf die Berge. Auf dem Gipfel seines Berges machten sie halt.

»Genau von dieser Stelle aus habe ich Palästina zum erstenmal gesehen«, sagte er leise.

Yossi blickte in das Hule-Tal hinunter. Er brauchte nichts mehr zu sagen. Sara wußte, wie sehr er dieses Stück Land liebte. So standen sie beide lange nebeneinander und sahen stumm hinunter in das Tal. Sara reichte Yossi knapp bis an die Brust.

Das also, dachte sie gerührt, war für Yossi die einzige Möglichkeit, seinem geheimsten Herzenswunsch Ausdruck zu verleihen.

»Yossi Rabinski«, flüsterte sie, »würden Sie mich bitte, bitte heiraten?«

Yossi räusperte sich und stammelte verlegen: »Ja – hm – komisch, daß Sie davon reden. Ich wollte Sie gerade auch so etwas Ähnliches fragen.«

Noch nie hatte es in Palästina eine Hochzeit gegeben wie die von Yossi und Sara. Sie dauerte fast eine Woche, und die Gäste kamen aus ganz Galiläa und sogar aus Jaffa, obwohl es bis nach Safed eine Reise von zwei Tagen war. Es kamen Männer vom Haschomer, und Jakob kam und die Siedler von Rosch Pina, es kamen türkische Gäste, und Kammal erschien, und sogar Suleiman.

Als die letzten Gäste gegangen waren, ging Yossi mit seiner jungen Frau nach Jaffa, wo es für ihn viel Arbeit bei der Zionistischen Siedlungsgesellschaft gab. Sein Ruf ließ ihn als den geeigneten Mann erscheinen, die frisch zugewanderten Ansiedler unter seine Fittiche zu nehmen und ihnen bei den mannigfaltigen Schwierigkeiten behilflich zu sein. Er machte einen Vertrag und übernahm einen leitenden Posten bei der Zionistischen Siedlungsgesellschaft.

Im Jahre 1909 wurde Yossi in einer sehr wichtigen Angelegenheit um Rat gefragt. Viele Angehörige der immer größer werdenden jüdischen Gemeinde von Jaffa wünschten bessere Wohnungen, bessere sanitäre und kulturelle Verhältnisse, die die alte arabische Stadt nicht zu bieten hatte. Yossi half, einen Streifen Land nördlich von Jaffa zu erwerben, der größtenteils aus Sand und Orangenhainen bestand.

Auf diesem Boden wurde zum erstenmal seit zweitausend Jahren die erste rein jüdische Stadt erbaut. Man nannte sie: Hügel des Frühlings – Tel Aviv.

IX

Die bestehenden landwirtschaftlichen Siedlungen hatten schwere Zeiten durchzustehen. Dafür gab es vielerlei Gründe. Zunächst einmal waren die Siedler gleichgültig und lethargisch und besaßen keinerlei Idealismus. Sie bauten nach wie vor Feldfrüchte ausschließlich für den Export an und verwendeten weiterhin die billigeren arabischen Arbeitskräfte. Obwohl jetzt viele Juden nach Palästina kamen, die gern auf dem Land arbeiten wollten, konnten die Gutsbesitzer nur mit Mühe dazu überredet werden, diese Juden als Arbeitskräfte zu verwenden.

Die Gesamtsituation war entmutigend. Es sah in Palästina noch nicht wesentlich besser aus als vor zwanzig Jahren, als die Brüder Rabinski hierhergekommen waren. Der Schwung und der Idealismus, den die jungen Leute der zweiten Aliyah-Welle ins Land gebracht hatten, waren versandet. Ähnlich wie Jakob und Yossi wanderten auch die neuen Einwanderer von Ort zu Ort und von Stellung zu Stellung, ohne festes Ziel und ohne sich niederzulassen.

Je mehr Land die Zionistische Siedlungsgesellschaft erwarb, desto deutlicher wurde es, daß man das ganze Siedlungsproblem völlig anders anpacken mußte. Yossi und viele seiner Freunde waren schon lange zu der Ansicht gelangt, daß die Landbestellung für den einzelnen schier unmöglich war. Die Unsicherheit der Verhältnisse, die Unerfahrenheit der Juden in landwirtschaftlichen Fragen und die völlige Verkommenheit des Bodens waren die Hauptgründe.

Was sich Yossi für das neuerworbene Land wünschte, waren Siedlungen, deren Bewohner den Boden selbst bearbeiteten, die eine Gemischtwirtschaft führten, um sich selbst zu ernähren, und die zusammenhielten, wenn es galt, sich zu verteidigen. Um das zu verwirklichen, mußte zunächst einmal das ganze angekaufte Land als jüdischer Grund und Boden, der allen Juden gehörte, nominell in der Hand der Zionistischen Siedlungsgesellschaft verbleiben. Und die Siedler mußten den Boden selbst bearbeiten und durften keine anderen Arbeitskräfte dingen, weder jüdische noch arabische. Der nächste dramatische Schritt wurde getan, als sich Juden der zweiten Aliyah-Welle dazu verpflichteten, ausschließlich für die Erschließung des Landes zu arbeiten. Sie gelobten, das Land zu einer Heimstätte zu machen, ohne an privaten Gewinn oder persönlichen Vorteil zu denken. Durch diese Verpflichtungen kamen sie der späteren Idee des landwirtschaftlichen Kollektivs schon sehr nahe. Die genossenschaftliche Form der Landbestellung entsprach nicht so sehr einem sozialen oder politischen Idealismus als vielmehr der Notwendigkeit des Existenzkampfes; es gab keine andere Lösung. Damit waren die Voraussetzungen für ein dramatisches Experiment gegeben, das im Jahr 1909 gestartet wurde. Die Zionistische Siedlungsgesellschaft erwarb unterhalb von Tiberias, an der Stelle, wo der Jordan in den See Genezareth mündet, viertausend Dunam Land, das zum größten Teil aus Moor und Sumpf bestand. Die Gesellschaft rüstete zwanzig junge Männer und Frauen mit Geld und Lebensmitteln für ein Jahr aus. Sie sollten das Land urbar machen.

Yossi begleitete sie, als sie sich aufmachten und am Rande des Sumpfes ihre Zelte aufschlugen. Sie gaben ihrer Neusiedlung den Namen nach den wilden Rosen, die am Rande des Tiberias-See wuchsen: Schoschana. Man errichtete drei Schuppen aus ungehobelten Brettern. Der eine diente als gemeinsamer Speiseraum und Versammlungssaal, der zweite als Scheune und Geräteschuppen, der dritte als Unterkunft für die sechzehn Männer und die vier Frauen.

Im ersten Winter wurden die Schuppen ein dutzendmal durch Wind und Wasser umgerissen. Straßen und Wege waren so morastig, daß die Neusiedler für lange Zeit von der übrigen Welt völlig abgeschnitten waren. Schließlich waren sie gezwungen, in ein nahegelegenes Araberdorf auszuweichen und dort den Frühling abzuwarten.

Yossi kehrte im Frühling nach Schoschana zurück, als es dort ernstlich an die Arbeit ging. Die Sümpfe und Moore mußten Meter für Meter zurückgedrängt werden. Man pflanzte Hunderte von australischen Eukalyptusbäumen an, die das Wasser aufsaugen sollten. Entwässerungsgräben wurden gezogen. Alles mußte mit der Hand gemacht werden, eine mörderische Arbeit. Die Gruppe arbeitete vom Morgen bis zum Abend, und ein Drittel lag beständig mit Malaria darnieder. Das einzige bekannte Mittel dagegen war die arabische Heilmethode, die Ohrläppchen anzustechen und Blut abzuzapfen. Sie arbeiteten in der höllischen Hitze des Sommers, und der Schlamm ging ihnen bis an die Hüften.

Im zweiten Jahr war schon ein gewisser Erfolg dieser Schufterei zu sehen: Ein Teil des Landes war urbar. Jetzt mußten die Steine mit Eselsgespannen von den Feldern geschleppt und das dichte Unterholz abgehackt und verbrannt werden.

In Tel Aviv setzte Yossi seinen Kampf um weitere Unterstützung des Experiments fort. Er hatte etwas sehr Erstaunliches entdeckt. Die Sehnsucht, sich eine Heimat zu schaffen, war so stark, daß diese zwanzig Leute bereit waren, die schwerste Arbeit ohne Bezahlung auf sich zu nehmen.

In Schoschana nahmen die Strapazen und Schwierigkeiten kein Ende. Doch nach dem zweiten Jahr war schon so viel Land urbar gemacht, daß man an den Anbau denken konnte. Das war ein kritisches Unternehmen, denn die meisten Angehörigen der Gruppe hatten keine Ahnung von Landwirtschaft, ja sie wußten kaum, was der Unterschied zwischen einer Henne und einem Hahn war. Sie versuchten den Anbau auf gut Glück, und das Ergebnis war in den meisten Fällen ein Mißerfolg. Sie wußten nicht, wie man mit dem Pflug eine gerade Furche zieht, wie man sät oder eine Kuh melkt, oder wie man Bäume pflanzt. Der Boden war für sie ein ungeheures Rätsel.

Doch sie gingen dem Problem der Bodenbestellung mit der gleichen Entschlossenheit zu Leibe wie dem Sumpf. Nachdem der Sumpf entwässert war, mußte der Boden künstlich bewässert werden. Zunächst wurde das Wasser in Kanistern auf Eselsrükken vom Fluß herangebracht. Man experimentierte mit einem arabischen Wasserrad und versuchte es mit Brunnen. Aber schließlich legten sie Bewässerungsgräben an und bauten Dämme, um das Wasser der winterlichen Regenfälle aufzufangen.

Nach und nach gab das Land seine Geheimnisse preis. Oftmals, wenn Yossi nach Schoschana kam, verschlug ihm die unvergleichliche Moral dieser Neusiedler den Atem. Sie besaßen nur das, was sie auf dem Leib trugen, und selbst das war genossenschaftliches Eigentum. In dem gemeinsamen Speiseraum verzehrten sie die denkbar kärglichsten Mahlzeiten, hatten gemeinsame Waschräume und schliefen alle unter ein und demselben Dach.

Die Araber und Beduinen sahen mit Erstaunen, wie die Siedlung Schoschana langsam, aber stetig wuchs. Als die Beduinen

300

feststellten, daß mehrere hundert Morgen Land kultiviert waren, beschlossen sie, die Juden zu vertreiben. Alle Feldarbeit mußte von nun an unter dem Schutz bewaffneter Wachtposten verrichtet werden. Zu der Malaria und dem Überfluß an Arbeit kam nun auch das Problem der Sicherheit. Nach einem unerhört harten Arbeitstag auf den Feldern mußten die ermüdeten Siedler die Nacht über Wache stehen. Doch sie gaben Schoschana nicht auf und ließen sich durch ihre Isoliertheit und Unwissenheit, durch Drohungen der Beduinen, durch den Sumpf, die mörderische Hitze, die Malaria und ein Dutzend anderer Kalamitäten nicht beirren.

Jakob Rabinski kam nach Schoschana, um dort sein Glück zu versuchen; desgleichen Joseph Trumpeldor, der als Offizier im russischen Heer gedient und wegen seiner Tapferkeit im russisch-japanischen Krieg, in dem er einen Arm verloren hatte, berühmt war. Der Appell des Zionismus hatte ihn nach Palästina gebracht. Nachdem Trumpeldor und Jakob für die Sicherheit zu sorgen begonnen hatten, hörten die Überfälle der Beduinen sehr bald auf.

Doch das gemeinschaftliche Leben schuf noch andere Probleme: Fragen, die die Allgemeinheit betrafen; zwar regelte man sie durchaus demokratisch, doch die Juden neigen von Haus aus zur Unabhängigkeit, und nur selten waren zwei Juden einer Meinung. Würde das Verwalten also auf endloses Reden, Diskutieren und Streiten hinauslaufen?

Es entstanden Fragen der Arbeitseinteilung, der Verantwortlichkeit bei Krankheit, der Fürsorge und der Erziehung. Und was sollte mit denjenigen geschehen, die nicht bereit oder nicht in der Lage waren, den ganzen Tag zu arbeiten? Und mit denen, die mit der Arbeit unzufrieden waren, die man ihnen übertragen hatte? Oder mit denen, denen das Essen nicht schmeckte, oder die nicht damit einverstanden waren, in so engen Unterkünften zusammenzuleben? Und wie sollte man persönliche Reibereien schlichten?

Aber eins schien stärker zu sein als alle diese Probleme: Jeder einzelne in Schoschana lehnte mit Leidenschaft die Umstände und Zustände ab, die aus ihm einen Ghetto-Juden gemacht hatten. Alle waren entschlossen, nie mehr in ein Ghetto zurückzukehren. Sie wollten sich durch ihrer Hände Arbeit eine Heimat schaffen.

Die Gemeinschaft von Schoschana hatte ihren eigenen Ehrenkodex und ihre eigene Gesellschaftsordnung. Ehen wurden durch Gemeinschaftsbeschluß geschlossen und geschieden. Man regelte das Leben innerhalb der Siedlung in einer Form, die sich über die traditionellen Bindungen hinwegsetzte. Man warf die Fesseln der Vergangenheit ab.

Nach der langen Zeit der Unterdrückung erlebten die Juden von Schoschana, was sie so lange ersehnt hatten: die Entstehung einer wahrhaft freien, jüdischen Landbevölkerung. Zum erstenmal kleideten sich Juden wie Bauern, tanzten sie Horra beim Schein eines Holzfeuers, und den Boden zu bearbeiten und ein Heimatland zu schaffen erschien ihnen als würdiger Lebenszweck.

Im Laufe der Zeit wurden Rasenflächen mit Blumen, Büschen und Bäumen angelegt und neue ansehnliche Gebäude errichtet. Für verheiratete Paare baute man kleine Häuschen. Eine Bibliothek wurde eingerichtet und ein Arzt engagiert.

Dann kam der Aufstand der Frauen. Eine der vier Frauen, die von Anfang an dabeigewesen waren, ein untersetztes, wenig attraktives Mädchen namens Ruth, war die treibende Kraft der Rebellion. Auf den Versammlungen der Siedlungsgemeinschaft vertrat sie die Ansicht, daß die Frauen aus Rußland und Polen nicht aufgebrochen seien, um in Schoschana Domestiken zu werden. Sie forderten gleiches Recht und gleiche Verantwortlichkeit. Sie setzten die alten Tabus außer Kurs und nahmen gemeinsam mit den Männern an allen Arbeiten teil, sogar beim Pflügen der Felder. Sie übernahmen den Hühnerhof und den Gemüseanbau, und sie erwiesen sich den Männern an Fähigkeit und Ausdauer ebenbürtig. Sie lernten, mit Waffen umzugehen und standen nachts Wache.

Ruth, die Anführerin des Aufstands der Frauen, hatte es besonders auf die fünfköpfige Kuhherde von Schoschana abgesehen. Sie war darauf versessen, die Kühe zu übernehmen. Doch ihr Ehrgeiz scheiterte am Widerstand der Männer. Die Mädchen gingen wirklich zu weit! Jakob, der wortgewaltigste Vertreter der Männlichkeit, wurde zum Kampf gegen Ruth vorgeschickt. Sie sollte schließlich begreifen, daß es für Frauen zu gefährlich war, mit Kühen umzugehen. Außerdem stellten diese fünf Kühe den wertvollsten und am sorgsamsten gehüteten Schatz von Schoschana dar.

Alle waren sehr erstaunt, als Ruth sich ohne Widerrede fügte. Das sah ihr so gar nicht ähnlich! Einen Monat lang erwähnte sie die Sache mit keinem weiteren Wort. Statt dessen stahl sie sich bei jeder Gelegenheit davon, um im nahe gelegenen Araberdorf die schwierige Kunst des Melkens zu erlernen. In ihrer freien Zeit las sie alle Broschüren über Milchwirtschaft, die sie erwischen konnte.

Eines Morgens kam Jakob, der die Nacht über Wachdienst gehabt hatte, in die Scheune. Ruth hatte ihr Wort gebrochen! Sie molk Jezebel, die beste Kuh. Eine Sondersitzung wurde einberufen, um Ruth wegen Ungehorsams zu tadeln. Ruth brachte Fakten und Zahlen vor, um zu beweisen, daß sie in der Lage sei, den Milchertrag durch richtige Fütterung und gesunden Menschenverstand zu steigern, und sie beschuldigte die Männer der Ignoranz und der Intoleranz. Die Versammlung glaubte, Ruth zur Räson zu bringen, wenn man ihr vorübergehend die Verantwortung für die Herde übertrug. Die Sache endete damit, daß Ruth die Kühe behielt. Sie vergrößerte die Herde um das Fünfundzwanzigfache und wurde zu einer der besten unter den Meiereifachleuten Palästinas.

Jakob und Ruth heirateten, und die Gemeinschaft war voll und ganz damit einverstanden. Es hieß, sie sei der einzige Mensch auf der Welt, der imstande war, in einem Streit mit ihm recht zu behalten. Sie liebten sich sehr und waren außerordentlich glücklich.

Ganz besonders kritisch wurde die Situation, als die ersten Kinder geboren wurden. Die Frauen hatten um ihre Gleichberechtigung gekämpft und sie erhalten. Sie waren für die Ökonomie des Ganzen wichtig geworden. Viele von ihnen hatten Schlüsselstellungen inne. Die Sache wurde besprochen und durchdiskutiert. Sollten die Frauen ihre Posten etwa aufgeben und Hausangestellte werden? Oder gab es irgendeine andere Möglichkeit, das familiäre Leben zu regeln? Die Angehörigen der Gemeinschaft Schoschana waren der Meinung, es müsse auch möglich sein, eine neuartige Lösung des Kinderproblems zu finden, da ja ihre gesamte Lebensform völlig neuartig war.

So kam es zur Entstehung von Kinderheimen, in denen ausgewählte Mitglieder der Gemeinschaft die Kinder tagsüber beaufsichtigten und versorgten. Dadurch waren die Mütter für ihre Arbeit frei. An den Abenden waren die Familien beisammen. Viele Außenseiter hielten dadurch den familiären Zusammenhalt für gefährdet, der die Juden in den langen Jahrhunderten der Verfolgung am Leben erhalten hatte. Ungeachtet dieser Kritiker war der familiäre Zusammenhalt in Schoschana genauso stark wie anderswo.

Jakob Rabinski hatte endlich gefunden, was ihm gefehlt und was er gesucht hatte. Schoschana wuchs und wuchs, bis das Dorf hundert Mitglieder zählte und mehr als tausend Dunam Landes urbar gemacht worden waren. Jakob besaß kein Geld, nicht einmal Kleidung. Er hatte eine Frau mit einer scharfen Zunge, die einer der besten Landwirte in Galiläa war. Am Abend, wenn des Tages Arbeit getan war, ging er mit Ruth über die Rasenflächen und durch die Blumengärten, oder er stieg auf den kleinen Hügel und sah von dort über die grünenden Felder – und er war zufrieden und ausgefüllt.

Schoschana, der erste Kibbuz in Palästina, schien für den Zionismus die Lösung des Problems zu sein, über das man sich bisher so lange die Köpfe zerbrochen hatte.

X

Eines Abends kam Yossi von einer Sondersitzung des Waad-Halaschon – des Arbeitsausschusses für Fragen der hebräischen Sprache – nach Haus. Er war tief in Gedanken. Aufgrund seiner Stellung innerhalb der Gemeinde hatte man sich besonders an ihn gewandt.

Sara hatte stets einen Tee für Yossi bereit, ganz gleich, zu welcher Tages- oder Nachtzeit er von einer seiner Versammlungen nach Hause kam. Sie saßen beide auf dem Balkon ihrer Drei-Zimmer-Wohnung in der Hayarkon-Straße in Tel Aviv. Yossi konnte von hier aus die Küste übersehen, die im weiten Bogen verlief.

»Sara«, sagte er schließlich, »ich habe einen Entschluß gefaßt. Ich war heute abend im Waad-Halaschon, und man hat mich gebeten, einen hebräischen Namen anzunehmen und nur noch Hebräisch zu sprechen. Ben Jehuda hielt heute abend eine Rede. Was er für die Modernisierung der hebräischen Sprache getan hat, ist wirklich enorm.«

»Was für ein Unsinn«, sagte Sara. »Du hast mir doch selbst gesagt, daß es noch nie gelungen ist, eine Sprache zu neuem Leben zu erwecken.«

»Ja, aber ich habe mir auch überlegt, daß bisher noch niemals irgendein Volk versucht hat, eine Nation zu neuem Leben zu erwecken, wie wir das jetzt tun. Wenn ich mir ansehe, was in Schoschana und anderen Kibbuzim erreicht worden ist –«

»Weil du gerade von Schoschana sprichst – du möchtest ja nur deshalb einen hebräischen Namen annehmen, weil dein Bruder, der früher Jakob Rabinski hieß, das auch getan hat.«

»Unsinn.«

»Wie heißt er jetzt eigentlich, der ehemalige Jakob Rabinski?«

»Er heißt Akiba. Das ist der Name eines Mannes, für den er sich als Knabe begeisterte.«

»Ach, und vielleicht möchtest du dich jetzt auch nach jemandem nennen, für den du als Junge geschwärmt hast – vielleicht nach Jesus Christus?«

»Du bist unmöglich, Sara!« fauchte Yossi, stand auf und ging hinein.

»Wenn du gelegentlich noch in die Synagoge gingest«, sagte Sara, die ihm nachgegangen war, »dann wüßtest du, daß Hebräisch die Sprache ist, in der man mit Gott redet.«

»Sara – ich frage mich manchmal wirklich, weshalb du dir die Mühe gemacht hast, von Schlesien hierherzukommen. Wenn wir als Nation denken und handeln sollen, dann müssen wir auch wie eine Nation sprechen.«

»Das tun wir ja auch. Unsere Sprache ist Jiddisch.«

»Jiddisch ist die Sprache des Exils, die Sprache des Ghettos, Hebräisch aber ist die Sprache aller Juden.«

Sie drohte ihrem Mann, der groß wie ein Riese war, mit dem Finger. »Verschone mich mit zionistischer Propaganda, Yossi. Für mich wirst du Yossi Rabinski sein und bleiben, solange ich lebe.«

»Ich habe meinen Entschluß gefaßt, Sara. Ich gebe dir den guten Rat, dein Hebräisch aufzufrischen. Denn das ist die Sprache, die wir von jetzt an sprechen werden.«

»Das ist ja vollkommener Blödsinn, dieser Entschluß!«

Yossi hatte lange gebraucht, ehe er Ben Jehuda und den anderen zustimmte. Aber sie hatten recht: Die hebräische Sprache mußte wieder zum Leben erweckt werden. Wenn das Verlangen nach nationaler Einheit stark genug war, dann mußte es auch möglich sein, einer toten Sprache neues Leben zu verleihen.

Doch Sara hatte ihren eigenen Kopf. Sie sprach Jiddisch, denn Jiddisch hatte bereits ihre Mutter gesprochen. Sie hatte nicht die Absicht, in ihrem Alter noch einmal die Schulbank zu drücken.

Eine Woche lang schloß sich Sara abends im Schlafzimmer ein.

Doch Yossi war nicht gewillt, nachzugeben. Drei Wochen lang sprach er mit Sara nur Hebräisch, und sie antwortete Jiddisch.

»Yossi«, rief sie eines Abends, »Yossi, komm doch mal her und hilf mir.«

»Verzeihung«, sagte Yossi. »Hier in diesem Hause gibt es niemanden mit Namen Yossi. Solltest du etwa mich meinen«, fuhr er fort, »mein Name ist Barak – Barak ben Kanaan.«

»Barak ben Kanaan!«

»Ja«, sagte er. »Ich habe lange nachgedacht, um den richtigen Namen zu finden. Die Araber pflegten meinen Ochsenziemer den ›Blitz‹ zu nennen, und auf hebräisch heißt Blitz ›Barak‹. Außerdem hieß Deborahs General so. Und Kanaan nenne ich mich, weil ich den Berg Kanaan nun einmal liebe.«

Sara schlug die Tür mit einem Knall zu und drehte den Schlüssel um.

Yossi rief von draußen: »Ich war glücklich, damals auf dem Berge Kanaan! Denn damals hatte ich noch kein halsstarriges Weib! Gewöhne dich dran, Sara ben Kanaan – Sara ben Kanaan!«

Yossi, nunmehr Barak, hatte von neuem keinen Zutritt zum Schlafzimmer. Eine geschlagene Woche lang sprachen die beiden kein Wort miteinander.

Einen Monat, nachdem der Streit zwischen ihnen ausgebrochen war, kam Barak eines Abends von einer sehr anstrengenden dreitägigen Sitzung in Jerusalem nach Haus zurück. Es war schon spät in der Nacht, er war erschöpft und müde. Er suchte Sara, um ihr alles berichten zu können.

Doch die Tür zu ihrem Zimmer war verschlossen. Er seufzte, zog sich die Schuhe aus und legte sich auf das Sofa. Er war so groß, daß seine Beine über die Armlehne hingen. Er war müde und hätte gern in seinem Bett geschlafen. Es tat ihm leid, daß er die ganze Sache angefangen hatte. Kurz bevor ihn der Schlaf übermannte, entdeckte er plötzlich einen Lichtstrahl, der unter der Tür zum Schlafzimmer herausfiel. Sara kam leise heran, kniete sich neben ihm hin und legte ihren Kopf an seine Brust.

»Ich liebe dich, Barak ben Kanaan«, flüsterte sie in einwandfreiem Hebräisch.

Es gab viel Arbeit für Barak ben Kanaan in der funkelnagelneuen Stadt Tel Aviv. Er war ein einflußreicher Mann in der Zionistischen Siedlungsgesellschaft. Dauernd mußte er zu Versammlungen oder zu Verhandlungen mit den Türken und den Arabern, die viel Fingerspitzengefühl verlangten. Er verfaßte schriftliche Abhandlungen über wichtige politische Fragen, und häufig fuhr er mit Sara zum Zentralbüro der Zionisten nach London oder in die Schweiz zu den internationalen Zionistenkongressen.

Doch das Glück, das sein Bruder Akiba in Schoschana gefunden hatte, gab es für Barak nicht. Mit seinem Herzen war er beständig in dem Land nördlich vom Berge Kanaan, im Hule-Tal. Sara liebte ihn sehr und verstand ihn gut. Sie wünschte sich Kinder, um seine Sehnsucht nach dem Boden vor dem Berg Kanaan zu lindern. Doch ihr Wunsch blieb unerfüllt. Fünfmal hintereinander hatte sie eine Fehlgeburt. Es war bitter für beide, denn Barak war bereits Mitte Vierzig.

Im Jahre 1908 kam es zu einem Aufstand der Jungtürken, die den korrupten alten Tyrannen und Despoten, Abdul Hamid II., absetzten. Alle Zionisten waren voller Hoffnung, als Mohammed V., Sultan der Ottomanen und geistlicher Oberherr der mohammedanischen Welt, sein Nachfolger wurde. Doch es zeigte sich bald, daß der Aufstand den Abschluß eines Staatsvertrages für Palästina nicht günstig beeinflußt hatte. Mohammed V. hatte das Erbe eines verfallenden Reiches angetreten und hieß überall nur der ›kranke Mann am Bosporus‹.

Die Engländer hatten von Anfang an die größte Sympathie für die Zionisten bekundet. Barak war überzeugt, daß es möglich sein mußte, die jüdischen und die britischen Interessen miteinander in Übereinstimmung zu bringen, während es keine Grundlage für ein Zusammengehen mit den Türken gab. Die Engländer hatten den Juden Sinai und Uganda als Siedlungsgebiete angeboten. Es gab viele hohe britische Beamte, die sich offen für die Unterstützung einer jüdischen Heimstätte aussprachen. England war das Hauptquartier der Zionisten, und in England saß auch Dr. Chaim Weizmann, ein in Rußland geborener Jude, der die zionistische Bewegung vertrat. Als der Einfluß der Engländer im Nahen Osten immer mehr zunahm und der Niedergang des Reiches der Ottomanen offensichtlich zu werden begann, konnten sich Barak und die Juden in Palästina mit den Zionisten in aller Welt auch öffentlich zu England bekennen.

Mohammed V. hatte auf dem Balkan eine Reihe kostspieliger Kriege verloren. Seine Stellung als ›Schatten Gottes‹, als geistliches Oberhaupt des Islams, war ins Wanken geraten. Die fünfhundertjährige Herrschaft der Ottomanen drohte zusammenzubrechen, weil das Reich vor einem wirtschaftlichen Ruin stand.

Es kam das Jahr 1914. Der Erste Weltkrieg brach aus!

Mohammed V. tat weder den Russen – die sich schon seit Jahrhunderten die Finger nach den eisfreien Häfen des Mittelmeeres geleckt hatten – noch den Engländern den Gefallen, in die Knie zu gehen. Im Gegenteil, die Türken kämpften mit einem Mut und einer Entschlossenheit, die man ihnen gar nicht zugetraut hatte. Sie hielten die russische Armee auf, die den Kaukasus zu überqueren versuchte. Im Nahen Osten stießen sie von Palästina aus vor, durchquerten die Wüste Sinai und standen dicht vor der empfindlichsten Schlagader des Britischen Empire, dem Suezkanal. In dieser Situation verlegten sich die Engländer darauf, den Arabern alle möglichen Versprechungen zu machen, um sie dazu zu bewegen, sich gegen die Ottomanen zu erheben. Eine dieser englischen Versprechungen war die, den Arabern als Gegenleistung für ihre Hilfe ihre Unabhängigkeit zu garantieren. Englische Agenten waren fiebhaft am Werk, um eine arabische Revolte auf die Beine zu bringen. Sie wandten sich an den einflußreichsten arabischen Prinzen, Ibn Saud, doch Ibn Saud beschloß, zunächst einmal abzuwarten, bis genau zu übersehen war, woher der Wind wehte.

Die Engländer sahen ein, daß arabische Verbündete gekauft werden mußten. Sie streckten ihre Fühler nach dem Gouverneur von Mekka aus, der offiziell ›Statthalter von Mekka und Medina‹ war. Der Scherif von Mekka war innerhalb der arabischen Welt ein an sich unbedeutender Mann. Außerdem war er der Erzfeind von Ibn Saud. Als sich die Engländer an ihn wandten, sah er für sich eine Möglichkeit, die Macht über die gesamte arabische Welt an sich zu reißen, falls Mohammed V. und die Ottomanen unterliegen sollten. So schlug sich der Scherif von Mekka, um den Preis von mehreren hunderttausend Pfund Sterling, auf die Seite der Briten. Der Scherif hatte einen Sohn mit Namen Faisal, der eine seltsame Ausnahme unter den arabischen Führern darstellte, weil er so etwas wie ein soziales Gewissen hatte. Er erklärte sich bereit, seinem Vater zu helfen, die arabischen Stämme gegen die Ottomanen aufzubringen.

Bei den Juden von Palästina – für die inzwischen die Bezeichnung Jischuw üblich geworden war – waren weder Bestechungen noch Versprechungen nötig. Sie standen geschlossen auf seiten der Engländer. Als erklärte Freunde aller Feinde der Ottomanen befanden sie sich daher, als der Krieg ausbrach, in einer sehr gefährlichen Situation. Kemal Pascha, der spätere Atatürk, bemächtigte sich durch ein rasches Manöver der Provinz Palästina und begann über die dort lebenden Juden seine Herrschaft des Schreckens.

Barak ben Kanaan mußte innerhalb von sechs Stunden Palästina verlassen. Sowohl er wie auch sein Bruder Akiba standen auf der Liquidierungsliste der türkischen Polizei. Die Zionistische Siedlungsgesellschaft mußte ihr Büro schließen, und jedwede offizielle jüdische Tätigkeit hatte ein Ende.

»Wie bald müssen wir fort, Liebster?« fragte Sara.

»Noch vor Tagesanbruch. Pack bitte nur einen kleinen Handkoffer. Alles andere müssen wir dalassen.«

Sara taumelte, lehnte sich gegen die Wand und strich mit der Hand über ihren Leib. Sie war im sechsten Monat.

»Ich kann nicht fortgehen«, sagte sie. »Ich kann nicht.«

Barak wandte sich um und sah sie an. »Sei vernünftig, Sara«, sagte er. »Die Zeit drängt.«

Sie lief zu ihm hin und warf sich in seine Arme. »Barak«, sagte sie, »ich, Barak – dann verliere ich auch noch dieses Kind – das kann ich nicht – ich kann nicht, kann nicht.«

Barak seufzte tief. »Du mußt mit mir kommen. Wer weiß, was geschieht, wenn dich die Türken erwischen.«

»Ich will dieses Kind nicht verlieren.«

Barak packte langsam zu Ende und verschloß seinen Koffer.

»Mach dich sofort auf nach Schoschana«, sagte er. »Ruth wird sich um dich kümmern – aber komm ihren Kühen nicht zu nahe.« Er küßte sie sanft auf die Wange, und sie stellte sich auf ihre Zehenspitzen und schlang die Arme um ihn.

»Schalom, Sara«, sagte er. »Ich liebe dich.« Er wandte sich um und ging rasch hinaus.

Sara machte die Reise von Tel Aviv nach Schoschana mit einem Eselskarren und erwartete bei Ruth die Geburt ihres Kindes.

Akiba und Barak flohen nach Kairo, wo sie ihren alten Freund Joseph Trumpeldor trafen, den einarmigen Streiter. Trumpeldor war eifrig damit beschäftigt, eine Einheit palästinensischer Juden aufzustellen, die als Angehörige der britischen Armee kämpfen sollten.

Barak und Akiba waren dabei, als die Engländer in Gallipoli landeten und vergeblich versuchten, den Durchgang durch die Dardanellen freizukämpfen, um vom Süden her gegen Konstantinopel vorzustoßen. Akiba wurde bei den Rückzugsgefechten verwundet. Nach dem Fehlschlag von Gallipoli wurde die von Trumpeldor aufgestellte Einheit aufgelöst.

Akiba und Barak begaben sich nach England, wo Seew Jabotinsky, ein glühender Zionist, eifrig dabei war, einen größeren jüdischen Truppenteil aufzustellen, das 38., 39. und 40. Regiment der Royal Fusiliers, die Jüdische Brigade.

Akiba, dessen Verwundung noch nicht wieder ganz ausgeheilt war, wurde in die Vereinigten Staaten geschickt, um dort durch Vorträge für die Sache der jüdischen Heimstätte in Palästina zu werben. Seine Reise stand unter dem Protektorat der amerikanischen Zionisten und deren Führer, Bundesrichter Brandeis.

Als man entdeckte, daß Barak ben Kanaan als einfacher Soldat bei den Royal Fusiliers war, wurde er sofort angefordert. Chaim Weizmann, der Sprecher der zionistischen Weltorganisation, war der Meinung, daß es für einen Mann wie Barak Wichtigeres zu tun gab, als ein Gewehr zu tragen.

Gerade zu der Zeit, als Barak Mitglied des Zionistischen Zentralbüros wurde, kam die Kunde von neuen Niederlagen der Engländer im Nahen Osten. General Maude hatte einen Angriff auf die östliche Flanke des ottomanischen Reiches unternommen. Er hatte Mesopotamien als Absprungbasis benutzt, um von Norden her nach Palästina durchzustoßen. Seine Truppen drangen mit Leichtigkeit vor, solange der Gegner aus arabischen Truppen bestand. Dann aber, bei Kut al Imara, stießen die Engländer auf eine türkische Division, und ihre Streitkräfte wurden aufgerieben. Den Engländern stieg das Wasser an den Hals. Die Ottomanen standen am Rande des Suezkanals, und die Deutschen hatten die erste russische Welle abgewehrt. Britische Versuche, einen arabischen Aufstand auf die Beine zu bringen, waren fehlgeschlagen. Weizmann und die Zionisten hielten den Augenblick für gekommen, um für die Sache der jüdischen Heimstätte einen Pluspunkt einzuheimsen.

In Deutschland wie auch in Österreich kämpften die Juden für ihr Vaterland. Um die Unterstützung der Juden in den übrigen Teilen der Welt, insbesondere in Amerika, zu erreichen, brauchte man einen sichtbaren und eindrucksvollen Erfolg.

Nach Abschluß der Verhandlungen zwischen den Zionisten und den Engländern schrieb Lord Balfour, der britische Außenminister, einen Brief an Lord Rothschild, in dem es hieß:

Die Regierung Seiner Majestät betrachtet die Errichtung einer nationalen Heimstätte für das jüdische Volk in Palästina mit Wohlwollen, und sie wird sich nach besten Kräften bemühen, die Erreichung dieses Zieles zu fördern.

So entstand die Balfour-Deklaration, die Magna Charta des jüdischen Volkes.

XI

Kemal Paschas Polizei fand Sara ben Kanaan zwei Wochen vor der Geburt ihres Kindes im Kibbuz Schoschana. Bis dahin hatten Ruth und die anderen Angehörigen des Kibbuz sie sorgsam gepflegt und alles getan, daß sie Ruhe hatte und sich wohl fühlte, damit dem Kind nichts geschehe.

Die türkische Polizei war nicht ganz so rücksichtsvoll. Sara wurde mitten in der Nacht aus ihrer Wohnung geholt, in ein geschlossenes Polizeiauto verfrachtet und über eine holprige, schlammige Landstraße zu dem schwarzen Basaltgebäude der Polizeistation von Tiberias gefahren.

Dort wurde sie vierundzwanzig Stunden lang pausenlos verhört. Wo ist Ihr Mann? Auf welche Weise ist er geflohen? Welche Nachrichtenverbindung haben Sie mit ihm? Es ist uns bekannt, daß Sie Nachrichten aus dem Land schmuggeln. Sie treiben Spionage für die Engländer. Versuchen Sie es nicht zu leugnen. Da, diese Dokumente stammen aus der Feder Ihres Mannes; darin vertritt er die Interessen der Engländer. Welches sind Ihre britischen Verbindungsleute in Palästina?

Sara ließ sich nicht einschüchtern und gab auf alle Fragen klare und sachliche Antworten. Sie gab zu, daß Barak seiner englandfreundlichen Einstellung wegen geflohen sei, denn das war kein Geheimnis. Dagegen blieb sie dabei, daß sie ihm einzig und allein nicht gefolgt sei, um ihr Kind zur Welt bringen zu können. Alle anderen Anschuldigungen wies sie zurück. Am Ende dieser vierundzwanzig Stunden war Sara ben Kanaan von allen in dem Büro des Inspektors anwesenden Personen die ruhigste.

Man ging dazu über, ihr zu drohen, doch Sara blieb weiterhin ruhig und sachlich. Schließlich schleppte man sie in einen finsteren Raum, mit dicken steinernen Wänden und ohne Fenster. Über einem Holztisch brannte eine schwache Birne. Sara wurde auf den Rücken gelegt und von fünf Polizisten festgehalten. Man zog ihr die Schuhe aus und peitschte ihr mit dicken Ruten die Fußsohlen. Dabei wiederholte man alle Fragen. Ihre Antworten waren die gleichen.

Sie sind eine Spionin! Auf welchem Wege lassen Sie Barak ben Kanaan Nachrichten zukommen? Reden Sie endlich! Sie stehen in Verbindung mit anderen britischen Agenten. Wer sind Ihre Komplicen?

Die Schmerzen waren kaum zu ertragen. Sara gab überhaupt keine Antwort mehr. Sie biß die Zähne zusammen. Der Schweiß brach ihr aus. Ihre Standhaftigkeit steigerte die Wut der Türken. Ihre Sohlen platzten unter den Schlägen, und das Blut spritzte heraus.

»Jüdin! Spionin!« schrien die Polizisten. »Reden Sie endlich! Gestehen Sie!«

Sara zitterte und wand sich vor Schmerz. Dann wurde sie ohnmächtig.

Man schüttete ihr einen Eimer kalten Wassers über das Gesicht.

Die Schläge und Fragen begannen von neuem. Sie wurde ein zweitesmal ohnmächtig, und man brachte sie ein zweitesmal wieder zu sich. Jetzt zog man ihr die Arme auseinander und legte heiße Steine in ihre Achselhöhlen.

»Reden Sie! Reden Sie!«

Drei Tage und drei Nächte lang folterten die Türken Sara ben Kanaan. Dann ließ man sie frei, aus Achtung vor ihrem Mut. Die Türken hatten noch nie erlebt, daß jemand Schmerzen mit solcher Würde ertragen hatte. Ruth, die im Vorraum der Polizeistation gewartet hatte, brachte Sara auf einem Eselskarren nach Schoschana zurück.

Als die ersten Wehen kamen, schrie Sara vor Schmerz zum erstenmal auf. Sie holte alle Schreie nach, die ihr die Türken nicht hatten entlocken können. Ihr zerschlagener Körper rebellierte mit heftigen Zuckungen.

Ihre Schreie wurden leiser und schwächer. Niemand glaubte, daß sie die Geburt überleben würde. Doch Sara ben Kanaan gebar einen Sohn und blieb am Leben.

Wochenlang schwebte sie in Todesgefahr. Ruth und die Siedler von Schoschana umgaben sie mit aller nur denkbaren Sorge und Liebe. Die ungewöhnliche Zähigkeit, die die kleine dunkeläugige Oberschlesierin während der Folterung durch die Türken und die Geburtswehen am Leben erhalten hatte, verließ sie auch jetzt nicht. Ihr Wunsch und Wille, Barak wiederzusehen, waren stärker als der Tod.

Sie brauchte über ein Jahr, um wieder zu Kräften zu kommen. Ihre Genesung ging langsam und schmerzvoll vor sich. Es dauerte Monate, bis sie aufstehen und auf ihren zerschlagenen Füßen laufen konnte. Sie hinkte.

Das Kind war kräftig und gesund. Alle Leute sagten, daß der Kleine zu einem zweiten Barak heranwachsen werde, denn er war schon jetzt groß und kräftig. Aber er hatte dunkle Haare und den bräunlichen Teint seiner Mutter. Das Schlimmste schien überstanden, und Sara und Ruth warteten auf die Heimkehr ihrer Männer.

Im Frühjahr 1917 trieben die Engländer von Ägypten aus die Türken über die Halbinsel Sinai bis an die Grenze von Palästina zurück. Bei Gaza wurden sie aufgehalten. Jetzt aber übernahm General Allenby das Oberkommando, und unter seiner Führung gingen die Engländer erneut zum Angriff vor. Bis zum Ende des Jahres 1917 waren sie nach Palästina vorgestoßen und hatten Ber Scheba erobert. Allenby nutzte den Sieg und trug den Angriff gegen die historischen Zinnen von Gaza weiter vor. Auch Gaza wurde im Sturm genommen. Die Engländer marschierten an der Küste entlang und eroberten Jaffa.

Gleichzeitig mit Allenbys siegreichem Feldzug setzte der längst überfällige, immer wieder angekündigte, teuer bezahlte und in seiner Wirkung wesentlich überschätzte Aufstand der Araber ein.

Faisal, der Sohn des Scherifs von Mekka, führte ein paar Araberstämme aus der Wüste heran, als die Niederlage der Türken bereits praktisch entschieden war. In dem Augenblick, da es mit den Ottomanen zu Ende ging, strichen die Araber die Flagge ihrer Neutralität, um bei der Verteilung der Beute dabeisein zu können. Faisals ›Rebellen‹ machten allerhand Lärm, beteiligten sich aber niemals an irgendeiner größeren oder kleineren Schlacht.

Bei Meggido, der Stadt aus dem Altertum, stellten sich Allenbys Truppen und die der Türken zum Kampf. Durch fünf Jahrtausende waren Hunderte von Eroberern an dieser Stelle mit ihren Streitkräften zur Entscheidung angetreten. Wer Meggido besaß, beherrschte den Einschnitt im Gebirge, der einen natürlichen Paß nach dem Norden darstellte. Über diesen Paß waren seit Beginn der Zeitrechnung die Eroberer gezogen.

Meggido fiel in die Hände der Engländer! Um Weihnachten, knapp ein Jahr nachdem Allenby das Kommando übernommen hatte, führte er seine Truppen in das befreite Jerusalem! Die Engländer stießen weiter nach Damaskus vor und trieben die Türken vor sich her. Der Fall von Damaskus war das Grabgeläut der Ottomanenherrschaft.

Barak ben Kanaan und sein Bruder Akiba kehrten heim. Die Rosen blühten, das Land lag grün, und die Wasser des Jordan strömten in den See Genezareth, als sie nach Schoschana kamen. Baraks roter Bart hatte weiße Strähnen, und weiße Fäden durchzogen Saras schwarzes Haar. Beide standen sich an der Tür ihres Hauses gegenüber. Er nahm sie sanft in seine Arme, und all das Schwere der letzten Jahre war plötzlich vergessen.

Dann nahm die kleine Sara den Riesen bei der Hand. Sie humpelte ein wenig, als sie ihn ins Haus hineinführte. Ein strammer dreijähriger Bub mit hellen Augen sah neugierig zu ihm auf. Barak kniete sich zu ihm und hob ihn mit seinen starken Händen hoch.

»Mein Sohn«, sagte er leise, »mein Sohn.«

»Ja«, sagte Sara, »dein Sohn Ari.«

XII

Die Balfour-Deklaration wurde von fünfzig Staaten ratifiziert.

Der Jischuw, die jüdische Bevölkerung von Palästina, war im Verlauf des Ersten Weltkrieges durch den türkischen Terror stark zurückgegangen. Im Kielwasser des Krieges kam es in Osteuropa zu einer neuen Welle von Pogromen. Die Zeit, die darauf folgte, war für die Juden in Palästina aufregend und von entscheidender Bedeutung. Wieder kam, um der Verfolgung zu entgehen, ein Strom von Einwanderern ins Land, der die dezimierten Reihen des Jischuw auffüllte.

Es war die dritte Aliyah-Welle.

Seit Jahren schon hatte die Zionistische Siedlungsgesellschaft ein Auge auf das Gebiet des Jesreel-Tales geworfen, das den ganzen südlichen Teil von Galiläa darstellte. Es bestand vorwiegend aus Sumpf. In diesem Gebiet gab es nur einige wenige armselige Araberdörfer. Das Land gehörte größtenteils einer einzigen Familie, deren Mitglieder in Beirut lebten. Die Türken hatten den

314

Juden nicht gestattet, Land im Jesreel-Gebiet zu erwerben, doch nachdem jetzt die Engländer ins Land gekommen waren und die Beschränkungen des Bodenerwerbs aufgehoben hatten, begaben sich Barak ben Kanaan und zwei andere Landaufkäufer nach Beirut. Sie erwarben ein Gebiet, das sich von Haifa bis nach Nazareth erstreckte. Es war das erstemal, daß Juden in Palästina ein so großes Stück Land erworben hatten, und es war die erste Erwerbung dieser Art, die ausschließlich durch Stiftungen der Judenheit in aller Welt finanziert wurde. Die Erwerbung des Jesreel-Gebietes eröffnete große Möglichkeiten für die Errichtung weiterer Kibbuzim.

Pioniere der alten Garde trennten sich uneigennützig von ihren Siedlungsgemeinschaften, um beim Aufbau neuer Gemeinschaftssiedlungen zu helfen. Akiba und seine Frau Ruth verließen mit ihrer kürzlich geborenen Tochter Scharona ihr geliebtes Schoschana und die bescheidenen Annehmlichkeiten, die sie dort genossen hatten, um mitzuhelfen bei der Errichtung eines neuen Kibbuz nördlich von Rosch Pina. Die Neusiedlung bekam den Namen Ejn Or – Quelle des Lichts.

So ging Barak ben Kanaans Traum endlich in Erfüllung, wenn auch nicht für ihn selbst, so doch für die Juden. Tief im Hule-Tal, nahe der syrischen und libanesischen Grenze, wurde Neuland erworben und urbar gemacht. Sogar der Boden ›seines‹ Berges wurde bearbeitet, und ganz in der Nähe errichtete man einen Kibbuz namens Gileadi. Baraks alter Freund und Kamerad, Joseph Trumpeldor, machte sich auf nach Kfar Gileadi, der neuen bäuerlichen Siedlung, um die erforderlichen Sicherungsmaßnahmen in die Hand zu nehmen.

Gleichzeitig mit der Zunahme der Siedlungstätigkeit wuchsen auch Tel Aviv und die anderen Städte. In Haifa fingen die Juden an, sich oberhalb der Stadt, am Karmelberg, Grundstücke zu kaufen und Häuser zu bauen. In Jerusalem begann eine neue Bautätigkeit außerhalb der Mauer der alten Stadt, da die Belange des wachsenden Jischuw ein größeres Verwaltungszentrum nötig machten. Die orthodoxen Juden vereinigten sich mit den Zionisten in dem gemeinsamen Bemühen, das Land zu erschließen und eine Heimat für alle Juden zu schaffen.

Auch die britische Verwaltung tat viel. Straßen wurden gebaut, Schulen und Krankenhäuser errichtet. Bei den Gerichten wurde Recht gesprochen. Balfour in eigener Person kam nach

Jerusalem und legte auf dem Scopusberg den Grundstein zu einer neuen hebräischen Universität.

Zur Regelung der Belange des Jischuw wählten die Juden eine vertretende Körperschaft. Diese Jischuw-Zentrale war eine kommissarische Regierung geworden mit der Funktion, alle Juden zu vertreten, mit den Arabern und den Engländern zu verhandeln und als Bindeglied zu der Zionistischen Siedlungsgesellschaft und zu den Zionisten in aller Welt zu dienen. Sowohl der Jischuw-Zentralrat als auch die Zionistische Siedlungsgesellschaft errichteten ihre Hauptbüros in dem neuerbauten Verwaltungszentrum von Jerusalem. Barak ben Kanaan, ein angesehener Mitbürger der älteren Generation, wurde in den Jischuw-Zentralrat gewählt. Er versah dieses Amt und setzte gleichzeitig seine Arbeit bei der Zionistischen Organisation fort.

Doch die Lage begann sich bedrohlich zuzuspitzen. Palästina wurde mehr und mehr zum Mittelpunkt eines gigantischen Spiels um die Macht.

Der erste Akt dieses Spiels war die Veröffentlichung eines Geheimabkommens, das die Franzosen mit den Engländern in der Absicht getroffen hatten, den Nahen Osten zwischen sich aufzuteilen. Dieses Dokument wurde erstmalig von russischen Revolutionären in den Geheimakten des Zaren entdeckt und von ihnen veröffentlicht, um die Engländer und die Franzosen in Verlegenheit zu bringen.

Die Abmachungen dieses Geheimabkommens befanden sich in offenem Widerspruch zu den früheren Versprechungen der Engländer, die Unabhängigkeit der Araber zu garantieren. Die Araber fühlten sich betrogen. Zwar machten die Engländer alle Anstrengungen, die aufgeregten Gemüter zu beschwichtigen, doch die Befürchtungen der Araber erwiesen sich späterhin als berechtigt, als England und Frankreich auf der Konferenz von San Remo die nahöstliche Torte aufteilten und England den Löwenanteil für sich beanspruchte. Frankreich gelang es, die syrische Provinz und eine Ölleitung von den reichhaltigen Erdölfeldern des Mossul-Gebietes für sich zu gewinnen.

Unter den Ottomanen hatten auch Palästina und der Libanon zur Provinz Syrien gehört, und die Franzosen leiteten daraus für sich das Recht auf den Norden von Palästina ab. Doch die Engländer waren eisern. Auch sie wollten Haifa als Endstation einer Ölleitung vom Mossul-Gebiet haben, und sie machten geltend, daß das ganze Land aufgrund der Balfour-Deklaration und angesichts der besonderen Situation Palästinas als einer den Juden versprochenen Heimstätte unter britischer Oberhoheit bleiben müsse. Daraufhin kauften sich die Franzosen mehrere Stämme syrischer Araber, die in Palästina Unruhe erzeugen und einen möglichst großen Teil von Nordpalästina an sich bringen sollten, bevor die endgültigen Grenzen festgelegt waren. Die Juden, die sich in das Hule-Gebiet vorgewagt hatten, die Siedler von Kfar Gileadi, saßen in der Falle. Die von den Franzosen gekauften Araber machten einen Angriff auf Tel Chaj – jenen Berg, über den die beiden Brüder Rabinski einst nach Palästina gekommen waren, um den Franzosen ein Argument für ihre Gebietsansprüche zu liefern.

Joseph Trumpeldor, der ob seines Schlachtenruhms legendäre jüdische Kriegsmann, schlug sich bei Tel Chaj wie ein Held. Er selbst fand den Tod, doch Tel Chaj wurde gehalten, die Juden blieben in Kfar Gileadi, und das Hule-Tal verblieb innerhalb des britischen Mandats.

Der nächste, der den Franzosen Schwierigkeiten bereitete, war Faisal, der Sohn des Scherifs von Mekka und Anführer der angeblichen arabischen Revolte im Ersten Weltkrieg. Faisal kam nach Damaskus, setzte sich hier auf den Thron und rief sich selbst zum König eines neuen großarabischen Staates und zum neuen Oberhaupt des Islam aus. Die Franzosen verjagten ihn aus Syrien. Faisal begab sich nach Bagdad, wo ihm die Engländer bessere Behandlung zusicherten. Sie belohnten ihren treuen Diener, indem sie aus der Provinz Mesopotamien einen neuen Staat machten. In diesem neuen Staat, dem sie den Namen Irak gaben, setzten sie Faisal als König ein.

Faisal hatte einen Bruder namens Abdullah, den man gleichfalls belohnen mußte. Ohne hierzu vom Völkerbund autorisiert zu sein, machten die Engländer aus einem Teil des Mandatsgebietes von Palästina einen weiteren neuen Staat. Sie nannten ihn Transjordanien und setzten Abdullah als Emir ein. Sowohl Faisal als auch Abdullah waren Todfeinde von Ibn Saud, der es abgelehnt hatte, den Engländern im Ersten Weltkrieg zu helfen.

So ergab sich für die Engländer alles zum besten. Im Irak und in Transjordanien, ihren beiden Neuschöpfungen, saßen britische Marionetten auf dem Thron. Die Engländer hatten Ägypten, den Suezkanal, die Erdölfelder des Mossul-Gebiets und das Palästina-Mandat. Außerdem hatten sie an verschiedenen Stellen der arabischen Halbinsel ein Dutzend ›Protektorate‹.

Mit Palästina war die Sache schon schwieriger. Dort konnte man keine britischen Marionetten einsetzen. Die Balfour-Deklaration war von der ganzen Welt ratifiziert worden. Darüber hinaus waren die Engländer auch durch die Bestimmungen des Mandats verpflichtet, hier eine jüdische Heimstätte zu schaffen. Außerdem hatten ihnen die Juden eine demokratisch gewählte Quasi-Regierung präsentiert, den Jischuw-Zentralrat, die einzige demokratische Körperschaft, die es im gesamten Gebiet des Nahen Ostens gab.

Barak ben Kanaan, Chaim Weizmann und eine Reihe weiterer führender Zionisten traten mit Faisal, dem damaligen Oberhaupt der arabischen Welt, zu einer Verhandlung von historischer Bedeutung zusammen. Zwischen den Juden und den Arabern wurde ein gegenseitiger Freundschaftspakt abgeschlossen, durch den sich beide Seiten verpflichteten, die Interessen der anderen zu respektieren. Die Araber begrüßten die Rückkehr der Juden und erkannten ihre historischen Rechte auf Palästina und ihr menschliches Recht auf eine Heimat an. Außerdem erklärten die Araber offen, daß sie die Urbarmachung des Bodens durch die Juden und das ›hebräische Gold‹, das sie ins Land brachten, durchaus begrüßen. Genau wie in allen anderen Teilen der arabischen Welt gab es auch in Palästina keine repräsentative arabische Regierung. Als die Engländer die Araber aufforderten, eine vertretende Körperschaft zu bilden, begann der übliche innerarabische Streit. Die verschiedenen Interessengruppen einflußreicher Familien mit großem Grundbesitz vertraten jeweils nur einen kleinen Bruchteil des arabischen Volkes.

Die mächtigste dieser Familien war der El-Husseini-Klan, der im Gebiet von Jerusalem große Ländereien besaß. Das Oberhaupt dieses Klans, vor dem alle anderen arabischen Großgrundbesitzer eine Heidenangst hatten, war der verschlagenste, hinterhältigste Intrigant in diesem Teil der Welt, der dafür bekannt war, daß es hier verschlagene und hinterhältige Intriganten gab. Sein Name war Hadsch Amin el Husseini. Hadsch Amin, der ursprünglich auf seiten der Türken gekämpft hatte, hielt nach dem Sturz des Reiches der Ottomanen seine Chance für gekommen, um an die Macht zu gelangen, genau wie ein Dutzend anderer Führer in den verschiedenen Teilen der arabischen Welt. El Husseini aber hatte einen Klan von Teufeln hinter sich.

Durch seinen ersten Schachzug wollte er Palästina in die Hand bekommen. Es erschien ihm als die richtige Eröffnung, sich zunächst einmal in die Stellung des Mufti von Jerusalem hineinzumanövrieren. Jerusalem wurde in seiner Bedeutung als heilige Stadt des Islams nur von Mekka und Medina übertroffen. Nach dem Fall der Ottomanen wurde die Stellung des Mufti von Jerusalem, die bis dahin hauptsächlich ein Ehrenamt gewesen war, innerhalb der Welt des Islams sehr bedeutend. Moslems in aller Welt sandten riesige Geldspenden für die Erhaltung der heiligen Stätten. Über diese Gelder, die früher von Konstantinopel verwaltet worden waren, sollte nunmehr der Mufti von Jerusalem verfügen. Wenn es Hadsch Amin gelang, sich dieses Postens zu bemächtigen, konnte er diese Gelder dazu verwenden, um seine eigenen Ziele weiterzuverfolgen. Und noch aus einem anderen Grund wünschte er sich das Amt des Mufti. Die Fellachen von Palästina waren zu neunundneunzig Prozent Analphabeten. Die einzige Möglichkeit zur Massenbeeinflussung war die Kanzel. Die Fellachen neigten dazu, auf die leiseste Aufforderung hin mit einem hysterischen Ausbruch zu reagieren, und diese hysterische Reizbarkeit konnte unter Umständen ein wirksames politisches Machtmittel darstellen.

Als der alte Mufti starb, wurde ein Nachfolger gewählt. Die Efendis, denen Hadsch Amins Machtgelüste bekannt waren, hüteten sich wohlweislich, ihm ihre Stimme zu geben. Er kam erst an vierter Stelle. Das schreckte ihn jedoch wenig, denn die Angehörigen seines Klans waren eifrig damit beschäftigt, die drei anderen Kandidaten, die mehr Stimmen bekommen hatten, kräftig unter Druck zu setzen und sie zu ›überreden‹, auf die Annahme des Amtes zu verzichten. So wurde Hadsch Amin el Husseini tatsächlich, sozusagen durch Versäumnisurteil, Mufti von Jerusalem.

Das größte Hindernis für die Verwirklichung seiner Pläne erblickte er in der Rückkehr der Juden nach Palästina. Bei Gelegenheit eines kirchlichen Festes, das die Mohammedaner zur Erinnerung an die Geburt von Moses begehen, stachelte Hadsch Amin el Husseini in seiner Eigenschaft als Mufti die Fellachen zum Haß gegen die Juden auf. Der Mob wurde hysterisch, und die Folge war ein Pogrom! Der Mob ging in seiner Hysterie allerdings nicht so weit, seine Wut gegen die Städte und die Kibbuzim zu richten, also gegen Orte, wo die Juden in der Lage waren, sich zur Wehr zu setzen. Statt dessen erschlugen sie wehrlose Juden, fromme alte Leute in den heiligen Städten Safed, Tiberias, Hebron und Jerusalem.

319

Ruth, die zu Besuch in Schoschana gewesen war und sich auf dem Rückweg nach Ejn Or befand, war gerade in Tiberias, als der Aufruhr ausbrach. Sie hatte ihre kleine Tochter Scharona bei sich. Beide kamen ums Leben.

Es dauerte Monate, bis es Akiba gelang, seinen bitteren Schmerz zu überwinden. Doch der Schmerz hinterließ eine tiefe und schwärende Wunde, die nie wieder ganz heilen sollte.

Viele der Siedlungen hatten den Engländern, als diese die Verwaltung des Mandatsgebietes übernahmen, ihre Waffen übergeben. Wären die Araber darauf verfallen, diese Siedlungen anzugreifen, hätten sie wehrlose Menschen niedergemetzelt. Die Engländer waren für die Aufrechterhaltung der Ordnung verantwortlich, und die Juden in Palästina erwarteten von ihnen, daß sie die Araber zur Räson bringen und die Verbrecher zur Rechenschaft ziehen würden. Die Engländer bildeten einen Untersuchungsausschuß, und Hadsch Amin el Husseini wurde für schuldig befunden. Doch man gewährte ihm Pardon!

Unmittelbar danach faßte das britische Kolonialamt einen Beschluß, durch den die jüdische Einwanderung nach Palästina auf das Maß des ›ökonomisch Tragbaren‹ beschränkt wurde. Dies geschah zur gleichen Zeit, als der neue Staat Transjordanien entstand. Für die Jischuw bedeutete es das Ende eines geschichtlichen Abschnitts. Die Periode des britischen Wohlwollens war vorüber. Der Jischuw-Zentralrat und die Zionistische Siedlungsgesellschaft beriefen eine geheime Versammlung nach Tel Aviv ein, an der fünfzig der führenden Jischuw-Mitglieder teilnahmen.

Chaim Weizmann kam mit dem Flugzeug von London. Barak war dabei, ebenso Akiba, noch immer voll schmerzlicher Trauer. Auch Jitzchak ben Zwi war anwesend.

Unter den Teilnehmern befand sich ein junger Mann von gedrungenem Körperbau, mit buschigen Augenbrauen, der unter den Juden der zweiten Aliayah-Welle eine führende Stellung eingenommen hatte. Er hieß David ben Gurion. Viele waren der Meinung, daß dieser feurige Zionist, der ständig die Bibel zitierte, dazu ausersehen sei, Führer des Jischuw zu werden. Außerdem war da ein Mann namens Avidan, der mit der dritten Aliyah-Welle gekommen war, ein bärenstarker Kerl mit einem kahlen Schädel. Avidan war nach Palästina gekommen, nachdem er sich im Kriege als russischer Offizier hervorgetan hatte. Er stand an kriegerischem Ruhm nur dem gefallenen Helden Trumpeldor nach, und es hieß von ihm, daß er dazu ausersehen sei, Führer einer jüdischen Verteidigungsstreitmacht zu werden.

Barak ben Kanaan bat um Ruhe und ergriff das Wort. Die in dem Kellerraum versammelten Männer hörten ihm grimmig und mit gespannter Aufmerksamkeit zu. Barak rief ihnen das Unglück in Erinnerung, das jeder von ihnen zu erleiden hatte, nur weil er als Jude zur Welt gekommen war. Und jetzt hatte sich hier, wo sie gehofft hatten, frei von Verfolgung zu sein, ein Pogrom ereignet. Chaim Weizmann sprach für eine Gruppe, die der Ansicht war, die Engländer seien die anerkannte Obrigkeit; man müsse mit ihnen offen und auf legalem Wege verhandeln. Für die Verteidigung seien die Engländer verantwortlich.

Eine andere, ausgesprochen pazifistische Gruppe war der Meinung, es gäbe nur noch mehr Schwierigkeiten mit den Arabern, wenn man die Juden bewaffnete.

In extremer Opposition hierzu befanden sich die von Akiba vertretenen Aktivisten, die die Forderung nach rascher und erbarmungsloser Vergeltung erhoben. Sie vertraten die Ansicht, das Wohlwollen und der Schutz der Engländer stellten eine Illusion dar.

Die erregte Debatte ging bis tief in die Nacht, ohne daß die besonders streitlustigen Juden erlahmt wären. Die Engländer wurden verdammt und gepriesen. Die Pazifisten mahnten zur Vorsicht, während die Aktivisten Palästina das »zweimal Gelobte Land« nannten: Einmal den Juden und einmal den Arabern versprochen. Gegenüber diesen beiden extremen Denkungsweisen befürworteten Ben Gurion, Ben Kanaan, Avidan und viele andere einen realistischen mittleren Kurs. Sie erkannten zwar die Notwendigkeit an, daß sich die Juden bewaffneten, wünschten aber gleichzeitig, die jüdischen Interessen auf legalem Wege zu verfechten. Diese Männer, die in der Mehrheit waren, beschlossen als Vertreter des Jischuw, daß sich die Juden heimlich bewaffnen und eine Miliz aufstellen sollten. Diese Miliz sollte einzig und allein zum Zwecke der Verteidigung eingesetzt werden. In der Öffentlichkeit sollten alle offiziellen Stellen jede Kenntnis von der Existenz dieser jüdischen Wehrmacht leugnen, sie insgeheim aber fördern. Diese geheime Truppe sollte ein stummer Partner der Juden bei ihren Bemühungen sein, die Araber in Schranken zu halten und mit den Engländern weiter zu verhandeln.

Als Chef dieser geheimen Organisation wurde durch Abstimmung `Avidan eingesetzt. Man gab ihr den Namen Hagana: Selbstschutz.

XIII

Die Männer und Frauen der dritten Aliyah-Welle zogen in das kürzlich erworbene Land im Jesreel-Gebiet. Sie gingen in das Scharon-Tal und nach Samaria, in die Berge von Judäa und nach Galiläa, und sie gingen sogar nach Süden in die Wüste. Überall erweckten sie die Erde aus ihrer langen Erstarrung zu neuem Leben. Sie kamen mit Traktoren, und sie intensivierten die landwirtschaftliche Nutzung des Bodens durch Fruchtfolge, Kunstdünger und künstliche Bewässerung. Zusätzlich zu den Weintrauben, den Oliven und den Zitrusfrüchten, die für den Export bestimmt waren, bauten sie Korn und Gemüse an, Flachs und Obst, errichteten sie Hühnerhöfe und Meiereibetriebe. Sie experimentierten, um neue Anbaumöglichkeiten zu entdecken und erzielten bei dem, das man bisher angebaut hatte, größere Ernten. Sie drangen bis zum Toten Meer vor. Sie nahmen alkalische Böden in Bearbeitung, auf denen seit vierzigtausend Jahren nichts gediehen war, und auch diese Erde machten sie wieder fruchtbar. Sie legten Teiche an und betrieben Fischzucht. Sie pflanzten eine Million Bäume, die in zehn, in zwanzig oder in dreißig Jahren die Verwitterung des Bodens verhindern sollten.

Um die Mitte der zwanziger Jahre bearbeiteten in rund hundert Siedlungen mehr als fünfzigtausend Juden über eine halbe Million Dunam neu erschlossenen Bodens. Die meisten dieser Juden trugen die blauen Kittel des Kibbuz. Die Kibbuz-Bewegung, dieses Kind der Notwendigkeit, wurde zur Lösung des Siedlungsproblems. Diese genossenschaftlichen Siedlungen waren in der Lage, viele der neuen Einwanderer aufzunehmen.

Doch es war nicht jedem gegeben, sich an das Leben in einem Kibbuz zu gewöhnen. Vielen Frauen, die für Selbständigkeit und Gleichberechtigung kämpften, gefielen diese Errungenschaften nicht mehr, wenn sie sie erst einmal hatten. Andere nahmen Anstoß daran, daß es kein Privatleben gab, und wieder andere waren mit der Einrichtung der Kinderheime nicht einverstanden. Zwar waren sich alle Juden in Palästina darüber einig, daß Grund

und Boden nationales Eigentum waren und eigenhändig bearbeitet werden sollten, aber viele Siedler lehnten das Leben in einem Kibbuz ab, weil der einzelne nicht ein Fleckchen Erde besaß,
das er wirklich sein eigen nennen konnte. So spaltete sich von der
Kibbuz-Bewegung eine kleine Gruppe ab, die sich die Moschaw-
Bewegung nannte.

In einem Moschaw hatte jeder ein eigenes Stück Land und ein
eigenes Haus. Auch hier wurden, ganz wie in einem Kibbuz, alle
Gemeinschaftsbelange zentral geregelt und verwaltet, und alle
Traktoren, Dreschmaschinen und dergleichen waren Eigentum
des gesamten Moschaw. Gewisse lebensnotwendige Feldfrüchte wurden von allen Mitgliedern des Moschaw gemeinsam
angebaut. Es gab eine zentrale Agentur, die den gesamten Einkauf und Verkauf vornahm.

Der wesentliche Unterschied aber war das Maß individueller
Freiheit und der Umstand, daß ein Mann mit seiner Familie in seinem eigenen Hause lebte und mit seinem eigenen Boden so wirt-
schaften konnte, wie es ihm am besten schien. Nachteilig an dem
Moschaw war, daß er nicht solche Mengen neuer Einwanderer
aufnehmen konnte wie der Kibbuz.

In dem Maße, wie der Jischuw wuchs, wuchs auch die Vielfalt
und die Schwierigkeit der kommunalen Verwaltung. Für Barak
ben Kanaan, dessen Rat man in vielen Fragen einholte, nahm die
Arbeit kein Ende.

Zu neuen Ausbrüchen gegen die Juden war es zwar nicht gekommen, doch schwelte eine heimliche Unruhe. Jeder Tag
brachte die Nachricht von einem neuen Diebstahl, einem Überfall oder einem Schuß aus dem Hinterhalt. Der Mufti, der finstere
Hadsch Amin el Husseini, sorgte durch seine gehässigen Kanzel-
reden dafür, daß beständig Spannung in der Luft lag.

Eines Tages – es war im Jahre 1924 – kam Barak nach einer besonders anstrengenden Woche im Jischuw-Zentralrat von Jerusalem nach Tel Aviv zurück. Er war jedesmal froh und glücklich,
wenn er nach Haus kam, in die Drei-Zimmer-Wohnung auf der
Hayarkonstraße, von wo aus man den Blick auf das Mittelmeer
hatte. Diesmal war er erfreut und überrascht, seinen alten
Freund Kammal zu treffen, den Muktar von Abu Yesha, der in
seiner Wohnung auf ihn wartete.

»Seit vielen Jahren habe ich mir Gedanken gemacht, um hinter
die Lösung des verwirrenden Rätsels zu kommen, wie ich meinen Leuten helfen könnte. Es fällt mir schwer, es zu glauben,

doch es gibt keine schlimmeren Ausbeuter als die arabischen Großgrundbesitzer. Sie wollen nicht, daß es den Fellachen besser geht. Denn das könnte unter Umständen ja ihr eigenes Wohlleben gefährden.«

Barak hörte gespannt zu. Es war ein ungewöhnliches Bekenntnis aus dem Munde eines Arabers.

»Ich habe gesehen und erlebt«, fuhr Kammal fort, »wie die Juden zurückgekommen sind und wahre Wunder in dem Land vollbracht haben. Wir haben nichts gemeinsam, weder die Religion, die Sprache noch unser Äußeres. Ich bin mir nicht einmal sicher, ob uns die Juden nicht letzten Endes vielleicht doch das ganze Land wegnehmen werden. Trotzdem – die Juden sind die einzige Rettung für das arabische Volk. Sie sind im Verlauf von tausend Jahren die einzigen, die Licht in diesen dunklen Winkel der Welt gebracht haben.«

»Ich weiß, Kammal, daß es Ihnen nicht leichtfällt, das zu sagen –«

»Lassen Sie mich bitte ausreden. Wenn es möglich ist, daß wir friedlich nebeneinander leben, so groß die Unterschiede zwischen uns auch sein mögen, dann muß sich das, was ihr erreicht habt, schließlich auch für uns vorteilhaft auswirken. Ich weiß nicht, Barak, ob ich mit meiner Ansicht recht habe, aber ich sehe keinen anderen Weg für das arabische Volk.«

»Wir haben euch niemals irgendeinen Anlaß gegeben, an der Aufrichtigkeit unseres Wunsches nach Frieden zu zweifeln –«

»Gewiß – doch es gibt Kräfte, die mächtiger sind als Sie und ich, und die uns gegen unseren Willen in einen Konflikt bringen könnten.«

Wie wahr, dachte Barak, nur allzu wahr.

»Hören Sie, Barak – ich habe mich entschlossen, dieses Land am Hule-See, das Sie so gern besitzen wollten, an die Zionistische Siedlungsgesellschaft zu verkaufen.«

Baraks Herz begann zu klopfen.

»Das geschieht nicht nur aus reinem Wohlwollen. Ich knüpfe bestimmte Bedingungen daran. Ihr müßt den Arabern von Abu Yesah Gelegenheit geben, eure Methoden der Bodenbearbeitung und der Gesundheitspflege zu erlernen. Das ist nur allmählich zu erreichen, im Verlauf einer längeren Zeitspanne. Ich möchte, daß einige der aufgeweckten Jungen aus meinem Dorf Gelegenheit bekommen, eure Schule zu besuchen, um Lesen und Schreiben zu lernen.«

»Das soll geschehen«, sagte Barak.

»Ich habe noch eine weitere Bedingung.«

»Welche?«

»Sie müssen mit von der Partie sein.«

Barak stand auf und strich sich seinen Bart. »Ich? Warum ich?«

»Wenn Sie dabei sind, kann ich sicher sein, daß meine Bedingungen erfüllt werden und wir in Frieden miteinander leben können. Ich habe Ihnen vom ersten Tage an vertraut, seit Sie vor mehr als dreißig Jahren als junger Mann nach Abu Yesha kamen.«

»Ich werde es mir überlegen«, sagte Barak.

»Und was wirst du nun Kammal sagen?« fragte Sara.

Barak zuckte die Schultern. »Was gibt es da zu sagen? Wir können natürlich nicht hin. Wirklich ein Jammer. Jahrelang habe ich versucht, ihn dazu zu bringen, dieses Land zu verkaufen. Wenn ich jetzt nicht mitmache, bekommen wir es nie.«

»Wirklich schade«, sagte Sara. Sie goß den Tee ein.

Barak ging unruhig und unglücklich im Zimmer umher. »Wir müssen nun mal auf dem Teppich bleiben, Sara«, brummte er. »Man braucht mich beim Jischuw-Zentralrat, und man braucht mich bei der Siedlungsgesellschaft. Leider bin ich nicht einer von denen, die auf der Allenbystraße einen Laden haben und mit Bonbons handeln.«

»Nein, natürlich nicht«, sagte Sara voller Anteilnahme. »Deine Arbeit ist wichtig, und du bist für die Allgemeinheit unentbehrlich.«

»Ja«, sagte er, während er seine unruhige Wanderung durch das Zimmer wieder aufnahm, »und außerdem sind wir nicht mehr die Jüngsten. Ich bin über Fünfzig, und dieses Land dort urbar zu machen, wird eine sehr harte Arbeit sein.«

»Du hast recht, Barak. Wir sind zu alt, um als Pioniere in die Wildnis zu gehen. Du hast deinen Beitrag zum Aufbau dieses Landes geleistet.«

»So ist es! Ich werde Kammal absagen.«

Er ließ sich in einen Sessel sinken und seufzte tief. Es war ihm nicht gelungen, sich selbst zu überzeugen. Sara stand vor ihm und sah ihn lächelnd an. »Du machst dich über mich lustig«, sagte er sanft. »Warum?«

Sie setzte sich auf seinen Schoß. Er strich ihr zärtlich über das Haar.

»Ich mußte gerade an dich und Ari denken. Es wird eine sehr schwere Arbeit werden, und die Strapazen werden groß sein.«

»Schweig, Weib – und trink deinen Tee.«

Barak kündigte der Zionistischen Siedlungsgesellschaft, verkaufte seine Wohnung in Tel Aviv und zog mit fünfundzwanzig Familien von Neusiedlern zum Hule-Moor, um dort einen Moschaw zu errichten. Sie nannten die Siedlung Yad El, die Hand Gottes.

Sie schlugen ihre Zelte unterhalb der Felder von Abu Yesha auf und machten sich einen genauen Arbeitsplan. Noch nie hatten Neusiedler vor einer so schwierigen Aufgabe gestanden. Das Hule-Moor war ein unergründlicher Sumpf, mit finsteren Dikkichten aus undurchdringlich verfilztem Unterholz und Papyrusstauden, die bis zu neun Meter hoch aufragten. Im schlammigen Boden lebten giftige Schlangen, Skorpione, Ratten und hundert andere Arten von Getier. Alles, selbst Trink- und Waschwasser, mußte auf Mauleseln herangebracht werden.

Sara hatte die Leitung des Ausgangslagers, des Krankenzeltes und der Küche. Barak führte die Arbeitskommandos, die Tag für Tag mit Schaufeln und Hacken in die Sümpfe zogen.

In diesem ersten Sommer arbeiteten sie Tag für Tag, Woche um Woche und Monat um Monat in der glühenden Sommerhitze. Sie standen im Wasser, das ihnen bis an die Hüften und manchmal bis zum Hals reichte und hieben mit Macheten auf den wuchernden Dschungel ein, bis sie die Arme nicht mehr heben konnten. Auf dem bereinigten Terrain begannen sie mit dem Bau von Entwässerungskanälen. Die Frauen arbeiteten Seite an Seite mit den Männern und standen mit ihnen im Schlamm. Der zehnjährige Ari ben Kanaan, eins von den drei Kindern in der Siedlung, schaffte den Abfall fort und brachte Trinkwasser und Verpflegung für die Arbeiter heran. Jede Woche hatte sieben Werktage, und man arbeitete von Sonnenaufgang bis Sonnenuntergang. Und doch fanden sie jeden Abend noch die Kraft, ein paar Lieder zu singen und Horra zu tanzen, ehe sie sich für sechs oder sieben Stunden schlafen legten. Dazu kam nachts die übliche Wache zum Schutz gegen Räuber und wilde Tiere.

Sie mußten sich sehr beeilen, um den Bau der Entwässerungskanäle vor den winterlichen Regenfällen zu beenden. Wenn das Regenwasser nicht ablief, war die Arbeit des Sommers vergeblich gewesen. Auch hier wurden Hunderte australischer Eukalyptusbäume gepflanzt, die das Wasser aufsaugten. Alle Siedlungen in der Gegend schickten ihnen soviel Arbeitskräfte zu Hilfe, wie sie selbst entbehren konnten.

Am Abend bei Kerzenlicht unterrichteten Sara und Barak Ari und die beiden anderen Kinder. Die winterlichen Regengüsse setzten ein und schwemmten das Ausgangslager fast davon. Nach jedem Sturzregen mußten sie zu den Entwässerungskanälen eilen und dafür sorgen, daß sie der Schlamm nicht verstopfte und das Ablaufen des Wassers verhinderte.

Selbst ein Mann von der Stärke und der Energie Barak ben Kanaans begann sich allmählich zu fragen, ob sie sich diesmal nicht doch zuviel zugemutet hatten. Jedesmal, wenn er Ari und Sara ansah, blutete ihm das Herz. Sie waren von Insekten zerstochen, litten an Ruhr, hatten Hunger und Durst.

Noch schlimmer war die Malaria. Im Verlauf dieses ersten Sommers und Winters hatte Sara fünf und Ari vier Anfälle. Der Schüttelfrost und das Fieber brachten ihr Leben in Gefahr.

Für viele der Familien war der Kampf mit dem Sumpf zu schwer. Von der ursprünglichen Gruppe zog es die Hälfte vor, in die Stadt zurückzugehen, um leichtere Arbeit zu finden. Und es dauerte nicht lange, da gab es in Yad El einen Friedhof. Zwei der Siedler waren an Malaria gestorben.

Yad El – die Hand Gottes. Vielleicht war es die Hand Gottes gewesen, die sie hierher geführt hatte; zweifellos aber waren es menschliche Hände, die den Sumpf trockenlegen mußten. Drei Jahre lang kämpften sie pausenlos und drängten den Sumpf zurück! Schließlich war genügend anbaufähiges Land da, um daraus fünfundzwanzig Höfe von je zweihundert Dunam zu errichten. Sie hatten keine Zeit, sich des Erfolges zu freuen: Es mußte gesät werden. Häuser waren zu bauen.

Ari ben Kanaan hatte die Folgen der Malaria und anderer Krankheiten überwunden und war ein baumlanger Bursche geworden. Im Alter von vierzehn Jahren leistete er das Tagewerk eines erwachsenen Mannes. Als die Felder gepflügt waren und sie ihr kleines Haus bezogen hatten, konnte Sara Barak mitteilen, daß sie abermals ein Kind erwartete. Und am Ende des vierten Jahres ereigneten sich für Barak ben Kanaan zwei Dinge von großer Wichtigkeit: Sara schenkte ihm eine Tochter, die das gleiche leuchtend rote Haar hatte wie er. Das zweite bedeutende Ereignis war die erste Ernte in Yad El.

Jetzt endlich hielten die geplagten Neusiedler für einen Augenblick in ihrer schweren Arbeit inne und nahmen sich die Zeit, ein Fest zu feiern. Und was für ein Fest! Pioniere aus den Kibbuzim und Moschawim der ganzen Gegend, die den Leuten von Yad El geholfen hatten, kamen, um daran teilzunehmen. Es kamen Araber von Abu Yesha, und eine ganze Woche lang ging es hoch her, bis in den Morgen hinein. Alle kamen und besahen sich die Tochter von Barak und Sara. Man nannte sie Jordana, nach dem Fluß, der am Rande von Yad El entlangfloß.

Die Errichtung von Yad El hatte eine ungeheure Wirkung auf die Araber von Abu Yesha. Barak erfüllte alles, was er zugesagt hatte. Er richtete Lehrgänge für die Araber ein, um sie im Gesundheitswesen, der Verwendung landwirtschaftlicher Maschinen und in neuen Methoden der Landbestellung zu unterweisen. Die Schule von Yad El stand jedem arabischen Knaben aus Abu Yesha offen, der Lust hatte, sie zu besuchen. Der Arzt und die Krankenschwester der Siedlung waren auf Abruf jederzeit für die Araber bereit.

Kammals Lieblingssohn, ein Junge namens Taha, war ein paar Jahre jünger als Ari. Von früh auf hatte Kammal in seinem Sohn Taha das tiefe Verlangen, das auch ihn erfüllte, wachgerufen, die Lebensverhältnisse der Fellachen zu verbessern. Als zukünftiger Muktar von Abu Yesha verbrachte Taha mehr Zeit in Yad El als in seinem eigenen Dorf. Er war der persönliche Schützling der Familie Ben Kanaan. Taha und Ari wurden enge Freunde.

Während die Bewohner von Yad El und Abu Yesha miteinander in Frieden lebten und den Beweis dafür lieferten, daß Araber und Juden trotz der zwischen ihnen bestehenden kulturellen Unterschiede einträchtig Seite an Seite existieren konnten, bekamen viele der anderen Efendifamilien es langsam mit der Angst zu tun, als sie sahen, mit welchem Schwung die Juden der dritten Aliyah-Welle an die Arbeit gegangen waren und was sie zustande gebracht hatten. Dieses Beispiel konnte sich verheerend auswirken. Wie, wenn die Fellachen anfingen, gleichfalls Schulen, sanitäre Maßnahmen und ärztliche Einrichtungen zu verlangen!

Und was sollte daraus werden, falls sich die Fellachen, Gott behüte, mit dem Gedanken befreundeten, ihre Gemeinschaftsbelange ebenso wie die Juden durch demokratische Abstimmungen zu regeln, bei denen nicht nur die Männer, sondern auch die Frauen stimmberechtigt waren! Das konnte unter Umständen für das so wunderbar funktionierende Feudalsystem der Efendis den Todesstoß bedeuten!

Um diese gefährliche Entwicklung aufzuhalten, sprachen die Efendis die Unwissenheit, die mißtrauische Angst und den religiösen Fanatismus der Fellachen an. Sie betonten immer wieder, daß die Juden Eindringlinge waren, die darauf aus waren, den Fellachen ihr Land zu stehlen. In Wirklichkeit hatten die Efendis den Juden selbst dieses Land verkauft, um das hebräische Gold an sich zu bringen.

Da es viele Jahre lang keinen größeren Zwischenfall mehr gegeben hatte, setzte sich Hadsch Amin el Husseini erneut in Bewegung. Es war im Jahre 1929. Diesmal inszenierte er kaltblütig einen Zwischenfall, mit dem er die Araber erneut zu verärgern gedachte.

Die Stelle in Jerusalem, auf der der Felsendom, die Moschee Omars stand, wurde von den Moslems als heilig verehrt. Von dieser Stelle aus war, wie sie glaubten, ihr Prophet Mohammed in den Himmel aufgefahren. Genau an dieser Stelle stand noch eine erhaltene Mauer des jüdischen Tempels, der im Jahre 70 v. Chr. von den Römern zum zweitenmal zerstört worden war. Diese Tempelmauer war für die Juden die heiligste aller Stätten. Fromme Juden kamen hierher, um zu beten und die vergangene Größe Israels zu beweinen. Durch die Tränen der Juden wurde diese Mauer in aller Welt als die ›Klagemauer‹ bekannt.

Der Mufti brachte gefälschte Fotos in Umlauf, auf denen Juden zu sehen waren, die bei der Klagemauer standen, im Begriff, die heilige Stätte des Islams, den Felsendom, zu ›entweihen‹. In ihrem muselmanischen Fanatismus fielen die Fellachen erneut über die Juden her, diesmal mit Hilfe des Klans der Husseini und anderer Efendis. Auch diesmal richtete sich ihre Wut gegen die wehrlosen alten Juden, die in den heiligen Städten lebten. Das Massaker war noch umfangreicher als bei dem Pogrom, den der Mufti zehn Jahre vorher inszeniert hatte. Die Unruhe griff um sich. Die Straßen waren unsicher, und auf beiden Seiten stieg die Zahl der Toten in die Tausende. Auch diesmal waren die Engländer nicht in der Lage, dem Gemetzel Einhalt zu gebieten.

Sie entsandten einen Untersuchungsausschuß. Er stellte fest, daß die Schuld eindeutig bei den Arabern lag. Dann aber setzten sich die Engländer paradoxerweise über den Inhalt der Balfour-Deklaration und die Bestimmungen des Mandatsvertrages hinweg und schlugen vor, den Erwerb von Grund und Boden durch die Juden und die jüdische Einwanderung zu beschränken, ›um so die Furcht der Araber zu beschwichtigen‹.

XIV

In dem Jahr, in dem diese schwelenden Unruhen ausbrachen, 1929, trafen die Siedler von Yad El ein Abkommen mit dem Müller des arabischen Dorfes Ata, das rund zehn Kilometer von Yad El entfernt war.

Barak betraute Ari mit der Aufgabe, nach Ata zu fahren, um das Korn von Yad El dort mahlen zu lassen. Sara war dagegen, einen Jungen von vierzehn Jahren allein über Land zu schicken, zumal bei der gegenwärtigen gespannten Lage und den Unruhen. Doch Barak war eisern. »Weder Ari noch Jordana sollen wie Ghettojuden in Angst leben«, sagte er.

Ari war stolz auf das Zutrauen, das sein Vater zu ihm hatte, als er sich auf den Eselskarren schwang. Der Karren war mit einem Dutzend Säcken voll Korn beladen. Ari fuhr los, die Straße entlang nach Ata.

In dem Augenblick, als er in das Dorf hineinfuhr, wurde er von einem Dutzend Araberjungen entdeckt, die in der Nähe des Kaffeehauses herumlungerten. Sie warteten, bis er um die Ecke gebogen war und schlichen ihm dann nach zu der Mühle.

Ari, voll Stolz über seine Wichtigkeit, dachte nur an seinen Auftrag. Er brachte sein Anliegen in einwandfreiem Arabisch vor, das er von seinem Freund Taha gelernt hatte. Das Korn wurde zu Mehl gemahlen. Ari paßte genau auf, daß die Säcke mit dem Korn gefüllt wurden, das er gebracht hatte, und nicht etwa mit einem Mehl aus arabischem Weizen von minderer Qualität. Der Müller, der gehofft hatte, einen Sack von dem Mehl für sich auf die Seite bringen zu können, war baß erstaunt, wie genau der Junge aufpaßte. Ari lud die Säcke mit dem Mehl auf und machte sich auf den Rückweg.

Die Araberjungen, die in einem Versteck gewartet hatten, machten mit dem Müller in aller Eile aus, Aris Mehl zu stehlen und es dem Müller zu verkaufen. Sie liefen im Galopp los, überholten Ari auf einem Abkürzungsweg, bauten ein Straßenhindernis und legten sich in den Hinterhalt.

Kurz darauf lief Ari, der auf der Straße herankam, direkt in die Falle. Die Jungen sprangen aus ihrer Deckung hervor und warfen mit Steinen nach ihm. Ari gab dem Esel die Peitsche. Nach wenigen Metern aber kam er an das Hindernis und konnte nicht weiter.

Ein Stein traf ihn ins Gesicht. Er fiel vom Wagen und stürzte halb bewußtlos auf die Straße. Vier der Angreifer warfen sich über ihn und hielten ihn fest, während die anderen die Säcke von der Karre holten und sich damit davonmachten.

Spät abends kam Ari nach Yad El zurück. Sara, die ihm die Tür aufmachte, warf einen Blick auf sein blutbeschmiertes Gesicht und seine zerfetzte Kleidung; sie schrie laut auf. Ari stand einen Augenblick wortlos vor ihr, dann biß er die Zähne aufeinander, schob sich an seiner Mutter vorbei, rannte in sein Zimmer und schloß sich ein. Obwohl seine Mutter ihn anflehte, die Tür aufzumachen, kam er erst wieder zum Vorschein, als Barak von einer Versammlung nach Hause kam.

Mit geschwollenen und aufgeplatzten Lippen stand er vor seinem Vater. »Ich habe versagt. Ich habe das Mehl nicht zurückgebracht.«

»Nein, mein Sohn«, sagte Barak. »Ich bin es, der hier versagt hat.«

Sara stürzte zu Ari und nahm ihn in die Arme. »Schick den Jungen nicht wieder allein los, nie mehr, nie mehr!« Sie ging mit ihm fort, um ihm das Blut abzuwaschen. Barak sagte nichts.

Am nächsten Morgen nach dem Frühstück nahm Barak, bevor er aufs Feld hinausging, Ari bei der Hand und führte ihn zur Scheune.

»Ich habe bei deiner Erziehung etwas vergessen«, sagte er und nahm seinen alten Ochsenziemer vom Haken.

Dann baute er eine Strohpuppe und nagelte sie an die Scheunenwand. Er zeigte Ari, wie man die Entfernung schätzt, wie man zielt, ausholt und das Leder durch die Luft sausen läßt. Beim Geräusch des ersten Schlages kam Sara mit Jordana im Arm angelaufen.

»Bist du wahnsinnig geworden, dem Jungen beizubringen, wie man mit einem Ochsenziemer umgeht?«

»Schweig!« brüllte Barak in einem Ton, wie sie ihn in ihrer mehr als zwanzigjährigen Ehe noch nie von ihm gehört hatte. »Der Sohn Barak ben Kanaans ist ein freier Mann! Er soll niemals ein Ghettojude sein. Und jetzt verschwinde hier – wir haben zu tun.«

Von morgens bis abends übte sich Ari im Gebrauch des Ochsenziemers. Er schlug den Strohmann kurz und klein. Er zielte nach Steinen, Konservendosen und leeren Flaschen, bis

331

er sie mit einer raschen Drehung des Handgelenks traf. Er übte so lange, bis er den Arm kaum noch heben konnte.

Nach zwei Wochen belud Barak den Eselskarren abermals mit einem Dutzend Kornsäcken. Er legte seinem Sohn den Arm um die Schulter, ging mit ihm zu dem Karren und überreichte ihm den Ochsenziemer.

»Fahr mit dem Korn nach Ata und laß es mahlen.«

»Ja, Vater«, sagte Ari ganz ruhig.

»Und vergiß eines nicht, mein Sohn: Was du da in deiner Hand hältst, ist Wehr und Waffe der gerechten Sache. Verwende sie nie im Zorn oder aus Rache. Nur zur Verteidigung.«

Ari sprang auf den Karren und fuhr los zum Tor nach Yad El. Sara ging in ihr Schlafzimmer und weinte leise vor sich hin, während sie ihrem Sohn nachsah, der die Straße entlangfuhr und schließlich verschwand.

Barak tat etwas, was er viele, viele Jahre lang nicht getan hatte. Er setzte sich in eine Ecke und las in der Bibel.

Auch diesmal kamen die Araber wieder aus ihrem Hinterhalt hervor, als Ari auf dem Rückweg nach Yad El ein Stück außerhalb von Ata war. Diesmal hielt Ari die Augen offen und war auf der Hut vor der Gefahr. Er dachte an die Worte seines Vaters und blieb ganz ruhig. Als die ersten Steine geflogen kamen, sprang er mit einem Satz vom Wagen, nahm sich den Anführer der Araber aufs Korn, ließ den mächtigen Ochsenziemer pfeifend durch die Luft sausen, daß sich das Ende um den Hals des Arabers wickelte, und riß ihn mit einem Ruck zu Boden. Dann ließ er das Leder mit solchem Schwung heruntersausen, daß es seinem Gegner ins Fleisch schnitt. Das alles ging sehr rasch.

Barak ben Kanaans Gesicht wurde bleich, als die Sonne zu sinken begann und Ari noch immer nicht zurück war. Zitternd stand er am Tor von Yad El. Endlich sah er den Eselskarren auf der Straße herankommen, und sein Gesicht begann zu strahlen. Ari hielt bei seinem Vater an.

»Nun, Ari, wie war die Fahrt?«

»Ganz in Ordnung!«

»Ich werde die Säcke abladen. Du gehst vielleicht besser gleich zu deiner Mutter. Sie scheint sich aus irgendeinem Grund Sorgen gemacht zu haben.«

Ari ben Kanaan hatte nicht nur die Statur seines Vaters; er war ihm auch im Wesen sehr ähnlich. Er war von der gleichen Besonnenheit und Entschiedenheit, und auch er hielt es für wichtig, den arabischen Nachbarn genauer kennenzulernen. Taha blieb einer seiner nächsten Freunde, und auch allen anderen Arabern begegnete er mit Verständnis und Teilnahme.

Ari verliebte sich in ein Mädchen namens Dafna, deren Familie ganz in der Nähe auf einem Bauernhof lebte. Niemand wußte genau, wie und wann es eigentlich passiert war, doch es stand für alle fest, daß Ari und Dafna eines Tages heiraten würden. Die beiden hatten nur füreinander Augen.

Die kleine rothaarige Jordana war ein sehr lebhaftes Mädchen, wild und eigensinnig. In vieler Weise war sie typisch für die in Palästina geborenen Kinder der Neusiedler. Die Eltern dieser Kinder, die im Ghetto aufgewachsen waren und erfahren hatten, wie schlimm und erniedrigend es oft war, Jude zu sein, waren entschlossen, dieses Gefühl der neuen Generation zu ersparen. Sie taten des Guten fast zuviel, ständig bestrebt, ihre Kinder zu freien und furchtlosen Menschen zu erziehen.

Im Alter von fünfzehn Jahren gehörte Ari der Hagana an, der geheimen jüdischen Armee. Im Alter von dreizehn Jahren verstand Dafna, mit einem halben Dutzend Waffen umzugehen; denn diese Generation, die einen neuen Typ von Juden darstellte, war zugleich eine Generation, die mit einem geschichtlichen Auftrag heranwuchs, der noch wichtiger und schwieriger war als die Aufgabe der zweiten und dritten Aliyah-Welle.

Die Hagana war inzwischen stark genug geworden, um dämpfend und besänftigend auf die Störungsmanöver des Mufti zu wirken. Doch sie war nicht in der Lage, dem Übel an die Wurzel zu gehen. Das konnten nur die Engländer. Die Engländer setzten abermals Untersuchungsausschüsse ein, und abermals wurden die Araber reingewaschen.

Die britische Ängstlichkeit führte dazu, daß der Mufti dreister wurde.

Kurze Zeit nachdem die Unruhen abgeklungen waren, berief Hadsch Amin el Husseini führende Moslems aus aller Welt zu einem Kongreß nach Jerusalem. Er konstituierte eine Panarabische Föderation, an deren Spitze er selbst stand, und proklamierte seinen Kampf zur Verteidigung des Islams gegen Engländer und Juden. Die Vernichtung der jüdischen Heimstätte wurde als ›heilige Mission‹ aller Araber erklärt. Doch während die arabischen Demagogen Brandreden hielten und bald gegen die Engländer, bald gegen die Juden wetterten, nahmen die Engländer alles schweigend hin.

Im Jahre 1933 traf die Juden ein neuer schwerer Schlag, als Adolf Hitler und die Nazis in Deutschland an die Macht kamen. Wieder einmal wurde die Notwendigkeit einer nationalen Heimat für die Juden, wurde die Richtigkeit der zionistischen Idee bestätigt. Es zeigte sich, daß der Judenhaß überall auf der Welt erneut aufflammen konnte. Herzl hatte es gewußt, und jetzt war sich jeder Jude darüber klar.

Die deutschen Juden, die vor Hitler flohen, waren anders als die Juden aus dem Ghetto und aus Osteuropa. Sie waren keine überzeugten Anhänger des Zionismus, sondern hatten sich weitgehend assimiliert und in die deutsche Gesellschaft eingeordnet. Diese Einwanderer waren nicht Siedler oder Händler, sondern Mediziner, Juristen, Wissenschaftler und Künstler.

Die arabischen Anführer riefen alle Araber auf, in den Generalstreik zu treten, um gegen die neue jüdische Einwanderung zu protestieren. Man versuchte auch, neue Unruhen zu inszenieren. Doch beide Bemühungen schlugen fehl. Die meisten Araber, die mit den Juden Handel getrieben hatten, taten dies auch weiterhin, weil die beiden Partner wirtschaftlich aufeinander angewiesen waren und vielerorts arabische und jüdische Gemeinden in ähnlich enger Freundschaft miteinander lebten wie Yad El und Abu Yesha. Außerdem stand die Hagana Gewehr bei Fuß bereit, um eine Wiederholung der Ausschreitungen des Jahres 1929 zu verhindern.

Die Engländer reagierten auf den Generalstreik mit noch mehr Gerede und weiteren Untersuchungsausschüssen. In der klaren Absicht, die aufgebrachten Araber zu beschwichtigen, beschränkten die Engländer diesmal die jüdische Einwanderung und den Erwerb von Grund und Boden durch die Juden auf ein absolutes Mindestmaß. Genau in dem Augenblick, da für die Juden die ungehinderte Einwanderung von so verzweifelter Dringlichkeit war, hielten sich die Engländer nicht mehr an ihre Zusagen.

Der Jischuw-Zentralrat ging mit Hilfe der Hagana auf die einzig mögliche Weise dagegen an: durch illegale Einwanderung – Aliyah Bet.

Der Mufti setzte die Engländer so lange unter Druck, bis sie der Royal Navy den Auftrag gaben, vor der Küste von Palästina eine Blockade zu errichten und die Aliyah-Bet-Schiffe anzuhalten.

Die Position des Mufti von Jerusalem wurde mit jedem Tag stärker. Er besaß jetzt einen mächtigen Verbündeten: Adolf Hitler.

Für die Deutschen, die im Nahen Osten eigene Absichten hatten, war die Situation ideal. Was konnte es für die deutsche Propagandamaschine Besseres geben, als das Thema ausschlachten zu können, daß die Juden in Palästina das Land der Araber stahlen und dort versuchten, sich genau wie vorher in Deutschland breitzumachen. Judenhaß und britischer Imperialismus – das war Musik für die Ohren des Mufti! Der Stern der Deutschen war im Steigen. Und endlich, endlich sah Hadsch Amin el Husseini Mittel und Wege, die Macht über die arabische Welt an sich zu reißen. Deutsches Geld begann in Kairo und Damaskus zu rollen. ›Die Deutschen sind eure Freunde! Werft die Briten und die Juden hinaus! Die arabische Erde den Arabern!‹ In Kairo, Bagdad und Syrien umarmten sich Araber und Nazis und beteuerten einander ihre Freundschaft.

Dem bedrohlich aufziehenden Unwetter gegenüber hatten die Juden in Palästina noch immer einen Trumpf in der Hand – die Hagana! Zwar distanzierte sich der Jischuw-Zentralrat offiziell von dieser geheimen Armee, doch ihr Vorhandensein und ihre Stärke waren ein offenes Geheimnis. Die Engländer wußten, daß diese geheime Streitmacht bestand und, was noch wichtiger war, auch der Mufti wußte es.

Die Hagana hatte sich aus dem Nichts zu einer Streitmacht von mehr als fünfundzwanzigtausend Männern und Frauen entwickelt. Sie war eine reine Bürgerwehr, mit nur einigen ›bezahlten‹ hauptamtlichen Anführern. Die Hagana verfügte über einen kleinen, aber unerhört schlagkräftigen Geheimdienst, der sich nicht nur der offenen Mitarbeit vieler englischer Offiziere erfreute, sondern sich außerdem leicht arabische Spitzel kaufen konnte. Jede Stadt, jedes Dorf, jeder Kibbuz und Moschaw hatte seine eigene Hagana-Einheit. Ein einziges Stichwort reichte aus, um tausend Männer und Frauen innerhalb weniger Minuten zu bewaffnen und kampfbereit zu machen.

Avidan, der kahlköpfige, vierschrötige ehemalige Offizier, der an der Spitze der Hagana stand, hatte die Organisation im Verlauf von anderthalb Jahrzehnten sozusagen unter den Augen der Engländer umsichtig aufgebaut. Ihre Leistung war fantastisch: Sie unterhielt einen geheimen Sender, organisierte die illegale Einwanderung und hatte auf der ganzen Welt ihre

Agenten, die Waffen kauften und nach Palästina schmuggelten. Für diesen Waffenschmuggel gab es hundert verschiedene Methoden und Möglichkeiten. Ein besonders beliebtes Versteck waren Maschinen für Hoch- und Tiefbau. Fast jede Dampfwalze konnte in der Walze hundert Gewehre enthalten. Jede Kiste, jede Maschine, ja sogar Konserven und Weinflaschen, die nach Palästina hereinkamen, waren Munitionsbehälter. Es war für die Engländer unmöglich, diesen Waffenschmuggel zu unterbinden, ohne sämtliche Frachtgüter zu überprüfen, und viele Engländer ließen in den Häfen sogar absichtlich die Waffen herein.

Obwohl alle Juden in Palästina geschlossen hinter diesem Waffenschmuggel standen, war es dennoch nicht möglich, schwere Waffen oder auch nur ausreichende Mengen von erstklassigen leichten Waffen ins Land zu bringen. Das meiste von dem, was hereinkam, waren altmodische Gewehre und Pistolen, die in anderen Ländern ausrangiert worden waren. Kein Arsenal der Welt enthielt ein derartiges Konglomerat von Waffen wie das der Hagana. Es befanden sich sogar Spazierstöcke darunter, aus denen man einen Schuß abgeben konnte.

Waren die Waffen erst einmal im Lande, so stellte jeder Stuhl, Tisch oder Schreibtisch, jeder Eisschrank, jedes Bett und jedes Sofa ein mögliches Versteck dar. In jeder jüdischen Wohnung gab es wenigstens ein Schubfach mit doppeltem Boden, einen getarnten Wandschrank oder eine heimliche Falltür. Transportiert wurden die Waffen im Innern der Reservereifen von Autobussen, in Einkaufstaschen und unter Eselskarren. Die Hagana vertraute der Wohlerzogenheit der Engländer, indem sie für den Waffenschmuggel sogar Kinder verwendete und sich des sichersten aller Verstecke bediente – der Frauenröcke.

Beim Aufbau der Hagana erwies sich der Kibbuz mit seinem Gemeinschaftscharakter als die beste Ausbildungsstätte für junge Soldaten, weil ein oder zwei Dutzend Männer von einer drei- bis vierhundertköpfigen Kollektivsiedlung leicht und unauffällig absorbiert werden konnten. Aus den Kibbuzim kam daher der beste Nachwuchs für die Hagana.

Gleichzeitig waren die Kibbuzim auch ein hervorragendes Versteck für Waffen und ein sicherer Herstellungsort für Munition. Im übrigen erwiesen sie sich auch als ideale Plätze zur Unterbringung der illegal ins Land geschleusten Einwanderer.

Die besondere Stärke der Hagana war, daß ihre Autorität von sämtlichen Angehörigen des Jischuw ohne jeden Einwand akzeptiert wurde. Eine Anordnung der Hagana war ein Befehl, über den es keinerlei Diskussion gab. Avidan und die anderen Anführer der Hagana achteten sorgfältig darauf, ihre Streitmacht nur zum Zwecke des Selbstschutzes einzusetzen. Die Hagana war eine Armee, die sich größter Zurückhaltung befleißigte.

Viele Angehörige der Hagana fanden diese Zurückhaltung zu weitgehend. Das waren die Aktivisten, die die Forderung nach raschen Vergeltungsmaßnahmen erhoben.

Akiba war einer dieser Aktivisten. Nach außen hin war er Leiter der Meierei im Kibbuz Ejn Or, in Wirklichkeit aber bekleidete er einen hohen Rang in der Hagana und war für die gesamte Verteidigung von Galiläa verantwortlich.

Akiba war sein Alter viel deutlicher anzusehen als seinem Bruder Barak. Sein Gesicht hatte einen müden Ausdruck, und sein Bart war fast grau. Er war niemals ganz über den Tod von Ruth und Scharona hinweggekommen. In ihm war eine Bitterkeit geblieben, die Tag und Nacht an ihm fraß.

Er war der Wortführer der extremen Gruppe innerhalb der Hagana, die nach verstärkter Aktion verlangte. Und je schwieriger die Situation im Lauf der Zeit wurde, um so angriffshungriger wurde Akibas Gruppe. Als die Engländer vor der Küste von Palästina die Blockade errichteten, riß Akiba die Geduld! Er berief eine Rumpfsitzung seiner Anhänger innerhalb der Hagana ein. Diese Männer waren alle ebenso zornig und verbittert wie er selbst, und sie faßten einen Entschluß, der den Jischuw in seinen Grundfesten erzittern lassen sollte.

Im Frühjahr des Jahres 1934 erhielt Barak eine dringende Aufforderung von Avidan, nach Jerusalem zu kommen.

»Es ist etwas Entsetzliches geschehen, Barak«, sagte Avidan. »Ihr Bruder, Akiba, hat sich von der Hagana getrennt und Dutzende unserer besten Offiziere mitgenommen. Auch aus dem Mannschaftsstand gehen die Leute zu Hunderten zu ihm über.«

Als sich Barak von seinem ersten Schreck erholt hatte, seufzte er tief und sagte: »Seit Jahren schon hat er damit gedroht. Ich bin erstaunt, daß er sich überhaupt so lange zurückgehalten hat. Jahrzehntelang hat es an ihm gefressen, seit dem Tag, an dem unser Vater umgebracht wurde. Und auch den Tod seiner Frau hat er nie verwunden können.«

»Sie wissen«, sagte Avidan, »daß die Hälfte meiner Arbeit bei der Hagana darin besteht, unsere Jungens zurückzuhalten. Ließen wir sie gewähren, sie fingen morgen noch Krieg gegen die

Engländer an. Sie und ich, wir fühlen im Grunde genauso wie Akiba, doch was er jetzt vorhat, kann uns unter Umständen alle ins Verderben stürzen. Daß wir in Palästina erreichen konnten, was wir erreicht haben, liegt unter anderem auch daran, daß wir ungeachtet unserer inneren Differenzen nach außenhin stets geschlossen aufgetreten sind. Wenn die Engländer und die Araber mit uns verhandelten, so hatten sie es sozusagen immer mit einer einzigen Person zu tun. Jetzt hat Akiba eine Bande hitziger Aktivisten um sich versammelt. Wenn diese Leute dazu übergehen sollten, Terrormethoden anzuwenden, dann wird die Gesamtheit darunter zu leiden haben.«

Barak begab sich nach Ejn Or, das nicht weit von Yad El entfernt war. Gleich den meisten der älteren Kibbuzim hatte sich auch Ejn Or in einen wahren Garten verwandelt. Als älteres Mitglied und einer der Mitbegründer bewohnte Akiba ein separates Häuschen, dessen zwei Zimmer mit Büchern angefüllt waren. Er hatte sogar einen eigenen Radioapparat und ein eigenes WC – was in einem Kibbuz eine seltene Ausnahme darstellte.

Barak sprach sanft auf seinen Bruder ein. Doch alles, was er vorbrachte, war für Akiba nichts Neues, und der drohende Streit mit seinem Bruder beunruhigte ihn.

»Sieh mal an – die Herren vom Jischuw-Zentralrat haben dich vorgeschickt, damit du mir die Ohren volljammerst. Sie entwickeln sich nachgerade zu Beschwichtigungsspezialisten.«

»Ich wäre auch ohne Aufforderung des Zentralrates zu dir gekommen«, sagte Barak, »nachdem ich erfahren hatte, was für ein wahnsinniges Unternehmen du planst.«

Akiba ging unruhig im Raum auf und ab. Barak beobachtete ihn.

Er war noch immer genauso leicht zornig und aufgebracht wie als Junge.

»Ich habe nur vor«, sagte Akiba, »das zu tun, was der Zentralrat nicht zu tun wagt, obwohl er einsieht, daß es getan werden muß. Doch auch die Herren vom Zentralrat werden sich früher oder später mit den nackten Tatsachen auseinanderzusetzen haben. Die Engländer sind unsere Feinde.«

»Wir sind nicht dieser Ansicht, Akiba. Alles in allem sind wir bisher mit den Engländern recht gut gefahren.«

»Wenn du das im Ernst meinst, bist du ein Narr.«

»Ich habe mich vorher falsch ausgedrückt. Die Engländer stellen die rechtmäßige Obrigkeit in Palästina dar.«

»Und sehen ruhig zu, wie die Araber uns die Gurgel durchschneiden«, sagte Akiba voller Hohn. »Die Herren vom Jischuw-Zentralrat fahren mit ihren Aktenmappen zu Konferenzen, unterbreiten ihre bescheidenen Noten und machen artige Dienerchen, während der Mufti und seine Halsabschneider Amok laufen. Hast du die Araber schon mal verhandeln gesehen?«

»Wir wollen unsere Ziele auf legalem Weg erreichen.«

»Wir werden unsere Ziele nur erreichen, wenn wir bereit sind, für sie zu kämpfen!«

»Wenn wir wirklich kämpfen müssen, dann laß uns einig sein in unserem Kampf. Du begibst dich mit dem Mufti auf eine Stufe, indem du eine Gruppe von Leuten bildest, die sich außerhalb des Gesetzes stellen. Hast du jemals bedacht, was es für Folgen haben kann, wenn die Engländer aus Palästina abziehen? Ganz gleich, wie bitter deine Gefühle sind – und auch meine –, die Engländer sind immer noch entscheidend für uns, wenn wir einen Nationalstaat erreichen wollen.«

Akiba winkte ablehnend mit der Hand. »Wir werden den Nationalstaat auf die gleiche Weise erreichen, wie wir dieses Land erschlossen haben – durch unseren Schweiß und unser Blut. Ich lehne es ab, dazusitzen und abzuwarten, bis uns die Engländer etwas schenken.«

»Zum letztenmal, Akiba – tu das nicht, was du vorhast. Du bietest unseren Feinden damit nur die Möglichkeit, mit Fingern auf uns zu zeigen und ihre Lügenpropaganda noch mehr zu verstärken.«

»Aha!« rief Akiba. »Damit wären wir beim Kern des ganzen Problems angelangt! Die Juden müssen die Spielregeln befolgen! Die Juden dürfen nichts Unrechtes tun! Sie müssen bitten und appellieren! Sie müssen dem, der ihnen einen Backenstreich gibt, auch noch die andere Backe hinhalten!«

»Hör auf damit!« sagte Barak.

»Um Gottes willen, nur das nicht!« rief Akiba. »Tut, was ihr wollt, nur kämpft um Gottes willen nicht! Ihr könnt doch unmöglich wünschen, daß die Deutschen und die Araber und die Engländer euch für böse Buben halten.«

»Hör auf, hab' ich gesagt!«

»Weißt du, was du bist, Barak? Ein Ghetto-Jude. Das ist es, was du bist und was all die anderen Leute vom Zentralrat sind. Aber laß dir etwas von mir gesagt sein, lieber Bruder. Du siehst hier einen Juden vor dir, der vielleicht unrecht haben mag, der aber entschlossen ist, sich seiner Haut zu wehren. Soll doch die ganze verdammte Welt der Meinung sein, daß wir unrecht haben!«

Barak zitterte vor Wut. Er saß regungslos da und versuchte, seine Erregung zu verbergen. Akiba sprach weiter und machte seinem zornigen Herzen Luft. Hatte Akiba wirklich unrecht? Wieviel Leid und Erniedrigung, wieviel Schmerz und Verrat mußte ein Mensch hinnehmen, bevor er zurückschlug?

Barak stand auf und ging zur Tür.

»Sage Avidan und den Herren vom Jischuw-Zentralrat und all den anderen Schwächlingen, die immer nur verhandeln wollen, Akiba und die Makkabäer hätten eine neue Botschaft für die Engländer und die Araber. Diese Botschaft heißt: Auge um Auge, Zahn um Zahn!«

»Du wirst von heute an mein Haus nicht mehr betreten«, sagte Barak.

Die beiden Brüder starrten sich lange an. Akiba stiegen die Tränen in die Augen. »Ich soll dein Haus nicht mehr betreten?« fragte er.

Barak blieb stumm und rührte sich nicht.

»Wir sind Brüder, Barak. Du hast mich auf deinem Rücken nach Palästina getragen.«

»Ja, und heute bedaure ich es.«

»Ich liebe Palästina nicht weniger als du«, sagte Akiba mit zitternden Lippen. »Du verurteilst mich, weil ich dem Gebot meines Gewissens folge.«

Barak, der an der Tür stand, kam einen Schritt zurück. »Du bist es, Akiba, du und deine Makkabäer, die aus Brüdern Gegner gemacht haben. Seit wir Kinder waren, habe ich immer wieder gehört, wie du bei jeder Gelegenheit die passende Stelle aus der Bibel zitiertest. Nun, vielleicht solltest du wieder einmal die Stelle lesen, wo von den Zeloten berichtet wird, die den Bruder gegen den Bruder aufhetzten, die Juden untereinander uneinig machten und die Zerstörung Jerusalems durch die Römer verschuldeten. Ihr nennt euch Makkabäer – ich nenne euch Zeloten.« Damit wandte sich Barak erneut zum Gehen.

»Vergiß das eine nicht, Barak ben Kanaan«, sagte Akiba. »Nichts von alledem, was immer wir tun mögen, sei es recht oder unrecht, kann mit dem verglichen werden, was man dem jüdischen Volk angetan hat. Die Makkabäer sind nicht in der Lage, etwas zu tun, das man auch nur einen Augenblick lang für ein Unrecht halten könnte, wenn man an das Morden denkt, das sich über zwei Jahrtausende erstreckt.«

XV

Yad El erblühte zu einem Garten Eden. Unablässig wurden die Sümpfe zurückgedrängt, bis genügend anbaufähiges Land vorhanden war, um weitere hundert Familien anzusiedeln. Die Zentrale Moschaw verfügte über zwei Dutzend schwerer landwirtschaftlicher Maschinen und eine Versuchsstation. Die Fischzucht in den angelegten Teichen wurde von allen Angehörigen des Moschaw gemeinsam betrieben.

Die Wege von Yad El waren das ganze Jahr hindurch grün, und im Frühling und Herbst blühten und leuchteten sie in vielen Farben. Yad El besaß eine Grund- und eine Oberschule, ein großes Gemeindezentrum mit Schwimmbad, Bibliothek und Theater, und ein kleines Krankenhaus mit zwei Ärzten.

Ein ganz großes Ereignis war die Fertigstellung der elektrischen Zuleitung. Sie wurde in sämtlichen Siedlungen des Hule-Tals festlich begangen. Dieses Fest übertraf alles bisher Dagewesene; in Ejn Or, Kfar Gileadi, Ayelet Haschachar und in Yad El gingen gleichzeitig die Lampen an.

Im selben Jahr halfen die Juden von Yad El ihren arabischen Nachbarn, eine Wasserleitung nach Abu Yesha zu legen, die es bisher in keinem arabischen Dorf in ganz Palästina gegeben hatte. Außerdem dehnte Yad El einen Teil der elektrisch betriebenen Bewässerungsanlage bis auf die Felder von Abu Yesha aus, um den Arabern zu zeigen, wie sich der Ertrag des Bodens durch die künstliche Bewässerung steigern ließ. Als Zeichen seiner Dankbarkeit schenkte Kammal der Zionistischen Siedlungsgesellschaft mehrere Dunam eines Hochplateaus oberhalb von Abu Yesha. Er hatte gehört, daß die Juden im Hule-Gebiet nach einem Stück Land zur Errichtung eines Jugenddorfes suchten.

Ari ben Kanaan war der ganze Stolz seines Vaters. Mit siebzehn Jahren war er einsachtzig groß und stark wie ein Löwe. Außer Hebräisch und Englisch beherrschte er Arabisch, Deutsch, Französisch und Jiddisch, die Sprache, in die seine Mutter Sara immer wieder zurückfiel, wenn sie aufgeregt war oder sich ärgerte und ihrem Herzen Luft machen wollte.

Ari war ein begeisterter Landwirt. Wie die meisten jungen Leute des Moschaw und des ganzen Jischuw gehörten auch Ari und Dafna zu einer Jugendgruppe. Sie wanderten kreuz und quer durch Palästina und besuchten die Stätten berühmter Schlachten der Vergangenheit. Sie bestiegen den Berg, auf dem die Hebräer mehr als drei Jahre lang der Belagerung durch die Römer standgehalten hatten, und sie wanderten durch die Wüste auf dem Weg, den Moses mit den zwölf Stämmen gezogen war. Sie trugen die traditionellen blauen Hemden und kurzen Hosen, und sie sangen Lieder, die von dem hohen Ziel der Wiedergewinnung der Heimat handelten.

Dafna war zu einem frischen, kräftigen Mädchen herangewachsen. Sie war sehr attraktiv und voller Liebe für den Sohn Barak ben Kanaans. Es schien, als ob die beiden früh heiraten wollten. Sie hatten die Absicht, entweder in Yad El eine neue Siedlerstelle zu errichten oder aber, wie das die jungen Leute nach Beendigung der Schule häufig taten, sich mit einer Jugendgruppe aufzumachen, um irgendwo eine neue Siedlung zu gründen. Doch als die Unruhen in Palästina zunahmen, hatten Ari und Dafna immer weniger Zeit füreinander.

Ari hatte sich bei der Hagana außerordentlich hervorgetan, und Avidan hielt ihn trotz seiner Jugend für einen der verheißungsvollsten Soldaten in ganz Palästina. Tatsächlich waren die besten Soldaten der Hagana meist noch keine zwanzig. Als der Kampf mit den Engländern um die Einwanderung begann, wurde Ari von der Hagana an die Stellen kommandiert, wo die Aliyah-Bet-Schiffe an Land kamen. Er hatte die Aufgabe, die illegalen Einwanderer in den Kibbuzim untertauchen zu lassen und die Pässe der ›Touristen‹ einzusammeln, die legal nach Palästina gekommen waren. Hatte er einmal einen oder gar zwei Tage dienstfrei, dann rief er meist in Yad El an und bat Dafna, per Anhalter nach Tel Aviv zu kommen. Dort konnten sie etwa ein Konzert des neu gebildeten Philharmonischen Orchesters hören, dessen Mitglieder größtenteils deutsche Juden waren und dessen erstes Konzert von Toscanini dirigiert wurde. – Sie konnten Kunstausstellungen besuchen oder Vorträge hören, die im Jugendzentrum veranstaltet wurden, oder sie konnten irgendeinen einsamen Badestrand nördlich von Tel Aviv aufsuchen. Sie liebten sich sehr, und die Trennung fiel ihnen von Mal zu Mal schwerer.

Ari wollte erst heiraten, wenn er ein Stück Land besaß und ein Haus bauen konnte. Doch da die Situation bedrohlich blieb und Aris Dienste mehr und mehr in Anspruch genommen wurden, sah es so aus, als ob diese Zeit niemals kommen werde.

Die Spannungen, die 1933 mit der Aliyah-Welle der deutschen Juden einsetzten, erreichten 1935 einen Höhepunkt. In diesem Jahr gelang es den Juden, mehr Einwanderer als je zuvor ins Land zu bringen; teils legal, teils illegal. Hatte die zweite Aliyah-Welle sowohl politische Ideen wie führende Männer und die dritte Pioniere und Siedler ins Land gebracht, so hatte die Einwanderung der deutschen Juden einen enormen kulturellen und wissenschaftlichen Aufschwung des Jischuw zur Folge.

Die Efendis, die ansehen mußten, wie die Juden ständig weitere Fortschritte machten, gerieten außer sich vor Wut. Ihre Erbitterung erreichte ein solches Maß, daß sie ihre inneren Streitigkeiten zum erstenmal außer acht ließen und geschlossen eine ultimative Aufforderung an die Engländer richteten, die jüdische Einwanderung und den Verkauf von Grund und Boden an die Juden zu unterbinden.

Zu Beginn des Jahres 1936 erbat der Jischuw-Zentralrat von den Engländern mehrere tausend Einreisevisa, um der wachsenden Notlage der Juden in Deutschland zu begegnen. Die Engländer, von den Arabern schwer unter Druck gesetzt, gewährten nicht einmal ganze tausend Visa.

Angesichts der zunehmenden Schwäche der Engländer versuchte der Mufti die Macht über Palästina nun endlich an sich zu bringen.

Im Frühjahr des Jahres 1936 inszenierte er eine neue Reihe von Unruhen und Ausschreitungen. Auch diesmal fielen ihnen vorwiegend die wehrlosen alten und strenggläubigen Juden in den heiligen Städten zum Opfer. Unmittelbar nach dem Ausbruch der Unruhen verkündete Hadsch Amin die Bildung eines Großarabischen Aktionsausschusses mit dem Ziel, erneut einen arabischen Generalstreik als Protest gegen die ›projüdische‹ Politik der Engländer zu unternehmen.

Diesmal hatte der Mufti sein Manöver sorgfältig vorbereitet. Kaum war die Bildung des Großarabischen Aktionsausschusses bekanntgegeben, da setzten sich seine Leute vom Klan El Husseini, verstärkt durch gedungene Rowdys, in Bewegung und überzogen das gesamte arabische Gebiet, um die Durchführung des Generalstreiks zu erzwingen und dafür zu sorgen, daß der befohlene Boykott überall strikt eingehalten wurde. Es begann ein wildes Morden, bei dem systematisch alle Araber beseitigt wurden, die als Gegner des Mufti bekannt waren. Zwar tat man, als würde sich die Aktion gegen Juden und Engländer richten, doch das eigentliche Ziel war es, sämtliche politischen Gegner des Mufti zu liquidieren.

Auch Kammal, der langjährige Freund Barak ben Kanaans und Muktar von Abu Yeshu, mußte für seine Freundschaft mit den Juden büßen. Husseinis Leute fanden den betagten Muktar, der in der kleinen Moschee seines Dorfes kniete und betete, und schnitten ihm die Kehle durch. Taha, sein Sohn, wurde eilig nach Yad El in Sicherheit gebracht und blieb dort bei der Familie Ben Kanaan.

Der Mufti und seine Leute erzwangen mit blutiger Gewalt Generalstreik und Boykott der Juden. Den Arabern, die keinerlei Absatzmöglichkeiten für ihre Produkte hatten, verfaulte die Ernte auf den Feldern. Im Hafen und in der Umgebung von Jaffa kam der Handel fast völlig zum Stillstand. Der Streik wirkte sich für die arabische Bevölkerung verheerend aus; doch gegen den Mufti konnten die Leute nichts machen. Hadsch Amin el Husseini bediente sich abermals der Kanzel, um für alles den Juden die Schuld in die Schuhe zu schieben. Verzweiflung und Wut der Araber wuchsen in dem Maße, in dem sich ihre Situation verschlechterte.

Es dauerte nicht lange, und sie gingen dazu über, jüdische Siedlungen anzugreifen, die Felder in Brand zu stecken und die Ernte zu stehlen. Wenn ihnen ein einzelner, unbewaffneter Jude in die Hände fiel, wurde er erschlagen und seine Leiche auf das grauenhafteste verstümmelt.

Als die Greuel zunahmen, richtete Avidan einen Appell an die jüdische Bevölkerung. Er ermahnte sie inständig, Zurückhaltung zu üben. Die Araber seien nichts als Opfer einer Hetzpropaganda, erklärte er, und es bessere sich nichts, wenn man Böses mit Bösem vergelte.

Akiba und seine Makkabäer waren anderer Ansicht. Bald nachdem sie sich von der Hagana getrennt hatten, wurde die Organisation der Makkabäer von den Engländern verboten und gezwungen, unterzutauchen und in den illegalen Widerstand zu gehen.

Die Makkabäer versuchten, Terror gegen Terror zu setzen;

doch die Organisation war noch nicht groß und schlagfertig genug, um mit den Marodeuren des Mufti Schritt halten zu können. Obwohl sich der Jischuw-Zentralrat offiziell von ihnen distanzierte, gab es nicht wenige Juden, die es großartig fanden, daß die Makkabäer zurückschlugen.

Der Mufti, der schon die Hände an der Gurgel von Palästina hatte, schritt nunmehr zur nächsten Phase seines Plans. Er ließ einen in fanatischen Worten abgefaßten Appell an die Araber aller Länder mit der Aufforderung hinausgehen, sich im gemeinsamen Kampf zur Errettung Palästinas aus den Klauen des britischen Imperialismus und des Zionismus zu vereinigen. Seine Gangster begaben sich in alle arabischen Dörfer und riefen die Männer zum Kampf gegen die jüdischen Siedlungen auf. Die Fellachen hatten meist nicht die geringste Lust zu kämpfen, doch sie hatten viel zu große Angst vor dem Mufti, um abzulehnen.

Antwort auf den Appell des Mufti kam nicht nur aus Palästina, sondern auch von außerhalb. Ein Offizier der irakischen Armee namens Kawuky erblickte in der Palästina-›Revolte‹ seine seit langem ersehnte Chance, als bewaffneter Verbündeter des Mufti zu Macht und Reichtum zu gelangen. Er ließ sich eine ganze Kollektion prächtiger Uniformen mit allen möglichen Fantasieorden anfertigen und ernannte sich selbst zum Generalissimus der Befreiungsarmee. Mit dem Geld, das der Mufti von den Arabern in Palästina erpreßt hatte, machte sich Kawuky ans Werk, außerhalb des Landes seine Armee aufzustellen. Was er auf die Beine brachte, war eine Bande von Räubern und Banditen, Rauschgiftschmugglern, Mädchenhändlern und dergleichen, denen er den Mund mit der Aussicht auf die vielen jüdischen Frauen wäßrig machte, die sie vergewaltigen konnten, und auf das viele ›hebräische Gold‹, das ihnen als Kriegsbeute in die Hand fallen würde.

Kawukys Taktik war dabei ebenso einfach wie hinterhältig. Nachdem er sich vorher überzeugt hatte, daß seinen Truppen Rückzugswege offenstanden, errichtete er an geeigneten Orten Straßenfallen und legte sich auf die Lauer, bis ein Autobus oder ein anderes unbewaffnetes Personenfahrzeug, gelegentlich auch nur ein paar Passanten herannahten. War er sicher, daß kein Widerstand zu erwarten war, dann sprangen die Araber aus ihrem Versteck, griffen an, plünderten und flohen.

Bald stand das ganze Land unter dem Terror der ›Befreiungsarmee‹ Kawukys und der Banden des Mufti. Die arabische Bevölkerung war wehrlos, die Engländer unwillig und gegen einen Kampf, und die Juden waren entschlossen, nur im Falle der Notwehr zu den Waffen zu greifen.

Die Engländer schlugen die arabischen Angriffe nicht nieder, sondern beschränkten sich auf Maßnahmen, die geradezu lächerlich waren. Ein paarmal führten sie in Ortschaften, in denen man ein Versteck der Banditen vermutete, Razzien durch und legten der Gemeinde eine Geldbuße auf, und ein- oder zweimal zerstörten sie auch einige Dörfer. Im übrigen aber zogen sie sich in ein Schneckenhaus zurück. Sie bauten mehr als fünfzig riesige Betonbunker, die sich über ganz Palästina erstreckten. Jedes dieser Forts bot Platz für einige hundert oder tausend Soldaten und war dazu bestimmt, die unmittelbare Umgebung zu kontrollieren. Ein Mann namens Teggart hatte diese Betonburgen entworfen, gebaut wurden sie von den Juden.

Die Teggart-Forts, die Palästina umschlossen, beruhten auf einem System, das ebenso alt war wie das Land selbst. Schon im Altertum hatten die Juden zwölf Berge benützt; ein Feuer auf der Spitze des einen konnte vom nächsten wahrgenommen und weitergemeldet werden. Die Kreuzritter hatten an diesem System festgehalten und ihre Burgen jeweils in Sichtweite der nächsten oder einer befestigten Stadt errichtet. Und jetzt legten die Juden ihre landwirtschaftlichen Siedlungen gleichfalls in Sichtweite eines Nachbardorfes an.

Am Abend zogen sich die Engländer in ihre Teggart-Forts zurück und kamen bis zum nächsten Morgen nicht wieder heraus. Die Ausflüge, die sie bei Tage unternahmen, waren wirkungslos. Kaum setzte sich eine englische Wagenkolonne von einem dieser Forts aus in Bewegung, so ging die Nachricht darüber wie ein Lauffeuer durch das Land. Wenn die Engländer dann am Ziel anlangten, war natürlich kein Gegner mehr zu sehen.

Doch selbst unter diesem unvorstellbaren Druck hörten die Juden nicht auf, illegale Einwanderer ins Land zu schmuggeln und neue Siedlungen für sie zu errichten. Am ersten Tage versammelten sich mehrere hundert Bauern und Bauhandwerker aus allen umliegenden Siedlungen an der Stelle der neuen Landerschließung. In der Zeit von Sonnenaufgang bis Sonnenuntergang errichteten sie in aller Eile einen Turm, der, mit Generator und Scheinwerfer ausgerüstet, rings von einer kleinen Palisade umgeben war. Am Abend, wenn Turm und Palisade standen, entfernten sich die Helfer wieder zu ihren eigenen Siedlungen, und die Neusiedler blieben, unter dem Schutz einer kleinen Gruppe der Hagana, innerhalb der Palisade allein.

Ari ben Kanaan, der eben erst zwanzig Jahre alt geworden war, entwickelte sich zu einem Fachmann für Wehrsiedlungen. Er hatte meist das Kommando der Hagana-Einheit, die zurückblieb, um den Neusiedlern beizubringen, wie man mit arabischen Spitzeln und Angreifern fertig wurde, oder er bildete sie an Waffen aus, die ihnen zur Verfügung standen. Fast jede dieser Neusiedlungen wurde von den Arabern angegriffen. Die Anwesenheit der Hagana-Leute und ihre Fähigkeit, die Angreifer in die Flucht zu jagen, hatte auf die Neusiedler einen sehr beruhigenden und ermutigenden Einfluß. Wenn Ari einige Wochen an einer Stelle gewesen war, zog er mit seinen Leuten zu der nächsten Wehrsiedlung, die gerade errichtet wurde.

Die Araber wurden immer dreister, bis schließlich selbst die Engländer nicht mehr untätig zusehen konnten. Der Mufti und sein Generalissimus Kawuky machten sie zum Gespött. So entschlossen sie sich endlich, etwas zu unternehmen, lösten den Großarabischen Aktionsausschuß auf und erließen einen Haftbefehl gegen den Mufti. Der Mufti rettete sich vor der britischen Polizei in den Schutz des Felsendoms, der Moschee Omars, der heiligsten muselmanischen Stätte in ganz Palästina.

Die Engländer wagten nicht, die Moschee zu betreten. Sie fürchteten, dadurch möglicherweise einen ›heiligen‹ Aufstand der gesamten muselmanischen Welt auszulösen. Nachdem er sich eine Woche lang in der Moschee verborgen gehalten hatte, floh Hadsch Amin, als Frau verkleidet, nach Jaffa, von wo ihn ein Schiff nach dem Libanon brachte.

Besonders die arabische Bevölkerung atmete erleichtert auf, als der Mufti von Jerusalem Palästina verlassen hatte. Die Angriffe hörten auf, die Unruhen klangen ab, und die Engländer machten sich wieder einmal daran, Untersuchungsausschüsse einzusetzen und Erhebungen anzustellen.

Nach einer abermaligen Überprüfung der Situation schlugen die Engländer einen neuen Kurs ein und kamen mit dem Vorschlag, das Gebiet von Palästina in zwei getrennte Staaten aufzuteilen. Dabei sollten die Araber den Löwenanteil bekommen, und den Juden sollte ein schmaler Landstreifen von Tel Aviv nach Haifa und diejenigen Teile von Galiläa, die sie wieder urbar gemacht hatten, zuerkannt werden.

Der Jischuw, die Zionisten aller Welt und die Juden in Palästina waren des fortgesetzten Blutvergießens müde. Sie hatten genug von dem zunehmenden Fanatismus der Araber und der sich immer deutlicher zeigenden Wortbrüchigkeit der Engländer. Ursprünglich hatte das Mandat für die jüdische Heimstätte das Land beiderseits des Jordan vorgesehen – und jetzt boten die Engländer ihnen nur ein kleines Stückchen davon an. Dennoch beschlossen die Juden, den Vorschlag zu akzeptieren.

Die Engländer versuchten den Arabern klarzumachen, daß sie klug daran täten, auf diesen Vorschlag einzugehen, da das Gebiet, das man den Juden zugemessen hatte, nicht sehr viel Einwanderer mehr aufzunehmen vermochte. Doch die Araber verlangten nicht mehr und nicht weniger, als daß alle Juden ins Meer geworfen würden. Von Beirut aus setzte Hadsch Amin el Husseini die arabische Rebellion gegen die Juden erneut in Gang.

Teggart, der Erbauer der britischen Forts, errichtete längs der libanesischen Grenze einen elektrisch geladenen Stacheldrahtzaun, um den Strauchdieben und Waffenschmugglern des Mufti von Jerusalem den Weg zu versperren. Zur Verstärkung dieses Walls aus Stacheldraht baute Teggart in geringen Abständen Betonbunker.

Eines der Forts des Teggart-Walls wurde oberhalb von Abu Yesha und Yad El ungefähr an der Stelle errichtet, an der sich nach jüdischer Überlieferung die Grabstätte der Königin Esther befinden soll. Es wurde unter dem Namen ›Fort Esther‹ bekannt. Der Teggart-Wall behinderte zwar die arabische Infiltration, war aber nicht in der Lage, sie auszuschalten.

Die Hagana, die sich lange zurückgehalten hatte, wurde allmählich immer unruhiger, und die Juden in Palästina fingen an, sich zu fragen, wann der Zentralrat der Hagana endlich erlauben werde zu kämpfen. Unter diesem wachsenden Druck fand sich Ben Gurion schließlich bereit, einem Vorschlag zuzustimmen, den Avidan gemacht hatte. Die Zionistische Siedlungsgesellschaft erwarb ein Stück Land im äußersten Norden von Galiläa, unmittelbar an der libanesischen Grenze, an einer Stelle, wo nach Ansicht des Geheimdienstes der Hagana ein Schwerpunkt der arabischen Infiltration war.

Kurze Zeit nach dem Ankauf dieses Landes wurden Ari ben Kanaan und zwei weitere junge Leute der Hagana-Elite aufgefordert, nach Tel Aviv zu kommen und sich in dem geheimen Hauptquartier der Hagana bei Avidan zu melden.

Der kahlköpfige Führer der jüdischen Schutzwehr entfaltete eine Karte und zeigte mit dem Finger auf die neuerworbene Parzelle. Die Bedeutung dieser Stelle für die Fortführung der arabischen Revolte war offensichtlich.

»Ich möchte, daß ihr drei das Kommando einer Einheit übernehmt, die sich auf dieses Stück Land begibt und dort einen Kibbuz errichtet. Wir werden mit Sorgfalt achtzig unserer besten Männer und zwanzig Frauen auswählen, die mit euch gehen. Ich brauche euch nicht zu erklären, was ihr zu erwarten habt.«

Die drei nickten stumm.

»Wir sind uns darüber klar, daß der Mufti alles daransetzen wird, um euch von dort zu vertreiben. Es ist das erstemal, daß wir eine Stellung für die Errichtung eines Kibbuz unter dem Gesichtspunkt einer strategischen Bedeutung ausgesucht haben.«

Sara ben Kanaan preßte es das Herz zusammen, als sie von der neuen Aufgabe ihres Sohnes erfuhr. Seit Jahren hatte sie Ari nicht mehr ohne Ochsenziemer oder Gewehr in der Hand gesehen. Doch nun hatte sie zum ersten Male Angst, wie sie sie bisher noch nie gekannt hatte. Jetzt wurde er also mit hundert der besten Leute des Jischuw auf ein Selbstmordkommando geschickt.

Ari küßte seine Mutter und sagte, indem er ihr behutsam die Tränen aus dem Gesicht wischte, daß alles in Ordnung gehen werde und sie sich keine Sorgen machen sollte. Seinem Vater schüttelte er nur die Hand. Ihm brauchte er nichts zu sagen; sie verstanden sich auch ohne Worte.

Dafna kam und verabschiedete sich gleichfalls.

Gemeinsam verließen sie Yad El. Nur einen kurzen Blick warfen sie zurück, auf die Felder und auf die Freunde, die zu ihrer Verabschiedung gekommen waren. Barak seufzte und legte seinen Arm um Saras Schulter, als das junge Paar ihrem Blick zu entschwinden begann.

»Sie haben so wenig von ihrem Leben«, sagte Sara. »Wie oft werden wir ihn noch hergeben müssen?«

Barak schüttelte den Kopf, während sich seine Augen anstrengten, seinen Sohn und Dafna noch mit einem letzten Blick zu erhaschen. »Gott hat von Abraham gefordert, daß er ihm seinen Sohn zum Opfer bringe. Das ist der Schatten, in dem wir leben. Wir müssen Ari so oft hergeben, wie Gott ihn will.«

Hundert der besten jungen Männer und Frauen des Jischuw

zogen hinaus an die libanesische Grenze, um Dieben und Mördern den Weg zu versperren. Ari ben Kanaan, zweiundzwanzig Jahre alt, war stellvertretender Kommandeur.

Sie gaben dem neu zu errichtenden Kibbuz den Namen Hamischmar – der Wachtposten.

XVI

Zehn Lastwagen, die hundert junge Männer und Frauen der Hagana und ihre Ausrüstung geladen hatten, fuhren rasch die Küstenstraße entlang, an der letzten jüdischen Siedlung Naharia im Norden von Galiläa vorbei und tief hinein in ein Gebiet, in das sich bis dahin Juden noch nie vorgewagt hatten. Tausend arabische Augenpaare sahen gespannt der Wagenkolonne nach, die hinein in das Vorgebirge unterhalb des Teggart-Walls und hinauf zu den Bergen an der libanesischen Grenze fuhr.

Sie hielten an, stellten Wachen aus und entluden rasch die Wagen, die eilig zurückfuhren, um vor Einbruch der Dunkelheit wieder in Naharia den Schutz der befestigten Siedlungen zu erreichen. Die hundert jungen Leute waren allein. Die Höhen und Täler vor ihnen wimmelten von arabischen Marodeuren. Hinter ihnen lag ein Dutzend feindlicher arabischer Ortschaften. Die Hundert errichteten eine kleine Palisade, gruben sich ein und warteten auf den Tag.

Als es Morgen wurde, war die Kunde von Hebron bis nach Beirut gedrungen: Die Juden sind in die Berge gezogen! Der Mufti in Beirut tobte. Das war eine offene Herausforderung. Er schwor beim Barte des Propheten, diese Juden ins Meer zu werfen.

Die hundert Männer und Frauen der Hagana arbeiteten die nächsten Tage fieberhaft am Ausbau ihrer Stellung zur Verteidigung des Ausgangslagers am Fuß des Berges, um für den Angriff, der kommen mußte, gerüstet zu sein. Jede Nacht fielen Dafna und Ari, wenn sie nicht Wache hatten, Arm in Arm in einen Schlaf tiefer Erschöpfung.

In der vierten Nacht kam der Angriff! Es war ein Angriff, wie ihn die Juden noch nie erlebt hatten. Vom Gipfel des Berges aus überschütteten tausend arabische Gewehrschützen, unterstützt von Maschinengewehren, fünf Stunden lang die Stellung der Juden mit pausenlosem Feuer. Zum erstenmal verwendeten die

Araber auch Granatwerfer. Ari und seine Leute lagen geduckt in ihren Gräben und warteten darauf, daß die Araber einen Sturmangriff versuchten. Sie warteten, bis die Araber flach über die Erde herangekrochen kamen, mit Messern zwischen den Zähnen. Plötzlich leuchteten hinter der Palisade ein halbes Dutzend Scheinwerfer auf und strichen mit ihren Lichtkegeln über das Vorfeld. Die Juden eröffneten das Feuer auf den Gegner, der schon nahe herangekommen war, und töteten mit dem ersten Feuerstoß sechzig Araber.

Die Angreifer waren vor Furcht gelähmt. Ari ging mit der Hälfte seiner Leute zum Gegenangriff vor, und bald war das Schlachtfeld von toten und verwundeten Arabern übersät. Die übrigen flohen laut schreiend zurück.

Eine Woche lang unternahmen die Araber keinen neuen Angriff. Der Mufti und Kawuky waren machtlos. Weder durch Drohungen noch durch Versprechungen waren die Araber dazu zu bringen, erneut anzugreifen.

Bei dem ersten Angriff verlor Hagana drei Jungen und ein Mädchen. Einer der Gefallenen war der Kommandeur. Ari ben Kanaan übernahm an seiner Stelle das Kommando.

Jeden Tag rückten die Hagana-Leute ein paar Meter weiter den Hang hinauf, gruben sich ein und erwarteten das Ende der Nacht. Die Araber beobachteten sie aus ihren Stellungen oben am Berg, unternahmen aber, solange es hell war, niemals einen Angriff.

Nach einer Woche konnte Ari das Ausgangslager am Fuße des Berges abbrechen, da inzwischen ein neues Lager auf halbem Hang aufgeschlagen worden war.

Den Arabern saß die Lektion der ersten Nacht noch in den Knochen. Sie versuchten nicht mehr, das Lager zu stürmen, sondern begnügten sich damit, es aus der Entfernung zu beschießen.

Während die Araber weiterhin unentschlossen waren, beschloß Ari, eine Offensive zu starten. Gegen Ende der zweiten Woche schlug er kurz vor Tagesanbruch zu. Er wartete ab, bis die Araber, die die ganze Nacht hindurch geschossen hatten, müde waren und nicht mehr so wachsam Ausschau hielten. Mit fünfundzwanzig seiner besten Männer und zehn Frauen ging er bei Morgengrauen zu einem Angriff vor, der die schläfrigen Araber vom Gipfel des Berges vertrieb. Die Juden gruben sich in aller Eile ein, während sich die Araber von ihrem Schreck erholten und zum Gegenangriff sammelten. Ari verlor fünf Soldaten, doch er hielt die Stellung. Rasch baute er einen befestigten Beobachtungsposten auf der Spitze des Berges aus, der einen Überblick über das gesamte Gebiet gewährte. Als es hell geworden war, arbeiteten sie fieberhaft daran, ihre hastig ausgehobene erste Stellung zu einer Festung auszubauen.

Der Mufti tobte! Er wechselte die Anführer aus und stellte nochmals eine Streitmacht von tausend Mann auf. Die Araber griffen an, doch sobald sie an Aris Stellung herankamen, blieb der Angriff liegen, und die Angreifer flohen. Zum erstenmal beherrschten die Juden eine Gipfelstellung, und sie waren entschlossen, sich daraus nicht wieder vertreiben zu lassen!

Wenn sich die Araber auch nicht auf einen Nahkampf einlassen wollten, so bemühten sie sich doch, den Juden das Leben so schwer wie möglich zu machen. Ari und seine Leute lagen unter beständigem Beschuß und waren völlig isoliert. Die nächste jüdische Siedlung war Naharia. Der gesamte Nachschub einschließlich des Wassers mußte auf Lastwagen durch feindliches Gebiet herangebracht werden. War das glücklich gelungen, dann mußten Aris Leute alles den Hang hinauftragen. Doch Hamischmar hielt ungeachtet aller Schwierigkeiten und Strapazen stand. Im Schutz der Palisade hatte man ein paar behelfsmäßige Hütten errichtet und mit dem Bau einer Straße zum Fuße des Berges begonnen. Nachts patrouillierte Ari mit seinen Leuten am Teggart-Wall, um illegale Grenzgänger und Waffenschmuggler zu schnappen. Den Rebellen des Mufti wurde der heimliche Zugang, durch den sie bisher nach Palästina eingesickert waren, versperrt.

Aris Leute kamen zu neunzig Prozent von einem Kibbuz oder Moschaw. Die Erschließung und Bearbeitung des Landes war ihnen so in Fleisch und Blut übergegangen, daß sie nicht lange an irgendeiner Stelle sein konnten, ohne zu versuchen, irgend etwas anzubauen. Sie fingen an, auch in Hamischmar den Boden zu bestellen! Sie waren unter dem Vorwand hergekommen, einen Kibbuz zu errichten, und bei Gott, jetzt wollten sie aus Hamischmar auch wirklich einen Kibbuz machen. Die landwirtschaftliche Bearbeitung eines Berghanges war für sie etwas völlig Neues, und besonders schwierig war sie an einer Stelle, wo es bis auf die seltenen Regenfälle keinerlei natürliche Bewässerung gab. Doch sie machten sich auch an diese Aufgabe mit dem gleichen Schwung, mit dem sie die Sümpfe des Jesreel-Tals und die ausgetrocknete und verwitterte Ebene von Scharon wieder urbar gemacht hatten.

Sie legten an den Hängen Terrassen an und baten die Zionistische Siedlungsgesellschaft um Geld zum Ankauf von landwirtschaftlichen Geräten.

Der Jischuw-Zentralrat und die Führer der Hagana waren so begeistert über den Erfolg der hartnäckigen jungen Leute von Hamischmar, daß sie beschlossen, auch künftig einzelne Neusiedlungen an Punkten zu errichten, die von stretegischer Bedeutung für die Abwürgung der arabischen Rebellion waren.

Eines Nachts lag Ari in seinem Zelt und schlief fest, als ihn jemand wachrüttelte.

»Komm, Ari, rasch!«

Er warf seine Decke ab, nahm sein Gewehr und rannte hinter den anderen her zu den südlichen Feldern, auf denen gerade Terrassen zum Anbau von Wein angelegt wurden. Dort stand eine Gruppe aufgeregt herum. Alle verstummten, als sie Ari herankommen sahen. Er drängte sich hindurch und starrte auf die Erde. Sie war voll Blut. Fetzen einer blauen Bluse lagen am Boden. Eine blutige Spur führte von der Stelle in die Berge. Ari sah die Umstehenden an. Keiner sagte etwas.

»Dafna«, sagte Ari tonlos.

Zwei Tage später fanden sie die Leiche. Man hatte ihr die Hände abgehackt, Nase und Ohren abgeschnitten und die Augen ausgestochen.

Niemand sah Ari ben Kanaan eine Träne vergießen. Von Zeit zu Zeit verschwand er für mehrere Stunden. Er kam mit bleichem Gesicht zurück. Doch er zeigte weder Trauer noch Haß, nicht einmal Wut. Er erwähnte ihren Namen nie mehr.

Ein halbes Dutzend arabischer Ortschaften in der Nähe von Hamischmar wartete voller Angst auf einen Vergeltungsangriff. Doch er erfolgte nicht.

Die Juden in Hamischmar und einem halben Dutzend anderer Neusiedlungen, die gleichfalls an strategisch wichtigen Punkten errichtet waren, hielten stand. Die neue Taktik beeinträchtigte zwar die Revolte der Mufti, konnte sie aber nicht unterbinden.

In dieses Durcheinander kam ein englischer Major namens P. P. Malcolm.

Major P. P. Malcolm war bei Ausbruch der Revolte des Mufti zum Intelligence Service in Jerusalem versetzt worden. Er war ein

Einzelgänger. P. P. gab wenig auf sein Äußeres und nichts auf militärische Tradition. Er hielt Förmlichkeit für etwas Lächerliches. Er konnte seine Ansichten unverhohlen und notfalls mit größter Schärfe äußern, aber er konnte auch tagelang tief in Gedanken versinken; dann kam es vor, daß er sich weder rasierte noch kämmte. Er hatte eine sehr scharfe Zunge und verfehlte nie, seine Umgebung zu schockieren. Er war exzentrisch und galt bei den anderen Offizieren als ausgefallene Type. Er war groß und hager, hatte ein knochiges Gesicht und hinkte leicht. Alles in allem war er genauso, wie ein englischer Offizier nicht sein sollte.

Als Malcolm nach Palästina kam, sympathisierte er mit den Arabern, weil das für einen britischen Offizier zum guten Ton gehörte. Doch diese Sympathien dauerten nicht lange. Innerhalb kurzer Zeit war aus P. P. Malcolm ein fanatischer Zionist geworden.

Wie die meisten Christen, die sich für den Zionismus begeistern, war auch P. P. Malcolm ein wesentlich entschiedenerer und fanatischerer Anhänger dieser Idee als irgendein Jude. Er lernte bei einem Rabbi hebräisch und verbrachte jede freie Minute damit, die Bibel zu lesen. Er war davon überzeugt, daß es Gottes Plan war, die Juden wieder zu einer Nation werden zu lassen. Er studierte sehr genau die Feldzüge, von denen die Bibel berichtet, und machte sich mit den Taktiken Josuas, Davids und Gideons vertraut, für den er sich besonders begeisterte. Schließlich war er überzeugt, daß seine Versetzung nach Palästina eine göttliche Fügung war. Er, P. P. Malcolm, war von Gott dazu ausersehen, die Kinder Israels auf dem Weg zu ihrem hohen Ziel anzuführen.

Malcolm fuhr in einer alten Karre, die er billig beim Schrotthändler erworben hatte, kreuz und quer durch Palästina. Wo es keine Straßen gab, hinkte er mit seinem schief eingeschraubten Bein zu Fuß durch das Land. Er besuchte jedes Schlachtfeld aus biblischer Zeit, um die taktischen Begebenheiten an Ort und Stelle zu rekonstruieren.

Die Leute wunderten sich oft, wieso man einen Mann wie Malcolm beim britischen Oberkommando duldete. General Charles, Kommandeur der Streitkräfte in Palästina, war sich ganz einfach darüber klar, daß Malcolm ein Genie war, einer dieser seltenen Rebellen mit völlig eigener Meinung, die es auch unter den Militärs gelegentlich einmal gab. Malcolm fand die englischen Handbücher über Kriegführung zum Lachen, hatte für die darin vertretenen strategischen Ansichten nur Verachtung übrig und hielt die gesamte englische Armee größtenteils für glatte Geldverschwendung.

Eines Abends ließ P. P. Malcolm seinen Wagen stehen, als gleich zwei Reifen auf einmal keine Luft mehr hatten, und ging zu Fuß auf der Straße nach Yad El weiter. Als er die äußere Verteidigungslinie überschritt, kamen ein halbes Dutzend Posten auf ihn zu. Er lächelte, winkte mit der Hand und rief: »Gut gemacht, Jungs! Aber jetzt bringt mich zu Barak ben Kanaan.«

Malcolm ging aufgeregt in Baraks Wohnzimmer hin und her. Sein Äußeres war noch stärker vernachlässigt als sonst. Eine geschlagene Stunde lang hielt er Barak ben Kanaan einen Vortrag über die Größe des Zionismus und den geschichtlichen Auftrag der hebräischen Nation. Schließlich sagte er: »Und jetzt sollen Sie hören, Ben Kanaan, was mich zu Ihnen geführt hat. Ich werde die Hagana übernehmen und daraus eine erstklassige Truppe machen. Ihr habt da das beste Rohmaterial, das mir jemals vor die Augen gekommen ist.«

Barak blieb der Mund offen.

Malcolm sah zum Fenster hinaus. Er sah die Wassersprüher, die sich auf den Feldern drehten, und in der Ferne konnte er Abu Yesha sehen, das unterhalb von Fort Esther am Hang lag.

»Sehen Sie sich dieses Fort da oben an – Esther, wie ihr es nennt –, ich nenne es Fort Sturheit. Die Araber brauchen weiter nichts zu tun, als einen Bogen darum zu machen. Die Engländer werden das nie lernen.«

»Major Malcolm«, sagte Barak, »wollen Sie mir nicht verraten, was mir die Ehre Ihres Besuches verschafft?«

»Es ist allgemein bekannt, daß Barak ben Kanaan gerecht und unparteiisch ist«, sagte Malcolm. »Offen gestanden, die meisten Juden reden zuviel. In meiner jüdischen Armee werden sie keine zehn Worte zu sagen haben. Das Reden besorge ich ganz allein.«

»Davon haben Sie mich bereits durchaus überzeugt«, sagte Barak.

»Hm«, brummte Malcolm und sah weiter zum Fenster hinaus. Dann drehte er sich plötzlich herum, und in seinen Augen brannte die gleiche Intensität, wie sie Barak oft bei seinem Bruder Akiba gesehen hatte.

»Kämpfen!« rief Malcolm. »Das ist es, was wir tun müssen – kämpfen! Es geht um die jüdische Nation, Ben Kanaan, um den Gehorsam gegenüber der Vorsehung!«

»Ich bin da mit Ihnen durchaus einer Meinung; man braucht mich darauf nicht erst aufmerksam zu machen.«

»Doch, darauf muß man Sie aufmerksam machen – euch alle muß man darauf aufmerksam machen –, solange ihr euch in euren Siedlungen verschanzt und darin bleibt. Wir müssen zu diesen Ungläubigen hingehen und sie züchtigen! Wenn ein Araber aus seinem Kaffeehaus herauskommt und aus einer Entfernung von tausend Meilen blindlings einen Schuß auf eine jüdische Siedlung abgibt, dann hält er sich für einen tapferen Mann. Es ist an der Zeit, diesen finsteren Heiden auf den Zahn zu fühlen. Hebräer, das ist es, was ich brauche, hebräische Soldaten! Arrangieren Sie sofort, daß ich mit Avidan sprechen kann. Die Engländer sind zu dumm, um meine Methoden zu begreifen.«

So plötzlich, wie dieser seltsame Mann in Yad El erschienen war, war er auch wieder verschwunden. P. P. Malcolm hinkte zum Tor hinaus, laut einen Psalm singend. Barak ben Kanaan sah ihm nach und schüttelte den Kopf.

Etwas später rief er Avidan an. Sie sprachen jiddisch miteinander, für den Fall, daß die Leitung angezapft war.

»Wer ist dieser Mann?« fragte Barak. »Er kam herein wie der Messias und fing an, mir eine Predigt über den Zionismus zu halten.«

»Wir haben Berichte über ihn bei uns vorliegen«, sagte Avidan. »Ich muß Ihnen gestehen, der Mann ist so sonderbar, daß wir nicht wissen, was wir von ihm halten sollen.«

»Ist er vertrauenswürdig?«

»Wir wissen es nicht.«

Major P. P. Malcolm verbrachte jetzt seine ganze freie Zeit mit Juden. Er äußerte unumwunden, die englischen Offiziere seien dumm und langweilig. Innerhalb weniger Monate war er bei allen Angehörigen des Jischuw eine bekannte Figur. Obgleich er in den höchsten Kreisen verkehrte, behandelten ihn die führenden Männer meist wie einen harmlosen Exzentriker. Man fand ihn sehr nett und nannte ihn ›unseren verrückten Engländer‹.

Doch es stellte sich bald heraus, daß P. P. Malcolm keineswegs verrückt war. Bei Diskussionen im kleinen Kreis entfaltete er eine unerhörte Überredungsgabe. Mitglieder des Zentralrats, die bei ihm gewesen waren, gingen nach Haus und waren überzeugt, daß Malcolm sie verhext habe.

Nachdem Malcolm fast sechs Monate lang mit irgendwelchen Ausreden hingehalten worden war, erschien er eines Tages unangemeldet in Ben Gurions Büro im Gebäude des Jischuw-Zentralrats in Jerusalem.

»Hören Sie mal, Ben Gurion«, sagte er bissig, »Sie sind ein verdammter Idiot. Sie verschwenden Ihre ganze Zeit damit, sich mit Ihren Feinden zu unterhalten, und für einen Freund haben Sie keine fünf Minuten übrig.«

Damit machte er auf dem Absatz kehrt und ging wieder hinaus.

Dann ließ sich Malcolm bei General Charles melden, dem Kommandeur der britischen Streitkräfte in Palästina. Er trug dem General seine Ansichten vor und versuchte ihn dafür zu gewinnen. Er wollte seine Theorien über die Kriegführung gegen die Araber unter Verwendung jüdischer Truppen erproben. General Charles war, wie die meisten Offiziere seines Stabes, proarabisch eingestellt; doch die Rebellion des Mufti fing allmählich an, zu einer Blamage für ihn zu werden. Die Engländer hatten gegenüber den Arabern so kläglich versagt, daß der General beschloß, Malcolm freie Hand zu lassen.

Malcolm kreuzte mit seinem Klapperkasten in Hamischmar auf. Posten der Wache nahmen ihn in Empfang und führten ihn den Hang hinauf zu Ari. Der stämmige Anführer der Hagana musterte verwundert den dürren Engländer, der da plötzlich vor ihm stand.

Malcolm klopfte ihm auf die Schulter.

»Sie scheinen ein ordentlicher Junge zu sein«, sagte er. »Hören Sie auf meine Worte, befolgen Sie meine Befehle, geben Sie auf meine Handlungen acht, und ich mache aus Ihnen einen erstklassigen Soldaten. So, und jetzt zeigen Sie mir mal Ihr Lager und Ihre Stellungen.«

Ari war völlig verblüfft. Aufgrund eines gegenseitigen Abkommens hatten sich die Engländer bisher in Hamischmar nicht sehen lassen und Aris Patrouillen nicht zur Kenntnis genommen. Dennoch war es natürlich ihr gutes Recht, Hamischmar zu inspizieren. Major Malcolm nahm Aris Mißtrauen und seinen offensichtlichen Versuch, ihm nur einen Teil der Stellungen zu zeigen, überhaupt nicht zur Kenntnis.

»Wo ist Ihr Zelt, mein Sohn?« fragte er schließlich. In Aris Zelt streckte sich P. P. Malcolm auf dem Feldbett aus und dachte nach.

»Was wollen Sie eigentlich hier?« fragte Ari.

»Geben Sie mir eine Karte, mein Sohn«, sagte Malcolm, ohne

Aris Frage zu beantworten. Ari gab ihm die Karte, P. P. Malcolm setzte sich auf den Rand der Koje, entfaltete die Karte und strich sich über seine Bartstoppeln. »Wo ist die Hauptabsprungbasis der Araber?«

Ari zeigte mit dem Finger auf eine kleine Ortschaft rund fünfzehn Kilometer jenseits der libanesischen Grenze.

»Wir werden diese Basis heute nacht vernichten«, sagte Malcolm kurz.

In dieser Nacht ging unter Führung von Malcolm ein Kommandotrupp, bestehend aus acht Männern und zwei Frauen, von Hamischmar aus über die libanesische Grenze. Die Juden waren baß erstaunt, in was für einem Tempo und mit welcher Ausdauer dieser Mann mit dem gebrechlichen Körper sie über die steilen Hänge und durch die Windungen der Berge führte. Er blieb nicht ein einzigesmal stehen, um auszuruhen oder sich zu orientieren. Bevor sie losgegangen waren, hatte Major Malcolm einen von ihnen niesen gehört. Der Betreffende durfte nicht mitkommen. Jeder, der das Tempo nicht durchhielte, sollte windelweich geschlagen werden.

Als sie in der Nähe ihres Zieles angekommen waren, ging Malcolm allein voraus, um den Ort zu erkunden. Nach einer halben Stunde kam er zurück.

»Sie haben, wie ich es vermutet hatte, keine Wachen ausgestellt. Wir werden es also folgendermaßen machen.« Er skizzierte mit raschen Strichen einen Lageplan und zeichnete die drei oder vier Hütten ein, von denen er vermutete, daß sie den Schmugglern als Unterkunft dienten. »Ich gehe mit drei von euch Burschen in die Ortschaft, wir eröffnen auf kurze Entfernung das Feuer und werfen ein paar Handgranaten in die Bude, um die Bande ein bißchen aufzupulvern. Alle werden in wilder Flucht davonstürzen. Ich werde sie mit meiner Gruppe hierher an das Ende der Ortschaft treiben, wo Sie, Ben Kanaan, mit dem Rest der Leute im Hinterhalt liegen. Sehen Sie zu, daß Sie ein paar Gefangene machen, denn die Gegend hier ist offensichtlich von heimlichen Waffendepots gespickt voll.«

»Ihr Plan ist unsinnig«, sagte Ari. »Das klappt nicht.«

»Dann schlage ich Ihnen vor, daß Sie sich auf den Rückweg nach Palästina begeben«, sagte Malcolm.

Das war das erste- und letztemal, daß Ari die Richtigkeit irgendeiner Maßnahme von P. P. Malcolm anzweifelte.

Malcolms Plan wurde ausgeführt. Der Major ging mit einem

aus vier Mann bestehenden Kommando dicht an das vermutliche gegnerische Hauptquartier heran. Vier Handgranaten flogen in die Eingänge der Hütten, und sofort danach wurde das Gewehrfeuer eröffnet. Genau wie Malcolm es vorhergesagt hatte, entstand eine Panik. Kaltblütig trieb er die Strauchdiebe Ari direkt in die Arme. Innerhalb von zehn Minuten war alles vorbei.

Zwei Gefangene, die Aris Gruppe gemacht hatte, wurden dem Major vorgeführt.

»Wo habt ihr eure Waffen versteckt?« fragte er den ersten auf arabisch. Der Araber zog die Schultern hoch.

Malcolm schlug dem Mann ins Gesicht und wiederholte seine Frage. Diesmal beteuerte der Araber bei Allah seine Unschuld. Malcolm nahm in aller Ruhe seine Pistole heraus und schoß dem Araber durch den Kopf. Dann wandte er sich an den zweiten Gefangenen. »Wo habt ihr eure Waffen versteckt?« fragte er ihn. Der zweite Araber beeilte sich, die genaue Lage der Waffenlager zu verraten.

»Ihr Söhne und Töchter Judäas habt heute nacht eine ganze Menge wichtiger Dinge gelernt«, sagte Malcolm. »Ich werde es euch morgen im einzelnen noch genauer erklären. Für jetzt nur soviel: Man soll sich nie brutaler Mittel bedienen, um etwas in Erfahrung zu bringen, sondern immer auf dem kürzesten Wege zur Sache kommen.«

Die Nachricht von Malcolms erfolgreichem Stoßtruppunternehmen machte auf alle Leute in Palästina sehr großen Eindruck. Allerdings wirkte es auf die verschiedenen Leute sehr verschieden. Für die Juden war es ein Ereignis von historischer Bedeutung. Zum allererstenmal waren die Juden aus ihren Siedlungen herausgegangen, um einen Angriff zu unternehmen. Viele meinten, das hätte schon viel früher geschehen sollen.

Bei den Engländern löste die Nachricht einen Aufruhr aus. Die meisten waren der Meinung, P. P. Malcolm sei sofort zu entfernen. General Charles war sich nicht ganz so sicher. Die britischen Methoden der Kriegführung gegen die Araber waren höchst mangelhaft, und General Charles hatte den Eindruck, daß Malcolm der Lösung dieses schwierigen Problems sehr viel näher war.

Für die Söldner des Mufti und die muselmanischen Fanatiker war es ein Tag bitterer Ernüchterung. Sie konnten nicht mehr unbehindert durch das Land ziehen und je nach Lust und Laune irgendwo angreifen, ohne mit Vergeltungsmaßnahmen rechnen zu müssen. Ari und P. P. Malcolm begaben sich mit wachsendem Erfolg auf ein Dutzend weiterer Kommandounternehmungen weit hinter der libanesischen Grenze. Die Räuberbanden, die Heckenschützen und Waffenschmuggler und die Söldner des Generalissimo Kawuky wurden aus ihrer selbstgefälligen Ruhe aufgescheucht. Durch das rasche und erbarmungslose Zuschlagen der Hagana wurde ihre Tätigkeit sowohl unsicher als auch unrentabel. Der Mufti setzte auf den Kopf von P. P. Malcolm einen Preis von tausend englischen Pfund aus.

Nachdem es Malcolm und seinen jungen Hagana-Soldaten gelungen war, am Teggart-Wall in der Umgebung von Hamischmar die Ruhe herzustellen, verlegte er sein Hauptquartier nach dem Kibbuz Ejn Or. Er forderte bei der Hagana einhundertundfünfzig ihrer besten Soldaten an; besonderen Wert legte er auf Ari ben Kanaan, von dem er große Stücke hielt. In Ejn Or stellte Malcolm seine Kommando-Einheit auf. Als die hundertfünfzig Soldaten, die aus allen jüdischen Siedlungen Palästinas ausgesucht waren, sich in Ejn Or versammelt hatten, begab sich Major Malcolm mit ihnen auf einen langen Marsch zum Berge Gilboa, der historischen Grabstätte des großen hebräischen Richters und Kriegers Gideon, den Malcolm besonders verehrte. An Gideons Grab trat er vor seine versammelte Mannschaft, öffnete seine Bibel und las auf hebräisch:

»Also kam Gideon und hundert Mann mit ihm vor das Lager, zu Anfang der mittelsten Nachtwache, da sie eben die Wächter aufgestellt hatten, und bliesen mit Posaunen, und zerschlugen die Krüge in ihren Händen.

Also bliesen alle drei Haufen mit Posaunen, und zerbrachen die Krüge. Sie hielten aber die Fackeln in ihrer linken Hand und die Posaunen in ihrer rechten Hand, daß sie bliesen, und riefen: Hie Schwert des Herrn und Gideons!

Und ein jeglicher stund auf seinem Ort um das Lager her. Da ward das ganze Heer laufend, und schrien, und flohen.«

Malcolm klappte die Bibel zu. Dann schritt er vor der Front auf und ab, die Hände auf dem Rücken und den Blick wie in weite Ferne gerichtet. »Gideon war ein kluger Mann«, sagte er. »Gideon wußte, daß die Midianiter unwissende und abergläubische Leute waren, daß sie das Dunkel der Nacht fürchteten und daß man sie durch lauten Lärm erschrecken konnte. Gideon wußte es – und wir wissen es auch.«

Die Araber konnten nie wissen, wo oder wann Malcolms Leute das nächstemal zuschlagen würden. Ihr altes zuverlässiges Spionagesystem funktionierte gegenüber dieser neuen Truppe einfach nicht mehr. Manchmal schickte Malcolm drei verschiedene Kommandos in verschiedene Richtungen los, um den Gegner zu verwirren. Er marschierte mit seinen Männern an einem arabischen Dorf vorbei, kam auf einem Umweg im Laufschritt zurück und schlug zu. Er ließ eine Wagenkolonne eine Straße entlangfahren und die Männer einzeln von den Wagen springen. Tagsüber lagen sie unsichtbar verborgen in den Gräben am Rande der Straße und versammelten sich, sobald es dunkel geworden war. Jeder Angriff erfolgte mit so lautem Geschrei, daß der Feind glaubte, tausend Mann würden angreifen. So gelang es Malcolm jedesmal, beim Gegner Panik hervorzurufen.

Gleich allen anderen Angehörigen der Kommandotruppe wurde auch Ari ben Kanaan ein begeisterter Schüler des exzentrischen Engländers. Er begleitete Malcolm bei rund einem Hundert nächtlicher Gänge gegen den Feind, und nicht ein einzigesmal unterlief Malcolm ein Irrtum. Er verlangte eiserne Disziplin, blinde Ergebenheit und fanatischen Einsatz als Gegenleistung dafür, daß er seine Leute von Sieg zu Sieg führte.

Malcolms Kommando-Einheit erzeugte bei den Arabern eine Furcht, die sogar noch größer war als die Furcht vor dem Klan der Husseinis. Mit seinen hundertfünfzig Mann vernichtete er die Rebellion. Die Marodeure suchten das Weite, und Kawukys grandiose Befreiungsarmee zog sich eiligst in den Libanon zurück. In seiner Verzweiflung richtete der Mufti seine Wut auf die Ölleitung, die von den Erdölfeldern des Mossul-Gebietes nach Haifa führte.

»Zwanzigtausend dieser sturen Engländer wären nicht in der Lage, diese Ölleitung zu sichern«, sagte Malcolm. »Wir werden es mit unseren hundertfünfzig Mann machen. Unsere Methode ist sehr einfach. Jedesmal, wenn die Leitung irgendwo zerstört wird, werden wir das Araberdorf, das dieser Stelle am nächsten gelegen ist, angreifen und dem Erdboden gleichmachen. Das wird die arabischen Ortschaften dazu veranlassen, die Leitung in ihrem eigenen Interesse gegen Saboteure zu schützen, und es wird eine Warnung für sie sein, diese Strauchdiebe nicht bei sich aufzunehmen. Vergeltung – merkt euch das, denn die Juden sind zahlenmäßig unterlegen. Wir müssen uns des Prinzips der Vergeltung bedienen.« Jedesmal, wenn die Araber irgend etwas

361

unternahmen, bekamen sie es sofort heimgezahlt. Vergeltung wurde von jetzt an zum Losungswort der jüdischen Verteidigung.

Die arabische Revolte flackerte noch eine Weile, dann erlosch sie. Sie war ein jämmerlicher und sehr kostspieliger Fehlschlag gewesen. Die Araber hatten ihr ganzes stattliches Vermögen verpulvert und ihre hervorragendsten Männer geopfert. Drei Jahre der Unruhe und des Blutvergießens hatten sie an den Rand des Zusammenbruchs gebracht. Und in der ganzen Zeit hatten sie die Juden nicht aus einer einzigen der bereits bestehenden Siedlungen vertrieben; ebensowenig hatten sie verhindern können, daß rund fünfzig neue Siedlungen entstanden.

Als der Aufstand der Araber kurz vor dem Zusammenbruch stand, machte Whitehall bei der britischen Verwaltung im Mandatsgebiet reinen Tisch. Major P. P. Malcolm wurde abkommandiert und mußte Palästina verlassen. Wenn er weiterhin mit Juden gemeinsame Sache machte, konnte das den Engländern nur Schwierigkeiten bereiten.

Es brach Malcolm das Herz, als er von seiner jüdischen Truppe Abschied nehmen mußte. Doch die Juden, die er ausgebildet hatte, bildeten den Kern für eine künftige jüdische Armee, und seine großartigen taktischen Lehren waren ihre militärische Bibel.

Nachdem die Kommando-Einheit aufgelöst worden war, kehrte Ari ben Kanaan nach Yad El zurück. Doch sein Herz schien noch immer auf einem einsamen Berg an der libanesischen Grenze zu sein, wo Dafna begraben lag, zusammen mit zwanzig anderen Männern und Frauen der Hagana, die ihr Leben für Hamischmar gelassen hatten.

Da die Situation ruhig und die Verhältnisse sicherer geworden waren, ging Taha, der die ganze Zeit über in Yad El bei der Familie Ben Kanaan gelebt hatte, wieder nach Abu Yesha, um das Amt des Muktar zu übernehmen. Barak und Sara erkannten deutlich, daß sich Taha in den achtzehn Monaten, die er bei ihnen verbracht hatte, in die dreizehnjährige Jordana verliebt hatte. Die Liebe zu einem Mädchen dieses Alters war bei den Arabern nichts Ungewöhnliches. Sowohl Barak als auch Sara sprachen nie darüber und hofften, daß der Junge ohne allzu großen Kummer darüber hinwegkommen würde.

Eine neue britische Verwaltung unter dem Kommando von

General Haven-Hurst kam nach Palästina. Kurz darauf holte man die Angehörigen der aufgelösten Kommando-Einheit zusammen, stellte sie vor Gericht und verurteilte sie zu Gefängnisstrafen von sechs Monaten bis zu fünf Jahren. Die Anklage, die man gegen sie erhob, lautete: Illegaler Waffengebrauch!

Ari und Hunderte weitere Angehörige der Hagana von der Kommando-Einheit P. P. Malcolms wurden in das Gefängnis von Akko geworfen, das einem finsteren Kerker glich. Es war ein düsterer, alter Bau mit dicken Mauern, feucht, verwanzt und voller Ratten. Ein großer Teil der Inhaftierten nahm die Sache mit viel Humor. Die eingesperrten Hagana-Leute brachten die englischen Wachtposten zur Verzweiflung, indem sie von morgens bis abends Hagana-Märsche und Siedlerlieder sangen.

Im Frühling 1939 wurde Ari entlassen. Bleich und hager kam er nach Yad El zurück. Sara weinte in der Stille ihrer Kammer, nachdem sei ihn so wiedergesehen hatte. Was hatte das Leben ihrem Sohn von Jugend auf gegeben? Nichts als Ochsenziemer, ein Gewehr und tiefen Schmerz. Dafna war tot, und so viele seiner Kameraden waren gefallen. Wie lange sollte es noch so weitergehen?

Die Engländerr setzten wieder einmal einen Untersuchungsausschuß ein. Er stellte fest, daß an dem jahrelangen Blutvergießen, hinter dem der Mufti als treibende Kraft stand, die jüdischen Einwanderer schuld waren.

XVII

Whitehall und Chatham House und Neville Chamberlain, englischer Premierminister und als Leisetreter bekannt, verblüfften die Welt durch eine amtliche Verlautbarung. Am Vorabend des Zweiten Weltkrieges gab die englische Regierung einen Beschluß bekannt, der den verzweifelten Juden in Deutschland den Weg nach Palästina versperrte und den Juden in Palästina den Erwerb von Grund und Boden untersagte. Die Leisetreter von München, die die Spanier und die Tschechen verraten und verkauft hatten, taten jetzt dasselbe mit den Juden in Palästina.

Die Makkabäer, die bis dahin mehr oder weniger passiv gewesen waren, wurden auf einmal höchst lebendig. Der englische Beschluß führte ihnen neue Mitglieder zu Hunderten zu. Die

Makkabäer schlugen mit einer Reihe von Überfällen zurück, sprengten ein britisches Offizierskasino in Jerusalem in die Luft und verbreiteten unter den Arabern Angst und Schrecken. Sie stürmten ein britisches Arsenal und überfielen mehrere Wagenkolonnen.

General Haven-Hurst machte die bisherige Politik der halben Zusammenarbeit mit den Juden in allen Teilen rückgängig. Die von den Engländern aufgestellte jüdische Polizei wurde aufgelöst; die Hagana wurde verboten und mußte untertauchen. Führende Männer des Jischuw-Zentralrats und weitere Angehörige der aufgelösten Kommando-Einheit wurden vor Gericht gestellt und ins Gefängnis geworfen.

Auch diesmal appellierte Ben Gurion an den Jischuw, die gleiche Besonnenheit und Zurückhaltung an den Tag zu legen, die die Juden in Palästina bisher gezeigt hatten. Er distanzierte sich öffentlich von den Terrormethoden. Barak ben Kanaan wurde nach London geschickt, um gemeinsam mit Chaim Weizmann und anderen Wortführern des Zionismus zu versuchen, die Engländer zu einer Änderung ihrer Haltung zu bewegen. Doch die Männer von Whitehall waren entschlossen, an dem eingeschlagenen Kurs festzuhalten, um die Araber nicht zu reizen.

In Palästina war der Klan der Husseinis wieder eifrig am Werke. Hadsch Amin war zwar noch immer im Exil, doch die übrigen Angehörigen des Klans hielten weiterhin die Opposition durch Meuchelmorde in Schach. Ein Neffe des Mufti, Gamal Husseini, rief den Großarabischen Aktionsausschuß wieder ins Leben.

In Deutschland befanden sich die Juden in einer verzweifelten Lage. Die Zionistische Organisation sah sich einer kaum zu meisternden Aufgabe gegenüber, weil jetzt auch diejenigen deutschen Juden, die sich zunächst nicht aus der Ruhe hatten bringen lassen, in panischer Angst aus dem Land hinauszukommen versuchten.

Die Engländer machten es den Jischuw-Angehörigen, die ihnen durch ihre Tätigkeit in der Hagana und bei der illegalen Einwanderung bekannt waren, fast ebenso schwer, aus Palästina hinauszukommen, wie den deutschen Juden, nach Palästina hereinzukommen. Als Ari von Avidan den Befehl bekam, sich nach Berlin zu begeben, mußte er bei Hamischmar schwarz über die libanesische Grenze und zu Fuß nach Beirut gehen. Er reiste mit dem Paß eines Juden, der vor kurzer Zeit als ›Tourist‹ nach

364

Palästina gekommen war. Von Beirut aus fuhr er per Schiff nach Marseille, und eine Woche später erschien er in Berlin im Hauptquartier der Zionistischen Vereinigung, in der Meineckestraße 10. Sein Auftrag lautete, soviel Juden wie möglich aus Deutschland hinauszuschaffen.

Die Nazis holten aus dem Geschäft mit Ausreisegenehmigungen alles heraus, was nur herauszuholen war. Je verzweifelter die Juden wurden, desto höher wurde der Preis, den sie für ihre Freiheit bezahlen mußten. Viele Familien opferten ihr gesamtes Vermögen für das Recht, aus Deutschland fliehen zu dürfen. Visa wurden gefälscht und gestohlen. Ein Visum bedeutete Leben. Sehr bitter war es, daß nur wenige Länder der Welt die deutschen Juden aufnehmen wollten. Die meisten Länder machten ihnen die Tür vor der Nase zu. Wenn sie bereit waren, Einreisevisa zu erteilen, dann nur unter der stillschweigenden Bedingung, daß die Juden nicht wirklich in das betreffende Land einreisten.

Ari sah sich vor die Aufgabe gestellt, zu entscheiden, wer ein Visum bekommen sollte und wer nicht. Tag für Tag kamen Leute zu ihm, die ihm drohten, ihn zu bestechen versuchten oder ihn verzweifelt anflehten, ihnen zu helfen. Nachdem die Zionisten fünf Jahre lang die deutschen Juden vergeblich aufgefordert hatten, Deutschland zu verlassen, waren sie jetzt der Ansicht, daß in erster Linie die Kinder herausgebracht werden sollten, außerdem wichtige Spezialisten, wissenschaftliche Kapazitäten und bedeutende Künstler: die Elite. Es gelang Ari und der Aliyah Bet, Hunderte aus Deutschland hinauszuschmuggeln, doch diesen Hunderten standen Tausende gegenüber, die in der Falle saßen.

In dem angsterfüllten Sommer des Jahres 1939 arbeitete Ari Tag und Nacht. Mitte August bekam er von der Aliyah Bet in Frankreich die dringende Aufforderung, Deutschland sofort zu verlassen. Ari kümmerte sich nicht darum und setzte seine Arbeit fort. Jeder Tag wurde zu einem Wettrennen mit dem Tod.

Dann erhielt er eine zweite Aufforderung. Diesmal kam sie von der Hagana und enthielt den Befehl, zurückzukommen. Ari nahm es auf seine Kappe, nochmals zweiundsiebzig Stunden weiterzuarbeiten, weil er gerade damit beschäftigt war, Ausreisegenehmigungen für mehrere hundert Kinder zu beschaffen, die mit einem Sonderzug nach Dänemark fahren sollten.

Es kam ein drittes Telegramm und ein viertes. Als der Zug mit den Kindern die dänische Grenze überquerte, machte sich Ari

...anaan seinerseits auf die Flucht. Er verließ Deutschland ...ntundvierzig Stunden bevor Hitlers Wehrmacht Polen überrollte und den Zweiten Weltkrieg einleitete.

Der Jischuw-Zentralrat war sich bei Kriegsausbruch sofort über den einzuschlagenden Kurs klar. Ben Gurion richtete an die Juden in Palästina die Aufforderung, in die britische Armee einzutreten, um gegen den gemeinsamen Feind zu kämpfen. Diese Aufforderung wurde noch durch die Hagana unterstützt, die hierin eine Möglichkeit erblickte, jüdische Soldaten auf legale Weise auszubilden.

General Haven-Hurst, der Kommandeur der britischen Streitkräfte in Palästina, meldete beim britischen Kriegsministerium schwere Bedenken dagegen an, Palästina-Juden in die britische Wehrmacht aufzunehmen. »Wenn wir die Juden jetzt ausbilden und ihnen die Möglichkeit geben, Fronterfahrung zu gewinnen, dann setzen wir uns damit nur Läuse in den Pelz, denn mit Sicherheit werden wir eines Tages gegen genau dieselben Juden zu kämpfen haben.«

Innerhalb einer Woche nach Ausbruch des Krieges hatten sich hundertdreißigtausend Männer und Frauen – jeder vierte der Juden in Palästina – beim Jischuw-Zentralrat gemeldet, um als Freiwillige in die britische Armee einzutreten.

Die Araber dagegen warteten darauf, daß die Deutschen als ihre ›Befreier‹ auch nach Palästina kämen.

Es war für die Engländer ein Ding der Unmöglichkeit, das Angebot der jüdischen Bevölkerung von Palästina zu ignorieren. Aber ebenso unmöglich war es, General Haven-Hursts Warnung in den Wind zu schlagen. Beim Kriegsministerium entschloß man sich daher zu dem Kompromiß, die Juden zwar in das britische Heer aufzunehmen, sie aber nicht an der Front zu verwenden, sondern sie als Transportkolonnen, Pionierbataillone und technische Hilfstruppen einzusetzen. Der Jischuw-Zentralrat protestierte heftig gegen diese Diskriminierung und verlangte für die Juden das Recht, mit der Waffe in der Hand gegen die Deutschen zu kämpfen.

Die Haltung der jüdischen Bevölkerung von Palästina war einheitlich, mit Ausnahme der Makkabäer, die ihre eigenen Wege gingen. Avidan beschloß, keinen unangebrachten Stolz an den Tag zu legen, und bat Akiba durch eine Reihe geheimer Mittelsmänner um eine Unterredung.

Die beiden trafen sich in einem Kellerraum von Frankels Restaurant auf der King-George-Straße in Jerusalem. Der Keller war voll von Kisten mit Konserven und Flaschen, die an den Wänden übereinandergestapelt waren.

Als Akiba, von zwei Makkabäern begleitet, hereinkam, gab ihm Avidan nicht die Hand. Fünf lange Jahre waren vergangen, seit sich die beiden Männer das letztemal gesehen hatten. Man sah Akiba an, daß er mehr als sechzig Jahre auf dem Buckel hatte. Die schweren Strapazen des Aufbaus von zwei Kibbuzim und die Jahre des illegalen Daseins hatten einen alten Mann aus ihm gemacht.

Die Posten der Makkabäer und der Hagana gingen hinaus. Die beiden waren allein und musterten sich schweigend. Schließlich sagte Avidan: »Ich bin hergekommen, um dich zu bitten, mit den Engländern einen Waffenstillstand abzuschließen, bis der Krieg vorbei ist.«

Akiba brummte böse. Mit scharfen Worten gab er seiner Verachtung für die Engländer und ihre Palästina-Politik und seinem Zorn auf den Zentralrat und die Hagana Ausdruck.

»Bitte, Akiba«, sagte Avidan, der sich mühsam beherrschte. »Ich verstehe durchaus, was dich bewegt. Ich bin mir auch über die Meinungsverschiedenheiten völlig klar, die zwischen uns bestehen. Doch man mag es ansehen wie man will. Die Deutschen stellen jedenfalls eine wesentlich größere Gefahr für unsere Existenz dar als die Engländer.«

Akiba wandte Avidan den Rücken. Er stand in dem dunklen Raum und überlegte. Dann drehte er sich plötzlich herum, und in seinen Augen brannte das alte Feuer. »Jetzt ist der Augenblick gekommen«, rief er, »die Engländer dazu zu zwingen, ihre Palästina-Politik zu revidieren! Jetzt – gerade jetzt – sollten wir von den Engländern verlangen, einen jüdischen Staat anzuerkennen, der das Gebiet diesseits und jenseits des Jordan umfaßt! Jetzt! Man muß diese verdammten Engländer schlagen, wenn sie weiche Knie haben!«

»Ist es für uns so wichtig, ein Staat zu werden, daß wir dieses Ziel selbst um den Preis anstreben sollen, dadurch zum Sieg der Deutschen beizutragen?«

»Und bildest du dir vielleicht ein, die Engländer würden Bedenken haben, uns abermals zu verraten und zu verkaufen?«

»Ich bin der Meinung, es gibt für uns nur eins – den Kampf gegen Hitler.«

Akiba ging wie ein hungriges Tier über den Zementfußboden

...her. Tränen schossen ihm vor Wut in die Augen. Schließ-
...sagte er leise und mit bebender Stimme: »Obwohl die Engländer unsere Küste blockieren und verzweifelten Menschen
den Zugang verwehren – obwohl die Engländer mit unseren Jungen innerhalb ihrer Armee ein Ghetto einrichten – obwohl sie uns
mit ihren letzten Beschlüssen an die Araber verraten haben – obwohl die Juden in Palästina in diesem Krieg ihre besten Kräfte für
die Engländer einsetzen, während die Araber wie die Aasgeier
dasitzen und nur darauf warten, daß die Engländer zu Boden gehen – trotz allem sind die Engländer nicht die schlimmsten unserer Feinde, und deshalb müssen wir auf ihrer Seite kämpfen.
Also gut, Avidan – die Makkabäer werden Waffenstillstand
schließen.«

Akibas Feindlichkeit stand spürbar im Raum, als sich die beiden Männer zum Abschluß die Hände reichten. Dann räusperte
sich Akiba und fragte: »Wie geht es meinem Bruder?«

»Barak ist gerade von London zurückgekommen, wo er Verhandlungen geführt hat.«

»Ja, Verhandlungen – das sieht Barak ähnlich. Und wie geht es
Sara und den Kindern?«

»Gut«, sagte Avidan. »Auf Ari kannst du stolz sein.«

»O ja, Ari ist ein prima Bursche. Und wie – wie sieht es jetzt in
Ejn Or aus?«

Avidan senkte den Blick und sagte: »Ejn Or und Schoschana
zeugen von der Liebe und dem Schweiß derer, die diese Siedlungen errichtet haben.« Avidan wandte sich und ging auf die Leiter
zu, die zu der Falltür hinaufführte.

»Der Tag, an dem wir mit den Engländern abrechnen, kommt
noch!« rief ihm Akiba aus der Dunkelheit des Kellers nach.

Ari hatte sich verändert. Er war verbittert und verdüstert. Es war
schwer, genau festzustellen, was ihn so verändert hatte. Waffen
hatte er von früh auf getragen. Dann war die Zeit der Wehrsiedlungen gekommen – Hamischmar – Malcolms Kommandotruppe – die Monate im englischen Gefängnis. Die zermürbende
Arbeit für Aliyah Bet in Berlin. Und der Tod von Dafna. Ari lebte
in Yad El, arbeitete als Landwirt und wünschte, in Ruhe gelassen
zu werden. Er sprach kaum ein Wort.

Auch als der Krieg ausbrach, blieb Ari in Yad El. Seine freie Zeit
verbrachte er größtenteils in Abu Yesha bei seinem Jugendfreund
Taha, dem jetzigen Muktar des Dorfes.

Mehrere Monate nach Kriegsausbruch fand Ari eines Abends, als er von der Feldarbeit zurückkam, Avidan vor, der erschienen war, um mit Ari zu sprechen. Nach dem Abendessen zogen sich Ari, Avidan und Barak in das Wohnzimmer zurück.

»Ich glaube, du weißt, weshalb ich gekommen bin«, sagte Avidan.

»Ich kann es mir denken.«

»Ich will mich nicht lange bei der Vorrede aufhalten. Es gibt ein paar Dutzend von unseren Jungen, von denen wir wünschen, daß sie in das englische Heer eintreten. Die Engländer haben sich wiederholt mit uns in Verbindung gesetzt und angefragt, ob du nicht mitmachen willst. Sie sind bereit, dir ein Offizierspatent zu geben.«

»Interessiert mich nicht.«

»Die Engländer legen aber großen Wert auf dich, Ari. Ich bin überzeugt, daß wir dich an einen Posten setzen könnten – beispielsweise als Abwehrmann für die arabischen Gebiete–, wo du auch für die Hagana von großem Wert wärest.«

»Das ist außerordentlich freundlich. Ich hatte schon gedacht, ich sollte zusammen mit den übrigen Jischuw-Truppen zum Müllabladen eingesetzt werden. Es tut gut, zu wissen, daß ich zu den besseren Juden gehöre!«

»Bitte zwinge mich nicht, dir einen dienstlichen Befehl zu erteilen.«

»Du könntest unter Umständen eine Überraschung erleben, wenn du das tust.«

Avidan, der auf eiserne Disziplin hielt, war fassungslos. Ari ben Kanaan war einer der zuverlässigsten und willigsten Soldaten der Hagana gewesen.

»Ich bin froh, daß die Sache endlich einmal zur Sprache gekommen ist«, sagte Barak. »Seit der Junge aus Berlin zurück ist, hat er seinen Kummer in sich hineingefressen.«

»Hör mal, Ari«, sagte Avidan, »ich fürchte, wir werden darauf bestehen müssen, daß du dich meldest.«

»Warum sollte ich eine englische Uniform anziehen? Damit sie mich ein zweitesmal ins Gefängnis werfen als Dank dafür, daß ich für sie gekämpft habe?«

Barak hob beschwörend die Hände.

»Also gut, Vater–wenn du willst, daß wir offen darüber reden. Vor fünf Jahren hatte Onkel Akiba den Mut, den Namen unseres Feindes zu nennen.«

»Du hast diesen Namen in diesem Hause nicht zu erwähnen!« sagte Barak laut und wütend.

»Es wird allmählich Zeit, daß er hier erwähnt wird. Wenn ich nicht selbst zu den Makkabäern gegangen bin, dann nur, weil ich dich nicht kränken wollte.«

»Aber, hör mal, Ari«, sagte Avidan, »selbst Akiba und die Makkabäer haben mit den Engländern Waffenstillstand geschlossen.«

Ari stand auf und ging zur Tür. »Ich bin bei Taha und spiele Puff. Ruft mich, wenn die Deutschen einmarschieren.«

Selbst als der Jischuw all seine Energie aufbot, um die britischen Kriegsbemühungen zu unterstützen, war er noch immer gezwungen, Entwürdigungen durch die Engländer hinzunehmen.

Eine Reihe entsetzlicher Zwischenfälle begann sogar diejenigen Juden aufzuwühlen, die bisher noch an die sprichwörtliche britische Fairneß geglaubt hatten.

Ein winziges, kaum fünfzehn Meter langes Donauschiff namens *Struma* war vor Istanbul aufgetaucht. Es hatte achthundert Juden an Bord, die aus Europa entkommen wollten. Der Dampfer war seeuntüchtig und die Menschen auf ihm in größter Bedrängnis.

Fast kniefällig bat der Jischuw-Zentralrat die Engländer um die erforderliche Einreisegenehmigung, doch die Engländer lehnten ab. Nicht genug damit, wurde die türkische Regierung von ihnen unter schärfsten diplomatischen Druck gesetzt, die *Struma* zur Räumung der Gewässer um Istanbul zu veranlassen. Türkische Polizei kam an Bord, schleppte die *Struma* durch den Bosporus und ließ das leichte Flußschiff im Schwarzen Meer treiben, ohne Nahrung, ohne Wasser, ohne Brennstoff. Die *Struma* erlitt Schiffbruch, und 799 Menschen kamen ums Leben. Nur einer wurde gerettet.

Vom Seegang arg mitgenommen, hatten zwei andere Dampfer mit zweitausend Flüchtlingen an Bord endlich die Gewässer vor Palästina erreicht, doch die Engländer ließen sie nicht landen. Statt dessen schafften sie die Flüchtlinge auf die *Patria*, die sie nach Mauritius, eine östlich von Afrika gelegene Insel, bringen sollte. Auf der Höhe von Haifa, noch in Sichtweite der palästinischen Küste, erlitt auch die *Patria* Schiffbruch, und hundert Flüchtlinge fanden den Tod.

Und so ging es weiter. Die Engländer hielten an ihrem Weißbuch fest; denn die Araber durften nicht aufgebracht werden.

Der Krieg entwickelte sich für die Engländer sehr schlecht. Gegen Ende des Jahres 1941 hatten die Juden von Palästina ihren Weg zur kämpfenden Truppe gemacht, trotz der Warnung General Haven-Hursts. Denn die Engländer befanden sich in verzweifelter Lage, und von den Arabern bekamen sie nicht einen Mann. Während die Araber untätig dasaßen, trugen fünfzigtausend Juden der Jischuw-Elite britische Uniformen.

Nach dem Zusammenbruch Westeuropas warteten die deutschen Truppen am Ärmelkanal auf den Befehl zur Invasion. England kämpfte mit dem Rücken zur Wand.

Wie einst die Engländer das Reich der Ottomanen untergraben hatten, so schickten sich jetzt die Deutschen an, das britische Empire zu unterhöhlen. Rommels starkes Afrikakorps setzte zu einer Reihe von Schlägen an, die die Engländer aus dem Nahen Osten vertreiben und den Weg zum Orient und nach Indien öffnen sollten.

Hadsch Amin el Husseini ging, auf der Suche nach grüneren Weiden, aus dem Libanon fort. Er landete in Bagdad, im Staate Irak, der dem Namen nach ein Verbündeter der Engländer war; aber wirklich nur dem Namen nach.

In Bagdad wurde Hadsch Amin als Märtyrer für die Sache des Islam begrüßt. Gemeinsam mit einer Reihe irakischer Offiziere inszenierte er eine Revolte, um das Land den Deutschen in die Hände zu spielen. Mit knapper Not konnten die Engländer das Gelingen dieses Planes in letzter Minute verhindern.

Hadsch Amin begab sich von neuem auf die Flucht. Diesmal fuhr er nach Deutschland, wo ihn Adolf Hitler persönlich als brüderlichen Freund begrüßte. Die beiden Irren verbanden sich miteinander zu beiderseitigem Nutzen. Der Mufti erblickte in den militärischen Plänen der Deutschen eine neue Chance für sich selbst, die Macht über die ganze arabische Welt zu gewinnen. Hitler brauchte den Mufti, um zu demonstrieren, welche warme und herzliche Freundschaft zwischen einem Araber und einem Deutschen möglich war. Als Propagandist der Nazis hielt Hadsch Amin von Berlin aus an alle Araber eine Ansprache nach der anderen. Alle Araber schienen den Worten des Mufti aufmerksam zu lauschen. Syrien und der Libanon waren in der Hand der Vichy-Regierung, und in Massen kam aus Deutschland alles heran, was zur Vorbereitung einer Invasion in Palästina und Ägypten erforderlich war. Der ägyptische Generalstab verkaufte den Deutschen Kriegsgeheimnisse. König Faruk von Ägypten weigerte sich, den Engländern auch nur einen einzigen Soldaten zur Verfügung zu stellen, um Ägypten gegen Rommel zu verteidigen. Im Irak wurden weitere Komplotte ausgeheckt.

Der einzige treue Freund der Alliierten war der alte Despot Ibn Saud, der mit amerikanischen Dollar gekauft worden war. Doch für die britische Achte Armee, die um ihr Leben kämpfte, hatte Ibn Saud nicht einmal ein einziges Kamel übrig.

Im ganzen Nahen Osten hatten die Alliierten nur einen wirklichen Freund, der Seite an Seite mit ihnen kämpfte – die jüdische Bevölkerung von Palästina!

Rommel, von Stolz geschwellt über den Sieg in Libyen, war zum Durchbruch nach Alexandria angetreten, wo die Einwohner bereits deutsche Fahnen nähten, um die ›Befreier‹ gebührend zu begrüßen.

In Rußland stand die deutsche Wehrmacht vor den Toren von Stalingrad! Es war die dunkelste Stunde der Alliierten.

Die Deutschen hatten es in erster Linie auf den Suezkanal abgesehen, auf Ägypten und Palästina – den Solarplexus des britischen Imperiums. Ein Durchbruch bei Stalingrad konnte die andere Seite einer Zange ergeben, die über den Kaukasus griff und die Tür nach Indien und dem Orient öffnete.

Schließlich kamen die Engländer zum Jischuw-Zentralrat und baten die Juden, Guerilla-Einheiten zu bilden, um den Rückzug der Engländer zu decken und der deutschen Besatzungsmacht Schwierigkeiten zu verursachen. Diese Guerilla-Truppe erhielt den Namen Palmach und sollte sich zur aktiven Elite der Hagana entwickeln.

Eines Abends, als sich die Familie gerade zum Essen setzte, teilte Ari ben Kanaan beiläufig mit: »Ich bin heute in das britische Heer eingetreten.«

Am nächsten Tag meldete sich Ari zum Dienst im Kibbuz Beth Alonim, wo sich junge Männer und Frauen aus ganz Palästina versammelt hatten, um den Palmach zu bilden.

XVIII

Beth Alonim lag in der Mitte des Jesreel-Tales, am Fuße des Berges Tabor. Die Engländer gaben Ari ein Offizierspatent in der britischen Armee und übertrugen ihm das Kommando über die Operationen der Guerilla-Einheiten. Diese Einheiten bestanden aus jungen Männern und Mädchen, von denen die meisten noch keine Zwanzig waren. Die Offiziere gehörten größtenteils zur ›Alten Garde‹ und waren, genau wie Ari, Mitte Zwanzig.

Viele ehemalige Angehörige der Kommandotruppe traten in den Palmach ein, um die jungen Leute in der Kriegführung auszubilden, die sie von Major P. P. Malcolm gelernt hatten. Der Palmach trug keine Uniformen; im Mannschaftsstand gab es keine Rangunterschiede; und die Mädchen wurden genauso behandelt wie die jungen Männer.

Zwei der Soldaten zeigten so hervorragende Fähigkeiten, daß Ari sie zu Einheitsführern und zu seinen unmittelbaren Stellvertretern ernannte. Der eine war ein vierschrötiger Siedler aus Galiläa. Sein Name war Seew Gilboa. Er trug den mächtigen schwarzen Schnurrbart, der später das Kennzeichen eines männlichen Palmach-Angehörigen werden sollte. Der andere war ein schmalgliedriger, feinnerviger Student aus Jerusalem namens David ben Ami. Beide waren noch keine Zwanzig.

Eines Tages kam General Haven-Hurst zu Besuch. Haven-Hurst war ein schlanker, blonder Mann von etwas über Fünfzig. Während er das Lager inspizierte, spürte er die kühle Ablehnung, mit der die Palmach-Leute seine Anwesenheit zur Kenntnis nahmen. Haven-Hurst bat Ari, sich im Anschluß an die Inspektion im Dienstzimmer des Lagers bei ihm zu melden.

Als Ari den Raum betrat, begrüßten sich die beiden Männer mit einem steifen Nicken, und keiner von ihnen machte ein Hehl daraus, wie wenig er für den anderen übrig hatte.

»Nehmen Sie Platz, Leutnant Ben Kanaan«, sagte Haven-Hurst. »Ich muß Ihnen mein Kompliment über Ihre Arbeit hier mit dieser Palmach-Truppe machen.«

»Danke, Sir.«

»Der eigentliche Anlaß meines heutigen Kommens war, Sie zu fragen, ob Sie bereit wären, einen Sonderauftrag zu übernehmen. Ich weiß, daß Sie in das britische Heer unter der Voraussetzung eingetreten sind, daß man Ihnen die Ausbildung der Palmach-Truppen anvertraut; doch wir sind der Meinung, daß es sich hier um eine so vordringliche Sache handelt, daß Sie bereit sein sollten, von diesem Vorbehalt abzugehen.«

»Ich bin Soldat im britischen Heer, Sir. Ich werde jeden Auftrag akzeptieren, den man mir erteilt.«

»Also gut. Es handelt sich um folgendes. Die Deutschen haben starke Kräfte in Syrien zusammengezogen. Wir halten es für möglich, daß sie in diesem Frühling eine Invasion in Palästina versuchen werden.«

Ari nickte.

»Wir befinden uns mit Vichy-Frankreich nicht im Krieg und können also auch keine Invasion in Syrien machen, doch wir haben im Nahen Osten in ausreichender Menge Streitkräfte des freien Frankreichs, die dazu in der Lage wären, vorausgesetzt, daß wir einen Abwehrdienst aufziehen könnten, der die Feindlage einwandfrei klärt. Wir haben Sie für diese Aufgabe gewählt, da Sie Syrien und den Libanon von Ihrer Zeit in Hamischmar her kennen und außerdem Arabisch sprechen. Wir möchten, daß Sie die Leute, die mit Ihnen in Hamischmar waren, zusammenholen und mit ihnen wieder nach Hamischmar gehen, um von dort aus die Feindaufklärung vorzunehmen. Bei Beginn der Invasion ist außerdem vorgesehen, Sie zum Captain zu befördern.«

»Die Sache hat einen Haken, Sir.«

»Das wäre?«

»Eine große Anzahl meiner Kameraden von Hamischmar sind von den Engländern ins Gefängnis geworfen worden.«

Das Gesicht des Generals lief dunkelrot an. »Wir werden ihre Entlassung veranlassen.

»Jawohl, Sir. Und noch etwas. Ich habe hier zwei Leute, die ungewöhnlich befähigte Soldaten sind. Ich würde sie gern nach Hamischmar mitnehmen und bitte darum, die beiden in das britische Heer zu übernehmen.«

»Bitte«, sagte Haven-Hurst, »nehmen Sie die beiden mit.«

Ari erhob sich und ging zur Tür. »Eine Invasion in Syrien zu diesem Zeitpunkt ist eine strategisch hervorragende Maßnahme, Sir. Die britische Achte Armee bekommt dadurch ausreichenden Spielraum, um sich nach Indien abzusetzen.«

Haven-Hurst starrte den Juden feindlich an. »Ich glaube, Ben Kanaan, ich brauche Ihnen kaum zu erklären, daß wir uns beide eines Tages auf gegnerischen Fronten gegenüberstehen werden.«

»Das tun wir bereits, Sir.«

Ari verließ Beth Alonim, mit Seew Gilboa und David ben Ami als seinen Sergeanten, und ging wieder nach Hamischmar, auf den Berg, mit dem ihn so bittere Erinnerungen verbanden. Von Hamischmar aus, dem Stützpunkt und Hauptquartier, gingen Aris Aufklärungskommandos bis nach Damaskus vor. Sie mußten dabei mit größter Vorsicht zu Wege gehen, denn die Invasion sollte völlig überraschend kommen.

Aris Methode war sehr einfach. Die meisten seiner Leute sprachen fließend Arabisch und kannten das Gebiet sehr genau. Er schickte sie bei Tage los, verkleidet als Araber, und sie gingen einfach die Straßen entlang und machten Augen und Ohren auf. Obwohl Ari auf diese Weise Informationsmaterial erhielt, das sich als lückenlos und exakt erwies, wollte er es gern noch durch einen Mann bestätigt haben, der sich bis in die Innenstadt von Damaskus und Beirut vorwagte. Es war eine sehr riskante Sache, für die Ari einen Einzelgänger mit besonderen Voraussetzungen brauchte. Der Betreffende mußte in der Lage sein, sich völlig frei zu bewegen, ohne Verdacht zu erregen. Ari setzte sich mit der Hagana in Verbindung, und man schickte ihm einen jungen Mann von siebzehn Jahren namens Joab Yarkoni.

Yarkoni war ein marokkanischer Jude, geboren und aufgewachsen in Casablanca, der überall glatt als Araber passieren konnte. Er war klein und schmal, hatte große leuchtende, schwarze Augen und einen geradezu unverschämten Humor. In Casablanca hatten er und seine Familie in einer Mellah gelebt, der orientalisch-afrikanischen Abart eines Ghettos. Diese orientalischen und afrikanischen Juden hatten kulturell wenig mit ihren russischen oder deutschen Glaubensgenossen gemein. Sie stammten größtenteils von spanischen Juden ab, die vor der Inquisition geflohen waren.

Viele von ihnen hatten noch immer spanische Namen. In den meisten arabischen Ländern wurden die Juden menschenwürdig, fast als Gleichberechtigte behandelt. Sie wurden Hofärzte, Philosophen und Künstler und zählten zur Elite der Gesellschaft. Mit dem Untergang der arabischen Größe büßten auch die Juden ihre Bedeutung in den arabischen Ländern ein.

Es gab Juden in Bagdad und Kairo, und in Damaskus und Fez, in Kurdistan und in Casablanca, an der ganzen afrikanischen Küste und tief im Innern der Länder des Nahen Ostens.

Gewiß hatte es auch Feindschaft gegeben. Doch die Moslems

375

hatten nie so viele Juden getötet wie die Christen. Die arabischen Pogrome waren immer in Grenzen geblieben; man hatte jeweils nur ein paar Dutzend Juden totgeschlagen.

Joab Yarkoni war mit seinen Eltern aus der Mellah von Casablanca geflohen, als er noch ein kleiner Junge war. Die Familie ging in einen Kibbuz an der Küste von Samaria. Der Kibbuz war eine Fischersiedlung bei Caesarea und hieß Sdot Yam. In der Nähe von Caesarea gingen viele Schiffe mit illegalen Einwanderern an Land, und Joab begann als Waffenschmuggler für Aliyah Bet zu arbeiten, als er kaum zwölf Jahre war.

Mit Fünfzehn leistete er sich ein Husarenstück, das seinen Namen bei allen Juden in Palästina berühmt machte. Er zog von Sdot Yam mit seinem Esel los und begab sich nach Bagdad. Dort stahl er eine Anzahl junger Dattelpalmschößlinge, über die die Iraker mit Eifersucht wachten, und schmuggelte sie nach Palästina hinein. Diese Schößlinge wurden nach dem Kibbuz Schoschana gebracht und bildeten die Grundlage für einen ganz neuen Exportzweig.

Die Aufgabe, die Ari ihm stellte, war für den siebzehnjährigen Joab eine Kleinigkeit. Er begab sich nach Damaskus, nach Beirut und nach Tyra und kam drei Wochen später wieder nach Hamischmar zurück. Seine Feststellungen bestätigten das, was sie bereits wußten, in allen Einzelheiten und erbrachten außerdem lückenlose Informationen über die Stationierung und die zahlenmäßige Stärke der Vichy-Truppen.

In aller Stille bewegten sich die Streitkräfte des freien Frankreichs nach Palästina und massierten sich in Galiläa für die geplante Invasion. Aris fünfzig Leute wurden durch vierzig ausgesuchte Australier verstärkt, die Fachleute im Umgang mit Landminen, automatischen Waffen und Sprengstoffen waren. Diese neunzig Mann wurden in drei Gruppen zu je dreißig Mann aufgeteilt. Jede dieser Gruppen erhielt einen Sonderauftrag, als Vortrupp der Invasion über die Grenze nach Syrien und in den Libanon zu gehen, um entscheidende Straßen und Brücken so lange gegen einen etwaigen Gegenangriff zu halten, bis die Invasionsarmee herangerückt war.

Aris Gruppe hatte den gefährlichsten dieser Sonderaufträge. Sein Auftrag lautete, mit seinen dreißig Mann an der libanesischen Küste vorzugehen, bis an eine Garnison der Vichy-Truppen heran, um diese daran zu hindern, ein halbes Dutzend wichtiger Brücken in den Bergen zu besetzen oder zu sprengen und dadurch das Vorgehen der Invasionsarmee aufzuhalten. Ari nahm Joab, Seew und David mit, außerdem noch sechzehn Juden und zehn Australier.

Sie setzten sich vierundzwanzig Stunden vor Beginn der Invasion in Bewegung und gingen ohne jede Schwierigkeit an der Küste vor, da sie jeden Meter des Geländes genau kannten. Unangefochten überschritten sie die sechs wichtigsten Brücken und machten drei Meilen vor Fort Henried, einer Garnison der Vichy-Streitkräfte, bei einem Übergang über das Gebirge halt. Sie verminten die Straßen, brachten ihre Maschinengewehre in Stellung und warteten auf das Eintreffen der Invasionsarmee.

Wie so oft bei einem großangelegten kriegerischen Unternehmen passierte eine Panne: Der östliche Keil der Invasionsarmee begab sich von Transjordanien aus zwölf Stunden vor dem planmäßigen Zeitpunkt X nach Syrien hinein, marschierte auf Damaskus zu und verriet dadurch die gesamte Operation.

Für Ari bedeutete das, den Paß über das Gebirge zwölf Stunden lang und noch weitere drei bis vier Stunden halten zu müssen, bis die Hauptmacht bei ihm angelangt war. Die Vichy-Leute hatten, nachdem die Panne passiert war, innerhalb weniger Stunden in Fort Henried zwei Bataillone mit Tanks und Artillerie aufgestellt und kamen damit auf der Küstenstraße heran, um die Brücken in den Bergen zu zerstören. Als Ari sie herankommen sah, war er sich sofort darüber klar, daß irgend etwas schiefgegangen war. Eilig schickte er David und Seew nach Palästina zurück, um Verstärkung heranzuholen.

Die Vichy-Truppen marschierten ahnungslos auf den Paß zu, wurden von den Straßenminen hochgejagt und von den Höhen rechts und links des Passes mit Maschinengewehrfeuer empfangen. Sie wurden in die Flucht geschlagen, sammelten sich wieder und belegten den Paß mit Artilleriebeschuß. Sechs höllische Stunden vergingen, bis David und Seew mit einem Bataillon der Streitkräfte des freien Frankreichs zurückgekommen waren.

Sämtliche Brücken waren intakt. Es war den Vichy-Truppen nicht gelungen, durchzubrechen. Der Paß war mit den Leichen von mehr als vierhundert Vichy-Soldaten besät, die versucht hatten, Aris Stellung zu überrennen. Als die Hilfe kam, waren von Aris Leuten nur noch fünf am Leben. Ari selbst hing zwischen Leben und Tod. Sein Rücken saß voll von Schrapnellsplittern, er hatte zwei Steckschüsse im Körper, und ein Bein und seine Nase waren gebrochen. Die Streitkräfte des freien Frankreichs gingen über den Paß vor und führten die Invasion in Syrien zu Ende.

Für Ari ben Kanaan war der Krieg vorbei. Er wurde nach Palästina gebracht, wo er lange im Lazarett lag und sich nur langsam erholte. Die Engländer beförderten ihn zum Major und verliehen ihm für die heldenhafte Verteidigung des Passes einen Orden.

Nicht nur Ari hatte für den Sieg der Alliierten gekämpft. Mitglieder der Jischuw gehörten zu Selbstmord-Kommandos, die bei der Einnahme von Tobruk und Bardia beteiligt waren. Später nahm ein Bataillon palästinischer Juden an der heldenhaften Verteidigung von Tobruk teil.

Sie kämpften in Italien, in Griechenland, in Kreta und in den Niederlanden. Tausende von ihnen waren Angehörige der Royal Air Force. Die Hagana hielt die Araber in Palästina in Schach. Sie kämpften in der Wüste und waren bei der Einnahme von Sidi Barrani, von Sollum und Fort Capuzzo dabei.

Jüdische Selbstmord-Einheiten wurden ihrer besonderen Tapferkeit wegen bei den Kämpfen in Eritrea und Äthiopien verwendet. Dreitausend Juden aus Palästina kämpften bei den tschechischen, den holländischen, den französischen, ja sogar bei den polnischen Widerstandskämpfern mit. Ein Selbstmord-Kommando, nur aus Juden bestehend, machte sich auf, um die Ölraffinerie von Tripolis zu zerstören. Sämtliche Mitglieder des Kommandos fanden dabei den Tod. Juden wurden von den Engländern auch für besondere Spionageaufgaben verwendet. Deutsche Juden wurden in deutsche Uniformen gesteckt und arbeiteten direkt in Rommels Hauptquartier. Juden bewachten die Erdölfelder von Mossul gegen die beständigen Versuche der Araber, die Produktion zu stören.

Als die Engländer Spione auf dem Balkan brauchten, wandten sie sich an die Juden und bildeten sie zu Fallschirmspringern aus. Sie gingen dabei von der Überlegung aus, daß ein jüdischer Agent, den man irgendwo mit dem Fallschirm abspringen ließ, von allen anderen Juden in dem betreffenden Land in Schutz genommen werden würde. Eine ganze Reihe solcher Agenten sprangen mit dem Fallschirm ab – nur wenige kamen wieder zurück. Ein Mädchen, Hanna Senesch, aus Joab Yarkonis Kibbuz, wurde mit dem Fallschirm über Ungarn abgeworfen und geschnappt. Sie wurde zur Märtyrerin, da sie sich selbst unter den grausamsten Folterungen durch die Nazis bis zu ihrem Tode standhaft weigerte, irgend etwas zu verraten.

Die jüdische Bevölkerung von Palästina schlug sich heldenhaft und verdiente sich ihren Ruhm. Doch während die Engländer im Ersten Weltkrieg die Revolte der Araber über den grünen Klee gelobt hatten, so versuchten sie jetzt die Leistungen des Jischuw im Zweiten Weltkrieg unter den Scheffel zu stellen. Kein anderes Land leistete einen so entscheidenden Kriegsbeitrag wie die Juden. Doch die englische Regierung wollte vermeiden, daß die Juden diesen Beitrag später einmal für die Sache ihrer nationalen Heimat ausschlachteten. Daher bewahrten Whitehall und Chatham House den Kriegsbeitrag der Juden von Palästina als eines der bestgehüteten Kriegsgeheimnisse.

Als sich das Kriegsglück zugunsten der Engländer wendete, warteten die Araber nicht mehr darauf, daß die Deutschen kommen sollten, um sie zu befreien. Sie beeilten sich vielmehr, Deutschland den Krieg zu erklären. Der eigentliche Zweck dieser arabischen Kriegserklärung war, bei den kommenden Friedenskonferenzen eine Stimme zu haben und gegen die Zionisten arbeiten zu können, die keine Stimme hatten.

Weder der hervorragende Beitrag der Juden noch der Verrat der Araber, die keinen Finger für den Sieg der Alliierten gerührt hatten, konnte die Engländer bewegen, ihre Palästinapolitik zu revidieren. Selbst die grauenhafte Nachricht von der Ermordung von sechs Millionen Juden vermochte die Engländer nicht zu veranlassen, den wenigen Überlebenden die Einreise nach Palästina zu gestatten.

Die Hagana wurde unruhig. Ihre Angehörigen bestanden jetzt zu einem großen Teil aus Soldaten mit Fronterfahrung. Doch nicht die Hagana, sondern die Makkabäer waren es, die den mit den Engländern geschlossenen Burgfrieden aufkündigten! Eine rasche Folge terroristischer Bombenattentate ließ ganz Palästina erzittern und die Engländer erneut die Sicherheit ihrer Teggart-Forts aufsuchen. Die Makkabäer, deren Mitglieder jetzt in die Tausende gingen, jagten eine britische Anlage nach der anderen in die Luft.

General Haven-Hurst nahm sich die Makkabäer vor. Es gelang ihm mit überraschender Schnelligkeit, mehrere hundert führender Makkabäer festzunehmen und nach dem Sudan zu deportieren. Doch Akiba und seine Leute ließen sich dadurch nicht einschüchtern. Haven-Hurst gab Befehl, alle Makkabäer, deren man habhaft wurde, auszupeitschen. Die Makkabäer schlugen zurück, indem sie britische Soldaten fingen und öffentlich auspeitschen ließen.

Die Engländer gingen dazu über, gefangene Makkabäer aufzuhängen. Nun hängten die Makkabäer britische Soldaten auf. Ein Dutzend ausgesprochen judenfeindlicher britischer Offiziere fiel den Gewehrschüssen oder den Handgranaten der Makkabäer zum Opfer. Die Araber antworteten auf die Maßnahmen der Makkabäer mit wildem Morden. Das Heilige Land erzitterte.

Hadsch Amin el Husseini wurde von der jugoslawischen Regierung auf die Liste der Kriegsverbrecher gesetzt. Er hatte sich zum Oberhaupt der jugoslawischen Moslems gemacht, die auf deutscher Seite gekämpft hatten. Hadsch Amin wurde in Frankreich verhaftet. Doch die Engländer, denen daran gelegen war, daß der Mufti am Leben blieb, damit er notfalls in Palästina neue Unruhen inszeniere, waren ihm behilflich, nach Ägypten zu entfliehen, wo man ihn als heldenhaften Kämpfer für die Sache des Islams willkommen hieß. In Palästina brachte sein Neffe Gamal die Macht über die dortigen Araber an sich.

Eine neue Phase der Geschichte brachte die Vereinigten Staaten als neue Großmacht in den Blickpunkt des Interesses im Nahen Osten. Da die europäischen Juden außerdem größtenteils vernichtet waren, wurden einfach nach dem Prinzip der Auslese die amerikanischen Juden zu den führenden Männern der zionistischen Weltorganisation. Die Engländer machten daher den Vorschlag, in Palästina einen anglo-amerikanischen Untersuchungsausschuß einzusetzen. Dieser aus Engländern und Amerikanern zusammengesetzte Ausschuß stellte erneut umfangreiche Ermittlungen über die arabische und die jüdische Situation in Palästina an. Er besuchte außerdem die Flüchtlingslager in Europa, und er kam zu dem einzig möglichen und menschlichen Schluß, daß man unverzüglich hunderttausend Juden die Einreise nach Palästina gestatten müßte.

Die Engländer betrachteten dies als unerhörte Zumutung. Eine solche Maßnahme kam für sie nur in Frage, wenn die Hagana und der Palmach unverzüglich aufgelöst wurden. Sie fanden eine ganze Reihe weiterer Gründe, um die Empfehlungen der Kommission nicht zu befolgen.

Dem Jischuw-Zentralrat riß endlich die Geduld. Er setzte die Männer des Palmach und der Hagana in Bewegung, die eine Reihe von vernichtenden Überfällen auf britische Positionen vornahmen. Daraufhin brachten die Engländer Zehntausende von Fronttruppen nach Palästina und verwandelten das Land in einen Polizeistaat. Sie veranstalteten eine Großrazzia, bei der sie mehrere hundert der prominenten Führer verhafteten und in das Latrun-Gefängnis warfen.

In einem groß durchgeführten Gegenschlag sprengte die Hagana in einer einzigen Nacht sämtliche Brücken an den Grenzen von Palästina. Mossad Aliyah Bet ging mit immer größerer Energie gegen die britische Blockade an. Schließlich hielt sogar der englische Außenminister eine antisemitische Rede und verbot jede weitere Einwanderung.

Die Antwort darauf wurde ihm von den Makkabäern erteilt. Das englische Hauptquartier in Jerusalem befand sich im rechten Flügel des King-David-Hotels. Dieses Hotel lag in dem neuen Teil von Jerusalem, und seine Hinterfront und der Garten gingen auf die alte Stadtmauer. Ein Dutzend Makkabäer, als Araber verkleidet, kam mit mehreren Dutzend riesigen Milchkannen, die sie in den Keller des Hotels brachten. Sie waren mit Dynamit gefüllt und wurden unter dem rechten Flügel des Hotels plaziert, in dem sich das britische Hauptquartier befand. Die Makkabäer stellten die Zeitzünder ein, machten sich aus dem Staube und gaben den Engländern telefonisch den Rat, das Gebäude zu verlassen. Die Engländer lachten über diese Zumutung. Sie waren überzeugt, daß sich die Makkabäer diesmal nur über sie lustig machen wollten. Sie würden es gewiß nicht wagen, etwas gegen das britische Hauptquartier zu unternehmen!

Wenige Minuten später gab es eine Explosion, die in ganz Palästina zu hören war. Der rechte Flügel des King-David-Hotels war in die Luft geflogen!

XIX

Die *Exodus* wurde zum Auslaufen nach Palästina klargemacht. Ari setzte als Zeitpunkt der Abfahrt den Morgen nach der Chanukka-Feier fest, die die Direktion des Dom-Hotels auf der Hotelterrasse abhielt.

Auf der Terrasse war die Festtafel für dreihundert Personen gedeckt. Die kleine jüdische Gemeinde von Zypern und die Crew der *Exodus* saßen an einem langen Tisch am Kopfende. Es

herrschte großer Jubel, als die Kinder in ihren neuen Kleidern auf
die Terrasse gelaufen kamen und von der Bevölkerung und den
Soldaten der britischen Garnison mit Geschenken überhäuft
wurden. Jedes der Kinder nahm eines der Geschenke für sich
selbst, alle übrigen Pakete adressierten sie an Insassen des Lagers
bei Caraolos. Die Tische quollen über von Speisen und Lecke-
reien, und die Kinder jauchzten vor Vergnügen. Die schreckliche
Zeit des Hungerstreiks lag hinter ihnen. Sie hatten die schwere
Prüfung bestanden wie Erwachsene, und jetzt durften sie sich
völlig ungehemmt wie glückliche Kinder benehmen. Rings um
die Terrasse standen Dutzende neugieriger Griechen und englischer Soldaten und sahen der Feier zu. Karen suchte verzweifelt
nach Kitty und strahlte, als sie sie ganz in der Nähe am Geländer
der Terrasse mit Mark Parker stehen sah. »Komm her, Kitty«, rief
sie, »hier ist ein Platz für dich.«

»Nein«, sagte Kitty, »das ist euer Fest. Ich bin heute nur Zuschauer.«

Als alle Kinder ihre Pakete geöffnet hatten, erhob sich David
ben Ami am Kopfende der Tafel. Es wurde sehr still auf der Terrasse, als er zu reden anfing. Nur das gleichmäßige Rauschen der
Brandung war noch zu hören.

»Heute abend feiern wir den ersten Tag des Chanukka-Festes«, sagte David. »Wir begehen dieses Fest zum ehrenden An-
gedenken an Juda Makkabi und seine mutigen und gläubigen
Brüder und Mitstreiter, die von den Bergen Judäas herabgestie-
gen waren, um gegen die Griechen zu kämpfen, die unser Volk
unterdrückten.« Einige der Jugendlichen applaudierten.

»Juda Makkabi hatte nur eine schwache Schar von Streitern
zur Verfügung, und es war eigentlich unsinnig, es mit einem so
überlegenen und machtvollen Gegner wie den Griechen aufzunehmen, die die ganze damalige Welt beherrschten. Doch Juda
Makkabi vertraute auf seine gute Sache. Er glaubte daran, daß
ihm der alleinige, der wahre Gott den Weg weisen werde. Juda
war ein großartiger Kriegsmann. Immer wieder verstand er es,
die Griechen zu überlisten. Und seine Männer waren überra-
gende Streiter, denn ihre Herzen waren erfüllt vom Glauben an
Gott. Die Makkabäer berannten Jerusalem, nahmen es im Sturm
und vertrieben die Griechen aus Kleinasien.«

Stürmischer Beifall.

»Juda begab sich mit seinen Streitern in den Tempel, ließ die
Statue des Zeus hinauswerfen und weihte den Tempel erneut

dem einzigen wahren Gott, der uns allen in unserem Kampf gegen die Engländer geholfen hat.«

David sprach weiter und berichtete von der Wiedergeburt der jüdischen Nation, und Kitty Fremont hörte ihm zu. Sie sah Karen an und Dov Landau – und sie sah Mark an und senkte den Blick. Dann bemerkte sie, daß jemand neben ihr stand. Es war Brigadier Bruce Sutherland.

»Heute abend entzünden wir die erste Kerze der Menora. Jeden Abend werden wir eine weitere Kerze anzünden, bis es acht sind. Wir nennen Chanukka das Fest der Lichter.«

David ben Ami entzündete die erste Kerze, und die Kinder sagten ›Oh‹ und ›Ah‹.

»Morgen abend werden wir die zweite Chanukka-Kerze auf hoher See anzünden, und am Abend darauf die dritte in Erez Israel.« David bedeckte seinen Kopf mit einer Kappe und schlug die Bibel auf. »Der Herr ist mein Hirte; Er schläft und schlummert nicht.«

Die alte Schiffsmaschine ächzte, als die *Exodus* rückwärts in die Mitte des Hafens von Kyrenia glitt, wendete und Kurs hinaus auf das Meer nahm, in Richtung Palästina.

Am Morgen des zweiten Tages kam Land in Sicht.

»Palästina!«

»Erez Israel!«

Die Kinder riefen aufgeregt durcheinander, jauchzten, lachten und sangen.

Auch für die Leute an Land wurde die *Exodus* sichtbar, und wie ein Lauffeuer verbreitete sich die Nachricht unter den Juden von Palästina. Die Kinder kamen, die das mächtige britische Empire in die Knie gezwungen hatten.

Die *Exodus* tuckerte in den Hafen von Haifa, empfangen von einem vielstimmigen Blas- und Pfeifkonzert. Der Salut lief von Haifa durch die Ortschaften, die Kibuzzim und Moschawim, bis zu dem Gebäude des Kischuw-Zentralrats in Jerusalem.

Fünfundzwanzigtausend Juden strömten zum Hafen, um das altersschwache kleine Fahrzeug zu begrüßen. Das jüdische Philharmonische Orchester spielte die jüdische Nationalhymne – ›Hatikwa‹, die Hoffnung.

Karen Hansen-Clement liefen die Tränen über die Wangen, während sie Kitty ansah.

Die *Exodus* war heimgekehrt!

Drittes Buch

AUGE UM
AUGE

Entsteht aber ein Schaden daraus, so soll er lassen Seele um Seele, Auge um Auge, Zahn um Zahn, Hand um Hand, Fuß um Fuß, Brandmal um Brandmal, Wunde um Wunde, Strieme um Strieme.

MOSES, 2. BUCH 21,23/24/25

I

Am Hafen stand eine Reihe silberblauer Busse zum Empfang der Kinder bereit. Die offizielle Begrüßung war bald vorbei. Die Kinder wurden in die Busse verladen, und die Kolonne verließ, eskortiert von britischen Panzerfahrzeugen, eilig das Hafengelände. Karen schob ihr Fenster hoch und rief Kitty etwas zu, doch Kitty konnte in dem Lärm nichts verstehen. Die Busse fuhren davon, und die Menge verlief sich. Nach fünfzehn Minuten lag der Hafen, bis auf einige Hafenarbeiter und ein paar britische Posten, leer und ausgestorben da.

Kitty stand an der Reling der *Exodus,* bewegungslos und wie gelähmt durch die Fremdheit der Welt, in der sie plötzlich allein war. Sie konnte kaum begreifen, wo sie eigentlich war. Sie richtete ihren Blick auf Haifa. Es war schön, wie alle Städte, die rings um eine Bucht auf der Anhöhe liegen. In der Nähe des Hafens befand sich das arabische Viertel, ein Gewirr dicht zusammengedrängter Gebäude. Die jüdischen Häuser lagen über den langen Hang des Karmelberges verstreut. Links, unmittelbar außerhalb der Stadt, sah Kitty den Umriß der riesigen Raffinerie, die Endstation der Rohrleitungen, die das Öl von den Bohrfeldern bei Mossul heranbrachten. Auf dem Dock einer Werft in der Nähe sah sie ein Dutzend baufälliger, überalterter Schiffe der Aliyah Bet, denen es wie der *Exodus* gelungen war, Palästina zu erreichen.

Kitty wurde durch Seew, David und Joab aus ihren Gedanken gerissen; sie kamen, um sich zu verabschieden. Sie bedankten sich bei ihr und gaben der Hoffnung Ausdruck, sie wiederzusehen. Dann war Kitty allein.

»Eine hübsche Stadt, nicht wahr?«

Kitty drehte sich um. Hinter ihr stand Ari ben Kanaan. »Wir richten es immer so ein«, sagte er, »daß die Leute, die als Gäste Palästina besuchen, in Haifa ankommen. Dadurch bekommen sie gleich einen guten Eindruck.«

»Wohin kommen die Kinder?« fragte Kitty.

»Sie werden auf ein halbes Dutzend verschiedener Jugend-Aliyah-Lager verteilt. Einige dieser Lager befinden sich in Kibbuzim. Andere Jugendzentren haben ihr eigenes Dorf. Ich werde

Ihnen in ein paar Tagen sagen können, in welchem Lager Karen ist.«

»Danke.«

»Und was sind Ihre eigenen Pläne, Kitty?«

Sie lachte halb ironisch und halb verlegen. »Das habe ich mich gerade eben auch gefragt, und außerdem noch alles mögliche andere. Ich bin fremd hier, Mr. Ben Kanaan; im Augenblick komme ich mir ein bißchen komisch vor und weiß gar nicht, wieso ich eigentlich hier bin. Aber keine Sorge, ich habe schließlich ein ordentliches Handwerk gelernt. Gute Kinderpflegerinnen werden überall gebraucht. Ich finde schon irgendwo eine Stelle.«

»Wollen Sie mir erlauben, Ihnen behilflich zu sein?«

»Sie werden vermutlich sehr viel zu tun haben. Ich komme schon allein zurecht.«

»Also, jetzt hören Sie mal zu. Ich glaube, die Jugend-Aliyah wäre genau das Richtige für Sie. Die Leiterin ist eine gute Freundin von mir. Ich werde es in die Wege leiten, daß Sie sich in Jerusalem einmal mit ihr unterhalten können.«

»Das ist sehr nett von Ihnen, aber ich möchte Ihnen wirklich keine Umstände machen.«

»Unsinn, das ist schließlich das mindeste. Falls es Ihnen möglich sein sollte, meine Gesellschaft ein paar Tage zu ertragen, wird es mir ein Vergnügen sein, Sie mit dem Wagen nach Jerusalem zu fahren. Ich muß zunächst nach Tel Aviv, wo ich dienstlich etwas zu erledigen habe; doch das macht nichts. Ich kann bei der Gelegenheit die Verabredung für Sie treffen.«

»Ich möchte nicht, daß Sie sich dazu verpflichtet fühlen.«

»Ich tue es, weil ich es gern möchte«, sagte Ari.

Kitty hätte gern einen Seufzer der Erleichterung ausgestoßen. Es machte sie wirklich nervös, allein in einem fremden Land zu sein. Sie dankte ihm.

»Also gut«, sagte Ari. »Wir werden heute nacht in Haifa bleiben müssen – wegen der Sperrstunde. Packen Sie einen kleinen Koffer mit dem Nötigsten für die nächsten paar Tage. Wenn Sie zu viel bei sich haben, werden die Engländer alle fünf Minuten Ihre Koffer kontrollieren. Ihre übrigen Sachen werde ich beim Zoll plombieren und verwahren lassen.«

Nachdem beim Zoll alles erledigt war, besorgte Ari ein Taxi und fuhr mit Kitty in den jüdischen Teil von Haifa, der sich an den Hängen des Karmelberges hinaufzog. Nicht weit vom Gipfel hielten sie bei einer kleinen Pension, die in einem Pinienhain lag.

Ari meinte: »Es ist besser, hier oben zu wohnen. Ich kenne allzu viele Leute, und ich hätte keinen Augenblick Ruhe, wenn wir im Zentrum der Stadt geblieben wären. Und jetzt ruhen Sie sich erst einmal aus. Ich fahre in die Stadt hinunter und versuche einen Wagen zu organisieren. Bis zum Abendessen bin ich wieder da.«

Am Abend ging Ari mit Kitty in ein Restaurant, das auf dem Gipfel des Karmelberges lag und von dem aus man einen Blick über die gesamte Umgebung hatte. Die Aussicht war atemberaubend. Der ganze Hang war mit Bäumen bewachsen, unter denen halb verborgen Villen und Wohnhäuser lagen. Die meisten waren aus bräunlichem Stein und sehr modern gebaut. Die riesige Ölraffinerie war von hier oben aus nur ein kleiner Farbfleck, und als es dunkel wurde, zog sich eine goldene Kette von Lampen die Kurven der Straße entlang, die vom Hadar Ha-Karmel zum arabischen Viertel in der Nähe des Hafens hinunterführte.

Kitty fand es sehr aufregend und sehr angenehm, daß Ari ihr gegenüber plötzlich so aufmerksam war. Sie war erstaunt, wie modern der jüdische Teil von Haifa war. Diese Stadt war viel moderner als Athen oder Saloniki! Und sie fühlte sich auch gar nicht mehr so fremd, als der Kellner und ein halbes Dutzend Leute, die Ari kannten und für einen Augenblick bei ihrem Tisch stehenblieben, sie auf englisch ansprachen.

Als sie nach dem Essen einen Brandy tranken und Kitty schweigend die Aussicht genoß, sagte Ari:

»Finden Sie es noch immer so sonderbar, daß Sie hier sind?«

»Sehr sonderbar. Das Ganze erscheint mir völlig unwirklich.«

»Sie werden feststellen, daß wir durchaus zivilisierte Leute sind und daß ich sogar geradezu charmant sein kann – jedenfalls gelegentlich. Dabei fällt mir ein, daß ich Ihnen noch gar nicht richtig gedankt habe.«

»Das ist auch gar nicht nötig. Sie bedanken sich auf eine sehr nette Weise, indem Sie mit mir hierhergegangen sind. Ich kann mich nur an einen Ort auf der Welt besinnen, wo es ebenso schön ist wie hier.«

»Das ist sicherlich San Francisco, nicht wahr?«

»Kennen Sie denn San Francisco, Ari?«

»Nein. Aber alle Amerikaner sagen, daß Haifa sie an San Francisco erinnert.«

Es war inzwischen völlig dunkel geworden, und überall am

Hang des Karmelberges brannten die Lampen. Ein kleines Orchester spielte leichte Tafelmusik. Ari schenkte Kitty noch einen Brandy ein, und sie tranken einander zu.

Plötzlich brach die Musik ab. Die Unterhaltung verstummte.

Ein Lastwagen brauste heran, hielt mit kreischenden Bremsen vor dem Restaurant. Englische Soldaten sprangen ab und bildeten rings um das Lokal eine Absperrung. Sechs Soldaten, angeführt von einem Captain, kamen herein und sahen sich um. Sie gingen von Tisch zu Tisch und verlangten die Ausweise zu sehen.

»Das ist nur das übliche«, sagte Ari leise. »Daran gewöhnt man sich hier bald.«

Der Captain, der die Leitung des Kommandos hatte, blieb stehen, sah zu Ari hin und kam an den Tisch heran. »Tatsächlich, Ari ben Kanaan«, sagte er sarkastisch. »Wir haben Ihr Foto lange nicht auf unseren Fahndungstafeln gehabt. Wie ich höre, haben Sie inzwischen anderswo Unheil angerichtet.«

»N'Abend, Sergeant«, sagte Ari. »Ich würde Sie gern vorstellen, wenn ich bloß auf Ihren Namen käme.«

Der Captain lächelte mit schmalen Lippen. »Nun, ich habe jedenfalls Ihren Namen nicht vergessen. Wir passen sehr genau auf Sie auf, Ben Kanaan. Ihre alte Zelle im Gefängnis von Akko wartet auf Sie. Wer weiß, vielleicht ist der Hohe Kommissar diesmal auch bereit, Ihnen statt dessen einen Strick zu geben.« Der Captain grüßte ironisch und ging weiter.

»Wirklich eine reizende Art, jemanden in Palästina willkommen zu heißen«, sagte Kitty. »Ein widerlicher Bursche.«

Ari beugte sich dicht zu Kitty und sprach leise in ihr Ohr. »Das ist Captain Allan Bridges. Er ist einer der besten Freunde, den die Hagana hat. Er informiert uns über jede wichtige Bewegung der Araber oder der Engländer im Gebiet von Haifa. Das eben war alles nur Theater.«

Kitty schüttelte verblüfft den Kopf. Die Patrouille ging hinaus und nahm zwei Juden mit, deren Ausweise nicht in Ordnung zu sein schienen. Um die Engländer zu ärgern, spielte das Orchester eine Strophe von ›God save the King‹.

Der Lastwagen fuhr wieder los, und im nächsten Augenblick war es, als sei überhaupt nichts geschehen. Doch Kitty war noch leicht durch die Plötzlichkeit benommen, mit der sich alles abgespielt hatte, und sie war über die Ruhe erstaunt, mit der es die Leute hingenommen hatten.

»Man gewöhnt sich nach einer Weile daran, in einer gespannten Atmosphäre zu leben«, sagte Ari, dem Kittys Reaktion nicht entgangen war. »Auch Sie werden sich daran gewöhnen. Wir befinden uns hier in einem Land, das voll von aufgeregten und erbitterten Leuten ist. Wenn Sie eine Zeitlang hier gelebt haben, werden Sie gar nicht mehr wissen, was Sie anfangen sollen, wenn ausnahmsweise mal eine Woche lang alles friedlich und ruhig ist. Machen Sie sich nichts draus, daß Sie gerade einen Augenblick erwischt haben, wo –«

Ari kam nicht mehr dazu, seinen Satz zu beenden. Die Druckwelle einer Detonation lief durch das Restaurant, ließ die Scheiben klirren und fegte da und dort Teller und Gläser von den Tischen. Im nächsten Augenblick sahen sie, wie eine riesige gelbrote Feuerkugel in den Himmel stieg, gefolgt von einer Reihe weiterer Explosionen, die das Gebäude bis zu den Grundmauern erschütterten.

»Die Raffinerie!« rief jemand, und ein anderer: »Das waren die Makkabäer! Sie haben die Raffinerie in die Luft gehen lassen!«

Ari ergriff Kitty hastig bei der Hand. »Kommen Sie, wir wollen hier verschwinden. In zehn Minuten wird das ganze Karmel-Tal von britischen Soldaten wimmeln.«

Innerhalb von Sekunden leerte sich das Lokal. Ari führte Kitty rasch nach draußen. Unten bei der Raffinerie brannte das Erdöl. Die ganze Stadt war vom Sirengeheul eiliger Löschzüge und britischer Überfallwagen erfüllt.

Kitty lag die halbe Nacht wach und versuchte, mit den so plötzlichen und so gewaltsamen Erlebnissen fertigzuwerden, die sie miterlebt hatte. Sie war froh, daß Ari bei ihr gewesen war. Ob sie sich daran gewöhnen würde, in einem Land zu leben, wo derartige Zustände herrschten? Sie war zu verwirrt, um darüber nachzudenken, doch im Augenblick kam es ihr so vor, als sei ihr Entschluß, nach Palästina zu fahren, ein schwerer Fehler gewesen.

Am nächsten Morgen brannte die Erdölraffinerie noch immer. Über dem ganzen Gebiet von Haifa lag dichter, dunkler Rauch. Die Vermutung, daß der Anschlag gegen die Raffinerie ein Terrorakt der Makkabäer gewesen war, bestätigte sich. Die Gruppe, die die Aktion durchgeführt hatte, war von Ben Mosche – Sohn des Moses – angeführt worden, einem Mann, der ursprünglich Professor an der Hebräischen Universität gewesen war, bevor er sich den Makkabäern angeschlossen hatte und dort zu Akibas Stellvertreter aufgestiegen war. Außerdem wurde bekannt, daß gleichzeitig mit der Sprengung der Raffinerie ein zweites Kommando der Makkabäer in einem anderen Teil von Palästina einen Überfall auf den Flugplatz Lydda unternommen und dabei Spitfire-Jäger im Werte von sechs Millionen Dollar am Boden zerstört hatte. Mit dieser Doppelaktion hatten die Makkabäer der *Exodus* auf ihre Weise den Willkommensgruß entboten.

Ari war es gelungen, einen kleinen Wagen aufzutreiben, einen Fiat, Baujahr 1939. Die Fahrt nach Tel Aviv dauert unter normalen Verhältnissen nur ein paar Stunden. Da er es jedoch noch nie erlebt hatte, daß die Verhältnisse normal waren, schlug er Kitty vor, schon frühmorgens von Haifa loszufahren. Sie fuhren den Hang des Karmelberges hinunter und dann die Straße an der Küste von Samaria entlang. Kitty war beeindruckt davon, wie grün und fruchtbar die Felder der Kibbuzim am Rande des Meeres dalagen. Ihr frisches Grün wurde durch den Gegensatz zu dem toten Braun der Berge und dem stumpfen Glast der Sonne noch leuchtender.

Kurz hinter Haifa trafen sie auf die erste Straßensperre. Ari hatte Kitty darauf vorbereitet. Sie beobachtete ihn dabei von der Seite. Er machte ein Gesicht, als störte es ihn überhaupt nicht, obwohl ihn viele der englischen Kontrollposten kannten und zu ärgern versuchten, indem sie ihn daran erinnerten, daß er nur vorübergehend amnestiert war.

Ari verließ die Hauptstraße und fuhr zu den Ruinen der alten Hafenstadt Caesarea. Man hatte ihnen in der Pension Brot mitgegeben, und sie setzten sich auf die uralte Mole und aßen. Ari zeigte Kitty Sdot Yam – die Fischersiedlung, in der Joab Yarkoni zu Hause war – und er zeigte ihr, wie die Araber ihre Stadt aus Ruinen erbaut hatten, die teils aus der Zeit der Römer, teils aus der Zeit der Kreuzritter stammten. Die Araber, erklärte er ihr, seien Fachleute darin, sich der zivilisatorischen Leistungen anderer Völker zu bedienen. In ganz Palästina hätten sie im Verlauf von tausend Jahren nur eine einzige völlig neue Stadt errichtet.

Dann fuhren sie in südlicher Richtung weiter nach Tel Aviv. Auf der Straße war wenig Verkehr. Von Zeit zu Zeit begegneten sie einem Bus, der entweder nur Araber oder nur Juden beförderte, oder einem der überall anzutreffenden Eselskarren. Gelegentlich überholte sie eine britische Wagenkolonne, die mit gellenden Sirenen eilig vorbeifuhr. Sie kamen durch Landstriche, die von Arabern bewohnt waren, und Kitty fiel auf, wie anders die Ortschaften und Felder hier aussahen. Auf den Feldern arbeiteten Frauen, und der Boden war voller Steine und unfruchtbar. Am Rand der Straße gingen Araberinnen, vermummt und durch lange Gewänder behindert, und mit schweren Lasten, die sie auf den Köpfen balancierten. Die Kaffeehäuser an der Straße waren voll von Männern, die träge herumsaßen oder am Boden lagen und Puff spielten. Hinter Sichron Yakow kamen sie an dem ersten Teggart-Fort vorbei, einem finster wirkenden, von Stacheldraht umgebenen Bauwerk. Ein Stück weiter, bei Chedera, kamen sie an dem nächsten Fort vorbei, und dann schienen die Teggart-Forts bei jedem Ort und jeder Straßenkreuzung aufzutauchen.

Hinter Chedra, in der Ebene von Scharon, war das Land noch grüner und fruchtbarer.

»Alles, was Sie hier sehen, war vor fünfundzwanzig Jahren noch wüst und öde«, sagte Ari.

Am Nachmittag erreichen sie Tel Aviv – den Frühlingshügel. Die Stadt erhob sich am Rande des Mittelmeeres in so strahlendem Weiß, daß es den Augen fast weh tat. Ari fuhr durch breite, mit Bäumen gesäumte Boulevards, vorbei an langen Reihen hypermoderner Apartmenthäuser. Die Stadt war erfüllt von geschäftigem Leben und Treiben. Kitty fand Tel Aviv vom ersten Augenblick an wunderbar. Ari hielt vor dem Gat-Rimon-Hotel, das in der Hayarkon-Straße, direkt am Meer, lag.

Am späten Nachmittag öffneten alle Geschäfte wieder, die während der Zeit der mittäglichen Siesta geschlossen hatten. Ari und Kitty bummelten durch die Allenby-Straße. Kitty wollte etwas Geld einwechseln, ein paar Sachen kaufen und ihre Neugier befriedigen. Hinter dem Mograbi-Platz lag ein kleiner Laden neben dem andern, und die Straße war erfüllt von dem Lärm der Busse und Autos und dem Gewühl der Menschen. Kitty mußte sich jedes Schaufenster ansehen. Sie kamen an einem Dutzend Buchhandlungen vorbei, und Kitty blieb jedesmal stehen, um sich die Buchtitel in hebräischer Schrift anzusehen, die sie nicht entziffern konnte. Sie ging weiter und weiter, bis sie das Geschäftsviertel hinter sich gelassen hatten und am Rothschild-Boulevard waren.

Hier lag der ältere Teil der Stadt, aus der Zeit, als Tel Aviv sich sozusagen als ein Vorort der Stadt Jaffa zu entwickeln begonnen hatte. Je näher sie der arabischen Stadt Jaffa kamen, desto baufälliger und verkommener wurden die Häuser und Läden. Während sie die Straße entlanggingen, die die beiden Städte mitein-

ander verband, hatte Kitty das Gefühl, daß sich die Zeit zurück-
drehte. Mit jedem Schritt wurde die Umgebung schmutziger
und übelriechender, und die Läden kleiner und schäbiger. Im
Bogen gingen sie zurück nach Tel Aviv und gelangten zu einem
Markt, auf dem Juden und Araber ihre Waren feilboten. Auf der
engen Straße drängten sich feilschende Menschen um einzelne
Stände. Sie kehrten auf der anderen Seite der Allenby-Straße zurück, überquerten wieder den Mograbi-Platz und bogen in die
Ben-Yehuda-Straße ein. Auch sie war eine breite, mit Bäumen be-
standene Straße, und hier lag ein Boulevard-Café neben dem anderen. Jedes dieser Cafés hatte seine eigene Note und sein ganz
bestimmtes Publikum. In dem einen trafen sich die Anwälte, in
einem anderen die Sozialisten; hier die Künstler und dort die Geschäftsleute, und es gab auch ein Café, in dem vorwiegend ältere,
pensionierte Leute saßen, die Schach spielten. Und alle Cafés auf
der Ben-Yehuda-Straße waren voll von Leuten, die sich teils an-
geregt und teils aufgeregt unterhielten.

Die Straßenhändler, die die vielen, vierseitigen Zeitungen ver-
kauften, riefen in hebräischer Sprache laut die neuesten Meldun-
gen aus: die Überfälle der Makkabäer auf den Flugplatz von
Lydda und die Raffinerie bei Haifa, und die Ankunft der *Exodus*.
Auf den Bürgersteigen bewegte sich ein ununterbrochener
Strom von Menschen. Orientalen in östlichen Gewändern kamen vorbei und gepflegte Frauen in den neuesten Modellen aus
einem Dutzend verschiedener europäischer Länder. Die meisten
Passanten waren Einheimische, in Khakihosen und weißen
Hemden mit offenen Kragen. Um den Hals trugen sie dünne
Kettchen, mit einem Davidstern oder irgendeinem anderen he-
bräischen Anhänger, und die meisten hatten den Schnurrbart,
das Abzeichen derer, die im Lande geboren waren. Es waren
rauhe Menschen. Viele von ihnen trugen den blauen Kittel der
Kibbuzbewohner und gingen in Sandalen. Die in Palästina geborenen Frauen waren groß, trugen einfache Kleider oder Hosen.
Sie stellten einen herausfordernden Stolz zur Schau, der sich
selbst in ihrem Gang ausdrückte.

Plötzlich wurde es auf der Ben-Yehuda-Straße still. Es war die
gleiche plötzliche Stille, wie Kitty sie am Abend zuvor in dem Restaurant in Haifa erlebt hatte. Auf der Mitte der Straße kam langsam ein gepanzerter britischer Lautsprecherwagen angefahren.
Oben auf dem Wagen standen englische Soldaten mit zusam-
mengepreßten Lippen hinter Maschinengewehren.

ACHTUNG! BETRIFFT ALLE JUDEN! DER KOMMANDIE-
RENDE GENERAL HAT EINE SPERRSTUNDE VERHÄNGT.
ALLE JUDEN MÜSSEN BEI ANBRUCH DER DUNKELHEIT
VON DER STRASSE VERSCHWUNDEN SEIN! ACHTUNG!
BETRIFFT ALLE JUDEN! DER KOMMANDIERENDE GENE-
RAL HAT EINE SPERRSTUNDE VERHÄNGT. ALLE JUDEN
MÜSSEN BEI ANBRUCH DER DUNKELHEIT VON DER
STRASSE VERSCHWUNDEN SEIN!

Die Mitteilung wurde von den Passanten mit Applaus und Gelächter quittiert.

»Paß auf, Tommy«, rief jemand. »Die nächste Querstraße ist
vermint.«

Als die englischen Wagen verschwunden waren, nahm das
Leben auf der Ben-Yehuda-Straße sehr bald wieder seinen normalen Verlauf.

»Bitte bringen Sie mich zum Hotel zurück«, sagte Kitty.

»Ich habe Ihnen doch gesagt, in einem Monat werden Sie soweit sein, daß Sie gar nicht mehr ohne Aufregung leben können.«

»Ich werde mich nie daran gewöhnen, Ari.«

Sie gingen zum Hotel zurück, bepackt mit dem, was Kitty ein-
gekauft hatte. In der kleinen, ruhigen Bar tranken sie einen Cocktail, und danach aßen sie zu Abend auf der Terrasse, von der man
einen wunderbaren Blick auf das Meer hatte.

»Ich danke Ihnen für einen wunderschönen Tag«, sagte Kitty.
»Trotz britischer Patrouillen und Straßensperrungen.«

»Sie müssen mich nachher entschuldigen«, sagte Ari. »Ich
muß nach dem Essen für eine Weile fort.«

»Und was ist mit der Sperrstunde?«

»Die betrifft nur Juden«, sagte Ari.

Ari verabschiedete sich von Kitty und fuhr mit dem Wagen zu
dem Vorort Ramat Gan – dem ›Hügelgarten‹. Im Gegensatz zu
den Reihenhäusern von Tel Aviv lagen hier einzelne Villen in
schönen Gärten. Ari parkte, stieg aus und ging über eine halbe
Stunde zu Fuß, um sicher zu sein, daß er nicht beschattet wurde.

Er kam zur Montefiorestraße 22, einer großen Villa, die einem
Dr. Y. Tamir gehörte. Auf sein Klopfen hin erschien Dr. Tamir
selbst an der Tür, begrüßte Ari mit einem herzlichen Händedruck
und führte ihn hinunter in den Keller, in dem sich das Hauptquartier der Hagana befand.

Hier standen Kisten mit Waffen und Munition und eine Drukkerpresse, auf der Flugblätter in arabischer Sprache bedruckt wurden, mit der Aufforderung an die Araber, ruhig zu bleiben und den Frieden zu wahren. In einem anderen Teil des Kellergeschosses sprach ein Mädchen auf arabisch die gleiche Aufforderung auf Tonband. Die Bandaufnahme sollte später von dem fahrbaren Geheimsender Kol Israel – ›Stimme Israels‹ – gesendet werden. Zu den Aufgaben des geheimen Hauptquartiers gehörte unter anderem auch die Herstellung von Handgranaten und die Lagerung von Maschinenpistolen.

Diese vielseitige Aktivität hörte schlagartig auf, als Dr. Tamir mit Ari erschien. Alles drängte sich um Ari, man gratulierte ihm zu seinem Erfolg mit der *Exodus* und richtete von allen Seiten ungeduldige Fragen an ihn.

»Später«, sagte Dr. Tamir abwehrend, »später!«

»Ich muß zu Avidan«, sagte Ari.

Vorbei an den übereinander gestapelten Kisten mit Gewehren bahnte er sich den Weg zu der Tür eines abgesonderten Büros und klopfte an.

»Ja?«

Ari öffnete die Tür und stand vor dem kahlköpfigen, vierschrötigen Mann, der die illegale Armee befehligte. Avidan hob den Blick von den Schriftstücken, die auf seinem wackligen Schreibtisch lagen, und begann zu strahlen. »Ari!« rief er. »Schalom!« Er sprang auf, umarmte Ari, drückte ihn auf einen Stuhl, machte die Tür zu und schlug ihm mit seiner mächtigen Pranke herzhaft auf die Schulter. »Fein, daß du wieder da bist, Ari! Du hast es den Engländern ordentlich gegeben! Und wo sind die andern?«

»Ich habe sie nach Hause geschickt.«

»Das ist gut. Sie haben ein paar Tage Urlaub verdient. Nimm auch ein paar Tage frei.«

Das war ein eindrucksvolles Lob aus dem Munde von Avidan, der seit fünfundzwanzig Jahren nicht einen einzigen dienstfreien Tag für sich beansprucht hatte.

»Was ist das für ein Mädchen, mit dem du gekommen bist?«

»Eine arabische Spionin. Sei doch nicht so neugierig.«

»Gehört sie zu unseren Freunden?«

»Nein.«

»Schade. Eine echt amerikanische Christin, die auf unserer Seite steht, wäre sehr vorteilhaft für uns.«

»Nein, sie ist einfach eine nette Frau, die sich die Juden unge-

395

fähr so wie Tiere im Zoo ansieht. Ich bringe sie morgen nach Jerusalem, wo sie sich mit Harriet Salzmann trifft, um mit ihr zu besprechen, ob es bei der Jugend-Aliyah einen Job für sie gibt.«

»Irgendwie persönlich interessiert?«

»Herrgott noch mal, nein. Und jetzt richte deine jüdische Wißbegier bitte auf etwas anderes.«

Die Luft im Raum war stickig. Avidan holte ein großes blaues Taschentuch heraus und wischte sich den Schweiß von der Glatze.

»Einen prächtigen Empfang haben uns die Makkabäer gestern bereitet«, sagte Ari. »Wie ich höre, wird die Raffinerie eine Woche lang weiterbrennen. Die Produktion ist im Eimer.«

Avidan schüttelte den Kopf. »Was sie gestern gemacht haben, war gut – wie aber steht es mit vorgestern, und was wird übermorgen sein? Auf jede ihrer nützlichen Aktionen kommen drei, die schädlich sind. Jedesmal, wenn sie ihre Zuflucht zur Brutalität oder zum wahllosen Mord nehmen, hat der gesamte Jischuw darunter zu leiden. Wir sind es, die für die Aktionen der Makkabäer geradestehen müssen. Morgen werden General Haven-Hurst und der Hohe Kommissar beim Jischuw-Zentralrat aufkreuzen. Sie werden bei Ben Gurion mit der Faust auf den Tisch schlagen und verlangen, daß wir die Hagana einsetzen, um weitere Aktionen der Makkabäer zu verhindern. Du kannst mir glauben, ich weiß manchmal wirklich nicht mehr aus und ein. Bisher haben die Engländer die Hagana noch einigermaßen in Ruhe gelassen, doch ich fürchte, wenn die Makkabäer so weitermachen ... Sie sind sogar dazu übergegangen, Banken zu überfallen, um die Arbeit ihrer Organisation zu finanzieren.«

»Britische Banken, will ich hoffen«, sagte Ari. Er steckte sich eine Zigarette an, stand auf und ging in dem engen Büroraum auf und ab. »Vielleicht wäre es wirklich an der Zeit, daß auch die Hagana ein paar wirkungsvolle Sabotageakte unternimmt.«

»Nein – damit würden wir das Weiterbestehen der Hagana aufs Spiel setzen, und das dürfen wir einfach nicht. Wir müssen da sein zum Schutz für alle Juden. Illegale Einwanderung – das ist in der gegenwärtigen Situation die beste Methode des Kampfes gegen die Engländer. Ein solches Unternehmen wie diese Sache mit der *Exodus* ist wichtiger, als zehn Raffinerien in die Luft zu sprengen.«

»Doch eines Tages müssen wir aktiv werden, Avidan. Entweder haben wir eine Armee oder wir haben keine.«

Avidan nahm einige Schriftstücke von seinem Schreibtisch und hielt sie Ari hin. Ari nahm und las: ORDER OF BATTLE, 6TH AIRBORNE DIVISION.

Ari sah Avidan an: »Die Engländer haben drei Brigaden Fallschirmjäger in Palästina?«

»Lies weiter.«

ROYAL ARMORED CORPS WITH KING'S OWN HUSSARS, 53RD WORCHESTERSHIRE, 249TH AIRBORNE PARK, DRAGOON GUARDS, ROYAL LANCERS, QUEEN'S ROYAL, EAST SURREY, MIDDLESEX, GORDON HIGHLANDERS, ULSTER RIFLES, HERFORDSHIRE REGIMENT – die Liste der in Palästina stationierten britischen Truppen nahm kein Ende. Ari warf das Schriftstück auf Avidans Schreibtisch. »Gegen wen wollen die Engländer hier eigentlich antreten – gegen die Russen?«

»Begreifst du es jetzt, Ari? Tag für Tag spreche ich die Sache mit einigen jungen Heißspornen von Palmach durch. Warum unternehmen wir nichts? fragen sie mich. Warum kommen wir nicht heraus aus unserem Versteck und treten an zum Kampf? – Meinst du vielleicht, es macht mir Spaß, hier in diesem Keller zu sitzen? Hör zu, Ari – die Engländer haben zwanzig Prozent ihrer kämpfenden Truppe in Palästina. Hunderttausend Soldaten, die Arabische Legion in Jordanien nicht mitgerechnet. Sicher, die Makkabäer rennen herum, knallen, machen Lärm, setzen sich in Szene und werfen uns vor, wir trauten uns nicht heraus.« Avidan schlug mit der Faust auf den Tisch. »Ich bemühe mich, bei Gott, eine Armee zu organisieren. Aber wir haben noch nicht einmal zehntausend Gewehre, um damit zu schießen, und wenn die Hagana erledigt ist, dann sind wir alle miteinander erledigt.«

Avidan kam um den Schreibtisch herum. »Sieh mal, Ari – die Makkabäer mit ihren paar tausend Hitzköpfen sind beweglich, können zuschlagen und sich wieder unsichtbar verkriechen. Wir aber, wir müssen mit Gewehr bei Fuß auf der Stelle treten, und dabei müssen wir auch bleiben. Wir können uns nicht auf eine Auseinandersetzung einlassen. Und wir können es uns auch nicht leisten, Haven-Hurst ernstlich zu reizen. Auf je fünf Juden in Palästina kommt ein englischer Soldat.«

Ari nahm erneut die Liste der britischen Streitkräfte vom Schreibtisch und studierte sie schweigend.

»Von Tag zu Tag treiben es die Engländer ärger mit ihren Razzien, Straßensperren, Haussuchungen und Verhaftungen«, sagte Avidan. »Die Araber massieren ihre Streitkräfte, und die Engländer tun, als merkten sie nichts davon.«

Ari nickte nachdenklich. Dann sagte er: »Und wohin gehe ich jetzt?«

»Ich habe nicht die Absicht, dir einen neuen Auftrag zu erteilen, vorläufig jedenfalls nicht. Fahr nach Haus, ruh dich ein paar Tage aus und melde dich dann beim Palmach im Kibbuz Ejn Or. Ich möchte, daß du alle Siedlungen in Galiläa inspizierst, um festzustellen, wie stark unsere Verteidigung ist. Wir möchten gern wissen, was wir voraussichtlich halten können – und was wir verlieren werden.«

»Ich habe dich noch nie so reden gehört wie heute, Avidan.«

»Die Situation war auch noch nie so kritisch wie im Augenblick. Die Araber haben es sogar abgelehnt, sich in London mit uns an einen Tisch zu setzen und zu verhandeln.«

Ari ging zur Tür.

»Grüße Barak und Sara von mir«, sagte Avidan, »und sage Jordana, sie soll nicht über die Stränge schlagen, wenn David ben Ami jetzt wieder im Lande ist. Ich werde ihn und die anderen Jungens auch nach Ejn Or schicken.«

»Ich bin morgen in Jerusalem«, sagte Ari. »Kann ich dort irgend etwas für dich erledigen?«

»Ja, sei so gut und organisiere mir zehntausend Soldaten mit Fronterfahrung – und die dazugehörigen Waffen, um sie auszurüsten.«

»Schalom, Avidan.«

»Schalom, Ari. Schön, daß du wieder da bist.«

Ari fuhr nach Tel Aviv zurück, und seine Stimmung war düster. Normalerweise arbeitete er wie eine Maschine. Gefühle waren Luxus in seiner Situation. Er war tüchtig und mutig, manchmal hatte er Erfolg, manchmal nicht. Doch zuweilen geschah es, daß Ari ben Kanaan die Wirklichkeit in ihrer ganzen Härte vor sich sah, und dann tat ihm das Herz weh. Die *Exodus*, die Raffinerie von Haifa, ein Überfall hier, eine Sprengung dort. Menschen ließen ihr Leben bei dem Versuch, fünfzig Gewehre hereinzuschmuggeln. Menschen wurden gehängt, weil sie hundert verzweifelte Überlebende des Hitlerregimes illegal ins Land gebracht hatten. Er war ein kleiner Mann, der gegen einen Riesen kämpfte. Und im Augenblick wünschte er, ebenso wie David ben Ami an das plötzliche und wunderbare Eingreifen einer göttlichen Macht glauben zu können. Doch dazu war Ari zu sehr Realist.

Kitty Fremont wartete in der kleinen Bar am Ende der Halle auf Aris Rückkehr. Er war ihr gegenüber so aufmerksam gewesen, daß sie noch nicht schlafen gehen wollte. Sie wartete auf ihn, um mit ihm noch ein bißchen zu reden und vorm Schlafengehen noch einen Drink mit ihm zu nehmen. Sie sah, wie er durch die Halle zum Portier ging, um sich seinen Zimmerschlüssel geben zu lassen.

»Ari!« rief sie.

Sein Gesicht hatte den gleichen Ausdruck tiefer Konzentration wie damals in Zypern, da sie ihn zum erstenmal gesehen hatte. Sie winkte ihm zu, doch er schien sie weder zu sehen noch zu hören. Er sah in ihre Richtung, doch sein Blick ging durch sie hindurch, und er stieg stumm die Treppe hinauf.

II

Zwei Busse, in denen fünfzig der Kinder von der *Exodus* saßen, fuhren an dem Ruinenberg von Chazor vorbei und in das Hule-Tal hinein. Auf der ganzen Fahrt von Haifa durch das Land Galiläa hatten sich die jugendlichen Reisenden gegenseitig mit lautem Jubel auf alles aufmerksam gemacht, was es im Gelobten Land zu sehen gab.

»Dov!« rief Karen. »Ist das nicht alles wunderbar?«

Dov brummte nur, was offenbar heißen sollte, daß er deshalb keine Veranlassung sehe, einen solchen Lärm zu machen.

Sie fuhren weit in das Hule-Tal hinein, bis nach Yad El. Hier zweigte von der großen Straße eine Nebenstraße ab, die in das Gebirge an der libanesischen Grenze hinaufführte. Die Kinder sahen das Richtungsschild mit der Aufschrift Gan Dafna. Alle konnten es vor neugieriger Spannung kaum noch aushalten. Nur Dov Landau blieb weiterhin stumm und düster. Die Busse nahmen die Steigungen, und bald konnten die Reisenden das ganze Hule-Tal vor sich sehen, in dem sich wie Teppiche die grünen Felder der Kibbuzim und Moschawim erstreckten. Sie fuhren langsamer, als sie auf halbem Weg zur Höhe das Araberdorf Abu Yesha erreichten. Hier war nichts von der Gleichgültigkeit oder Feindlichkeit, wie sie die Kinder in den anderen Araberdörfern bemerkt hatten. Die Bewohner von Abu Yesha winkten ihnen freundlich zu.

Hinter Abu Yesha kamen sie an einer Markierung vorbei, auf der angegeben war, daß man sich hier sechshundert Meter über dem Meeresspiegel befand. Dann ging es noch ein Stück weiter hinauf zu dem Jugend-Aliyah-Dorf Gan Dafna – ›Garten der Dafna‹. In der Mitte der Siedlung hielten sie vor einer Grünfläche, die rund hundert Meter lang und fünfzig Meter breit war. Ringsum lagen die Verwaltungsgebäude, und von diesem Mittelpunkt erstreckte sich das übrige Dorf mit seinen Häuschen nach allen vier Richtungen. Überall waren Rasenflächen mit Blumenbeeten, Büschen und Bäumen. Als die Kinder von der *Exodus* aus den Autobussen ausstiegen, wurden sie vom Orchester des Jugenddorfes mit einem festlichen Begrüßungsmarsch empfangen.

In der Mitte des Rasens stand eine lebensgroße Statue von Dafna, dem Mädchen, nach dem das Jugenddorf benannt war: eine Bronzefigur mit einem Gewehr in der Hand, die ins Hule-Tal hinuntersah, ganz so wie Dafna an jenem Tage in Hamischmar, als die Araber sie ermordet hatten.

Neben der Statue stand Dr. Liebermann, der Gründer und Leiter des Jugenddorfes, ein kleiner Mann mit einem leichten Buckel, der eine große Pfeife rauchte, während er die Neuen willkommen hieß. Er erzählte ihnen in kurzen Worten, daß er 1934 Deutschland verlassen und 1940 Gan Dafna gegründet habe, auf dem Stück Land, das Kammal, der damalige Muktar von Abu Yesha, großzügig der Jugend-Aliyah zur Verfügung gestellt hatte. Dann begrüßte Dr. Liebermann jeden einzelnen der fünfzig Jugendlichen in einem halben Dutzend verschiedener Sprachen mit ein paar persönlichen Worten. Als Karen ihn ansah, kam es ihr vor, als habe sie ihn irgendwo schon einmal gesehen. In seiner äußeren Erscheinung und in seiner ganzen Art erinnerte er sie an die Professoren in Köln. Doch das war so lange her.

Dann wurde jedes Kind von einem Mitglied des Jugenddorfes in Empfang genommen.

»Bist du Karen Clement?«

»Ja.«

»Ich bin Yona«, sagte eine ägyptische Jüdin, die etwas älter als Karen war. »Wir beide wohnen zusammen. Komm, ich will dir unser Zimmer zeigen. Es wird dir hier bei uns gefallen.«

Karen rief Dov zu, daß sie sich später treffen wollten, und ging dann mit Yona, an den Verwaltungsgebäuden und den Schulräumen vorbei, zu dem Teil der Siedlung, wo kleine Bungalows zwischen Büschen und Sträuchern standen. »Wir haben es gut«, sagte Yona. »Wir bekommen diese Einzelhäuschen, weil wir zu den älteren Jahrgängen gehören.«

Karen blieb einen Augenblick verwundert vor dem Bungalow stehen. Dann ging sie mit Yona hinein. Die Einrichtung war sehr einfach, doch für Karen war es das schönste Zimmer, das sie je im Leben gesehen hatte. Ein Bett, ein Schrank, ein Tisch und ein Stuhl – und das alles für sie, für sie ganz allein.

Es wurde Abend, ehe Karen einen freien Augenblick hatte. Nach dem Abendessen sollte für die Neuen im Freilichttheater eine Begrüßungsaufführung stattfinden.

Karen traf Dov auf der Grünfläche, nicht weit von der Dafna-Statue. Seit vielen Wochen hätte sie zum erstenmal wieder gern getanzt. Die Luft war so frisch, und das ganze Jugenddorf war einfach wunderbar! Karen trug olivfarbene lange Hosen, einen hochgeschlossenen Farmerkittel und neue Sandalen. »O Dov!« rief sie. »Das ist der herrlichste Tag meines ganzen Lebens! Yona ist ein reizendes Mädchen. Sie hat mir gesagt, Dr. Liebermann sei der netteste Mensch, den man sich überhaupt vorstellen kann.«

Sie ließ sich ins Gras fallen, sah nach oben in den Himmel und seufzte. Dov stand neben ihr und sagte kein Wort. Sie setzte sich und zog ihn bei der Hand.

»Laß das«, sagte er.

Doch Karen ließ nicht locker, und Dov setzte sich schließlich neben sie. Er wurde verlegen, als sie seine Hand drückte und ihren Kopf auf seine Schulter legte. »Freu dich doch auch, Dov«, sagte sie. »Bitte, sei froh und glücklich.«

Er zuckte die Schultern und rückte von ihr weg.

»Bitte sei glücklich.«

»Wen geht das etwas an?«

»Mich«, sagte Karen. »Weil du mich etwas angehst.«

»Kümmere dich lieber um dich selber.«

»Das tue ich außerdem.« Sie kniete vor ihm und ergriff seine Schultern. »Hast du dein Zimmer gesehen und dein Bett? Wie lange ist es her, seit du in einem solchen Zimmer gewohnt hast?«

Dov wurde rot und sah zu Boden. »Denk doch nur, Dov!« sagte Karen. »Kein Flüchtlingslager mehr, kein Internierungslager mit Stacheldraht, nie mehr auf ein illegales Schiff. Wir sind zu Hause, Dov, und es ist sogar noch schöner, als ich es mir in meinen kühnsten Träumen ausgemalt hatte.«

Dov stand langsam auf und drehte ihr den Rücken zu. »Für dich mag das hier gut und richtig sein. Aber ich habe andere Pläne.«

»Denk bitte nicht mehr daran«, sagte sie.

Das Orchester begann zu spielen. »Es wird Zeit, daß wir zum Theater gehen«, sagte Karen.

Als Ari und Kitty Tel Aviv wieder verlassen hatten und an dem riesigen britischen Lager bei Sarafand vorbeifuhren, bekam Kitty erneut die Spannung zu spüren, die in Palästina in der Luft lag. Auf dem Wege nach Jerusalem durch die rein arabische Stadt Ramle bemerkte Kitty, wie die Araber sie mit feindlichen Blicken musterten. Ari dagegen schien weder die Araber noch Kittys Gegenwart wahrzunehmen. Er hatte den ganzen Tag kaum drei Worte mit ihr gesprochen.

Kurz hinter Ramle begann Bab el Wad, eine Straße, die in Windungen hinauf in die Berge von Judäa führt. Auf den Hängen der Schluchten rechts und links der Straße wuchsen junge Waldungen, die von den Juden angepflanzt worden waren. Terrassen aus alter Zeit ragten aus dem kahlen Erdreich heraus, wie die Rippen eines verhungerten Hundes. Einstmals hatten hier in den Bergen Hunderttausende von Menschen gelebt und auf diesen Terrassen ihre Nahrung gefunden. Heute war der Boden völlig verwittert und unfruchtbar. Auf den Gipfeln der Berge lagen, eng zusammengedrängt, die weißen Hütten der Araberdörfer.

Höher und höher fuhren sie hinauf, und ihre Spannung wurde immer größer. Jetzt erschienen in der Ferne über dem Horizont als undeutlicher Umriß die Zinnen von Jerusalem, und Kitty verspürte eine sonderbare Erregung.

Sie kamen in die von den Juden erbaute Neustadt und fuhren durch die Jaffa-Straße auf die alte Stadtmauer zu. Vor dem Jaffa-Tor bog Ari in die King-David-Avenue ein und hielt wenige Augenblicke später vor dem großen Gebäude, dem berühmten King-David-Hotel.

Kitty stieg aus und schnappte nach Luft, als sie sah, daß der rechte Flügel des Hotels zerstört war.

»Dort befand sich früher das britische Hauptquartier«, sagte Ari. »Doch die Makkabäer haben alles gründlich verändert.«

Kitty kam als erste zum Essen herunter. Sie nahm auf der Terrasse hinter dem Hotel Platz, von der aus man über ein kleines Tal hinweg die alte Stadtmauer erblickte.

Als Ari etwas später auf die Terrasse herauskam, blieb er wie angewurzelt stehen. Kitty sah wunderbar aus. Er hatte sie noch nie so gesehen. Sie hatte ein sehr elegantes Cocktailkleid an, dazu einen Hut mit breitem Rand und weiße Handschuhe. Er fühlte sich plötzlich sehr weit von ihr entfernt. Sie sah ganz so aus wie alle die reizvollen, gutangezogenen Frauen in Rom, Paris und Berlin, die zu einer Welt gehörten, die ihm fremd und auch nicht ganz verständlich war. Zwischen den beiden Frauen Kitty und Dafna war ein himmelweiter Unterschied. Doch sie war schön, wunderschön.

Er kam an ihren Tisch und setzte sich. »Ich habe eben mit Harriet Salzmann telefoniert«, sagte er. »Wir sollen gleich nach dem Essen zu ihr kommen.«

»Danke«, sagte Kitty. »Ich finde es sehr aufregend, in Jerusalem zu sein.«

»Ja, diese Stadt hat eine geheimnisvolle Anziehungskraft. Jeder, der zum erstenmal hierherkommt, ist fasziniert. Denken Sie zum Beispiel an David ben Ami. Ihn läßt Jerusalem überhaupt nicht mehr los. Er hat übrigens die Absicht, mit Ihnen morgen durch die Altstadt zu gehen, wenn der Sabbat beginnt.«

»Ich finde es reizend von ihm, daß er sich um mich kümmern will.«

Ari sah sie aufmerksam an. Aus der Nähe erschien sie ihm noch schöner als vorhin. Er sah beiseite, winkte einen Kellner heran, bestellte und starrte dann vor sich hin. Kitty hatte allmählich das Gefühl, daß sich Ari eine Verpflichtung aufgeladen hatte, die er möglichst bald hinter sich bringen wollte. Zehn Minuten lang sagte keiner von beiden ein Wort. Kitty stocherte in ihrem Salat.

»Bin ich Ihnen sehr lästig?« fragte sie schließlich.

»Nein«, sagte er. »Wie kommen Sie denn auf diese Idee?«

»Seit Sie gestern abend von Ihrer Verabredung zurückgekommen sind, haben Sie sich benommen, als ob ich gar nicht existieren würde.«

»Ich bitte um Entschuldigung, Kitty«, sagte er, ohne sie anzusehen. »Ich glaube, ich bin heute ein sehr schlechter Gesellschafter gewesen.«

»Ist irgend etwas nicht in Ordnung?«

»Eine ganze Menge ist nicht in Ordnung – aber das hat nichts mit Ihnen oder mit mir und meinem schlechten Benehmen zu tun. Und jetzt möchte ich Ihnen gern ein bißchen über Harriet Salzmann erzählen. Sie ist Amerikanerin. Sie muß inzwischen weit über Achtzig sein. Wenn wir hier beim Jischuw Leute heiligsprächen, dann wäre sie unsere erste Heilige. Sehen Sie den Berg dort jenseits der Altstadt?«

»Da drüben?«

»Das ist der Skopusberg. Die Gebäude, die Sie da oben sehen, sind das modernste medizinische Zentrum im Nahen Osten. Das Geld dafür stammt von der Zionistischen Frauenbewegung in Amerika, die Harriet nach dem Ersten Weltkrieg organisiert hat. Die meisten Krankenhäuser in Palästina sind von der Hadassa – so heißt die Organisation, die Harriet ins Leben gerufen hat – finanziert und errichtet worden.«

»Sie scheint eine sehr bemerkenswerte Frau zu sein.«

»Ja, allerdings. Als Hitler an die Macht kam, hat Harriet die Jugend-Aliyah geschaffen. Tausende von Jugendlichen verdanken ihr das Leben. Die Jugend-Aliyah unterhält in Palästina Dutzende von Jugendzentren. Sie werden sich sehr gut mit Harriet verstehen.«

»Wieso vermuten Sie das?«

»Sehen Sie, kein Jude, der eine Zeitlang in Palästina gelebt hat, kann von hier fortgehen, ohne sein Herz hier zu lassen. Ich glaube, bei den Amerikanern ist es genauso. Harriet lebt nun schon seit vielen Jahren hier, doch ihr Herz ist zu einem sehr großen Teil immer noch in Amerika.«

Das kleine Orchester, das zum Essen gespielt hatte, brach ab. Stille breitete sich über Jerusalem. Aus der Altstadt konnte man den leisen Ruf eines mohammedanischen Muezzins hören, der von seinem Minarett aus die Gläubigen zum Gebet aufrief. Danach wurde es erneut still, so still und lautlos, wie Kitty es noch nie erlebt hatte.

Das Glockenspiel in dem YMCA-Turm auf der anderen Seite der Straße begann zu ertönen, und die Melodie erfüllte die Berge und die Täler. Dann wurde es wieder still, noch stiller als zuvor. Das Leben schien den Atem anzuhalten, die Zeit schien für einen Augenblick stillzustehen.

»Wie wunderbar«, sagte Kitty.

»Augenblicke dieser Art sind in unserer Gegenwart selten«, sagte Ari. »Leider ist diese friedliche Stille trügerisch.«

In diesem Augenblick entdeckte er einen Mann mit olivfarbenem Teint, der an der Tür zur Terrasse stand. Ari erkannte Bar Israel, den Verbindungsmann der Makkabäer. Bar Israel nickte Ari zu und verschwand.

»Würden Sie mich bitte einen Augenblick entschuldigen?« sagte Ari. Er ging in die Halle, stellte sich an den Zigarettenstand, kaufte ein Päckchen Zigaretten und blätterte dann scheinbar in Gedanken versunken in einer Zeitschrift. Bar Israel kam heran und blieb neben ihm stehen.

»Ihr Onkel Akiba ist in Jerusalem«, sagte Bar Israel leise. »Er wünscht Sie zu sehen.«

»Ich muß zu der Zionistischen Siedlungsgesellschaft, doch das dauert nicht lange, und dann bin ich frei.«

»Ich erwarte Sie im Russischen Viertel«, sagte Bar Israel und verschwand.

Die King-George-Avenue war ein breiter Boulevard in der Neustadt, an dem Verwaltungsgebäude, Schulen und Kirchen lagen. An einer Ecke der King-George-Avenue stand ein großes, vierstöckiges, ausladendes Bauwerk, in dem die Zionistische Siedlungsgesellschaft ihren Sitz hatte. Eine lange Auffahrt führte zum Haupteingang.

»Schalom, Ari«, rief Harriet Salzmann und kam mit einer Beweglichkeit hinter ihrem Schreibtisch hervor, die ihre Jahre Lügen strafte. Sie stellte sich auf die Zehenspitzen, legte Ari die Arme um den Hals und küßte ihn herzhaft auf die Wangen. »Oh, wie hast du es den Burschen auf Zypern gegeben. Bist ein feiner Kerl.«

Dann wandte sich die alte Frau an Kitty, die bei der Tür stehengeblieben war.

»Und das ist also Katherine Fremont. Sie sind sehr schön, mein Kind.«

»Danke, Mrs. Salzmann.«

»Sagen Sie bloß nicht Mrs. Salzmann zu mir. Das tun nur Engländer und Araber. Ich komme mir ganz alt vor, wenn ich es höre. Und jetzt setzen Sie sich, setzen Sie sich. Ich lasse uns einen Tee bringen. Oder wollen Sie vielleicht lieber Kaffee trinken?«

»Lieber Tee.«

»Da kannst du es mal sehen, Ari – so sieht eine Amerikanerin aus.« In Harriets hellen Augen blitzte der Schalk, und sie machte eine großartige Geste, um zu bekunden, wie schön und attraktiv sie Kitty fand.

»Ich bin überzeugt«, sagte Ari, »daß nicht alle Amerikanerinnen so gut aussehen wie Kitty und...«

»Hören Sie auf damit, Sie beide. Ich werde ganz verlegen.«

»Ihr beiden Mädchen braucht mich ja wohl nicht«, sagte Ari. »Ich habe noch einiges zu erledigen, und das mache ich am besten gleich. Sagen Sie, Kitty, falls ich nicht rechtzeitig zurück bin, um Sie abzuholen – würde es Ihnen etwas ausmachen, sich ein Taxi zu nehmen und allein zum Hotel zurückzufahren?«

»Nun geh schon«, sagte Harriet. »Kitty und ich werden gemeinsam in meiner Wohnung zu Abend essen. Dich brauchen wir überhaupt nicht.«

Ari lächelte und ging.

»Er ist ein feiner Kerl«, sagte Harriet Salzmann. »Es gibt bei uns eine ganze Menge solcher Burschen wie Ari. Sie arbeiten zu schwer, und sie sterben zu jung.« Sie zündete sich eine Zigarette an und hielt Kitty das Päckchen hin. »Aus welcher Ecke kommen Sie eigentlich?«

»Indiana.«

»Und ich aus San Francisco.«

»Eine wunderschöne Stadt«, sagte Kitty. »Ich war einmal mit meinem Mann dort. Ich habe mir immer gewünscht, irgendwann mal wieder hinzukommen.«

»Das wünsche ich mir auch«, sagte die alte Frau. »Es scheint, als würde meine Sehnsucht nach den Staaten von Jahr zu Jahr größer. Seit fünfzehn Jahren war ich immer wieder fest entschlossen, für eine Weile nach San Francisco zurückzugehen, doch die Arbeit hier hört überhaupt nicht auf. All die armen kleinen Wesen, die hierherkommen. Doch allmählich werde ich krank vor Heimweh. Vermutlich ein Zeichen von Senilität.«

»Kaum.«

»Es ist eine gute Sache, Jude zu sein und für die Wiedergeburt einer jüdischen Nation zu arbeiten – doch es ist auch sehr gut, Amerikanerin zu sein. Vergessen Sie das bitte nie, meine Liebe. Übrigens war ich schon die ganze Zeit, seit die Sache mit der *Exodus* losging, sehr gespannt darauf, Ihre Bekanntschaft zu machen, Katherine Fremont, und ich muß Ihnen gestehen, daß ich außerordentlich überrascht bin – und mich überrascht so leicht nichts.«

»Ich befürchte, die Zeitungen haben ein übertrieben romantisches Bild von mir entstehen lassen.«

Bei all ihrer entwaffnenden Freundlichkeit war Harriet Salzmann zugleich durchaus wach und kritisch, und obwohl sich Kitty völlig entspannt und behaglich fühlte, war sie sich darüber klar, daß ihr Gegenüber sie sehr genau unter die Lupe nahm. Sie tranken Tee und schwätzten über dies und das, größtenteils über Amerika. Harriet wurde dabei ganz melancholisch.

»Nächstes Jahr fahre ich hin«, sagte sie. »Ich werde mir schon etwas einfallen lassen. Vielleicht fahre ich in die Staaten, um Gelder für unsere Zwecke aufzutreiben. Wir machen häufig solche Werbefeldzüge. Wissen Sie, daß wir von den amerikanischen Juden mehr bekommen, als alle Amerikaner insgesamt für das Rote Kreuz stiften? Doch wozu langweile ich Sie eigentlich mit diesen Dingen. Und Sie wollen also jetzt hier bei uns arbeiten?«

»Leider habe ich meine Zeugnisse nicht bei mir.«

»Die brauchen Sie hier auch gar nicht. Wir wissen genau über Sie Bescheid.«

»Ach, wirklich?«

»Ja, wir haben ein halbes Dutzend Berichte über Sie bei unseren Akten.«

»Ich weiß nicht, ob ich geschmeichelt oder beleidigt sein soll.«

»Seien Sie bitte nicht beleidigt. Das ist nun einmal so in dieser Zeit und in diesem Land. Über alle, die zu uns kommen, müssen wir genau Bescheid wissen. Sie werden feststellen, daß wir hier wirklich eine sehr kleine Gemeinschaft sind und daß es kaum etwas gibt, was nicht an meine alten Ohren dringt. Tatsächlich hatte ich gerade, ehe Sie heute nachmittag hierherkamen, unsere Berichte über Sie gelesen, und ich habe mich dabei gefragt, was Sie eigentlich zu uns geführt hat.«

»Ich bin Kinderpflegerin und weiß, daß Sie Kinderpflegerinnen brauchen.«

Harriet Salzmann schüttelte den Kopf. »Aus diesem Grund kommen keine Außenseiter zu uns. Da muß noch etwas anderes sein. Sind Sie Ari ben Kanaans wegen nach Palästina gekommen?«

»Nein – obwohl ich natürlich etwas für ihn übrig habe.«

»Hundert Frauen haben etwas für ihn übrig. Nur sind Sie zufällig gerade die Frau, für die er etwas übrig hat.«

»Das glaube ich nicht, Harriet.«

»Wirklich nicht? Nun, das freut mich, Katherine. Es ist ein weiter Weg von Yad El bis nach Indiana. Er ist ein Sabre, und nur eine Sabre könnte ihn wirklich verstehen.«

»Sabre?«

407

»So nennen wir die, die hier im Lande geboren sind. Sabre ist die Frucht eines Kaktus, der überall in Palästina wild wächst. Diese Frucht hat eine harte Schale – doch innen ist sie zart und süß.«

»Das scheint mir eine gute Beschreibung.«

»Ari und die anderen Sabres haben keine Vorstellung, was es bedeutet, in Amerika zu leben – genausowenig wie Sie eine Vorstellung davon haben, wie Aris Leben ausgesehen hat.«

Harriet Salzmann machte eine kurze Pause. Dann sagte sie: »Erlauben Sie mir, ganz offen zu sein. Wenn einer, der kein Jude ist, zu uns kommt, dann kommt er als Freund. Sie gehören nicht zu uns, und Sie kommen auch nicht als Freund. Sie sind eine schöne, wunderschöne Amerikanerin, die völlig verwirrt durch die sonderbaren Leute ist, die man Juden nennt. Wie kommt es also, daß Sie hier sind?«

»Das ist gar nicht schwer zu erklären. Ich habe eine große Zuneigung zu einem jungen Mädchen gefaßt, das auf der *Exodus* hierhergekommen ist. Wir hatten uns schon vorher in Caraolos kennengelernt. Ich habe Angst, der Versuch dieses Mädchens, seinen Vater wiederzufinden, könnte unter Umständen sehr unglücklich ausgehen. Wenn es ihr nicht gelingen sollte, ihren Vater zu finden, dann möchte ich sie gern adoptieren und nach Amerika mitnehmen.«

»Also, so ist das. Nun, Sie haben mir eine ehrliche Auskunft gegeben, und jetzt wollen wir sachlich miteinander reden. In einem unserer Jugenddörfer im Norden von Galiläa ist die Stelle der Chefpflegerin zu besetzen. Der Ort ist wunderschön gelegen. Der Leiter des Dorfes ist einer meiner ältesten und besten Freunde, Dr. Ernst Liebermann. Das Dorf heißt Gan Dafna. Wir haben dort vierhundert Kinder untergebracht; die meisten von ihnen waren im Konzentrationslager. Sie brauchen dringend jemanden, der sich ihrer annimmt. Ich würde mich freuen, wenn Sie bereit wären, diesen Posten zu übernehmen. Die Bezahlung und die Arbeitsbedingungen sind sehr gut.«

»Ich – ich wüßte gern –«

»Wo Karen Hansen ist?«

»Woher wissen Sie?«

»Ich habe Ihnen ja schon gesagt, daß wir hier in einem Dorf sind. Ja, Karen ist in Gan Dafna.«

»Ich weiß nicht, wie ich Ihnen danken soll.«

»Bedanken Sie sich bei Ari. Er war es, der das alles arrangiert hat. Er wird Sie mit dem Wagen hinbringen. Gan Dafna ist ganz in der Nähe der Siedlung, in der er zu Hause ist.«

Die alte Frau stellte ihre Teetasse hin und lehnte sich in ihrem Stuhl zurück. »Darf ich Ihnen einen letzten, gutgemeinten Rat geben?«

»Aber natürlich.«

»Ich habe seit 1933 mit Waisenkindern zusammengearbeitet. Die Zuneigung, die diese Kinder für Palästina entwickeln, ist etwas, das für Sie möglicherweise sehr schwer zu begreifen ist. Wenn die Kinder hier erst einmal die Luft der Freiheit geatmet haben, wenn sie erst einmal von dieser ganz sonderbaren Liebe zu diesem Lande erfüllt sind, dann ist es für sie außerordentlich schwer, wieder von hier fortzugehen, und wenn sie es dennoch tun, dann gelingt es ihnen meist nicht mehr, sich anderswo einzugewöhnen. Sie lieben dieses Land heiß und leidenschaftlich. Die Amerikaner nehmen in Amerika so viele Dinge für selbstverständlich. Hier erwachen die Menschen jeden Morgen zweifelnd und gespannt – und wissen nicht, ob ihnen alles, wofür sie ihren Schweiß und ihr Blut eingesetzt haben, nicht wieder abgenommen wird. Der Gedanke an ihre Heimat ist Tag und Nacht in ihnen lebendig. Palästina ist der Mittelpunkt ihres Lebens, der eigentliche Sinn ihrer Existenz.«

»Wollen Sie damit sagen, daß es mir wahrscheinlich nicht gelingen wird, das Mädchen zu überreden, mit mir nach Amerika zu gehen?«

»Ich versuche nur, Ihnen klarzumachen, was Sie bei diesem Versuch alles gegen sich haben.«

Es klopfte an der Tür, Harriet Salzmann sagte: »Herein«, und David ben Ami trat ein.

»Schalom, Harriet. Schalom, Kitty. Ich hörte von Ari, daß ich Sie hier finden würde. Störe ich auch nicht?«

»Nein«, sagte Harriet. »Wir haben schon alles besprochen, was wir zu besprechen hatten. Katherine geht nach Gan Dafna.«

»Na großartig. Ich hatte gedacht, es wäre nicht schlecht, mit Kitty durch Me'a Schäarim zu gehen, wenn der Sabbat beginnt.«

»Das ist eine sehr gute Idee, David«, sagte Harriet.

»Dann gehen wir am besten gleich. Kommen Sie mit, Harriet?«

»Diese alten Knochen wollt ihr durch die Stadt schleppen? Das laßt mal schön bleiben. In zwei Stunden liefern Sie Katherine bei mir zum Essen ab.«

Kitty stand auf, gab Harriet Salzmann die Hand, dankte ihr

und drehte sich dann zu David um. David stand da und starrte sie an.

»Ist irgend etwas nicht in Ordnung, David?« fragte Kitty.

»Ich habe Sie noch nie so angezogen gesehen. Sie sehen wunderbar aus.« Er sah verlegen an sich herunter. »Ich weiß gar nicht, ob ich gut genug angezogen bin, um mit Ihnen durch die Stadt zu gehen.«

»Aber Unsinn. Ich habe mich nur schick gemacht, weil ich bei meiner neuen Chefin Eindruck schinden wollte.«

»Schalom, Kinder«, sagte Harriet. »Bis nachher.«

Kitty war sehr froh, daß David sie abgeholt hatte. In seiner Gesellschaft fühlte sich sich wohler als mit irgendeinem der anderen Juden. Sie verließen das Gebäude der Zionistischen Siedlungsgemeinschaft und überquerten die Straße der Propheten. Kitty nahm seinen Arm. Es schien, als sei David derjenige, der die Stadt besichtigte. Alles, was es in Jerusalem zu sehen gab, entdeckte er ganz neu und freute sich wie ein Kind. »Es ist so schön, wieder hier zu sein«, sagte er. »Wie finden Sie meine Heimatstadt?«

»Gibt es dafür überhaupt Worte? Ich finde, alles ist überwältigend und ein bißchen unheimlich.«

»Ja, genauso ist mir Jerusalem auch immer vorgekommen, schon seit ich ein kleiner Junge war. Diese Stadt ist für mich jedesmal wieder faszinierend und verwirrend.«

»Ich finde es reizend von Ihnen, daß Sie Zeit für mich haben, nachdem Sie so lange nicht zu Hause waren.«

»Wir sind noch nicht alle versammelt«, sagte David. »Ich habe sechs Brüder, müssen Sie wissen. Die meisten von ihnen sind beim Palmach. Ich bin das Nesthäkchen, und deshalb versammelt sich jetzt natürlich die ganze Familie – bis auf einen meiner Brüder. Den werde ich später allein besuchen müssen.«

»Ist er krank?«

»Nein, er ist bei den Makkabäern. Mein Vater erlaubt nicht, daß er unser Haus betritt. Er ist bei Ben Mosche, einem der führenden Männer der Makkabäer. Früher war Ben Mosche mein Professor an der Hebräischen Universität.« David blieb stehen und zeigte hinüber zum Skopusberg, der sich jenseits des Kidron-Tales erhob.

»Da, das ist die Universität.«

»Sie fehlt Ihnen sehr, Ihre Universität, nicht wahr?«

»Ja, natürlich. Doch eines Tages wird es mir möglich sein, wieder dort zu arbeiten.«

Es wurde dunkel, ein heiseres Horn ertönte, und durch die Straßen tönte der Ruf: »Sabbat! Sabbat!«

In ganz Jerusalem war der Klang des jahrtausendealten Horns zu hören. David setzte eine kleine Kappe auf und führte Kitty zur Me'a Schäarim – der Straße der hundert Tore, in der die orthodoxen Juden wohnten.

»Hier in Me'a Schäarim können Sie in den Synagogen Männer sehen, die auf die verschiedenste Art und Weise beten. Von den Yemeniten beten einige mit einer schwingenden Bewegung des Oberkörpers, als ob sie auf einem Kamel ritten. Auf diese Weise rächen sich die Juden dafür, daß es ihnen früher verboten war, auf Kamelen zu reiten, weil es nicht anging, daß der Kopf eines Juden den eines Muselmanns überragte.«

»Das ist mir neu.«

»Oder die Nachkommen der spanischen Juden. In der Zeit der Inquisition waren die spanischen Juden, wenn sie nicht den Tod erleiden wollten, gezwungen, den katholischen Glauben anzunehmen. Sie sagten die lateinischen Gebete mit lauter Stimme, doch am Ende eines jeden Satzes beteten sie unhörbar Worte eines hebräischen Gebetes. Deshalb beten sie noch heute am Ende eines jeden Satzes einige Worte schweigend.«

Kitty war sprachlos, als sie in die Straße der hundert Tore einbogen. An beiden Seiten zogen sich zweistöckige Häuser entlang, die alle reich verzierte schmiedeeiserne Gitter vor ihren Balkonen hatten. Die Männer trugen Bärte und lange Locken, pelzverbrämte Hüte und lange Kaftane aus schwarzem Satin. Man sah Yemeniten in arabischer Kleidung, Kurden, Leute aus Buchara und Perser in bunten Seidengewändern. Alle kamen aus dem rituellen Bad und gingen mit raschen, schwingenden Schritten.

Die Straße leerte sich bald, und alle begaben sich in die Synagogen. Die Synagogen waren meist klein und lagen dicht nebeneinander. Kitty warf durch die vergitterten Fenster einen Blick ins Innere.

Was für seltsame Räume – und was für eigenartige Leute. Kitty sah Männer, die sich klagend und seufzend um das Sefer Thora drängten. Sie sah die milden, verklärten Gesichter der Yemeniten, die mit untergeschlagenen Beinen auf Kissen hockten und mit leiser Stimme beteten. Sie sah alte Männer, die mit dem Oberkörper hin und her schwangen, während sie aus alten, vergilbten Büchern pausenlos und monoton hebräische Gebete zitierten. Wie anders war das alles als in Tel Aviv, und wie weit waren die Menschen hier von den gutaussehenden männlichen und weiblichen Bewohnern dieser neuen jüdischen Stadt entfernt.

»Es gibt bei uns alle möglichen Arten von Juden«, sagte David ben Ami. »Ich wollte Ihnen das hier zeigen, weil ich wußte, daß es Ari nicht tun würde. Er und viele von denen, die im Lande geboren sind, verachten diese alten strenggläubigen Juden. Sie bearbeiten den Boden nicht und lehnen es ab, Waffen zu tragen. Sie sind reaktionär und verhalten sich ablehnend gegen das, was wir aufzubauen versuchen. Und doch, wenn man wie ich längere Zeit hier in Jerusalem gelebt hat, dann lernt man, auch ihnen gegenüber tolerant zu sein, und man begreift, wie schrecklich die Zustände gewesen sein müssen, die Menschen in einen derartigen religiösen Fanatismus treiben konnten.«

Ari ben Kanaan stand im Russischen Viertel in der Nähe der Griechischen Kirche und wartete. Es wurde dunkel. Plötzlich tauchte Bar Israel auf. Ari folgte ihm in eine Nebenstraße, wo ein Taxi hielt. Sie stiegen ein, und Bar Israel brachte ein großes, schwarzes Taschentuch zum Vorschein.

»Muß ich das über mich ergehen lassen?«

»Ich habe Vertrauen zu Ihnen, Ari, aber Befehl ist Befehl.«

Ari wurden die Augen verbunden. Dann mußte er sich auf den Boden des Wagens legen. Er wurde mit einer Decke zugedeckt. Länger als eine Viertelstunde fuhr das Taxi kreuz und quer, um Ari zu verwirren. Schließlich hielt es an. Ari wurde rasch in ein Haus und in einen Raum geführt; dann durfte er die Binde vor den Augen wieder abnehmen.

Der Raum war leer bis auf einen Tisch und einen Stuhl. Auf dem Tisch stand eine brennende Kerze, außerdem eine Flasche Brandy und zwei Gläser. Es dauerte eine Weile, bis sich Aris Augen an die Dunkelheit gewöhnt hatten. Vor ihm an der anderen Seite des Tisches stand sein Onkel Akiba. Sein Bart und sein Haar waren schneeweiß geworden. Er stand gebeugt, und sein Gesicht war voller Falten. Ari ging langsam zu ihm ihn und blieb vor ihm stehen.

»Onkel Akiba«, sagte er.

»Ari, mein Junge.«

Die beiden umarmten sich, und nur mit Gewalt erwehrte sich

der alte Mann seiner Rührung. Akiba nahm die Kerze hoch, hielt sie nahe an Aris Gesicht und lächelte. »Gut siehst du aus, Ari. Du hast deine Sache in Zypern großartig gemacht.«

»Danke, Onkel Akiba.«

»Wie ich höre, bist du mit einem Mädchen gekommen.«

»Ja, mit einer Amerikanerin, die uns geholfen hat. Sie ist eigentlich kein Freund unserer Sache. Und wie geht es dir, Onkel Akiba?« Akiba zog die Schultern hoch. »So gut, wie man das von einem alten Mann erwarten kann, der sich verborgen halten muß. Es ist lange her, seit ich dich das letztemal gesehen habe, Ari – allzulange. Über zwei Jahre. Es war schön, damals, als Jordana an der Universität studierte. Sie war jede Woche einmal bei mir. Sie muß inzwischen fast Zwanzig sein. Und wie geht es dir? Ist sie immer noch in diesen Jungen da verliebt?«

»Du meinst David ben Ami? Ja, die beiden lieben sich sehr. David war mit mir in Zypern. Er ist eine der größten Hoffnungen unter unseren jungen Leuten.«

»Sein Bruder ist Makkabäer, wie du vielleicht weißt. Und Ben Mosche war sein Lehrer auf der Universität. Vielleicht kann ich ihn einmal kennenlernen.«

»Selbstverständlich.«

»Wie ich höre, ist Jordana beim Palmach.«

»Ja, sie hat die Leitung des Kinderheimes in Gan Dafna, und sie arbeitet bei dem fahrbaren Geheimsender, wenn er von unserer Gegend aus Aufrufe an die arabische Bevölkerung richtet.«

»Dann muß sie oft nach Ejn Or kommen.«

»Ja.«

»Hat sie – hat sie jemals erzählt, wie es dort jetzt aussieht?«

»Ejn Or ist so schön, wie es immer war.«

»Vielleicht kann ich es eines Tages einmal wiedersehen.« Akiba setzte sich an den Tisch und schenkte mit unsicherer Hand für sich und Ari ein. Ari nahm ein Glas, und sie stießen miteinander an.

»LeChajim«, sagte Ari.

»LeChajim.«

»Ich war gestern bei Avidan, Onkel Akiba. Er zeigte mir die Liste der in Palästina stationierten britischen Streitkräfte. Kennt ihr diese Liste?«

»Wir haben gute Freunde beim britischen Intelligence Service.«

Akiba stand auf und fing an, langsam im Raum auf und ab zu

gehen. »Haven-Hurst möchte meine Organisation am liebsten ausradieren. Die Engländer lassen es sich etwas kosten, die Makkabäer zu vernichten. Sie foltern unsere Gefangenen, sie hängen sie auf; alle unsere führenden Leute haben sie des Landes verwiesen. Als ob es nicht schon schlimm genug wäre, daß die Makkabäer die einzigen sind, die den Mut haben, den Engländern den Kampf anzusagen – nein, wir müssen außerdem auch noch gegen Verräter unter unseren eigenen Leuten kämpfen. O ja, Ari! Wir wissen sehr genau, daß uns die Hagana verraten und verkauft hat.«

»Das ist nicht wahr, Onkel Akiba!«

»Es ist wahr!«

»Nein! Erst heute war Haven-Hurst beim Jischuw-Zentralrat und hat verlangt, daß die Hagana gegen die Makkabäer vorgehen soll, doch der Zentralrat hat dieses Ansinnen erneut abgelehnt.«

Akiba ging rascher auf und ab, und sein Zorn stieg. »Was glaubst du wohl, woher die Engländer ihre Informationen bekommen, wenn nicht von der Hagana? Diese Feiglinge beim Zentralrat überlassen es den Makkabäern, zu bluten und zu sterben. Diese Memmen verraten und verkaufen uns. Gewiß, sie stellen es sehr schlau an. Doch sie üben Verrat, Verrat! Verrat!«

»Ich bin nicht bereit, Onkel, mir das länger anzuhören. Die meisten von uns in der Hagana und im Palmach brennen darauf, zu kämpfen. Immer wieder verlangt man von uns, Zurückhaltung zu üben, bis wir nahe daran sind, zu platzen, aber wir können schließlich nicht alles, was wir mühsam aufgebaut haben, gefährden und zerstören.«

»Aber wir, wir zerstören, nicht wahr? Nun sag es schon!«

Ari biß die Zähne zusammen und schwieg. Der alte Mann sprach noch eine Weile zornig weiter, dann brach er plötzlich ab, blieb stehen und ließ die Arme sinken. »Ich bin ein Meister darin, einen Streit anzufangen, wenn ich es gar nicht möchte.«

»Schon gut, Onkel.«

»Es tut mir leid, Ari. Da, trink noch einen Schluck, bitte.«

»Danke, ich möchte nicht mehr.«

Akiba wandte sich ab und fragte leise: »Wie geht es meinem Bruder?«

»Als ich ihn das letztemal sah, ging es ihm gut«, sagte Ari. »Er wird nach London fahren, um an den neuen Verhandlungen teilzunehmen.«

»Ja, der gute Barak. Reden wird er. Er wird reden bis zum
Ende.« Akiba fuhr sich mit der Zunge über die Lippen und fragte
dann zögernd: »Weiß er eigentlich, daß du mich mit Jordana und
Sara gelegentlich besuchst?«

»Doch, ich denke schon.«

Akiba sah seinen Neffen an. Seinem Gesicht war der Kummer
anzusehen, der ihn bewegte. »Hat Barak – hat mein Bruder jemals danach gefragt, wie es mir geht?«

»Nein.«

Akiba lachte kurz und bitter, ließ sich auf den Stuhl fallen und
schenkte sich noch einen Brandy ein. »Wie sonderbar ist das alles«, sagte er. »Ich war immer derjenige, der böse war, und Barak
war immer der, der sich wieder vertrug. Höre, Ari – ich werde alt,
sehr alt und müde. Ich weiß nicht, wie lange ich es noch machen
werde, ein Jahr vielleicht, vielleicht auch noch zwei. Was wir einander angetan haben, ist durch nichts wiedergutzumachen. Aber
– er muß es über sich gewinnen, dieses feindliche Schweigen zu
beenden. Er muß mir verzeihen, Ari, um unseres Vaters willen.«

III

Am nächsten Morgen fuhren Ari und Kitty von Jerusalem aus
nach Norden weiter, in das Land Galiläa. Sie fuhren durch arabische Ortschaften, die außerhalb der Zeit zu liegen schienen, und
kamen in das fruchtbare Jesreel-Tal, aus dessen sumpfigen Böden die Juden das beste Ackerland im ganzen Nahen Osten gemacht hatten. Als die Straße aus dem Jesreel-Tal dann in Windungen wieder aufwärts nach Nazareth führte, war es, als ob sie
sich aus der Gegenwart in die Vergangenheit bewegt hätten. Auf
der einen Seite des Berges lagen die grünen Felder des Jesreel-Gebietes, und auf der anderen die kahlen, trockenen und unfruchtbaren Böden der Araber.

Ari parkte im Zentrum der Stadt. Er schlug einen Schwarm
arabischer Bettler in die Flucht, doch ein kleiner Junge war nicht
zu vertreiben.

»Brauchen Sie einen Führer?«

»Nein.«

»Möchten Sie Andenken kaufen? Ich habe Holz vom heiligen
Kreuz, Stoff vom Leichentuch.«

»Hau ab.«

»Aktfotos?«

Ari versuchte, den Jungen loszuwerden, doch der ließ nicht locker und hielt Ari am Hosenbein fest. »Oder vielleicht wollen Sie meine Schwester haben? Sie ist noch Jungfrau.«

Ari warf dem Jungen ein Geldstück zu. »Paß auf unseren Wagen auf.«

Nazareth stank. Die Straßen lagen voller Mist. Man begegnete blinden Bettlern und barfüßigen, zerlumpten und verdreckten Kindern. Überall wimmelte es von Fliegen. Kitty hielt sich ängstlich an Aris Arm fest, während sie sich mühsam einen Weg durch die Bazare bahnten und zu der Stelle gingen, von der behauptet wurde, daß dort die Küche der Maria und die Werkstatt des Zimmermanns Joseph gewesen sei.

Als sie von Nazareth weiterfuhren, sagte Kitty: »Welch gräßlicher Ort.«

»Immerhin sind uns dort die Araber freundlich gesinnt«, sagte Ari. »Sie sind Christen.«

»Das mag sein«, sagte Kitty, »aber es sind Christen, die allzulange nicht gebadet haben.«

Kitty versuchte, die Fülle der neuen Eindrücke zu verarbeiten, die die letzten paar Tage gebracht hatten. Es war ein so kleines Land, doch jeder Fußbreit des Bodens war getränkt mit dem Blut oder dem Ruhm der Vergangenheit. Bald war man von der Heiligkeit des Ortes ergriffen, und bald wieder schlug die Ergriffenheit in Entsetzen und Befremden um. Einige der heiligen Stätten ließen sie ehrfürchtig verstummen, und andere ließen sie so unberührt, als sähen sie einem Mummenschanz zu. Die wehklagenden, inbrünstig betenden Juden von Me'a Schäarim – und die brennende Raffinerie von Haifa. Die provozierend selbstsicheren ›Sabres‹ von Tel Aviv – und die bäuerliche Bevölkerung des Jesreel-Gebietes. Das Alte und das Neue auf engem Raum zusammengedrängt. Wohin man sah, überall Widersprüche und Gegensätze. Es war schon fast Abend, als sie Yad El erreichten. Ari hielt vor einem kleinen, mit vielen Blumen geschmückten Haus. Die Haustür öffnete sich, und Sara ben Kanaan kam eilig herangelaufen. »Ari! Ari!« rief sie und umarmte ihren Sohn.

»Schalom, Ima.«

»Ari, Ari, Ari –«

»Nun, weine doch nicht, Ima – nicht weinen.«

416

Jetzt erschien die mächtige Gestalt Barak ben Kanaans, der eilig herankam und Ari in seine Arme schloß.

»Schalom, Aba, Schalom!«

Der alte Riese schlug seinem Sohn auf den Rücken und sagte immer wieder: »Gut siehst du aus, Ari, gut siehst du aus.«

Sara musterte das Gesicht ihres Sohnes. »Müde ist er. Siehst du denn gar nicht, Barak, wie abgespannt und erschöpft er ist?«

»Nein, Ima«, sagte Ari, »mir geht es prima. Übrigens, ich habe jemanden mitgebracht. Darf ich vorstellen – Mrs. Katherine Fremont. Sie wird ab morgen in Gan Dafna arbeiten.«

»Sie sind also Katherine Fremont«, sagte Barak und nahm ihre Hand in seine beiden mächtigen Pranken. »Willkommen in Yad El.«

»Nein, Ari, was bist du für ein dummer Kerl«, sagte seine Mutter. »Warum hast du nicht angerufen und uns gesagt, daß du Mrs. Fremont mitbringst? Aber kommen Sie, kommen Sie herein – machen Sie es sich bequem, ziehen Sie sich um, inzwischen werde ich ein bißchen was zu essen machen, und Sie werden sich wohler fühlen. Du bist so ein dummer Kerl, Ari.« Sara legte den Arm um Kitty und führte sie zum Haus. »Barak! Bring den Koffer von Mrs. Fremont herein.«

Jordana bat Kanaan stand in dem Freilichttheater vor der Schar neu angekommener Kinder von der *Exodus*. Sie war groß und stand fest und aufrecht auf langen, gutgeformten Beinen. Mit ihrem roten Haar, das ihr offen auf den Rücken herabhing, war sie von auffallender Schönheit. Sie war neunzehn Jahre alt und seit ihrem Abgang von der Universität beim Palmach. Man hatte sie nach Gan Dafna abkommandiert, damit sie dort die Leitung der Gruppe übernehme, in der alle Angehörigen des Jugenddorfes über Vierzehn militärisch ausgebildet wurden. Gan Dafna war außerdem eines der wichtigsten heimlichen Waffenlager. Von hier aus wurden die Waffen in die Siedlungen des Hule-Gebietes geschmuggelt. Jordana arbeitete auch bei dem Geheimsender, wenn er im Hule-Gebiet stationiert war. Sie wohnte in Gan Dafna und schlief in ihrem Büro.

»Ich bin Jordana bat Kanaan«, erklärte sie den Kindern von der *Exodus*. »Ich bin euer Gadna-Kommandeur. Ihr werdet in den nächsten Wochen lernen, Spionage zu treiben, Nachrichten zu übermitteln und Waffen zu reinigen. Ihr werdet lernen, mit diesen Waffen zu schießen, mit Stöcken zu fechten, und wir werden

417

auch mehrere Geländemärsche machen. Ihr seid jetzt in Palästina, und ihr braucht euch von nun an nie mehr zu ducken oder zu fürchten, weil ihr Juden seid. Wir werden hart arbeiten, denn Erez Israel braucht euch.«

Als Jordana einige Zeit später in das Verwaltungsgebäude kam, wurde sie zum Telefon gerufen. Am Apparat war ihre Mutter, die ihr Aris Ankunft mitteilte.

Jordana rannte in den Pferdestall, holte den weißen Araberhengst ihres Vaters heraus, saß auf und galoppierte ohne Sattel die Straße entlang, auf Abu Yesha zu, daß ihr rotes Haar wehte.

Sie sprengte durch die Hauptstraße des Araberdorfes, wo sich ein Dutzend Leute eiligst in Sicherheit brachte. Die Männer, die vor dem Kaffeehaus saßen, sahen ihr giftig nach. Welche Unverschämtheit besaß diese rothaarige Hure! Sie wagte es, in kurzen Hosen durch die Straßen ihres Ortes zu reiten! Ein Glück für sie, daß sie Baraks Tochter und Aris Schwester war!

Ari nahm Kitty bei der Hand und führte sie nach draußen. »Kommen Sie«, sagte er, »ich möchte Ihnen unsere Farm zeigen, bevor es dunkel wird.«

»Haben Sie auch genug zu essen bekommen, Mrs. Fremont?«

»Mehr als genug.«

»Und sind Sie mit Ihrem Zimmer zufrieden?«

»Danke, ich finde alles ganz wunderbar, Mrs. Ben Kanaan.«

»Also, bleibt nicht zu lange. Wenn Jordana kommt, wollen wir zu Abend essen.« Sara und Barak sahen den beiden nach, als sie zusammen fortgingen und dann sah Sara Barak an. »Sie ist sehr schön«, sagte sie. »Aber eine Frau für unseren Ari?«

»Hör endlich auf, eine jiddische Mamme zu sein. Dauernd machst du Heiratspläne für Ari«, sagte Barak.

»Was redest du da, Barak? Hast du nicht gesehen, wie er sie ansieht? Kennst du deinen eigenen Sohn noch immer nicht?«

Ari ging mit Kitty durch Saras Garten zu einem niedrigen Gartenzaun. Er stellte den Fuß auf die Querleiste und sah hinaus über die Felder von Yad El. Die Wassersprüher drehten sich und verbreiteten eine feuchte Kühle, während die Blätter der Obstbäume sacht in der abendlichen Brise bebten. Die Luft war erfüllt vom Duft der Winterrosen, die in Saras Garten blühten.

Kitty sah Ari an, wie er dastand und auf sein Land sah. Zum erstenmal in der ganzen Zeit, seit sie Ari ben Kanaan kannte, schien er innerlich ruhig und entspannt zu sein.

»Natürlich nicht mit Ihrem Indiana zu vergleichen«, sagte Ari.

»Oh«, sagte Kitty, »es macht sich.«

»Na ja, schließlich brauchtet ihr ja auch keinen Sumpf zu entwässern, um Indiana darauf zu errichten.« Ari hatte eine ganze Menge auf dem Herzen. Er hätte Kitty gern gesagt, wie sehr er sich danach sehnte, nach Hause zu kommen, um als Landwirt seinen Grund und Boden bearbeiten zu können. Er hätte sie gern gebeten, zu begreifen, was es für die Juden bedeutete, so ein Stück Land zu besitzen. Kitty stand neben ihm über den Zaun gelehnt und bewunderte die Leistung, die Yad El darstellte. Sie sah wunderbar aus. Ari hätte sie sehr gern in die Arme genommen, doch er tat und sagte nichts. Schweigend gingen beide am Zaun entlang, bis sie zu den Wirtschaftsgebäuden kamen, wo sie das Gackern der Hühner und das Schnattern einer Gans begrüßte. Er machte das Gatter auf. Die obere Angel war angebrochen.

»Das muß ausgebessert werden«, sagte er. »Alles mögliche muß hier bei uns ausgebessert werden. Ich bin dauernd unterwegs, und Jordana ist auch nicht zu Hause. Mein Vater muß so oft verreisen, um an Konferenzen teilzunehmen. Ich fürchte, das Anwesen der Familie Ben Kanaan ist eine Sache geworden, um die sich die Gemeinschaft wird kümmern müssen. Aber eines Tages werden wir alle wieder zu Hause sein, und dann sollen Sie etwas kennenlernen, etwas, das sich wirklich sehen lassen kann.« Sie gingen an der Scheune, dem Hühnerhaus und dem Geräteschuppen vorbei bis an den Rand der Felder. Ari zeigte auf die Berge nahe der libanesischen Grenze. »Von hier aus können Sie Gan Dafna sehen.«

»Die weißen Häuser da?«

»Nein, das ist Abu Yesha, ein Araberdorf. Gan Dafna liegt rechts davon, ein Stück höher, auf dem Plateau mit den Bäumen.«

»Ja, jetzt sehe ich es. Mein Gott, das liegt ja wirklich in den Wolken. Und was ist das für ein Gebäude, das dahinter auf dem Gipfel des Berges liegt?«

»Das ist Fort Esther, eine britische Grenzbefestigung. Aber kommen Sie, ich muß Ihnen noch etwas zeigen.«

Sie gingen in der sinkenden Dämmerung durch die Felder. Die untergehende Sonne ließ die Hänge der Berge in seltsamen Farben erglühen. Am Ende der Felder kamen sie zu einer Waldung und zu einem Fluß, dessen Wasser dem Hule-See zuströmten.

»Von diesem Fluß singen eure Farbigen in Amerika sehr schöne Spirituals.«

»Ist das der Jordan?«

»Ja.«

Ari kam dicht an Kitty heran, und beide sahen sich ernst und feierlich an. »Gefällt es Ihnen?« fragte Ari. »Und mögen Sie meine Eltern?«

Kitty nickte wortlos. Sie wartete darauf, daß Ari sie in seine Arme nahm. Seine Hände berührten ihre Schultern.

»Ari! Ari! Ari!« rief jemand laut in ihrer Nähe. Ari ließ Kitty los und drehte sich um. Ein Reiter kam im Galopp auf sie zu, direkt aus der untergehenden roten Sonne.

»Jordana!« rief Ari.

Sie zügelte das schäumende Pferd, warf beide Arme hoch, stieß einen Freudenschrei aus, sprang ab und warf sich mit solchem Schwung auf Ari, daß beide zu Boden stürzten. Jordana bedeckte Aris Gesicht mit Küssen.

»Hör auf!« rief er abwehrend.

»Ari! Ich küss' dich tot!«

Jordana kitzelte ihn, und beide rollten wie Ringkämpfer am Boden herum. Schließlich mußte Ari sie auf den Rücken legen und festhalten. Kitty betrachtete das Schauspiel der Geschwister. Doch dann bemerkte Jordana plötzlich, daß jemand zusah, und ihre Miene wurde ernst. Ari, der Kitty in der Freude fast vergessen hatte, lächelte verlegen, gab Jordana die Hand und half ihr auf die Beine.

»Meine überspannte Schwester. Ich vermute, sie hat mich mit David ben Ami verwechselt.«

»Guten Tag, Jordana«, sagte Kitty. »Mir ist, als kenne ich Sie schon; so viel hat mir David von Ihnen erzählt.«

»Und Sie sind Katherine Fremont. Ich habe von Ihnen auch schon gehört.«

Die beiden gaben sich die Hand, doch die Begrüßung war kühl, und Kitty wußte nicht, was sie davon halten sollte. Jordana wandte sich rasch ab, nahm ihr Pferd beim Zügel und führte es zum Haus, während Ari und Kitty hinterherkamen.

Jordana sah über die Schulter zurück und fragte Ari: »Weißt du was von David?«

»Er ist für ein paar Tage in Jerusalem. Er bat mich, dir auszurichten, daß er dich heute abend anrufen würde. Er wird gegen Ende der Woche herkommen, falls du es nicht vorziehst, ihn in Jerusalem zu treffen.«

»Ich kann nicht fort, jetzt, da diese Neuen nach Gan Dafna gekommen sind.«

»Ja«, sagte Ari und blinzelte Kitty dabei zu, »da fällt mir eben ein – ich war in Tel Aviv bei Avidan. Er sagte da irgendwas – was war es eigentlich noch – richtig, daß David nach Ejn Or zur Brigade Galiläa versetzt werden sollte.«

Jordana drehte sich um. Ihre blauen Augen wurden groß, und sie war einen Augenblick lang unfähig, etwas zu sagen. »Ari, ist das wirklich wahr? Oder machst du dich über mich nur lustig?«

Ari zog die Schultern hoch und sagte nur: »Dumme Gans.«

»Du Scheusal! Warum hast du mir das nicht gleich gesagt?«

»Ich wußte nicht, daß es so wichtig war.«

Jordana war drauf und dran, sich erneut auf Ari zu stürzen und wieder einen Ringkampf mit ihm anzufangen; doch Kittys Anwesenheit hielt sie offensichtlich zurück. »Ich bin glücklich«, sagte sie.

Kitty wurde abermals genötigt, eine Mahlzeit zu sich zu nehmen, und sie tat ihr Bestes, weil eine Ablehnung einem internationalen Zwischenfall gleichgekommen wäre. Als das Abendessen beendet war, belud Sara alle Tische mit Speisen zur Bewirtung der Gäste, die man erwartete.

An diesem Abend kamen fast alle Leute von Yad El in das Heim der Familie Ben Kanaan, um Ari zu begrüßen und um ihre Neugier auf die Amerikanerin zu befriedigen. Die Besucher, die, hebräisch flüsternd, aufgeregte Vermutungen anstellten, waren rauhe, aber herzliche Leute. Sie gaben sich alle erdenkliche Mühe, Kitty als Ehrengast zu behandeln. Ari hielt sich den ganzen Abend über in ihrer Nähe auf, um sie gegen einen Schwall von Fragen in Schutz zu nehmen, aber er mußte staunend feststellen, wie leicht Kitty mit den Neugierigen, die sie bedrängten, fertigzuwerden verstand.

Im Verlauf des Abends wurde die kühle Ablehnung, die Jordana gegenüber Kitty vom ersten Augenblick an gezeigt hatte, immer deutlicher. Kitty konnte Jordanas feindlicher Miene geradezu ablesen, daß sie dachte: Was bist du für eine Frau, die du meinen Bruder haben willst?

Genau das war es auch, was Jordana bat Kanaan dachte, während sie Kitty beobachtete, die eine vollendete Vorstellung gab

421

und die neugierigen Farmer von Yad El bezauberte. Sie fand, Kitty sah genauso aus wie all diese unnützen Luxuspuppen, die Frauen der englischen Offiziere, die ihre Zeit damit verbrachten, sich zum Tee zu treffen und zu schwatzen.

Es war schon spät, als der letzte Gast gegangen war und Ari und Barak endlich allein miteinander reden konnten. Sie sprachen ausschließlich über ihre Farm. Obwohl Ari, Jordana und Barak so lange nicht dagewesen waren, stand alles gut, weil der Moschaw nach dem Rechten gesehen hatte.

Barak suchte in dem Gewirr von Gläsern, Schüsseln und Tellern nach einer Flasche, in der vielleicht noch ein Restchen Cognac übriggeblieben war, und schenkte sich und seinem Sohn ein Glas ein. Dann ließen sich beide behaglich nieder und streckten die Beine von sich.

»Also, wie steht es denn nun mit deiner Mrs. Fremont? Wir sind alle mächtig neugierig.«

»Tut mir leid, aber da muß ich dich enttäuschen. Sie ist in Palästina wegen eines Mädchens, das mit der *Exodus* hergekommen ist. Soviel mir bekannt ist, möchte sie die Kleine später gern adoptieren. Wir beide sind gute Freunde.«

»Und sonst nichts?«

»Nichts.«

»Sie gefällt mir, Ari. Sie gefällt mir sehr gut, aber sie ist keine von uns. Warst du in Tel Aviv bei Avidan?«

»Ja. Ich werde für die nächste Zeit höchstwahrscheinlich bei dem Palmach-Kommando in Ejn Or bleiben. Ich soll eine Schätzung über unsere militärische Stärke in den einzelnen Siedlungen anstellen.«

»Das freut mich. Du bist so lange fort gewesen, daß es deiner Mutter guttun wird, dich eine Weile verwöhnen zu können.«

»Und was ist mit dir, Vater?«

Barak strich sich über seinen roten Bart. »Avidan hat mich gebeten, nach London zu fahren, um an den Konferenzen teilzunehmen.«

»Das hatte ich mir schon gedacht.«

»Es bleibt uns natürlich gar nichts anderes übrig, als auch weiterhin auf der Stelle zu treten und zu versuchen, einen politischen Sieg zu erringen. Auf eine militärische Auseinandersetzung können wir uns nicht einlassen. Also werde ich nach London fahren und dort meinen kleinen Beitrag leisten. Ich tue das sehr ungern, denn ich komme allmählich doch zu der Überzeugung, daß die Engländer uns eines schönen Tages endgültig verraten und verkaufen werden.«

Ari stand auf und ging unruhig im Raum hin und her. Es tat ihm beinahe leid, daß ihn Avidan nicht mit einem neuen Auftrag fortgeschickt hatte. Wenn er Tag und Nacht daran arbeitete, eine bestimmte Aufgabe zu erfüllen, dann hatte er wenigstens keine Zeit, darüber nachzudenken, in welcher bedrohlichen Situation sich der Jischuw befand.

»Du solltest übrigens mal nach Abu Yesha gehen und mit Taha reden«, sagte Barak.

»Ich hatte mich schon gewundert, daß er heute abend nicht da war. Stimmt mit ihm irgend etwas nicht?«

»Nur das, was mit dem ganzen Lande nicht stimmt. Zwanzig Jahre lang haben wir mit den Leuten von Abu Yesha in Frieden gelebt. Kammal war viele Jahre lang mein Freund. Und jetzt – eine spürbare Kälte. Wir kennen die Leute alle beim Vornamen, wir sind bei ihnen ein- und ausgegangen, und sie haben unsere Schulen besucht. Wir haben gemeinsam Hochzeiten gefeiert. Ari, diese Menschen sind unsere Freunde. Ich weiß nicht, was da schiefgelaufen ist – jedenfalls muß es geradegebogen werden.«

»Ich werde morgen mit ihm reden, wenn ich Mrs. Fremont nach Gan Dafna gebracht habe.«

Ari lehnte am Bücherschrank, in dessen Fächern die Werke der Klassiker in hebräischer, englischer, französischer, deutscher und russischer Sprache nebeneinander standen. Er strich mit dem Finger über die Buchrücken, zögerte einen Augenblick, drehte sich dann plötzlich um und sah Barak an. »Ich habe Akiba in Jerusalem getroffen.«

Barak zuckte zusammen wie unter einem Schlag. Unwillkürlich öffnete er den Mund, aber er unterdrückte die Frage, wie es seinem Bruder gehe. »Hier in meinem Hause wollen wir diesen Namen nicht erwähnen«, sagte er leise.

»Er ist alt geworden, Vater. Er hat nicht mehr allzulange zu leben. Er bittet dich im Namen eures Vaters, du möchtest dich mit ihm versöhnen.«

»Ich will nichts davon hören!« rief Barak mit bebender Stimme.

»Sind fünfzehn Jahre des Schweigens nicht lange genug?«

Barak erhob sich in seiner ganzen Größe und sah seinem Sohn in die Augen. »Er hat Zwietracht zwischen Juden und Juden gesät. Jetzt säen die Makkabäer Zwietracht zwischen den Leuten von Abu Yesha und uns. Möge ihm Gott verzeihen – doch ich kann ihm nicht verzeihen – niemals.«

»Bitte, hör mich an!«

»Gute Nacht, Ari.«

Am nächsten Morgen nahm Kitty Abschied von der Familie Ben Kanaan, und Ari fuhr mit ihr hinauf in die Berge nach Gan Dafna. In Abu Yesha hielt Ari einen Augenblick an, um Taha auszurichten, daß er ihn in ungefähr einer Stunde auf dem Rückweg besuchen werde.

Als sie von Abu Yesha aus weiter in die Berge fuhren, wurde Kitty immer ungeduldiger, Karen wiederzusehen. Gleichzeitig aber machte sie sich Sorgen, was in Gan Dafna geschehen werde. War Jordana nur eine eifersüchtige Schwester, oder war sie die typische Vertreterin einer Art von Menschen, die ihr infolge der zwischen ihnen bestehenden Unterschiede feindlich gegenüberstand? Harriet Salzmann hatte sie gewarnt und ihr gesagt, daß sie ein Außenseiter war, der in Palästina nichts zu suchen habe. Alles schien dieses Außenseitertum zu unterstreichen. Der Gedanke an Jordana machte Kitty unruhig. Sie hatte sich bemüht, zu allen Leuten gleichmäßig freundlich zu sein; vielleicht aber zog sie innerlich doch eine Trennungslinie und machte daraus allzuwenig Hehl. Ich bin nun einmal so, wie ich bin, dachte Kitty, und dort, wo ich herkomme, wird jeder nach dem beurteilt, was er darstellt.

Sie fuhren durch die Einsamkeit der Berglandschaft, und Kitty fühlte sich allein und war verzagt.

»Werden wir uns gelegentlich sehen?« fragte sie.

»Von Zeit zu Zeit. Legen Sie denn Wert darauf?«

»Ja.«

»Dann werde ich versuchen, es einzurichten.«

Der Wagen bog um die letzte Kurve, und vor ihnen öffnete sich das Plateau von Gan Dafna. Dr. Liebermann, das Orchester des Jugenddorfes, die Angehörigen der Lagerleitung und des Lehrkörpers und die fünfzig Kinder von der *Exodus* waren in der Mitte der Grünfläche um die Statue von Dafna versammelt. Kitty Fremont wurde mit warmer und spontaner Herzlichkeit begrüßt, und ihre Befürchtungen waren im Augenblick verflogen. Karen lief auf sie zu, umarmte sie und überreichte ihr einen Strauß Winterrosen. Und dann war Kitty von ›ihren‹ *Exodus*-Kindern umringt. Sie wandte den Kopf und sah Ari nach, bis der Wagen um die Biegung der Straße verschwunden war.

Als die Begrüßungszeremonie vorbei war, gingen Dr. Liebermann und Karen mit Kitty einen von Bäumen eingesäumten Weg entlang, an dem hübsche kleine Häuser mit zwei oder drei Räumen standen, in denen die Angehörigen des Stabes wohnten. Ungefähr in der Mitte des Weges blieben sie vor einem kleinen Haus mit weißen Wänden stehen, das in einem Meer von Blumen fast verschwand.

Karen rannte vor, machte die Tür auf und hielt den Atem an, als Kitty langsam hineinging. Das Wohn- und Schlafzimmer war einfach, aber geschmackvoll eingerichtet. Die Vorhänge und die Decke über der Couch waren aus dickem Negev-Leinen, und überall standen Vasen mit frischgeschnittenen Blumen. Quer durch den Raum war ein Spruchband gespannt, das die Kinder von der *Exodus* gemacht hatten, mit der Aufschrift: SCHALOM KITTY.

Karen lief zum Fenster und zog die Vorhänge beiseite. Man hatte eine wunderbare Aussicht auf die sechshundert Meter tiefer gelegene Talsohle. Das Haus enthielt einen großen Raum, ein kleines Studio, außerdem eine kleine Küche und ein Bad. Alles war wunderschön und mit viel Liebe hergerichtet.

Dr. Liebermann schob Karen freundlich zur Tür hinaus und versicherte ihr beruhigend, daß sie Mrs. Fremont später noch sehen würde.

»Auf Wiedersehen, Kitty.«

»Auf Wiedersehen, Liebes.«

»Nun«, fragte Dr. Liebermann, als sie allein waren, »wie gefällt es Ihnen?«

»Ich glaube, ich werde mich hier sehr wohl fühlen.«

Dr. Liebermann setzte sich auf den Rand der Couch. »Als Ihre Kinder von der *Exodus* hörten, daß Sie nach Gan Dafna kommen würden, haben sie Tag und Nacht gearbeitet. Sie haben das Haus frisch gestrichen, sie haben die Gardinen genäht, sie haben Blumen gepflanzt – sämtliche Blumen, die es in Gan Dafna gibt, befinden sich auf dem Rasen vor Ihrem Haus. Sie haben sich mächtig angestrengt. Die Kinder lieben Sie sehr.«

Kitty war sehr gerührt. »Ich weiß gar nicht, womit ich das verdient habe.«

»Kinder haben ein sehr sicheres Gefühl dafür, wer es wirk-

lich gut mit ihnen meint. Haben Sie Lust, sich jetzt Gan Dafna anzusehen?«

»Ja, sehr gern.«

Zusammen mit Dr. Liebermann, den sie um Haupteslänge
überragte, ging Kitty zu dem Verwaltungsgebäude zurück. Dr.
Liebermann hielt im Gehen die Hände auf dem Rücken. Manchmal klopfte er seine Taschen auf der Suche nach einer Streich-
holzschachtel ab, um seine Pfeife anzuzünden.

»Ich bin 1933 aus Deutschland hierhergekommen. Mir war
sehr bald klar, was kommen würde. Meine Frau ist kurz nach unserer Ankunft hier gestorben. Dann war ich Professor für klassi-
sche Philologie an der Universität in Jerusalem, bis mich Harriet
Salzmann im Jahre 1940 fragte, ob ich nicht Lust hätte, hier oben
ein Jugend-Aliyah-Dorf zu gründen. Das war genau das, was ich
schon seit vielen Jahren gewünscht hatte. Dieses ganze Hochpla-
teau wurde uns von dem verstorbenen Muktar von Abu Yesha,
einem außerordentlich generösen Mann, geschenkt. Übrigens –
haben Sie ein Streichholz?«

»Nein, tut mir leid.«

»Macht nichts. Ich rauche ohnehin zuviel.«

Sie kamen zu der Grünfläche in der Mitte des Dorfes. Von hier
aus hatte man die beste Aussicht auf das Hule-Tal. »Unsere Felder liegen unten im Tal. Das Land wurde uns von dem Moschaw
Yad El zur Verfügung gestellt.«

Sie blieben vor der Statue stehen. »Das ist Dafna. Sie stammte
aus Ayad El und fand als Angehörige der Hagana den Tod. Ari
ben Kanaan hat sie sehr geliebt. Unser Dorf ist nach ihr benannt.«

Kitty durchzuckte es wie – ja, wie Eifersucht. Selbst als Statue
war Dafna noch eine Rivalin. Ihre bronzene Figur war von der
gleichen rustikalen Derbheit, wie sie Jordana und die anderen
Mädchen von Yad El besaßen, die gestern abend bei Ben Kanaans gewesen waren.

Dr. Liebermann nahm Kitty am Arm und führte sie weiter.
»Sehen Sie dort die Wohnhäuser der Kinder?«

»Ja.«

»Sie werden feststellen, daß alle Fenster auf die Felder unten
im Tal gehen, so daß ihr erster Blick am Morgen und der letzte am
Abend auf die Erde fällt, die sie bearbeiten. Die Hälfte des Unterrichts und der Ausbildung betrifft die Landwirtschaft. Von unserem Jugenddorf hier sind Gruppen aufgebrochen, die allein oder
zusammen mit anderen vier neue Kibbuzim gegründet haben.

Alles, was wir an pflanzlicher und tierischer Nahrung brauchen, erzeugen wir selbst. Wir weben sogar die Stoffe für einen großen Teil unserer Kleidung. Wir machen unsere Möbel selbst, und wir reparieren unsere landwirtschaftlichen Maschinen in unseren eigenen Werkstätten. Alle diese Arbeiten werden von den Kindern verrichtet. Sie haben auch ihre eigene Verwaltung, und eine sehr gute sogar.«

Sie kamen am anderen Ende der Grünfläche an. Unmittelbar hinter dem Verwaltungsgebäude wurde der schöne Rasenteppich jäh durch einen langen Schützengraben unterbrochen, der sich rings um die ganze Anlage zog. Als Kitty sich umblickte, sah sie weitere Laufgräben und einen Unterstand.

»Das ist nicht sehr schön«, sagte Dr. Liebermann, »und unsere Kinder begeistern sich nach meinem Geschmack zu sehr für kriegerisches Heldentum. Doch ich fürchte, das wird so bleiben müssen, bis wir unsere Unabhängigkeit erreicht und unsere Existenz auf etwas gegründet haben, das menschlicher ist als Waffen.«

Ari stand in dem hohen Wohnraum Tahas, des Muktars von Abu Yesha. Der junge Araber, sein langjähriger Freund, aß ein Stück Obst, das er von einer großen Schale genommen hatte, und folgte Ari, der unruhig im Raum auf und ab ging, mit seinem Blick.

»Bei den Konferenzen in London gibt es genug doppelzüngiges Gerede«, sagte Ari. »Ich finde, wir beide sollten offen miteinander reden.«

Taha warf das Obst zurück auf die Schale. »Wie soll ich es dir erklären, Ari? Man hat versucht, mich unter Druck zu setzen, doch ich habe mich nicht beeinflussen lassen.«

»Nein? Taha, du redest mit Ari ben Kanaan.«

»Die Zeiten ändern sich.«

»Hör mal, Taha – eure und unsere Leute haben zweimal eine Zeit der Unruhen und Aufstände durchgemacht. Du bist in Yad El zur Schule gegangen, hast in meinem Elternhaus gewohnt und unter dem Schutz meines Vaters gestanden.«

»Ja, daß ich am Leben blieb, verdanke ich eurem Wohlwollen. Soll jetzt aber mein ganzes Dorf von eurem Wohlwollen abhängig sein? Ihr bewaffnet euch. Dürfen wir uns nicht auch bewaffnen?

Oder traut ihr uns nicht mehr, wenn wir Gewehre haben? Wir haben euch vertraut!«

»Bist das wirklich du, der so zu mir spricht?«

»Ich wünsche, den Tag nicht zu erleben, an dem du und ich vielleicht einmal gegeneinander werden kämpfen müssen. Aber du weißt, daß Passivität für uns beide leider eine Sache der Vergangenheit ist.«

Ari fuhr herum. »Was ist eigentlich in dich gefahren, Taha?« rief er zornig. »Also gut – dann darf ich dich vielleicht noch einmal daran erinnern. Diese steinernen Häuser in euerm Dorf wurden von uns entworfen und gebaut. Uns verdanken es eure Kinder, wenn sie jetzt lesen und schreiben können. Uns verdankt ihr es, daß ihr eine Kanalisation habt und daß eure Kinder nicht mehr sterben, bevor sie das Alter von sechs Jahren erreicht haben. Wir haben euch beigebracht, wie man den Boden vernünftig bearbeitet und wie man ein menschenwürdiges Leben führt. Wir haben euch Dinge verschafft, die euch eure eigenen Leute tausend Jahre lang nicht geben wollten. Dein Vater wußte das, er war überlegen genug, zuzugeben, daß der schlimmste Feind und Ausbeuter des Arabers der Araber ist. Er starb, weil er wußte, daß es zu eurem eigenen Besten ist, mit den Juden in Freundschaft zu leben, und weil er Manns genug war, zu dieser Einsicht zu stehen.«

Taha sprang auf. »Kannst du mir vielleicht garantieren, daß die Makkabäer nicht noch in dieser Nacht nach Abu Yesha kommen und uns alle umbringen?«

»Du weißt so gut wie ich, daß ich dir das nicht garantieren kann. Aber du weißt auch, daß die Makkabäer ebensowenig die Gesamtheit der Juden vertreten wie der Mufti die Gesamtheit der Araber.«

»Ich werde niemals meine Hand gegen Yad El erheben, Ari. Darauf gebe ich dir mein Wort.«

Ari ging. Er wußte, daß es Taha ernst mit dem gewesen war, was er gesagt hatte; doch Taha hatte nicht das Format, das sein Vater Kammal gehabt hatte. Gewiß, sie hatten einander Frieden zugesichert, und doch war ein Riß zwischen Yad El und Abu Yesha entstanden, genau wie bei allen anderen arabischen und jüdischen Ortschaften, die bisher friedlich nebeneinander gelebt hatten.

Taha sah seinem Freund nach, der das Haus verließ und zu der Straße ging, die nahe bei dem Fluß an der Moschee vorbeiführte. Er stand noch lange regungslos und nachdenklich, nachdem Ari verschwunden war. Von Tag zu Tag wurde der Druck, den man auf ihn ausübte, heftiger, und sogar in seinem eigenen Dorf meldeten sich unzufriedene Stimmen. Man machte ihm klar, daß er ein Araber und ein Moslem war und klar und eindeutig Stellung beziehen müsse. Was sollte er tun?

IV

Dr. Ernst Liebermann, diesem komischen kleinen Mann mit dem Buckel, war es gegeben, seine grenzenlose Menschenliebe in Gan Dafna in die Wirklichkeit umzusetzen. Die ganze Atmosphäre war hier so gelockert wie in einem Ferienlager. Man ließ den Jugendlichen in ihrem Tun und Denken völlige Freiheit. Der Unterricht fand im Freien statt. Jungens und Mädchen lagen dabei in kurzen Hosen auf dem Rasen herum und waren so auch während des theoretischen Unterrichts der Natur nahe.

Die Bewohner des von Dr. Liebermann geleiteten Jugenddorfes kamen aus dem denkbar finstersten Milieu, aus dem Ghetto und dem Konzentrationslager. Dennoch war die Disziplin in Gan Dafna vorbildlich. Gehorsamsverweigerung gab es nicht. Diebstahl war unbekannt, und sexuelle Schwierigkeiten waren selten. Gan Dafna bedeutete für die Kinder alles, und ihre Antwort auf die Liebe, die ihnen hier entgegengebracht wurde, war die stolze Würde, mit der sie sich einordneten und ihre Gemeinschaft selbst regierten.

Der Rahmen dessen, was in Gan Dafna gelehrt, gelernt und gedacht wurde, war außerordentlich weit gespannt. Es fiel schwer, sich vorzustellen, daß die Mitglieder dieser Akademie Halbwüchsige waren. Die Bibliothek reichte von Thomas von Aquino bis zu Freud. Kein Buch war verboten, kein Thema schien zu hoch oder zu frei. Die Kinder waren politisch von einer Aufgeschlossenheit, die weit über ihre Jahre hinausging.

Der erste und wichtigste Lehrsatz, den die Erzieher ihren Schützlingen einzuprägen vermochten, war, daß ihr Leben einen Sinn hatte, daß es auf ein Ziel gerichtet war.

Gan Dafna hatte einen internationalen Lehrkörper, dessen Angehörige aus zweiundzwanzig verschiedenen Ländern kamen. Kitty war die einzige Nichtjüdin und die einzige Amerikanerin, und das hatte zur Folge, daß man ihr ebenso zurückhaltend wie freundlich begegnete.

Ihre ursprünglichen Befürchtungen, daß sie auf feindliche Ablehnung stoßen werde, erwiesen sich als unbegründet. Die geistig aufgeschlossene Atmosphäre, die in Gan Dafna herrschte, machte diesen Ort mehr zu einer Universität als zu einem Waisenheim. Kitty wurde als Mitglied eines Teams willkommen geheißen, dessen oberstes Anliegen das Wohl der Kinder war. Mit vielen ihrer Kollegen freundete sie sich sehr an. Sie fühlte sich im Umgang mit ihnen wohl. Auch der Umstand, daß es sich um ein jüdisches Jugenddorf handelte, war unwesentlicher, als sie gedacht hatte. Das Judentum beruhte in Gan Dafna mehr auf dem Nationalbewußtsein als auf religiöser Basis. Die rituellen Formen wurden hier nicht sehr beachtet; es gab nicht einmal eine Synagoge.

Obwohl sich die Berichte über blutige Ausschreitungen in allen Teilen Palästinas häuften, gelang es, Furcht und Sorge von Gan Dafna fernzuhalten. Doch auch hier war die Umwelt nicht frei von den sichtbaren Zeichen der Gefahr. Ein Stück oberhalb von Gan Dafna lag die Grenze. Beständig hatte man Fort Esther vor Augen. Die Schützengräben, die Unterstände, die Waffen und die militärische Ausbildung waren nicht zu übersehen.

Das Gebäude der medizinischen Abteilung lag in dem Verwaltungsbezirk am Rande der Grünfläche. Es umfaßte eine Abteilung für die ambulante Behandlung, eine gut eingerichtete Krankenstation mit zwanzig Betten und einen Operationsraum. Der Arzt, der gleichzeitig auch Yad El betreute, kam täglich. Außerdem gab es einen Zahnarzt, vier Lehrschwestern, die unter Kitty arbeiteten, und einen Psychotherapeuten, der ausschließlich für Gan Dafna da war.

Kitty führte ihr ambulantes Revier und ihre Krankenstation, nachdem sie den ganzen Betrieb völlig neu organisiert hatte, mit geradezu maschineller Präzision. Sie setzte genaue Zeiten fest für die Revierstunden, für die Krankenvisiten auf der Station, und für Massage, Bestrahlung und dergleichen. Sie verschaffte sich in ihrer Stellung einen derartigen Respekt, daß man in Gan Dafna erstaunt die Köpfe zusammensteckte. Die ihr unterstellten Schwestern hielt sie unauffällig in einem sehr genauen beruflichen Abstand, und sie lehnte für ihren Arbeitsbereich auch die Formlosigkeit ab, die sonst überall in Gan Dafna üblich war. Sie verhinderte die plumpe Vertraulichkeit, zu der die meisten Mitglieder des Stabes die Jungen und Mädchen ermutigten. Das alles war für Gan Dafna neu und ungewöhnlich. Man mußte ihr, ob man wollte oder nicht, Bewunderung zollen, denn die medizinische Sektion war am besten organisiert und die leistungsfähigste Abteilung des ganzen Jugenddorfes. In ihrem Bestreben, freie Menschen heranzuziehen, hatten die Juden allzuoft die Disziplin vernachlässigt, die Kitty Fremont gewohnt war. Man verübelte ihr die energische Art, mit der sie ihre Abteilung führte, jedoch durchaus nicht. Wenn sie ihre Dienstkleidung auszog, gab es in Gan Dafna niemanden, dessen Gesellschaft so begehrt war wie die ihre.

War sie als Abteilungsleiterin streng und energisch, so war sie ganz das Gegenteil davon, sobald es sich um ›ihre‹ Kinder handelte. Die fünfzig Kinder von der *Exodus* blieben auch in Gan Dafna weiterhin die ›*Exodus*kinder‹, und Kitty Fremont gehörte zu ihnen. Sie war die ›*Exodus*mutter‹. So war es ganz natürlich, daß sie persönlichen Anteil an einigen dieser Jugendlichen nahm, die ernstlich seelisch gestört waren. Sie erklärte sich freiwillig bereit, dem Psychotherapeuten bei seiner Arbeit zu assistieren. Diesen seelisch gestörten Kindern gegenüber ging Kitty aus ihrer Reserviertheit völlig heraus; sie gab ihnen alle Liebe und Wärme, die sie zu geben vermochte. Die Tatsache, daß die Kinder in Palästina und in Gan Dafna waren, hatte eine große Heilwirkung; doch die Schrecken der Vergangenheit verursachten noch immer Angstträume, Unsicherheit und Feindseligkeit, deren Behandlung Geduld, Erfahrung und Liebe erforderte.

Einmal wöchentlich begab sich Kitty mit dem Arzt nach Abu Yesha, um dort eine morgendliche Krankenstunde für die Araber abzuhalten. Wie rührend waren manchmal doch diese schmutzigen, kleinen Araberkinder im Gegensatz zu den robusten Jugendlichen von Gan Dafna! Wie würdelos war ihr Leben, verglichen mit dem Geist des Jugend-Aliyah-Dorfes! Bei diesen arabischen Kindern gab es weder Lachen noch Gesang, weder Spiele noch sichtbaren Lebenszweck. Man lebte einfach in den Tag hinein; neue Generation einer sich ewig in einem endlosen Kreise bewegenden Karawane in der Wüste. Der Magen drehte sich ihr jedesmal um, wenn sie eine der nur aus einem einzigen Raum bestehenden Hütten betrat, die ihre Bewohner mit Hühnern, Hunden und Eseln zu teilen hatten und in denen jeweils acht bis zehn Menschen auf dem Erdboden schliefen. Und doch konnte Kitty diese Menschen nicht verabscheuen. Sie waren gutmütig und herzlich, weit über ihre geistigen Grenzen hinaus. Auch sie sehnten sich nach einer besseren Zukunft. Sie befreundete sich mit Taha, dem jungen Muktar, der an jeder ihrer Ambulanzstunden teilnahm. Oft hatte Kitty den Eindruck, als wollte Taha mit ihr auch noch über andere Probleme als das Gesundheitswesen seines Dorfes sprechen, und sie spürte geradezu, wie es ihn zu einer Aussprache drängte. Aber Taha war Araber; einer Frau konnte man sich nicht in allem anvertrauen, und deshalb verriet er ihr niemals seine wahren Sorgen.

Die Tage vergingen, und der Spätwinter 1947 kam.

Mit der Zeit waren Karen und Kitty in Gan Dafna unzertrennlich geworden. Karen, die auch an den finstersten Orten nie ganz unglücklich gewesen war, blühte in Gan Dafna förmlich auf. Sie war der Liebling des ganzen Dorfes. Kittys verständnisvolle Nähe wurde für sie besonders wichtig, weil sie gerade das schwierige Stadium der Pubertät durchmachte. Kitty sah sehr deutlich, daß jeder Tag, den Karen in Gan Dafna verbrachte, dazu angetan war, sie weiter von Amerika zu entfernen, und sie hielt ganz bewußt den Gedanken an Amerika in ihr lebendig, während die Nachforschungen nach Karens Vater weitergingen.

Dov Landau war ein Problem. Kitty war mehrfach kurz davor, einzugreifen und sich trennend zwischen ihn und Karen zu stellen, als sie merkte, daß sich die Beziehung zu vertiefen schien; doch sie hielt sich zurück, weil ihr klar war, daß sich die beiden dadurch möglicherweise nur noch enger aneinandergeschlossen hätten. Es war ihr unverständlich, daß Karen so an dem Jungen hing, da Dov diese Zuneigung durch nichts erwiderte. Er war mürrisch und verschlossen. Er redete zwar ein bißchen mehr als früher, aber wenn man irgend etwas von ihm wollte, so war Karen noch immer die einzige, die an ihn herankonnte.

Dov war wie besessen von dem Wunsch, Wissen zu erwerben. Er hatte so gut wie überhaupt keine Schulausbildung gehabt, und jetzt schien er das Versäumte mit leidenschaftlichem Hunger nachholen zu wollen. Er wurde sowohl von der militärischen wie von der landwirtschaftlichen Ausbildung dispensiert. Er arbeitete, las und lernte Tag und Nacht. Seiner Begabung gemäß konzentrierte er sich auf anatomische, architektonische und technische Zeichnungen. Gelegentlich entstand auch, sozusagen als Sicherheitsventil, eine freie Zeichnung, die sein Inneres zum Ausdruck brachte. Zuweilen war er nahe daran, aus seiner Einsamkeit auszubrechen und an der Geselligkeit von Gan Dafna teilzunehmen, doch jedesmal zog er sich wieder in sich selbst zurück. Er blieb für sich, nahm an nichts teil und sprach, außer mit Karen, außerhalb des Unterrichts mit keinem Menschen.

Kitty besprach das Problem mit Dr. Liebermann. Liebermann hatte viele Jungen und Mädchen wie Dov Landau erlebt. Es war ihm aufgefallen, daß Dov sehr intelligent war und Zeichen großer Begabung erkennen ließ. Er war jedoch der Meinung, daß jeder Versuch, ihn mit Gewalt aus seiner Einsamkeit herauszuholen, genau das Gegenteil bewirken werde; solange der Junge harmlos blieb und sich sein Zustand nicht verschlimmerte, sollte man ihn in Ruhe lassen.

Woche um Woche verging, und Kitty war enttäuscht, daß Ari nichts von sich hören und sehen ließ. Ab und zu, wenn sie Gelegenheit hatte, nach Yad El zu kommen, schaute sie auf einen Sprung bei Sara ben Kanaan herein. Die beiden Frauen befreundeten sich. Jordana dagegen gab sich keine Mühe, aus ihrer Abneigung gegen Kitty ein Hehl zu machen; sie legte es vielmehr geradezu darauf an, Kitty jedesmal zu brüskieren, wenn sie mit ihr sprach.

Eines Abends, als Kitty nach dem Dienst in ihren Bungalow kam, fand sie dort Jordana, die vor dem Spiegel stand und eins ihrer Cocktailkleider anprobierte. Durch Kittys Auftauchen schien sie keineswegs verwirrt. »Sehr hübsch, wenn man so was mag«, sagte Jordana und hängte das Kleid in den Schrank zurück.

Kitty ging zur Kochnische und setzte Teewasser auf. »Und was verschafft mir die Ehre Ihres Besuches?«

Jordana sah sich weiter in Kittys Behausung um und betrachtete die Kleinigkeiten, die dem Raum seine weibliche Note gaben.

»Im Kibbuz Ejn Or sind mehrere Einheiten des Palmach stationiert, die dort ausgebildet werden.«

»Ich habe davon gehört«, sagte Kitty.

»Es fehlt uns an Ausbildern. Es fehlt uns an allem. Man hat mich gebeten, Sie zu fragen, ob Sie bereit wären, einmal in der Woche nach Ejn Or zu kommen, um dort einen Sanitätskurs abzuhalten.«

Kitty zog die Vorhänge beiseite, streifte die Schuhe ab und hockte sich auf das Bett im Studio. »Ich möchte nicht gern etwas tun, wodurch ich mit bewaffneten Einheiten in Kontakt komme.«

»Warum nicht?« wollte Jordana wissen.

»Ich glaube kaum, daß es mir gelingen wird, Ihnen das zu erklären, ohne unnötig deutlich zu werden, aber ich denke doch, daß man meine Gründe beim Palmach verstehen wird.«

»Was gibt es dabei denn zu verstehen?«

»Meine persönliche Einstellung. Ich möchte nicht Partei ergreifen.«

Jordana lachte spöttisch. »Ich habe den Jungen in Ejn Or gleich gesagt, es sei Zeitverschwendung, Sie zu fragen.«

»Ist es Ihnen denn so völlig unmöglich, meine Einstellung zu respektieren?«

»Mrs. Fremont, überall auf der Welt können Sie Ihre Arbeit tun und dabei neutral bleiben. Aber es ist sehr sonderbar, daß Sie ausgerechnet hierherkommen, wenn Sie gleichzeitig den Wunsch haben, sich aus allem herauszuhalten. Was ist eigentlich der wirkliche Grund dafür, daß Sie hier sind?

Kitty sprang wütend vom Bett herunter. »Das dürfte Sie verdammt wenig angehen!« sagte sie und nahm den Teekessel, der eben zu pfeifen anfing, vom Feuer.

»Ich weiß, warum Sie hier sind. Sie haben es auf Ari abgesehen.«

»Sie sind eine reichlich unverschämte junge Dame, und ich habe nicht die Absicht, mir noch mehr von Ihnen anzuhören.«

Jordana schien ungerührt. »Schließlich hab' ich gesehen«, sagte sie, »wie Sie ihn angeschaut haben.«

»Wenn ich Ari wirklich haben wollte, so wären Sie die letzte, durch die ich mich hindern ließe.«

»Das könnten Sie sich selber weismachen, daß Sie ihn nicht haben wollen, aber nicht mir. Außerdem – Sie sind keine Frau, die zu Ari paßt. Sie interessieren sich nicht für unsere Sache.«

Kitty ging zum Fenster und brannte sich eine Zigarette an. Jordana trat hinter sie.

»Dafna, das war eine Frau für Ari. Sie verstand ihn. Eine Amerikanerin wird ihn nie verstehen.«

Kitty drehte sich um. »Weil ich nicht in Shorts herumlaufe und auf die Berge klettere und Kanonen abfeuere und in Gräben schlafe, deshalb bin ich keineswegs weniger eine Frau als Sie oder diese Statue da auf dem Sockel. Ich weiß, was mit Ihnen los ist – Sie haben Angst vor mir.«

»Das ist ja komisch.«

»Erzählen Sie mir nicht, was dazugehört, eine Frau zu sein –

Sie wissen es nicht, denn Sie sind keine. Sie benehmen sich, als wären Sie Tarzans Braut direkt aus dem Dschungel. Kamm und Bürste wären kein schlechter Anfang, um das in Ordnung zu bringen, was bei Ihnen nicht stimmt.« Kitty schob Jordana beiseite, ging an ihren Kleiderschrank und riß die Tür auf. »Da, sehen Sie sich das gut an: So was tragen Frauen.«

Jordana stieg vor Zorn das Wasser in die Augen.

»Wenn Sie mir das nächstemal etwas zu sagen haben, dann kommen Sie bitte in mein Büro«, sagte Kitty kalt. »Ich bin kein Kibbuznik und lege Wert auf mein Privatleben.«

Jordana warf die Tür so heftig zu, daß der Bungalow erzitterte.

Nach der mittäglichen Revierstunde kam Karen in Kittys Büro und ließ sich auf einen Stuhl fallen.

»Hallo«, sagte Kitty. »Wie ist es denn heute gegangen?«

Karen machte eine Bewegung mit den Händen. »Ich habe ganz lahme Hände – ich bin ein miserabler Melker«, verkündete sie mit dem Kummer des Teenagers. »Kitty, mir bricht das Herz, wirklich. Ich muß, muß, muß mit dir reden.«

»Schieß los.«

»Nicht jetzt. Ich muß gleich wieder fort. Wir sollen irgendwelche neuen ungarischen Gewehre reinigen. Gräßlich!«

»Die ungarischen Gewehre werden ein paar Minuten warten können. Was hast du denn für einen Kummer, hm?«

»Yona, das Mädchen, mit dem ich zusammenwohne. Gerade jetzt, wo wir so gute Freundinnen werden, geht sie zum Palmach.«

Es gab Kitty einen Stich. Wie lange noch, und Karen kam und erzählte ihr, daß sie gleichfalls zum Palmach ginge? Sie schob die Papiere auf ihrem Schreibtisch beiseite. »Hör mal, Karen – ich habe mir überlegt – es fehlt wirklich an guten Pflegerinnen und Krankenschwestern, sowohl beim Palmach als auch in den Siedlungen. Du hast dir durch deine Arbeit mit den Kindern in den Lagern eine Menge Erfahrung erworben, und ich habe jetzt die ganzen schwierigen Fälle übernommen. Meinst du, es hätte einen Sinn, wenn ich Dr. Liebermann um Erlaubnis bitte, daß du bei mir arbeitest und ich dich zu meiner Assistentin ausbilde?«

»Und ob das Sinn hätte!« Karen strahlte.

»Also gut. Ich will versuchen, daß du von der landwirtschaftlichen Arbeit dispensiert wirst und dich gleich nach der Schule hier bei mir meldest.«

»Ich weiß doch nicht so recht«, meinte Karen zögernd. »Es scheint mir nicht ganz fair gegenüber den anderen.«

»Wir in Amerika würden sagen: Die Leute verlieren keinen Farmer, sondern sie gewinnen eine Pflegerin.«

»Kitty, ich muß dir ein schreckliches Geständnis machen. Bitte sage es nicht der Jugend-Aliyah weiter und auch nicht der Zionistischen Siedlungsgesellschaft oder der Kibbuz-Zentrale – aber im Ernst, ich bin der schlechteste Farmer von Gan Dafna, und ich fände es einfach wunderbar, Pflegerin zu sein.«

Kitty stand auf, ging zu Karen und legte ihr den Arm um die Schulter. »Was meinst du, wenn Yona jetzt fort ist – ob du wohl Lust hättest, in meinen Bungalow umzuziehen und bei mir zu wohnen?«

Karens Gesicht begann plötzlich so vor Glück zu strahlen, daß Kitty keine weitere Antwort auf ihre Frage brauchte.

Dr. Liebermann, dem Kitty anschließend ihren Wunsch vortrug, war einverstanden. Er meinte, es sei wichtiger, Liebe zu erweisen als Regeln aufzustellen. Der jüdischen Sache in Palästina würde es keinen Abbruch tun, wenn es hier einen Farmer weniger und eine Pflegerin mehr gäbe, sagte er.

Kitty beeilte sich, Karen die gute Nachricht zu überbringen, und ging dann in ihr Büro zurück. In der Mitte des Rasens blieb sie vor der Statue Dafnas stehen. Ihr war, als habe sie heute einen Sieg über Dafna davongetragen. Wenn sie Karen bei sich hatte, konnte sie verhindern, daß aus der Kleinen ein fanatisches Sabre-Mädchen wurde. Es war gut, ein festes Ziel zu haben; doch wenn man allzu ausschließlich für ein bestimmtes Ziel lebte, gingen Fraulichkeit und weiblicher Charme verloren. Kitty war sich darüber klar, daß sie Jordana an einer Stelle getroffen hatte, an der sie verletzlich war. Jordana war mit einer Aufgabe aufgewachsen, die sie bedingungslos ausführte, der sie ihr eigenes Glück opferte. Jordana verstand nicht, mit den eleganten Frauen zu konkurrieren, die vom Kontinent und aus Amerika nach Palästina kamen. Sie haßte Kitty, weil sie sich heimlich wünschte, ihr in manchen Dingen ähnlich zu sein.

»Kitty?« rief eine Stimme aus der Dunkelheit.

»Ja?«

»Ich hoffe, ich habe Sie nicht erschreckt.«

Es war Ari. Während er herankam, fühlte sich Kitty so hilflos wie stets in seiner Gegenwart.

»Es war mir leider bisher nicht möglich, herzukommen, um zu

sehen, wie es Ihnen geht. Hat Ihnen Jordana meine Grüße ausgerichtet?«

»Jordana?« sagte Kitty. »Doch, natürlich.«

»Und wie kommen Sie hier zurecht?«

»Sehr gut.«

»Ich wollte Sie fragen, ob Sie sich morgen frei machen könnten. Eine Palmach-Gruppe ersteigt morgen den Berg Tabor. Das ist ein Erlebnis, das man nicht versäumen sollte. Hätten Sie Lust, mitzukommen?«

»Ja, große Lust.«

V

Kurz nach Tagesanbruch kamen Ari und Kitty bei dem Kibbuz Beth Alonim – Haus der Eichen – am Fuße des Berges Tabor an. Es war der Kibbuz, in dem während des letzten Krieges der Palmach entstanden war und Ari Soldaten ausgebildet hatte.

Der Tabor machte auf Kitty einen sonderbaren Eindruck: Er war nicht hoch genug, um wirklich ein Berg zu sein, und doch viel zu hoch für einen Hügel. Er erhob sich unvermittelt aus der Ebene, wie ein Daumen, der aus der Erde hervorstieß.

Nachdem sie in Beth Alonim gefrühstückt hatten, rollte Ari zwei Wolldecken mit Marschverpflegung und Feldflaschen zusammen und holte sich aus der Waffenkammer eine Maschinenpistole. Er wollte mit Kitty vor den anderen in der Kühle der Morgenstunden hinaufsteigen. Die Luft war frisch und belebend, und für Kitty war das Ganze ein spannendes Abenteuer. Sie brachen von Beth Alonim auf, kamen durch das Araberdorf Dabburiya, das auf der anderen Seite des Berges am Fuße des Tabor lag, und stiegen einen schmalen Pfad hinauf. Sehr bald konnten sie Nazareth sehen, das mehrere Kilometer entfernt war.

Es blieb kühl, und sie stiegen rasch, wobei es Kitty allerdings klarwurde, daß ihr erster Eindruck eine Täuschung gewesen war: Der Tabor hatte eine Höhe von mehr als sechshundert Metern. Dabburiya wurde immer kleiner und begann auszusehen wie ein Dorf aus der Spielzeugschachtel. Sie stiegen höher und höher.

Plötzlich blieb Ari stehen und sah sich wachsam um.

»Was ist?«

»Ziegen. Können Sie sie riechen?«

Kitty schnupperte: »Nein, ich rieche nichts.«

Ari sah aufmerksam den Pfad entlang, der einen Bogen machte und dann unsichtbar wurde.

»Wahrscheinlich Beduinen«, sagte er. »Im Kibbuz lag eine Meldung darüber vor. Sie müssen seit gestern hier in dieser Gegend sein. Kommen Sie.«

Als sie um die Biegung des Pfades herum waren, sahen sie vor sich am Hang ein Dutzend Zelte aus Ziegenfell, bei denen eine Herde kleiner schwarzer Ziegen graste. Zwei Beduinen mit Gewehren kamen auf sie zu. Ari sprach arabisch mit ihnen und folgte ihnen dann zu dem größten der Zelte, das offensichtlich das Zelt des Scheichs war. Kitty sah sich um. Die Menschen machten den Eindruck ärmlicher Verkommenheit. Die Frauen trugen schwarze Gewänder und starrten vor Dreck. Kitty konnte zwar die Ziegen nicht riechen, doch sie roch die Frauen. Ketten aus Münzen verbargen ihre Gesichter. Die Kinder waren in schmutzige Lumpen gehüllt. Aus dem Zelt tauchte ein grauhaariges Wesen auf und begrüßte Ari. Ari sprach kurz mit dem Alten und flüsterte dann Kitty zu:

»Wir müssen in sein Zelt gehen, sonst ist er beleidigt. Seien Sie ein braves Mädchen und essen Sie, was er uns vorsetzt. Sie können es später wieder ausspucken.«

Der Gestank im Inneren des Zeltes war noch schlimmer als draußen. Sie ließen sich auf Matten aus Ziegenfell und Schafwolle nieder und tauschten Höflichkeiten aus. Der Scheich war sehr beeindruckt davon, daß Kitty aus Amerika war. Er berichtete stolz, daß er einst eine Fotografie von Mrs. Roosevelt besessen habe.

Dann wurde aufgetischt. Kitty wurde eine fettig-schmierige Lammkeule in die Hand gedrückt; dazu gab es ein Gemisch aus Kürbis und Reis. Kitty zwang sich, einen kleinen Bissen davon zu nehmen, und der Scheich sah ihr dabei erwartungsvoll zu. Sie lächelte schwach und nickte ihm zu, um ihn glauben zu machen, daß es ihr köstlich schmecke. Dann gab es ungewaschenes Obst, und den Abschluß des Mahles bildete ein dicker, scheußlich süßer Kaffee, der in Tassen serviert wurde, in denen sich der Dreck als feste Kruste abgelagert hatte. Der Alte wischte sich die Hände an den Hosen und den Mund mit dem Ärmel ab. Nach einer kleinen Weile bat Ari, sich verabschieden zu dürfen.

Als sie das Lager hinter sich gelassen hatten, stieß Kitty einen tiefen Seufzer aus. »Diese Menschen tun mir leid«, sagte sie.

»Nein«, sagte Ari, »dazu besteht kein Anlaß. Die Beduinen sind davon überzeugt, daß niemand ein so freies Leben führt wie sie. Haben Sie nie, als Sie noch zur Schule gingen, ›Das Lied der Wüste‹ gesehen?«

»Doch, aber jetzt weiß ich, daß der Verfasser niemals in einem Beduinenlager gewesen ist. Worüber haben Sie sich eigentlich mit dem Alten unterhalten?«

»Ich habe ihm gesagt, er möchte heute abend vernünftig sein und nicht versuchen, den Leuten vom Palmach Ringe oder Uhren abzunehmen.«

»Und was sonst?«

»Er wollte Sie kaufen. Er hat mir sechs Kamele für Sie geboten.«

»Was, dieser alte Halunke! Und was haben Sie ihm gesagt?«

»Ich habe ihm gesagt, es sei doch wohl deutlich zu sehen, daß Sie nicht unter zehn Kamelen zu haben seien.« Ari warf einen Blick auf die steigende Sonne. »Es wird bald heiß werden. Wir ziehen besser unser dickes Zeug aus und packen es zusammen.«

Kitty hatte die üblichen blauen Shorts an, die sie sich aus der Kleiderkammer in Gan Dafna geholt hatte.

»Teufel, Sie sehen direkt wie eine ›Sabre‹ aus.«

Sie folgten dem Saumpfad, der in Windungen an der Südseite des Berges hinaufführte. Die Sonne brannte, und beide begannen zu schwitzen. Als der Pfad aufhörte, mußten sie klettern. Ari half Kitty, die steilen Hänge hinaufzuklimmen. Am späten Nachmittag hatten sie die Sechshundert-Meter-Höhenmarkierung hinter sich gelassen.

Den Gipfel des Berges bildete ein großes, rundes Plateau. Von seinem südlichen Rand aus lag das ganze Jesreel-Tal vor ihren Augen. Es war ein überwältigender Anblick. Kitty konnte das Tal mit den quadratischen Feldern, den grünen Oasen rings um die jüdischen Siedlungen und den dichtgedrängten weißen Hütten der arabischen Dörfer entlangsehen bis hin zum Karmelberg und dem Mittelmeer. Auf der anderen Seite lag der See von Genezareth. Von hier oben hatte man Palästina in seiner ganzen Breite vor Augen. Kitty richtete den Feldstecher auf die Punkte, die Ari ihr bezeichnete, und sah Ejn Or, die Stelle, wo Saul der Hexe begegnet war, und den kahlen Gipfel des Berges

Gilboa, wo Gideon begraben lag und Saul und Jonathan im Kampf gegen die Philister gefallen waren.

»Ihr Berge von Gilboa, es falle auf euch weder Tau noch Regen, und auch kein Opferrauch erhebe sich; denn hier wurde der Schild des Mächtigen in den Staub getreten, der Schild Sauls –«

Kitty ließ den Feldstecher sinken. »Nanu, Ari, Sie werden ja poetisch!«

»Das macht die Höhe. Von hier oben ist alles so weit entfernt. Sehen Sie dort hinüber – das ist das Beth-Schaan-Tal. Die Erde des Ruinenhügels von Beth Schaan bedeckt die älteste zivilisierte Stadt der Welt. David weiß über diese Dinge genauer Bescheid als ich. Es gibt in Palästina Hunderte solcher Ruinenhügel. David meint, wenn wir jetzt anfangen wollten, sie auszugraben, dann wären unsere modernen Städte Ruinen, bis wir damit fertig sind. Palästina ist sozusagen die Brücke, über die in diesem Teil der Welt die Geschichte ihren Weg genommen hat, und hier auf diesem Berg stehen Sie in der Mitte dieser Brücke. Der Tabor ist seit der Zeit, da Menschen Äxte aus Steinen machten, ein Schlachtfeld gewesen. Hier standen die Hebräer im Kampf gegen die Römer, und in den Kämpfen zwischen den Kreuzfahrern und den Arabern ist dieser Berg fünfzigmal aus der einen Hand in die andere übergegangen. Deborah lag hier oben mit ihrem Heer im Hinterhalt und stieß von hier auf die Kanaaniter nieder. Ein Schlachtfeld durch die Jahrhunderte – wissen Sie, was man bei uns sagt? Moses hätte mit den Kindern Israels weitere vierzig Jahre wandern und sie in eine friedlichere Ecke der Welt führen sollen.«

Sie gingen über das Gipfelplateau durch einen Pinienwald, in dem noch überall Ruinen von Bauten aus römischer und byzantinischer Zeit waren, Spuren der Kreuzritter und der Araber, Bruchstücke von Mosaiken und Keramik, hier eine Mauer, dort ein einzelner Stein.

Zwei Abteien, eine griechisch-orthodoxe und eine römisch-katholische, erhoben sich in der Nähe der Stelle, an der nach der Überlieferung Christus verklärt worden war und mit Moses und Elias gesprochen hatte.

Am andern Ende des Waldes kamen sie zu der höchsten Stelle des Berges, wo sich die Ruinen einer Festung der Kreuzritter und eines Sarazenenkastells befanden. Sie stiegen über die verstreuten Trümmer und Mauerreste, bis sie den östlichen Festungswall erreicht hatten, der sich über dem Hang des Berges erhob. Dieser Festungswall trug den Namen: Mauer der östlichen Winde.

Der Wind fuhr durch Kittys Haar, als sie oben auf dem Wall stand, und die Luft wurde allmählich wieder kühler. Über eine Stunde saßen sie dort oben, während Ari ihr die zahllosen historisch bedeutsamen Stellen, von denen in der Bibel berichtet war, zeigte und erläuterte. Schließlich gingen sie zurück an den Rand des Waldes, wo die Ruinen der Kastelle standen, und zogen sich wieder ihre wärmere Kleidung an. Ari rollte die Wolldecken auf, und Kitty streckte sich darauf aus, müde und glücklich.

»Es war ein wunderschöner Tag, Ari, aber ich werde eine Woche lang Muskelkater haben.«

Ari stützte sich auf einen Ellbogen und sah sie an. Er verspürte erneut Sehnsucht nach ihr, doch auch jetzt behielt er sein Verlangen für sich.

Als der Abend zu dämmern begann, erschienen die anderen in kleinen Gruppen auf dem Gipfel: dunkelhaarige, bräunliche Orientalen, Afrikaner und Blonde, die als Einwanderer nach Israel gekommen waren. Viele Mädchen waren darunter. Die meisten waren groß, kräftig und von selbstbewußter Haltung. Es kamen männliche Sabres mit ihren großen Schnurrbärten und ihrer deutlich zur Schau getragenen Aggressivität. Das Treffen hier oben auf dem Berg war eine Wiedersehensfeier. Die Palmach-Soldaten mußten aus Gründen der Tarnung in kleinen Gruppen und in verschiedenen Kibbuzim ausgebildet werden. Am heutigen Abend konnten sich Freunde wiedersehen und Liebespaare sich nach langer Trennung einmal treffen. Die Teilnehmer, lebhafte junge Leute von etwas unter oder über Zwanzig, begrüßten einander mit großer Herzlichkeit.

Auch Joab Yarkoni und Seew Gilboa erschienen, und Kitty freute sich sehr, die beiden zu sehen.

David und Jordana kamen ebenfalls. Jordana war über die Aufmerksamkeit, die David Kitty erwies, verärgert, doch sie beherrschte sich, um eine Szene zu vermeiden.

Als es dunkel geworden war, hatten sich fast zweihundert junge Palmach-Soldaten versammelt. In der Nähe der Mauer des Kastells wurde eine Feuergrube ausgehoben, während einige der Palmach-Männer darangingen, Holz für ein Feuer zu sammeln, das die ganze Nacht hindurch brennen sollte. Drei Lämmer wurden auf Bratspießen am offenen Feuer gebraten. Als die

Sonne hinter dem Jesreel-Tal versank, versammelten sich die Paare rings um das Feuer in einem großen Kreis. Kitty mußte an der Seite von Joab, Seew und Ari den Ehrenplatz einnehmen.

Vom Gipfel des Berges Tabor ertönten Gesänge. Es waren die gleichen Lieder, die Kitty die Kinder in Gan Dafna hatte singen hören. Sie handelten von dem Wunder der Wassersprenger, die das Land wieder fruchtbar machten, und von der Schönheit Galiläas und Judäas. Sie sangen von der verwunschenen und lieblichen Negev-Wüste und sie sangen die mitreißenden Marschlieder der alten Wachmannschaften, der Hagana und des Palmach. Sie sangen ein Lied, das erzählte, daß König David noch immer über die Erde des Landes Israel wandelt.

Joab saß mit verschränkten Beinen da, vor sich eine mit Ziegenfell bespannte Trommel, auf der er mit den Fingerspitzen und den Handballen einen Rhythmus zu einer uralten hebräischen Melodie schlug, die ein anderer Palmach-Angehöriger auf einer Rohrflöte blies. Dazu tanzten mehrere der orientalischen Jüdinnen einen Tanz mit den langsamen, schwingenden, ausdrucksvollen Bewegungen, die die Tänzerinnen im Palast Salomons gehabt haben mußten.

Mit jedem neuen Lied und jedem neuen Tanz wurde die Gesellschaft lebhafter.

»Jordana!« rief einer aus dem Kreis. »Jordana soll tanzen!«

Sie trat in den Kreis, von allgemeinem Beifall begrüßt. Ein Akkordeon spielte eine ungarische Volksweise, alle klatschten im Rhythmus dazu. Jordana wirbelte die Reihe der im Kreis sitzenden Teilnehmer entlang und holte sich daraus Partner für einen wilden Czardas. Sie tanzte wild, und ihr rotes Haar, beleuchtet von dem flackernden Feuer, fiel ihr in das Gesicht. Die Musik wurde immer schneller, und die Zuschauer klatschten immer rascher, bis Jordana schließlich erschöpft stehenblieb.

Ein halbes Dutzend neuer Tänzer trat in den Kreis und begann eine Horra, den Tanz der jüdischen Bauern. Der Horra-Ring wurde immer größer und größer, bis alle Anwesenden auf den Beinen waren und sich außen um den ersten Ring ein zweiter bildete. Joab und Ari zogen Kitty mit in diesen äußeren Kreis. Der Kreis bewegte sich in eine Richtung, bis die Tänzer plötzlich mit einem Sprung kehrtmachten und sich in die entgegengesetzte Richtung bewegten.

Das Singen und Tanzen hatte schon vier Stunden gedauert, und immer noch ging es mit unverminderter Lebhaftigkeit weiter. David und Jordana entfernten sich unbemerkt und gingen durch die Räume des Sarazenenschlosses, bis von der Musik und dem Rhythmus der Trommel fast nichts mehr zu hören war. Sie kamen zu einer kleinen Zelle in der Mauer der östlichen Winde. Hier war nichts mehr zu hören außer dem Geräusch des Windes, der aus dem Jesreel-Tal kam. David breitete seine Decke auf der Erde aus, und sie umarmten sich zärtlich und liebend.

»David!« rief Jordana leise und mit bebender Stimme. »David, ich liebe dich so sehr!«

Der Wind erstarb, und sie hörten wilde Musik.

»David – David – David –«, flüsterte Jordana, während sie ihre Lippen an seinen Hals drückte, und auch David wiederholte immer wieder ihren Namen.

Seine Hände suchten die seidige Glätte ihrer Haut, Jordana streifte ihre Kleider ab, sie preßten sich aneinander und verschmolzen.

Dann lag Jordana still in seinen Armen, und seine Finger strichen sanft über ihre Lippen, ihre Augen und durch ihr Haar.

»Ich bin eine Blume zu Scharon und eine Rose im Tal«, flüsterte Jordana. *»Mein Freund antwortet und spricht zu mir: Stehe auf, meine Freundin, meine Schöne, und komm her! Denn siehe, der Winter ist vergangen, der Regen ist weg und dahin; die Blumen sind hervorgekommen im Lande, der Lenz ist herbeigekommen, und die Turteltaube läßt sich hören in unserem Lande.«*

Es wurde so still, daß sie ihre Herzen schlagen hören konnten.

»Mein Freund ist mein, und ich bin sein, der unter den Rosen weidet. O David – sag es mir, sag es mir.«

David flüsterte, den Mund an ihrem Ohr: *»Siehe, meine Freundin, du bist schön! Siehe, schön bist du! Deine Augen sind wie Taubenaugen zwischen deinen Zöpfen. Dein Haar ist wie eine Herde Ziegen, die gelagert sind am Berge Gilead herab. Deine Lippen sind wie eine scharlachfarbene Schnur, und deine Rede lieblich. Deine Brüste sind wie zwei junge Rehzwillinge, die unter den Rosen weiden.«*

David und Jordana fielen eng umschlungen in einen glücklichen Schlaf.

Um vier Uhr morgens wurde das Fleisch der gebratenen Lämmer zerteilt und auf arabische Art mit heißem Kaffee gereicht. Als Ehrengast bekam Kitty die erste Scheibe. Das leidenschaftliche Singen und Tanzen hatte ein wenig nachgelassen; viele lagen Arm in Arm. Das Lamm schmeckte wunderbar.

Im Licht des niederbrennenden Feuers betrachtete Kitty Fre-

443

mont die Gesichter in der Runde. Was war das für eine Armee, der diese jungen Leute angehörten? Was für Soldaten waren das, ohne Uniform und ohne Rang? Was war das für ein Heer, in dem die Frauen Seite an Seite mit ihren Männern kämpften? Wer waren sie, diese jungen Löwen von Judäa?

Sie richtete ihren Blick auf das Gesicht Ari ben Kanaans, und ein Schauder fuhr durch ihren Körper. Wie ein elektrischer Schlag traf sie die Erkenntnis: Dies war keine Armee gewöhnlicher Sterblicher! Diese jungen Leute waren die alten Hebräer! Diese Gesichter waren die Gesichter von Dan und Reuben und Juda und Ephraim! Das hier waren Samsons und Deborahs, Joabs und Sauls, Miriams und Davids.

Es war das Heer Israels, und keine Macht der Welt konnte ihm Einhalt gebieten, denn in diesen Männern und Frauen war die Kraft Gottes!

VI

INSTITUT FÜR INTERNATIONALE BEZIEHUNGEN
Chatham-House London
Tagelang hatte Cecil Bradshaw, der Experte für die nahöstliche Politik, in seinem Büro im Chatham-House die Berichte verschiedener amtlicher Stellen über die Situation in Palästina studiert, sich Auszüge daraus gemacht und zu einem Ergebnis zu kommen versucht. Das Kolonialamt, das Ministerium und sogar *Number 10 Downing-Street* erwarteten von ihm einen Vorschlag, was zu tun sei. Das Palästina-Mandat war nunmehr heillos verfahren. Die bisherige englische Politik in Palästina hatte sich als unbrauchbar erwiesen und mußte völlig neu konzipiert werden. Bradshaw war ein Mann mit siebenunddreißigjähriger Erfahrung auf diesem Gebiet. Im Verlauf dieser Zeit hatte er hundert Konferenzen mit den Zionisten und den Arabern gehabt. Wie die meisten Männer der englischen Verwaltung war auch Bradshaw davon überzeugt, das Interesse Englands erfordere es, die Araber bei guter Laune zu halten. Immer wieder war es ihm gelungen, die Araber, die mit Drohungen und Erpressungen kamen, zu beschwichtigen. Diesmal waren sie aber ernstlich rebellisch geworden, und die Konferenzen, die im Augenblick in London stattfanden, endeten mit einem Fiasko.

Es steht völlig außer Frage, daß Hadsch Amin el Husseini, der Mufti, den Großarabischen Aktionsausschuß in Palästina von seinem Exil in Kairo aus leitet. Jetzt rächt es sich, daß wir es aus Furcht vor religiösen Unruhen unterlassen haben, den Mufti als Kriegsverbrecher anzuklagen. Die Haltung der Araber ist völlig unvernünftig geworden. Sie lehnen es ab, sich mit den Juden an einen Tisch zu setzen, wenn zuvor nicht bestimmte arabische Bedingungen widerspruchslos akzeptiert werden.

Cecil Bradshaw war dabeigewesen, als der Nahe Osten auf der Konferenz von San Remo zwischen England und Frankreich aufgeteilt worden war, der Mandatsvertrag paraphiert und die Balfourdeklaration abgegeben wurde. Bradshaw gehörte zu der Politikergruppe, die das halbe Mandatsgebiet genommen und daraus das Königsreich Transjordanien gemacht hatte. In all den Jahren, bei allen Unruhen des Mufti, hatten sie es nie mit einem Gegner vom Format der Makkabäer zu tun gehabt. Die jüdischen Terroristen kämpften mit angsterregendem Fanatismus.

Immer wieder haben wir den Jischuw-Zentralrat und die jüdische Bevölkerung aufgefordert, die britischen Behörden bei der Ausschaltung der verbrecherischen Elemente zu unterstützen, die sich Makkabäer nennen. Der Zentralrat behauptet zwar, keine Macht über diese Leute zu haben, und verurteilt offiziell auch ihre Aktionen; es ist jedoch bekannt, daß ein großer Teil der Juden diese verbrecherischen Methoden insgeheim gutheißt. Wir haben in dieser Sache keine Unterstützung bei den Juden gefunden. Die Tätigkeit der Makkabäer hat einen solchen Umfang erreicht, daß wir es für notwendig erachten, alle Engländer, deren Anwesenheit nicht aus dienstlichen Gründen dringend erforderlich ist, und alle englischen Familien aus Palästina zu evakuieren.

Bradshaw las die Berichte über die zunehmenden Terroraktionen, die das Heilige Land von einem Ende bis zum andern erzittern ließen.

Außer dem Überfall auf die Raffinerie von Haifa, durch den die Produktion für zwei Wochen lahmgelegt wurde, und dem Überfall auf den Flugplatz Lydda, bei dem eine Staffel Jagdmaschinen zerstört wurde, fanden zehn Überfälle auf englische Wagenkolonnen und fünfzehn auf militärische Anlagen statt. Immer mehr Anzeichen sprechen dafür, daß die Einsatztruppe der Hagana, der Palmach, unruhig wird und an einigen der jüngsten Terroraktionen vielleicht sogar beteiligt war.

Die kaum noch seetüchtigen, mit verzweifelten Menschen voll-gepackten Fahrzeuge der Aliyah Bet brachten Massen von illega-len Einwanderern an die Küsten von Palästina.

Obwohl die Anzahl der Marineeinheiten, die vor der Küste Patrouillen-dienst tun, erhöht wurde, hat die Aktivität der Aliyah Bet sei dem Ex-odus-Zwischenfall merklich zugenommen. Die Amerika, San Miguel, Ulloa, Abril, Susannah und San Filipo haben achttausend illegale Ein-wanderer aus DP-Lagern in Europa nach Palästina gebracht. Wir haben Grund zu der Annahme, daß es außerdem noch zwei weiteren Schiffen ge-lungen ist, die Blockade zu durchbrechen und in Palästina zu landen. Aus den Berichten unserer Botschaften und Konsulate in den Mittel-meerländern geht hervor, daß wenigstens fünf weitere Schiffe von der Ali-yah Bet erworben wurden und umgebaut werden, um in Kürze den Ver-such zu unternehmen, illegale Einwanderer nach Palästina zu bringen.

Die Engländer hatten in Palästina starke Streitkräfte stationiert. Zweiundfünfzig Teggart-Forts überzogen das kleine Land mit ei-nem dichten Netz von Befestigungsanlagen. Dazu kamen noch Grenzbefestigungen, wie beispielsweise Fort Esther. In jeder Stadt gab es eine aktive Polizeitruppe, und in Transjordanien exi-stierte die starke Arabische Legion. Außer den Teggart-Forts be-saßen die Engländer umfangreiche Stützpunkte bei Atlit im Ge-biet von Haifa, die Schneller-Kasernen in Jerusalem und das rie-sige Camp Sarafand außerhalb von Tel Aviv.

Wir haben im Lauf der letzten Monate die Operationen Noah, Ark, Lob-ster, Mackerel, Cautious, Lonesome, Octopus Cantonment und Harp unternommen, um einen beständigen Druck auf den Jischuw auszuüben. Bei diesen Unternehmungen handelt es sich im wesentlichen um eine dauernde Überprüfung der Bevölkerung zur Feststellung illegaler Ein-wanderer, um Suchaktionen zur Ermittlung illegaler Waffenlager und um Gegenangriffe an Stellen, wo unsere Streitkräfte angegriffen worden waren. Infolge der hundertprozentigen Organisation und Zusammenar-beit aller Juden haben wir mit unseren Maßnahmen jedoch nur geringe Erfolge gehabt. Als Versteck für Waffen dienen Blumenkästen, Akten-schränke, Küchenöfen, Kühlschränke, hohle Tischbeine und tausend an-dere fantasievoll ausgesuchte Stellen, wodurch eine Beschlagnahme der Waffen so gut wie unmöglich wird.

Der Waffentransport erfolgt durch Frauen und Kinder, die sich freiwil-lig zur Verfügung stellen. Unsere Versuche, jüdische Informanten zu ge-

winnen, sind gescheitert, während die Juden nicht nur arabische Spione zu kaufen vermochten, sondern ihre Informationen auch von einer Reihe der mit ihnen sympathisierenden Männer im britischen Oberkommando erhalten.

Nicht nur die Zustände in Palästina machten Bradshaw zu schaffen. Das Problem wurde noch durch andere Faktoren verschärft, die mit dem Mandat an sich gar nichts zu tun hatten. Es stand sehr schlecht um die englische Wirtschaft, und die Menschen in England waren gezwungen, unter harten Entbehrungen zu leben. Die britischen Streitkräfte in Palästina verschlangen riesige Summen. Außerdem waren die Engländer des Blutvergießens überdrüssig. Und auf der weltpolitischen Bühne hatten die amerikanischen Zionisten endgültig das Ohr Trumans gewonnen und besaßen in ihm einen wohlwollenden Verbündeten.

Seit wir es abgelehnt haben, der Empfehlung des anglo-amerikanischen Ausschusses Folge zu leisten, hunderttausend Juden die Einreise nach Palästina zu gestatten, hat unser Ansehen bei den Alliierten sehr gelitten. Gleichfalls schädigend für unser Prestige sind die Demütigungen, die uns die Makkabäer durch ihre Terroraktionen zufügen. Noch nie ist der britischen Autorität so übel mitgespielt worden wie durch die kürzliche Entführung eines britischen Richters, der einen jüdischen Terroristen verurteilt hatte.

Cecil Bradshaw nahm seine Hornbrille ab, fuhr sich über die geröteten Augen und schüttelte den Kopf. Was für ein heilloses Chaos! Gamal Husseini, der Neffe des Mufti, war wieder einmal dabei, die arabische Opposition in Palästina auszuschalten, indem er ihre Vertreter umbringen ließ. Die Hagana mit ihrer Aliyah Bet und Aibas Makabäer hatten unhaltbare Zustände geschaffen. Englische Offiziere waren auf der Straße mit Reitpeitschen geschlagen und englische Soldaten im Zuge von Vergeltungsmaßnahmen gehängt worden. Die Juden, die sich während der zweimaligen blutigen Unruhen vor dem Zweiten Weltkrieg Zurückhaltung auferlegt hatten, zeigten den unverschämten Aggressionen der Araber gegenüber jetzt immer weniger Zurückhaltung.

Im Kreis der Eingeweihten munkelte man, Cecil Bradshaw habe seit der Sache mit der *Exodus* die Courage verloren, es noch mit den Juden aufzunehmen. Für das Palästina-Mandat schien

447

das Ende zu nahen. Das kleine Land besaß eine Position von ungeheurer wirtschaftlicher und strategischer Bedeutung. Es stellte sozusagen den Angelpunkt des gesamten britischen Empire dar. Der Flottenstützpunkt und die Raffinerie von Haifa sowie die Nähe des Suezkanals machten es für die Engländer zu einer kategorischen Pflicht, die Stellung in Palästina zu halten.

Der Summer der Sprechanlage auf Bradshaws Schreibtisch ertönte.

»General Tevor-Browne ist da.«

Bradshaw und Tevor-Browne begrüßten sich kühl. Tevor-Browne war einer der wenigen Beamten, die projüdisch eingestellt waren. Er war es gewesen, der hier in diesem Büro zu Beginn der *Exodus*-Affäre das Ende des Mandats vorausgesagt und dafür plädiert hatte, der *Exodus* die Genehmigung zum Auslaufen zu erteilen, ehe der Hungerstreik begann. Tevor-Browne hatte stets die Meinung vertreten, daß die Juden und nicht die Araber ein Anrecht auf die Unterstützung der Engländer hätten, weil die Juden im Gegensatz zu den Arabern treue Verbündete waren, auf die man sich verlassen konnte. Er war dafür gewesen, aus Palästina einen jüdischen Staat zu machen, der dem Verband des Commonwealth angehören sollte.

Doch weder Bradshaw und seine Kollegen vom Chatham-House noch die Herren vom Kolonialamt waren durch Gedanken, wie General Tevor-Browne sie hatte, in ihrem Kurs zu beirren gewesen. Selbst jetzt hatten sie nicht den Mut, ihren verhängnisvollen Irrtum einzusehen und das Ruder herumzureißen, sondern waren entschlossen, standhaft zu bleiben und notfalls mit unterzugehen. Die Furcht davor, daß die Araber das Öl und den Suezkanal zu Erpressungen verwenden könnten, war stärker als alles andere.

»Ich habe die Berichte gelesen«, sagte Bradshaw.

Tevor-Browne zündete sich eine Zigarre an. »Ja, sie sind sehr interessant. Die Juden scheinen ganz offenbar nicht gewillt zu sein, uns zu Gefallen rückwärts ins Meer zu marschieren.«

Bradshaw, dem die Hab-ich-ja-gleich-gesagt-Haltung des Generals auf die Nerven ging, trommelte mit seinen kurzen, dicken Fingern auf die Platte des Schreibtischs. »Ich wollte keine bissigen Anspielungen von Ihnen hören, Sir Clarence. Ich muß in einigen Wochen eine Empfehlung vorlegen. Ich wollte mit Ihnen darüber reden, ob es ratsam ist, Haven-Hurst beizubehalten. Mir scheint, es ist an der Zeit, die Juden etwas schärfer anzufassen.«

448

»Wenn Sie das wollen, ist Haven-Hurst durchaus geeignet – es sei denn, Sie wollten sich der Dienste einiger SS-Generäle versichern, die als Kriegsverbrecher im Gefängnis sitzen. Ich darf Sie daran erinnern, daß wir vorläufig in Palästina immer noch eine zivile Verwaltung haben. Es gibt dort schließlich einen Hohen Kommissar.«

Bradshaw lief dunkelrot an. Obwohl er von Tag zu Tag cholerischer wurde, gelang es ihm, sich zu beherrschen. »Jedenfalls scheint es mir an der Zeit, Haven-Hurst ein bißchen auf Trab zu bringen.« Er reichte Tevor-Browne ein Blatt Papier über den Schreibtisch.

Es war ein Brief an den Kommandeur der britischen Streitkräfte in Palästina, General Sir Arnold Haven-Hurst. *»Die Situation hat ein solches Stadium erreicht, daß ich mich, falls von Ihnen nicht Vorschläge für eine sofortige Stabilisierung gemacht werden können, dazu gezwungen sehe, die Sache vor die UNO zu bringen.«*

»Sehr gut, Bradshaw«, sagte Tevor-Browne. »Ich bin überzeugt, daß Haven-Hurst einige sehr interessante Vorschläge zu machen hat – jedenfalls für jemanden, der gern gruslige Geschichten liest.«

Kurze Zeit nach der *Exodus*-Affäre wurde Brigadier Bruce Sutherland unauffällig in den Ruhestand versetzt. Er ging nach Palästina und ließ sich auf dem Berge Kanaan nieder, in der Nähe von Safed, der alten Stadt im Norden von Galiläa.

Endlich schien es Bruce Sutherland vergönnt, ein wenig Frieden zu finden und sich von den Jahren der Qual zu erholen, die er seit dem Tode seiner Mutter durchlebt hatte. Zum erstenmal konnte er nachts schlafen, ohne von Angstträumen gepeinigt zu werden. Er erwarb auf dem Berge Kanaan eine schöne kleine Villa, drei Meilen vom eigentlichen Safed entfernt. Die Luft war hier besonders rein, und eine beständige frische Brise sorgte dafür, daß die Hitze des Sommers niemals unerträglich wurde.

Er verbrachte seine Zeit damit, seinen Rosengarten zu bestellen, der als der schönste seiner Art in ganz Palästina galt. Er besuchte die heiligen Stätten, lernte Hebräisch und Arabisch, oder er wanderte auch nur durch das Gewirr der krummen Straßen und Gäßchen von Safed. Er wurde nicht müde, diese faszinierende Stadt zu bestaunen, deren Häuser sich an den Hang schmiegten und deren enge, orientalische Straßen scheinbar ziellos und planlos zu der Akropolis hinaufführten, die den Gipfel des Berges krönte.

Im jüdischen Viertel, das etwa den zehnten Teil der Stadt ausmachte, wohnten sehr arme und sehr fromme Juden, die von den geringen Spenden ihrer Glaubensgenossen lebten. Safed war das Zentrum der Kabbala, des jüdischen Mystizismus. Die alten Juden verbrachten ihr Leben mit dem Studium der heiligen Bücher und im Gebet, und sie boten einen ebenso bunten und malerischen Anblick wie die ganze Stadt. In ihren seltsamen orientalischen Kostümen und in den zerfetzten Resten einstmals prächtiger Seidengewänder wandelten sie an den winzigen Läden vorbei, die in langen Reihen nebeneinander lagen. Es waren meist freundliche und friedliche Leutchen; deshalb hatten sie unter den blutigen und grausamen Unruhen des Mufti am meisten zu leiden gehabt, weil sie am wenigsten in der Lage gewesen waren, sich zur Wehr zu setzen.

Der arabische Teil von Safed enthielt die elenden und halbverfallenen Hütten, wie man sie überall in den von Arabern bewohnten Orten fand. Doch das wunderbare Klima und die landschaftliche Schönheit von Safed hatten auch viele reiche arabische Großgrundbesitzer angelockt, die sich hier prächtige und geräumige Häuser gebaut hatten. Auf dem Berge Kanaan besaßen wohlhabende Juden Häuser und Villen; hier im arabischen Teil von Safed hatten sich zahlreiche vermögende Araber angesiedelt. Sutherland hatte bei Juden und Arabern gute Freunde.

Ein einziger Umstand störte die vollkommene Schönheit und Harmonie des landschaftlichen Bildes: das große häßliche Teggart-Fort, das außerhalb von Safed an der Straße stand, die zum Berg Kanaan führte. Das Fort war von Sutherlands Villa aus zu sehen.

Sutherland reiste durch das Land nach Norden, um sich den Ruinenberg von Chazor anzusehen, und an der libanesischen Grenze entlang, um die Grabstätte Esthers bei dem nach ihr benannten Fort und Josuas Grab bei Abu Yesha zu besuchen. Bei einem dieser Ausflüge kam er zufällig auch nach Gan Dafna, und hier schloß er Freundschaft mit Dr. Liebermann und Kitty Fremont. Kitty und Sutherland waren sehr froh, die kurze Bekanntschaft, die sie auf Zypern gemacht hatten, erneuern zu können. Sutherland war erfreut, die Kinder patronisieren zu können. Kitty bat ihn, das eine oder andere der Kinder mit schweren seelischen Störungen mitbringen zu dürfen, wenn sie zu Besuch in

Sutherlands Villa nach Safed kam. Nach kurzer Zeit verband die beiden eine feste Freundschaft.

Eines Nachmittags kam Sutherland von Gan Dafna zurück. Er war überrascht, seinen ehemaligen Adjutanten, Major Fred Caldwell, der ihn hier erwartet hatte, im Haus vorzufinden.

»Seit wann sind Sie denn in Palästina, Freddy?«

»Erst seit kurzer Zeit.«

»Und bei welcher Dienststelle sind Sie?«

»Bei der Kommandantur in Jerusalem, Intelligence Service. Ich bin Verbindungsmann zur CID. Man hat da kürzlich eine Überprüfung vorgenommen. Macht den Eindruck, als hätten ein paar von unseren Jungens mit der Hagana zusammengearbeitet, ja sogar mit den Makkabäern, falls Sie sich das vorstellen können.«

Sutherland konnte es sich durchaus vorstellen.

»Mein Besuch bei Ihnen ist übrigens nur teilweise gesellschaftlicher Natur obwohl ich selbstverständlich ohnehin vorhatte, einmal bei Ihnen vorbeizukommen, um zu sehen, wie es Ihnen geht. General Haven-Hurst hat mich gebeten, mich persönlich mit Ihnen in Verbindung zu setzen, da wir doch schon früher zusammengearbeitet haben.«

»So?«

»Wie Ihnen bekannt sein wird, sind wir dabei, alle Engländer, deren Anwesenheit hier dienstlich nicht dringend erforderlich ist, aus Palästina zu evakuieren. General Haven-Hurst möchte gern wissen, was Sie zu tun beabsichtigen.«

»Ich beabsichtige, überhaupt nichts zu tun. Das hier ist mein Heim, und hier werde ich auch bleiben.«

Major Caldwell trommelte irritiert mit den Fingern auf der Tischplatte. »Ich habe mich vielleicht nicht ganz deutlich ausgedrückt, Sir. General Haven-Hurst erbittet Ihr Verständnis dafür, daß er, wenn die Evakuierung erst einmal erfolgt ist, die Verantwortung für Ihre Sicherheit nicht mehr übernehmen kann. Wenn Sie hierbleiben, so könnte das für uns zu einem Problem werden.« Caldwell meinte offenbar noch etwas ganz anderes als das, was er sagte: Haven-Hurst wußte, wo Sutherlands Sympathien lagen, und fürchtete daher, daß er mit der Hagana zusammenarbeiten könnte. In Wirklichkeit also gab er Sutherland den guten Rat, aus Palästina zu verschwinden.

»Sagen Sie bitte General Haven-Hurst, ich sei ihm sehr dankbar, daß er sich meinetwegen Sorgen macht, und ich hätte auch volles Verständnis für seine Lage.«

Major Caldwell wollte noch deutlicher werden, doch Sutherland stand rasch auf, dankte Freddy für seinen Besuch und begleitete ihn hinaus zu der Auffahrt, wo ein Sergeant mit einem Stabswagen wartete. Sutherland sah dem Wagen nach, der in Richtung auf das Teggart-Fort davonfuhr. Wie üblich hatte Freddy wieder einmal seinen Auftrag verpatzt. Die Art und Weise, wie er die Warnung von Haven-Hurst ausgerichtet hatte, war in der Tat reichlich ungeschickt gewesen.

Sutherland ging ins Haus zurück und dachte über die Sache nach. Gewiß, er befand sich in Gefahr. Die Makkabäer konnten sehr wohl an einem pensionierten britischen Brigadier Anstoß nehmen, der arabische Freunde hatte und allein in einem Haus auf dem Berge Kanaan wohnte, obwohl es sich die Makkabäer bestimmt zweimal überlegen würden, ihn umzubringen. Von der Hagana drohte ihm keine Gefahr. Er stand mit den Leuten in loser Verbindung, und sie hielten nichts von terroristischen Methoden. Andererseits war schwer zu sagen, was von Husseini zu erwarten war: Sutherland hatte Freunde unter den Juden, und einige davon konnten, ohne daß er selbst etwas davon wußte, durchaus Makkabäer sein.

Bruce Sutherland trat hinaus in seinen Garten, an dessen Büschen die frühen Frühlingsrosen ihre Kelche öffneten. Er blickte über das Tal hinüber nach Safed. Er hatte Trost und Frieden hier gefunden. Die schrecklichen Träume hatten aufgehört. Nein, hier blieb er – heute und immer.

Im Hof des Teggart-Forts, den Caldwells Wagen wenige Augenblicke nach der Abfahrt von Sutherlands Haus erreichte, wurde der Major von einer Ordonnanz in Empfang genommen und gebeten, sich im CID-Büro zu melden. »Fahren Sie heute abend nach Jerusalem zurück, Major Caldwell?« fragte ihn der Inspektor der Criminal Investigation Division.

Caldwell sah auf seine Uhr. »Ja, das habe ich vor. Wenn ich gleich losfahre, können wir vor Einbruch der Dunkelheit dort sein.«

»Das ist gut. Ich habe einen Juden hier, der zur Vernehmung zu unserer Dienststelle in Jerusalem gebracht werden soll. Es ist ein Makkabäer, ein gefährlicher Bursche. Die Makkabäer könnten erfahren haben, daß er bei uns ist, und nach einem Gefangenenwagen Ausschau halten, mit dem wir ihn nach Jerusalem bringen. Deshalb wäre es sicherer, ihn in Ihrem Wagen zu transportieren.«

»Aber sicher, das mache ich gern.«

»Bringt den Judenjungen rein.«

Zwei Soldaten brachten einen Jungen von vierzehn oder fünfzehn Jahren herein, der an Händen und Füßen gefesselt war. Sein Mund war durch einen Knebel verschlossen, und sein Gesicht zeigte die Spuren einer verschärften Vernehmung.

»Lassen Sie sich durch Ben Solomons Engelsgesicht nicht täuschen«, sagte der Inspektor. »Es ist eine gefährliche, kleine Bestie.«

»Ben Solomon?« sagte Caldwell. »Kann mich gar nicht erinnern, seinen Namen gelesen zu haben.«

»Wir haben ihn erst gestern abend geschnappt. Bei einem Überfall auf die Polizeiwache in Safed. Sie wollten dort Waffen klauen. Der da hat zwei Polizisten mit einer Handgranate getötet.«

Ben Solomon stand unbeweglich, während Verachtung aus seinen Augen sprühte.

Den Inspektor ärgerte der unverwandte, haßerfüllte Blick des Jungen. »Schafft den Kerl raus«, befahl er wütend.

Der Junge wurde hinten im Wagen auf den Boden gelegt. Ein bewaffneter Soldat saß neben ihm, während Caldwell vorn neben dem Fahrer Platz nahm. Sie fuhren aus dem Teggart-Fort hinaus.

»So ein dreckiges, kleines Mistvieh«, brummte der Fahrer. »Also, wenn Sie mich fragen, Major Caldwell, man sollte uns wirklich mal ein paar Wochen auf diese Juden loslassen. Das sollte man wahrhaftig mal tun.«

»Meinen Kumpel hat's letzte Woche erwischt«, sagte der Posten, der hinten saß. »War ein prima Bursche. Seine Frau hatte grad ein Kind gekriegt. Diese Makkabäer haben ihm einen verpaßt, Kopfschuß, jawohl.«

Der Wagen fuhr in das Beth-Schaan-Tal, und die drei Männer entspannten sich; hier waren sie in einem Gebiet, das ausschließlich von Arabern bewohnt war, und ein Angriff war erst wieder zu befürchten, wenn sie sich Jerusalem näherten.

In Caldwell stieg der Haß hoch. Er dachte mit Verachtung an Bruce Sutherland. In seinem Innern fühlte er, daß Sutherland der Hagana half. Sutherland stand auf seiten der Juden. Sutherland hatte es absichtlich zu der Katastrophe auf Zypern kommen lassen.

Caldwell erinnerte sich daran, wie er in Caraolos einmal in der

Nähe des Stacheldrahtes gestanden und eine Jüdin vor ihm aus-
gespuckt hatte. Er drehte sich um und sah zu dem Jungen hin.

»Dreckiger Jude!« brummte er in sich hinein.

Und da meinen die Leute, was Hitler gemacht hat, sei falsch
gewesen, mußte Caldwell denken. Dabei hatte Hitler ganz richtig gehandelt. Schade, daß der Krieg zu Ende gegangen war, ehe
er sie alle miteinander hatte umbringen können. Caldwell dachte
daran, wie er mit Sutherland nach Bergen-Belsen gekommen
war.

Sutherland war bei dem Anblick, der sich ihnen geboten hatte,
übel geworden. Ihm, Caldwell, war nicht übel geworden. Je
mehr Juden verreckten, desto besser.

Sie kamen in das arabische Dorf Nablus, das wegen seiner
Feindlichkeit gegenüber dem Jischuw bekannt war. Es war eine
Hochburg der Husseini-Leute.

»Halten Sie an«, befahl Caldwell dem Fahrer. »Und jetzt hört
mal zu, ihr beiden. Wir werden diesen Burschen hier hinauswerfen.«

»Aber, Herr Major, die werden ihn umbringen«, sagte der Posten.

»Ich hab' weiß Gott nichts für Juden übrig, Sir«, sagte der Fahrer, »aber den Auftrag, den Gefangenen abzuliefern, haben wir
ja nun mal.«

»Halten Sie den Mund!« rief Caldwell, fast hysterisch. »Ich
sage, wir schmeißen den Kerl hier raus, und ihr beide werdet be-
schwören, daß er von Makkabäern, die uns auf der Straße angehalten haben, entführt worden ist. Wenn irgend etwas anderes
über eure Lippen kommt, endet ihr im Kasten. Verstanden?«

Die beiden Soldaten nickten stumm, als sie den irren Ausdruck
in Caldwells Augen sahen.

Der Wagen verlangsamte seine Fahrt in der Nähe des Kaffeehauses. Der Junge wurde auf die Straße hinausgeworfen, und
der Wagen fuhr weiter.

Es kam genau, wie Caldwell es vorausgesehen hatte. Innerhalb einer Stunde hatte man Ben Solomon umgebracht und verstümmelt. Er wurde enthauptet. Der abgeschlagene Kopf wurde
an den Haaren in die Höhe gehalten und mit zwanzig Arabern
fotografiert, die lachend dabeistanden. Das Bild wurde verviel-
fältigt und verbreitet, um den Juden warnend zu zeigen, was ihnen allen früher oder später drohte.

Major Fred Caldwell hatte einen verhängnisvollen Fehler begangen. Einer der Araber, die in dem Kaffeehaus saßen und sahen, wie der Junge aus dem Wagen geworden wurde, war ein Makkabäer.

General Sir Arnold Haven-Hurst war wütend. Unruhig ging er in seinem Dienstzimmer der Kommandantur in Jerusalem auf und ab, dann nahm er Cecil Bradshaws Brief, der auf seinem Schreibtisch lag, und las ihn noch einmal. *»Die Situation hat ein solches Stadium erreicht, daß ich mich, falls von Ihnen nicht Vorschläge für eine sofortige Stabilisierung gemacht werden können, dazu gezwungen sehe, die Sache vor die UNO zu bringen.«*

Vor die UNO, wahrhaftig! Der General brummte wütend, knüllte den Brief zusammen und warf ihn auf den Fußboden. Das also war der Dank, daß er fünf Jahre lang gegen die Juden angegangen war. Bei Ausbruch des Zweiten Weltkrieges hatte er das Kriegsministerium davor gewarnt, Juden in die britische Armee aufzunehmen, aber nein, man hatte nicht auf ihn gehört. Und jetzt sollte vielleicht gar das Palästina-Mandat verlorengehen. Haven-Hurst begab sich an seinen Schreibtisch und begann eine Antwort auf den Brief von Bradshaw auszuarbeiten.

Ich schlage vor, unverzüglich folgende Maßnahmen zu ergreifen, durch welche meiner Meinung nach Ruhe und Ordnung in Palästina wiederhergestellt werden können:

1. *Aufhebung aller zivilen Gerichte und Übertragung der Strafgewalt an den militärischen Befehlshaber.*
2. *Auflösung des Jischuw-Zentralrats, der Zionistischen Siedlungsgesellschaft und aller anderen jüdischen Agenturen.*
3. *Verbot aller jüdischen Zeitungen und Publikationen.*
4. *Rasche und unauffällige Liquidierung von zirka sechzig führenden Jischuw-Männern. Hadsch Amin el Husseini hat sich dieser Methode gegenüber seinen politischen Opponenten erfolgreich bedient. Dieser Teil des Programms könnte durch arabische Helfer ausgeführt werden.*
5. *Restloser Einsatz der Arabischen Legion von Transjordanien.*
6. *Verhaftung einiger hundert führender Jischuw-Anhänger zweiter Ordnung, und anschließende rasche Verbannung dieser Leute in irgendwelche entfernten afrikanischen Kolonien.*
7. *Bevollmächtigung des militärischen Befehlshabers, jede Siedlung, jeden Ort oder jeden Stadtteil, in dem Waffen vorgefunden werden, zu zerstören. Überprüfung der gesamten jüdischen Bevölkerung von*

Palästina, und sofortige Deportation aller dabei festgestellten illegalen Einwanderer.

8. *Für jede Terroraktion der Makkabäer wird der jüdischen Bevölkerung eine kollektive Geldbuße auferlegt; diese Geldbußen sind so hoch zu bemessen, daß die Juden veranlaßt werden, sich an der Ergreifung dieser verbrecherischen Elemente zu beteiligen.*
9. *Aussetzung höherer Belohnungen für Informationen über prominente Makkabäer, Aliyah-Bet-Agenten, Hagana-Führer usw.*
10. *Jeder Makkabäer, der ergriffen wird, ist auf der Stelle zu erhängen oder zu erschießen.*
11. *Boykottmaßnahmen gegen den jüdischen Handel, die landwirtschaftlichen Erzeugnisse, und Blockierung des gesamten jüdischen Im- und Exports.*
12. *Vernichtung des Palmach durch bewaffnete Angriffe auf jüdische Siedlungen, von denen bekannt ist, daß sie Palmach-Einheiten Unterschlupf gewähren.*

Meine Truppen waren bisher gezwungen, unter den denkbar schwierigsten Bedingungen zu operieren. Wir mußten uns an die Regeln halten und darauf verzichten, unser Potential uneingeschränkt und auf die wirkungsvollste Weise einzusetzen. Die Makkabäer dagegen, die Hagana, der Palmach und Aliyah Bet halten sich an keinerlei Spielregeln. Sie halten unsere Zurückhaltung für Schwäche und machen sie sich zunutze. Wenn man mir erlaubt, meine Streitkräfte einzusetzen, versichere ich, daß die Ordnung in kurzer Zeit wiederhergestellt sein wird.

General Sir Arnold Haven-Hurst
KBE, CB, DSO, MC

Cecil Bradshaws Gesicht war bleich, als General Tevor-Browne in seinem Büro in Chatham-House anlangte.

»Nun, Bradshaw, Sie wollten wissen, was Haven-Hurst vorgeschlagen hat. Jetzt wissen Sie es.«

»Ist der Mann wahnsinnig geworden? Großer Gott, was er da vorschlägt, das hört sich ähnlich an wie Adolf Hitlers ›Endlösung‹.«

Bradshaw nahm Haven-Hursts ›Zwölf Punkte‹ von seinem Schreibtisch und schüttelte den Kopf. »Wir haben weiß Gott den Wunsch, Palästina zu halten – aber morden, Ortschaften niederbrennen, Menschen erhängen und aushungern? Solche Vorschläge kann ich nicht befürworten. Und selbst, wenn ich es täte, so weiß ich nicht, ob es in der britischen Armee genügend Leute gibt, die bereit wären, sie auszuführen. Ich habe mich mein ganzes Leben lang für das Empire eingesetzt, Sir Clarence, und mehr als einmal mußten wir uns entschließen, harte Maßnahmen zu ergreifen. Doch glaube ich noch an Gott. Auf diese Weise werden wir Palästina nicht halten. Ich jedenfalls will damit nichts zu tun haben. Mag jemand anderer Haven-Hurst seine Zustimmung erteilen – ich nicht.«

Cecil Bradshaw nahm Haven-Hursts Vorschläge und knüllte sie zusammen. Er legte sie in seinen großen Aschenbecher, hielt ein Streichholz daran und sah zu, wie das Schriftstück verbrannte. »Wir haben gottlob den Mut, für unsere Sünden geradezustehen«, sagte er leise.

Die Frage des Palästina-Mandats wurde vor die UNO gebracht.

VII

Gegen Ende des Frühjahrs 1947 verschwand Ari ben Kanaan, den Kitty auch schon vorher kaum gesehen hatte, völlig aus ihrem Leben. Sie sah und hörte nichts mehr von ihm. Sollte er Jordana Grüße für sie aufgetragen haben, so hatte Jordana diese Grüße jedenfalls nicht ausgerichtet. Die beiden Frauen sprachen kaum noch miteinander. Kitty bemühte sich, Jordana gegenüber höflich zu sein; doch Jordana machte selbst das schwierig.

Die Frage des Palästina-Mandats lag jetzt vor der UNO, die einen Ausweg aus der verfahrenen Situation finden sollte. Der umständliche Apparat der Vereinten Nationen setzte sich in Bewegung, einen Ausschuß aus Vertretern kleinerer neutraler Länder zu bilden, der den Fall untersuchen und der Vollversammlung Vorschläge unterbreiten sollte. Der Jischuw-Zentralrat und die Zionistische Weltorganisation waren damit einverstanden, daß sich die UNO mit der Sache befaßte. Die Araber dagegen versuchten durch Drohungen, Boykotte, Erpressungen und andere Druckmittel eine unparteiische Beurteilung des Palästina-Problems zu verhindern.

In Gan Dafna wurde die militärische Ausbildung der Gadna-Gruppe mit beschleunigtem Tempo durchgeführt. Das Jugenddorf wurde zu einem Schwerpunkt der geheimen Waffenlagerung. Gewehre wurden nach Gan Dafna gebracht, um hier von den Jugendlichen gereinigt und danach heimlich zu den Palmach-Einheiten in die Siedlungen des Hule-Gebietes gebracht zu werden. Immer wieder wurde Karen dazu abkommandiert, an diesem Waffenschmuggel teilzunehmen. Genau wie alle anderen unterzog sie sich dieser Aufgabe mit selbstverständlicher Bereitwilligkeit. Kitty war jedesmal nahe daran, Karen vor der Teilnahme an diesen gefährlichen Dingen zu warnen, doch sie sagte nichts. Sie wußte, daß es zwecklos gewesen wäre.

Karen ließ auch in ihren Nachforschungen über den Verbleib ihres Vaters nicht nach, obwohl bisher alles erfolglos gewesen war. Die zuversichtliche Hoffnung, von der sie in La Ciotat erfüllt gewesen war, begann allmählich zu schwinden. Sie blieb in Verbindung mit den Hansens in Dänemark. Sie schrieb jede Woche einen Brief, und jede Woche kam ein Brief und oft auch ein Paket für sie aus Kopenhagen. Meta und Aage Hansen hatten alle Hoffnung aufgegeben, daß Karen jemals zu ihnen zurückkehren würde. Auch wenn Karen ihren Vater nicht finden sollte, war sie, wie ihre Briefe zeigten, für die Hansens verloren. Karen identifizierte sich immer ausschließlicher mit Palästina und dem Judentum. Die einzige Einschränkung war Kitty Fremont.

Dov Landaus Benehmen blieb seltsam und widerspruchsvoll. Gelegentlich sah es fast so aus, als würde er die Mauer seiner Einsamkeit durchbrechen, und in diesen Augenblicken vertiefte sich die Beziehung zwischen ihm und Karen. Dann aber zog sich Dov, wie erschrocken darüber, daß er sich hervorgewagt hatte, wieder in sein Schneckenhaus zurück. Mit einer fanatischen Konzentration wandte er sich seinem Studium zu, seinen Büchern und Zeichnungen, und zog sich von jeglicher lebendigen Umwelt zurück. Doch jedesmal, wenn er nahe daran war, gänzlich in seiner Isolierung zu versinken, gelang es Karen, ihn wieder daraus hervorzuholen. Seine Bitterkeit war nie so tief, Karen zurückzuweisen.

Kitty Fremont war im Lauf der Zeit in Gan Dafna immer unentbehrlicher geworden. Dr. Liebermann brauchte ihre Hilfe tagtäglich bei irgendwelchen Schwierigkeiten. Als wohlwollender Außenseiter war Kitty häufig in der Lage, Dinge zu beeinflussen, weil sie sozusagen nicht zur Familie gehörte. Dr. Liebermanns Freundschaft wurde für sie zu einer der wichtigsten menschlichen Beziehungen, die sie je gehabt hatte. Sie ordnete sich völlig in das Leben von Gan Dafna ein und hatte in der Arbeit mit psychisch gestörten Kindern großartige Erfolge. Doch nach wie vor blieb irgendeine Grenze, eine Trennung bestehen. Kitty war sich darüber klar, daß dies teilweise an ihr selbst lag, doch sie wollte keine Änderung.

Im Zusammensein mit Bruce Sutherland fühlte sich Kitty sehr viel wohler und behaglicher als im Zusammensein mit den Menschen von Gan Dafna. Bei Sutherland war sie entspannt und zufrieden, und sie sah mit wachsender Ungeduld den dienstfreien Tagen entgegen, die sie mit Karen in Sutherlands Villa verbringen konnte. Wenn sie bei Sutherland war, wurde ihr jedesmal wieder der Unterschied bewußt, der zwischen ihr und den Juden bestand.

Harriet Salzmann kam zweimal zu Besuch nach Gan Dafna. Beide Male versuchte die alte Frau, Kitty dazu zu überreden, in einem der Jugend-Aliyah-Zentren im Gebiet von Tel Aviv die Stellung einer Chef-Pflegerin zu übernehmen. Kitty war eine hervorragende Organisatorin und sorgte mit großer Energie dafür, daß der Betrieb reibungslos lief. Diese Eigenschaften, zu denen noch ihre umfassende berufliche Erfahrung und Fähigkeit hinzukamen, wurden an all den Orten, die nicht so gut organisiert waren wie Gan Dafna, dringend benötigt. Doch Kitty lehnte ab. Sie hatte sich in Gan Dafna eingelebt, und Karen fühlte sich bei ihr ganz wie zu Hause. Kitty hatte keinen beruflichen Ehrgeiz und auch kein Interesse, in der Jugend-Aliyah Karriere zu machen.

Der entscheidende Grund ihrer Absage war jedoch, daß sie keinen Posten übernehmen wollte, auf dem sie für Gadna-Aktionen und den Waffenschmuggel verantwortlich gewesen wäre. Kitty war entschlossen, neutral zu bleiben. Ihre Arbeit sollte auch weiterhin nur beruflichen, nicht aber politischen Charakter haben.

Für Karen war Kitty Fremont wie eine ältere Schwester, die Elternstelle an ihr vertrat. Kitty tat alles, um das Mädchen glücklich zu machen. Sie wollte für Karen unentbehrlich werden, um damit ihren heimlichen Gegner aus dem Felde zu schlagen: die Macht von Erez Israel.

Im Mai, als die Regenzeit vorbei war, das Hule-Tal und die syrischen und libanesischen Berghänge üppig ergrünten, die Täler sich mit Teppichen wildwachsender Blumen schmückten und die Knospen der Frühlingsrosen von Galiläa in prächtigen weißen, roten und gelbroten Tönen erblühten, bereitete sich Gan Dafna auf einen Festtag besonderer Art vor. Es galt, Schawuot zu feiern, das Fest der ersten Früchte des neuen Jahres.

Alle Feste, die mit dem ländlichen Leben zusammenhingen, standen dem Herzen der Juden von Palästina besonders nahe. Es war Sitte geworden, daß zu Schawuot die Siedlungen des Hule-Gebietes Delegationen nach Gan Dafna entsandten, die an der Festlichkeit in dem Jugenddorf teilnahmen.

Von überallher kamen die Lastwagen mit den Gästen. Sie kamen von dem Moschaw Yad El, von dem Kibbuz Kfar Gileadi oben an der libanesischen Grenze, von dem am See gelegenen Ayelet Haschachar und von Ejn Or. Sie kamen von Dan an der syrischen Grenze und von Manara auf dem Gipfel des Berges.

Kitty wußte es so einzurichten, daß sie jeden der Wagen sah, der herankam. Jedesmal hoffte sie, Ari ben Kanaan unter den Gästen zu entdecken, und es gelang ihr nicht, ihre Enttäuschung zu verbergen. Jordana, die Kitty beobachtete, sah es und lächelte höhnisch.

Der Tag war von festlicher Heiterkeit erfüllt. Es gab sportliche Wettkämpfe, und die Unterrichtsräume und Werkstätten, die sonst so kahl wirkten, waren zum Empfang der Gäste geschmückt. Auf der Grünfläche in der Mitte des Dorfes wurde Horra getanzt, während auf dem Rasen langgereiht Tische standen, die sich unter der Fülle der Speisen bogen.

Bei Sonnenuntergang begaben sich alle zu dem Freilichttheater, das in einen Hang hineingebaut und rings von Pinien umgeben war. Das Theater füllte sich bis auf den letzten Platz, und Hunderte weitere Zuschauer lagerten sich auf den umliegenden Wiesen.

Das Orchester von Gan Dafna spielte ›Hatikwa‹ – die Hoffnung –, Dr. Liebermann hielt eine kurze Begrüßungsansprache und gab das Zeichen zum Beginn der Schawuot-Parade. Dann kehrte er zu seinem Platz neben Kitty, Bruce Sutherland und Harriet Salzmann zurück.

Kitty verspürte Angst, als sie Karen auf einem großen weißen Pferd die Parade anführen sah. Sie hielt die Stange der Fahne mit dem blauen Davidstern auf weißem Feld. Sie trug lange, dunkelblaue Hosen, eine bestickte Bauernbluse und Sandalen. Ihr dichtes, braunes Haar hing in Zöpfen über ihre Schultern.

Kitty umklammerte die Armlehnen ihres Stuhles. Karen sah aus wie die Inkarnation des jüdischen Geistes. Habe ich sie verloren, dachte Kitty, habe ich sie verloren? Der Wind ließ die Fahne flattern; das Pferd scheute und wollte ausbrechen, doch Karen hatte es rasch wieder in der Gewalt. Sie ist von mir fortgegangen, wie sie von den Hansens fortgegangen ist, mußte Kitty denken. Harriet Salmann sah zu ihr hinüber, und Kitty blickte zu Boden. Karen verschwand aus dem Rampenlicht; der Zug ging weiter. Es kamen die fünf Traktoren von Gan Dafna, auf Hochglanz poliert. Jeder zog einen Tafelwagen, beladen mit Früchten der Felder des Jugenddorfes. Jeeps und Erntewagen kamen vorbei, über und über geschmückt mit Blumen. Es kamen Wagen, auf denen Kinder in Farmerkleidung mit Harken, Sensen und anderen Werkzeugen in der Hand standen.

Das Vieh des Dorfes zog vorbei, angeführt von den Kühen, die mit Blumen und bunten Bändern geschmückt waren. Es folgten die Pferde mit glänzend gestriegeltem Fell, Mähnen und Schwänze in Zöpfe geflochten. Die Schafe und Ziegen wurden vorbeigetrieben, und die Kinder trugen ihre Lieblinge, Hunde und Katzen, ein Äffchen, weiße Mäuse und Hamster vorbei.

Kinder zogen vorüber und hielten Stoffe in der Hand, die sie gesponnen und gewebt, und Zeitungen, die sie gedruckt hatten. Sie zeigten Kunsthandwerksgegenstände, Körbe und Keramik aus ihren eigenen Werkstätten. Die Leichtathleten und die Sportmannschaften des Jugenddorfes marschierten vorbei, von den Zuschauern und Gästen mit lauten Zurufen begrüßt.

Dr. Liebermanns Sekretärin kam zu ihm heran und flüsterte ihm etwas ins Ohr. »Entschuldigen Sie bitte«, sagte er. »Ich werde dringend am Telefon verlangt.«

»Fassen Sie sich kurz und kommen Sie schnell wieder her«, rief Harriet Salzmann ihm nach.

Die Lampen in den Bäumen gingen aus, und das Theater lag einen Augenblick im Dunkeln, bis der Scheinwerfer anging, der die Bühne beleuchtete. Der Vorhang öffnete sich, eine Trommel ertönte, und auf einer Flöte aus Schilfrohr ertönte eine alte Melodie. Begleitet von der wehmütigen Monotonie der Instrumente begannen die Kinder, eine Pantomime aufzuführen: Das Lied der Ruth.

Die Kostüme der Kinder waren historisch, und ihr Tanz entsprach den langsamen und ausdrucksvollen Gebärden, wie sie überliefert waren aus der Zeit, da Ruth und Naomi gelebt hatten. Dann traten andere Tänzer auf, die wilde Sprünge vollführten und leidenschaftliche Erregung ausdrückten.

Wie waren diese Kinder von der Aufgabe erfüllt, die Vergangenheit ihres Volkes wieder lebendig werden zu lassen, dachte Kitty. Mit welcher Inbrunst setzten sie sich dafür ein, den Ruhm Israels neu erstehen zu lassen!

Jetzt betrat Karen die Bühne, und unter den Zuschauern entstand erwartungsvolle Stille. Karen tanzte die Rolle der Ruth. Ihre Gebärden berichteten die so einfache und so großartige Geschichte von dem Mädchen aus dem Volk der Moabiter, die mit ihrer hebräischen Schwiegermutter nach Bethlehem zog – dem Hause des Brotes. Die Geschichte der Liebe und des einzigen Gottes, die seit den Tagen der Makkabäer immer wieder beim Schawuot-Fest berichtet worden war. Ruth war eine Fremde gewesen, eine Ungläubige im Lande der Juden. Und doch gehörte sie zu den Vorfahren des Königs David.

Kitty war mutlos wie nie zuvor. Sie war eine Fremde hier, und sie würde immer eine Fremde bleiben, eine Ungläubige unter den Hebräern. Und es war ihr nicht möglich, wie Ruth zu sagen: »Wo du hingehst, da will auch ich hingehen; dein Volk sei mein Volk, und dein Gott sei mein Gott.« Bedeutete das, daß sie Karen verlor?

Dr. Liebermanns Sekretärin berührte Kitty an der Schulter: »Dr. Liebermann läßt Sie bitten, sofort in sein Büro zu kommen«, flüsterte sie.

Der Weg war dunkel, und Kitty mußte auf die Laufgräben achten. Sie nahm ihre Taschenlampe und leuchtete damit den Boden ab. Sie überquerte die Grünfläche und kam an der Statue von Dafna vorbei. Hinter sich konnte sie das Schlagen der Trommeln und das Weinen der Flöten hören. Sie ging rasch zu dem Verwaltungsgebäude und öffnete die Tür zu Dr. Liebermanns Büro.

»Um Gottes willen«, sagte sie, durch den Ausdruck seines Gesichtes erschreckt. »Was ist los? Sie machen ein Gesicht, als hätten Sie –«

»Man hat Karens Vater gefunden«, sagte er leise.

VIII

Am nächsten Tag brachte Bruce Sutherland Kitty und Karen nach Tel Aviv. Kitty hatte erklärt, daß sie einige dringende Einkäufe machen müsse und Karen bei der Gelegenheit endlich einmal die Stadt zeigen wolle. Sie erreichten Tel Aviv gegen Mittag und begaben sich in das Gat-Rimon-Hotel auf der Hayarkon-

Straße, unmittelbar am Mittelmeer. Nach dem Essen bat Sutherland, ihn zu entschuldigen, und ging in die Stadt. Während der Mittagsstunden waren die Läden geschlossen. Kitty und Karen schlenderten den sandigen Strand unterhalb des Hotels entlang und erfrischten sich dann durch ein Bad im Meer.

Gegen drei Uhr bestellte Kitty ein Taxi. Sie fuhren zum Rothschild-Boulevard und hielten Ecke Allenby-Road. Durch die Allenby-Road mit ihren vielen neuen Geschäften und den Rothschild-Boulevard mit dem breiten Grünstreifen in der Mitte ergoß sich ein unablässiger Strom von Wagen und Bussen, und die Menschen bewegten sich in der Gangart der Großstädter und hatten es alle eilig.

»Ich finde es wunderbar und aufregend«, sagte Karen. »Ich bin froh, daß ich mitfahren konnte. Es fällt mir schwer, mir vorzustellen, daß alle Leute hier, Busfahrer, Kellner und Kaufleute, daß sie alle Juden sind. Diese ganze Stadt haben sie gebaut, eine jüdische Stadt. Du kannst gar nicht verstehen, was das bedeutet, oder? Eine ganze Stadt, in der alles den Juden gehört.«

Kitty war nicht so ganz einverstanden mit dem, was Karen sagte.

»Bei uns in Amerika gibt es viele einflußreiche Juden, Karen«, sagte sie, »und diese Juden sind sehr glücklich und fühlen sich ganz als Amerikaner.«

»Aber das ist doch nicht dasselbe wie ein ganzes jüdisches Land. Es ist etwas anderes, zu wissen, daß es eine Ecke auf dieser Erde gibt, wo man immer willkommen ist, ein Fleckchen, das einem immer gehört, wohin man auch geht und was man auch tut.« Kitty sagte nichts, sondern holte aus ihrer Handtasche einen zerknitterten Zettel heraus, den sie langsam entfaltete. »Kannst du mir sagen, wo das ist?«

Karen sah auf den Zettel. »Zwei Querstraßen weiter. Wann wirst du endlich lernen, Hebräisch zu lesen?«

»Ich fürchte, nie«, sagte Kitty, und fügte dann rasch hinzu: »Ich habe mir gestern beinahe zwei Zähne ausgebissen, als ich versuchte, ein paar Worte auf hebräisch zu sagen.«

Sie fanden den auf dem Zettel angegebenen Laden. Es war ein Modesalon.

»Was willst du dir kaufen?« fragte Karen.

»Ich habe vor, dir etwas Vernünftiges zum Anziehen zu kaufen. Das ist ein Geschenk für dich von Brigadier Sutherland und mir.«

Karen erstarrte. »Das kann ich nicht annehmen«, sagte sie.
»Aber warum denn nicht, Karen?«

»Ich habe an dem, was ich anhabe, gar nichts auszusetzen.«

»Ja«, sagte Kitty, »für Gan Dafna ist das ja auch ganz in Ordnung –«

»Ich habe alles, was ich brauche«, sagte Karen.

Sie redet manchmal genauso wie Jordana, dachte Kitty. »Hör mal, Karen – wir wollen doch nicht ganz vergessen, daß du inzwischen eine junge Dame geworden bist. Du wirst der guten Sache gewiß nicht untreu, wenn du dich ab und zu auch einmal ein bißchen nett anziehst. Wenn du nicht in Gan Dafna bist, sondern mit mir und Bruce ausgehst, dann möchten wir gern ein bißchen stolz auf dich sein können.«

Karen schielte auf die Modepuppen in den Schaufenstern.

»Es ist nicht fair gegenüber den anderen Mädchen«, sagte sie in einem letzten Versuch der Gegenwehr.

»Wir können die Kleider ja unter den Gewehren verstecken, wenn dich das tröstet.«

Wenige Augenblicke später drehte sich Karen entzückt vor dem Spiegel, glücklich und sehr froh darüber, daß Kitty ihren Willen durchgesetzt hatte. Alles fühlte sich so wunderbar an und sah so wunderschön aus! Wie lange war es her, daß sie so hübsche Sachen angehabt hatte? In Dänemark – vor so langer Zeit, daß sie es fast vergessen hatte. Kitty war genauso entzückt, während sie zusah, wie sich Karen aus einem Mädchen vom Lande in einen geschmackvoll gekleideten Teenager verwandelte. Sie gingen die ganze Allenby-Road entlang, machten weitere Einkäufe und bogen schließlich, mit Paketen beladen, beim Mograbiplatz in die Ben-Yehuda-Straße ein. Glücklich und erschöpft ließen sie sich in dem ersten Boulevard-Café an einem Tisch nieder.

»Das ist der schönste Tag meines Lebens«, sagte Karen. »Nur schade, daß Dov und Ari nicht hier sind.«

Kitty war gerührt. Das Mädchen hatte ein so gutes Herz, dachte sie; immer hat sie nur den Wunsch, anderen Gutes zu tun. Karen hatte ihren Eisbecher geleert und wurde nachdenklich. »Manchmal denke ich, was wir doch für ein Pech haben – wir mit unseren beiden sauren Zitronen.«

»Wir?«

»Na, du weißt schon – du mit Ari, und ich mit Dov.«

»Ich weiß wirklich nicht, wie du auf die Idee kommst, es

könnte zwischen Mr. Ben Kanaan und mir irgend etwas sein. Jedenfalls bis du ganz und gar im Irrtum.«

»Ha, ha, ha«, antwortete Karen. »Und weshalb hast du dir, bitte, den Hals verrenkt bei jedem Wagen, der gestern zur Schawuotfeier nach Gan Dafna kam? Nach wem hast du denn Ausschau gehalten, wenn nicht nach Ari ben Kanaan?«

Kitty nahm einen Schluck von ihrem Kaffee, um ihre Verlegenheit zu verbergen.

Karen wischte sich die Lippen ab und zuckte mit den Achseln.

»Mein Gott, das kann doch jeder sehen, daß du in ihn verliebt bist.«

Kitty sah Karen aus schmalen Augen an. »Hören Sie mal, Sie kluge junge Dame —«

»Versuche es nur zu leugnen – dann laufe ich auf die Straße und rufe es den Leuten laut auf hebräisch zu.«

Kitty hob die Hände hoch. »Ich gebe es auf, mit dir zu streiten. Aber du wirst eines Tages begreifen, daß ein Mann für eine Frau von Dreißig sehr attraktiv sein kann, ohne daß das auch nur im geringsten etwas Ernsthaftes zu bedeuten hat. Ich finde Ari sehr nett, aber deine romantischen Ideen muß ich leider zerstören.«

Karen sah Kitty mit einem Blick an, der deutlich erkennen ließ, daß sie ihr ganz einfach nicht glaubte. Sie seufzte, beugte sich zu Kitty und faßte sie am Arm, als wäre sie im Begriff, ihr ein tiefes Geheimnis mitzuteilen. »Ari braucht dich, das weiß ich«, sagte sie mit dem bedeutsamen Ernst des Teenagers.

Kitty streichelte Karens Hand und ordnete eine Strähne, die sich im Zopf des Mädchens gelockert hatte. »Ich wollte, ich wäre noch einmal sechzehn, und alles wäre so klar und einfach, wie es einem in diesem Alter scheint. Nein, Karen, Ari ben Kanaan gehört zu einer Sorte übermenschlicher Wesen, deren entscheidendes Kapital darin besteht, daß sie sich auf sich selbst verlassen können. Ari ben Kanaan hat keinen anderen Menschen mehr nötig gehabt, seit er als Junge mit dem Ochsenziemer seines Vaters umgehen lernte. Sein Blut besteht nicht wie bei uns aus roten und weißen Blutkörperchen, sondern aus Stahl und Eisen, und sein Herz ist eine Pumpe, wie der Motor von dem Autobus da drüben. Durch all das steht er oberhalb und außerhalb der Gefühle, von denen die anderen Sterblichen bewegt und beherrscht werden.«

Kitty verstummte. Sie saß unbeweglich da, und ihr Blick ging durch Karen hindurch.

»Du hast ihn sehr lieb.«

»Ja«, sagte Kitty seufzend, »das habe ich. Und was du vorher gesagt hast, stimmt. Wir haben wirklich ein paar saure Zitronen erwischt. Und jetzt müssen wir zurück zum Hotel. Ich möchte, daß du dich umziehst und dich für mich so hübsch machst wie eine Prinzessin. Bruce und ich haben eine Überraschung für dich. Die Zöpfe wollen wir auch mal weglassen.«

Karen sah wirklich wie eine Prinzessin aus, als Sutherland die beiden zum Essen abholte. Die Überraschung war ein Besuch des Habima-Nationaltheaters, in dem an diesem Abend ein französisches Ballett auftrat, das sich auf einer Gastspielreise befand und das vom Philharmonischen Orchester von Tel Aviv begleitet wurde.

Während der ganzen Vorstellung von *Schwanensee* saß Karen auf der vordersten Kante ihres Platzes und verfolgte mit gespannter Aufmerksamkeit jeden Schritt der Primaballerina, die über die Bühne schwebte. Karen war von der Schönheit und der märchenhaften Szenerie fasziniert und überwältigt.

Wie schön war das alles, dachte Karen. Sie hatte fast vergessen gehabt, daß es auf dieser Welt noch solche Dinge wie ein Ballett gab. Und was für ein Glück, einen Menschen wie Kitty Fremont zu haben. Freudentränen liefen ihr über das Gesicht.

Kitty hatte kaum Augen für das Ballett, so gespannt beobachtete sie Karen. Sie spürte, daß es ihr gelungen war, in dem Mädchen etwas zu wecken, das in ihr geschlafen hatte. Karen schien etwas wiederzuentdecken, das früher einmal die Welt für sie bedeutet hatte und das ebenso wichtig war wie das Grün der Felder von Galiläa. Kitty faßte erneut den Entschluß, dies in Karen immer lebendig zu erhalten.

Morgen sollte Karen ihren Vater sehen, und dann würde ihr Leben vielleicht in eine andere Richtung gehen.

Es war schon spät, als sie zum Hotel zurückkamen. Karen war außer sich vor Glück. Sie riß die Tür des Hotels auf und schwebte tanzend durch die Halle. Die englischen Offiziere, die in der Halle saßen, machten erstaunte Augen. Kitty schickte Karen zu Bett; sie selbst traf Sutherland an der Bar, um vor dem Schlafengehen noch ein Glas zu trinken.

»Haben Sie ihr schon von ihrem Vater erzählt?«

»Nein.«

»Möchten Sie, daß ich mitkomme?«

»Ich möchte lieber allein mit ihr hingehen.«

»Natürlich, das verstehe ich.«

»Ich werde da sein.«

Kitty stand auf und gab Sutherland einen Kuß auf die Backe. »Gute Nacht, Bruce.«

Karen tanzte noch immer im Zimmer herum, als Kitty hereinkam.

»Hast du das gesehen – Odette, in dem letzten Bild?« sagte sie und ahmte die Schritte der Tänzerin nach.

»Es ist spät, und du bist ein müdes Indianermädchen.«

»Ach, was war das heute für ein wunderbarer Tag!« sagte Karen und ließ sich auf ihr Bett fallen.

Kitty ging ins Bad und zog sich aus. Vom Zimmer her hörte sie Karens Stimme die Melodien der Ballettmusik summen. »O Gott«, flüsterte Kitty. »Warum muß ihr das widerfahren?« Kitty schlug die Hände vor ihr Gesicht und zitterte. »Gib ihr Kraft – bitte, gib ihr Kraft.« Sie ging zu Bett und lag mit weitgeöffneten Augen in der Dunkelheit. Sie hörte, wie Karen sich bewegte, und sah zu ihr hinüber. Karen stand auf, kniete sich neben Kittys Bett und legte ihren Kopf auf Kittys Brust. »Ich habe dich so lieb, Kitty«, sagte sie. »Meine eigene Mutter könnte ich nicht lieber haben als dich.«

Kitty drehte den Kopf zur Wand und strich Karen über das Haar.

»Du mußt jetzt aber schlafen gehen«, sagte sie mit mühsam beherrschter Stimme. »Wir haben morgen viel vor.«

Kitty konnte nicht schlafen. Sie rauchte eine Zigarette nach der anderen, und von Zeit zu Zeit stand sie auf und ging im Zimmer auf und ab. Jedesmal, wenn sie die schlafende Karen ansah, zog sich ihr Herz zusammen. Noch lange nach Mitternacht saß sie am Fenster und hörte auf das Rauschen der Brandung. Es war vier Uhr morgens, als Kitty endlich in einen unruhigen Schlaf fiel.

Am Morgen war ihr das Herz schwer, und unter ihren Augen waren von der schlaflosen Nacht dunkle Schatten. Ein dutzendmal versuchte sie vergebens, Karen aufzuklären. Das Frühstück auf der Terrasse verlief schweigsam. Kitty nippte stumm an ihrem Kaffee.

»Wo ist eigentlich Brigadier Sutherland?« fragte Karen.

»Er mußte in die Stadt, um irgend etwas zu erledigen. Aber er wird bald wieder da sein.«

»Und was werden wir heute machen?«

»Oh, so ein bißchen dies und ein bißchen das.«

»Kitty – es ist irgend etwas mit meinem Vater, nicht wahr?«
Kitty senkte den Blick.

»Ich glaube, ich habe es schon die ganze Zeit gewußt«, sagte
Karen.

»Du mußt bitte nicht denken, daß ich dir nur etwas vormachen
wollte – aber –«

»Was ist denn – bitte, sage es mir – was ist mit ihm?«

»Er ist sehr, sehr krank.«

»Ich möchte ihn sehen«, sagte Karen, und ihre Lippen zitterten.

»Er wird dich vielleicht gar nicht erkennen, Karen.«

Karen machte den Rücken steif und sah auf das Meer hinaus.

»Ich habe so lange auf diesen Tag gewartet.«

»Karen, bitte –«

»Seit mehr als zwei Jahren – seit dem Tag, an dem ich wußte,
daß der Krieg zu Ende ging – ich bin jeden Abend mit dem gleichen Traum eingeschlafen. Ich lag im Bett und stellte mir vor, wie
es wäre, wenn ich meinen Vater wiederfände. Ich wußte genau,
wie er aussehen würde und was wir miteinander reden würden.
In dem Flüchtlingslager in Frankreich und in dem Lager in Zypern, all die Monate lang habe ich es mir Abend für Abend immer
wieder ausgemalt – mein Vater und ich. Die ganze Zeit hindurch
wußte ich ganz genau, daß er am Leben geblieben war – und daß
er auch weiter am Leben bleiben würde.«

»Karen, hör auf, bitte. Es wird leider nicht so sein, wie du es dir
ausgemalt hast.«

Das Mädchen zitterte am ganzen Leibe. Es hatte feuchte
Hände. Heftig sprang sie vom Stuhl auf und rief mit flehender
Stimme: »Bring mich zu ihm.«

Kitty ergriff das Mädchen bei den Armen und hielt es fest. »Du
mußt dich auf etwas Schreckliches gefaßt machen.«

»Bring mich zu ihm – bitte, bitte!«

»Vergiß bitte das eine nicht. Was immer auch geschehen mag,
was immer du sehen magst – vergiß nicht, daß ich ganz in der
Nähe bin. Ich werde bei dir sein, Karen. Versprichst du mir,
daran zu denken?«

»Ja – ich werde daran denken.«

Der Arzt saß Karen und Kitty gegenüber.

»Dein Vater ist von der Gestapo gefoltert worden, Karen«,
sagte er. »Zu Anfang des Krieges wollten ihn die Nazis dazu brin-

gen, für sie zu arbeiten, und sie haben ihm auf alle nur denkbare Weise zugesetzt. Doch schließlich mußten sie es aufgeben. Er konnte für die Nazis einfach nicht arbeiten, selbst auf die Gefahr hin, daß er durch seine Weigerung das Leben deiner Mutter und deiner Brüder gefährdete.«

»Es fällt mir jetzt wieder ein«, sagte Karen. »Ich erinnere mich, wie ich in Dänemark war und plötzlich keine Briefe mehr aus Deutschland kamen, und wie ich nicht wagte, Aage Hansen danach zu fragen, was mit meiner Familie geschehen sei.«

»Dein Vater kam nach Theresienstadt, und deine Mutter und deine Brüder –«

»Ja, ich weiß.«

»Man brachte deinen Vater nach Theresienstadt, weil man hoffte, daß er seine Meinung ändern würde. Was mit deiner Mutter und mit deinen Brüdern geschehen war, erfuhr dein Vater erst, als der Krieg zu Ende war. Er fühlte sich schuldig, weil er zu lange gezögert hatte, aus Deutschland wegzugehen, und dadurch deine Mutter und deine Brüder ins Verderben gebracht hatte. Als er nach den langen Jahren der Qual erfuhr, welches Schicksal seine Angehörigen erlitten hatten, verlor er den Verstand.«

»Aber er wird doch wieder gesund werden?« sagte Karen.

Der Arzt sah Kitty an. »Er leidet an einer schweren chronischen Depression.«

»Und was bedeutet das?« fragte Karen.

»Karen, leider wird dein Vater nicht wieder gesund werden«, sagte der Arzt.

»Ich glaube Ihnen nicht«, sagte Karen. »Ich möchte ihn sehen.«

»Erinnerst du dich überhaupt noch an ihn?« fragte der Arzt.

»Nur ganz wenig.«

»Ich glaube, es wäre besser, wenn du die Erinnerung, die du an ihn noch hast, bewahrst, als wenn du ihn so siehst, wie er jetzt ist.«

»Sie muß ihn sehen, Doktor«, sagte Kitty, »ganz gleich, wie schwer es für sie ist. Aber sie muß Gewißheit haben.«

Der Arzt führte sie einen Korridor entlang und blieb vor einer Tür stehen. Eine Krankenschwester schloß auf. Der Arzt öffnete die Tür und blieb am Eingang stehen.

Karen betrat den Raum, der einer Zelle ähnlich sah. Ein Stuhl, ein Regal, ein Bett. Sie sah sich einen Augenblick suchend um –

und erstarrte. In einer Ecke auf dem Fußboden saß ein Mann. Er war barfuß und ungekämmt. Er lehnte mit dem Rücken gegen die Wand, hatte die Arme um die Knie geschlungen und starrte mit leerem Blick auf die gegenüberliegende Wand.

Karen ging einen Schritt auf ihn zu. Sein Kinn war mit Stoppeln bedeckt und sein Gesicht voller Narben. Karens hämmernder Herzschlag wurde plötzlich ruhig. Das ist alles ein Irrtum, dachte sie – dieser Mann da ist ein Fremder – das ist doch nicht mein Vater. Es kann gar nicht mein Vater sein. Es ist ein Irrtum, ein Irrtum! Sie hätte sich um liebsten umgedreht und laut gerufen: Sehen Sie, Sie haben sich geirrt! Das ist gar nicht Johann Clement, es ist nicht mein Vater! Mein Vater ist irgendwo anders, er lebt und sucht nach mir.

Karen stand vor dem Mann, der am Boden hockte, und sah ihn an, um sich Gewißheit zu verschaffen. Sie starrte in die leeren, ausdruckslosen Augen. Es war so lange her – lag so weit zurück, daß sie sich kaum noch daran erinnern konnte. Doch dieser Mann da, das war nicht der, dem sie in ihren Träumen begegnet war.

Da war ein Kamin, und es roch nach Pfeifengeruch. Und da war auch ein Hund. Der hieß Maximilian. Im Zimmer nebenan schrie ein Baby. »Miriam, bring doch mal das Baby zur Ruhe. Ich lese hier meiner Tochter eine Geschichte vor und möchte dabei nicht gestört werden.«

Karen Hansen-Clement ließ sich vor dem menschlichen Wrack, das am Boden hockte, langsam auf die Knie nieder.

In Omas Haus in Bonn roch es immer nach frischgebackenen Plätzchen. Die ganze Woche über backte sie Plätzchen, damit sie genügend davon hatte, wenn die Familie am Sonntag zusammenkam.

Der Mann, der auf dem Fußboden hockte, starrte weiter die gegenüberliegende Wand an, als sei er allein.

Sieh doch nur, wie ulkig die Äffchen im Kölner Zoo sind! Köln hat den schönsten Zoo, den es auf der ganzen Welt gibt. Und wann ist wieder Karneval?

Karen musterte den Mann, der da saß, von den nackten Füßen bis zu seiner narbenbedeckten Stirn. Sie entdeckte nichts – nicht das geringste, das sie an ihren Vater erinnerte –

»Jude! Jude! Jude!« schrie der Mob hinter ihr her, während sie mit blutüberströmtem Gesicht nach Hause rannte. »Aber, aber, Karen, nun wein doch nicht. Dein Papi ist ja da, und er wird dafür sorgen, daß dir niemand etwas tut.«

Karen streckte die Hand aus und berührte die Wange des Mannes.

»Papi?« sagte sie. Der Mann rührte sich nicht und reagierte auch sonst nicht.

Da war ein Zug, und viele Kinder, und es hieß, sie würden nach Dänemark fahren, aber Karen war müde. »Auf Wiedersehen, Papi«, hatte sie gesagt. »Hier, nimm du meine Puppe. Sie wird auf dich aufpassen.« Sie stand hinten auf der Plattform des letzten Wagens und sah zu ihrem Papi hin, der auf dem Bahnsteig stand und kleiner und kleiner wurde.

»Papi! Papi!« rief Karen. »Ich bin's, Papi! Karen, dein kleines Mädchen! Ich bin inzwischen ein großes Mädchen geworden, Papi. Kennst du mich denn gar nicht mehr?«

Der Arzt hielt Kitty fest, die an der Tür stand und am ganzen Leib zitterte. »Bitte«, rief Kitty, »lassen Sie mich ihr helfen.«

»Lassen Sie das Mädchen damit fertig werden«, sagte der Arzt.

Und in Karen stieg die Erinnerung auf. »Ja!« rief sie. »Ja, das ist mein Vater! Es ist wirklich mein Vater!«

»Vater!« rief sie und schlang ihre Arme um ihn. »Bitte, sprich mit mir. Sag doch etwas zu mir. Ich bitte dich – bitte dich!«

Der Mann, der früher einmal Johann Clement gewesen war, zwinkerte mit den Augen. Auf seinem Gesicht erschien ein Ausdruck neugieriger Überraschung, als er wahrnahm, daß sich jemand an ihn klammerte. Einen Augenblick lang blieb dieser überraschte Ausdruck auf seinem Gesicht, als versuchte er, die Finsternis seiner geistigen Umnachtung zu durchdringen – doch dann sank er wieder in den Ausdruck der Leblosigkeit zurück.

»Vater!« rief Karen. »Vater! Vater!«

Und in dem leeren Raum und durch den langen Korridor ertönte das Echo ihrer Stimme: *Vater!*

Die starken Arme des Arztes lösten Karen aus der Umklammerung, und mit sanfter Gewalt wurde sie hinausgeführt. Die Tür wurde zugemacht und abgeschlossen, und Johann Clement war aus Karens Leben verschwunden, für immer.

Karen schluchzte verzweifelt und barg sich in Kittys Armen. »Er hat mich nicht einmal erkannt! O mein Gott – Gott –, warum hat er mich nicht erkannt? Sag es mir, Gott – sag es mir!«

»Sei ruhig, Kleines, es wird alles wieder gut. Kitty ist ja da.«

»Bleib bei mir, Kitty, laß mich nie mehr allein!«

»Nein, mein Kleines – ich bleibe bei dir –, Kitty wird immer bei dir bleiben.«

IX

Die Kunde von Karens Vater war nach Gan Dafna gedrungen, noch ehe sie und Kitty dorthin zurückgekehrt waren. Auf Dov Landau hatte die Nachricht eine erschütternde Wirkung. Zum erstenmal seit jenem Tage, da ihn sein Bruder Mundek in dem Bunker unter dem Warschauer Ghetto in seinen Armen gehalten hatte, war es Dov Landau möglich, für einen anderen als sich selbst Mitleid zu empfinden. Seine Sorge um Karen Clement war der Lichtstrahl, der endlich seine finstere Welt erhellte.

Sie war der einzige Mensch, zu dem er Vertrauen besaß, für den er Zuneigung empfand. Warum mußte ausgerechnet ihr dies geschehen? Wie oft hatte ihm Karen in dem Lager auf Zypern gesagt, daß sie fest davon überzeugt war, ihren Vater wiederzufinden. Der schwere Schlag, der Karen jetzt getroffen hatte, bereitete auch ihm tiefen Schmerz.

Wen hatte sie nun noch auf dieser Welt? Ihn und Mrs. Fremont. Und was bedeutete er für sie? Er war eine Last – ein Nichts. Zuweilen wünschte er, Mrs. Fremont hassen zu können; doch das konnte er nicht, weil er wußte, daß es für Karen gut war, Mrs. Fremont zu haben. Da Karens Vater jetzt nicht mehr im Wege stand, würde Mrs. Fremont sie vielleicht nach Amerika mitnehmen. Doch er stand noch im Wege. Er wußte genau, daß Karen ihn nicht allein lassen würde. Deshalb gab es für ihn nur einen Weg.

In Gan Dafna war ein Junge namens Mordechai als heimlicher Werber für die Makkabäer tätig. Von ihm erfuhr Dov, wo und wie er sich mit dieser Organisation in Verbindung setzen konnte.

Die Türen der Bungalows, in denen die Angehörigen des Lehrpersonals in Gan Dafna wohnten, waren nie abgeschlossen. Dov wartete eines Abends, bis alle zum Essen gegangen waren, und machte dann einen Raubzug durch mehrere Wohnungen. Er stahl einige Ringe und Schmuckstücke und floh nach Jerusalem.

Bruce Sutherland begab sich unverzüglich zu Dr. Liebermann und bat ihn, Kitty dringend nahezulegen, daß sie mit Karen für ein oder zwei Wochen zu ihm in seine Villa käme, bis sich das Mädchen einigermaßen von seinem Schock erholt hatte.

Zusammen mit dem Verschwinden von Dov Landau wirkte

sich das Schicksal von Karens Vater als trauriger Sieg für Kitty aus. Sie fühlte, daß sie Karen in kurzer Zeit dazu bewegen konnte, mit ihr nach Amerika zu gehen. Kitty mußte, während sie mit Karen bei Sutherland war, dauernd daran denken. Sie fand sich selbst abscheulich, weil sie in Karens tragischem Unglück ihren Vorteil suchte; doch sie konnte ihren Gedanken nicht verbieten, sich damit zu beschäftigen. Seit sie Karen damals in dem Zelt in Caraolos zum erstenmal gesehen hatte, war dieses Mädchen der Mittelpunkt geworden, um den ihr ganzes Leben kreiste.

Eines Tages nach dem Mittagessen kam Ari ben Kanaan zu Sutherland. Er wartete im Arbeitszimmer, während der Dienstbote Sutherland aus dem Garten holte. Bruce bat Kitty und Karen, die in der Sonne lagen, ihn einen Augenblick zu entschuldigen. Die beiden Männer sprachen fast eine Stunde lang miteinander über einen Auftrag, den Ari für Sutherland hatte.

»Ich habe übrigens eine gute Bekannte von Ihnen bei mir«, sagte Sutherland, nachdem sie ihr Gespräch beendet hatten. »Kitty Fremont ist mit der kleinen Clement für vierzehn Tage bei mir zu Gast.«

»Ich habe schon gehört, daß Sie und Mrs. Fremont dicke Freunde geworden sind«, sagte Ari.

»Ja«, sagte Sutherland, »ich halte Katharine Fremont für eine der großartigsten Frauen, die ich jemals kennengelernt habe. Sie sollten nach Gan Dafna fahren und sich ansehen, was sie dort mit einigen der Kinder fertiggebracht hat. Da war ein Junge, der vor sechs Monaten überhaupt kein Wort sprach, und jetzt hat er nicht nur seine Stummheit verloren, sondern er hat sogar angefangen, als Hornist im Schulorchester mitzuspielen.«

»Auch davon habe ich schon gehört«, sagte Ari.

»Ich habe darauf bestanden, daß sie mit Karen Clement hierher zu mir kam. Die Kleine hat ihren Vater wiedergefunden. Der arme Kerl ist völlig und unheilbar geistesgestört. Ein entsetzlicher Schock für die Tochter. Kommen Sie mit in den Garten.«

»Tut mir leid – ich habe noch verschiedenes zu erledigen.«

»Unsinn, davon will ich nichts hören.« Er hakte Ari unter und führte ihn hinaus.

Kitty hatte Ari seit Wochen nicht mehr gesehen. Sie erschrak bei seinem Anblick. Ari sah schlecht aus.

Kitty war erstaunt, wie sanft und gütig Ari seinem Mitgefühl für Karen Ausdruck gab. Er war dem Mädchen gegenüber von einer Zartheit und Besorgtheit, deren sie ihn nie für fähig gehalten hatte. War es, weil Karen eine Jüdin war und sie nicht? *Sie* hatte er nie so zärtlich behandelt! Doch schon im nächsten Augenblick ärgerte sich Kitty über solche Gedanken. Begann sie wirklich schon, jedes Wort und jede Geste in einer Bedeutung zu sehen, die ihnen gar nicht zukam? Unsinn!

Kitty und Ari gingen zusammen durch Sutherlands Rosengarten.

»Wie nimmt sie es?« fragte Ari.

»Sie ist sehr tapfer und von einer sehr großen inneren Kraft«, sagte Kitty. »Es war wirklich ein schreckliches Erlebnis für sie, aber sie trägt es mit einer bemerkenswerten Haltung.«

Ari wandte den Kopf und sah zu Karen zurück, die mit Sutherland Dame spielte. »Sie ist wirklich ein wunderschönes Mädchen«, sagte er.

Seine Worte überraschten Kitty. Diesen Ton echter Ergriffenheit hatte sie noch nie bei ihm gehört, und oft hatte sie sich gefragt, ob er überhaupt Sinn für Schönheit besaß. Sie blieben am Ende des Weges an einer niedrigen Mauer stehen, die den Abschluß des Gartens bildete. Kitty setzte sich auf die steinerne Mauer und sah hinaus auf das Land Galiläa, und Ari zündete sich und ihr eine Zigarette an.

»Ari, ich habe Sie noch nie um einen persönlichen Gefallen gebeten, doch jetzt würde ich es gern tun.«

»Aber bitte.«

»Über die Sache mit ihrem Vater wird Karen im Laufe der Zeit hinwegkommen, aber da ist noch etwas anderes. Dov Landau ist aus Gan Dafna weggelaufen. Wir nehmen an, daß er nach Jerusalem gefahren ist, um sich den Makkabäern anzuschließen. Der Junge bedeutet für sie sozusagen eine Lebensaufgabe. Durch das Schicksal ihres Vaters ist der Verlust von Dov für sie noch schwerer geworden. Sie verzehrt sich vor Sorge um ihn. Ich möchte Sie bitten, ihn ausfindig zu machen und nach Gan Dafna zurückzubringen. Ich weiß, daß Sie über die entsprechenden Verbindungen verfügen, um festzustellen, wo er ist. Und er wird zurückkommen, wenn es Ihnen gelingt, ihm klarzumachen, daß Karen ihn braucht.«

Ari sah Kitty neugierig und verwundert an. »Jetzt verstehe ich gar nichts mehr«, sagte er. »Das Mädchen gehört doch jetzt Ihnen. Dov Landau war der einzige Mensch, der Ihnen möglicherweise noch hätte hinderlich werden können, und er war so freundlich, dieses Hindernis selbst aus dem Wege zu räumen.«

Kitty sah ihn ruhig an. »Eigentlich sollte ich durch das, was Sie sagen, beleidigt sein. Ich bin aber nicht beleidigt, weil es wirklich so ist, wie Sie sagen. Es handelt sich nur darum, daß ich mein eigenes Glück nicht auf ihrem Unglück aufbauen kann. Ich kann mit ihr nicht nach Amerika gehen, solange die Sache mit Dov nicht geklärt ist.«

»Das ist sehr edel von Ihnen.«

»Nein, Ari, meine Motive sind gar nicht so edel. Karen ist in allem sehr vernünftig, nur nicht in bezug auf diesen Jungen. Aber wir haben ja alle irgendwo unsere Schwächen. Sie wird viel rascher über ihn hinwegkommen, wenn er in Gan Dafna ist. Daß er bei den Makkabäern ist, verklärt sein Bild in ihrer Vorstellung.«

»Sie müssen entschuldigen, Kitty, wenn ich so simpel und gradlinig denke. Sie denken um mehrere Ecken.«

»Ich liebe dieses Mädchen, und ich finde, daran ist nichts, was finster oder hinterhältig wäre.«

»Sie wollen Karen klarmachen, daß es für sie gar keine andere Möglichkeit gibt, als mit Ihnen zu gehen.«

»Ich will ihr klarmachen, daß es für sie etwas Besseres gibt. Sie werden mir das vielleicht nicht glauben, aber wenn ich wüßte, daß es für sie besser wäre, in Palästina zu bleiben, dann wäre ich dafür, daß sie hierbleibt.«

»Doch, vielleicht glaube ich Ihnen das sogar.«

»Können Sie, Hand aufs Herz, behaupten, daß ich irgend etwas Unrechtes tue, wenn ich sie nach Amerika mitzunehmen wünsche?«

»Nein – daran ist nichts Unrechtes«, sagte Ari.

»Dann helfen Sie mir, Dov wieder nach Gan Dafna zu bekommen.«

Lange Zeit sagten beide kein Wort. Dann drückte Ari seine Zigarette auf der Mauer aus. Er entfernte das Zigarettenpapier, ohne sich dieser Handlung bewußt zu sein, verstreute den losen Tabak und knüllte das Zigarettenpapier zu einer kleinen Kugel zusammen, die er in seine Tasche steckte. Er hatte von P. P. Malcolm gelernt, niemals irgendwo Zigarettenreste liegen zu lassen, Zigarettenstummel waren für die Araber gute Wegweiser bei der Suche nach feindlichen Truppen.

»Das kann ich nicht«, sagte Ari.

»Doch, Sie können es. Vor Ihnen hat Dov Respekt.«

»Sicher, ich kann ihn ausfindig machen. Ich kann ihn sogar zwingen, nach Gan Dafna zurückzukehren, und ich kann ihm sagen: ›Bleib hübsch dort, mein Kleiner, die Damen wünschen nicht, daß dir irgend etwas zustößt.‹ Sehen Sie – Dov Landau hat eine persönliche Entscheidung getroffen, die jeder Jude in Palästina mit seinem eigenen Gewissen abzumachen hat. Das Gefühl dafür ist bei uns sehr stark ausgeprägt. Mein Vater hat aus diesem Grunde seit fünfzehn Jahren nicht mehr mit seinem Bruder gesprochen. Jede Faser an Dov Landau verlangt nach Rache. Dieses Verlangen treibt ihn mit solcher Intensität, daß nur Gott oder eine Kugel ihn aufhalten können.«

»Das klingt fast so, als hießen Sie das grausame Vorgehen der Terroristen gut.«

»Zuweilen stimme ich völlig mit ihnen überein. Und manchmal lehne ich sie völlig ab. Jedenfalls möchte ich mich nicht zu ihrem Richter aufwerfen. Wer bin ich, und wer sind Sie, daß wir sagen könnten, Dov Landaus Entscheidung sei nicht gerechtfertigt? Sie wissen, was man ihm angetan hat. Und Sie irren sich auch in einem anderen Punkt: Wenn er nach Gan Dafna zurückgebracht wird, kann er nur noch mehr Leid über das Mädchen bringen. Dov muß tun, was er tun muß.«

Kitty stand auf, strich ihren Rock glatt, und beide gingen gemeinsam auf das Gartentor zu. »Ja, Ari«, sagte Kitty schließlich, »Sie haben recht.«

Als sie zu seinem Wagen gingen, der vor dem Haus stand, kam Sutherland zu ihnen heran. »Sind Sie länger hier in der Gegend, Ben Kanaan?« fragte er.

»Ich habe in Safed noch einiges zu erledigen, und das möchte ich gern hinter mich bringen.«

»Wollen Sie anschließend nicht wieder herkommen und mit uns zu Abend essen?«

»Ja, eigentlich –«

»Bitte«, sagte Kitty.

»Also gut. Besten Dank.«

»Schön. Kommen Sie wieder her, sobald Sie Ihre Angelegenheiten in Safed erledigt haben.«

Sie winkten ihm nach, während er in raschem Tempo die Straße hinunterfuhr, vorbei an dem Teggart-Fort, bis er schließlich hinter eine Biegung verschwunden war.

»Er, der über Israel wacht, schläft und schlummert nicht«, sagte Kitty.

»Mein Gott, Kitty – sind Sie auch schon soweit, daß Sie aus der Bibel zitieren?« Sie gingen in den Garten hinter dem Haus.

»Er sieht überanstrengt aus«, sagte Kitty.

»Ich finde«, sagte Sutherland, »für einen Mann, der hundertzehn Stunden in der Woche arbeitet, sieht er gut aus.«

»Ich habe noch bei keinem Menschen eine solche Hingabe an seine Sache erlebt – oder sollte man es vielleicht Fanatismus nennen? Ich war übrigens überrascht, Bruce, ihn hier zu sehen. Ich wußte gar nicht, daß Sie mit ihm zu tun haben.«

Sutherland stopfte sich seine Pfeife. »Ich bin eigentlich nicht aktiv beteiligt. Die Hagana hat sich an mich gewandt und mich gebeten, eine Schätzung über die Stärke der arabischen Streitkräfte außerhalb Palästinas aufzustellen. Sie möchten ganz einfach die Meinung eines unparteiischen Fachmanns hören. Übrigens, Kitty, meinen Sie nicht, es wäre allmählich Zeit, daß Sie sich einmal ehrlich klarmachen, wo Sie eigentlich stehen?«

»Ich habe Ihnen doch erklärt, daß ich nicht die Absicht habe, Partei zu ergreifen.«

»Ich fürchte, Kitty, Sie spielen Vogel Strauß. Sie befinden sich in der Mitte eines Schlachtfeldes und sagen: Bitte schießt nicht auf mein Haus, ich habe die Jalousien heruntergelassen.«

»Ich bleibe nicht in Palästina, Bruce.«

»Dann sollten Sie möglichst bald abreisen. Wenn Sie meinen, Sie könnten weiter so hier leben, wie Sie es bisher getan haben, irren Sie sich.«

»Ich kann im Augenblick noch nicht fort. Ich muß noch ein Weilchen warten, bis sich Karen von ihrem Schock erholt hat.«

»Ist das wirklich der einzige Grund?«

Kitty schüttelte den Kopf. »Ich glaube, ich habe Angst vor einer Kraftprobe. Zuweilen bin ich mir völlig sicher, daß ich mit diesem Problem – Karen und Palästina – fertig geworden bin. Doch dann wieder, wie eben in diesem Augenblick, habe ich Angst davor, es auf eine Probe ankommen zu lassen.«

Als Ari zum Essen kam, konnten sie von Sutherlands Haus aus den Vollmond sehen, der über der Stadt stand.

»Drei große Gaben hat der Herr Israel versprochen, doch jede dieser Gaben wird durch Leichen errungen werden. Eine davon ist das Land Israel«, sagte Sutherland. »So sprach Bar Yochai vor zweitausend Jahren. Mir scheint, das war der Ausspruch eines sehr weisen Mannes.«

»Weil wir gerade von klugen Leuten reden«, sagte Ari, »ich fahre morgen nach Tiberias, an den See Genezareth. Sind Sie schon einmal dort gewesen, Kitty?«

»Nein, ich bin bisher leider sehr wenig herumgekommen.«

»Dann sollten Sie sich diesen See einmal ansehen. Und zwar möglichst bald. In ein paar Wochen wird allzu dicke Luft sein.«

»Warum nehmen Sie Kitty dann nicht mit?« sagte Karen.

Für einen Augenblick herrschte verlegenes Schweigen. Dann sagte Ari: »Das – das ist wirklich eine gute Idee. Ich könnte mir meine Arbeit so einteilen, daß ich ein paar Tage Urlaub machen kann. Warum wollen wir eigentlich nicht alle hinfahren, zu viert?«

»Ich habe keine Lust«, sagte Karen. »Ich bin schon zweimal mit unserer Gadna-Jugend hinmarschiert.«

Bruce Sutherland fing den Ball auf, den ihm Karen zugespielt hatte.

»Ohne mich, alter Junge. Ich war schon ein dutzendmal dort.«

»Warum willst du nicht wirklich mit Ari hinfahren?« sagte Karen.

»Ich glaube, es ist besser, wenn ich hier bei dir bleibe«, antwortete Kitty.

»Unsinn«, sagte Sutherland. »Karen und ich kommen wunderbar allein zurecht. Im Gegenteil, es wird direkt eine Wohltat sein, Sie für ein paar Tage los zu sein, ganz abgesehen davon, daß Ari aussieht, als könnte er ein bißchen Ruhe gut gebrauchen.«

Kitty lachte. »Mir scheint, Ari, die beiden stecken unter einer Decke. Und jetzt bleibt Ihnen gar nichts anderes mehr übrig, als mich mitzunehmen.«

»Was mir sehr recht ist«, sagte er.

X

Zeitig am anderen Morgen fuhr Ari mit Kitty zum See Genezareth. Sie kamen in das Ginossar-Tal, das sich an seinem nördlichen Ufer entlangzog. Auf der anderen Seite des Sees erhoben sich über dieser tief unter dem Meeresspiegel gelegenen Stelle die braunen, verwitterten Höhen der syrischen Berge, und die Luft stand schwül über der Erde.

Am Ufer des Sees hielt Ari an und führte Kitty zu den Ruinen der Synagoge von Kapernaum. Hier hatte Jesus gelehrt und Menschen geheilt. Längst vergessene Worte fielen Kitty wieder ein.

»Als nun Jesus an dem galiläischen Meer ging, sah er zween Brüder, Simon, der da heißt Petrus, und Andreas, seinen Bruder, die warfen ihre Netze ins Meer; denn sie waren Fischer. Und er sprach zu ihnen: Folget mir nach; ich will euch zu Menschenfischern machen.«

Es war, als sei Jesus noch immer gegenwärtig. Am Rande des Wassers warfen Fischer ihre Netze aus. Nicht weit davon graste eine kleine Herde schwarzer Ziegen, die von einem in Lumpen gehüllten Hirten bewacht wurde, der sich auf seinen Stock stützte.

Dann führte Ari sie zu der ein kurzes Stück von Kapernaum entfernten Kirche, die die Stelle bezeichnete, wo das Wunder der Speisung der Viertausend stattgefunden hatte. Der Boden der Kirche war mit einem byzantinischen Mosaik geschmückt, auf dem Kormorane dargestellt waren, Reiher, Enten und andere Vögel, die noch heute den See bevölkern.

Danach gingen sie auf den Berg der Seligpreisungen weiter zu einer kleinen Kapelle, die auf der Höhe stand, wo Jesus die Bergpredigt gehalten hatte.

»Selig sind, die um der Gerechtigkeit willen verfolgt werden; denn das Himmelreich ist ihrer. Selig seid ihr, wenn euch die Menschen um meinetwillen schmähen und verfolgen und reden allerlei Übles wider euch, so sie daran lügen. Seid fröhlich und getrost, es wird euch im Himmel wohl belohnet werden. Denn also haben sie verfolget die Propheten, die vor euch gewesen sind.«

Das waren *Seine* Worte, gesprochen an dieser Stelle. Sie fuhren durch das verschlafene Araberdorf Migdal, den Geburtsort der Maria Magdalena. Sie verließen die Ebene von Hattin und fuhren durch ein Land, das mit einem roten Teppich wildwachsender Blumen bedeckt war.

»Wie rot diese Blumen sind«, sagte Kitty. »Halten Sie bitte einen Augenblick an, Ari.«

Er fuhr an den Rand der Straße, und Kitty stieg aus. Sie pflückte eine der Blumen und sah sie sich genauer an. »So etwas habe ich in meinem ganzen Leben noch nicht gesehen«, sagte sie leise und mit unsicherer Stimme.

»In dieser Gegend lebten die alten Makkabäer in Höhlen. Diese Blumen gibt es auf der ganzen Welt nur an dieser Stelle hier. Man nennt sie: Makkabäerblut.«

479

Kitty betrachtete die Blüte, die sie in der Hand hielt. Sie sah aus, als sei sie mit Blutstropfen bedeckt. Kitty ließ sie rasch zu Boden fallen und wischte die Hand an ihrem Rock ab.

Dieses Land überwältigte sie! Nicht einmal die wilden Blumen erlaubten es einem, es einen Augenblick lang zu vergessen. Es kroch in einen hinein, auf der Erde und aus der Luft, und es war quälend und wie ein Fluch.

Kitty Fremont hatte Angst. Ihr wurde klar, daß sie unverzüglich aus Palästina abreisen mußte; denn je mehr sie sich gegen dies Land zur Wehr setzte, desto mehr verfiel sie ihm.

Sie erreichten Tiberias vom Norden her, fuhren durch den modernen jüdischen Vorort Kiryat Schmuel – Samuelsdorf –, kamen wieder an einem großen Teggart-Fort vorbei und fuhren von dem höher gelegenen Vorort in die Altstadt hinunter, die auf gleicher Höhe wie der See lag. Die Häuser waren größtenteils aus schwarzem Basalt, und auf den umliegenden Höhen wimmelte es von den Grabstätten alter berühmter Hebräer.

Sie fuhren durch die Stadt und zu dem am See gelegenen Hotel Galiläa. Es war inzwischen Mittag und sehr heiß geworden. Zum Mittagessen gab es Fisch. Kitty aß nur wenig und sprach kaum ein Wort. Sie wünschte, sie wäre nicht mitgekommen.

»Die heiligste aller heiligen Stätten habe ich Ihnen noch gar nicht gezeigt«, sagte Ari.

»Und welche ist das?«

»Der Kibbuz Schoschana – dort bin ich nämlich geboren.«

Kitty lächelte. Ari hatte offenbar bemerkt, in welcher Verwirrung sie sich befand, und versuchte, sie aufzuheitern. »Wo liegt denn dieser heilige Ort?« fragte sie.

»Einige Meilen von hier, an der Stelle, wo der Jordan in den See mündet. Wie man mir erzählt hat, wäre ich übrigens beinahe in der türkischen Polizeiwache von Tiberias zur Welt gekommen. Im Winter wimmelte es hier in Tiberias von Touristen. Jetzt ist die Saison schon vorüber. Dafür haben wir jedenfalls den See ganz für uns allein. Was halten Sie davon, schwimmen zu gehen?«

»Das scheint mir eine sehr gute Idee«, sagte Kitty.

Neben dem Hotel erstreckte sich ein langer Pier aus Basalt rund vierzig Meter weit in den See. Ari war nach dem Essen als erster dort. Kitty ertappte sich dabei, wie sie seinen Körper betrachtete, als sie vom Hotel zum Pier ging. Er war schlank und trotzdem muskulös. Ari winkte ihr zu.

»Hallo«, rief sie. »Sind Sie schon im Wasser gewesen?«

»Nein, ich habe auf Sie gewartet.«

»Wie tief ist es denn am Ende des Piers?«

»Ungefähr drei Meter. Schaffen Sie es, bis zu dem Floß dort draußen zu schwimmen?«

»Na, wir können ja mal sehen, wer von uns beiden eher dort ist.«

Kitty ließ ihren Bademantel fallen und setzte ihre Badekappe auf. Ari musterte sie unverhohlen. Ihr Körper hatte nicht die eckige Stämmigkeit eines Sabremädchens, sondern weiche Rundungen, wie sie dem Bild der Amerikanerin entsprachen. Ihre Blicke trafen sich, und beide sahen ein bißchen verlegen aus.

Sie rannte an ihm vorbei und sprang ins Wasser. Ari sprang hinterher. Überrascht stellte er fest, daß es ihm nur mit knapper Not gelang, sie einzuholen und wenigstens einen kleinen Vorsprung zu gewinnen. Kitty kraulte in einem eleganten und flüssigen Stil, der ihn nötigte, seine ganze Kraft einzusetzen. Atemlos und lachend kletterten sie auf das Floß.

»Sie haben ein ganz schönes Tempo vorgelegt«, sagte er.

»Ich hatte vergessen, zu erwähnen —«

»Ich weiß, ich weiß – Sie waren auf dem College Mitglied der Schwimmriege der Studentinnen.«

Sie lag auf dem Rücken und atmete tief und befreit. Das kühle Wasser hatte sie erfrischt und schien die Beklommenheit von ihr genommen zu haben.

Es war schon spät am Nachmittag, als sie zum Hotel zurückkehrten. Sie tranken auf der Veranda einen Cocktail und zogen sich dann auf ihre Zimmer zurück, um vor dem Abendessen noch ein wenig auszuruhen.

Ari, der in den letzten Wochen wenig Ruhe gehabt hatte, war sofort eingeschlafen, als er sich hinlegte. Im Zimmer nebenan ging Kitty unruhig auf und ab. Sie hatte die Erregung des Vormittags weitgehend überwunden, doch noch immer war sie ein wenig von der mystischen Gewalt benommen, die dieses Land besaß. Sie sehnte sich danach, zu einem normalen, vernünftigen Leben zurückzukehren, das nach einem bestimmten Plan ablief. Sie redete sich ein, daß das eine Medizin sei, die auch Karen nötiger brauchte als irgend etwas anderes, und sie entschloß sich, diese Frage mit Karen zu besprechen.

Gegen Abend war es angenehm kühl geworden; eine erfrischende Brise drang zum Fenster herein. Kitty begann, sich zum Abendessen umzuziehen. Sie öffnete ihren Kleiderschrank und musterte die drei Kleider, die darin hingen. Etwas zögernd nahm sie schließlich eines davon vom Bügel. Es war das Kleid, das sich Jordana bat Kanaan an dem Tag, an dem sie miteinander Streit bekommen hatten, aus ihrem Kleiderschrank genommen hatte. Sie dachte daran, wie Ari sie heute auf dem Pier angesehen hatte. Es war ihr nicht unangenehm gewesen. Das trägerlose, eng anliegende Kleid betonte ihre Formen.

Alle Männer im Hotel machten große Augen, als Kitty herunterkam; Ari stand wie angewurzelt da, als er sie durch die Halle herankommen sah. Als sie bei ihm angelangt war, wurde ihm plötzlich klar, daß er sie anstarrte. Er faßte sich aber sofort und sagte: »Ich habe eine Überraschung für Sie. Im Kibbuz Ejn Gev, drüben am anderen Ufer, findet heute abend ein Konzert statt. Sobald wir gegessen haben, fahren wir hinüber.«

»Bin ich richtig dafür angezogen?«

»Wie? Oh – doch, das ist genau richtig.«

Als die Motorbarkasse vom Pier ablegte, stieg der volle Mond über den syrischen Bergen herauf und warf eine breite Lichterbahn über die unbewegte Wasserfläche.

»Wie still der See ist«, sagte Kitty.

»Das ist trügerisch. Wenn Gott zürnt, kann er den See innerhalb von Minuten in ein tobendes Wasser verwandeln.«

In einer halben Stunde hatten sie den See überquert und waren am Kai von Ejn Gev gelandet. Diese Siedlung war ein kühnes Wagnis. Sie lag unmittelbar am Fuße der syrischen Berge, vom übrigen Palästina isoliert. Etwas oberhalb lag ein syrisches Dorf, und die Felder von Ejn Gev reichten bis an die syrische Grenze. Der Kibbuz war eine Gründung deutscher Juden, die mit der Einwandererwelle des Jahres 1937 nach Palästina gekommen waren.

Von diesen Neusiedlern aus Deutschland waren viele ursprünglich Musiker gewesen, strebsame und einfallsreiche Leute. Sie hatten die Idee, dem Kibbuz zusätzlich zu Landwirtschaft und Fischfang noch eine weitere Einnahmequelle zu erschließen. Sie bildeten ein Orchester und kauften zwei Barkassen, die die Touristen in der Wintersaison von Tiberias quer über den See zu Konzerten heranbrachten. Die Idee erwies sich als Erfolg. Am Rande des Sees wurde unter freiem Himmel, eingefaßt von einer naturgegebenen Waldkulisse, ein großes Amphitheater errichtet. Außerdem plante man, im Laufe der Jahre einen festen Konzertsaal zu bauen.

Ari breitete am Rande des Amphitheaters auf dem Gras eine Decke aus. Beide legten sich auf den Rücken, blickten hinauf in den Himmel und sahen zu, wie der riesige Mond höher stieg und kleiner wurde und Platz machte für eine Milliarde von Sternen. Das Orchester spielte Beethoven. Kittys innere Spannung löste sich. Ein schönerer Rahmen für diese Musik war nicht denkbar. Es schien geradezu unwirklich, und Kitty wünschte heimlich, es möge kein Ende nehmen.

Als das Konzert vorbei war, nahm Ari sie bei der Hand und führte sie hinweg von der Menge der Zuhörer, einen Weg entlang, der zum Ufer hinunterging. Es war windstill, die Luft war von Pinienduft erfüllt, und der Tiberias-See lag glatt und glänzend wie ein Spiegel. Am Rande des Wassers stand eine Bank aus drei steinernen Platten eines alten Tempels.

Sie setzten sich und sahen hinüber zu den funkelnden Lichtern von Tiberias. Kitty spürte Aris Nähe, sie wandte den Kopf und sah ihn an. Was für ein gutaussehender Mann Ari ben Kanaan war! Sie hatte plötzlich das Verlangen, den Arm um ihn zu legen, seine Wange zu berühren und ihm über das Haar zu streichen. Sie hatte den Wunsch, ihn zu bitten, sich nicht so zu überarbeiten. Sie hätte ihn gern gebeten, nicht länger so verschlossen ihr gegenüber zu sein. Sie hatte den Wunsch, ihm zu sagen, wie ihr zumute war, wenn er in ihrer Nähe war, und sie hätte ihn gern gebeten, nicht so fremd zu sein, sondern zu suchen, ob es für sie beide nicht etwas Gemeinsames gab. Aber Ari ben Kanaan war eben doch ein Fremder, und sie würde niemals wagen, ihm zu sagen, was sie für ihn empfand.

Der See Genezareth bewegte sich sacht und rauschte gegen das Ufer. Ein plötzlicher Wind ließ das Schilf schwanken. Kitty Fremont wandte den Blick von Ari und sah beiseite.

Ein Zittern lief durch ihren Körper, als sie fühlte, wie seine Hand ihre Schulter berührte. »Ihnen wird kalt«, sagte Ari und reichte ihr die Stola. Kitty legte sie um die Schultern. Lange sahen sie sich schweigend an.

Plötzlich stand Ari auf. »Mir scheint, die Barkasse kommt zurück«, sagte er. »Wir müssen gehen.«

Als die Barkasse vom Ufer ablegte, verwandelte sich der See Genezareth plötzlich, wie Ari es vorausgesagt hatte, in ein wogendes Meer. Der Schaum brach über den Bug herein und sprühte über das Deck. Ari legte den Arm um Kittys Schultern und zog sie an sich, um sie vor dem Sprühregen zu schützen.

Während der ganzen Fahrt über den See stand Kitty mit geschlossenen Augen, den Kopf an seine Brust gelehnt, und hörte den Schlag seines Herzens.

Hand in Hand gingen sie vom Pier zum Hotel. Unter der Weide, die ihre Zweige wie einen riesigen Schirm ausbreitete und bis in das Wasser des Sees hängen ließ, blieb Kitty stehen. Sie versuchte, zu sprechen, doch ihre Stimme versagte, und sie bekam kein Wort heraus.

Ari strich ihr das nasse Haar aus der Stirn. Er ergriff sie sanft bei den Schultern, und die Muskeln seines Gesichts spannten sich, während er sie an sich zog. Kitty hob ihm ihr Gesicht entgegen.

»Ari«, flüsterte sie, »küß mich bitte.«

Alles, was monatelang geschwelt hatte, loderte bei dieser ersten Umarmung flammend auf. Sie küßten sich wieder und wieder, Kitty preßte sich an ihn und spürte die Kraft seiner Arme. Dann lösten sie sich voneinander und gingen schweigend nebeneinander her zum Hotel.

Vor der Tür zu ihrem Zimmer blieb Kitty stehen, befangen und verwirrt. Ari wollte zu seinem Zimmer weitergehen, doch sie ergriff seine Hand und zog ihn an sich. Einen Augenblick lang standen sie sich wortlos gegenüber. Dann nickte Kitty ihm zu, wandte sich ab, ging rasch in ihr Zimmer und schloß die Tür hinter sich.

Sie zog sich aus, ohne Licht zu machen, schlüpfte in ein Nachthemd und ging zu dem Balkon ihres Zimmers, von wo sie das Licht in Aris Zimmer sehen konnte. Sie konnte seine Schritte hören. Das Licht ging aus. Kitty wich in die Dunkelheit zurück. Im nächsten Augenblick sah sie ihn auf dem Balkon ihres Zimmers stehen.

Sie lief in seine Arme, drängte sich an ihn und hielt ihn umschlungen, zitternd vor Sehnsucht. Seine Küsse bedeckten ihr Gesicht, ihren Mund, ihre Wangen und ihren Hals, und sie erwiderte Kuß um Kuß, mit einer Leidenschaft und Unersättlichkeit, wie sie noch nie einen Mann geküßt hatte. Ari hob sie hoch, trug sie in seinen Armen zum Bett, legte sie darauf nieder und kniete sich neben sie.

Kitty war auf einmal verzagt. Sie krampfte ihre Hände in das Laken und wand sich schluchzend unter seinen Liebkosungen. Dann entzog sie sich heftig und unvermittelt seinen Armen und erhob sich taumelnd. »Nein«, sagte sie, nach Luft schnappend.

Ari erstarrte.

Kitty schossen die Tränen in die Augen, sie drückte sich mit dem Rücken gegen die Wand, um das Zittern zu überwinden und sank dann auf einen Stuhl. Es dauerte eine Weile, bis das Beben nachließ und ihr Atem ruhiger wurde. Ari stand vor ihr und sah sie wortlos an.

»Sie müssen mich hassen«, sagte sie schließlich.

Ari sagte nichts. Sie blickte zu ihm auf und sah den verletzten Ausdruck seines Gesichts.

»Reden Sie, Ari, sagen Sie es. Sagen Sie irgend etwas.«

Er blieb stumm.

Kitty stand langsam auf und sah ihn an. »Ich will das nicht, Ari. Ich mag nicht, daß man mich einfach schwach macht und nimmt. Vermutlich lag es nur an dem Mondschein –«

»Ich hatte wirklich nicht angenommen, daß ich einer widerspenstigen Jungfrau den Hof machte«, sagte er.

»Ari, bitte –«

»Ich habe keine Zeit für Spiele und Koseworte. Ich bin ein erwachsener Mann, und Sie sind eine erwachsene Frau.«

»Wie gut Sie es zu formulieren verstehen.«

»Wenn Sie nichts dagegen haben, werde ich mich jetzt entfernen«, sagte er kühl.

Kitty zuckte zusammen, als er die Tür mit einem Ruck geschlossen hatte. Lange stand sie an der Balkontür und sah auf das Wasser hinaus. Der See war böse, und der Mond verschwand hinter einer dunklen Wolke.

Kitty war wie betäubt. Warum war sie vor ihm geflohen? Noch nie hatte sie für einen Mann ein so starkes Gefühl gehabt, und noch nie hatte sie wie hier die Herrschaft über sich selbst so völlig verloren. Sie war überzeugt, daß Ari ben Kanaan kein ernstliches, tiefes Verlangen nach ihr hatte. Für eine Nacht, ja, aber sonst brauchte er sie nicht, und noch nie hatte ein Mann sie so behandelt wie er.

Doch dann wurde ihr klar, daß es gerade ihr starkes Gefühl für ihn war, wovor sie geflohen war, diese Sehnsucht nach Ari, die imstande war, sie dazu zu bringen, in Palästina zu bleiben. Sie durfte es nie wieder so weit kommen lassen. Sie war entschlossen, mit Karen nach Amerika zurückzukehren, und nichts sollte sie daran hindern! Sie war sich klar darüber, daß sie vor Ari Angst hatte; denn Ari konnte ihr gefährlich werden. Falls er nur die geringsten Anzeichen dafür erkennen ließ, daß er sie wirklich liebte, dann würde sie kaum die Kraft haben – doch der Gedanke an seine Kälte und Härte bestärkte sie in ihrem Entschluß, fest zu bleiben, gab ihr ihre Sicherheit wieder und machte sie, seltsamerweise, gleichzeitig traurig.

Sie warf sich auf ihr Bett und fiel in einen Schlaf der Erschöpfung, während der Wind, der über das Wasser herankam, an ihrem Fenster rüttelte.

Am nächsten Morgen war es windstill, und der See war wieder glatt. Kitty schlug die Decke zurück, sprang aus dem Bett, und ihr fiel alles wieder ein. Sie errötete. Was geschehen war, erschien ihr jetzt nicht mehr so schrecklich, doch sie war beschämt. Sie hatte eine Szene gemacht, und zweifellos hatte Ari das Ganze reichlich dramatisch und zugleich kindisch gefunden. Es war alles ihre Schuld gewesen; sie wollte es wieder gutmachen, indem sie sich mit ihm in aller Ruhe und mit aller Klarheit auseinandersetzte.

Sie zog sich rasch an und ging in den Frühstücksraum hinunter, um auf Ari zu warten. Sie überlegte sich die Worte, mit denen sie ihn um Entschuldigung bitten wollte.

So saß sie eine halbe Stunde, trank ihren Kaffee und wartete. Ari kam nicht. Sie drückte die dritte Zigarette im Aschenbecher aus und ging durch die Halle zum Empfang.

»Haben Sie Mr. Ben Kanaan heute früh gesehen?« fragte sie den Portier.

»Mr. Ben Kanaan ist um sechs Uhr weggefahren.«

»Hat er gesagt, wohin?«

»Mr. Ben Kanaan sagt nie, wohin er fährt.«

»Vielleicht hat er irgendeine Nachricht für mich hinterlassen?«

Der Portier drehte sich um und zeigte auf das leere Schlüsselfach.

»Ich sehe schon – ja, also – besten Dank.«

XI

Dov Landau fand ein Zimmer in einem viertklassigen Hotel in der Jerusalemer Altstadt. Wie man ihm geraten hatte, begab er sich in das auf der Nablus-Straße gelegene Saladin-Café und hinterließ dort seinen Namen und seine Hoteladresse zur Weiterleitung an Bar Israel.

Er versetzte die goldenen Ringe und Armbänder, die er in Gan

Dafna gestohlen hatte, und ging daran, sich in Jerusalem zu orientieren. Für die Ghetto-Ratte und den einstigen Meisterdieb von Warschau war das eine Kleinigkeit. Innerhalb von drei Tagen kannte Dov jede Straße und jede Gasse in der Altstadt und den umliegenden Geschäftsvierteln. Mit seinen scharfen Augen und seinen flinken Händen brachte er genügend Wertgegenstände an sich, um seinen Lebensunterhalt bestreiten zu können. Sich durch die engen Gäßchen und die überfüllten Basare zu verdrücken, war für ihn geradezu lächerlich einfach.

Einen großen Teil seines Geldes gab er für Bücher und Zeichenmaterial aus. In den vielen Buchhandlungen der Jaffastraße suchte er nach Büchern über Kunst, Architektur und Planzeichnen.

Mit seinen Büchern und seinem Zeichenmaterial, ein paar getrockneten Früchten und einigen Flaschen Limonade schloß er sich in seinem Hotelzimmer ein und wartete darauf, daß sich die Makkabäer mit ihm in Verbindung setzten. Nachts arbeitete er bei Kerzenlicht. Von dem prächtigen Bild draußen vor seinem Fenster, dem Blick auf den Felsendom und die Klagemauer, sah er nichts. Er las, bis ihm die Augen brannten und er nicht weiterlesen konnte. Dann legte er das Buch auf seine Brust, starrte zur Decke und dachte an Karen. Er hatte nicht geahnt, daß sie ihm so sehr fehlen würde, und er hatte sich auch nicht vorstellen können, daß ihm die Sehnsucht nach ihr physischen Schmerz verursachen könnte. Karen war so lange in seiner Nähe gewesen, daß er vergessen hatte, wie es war, von ihr entfernt zu sein. Er erinnerte sich an jeden Augenblick, den er mit ihr erlebt hatte, an die Wochen in Caraolos, und an die Tage auf der *Exodus,* als sie neben ihm im Raum des Schiffes gelegen hatte. Er erinnerte sich daran, wie glücklich sie gewesen war und wie schön sie ausgesehen hatte an dem ersten Tage in Gan Dafna. Er dachte an ihr freundliches, ausdrucksvolles Gesicht, die safte Berührung ihrer Hand und den scharfen Ton ihrer Stimme, wenn sie böse war.

Zwei Wochen lang verließ Dov sein Zimmer nur, wenn es unbedingt nötig war. Am Ende der zweiten Woche brauchte er wieder etwas Geld und ging in die Stadt, um einige Ringe zu versetzen. Als er das Gebäude, in dem sich das Leihhaus befand, wieder verlassen wollte, sah er in der Dunkelheit neben dem Tor einen Mann stehen. Dov schloß die Hand um den Griff seiner Pistole und ging weiter, bereit, bei dem geringsten Geräusch herumzufahren.

»Stehenbleiben, nicht umdrehen«, befahl eine Stimme aus der Dunkelheit.

Dov blieb wie angewurzelt stehen.

»Du hast nach Bar Israel gefragt. Was willst du von ihm?«

»Sie wissen, was ich will.«

»Wie heißt du?«

»Landau, Dov Landau.«

»Woher kommst du?«

»Aus Gan Dafna.«

»Wer hat dich geschickt?«

»Mordechai.«

»Wie bist du nach Palästina gekommen?«

»Mit der *Exodus.*«

»Geh weiter, hinaus auf die Straße, und sieh dich nicht um. Man wird sich mit dir in Verbindung setzen.«

Nachdem der Kontakt hergestellt war, wurde Dov unruhig. Er war kurz davor, alles hinzuschmeißen und nach Gan Dafna zurückzukehren. Er hatte schreckliche Sehnsucht nach Karen. Er fing ein halbes Dutzend Briefe an sie an und zerriß alle wieder.

Er lag in seinem Zimmer auf dem Bett und las. Die Augen fielen ihm zu. Doch dann fuhr er wieder hoch und brannte neue Kerzen an: falls er einschlief und der alte schreckliche Alptraum wieder über ihn kommen sollte, wollte er nicht in einem dunklen Zimmer aufwachen.

Plötzlich klopfte es an der Tür. Dov sprang auf, nahm seine Pistole und stellte sich dicht neben die verschlossene Tür.

»Gut Freund«, sagte eine Stimme von draußen. Dov erkannte die Stimme des Mannes, der in der Dunkelheit mit ihm gesprochen hatte. Er machte die Tür auf. Niemand war zu sehen. »Dreh dich um und stell dich mit dem Gesicht zur Wand«, befahl die Stimme des Unsichtbaren. Dov gehorchte. Hinter sich spürte er die Anwesenheit von zwei Männern. Die Augen wurden ihm verbunden, und zwei Händepaare führten ihn die Treppe zu einem wartenden Wagen hinunter. Dov mußte sich hinten auf den Boden legen, eine staubige Decke wurde über ihm ausgebreitet; der Wagen fuhr los und entfernte sich mit hoher Geschwindigkeit aus der Altstadt.

Dov konzentrierte sich darauf, herauszubekommen, wohin sie fuhren. Der Wagen bog mit kreischenden Reifen in die König-Salomon-Straße und fuhr die Via Dolorosa entlang zum Stephanstor. Das festzustellen war ein Kinderspiel für Dov Landau, der sich in der Dunkelheit der Kanäle unterhalb von Warschau auf hundert verschiedenen Wegen zurechtgefunden hatte. Der Fahrer schaltete einen niedrigeren Gang ein, um eine Steigung zu nehmen. Nach Dovs Schätzung mußten sie am Grab der Jungfrau vorbei zum Ölberg fahren. Die Straße wurde flach, und Dov wußte, daß sie auf dem Skopusberg waren und an der Hebräischen Universität und dem Gebäudekomplex der Hadassa vorbeifuhren. Nach weiteren zehn Minuten Fahrt hielt der Wagen an, und Dov berechnete fast bis auf den Häuserblock genau, wo sie waren: im Sanhedriya-Viertel, in unmittelbarer Nähe der Grabmäler der Sanhedrin, der Mitglieder des Ältestenrates im alten Israel.

Man führte ihn in den verrauchten Raum eines Hauses, wo man ihn aufforderte, auf einem Stuhl Platz zu nehmen. Er spürte die Anwesenheit von wenigstens fünf oder sechs Leuten. Zwei Stunden lang wurde Dov ins Verhör genommen. Von allen Seiten wurden in schneller Folge zahllose Fragen an ihn gerichtet, bis er vor Nervosität zu schwitzen anfing. Dabei ging ihm allmählich ein Licht auf. Durch ihren unfehlbaren Geheimdienst hatten die Makkabäer in Erfahrung gebracht, daß Dov ein ungewöhnlich begabter Fälscher war. Er wurde bei den Makkabäern dringend gebraucht. Die Leute, die ihn ausfragten, waren offenbar hohe Makkabäer, vielleicht sogar ihre führendsten Gestalten. Schließlich schien man sich von Dovs Fähigkeiten und seiner Zuverlässigkeit hinreichend überzeugt zu haben.

»Da vor dir ist ein Vorhang«, sagte eine Stimme. »Strecke deine Hände durch diesen Vorhang.«

Dov tat es. Eine seiner Hände wurde auf eine Pistole, die andere auf eine Bibel gelegt. Dann mußte er den Schwur der Makkabäer nachsprechen:

»Ich, Dov Landau, gelobe hiermit, meinen Körper, meine Seele und mein ganzes Sein vorbehaltlos und uneingeschränkt dem Kampf der Makkabäer für die Freiheit zu weihen. Jedem Befehl werde ich bedingungslos Gehorsam leisten. Ich werde mich der Autorität unterwerfen, die über mich zu bestimmen hat. Selbst wenn man mich zu Tode foltern sollte, werde ich niemals den Namen eines anderen Makkabäers oder die mir anvertrauten Geheimnisse verraten. Ich werde bis zum letzten Atemzug gegen die Feinde des jüdischen Volkes kämpfen. Ich werde in diesem heiligen Kampfe nicht nachlassen bis zur Verwirklichung eines jüdischen Staates beiderseits des Jordans, auf den mein

Volk ein geschichtliches Anrecht hat. Mein Wahlspruch soll sein: Leben um Leben, Auge um Auge, Zahn um Zahn, Hand um Hand, Brandmal um Brandmal. Das alles schwöre ich im Namen Abrahams, Isaaks und Jakobs, im Namen von Sara, Rebekka, Rachel und Lea, im Namen der Propheten und all der Juden, die man umgebracht hat, und aller meiner tapferen Brüder und Schwestern, die für die Freiheit gestorben sind.«

Dov Landau wurde die Binde von den Augen genommen; die Kerzen der Menora, die vor ihm standen, wurden ausgeblasen, und das Licht im Raum ging an. Dov sah sechs Männer und zwei Frauen vor sich. Sie begrüßten ihn mit Handschlag und nannten ihm ihre Namen. Der alte Akiba war selbst anwesend, Ben Mosche war da und Nachum ben Ami, Davids Bruder.

»Deine Fähigkeiten sind für uns von großem Wert, Dov Landau«, sagte Akiba. »Das ist der Grund, weshalb wir dich ohne die sonst übliche Vorbereitung aufgenommen haben.«

»Ich bin nicht zu den Makkabäern gegangen, um Bilder zu malen«, sagte Dov heftig.

»Du wirst tun, was man dir sagt«, entgegnete Ben Mosche.

»Du bist jetzt Makkabäer, Dov«, sagte Akiba. »Dadurch bist du berechtigt, dir den Namen eines hebräischen Heroen zuzulegen. Hast du einen solchen Namen im Sinn?«

»Giora«, sagte Dov.

Einige der Anwesenden lachten. Dov knirschte mit den Zähnen.

»Giora?« sagte Akiba. »Tut mir leid, aber da sind andere vor dir dran.«

»Wie wäre es mit Kleiner Giora«, sagte Nachum ben Ami, »bis Dov eines Tages vielleicht der Große Giora werden kann?«

»Das wird nicht lange dauern, wenn ihr mir die Chance dazu gebt.«

»Du wirst eine Fälscherwerkstatt einrichten«, sagte Ben Mosche, »und mit uns ziehen. Wenn du dich gut führst und tust, was man dir sagt, dann darfst du vielleicht ab und zu auch bei einer unserer Unternehmungen mitmachen.«

Major Fred Caldwell saß im britischen Offiziersclub in Jerusalem und spielte Bridge. Doch es fiel ihm schwer, sich auf das Spiel zu konzentrieren. Seine Gedanken gingen immer wieder zur Dienststelle der CID und der gefangenen Makkabäerin zurück, die dort seit drei Tagen verhört wurde. Sie hieß Ayala, war Anfang Zwanzig und sehr hübsch. Jedenfalls war sie es gewesen, bevor das Verhör begonnen hatte. Sie war standhaft geblieben und hatte für die Beamten der CID nur Verachtung übrig gehabt. Doch heute morgen war ihnen ihre Geduld gerissen, und sie hatten begonnen, Ayala verschärft zu vernehmen.

»Sie sind dran, Freddy«, sagte sein Partner, der ihm am Tisch gegenübersaß.

Caldwell warf einen raschen Blick auf seine Karten. »Entschuldigen Sie«, sagte er und spielte aus, aber schlecht. Er dachte an den Inspektor, der über Ayala stand und ihr mit einem Gummischlauch ins Gesicht schlug. Er hörte, wie es wieder und wieder knallte, bis ihr Nasenbein gebrochen, die Augen dunkelblau angeschwollen und die Lippen geplatzt waren. Doch Ayala war stumm geblieben. Eine Ordonnanz kam an den Tisch. »Verzeihung, Herr Major – Sie werden am Apparat verlangt.«

»Entschuldigt mich, Jungs«, sagte Freddy, legte die Karten verdeckt auf den Tisch und ging zum Telefon. Er nahm den Hörer und sagte: »Hier Caldwell.«

»Hallo, Sir – hier spricht der Sergeant von der Wache bei der CID. Inspektor Parkington hat mich gebeten, Sie sofort anzurufen. Er läßt Ihnen sagen, die Makkabäerin sei bereit, auszupacken, und Sie möchten doch gleich mal rüberkommen.«

»In Ordnung«, sagte Caldwell.

»Inspektor Parkington hat schon einen Fahrer losgeschickt, der Sie abholt, Sir. Der Wagen wird in einigen Minuten bei Ihnen sein.«

Caldwell ging an den Bridgetisch zurück. »Tut mir leid, Jungs, aber ich muß fort. Die Pflicht ruft.«

»Das ist Pech, Freddy.«

Was heißt hier Pech, dachte Freddy. Er freute sich darauf. Er trat vor die Tür. Die Posten salutierten. Ein Wagen hielt an, ein Soldat, der am Steuer gesessen hatte, sprang heraus, ging auf Caldwell zu und legte die Hand an die Mütze.

»Major Caldwell?«

»So ist es, mein Sohn.«

»Ihr Wagen von der CID, Sir.«

Der Soldat ging zum Wagen und öffnete die hintere Tür. Caldwell stieg ein, der Soldat rannte um den Wagen herum, setzte sich ans Steuer und fuhr los. Bei der zweiten Querstraße fuhr der Fahrer an den Rinnstein heran und verlangsamte die Fahrt. Im nächsten Augenblick wurden die Türen aufgerissen, drei Männer sprangen herein, schlugen die Türen zu, und der Wagen nahm seine alte Geschwindigkeit wieder auf.

Caldwell schnürte es die Kehle vor Angst zu. Er schrie auf und wollte sich auf Ben Mosche stürzen. Der Makkabäer, der vorn neben dem Fahrer saß, drehte sich herum und versetzte ihm einen Schlag mit der Pistole.

»Ich verlange Auskunft, was das Ganze bedeuten soll!« sagte Caldwell, der vor Angst die Augen weit aufriß.

»Sie scheinen beunruhigt zu sein, Major Caldwell«, sagte Ben Mosche.

»Halten Sie augenblicklich an und lassen Sie mich heraus.«

»Auf dieselbe Weise etwa wie einen vierzehnjährigen Jungen namens Ben Solomon in einem Araberdorf, wären Sie damit einverstanden? Sehen Sie, Major Caldwell, Ben Solomons Geist hat aus dem Grabe gerufen und uns aufgefordert, den Schuldigen zur Rechenschaft zu ziehen.«

Caldwell brach der Schweiß aus, es brannte ihn in den Augen.

»Das ist eine Lüge – eine Lüge!«

Ben Mosche legte etwas auf Caldwells Knie und richtete den Schein seiner Taschenlampe darauf. Es war eine Fotografie des enthaupteten Ben Solomon.

Caldwell begann zu wimmern und um Gnade zu bitten. Er knickte zusammen und erbrach sich vor Angst.

»Es sieht aus, als sei Major Caldwell geneigt, einiges zu erzählen«, sagte Ben Mosche. »Es ist wohl das Beste, wir bringen ihn zu unserem Hauptquartier, damit er uns mitteilen kann, was er weiß, ehe wir das Konto Ben Solomon begleichen.«

Caldwell platzte mit allem heraus, was ihm von den militärischen Plänen der Engländer und der Tätigkeit der CID bekannt war und unterschrieb anschließend eine Erklärung, worin er seine Schuld an dem Tode Ben Solomons eingestand.

Drei Tage nach Major Caldwells Entführung fand man seine Leiche auf dem Zionsberg in der Nähe der alten Stadtmauer. An der Leiche war eine Fotografie Ben Solomons und eine Fotokopie von Caldwells Geständnis befestigt, und quer über den Text dieses Dokumentes waren die Worte geschrieben: *Auge um Auge, Zahn um Zahn.*

XII

Die Nachricht von Major Caldwells Ermordung schlug wie eine Bombe ein. Zwar schien niemand die Berechtigung dieser Vergeltung zu bezweifeln, doch fanden viele, daß die Makkabäer mit ihren Methoden zu weit gingen.

In England, wo man die gesamte Situation mit steigendem Unbehagen beobachtete, übte die öffentliche Meinung einen Druck auf die Labour-Regierung aus, um sie zu veranlassen, das Mandat niederzulegen. In Palästina waren die Engländer erbittert und beunruhigt.

Zwei Tage, nachdem Caldwells Leiche gefunden worden war, starb ein von den Engländern gefangener Makkabäer. Es war das Mädchen Ayala, das nach den schweren Mißhandlungen während der ›verschärften Vernehmung‹ verblutet war. Als die Makkabäer von Ayalas Tod erfuhren, begannen sie einen vierzehntägigen Vergeltungsfeldzug, der alle ihre bisherigen Aktionen in den Schatten stellen sollte. Jerusalem taumelte bald unter den Schlägen des Terrors, der zuletzt mit einem bei hellichtem Tage geführten Angriff gegen das Hauptquartier der CID ihren Höhepunkt erreichte. Während dieser vierzehntägigen Hölle, bei der der ganze aufgestaute Zorn der Makkabäer zum Ausdruck kam, kämpfte Dov Landau mit einer geradezu selbstmörderischen Tapferkeit, die selbst die härtesten Makkabäer in Erstaunen versetzte. Er nahm an vier Angriffen teil und war schließlich sogar einer der Führer der Aktion gegen das CID-Hauptquartier. Durch seinen in diesen vierzehn Tagen bewiesenen Mut begann der Name des ›Kleinen Giora‹ als der eines furchtlosen Freiheitskämpfers fast legendär zu werden.

Ganz Palästina hielt Tag für Tag in Erwartung des nächsten Schlages, der kommen würde, den Atem an. General Arnold Haven-Hurst, der anfänglich ganz betäubt war, schritt aber sehr bald zu harten Maßnahmen gegen den Jischuw. Er verhängte Ausnahmezustand und Kriegsrecht, führte Ausgangs- und Straßensperren ein, ließ zahlreiche Haussuchungen vornehmen und Siedlungen, in denen Waffen vermutet wurden, gründlich durchkämmen. Tagein, tagaus patrouillierten britische Truppen durch die Straßen der jüdischen Städte – in ständiger Befürchtung eines neuen Angriffs, der jederzeit aus irgendeinem Hinterhalt kommen konnte. In seiner Abschreckungskampagne, die

Handel und Industrie fast zum Erliegen brachte, scheute er selbst vor Exekutionen nicht zurück.

Gleichzeitig mit der Aktion der Makkabäer hatte Aliyah Bet drei weitere Schiffe mit illegalen Einwanderern nach Palästina gebracht. Obwohl die illegale Einwanderung nicht so auffällig war, schädigte sie das britische Ansehen jedoch im gleichen Ausmaß wie der Terror. Der Untersuchungsausschuß der UNO war in Kürze zu erwarten. Haven-Hurst beschloß, den Jischuw kleinzukriegen, bevor die internationale Delegation eintraf. Der General besaß eine Liste von Offizieren und Angehörigen des Mannschaftsstandes, die wegen ihrer ausgesprochenen antisemitischen Aktivität bekannt waren. Er überprüfte die Liste persönlich und wählte sechs der übelsten Burschen aus: zwei Offiziere und vier aktive Unteroffiziere. Die sechs mußten sich in seiner in den Schneller-Kasernen gelegenen Dienstwohnung melden, wurden zu absoluter Geheimhaltung verpflichtet und mit einer Sonderaktion betraut. Fünf Tage lang wurde die Sache geplant. Am sechsten Tag startete Haven-Hurst das Unternehmen, durch das er die Situation mit einem letzten, verzweifelten Schlag retten wollte.

Die sechs Leute wurden als Araber getarnt. Zwei von ihnen fuhren mit einem Lastwagen, der zwei Tonnen Dynamit geladen hatte, die King-George-Avenue entlang und auf das Gelände der Zionistischen Siedlungsgesellschaft zu. Unmittelbar vor der Auffahrt, die zu dem Haupteingang führte, hielt der Wagen an. Der als Araber verkleidete Fahrer stellte das Steuerrad fest, schaltete den Gang ein und stellte den Gashebel auf Vollgas. Die beiden Männer sprangen von dem rasenden Wagen und verschwangen.

Der Wagen brauste über die Straße, fuhr durch das offene Tor und die Auffahrt entlang. Dabei kam er seitlich aus der Fahrtrichtung, kippte über den Rand der Auffahrt und stieß unmittelbar neben dem Haupteingang gegen die Mauer. Die zwei Tonnen Dynamit detonierten donnernd, und das Gebäude der Zionistischen Siedlungsgesellschaft existierte nicht mehr.

Gleichzeitig versuchten zwei andere Männer mit einem anderen Lastwagen, der gleichfalls Dynamit geladen hatte, das gleiche Manöver zwei Querstraßen weiter bei dem Gebäude des Jischuw-Zentralrats. Der Zentralrat hielt gerade eine Versammlung ab. In dem Gebäude befanden sich fast alle führenden Männer und Frauen des Jischuw.

Der Lastwagen, der auf dieses zweite Gebäude losfuhr, mußte im letzten Augenblick die Bordschwelle eines Bürgersteigs nehmen. Als er gegen die Kante stieß, wurde er so weit aus seiner Richtung gebracht, daß er das Gebäude des Zentralrats verfehlte und ein daneben liegendes Wohnhaus in die Luft jagte.

Die vier Attentäter flohen in zwei Wagen, die von den anderen zwei Männern des Teams gefahren wurden. Sie brausten eilig davon und begaben sich in Sicherheit.

Im Gebäude der Zionistischen Siedlungsgesellschaft fanden hundert Menschen den Tod. Von den Angehörigen des Jischuw-Zentralrats war niemand ums Leben gekommen. Unter den Todesopfern befand sich Harriet Salzmann, die achtzigjährige Leiterin der Jugend-Aliyah.

Unmittelbar nach den beiden Explosionen machten sich die Geheimdienste der Hagana und der Makkabäer an die Arbeit, die Täter zu ermitteln. Bis zum Abend desselben Tages hatten beide Organisationen festgestellt, daß es sich bei den ›Arabern‹ um englische Soldaten gehandelt hatte. Sie waren außerdem in der Lage, die Urheberschaft der Aktion bis zu Arnold Haven-Hurst zurückzuverfolgen, wenn sie hierfür auch keine schlüssigen Beweise hatten.

Haven-Hursts verzweifelter Versuch, die führenden Köpfe des Jischuw mit einem Schlag aus dem Weg zu räumen, hatte den gegenteiligen Erfolg. Unter den Juden in Palästina entstand durch diese Aktion eine Einigkeit, wie es sie bisher noch nie gegeben hatte, und die beiden bisher getrennten Streitkräfte, die Hagana und die Makkabäer, wurden gezwungen, sich zu einigen. Die Hagana war in den Besitz einer Abschrift des ›Zwölf-Punkte-Programms‹ Haven-Hursts gekommen.

Wem es bis dahin noch nicht klar gewesen sein sollte, dem hatte jetzt die geglückte Zerstörung der Zionistischen Siedlungsgesellschaft und der mißglückte Versuch, das Gebäude des Zentralrats in die Luft zu sprengen, klar und eindeutig gezeigt, daß Haven-Hurst die Absicht hatte, die Juden in Palästina zu vernichten. Avidan schickte Seew Gilboa nach Jerusalem mit dem Auftrag, Bar Israel aufzusuchen und eine Zusammenkunft mit den Führern der Makkabäer zu verabreden.

Die Zusammenkunft fand um ein Uhr nachts auf offenem Felde statt, an der Stelle, an der sich einstmals das Lager der zehnten römischen Legion befunden hatte. Vier Männer waren dabei anwesend: von den Makkabäern Akiba und Ben Mosche, von der Hagana Avidan, und Seew Gilboa für den Palmach. Zwischen den beiden Parteien wurden weder Händedrucke noch freundliche Worte gewechselt. Voller Mißtrauen standen sie sich in der Dunkelheit gegenüber. Die Nachtluft war kalt.

»Ich habe um diese Zusammenkunft gebeten«, sagte Avidan, »um zu prüfen, ob es irgendeine Grundlage für eine engere Zusammenarbeit zwischen uns gibt.«

»Ach, Sie möchten wohl gern, daß wir uns Ihrer Befehlsgewalt unterstellen?« fragte Ben Mosche mißtrauisch.

»Ich habe es längst aufgegeben, Einfluß auf die Handlungen der Makkabäer ausüben zu wollen«, sagte Avidan. »Ich bin nur der Meinung, daß es die gegenwärtige Situation erfordert, alle Kräfte zu einer höchsten Anstrengung zu konzentrieren. Ihr verfügt über starke Kräfte in den drei Städten und seid in der Lage, beweglicher zu operieren, als wir das können.«

»Das also ist der wahre Grund«, sagte Akiba bissig. »Ihr möchtet, daß wir für euch die Kastanien aus dem Feuer holen.«

»Laß ihn ausreden, Akiba«, sagte Ben Mosche.

»Mir gefällt die ganze Sache nicht. Ich war von Anfang an gegen diese Zusammenkunft, Ben Mosche. Diese Leute haben uns bisher verraten und verkauft und werden es auch weiter tun.«

Avidans Gesicht lief bei diesen Worten des alten Mannes dunkel an. »Ich habe mich entschlossen«, sagte er, »mir heute nacht deine Beleidigungen anzuhören, Akiba, weil im Augenblick zuviel auf dem Spiele steht. Ich verlasse mich darauf, daß du trotz aller Differenzen, die zwischen uns bestehen, Jude bist und dein Land liebst.« Er überreichte Akiba einen Durchschlag der ›Zwölf Punkte‹ Haven-Hursts.

Akiba gab das Dokument Ben Mosche, der den Schein seiner Taschenlampe darauf richtete.

»Vor vierzehn Jahren schon habe ich gesagt, die Engländer seien unsere Feinde. Du wolltest es mir damals nicht glauben«, sagte Akiba leise.

»Ich bin nicht hergekommen, um über Politik zu streiten. Wollt ihr mit uns zusammenarbeiten, ja oder nein?« fragte Avidan.

»Wir wollen es versuchen«, sagte Ben Mosche.

Nach dieser Zusammenkunft machten sich Gruppen von Verbindungsleuten an die Arbeit, den Plan für eine gemeinsame Aktion von Hagana und Makkabäern auszuarbeiten. Zwei Wochen später bekamen die Engländer die Antwort auf ihre Sprengstoffanschläge. In einer einzigen Nacht zerstörte die Hagana sämtliche Gleisanlagen und legte jeden Zugverkehr nach oder aus Palästina lahm. In der nächsten Woche brachen die Makkabäer in die Gebäude von sechs englischen Botschaften und Konsulaten in den Mittelmeerländern ein und zerstörten Aktenmaterial, das der Bekämpfung der illegalen Einwanderung nach Palästina diente. Gleichzeitig unterbrach der Palmach an fünfzehn Stellen die Ölleitung vom Mossul-Gebiet nach Haifa.

Dann machten sich die Makkabäer daran, den Plan für die letzte und entscheidende Aktion auszuarbeiten: ein Attentat auf General Sir Arnold Haven-Hurst. Angehörige der Makkabäer bewachten Tag und Nacht die Schneller-Kasernen. Sie registrierten alles, was hineinging und herauskam, führten Buch über den Zeitpunkt der Ankunft und Abfahrt aller PKW und Lastwagen und stellten einen bis in alle Einzelheiten gehenden Grundriß des gesamten Gebäudekomplexes her.

Nach vier Tagen sah es so aus, als sei einfach nichts zu machen. Haven-Hurst saß in der Mitte einer Festung, von Tausenden von Soldaten umgeben. Niemand, der nicht zum britischen Personal gehörte, durfte auch nur in die Nähe seiner Büroräume und seiner Dienstwohnung. Wenn Haven-Hurst diese Festung verließ, dann geschah es heimlich und unter schwerer Bewachung. Die Makkabäer würden hundert Leute verlieren, wenn sie diesen Geleitschutz angriffen.

Doch dann entdeckte man eine verwundbare Stelle dieser scheinbar uneinnehmbaren Festung. Man stellte fest, daß ein Privatwagen etwa dreimal in der Woche kurz nach Mitternacht die Schneller-Kaserne verließ und kurz vor Tagesanbruch wieder dorthin zurückkehrte. In dem Wagen war nur ein Fahrer in Zivilkleidung zu sehen. Die Regelmäßigkeit, mit der dieser Privatwagen zu dieser ungewöhnlichen Zeit fortfuhr und zurückkam, ließ ihn verdächtig erscheinen.

Die Makkabäer machten sich daran, den Eigentümer dieses Wagens festzustellen: Es war eine reiche arabische Familie. Sie stellten fest, daß dieser Araber mit den Engländern zusammenarbeitete und man durch ihn an Haven-Hurst nicht herankommen konnte. Inzwischen wurden Informationen über Herkunft, Lebensweise und sonstige Eigenarten von Haven-Hurst zusammengetragen. Es war den Makkabäern bekannt, daß der General ehrgeizig war und eine Frau aus einflußreicher Familie geheiratet hatte. Diese Ehe, die ihm gesellschaftlichen Rang und finanzielle Mittel verschafft hatte, hatte er niemals gefährdet. Haven-Hurst galt als Muster eines Menschen, der es ängstlich vermied, in irgendeiner Weise Aufsehen zu erregen. Man hielt ihn für einen unerträglich korrekten Burschen.

Als die Makkabäer jedoch zu untersuchen begannen, was sich hinter dieser Fassade verbarg, entdeckten sie, daß Haven-Hurst nicht nur eine, sondern mehrere Affären gehabt hatte. Es gab bei den Makkabäern Leute, die vor Jahren im englischen Heer unter Haven-Hurst gedient hatten. Jeder von ihnen wußte von einer Geliebten zu erzählen.

Man überlegte, ob sich Haven-Hurst in seiner Festung nicht vielleicht sehr einsam fühlte. Aus Rücksicht auf seine Ehe und seine Stellung würde er es nicht wagen, eine Frau in die Schneller-Kasernen kommen zu lassen. Vielleicht fuhr er also irgendwohin, um sich mit einer Geliebten zu treffen. Möglicherweise war Haven-Hurst ein unsichtbarer Mitfahrer dieses geheimnisvollen Autos, das regelmäßig von den Schneller-Kasernen zu irgendeiner Frau fuhr.

Diese Vorstellung schien selbst den Makkabäern absurd, doch solange man noch nicht genau wußte, was es mit dem mysteriösen Wagen auf sich hatte, konnte man einen solchen Gedanken nicht einfach außer acht lassen. Wer konnte die Geliebte des Generals Haven-Hurst sein? Es gab keine Gerüchte, die einen Hinweis dafür enthalten hätten. Falls er wirklich ein Liebesnest haben sollte, hatte er mit großer Geschicklichkeit verstanden, es geheimzuhalten. Keine Jüdin würde es wagen, sich mit ihm einzulassen, und Engländerinnen gab es nicht. Also kam nur eine Araberin in Frage.

Versuchte man, dem Wagen nachzufahren, so riskierte man, entdeckt zu werden. Natürlich hatten die Makkabäer die Möglichkeit, diesem Wagen, der nachts allein durch die Gegend fuhr, den Weg zu versperren; doch der Führungsstab der Makkabäer hielt es für besser, festzustellen, wohin der Wagen fuhr. Dann konnte man ihn – falls Haven-Hurst darin fuhr – bei einem kompromittierenden Rendezvous überraschen.

Man fand heraus, daß der Wagen einer Familie arabischer Großgrundbesitzer gehörte. Zu dieser Familie gehörte eine junge Frau, die durch ihre außergewöhnliche Schönheit, ihre Bildung und ihr Herkommen einen Mann wie Haven-Hurst interessieren konnte. Die Teile des Puzzlespiels fingen allmählich an, zusammenzupassen.

Die Makkabäer beobachteten das Haus der arabischen Familie

und beschatteten das Mädchen Tag und Nacht. Schon in der zweiten Nacht wurde ihre Ausdauer belohnt. Das Mädchen verließ gegen Mitternacht das Haus und begab sich zu einer Villa in El Baq'a, wo die reichen Araber ihre Häuser hatten. Eine halbe Stunde später kam das geheimnisvolle Auto an, hielt vor dem Haus, und die Makkabäer sahen für einen kurzen Augenblick Haven-Hurst, der aus dem Wagen stieg und sich eilig zu seinem Rendezvous begab.

Gegen drei Uhr morgens wurde Haven-Hurst aus seinem Schlummer aufgeschreckt durch eine Stimme, die ihm aus der Dunkelheit ein biblisches Zitat zurief, das ihm das Blut gerinnen ließ: »Gelobt sei der Herr, der Israel rächt!«

Haven-Hurst war mit einem Satz aus dem Bett. Die Araberin schrie auf, als die Schüsse der Makkabäer durch den Raum peitschten.

Einige Stunden später erhielt das Britische Oberkommando einen Anruf der Makkabäer. Den Engländern wurde mitgeteilt, wo sie den Leichnam ihres Kommandeurs finden könnten. Außerdem wurden sie davon unterrichtet, daß der Tod des Generals Haven-Hurst fotografisch festgehalten worden sei. Falls die Engländer Vergeltungsmaßnahmen gegen die Juden ergreifen sollten, würden die Makkabäer diese Fotografien veröffentlichen.

Im Britischen Oberkommando überlegte man sich, welche Auswirkungen der Skandal haben würde. Ihr Kommandierender General war im Bett seiner arabischen Geliebten ermordet worden! Man entschloß sich, die Sache zu vertuschen und öffentlich zu erklären, daß der General bei einem Autounfall ums Leben gekommen sei. Die Makkabäer waren damit einverstanden.

Nachdem der General von der Bildfläche verschwunden war, hörte die Aktivität der Terroristen auf. Die bevorstehende Ankunft des Untersuchungsausschusses der UNO bewirkte im ganzen Land Ruhe, unter der allerdings eine unheimliche Unruhe schwelte.

Ende Juni 1947 traf der Sonderausschuß der Vereinten Nationen, bekannt unter der Abkürzung UNSCOP, in Haifa ein. Die neutralen Beobachter waren dabei durch Schweden, Holland, Kanada, Australien, Guatemala, Uruguay, Peru, die Tschechoslowakai, Jugoslawien, den Iran und Indien vertreten.

Für die Juden sah es ziemlich schlecht aus. Iran war ein mohammedanischer Staat. Indien war teilweise mohammedanisch, und der indische Delegierte war sowohl Mohammedaner als auch Vertreter eines Landes, das dem Britischen Commonwealth angehörte. Kanada und Australien gehörten gleichfalls zum Britischen Commonwealth. Die Tschechoslowakai und Jugoslawien, die zum sowjetischen Block gehörten, waren Länder mit antizionistischer Tradition. Die Vertreter von Südamerika, Uruguay, Peru und Guatemala waren vorwiegend katholisch und möglicherweise von der lauwarmen Einstellung des Vatikans gegenüber dem Zionismus beeinflußt. Nur Schweden und Holland konnten wirklich als unparteiische Länder angesehen werden. Dennoch begrüßten die Juden in Palästina die Ankunft der UNSCOP.

Die Araber dagegen waren mit der Anwesenheit der Vertreter der UNO nicht einverstanden. Sie riefen in Palästina den Generalstreik aus, veranstalteten Demonstrationen, fluchten und drohten. In den anderen arabischen Ländern kam es zu Unruhen und blutigen Ausschreitungen gegen die dort lebenden Juden.

Barak ben Kanaan, der alte Kämpfer und Unterhändler, wurde vom Jischuw wieder einmal eingespannt. Zusammen mit Ben Gurion und Dr. Weizmann arbeitete er im Beratungsausschuß für die Delegierten der UNO.

XIII

Kitty und Karen kehrten nach Gan Dafna zurück. Kitty wartete auf den geeigneten Augenblick für die entscheidende Aussprache mit Karen. Als der Brief von Dov Landau kam, beschloß sie, sie nicht länger aufzuschieben.

Kitty, die Karen die Haare gewaschen hatte, drückte das Wasser aus dem langen, dichten, braunen Haar und rieb es mit einem großen Frottiertuch trocken.

»Puh«, sagte Karen, nahm einen Zipfel des Handtuchs und wischte sich die Seife aus den Augen.

Das Wasser im Teekessel kochte. Karen stand auf, band sich das Handtuch als Turban um den Kopf und brühte den Tee auf. Kitty saß auf dem Küchentisch und feilte und lackierte ihre Nägel.

»Was hast du eigentlich?« fragte Karen.

»Du lieber Gott, darf ich nicht einmal mehr denken, ohne es gleich zu sagen?«

»Du hast irgendwas – schon die ganze Zeit, seit du von dem Ausflug zum Tiberias-See zurückgekommen bist. Ist irgendwas zwischen dir und Ari passiert?«

»Zwischen mir und Ari ist eine Menge passiert, doch das ist es nicht, was mir zu schaffen macht. Karen, ich muß mit dir reden, über uns und unsere Zukunft. Mir scheint, es ist das Beste, wenn wir das jetzt gleich tun.«

»Ich verstehe überhaupt nicht, was du meinst.«

Kitty wedelte mit den Händen, damit der Lack auf ihren Nägeln trocknete. Dann stand sie auf und steckte sich umständlich eine Zigarette an. »Weißt du eigentlich, was du für mich bedeutest und wie sehr ich dich liebe?«

»Ja«, sagte Karen leise, »ich glaube schon.«

»Dann mußt du mir auch glauben, daß ich mir alles sehr genau überlegt habe und nur dein Bestes will. Du mußt Vertrauen zu mir haben.«

»Das habe ich auch – das weißt du doch.«

»Es wird nicht leicht für dich sein, das, was ich dir jetzt sagen will, in seiner ganzen Bedeutung zu begreifen. Auch mir fällt es schwer, darüber zu reden, weil mir viele von den Kindern hier sehr ans Herz gewachsen sind und mich sehr viel mit Gan Dafna verbindet. Karen – ich möchte dich mitnehmen nach Haus, nach Amerika.«

Karen sah Kitty fassungslos an. Im Augenblick begriff sie nicht, was sie gehört hatte, oder sie glaubte, nicht richtig verstanden zu haben.

»Nach Haus? Aber – mein Zuhause ist doch hier. Ich habe kein anderes Zuhause.«

»Ich möchte, daß dein Zuhause bei mir ist – immer.«

»Das möchte ich auch, Kitty – ich habe keinen größeren Wunsch. Ach, das ist alles so sonderbar.«

»Was denn, mein Liebes?«

»Wie du da eben sagtest: nach Hause, nach Amerika.«

»Aber ich bin nun einmal Amerikanerin, Karen. Das ist meine Heimat, und ich habe Sehnsucht nach ihr.«

Karen mußte sich auf die Lippen beißen, um nicht zu weinen.

»Komisch, nicht wahr? Ich hatte gedacht, wir könnten immer so weiterleben, wie wir jetzt leben. Du wärest in Gan Dafna, und –«

»Und du beim Palmach – und dann in irgendeinem Kibbuz an der Grenze, nicht wahr?«

»Ja, ich glaube, so ungefähr hatte ich es mir vorgestellt.«

»Es gibt vieles hier, was ich schätzen und lieben gelernt habe. Doch dieses Land ist nicht meine Heimat, und die Menschen hier sind nicht meine Landsleute.«

»Ich bin wahrscheinlich sehr egoistisch gewesen«, sagte Karen. »Ich habe nie daran gedacht, daß du Heimweh bekommen oder irgend etwas für dich selbst wünschen könntest.«

»Das ist das netteste Kompliment, das mir jemals irgendein Mensch gemacht hat.«

Karen schenkte Tee ein und versuchte nachzudenken. Kitty bedeutete alles für sie – aber fortgehen, Palästina verlassen?

»Ich weiß nicht, Kitty, wie ich das erklären soll – aber die ganze Zeit, seit ich alt genug bin, Bücher zu lesen, schon in Dänemark, hat mich die Frage beschäftigt, was es eigentlich bedeutet, daß ich Jüdin bin. Ich weiß die Antwort auf diese Frage bis heute nicht. Ich weiß nur, daß ich hier irgend etwas habe, was mir gehört – etwas, was mir nie jemand nehmen kann. Ich weiß nicht genau, was das ist, aber es ist das Wichtigste, was es für mich überhaupt auf der Welt gibt. Vielleicht kann ich es eines Tages in Worte fassen – aber jedenfalls kann ich nicht aus Palästina fortgehen.«

»Was immer dir gehört, wirst du auch in Amerika haben. Die Juden in Amerika – und, wie ich glaube, auch die Juden in allen anderen Ländern – haben das gleiche Gefühl der Zusammengehörigkeit, wie du es hast. Dadurch, daß du aus Palästina fortgehst, ändert sich daran nichts.«

»Aber diese anderen Juden leben im Exil.«

»Nein, Kind – begreifst du denn gar nicht, daß die Juden in Amerika dieses Land als ihre Heimat lieben?«

»Die Juden in Deutschland haben auch ihre deutsche Heimat geliebt.«

»Hör auf damit!« schrie Kitty plötzlich. »Wir Amerikaner sind nicht so, und ich mag von diesen Lügen nichts hören, mit denen man euch füttert!« Sie beherrschte sich rasch wieder. »In Amerika gibt es Juden, die ihre amerikanische Heimat so sehr lieben, daß sie lieber sterben würden, falls jemals das, was in Deutschland geschah, auch in Amerika geschehen sollte.« Sie trat hinter den Stuhl, auf dem Karen saß, und legte ihr die Hand auf die Schulter. »Meinst du vielleicht, ich wüßte nicht, wie

502

schwierig das für dich ist? Und glaubst du, ich wäre fähig, irgend etwas zu tun, das dir weh tut?«

»Nein«, flüsterte Karen.

Kitty kniete sich vor Karens Stuhl auf den Boden und sah das Mädchen an. »Ach, Karen – du weißt ja überhaupt gar nicht, was Frieden ist. Du hast in deinem ganzen Leben noch nie die Möglichkeit gehabt, wirklich frei und ohne Furcht zu leben. Glaubst du, daß es hier besser wird? Daß es hier jemals besser werden könnte? Karen, ich wünsche mir, daß du nicht aufhörst, eine Jüdin zu sein und dieses Land hier zu lieben – doch es gibt noch andere Dinge, die ich mir auch für dich wünsche.«

Karen sah beiseite.

»Wenn du hierbleibst«, sagte Kitty, »wirst du dein ganzes Leben lang ein Gewehr tragen. Du wirst hart und zynisch werden, genau wie Ari und Jordana.«

»Wahrscheinlich war es falsch von mir, zu hoffen, du würdest immer hierbleiben.«

»Komm mit, Karen, komm mit mir nach Amerika. Gib uns beiden eine Chance. Wir brauchen einander. Wir haben beide genug gelitten.«

»Ich weiß nicht, ob ich aus diesem Land fortgehen kann«, sagte Karen mit bebender Stimme. »Ich weiß es nicht – ich weiß es einfach nicht.«

»Ach, Karen – ich wünsche mir so sehr, dich in Reitstiefeln zu sehen und in Faltenröckchen und mit dir in einem schnittigen Ford zu einem Fußballspiel zu fahren. Ich möchte hören, wie das Telefon klingelt und du dich kichernd mit einem deiner Verehrer unterhältst. Ich möchte, daß du all die reizenden und unwichtigen Dinge im Kopf hast, mit denen sich ein Mädchen in deinem Alter beschäftigt, anstatt ein Gewehr zu tragen oder Munition zu schmuggeln. Es gibt so vieles, was dir hier entgeht. Du sollst wenigstens einmal erleben, daß es all diese Dinge gibt, ehe du dich endgültig entscheidest. Bitte, Karen – bitte.«

Karens Gesicht war bleich. Sie stand auf und entfernte sich von Kitty. »Und was ist mit Dov?«

Kitty nahm Dovs Brief aus ihrer Tasche und gab ihn Karen. »Das habe ich heute auf meinem Schreibtisch gefunden. Wie es dorthin gekommen ist, weiß ich nicht.«

Mrs. Fremont,
aus Gründen, die Ihnen bekannt sein dürften, gelangt dieser Brief auf

*einem besonderen Wege zu Ihnen. Ich habe zur Zeit sehr viel zu
tun. Ich befinde mich bei guten Freunden. Es ist das erstemal seit
langer Zeit, daß ich bei Freunden bin, und es sind wirklich gute
Freunde. Nachdem ich hier jetzt eine feste Bleibe habe, möchte ich
Ihnen gerne schreiben, um Ihnen zu sagen, wie froh ich bin, nicht
mehr in Gan Dafna zu sein, wo mir alle Leute auf die Nerven gingen, auch Sie und Karen Clement! Ich schreibe diesen Brief, um Ihnen mitzuteilen, daß ich Karen Clement nicht mehr wiedersehen
werde, da ich dazu viel zu beschäftigt bin, und weil ich mit Menschen zusammen bin, die wirklich meine Freunde sind. Ich möchte
nicht, daß Karen Clement denkt, ich käme zurück, um mich um sie
zu kümmern. Sie ist ja nichts als ein Kind. Ich habe hier eine richtige Frau, die so alt ist wie ich, und wir beide leben zusammen.
Warum fahren Sie eigentlich nicht mit Karen Clement nach Amerika, denn hierher gehört sie ja doch nicht?*

Dov Landau.

Kitty nahm Karen den Brief aus der Hand und riß ihn in kleine
Stücke. »Ich werde Dr. Liebermann sagen, daß ich von meinem Posten zurücktrete. Sobald wir hier alles geordnet haben,
bestellen wir Schiffsplätze für die Überfahrt nach Amerika.«

»Ja, Kitty«, sagte Karen. »Ich komme mit.«

XIV

Der Führungsstab der Makkabäer wechselte alle paar Wochen
sein Hauptquartier. Nach der Ermordung Haven-Hursts hielten es Ben Mosche und Akiba für besser, für eine Weile aus Jerusalem zu verschwinden.

Da das Hauptquartier beständig verlegt werden mußte, bestand der Stab nur aus einem halben Dutzend Männer. Jetzt
war die Situation so bedrohlich geworden, daß sich auch diese
kleine Führungsgruppe aufteilte und nur vier davon nach Tel
Aviv gingen. Diese vier waren Akiba und Ben Mosche, außerdem Nachum ben Ami, der Bruder von David ben Ami, und
Dov Landau, der inzwischen als Kleiner Giora bekannt und
berühmt geworden war. Durch seinen ungewöhnlichen Mut
und die wertvollen Dienste, die er als hochqualifizierter Fachmann für Fälschungen leistete, war er in den obersten und in-

nersten Führungskreis der Makkabäer aufgestiegen und der besondere Günstling von Akiba geworden.

Diese vier Leute schlugen ihr Hauptquartier in einer Souterrain-Wohnung auf, die einem Mitglied der Makkabäer gehörte. Das Haus lag an der B'nej-B'rak-Straße, in der Nähe der Autobus-Zentralstation und des Alten Marktes, in einer sehr verkehrsreichen Gegend. Rund um das Haus wurden Wachtposten aufgestellt, und für den Notfall wurde ein Fluchtweg ausgearbeitet. Es schien ideal – und hätte nicht schlimmer sein können.

Fast fünfzehn Jahre lang hatte Akiba alle Bemühungen der CID und des Britischen Intelligence Service vereitelt, seiner habhaft zu werden. Jetzt fügte es sich zufällig, daß der CID ein anderes Haus auf der B'nej-B'rak-Straße beobachten ließ, das nur drei Häuser von dem neuen Hauptquartier der Makkabäer entfernt war. Bei den Bewohnern dieses anderen Hauses handelte es sich um eine Schmugglerbande, die im Hafen von Jaffa ein Lager von unverzollten Waren unterhielt. Den Männern der CID, die von einem Haus auf der gegenüberliegenden Straßenseite aus die Wohnung der Schmuggler überwachten, fielen dabei die verdächtigen Posten auf, die Tag und Nacht in der Nähe der Souterrain-Wohnung standen. Sie fotografierten sie mit einem Teleobjektiv und identifizierten zwei der Wachtposten als bekannte Mitglieder der Makkabäer. Während sie Jagd auf Schmuggler machten, waren sie rein zufällig auf ein Versteck der Makkabäer gestoßen. Aufgrund ihrer langjährigen Erfahrung mit den Makkabäern schien es ihnen geraten, das Nest sofort auszuheben. Sie organisierten die Sache in aller Eile und griffen völlig überraschend zu. Dabei hatten sie noch gar keine Ahnung, daß es sich bei dem verdächtigen Unternehmen sogar um das Hauptquartier der Makkabäer handelte.

Dov saß in einem der drei Zimmer der Souterrain-Wohnung, damit beschäftigt, einen Paß des Staates Salvador zu fälschen. Außer ihm war nur Akiba anwesend. Nachum ben Ami und Ben Mosche waren fortgegangen, um sich mit Seew Gilboa, dem Verbindungsmann zwischen der Hagana und den Makkabäern, zu treffen. Akiba kam in das Zimmer, in dem Dov arbeitete.

»Nun verrat mir doch mal, Kleiner Giora«, sagte Akiba, »wie hast du es bloß fertiggebracht, Ben Mosche auszureden, dich heute mitzunehmen?«

»Ich muß diesen Paß fertig machen«, brummte Dov.

Akiba sah auf seine Uhr und streckte sich dann auf dem Feldbett aus, das hinter Dov stand. »Sie müßten bald wieder da sein«, sagte er.

»Ich traue den Leuten von der Hagana nicht«, sagte Dov.

»Es bleibt uns im Augenblick nichts anderes übrig, als ihnen zu trauen«, sagte der alte Mann.

Dov hielt den Paß gegen die Lampe, um zu prüfen, ob man anhand des Wasserzeichens und des Stempels erkennen konnte, wo er radiert hatte. Es war eine gute Arbeit. Nicht einmal ein Fachmann konnte feststellen, wo er den Namen und die Beschreibung des früheren Paßinhabers verändert hatte. Dov beugte sich dicht über den Paß und ahmte die Unterschrift eines Paßbeamten des Staates Salvador nach. Dann legte er die Feder hin, stand auf und ging unruhig in dem engen Raum hin und her, sah immer wieder einmal nach, ob die Tinte schon getrocknet war, und nahm danach seine ruhelose Wanderung wieder auf, hin und her, hin und her.

»Sei nicht so ungeduldig, Kleiner Giora. Du wirst noch lernen, daß Warten das Schlimmste ist, wenn man illegal leben muß. Das Warten – worauf eigentlich, frage ich mich oft?«

»Ich kenne diese Art zu leben schon von früher«, sagte Dov.

»Richtig, richtig«, sagte Akiba. Er richtete sich auf und reckte sich.

»Warten, warten, warten. Du bist noch sehr jung, Dov. Du solltest lernen, nicht ganz so ernst und nicht ganz so verbissen zu sein. Das war immer mein Fehler. Ich war immer viel zu intensiv. Habe nie an mich gedacht, sondern Tag und Nacht nur für die Sache gearbeitet.«

»Das klingt seltsam aus dem Munde von Akiba«, sagte Dov.

»Wenn man alt wird, dann wird einem vieles klar. Wir warten – warten auf eine Möglichkeit, weiter zu warten. Wenn sie uns erwischen, können wir bestenfalls damit rechnen, daß man uns des Landes verweist oder für lebenslänglich ins Gefängnis steckt. Doch heutzutage ist das übliche, daß man jeden, den man erwischt, aufhängt. Das ist es ja, weshalb ich dir den guten Rat gebe: sei nicht so tierisch ernst. Unter den Makkabäern gibt es viele hübsche Mädchen, die es wunderbar fänden, wenn sie unseren Kleinen Giora kennenlernen könnten. Genieße das Leben, solange dazu noch Gelegenheit ist.«

»Interessiert mich nicht«, sagte Dov mit Entschiedenheit.

»Ach, wirklich?« sagte der Alte mit freundlichem Spott. »Vielleicht hast du eine Freundin, die du uns verschwiegen hast.«

»Ich war früher mal mit einem Mädchen befreundet«, sagte Dov, »aber jetzt nicht mehr.«

»Ich muß Ben Mosche sagen, daß er ein Mädchen für dich ausfindig macht; dann sollst du mit ihr ausgehen und dich amüsieren.«

»Ich will kein Mädchen haben, ich will hier im Hauptquartier bleiben. Das ist wichtiger als alles andere.«

Der alte Mann streckte sich wieder auf dem Feldbett aus und versank in Gedanken. Schließlich fing er an zu sprechen. »Du irrst dich, Kleiner Giora. Du irrst dich sehr. Das Wichtigste, was es gibt, das ist, morgens aufzuwachen und aus dem Fenster auf dein Land zu sehen, und dann hinauszugehen, dieses Land zu bearbeiten – und am Abend nach Haus zu kommen zu einem Menschen, den du liebst und der dich liebt.«

Der Alte wird mal wieder sentimental, dachte Dov. Er untersuchte den Paß und stellte fest, daß die Tinte getrocknet war. Er klebte das Paßfoto ein. Während Akiba auf dem Feldbett ein Nikkerchen machte, nahm Dov seine ruhelose Wanderung wieder auf. Seitdem er diesen Brief an Mrs. Fremont abgeschickt hatte, war es noch schlimmer geworden. Früher oder später würden ihn die Engländer schnappen und aufhängen, und dann war alles vorbei. Die Leute wußten nicht, daß der Grund für seine sagenhaft gewordene Furchtlosigkeit die Tatsache war, daß ihm nichts daran lag, am Leben zu bleiben. Er betete geradezu darum, von einer feindlichen Kugel getroffen zu werden. In letzter Zeit war es mit seinen Angstträumen wieder sehr schlimm geworden, und Karen war nicht da, um schützend zwischen ihm und der Tür der Gaskammer zu stehen. Mrs. Fremont würde sie jetzt nach Amerika mitnehmen. Das war richtig so! Und er würde mit den Makkabäern weiter zu Terroraktionen hinausgehen, bis es ihn eines Tages erwischte – weil es sinnlos war, ohne Karen zu leben.

Draußen vor dem Haus mischten sich fünfzig britische Polizisten in ziviler Kleidung unter die Menge, die bei der Haltestelle der Autobusse stand. Sie schnappten sich rasch die Makkabäer, die rings um das Haus Wache hielten, und schafften sie fort, ehe sie ein Warnsignal geben konnten. Dann sperrten sie den ganzen Häuserblock ab.

Fünfzehn Polizisten gingen, mit Maschinenpistolen, Tränengas, Äxten und Vorschlaghämmern ausgerüstet, leise die Treppe zu der Souterrain-Wohnung hinunter und bauten sich vor der Tür auf.

Es klopfte an der Tür. Akiba, der eingeschlafen war, öffnete halb die Augen. »Das können nur Ben Mosche und Nachum ben Ami sein. Laß sie herein, Dov.«

Dov legte die Sperrkette vor und machte die Tür einen Spalt breit auf. Ein Vorschlaghammer fiel krachend herunter, und die Tür sprang auf.

»Engländer!« schrie Dov.

Akiba und der Kleine Giora verhaftet! Wie ein Lauffeuer verbreitete sich die Nachricht durch ganz Palästina. Der sagenumwobene Akiba, der die Engländer länger als ein Jahrzehnt zum Narren gehalten hatte, war jetzt ihr Gefangener!

Der englische Hohe Kommissar für Palästina entschloß sich, die beiden Gefangenen sofort vor Gericht zu stellen und ein Urteil über sie zu fällen, das die Makkabäer noch mehr demoralisieren würde. Er war der Meinung, daß eine rasche Verurteilung Akibas die Autorität der britischen Obrigkeit wieder herstellen und die Aktivität der Makkabäer eindämmen würde, da der alte Mann lange Zeit die treibende Kraft hinter den Aktionen der Terroristen gewesen war.

Der Hohe Kommissar veranlaßte eine gerichtliche Verhandlung unter strenger Geheimhaltung. Auch der Name des Richters wurde nicht bekanntgegeben, um seine persönliche Sicherheit nicht zu gefährden. Akiba und der Kleine Giora wurden zum Tode durch den Strang verurteilt, und das Urteil war spätestens zwei Wochen nach der Festnahme zu vollstrecken. Die beiden Verurteilten wurden in die uneinnehmbare Festung des Gefängnisses von Akko eingeliefert.

In seinem Eifer hatte der Hohe Kommissar einen verhängnisvollen Fehler begangen. Man hatte den Vertretern der Presse nicht erlaubt, an der Gerichtsverhandlung teilzunehmen, aber die Makkabäer besaßen – besonders in den Vereinigten Staaten – einflußreiche Freunde und finanzielle Hilfsquellen. Die Frage, ob Akiba und Dov Landau schuldig oder unschuldig waren, ging in der leidenschaftlichen Diskussion unter, die der Fall in der Öffentlichkeit auslöste.

Ähnlich wie damals der Zwischenfall mit der *Exodus* führte die Verurteilung der beiden zu heftiger Kritik an der englischen Mandats-Politik. Dovs Vergangenheit im Warschauer Ghetto und in Auschwitz wurde von den Reportern aufgespürt und publiziert, was für den Verurteilten in ganz Europa eine Welle von Sympathie hervorrief. Besonders verärgert war die Öffent-

508

lichkeit auch über das geheime Gerichtsverfahren. Bilder des achtzigjährigen Akiba und des achtzehnjährigen Kleinen Giora wirkten auf die Vorstellungskraft der Leser wie die eines Propheten und seines Schülers, und die Zeitungsleute verlangten, die Gefangenen zu sehen und mit ihnen sprechen zu können.

Cecil Bradshaw befand sich als Mitglied der UNSCOP in Palästina. Nachdem er bei der *Exodus* erlebt hatte, was aus einer solchen Sache entstehen konnte, konferierte er mit dem Hohen Kommissar und erbat Weisungen aus London. Der Fall brachte die Weltöffentlichkeit zu dem delikaten Zeitpunkt gegen England auf, als der Untersuchungsausschuß der UNO in Palästina war.

Der Hohe Kommissar und Bradshaw begaben sich in eigener Person in das Gefängnis von Akko, um Akiba und Dov die gute Nachricht zu überbringen, daß man sich, mit Rücksicht auf das hohe Alter Akibas und der Jugend Dov Landaus, entschlossen habe, ein Gnadengesuch der beiden Verurteilten wohlwollend zu akzeptieren und ihnen das Leben zu schenken. Die beiden Häftlinge wurden in das Büro des Gefängnisdirektors gebracht, wo ihnen die beiden hohen Beamten ohne alle Umschweife erklärten, was sie ihnen vorzuschlagen hatten.

»Wir sind vernünftige Leute«, sagte der Hohe Kommissar. »Wir haben diese Petitionen hier vorbereitet. Sie brauchen nur zu unterschreiben. Der Form nach handelt es sich dabei um Gnadengesuche, doch im Grunde ist das nur eine Formalität – eine Hintertür, wenn Sie so wollen.«

»Also, unterschreiben Sie jetzt diese Petitionen«, sagte Bradshaw, »und wir machen Ihnen einen fairen Kompromißvorschlag. Wir werden Sie beide außer Landes bringen. Sie werden in irgendeiner unserer afrikanischen Kolonien eine kurze Gefängnisstrafe abbüßen, und in ein paar Jahren wird kein Hahn mehr danach krähen.«

»Ich verstehe Sie nicht ganz«, sagte Akiba. »Weshalb sollen wir in Afrika eine Gefängnisstrafe verbüßen? Wir haben kein Verbrechen begangen. Wir haben nur unser selbstverständliches historisches Recht verteidigt. Seit wann ist es ein Verbrechen, wenn ein Soldat für sein Vaterland kämpft? Wir sind Kriegsgefangene. Sie haben kein Recht, uns zu irgendeiner Strafe zu verurteilen. Wir befinden uns in einem vom Feind besetzten Land.«

Der alte Mann versteifte sich. Dem Hohen Kommissar brach der Schweiß aus. Ähnliches hatte er schon früher von fanati-

509

schen Makkabäern zu hören bekommen. »Hören Sie, Akiba. Wir diskutieren hier keine politischen Fragen. Es geht um Ihren Hals. Entweder unterschreiben Sie diese Gnadengesuche, oder wir müssen das Urteil vollstrecken.«

Akiba sah die beiden Männer an, deren Gesichtern deutlich abzulesen war, wie sehr ihnen an einer Regelung in dieser Form gelegen war. Er war sich völlig darüber klar, daß die Engländer versuchten, einen Vorteil zu gewinnen oder einen Fehler wiedergutzumachen.

»Hör mal zu, mein Junge«, sagte Bradshaw zu Dov. »Du hast doch bestimmt keine Lust, am Galgen zu baumeln, nicht wahr? Also, du unterschreibst jetzt, und Akiba wird dann auch unterschreiben.«

Bradshaw schob das Gnadengesuch über den Tisch und zog seinen Füllfederhalter heraus. Dov sah einen Augenblick auf das Dokument und spuckte dann darauf.

Akiba sah die beiden Engländer an, die entsetzt feststellten, daß ihr Versuch mißlungen war. »*Dein eigener Mund hat dir das Urteil gesprochen*«, sagte er mit schneidendem Hohn.

Daß Akiba und der Kleine Giora es abgelehnt hatten, die Gnadengesuche zu unterschreiben, erschien in der Presse in dicken Schlagzeilen als dramatischer Protest gegen die Engländer. Zehntausende der in Palästina lebenden Juden, die bisher wenig für die Makkabäer übrig gehabt hatten, waren von der Haltung, die die beiden an den Tag gelegt hatten, begeistert. Der Greis und der Knabe wurden über Nacht zum Symbol des jüdischen Widerstands. Die Engländer, die gehofft hatten, die Makkabäer kleinzukriegen, waren statt dessen auf dem besten Wege, zwei Märtyrer zu schaffen. Es blieb ihnen nichts weiter übrig, als den Termin der Urteilsvollstreckung festzusetzen: in zehn Tagen.

Die Spannung in Palästina wuchs von Tag zu Tag. Die Aktionen der Makkabäer und der Hagana hatten aufgehört, doch überall im ganzen Lande hatte man das deutliche Gefühl, daß man auf einem Pulverfaß saß und ein Zeitzünder tickte.

Die ausschließlich von Arabern bewohnte Stadt Akko befindet sich am Nordende der Bucht, an deren Südende Haifa liegt. Das Gefängnis ist ein auf Ruinen aus der Zeit der Kreuzfahrer errichtetes häßliches Gebäude. Es liegt auf einer Mole, die sich von dem Gefängnis am nördlichen Stadtrand bis zum entgegengesetzten Ende der Stadt erstreckt. Ahmad el Jazzar – der Schlächter – hatte es zu einer Festung des Ottomanenreiches ausgebaut, und diese Festung hatte dem Ansturm Napoleons standgehalten. Es war ein Konglomerat von Brustwehren, Verliesen, unterirdischen Gängen, Türmen, ausgetrockneten Wassergräben, Höfen und dicken Wänden. Die Engländer hatten daraus eines der gefürchtetsten Gefängnisse des ganzen Empire gemacht.

Dov und Akiba wurden in winzige Zellen gesperrt, die sich im nördlichen Flügel befanden. Die Wände, die Decke und der Fußboden waren aus Stein. Die Zellen hatten ein Ausmaß von einsachtzig mal zweivierzig. Die Außenwand war annähernd fünf Meter dick. Es gab weder elektrisches Licht noch WC. Die Luft war muffig. Die Zellentüren waren aus Eisen, und durch ein kleines Loch konnten die Häftlinge beobachtet werden. Die einzige weitere Öffnung war ein Schlitz in der Außenwand, der fünf Zentimeter breit und fünfundzwanzig Zentimeter hoch war.

Akiba ging es nicht gut in seiner Zelle. Die Wände schwitzten, und die feuchte Luft verschlimmerte den Gelenkrheumatismus, an dem er seit vielen Jahren litt. Er hatte höllische Schmerzen.

Jeden Tag kamen zwei- oder dreimal irgendwelche Vertreter der britischen Behörde, um über einen Kompromiß zu verhandeln, durch den man die Vollstreckung des Urteils vermeiden konnte. Dov nahm von diesen Leuten überhaupt keine Notiz. Akiba rief ihnen so lange Zitate aus der Bibel zu, bis sie fluchtartig den Rückzug antraten.

Es waren nur noch sechs Tage bis zur Vollstreckung des Urteils. Akiba und Dov wurden in die Todeszellen gebracht, die neben dem Raum lagen, in dem die Erhängungen stattfanden. Beide wurden mit den scharlachroten Hosen und Hemden bekleidet, dem traditionellen englischen Kostüm für diejenigen, auf die der Galgen wartet.

XV

Es war ein Uhr nachts. Bruce Sutherland saß in seiner Bibliothek und las. Er hob überrascht den Kopf, als es an der Tür klopfte. Karen kam herein.

Sutherland fuhr sich verwundert über die Augen. »Was, zum Teufel, tust du denn hier zu dieser nächtlichen Stunde?«

Karen stand stumm und zitternd vor ihm.

»Weiß Kitty, daß du hier bist?«

Karen schüttelte den Kopf. Sutherland führte sie zu einem Stuhl.

»Nun erzähl mal, Mädchen, was ist eigentlich los?«

»Ich möchte Dov Landau im Gefängnis besuchen. Ich kenne außer Ihnen niemanden, der mir dazu verhelfen könnte.«

Sutherland verschränkte die Hände auf dem Rücken und ging im Raum auf und ab. »Selbst wenn es mir möglich sein sollte, dir die Erlaubnis zu verschaffen – ich würde dir damit keinen Dienst erweisen. In ein paar Wochen wirst du mit Kitty Palästina verlassen. Warum versuchst du nicht lieber, ihn zu vergessen, Kind?«

»Bitte«, sagte Karen. »Ich weiß genau, was ich will. Ich habe an nichts anderes denken können, seit man ihn gefangengenommen hat. Ich muß ihn noch einmal sehen. Helfen Sie mir, General Sutherland, bitte.«

»Ich werde tun, was ich kann«, sagte er. »Aber jetzt wollen wir erst einmal Kitty anrufen und ihr sagen, daß du hier bist. Sie ist vermutlich vor Angst halb von Sinnen. Wie konntest du dich aber auch nur allein und zu dieser Zeit durch arabisches Gebiet wagen!«

Am nächsten Morgen rief Sutherland in Jerusalem an. Der Hohe Kommissar beeilte sich, der Bitte stattzugeben. Die Engländer versuchten noch immer, Dov und Akiba dazu zu bewegen, es sich anders zu überlegen, und griffen dabei nach jedem Strohhalm. Es war immerhin möglich, daß Dov durch Karens Besuch in seiner ablehnenden Haltung schwankend gemacht wurde.

Kitty fuhr von Gan Dafna nach Safed, wo Sutherland sie abholte. Von dort fuhren sie zu dritt nach dem an der Küste gelegenen Nahariya.

Von der Polizeiwache in Nahariya wurden sie unter polizeilicher Begleitung in das Gefängnis von Akko gebracht und hier in das Büro des Gefängnisdirektors geführt.

Karen war auf dem ganzen Weg wie betäubt gewesen. Hier im Gefängnis kam ihr alles noch unwirklicher vor. Der Gefängnisdirektor trat ein und forderte Karen auf, mitzukommen.

»Ich glaube, es ist besser, wenn ich dich begleite«, sagte Kitty.

»Nein«, sagte Karen, »ich möchte mit ihm allein sein.«

Draußen vor dem Zimmer des Direktors wurde Karen von zwei bewaffneten Wachtposten in Empfang genommen. Sie führten sie durch eine Reihe eiserner Türen und über einen riesigen, mit Steinen gepflasterten Hof, der rings von vergitterten

Fenstern umgeben war. Karen konnte die Augen der Gefangenen sehen, die lüstern hinter ihr herschielten. Dann ging es eine
schmale Treppe hinauf in den abgelegenen Teil des Gefängnisses, in dem die zum Tode Verurteilten ihre engen Zellen hatten.
Sie kamen an einem durch Stacheldraht abgesicherten Maschinengewehr vorbei zu einer weiteren Tür, an der zwei Soldaten
mit aufgepflanzten Seitengewehren standen.

Karen wurde in eine winzige Zelle geführt. Die Tür hinter ihr
wurde geschlossen, und ein Soldat trat neben sie. Er öffnete
eine Klappe, hinter der ein Loch in der Wand war, das vielleicht
zehn oder zwölf Zentimeter breit und ebenso hoch war.

»Da, Kleene, durch das Loch kannste mit ihm reden«, sagte
der Posten.

Karen nickte und sah durch die Öffnung. Sie konnte die beiden gegenüberliegenden Zellen sehen. Sie sah Akiba in der einen Zelle, und Dov in der anderen. Er lag in seinem scharlachroten Gewand auf dem Rücken und starrte an die Decke. Karen
sah, wie ein Posten kam und seine Zelle aufschloß.

»Komm hoch, Landau«, schnauzte der Posten. »Da ist jemand, der mit dir reden will.«

Dov nahm ein Buch, das auf dem Fußboden lag, schlug es auf
und fing darin zu lesen an.

»He, du hast Besuch!«

Dov blätterte eine Seite um.

»Bist du schwerhörig? Da ist Besuch für dich, hab' ich gesagt.«

»Ich bin für keinen dieser Leute mit ihren Vorschlägen zu
sprechen, sagen Sie ihnen —«

»Das ist keiner von uns. Das ist jemand von euch. Ein Mädchen, Landau.«

Dovs Hand umklammerte krampfhaft das Buch. Sein Herz
hämmerte. »Sagen Sie ihr, ich hätte keine Zeit.«

Der Posten zuckte die Schultern und kam an die Öffnung in
der Wand. »Er sagt, er will keinen sehen.«

»Dov!« rief Karen. »Dov!«

Das Echo ihrer Stimme hallte durch die Todeszelle. »Dov! Ich
bin's, Karen!«

Akiba richtete den Blick gespannt auf Dovs Zelle. Dov biß die
Zähne aufeinander und blätterte die nächste Seite um.

»Dov! Dov! Dov!«

»Sprich mit ihr, Junge«, rief Akiba laut. »Geh nicht in dem

feindlichen Schweigen aus der Welt, zu dem mein Bruder mich verurteilt hat. Sprich mit ihr, Junge.«

Dov legte das Buch aus der Hand und erhob sich von seiner Koje. Er gab dem Posten ein Zeichen, und der Mann schloß die Tür von Dovs Zelle auf. Dov ging zu der Öffnung in der Wand und sah hindurch. Er konnte nur ihr Gesicht sehen.

Karen sah in seine Augen. Sie blickten kalt und böse.

»Ich habe es satt mit diesen Tricks«, sagte er bissig. »Wenn man dich hergeschickt hat, damit du mich bittest, ich möchte doch unterschreiben, dann kannst du gleich wieder gehen. Ich werde diese Hunde nicht um Gnade bitten.«

»Sprich nicht so mit mir, Dov.«

»Ich weiß, daß man dich hergeschickt hat.«

»Kein Mensch hat mich aufgefordert, hierherzukommen – ich schwöre es dir.«

»Weshalb bist du dann überhaupt hergekommen?«

»Ich wollte dich nur noch einmal sehen.«

Dov biß die Zähne zusammen und bemühte sich krampfhaft, nicht weich zu werden. Warum mußte sie auch herkommen?

»Wie geht es dir denn?« fragte sie.

»Wie mir's geht? Oh, prima.«

Beide blieben lange stumm. Dann sagte Karen:

»Dov – was du da an Kitty geschrieben hast – meintest du das wirklich, oder hast du es nur geschrieben, um –«

»Ich meinte es wirklich.«

»Ich wollte es nur wissen.«

»Na schön, dann weißt du es jetzt.«

»Ja, jetzt weiß ich es. Dov – ich werde bald aus Erez Israel weggehen. Ich gehe nach Amerika.«

Dov zuckte die Schultern.

»Ich hätte wohl besser doch nicht herkommen sollen. Es tut mir leid, daß ich dir lästig gefallen bin.«

»Das ist schon in Ordnung. Ich weiß, du hast es gut gemeint. Meine Freundin, die würde ich wirklich gern noch mal sehen. Aber das ist eine Makkabäerin, die kann nicht herkommen. Sie ist so alt wie ich, weißt du.«

»Ja, ich weiß.«

»Ist ja auch egal. Du bist ein netter Kerl, Karen – und – hm – fahr du ruhig nach Amerika und denk nicht mehr an all das hier. Ich wünsche dir alles Gute.«

514

»Ich glaube, es ist besser, wenn ich jetzt gehe«, sagte Karen leise. Sie stand auf. Dov verzog keine Miene.

»Karen!«

Sie wandte sich rasch um.

»Hm – weißt du – eigentlich könnten wir uns noch mal die Hand geben – falls der Posten nichts dagegen hat.«

Karen streckte ihre Hand durch die Öffnung in der Wand, und Dov nahm sie in seine beiden Hände, drückte sie, und preßte seine Stirn gegen die Mauer und schloß die Augen.

Karen ergriff seine Hand und zog sie durch die Öffnung herüber auf ihre Seite.

»Nein«, sagte er, »nicht –« Doch er überließ ihr seine Hand.

Sie küßte seine Hand, drückte sie an ihre Wange und ihre Lippen, und er fühlte, wie ihre Tränen drauffielen. Und dann war sie fort. Die Tür seiner Zelle fiel laut hinter ihm zu. Dov warf sich auf seine Bettstatt. Er konnte sich nicht erinnern, jemals in seinem Leben Tränen vergossen zu haben. Doch jetzt war es ihm unmöglich, sie zurückzuhalten. Er drehte sich zur Wand, damit die Posten und Akiba sein Gesicht nicht sehen konnten; er weinte lautlos.

Barak ben Kanaan war einer der Berater, die den Untersuchungsausschuß der UNO auf seiner Reise durch Palästina begleiteten. Die Juden konnten mit Stolz zeigen, was sie in Palästina geleistet hatten. Die Delegierten der UNO waren sehr beeindruckt von dem Kontrast, der zwischen den jüdischen und den arabischen Gemeinden bestand. Ben Gurion, Weizmann, Barak und die übrigen Köpfe des Jischuw-Zentralrats verstanden es mit außerordentlichem Geschick und ohne herausfordernde Geste, überzeugend die moralische Berechtigung der jüdischen Ansprüche darzulegen.

Auf arabischer Seite inszenierte der vom Klan der Husseini gesteuerte Großarabische Aktionsausschuß erbitterte Demonstrationen gegen die UNO. Sie versagten den Delegierten den Zutritt zu einer ganzen Reihe arabischer Ortschaften, die so dreckig waren, und in denen Menschen unter so menschenunwürdigen Bedingungen arbeiten mußten, daß sich selbst dem stärksten Mann der Magen umgedreht hätte. Als der Untersuchungsausschuß mit seinen Ermittlungen begann, versuchten die arabischen Behörden ihn auf alle Weise zu boykottieren.

Den Mitgliedern des Untersuchungsausschusses wurde sehr

bald klar, daß irgendein Kompromiß in Palästina nicht zu erreichen war. Vom rein rechtlichen Standpunkt aus mußte die UNO eine Schlichtung des Streites zugunsten der Juden empfehlen; andererseits war aber auch das Gewicht der arabischen Drohungen zu bedenken.

Als der Untersuchungsausschuß das Land bereist und seine Ermittlungstätigkeit abgeschlossen hatte, schickten sich die Delegierten an, sich wieder nach Genf zu begeben, um dort das Ergebnis ihrer Feststellungen zu analysieren, während ein Unterausschuß gleichzeitig die DP-Lager in Europa inspizierte, in denen sich noch immer eine Viertelmillion verzweifelter Juden befand. Danach wollten sie der Vollversammlung der UNO ihre Vorschläge unterbreiten. Barak ben Kanaan wurde wieder einmal beauftragt, nach Genf zu reisen, um dort seine beratende Tätigkeit fortzusetzen.

Einige Tage vor seiner Abreise nach Genf kam er nach Yad El, um noch eine Weile bei Sara sein zu können, die sich, obwohl er doch schon so oft ins Ausland gefahren war, noch immer nicht ganz daran gewöhnt hatte. Und genausowenig konnte sie sich an die dauernde Abwesenheit von Jordana und Ari gewöhnen.

Ari und David ben Ami waren in dem nicht weit von Yad El gelegenen Kibbuz Ejn Or, in dem sich das Palmach-Hauptquartier für das Hule-Gebiet befand. Beide kamen zu einem Abschiedsessen nach Yad El, zu dem auch Jordana aus Gan Dafna erschien.

Barak war den ganzen Abend über sehr in Gedanken und bedrückt. Er sprach kaum, und das Essen verlief schweigend.

»Ich nehme an, du hast gehört, daß Mrs. Fremont Palästina verläßt«, sagte Jordana am Ende des Abendessens.

»Nein, davon wußte ich gar nichts«, sagte Ari, der versuchte, sich nicht anmerken zu lassen, wie sehr ihn diese Nachricht überraschte. »Ja, sie geht wieder nach Amerika«, sagte Jordana. »Sie hat Dr. Liebermann gekündigt und nimmt die kleine Clement mit. Ich wußte, daß sie sich bei den ersten Anzeichen ernstlicher Schwierigkeiten aus dem Staube machen würde.«

»Warum sollte sie nicht nach Amerika zurückgehen?« sagte Ari. »Sie ist schließlich Amerikanerin, und nach Palästina ist sie nur wegen Karen Clement gekommen.«

»Sie hat nie etwas für uns übrig gehabt«, sagte Jordana bissig.

»Das ist nicht wahr«, sagte David.

»Verteidige sie nicht dauernd, David.«

»Sie ist ein reizender Mensch«, sagte Sara ben Kanaan, »und

ich hab' sie gern. Sie ist oft nach Yad El gekommen und hat mich besucht. Sie war sehr gut zu den Kindern, und die Kinder lieben sie.«

»Es ist besser, wenn sie wegfährt«, sagte Jordana. »Es ist eine Schande, daß sie dieses Mädchen mitnimmt, doch sie hat die Kleine so verwöhnt und verzogen, daß man gar nicht mehr auf den Gedanken kommen kann, Karen Clement sei eine Jüdin.«

Ari stand auf und ging hinaus.

»Warum mußt du Ari absichtlich verletzen?« sagte Sara ärgerlich. »Du weißt doch, was er für sie empfindet, und sie ist ein Mensch mit großen Qualitäten.«

»Trotzdem ist es besser für ihn, wenn er sie los ist«, sagte Jordana.

»Und wer bist du, daß du dir ein Urteil darüber anmaßt, was das Herz eines Mannes empfindet?« sagte Barak.

David ergriff Jordanas Hand. »Du hast mir versprochen, daß wir heute abend noch zusammen ausreiten.«

»Du stehst auch auf ihrer Seite, David.«

»Ich habe Kitty Fremont gern. Komm, wir wollen reiten.«

Jordana ging langsam hinaus, und David folgte ihr.

»Laß die beiden, Sara«, sagte Barak. »David wird ihr schon den Kopf zurechtsetzen und sie beruhigen. Ich fürchte, unsere Tochter ist auf Mrs. Fremont eifersüchtig, und dazu hat sie auch allen Grund. Doch eines Tages werden auch bei uns die Mädchen Zeit haben, Frauen zu sein.«

Barak rührte in seinem Tee, und seine Frau trat hinter seinen Stuhl und legte ihre Wange auf sein dichtes, rotes Haar. »Barak«, sagte sie, »du kannst nicht so weitermachen. Du mußt mit deinem Bruder reden, oder du wirst es bis an dein Lebensende bereuen.« Barak streichelte die Hand seiner Frau. »Ich will mal sehen, wo Ari ist«, sagte er.

Ari stand in der Nähe des Obstgartens und sah hinauf in die Berge, wo Gan Dafna lag.

Barak trat zu ihm und sagte: »Bedeutet sie dir so viel, mein Sohn?«

Ari zuckte die Achseln.

»Ich mochte sie auch sehr gern«, sagte Barak.

»Was soll's?« sagte Ari. »Sie kommt aus einer anderen Welt, und jetzt geht sie dorthin zurück.«

Barak hakte seinen Sohn unter, und sie gingen zusammen durch die Felder ihrer Farm an das Ufer des Jordan. Sie sahen Jordana und David davonreiten und hörten, wie sie miteinander lachten.

»Siehst du, Jordana ist schon darüber hinweg. Und wie steht es denn mit dem Palmach in Ejn Or?«

»Wie immer, Vater. Prächtige Jungens und Mädchen, aber es sind zu wenig, und wir haben zu wenig Waffen. Wir können nicht hoffen, einen Krieg zu gewinnen, bei dem uns sieben Armeen gegenüberstehen.«

Auf den Feldern begannen sich die Wassersprüher zu drehen, und neben Fort Esther versank die Sonne hinter den libanesischen Bergen. Lange sahen der Vater und der Sohn auf das Land, das ihnen gehörte. Beide fragten sich, ob wohl jemals eine Zeit kommen würde, wo man sich über nichts anderes Gedanken machte, als darüber, daß ein Zaun auszubessern oder ein Stück Land umzupflügen sei.

»Gehen wir wieder ins Haus«, sagte Ari. »Mutter ist allein.«

Ari wollte gehen, da spürte er plötzlich die schwere Hand seines Vaters auf seiner Schulter. Er drehte sich um. Sein Vater hatte den Kopf gesenkt, und sein Gesicht verriet tiefe Trauer. »In zwei Tagen fahre ich nach Genf. Ich fahre mit einem so schweren Kummer fort, wie ich ihn noch nie gespürt habe. Fünfzehn Jahre lang hat jemand an unserem Tisch gefehlt. Ich war hochmütig und hartnäckig, doch ich habe meinen Stolz mit quälendem Schmerz bezahlt. Und jetzt ist dieser Schmerz für mich zu einer höllischen Qual geworden. Ari, mein Sohn – laß meinen Bruder Akiba nicht an einem englischen Galgen enden!«

XVI

Am Vorabend der Abreise des Untersuchungsausschusses der UNO gingen in Jerusalem die Wogen hoch. Im arabischen Sektor lärmten die von Demagogen aufgewiegelten Massen. Die einzelnen Stadtteile waren voneinander durch Stacheldrahtsperren mit Maschinengewehrnestern getrennt und wurden von englischen Soldaten bewacht.

Ari ben Kanaan bewegte sich durch die ganze Stadt und suchte alle ihm bekannten Schlupfwinkel Bar Israels auf, um sich durch ihn mit den Makkabäern in Verbindung zu setzen. Doch Bar Israel schien wie vom Erdboden verschwunden und war nirgendwo aufzufinden. Zwischen den Makkabäern und der Hagana hatte es, seit die Engländer Akiba und den Kleinen Giora gefangengenommen hatten, keine Verbindung mehr gegeben. Schließlich aber gelang es Ari, der über alle Informationsquellen verfügte, festzustellen, daß sich Bar Israel im Zimmer eines Hauses aufhielt, das im Stadtteil El Katamon lag.

Ari ging unverzüglich hin. Er betrat den Raum ohne anzuklopfen. Bar Israel war gerade dabei, eine Partie Schach zu spielen. Er hob den Kopf, sah Ari an, und beschäftigte sich dann wieder mit den Figuren auf dem Schachbrett.

»Lassen Sie uns allein«, sagte Ari zu dem anderen Schachspieler, schob ihn aus dem Zimmer und machte die Tür hinter ihm zu. Dann sagte er zu Bar Israel: »Sie wissen ganz genau, daß ich Sie gesucht habe.«

Bar Israel zog die Schultern hoch und zündete sich eine Zigarette an: »Natürlich weiß ich es. Schließlich haben Sie überall in Jerusalem an die fünfzig Liebesbriefe hinterlassen.«

»Warum haben Sie sich dann nicht mit mir in Verbindung gesetzt? Ich bin bereits seit vierundzwanzig Stunden in Jerusalem.«

»Genug der dramatischen Einleitung. Sagen Sie mir lieber, was Sie eigentlich wollen?«

»Bringen Sie mich zu Ben Mosche.«

Bar Israel schüttelte den Kopf. »Wir spielen nicht mehr mit euch. Wir haben etwas dagegen, daß Kommandeure der Hagana wissen, wo unser Hauptquartier ist.«

»Sie sprechen nicht mit einem Kommandanten der Hagana. Sie sprechen mit Ari ben Kanaan, dem Neffen von Akiba.«

»Ari, ich halte Sie persönlich für zuverlässig – aber Befehl ist Befehl.«

Ari riß Bar Israel von seinem Stuhl hoch, daß der Tisch umfiel und die Schachfiguren über den Fußboden rollten. Er faßte den kleinen Orientalen an den Rockaufschlägen und schüttelte ihn, wie man einen leeren Sack schüttelt. »Sie bringen mich zu Ben Mosche, oder ich drehe Ihnen den Hals um.«

Ben Mosche saß an seinem Schreibtisch im Hauptquartier der Makkabäer, das sich in einem Haus des Griechischen Viertels befand. Neben ihm stand Nachum ben Ami. Die beiden Männer betrachteten den verlegenen Bar Israel und Ari ben Kanaan mit sehr unfreundlichen Blicken.

»Wir alle wissen doch, wer Ari ist«, sagte Bar Israel, auf dessen

Stirn kleine Schweißtropfen standen, mit unsicherer Stimme. »Ich dachte, ich könnte es riskieren.«

»Raus!« fauchte ihn Ben Mosche an. »Wir sprechen uns noch.« Bar Israel verließ eiligst den Raum.

»Ja, Ben Kanaan, nachdem Sie einmal da sind – was wünschen Sie?«

»Ich möchte wissen, was Sie in bezug auf Akiba und den Jungen zu tun beabsichtigen.«

»Was wir zu tun beabsichtigen? Selbstverständlich gar nichts. Was könnten wir schon tun?«

»Sie lügen!« sagte Ari.

»Ob wir nun etwas unternehmen oder nicht, jedenfalls geht es dich nicht das geringste an«, sagte Nachum.

Ari knallte die Faust mit solcher Wut auf die Platte des Schreibtisches, daß das Holz krachte. »Es geht mich etwas an! Akiba ist mein Onkel!«

Ben Mosche blieb eisig. »Wir haben keine Lust mehr, mit Verrätern zusammenzuarbeiten.«

Ari beugte sich über den Schreibtisch, bis sein Gesicht kaum eine Handbreit von dem Gesicht Ben Mosches entfernt war. »Ich kann Sie nicht riechen, Ben Mosche, und dich kann ich auch nicht riechen, Nachum ben Ami. Doch ich verlasse diesen Raum nicht eher, als bis ich weiß, was ihr vorhabt.«

»Du scheinst zu wünschen, daß wir dir eine Kugel durch den Kopf jagen.«

»Du hältst jetzt den Mund, Nachum, oder ich mache Kleinholz aus dir«, sagte Ari.

Ben Mosche nahm bedächtig seine Brille ab, hob sie gegen das Licht, putzte sie und setzte sie wieder auf. »Ari, Sie haben so eine liebenswürdige Art der Überredung«, sagte er. »Wir haben die Absicht, uns in das Gefängnis zu begeben und Akiba und den Kleinen Giora herauszuholen.«

»Das hatte ich mir schon gedacht. Und wann?«

»Übermorgen.«

»Ich komme mit.«

Nachum wollte protestieren, doch Ben Mosche hob die Hand und gebot ihm zu schweigen.

»Geben Sie mir Ihr Wort, daß die Hagana nichts davon weiß, daß Sie hier sind?«

»Ich gebe Ihnen mein Wort.«

»Was ist sein Wort schon wert?« sagte Nachum.

»Wenn jemand, der Ben Kanaan heißt, mir sein Wort gibt, so genügt mir das«, sagte Ben Mosche.

»Mir gefällt das Ganze nicht«, sagte Nachum.

»Das tut mir leid, aber da kann ich nichts machen«, sagte Ben Mosche. »Sie sind sich ja wohl klar, Ari, was dieses Unternehmen bedeutet. Wir haben alle Kräfte aufgeboten, die wir zur Verfügung haben. Sie haben im Gefängnis von Akko gesessen, Sie wissen, was das für ein Ding ist. Wenn uns diese Sache gelingt, dann bricht das den Engländern das Genick.«

»Akko ist eine rein arabische Stadt«, sagte Ari. »Das Gefängnis ist die stärkste Festung, die die Engländer in Palästina haben. Zeigen Sie mir Ihre Pläne.«

Ben Mosche machte seinen Schreibtisch auf und holte ein Bündel Blaupausen heraus. Das ganze Gebiet von Akko war bis in alle Einzelheiten genau aufgezeichnet: der Stadtgrundriß, die Zufahrtsstraßen und die Fluchtwege. Der Grundriß des Gefängnisses war, soweit Ari es beurteilen konnte, genau. Er mußte von Leuten gemacht worden sein, die selbst längere Zeit in diesem Gefängnis gesessen hatten. Die Wachttürme, die Waffenkammer, die Telefonvermittlung, alles war exakt eingezeichnet.

Ari studierte den Angriffsplan, auf dem der genaue Zeitpunkt jeder einzelnen Phase angegeben war. Es war ein Meisterwerk.

»Nun, Ari, was halten Sie davon?«

»Alles ist einwandfrei – bis auf eins. Ich zweifle nicht daran, daß es Ihnen auf diese Weise gelingen wird, in das Gefängnis hineinzukommen und die Gefangenen herauszuholen. Doch die Flucht« – Ari schüttelte den Kopf –, »das haut nicht hin.«

»Wir sind uns darüber klar, daß die Chancen für ein endgültiges Gelingen der Flucht sehr gering sind«, sagte Ben Mosche.

»Sie sind nicht gering«, sagte Ari, »sie sind gleich Null.«

»Ich weiß schon, was er vorschlagen wird«, sagte Nachum. »Er wird vorschlagen, daß wir mit der Hagana und den Kibbuzim zusammenarbeiten.«

»Genau das. Und wenn ihr das nicht tut, dann werdet ihr einen Haufen neuer Märtyrer schaffen. Hören Sie, Ben Mosche, Sie sind ein mutiger Mann, aber Sie sind schließlich kein Idiot, der unbedingt den Heldentod sterben will. So, wie Sie die Sache da geplant haben, besteht eine Chance von bestenfalls zwei Prozent. Wenn Sie mir erlauben, bessere Fluchtpläne auszuarbeiten, dann erhöhen sich Ihre Chancen auf fifty-fifty.«

»Vorsicht«, sagte Nachum. »Die Rede geht ihm bedenklich glatt vom Munde.«

»Reden Sie weiter, Ari.«

Ari breitete den Angriffsplan auf dem Schreibtisch aus. »Ich schlage vor, daß Sie die für den Aufenthalt im Gefängnis vorgesehene Zeit um fünfzehn Minuten verlängern und diese zusätzliche Zeit dazu benützen, um sämtliche Gefangenen, die sich dort befinden, zu befreien. Die befreiten Häftlinge werden in zwanzig verschiedene Richtungen davonlaufen, und die Engländer, die ihnen in ebenso viele Richtungen nachlaufen müssen, werden dadurch aufgesplittert und geschwächt.«

Ben Mosche nickte zustimmend.

»Unsere eigenen Leute sollten sich gleichfalls in kleine Gruppen aufteilen, und jede dieser Gruppen sollte sich in einer anderen Richtung von Akko entfernen. Ich werde Akiba mitnehmen, und ihr nehmt den Jungen mit.«

»Weiter«, sagte Nachum ben Ami, dem beim Zuhören klargeworden war, daß Aris Vorschläge Hand und Fuß hatten.

»Was mich betrifft, so werde ich versuchen, nach Kfar Masaryk durchzukommen. Dort werde ich in einen anderen Wagen umsteigen, um die Verfolger abzuschütteln und um auf Umwegen zum Karmelberg südlich von Haifa zu fahren. Ich habe zuverlässige Freunde in dem Drusendorf Daliyat el Karmil. Die Engländer werden gar nicht auf den Gedanken kommen, dort Nachforschungen anzustellen.«

»Das klingt nicht schlecht«, sagte Nachum. »Auf die Drusen kann man sich verlassen – besser als auf gewisse Juden, die ich kenne.«

Ari überhörte die Beleidigung. »Die zweite Gruppe, die mit Dov Landau flieht, fährt an der Küste entlang nach Nahariya und teilt sich dort. Ich kann in einem halben Dutzend Kibbuzim in der Umgebung von Nahariya dafür sorgen, daß man die Flüchtlinge aufnimmt und verbirgt. Was Landau angeht, so möchte ich vorschlagen, daß er zum Kibbuz Hamischmar an der libanesischen Grenze gebracht wird. Ich war dabei, als Hamischmar gegründet wurde; es gibt dort viele Höhlen. Dein Bruder David war im Zweiten Weltkrieg mit mir dort. Wir haben Hamischmar jahrelang als Unterschlupf für unsere führenden Männer verwendet. Landau wird dort absolut sicher sein.«

Ben Mosche saß unbeweglich wie eine Statue und sah auf seine Pläne. Er war sich klar, daß das geplante Unternehmen ohne

522

diese Verstecke nicht mehr als ein dramatisches Himmelfahrts-
kommando war. Mit Aris Hilfe bestand immerhin eine gewisse
Möglichkeit, davonzukommen. Sollte er es riskieren, mit der Hagana zusammenzuarbeiten?

»Also gut, Ari, machen Sie weiter. Zeichnen Sie die Fluchtpläne auf, die Sie entwickelt haben. Ich traue Ihnen nur, weil Sie
den Namen Ben Kanaan tragen.«

Noch vier Tage bis zum Tage X.

Vier Tage trennten Akiba und Dov Landau noch vor dem Strick
des Henkers. Der Untersuchungsausschuß der UNO flog von
Lydda nach Genf ab. Über Palästina senkte sich die bedrohliche
Stille vor dem Sturm. Die Demonstrationen der Araber hörten auf.
Die Aktivität der Makkabäer hörte gleichfalls auf. Jerusalem war
ein Feldlager, in dem es von britischen Polizisten wimmelte.

Noch drei Tage bis zum Tage X.

Der englische Premierminister richtete an die beiden zum
Tode durch den Strang Verurteilten einen letzten, verzweifelten
Appell, das Gnadengesuch zu unterschreiben. Akiba und der
Kleine Giora lehnten ab.

Der Tag X.

Markttag in Akko. Bei Tagesanbruch strömen aus zwanzig
Dörfern in Galiläa Massen von Arabern in die Stadt. Der Markt-
platz füllt sich mit Eselskarren und fahrenden Händlern. Auf den
Straßen drängen sich die Passanten.

Orientalische und afrikanische Juden, die Mitglieder der Mak-
kabäer waren, mischen sich, als Araber verkleidet, unter die
Menge, die zum Markt nach Akko strömt. Alle, ob Mann oder
Frau, tragen unter ihren langen Gewändern Sprengstoff,
Sprengkapseln, Drähte, Zünder, Handgranaten oder leichte
Waffen.

Elf Uhr. Noch zwei Stunden bis zum Zeitpunkt X.

Zweihundertundfünfzig Makkabäer und fünfzig Makkabäe-
rinnen, alle als Araber verkleidet, befinden sich jetzt unter der
Menge, die sich in der Nähe des Gefängnisses um die Stände des
Marktplatzes drängt.

Elf Uhr fünfzehn. Noch eine Stunde und fünfundvierzig Minuten bis zum Zeitpunkt X.

Wachablösung im Gefängnis von Akko. Vier Angehörige der
Wachmannschaft, die mit den Makkabäern zusammenarbeiten,
stehen auf dem Sprung.

Elf Uhr dreißig. Noch eine Stunde und dreißig Minuten bis zum Zeitpunkt X.

Außerhalb von Akko, auf dem Napoleonsberg, versammelt sich eine zweite Gruppe von Makkabäern. Drei Lastwagen mit Leuten in englischen Uniformen fahren nach Akko hinein und parken auf der Mole in der Nähe des Gefängnisses. Die ›Soldaten‹ bilden rasch kleine Gruppen von jeweils vier Mann und gehen durch die Straßen, als ob sie sich auf einem Streifengang befänden. Es sind ohnehin so viele Soldaten unterwegs, daß diese zusätzlichen hundert Soldaten überhaupt nicht auffallen.

Zwölf Uhr mittags. Noch eine Stunde bis zum Zeitpunkt X.

Ari ben Kanaan, in der Uniform eines britischen Majors, kam in einem englischen Dienstwagen angefahren. Sein Fahrer parkte den Wagen am westlichen Ende des Gefängnisses auf der Mole. Ari ging zu Fuß zu der Schanze am nördlichen Ende der Mole und lehnte sich gegen eine verrostete Kanone aus türkischer Zeit. Er steckte sich eine Zigarette an und sah zu, wie das Wasser vor ihm gegen die bemoosten Steine der Mole schlug.

Fünf nach zwölf. Noch fünfundfünfzig Minuten bis zum Zeitpunkt X.

Die Läden schließen einer nach dem anderen für die Mittagspause.

Die Araber, die in den Cafés sitzen, dösen vor sich hin, und die englischen Soldaten schleichen ermattet durch die stickige Hitze.

Zwölf Uhr und zehn Minuten. Noch fünfzig Minuten bis zum Zeitpunkt X.

Ein Muselmann klettert die vielen Stufen der Wendeltreppe des Minaretts hinauf. Seine Stimme dringt durch die mittägliche Stille, und die Mohammedaner versammeln sich in der großen Moschee mit der weißen Kuppel und in dem Hof davor und knien, das Gesicht nach Mekka gewandt, nieder zum Gebet.

Zwölf Uhr und zwölf Minuten. Noch achtundvierzig Minuten bis zum Zeitpunkt X.

Die Hitze lähmt die Araber und auch die englischen Soldaten. Die Makkabäer begeben sich zu den verschiedenen Treffpunkten. Zu zweit oder zu dritt gehen sie scheinbar ziellos durch die engen, schmutzigen Straßen.

Die erste Gruppe versammelt sich beim Abu-Christos-Café. Eine zweite, größere Gruppe versammelt sich bei der Moschee. Ihre Mitglieder lassen sich am Rande des riesigen Hofes zwischen den betenden Arabern gleichfalls wie im Gebet auf die Knie nieder.

Eine dritte Gruppe versammelt sich auf dem Khan, einem großen offenen Platz, der seit mehr als hundert Jahren als Rastort für die Karawanen dient. Hier mischen sich die Makkabäer unter die Kamele, die Esel und die Hunderte von Arabern, die zum Markt nach Akko gekommen sind und jetzt auf der Erde hocken und ausruhen.

Gruppe vier versammelt sich am Kai bei den Booten der Fischer. Die fünfte Gruppe versammelt sich auf der Mole.

Gleichzeitig gehen die hundert Makkabäer, die als britische Soldaten verkleidet sind und sich infolgedessen freier bewegen können, in Stellung. Sie steigen auf die Dächer der Häuser, und zwar so, daß sie jeden möglichen Weg, der in das Gefängnis hinein oder aus dem Gefängnis herausführt, überblicken und mit ihren Schußwaffen bestreichen können.

Die letzte Gruppe der Makkabäer geht außerhalb der Stadt in Stellung. Die Angehörigen dieser Gruppe sind nicht getarnt. Sie verlegen Landminen und postieren sich auf den Straßen mit Maschinengewehren, um englische Truppen aufzuhalten, die versuchen sollten, als Ersatz nach Akko hereinzukommen.

Zwölf Uhr fünfundvierzig. Noch fünfzehn Minuten bis zum Zeitpunkt X.

Die Makkabäer in britischer Uniform, die die Zugänge zum Gefängnis zu kontrollieren haben, befinden sich in ihren Feuerstellungen. Die Gruppen, die außerhalb von Akko die Zufahrtsstraßen blockieren, sind gleichfalls in Stellung gegangen.

Der entscheidende Stoßtrupp, zweihundertundfünfzig Mann als Araber verkleidet, setzt sich von den verschiedenen Treffpunkten aus in kleinen Gruppen in Bewegung und vereint sich an der Stelle, wo der Angriff stattfinden soll.

Ben Mosche und Nachum ben Ami sind als erste zur Stelle. Sie sehen, wie ihre Leute herankommen und sich sammeln. Sie blicken zu den Dächern der Häuser hinauf und stellen fest, daß ihre Soldaten in Stellung gegangen sind. Sie sehen zu dem Gefängnis hin, wo einer der vier Helfershelfer das verabredete Zeichen gibt, daß alles bereit ist.

Ari ben Kanaan drückt seine Zigarette aus und geht zu der Stelle, wo der Angriff stattfinden soll. Der Fahrer kommt mit dem Wagen langsam hinter ihm her.

Der Punkt des Angriffs ist Haman El-Basha, ein hundertzwanzig Jahre altes türkisches Bad. Diese Badeanstalt, erbaut von El Yazzar, liegt unmittelbar an der Südwand des Gefängnisses. Auf der Rückseite der Badeanstalt befindet sich ein Hof, in dem man Sonnenbäder nehmen kann. Von diesem Hof aus führt eine Treppe zum Dach der Badeanstalt und unmittelbar an die Mauer des Gefängnisses.

Die Makkabäer hatten festgestellt, daß die Engländer von ihren verschiedenen Wachpositionen innerhalb des Gefängnisses jeden möglichen Zugang zu dem Gefängnis sehen und jede verdächtige Bewegung entdecken konnten. Die einzige Ausnahme war die Badeanstalt und die Südmauer. Hier sollte der Angriff erfolgen.

Ein Uhr. Der Zeitpunkt X ist da.

Ben Mosche, Ben Kanaan und Ben Ami holen tief Luft und geben das Zeichen. Der Angriff auf das Gefängnis beginnt.

Ari ben Kanaan führt die Angriffsspitze, eine Gruppe von fünfzig Mann. Sie betreten die Badeanstalt und gehen sofort, ohne sich aufzuhalten, zu dem hinter dem Gelände gelegenen Hof. Die Männer dieser Gruppe haben den Sprengstoff, die Sprengköpfe und die Zündkabel bei sich.

Die Araber, die im Dampf sitzen und schwitzen, sehen völlig verblüfft die Spitzengruppe vorbeikommen. Sie werden von panischer Angst ergriffen. Im nächsten Augenblick ist das Bad ein wirres Durcheinander nackter, nasser Araber, die schreiend davonzulaufen versuchen. Eine zweite Gruppe kommt herein, drängt die Badegäste in einem der Räume zusammen und sperrt sie ein, damit sie nicht nach draußen laufen und Alarm schlagen können. Draußen vor dem Bad bekommt Ben Mosche die Meldung, daß Ari mit seiner Gruppe den Hof erreicht und daß die zweite Gruppe alle Araber eingesperrt habe.

Aris Leute stürmen die Stufen der Treppe hinauf, die vom Hof aus zum Dach hinaufführt, überqueren das Dach und bringen an der südlichen Mauer des Gefängnisses ihre Sprengladungen an. Dann ziehen sie sich in sichere Deckung zurück und legen sich im Hof flach auf die Erde.

Ein Uhr fünfzehn.

Eine ohrenbetäubende Explosion läßt Akko erzittern. Ein Hagel von Steinen fliegt durch die Luft. Es dauert volle zwei Minuten, bis sich der Rauch verzieht und eine riesige Öffnung in der Gefängnismauer erkennen läßt.

Im Innern des Gefängnisses machen sich die vier Verschworenen, als die Detonation erfolgt, an die Ausführung ihrer Sonderaufträge. Der erste vernichtet mit einer Handgranate den Klappenschrank und unterbricht jede telefonische Verbindung. Der zweite vernichtet, gleichfalls mit einer Handgranate, die Hauptsicherung, so daß es im ganzen Gefängniskomplex keinen Strom mehr gibt und die elektrische Alarmanlage außer Funktion gesetzt ist. Der dritte schnappt sich den Schließer, und der vierte rennt zu der Bresche in der Mauer, um den hereinströmenden Makkabäern den Weg zu zeigen.

Aris Männer stürmen in das Gefängnis. Die Hälfte seiner Gruppe begibt sich zunächst zur Waffenkammer. Wenige Augenblicke später sind alle bis an die Zähne bewaffnet.

Die andere Hälfte der Spitzentruppe riegelt die Unterkünfte der Wachmannschaften ab, um zu verhindern, daß diese Männer den Posten zu Hilfe kommen, die im Gefängnis Wache halten.

Von draußen schickt Ben Mosche im Abstand von jeweils einer Minute weitere Gruppen von zehn oder auch zwanzig Mann in das Gefängnis hinein. Jede dieser Gruppen hat einen ganz bestimmten Auftrag und weiß genau, an welcher Stelle sie zuzuschlagen hat. Die Makkabäer stürmen durch die Gänge und die Korridore des altertümlichen Gebäudes, schalten mit Feuerstößen ihrer Maschinenpistolen die englischen Wachposten aus und sprengen sich mit Handgranaten den Weg frei. Sie verteilen sich durch den ganzen Gebäudekomplex, schnappen sich die englischen Posten und haben knappe sechs Minuten nach der Sprengung der Mauer das Innere des Gefängnisses in ihrer Hand.

Draußen vor der Stadt gingen die Männer, die die Aufgabe hatten, das Gelingen·des Unternehmens im Innern des Gefängnisses zu sichern, in Stellung und warteten auf einen Gegenangriff der Engländer. Die Soldaten und die Polizisten in Zivil, die sich bereits in Akko befanden, wurden durch die Makkabäer in Schach gehalten, die von ihren Feuerstellungen aus sämtliche Wege kontrollierten, die zum Gefängnis führten.

Als sich alle zweihundertfünfzig Makkabäer im Innern des Gefängnisses befanden, machten sie sich daran, die Türen der Zellen zu öffnen und die Gefangenen zu befreien. Die befreiten Häftlinge, Araber wie Juden, wurden zu der in die Mauer gesprengten Öffnung geführt, und alsbald liefen sie in alle möglichen Richtungen durch die Straßen und Gassen von Akko davon.

Ari begab sich mit fünf Mann und dem gefangenen Schließer zu dem Teil des Gefängnisses, wo die Zellen der zum Tode Verurteilten und der Hinrichtungsraum lagen. Als der Schließer die äußere Tür aufschließen wollte, eröffneten die vier Posten, die Tag und Nacht vor den Zellen der beiden Verurteilten Wache hielten, das Feuer auf die eiserne Tür. Ari gab seinen Begleitern ein Zeichen, sich ein Stück zurückzuziehen, befestigte eine Haftmine an der Tür, sprang zurück und ging in Deckung. Die Mine detonierte, und die Tür wurde aus den Angeln gerissen. Ari sprang vor, warf eine Handgranate durch die Türöffnung, und die englischen Posten flüchteten in den Hinrichtungsraum.

Ari und seine Leute setzten rasch nach, überwältigten die Posten und öffneten die Türen der Zellen. Akiba und Dov Landau wurden eilig über das Dach der Badeanstalt aus dem Gefängnis und durch das Bad nach draußen gebracht.

Dov Landau wurde auf einen Lastwagen geschoben, auf dem sich bereits eine Gruppe von rund zwanzig Makkabäern befand. Ben Mosche gab dem Fahrer das Zeichen zur Abfahrt, und der Lastwagen fuhr eilig in Richtung Nahariya davon. Zwei Minuten später kam der englische Dienstwagen heran, Ari stieg mit Akiba hinten ein, und der Wagen entfernte sich in einer anderen Richtung.

Ben Mosche gab den Makkabäern mit einer Pfeife das Signal zum Rückzug. Seit der Sprengung der Mauer waren einundzwanzig Minuten vergangen.

Der Lastwagen, auf dem sich Dov Landau befand, fuhr in raschem Tempo die Straße an der Küste entlang. Die Engländer, die das Fahrzeug entdeckt hatten, nahmen mit einer motorisierten Truppe, die die Anzahl der Makkabäer um das Zehnfache überstieg, die Verfolgung auf. Der Lastwagen erreichte die jüdische Stadt Nahariya und hielt. Nachum ben Ami floh mit Dov weiter zu dem Kibbuz Hamischmar an der libanesischen Grenze, während der Rest der Gruppe als Nachhut in Stellung ging, um die Verfolger aufzuhalten. Diese siebzehn Makkabäer, Männer und Frauen, schafften es, die Engländer lange genug aufzuhalten, um Nachum ben Ami die Möglichkeit zu geben, Dov in Sicherheit zu bringen; doch alle siebzehn fanden dabei den Tod.

Akiba und Ari saßen hinten in dem englischen Dienstwagen. Vorn saß der Fahrer und ein weiterer Makkabäer. Sie entfernten sich von Akko auf einer Straße, die ins Innere und zu dem Kibbuz Kfar Masaryk führte. Beim Napoleonshügel winkte einer der Makkabäer, die hier die Straße blockierten, ihren Wagen an die Seite und sagte ihnen, daß sie hier nicht weiterfahren konnten, weil die Straße vermint sei. Diese Gruppe hielt zwei britische Kompanien auf, die nach Akko durchzustoßen versuchten.

Ari überlegte kurz und faßte rasch seinen Entschluß. Er fragte den Fahrer: »Können Sie hier seitlich von der Straße über die Felsen fahren und an der englischen Truppe da vorbeikommen?«

»Ich werde es versuchen.«

Sie bogen von der Straße ab und fuhren schwankend und holpernd über das Ackerland, um das Kampfgebiet im Bogen zu umgehen. Es gelang ihnen, an den zwei britischen Kompanien vorbeizukommen, und der Wagen bog wieder ein, um die Straße zu erreichen. Zwölf englische Soldaten rannten hinter dem Wagen her und schossen im Laufen auf ihn. Gerade als die vorderen Reifen die Straße wieder erreichten, schlug ein Geschoßhagel in das Chassis, daß der Wagen schwankte. Ari riß Akiba vom Sitz und drückte ihn auf den Boden. Rings um den Wagen peitschten Schüsse durch die Luft. Die Hinterräder des Wagens drehten sich wild und gruben sich in die Erde ein. Der Fahrer schaltete den Rückwärtsgang ein. Wieder traf eine Salve das Chassis. Zwei Soldaten mit Maschinenpistolen waren inzwischen gefährlich nahe herangekommen. Ari eröffnete aus dem hinteren Fenster das Feuer auf sie. Der eine Soldat stürzte. Der andere hob seine Maschinenpistole auf und gab einen langen Feuerstoß ab. Ari konnte die roten Flammen des Mündungsfeuers sehen.

Akiba schrie auf. Ari fiel auf Akiba. Im gleichen Augenblick erreichte der Wagen die Straße und schoß davon.

»Alles in Ordnung dahinten?«

»Wir sind beide getroffen.«

Ari richtete sich auf und untersuchte sein rechtes Bein. Die Innenseite des Oberschenkels war ohne Gefühl. Das Geschoß war tief ins Fleisch gedrungen. Die Wunde blutete nur wenig, er verspürte auch keinen starken Schmerz; nur ein Brennen.

Er kniete sich auf den Boden, drehte Akiba herum und riß

dessen blutgetränktes Hemd auseinander. Akibas Bauch war eine klaffende Wunde.

»Wie steht es mit ihm?« fragte der Makkabäer, der vorn neben dem Fahrer saß.

»Schlecht – sehr schlecht.«

Akiba war bei Bewußtsein. Er zog Ari dicht zu sich herunter.

»Ari«, sagte er, »werde ich durchkommen?«

»Nein, Onkel.«

»Dann bring mich irgendwohin, wo sie mich nicht finden – verstehst du?«

»Ja«, sagte Ari, »ich verstehe.«

Der Wagen erreichte Kfar Masaryk, wo ein Dutzend Siedler bereitstanden, um den englischen Dienstwagen zu verstecken und einen Lastwagen für die Fortsetzung der Flucht zur Verfügung zu stellen. Akiba hatte großen Blutverlust erlitten und war bewußtlos, als man ihn aus dem Wagen holte. Ari nahm sich einen Augenblick Zeit, um Sulfonamid in seine Wunde zu schütten und sich einen Druckverband zu machen. Die beiden Makkabäer, die mit ihm gefahren waren, nahmen ihn auf die Seite.

»Der alte Mann geht uns drauf, wenn wir mit ihm noch weiterfahren. Er muß hierbleiben und sofort in ärztliche Behandlung kommen.«

»Nein«, sagte Ari.

»Sind Sie wahnsinnig?«

»Hört jetzt mal gut zu, ihr beiden. Er hat keinerlei Chance, mit dem Leben davonzukommen. Und selbst wenn er durchkäme, würden ihn die Engländer hier finden. Wenn wir ihn hierlassen und er stirbt, dann wird das in ganz Palästina bekannt. Niemand außer uns darf wissen, daß es Akiba nicht gelungen ist zu fliehen. Die Engländer dürfen nie erfahren, daß er tot ist.«

Die beiden Makkabäer nickten zustimmend. Sie sprangen auf den Vordersitz des Lastwagens, Ari legte seinen Onkel hinten hinein und setzte sich neben ihn. Aris Bein fing an zu schmerzen. Der Lastwagen fuhr in südlicher Richtung davon, an Haifa vorbei, und nahm dann die Kurven der schmalen Straße, die zum Karmelberg hinaufführt. Ari hielt seinen bewußtlosen Onkel auf seinem Schoß, während der Wagen holpernd über die schlechte Straße fuhr und schwankend die gefährlichen Biegungen nahm. Sie fuhren höher und höher den Karmelberg hinauf, bis in das einsame Gebiet, in dem nur noch die Drusen wohnten.

Akiba öffnete die Augen. Er versuchte, etwas zu sagen, doch

530

er war dazu nicht mehr imstande. Er erkannte Ari. Auf seinem Gesicht erschien ein Lächeln, dann sackte sein Körper in Aris Armen zusammen.

Eine Meile vor dem Drusendorf Daliyat el Karmil fuhr der Lastwagen in ein kleines Wäldchen und hielt. Hier wartete bereits Mussa, ein Druse und Mitglied der Hagana, mit einem Eselskarren.

Ari stieg mühsam von dem Wagen herunter. Er rieb sein verwundetes Bein. Seine Jacke und seine Hosen waren von Akibas Blut getränkt. Mussa stürzte erschreckt auf ihn zu.

»Mir fehlt nichts«, sagte Ari. »Hol Akiba vom Wagen. Er ist tot.«

Mussa nahm den toten Akiba und legte den Leichnam des alten Mannes auf seinen Eselskarren.

»Ihr beide seid Makkabäer«, sagte Ari. »Niemand darf erfahren, daß Akiba tot ist, außer Ben Mosche oder Nachum. Und jetzt fahrt ihr mit dem Wagen wieder zurück und säubert ihn. Mussa und ich werden meinen Onkel begraben.«

Ari stieg auf den Eselskarren. Er fuhr an dem Dorf vorbei und zum höchsten Punkt des Karmelberges. Es begann bereits zu dämmern, als sie einen kleinen Wald erreichten, der ein Denkmal des größten aller hebräischen Propheten enthielt, des Propheten Elias. Nicht weit von dem Denkmal des Elias hoben Mussa und Ari eine flache Grube aus. »Wir wollen ihm das rote Zeug ausziehen«, sagte Ari.

Dem Toten wurde das Kostüm ausgezogen, mit dem die Engländer den zum Tod Verurteilten bekleidet hatten. Dann wurde Akiba ins Grab gelegt und mit Erde zugeschaufelt; die Stelle bedeckten sie mit Zweigen. Mussa begab sich zu seinem Eselskarren und wartete auf Ari. Ari kniete lange am Grabe seines Onkels. Das Leben Jakob Rabinskis war von seiner ersten bis zu seiner letzten Stunde Kummer und Sorge gewesen. Nun hatte er, nach so vielen Jahren der Qual, endlich Ruhe und Frieden. Eines Tages, dachte Ari, werden alle Leute wissen, wo Akiba den ewigen Schlaf schläft, und diese Stelle wird dann für alle Juden zu einem Ort der Verehrung werden.

»Leb wohl, Onkel«, sagte Ari. »Ich habe dir nicht einmal mehr sagen können, daß dein Bruder dir verziehen hat.«

Ari stand auf. Er wankte, schrie vor Schmerz laut auf und stürzte ohnmächtig zu Boden.

XVII

Kitty und Dr. Liebermann waren bedrückt, als sie im Büro einige geschäftliche Dinge besprachen.

»Ich wollte, ich wüßte einen Weg, um Sie hier bei uns zu behalten«, sagte Dr. Liebermann.

»Das ist lieb von Ihnen«, sagte Kitty. »Es wird mir jetzt, wo es soweit ist, auch merkwürdig schwer. Ich hatte gar nicht gewußt, wie sehr ich mit Gan Dafna verwachsen bin. Ich habe den größten Teil der letzten Nacht damit verbracht, die Krankengeschichten durchzugehen. Einige von diesen Kindern haben erstaunliche Fortschritte gemacht, wenn man bedenkt, was sie hinter sich haben.«

»Sie werden den Kindern fehlen.«

»Ich weiß. Und mir werden sie auch fehlen. Ich werde versuchen, in den nächsten Tagen noch alles genau zu ordnen. Einige der Fälle hätte ich gerne mit Ihnen persönlich durchgesprochen.«

»Ja, selbstverständlich.«

Kitty stand auf und wollte gehen.

»Vergessen Sie nicht«, sagte Dr. Liebermann, »daß Sie heute abend vor dem Essen in den Speisesaal kommen.«

»Das möchte ich eigentlich lieber nicht. Ich finde, es besteht kein geeigneter Anlaß für eine Abschiedsfeier.«

Der kleine Mann mit dem krummen Rücken hob die Arme hoch.

»Alle wollten es unbedingt – was konnte ich tun?«

Kitty ging zur Tür.

»Wie geht es Karen?« fragte Dr. Liebermann.

»Nicht gut. Sie ist die ganze Zeit, seit sie Dov im Gefängnis besucht hat, sehr erregt gewesen. Und nachdem wir gestern abend von dem Überfall auf das Gefängnis von Akko gehört hatten, war es heute nacht natürlich besonders schlimm mit ihr. Vielleicht erfährt sie bald, ob er davongekommen ist oder nicht. Das arme Kind hat wirklich für sein ganzes Leben genug gelitten. Es wird vielleicht eine Weile dauern, Dr. Liebermann, doch ich hoffe, daß es mir gelingen wird, sie in Amerika glücklich zu machen.«

»Ich wünschte, ich könnte Ihnen mit ehrlicher Überzeugung erklären, es sei unrecht von Ihnen, uns zu verlassen und nach Amerika zu gehen. Doch das kann ich nicht.«

Kitty verließ das Büro und ging den Korridor entlang. Sie war in Gedanken mit den Ereignissen beschäftigt, die eine ungeheure Aufregung in der Welt ausgelöst hatten. Von den Makkabäern waren zwanzig getötet und weitere fünfzehn gefangengenommen worden. Niemand wußte, wieviel Verwundete sich irgendwo verborgen hielten. Ben Mosche hatte den Tod gefunden. Es schien ein hoher Preis zu sein für zwei Menschen. Andererseits ging es eben nicht um irgendwelche Menschenleben. Der Überfall auf das Gefängnis hatte auf die Moral der Engländer und ihr Bestreben, in Palästina zu bleiben, eine verheerende Wirkung ausgeübt.

Kitty blieb vor der Tür zu Jordanas Büro stehen. Der Gedanke, ihr gegenübertreten zu müssen, war ihr sehr unangenehm. Doch dann klopfte sie an und trat ein. Jordana hob den Kopf und sah sie mit kalten Augen an.

»Ich hätte Sie gern gefragt, Jordana – wissen Sie zufällig, ob es Dov Landau gestern gelungen ist, zu entkommen? Sie verstehen, da Karen so sehr an dem Jungen hängt, wäre es für sie eine sehr große Beruhigung –«

»Ich weiß nichts darüber.«

Kitty wollte bereits gehen, doch dann drehte sie sich noch einmal um. »War Ari eigentlich an der Sache beteiligt?«

»Ari gibt mir keine Liste der Aktionen, an denen er teilnimmt.«

»Ich dachte, Sie wüßten es vielleicht.«

»Woher sollte ich es wissen? Es war eine Aktion der Makkabäer.«

»Nun, es ist mir bekannt, daß euch immer Mittel und Wege zur Verfügung stehen, um Dinge zu erfahren, die ihr zu wissen wünscht.«

»Selbst wenn ich es wüßte, würde ich es Ihnen nicht erzählen, Mrs. Fremont. Sehen Sie, ich möchte nicht, daß Sie irgend etwas daran hindern soll, rechtzeitig auf dem Flugplatz zu sein und sich an Bord der Maschine zu begeben, mit der Sie Palästina verlassen wollen.«

»Ich fände es sehr viel netter, wenn wir uns in Freundschaft getrennt hätten, aber ich habe nicht den Eindruck, als ob Sie mir dafür auch nur die geringste Chance geben wollten.«

Kitty wandte sich rasch ab, verließ Jordanas Büro und ging durch den Haupteingang nach draußen. Vom Sportplatz her, auf dem ein Fußballspiel stattfand, konnte sie die Kinder lärmen hören. Draußen auf der Grünfläche vor den Verwaltungsgebäu-

533

den spielten einige der jüngeren Kinder, einige der älteren lagen auf dem Rasen, in ihre Bücher vertieft.

Das ganze Jahr über blühten in Gan Dafna die Blumen, mußte Kitty denken, und immer war die Luft von ihrem Duft erfüllt.

Kitty ging die Stufen der Treppe vor dem Verwaltungsgebäude hinunter und überquerte den Rasen. Sie war sehr bedrückt, als sie auf die Krankenabteilung zuging. Es fiel ihr schwerer, von Gan Dafna fortzugehen, als sie gedacht hatte.

In ihrem Büro machte sie sich daran, die Karten der von ihr angelegten Krankenkartei durchzusehen.

Eigentlich sonderbar, dachte sie; als sie ihre Tätigkeit im Waisenheim von Saloniki beendet hatte, war dieses Gefühl in ihr nicht so stark gewesen. Auch in Gan Dafna hatte sie nie wirklich versucht, ein ›Freund‹ zu werden. Warum drang jetzt alles auf einmal so auf sie ein?

Vielleicht lag es daran, daß dieser Abschied das Ende eines Abenteuers war. Sie würde Ari ben Kanaan vermissen, und sie würde noch lange an ihn denken, ihr ganzes Leben lang. Aber mit der Zeit mußte doch wieder alles normal und vernünftig werden, und eines Tages würde sie Karen all das geben können, was sie sich für das Mädchen wünschte. Karen sollte auch wieder mit ihrem Tanzunterricht anfangen, den sie damals so plötzlich abbrechen mußte. Das Bild Ari ben Kanaans würde mit der Zeit verblassen, genau wie die Erinnerung an Palästina.

Kitty hörte, wie die Tür ihres Büros geöffnet wurde. Sie drehte sich um – und es verschlug ihr den Atem. Ein Araber stand in der Tür. Sein Aufzug war sonderbar. Er trug einen schlechtsitzenden westlichen Kammgarnanzug, dazu auf dem Kopf einen roten Fez, der mit einem weißen Tuch umwickelt war. Sein schwarzer Schnurrbart war lang und an den Enden zu scharfen Spitzen gezwirbelt.

»Ich wollte Sie nicht erschrecken«, sagte der Mann. »Darf ich hereinkommen?«

»Bitte«, sagte Kitty, die überrascht war, ihn englisch sprechen zu hören. Sie nahm an, daß er von einem Dorf in der Nähe kam.

Der Araber kam herein und machte die Tür hinter sich zu. »Sie sind Mrs. Fremont?«

»Ja.«

»Mein Name ist Mussa. Ich bin Druse. Wissen Sie Bescheid über die Drusen?«

Kitty erinnerte sich dunkel daran, gehört zu haben, daß die

534

Drusen eine mohammedanische Sekte waren, deren Angehörige in Dörfern südlich von Haifa auf dem Karmelberg lebten und daß sie den Juden gegenüber loyal waren.

»Sind Sie nicht reichlich weit von zu Hause fort?« fragte sie.

»Ich bin Angehöriger der Hagana.«

Kitty sprang vom Stuhl hoch. »Sie kommen wegen Ari!« sagte sie.

»Ja, er ist in Daliyat el Karmil untergetaucht, dem Dorf, in dem ich wohne. Er hatte die Führung des Überfalls auf das Gefängnis in Akko. Er bittet Sie, zu ihm zu kommen.«

Kittys Herz schlug wild.

»Er ist schwer verwundet«, sagte Mussa. »Werden Sie kommen?«

»Ja«, sagte sie.

»Nehmen Sie keine Arzttasche mit. Wir müssen vorsichtig sein. Überall sind englische Straßenkontrollen, und wenn man Arzneien findet, wird man Verdacht schöpfen. Ari sagt, Sie sollen den Wagen mit Kindern volladen. Morgen ist bei uns im Dorf eine Hochzeit. Wir sagen den Engländern, daß die Kinder zu dem Fest fahren. Ich habe einen Lastwagen. Holen Sie möglichst rasch fünfzehn Kinder zusammen und veranlassen Sie sie, Wolldecken und Zeltplanen mitzunehmen.«

»Wir können in zehn Minuten fahren«, sagte Kitty und begab sich eilig in das Büro von Dr. Liebermann.

Die Entfernung von Gan Dafna bis zu Mussas Dorf betrug achtzig Kilometer. Die Strecke bestand größtenteils aus schmalen Gebirgsstraßen, und Mussas alter Kasten kam nur langsam voran.

Die Kinder, die hinten saßen, waren entzückt über den unerwarteten Ausflug und sangen laut, während der Wagen durch die Berge ratterte. Nur Karen, die mit Kitty vorn saß, wußte Bescheid, um was es sich bei diesem Ausflug handelte.

Kitty versuchte, nähere Einzelheiten aus Mussa herauszuholen. Alles, was sie erfahren konnte, war, daß Ari vor vierundzwanzig Stunden am Bein verwundet worden war, nicht laufen konnte und große Schmerzen hatte. Was mit Dov Landau war, wußte Mussa nicht, und daß Akiba tot war, verschwieg er.

Entgegen Mussas Rat, nichts mitzunehmen, hatte Kitty einen kleinen Kasten für Erste Hilfe gepackt, mit Sulfonamid, Jod und Mullbinden, der im Handschuhfach unter dem Armaturenbrett belanglos genug wirken würde.

535

Sie hatte in ihrem Leben bisher nur zweimal wirklich tiefe Angst empfunden. Das erstemal in Chicago, als sie während der dreitägigen Krise ihrer kleinen Tocher Sandra Tag und Nacht im Wartezimmer der Polioabteilung des Kinderkrankenhauses gesessen und fast einen Nervenzusammenbruch erlitten hatte. Das zweitemal, als sie im Dom-Hotel auf neue Nachrichten über den Hungerstreik auf der *Exodus* gewartet hatte.

Und jetzt empfand sie wieder Angst. Sie hörte nicht, wie die Kinder hinten auf dem Wagen sangen, und bemerkte auch nicht, wie Karen sich bemühte, ruhig zu bleiben. Sie war wie betäubt vor Angst.

Eine Stunde verging, eine zweite und eine dritte. Die Nervenanspannung hatte Kitty an den Rand ihrer Kräfte gebracht. Sie legte den Kopf auf Karens Schulter und schloß die Augen.

Auf den Straßen war viel britisches Militär unterwegs. Kurz hinter Kfar Masaryk wurde ihr Wagen von einer Straßenkontrolle angehalten.

»Das sind die Kinder aus Gan Dafna«, sagte Mussa. »Sie fahren zu einer Hochzeit, die morgen bei uns in Dalyat gefeiert wird.«

»Alle aussteigen«, befahlen die Engländer.

Der Wagen wurde gründlich durchsucht. Sämtliche Schlafrollen der Kinder wurden aufgemacht, zwei davon mit Messern aufgeschlitzt. Die Unterseite des Wagens wurde inspiziert und der Mantel des Ersatzreifens abmontiert. Die Engländer sahen unter die Motorhaube und machten bei den Kindern Leibesvisitation. Die Kontrolle dauerte fast eine Stunde.

Am Fuße des Karmelberges wurden sie ein zweitesmal kontrolliert. Kitty war völlig erschöpft, als Mussa endlich die Straße zum Karmelberg hinauffuhr.

»Alle Dörfer der Drusen liegen sehr hoch«, sagte Mussa. »Wir sind eine kleine Minderheit und müssen uns verteidigen. Aber jetzt dauert es nur noch ein paar Minuten, dann sind wir in Daliyat.«

Kitty nahm sich zusammen, als sie den Ort erreichten und langsam durch die engen Straßen fuhren.

Daliyat el Karmil schien wirklich auf dem Dach der Welt zu liegen. Die Häuser waren blendend weiß und die Straßen musterhaft sauber, sehr im Gegensatz zu dem verdreckten und verkommenen Zustand der meisten Araberdörfer. Die Männer trugen fast alle Schnurrbärte und westliche Kleidung. Ihre Kopfbedekkung unterschied sich von der der anderen Araber. Der auffälligste Unterschied aber war ihre würdevolle Haltung und ihre stolze Miene, die deutlich zu erkennen gab, daß diese Männer zu kämpfen wußten. Die Frauen waren auffallend hübsch, die Kinder kräftig und munter.

Der Ort wimmelte von Hochzeitsgästen. Zu Hunderten waren sie aus allen anderen Drusendörfern des Karmelberges gekommen.

Der Wagen fuhr langsam an dem Gemeindehaus vorbei, wo die männlichen Gäste Schlange standen, um dem Bräutigam zu gratulieren und die Dorfältesten zu begrüßen. Auf einer Veranda neben dem Gemeindehaus stand eine fünfundzwanzig Meter lange Tafel, beladen mit Obst, Reis und Lämmerfleisch, mit Wein und Schnaps und gefüllten Kürbissen. In einem unablässigen Strom bewegten sich die Frauen auf die Veranda zu und balancierten Schüsseln mit Speisen für die Festtafel auf ihren Köpfen.

Ein Stück hinter dem Gemeindehaus hielt Mussa an. Einige Dorfbewohner kamen heran, um die Kinder zu begrüßen. Die Kinder stiegen aus und marschierten mit ihren Schlafrollen zu ihrem Campingplatz, um ihre Zelte aufzuschlagen und dann zurückzukehren, um an den Festlichkeiten teilzunehmen.

Mussa bog von der Hauptstraße in eine schmale Nebenstraße ab, die einen steilen Abhang hinunterführte. Er schaltete den ersten Gang ein und bremste. Die drei stiegen rasch aus. Kitty nahm ihren kleinen Kasten für Erste Hilfe und ging hinter Mussa her. Beim letzten Haus des Dorfes blieben sie stehen. Es wurde von einer kleinen Gruppe bewaffneter Drusen scharf bewacht.

Mussa machte die Tür auf. Kitty holte tief Luft und trat ein. Im Haus standen vor einer Zimmertür zwei weitere Wachtposten. Kitty drehte sich zu Karen um.

»Bleib hier draußen. Ich rufe dich, wenn ich dich brauche. Mussa, kommen Sie bitte mit herein.«

In dem Schlafzimmer war es dunkel, und die Luft war kühl. Kitty hörte ein Stöhnen. Sie ging rasch zum Fenster und stieß die Fensterläden auf.

Ari lag auf einem Doppelbett. Seine Hände hielten zwei der Messingstäbe des Kopfendes umklammert, während er sich vor Schmerzen wand. Kitty schlug die Bettdecke zurück. Seine Hosen und das Bettuch waren dunkel von Blut.

»Helfen Sie mir, ihm die Hose auszuziehen«, sagte Kitty. Mussa sah sie erstaunt an.

537

»Schon gut«, sagte sie. »Dann stören Sie mich wenigstens nicht. Ich sage Ihnen Bescheid, wenn ich Sie brauche.«

Vorsichtig schnitt sie den Stoff der Hosenbeine auf. Aris Puls war verhältnismäßig kräftig und regelmäßig. Sie verglich die beiden Beine. Das verwundete Bein sah nicht auffällig geschwollen aus, und Ari schien auch keinen allzu heftigen Blutverlust gehabt zu haben. Kitty war erleichtert; sie wußte jetzt, daß er sich nicht in unmittelbarer Lebensgefahr befand.

»Mussa – bringen Sie mir Seife und Wasser und ein paar saubere Handtücher. Ich möchte mir die Wunde etwas genauer ansehen.«

Sie wusch die Hände und säuberte behutsam die Umgebung der Wunde. Der Oberschenkel war verfärbt, und aus der geschwollenen Einschußstelle sickerte Blut.

Aris Lider zuckten, und er schlug kurz die Augen auf. »Kitty?«

»Ja, ich bin da.«

»Gott sei Dank.«

»Ich habe gestern Sulfonamid draufgetan. Ich hatte mir einen Druckverband gemacht, aber es schien nicht sonderlich stark zu bluten.«

»Ich möchte die Wunde untersuchen. Aber es wird weh tun.«

»Bitte, tun Sie es.«

Er stöhnte, als sie die Umgebung des Einschusses abtastete. Der kalte Schweiß brach ihm aus. Er umklammerte die Messingstäbe und rüttelte daran. Kitty hörte rasch mit ihrer Untersuchung auf. Ari zitterte minutenlang. Sie wischte ihm mit einem feuchten Tuch das Gesicht ab.

»Können Sie mit mir reden, Ari?«

»Es vergeht wieder«, sagte er. »Es kommt und geht, wie in Wellen. Ich stelle mich ganz schön an mit so einem läppischen Schuß ins Bein. Aber was ist da bloß los?«

»Das kann ich nicht mit Sicherheit sagen. Geschosse benehmen sich manchmal sonderbar. Man kann nie wissen, welchen Weg sie nehmen. Puls und Atmung sind gut bei Ihnen. Ihr Bein ist nicht geschwollen, mit Ausnahme der unmittelbaren Umgebung des Einschusses.«

»Und was bedeutet das?«

»Ich würde sagen, es bedeutet, daß Sie keine innere Blutung gehabt haben. Das Geschoß hat also keine große Schlagader getroffen. Ich kann auch nichts von irgendeiner Infektion erkennen. Ich glaube, daß Sie großes Glück hatten, wobei mir allerdings nicht gefällt, daß Sie solche Schmerzen haben.«

»Ich bin alle paar Stunden ohnmächtig geworden«, sagte er.

»Beißen Sie die Zähne zusammen. Ich möchte die Stelle noch einmal abtasten.«

Ari biß die Zähne zusammen, doch er konnte die Untersuchung nur einige Sekunden lang aushalten. Er schrie laut auf, kam mit einem Ruck im Bett hoch und fiel dann ächzend zurück.

»Dieses verdammte Ding bringt mich noch um!«

Er krallte die Hände in das Laken und drehte den Kopf zur Seite. Zehn Minuten lang wurde er von krampfartigen Schmerzen geschüttelt. Dann verebbte der Anfall, und er sank schlaff zurück.

»Kitty«, sagte er, »was kann das bloß sein? Hergott noch mal, ich kann das nicht mehr lange aushalten.«

»Konnten Sie noch laufen, nachdem Sie getroffen waren?«

»Ja – was kann das bloß sein, Kitty? Warum tut das denn so verdammt weh?«

Sie schüttelte den Kopf. »Ich bin kein Arzt. Ich kann nicht mit Sicherheit sagen, was es ist. Möglicherweise irre ich mich auch völlig.«

»Sagen Sie mir, was es Ihrer Meinung nach ist«, sagte er ächzend.

»Also, ich vermute folgendes: Das Geschoß ist von der Außenseite her in Ihren Oberschenkel eingedrungen und auf den Knochen aufgeschlagen. Es hat ihn nicht durchgeschlagen, denn dann hätten Sie nicht mehr laufen können. Und es ist auch nicht durchgeschlagen bis zur Innenseite des Schenkels, denn dann hätte es wahrscheinlich eine Schlagader getroffen.«

»Sondern?«

»Ich vermute, daß der Knochen angebrochen oder gesplittert ist. Das ist einer der Gründe, weshalb Sie solche Schmerzen haben. Ich nehme weiter an, daß das Geschoß vom Knochen abgeprallt ist, zurück nach außen. Dabei ist es möglicherweise im Fleisch steckengeblieben, daß es auf einen Nerv drückt.«

»Und was nun?«

»Es muß heraus. Sonst bringt Sie der Schmerz entweder um, oder das Bein wird gelähmt. Eine Fahrt ins Tal hinunter können Sie nicht wagen. Dabei kann alles mögliche passieren – eine Blutung, oder weiß Gott was. Wir müssen einen Arzt herholen, und zwar schnell – sonst wird es Ihnen sehr schlecht gehen.«

Ari blickte zu Mussa hinüber. Kitty sah sich um, sah den Drusen an und richtete den Blick dann rasch wieder auf Ari.

»Überall in Galiläa halten sich Leute verborgen, die bei dem Unternehmen gestern verwundet worden sind«, sagte Mussa. »Im Augenblick wird jeder jüdische Arzt in Palästina überwacht. Wenn ich einen Arzt für Ari hier heraufzubringen versuche, dann ist mit Sicherheit damit zu rechnen, daß er beschattet wird.«

Kitty stand auf und zündete sich eine Zigarette an. »Dann kann ich Ihnen nur den Rat geben, den Engländern mitzuteilen, wo Sie sind, und zu veranlassen, daß Sie sofort in ärztliche Behandlung kommen.«

Ari gab Mussa einen Wink, und der Araber verließ den Raum. »Kitty«, rief er.

Sie ging an sein Bett. Er streckte den Arm aus und nahm ihre Hand. »Die Engländer hängen mich auf, wenn sie mich kriegen. Es liegt bei Ihnen.«

Kittys Kehle schnürte sich zusammen. Sie entzog ihm ihre Hand, entfernte sich von dem Bett, lehnte sich mit dem Rücken gegen den Wand und versuchte, ihre Gedanken zu ordnen.

Ari war jetzt ganz ruhig und hielt den Blick auf sie gerichtet. »Ich kann nicht«, sagte sie. »Ich bin kein Arzt.«

»Sie müssen.«

»Ich habe hier nichts von alldem, was man dazu braucht.«

»Sie müssen es tun.«

»Ich kann nicht – ich kann es nicht. Verstehen Sie denn nicht – Sie würden derartige Schmerzen dabei haben – Sie könnten möglicherweise einen Kollaps bekommen – Ari – ich wage es einfach nicht.«

Sie ließ sich auf einen Stuhl sinken. Sie dachte daran, daß Ari bei dem Überfall auf das Gefängnis die Führung gehabt hatte, und wußte, was er zu erwarten hatte, falls ihn die Engländer fanden. Sie wußte, daß sie seine einzige Hoffnung war; wenn sie jetzt nicht handelte, bedeutete es, daß sie ihn zum Tode verurteilte. Sie gab sich einen Ruck und stand auf. Auf der Kommode stand eine Flasche Cognac. Sie nahm sie und ging damit zu Ari. »Da, trinken Sie das. Und wenn die Flasche leer ist, bekommen Sie noch eine. Betrinken Sie sich – lassen Sie sich so voll laufen, wie Sie nur können, denn ich werde Ihnen höllisch weh tun müssen.«

»Danke, Kitty.«

Sie ging rasch zur Tür, und machte sie auf und rief: »Mussa!«

»Ja!«

»Wo können wir ein paar Medikamente bekommen?«

»Im Kibbuz Yagur.«

»Wie lange braucht ein Mann, um dorthin und wieder zurück-zukommen?«

»Hinzukommen ist kein Problem. Aber zurück – er darf keine Straße benutzen, kann also nicht mit dem Wagen fahren. Zu Fuß dauert der Weg hier in diesen Bergen viele Stunden – vielleicht ist er nicht einmal bis zum späten Abend zurück.«

»Ich schreibe Ihnen eine Liste der Dinge auf, die ich brauchen werde. Schicken Sie so rasch wie möglich einen Mann zu diesem Kibbuz.«

Kitty überlegte. Vielleicht würde der Bote erst spät am Abend zurückkehren, vielleicht sogar überhaupt nicht. Die Krankenstation eines Kibbuz mochte vielleicht über schmerzstillende Mittel verfügen, aber sicher war es nicht. Jedenfalls konnt sie nicht riskieren, noch länger zu warten. Sie schrieb auf, daß sie zwei Liter Plasma brauchte, Penicillin, Morphium, Verbandzeug, ein Thermometer und einige weitere Instrumente. Mussa schickte einen der Wachtposten mit der Liste nach Yagur.

»Karen, du wirst mir helfen müssen, aber es wird eine ziemlich harte Sache werden.«

»Das macht mir nichts.«

»Bist ein braves Mädchen. Sagen Sie, Mussa, habt ihr hier bei euch irgend etwas an Verbandmaterial?«

»Ein bißchen was, aber nicht viel.«

»Macht nichts. Zusammen mit dem, was ich mitgebracht habe, wird es eben reichen müssen. Haben Sie eine Taschenlampe – und – vielleicht ein paar Rasierklingen, oder ein kleines, sehr scharfes Messer?«

»Ja, das kann ich beschaffen.«

»Wunderbar. Ich möchte, daß die Rasierklingen und das Messer eine halbe Stunde lang ausgekocht werden.«

Mussa wandte sich an seine Leute und gab den Auftrag weiter.

»Und jetzt legt ein paar Decken auf den Fußboden. Das Bett federt zu sehr. Er muß auf einer festen Unterlage liegen. Und du, Karen, nimmst diese blutigen Laken ab, wenn wir ihn auf den Fußboden legen, und beziehst das Bett frisch. Mussa, besorgen Sie ihr ein paar saubere Laken.«

»Sonst noch etwas?« fragte Mussa.

»Ja. Wir werden sechs oder acht Männer brauchen, die ihn aus dem Bett heben und festhalten.«

Alles wurde vorbereitet. Auf dem Fußboden wurden Decken ausgebreitet. Ari trank einen Cognac nach dem anderen. Vier von den Drusen hoben ihn so vorsichtig wie möglich vom Bett und legten ihn auf den Fußboden. Karen nahm rasch die blutigen Laken ab und bezog das Bett frisch. Die Rasierklingen und das Messer wurden hereingebracht. Kitty wusch sich gründlich die Hände, säuberte die Umgebung des Einschusses und pinselte die Stelle mit Jod ein. Sie wartete, bis Ari so viel Cognac getrunken hatte, daß er nur noch lallte. Dann legte sie ihm ein Kissen unter den Kopf und steckte ihm ein Taschentuch in den Mund, auf das er beißen sollte.

»Ich bin bereit«, sagte sie. »Haltet ihn fest – wir wollen anfangen.«

Ein Mann hielt Aris Kopf, je zwei hielten seine beiden Arme, zwei hielten das heile und einer hielt das verwundete Bein. Die acht Drusen drückten Ari fest auf den Fußboden. Karen stand dabei und hielt die Taschenlampe, den Cognac, und die spärlichen Hilfsmittel, die zur Verfügung standen, griffbereit. Kitty ließ sich auf die Knie nieder und beugte sich über die Wunde. Karen richtete den Schein der Taschenlampe darauf.

Kitty nahm eine Rasierklinge in die Finger der rechten Hand und gab den Männern einen Wink, sich bereit zu machen. Sie drückte die Klinge gegen den Schenkel, zielte, zog die Klinge mit einer raschen, kräftigen Bewegung tief durch das Fleisch und machte über dem Einschuß einen Schnitt von fünf Zentimeter Länge. Ari flog am ganzen Körper. Schleim strömte aus seiner Nase, und der Schmerz trieb ihm das Wasser aus den Augen. Die Männer hatten Mühe, ihn festzuhalten.

Karen sah, wie das Blut aus Kittys Lippen wich, und wie sie die Augen verdrehte. Sie packte Kittys Haar, zog ihr Gesicht hoch und goß ihr einen Schluck Cognac in den Mund. Kitty würgte einen Augenblick, dann faßte sie sich und nahm einen zweiten Schluck. Ari fiel in eine wohltätige Ohnmacht.

Karen richtete erneut den Schein der Taschenlampe auf den Einschnitt. Kitty hielt mit der linken Hand die Ränder des Einschnittes auseinander, faßte mit Daumen und Mittelfinger der rechten Hand in die Öffnung und suchte im Fleisch nach dem Geschoß. Ihr Fingernagel traf gegen etwas Hartes. Mit letzter Anstrengung faßte sie das Geschoß und zog es heraus.

Sie saß auf dem Fußboden, hielt das Geschoß in die Höhe, sah es an und fing zu lachen an. Dann begann Kitty halb hysterisch zu schluchzen.

»Mussa«, sagte Karen, »legt ihn rasch wieder auf das Bett. Paßt auf, daß nichts in die Wunde kommt.« Karen half Kitty aufzustehen und führte sie zu einem Stuhl. Kitty sank in den Stuhl. Karen nahm ihr das Geschoß, das sie immer noch krampfhaft festhielt, aus der Hand und wischte ihr mit einem feuchten Tuch das Blut von den Händen. Dann ging sie zu Ari, streute Sulfonamid auf die Wunde und legte einen lockeren Verband darüber. Sie wusch ihn mit einem Schwamm ab. Kitty saß noch immer zusammengesunken auf ihrem Stuhl und schluchzte.

Karen schickte alle Männer aus dem Raum, schenkte für Kitty noch einen Cognac ein, und ging ebenfalls hinaus.

Kitty trank das Glas leer, dann stand sie auf und ging zu Ari. Sie fühlte seinen Puls, zog seine Augenlider hoch und prüfte seine Gesichtsfarbe. Ja, er würde durchkommen.

Sie legte den Kopf auf seine Brust. »Ari – Ari – Ari –«, flüsterte sie schluchzend.

XVIII

Aris heftige Schmerzen ließen nicht nach. Die angeforderten Medikamente kamen nicht. Kitty konnte ihn keinen Augenblick aus den Augen lassen. Mehrmals mußte sie Mussa bitten, Männer hereinzuschicken, um Ari, der sich im Bett herumwarf, festzuhalten, damit er die offene Wunde nicht gefährde.

Oben im Dorf ging das Tanzen, Singen und Feiern weiter. Die Braut, die sich den ganzen Tag über verborgen gehalten hatte, wurde aus ihrem Versteck herausgebracht. Der Bräutigam, in Cut und Zylinder, bestieg ein Pferd und ritt zu seiner Braut, durch eine mit Blumen bestreute Gasse, in der Drusen mit Gewehren Spalier bildeten.

Karen blieb die ganze Zeit in dem Vorraum. Mehrmals im Verlauf der langen Nacht kam sie herein, um Kitty für kurze Zeit abzulösen. Am Morgen waren beide durch den Mangel an Schlaf und die anhaltende Spannung erschöpft. Die Medikamente waren noch immer nicht angekommen.

»Es ist wohl das beste, Sie bringen die Kinder wieder nach Gan

Dafna zurück«, sagte Kitty zu Mussa. »Gibt es außer Ihnen hier noch jemanden, der Englisch spricht?«

»Ja, ich werde ihm Bescheid sagen, daß er hier bei Ihnen bleibt.«

»Gut. Können Sie noch ein Bett hier aufstellen, eine Couch oder irgend etwas, worauf ich liegen kann? Ich werde einige Zeit in seiner unmittelbaren Nähe bleiben müssen.«

»Das werde ich veranlassen.«

Kitty ging nach nebenan, wo Karen auf einer Bank eingeschlafen war. Sie streichelte sanft ihre Wange. Karen richtete sich auf und rieb sich die Augen. »Alles in Ordnung?«

»Nein – er hat sehr große Schmerzen. Ich möchte, daß du heute vormittag wieder mit den Kindern zurückfährst.«

»Aber Kitty –«

»Keine Widerrede. Sage Dr. Liebermann, ich müßte hierbleiben, bis er außer Gefahr ist.«

»Aber wir sollten doch übermorgen abreisen.«

Kitty schüttelte den Kopf. »Sag dem Reisebüro Bescheid, daß wir nicht fliegen. Wir können später neue Flugkarten bestellen. Ich muß so lange hierbleiben, bis jemand herkommen kann, der die Pflege übernimmt. Ich weiß nicht, wie lange es dauern wird.«

Karen umarmte Kitty und wollte gehen.

»Hör mal, Karen – fahr nach Safed, und sage Bruce Sutherland, wo ich bin. Frage ihn, ob er nach Haifa kommen kann, um sich dort mit mir zu treffen. Sage ihm, er möchte mich in dem größten Hotel von Haifa erwarten. Ich weiß nicht, wie das größte Hotel heißt, aber ich werde es finden. Gib ihm ein paar Sachen für mich mit, damit ich mich umziehen kann.«

Gegen Mittag begannen die Festgäste allmählich Daliyat el Karmil zu verlassen. Die Drusen begaben sich in ihre Dörfer, und die Juden machten sich zu ihrem Kibbuz und nach Haifa auf. Mussa lud die Kinder auf seinen Wagen und fuhr mit ihnen nach Gan Dafna.

Kitty war mit Ari in dieser fremden Gegend allein. In diesem ersten ruhigen Augenblick wurde ihr auf einmal bewußt, was eigentlich geschehen war. Sie stand vor seinem Bett und sah ihn an.

»Allmächtiger«, flüsterte sie. »Was habe ich getan?« All die Monate, in denen sie sich gegen ihn gewehrt hatte, der ganze Widerstand, den sie umsichtig aufgebaut hatte – das alles war in dem Augenblick zusammengestürzt, als sie ohne jede Überlegung zu ihm geeilt war. Sie hatte plötzlich Angst vor der Macht, die Ari über sie besaß.

Spät am Abend kam der Mann mit den Medikamenten vom Kibbuz Yagur zurück. Er war quer durch die Berge gegangen und hatte sich wiederholt länger Zeit verbergen müssen. Überall waren britische Patrouillen unterwegs, die nach Verwundeten des Überfalls auf das Gefängnis in Akko suchten.

Kitty verabreichte Ari rasch einen Liter Plasma und große Mengen Penicillin als Schutz gegen Infektion, die sie infolge der Umstände, unter denen die Operation stattgefunden hatte, als unausbleiblich befürchtete. Sie erneuerte den Verband und gab Ari eine Morphiumspritze, um den mörderischen Schmerz zu lindern.

Die nächsten beiden Tage und Nächte hielt Kitty den Patienten ständig unter Morphium, um den Schmerz zu neutralisieren. Sie sah, wie sich sein Zustand von Minute zu Minute besserte. Der Einschnitt begann zu heilen. Irgendeine ernstliche Komplikation schien nicht einzutreten. Wenn Ari für kurze Augenblicke bei Bewußtsein war, nahm er etwas Nahrung zu sich; er war aber zu apathisch, um wirklich wahrzunehmen, was um ihn herum vorging. Die Einwohner des Drusendorfes waren voller Bewunderung für Kittys Tüchtigkeit und Ausdauer. Besonders die Frauen waren von der Art angetan, wie sie die Männer herumkommandierte.

Als Kitty die Gewißheit hatte, daß keine Gefahr mehr bestand und die Heilung nur noch eine Frage der Zeit war, wurde sie unruhig.

Sie legte sich erneut die Frage vor, ob sie ein Recht dazu hatte, von den Kindern in Gan Dafna fortzugehen. Diese Kinder brauchten sie. Wo war die Grenze zwischen beruflicher Pflicht und menschlicher Verpflichtung? Und was war mit Karen? Kam sie nur deshalb nach Amerika mit, weil sie fürchtete, Kitty sonst zu verlieren?

Am meisten machte Kitty jedoch die Sache zu schaffen, die sie logisch nicht mehr zu erklären vermochte. Schon einmal war sie gegen ihren Willen in die Angelegenheiten dieser ihr so fremden Menschen verwickelt worden: Auf Zypern war sie entschlossen gewesen, nicht für sie zu arbeiten – und dann hatte sie Karen gesehen. Was jetzt geschehen war, schien eine Wiederholung: Am Vorabend ihrer Abreise aus Palästina hatte sie irgend etwas zurückgehalten und zu Ari getrieben. War das Zufall oder war es

Schicksal, höhere Fügung? So sehr sich ihr gesunder Menschenverstand gegen diese fantastische Vorstellung auflehnte – es blieb beunruhigend und erschreckend.

Aris Zustand machte unter Kittys Pflege rasche Fortschritte. Er war ein erstaunlicher Mann, mußte Kitty denken. Gegen Ende des vierten Tages hatte sie die Dosierung des Morphiums wesentlich heruntergesetzt. Sie hatte auch aufgehört, ihm Penicillin zu geben, weil sie sicher war, daß die Wunde sich nicht entzünden und langsam verheilen würde.

Als Ari am Morgen des fünften Tages erwachte, hatte er mächtigen Hunger, große Lust, sich zu rasieren und zu waschen, und war überhaupt guter Dinge. Doch während Ari in erneuter Vitalität die Augen aufschlug, klappte Kitty das Visier herunter. Sie nahm ihm gegenüber eine eiskalte, unpersönliche Haltung ein. Sie erteilte ihm Befehle wie ein Hauptfeldwebel und entwickelte den Plan für die nächsten Wochen, als ob er ein Fremder wäre.

»Ich hoffe, daß ich Sie bis zum Ende dieser Woche völlig aller Narkotika entwöhnt haben werde. Ich möchte, daß Sie anfangen, Gymnastik zu treiben und das Bein möglichst viel zu bewegen. Sie müssen dabei allerdings sehr vorsichtig sein, damit die Stelle des Einschnitts nicht zu sehr beansprucht wird. Der Schnitt ist nicht vernäht.«

»Wie lange wird es dauern, bis ich wieder gehen kann?«

»Darüber kann ich ohne Röntgenaufnahme nichts sagen. Soviel aber weiß ich, daß Sie wenigstens einen Monat lang nirgendwo hingehen werden.«

Ari stieß einen leisen Pfiff aus, während sie das Laken unter ihm glattzog.

»Ich gehe jetzt ein wenig spazieren«, sagte sie. »In einer halben Stunde bin ich wieder da.«

»Einen Augenblick, Kitty. – Ich – hm – sehen Sie, Sie sind sehr nett zu mir gewesen. Sie haben mich wie ein Engel bewacht. Aber seit heute früh scheinen Sie böse zu sein. Ist irgend etwas los? Habe ich irgend etwas getan?«

»Ich bin müde und überanstrengt. Ich habe fünf Nächte lang nicht geschlafen. Es tut mir leid, daß ich nicht in der Lage bin, Sie zu erheitern, indem ich Ihnen etwas vorsinge oder vortanze.«

»Nein, das ist es nicht. Da steckt noch irgend etwas anderes dahinter. Es tut Ihnen leid, daß Sie hergekommen sind, nicht wahr?«

»Ja«, sagte sie leise.

»Hassen Sie mich eigentlich?«

»Ob ich Sie hasse, Ari? Habe ich nicht deutlich genug erkennen lassen, was ich für Sie empfinde? Bitte, ich bin müde –«

»Was ist es denn? Wollen Sie es mir nicht sagen?«

»Ich bin böse mit mir, weil ich Sie liebe. Wollen Sie sonst noch irgend etwas wissen?«

»Sie können manchmal schrecklich kompliziert sein, Kitty Fremont.«

Kitty sah ihm eine Weile fest in die Augen. »Im Grunde ist es sehr einfach mit mir, Ari. Ich muß das Gefühl haben, daß mich der Mann, den ich liebe, wirklich braucht.«

»Habe ich Ihnen nicht deutlich genug zu erkennen gegeben, daß ich Sie brauchte.«

Kitty lachte kurz und bitter. »Ja, Ari, Sie brauchten mich. Sie haben mich auf Zypern gebraucht, damit ich gefälschte Papiere aus dem Lager schmuggelte, und jetzt brauchen Sie mich wieder, damit ich ein Geschoß aus Ihnen heraushole. Wirklich beachtlich das Köpfchen, das Sie haben. Selbst als Sie halbtot waren und sich vor Schmerzen wanden, waren Sie in der Lage, an alles zu denken. Sie dachten daran, daß man den Wagen mit Kindern volladen sollte, um keinen Argwohn zu erregen. Nein, Ari, Sie haben nicht *mich* gebraucht. Sie brauchten jemanden, der geeignet war, die britische Straßensperre zu passieren.

Ich mache Ihnen keinen Vorwurf«, fuhr sie fort. »Wenn hier irgend jemand schuld hat, dann bin ich das in erster Linie selbst. Aber wir haben schließlich alle unser Kreuz zu tragen, und ich vermute, mein Kreuz sind Sie.«

»Müssen Sie mich deshalb behandeln, als wäre ich ein Unmensch?«

»Ja – denn das sind Sie. Sie sind viel zu besessen von dem zweiten Auszug der Kinder Israels, als daß Sie ein menschliches Wesen sein könnten. Sie wissen nicht, was es heißt, jemanden zu lieben. Sie verstehen nur, gegen andere zu kämpfen. Nun, ich nehme den Kampf auf gegen Sie, Ben Kanaan, und ich werde Sie schlagen und dann vergessen.«

Ari blieb stumm, als sie an sein Bett kam und vor ihm stehen blieb. Der Zorn trieb ihr Tränen in die Augen. »Eines Tages werden Sie wirklich jemanden brauchen, und das wird sehr schlimm für Sie werden, weil Sie es nicht fertigbringen, jemanden ehrlich um Hilfe zu bitten.«

»Wollten Sie nicht einen Spaziergang machen?« sagte er.

»Ja, ich begebe mich auf einen Spaziergang, und zwar auf einen ziemlich langen. Die brave Schwester Fremont hat ihre Schuldigkeit getan. In ein paar Tagen wird jemand vom Palmach hier heraufkommen und sich um Sie kümmern. Bis dahin werden Sie schon nicht sterben.«

Sie wandte sich heftig ab und ging zur Tür.

»Kitty – wie muß ein Mann eigentlich sein, um der großartigen Vorstellung zu entsprechen, die Sie vom Manne haben?«

»Er muß weinen können. Sie tun mir leid, Ari ben Kanaan.«

Kitty verließ Daliyat el Karmil noch am gleichen Morgen.

XIX

Bruce Sutherland hatte seit zwei Tagen in Haifa im Zionhotel auf Kitty gewartet. Es schien Kitty, als sei sie noch nie in ihrem Leben so glücklich gewesen, jemanden zu sehen. Nach dem Abendessen fuhr Sutherland mit ihr auf den Har Hakarmel, den Berg im jüdischen Sektor von Haifa. Sie gingen in ein Restaurant mit einer großartigen Aussicht: Man sah auf die Stadt und den Hafen hinunter, sah die Bucht entlang bis nach Akko, und dahinter die Berge des Libanon.

»Nun, wie geht es uns denn jetzt?«

»Danke, Bruce schon viel besser. Ich bin froh, daß Sie gekommen sind.« Sie betrachtete die Aussicht. »Am ersten Abend in Palästina war ich auch schon hier oben. Ari war mit mir hierhergefahren. Soviel ich mich erinnere, hatte unsere Unterhaltung irgend etwas mit der Spannung zu tun, in der wir leben.«

»Für die Juden ist Palästina die Bedrohung und der Kampf ein ebenso selbstverständlicher Bestandteil ihres Lebens wie für euch Amerikaner der Baseball. Dadurch werden die Menschen hier hart.«

»Dieses Land setzt mir dermaßen zu, daß ich gar nicht mehr klar denken kann. Je mehr ich versuche, mir logisch über alles klarzuwerden, desto mehr werde ich das Opfer von Gefühlen und unerklärlichen Kräften. Ich muß hier weg, ehe mich dieses Land auffrißt.«

»Kitty, wir wissen inzwischen, daß sich Dov Landau in Sicherheit befindet. Er hält sich in Hamischmar verborgen. Ich habe es Karen noch nicht gesagt.«

»Ich glaube, sie muß es erfahren. Sagen Sie, Bruce, was wird hier werden?«

»Bin ich ein Prophet?«

»Meinen Sie, daß die UNO den Arabern gegenüber nachgeben wird?«

»Ich glaube, daß es Krieg geben wird.«

»Und wie wird sich das für Gan Dafna auswirken? Das muß ich wissen.«

»Die Araber können hier in Palästina fünfzigtausend Mann auf die Beine stellen und außerdem ungefähr zwanzigtausend Mann, die illegal über die Grenze kommen. Es gab einen Burschen namens Kawuky, der diese Streitkräfte in den Unruhen der Jahre 1936 bis 1939 anführte. Er ist bereits wieder eifrig dabei, eine ähnliche Gangsterbande zu organisieren. Es ist leichter, den Arabern als den Juden Waffen zukommen zu lassen; sie sind rings von guten Freunden umgeben.«

»Und was werden die anderen machen, Bruce?« fragte Kitty.

»Die anderen? Sowohl Ägypten wie der Irak verfügen über eine Armee von rund fünfzigtausend Mann. Syrien und der Libanon können weitere zwanzigtausend Mann auf die Beine stellen. Transjordanien hat die Arabische Legion, hervorragende Soldaten, mit den modernsten Waffen ausgerüstet. Nach unseren heutigen Begriffen haben die Araber keine wirklich erstklassigen Armeen; immerhin haben sie allerhand moderne Einheiten und verfügen über Artillerie, Kriegsschiffe und Kampfflugzeuge.«

»Sie waren doch als Berater der Hagana tätig, Bruce. Was haben Sie den Leuten gesagt?«

»Ich habe ihnen geraten, eine Verteidigungslinie zwischen Tel Aviv und Haifa zu errichten und zu versuchen, diesen schmalen Streifen zu halten. Kitty, die Aussichten für die Juden sehen nicht rosig aus. Sie haben den Palmach mit vier- bis fünftausend Mann, und sie haben die Hagana mit fünfzigtausend Mann. Doch das ist eine Armee, die nur auf dem Papier steht. Sie besitzt nur zehntausend Gewehre. Die Makkabäer können rund tausend Mann stellen, die mit leichten Waffen ausgerüstet sind, nicht mehr. Die Juden haben keine Artillerie, kein Luftwaffe, keine Flotte. Doch sie haben meinen Rat ebensowenig angenommen wie den irgendeines anderen militärischen Beraters, der ihnen gesagt hat, sie sollten sich auf eine schmale Verteidigungslinie zurückziehen. Die Juden sind entschlossen, um jeden Mo-

549

schaw, jeden Kibbuz, jedes Dorf zu kämpfen. Das heißt also, daß sie auch Gan Dafna verteidigen werden. Wollen Sie noch mehr hören?«

Kittys Stimme war unsicher. »Nein«, sagte sie. »Ich habe genug gehört. Und dennoch! Ist es nicht merkwürdig, Bruce? Eines Nachts, als ich mit den Menschen vom Palmach auf dem Berg Tabor war, hatte ich den Eindruck ihrer Unbesiegbarkeit, empfand ich sie als die Soldaten Gottes. Ja, Lagerfeuer und Mondschein schienen auch auf mich ihre romantische Wirkung nicht zu verfehlen.«

»Alles, was ich in meinem ganzen Leben als Soldat gelernt habe, sagt mir, daß die Juden nicht gewinnen können. Doch wenn man sich ansieht, was sie hier in diesem Land erreicht haben, dann ist man kein Realist, wenn man es ablehnt, an Wunder zu glauben.«

»Wenn ich nur auch so denken könnte, Bruce!«

»Was für eine Spielzeug-Armee diese Juden doch haben! Ein paar Burschen und Mädchen ohne Gewehre, ohne Ränge und Uniform, und sogar ohne Bezahlung. Der Kommandant des Palmach ist kaum dreißig Jahre alt, und seine drei Brigadeführer sind rund fünfundzwanzig. Aber in ihnen ist etwas, das von Militärexperten zwar nicht in Rechnung gestellt werden kann, womit die Araber aber doch sehr zu tun haben werden: Die Juden sind bereit, den letzten Mann, die letzte Frau und das letzte Kind zu opfern, nur um das zu behalten, was sie hier erreicht haben.«

»Glauben Sie, daß die Juden siegen können? Glauben Sie das wirklich?«

»Nennen Sie es ein Gotteswunder, wenn Sie wollen, oder sagen wir lieber schlicht und einfach, daß die Juden nicht nur *einen* Ari ben Kanaan haben.«

Am nächsten Tag fuhr Kitty nach Gan Dafna zurück. Sie war überrascht, in ihrem Büro Jordana zu sehen, die hier auf sie gewartet hatte.

»Was führt Sie zu mir, Jordana?« fragte Kitty kühl. »Ich bin sehr beschäftigt.«

»Wir haben gehört, was Sie für Ari getan haben«, murmelte Jordana verlegen, »und ich wollte Ihnen gern sagen, wie dankbar ich Ihnen bin.«

»Ihr Nachrichtendienst scheint also wieder zu funktionieren. Ich bedaure, daß ich meine Abreise verschieben mußte. Im übrigen brauchen Sie sich nicht verpflichtet zu fühlen. Ich hätte dasselbe für einen angeschossenen Hund getan.«

Kitty machte Reisepläne. Doch dann bat Dr. Liebermann sie, noch ein paar Wochen zuzulegen. Aliyah Bet hatte weitere hundert Kinder ins Land geschmuggelt, und für diese Kinder mußte neues Pflegepersonal ausgebildet werden. Viele der Neuangekommenen waren in sehr schlechter Verfassung, nachdem sie mehr als zwei Jahre in DP-Lagern zugebracht hatten.

Kitty blieb, und machte dann erneut Reisepläne. Schließlich waren es wieder nur noch zwei Tage, bis sie, zusammen mit Karen, Gan Dafna und Palästina verlassen wollte.

Gegen Ende August 1947 machte der Untersuchungsausschuß der UNO von Genf aus verschiedene Schlichtungsvorschläge.

Jeder dieser Pläne befürwortete die Aufteilung Palästinas in ein arabisches und ein jüdisches Gebiet, wobei Jerusalem internationales Territorium werden sollte. Die lauteren Absichten des Ausschusses standen dabei außer Frage, denn er setzte sich gleichzeitig dafür ein, daß ab sofort monatlich sechstausend Juden aus den DP-Lagern Europas Erlaubnis zur Einwanderung erhalten und daß die Juden Grund und Boden erwerben dürfen sollten.

Die Juden hatten darum gebeten, dem Gebiet des jüdischen Staates die Negev-Wüste hinzuzufügen. Die Araber besaßen Millionen Quadratmeilen unfruchtbarer Wüste. Die Juden wollten dieses kleine Gebiet, das einige tausend Quadratmeilen umfaßte, gern dazuhaben, weil sie hofften, es urbar machen zu können. Der Untersuchungsausschuß der UNO war damit einverstanden.

Aber auch *mit* der Negev-Wüste war das abgeteilte Gebiet ein lebensunfähiger Staat. Es bestand aus drei Gebietsstreifen, die durch schmale Korridore miteinander verbunden waren. Die Araber erhielten drei größere Gebietsstreifen, gleichfalls durch Korridore verbunden. Die Juden verloren ihre Ewige Stadt, Jerusalem. Sie behielten das Scharon-Gebiet und die Teile von Galiläa, die sie dem Sumpf abgewonnen hatten. Das Ganze war ein unhaltbares/Staatengebilde, doch der Jischuw-Zentralrat und die Zionistische Weltorganisation erklärten sich bereit, den Kompromißvorschlag anzunehmen. Auch die Araber erteilten ihre Antwort. Sie erklärten, die Teilung Palästinas bedeute den

551

Krieg. Trotz der Drohung der Araber beschloß der Untersuchungsausschuß, den Plan der Teilung Palästinas im September der UNO in New York vorzulegen.

Alles war verpackt, geordnet und geregelt. Wieder einmal stand die Abreise von Kitty und Karen unmittelbar bevor. Am nächsten Morgen würde Bruce Sutherland sie in seinem Wagen zum Flugplatz Lydda bringen, und am Abend sollten sie nach Rom abfliegen. Die großen Koffer waren schon per Schiff vorausgeschickt worden. In der Wohnung war alles aufgeräumt und eingepackt. Kitty saß in ihrem Büro am Schreibtisch, um die letzten Karteikarten einzuordnen. Dann brauchte sie die Karteikästen nur noch in den Aktenschrank zu stellen, den Aktenschrank abzuschließen und aus der Tür hinauszugehen – für immer.

Sie nahm die oberste Karteikarte und las ihre Aufzeichnungen.

MINNA (Familienname unbekannt), 7 Jahre alt. Geboren im Konzentrationslager Auschwitz. Eltern unbekannt. Wir nehmen an, daß Minna aus Polen stammt. Sie kam Anfang des Jahres mit Aliyah Bet illegal nach Palästina. Als sie in Gan Dafna ankam, war sie physisch sehr schwach und krank und zeigte starke psychische Störungen...

ROBERT DUBAY, 16 Jahre alt. Französischer Herkunft. Robert wurde im Konzentrationslager Bergen-Belsen von englischen Soldaten gefunden. Er war damals dreizehn Jahre alt und wog fünfundfünfzig Pfund. Der Junge war Augenzeuge des Todes seiner Mutter, seines Vaters und eines seiner Brüder. Seine Schwester, die später Selbstmord beging, war von den Deutschen zur Prostitution gezwungen worden. Robert zeigt Anzeichen von Feindlichkeit.

SAMUEL KASNOWITZ, 12 Jahre alt. Estnischer Herkunft. Von den Angehörigen der Familie ist niemand am Leben geblieben. Samuel lebte versteckt im Keller einer christlichen Familie, bis er gezwungen war, in den Wald zu flüchten, wo er zwei Jahre lang allein gelebt hat...

ROBERTO PUCCELLI, 12 Jahre alt. Italienischer Herkunft. Keine überlebenden Familienangehörigen bekannt. Wurde im Lager Auschwitz befreit. Sein rechter Arm ist als Folge von Schlägen lebenslänglich verkrüppelt...

So ging es weiter und weiter.

Kitty Fremont stellte die Karteikästen in den Aktenschrank

und schloß ihn ab. Sie sah sich einen Augenblick in ihrem Büro um, dann machte sie rasch das Licht aus und ging hinaus.

Als sie in ihre Wohung kam, rief sie nach Karen. Sie bekam keine Antwort, aber auf dem Küchentisch lag ein Zettel.

Liebe Kitty,
die Gruppe möchte zum Abschied gern ein Lagerfeuer machen. Es wird
aber nicht allzu spät werden.   *Karen*

Kitty steckte sich eine Zigarette an und ging unruhig im Raum hin und her. Sie zog die Vorhänge vor, um die Lichter unten im Tal nicht zu sehen. Sie ertappte sich dabei, wie sie den Stoff der Vorhänge in der Hand hielt, die ihre Kinder für sie genäht hatten. Zehn dieser Kinder hatten Gan Dafna verlassen, um zum Palmach zu gehen.

Es war drückend heiß im Zimmer. Sie ging hinaus zur Gartentür. Die Luft war würzig vom Duft blühender Rosen. Kitty ging den Weg zwischen den Reihen der kleinen Häuschen entlang, die alle unter Bäumen und hinter Hecken auf kleinen Rasenflächen lagen. Sie kam an das Ende des Weges und wollte schon wieder zurückgehen, als sie von dem Lichtschein angezogen wurde, der aus dem Fenster von Dr. Liebermann fiel.

Der arme alte Mann, dachte Kitty. Sein Sohn und seine Tochter waren von der Universität abgegangen und jetzt bei der Negev-Brigade des Palmach, weit fort. Sie ging zur Tür und klopfte. Die Haushälterin öffnete und führte sie in Dr. Liebermanns Arbeitszimmer. Der alte Mann war gerade dabei, eine hebräische Inschrift auf einer Keramik zu entziffern. Aus dem Radio erklang leise eine Melodie von Schumann. Dr. Liebermann hob den Kopf, und legte das Vergrößerungsglas aus der Hand.

»Schalom«, sagte Kitty.

Er lächelte. Sie hatte ihn bisher noch nie in hebräischer Sprache begrüßt. »Schalom, Kitty«, sagte er. »Es ist ein schöner Gruß, um von guten Freunden Abschied zu nehmen.«

»Schalom ist ein wunderschöner Gruß, und es ist auch eine nette Art, sich bei guten Freunden anzumelden.«

»Aber Kitty – meine Liebe –«

»Ja, Dr. Liebermann. Ich bleibe in Gan Dafna.«

Viertes Buch

WACHE AUF, MEINE EHRE

Sei mir gnädig, Gott, sei mir gnädig! denn auf dich traut meine Seele, und unter dem Schatten deiner Flügel habe ich Zuflucht; bis daß das Unglück vorübergehe. Ich liege mit meiner Seele unter den Löwen, die Menschenkinder sind Flammen, ihre Zähne sind Spieße und Pfeile und ihre Zungen scharfe Schwerter. Sie stellen meinem Gang, Netze und drücken meine Seele nieder; sie graben vor mir eine Grube und fallen selbst hinein.

Mein Herz ist bereit, Gott, mein Herz ist bereit, daß ich singe und lobe.

Wache auf, meine Ehre, wache auf, Psalter und Harfe, mit der Frühe will ich aufwachen.

57. PSALM DAVIDS

I

Im Herbst des Jahres 1947 wurde die sechstausend Jahre alte Sache des jüdischen Volkes vor die UNO gebracht.

Chaim Weizmann, Sprecher der Zionistischen Weltorganisation, und Barak ben Kanaan, Vertreter des Jischuw, begaben sich als Führer einer zwölfköpfigen Delegation zu der entscheidenden Auseinandersetzung nach Flushing Meadow, New York. Die Mitglieder dieser Delegation, gewitzt durch lange Jahre vergeblicher Bemühung und feindlicher Ablehnung, gaben sich keinerlei Illusionen hin.

In der mitten in Manhattan gelegenen Wohnung Dr. Weizmanns wurde ein behelfsmäßiges Hauptquartier eingerichtet. Die Delegierten hatten die Aufgabe, Stimmen zu gewinnen. Weizmann übernahm es als seine persönliche Aufgabe, die Juden in aller Welt zu alarmieren und sie aufzufordern, bei den Regierungen ihrer Länder vorstellig zu werden.

Die Arbeit Barak ben Kanaans vollzog sich mehr in der Stille und hinter den Kulissen. Seine Aufgabe war es, sich über das stündlich wechselnde Kräfteverhältnis auf dem laufenden zu halten, die Situation zu analysieren, und schwache Stelle ausfindig zu machen und die Mitglieder der Delegation vorzuschicken, um irgendwelchen plötzlichen Veränderungen zu begegnen.

Nach dem einleitenden parlamentarischen Geplänkel, das die Sache nur unnötig verzögerte, wurde die Frage der Teilung Palästinas auf die Tagesordnung gesetzt.

Die Araber begaben sich siegessicher nach Lake Success. Sie hatten es erreicht, daß der Moslemstaat Afghanistan und das mittelalterlich feudale Königreich Yemen Mitglied der UNO wurden, wodurch der arabisch-mohammedanische Block in der Generalversammlung über elf Stimmen verfügte.

Außerdem nutzten die Araber auf jede mögliche Weise den Kalten Krieg aus, der zwischen den beiden Großen, den Vereinigten Staaten und der Sowjetunion, loderte, indem sie geschickt den einen gegen den anderen ausspielten. Es war von Anfang an klar, daß die Teilung Palästinas nur erreicht werden konnte, wenn beide Großmächte ihren Segen dazu erteilten. Rußland und die Vereinigten Staaten waren bisher noch in keiner Frage einer Meinung gewesen, und es schien wenig wahrscheinlich, daß sie es in diesem Falle sein würden.

Für die Annahme des Beschlusses der Teilung Palästinas durch die Vollversammlung ware eine Zweidrittelmehrheit erforderlich. Die Juden mußten zunächst einmal zweiundzwanzig Stimmen erhalten, um nur die elf Stimmen des arabisch-mohammedanischen Blocks zu überstimmen und sie damit unschädlich zu machen. War das erreicht, so mußten sie für jede einzelne Stimme, die die Araber für sich buchen konnten, zwei weitere Stimmen gewinnen.

Die internationale Presse befürwortete im allgemeinen die Teilung. Außerdem waren Jan Smuts von der Südafrikanischen Union und der große Vertreter des Liberalismus, der tschechoslowakische Außenminister Jan Masaryk, auf dem Kampfplatz erschienen. Dänemark, Norwegen und ein paar andere Länder waren in ihrer Haltung entschieden und unerschütterlich. Die gefühlsmäßige Einstellung zugunsten der Teilung war stark, doch Sympathie allein war nicht genug.

Die vier Großen, die Mächtigen, ließen den Jischuw im Stich.

Frankreich, das die illegale Einwanderung offen begünstigt hatte, zog sich plötzlich vorsichtig zurück. Unter den Arabern in den französischen Kolonien, in Marokko, Algerien und Tunesien, herrschte Unruhe. Wenn Frankreich für die Teilung stimmte, so konnte das bei den Arabern möglicherweise eine Explosion auslösen.

Die Sowjetunion hatte andere Gründe, nicht für die Teilung zu stimmen. Seit mehr als zwei Jahrzehnten war der Zionismus in Rußland verboten. Die Russen verfolgten ein Programm der allmählichen Ausmerzung des Judentums. Durch alle möglichen Einschränkungen hofften sie, das jüdische Element bei den neuen Generationen auszuschalten. Die Teilung Palästinas konnte die russischen Juden daran erinnern, daß sie Juden waren: Die Sowjetunion war daher gegen die Teilung. Damit war zugleich die Haltung des machtvollen slawischen Blocks bestimmt.

Der schlimmste Rückschlag, den die Juden zu erleiden hatten, war die Haltung der Vereinigten Staaten. Der amerikanische Präsident, die Presse und die Öffentlichkeit standen der Frage sympathisch gegenüber. Doch die internationale Politik nötigte die Vereinigten Staaten, offiziell eine zweideutige Stellung zu beziehen. Eine Befürwortung der Teilung hätte das Fundament der westlichen Welt gefährdet, weil sie zu einem Bruch der anglo-amerikanischen Solidarität geführt hätte. Großbritannien war noch immer die herrschende Macht im Nahen Osten; die amerikanische Außenpolitik war von der englischen Außenpolitik nicht zu trennen. Wenn Amerika für die Teilung stimmte, so brüskierte es damit England.

Darüber hinaus sah sich Amerika aber einer noch größeren Gefahr gegenüber. Die Araber drohten mit Krieg, falls die Vollversammlung der Teilung zustimmen sollte. Wenn es zu einem Krieg kam, hätten die Vereinigten Nationen den Frieden mit Gewalt erzwingen und die Sowjetunion oder ihre Satelliten mit Truppen an einer internationalen Streitmacht im Nahen Osten beteiligen müssen.

Von den vier Großmächten war Großbritannien der entschiedenste und gefährlichste Gegner der Teilung. Als die Engländer die Frage des Palästina-Mandats vor die UNO brachten, waren sie von der Annahme ausgegangen, daß die UNO keine Lösung finden und deshalb die Engländer bitten würde, in Palästina zu bleiben. Doch dann begab sich der Untersuchungsausschuß der UNO nach Palästina und kam auf Grund seiner Ermittlungen zu einer bitteren Kritik an der englischen Herrschaft. Außerdem hatte die Weltöffentlichkeit erfahren, daß hunderttausend englische Soldaten nicht in der Lage gewesen waren, sich mit der Entschlossenheit der Hagana, des Palmach, der Makkabäer und des Aliyah Bet zu messen, was dem britischen Prestige empfindlich Abbruch tat.

Die Engländer wollten ihre Machtstellung im Nahen Osten aufrechterhalten. Nur indem sie die Teilung Palästinas torpedierten, schien es ihnen möglich, gegenüber den Arabern das Gesicht zu wahren. Außerdem bedienten sich die Engländer nicht ungeschickt der amerikanischen Furcht vor einem russischen Eindringen im Nahen Osten, indem sie ankündigten, daß sie ihre Truppen im August 1948 aus Palästina zurückziehen würden. Schließlich zeigte sich England auch nicht bereit, mit Hilfe britischer Streitkräfte einem UNO-Beschluß Respekt zu verschaffen. Nachdem es England somit geglückt war, die USA zu überspielen, veranlaßte es die Staaten des Commonwealth zur Stimmenthaltung und begann gleichzeitig die kleineren europäischen Länder unter Druck zu setzen, die sich in wirtschaftlicher Anhängigkeit von Großbritannien befanden.

558

Für die Jischuw sah es dunkel aus. Belgien, Holland und Luxemburg beugten sich dem englischen Druck. Andere kleinere Länder, mit deren Wohlwollen die Juden ebenfalls gerechnet hatte, begannen sich zurückzuhalten.

Die Haltung der asiatischen Länder war uneinheitlich. Sie wechselten ihre Meinungen fast stündlich. Die meisten von ihnen würden fraglos die Araber unterstützen, weil sie dadurch den Westmächten gegenüber ihre Solidarität gegen jede Art von Kolonialherrschaft bekunden konnten, und weil sie sich zum Teil die arabische These zu eigen gemacht hatten, daß die Juden Vertreter des Westens in einem Teil der Welt seien, wohin sie nicht gehörten.

Griechenland war den Arabern keineswegs freundlich gesinnt; es hatte aber zu beachten, daß immerhin hundertfünfzigtausend Griechen in Ägypten lebten. Ägypten ließ über das Schicksal dieser Minorität keinen Zweifel, falls die Griechen für die Teilung stimmen sollten.

Äthiopien mochte die Ägypter ebensowenig, war aber sowohl geographisch als auch wirtschaftlich mit diesem Lande verknüpft.

Romulo von den Philippinen hatte sich klar gegen den Teilungsvorschlag bekannt. Kolumbien machte aus seiner antijüdischen Einstellung kein Hehl.

Die mittel- und südamerikanischen Staaten besaßen ein Drittel der siebenundfünfzig Stimmen in den Vereinten Nationen. Die meisten dieser Länder standen der Auseinandersetzung um Palästina fern und verhielten sich neutral. Die Juden forderten Jerusalem als Hauptstadt ihres künftigen Staatswesens; ohne Jerusalem war dieser Staat ihrer Meinung nach ein Körper ohne Herz. Die süd- und mittelamerikanischen Staaten waren überwiegend katholisch. Und der Vatikan wünschte ein internationalisiertes Jerusalem. Sollten die Juden auf Jerusalem beharren, riskierten sie den Verlust dieser für sie lebenswichtigen Stimmen in der UNO.

Die Juden setzten ihre Arbeit trotzdem fort. Sie hofften auf ein Wunder, das sie ohne Zweifel brauchten. Den ganzen September und Oktober hindurch spornten Dr. Weizmann und Barak ben Kanaan ihre Delegation unermüdlich immer wieder an. Kein Rückschlag konnte sie entmutigen.

Die stärkste Waffe der Juden war die Wahrheit. Es war die gleiche Wahrheit, die auch die neutrale UNSCOP in Plästina festgestellt hatte: daß das Land ein tyrannisierter Polizeistaat war; daß die Araber weder kulturell noch wirtschaftlich oder in sozialer Hinsicht über das Mittelalter hinausgekommen waren; daß die Juden mit Fleiß und Erfindungsgeist aus Wüstensand blühende Städte und aus Sümpfen fruchtbare Felder geschaffen hatten, und schließlich die in den DP-Lagern gewonnene Erkenntnis, daß die jüdische Sache schlechthin auch eine Sache der Menschlichkeit war.

Granados von Guatemala, Lester Pearson von Kanada, Evatt von Australien, Masaryk von der Tschechoslowakei, Smuts von Südafrika, Fabregat von Uruguay, und zahlreiche andere Männer aus großen und kleinen Nationen waren entschlossen, die Wahrheit in Flushing Meadow nicht begraben zu lassen.

Im November der Jahres 1947 geschah dann schließlich das ›Wunder von Lake Success‹.

Es begann mit einer vorsichtig formulierten Erklärung der Vereinigten Staaten, in der festgestellt wurde, daß man ›im Prinzip‹ für die Teilung sei.

Und dann folgte ein Schachzug, der die Welt in Erstaunen versetzte. Die Sowjetunion, die den Zionismus seit mehr als zwei Jahrzehnten verboten hatte, machte eine ihrer verblüffendsten Kehrtwendungen und erklärte sich für die Teilung. Diese Eröffnung erfolgte nach einer Geheimsitzung des slawischen Blocks; Wischinsky sprach in pathetischen Tönen von den Strömen vergossenen jüdischen Blutes und dem gerechten Anspruch der Juden auf eine Heimat.

Hinter dieser humanitären Maske hatten die Russen ein gerissenes politisches Manöver vollzogen. Zunächst einmal hatten sie öffentlich ihr Mißtrauen gegenüber den Arabern bekundet. Sie waren sich darüber klar, daß die arabischen Drohungen nicht ernst zu nehmen waren. Rußland konnte heute der Teilung sehr wohl zustimmen und die Araber morgen wieder für sich gewinnen. Inzwischen ging die sowjetische Strategie darauf aus, sowohl die Engländer als Tyrannen zu brandmarken als auch einen Schachzug zu machen, der möglicherweise dazu führen konnte, daß die Russen im Nahen Osten Fuß faßten. Außerdem waren sich die Russsen darüber klar, daß Amerika, wenn die Sowjetunion der Teilung zustimmte, gleichfalls dafür stimmen mußte, da es sonst auf der ganzen Welt das Gesicht als Freund der Gerechtigkeit verloren hätte. Dies wiederum mußte eine Erschütterung der anglo-amerikanischen Solidarität bedeuten. Schließlich durfte die Sowjetunion erwarten, daß ihr diese ›humanitäre‹ Proklamation einen enormen Prestigegewinn einbringen würde. Und so hatte der Jischuw plötzlich und ganz unerwartet einen seltsamen Bundesgenossen gefunden.

Während die zwei großen Mächte ihre sorgfältig formulierten Erklärungen zugunsten der Teilung Palästinas abgaben, kursierten in den Räumen und auf den Gängen der UNO zahlreiche Gerüchte, die von Stunde zu Stunde dramatischer wurden.

Das große Schachspiel ging weiter. Bei diesen Manövern wurden Granados und Lester Pearson zu entscheidenden Figuren. Nach vielen Bemühungen und nur unter Aufwendung großen diplomatischen Geschicks gelang es diesen beiden Männern, die Vertreter der Vereinigten Staaten und der Sowjetunion an einem Konferenztisch zusammenzubringen. Am Ende der Konferenz erklärten sich die beiden Großmächte in einem gemeinsamen Kommuniqué endgültig für die Teilung.

Die Araber machten einen letzten verzweifelten Versuch, um zu verhindern, daß die Teilungsfrage der Vollversammlung zur Entscheidung vorgelegt werde. Es stellte sich jedoch sehr bald heraus, daß die Abstimmung, die dafür stattfand, ein Test war: um die Frage zur Entscheidung vor die Vollversammlung zu bringen, war nur eine einfache Stimmenmehrheit erforderlich, doch die abgegebenen Stimmen würden Aufschluß über das Kräfteverhältnis beider Seiten erbringen. Die Abstimmung erbrachte zwar die erforderliche Stimmenmehrheit, daß die Resolution zur Entscheidung vor die Vollversammlung kam, doch für die Juden brach die Decke ein. Die Aufzählung ergab fünfundzwanzig Stimmen dafür, dreizehn dagegen, siebzehn Nationen hatten sich der Stimme enthalten, und zwei Nationen waren bei der Abstimmung nicht zugegen gewesen. Wenn das Verhältnis bei der endgültigen Abstimmung über die Teilung so bleiben sollte, konnte der Jischuw die erforderliche Zweidrittelmehrheit nicht erreichen. Frankreich, Belgien, Luxemburg, die Niederlande und Neuseeland hatten sich der Stimme enthalten. Paraguay und die Philippinen waren bei der Abstimmung nicht zugegen gewesen.

Die Araber stellten fest, daß viele ›sichere‹ Stimmen für die Teilung den Jischuw im Stich gelassen hatten und die Juden die erforderliche Stimmenzahl nicht zusammenbekamen. Im Vertrauen darauf, daß sie vielleicht noch ein oder zwei zusätzliche

561

Stimmen einhandeln konnten, änderten die Araber nunmehr plötzlich ihre Taktik und drangen darauf, daß die Frage von der Vollversammlung entschieden werde.

MITTWOCH, DEN 27. NOVEMBER 1947

Die letzten Debatten verliefen heftig. Die Mitglieder der jüdischen Delegation saßen auf den ihnen zugewiesenen Plätzen im Saal der Vollversammlung und sahen wie Männer aus, die ihr Todesurteil erwarteten. Das Ergebnis der Testabstimmung war für sie ein schwerer Schlag gewesen. Während die Diskussion weiterging, wurden die Aussichten von Stunde zu Stunde geringer. Für die Juden war es ein ›schwarzer Mittwoch‹.

Schließlich bedienten sich die Freunde des Jischuw einer verzweifelten Maßnahme: Sie redeten so lange, bis die Zeit um war. Dadurch verzögerten sie die entgültige Abstimmung. Der nächste Tag war ein Feiertag, Thanksgiving Day. Das bedeutete vierundzwanzig Stunden Aufschub, in denen man versuchen konnte, die benötigten Stimmen doch noch zusammenzubringen. Das Verschleppungsmanöver wurde fortgesetzt, bis die Sitzung vertagt werden mußte.

Die Jischuw-Delegation versammelte sich eilig in einem Sitzungsraum. Alle sprachen gleichzeitig.

»Ruhe!« rief Barak mit dröhnender Stimme. »Wir haben vierundzwanzig Stunden Zeit. Wir wollen jetzt nicht die Nerven verlieren.«

Dr. Weizmann kam aufgeregt und atemlos hereingestürzt. »Ich habe soeben aus Paris telegrafisch die Nachricht erhalten, daß Léon Blum persönlich bei der französischen Regierung interveniert, um Frankreich dazu zu bewegen, der Teilung zuzustimmen. Die gefühlsmäßige Einstellung zugunsten der Teilung ist in Paris sehr stark.« Das war eine sehr erfreuliche Nachricht, denn der ehemalige französische Premierminister war immer noch ein Mann, dessen Stimme großes Gewicht hatte.

»Könnten wir nicht die Vereinigten Staaten darum bitten, daß Griechenland und die Philippinen entsprechend beeinflußt werden?«

Der Delegierte, der die Verhandlungen mit den Amerikanern führte, schüttelte den Kopf. »Truman hat strikte Anweisungen erteilt, daß die Vereinigten Staaten keinerlei Druck auf irgendeine Nation ausüben. Von dieser Haltung werden die Amerikaner nicht abgehen.«

Das Telefon klingelte. Weizmann hob den Hörer ab. »Ja – das ist gut«, sagte er. »Sehr gut – Schalom.« Er legte den Hörer auf. »Samuel hat aus der Stadt angerufen. Die Äthopier sind einverstanden, sich der Stimme zu enthalten.«

Man hatte angenommen, daß Äthiopien unter dem Druck des benachbarten Ägypten gegen die Teilung stimmen werde. Der Entschluß, sich der Stimme zu enthalten, zeigte Haile Selassie als einen Mann von großem Mut.

Es klopfte an der Tür. Ein Pressemann, der dem Jischuw nahestand, kam herein. »Ich denke, es wird Sie interessieren, zu erfahren, daß es in Siam eine Revolution gegeben hat und der siamesische Delegierte nicht mehr akkredidiert ist.« Lauter Jubel begrüßte diese Nachricht. Sie bedeutete, daß die Araber eine weitere Stimme verloren hatten.

Barak machte einen raschen Überschlag – er wußte die Namensliste der Nationen auswendig – und berechnete, wie es nach diesen Veränderungen mit dem Stimmenverhältnis stand.

»Wie sieht es aus, Barak?«

»Also, wenn Haiti und Liberia dafür stimmen und wenn Frankreich dazukommt und keiner mehr abspringt, dann können wir vielleicht so eben durchkommen.«

Wieder klopfte es an der Tür, und ihr Vorkämpfer im Streit, Granados von Guatemala, kam herein. Tränen standen ihm in den Augen: »Der Präsident von Chile hat seiner Delegation soeben persönlich die Anweisung übermittelt, sich der Stimme zu enthalten. Die Delegation ist aus Protest zurückgetreten.«

»Das ist doch nicht möglich!« rief Weizmann. »Der Präsident ist Ehrenvorsitzender der chilenischen Zionisten.«

Die krasse Realität, die völlige Hoffnungslosigkeit der Situation wurde ihnen niederschmetternd bewußt. Welcher Druck war auf den chilenischen Präsidenten ausgeübt worden? Und wer wußte, wo die Daumenschrauben in den nächsten vierundzwanzig Stunden angezogen würden?

FREITAG, DEN 29. NOVEMBER 1947

Der Hammer ertönte. Die Sitzung der Vollversammlung der Vereinten Nationen war eröffnet.

»Wir werden die einzelnen Nationen namentlich aufrufen, wenn sie ihre Stimme zu der Resolution des Untersuchungsausschusses abgeben. Für die Annahme des Vorschlages zur Teilung Palästinas ist eine Zweidrittelmehrheit erforderlich. Die Delegierten wollen sich bitte darauf beschränken, ihre Stimme entweder dafür oder dagegen abzugeben oder aber sich der Stimme zu enthalten.«

In dem großen Raum entstand eine erwartungsvolle Stille, und der Vorsitzende begann, die einzelnen Länder aufzurufen.

»Afghanistan!«

»Afghanistan stimmt dagegen.«

Der Jischuw hatte die erste Stimme verloren. Barak notierte es auf seinem Block.

»Argentinien!«

»Die Regierung von Argentinien möchte sich der Stimme enthalten.«

»Wir müssen etwas gegen die Stimmenthaltungen unternehmen«, flüsterte Barak. »Sie können uns das Genick brechen.«

»Australien.«

Alles beugte sich gespannt vor, als sich Evatt erhob, um als erster Vertreter einer Nation, die dem Britischen Commonwealth gehörte, seine Stimme abzugeben.

»Australien stimmt für die Teilung«, sagte Evatt.

Durch den Raum ging ein Summen. Überall wurden geflüsterte Vermutungen ausgetauscht. Weizmann beugte sich zu Barak und sagte ihm leise ins Ohr: »Halten Sie es für möglich, daß das die allgemeine Haltung der Commonwealth-Staaten sein könnte?«

»Schwer zu sagen – wir werden es erleben.«

»Belgien.«

»Belgien stimmt für die Teilung.«

Erneut erhob sich aufgeregtes Stimmengewirr in dem großen Sitzungssaal. Bei der Testabstimmung vor einigen Tagen hatte sich Belgien der Stimme enthalten. Doch Spaak hatte sich in letzter Minute über den Druck hinweggesetzt, den England auf Belgien auszuüben versucht hatte.

»Bolivien.«

»Bolivien stimmt für die Teilung.«

»Brasilien.«

»Brasilien befürwortet die Teilung.«

Die südamerikanischen Länder hielten zusammen. Der nächste Aufruf mußte eine Entscheidung von grundsätzlicher Bedeutung erbringen. Hatte die Sowjetunion ein doppeltes Spiel gespielt, so würde die Welt es jetzt erfahren, denn als nächster Staat war ein Satellitenstaat an der Reihe, Weißrußland.

»Bjelorußland.«

»Weißrußland stimmt für die Teilung.«

Alle Mitglieder der jüdischen Nation atmeten gleichzeitig erleichtert auf. Der slawische Block war auf ihrer Seite. Die Aussichten waren gut.

»Kanada.«

Lester Pearson erhob sich und verkündete mit fester Stimme: »Kanada stimmt für die Teilung.«

Das zweite Land des Commonwealth hatte sich in Gegensatz zu Großbritannien gestellt.

»Chile.«

Anstelle des Leiters der chilenischen Delegation, der aus Protest von seinem Posten zurückgetreten war, erhob sich einer der Delegierten. »Chile wurde angewiesen, sich der Stimme zu enthalten«, sagte er langsam.

»China.«

China, das darauf ausging, die herrschende Macht in Asien zu werden, scheute sich, die Mohemmedaner in Indien und Pakistan zu brüskieren.

»China enthält sich der Stimme.«

Das war ein Rückschlag für den Jischuw.

»Costa Rica.«

Mit dem Delegierten von Costa Rica hatten sich die Araber in Verbindung gesetzt und versucht, ihm seine Stimme durch das Versprechen abzukaufen, ihm einen einflußreichen Posten bei der UNO zu verschaffen. Er erhob sich und richtete seinen Blick auf die ägyptische Delegation.

»Costa Rica stimmt für die Teilung«, sagte er.

Der Mann, der sich nicht kaufen lassen wollte, nahm lächelnd wieder Platz.

»Kuba.«

»Kuba stimmt gegen die Teilung.«

Das war für den Jischuw ein Schock, der völlig unerwartet kam.

»Tschechoslowakei.«

»Die Tschechoslowakei stimmt für die Teilung«, sagte Jan Massaryk.

»Dänemark.«

»Dafür.«

»Dominikanische Republik.«

»Die Republica Dominicana stimmt zugunsten der Teilung.«

»Ägypten.«

565

»Ägypten ist dagegen, und wird sich an diese schandbare Verletzung seiner Rechte nicht gebunden fühlen!«

Der Vorsitzende klopfte mit dem Hammer, und nach dem wütenden Protest Ägyptens wurde es langsam wieder ruhig.

»Ekuador.«

»Ekuador stimmt für die Teilung.«

»Äthiopien.«

»Äthiopien – enthält sich der Stimme.«

Die Erklärung schlug wie eine Bombe ein! Die Gesichter sämtlicher arabischer Delegierten wandten sich voller Verblüffung dem Äthiopier zu. Der syrische Delegierte drohte ihm wütend mit der Faust.

»Frankreich.«

Die erste der vier Großmächte, das zögernde Frankreich, war an der Reihe. Parodi erhob sich langsam von seinem Sitz. Wenn sich Frankreich der Stimme enthielt, konnte sich das für den Jischuw verheerend auswirken. War es Léon Blum und der öffentlichen Meinung in Frankreich gelungen, sich durchzusetzen?

»Die Französische Republik stimmt für die Teilung«, sagte Parodi mit einer Stimme, der Genugtuung anzuhören war.

Durch den Saal ging erwartungsvolles Gemurmel. Zum erstenmal wurden sich die Versammelten der Erregung bewußt, daß sich tatsächlich ein Wunder ereignete.

»Guatemala.«

Granados, der entschiedenste Verfechter der Teilung, erhob sich.

»Dafür«, sagte er.

»Griechenland.«

»Griechenland stimmt gegen die Teilung.«

Im letzten Augenblick hatten die Griechen den Erpressungen Ägyptens nachgegeben.

»Haiti.«

Der Delegierte von Haiti, dessen Stimme von entscheidender Bedeutung war, war in den letzten beiden Tagen von seiner Regierung plötzlich ohne Instruktionen gelassen worden. »Die Regierung von Haiti hat ihrer Delegation soeben die Anweisung erteilt, ihre Stimme zugunsten der Teilung abzugeben.«

»Honduras.«

»Honduras möchte sich der Stimme enthalten.«

»Island.«

»Island stimmt für die Teilung.« Die älteste Republik der Welt hatte ihren Beitrag geleistet, um die jüngste Republik der Welt entstehen zu lassen.

»Indien.«

»Indien stimmt gegen die Teilung.«

»Iran.«

»Dagegen.«

»Irak.«

»Irak stimmt gegen die Teilung Palästinas; wir werden die Juden nie und nimmer anerkennen! Sollte die Vollversammlung der Teilung zustimmen, so wird der heutige Tag blutige Folgen haben. Wir stimmen dagegen!«

»Libanon.«

»Libanon stimmt gegen die Teilung«, sagte Malik.

»Wie steht es?« fragte Dr. Weizmann.

»Fünfzehn Stimmen dafür«, sagte Barak, »acht dagegen, und sieben Stimmenthaltungen.«

Es war nicht sonderlich ermutigend. Bisher fehlte den Juden eine Stimme zu der Zweidrittelmehrheit, und die verheerenden Stimmenthaltungen nahmen weiter zu.

»Wie beurteilen Sie die Lage, Barak?«

»Das werden wir wissen, wenn die nächsten drei südamerikanischen Länder ihre Stimme abgegeben haben.«

»Ich finde, wir müßten langsam einen Vorsprung gewinnen. Annähernd die Hälfte der vertretenden Nationen hat bereits ihre Stimme abgegeben, und wir liegen noch keineswegs entschieden vorn im Rennen«, sagte Weizmann.

»Liberia.«

»Liberia stimmt für die Teilung.«

»Luxemburg.«

Ein kleines Land, das wirtschaftliche Schwierigkeiten hatte und in der britischen Einflußsphäre lag.

»Luxemburg stimmt für die Teilung.«

Wieder einmal bekamen die Engländer eine offene Abfuhr erteilt. Der Jischuw hatte jetzt eine Stimme über die erforderliche Zweidrittelmehrheit hinaus erreicht.

»Mexico.«

»Mexico enthält sich der Stimme.«

Alle Angehörigen der Jischuw-Delegation zuckten zusammen.

»Niederlande.«

»Die Niederlande stimmen für die Teilung.«

567

»Neuseelamd.«

»Dafür.«

»Nikaragua.«

»Dafür.«

»Norwegen.«

»Dafür.«

»Pakistan.«

»Pakistan stimmt gegen die Teilung.«

Die nächsten Stimmen mußten die Entscheidung bringen.

»Wenn wir die nächsten vier Stimmen für uns bekommen, dann glaube ich, daß wir es geschafft haben«, sagte Barak mit einer Stimme, die vor Aufregung unsicher war.

»Panama.«

»Dafür.«

»Paraguay.«

»Paraguay hat soeben Anweisung erhalten, sich nicht der Stimme zu enthalten – Paraguay stimmt für die Teilung.«

»Peru.«

»Peru befürwortet die Teilung.«

»Philippinen.«

Für einen atemlosen Augenblick stand die Welt still. Romulo war von Flushing Meadow abberufen worden. Der Delegierte, der an seiner Stelle die Philippinen vertrat, erhob sich.

»Die Philippinen stimmen für die Teilung.«

Lautes, aufgeregtes Stimmengewirr! Die Mitglieder der jüdischen Delegation sahen sich fassungslos an.

»Mein Gott«, sagte Barak. »Ich glaube, wir haben es geschafft.«

»Polen.«

»Polen stimmt für die Teilung.«

Die Juden begannen, Vorsprung zu gewinnen. Polen hatte für die Jahre der Verfolgung hilfloser Juden eine kleine Entschädigung geleistet.

»Siam.«

Siam war nicht vertreten.

»Saudi Arabien.«

Der Araber im weißen Gewand erklärte mit lauter, haßerfüllter Stimme, daß sein Land gegen die Teilung sei.

»Schweden.«

»Schweden stimmt für die Teilung.«

Jetzt ging es in die letzte Runde, und die Araber standen mit dem Rücken gegen die Wand.

»Syrien.«

»Dagegen!«

»Türkei.«

»Türkei stimmt gegen die Teilung.«

Barak machte einen raschen Überschlag. Die Araber hatten noch immer eine kleine Chance. Sie hatten bisher zwölf Stimmen, und eine weitere Stimme war ihnen sicher. Sollte in letzter Minute ein Stellungswechsel erfolgen, konnte alles in Frage gestellt sein.

»Ukraine.«

»Dafür.«

»Südafrikanische Union.«

»Dafür.«

»UdSSR.«

Wyschinski erhob sich. »Die Sowjetunion stimmt für die Teilung.«

»Großbritannien.«

Es wurde still im Raum. Der britische Delegierte stand auf, aschfahl im Gesicht, und sah sich um. In diesem unbehaglich kritischen Augenblick stand er allein. Die Länder des Commonwealth hatten England im Stich gelassen. Frankreich war abgesprungen, die Vereinigten Staaten von Amerika ebenfalls.

»Die Regierung seiner Majestät wünscht sich der Stimme zu enthalten«, sagte der Engländer mit stockender Stimme.

»Die Vereinigten Staaten von Amerika.«

»Die Vereinigten Staaten stimmen für die Teilung.«

Es war entschieden. Die Berichterstatter stürzten in die Telefonzellen, nachdem die letzte Stimme gefallen war, um diese neueste Nachricht in Blitzgesprächen der ganzen Welt mitzuteilen.

In Tel Aviv brach ungeheurer Jubel aus.

Doch die Männer, die in Flushing Meadow diesen Kampf durchgekämpft und gewonnen hatten, die erlebt hatten, wie das Wunder Wirklichkeit geworden war, waren Realisten. Auch die Juden in Tel Aviv feierten das Ereignis nur für einen kurzen Augenblick. Ben Gurion und die führenden Männer des Jischuw waren sich darüber klar, daß sich noch ein größeres Wunder ereignen mußte, wenn ein unabhängiger jüdischer Staat Wirklichkeit werden sollte. Tönte doch gleichzeitig aus Millionen arabischer Kehlen der donnernde Ruf: »Juda, verrecke!«

II

KUWATLY, PRÄSIDENT VON SYRIEN: Wir leben und sterben mit Palästina!

AL KULTA-ZEITUNG, KAIRO: Fünfhunderttausend Iraker rüsten sich für diesen heiligen Krieg gegen die Zionisten. Hundertfünfzigtausend Syrer werden in einer reißenden Welle über die Grenzen von Palästina stürmen, und die mächtige ägyptische Armee wird die Juden in das Meer werfen, wenn sie es wagen sollten, einen unabhängigen jüdischen Staat auszurufen.

JAMIL MARDAM, SYRISCHER PREMIERMINISTER: Der Reden sind genug gewechselt, meine mohammedanischen Brüder. Erhebt euch zur Austilgung dieser zionistischen Plage!

IBN SAUD, KÖNIG VON SAUDI-ARABIEN: Es gibt fünfzig Millionen Araber. Was macht es schon, wenn wir zehn Millionen verlieren, um alle Juden umzubringen? Der Preis lohnt den Einsatz.

SELEH HARB PASCHA, FÜHRER DER MOHAMMEDANISCHEN JUGEND: Zieht das Schwert aus der Scheide gegen die Juden! Tod allen Juden! Der Sieg ist uns sicher!

SCHEICH HASSAN AL BANNAH, FÜHRER DER MOHAMMEDANISCHEN BRÜDERSCHAFT: Alle Araber sollen sich zur Vernichtung der Juden erheben! Wir wollen das Meer mit ihren Leichen anfüllen.

AKRAM YAUYTAR, SPRECHER DES MUFTI: Fünfzig Millionen Araber werden bis zum letzten Blutstropfen kämpfen.

HADSCH AMIN EL HUSSEINI, MUFTI VON JERUSALEM: Ich erkläre einen heiligen Krieg, meine mohammedanischen Brüder! Tötet die Juden! Bringt sie alle um.

AZZAM PASCHA, GENERALSEKRETÄR DER ARABISCHEN LIGA: Dieser Krieg wird ein Vernichtungskrieg sein, ein Massaker, von dem man in Zukunft reden wird wie von dem Massaker der Mongolen.

Andere führende Araber, die arabische Presse und der arabische Rundfunk antworteten in ähnlicher Weise auf die von der Vollversammlung der UNO beschlossene Teilung Palästinas.

Am 1. Dezember 1947, einen Tag nach der Beschlußfassung durch die UNO, rief Dr. Khalidi vom Großarabischen Aktionsausschuß in Palästina zu einem Generalstreik auf, bei dem der fanatisierte Mob zu wilden Ausschreitungen überging. Die Araber drangen in das jüdische Geschäftszentrum in Jerusalem ein, plünderten Läden und steckten Gebäude an, während die englischen Truppen untätig zusahen.

In Aleppo, in Aden und in allen Teilen der arabischen Welt drangen aufgehetzte Volksmengen in die jüdischen Ghetto-Quartiere ein, um die Männer umzubringen, die Frauen zu vergewaltigen und die Läden zu plündern.

Anstatt eine internationale Polizeitruppe aufzustellen, beschränkte sich die UNO darauf, Ausschüsse zu bilden und endlose Reden zu halten. Man schien sich dort einreden zu wollen, daß die Teilung Palästinas erzwungen werden könnte, ohne daß es dazu eines einzigen Gewehres bedurfte.

Die Juden waren realistischer. Zwar hatte man eine unwiderrufliche völkerrechtliche Grundlage für einen jüdischen Nationalstaat erreicht; wenn die Juden aber die Absicht haben sollten, nach Abzug der Engländer einen unabhängigen jüdischen Staat auszurufen, standen sie den arabischen Horden allein gegenüber.

Konnte eine halbe Million ungenügend bewaffneter Leute hoffen, der hereinbrechenden Flut von fünfzig Millionen verhetzter und haßerfüllter Araber standzuhalten? Dabei hatten es die Juden nicht nur mit den Arabern Palästinas zu tun, die sie von allen Seiten und auf hundert Fronten bedrängten, sondern außerdem auch noch mit den regulären Armeen der anderen arabischen Nationen.

Chaim Weizmann machte sich an die Arbeit, um die zionistischen Gruppen in den einzelnen Ländern zu veranlassen, Gelder für den Ankauf von Waffen aufzubringen.

Barak ben Kanaan blieb in Lake Success, um als Führer der Jischuw-Delegation die Einzelheiten der Teilung Palästinas durchzukämpfen und um zu versuchen, Waffen aufzutreiben.

Die große Frage war: Erklärten die Juden ihre Unabhängigkeit?

Die Araber hatten keine Lust, bis zum Mai zu warten, um es zu erfahren. Sie hielten ihre regulären Armeen zwar noch zurück, doch sie gingen daran, mehrere ›Befreiungsarmeen‹ aufzustellen, die angeblich aus Freiwilligen bestanden, und sie brachten den Arabern in Palästina bergeweise Waffen.

Hadsch Amin el Husseini, der alte Kollaborateur der Nazis, wurde erneut aktiv. Er errichtete sein Hauptquartier in Damaskus. Die erforderlichen Geldmittel für die ›Palästina-Freiwilligen‹ wurden von den Arabern im ganzen Nahen Osten erpreßt. Kawuky, der alte Brigant, der in den Aufständen der Jahre 1936-1939 für den Mufti tätig gewesen war, wurde erneut sein ›Generalissimus‹.

Kawukys Agenten begaben sich in die Slums von Damaskus, Beirut und Bagdad und musterten hier den Abschaum der Menschheit: Diebe, Mörder, Straßenräuber, Rauschgiftschmuggler, Mädchenhändler. Der neuen Streitmacht gab Kawuky in Erinnerung an eine Schlacht, die die Araber vor Jahrhunderten gewonnen hatten, den romantischen Namen ›Yarmuk-Truppen‹. Diese ›Freiwilligen‹ wurden von anderen ›Freiwilligen‹, Offizieren der syrischen Armee, ausgebildet. Bald begannen Kawukys Streitkräfte über die libanesische, syrische und transjordanische Grenze nach Palästina einzusickern und sich in arabischen Dörfern zu sammeln. Das entscheidende Aufmarschgebiet war das nördlich von Jerusalem in einem vorwiegend von Arabern bewohnten Gebiet von Samaria gelegene Nablus.

Bei den Juden bestand nach wie vor empfindlicher Mangel an Waffen. Die Engländer blockierten auch weiterhin die Küste von Palästina und lehnten es ab, Juden aus dem Internierungslager in Zypern, wo sie von Abgesandten der Aliyah Bet militärisch ausgebildet wurden, nach Palästina hereinzulassen.

Abgesandte des Jischuw bereisten die ganze Welt und suchten verzweifelt, Waffen zu kaufen.

In diesem Augenblick kam ein harter Schlag: Als ›Bannstrahl‹ nach beiden Richtungen verhängten die Vereinigten Staaten ein Embargo für Waffenlieferungen nach dem Nahen Osten. Dieses Embargo, das an den gegen Spanien während des Kampfes gegen Hitler und Mussolini verhängten Boykott erinnerte, wirkte sich in der Praxis ausschließlich zugunsten der Araber aus, die so viel Waffen herbeischaffen konnten, wie sie nur wollten.

Nachdem die Fronten klar waren, sah sich der Jischuw-Zentralrat der harten Tatsache gegenüber, daß den Juden nur der Palmach zur Verfügung stand, der über rund viertausend voll ausgebildete und bewaffnete Soldaten verfügte. Die Makkabäer vermochten nur tausend Mann auf die Beine zu stellen, und mit ihrer Mitarbeit war nur begrenzt zu rechnen.

Ein paar Dinge gab es, die sich günstig für Avidan, den Führer der Hagana, auswirkten. In der Hagana gab es mehrere tausend Mann, die als Angehörige des britischen Heeres im Zweiten Weltkrieg Fronterfahrung gesammelt hatten. Außerdem besaß er die Verteidigungsstellen der Siedlungen, die seit zwanzig Jahren ausgebaut worden waren, und er verfügte auch über einen guten Geheimdienst. Dem stand gegenüber, daß die Araber zahlenmäßig, und was ihre Ausrüstung anbelangte, sogar haushoch überlegen waren. Diese Überlegenheit nahm täglich durch das beständige Einsickern der blutgierigen Truppen Kawukys zu. Schließlich besaßen die Araber in Abdul Kader, einem Neffen des Mufti, einen hervorragenden militärischen Führer.

Zu alldem kam als weiterer erschwerender Faktor noch die Haltung der Engländer hinzu. Whitehall hoffte, daß der Jischuw um Hilfe rufen, die Idee der Teilung Palästinas fallenlassen und die Engländer bitten würde, im Lande zu bleiben. Doch die Juden waren nicht gewillt, um Hilfe zu bitten.

Theoretisch waren die Engländer verpflichtet, bei der allmählichen Räumung des Landes die Teggart-Forts derjenigen der beiden Seiten zu übergeben, die in dem jeweiligen Gebiet die Bevölkerungsmehrheit besaß. Doch die britischen Kommandeure übergaben diese Schlüsselstellungen häufig den Arabern, auch wenn sie sie rechtmäßig den Juden hätten übergeben sollen.

In den Reihen der Yarmuk-Truppen und anderer ›Freikorps‹ tauchten ehemalige Soldaten der Nazis auf. Zum erstenmal seit ihrer Gründung trat die Hagana aus ihrer Tarnung und Zurückhaltung heraus, als die Juden zur allgemeinen Mobilmachung aufriefen.

Es dauerte nicht lange, bis die ersten Schüsse fielen. Im Hule-Tal eröffneten Einwohner arabischer Dörfer, zusammen mit Angehörigen der irregulären Truppen, das Feuer auf die Genossenschaftssiedlungen Ejn Zejtim, Biriya und Amid Ad. Doch diese Angriffe waren nicht viel mehr als Schüsse aus dem Hinterhalt und wurden abgewiesen.

Die kriegerische Aktivität nahm von Tag zu Tag zu. Auf den Straßen kam es beständig zu Überfällen auf jüdische Transportfahrzeuge, so daß der Güterverkehr, der für den Jischuw von so vitaler Bedeutung war, in Gefahr geriet.

Innerhalb der Städte war die feindliche Aktivität noch intensiver. In Jerusalem flogen beständig Sprengstücke detonierender Bomben durch die Luft. Die Araber schossen von den heiligen Mauern der Altstadt; das Stadtgebiet war in einzelne Gefechtszonen aufgeteilt, und die Verbindung zwischen den verschiedenen Stadtteilen konnte nur unter Lebensgefahr aufrechterhalten werden. Auf den Straßen zwischen Tel Aviv und Jaffa wurden Barrikaden errichtet.

In Haifa kam es zu den bisher schwersten Unruhen. Als Antwort auf einen von den Makkabäern inszenierten Überfall stürmten Araber die Ölraffinerie, in der Juden und Araber arbeiteten, und töteten mehr als fünfzig Juden.

Abdul Kader organisierte seine Araber in anderem Stil als Kawuky. Er arbeitete in der Umgebung von Jerusalem und begriff sehr schnell, daß weder die palästinensischen Araber noch die Irregulären hinreichend organisiert und militärisch ausgebildet waren, um verlustreiche Angriffe ausführen zu können, während die Juden an ihren Siedlungen festhielten und sie, selbst unter empfindlichsten Blutopfern, nicht preisgeben würden. Er mußte daher versuchen, schnelle Siege zu erringen, um seine Leute zu ermutigen. Er entschied sich für eine doppelte Taktik: Isolierung und Aushungerung jüdischer Siedlungen, und Überfälle auf jüdische Transporte.

Kaders Strategie erwies sich als richtig. Die Araber hatten Bewegungsfreiheit, während die Juden gezwungen waren, ihre engbegrenzten Stellungen zu halten. Tag für Tag wuchs die Zahl der jüdischen Siedlungen, die von den Arabern belagert wurden.

Abdul Kader konzentrierte seine kriegerischen Bemühungen auf die Stadt Jerusalem. Die Straße von Tel Aviv nach Jerusalem führte über die gefährlichen Hügel von Judäa und war mit arabischen Dörfern bespickt, die mehrere entscheidende Höhenstellungen beherrschten. Kader wollte gern die hunderttausend Juden der Neustadt von Jerusalem abschneiden und aushungern. Damit konnte er dem Jischuw einen lebensgefährlichen Schlag versetzen.

Die Juden setzten sich dagegen zur Wehr, indem sie behelfsmäßige Panzerwagen zur Sicherung größerer Wagenkolonnen einsetzten. Doch die Geleitzüge waren verwundbar, und mit der Zeit war die Straße nach Jerusalem voll von zusammengeschossenen Fahrzeugen. In Jerusalem wurden die Lebensmittel knapp, die Menschen mußten in gepanzerten Autobussen durch die Stadt fahren, und die Kinder spielten auf der Straße in Reichweite der Gewehre der Heckenschützen.

Abdul Kader konnte in Ruhe den Winter abwarten. Während seine Stärke fast täglich durch das Einsickern von Irregulären und anhaltenden Waffenlieferungen zunahm, war für die in Jerusalem belagerten Juden kein Anzeichen einer Hilfe von außen in Sicht. Kader wollte dann im Frühjahr ohne große Verluste die ausgehungerten und durch die Blockade von der Umwelt abgeschnittenen Siedlungen nacheinander erobern.

Die im Namen der Menschlichkeit an die Engländer gerichteten Appelle, durch Patrouillentätigkeit auf der Straße von Jerusalem nach Tel Aviv die Aushungerung der Zivilbevölkerung zu verhindern, verhallten ungehört.

Durch die rasche Aktion der Araber unter der Führung eines fähigen Militärs geriet der Jischuw gleich zu Beginn des Krieges in einen schweren Nachteil. Die Hagana ordnete an, aus jedem Kibbuz und jedem Moschaw ein Miniatur-Tobruk zu machen. Die Juden hatten ihr Land mit Blut erkauft; wenn die Araber es ihnen nehmen wollten, so sollten sie auch mit Blut dafür zu zahlen haben.

Die Straßenkämpfe eröffneten die erste Phase des Krieges. Die Entscheidung, ob die Juden einen unabhängigen Staat ausrufen würden oder nicht, hing noch immer in der Schwebe.

Ari ben Kanaan erholte sich nur langsam von seiner Verwundung. Für Avidan, der Ari gern als Kommandeur einer der drei Palmach-Brigaden eingesetzt hätte, bedeutete das ein schwieriges Problem. Diese Brigaden waren die Chanita-Brigade – ›die Lanzenspitze‹ – in Galiläa, die zweite Brigade in den Hügeln von Judäa, und die dritte – ›die Wüstenratten‹ – im Süden.

Die Offiziere des Palmach, vom Brigadekommandeur abwärts, waren junge Männer. Viele unter ihnen waren halsstarrige Burschen, die sich als Angehörige einer Elitetruppe betrachteten. Der Palmach rekrutierte sich im wesenlichen aus jungen Männern und Frauen aus den Kibbuzim. Diese jungen Leute waren auch als Soldaten Pioniersiedler geblieben, befanden sich politisch häufig im Gegensatz zum Jischuw-Zentralrat und respektierten auch keineswegs immer die Autorität der Hagana.

Ari ben Kanaan besaß eine für sein Alter große Reife. Er begriff, daß es notwendig war, sich einer einheitlichen Strategie unterzuordnen und Befehle auszuführen, statt einen Privatkrieg zu führen. Deshalb hätte ihn Avidan gern als Palmach-Kommandeur verwendet, doch Ari war dazu einfach noch nicht wieder kräftig genug.

Avidan setzte Ari daher als Gebietskommandeur der Hagana an einem der wichtigsten Punkte von Palästina, im Hule-Tal, ein. Sein Kommandobereich, zu dem auch Safed gehörte, begann am nördlichen Rande des Tiberiasees und endete im Hule-Tal in einem schmalen Landstreifen, der sich wie ein Finger zwischen die libanesische und die syrische Grenze schob. Etwas weiter südlich, am Yarmukfluß, grenzte er an Transjordanien.

Aris Gebiet war eine der Hauptstellen für die Einsickerung der irregulären Truppen Kawukys. Wenn es zum Krieg kam und die regulären arabischen Armeen eine Invasion in Palästina unternehmen sollten, war das Hule-Tal zweifellos eines ihrer ersten Angriffsziele. Die Araber würden versuchen, ihre aus mehreren Richtungen vorstoßenden Streitkräfte hier zu vereinigen, und wenn es ihnen gelingen sollte, das Hule-Gebiet zu erobern, so würden sie es als Ausgangsbasis benutzen, um von hier aus ganz Galiläa zu erobern und den jüdischen Gegner in zwei getrennte Hälften zu zerteilen, indem sie zwischen Haifa und Tel Aviv einen Keil bis zum Meer vortrieben.

Es gab in Aris Gebiet ein Dutzend oder mehr alter Kibbuzim und einige Moschawim, darunter seinen Heimatort Yad El. In allen diesen Siedlungen waren die zähen Pioniere und Farmer durchaus in der Lage, mit den Palästina-Arabern und den eingesickerten Irregulären fertig zu werden. Unten im Tal lagen die Siedlungen so nahe wie Maulwurfshügel beieinander, so daß es für die Araber schwierig war, sich ihrer gewohnten Taktik der Isolierung und Belagerung hier zu bedienen.

Ein weiteres Problem waren die Berge an der libanesischen Grenze. Hier bildete Fort Esther die Schlüsselstellung. Entsprechend einer Vereinbarung mit den Engländern sollte Fort Esther beim Abzug der britischen Truppen an Ari übergeben werden, da das Hule-Gebiet vorwiegend von Juden bewohnt war. Wenn sich Fort Esther in der Hand der Hagana befand, hatte Ari eine ausgezeichnete Möglichkeit, die Grenze zu kontrollieren.

Aris Hauptquartier befand sich in dem zentral gelegenen Kibbuz Ejn Or – ›Quelle des Lichts‹ –, an dessen Gründung sein Onkel Akiba beteiligt gewesen war. Ari unterstanden ein paar hundert Mann von der Palmach-Brigade Chanita; David, Seew Gilboa und Joab Yarkoni waren seine Adjutanten. Die Stärke der Hagana war in allen Siedlungen seines Gebietes beachtlich; die Beteiligung war vollständig, und die Leute waren gut ausgebildet.

Aber genau wie alle übrigen Juden in Palästina machte ihm der Mangel an Waffen zu schaffen. Tag für Tag lagen ihm die Hagana-Führer der Siedlungen in den Ohren und wollten Gewehre haben. Er hatte keine und Avidan hatte auch keine.

Es gab zwei ausgesprochen schwache Stellen in Aris Gebiet: Gan Dafna und Safed. Gan Dafna glaubte Ari schützen zu können, wenn erst einmal Fort Esther in seiner Hand war. Solange die Straße nach Gan Dafna durch Abu Yesha offenblieb, bestand für das Jugenddorf keine Gefahr.

Safed dagegen machte ihm ernstliche Kopfschmerzen. Kein anderer Gebietskommandeur in Palästina hatte ein so schwieriges Problem zu lösen. Als sich die Juden entschlossen, um jeden Preis die Siedlungen zu halten, nahm man dabei einige Orte aus, die man als ›unhaltbar‹ betrachtete. Eine dieser Ausnahmen war Safed. Die Stadt war eine Insel in einem Meer von vierzigtausend Arabern, die in den Dörfern rings um Safed wohnten. In der Stadt selbst lebten zwölfmal mehr Araber als Juden. Die meisten Juden von Safed waren Kabbalisten, aus denen man beim besten Willen keine Soldaten machen konnte. Alles in allem verfügte die Hagana in Safed über zweihundert einigermaßen brauchbare Leute, denen mehr als zweitausend Araber und Irreguläre gegenüberstanden.

Der Mufti hatte Safed als eines seiner ersten Angriffsziele gewählt. Mehrere hundert schwerbewaffnete Angehörige der irregulären arabischen Streitkräfte warteten nur auf den Abzug der Engländer. Es schien so offensichtlich, daß Safed nicht zu verteidigen war, daß die Engländer Ari sogar gebeten hatten, ihnen zu erlauben, die Juden zu evakuieren.

Remez, Hotelbesitzer und Führer der Hagana in Safed, ging vor Aris Schreibtisch auf und ab. Sutherland saß ruhig in einer Ecke und rauchte eine Zigarre.

»Nun?« fragte Ari schließlich.

Remez blieb stehen und stützte sich mit den Händen auf den Schreibtisch. »Wir haben uns entschlossen, in Safed zu bleiben. Wir wollen es bis zum letzten Mann verteidigen.«

»Freut mich.«

»Nur, Ari, gebt uns mehr Waffen.«

Ari sprang wütend auf. Zwanzigmal am Tag hörte er dieses »Gebt uns mehr Waffen«.

»Sutherland, beten Sie zu Christus, Sie, Remez, beten zu Konfuzius, und ich werde zu Allah beten. Vielleicht regnet es dann Gewehre, wie es einst Manna vom Himmel geregnet hat.«

»Haben Sie eigentlich Vertrauen zu Major Hawks?« fragte Sutherland. Hawks war der britische Gebietskommandeur.

»Er hat sich immer als ein guter Freund erwiesen«, sagte Ari.

»Na schön«, sagte Sutherland, »dann sollten Sie vielleicht doch lieber auf ihn hören. Er garantiert Ihnen den Schutz der Engländer, wenn Sie Safed evakuieren. Wenn nicht, garantiert er, daß es nach dem Abzug seiner Truppen ein Massaker geben wird.«

Ari stieß hörbar die Luft aus. »Hat Hawks gesagt, wann er weggeht?«

»Nein, er weiß es noch nicht.«

»Solange Hawks in Safed bleibt, sind wir relativ sicher. Die Araber werden nicht allzuviel riskieren, wenn er noch da ist. Vielleicht ergibt sich eine Wendung zum Besseren, bevor er mit seinen Truppen abzieht.«

»Es mag sein, daß Hawks das Herz am richtigen Fleck hat, aber er kann auch nicht immer, wie er will«, sagte Sutherland.

»Die Araber haben schon damit angefangen, aus dem Hinterhalt auf uns zu schießen und unsere Transportkolonnen anzugreifen«, sagte Remez.

»Na und? Ihr werdet doch nicht gleich beim ersten Schuß davonlaufen?«

»Ari«, entrüstete sich Remez, »ich bin in Safed geboren. Dort habe ich mein ganzes Leben verbracht. Noch heute erinnere ich mich an den Gesang, der 1929 aus den arabischen Vierteln zu uns herübertönte. Niemand wußte, was er zu bedeuten hatte, bis der aufgeputschte Mob auf einmal in unsere Häuser eindrang. Sie waren unsere Freunde gewesen, aber sie waren verrückt geworden. Ich sehe noch die armseligen Kabbalisten vor mir, die man auf die Straße zerrte und den Kopf abschnitt. Damals war ich noch ein Kind. Und dann haben wir sie 1936 wieder singen gehört, aber damals wußten wir schon, was dieser Gesang zu bedeuten hatte. Jahrelang sind wir in die alte türkische Festung gelaufen, um uns zu verkriechen, wenn wir aus dem arabischen Sektor nur ein verdächtiges Geräusch hörten. Aber diesmal bleiben wir, wo wir sind. Diesmal werden wir nicht davonlaufen, sondern kämpfen. Diesmal werden es die Araber nicht leicht haben, das kannst du mir glauben, Ari. Aber unsere Möglichkeiten sind begrenzt. *Zu viel* dürft ihr von uns auch nicht verlangen.«

Ari bedauerte, so scharf zu Remez gesprochen zu haben. Der Entschluß, in Safed zu bleiben, erforderte wirklich ungeheuren Mut. »Gehen Sie jetzt wieder zurück, Remez, versuchen Sie, Ruhe und Ordnung aufrechtzuerhalten. Sie können sich darauf verlassen, daß Major Hawks dafür sorgen wird, daß die Araber es nicht allzu arg treiben. Inzwischen werde ich Sie bevorzugt mit allem beliefern, was ich bekomme.«

Als Remez und Sutherland gegangen waren, setzte sich Ari an seinen Schreibtisch und biß die Zähne aufeinander. Was konnte er schon tun? Vielleicht konnte er fünfzig Mann vom Palmach nach Safed schicken, wenn die Engländer abzogen. Das war wenig, aber besser als nichts. Was konnte man überhaupt tun? Es gab an die zweihundert Safeds in Palästina. Fünfzig Mann hier, zehn Mann da. Wenn es Kawuky, Safwat und Kader klar wurde, wie verzweifelt die jüdische Situation war, dann würden sie überall in Palästina frontal angreifen. Die Juden hatten einfach nicht genügend Munition, um anhaltende und entschlossene Angriffe abzuwehren. Ari machte sich heftige Sorgen, was geschehen werde, wenn die Araber erst einmal festgestellt hatten, wie mager die Ausrüstung der Juden war.

David ben Ami, der eine Inspektionsreise durch die nördlichsten Siedlungen gemacht hatte, kam herein.

»Schalom, Ari«, sagte David. »Ich traf Remez und Sutherland auf der Straße. Remez sah ein bißchen grün um die Nase aus.«

»Er hat auch allen Grund dazu. Nun, hast du irgend etwas festgestellt?«

»Die Araber haben begonnen, aus dem Hinterhalt auf Kfar Gileadi und Metulla zu schießen. Kfar Sold befürchtet, daß die Syrer irgend etwas im Schilde führen könnten. Alle haben sie sich eingegraben und sind in Stellung gegangen, überall sind die Verteidigungsanlagen rings um die Kinderheime ausgebaut. Und alle wollen Waffen haben.«

»Waffen? Hast du sonst nichts Neues zu berichten? Wo sitzen diese Helden, die aus weiter Entfernung auf unsere Siedlungen schießen?«

»In Ata.«

»Ach, das liebe Ata«, sagte Ari. »Wenn die Engländer hier abziehen, wird das mein erstes Angriffsziel sein. Als ich ein Junge war, haben sie versucht, mich zu verprügeln, wenn ich hinkam, um in der Mühle unser Korn mahlen zu lassen. Seitdem haben sie dauernd nach einer Gelegenheit gesucht, sich mit mir anzulegen. Ich vermute, daß die Hälfte der Leute von Kawuky bei Ata herüberkommt.«

»Oder bei Abu Yesha«, sagte David.

Ari machte ein böses Gesicht. David wußte, daß er einen wunden Punkt berührt hatte.

»Ich habe zuverlässige Freunde in Abu Yesha«, sagte Ari.

»Dann werden sie dir ja sicher erzählt haben, daß die Irregulären dort einsickern.«

Ari sagte nichts.

»Ich weiß, Ari, wie nahe dir diese Leute stehen. Aber du mußt hingehen und dem Muktar den Standpunkt klarmachen.«

Ari stand auf und ging ans Fenster. »Ich werde mit Taha reden.«

David nahm die letzten Meldungen, die auf Aris Schreibtisch lagen, überflog sie rasch und legte sie wieder hin. Er kam zu Ari heran, blieb neben ihm stehen und sah zum Fenster hinaus gen Jerusalem. Sein Gesicht zeigte den Ausdruck tiefer Trauer.

Ari schlug ihm auf die Schulter. »Es wird schon werden.«

David schüttelte langsam den Kopf. »Die Lage in Jerusalem wird allmählich verzweifelt«, sagte er mit tonloser Stimme. »Die Transportkolonnen haben es immer schwerer, durchzukommen. Wenn es so bleibt, dann haben wir in einigen Wochen eine Hungersnot.«

Ari wußte, wie sehr David die Belagerung seiner geliebten Stadt ans Herz ging. »Du möchtest gern nach Jerusalem, nicht wahr?«

»Ja«, sagte David, »aber ich möchte dich nicht im Stich lassen.«

»Wenn dein Wunsch so stark ist, werde ich dich selbstverständlich nach Jerusalem abkommandieren.«

»Danke, Ari. Aber wird dir das möglich sein?«

»Sicher – sobald dieses verdammte Bein aufhört, weh zu tun. Versteh mich recht, David – ich lasse dich nicht gern weg.«

»Ich bleibe hier, bis dein Bein wieder in Ordnung ist.«

»Danke. Übrigens, wann warst du das letztemal bei Jordana?«

»Das ist schon ein paar Wochen her.«

»Warum gehst du dann nicht morgen nach Gan Dafna, um die Verteidigungsanlagen zu inspizieren? Bleib ein paar Tage dort und sieh dir alles gründlich an.«

David lächelte. »Du hast eine sehr nette Art, einen zu etwas zu überreden.«

Es klopfte an der Tür zu Kittys Büro.

»Herein«, sagte sie.

Jordana bat Kanaan trat ein. »Ich hätte gern etwas mit Ihnen besprochen, Mrs. Fremont, falls Sie einen Augenblick Zeit haben.«

»Bitte.«

»David ben Ami wird heute vormittag hierherkommen und die Verteidigungsanlagen inspizieren. Wir wollen anschließend eine Besprechung aller Angehörigen des Stabes durchführen.«

»Ich werde erscheinen«, sagte Kitty.

»Mrs. Fremont – ich wollte gern vorher mit Ihnen sprechen. Sie wissen ja, daß ich hier der militärische Befehlshaber bin, und Sie und ich werden ja in Zukunft zusammenarbeiten müssen. Ich möchte Ihnen gern sagen, daß ich volles Vertrauen zu Ihnen habe. Ich betrachte es sogar als einen ausgesprochenen Vorteil für Gan Dafna, daß Sie hier sind.«

Kitty sah Jordana erstaunt und neugierig an.

»Ich glaube«, fuhr Jordana fort, »daß es für die Moral unserer Gemeinschaft gut wäre, wenn wir unsere persönlichen Gefühle beiseite legten.«

»Ich glaube, da haben Sie recht.«

»Gut. Ich freue mich, wenn wir uns in diesem Punkt einig sind.«

»Sagen Sie bitte, Jordana – wie sieht es eigentlich mit unserer Lage hier aus?«

»Eine unmittelbare Gefahr besteht für Gan Dafna kaum. Natürlich wird es für uns alle eine wesentliche Beruhigung sein, wenn Fort Esther an die Hagana übergeben wird.«

»Aber nehmen wir einmal an, es geht irgend etwas schief und die Araber bekommen Fort Esther. Was dann? Und – nehmen wir einmal an, die Straße durch Abu Yesha wird gesperrt.«

»Dann werden die Aussichten sehr unangenehm.«

Kitty stand auf und ging langsam durch den Raum. »Bitte verstehen Sie mich recht. Ich möchte mich nicht in militärische Dinge einmischen, aber wenn man die Sache realistisch betrachtet – könnte es doch sein, daß wir hier belagert werden.«

»Diese Möglichkeit besteht«, sagte Jordana.

»Wir haben hier viele Babys. Könnten wir diese Babys und einige der kleineren Kinder nicht evakuieren?«

»Wohin sollten wir sie evakuieren?«

»Das weiß ich nicht. In eine Siedlung, die sicherer ist.«

»Ich weiß es auch nicht, Mrs. Fremont. Palästina ist weniger als fünfzig Meilen breit. Es gibt keine Siedlung, die ›sicher‹

581

wäre. Mit jeden Tag fallen weitere Siedlungen unter Belagerungszustand.«

»Dann könnten wir sie vielleicht in eine Stadt bringen.«

»Jerusalem ist fast gänzlich abgeschnitten. In Haifa und zwischen Tel Aviv und Jaffa sind die Kämpfe erbitterter als irgendwo sonst in Palästina.«

»Dann gibt es also keinen Ort, an den man die Kinder bringen könnte?«

Jordana antwortete nicht. Sie brauchte nicht zu antworten.

III

Weihnachtsabend. Weihnachten 1947. Die Erde war schlammig, und die Luft war frisch und kalt. Kitty ging rasch über den Rasen auf ihre Hütte zu. Ihr Atem bildete kleine Wolken in der Luft.

»Schalom, Giweret Kitty«, rief Dr. Liebermann.

»Schalom, Doktor.« Sie lief rasch die Stufen hinauf und ins Haus, wo es warm war und Karen mit einem heißen Tee auf sie wartete. »Brrr«, sagte Kitty, »es ist kalt draußen.«

Der Raum war festlich. Karen hatte ihn fantasievoll mit Tannenzapfen und mit bunten Bändern ausgeschmückt. Man hatte ihr sogar erlaubt, einen der sorgsam gehüteten kleinen Bäume zu schlagen, den sie mit bunten Papierketten dekoriert hatte.

Kitty setzte sich auf das Bett, streifte ihre Schuhe ab und zog pelzgefütterte Hausschuhe an. Der Tee schmeckte wunderbar.

»Ich habe den ganzen Tag an Kopenhagen und die Hansens denken müssen. Weihnachten in Dänemark ist etwas Wunderbares. Hast du das Paket gesehen, das sie mir geschickt haben?«

Kitty ging zu Karen, legte den Arm um ihre Schulter und gab ihr einen Kuß auf die Backe. »Weihnachten macht die Leute wehmütig.«

»Fühlst du dich sehr einsam, Kitty?«

»Seit dem Tod von Tom und Sandra war Weihnachten für mich immer etwas, woran ich am liebsten gar nicht denken wollte – bis jetzt.«

Karen warf die Arme um Kitty und drückte sich an sie. Dann sah sie auf ihre Uhr und seufzte. »Ich muß gleich essen. Ich habe heute abend Wache.«

»Zieh dich recht warm an. Es ist kalt draußen. Ich muß noch einige Krankenberichte bearbeiten und werde aufbleiben, bis du zurückkommst.«

Karen zog sich warme Sachen an. Kitty band Karens Haare zu einem Knoten zusammen und zog ihr die strumpfartige, braune Palmachmütze so über den Kopf, daß sie die Ohren bedeckte. Auf einmal waren draußen singende Kinder zu hören.

»Was um alles in der Welt ist denn das?« fragte Kitty.

»Das ist für dich«, sagte Karen lächelnd. »Sie haben seit zwei Wochen heimlich geübt.«

Kitty ging zum Fenster. Draußen standen fünfzig ihrer Kinder. Sie hielten brennende Kerzen in den Händen und sangen ein Weihnachtslied.

Kitty zog ihren Mantel an und ging zusammen mit Karen hinaus an die Gartenpforte. Hinter den Kindern konnte sie die Lichter aus den Häusern der Siedlungen sehen, die sechshundert Meter tiefer unten im Tal lagen. Sie konnte die Worte des Weihnachtsliedes nicht verstehen, doch die Melodie kam ihr bekannt vor; es war ein sehr altes Lied.

»Frohe Weihnachten, Kitty«, sagte Karen.

Kitty rollten die Tränen über die Wangen. »Ich hätte mir nie träumen lassen, einmal ›Stille Nacht‹ in hebräischer Sprache zu hören. Es ist das schönste Weihnachtsgeschenk, das ich jemals bekommen habe.«

Karen hatte Wache in einem der Gräben außerhalb von Gan Dafna. Sie ging zum Dorfausgang hinaus und die Straße entlang zu einer Stelle, wo man von den Verteidigungsanlagen aus einen Blick auf das Tal hatte.

»Halt!«

Sie blieb stehen.

»Wer da?«

»Karen Clement.«

»Parole?«

»Chag sameach.«

Karen löste den Wachtposten ab, sprang hinunter in den Graben, schob einen Patronenstreifen in die Kammer des Gewehrs, lud durch, sicherte, und zog sich ihre Fäustlinge an.

Es war schön, auf Wache zu stehen, dachte Karen. Sie sah durch den Stacheldraht nach Abu Yesha. Es war schön, hier draußen allein zu sein und vier Stunden lang nichts anderes zu tun zu haben, als in das Hule-Tal hinunterzusehen und seinen Gedanken nachzuhängen. Durch die stille Winterluft drangen leise die Stimmen der Kinder, die vor Kittys Bungalow sangen. Es war Weihnachten, ein ganz besonders schönes Weihnachten.

Dann verstummte der Gesang, und ringsum war tiefe Stille.

Karen hörte, wie sich in den Bäumen hinter ihr etwas bewegte. Sie drehte sich leise um und spähte durch die Dunkelheit. Da bewegte sich doch etwas. Sie erstarrte und hielt angespannt Ausschau. Ja, da zwischen den Bäumen bewegte sich ein dunkler Schatten – vielleicht ein hungriger Schakal, dachte sie.

Sie entsicherte ihr Gewehr, hob es an die Schulter und sah über Kimme und Korn. Der dunkle Schatten kam näher.

»Halt!« rief sie laut.

Die undeutliche Gestalt blieb stehen.

»Parole?«

»Karen!« rief eine Stimme.

»Dov!«

Sie kletterte aus dem Graben heraus, lief auf ihn zu, und er lief ihr entgegen, und sie fielen sich in die Arme.

»Dov! Bist du es wirklich? Ich kann es kaum glauben.«

Sie sprangen beide in den Graben hinunter, und Karen versuchte, sein Gesicht in der Dunkelheit zu erkennen.

»Dov, ich weiß gar nicht, was ich sagen soll –«

»Ich bin vor einer Stunde gekommen«, sagte er. »Ich habe draußen vor eurem Haus gewartet, bis du herauskamst und auf Wache gingst. Dann bin ich dir nachgegangen.«

Karen sah sich erschreckt um. »Du bist hier in Gefahr! Du mußt dich vorsehen, daß die Engländer dich nicht erwischen!«

»Nein, Karen, das ist jetzt schon in Ordnung. Die Engländer können mir nichts mehr anhaben.«

Sie streckte die Hand nach ihm aus, und ihre Finger zitterten.

»Dir ist kalt, Dov. Du hast nicht mal einen Pullover an. Du mußt doch frieren.«

»Nein, nein – ich friere nicht.«

Plötzlich kam der Mond hinter einer Wolke hervor, und sie konnten einander sehen.

»Ich habe mich in den Höhlen außerhalb vom Hamischmar versteckt gehalten.«

»Ich weiß.«

»Ich – ich dachte, du wärst in Amerika.«

»Wir konnten nicht weg.«

»Du wunderst dich wahrscheinlich, was ich hier will. Karen, ich – ich möchte gern nach Gan Dafna zurück. Als ich damals fortging, habe ich ein paar Uhren und Ringe mitgenommen, und man hält mich hier vielleicht für einen Dieb.«

»Aber nein, Dov. Hauptsache, du lebst und bist in Sicherheit, alles andere ist ganz unwichtig.«

»Weißt du, ich – ich werde alles zurückzahlen.«

»Das ist ganz unwichtig. Niemand ist dir böse.«

Dov senkte den Kopf. »Die ganze Zeit, als ich im Gefängnis war, und später, als ich mich dann tagelang oben in den Berghöhlen verborgen hielt, habe ich immer darüber nachdenken müssen. Es ist einzig und allein Dov, der wütend ist – wütend auf sich selbst. Als du mich im Gefängnis besucht hattest, da sagte ich mir – ich sagte mir, daß ich nicht mehr sterben, daß ich am Leben bleiben wollte. Ich wollte nicht mehr sterben, und ich wollte auch niemanden mehr töten.«

»Oh, Dov –«

»Karen, ich – ich habe nie ein anderes Mädchen gehabt. Ich hab' das nur so gesagt, damit du nach Amerika fährst.«

»Ich weiß.«

»Hast du das wirklich die ganze Zeit gewußt?«

»Ich wollte es gern glauben, Dov, weil ich glauben wollte, daß du mich gern hast.«

»Karen – ich wollte nach Gan Dafna zurückkommen, und ich wollte erreichen, daß du auf mich stolz sein kannst. Ich wollte es, obwohl ich dachte, du seist gar nicht mehr da.«

Karen sah zu Boden.

»Für dich tue ich alles«, sagte er leise.

Sie hob den Arm und berührte seine Wange mit ihrer Hand.

»Dov, du bist so kalt. Bitte, geh zu unserem Bungalow. Du kannst mit Kitty über alles reden. Sie weiß Bescheid über uns. Und sobald meine Wache zu Ende ist, gehen wir zusammen zu Dr. Liebermann. Aber sei vorsichtig. Die Parole ist: Frohes Fest.«

»Karen – ich habe die ganze Zeit so viel an dich denken müssen. Ich will nie wieder irgend etwas tun, was nicht richtig ist oder was dir weh tun könnte.«

»Das weiß ich.«

»Darf ich dir einen Kuß geben?«

»Ja.«

Ihre Lippen berührten sich flüchtig, suchend und scheu.

»Ich liebe dich, Karen«, sagte Dov. Dann stieg er aus dem Graben und lief rasch davon, auf die Häuser von Gan Dafna zu.

»Internationales Recht«, sagte Barak ben Kanaan ärgerlich zu den Delegierten der Vereinigten Staaten, »das ist das, was der Übeltäter mißachtet, während der Rechtschaffene ablehnt, es mit Gewalt durchzusetzen.«

Doch durch Reden, und waren die Worte selbst noch so gut gewählt, ließ sich nicht mehr viel ausrichten. Sollten die Juden am 15. Mai ihre Unabhängigkeit ausrufen, dann hatten sie es allein mit sieben arabischen Armeen aufzunehmen. Kawukys irreguläre Truppen und die Araber von Palästina unter der militärischen Führung von Safwat und Kader steigerten ihre Aktivität.

Das Jahr 1948 brach an – das Jahr der Entscheidung.

Im Verlauf der ersten Monate des neuen Jahres wurden die Araber immer dreister, und ihre Überfälle nahmen in dem Maße zu, wie die Engländer ihren riesigen militärischen Apparat immer weiter abbauten und eine Stellung nach der anderen räumten.

GALILÄA

Irreguläre belagerten den hoch in den Bergen an der libanesischen Grenze gelegenen Kibbuz Manara. Ein halbes Dutzend anderer isolierter jüdischer Siedlungen war abgeschnitten. Die Araber unternahmen fünf heftige Angriffe auf Ejn Zejtim – die Quelle der Oliven –, aber jeder dieser Angriffe wurde zurückgewiesen.

Syrische Dorfbewohner begannen sich am Kampf zu beteiligen. Sie überschritten die Grenze von Palästina und wandten sich gegen die nördlichsten Vorpostenstellungen der Juden, den Kibbuz Dan und Kfar Szold. Major Hawks, der britische Kommandant, griff jedoch sofort mit seinen Truppen ein und half den Juden, die Syrer wieder über die Grenze zurückzuwerfen.

Araber aus Ata, von syrischen Grenzbewohnern und Irregulären unterstützt, griffen Lachawot Habaschan an. Ramat Naftali, nach einem der Stämme des alten Israel benannt, wurde überfallen.

In Safed nahm die arabische Aktivität zu, und es war klar, daß die Araber nur darauf warteten, bis sich Major Hawks zurückzog. Die Blockade gegen die Juden wurde drückend, als Lebensmittel und Wasser in der Stadt der Kabbalisten knapp wurden. Geleitzüge in das jüdische Viertel kamen nur durch, wenn die Engländer behilflich waren.

HAIFA

Diese Hafenstadt als Schlüsselstellung für Palästina war ein von beiden Seiten begehrtes Objekt. Noch befanden sich die Hafenanlagen in den Händen der Engländer, weil sie für ihren Rückzug unentbehrlich waren. In Haifa besaßen die Juden auf dem Berg Karmel, oberhalb des arabischen Bezirks, eine ihrer wenigen überlegenen Positionen. Der sehr araberfreundliche englische Kommandant zwang die Juden jedoch, strategisch wichtige Punkte, die sie erobert hatten, wieder zu räumen.

Die Makkabäer rollten daraufhin mit Sprengstoff gefüllte Fässer die Hügel hinunter in das arabische Gebiet. Gleichzeitig gelang es den Juden, einen umfangreichen arabischen Waffentransport aus dem Libanon in einen Hinterhalt zu locken und den arabischen Kommandanten zu töten.

Jeder normale Verkehr zwischen den Sektoren hörte auf. Amin Azzadin, ein Offizier der Arabischen Legion, erschien in Haifa und übernahm das Kommando über die ständig zunehmenden Irregulären, während die Engländer die Juden in Schach hielten, so daß die Araber ihre Kräfte zu einem Angriff auf den Berg Karmel konzentrieren konnten.

SCHARONEBENE

Dieses zentralgelegene Tal, in dem schon die Kreuzfahrer gekämpft hatten, war das am dichtesten besiedelte jüdische Gebiet. Es lag dem stark von Arabern bevölkerte Gebiet von Samaria gegenüber. Obwohl beide Seiten etwa die gleiche Stärke besaßen, war es in diesem Gebiet relativ ruhig.

TEL AVIV – JAFFA

Zwischen den beiden benachbarten Städten war ein Schlachtfeld entstanden, in dem Straßenkämpfe und Patrouillentätigkeit nicht aufhörten. Die Makkabäer kämpften hier innerhalb der Reihen der Hagana. Von beiden Seiten fanden andauernd Überfälle statt. Als Beobachtungsposten und für ihre Scharfschützen benutzten die Araber ein Minarett einer Moschee, die von den Juden nicht angegriffen werden konnten, weil die Engländer sie daran hinderten.

DER SÜDEN

In der weitgestreckten Negev-Wüste gab es nur wenige und weit voneinander entfernte jüdische Siedlungen, während die

Araber dort zwei starke Stützpunkte in Ber Scheba und dem seit Samson berühmten Gaza besaßen. Die Araber waren deshalb in der Lage, die jüdischen Siedlungen endlos zu belagern und sie langsam auszuhungern.

Zwar gelang es den einzelnen jüdischen Siedlungen, die Angriffe abzuwehren, aber in dieser Gegend waren die Araber kühner, und der Druck auf die Stellungen nahm ständig zu. Doch jetzt begann eine jüdische Luftwaffe zu entstehen. Sie bestand anfänglich zwar nur aus zwei Flugzeugen, die eigentlich für die Verbindungsaufgaben gedacht waren, hier aber auch zu Bombenangriffen verwendet werden mußten. Während einer der beiden Maschinen in das belagerte Jerusalem flog, wurde die andere zum primitivsten aller Bombenflugzeuge: Sprenggranaten wurden durch die Luken geworfen.

JERUSALEM

Abdul Kader verstärkte seinen Griff um die Kehle des jüdischen Jerusalems. Bab el Wad, die gewundene und verwundbare Straße über die Hügel von Judäa, wurde von den Arabern abgeriegelt. Die Juden konnten nur noch durchkommen, wenn sie umfangreiche Geleitzüge organisierten. Aber auch dann hatten sie einen hohen Preis zu bezahlen. Die Engländer verharrten bei ihrer Ablehnung, die Straße offenzuhalten.

Südlich von Jerusalem, in den an der Straße nach Bethlehem gelegenen Hügeln von Hebron, hatten die Juden vier isolierte Siedlungen, die als die Ezion-Gruppe bekannt sind. Ihre Position war ebenso schlecht und an allen Stellen verwundbar wie die von Safed. Die Ezion-Gruppe war vom jüdischen Palästina vollkommen abgeschnitten. Was ihre Lage bald noch mehr verschlechtern sollte, war eine hermetische Absperrung der Straße, die der Arabischen Legion dadurch gelang, daß sie nach außen hin als Hilfstruppe der Engländer in Erscheinung trat und daher unbehindert blieb.

Innerhalb Jerusalems hatte die Lebensmittel- und Wasserknappheit zu einer kritischen Lage geführt. Der Tag bestand jetzt nur noch aus Bombardements, der Tätigkeit von Scharfschützen und Panzerwagen; offene Kriegführung war an der Tagesordnung.

Ihren Höhepunkt erreichten die Kämpfe, als ein Geleitzug des Roten Kreuzes von dem auf dem Skopusberg gelegenen Klinikviertel der Hadassa von den Arabern überfallen und siebenundsiebzig unbewaffnete jüdische Ärzte massakriert wurden. Ihre Leichen wurden grauenhaft verstümmelt aufgefunden. Auch diesmal rührten die Engländer keinen Finger.

Seew Gilboa, der von Ari beauftragt worden war, Fort Esther von den Engländern zu übernehmen, meldete sich in Aris Dienstzimmer. »Wir sind fahrbereit«, sagte Seew.

»Gut. Am besten fahrt ihr gleich los. Major Hawks hat gesagt, er wolle das Fort Punkt vierzehn Uhr übergeben. Übrigens, stimmt das, was ich da von dir und Liora gehört habe? Sie soll schon wieder ein Kind erwarten.«

»Ja, das stimmt.«

»Ich werde dir keinen Wochenend-Urlaub mehr geben können, wenn du nicht aufhörst, dummes Zeug zu machen.«

Seew lief hinaus, sprang in das Führerhaus des Lastwagens und fuhr los. Hinten auf dem Wagen saßen zwanzig Jungen und Mädchen aus Palmach, die Fort Esther besetzen sollten. Seew fuhr die Hauptstraße entlang und bog dann in die schmale Straße ab, die hinauf in die Berge an der libanesischen Grenze und nach Fort Esther führte.

Seew dachte an seinen letzten Besuch in seinem Heimatort, dem Kibbuz Sde Schimschon–›Samsonsfeld‹. Liora hatte ihm erzählt, daß sie wieder ein Kind erwarte. Das war ja großartig! Wenn er nicht als Soldat Dienst tat, züchtete Seew Schafe – doch das schien lange her. Wie wunderbar würde es sein, mit seinen Söhnen hinauszugehen, am Berghang zu sitzen und der grasenden Herde zuzusehen...

Doch dann schaltete er Gedanken dieser Art ab; hier wartete so viel Arbeit auf ihn. Wenn die Engländer Fort Esther übergeben hatten, mußte er den belagerten Kibbuz Manara entsetzen und Streifen einteilen, die die Grenze entlang patrouillierten, um den Strom der einsickernden Irregulären zu drosseln.

Die zwanzig jungen Leute begannen zu singen, während der Wagen die Haarnadelkurven der Bergstraße hinauffuhr. Seew sah auf seine Uhr. Es waren noch fünfzehn Minuten bis zu der verabredeten Zeit. Er bog um die letzte Kurve. Einige Meilen vor ihm tauchte der große viereckige Zementblock am Horizont auf. Als er bis auf ein paar hundert Meter an Fort Esther heran war, fühlte er instinktiv, daß irgend etwas nicht so war, wie es sein sollte. Er verlangsamte die Fahrt und streckte den Kopf aus dem Fenster. Wenn die Engländer wirklich abziehen sollten, dann mußte doch irgendeine Bewegung zu sehen sein. Irgend etwas stimmte hier nicht. Seew richtete den Blick auf den Wachtturm mit den Schießscharten. In dem Augenblick, in dem sein Auge die Flagge der irregulären Streitkräfte Kawukys über dem Turm erspäht hatte, begann das Fort Esther Feuer zu speien.

Seew trat heftig auf die Bremse und schrie: »Deckung! Runter vom Wagen!«

Seine Leute sprangen vom Wagen und begaben sich mit einem Satz in Deckung. Der Lastwagen ging in Flammen auf. Seew zog sich mit seinen Truppen rasch zurück, bis sie außer Schußweite waren, dann ließ er sammeln und begab sich im Laufschritt den Berg hinunter nach Ejn Or.

Als Ari hörte, daß Fort Esther an die Araber übergeben worden war, brauste er sofort los nach Safed und zu dem Teggart-Fort am Berge Kanaan.

Er begab sich sofort in das Dienstzimmer des britischen Gebietskommandeurs, Major Hawks. Hawks, ein Mann von massiver Statur und dunklem Typ, sah bleich und übernächtigt aus.

»Sie Judas!« fauchte Ari.

»Es war nicht meine Schuld«, sagte Hawks mit kläglicher Stimme. »Das müssen Sie mir glauben.«

»Nein, das nehme ich Ihnen nicht ab. Nicht Ihnen.«

Hawks hielt sich den Kopf mit den Händen. »Ich bekam gestern abend um zehn Uhr einen Anruf von unserem Oberkommando in Jerusalem. Man befahl mir, meine Leute unverzüglich aus Fort Esther abzuziehen.«

»Sie hätten mich benachrichtigen können!«

»Nein, das konnte ich nicht«, murmelte Hawks. »Ich durfte es nicht. Ich bin schließlich Soldat, Ben Kanaan. Ich – ich habe die ganze Nacht kein Auge zugetan. Heute morgen habe ich Jerusalem angerufen und gebeten, man möge mir erlauben, nach Fort Esther zu gehen und es den Arabern wieder abzunehmen.«

Ari sah den Engländer voller Verachtung an.

»Sie mögen von mir denken, was Sie wollen – und vermutlich haben Sie recht damit –, aber ich konnte nicht anders handeln.«

»Es ist schließlich Ihr Beruf und Ihr Brot, Hawks. Ich denke, Sie sind nicht der erste Soldat, dem es gelang, die Stimme seines Gewissens zum Schweigen zu bringen.«

»Was nützt es, jetzt noch darüber zu reden? Was geschehen ist, ist geschehen.«

»Sie mögen durch das, was Sie getan haben, Ihrer soldatischen

Pflicht Genüge geleistet haben, Hawks, aber Sie tun mir leid. Denn Sie sind es, der die Belagerung von Gan Dafna auf seinem Gewissen haben wird, vorausgesetzt, daß Sie noch ein Gewissen haben.«

Hawks wurde bleich. »Sie werden die Kinder doch wohl nicht da oben lassen? Sie müssen Sie wegbringen!«

»Das hätte Ihnen eigentlich klarsein müssen. Nachdem jetzt Fort Esther in der Hand der Araber ist, bleibt uns gar nichts anderes übrig, als Gan Dafna um jeden Preis zu halten, wenn wir nicht das ganze Hule-Tel verlieren wollen.«

»Hören Sie, Ari, ich bin bereit, den Geleitschutz zu stellen, um die Kinder in Sicherheit zu bringen.«

»Und wohin? Sie sind nirgends sicher.«

Ari sah, wie Hawks die Hände zur Faust ballte und damit auf den Schreibtisch schlug, während er vor sich hinmurmelte. Es schien nicht nötig, diesem Mann noch weitere Vorwürfe zu machen. Es war ihm deutlich anzusehen, wie sehr ihm das, was er hatte tun müssen, zu schaffen machte.

Auf der Fahrt nach Safed hatte Aris Gehirn eifrig an einem Plan gearbeitet, der zwar riskant war, ihm aber unter Umständen noch geeignet schien, die Schlüsselstellung Gan Dafna zu retten.

Er beugte sich über Hawks Schreibtisch. »Ich möchte Ihnen eine Chance geben, einen Teil des Schadens, den Sie angerichtet haben, wiedergutzumachen.«

»Was könnte ich jetzt noch tun, Ben Kanaan?«

»Als Gebietskommandeur sind Sie durchaus dazu berechtigt, nach Gan Dafna zu kommen und uns den guten Rat zu geben, den Ort zu evakuieren.«

»Ja, aber –«

»Dann tun Sie das bitte. Fahren Sie morgen nach Gan Dafna hinauf und nehmen Sie fünfzig Lastwagen mit. Sichern Sie die Wagenkolonne vorn und hinten mit Panzerwagen. Wenn Sie jemand fragt, was Sie vorhaben, dann erzählen Sie den Leuten, Sie beabsichtigen, die Kinder zu evakuieren.«

»Ich verstehe Sie nicht ganz. Sind Sie denn bereit, Gan Dafna zu räumen?«

»Nein. Aber alles übrige überlassen Sie bitte mir. Sie brauchen weiter nichts zu tun, als mit Ihrer Wagenkolonnne nach Gan Dafna zu kommen.«

Hawks verlangte von Ari kein Auskunft darüber, was er vorhatte. Er tat, worum Ari ihn gebeten hatte, und fuhr mit einer Ko-

591

lonne von fünfzig Lastwagen und einem Geleitschutz von Panzerwagen nach Gan Dafna. Die Kolonne, die eine halbe Meile lang war, passierte auf dem Weg zum Hule-Tal sechs arabische Ortschaften. Sie fuhr die Berge hinauf und vor den Augen der Irregulären von Fort Esther durch Abu Yesha und langte gegen Mittag in Gan Dafna an. Major Hawks begab sich zu Dr. Liebermann und forderte ihn formell auf, den Ort zu evakuieren; dieser lehnte, auf Aris Rat, offiziell ab. Nach dem Mittagessen setzte sich die Wagenkolonne von Gan Dafna aus wieder in Bewegung und kehrte zum Stützpunkt in Safed zurück.

Inzwischen vertraute Ari einigen seiner arabischen Freunde in Abu Yesha unter dem Siegel der Verschwiegenheit an, daß Major Hawks tonnenweise Waffen in Gan Dafna zurückgelassen habe, angefangen von Maschinengewehren bis zu Granatwerfern. »Schließlich und endlich«, sagte Ari, »ist es ja bekannt, daß Hawks ein Freund der Juden war, und er hat auf eigene Faust etwas für uns getan, um uns dafür zu entschädigen, daß Fort Esther den Arabern übergeben wurde.«

Die Saat war gesät. Innerhalb von Stunden hatte sich in dem ganzen Gebiet das Gerücht verbreitet, daß Gan Dafna von Waffen starre und uneinnehmbar sei. Dies erschien besonders durch die Tatsache glaubwürdig, daß keine Evakuierung der Kinder stattfand; denn die Araber wußten nur zu genau, daß die Juden die Kinder fortgeschafft hätten, wenn ernstliche Gefahr bestanden hätte.

Nachdem sich genügend herumgesprochen hatte, wie stark Gan Dafna war, begab sich Ari nach Abu Yesha, um dort in dem steinernen Haus am Strom seinen alten Freund Taha, den Muktar, zu besuchen. Mochte die Stimmung auch noch so gespannt sein, das änderte nichts an dem jahrhundertealten Brauch, daß ein Mann im Haus eines Arabers gastlich bewirtet werden mußte. Doch obwohl Taha allen Formen der Gastlichkeit genügte, spürte Ari eine Kälte, wie er sie bei Taha noch nie erlebt hatte.

Sie aßen und sprachen über belanglose Dinge. Als Ari meinte, daß der Formalität allmählich Genüge geleistet sei, kam er auf den eigentlichen Anlaß seines Besuches zu sprechen.

»Es ist an der Zeit«, sagte Ari, »daß ich deine Einstellung kennenlerne.«

»Meine persönliche Einstellung ist im Augenblick wenig wichtig.«

»Es tut mir leid, Taha, aber als Gebietskommandeur des Hagana muß ich dich jetzt danach fragen.«

»Ich habe dir mein Wort gegeben, daß Abu Yesha neutral bleibt.«

Ari stand auf. Er sah Taha fest in die Augen und sprach Worte, die für das Ohr eines Arabers hart waren.

»Du hast mir dein Wort gegeben«, sagte er, »aber du hast es gebrochen.«

Taha sah ihn an, und in seinen Augen blitzte es zornig.

»Wir sind darüber unterrichtet, daß Kawukys Leute scharenweise über Abu Yesha eingesickert sind.«

»Und was erwartest du von mir?« gab Taha heftig zurück. »Soll ich ihnen vielleicht sagen, sie möchten bitte nicht mehr kommen? Ich habe sie dazu nicht aufgefordert.«

»Ich auch nicht. Sieh mal, mein Freund – es gab einmal eine Zeit, da haben wir beide nicht so miteinander gesprochen.«

»Die Zeiten ändern sich, Ari.«

Ari ging ans Fenster und sah zu der Moschee am anderen Ufer des Flusses hinaus. »Ich habe dieses Stückchen Erde hier immer sehr gern gehabt. Wir beide haben in diesem Raum und an diesem Fluß viele glückliche Tage verlebt. Weißt du noch, wie wir beide nachts da draußen gezeltet haben?«

»Das ist lange her.«

»Es mag sein, daß ich ein allzu gutes Gedächtnis habe. In den Zeiten der blutigen Unruhen haben wir uns oft darüber unterhalten, wie lächerlich es sei, daß alle Menschen meinten, sie müßten gegeneinander kämpfen. Wir haben ewige Blutsbrüderschaft geschlossen. Taha – ich habe die ganze letzte Nacht nicht geschlafen, weil ich mir überlegte, was ich dir heute sagen sollte. Dabei fiel mir alles wieder ein, was wir beide, du und ich, gemeinsam getan und erlebt haben.«

»Es paßt nicht zu dir, Ari, sentimental zu werden.«

»Es paßt genausowenig zu mir, dir drohen zu müssen. Mohammed Kassi und die Männer in Fort Esther sind genau das gleiche Kaliber wie die Männer, die deinen Vater ermordet haben, während er im Gebet versunken war. In dem Augenblick, wo die Engländer hier abziehen, wird er von Fort Esther hierherkommen und von dir verlangen, daß du die Straße nach Gan Dafna sperrst. Wenn du es zuläßt, wird er deinen Leuten Gewehre in die Hand drücken und ihnen befehlen, Yad El anzugreifen.«

»Und was erwartest du von mir?«

»Und was erwartest du von mir?« gab Ari die Frage zurück.

Ein feindliches Schweigen entstand im Raum. »Du bist der Muktar von Abu Yesha. Du kannst deinen Leuten sagen, was sie tun und zu lassen haben, genau wie dein Vater das getan hat. Du mußt aufhören, gemeinsame Sache mit diesen Irregulären zu machen.«

»Oder?«

»Oder wir werden dich als unseren Feind betrachten.«

»Und was dann? Sag es mir, Ari.«

»Dann hätte dein Verhalten zur Folge, daß Abu Yesha zerstört wird.«

Weder Ari nach Taha hielten das, was Ari gesagt hatte, für vollen Ernst. Ari war müde, er ging zu Taha hin und legte ihm die Hand auf die Schulter.

»Bitte«, sagte Ari, »hilf mir.«

»Ich bin Araber«, sagte Taha.

»Du bist ein Mensch. Du weißt, was recht und unrecht ist.«

»Willst du mir erzählen, ich sei dein Bruder?«

»Du bist es immer gewesen«, sagte Ari.

»Wenn ich dein Bruder bin, dann gib mir Jordana. Ja, das ist das Richtige – gib sie mir, daß sie das Bett mit mir teile und Mutter meiner Kinder werde.«

Aris Faust schoß vor und traf Tahas Kinn. Der Araber ging betäubt zu Boden, auf Hände und Knie. Er sprang auf, riß den Dolch, der an seinem Gürtel hing, aus der Scheide und ging in geduckter Haltung auf Ari los.

Ari stand unbeweglich und machte keinerlei Anstalten, sich zu verteidigen. Taha hob den Dolch, dann erstarrte er, wandte sich ab und warf den Dolch von sich.

»Mein Gott, was habe ich getan?« flüsterte Ari. Er ging auf Taha zu mit einem Gesicht, dessen Ausdruck um Verzeihung bat.

»Du hast mir alles gesagt, was ich wissen muß. Hinaus aus meinem Haus, Jude!«

IV

In Flushing Meadow, New York, hatten die Dinge eine sehr schlimme Wendung genommen. Da zur Durchsetzung des Beschlusses der UNO offensichtlich eine bewaffnete Intervention notwendig war, hatten die Amerikaner, aus Furcht, die Russen an einer internationalen Polizeitruppe im Nahen Osten beteiligen zu müssen, ihre bisherige Haltung zugunsten einer Teilung Palästinas aufgegeben.

Der Jischuw machte verzweifelte Anstrengungen, die Amerikaner von dieser defätistischen Haltung wieder abzubringen. Mitten in diesen wichtigen Verhandlungen wurde Barak ben Kanaan durch ein dringendes Telegramm aufgefordert, sich sofort nach Frankreich zu begeben. Infolge der Dringlichkeit der Arbeit in Flushing Meadow war Barak über diese Anordnung zwar sehr erstaunt, doch er flog unverzüglich nach Frankreich.

Hier wurde er von zwei Beauftragten des Jischuw empfangen. Man hatte ihn gerufen, damit er an höchst geheimen Verhandlungen über den Einkauf lebenswichtiger Waffen teilnahm. Man war beim Jischuw-Zentralrat der Meinung, daß Waffen infolge des Abschwenkens der Amerikaner im Augenblick wichtiger waren als alles andere und daß für eine derartige Transaktion niemand geeigneter war als Barak. Von ihrem guten Freund, dem tschechischen Außenminister Jan Masaryk, hatten sie Informationen darüber bekommen, bei welchen Stellen in einem halben Dutzend europäischer Länder Waffen gekauft werden konnten.

Nach mehreren Wochen vorsichtiger und streng vertraulicher Verhandlungen wurden die Lieferverträge abgeschlossen. Das nächste Problem bestand darin, die Waffen nach Palästina zu schaffen, das sich noch immer unter britischer Blockade befand.

Als erstes erwarb man ein Flugzeug, das über einen genügend großen Laderaum zum Transport der Waffen verfügte. Ein Beauftragter der Aliyah Bet ermittelte in Wien einen ausrangierten, überzähligen amerikanischen Bomber vom Typ Liberator. Eine Firma, die sich ›Alpine Luftfrachtgesellschaft‹ nannte, kaufte ihn. Als nächstes mußte man eine Crew finden. Sechs Mann, vier südafrikanische und zwei amerikanische Juden, die im Kriege Flieger gewesen waren, wurden für diese Aufgabe ausgesucht und zu strengster Geheimhaltung verpflichtet.

Die letzte und schwierigste Aufgabe war, auf dem engen

Raum des kleinen Palästina einen heimlichen Flugplatz zu schaffen, ohne daß ihn die Engländer entdeckten. Man entschied sich für einen von den Engländern nicht mehr benutzten Fliegerstützpunkt in Jesreel-Tal. Er lag in einem Gebiet mit rein jüdischer Bevölkerung, und hier schien es am ehesten möglich, daß es der Maschine gelang, unbemerkt zu landen und wieder zu starten.

Inzwischen wurde in Europa der Transport und die Lagerung der angekauften Waffen mit der gleichen Heimlichkeit besorgt, die auch hinsichtlich des wahren Charakters der ›Alpinen Luftfrachtgesellschaft‹ geübt wurde.

Es war ein Wettrennen mit der Zeit. Zwei Wochen sollte es dauern, bis die erste Waffenladung Europa verlassen konnte. War es dann nicht vielleicht schon zu spät?

Bisher war den Arabern wie durch ein Wunder noch nicht eine einzige Siedlung in die Hände gefallen; doch aus den jüdischen Transportkolonnen machten die Araber Kleinholz. Die Araber hatten die Leitungen unterbrochen, die das Wasser zu den Siedlungen in der Negev-Wüste brachten. Es gab Orte, in denen die Siedler gezwungen waren, von Kartoffelschalen und Oliven zu leben.

Der Brennpunkt des Kampfes aber war Jerusalem, wo sich die Auswirkung der arabischen Taktik des Isolierens und Aushungerns ernstlich bemerkbar zu machen begann. Bab el Wad, die Straße von Tel Aviv nach Jerusalem, war mit den Trümmern ausgebrannter Lastwagen besät. Nur durch gelegentliche riesige Transportkolonnen, deren Geleitschutz hohe Opfer an Menschenleben und Material erforderten, konnte die verzweifelte Lage der Juden in Jerusalem vorübergehend gelindert werden.

Kawuky, Sawat und Kader brauchten dringend einen Sieg. Die Araber in Palästina wurden allmählich unruhig, da noch immer nichts von dem ›großartigen Siegeszug‹ zu sehen war, den man lautstark angekündigt hatte.

In dieser Situation beschloß Kawuky, der sich selbst zum Generalissimus der ›Yarmuk-Streitkräfte‹ des Mufti ernannt hatte, den Ruhm der Eroberung der ersten jüdischen Siedlung an sich zu bringen. Er wählte sein Angriffsziel mit Bedacht.

Kawukys Wahl fiel auf den Kibbuz Tirat Zwi. Die Einwohner von Tirat Zwi waren orthodoxe Juden, von denen viele im Konzentrationslager gewesen waren. Der Kibbuz befand sich im südlichen Teil des Beth-Shaan-Tales und war absichtlich dort ange-

596

legt worden, um in einem Gebiet, dessen Bevölkerung bis dahin ausschließlich arabisch gewesen war, als Gegengewicht zu wirken. Südlich von Tirat Zwi lag das ›Dreieck‹, der Teil von Palästina, dessen Bevölkerung rein arabisch war. Die Grenze Jordaniens befand sich in Schußweite, und ein kleines Stück nach Norden vollendete die feindliche arabische Stadt Beth Shaan die isolierte Lage des Kibbuz Tirat Zwi.

Kawuky war entzückt von der Wahl, die er getroffen hatte. Die religiösen Juden von Tirat Zwi würden bei dem ersten massiven Angriff in die Knie gehen. Kawuky versammelte in dem Aufmarschgebiet bei Nablus Hunderte von Arabern und marschierte mit ihnen zum Angriff auf Tirat Zwi.

Kawuky verkündete seinen Sieg im voraus; er wurde sogar offiziell bekanntgegeben, bevor er überhaupt angegriffen hatte. Als er seine Truppen in Ausgangsstellung führte, kamen die arabischen Frauen von Beth Shaan an den Rand des Schlachtfeldes, ausgerüstet mit Säcken und anderen Behältern, und warteten darauf, den Kibbuz nach dem Angriff plündern zu können.

Der Angriff kam, als ein wolkenverhangener Tag dämmerte. Die Juden hatten hundertsiebenundsechzig Männer und Frauen im kampffähigem Alter an der Front, in Schützengräben und hinter eilig aufgeworfenen Verschanzungen, die der Stellung der Araber gegenüberlagen. Die Kinder waren in einem Gebäude untergebracht, das sich im Zentrum des Kibbuz befand. Außer ihren Gewehren stand den Verteidigern nichts als ein einziger Granatwerfer Kaliber 5 zur Verfügung.

Eine Trompete ertönte. Offiziere der Arabischen Legion führten mit gezogenem Säbel den Angriff an. Hinter ihnen strömten die Irregulären über das offene Feld heran, in einem massiven Frontalangriff, der darauf ausging, den Kibbuz durch das bloße Gewicht der zahlenmäßigen Überlegenheit zu überrennen.

Die Juden warteten, bis die Angreifer auf zwanzig Meter herangekommen waren. Dann eröffneten sie auf ein Zeichen ein mörderisches zusammengefaßtes Feuer. Die Araber wurden reihenweise niedergemäht. Der Schwung des arabischen Angriffs trieb eine zweite, eine dritte und eine vierte Welle heran. Die Juden ließen auch diese weiteren Wellen bis auf nächste Entfernung herankommen und empfingen sie dann mit ihrem disziplinierten, zusammengefaßten Abwehrfeuer.

Das Schlachtfeld war mit toten Arabern übersät, und die Verwundeten riefen: »Wir sind Brüder! Gnade, in Namen Allahs!«

Der Rest stürzte in wilder Flucht davon und begab sich ungeordnet auf den Rückzug. Kawuky hatte ihnen einen leichten Sieg und fette Beute versprochen. Er hatte ihnen vorgespielt, daß dieses erbärmliche Häufchen orthodoxer Juden schon bei ihrem bloßen Erscheinen die Flucht ergreifen würde. Mit einem solchen Widerstand hatten sie nicht gerechnet. Die Araberinnen, die mit ihren Säcken gewartet hatten, flohen gleichfalls.

Die Offiziere der Arabischen Legion sammelten die Flüchtlinge, die sie nur dadurch zum Stehen bringen konnten, daß sie auf sie schossen. Sie führten ihre Truppe erneut zum Angriff vor, doch die Irregulären hatten keinen rechten Mut mehr.

Für die Juden in Tirat Zwi sah die Sache sehr übel aus. Sie hatten nicht mehr genügend Munition, um einen nochmaligen Angriff abzuschlagen, falls die Araber erneut in großer Zahl und mit Entschiedenheit angriffen. Sollten die Araber aber ihre Taktik ändern und einen anhaltenden Angriff mit einer seitlichen Umgehung verbinden, so konnten die Juden erst recht nicht standhalten. In aller Eile organisierten sie einen Verteidigungsplan. Die Munition wurde zum größten Teil an zwanzig Scharfschützen verteilt. Alle anderen zogen sich zu dem Haus zurück, in dem die Kinder untergebracht waren und machten sich zur letzten Gegenwehr mit Bajonetten, Holzknüppeln und Gewehrkolben bereit. Sie beobachteten durch Feldstecher, wie sich die Araber zum Angriff massierten, und stellten fest, daß der Gegner zahlenmäig noch immer stark genug war, um den Kibbuz zu überrennen.

Die Araber kamen diesmal etwas langsamer über das offene Feld heran, wobei einige der Offiziere den Soldaten folgten und sie mit vorgehaltener Pistole zwangen, anzugreifen. Plötzlich öffnete sich der Himmel zu einem überraschenden Wolkenguß. Innerhalb von Minuten verwandelte sich der Acker in einen grundlosen Morast. Statt sich zu beschleunigen, begann der Angriff der Araber im Schlamm steckenzubleiben, genau wie einst die Wagen der Kananiter im Kampf gegen Deborah.

Als die ersten Offiziere den Kibbuz erreichten, nahmen die Scharfschützen sie aufs Korn und bliesen sie um. Kawukys ruhmreiche ›Yarmuk-Streitkräfte‹ hatten für diesmal genug.

Kawuky tobte vor Wut über die Blamage von Tirat Zwi. Er mußte rasch einen Sieg erreichen, um das Gesicht zu wahren. Diesmal entschloß er sich, ein gewagtes Spiel zu spielen.

Vom strategischen Standpunkt aus war die Straße zwischen Tel Aviv und Haifa für den Jischuw wichtiger als die Straße nach

Jerusalem. War die Verbindung zwischen Tel Aviv und Haifa unterbrochen, dann waren Galiläa und Scharon voneinander getrennt, und die Juden der Möglichkeit des einheitlichen Handels beraubt. An der Hauptverkehrsstraße von Tel Avi nach Haifa lagen arabische Ortschaften, die die Juden zwangen, die weiter im Inneren gelegenen Nebenstraßen zu benutzen, um den Güterverkehr zwischen den beiden Städten aufrechtzuerhalten. An einer der wichtigsten dieser Umgehungsstraßen lag der Kibbuz Mischar Ha'Emek – ›der Talwächter‹. Kawuky, dessen Ehrgeiz darauf ausging, Tel Aviv von Haifa zu trennen, beschloß Mischar Ha'Emek anzugreifen.

Diesmal war Kawuky entschlossen, die Fehler von Tirat Zwi nicht zu wiederholen. Er massierte mehr als tausend Mann und ging mit ihnen in den Bergen rings um Mischar Ha'Emek in Stellung, unterstützt durch zehn Kanonen Gebirgsartillerie Kaliber 7,5.

Als er Mischar Ha'Emek eingeschlossen hatte, eröffnete Kawuky ein heftiges Artilleriefeuer, dem die Juden nichts entgegenzusetzen hatten als ein einziges Maschinengewehr.

Nachdem der Kibbuz einen Tag lang unter Beschuß gelegen hatte, riefen die Engländer einen Waffenstillstand aus, begaben sich nach Mischar Ha'Emek und wiesen die Juden an, den Ort zu evakuieren. Als die Einwohner dieses Ansinnen ablehnten, zogen die Engländer wieder ab. Sie wuschen ihre Hände in Unschuld. Kawuky erfuhr von den Engländern, daß die Juden in Mischar Ha'Emek relativ schwach waren. Was Kawuky nicht wußte, da er nicht über einen Intelligence Service zur Feindaufklärung verfügte, war, daß es im Emek-Tal von Leuten wimmelte, die für die Hagana ausgebildet wurden. Im Laufe der zweiten Nacht begaben sich zwei Bataillone der Hagana, alle mit Gewehren bewaffnet, leise und unbemerkt in den Kibbuz.

Am Tage darauf trat Kawuky mit seinen Leuten zum Angriff an. Statt einen Kibbuz zu betreten, dessen Bewohner sich erschreckt verkrochen, stieß er auf zwei Bataillone ausgebildeter Soldaten, die darauf brannten, sich mit dem Gegner zu messen. Kawukys Angriff wurde zerschlagen.

Er sammelte seine Leute und versuchte es mit einem allmählichen, aber pausenlos vorgetragenen Angriff. Er war genauso erfolglos. Kawuky griff wieder und wieder an, doch mit jedem Angriff sank die Angriffslust der Irregulären. Sie gingen vor, wichen aber zurück, sobald sie auf ernstlichen Widerstand stießen.

Gegen Ende des Tages hatte Kawuky seine Leute nicht mehr in der Hand. Sie fingen an, sich aus dem Kampfgebiet davonzumachen.

Die Juden in Mischar Ha'Emek beobachteten diese Entwicklung, brachen vor und stießen den fliehenden Arabern nach. Diese Wendung war völlig unerwartet. Die Araber waren so konsterniert, als sie die zum Angriff vorgehenden Juden sahen, daß sie die Flucht ergriffen, während die Männer der Hagana ihnen buchstäblich auf den Fersen folgten. Das Rückzugsgefecht erstreckte sich meilenweit bis nach Meggiddo, der Stelle, an der Hunderte von Schlachten durch die Jahrhunderte hindurch stattgefunden hatten. Und hier, auf dem historischen Schlachtfeld, schlugen die Juden Kawukys Streitkräfte vernichtend. Das Gemetzel endete erst, als die Engländer aufkreuzten und einen Waffenstillstand erzwangen. Die Juden hatten ihren ersten klaren Sieg in ihrem Freiheitskrieg errungen.

Im Korridor von Jerusalem leistete die Hügelbrigade des Palmach eine geradezu titanische Arbeit, um die Straße offenzuhalten. Diese kaum Zwanzigjährigen, mit Kommandeuern, die nicht viel älter waren als sie, patroullierten durch die tiefen Schluchten und Einöden von Judäa und unternahmen ständig Überraschungsangriffe auf arabische Stützpunkte.

In Tel Aviv wurde ein riesiger Geleitzug vorbereitet, um Jerusalem zu retten. Aufgabe der Hügelbrigade war es, das arabische Dorf Kastel einzunehmen – eine der wichtigsten Höhenstellungen der Straße.

Der Sturm auf Kastel wurde zur ersten jüdischen Offensivaktion im Freiheitskrieg. Die Brigade mußte das Dorf in der Dunkelheit von der Flanke her angreifen. Müde und erschöpft vom Anstieg erreichte sie Kastel, eröffnete trotzdem sofort das Feuer und konnte die Araber nach blutigen Nahkämpfen aus dem Ort vertreiben.

Die Einnahme von Kastel trug wesentlich dazu bei, die gedrückte Stimmung des Jischuw zu heben. Nach diesem Sieg gelang es dem Geleitzug, Schritt für Schritt weiter durch Beb al Wad vorzudringen und die Neustadt von Jerusalem zu erreichen. Der belagerten Stadt wurde lebenswichtige Erleichterung zuteil.

Kawuky raste. Er mußte einen Sieg haben. Monatelang hatte er offizielle Verlautbarungen veröffentlichen lassen, in denen er sich einer pausenlosen Folge militärischer Triumphe gerühmt hatte. Daß es ihm nicht möglich gewesen war, auch nur eine jüdische Siedlung einzunehmen, hatte er mit ›britischen Interventionen‹ zu erklären versucht. Wenn die Engländer aber aus dem Hule-Gebiet abzogen, hatte er kein Alibi mehr.

Er beorderte Mohammed Kassi, den Kommandeur der irregulären Streitkräfte im Hule-Gebiet, der in Fort Esther saß, zu sich in sein Hauptquartier in Nablus.

»Ich habe aus Damaskus eine Nachricht von seiner Heiligkeit, dem Mufti, erhalten«, sagte Kawuky. »Am 15. Mai, einen Tag nach der Beendigung des britischen Mandats, beabsichtigt Hadsch Amin el Husseini im Triumph nach Palästina zurückzukehren.«

»Und welch ein glorreicher Tag wird das für den ganzen Islam sein«, sagte Mohammed Kassi.

»Seine Heiligkeit hat bis zur völligen Vernichtung der Zionisten Safed als seinen vorläufigen Sitz erwählt. Nachdem jetzt der gute Freund der Juden, Major Hawks, aus Safed abgezogen ist, wird sich die Stadt innerhalb einer Woche in unserer Hand befinden.«

»Ich bin erfreut, diese gute Nachricht zu hören!«

»Dennoch«, fuhr Kawuky fort, »wird Safed für die Rückkehr seiner Heiligkeit nicht sicher genug sein, solange noch ein einziger Jude im Hule-Tal ist. Juden bedeuten einen Dolch in unserem Rücken. Wir müssen sie ausradieren.«

Mohammed Kassi wurde ein wenig bleich.

»Das Hule-Tal liegt, wie mir scheint, in Ihrem Kommandobereich, mein Bruder. Ich möchte, daß Sie unverzüglich Gan Dafna einnehmen. Sobald Gan Dafna in unserer Hand ist, werden wir die übrigen Zionisten des Hule-Tals an der Kehle haben.«

»Generalissimus, ich darf Ihnen versichern, daß jeder einzelne meiner Freiwilligen vom Mut eines Löwen erfüllt und entschlossen ist, sich mit allen Kräften für die ehrenvolle Aufgabe einzusetzen, den Zionismus zu vernichten. Sie haben alle gelobt, bis zum letzten Blutstropfen zu kämpfen.«

»Das ist gut. Sie kosten uns allein an Löhnung ohnehin fast einen Dollar pro Mann und Monat.«

Kassi strich sich seinen Bart und hob seinen mit einem großen Brillantring geschmückten Zeigefinger in die Höhe. »Dennoch, es ist allgemein bekannt, daß Major Hawks in Gan Dafna dreitausend Gewehre, hundert Maschinengewehre und Dutzende von schweren Granatwerfern hinterlassen hat!«

Kawuky sprang wütend von seinem Stuhl hoch. »Sie zittern vor Kindern!«

»Ich schwöre beim Barte des Propheten, daß die Juden tausend Mann vom Palmach als Verstärkung nach Gan Dafna geschickt haben. Ich habe sie mit meinen eigenen Augen gesehen.«

Kawuky schlug Mohammed Kassi zweimal mit der Hand ins Gesicht. »Sie werden Gan Dafna einnehmen! Sie werden es dem Erdboden gleichmachen – oder ich werde Ihren Kadaver den Aasgeiern zum Fraß vorwerfen!«

V

Mohammed Kassis erste Maßnahme bestand darin, hundert seiner Leute nach Abu Yesha zu schicken. Unverzüglich begaben sich daraufhin einige der Dorfbewohner nach Ejn Or, um Ari die Sache zu melden. Ari wußte, daß die Einwohner von Abu Yesha überwiegend auf seiten der Juden standen. Er wartete darauf, daß sie etwas gegen die Irregulären unternahmen.

Die Araber von Abu Yesha waren über die Anwesenheit der Irreguläre alles andere als erfreut. Jahrzehntelang hatten sie mit den Leuten von Yad El in guter Nachbarschaft gelebt; selbst ihre Häuser waren von Juden erbaut worden. Sie waren weder erbittert, noch wünschten sie zu kämpfen. Sie warteten nur darauf, von Taha, ihrem Muktar, zusammengerufen zu werden, um gemeinsam Kassis Leute aus Abu Yesha hinauszuwerfen.

Taha hüllte sich in sonderbares Schweigen. Er gab weder Zustimmung noch Ablehnung zu erkennen. Als die Dorfältesten in ihn drangen, die Männer von Abu Yesha zu einer gemeinsamen Aktion aufzurufen, lehnte Taha es ab, sich dazu zu äußern. Sein Schweigen besiegelte das Schicksal von Abu Yesha, weil die Fellachen ohne Führung hilflos waren.

Kassi zögerte nicht, Tahas passive Haltung zu nützen. Während Taha weiterhin schwieg, wurden Kassis Leute von Tag zu Tag dreister und aktiver. Die Straße nach Gan Dafna wurde gesperrt. Viele Leute in Abu Yesha waren darüber empört, doch es blieb beim leisen Murren von einzelnen. Dann wurden vier Araber aus Abu Yesha von den Irregulären erwischt, wie sie Nahrungsmittel nach Gan Dafna brachten. Kassi ließ sie ent-

haupten und ihre Köpfe als Warnung auf dem Dorfplatz auf-
pflanzen. Von da an war jeglicher Widerstand in Abu Yesha gebrochen.

Ari hatte sich geirrt. Er war überzeugt gewesen, daß die Leute
von Abu Yesha Taha zwingen würden, Farbe zu bekennen, zumal die Sicherheit von Gan Dafna auf dem Spiel stand. Als die
Araber von Abu Yesha nichts unternahmen und die Straße nach
Gan Dafna gesperrt wurde, sah sich Ari einer ungeheuer kritischen Situation gegenüber.

Nach der Sperrung der Straße fing Kassi an, Gan Dafna von
Fort Esther aus Tag und Nacht mit seinen Gebirgsgeschützen zu
bombardieren.

Auf ein Ereignis dieser Art hatten sich die Juden in Gan Dafna
vom ersten Tag an vorbereitet. Jeder wußte genau, was er zu tun
hatte. Jetzt schaltete man rasch und ohne Lärm auf den Ernstfall
um. Alle Kinder im Alter von mehr als zehn Jahren hatten bestimmte Funktionen bei der Verteidigung der Siedlung. Der
Wassertank, das Verpflegungslager und das Krankenrevier wurden unter der Erde untergebracht.

In den Bunkern ging das Leben wie bisher weiter. Unterricht,
Mahlzeiten, Spielstunden und alles, was zum Tagesablauf von
Gan Dafna gehörte, wurde unter der Erde fortgesetzt. Die Kinder
schliefen in engen Kojen in Schlafräumen, deren Wände aus Be-
tonrohren von einem Durchmesser von drei Meter fünfzig bestanden und die nach oben durch mehrere Meter dicke Schicht
aus Erde und Sandsäcken gesichert waren.

Wann immer der Artilleriebeschuß aufhörte, kamen die Kinder und das Personal aus den Bunkern heraus nach oben, um
zu spielen, die steifen Glieder zu lockern und Rasenflächen
und Gärten in Ordnung zu halten. Innerhalb einer Woche
hatte das Personal den Kindern die Überzeugung beigebracht,
das Heulen der Granaten und das Krachen der Explosionen sei
nichts anderes als eine kleine Unannehmlichkeit des täglichen
Lebens.

Kassi setzte das Bombardement von Gan Dafna Tag für Tag
fort. Seine Gebirgsgeschütze legten ein Gebäude der Siedlung
nach dem anderen in Trümmer. Gan Dafna hatte seine ersten
Verluste, als eine Granate in der Nähe des Eingangs zu einem
Schutzraum explodierte und dabei zwei Kinder ums Leben kamen.

Unten im Tal, im Kibbuz Ejn Or, setzte sich Ari mit dem Problem auseinander, vor das ihn die bedrohte Lage des Jugenddorfes gestellt hatte. Gan Dafna war völlig abgeschnitten; der einzige Weg, es zu erreichen, war eine gefährliche und höllisch anstrengende Kletterei über die steile westliche Flanke des Berges. Man mußte einen Höhenunterschied von mehr als sechshundert Metern bewältigen, noch dazu bei Nacht. Die Telefonleitung war unterbrochen, die Nachrichtenverbindung mit Gan Dafna mußte durch Blinksignale von Yad El aus aufrechterhalten werden. Die Lebensmittelvorräte reichten für einen Monat, und auch der Wasservorrat war ausreichend, falls der Tank nicht getroffen wurde.

Die Nachrichtenverbindung und das Versorgungsproblem waren jedoch nicht Aris größte Sorge. Stärker beunruhigte ihn die Gefahr eines Massakers. Er hatte keine Ahnung, wie lange es dauern werde, bis die Wahrheit über die ›bewaffnete Macht‹ Gan Dafnas bekannt wurde. Es gelang ihm, ein Dutzend spanischer Gewehre, Modell 1880, dreiundzwanzig in Palästina hergestellte Maschinenpistolen und eine ausrangierte ungarische Panzerabwehrkanone mit fünf Schuß Munition zusammenzubringen. Er schickte Seew Gilboa mit zwanzig Palmach-Soldaten als Verstärkung nach Gan Dafna. Sie waren zugleich beauftragt, die zusätzlichen Waffen mit hinaufzunehmen. Seews Leute wurden zu menschlichen Packeseln. Die Panzerabwehrkanone mußte auseinandergenommen und stückweise transportiert werden.

Am nächsten Tag traf ein Kurier vom Hauptquartier der Hagana in Tel Aviv bei Ari ein. Ari rief sofort die militärischen Befehlshaber der Siedlungen in seinem Gebietsabschnitt zusammen. Man hatte in Tel Aviv eine allgemeine Entscheidung über die Kinder in den Siedlungen an der Grenze getroffen. Es wurde nahegelegt, alle Kinder aus diesen Siedlungen in das Gebiet Scharon-Tel Aviv in der Nähe der Küste zu evakuieren, wo die Situation nicht so kritisch war und wo jedes Haus, jeder Kibbuz und Moschaw bereit waren, sie aufzunehmen. Man konnte zwischen den Zeilen lesen: Die Situation hatte sich so bedrohlich gestaltet, daß die Hagana offensichtlich daran dachte, die Kinder eventuell per Schiff zu evakuieren, falls es den Arabern gelingen sollte, bis zur Küste vorzustoßen.

Diese Empfehlung war kein Befehl. Die Entscheidung blieb jeder Siedlung selbst überlassen. Einerseits würden die Siedler mit noch größerer Entschlossenheit kämpfen, wenn ihre Kinder bei ihnen waren; andererseits war der Gedanke an ein Massaker grauenhaft. Für diese Pioniere und Neusiedler war die Evakuierung ihrer Kinder doppelt schmerzlich; sie wurde ihnen zum Symbol dafür, daß ihre Flucht noch immer nicht zu Ende war. Die meisten von ihnen waren nach schrecklichen Erlebnissen hierher geflüchtet; ihre Siedlungen bedeuteten für sie die letztmögliche Flucht. Außerhalb von Palästina hatten sie nichts mehr zu hoffen.

Jede Siedlung traf ihre Entscheidung. Einige der älteren Siedlungen lehnten es rundheraus ab, ihre Kinder ziehen zu lassen. Andere erklärten, sie seien entschlossen, gemeinsam Widerstand zu leisten und gemeinsam zu sterben; sie wollten nicht, daß ihre Kinder die Leiden einer Flucht kennenlernen sollten. Siedlungen in den Bergen, die abgeschnitten waren und bereits die Härten der Belagerung zu ertragen hatten, brachten es irgendwie fertig, einen Teil der Kinder hinauszuschmuggeln, um sie aus der Gefahrenzone abtransportieren zu lassen.

Aber für die Kinder von Gan Dafna war jedermann verantwortlich. Aris Spione hatten ihm berichtet, Kawuky würde Mohammed Kassi immer stärker unter Druck setzen, um ihn zu veranlassen, Gan Dafna anzugreifen. In Gan Dafna wurden die Lebensmittel knapp und auch das Heizmaterial war fast vollkommen aufgebraucht. Der Wassertank hatte durch Einschläge in nächster Nähe mehrere lecke Stellen bekommen. Bei den Menschen begannen sich Folgen des Bunkerlebens bemerkbar zu machen, wenn sich auch niemand beklagte.

Die Hagana-Kommandeure der Siedlungen im Hule-Tal waren mit Ari einer Meinung, daß die jüngeren Kinder aus Gan Dafna fortgeschafft werden sollten. Es fragte sich nur, wie. Wieder einmal sah sich Ari genötigt, einen Plan zur Überwindung unüberwindlich scheinender Schwierigkeiten zu entwickeln. Da ihm keine andere Wahl blieb, faßte er einen fantastischen Entschluß, waghalsiger und riskanter als alles, was er bisher unternommen hatte.

Nachdem Ari die Einzelheites seines Planes entwickelt hatte, ließ er David mit dem Auftrag zurück, ein Kommando für das Unternehmen aufzustellen, und machte sich selbst auf den Weg nach Gan Dafna. Jeder Schritt auf dem steilen Weg verursachte ihm heftige Schmerzen. Das angeschossene Bein versagte ihm im Lauf der Nacht mehrmals den Dienst. Dieses Handikap konnte er durch seine genaue Kenntnis des Weges wettmachen. Er war als Junge oft hier hinaufgeklettert. Er erreichte Gan

Dafna, als der Morgen graute, und berief sofort die Gruppenführer und Abteilungsleiter zu einer Besprechung in den Kommandobunker. Unter den Versammelten befanden sich Seew, Jordana, Dr. Liebermann und Kitty Fremont.

»In Gan Dafna sind zweihundertfünfzig Kinder im Alter von weniger als zwölf Jahren«, sagte Ari ohne jede Einleitung. »Diese zweihundertfünfzig Kinder werden morgen abend evakuiert.«

Er sah in ein Dutzend verblüffter Gesichter.

»Im Augenblick versammelt sich eine Einsatzgruppe in Yad El«, fuhr Ari for. »David ben Ami wird diese Gruppe von vierhundert Mann heute abend über den Westhang heraufführen. Wenn alles planmäßig verläuft und sie nicht entdeckt wird, müßten sie morgen bei Tagesanbruch hier sein. Zweihundertfünfzig Mann dieser Gruppe werden morgen abend die Kinder auf dem Rücken hinuntertragen. Der Rest von hundertfünfzig Mann wird den Transport sichern. Ich möchte noch erwähnen, daß diese Gruppe mit sämtlichen automatischen Schnellfeuerwaffen ausgerüstet sein wird, die es im Hule-Tal gibt.«

Die Leute im Bunker starrten Ari an, als ob sie einen Wahnsinnigen vor sich hätten. Einige Minuten lang herrschte betretenes Schweigen.

Schließlich erhob sich Seew Gilboa. »Ari«, sagte er, »ich habe dich vielleicht nicht ganz richtig verstanden. Hast du tatsächlich vor, zweihundertfünfzig Kinder bei Nacht den Berg hinuntertragen zu lassen?«

»Ja, so ist es.«

»Das ist schon am Tage für einen Mann ein gefährlicher Weg«, sagte Dr. Liebermann. »Und erst bei Nacht, mit einem Kind auf dem Rücken – einige der Leute werden bestimmt abstürzen.«

»Diese Gefahr besteht, aber das müssen wir eben riskieren.«

»Hör mal, Ari«, sagte Seew, »sie kommen verdammt nahe an Abu Yesha vorbei. Kassis Leute werden sie bestimmt entdecken.«

»Wir werden jede mögliche Vorsichtsmaßnahme beachten.«

Alle begannen plötzlich gleichzeitig zu reden und zu diskutieren.

»Ruhe!« rief Ari. »Hier ist keine Volksversammlung. Ihr habt über diese Sache strengstes Stillschweigen zu bewahren. Keine unnötige Aufregung! Und jetzt verschwindet, alle miteinander. Ich habe eine Menge zu tun.«

Der Beschuß von Fort Esther war den ganzen Tag über besonders heftig. Ari nahm sich jeden Abschnittsleiter vor, um die Evakuierung bis in jede Einzelheit genau zu besprechen und den zeitlichen Ablauf von Minute zu Minute festzulegen.

Die zwölf Leute, die Kenntnis von dem Plan hatten, gingen bedrückt und mit düsteren Befürchtungen herum. Tausend Dinge konnten schiefgehen. Es konnte jemand ausrutschen, die Hunde von Abu Yesha konnten sie hören oder riechen. Kassi konnte das Mannöver entdecken und alle Siedlungen im Hule-Tal angreifen, wenn er feststellte, daß sie ohne automatische Schnellfeuerwaffen geblieben waren.

Und doch war allen bewußt, daß Ari kaum etwas anderes übrigblieb. In einer Woche oder in zehn Tagen würde die Lage in Gan Dafna ohnehin verzweifelt sein.

Am Abend teilte David ben Ami, der mit der Einsatzgruppe in Yad El bereitstand durch einen verschlüsselten Blinkspruch mit, daß er sich bei Einbruch der Dunkelheit auf den Weg machen werde.

Die ganze Nacht hindurch arbeiteten sich die vierhundert Freiwilligen den steilen Hang hinauf und erreichten Gan Dafna kurz vor Morgengrauen, erschöpft und entnervt durch die Anstrengung der Klettertour. Ari empfing sie außerhalb des Ortes und führte sie zu einem dichten Gebüsch, in dem sie sich den Tag über versteckt halten sollten. Kassis Leute sollten sie nicht sehen, und er wollte nicht, daß ihr Erscheinen in Gan Dafna irgendwelche vagen Vermutungen auslöste.

Den ganzen Tag über hielten sich die vierhundert Freiwilligen verborgen.

Zehn Minuten vor sechs Uhr, genau vierzig Minuten vor Sonnenuntergang: Der entscheidende Teil des Unternehmens beginnt. Fünf Minuten vor sechs: Die Kinder, die evakuiert werden sollen, werden gefüttert. Jedes Kind trinkt mit seiner Milch ein Schlafmittel.

Viertel nach sechs: Die Kinder werden in ihren unterirdischen Schlafräumen zu Bett gebracht. Man läßt sie gemeinsam Lieder singen, bis sie, durch das Narkotikum betäubt, in einen tiefen Schlaf fallen.

Sechs Uhr zweiunddreißig: Die Sonne sinkt hinter Fort Esther.

Sechs Uhr vierzig: Ari ruft sämtliche Angehörige des Stabs von Gan Dafna zu einer Besprechung vor den Schlafbunker der Kinder zusammen.

»Hören Sie bitte alle sehr genau zu«, sagte er mit zwingendem

Ernst. »In einigen Minuten werden wir mit der Evakuierung der jüngeren Kinder beginnen. Jeder von Ihnen wird namentlich aufgerufen und erhält einen bestimmten Auftrag. Alles ist auf die Minute genau festgelegt, und die geringste Störung des planmäßigen Ablaufs kann unter Umständen sowohl das Leben der Kinder und ihrer Begleiter als auch Ihr eigenes Leben gefährden. Ich wünsche keinerlei Diskussion. Ich werde gegen jeden, der sich nicht strikt an seinen Auftrag hält, drastische Maßnahmen ergreifen.«

Sechs Uhr fünfundvierzig: Jordana bat Kanaan stellt rund um Gan Dafna eine Wache auf, die aus allen zurückbleibenden Kindern besteht. Diese Wache ist um das Vielfache stärker als normalerweise. Gleichzeitig gehen Seew Gilboa und seine zwanzig Mann Palmach, die zum Schutz von Gan Dafna abkommandiert worden sind, mit einem Spezialauftrag zur Sicherung des Unternehmens auf das Gebirge vor.

Sobald die Meldung kommt, daß alle Posten der dichten Sicherung rings um die Siedlung an Ort und Stelle seien, begeben sich fünfundzwanzig Angehörige des Stabes in die Bunker, um die schlafenden Kinder warm anzuziehen. Kitty geht von einem Kind zum anderen und überzeugt sich, daß das Schlafmittel gewirkt hat. Jedem Kind wird der Mund mit einem breiten Klebestreifen zugeklebt, damit es selbst im Schlaf nicht schreien kann.

Sieben Uhr dreißig: Die bewußtlosen Kinder sind angezogen und transportbereit. Ari bringt die Einsatztruppe aus ihrem Versteck. Von den Schlafbunkern aus wird eine Kette gebildet, und die schlafenden Kinder werden eins nach dem anderen herausgereicht. Aus Gurten hat man behelfsmäßige Tragesitze zusammengenäht, so daß die Männer die Kinder wie Rücksäcke auf dem Rücken tragen können. Dadurch haben sie beide Hände frei für das Gewehr, und um sich beim Abstieg zu stützen.

Acht Uhr dreißig: Die zweihundertfünfzig Mann mit ihren kleinen schlummernden Bündeln auf dem Rücken werden einer letzten Kontrolle unterzogen. Man überzeugt sich, daß die Kinder einwandfrei festgegurtet sind. Dann setzt sich die Reihe der Träger in Bewegung und zieht zum Haupteingang hinaus, wo das Sicherungskommando von einhundertfünfzig Mann mit automatischen Waffen bereitsteht. Unter Aris Führung entfernten sie sich über den Rand des Abhangs. Einer nach dem anderen verschwindet langsam mit dem Kind auf dem Rücken im Dunkel der Nacht.

Die Zurückbleibenden standen schweigend am Tor von Gan Dafna. Es gab für sie jetzt nichts mehr zu tun, als den Morgen abzuwarten. Sie begaben sich langsam zurück in den Bunker, um die Nacht schlaflos zu verbringen, stumm und bebend vor Angst um die Kinder und um das Schicksal dieses seltsamen Geleitzuges.

Kitty Fremont stand, als der Zug verschwunden war, noch über eine Stunde lang allein draußen am Tor und starrte in die Dunkelheit.

»Es wird heute eine sehr lange Nacht werden«, sagte eine Stimme hinter ihr, »und es ist kalt hier draußen. Wollen Sie nicht lieber hineingehen?«

Kitty drehte sich um. Jordana stand vor ihr. Zum erstenmal, seit sie sie kennengelernt hatte, war Kitty wirklich froh, das rothaarige Sabre-Mädchen zu sehen. Seit sie sich entschlossen hatte in Gan Dafna zu bleiben, hatte sie in zunehmenden Maße Bewunderung für Jordana empfunden. Denn Jordana trug die größte Verantwortung dafür, daß in Gan Dafna alles ruhig blieb. Sie hatte die Soldaten ihrer Gadna-Jugend mit einer Zuversichtlichkeit erfüllt, die ansteckend wirkte; diese halben Kinder zeigten den kriegerischen Mut erprobter Veteranen. In allen Schwierigkeiten, die sich seit der Sperrung der Straße ergeben hatten, war Jordana unverändert ruhig und energisch geblieben. Für eine junge Frau von noch nicht Zwanzig war das eine schwere Bürde. Doch Jordana vermittelte den Menschen in ihrer Umgebung ein Gefühl der Sicherheit.

»Ja, es wird wirklich eine sehr lange Nacht werden«, sagte Kitty.

»Dann könnten wir uns doch gegenseitig Gesellschaft leisten«, sagte Jordana. »Ich muß Ihnen etwas verraten. Ich habe im Bunker eine halbe Flasche Cognac versteckt. Heute nacht ist die richtige Gelegenheit, sie auszutrinken. Hätten Sie Lust, in meinem Bunker auf mich zu warten? Ich muß nur noch die Wachen hereinholen. In einer halben Stunde bin ich zurück.«

Kitty stand unbeweglich. Jordana nahm ihren Arm. »Kommen Sie«, sagte sie freundlich drängend, »im Augenblick können wir sowieso nichts machen.«

Kitty hatte nervös im Kommadobunker gesessen und eine Zigarette nach der anderen geraucht, bis Jordana endlich von ihrem Rundgang zurückgekommen war. Jordana nahm die braune Hagna-Mütze ab, und die langen roten Locken fielen ihr auf die Schultern. Sie rieb sich die vor Kälte erstarrten Hände und holte dann die Cognacflasche hervor, die sie an einer Stelle der Bunkerwand verborgen hatte, wo das Erdreich locker war. Sie wischte den Sand von der Flasche und schenkte Kitty und sich einen kräftigen Schluck ein.

»LeChajim!« sagte Jordana und setzte das Glas an die Lippen. »Ah, das tut gut.«

»Wie lange wird es dauern, bis sie an Abu Yesha vorbeikommen?«

»Das wird erst nach Mitternacht sein«, antwortete Jordana.

»Ich habe mir immer wieder gesagt, daß alles gutgehen wird; doch nun fange ich an, an die tausend Dinge zu denken, die schiefgehen könnten.«

»Es ist unmöglich, nicht daran zu denken«, sagte Jordana. »Doch das steht jetzt in Gottes Hand.«

»In Gottes Hand?« sagte Kitty. »Ja, Gott vollbringt in diesem Lande wirklich besondere Dinge.«

»Wer hier in Palästina nicht religiös wird, der wird es vermutlich nirgendwo«, sagte Jordana. »Ich kann mich nicht erinnern, daß wir uns jemals durch irgend etwas anderes als durch unseren Glauben am Leben erhalten hätten. Er ist unsere einzige Stütze.«

Diese Worte klangen seltsam aus dem Mund von Jordana bat Kanaan. Äußerlich schien Jordana nicht tief gläubig; doch was hätte ihr sonst die Kraft und Standfestigkeit geben sollen, unter dieser beständigen Spannung und Bedrohung zu leben, wenn nicht ihr unerschütterlicher Glauben?

»Kitty«, sagte Jordana plötzlich, »ich muß Ihnen ein Geständnis machen. Ich habe mir sehr gewünscht, daß wir beide Freunde werden.«

»So?« sagte Kitty. »Und warum, Jordana?«

»Weil ich etwas von Ihnen gelernt habe – etwas, worüber ich eine ganz falsche Ansicht hatte. Ich habe gesehen, wie Sie hier mit den Kindern gearbeitet haben, und ich weiß, was Sie für Ari getan haben. Als Sie sich dazu entschlossen, in Gan Dafna zu bleiben, da ist mir etwas klargeworden. Ich begriff plötzlich, daß eine Frau wie Sie genausoviel Mut haben kann, wie – wie wir hier. Ich hatte immer geglaubt, Weiblichkeit sei ein Zeichen von Schwäche.«

»Das ist lieb von Ihnen, Jordana«, sagte Kitty mit schwachem Lächeln. »Doch ich fürchte, gerade heute nacht könnte ich recht gut ein bißchen was von eurer Art von Mut gebrauchen. Ich habe das Gefühl, daß ich drauf und dran bin, die Nerven zu verlieren.«

Kitty brannte sich eine Zigarette an, und Jordana schenkte ihr noch einen Cognac ein.

»Ich habe es mir überlegt«, sagte Jordana. »Sie wären doch die richtige Frau für Ari.«

Kitty schüttelte den Kopf. »Nein, Jordana«, sagte sie. »Wir sind, wie man bei uns sagt, zwei nette Leute, die aber nicht füreinander geschaffen sind.«

»Das ist wirklich schade, Kitty.«

Kitty sah auf die Uhr. Sie wußte aus den Besprechungen, daß sich die Männer jetzt dem ersten fast senkrecht abfallenden Steilhang nähern mußten. Man würde die Männer, die die Kinder auf dem Rücken trugen, anseilen und einen nach dem anderen den Steilhang hinunterlassen. Es ging fast zehn Meter senkrecht nach unten. Vom Ende des Steilhanges würden sie den Hang im lockeren Erdreich rund hundert Meter weit hinunterrutschen müssen.

»Erzählen Sie mir ein bißchen was von sich und David«, sagte Kitty hastig. »Wo habt ihr euch kennengelernt?«

»An der hebräischen Universität. Ich lernte ihn am zweiten Tag kennen. Ich sah ihn, und er sah mich, und wir liebten uns vom ersten Augenblick an und haben nie aufgehört, uns zu lieben.«

»So war es auch bei meinem Mann und mir«, sagte Kitty.

»Ich brauchte natürlich das ganze erste Semester, um ihm klarzumachen, daß er mich liebte.«

»Bei mir dauerte es noch länger«, sagte Kitty lächelnd.

»Ja, Männer können in solchen Dingen schrecklich schwer von Begriff sein. Doch bis zum Sommer wußte er sehr genau, zu wem er gehörte. Wir machten damals gemeinsam eine archäologische Expedition in die Negev-Wüste. Wir versuchten, den genauen Weg festzustellen, auf dem Moses mit den zehn Stämmen durch die Wildnis von Zin und Paran gezogen war.«

»Die Gegend soll dort ziemlich verlassen sein.«

»Durchaus nicht«, sagte Jordana. »Man stößt dort auf die Ruinen zahlreicher Städte der Nabatäer. Die Zisternen dieser Städte enthalten noch immer Wasser. Wenn man Glück hat, kann man alle möglichen Altertümer finden.«

»Das klingt aufregend.«

»Es ist aufregend«, sagte Jordana. »Doch es ist eine sehr mühsame Arbeit. David findet es wunderbar, Ausgrabungen zu machen. Er fühlt sich überall von der historischen Größe unseres Volkes umgeben. Es geht ihm damit genau wie so vielen anderen – und das ist der Grund, weshalb die Juden so tief mit diesem Land verbunden sind. David hat wunderbare Pläne. Nach dem Krieg wollen wir beide wieder an die Universität gehen. Ich werde meine Abschlußprüfung machen und David seinen Doktor, und dann wollen wir eine große hebräische Stadt ausgraben. Er will die Ruinen von Chazor freilegen, der alten hebräischen Stadt hier im Hule-Tal. Das sind natürlich nur Träume. Dazu braucht man viel Geld – und Frieden.« Jordana lachte ironisch. »Frieden«, sagte sie, »das ist natürlich ein abstrakter Begriff, eine Illusion. Ich möchte wissen, wie das wohl sein mag – Frieden!«

»Vielleicht fänden Sie ihn langweilig.«

»Ich weiß nicht«, sagte Jordana. »Einmal im Leben würde ich doch gern wissen wollen, wie Menschen unter normalen Verhältnissen leben.«

»Wollen Sie auch reisen?«

»Reisen? Nein. Ich tue, was David tut, und gehe dorthin, wo David hingeht. Aber einmal, Kitty, möchte ich gern in die Welt hinaus. Mein ganzes Leben lang hat man mir erzählt, daß unser gesamtes Dasein hier in Palästina beginnt und endet. Und doch – manchmal habe ich das Gefühl, eingesperrt zu sein. Viele meiner Kameradinnen sind aus Palästina fortgegangen. Früher oder später sind sie wieder zurückgekommen. Wir Sabres scheinen eine sonderbare Sorte von Menschen zu sein, deren Lebenswerk es ist, zu kämpfen. Wir sind nicht imstande, uns anderswo einzugewöhnen.«

Jordana unterbrach sich. »Es muß am Cognac liegen«, sagte sie. »Sie wissen ja, die Sabres vertragen überhaupt nichts.«

Kitty lächelte Jordana zu. Zum erstenmal verspürte sie Mitleid mit dem Mädchen. Sie drückte ihre Zigarette aus und sah wieder auf ihre Uhr. Die Minuten schlichen dahin.

»Wo werden sie jetzt sein?« fragte sie.

»Noch immer an dem ersten Steilhang. Es dauert mindestens zwei Stunden, alle einzeln abzuseilen.«

Kitty stieß einen leisen Seufzer aus, und Jordana starrte vor sich hin.

»Woran denken Sie?« fragte Kitty.

»Ich denke an David – und an die Kinder. In dem ersten Sommer damals in der Wüste fanden wir einen Friedhof, der mehr als viertausend Jahre alt war. Es gelang uns, das vollkommen erhaltene Skelett eines kleinen Kindes freizulegen. Vielleicht war es auf dem Weg in das Gelobte Land gestorben. David weinte, als er das Skelett sah. Er ist nun einmal so. Der Gedanke an die Belagerung von Jerusalem bedrückt ihn bei Tag und Nacht. Er wird bestimmt versuchen, irgend etwas Verzweifeltes zu unternehmen. Das weiß ich. – Wollen Sie sich nicht lieber hinlegen, Kitty? Es wird noch lange dauern, bis wir irgend etwas wissen.«

Kitty trank ihr Glas leer. Dann streckte sie sich auf dem Feldbett aus und schloß die Augen. Im Geist sah sie die lange Reihe der Männer vor sich, die nacheinander am Seil den Abhang hinuntergelassen wurden, und die schlafenden Kinder, die auf ihren Rücken hingen. Und dann sah sie Kassis Araber vor sich, die im Hinterhalt lauerten und darauf warteten, bis die Reihe der Träger in die Falle ging.

Es war unmöglich zu schlafen.

»Ich glaube, ich werde einmal zum Bunker von Dr. Liebermann hinübergehen und nachsehen, wie es dort aussieht.«

Sie zog sich eine dicke Jacke an und ging nach draußen. Den ganzen Abend über war von Fort Esther kein Schuß gefallen. Kitty kam ein erschreckender Gedanke: Vielleicht hatte Mohammed Kassi irgend etwas erfahren und war mit der Mehrzahl seiner Leute aus Fort Esther abmarschiert. Das Ganze gefiel ihr nicht. Der Mond war viel zu hell, die Nacht zu klar und still. Ari hätte eine neblige Nacht abwarten sollen, um die Kinder fortzuschaffen. Kitty sah hinauf und konnte oben am Berg die Umrisse von Fort Esther ausmachen. Sie müssen es gesehen haben, dachte sie.

Sie betrat einen der Bunker des Lehrkörpers. Dr. Liebermann und die übrigen Angehörigen des Stabes hockten auf ihren Kojen und starrten vor sich hin, von der Spannung wie gelähmt. Niemand sprach ein Wort. Es war so deprimierend, daß sie es nicht aushielt und wieder hinausging.

Karen und Dov standen Wache.

Kitty ging zurück zu dem Kommandobunker, aber Jordana war nicht mehr da. Sie streckte sich wieder auf dem Feldbett aus und legte sich eine Wolldecke über die Beine. Wieder erschien vor ihrem Geist das Bild der Männer, die mühsam Schritt für Schritt den Abhang hinunterstiegen. Die Anspannung des Tages hatte ihre Kräfte verbraucht. Sie sank in einen unruhigen Halbschlaf. Die Stunden verstrichen. Mitternacht – ein Uhr.

613

Kitty warf sich auf ihrem Lager hin und her. Ein Angsttraum peinigte sie. Sie sah Kassis Leute, die schreiend, mit gezogenen, im Mondlicht schimmernden Säbeln, die Trägerkolonne angriffen. Die Verteidiger waren tot, alle Kinder waren in die Hände der Araber gefallen, die dabei waren, ein riesiges Massengrab für sie auszuheben.

Kitty fuhr mit einem Ruck hoch. Sie war schweißgebadet, und ihr Herz hämmerte wild. Sie zitterte am ganzen Leib und drehte langsam den Kopf hin und her. Plötzlich drang ein Geräusch an ihr Ohr. Sie lauschte angespannt, und ihre Augen weiteten sich vor Entsetzen. Was sie hörte, war das Geräusch entfernten Gewehrfeuers!

Sie erhob sich taumelnd. Ja, wahrhaftig! Das war Gewehrfeuer – und es kam aus der Richtung von Abu Yesha! Es war kein Traum! Der Transport war entdeckt worden!

Jordana betrat den Bunker in dem Augenblick, als Kitty gerade zur Tür stürzte.

»Lassen Sie mich hinaus!« schrie sie.

»Nein, Kitty, nein –«

»Diese Mörder! Sie bringen meine Kinder um!«

Jordana mußte ihre ganze Kraft aufwenden, um Kitty gegen die Wand zu drücken.

»Hören Sie zu, Kitty! Dieses Gewehrfeuer, das Sie hören, ist ein Ablenkungsmanöver Seew Gilboas und seiner Leute. Sie greifen Abu Yesha von der entgegengesetzten Seite an, um Kassis Truppen von der Transportkolonne abzulenken.«

»Sie lügen!«

»Nein, ich sage die Wahrheit, ich schwöre es Ihnen. Ich hatte Anweisung, bis unmittelbar vor Beginn des Angriffs niemanden etwas davon zu sagen. Ich kam hier herein und sah, daß Sie schliefen, und bin dann wieder gegangen, um erst den anderen Bescheid zu sagen.«

Jordana führte Kitty zu dem Feldbett und zwang sie mit sanfter Gewalt, sich hinzusetzen. »Es ist noch ein kleiner Rest Cognac übrig. Da, trinken Sie.«

Kitty zwang sich, den Cognac hinunterzugießen, und versuchte, sich zu beruhigen. Jordana setzte sich neben sie und streichelte ihre Hand. Kitty ließ ihren Kopf auf Jordanas Schulter sinken und weinte leise vor sich hin, bis sie sich ausgeweint hatte.

»Karen und Dov werden bald von ihrer Wache zurückkommen. Ich will in meinen Bunker gehen und einen Tee für sie kochen.«

Die Stunden der Dunkelheit zogen sich endlos in die Länge – die Nacht nahm kein Ende. Draußen in der Finsternis krochen die Männer auf dem Bauch an Abu Yesha vorbei, während Seew mit seinen Leuten auf der anderen Seite des Dorfes seinen Feuerüberfall inszenierte. Sie stiegen und rutschten eilig abwärts – abwärts.

Alle, die in Gan Dafna warteten, sogar Jordana, waren am Ende ihrer Kräfte und hockten erschöpft und schweigend herum. Um Viertel nach fünf kamen sie aus den Bunkern heraus. Der Morgen war eisig kalt. Der Boden war von dünnem Rauhreif bedeckt. Alle gingen durch das Haupttor zu der Stelle hinaus, wo der Melder am Rande des Abhangs lag und nach unten spähte.

Die Dunkelheit hob sich langsam, und die Lichter im Tal erloschen. Eine nebliggraue Morgendämmerung enthüllte die ferne Tiefe.

Der Melder sah durch das Fernglas, spähte nach einem Lebenszeichen im Tal. Nichts.

»Da!«

Der Melder zeigte hinunter. Alle Blicke richteten sich auf Yad El, von wo die Morsezeichen einer Blinklampe heraufleuchteten.

»Was senden die denn da? Was heißt das?«

»Das heißt – X, 14, 16.

»Sie sind in Sicherheit!« sagte Jordana und lächelte Kitty glücklich und erregt zu. »*Exodus*, Kapitel vierzehn, Vers sechzehn: *Du aber hebe deinen Stab auf, und recke deine Hand über das Meer, und spalte es, daß die Kinder Israels hineingehen, mitten hindurch auf dem Trockenen.*«

VI

Vier Tage nach der Evakuierung liefen bei Ari mehrere Berichte ein. Die Kommandeure der Siedlungen in seinem Gebiet meldeten, daß der arabische Druck nachgelassen habe. Als Ari von Freunden aus Abu Yesha erfuhr, daß Kassi die Hälfte von den hundert dort stationierten Irregulären nach Fort Esther zurückbeordert hatte, wußte er, daß der Angriff jeden Tag zu erwarten war.

Ari nahm weitere zwanzig Leute vom Palmach – die allerletzten, die im Gebiet von Galiläa entbehrlich waren – und machte noch einmal die Klettertour nach Gan Dafna, um dort persönlich das Kommando zu übernehmen.

Insgesamt standen ihm vierzig Mann vom Palmach zur Verfügung, rund dreißig kampffähige Mitglieder des Stabspersonals und des Lehrkörpers, und Jordanas Gadna-Jugend, knapp über zweihundert. An Waffen hatte er hundertundfünfzig antiquierte Gewehre oder in Palästina hergestellte Maschinenpistolen, zwei Maschinengewehre, einige hundert selbst hergestellte Handgranaten, Landminen und Brandbomben, und außerdem noch die altertümliche ungarische Panzerabwehrkanone mit fünf Schuß Munition. Den Berichten seiner Feindaufklärung zufolge verfügte sein Gegner, Mohammed Kassi, über achthundert Mann, einen unbegrenzzten Vorrat an Munition sowie Artillerie-Unterstützung, wozu noch einige weitere hundert Araber aus Ata und anderen feindlichen Dörfern an der libanesischen Grenze kamen.

Aris Munitionsvorrat war bedrohlich knapp. Er war sich darüber klar, daß der Angriff des Gegners sofort zerschlagen werden mußte. Aris einzige Überlegenheit war seine genaue Kenntnis des Gegners. Mohammed Kassi, der irakische Straßenräuber, verfügte über keinerlei taktische Ausbildung. Er hatte sich Kawuky in der Hoffnung angeschlossen, durch Plünderung reich zu werden. Ari hielt Kassis Leute nicht für sonderlich tapfer, doch es waren Leute, die man leicht in Raserei versetzen konnte. Sollten sie jemals im Laufe der Schlacht die Oberhand gewinnen, so verwandelten sie sich sicherlich in eine mordgierige Meute. Ari beabsichtigte, sich die Unwissenheit und Ahnungslosigkeit der Araber zunutze zu machen. Er baute seinen Defensivplan auf der Annahme auf, daß Kassi einen Frontalangriff auf der direkten und kürzesten Linie von Fort Esther versuchen würde. Immer war die Taktik der Araber der frontale Angriff gewesen, schon damals, als er als Junge gegen sie gekämpft hatte. Ari konzentrierte seine Verteidigung auf einen einzigen Punkt.

Dieser entscheidende Punkt in Aris Defensivplan war eine Schlucht, die sich zu einem Hohlweg verengte und wie ein Trichter nach Gan Dafna hinunterführte. Gelang es Ari, Kassis Leute in diese Schlucht zu locken, hatte er eine Chance. Seew Gilboa unterhielt Spähtrupps in den Felsen und dem Unterholz unmittelbar vor Fort Esther, die die Bewegungen der Araber beobachteten. Sie stellten fest, daß Kassis seine Leute massierte und zum Angriff bereitstellte.

Drei Tage nach Aris Ankunft in Gan Dafna erschien atemlos ein junger Melder mit der Nachricht in seinem Gefechtsstand, daß Kassis Leute, annähernd tausend Mann stark, das Fort verlassen hätten und den Hang herunterkämen. Innnerhalb von zwei Minuten war ›Alarmstufe Schwarz‹ durchgegeben, und alle Männer, Frauen und Jugendlichen von Gan Dafna begaben sich auf ihre Posten und machten sich gefechtsbereit.

Ein tiefer Sattel bot Kassis Leuten Deckung, bis sie bei einer Kuppe unmittelbar oberhalb von Gan Dafna angekommen waren, rund sechshundert Meter von der Nordseite des Ortes und zweihundert Meter von der trichterförmigen Schlucht entfernt.

Aris Leute verschwanden in den Feuerstellungen und warteten.

Nach kurzer Zeit begannen oben am Rand der Kuppe Köpfe aufzutauchen, und innerhalb weniger Minuten wimmelte die Gegend von Arabern. Sie blieben stehen und starrten auf den seltsam stillen Ort hinunter. Den arabischen Offizieren war die Ruhe verdächtig. Auf beiden Seiten war bisher nicht ein Schuß gefallen. Von Fort Esther aus betrachtete Mohammed Kassi durch einen starken Feldstecher die Szene und lächelte, als er seine Leute sprungbereit oberhalb von Gan Dafna sah. Da die Juden bisher nicht geschossen hatten, wuchs seine Zuversicht, daß seine Männer den Ort widerstandslos überrennen würden. Ein Kanonenschuß von Fort Esther gab das Zeichen zum Angriff.

Die Verteidiger von Gan Dafna konnten hören, wie die arabischen Offiziere ihren Leuten Befehle zuriefen. Doch noch immer bewegte sich keiner von der Kuppe nach unten. Sie waren durch die völlige Stille des Ortes vor ihnen konsterniert. Immer mehr Araber begannen laut zu rufen und nach unten zu zeigen. Ihr Fluchen und wütendes Schreien schwoll an.

»Sie versuchen, sich zur Weißglut aufzuputschen«, sagte Ari.

Die disziplinierten jüdischen Soldaten zeigten weder ihre Gesichter noch die Waffen, obwohl es ihnen schwerfiel, sich angesichts der wild gestikulierenden und laut schreienden Feinde zurückzuhalten. Nachdem sie eine ganze Weile lang heftig palavert hatten, begannen die Irregulären plötzlich mit wildem Geschrei von der Kuppe nach unten zu stürmen, und Säbel und Bajonette blitzten stählern vor dem Hintergrund des Himmels.

Jetzt würde sich zeigen, ob die erste Phase von Aris Plan funktionierte. Nacht für Nacht hatte er Patrouillen vorgeschickt, um Landminen zu verlegen, die von Gan Dafna aus zur Detonation gebracht werden konnten. Diese Minen bildeten einen Korridor, durch den die Araber in die Mitte der Schlucht getrieben werden sollten.

Seew Gilboa, der am weitesten vorn lag, wartete, bis der Angriff der Araber in vollem Gange war. Als die wütende Meute das Minenfeld erreicht hatte, hob er eine grüne Signalflagge in die Höhe, und Ari betätigte von Gan Dafna aus die Zündung.

Zwanzig Minen, zehn auf jeder Seite, gingen gleichzeitig hoch. Das Dröhnen der Detonation lief donnernd die Berge entlang. Die Minen explodierten, die Angreifer drängten sich zusammen und stürmten im nächsten Augenblick in die Schlucht hinab.

Rechts und links der Schlucht hatte Ari seine vierzig Palmach-Leute plaziert, die beiden Maschinengewehre und den gesamten Vorrat an Handgranaten und Brandbomben.

Als die Araber direkt unter ihnen vorbeirasten, eröffnete der Palmach mit den Maschinengewehren das Feuer und machte die Schlucht zum Schauplatz einer blutigen Treibjagd. Flammenwerfer verwandelten Dutzende der Irregulären in lebende Fackeln, während gleichzeitig ein Regen von Handgranaten auf die Angreifer niederging.

Außerdem brannte der Palmach Bündel von Knallkörpern ab, und aus Lautsprechern, die in den Bäumen aufgehängt waren, ertönte das Geräusch donnernder Explosionen. Der unablässige Lärm der wirklichen und der scheinbaren Waffen war ohrenbetäubend und schreckenerregend.

In Fort Esther gab Mohammed Kassi, rasend vor Wut, der Artillerie den Befehl, die Ränder der Schlucht vom Feind zu säubern. Die arabischen Kanoniere eröffneten aufgeregt das Feuer, doch die Hälfte der Schüsse traf ihre eigenen Leute. Schließlich gelang es ihnen, das eine der beiden Maschinengewehre zum Schweigen zu bringen.

Die erste arabische Welle war im Abwehrfeuer liegengeblieben, doch immer neue Angreifer strömten heran. Man hatte sie zu solcher Weißglut aufgestachelt, daß sie jetzt weiterstürmten, sinnlos vor Furcht.

Auch das zweite Maschinengewehr verstummte. Sein Lauf war ausgebrannt. Die Palmach-Männer verließen ihre Feuerstellungen an den Rändern der Schlucht und begaben sich eiligst nach Gan Dafna zurück, um dort den weiteren Angriff zu erwarten.

Die erste arabische Welle, wirre Knäuel laut schreiender Männer, näherte sich dem Dorf bis auf hundert Meter. David ben Ami entfernte die Tarnung der verbarrikadierten und mit Sandsäcken geschützten ungarischen Panzerabwehrkanone, jede der fünf Granaten enthielt zweitausend Schrotkugeln. Wenn die Sache richtig funktionierte, mußte die Kanone die Wirkung einer ganzen Kompanie haben, die gleichzeitig schoß.

Die vordere dichtgedrängte Masse Araber kam heran auf fünfzig Meter – vierzig Meter – dreißig – zwanzig –.

David ben Ami lief der Schweiß über das Gesicht, während er das Visier der Kanone auf kürzeste Entfernung einstellte.

Zehn Meter –

»Feuer eins!«

Die uralte Panzerabwehrkanone machte einen Ruck und spie den Angreifern Schrotkugeln ins Gesicht. Markerschütternde Schreie ertönten, und während David die Kanone rasch von neuem lud, erblickte er wenige Meter vor sich Haufen von Toten oder Verwundeten und voll panischen Entsetzens gestikulierende Araber, die in wilder Flucht zurücktaumelten.

Die zweite Welle kam hinter der ersten heran.

»Feuer zwei!«

Die zweite Welle blieb im Feuer liegen.

»Feuer drei!«

Der dritte Schuß sprengte den Lauf der Kanone, doch sie hatte ihre Schuldigkeit getan. Mit drei Schuß ihrer Schrotladungen hatte sie annähernd zweihundert der Angreifer kampfunfähig gemacht. Der Schwung des Angriffs war erlahmt.

Ein letztesmal versuchte der Gegner zu stürmen. Noch einmal erreichten hundert Araber den Rand Gan Dafnas, doch sie wurden von Jordanas Gadna-Kämpfern, die in den Schützengräben standen, mit einer zusammengefaßten Salve empfangen.

Blutend und verwirrt zogen sich die überlebenden Araber in wilder Hast durch die mit Toten besäte Schlucht zurück. Als Seew Gilboa sah, daß der Gegner wich, rief er den Palmach-Soldaten zu, ihm zu folgen. Mit seinen vierzig Mann setzte er mehreren hundert fliehenden Arabern nach. Er trieb sie über die Kuppe zurück und blieb ihnen weiter auf den Fersen.

Ari, der durch den Feldstecher sah, rief wütend: »Dieser ver-

619

dammte Idiot! Er versucht, Fort Esther zu nehmen. Ich hatte ihm gesagt, daß er bei der Kuppe haltmachen soll.«

»Was ist nur in Seew gefahren?« stieß David mit zusammengebissenen Zähnen hervor.

»Los, komm mit«, rief Ari. »Wir müssen versuchen, ihn aufzuhalten.«

Ari gab Jordana eilig die Anweisung, mit ihrer Gadna-Gruppe die Waffen der gefallenen und verwundeten Araber einzusammeln und sich mit den Jugendlichen dann nach Gan Dafna zurückzuziehen.

Sein Plan hatte sich als richtig erwiesen. Zwar hatte er in weniger als fünfzig Minuten den größten Teil seiner Waffen und seiner Munition verausgabt, doch lag fast die Hälfte von Kassis Truppen tot oder verwundet auf dem Schlachtfeld.

Mohammed Kassi sah, wie seine Leute zurück zum Fort flohen. Seew Gilboa war seinen Männern um fünfundzwanzig Meter voraus. Die arabischen Kanoniere von Fort Esther eröffneten das Feuer auf ihre eigenen fliehenden Leute, um den Palmach abzuwehren, der sie verfolgte. Einigen der Araber gelang es, in das Fort hineinzukommen. Die anderen, die den verfolgenden Juden zu nahe waren, wurden ausgesperrt und beschossen. Seew hatte inzwischen das äußere Stacheldrahtnetz passiert, das nur vierzig Meter von dem Fort entfernt war.

»Deckung!« schrie er seinen Leuten zu. Er warf sich auf den Boden und feuerte mit seiner Maschinenpistole auf die Schießscharten des Forts, bis seine Leute in Deckung waren. Als er erkannte, daß sein Angriff vergeblich war, machte er kehrt und versuchte, über den Hügel zurückzukriechen. Vom Fort kam jetzt aber ein Hagel von Geschossen, und Seew wurde getroffen. Er stand auf und begann zu laufen, wurde ein zweitesmal getroffen, fiel in den Stacheldraht und blieb hilflos darin hängen.

Seine Leute, die sich weiter hinten eingegraben hatten, wollten gerade wieder vorgehen, um Seew zu holen, als Ari und David bei ihnen ankamen.

»Da vorn ist Seew«, sagte man ihnen. »Er hängt im Stacheldraht.«

Ari schaute aus seiner Deckung hinter einem großen Felsblock nach vorn. Bis zu Seew waren es hundert Meter über offenes Gelände. Hier und dort lagen zwar Felsblöcke, hinter denen er Deckung finden konnte, doch die letzte Strecke bis zu Seew war freies Feld.

Das Schießen von Fort Esther hörte plötzlich auf, und es wurde sehr still.

»Was hat das zu bedeuten?« fragte David.

»Sie wollen Seew als Köder benutzen. Sie sehen, daß er bewegungsunfähig ist, und hoffen, daß wir versuchen werden, zu ihm zu kommen, um ihn zurückzuholen.«

»Diese Hunde – warum erschießen sie ihn nicht einfach?«

»Ist dir das denn nicht klar, David? Er hat seine Waffe verloren. Sie werden warten, bis wir uns zurückziehen, und dann werden sie versuchen, ihn lebend in ihre Hand zu bekommen. Sie werden an ihm für alle Leute Rache nehmen, die sie heute verloren haben.«

»Mein Gott«, sagte David leise. Er sprang aus der Deckung, doch Ari schnappte ihn und zog ihn zurück.

»Gebt mir mal ein paar Handgranaten«, sagte Ari. »Gut. David, führe die Leute nach Gan Dafna zurück.«

»Ich lasse dich nicht allein dort hinaufgehen, Ari –«

»Du tust, was ich dir befehle, verdammt noch mal!«

David wandte sich schweigend um und gab das Zeichen zum Rückzug. Als er seinen Blick über die Schulter warf, sah er, wie Ari bereits den Hügel hinauflief.

Die Araber beobachteten, wie Ari herankam. Sie wußten, daß jemand versuchen würde, den Verwundeten zu holen. Sie wollten warten, bis er nahe genug heran war, und versuchen, auch ihn zu verwunden. Dann würden die Juden noch einen Mann vorschicken – und noch einen.

Ari sprang auf, rannte einige Meter vor und warf sich hinter einem Felsblock flach auf die Erde. Vom Fort fiel kein Schuß.

Ari robbte weiter vor bis zur nächsten Deckung. Er war jetzt nur noch zwanzig Meter von der Stelle entfernt, wo Seew im Stacheldraht hing. Er nahm an, daß die Araber vorhatten, solange zu warten, bis er bei Seew angelangt war und ein nicht mehr zu verfehlendes Ziel bot.

»Zurück«, rief Seew. »Hau ab!«

Ari spähte vorsichtig um den Rand des Felsblocks, hinter dem er lag. Er konnte Seew jetzt ganz deutlich sehen. Das Blut lief ihm über das Gesicht, strömte aus seinem Leib. Ari richtete den Blick auf Fort Esther. Er sah, wie die Sonne auf den Läufen der Gewehre schimmerte, die auf Seew gerichtet waren.

»Zurück!« rief Seew noch einmal. »Meine Därme hängen raus. Ich hab' keine zehn Minuten mehr – hau ab!«

Ari machte die Handgranaten von seinem Koppel los.

»Seew – ich werfe dir ein paar Handgranaten zu«, rief er auf deutsch. Er stellte die Zündung von zwei Handgranaten fest, damit sie nicht explodieren konnten, erhob sich rasch und warf sie dem Verwundeten hin. Die eine landete unmittelbar neben Seew, der sie ergriff und an sich drückte.

»Ich habe sie – und jetzt hau ab!«

Ari lief, so rasch er konnte, den Hügel wieder hinunter. Die Araber, die darauf gewartet hatten, daß er bis zu Seew heran-käme, waren so überrascht, daß sie das Feuer erst eröffneten, als er bereits außer Schußweite war und sich langsam wieder auf den Rückweg nach Gan Dafna machte.

Seew Gilboa war allein. Sein Leben ging zu Ende. Die Ara-ber ließen eine halbe Stunde verstreichen. Sie warteten, ob die Juden irgend etwas unternehmen würden, um dem Verwun-deten zu Hilfe zu kommen. Sie wollten ihn lebend in ihre Hände bekommen.

Schließlich öffnete sich das Tor von Fort Esther. Einige drei-ßig Araber strömten heraus und kamen von verschiedenen Seiten auf den Verwundeten zu. Seew riß die Zündung der Handgranate an und hielt sie dicht an seinen Kopf.

Ari hörte das Krachen der Detonation und blieb stehen. Er wurde kreidebleich. Er schwankte. Sein Zwerchfell zog sich krampfhaft zusammen. Dann kroch er auf Händen und Füßen weiter, zurück nach Gan Dafna.

Ari saß allein in dem Bunker, in dem sich sein Gefechtsstand befand. Sein Gesicht war bleich und starr. Nur das Zittern sei-ner Backenmuskeln ließ erkennen, daß Leben in ihm war. Seine Augen blickten stumpf aus dunklen Höhlen.

Die Juden hatten vierundzwanzig Leute verloren: elf Jungen und drei Mädchen von Palmach, sechs Angehörige des Stabs-personals und vier Kinder. Dazu kamen zweiundzwanzig Ver-wundete. Von Mohammed Kassis Leuten waren vierhundert-achtzehn tot und hundertsiebenundsiebzig verwundet.

Die Juden hatten soviel Waffen und Munition erbeutet, daß Kassi es kaum wagen würde, Gan Dafna noch einmal anzu-greifen. Doch die Araber saßen nach wie vor in Fort Esther und beherrschten die Straße, die durch Abu Yesha führte.

Kitty Fremont betrat den Bunker. Auch sie war am Ende ih-rer Kräfte. »Alle verwundeten Araber sind nach Abu Yesha gebracht worden, bis auf diejenigen, die Sie noch vernehmen wollten.«

Ari nickte. »Und wie steht es mit unseren Verwundeten?«

»Zwei von den Kindern werden wohl kaum durchkommen. Bei den übrigen besteht keine Gefahr. Da – ich habe Ihnen ein bißchen Cognac mitgebracht«, sagte Kitty.

»Danke – danke –«

Ari nahm einen Schluck und blieb stumm.

»Und hier habe ich ein paar Sachen von Seew Gilboa«, sagte Kitty. »Es ist nicht viel – nur ein paar persönliche Dinge.«

»Ein Kibbuzbewohner hat nur wenig, was ihm selbst gehört. Nicht einmal sein Leben ist sein Eigentum«, sagte Ari sarkastisch.

»Ich habe Seew sehr gern gehabt«, sagte Kitty. »Gerade gestern abend erzählte er mir noch, wie er sich darauf freue, wieder seine Schafe zu hüten. Ich könnte mir denken, daß seine Frau Wert darauf legt, diese Dinge zu bekommen. Sie wissen vielleicht, daß sie wieder ein Kind erwartet.«

»Seew war ein verdammter Idiot!« stieß Ari zwischen den Zähnen hervor. »Er hatte nicht die geringste Veranlassung dazu, dieses Fort einnehmen zu wollen.«

Ari ergriff das Taschentuch, das die magere Hinterlassenschaft Seew Gilboas enthielt, und warf es in den Kerosinofen. »Liora ist ein feiner Kerl, und sie ist zäh. Sie wird darüber hinwegkommen. Aber mir wird es schwer werden, einen Ersatz für ihn zu finden.«

Kitty musterte Ari aus schmalen Augen. »Ist das Ihr einziger Gedanke – daß es schwer ist, einen Ersatz für ihn zu finden?«

Ari stand auf und zündete sich eine Zigarette an. »Leute wie Seew, die kann man nicht aus dem Boden stampfen.«

»Ist Ihnen eigentlich überhaupt nichts heilig?«

»Sagen Sie mal, Kitty – als damals Ihr Mann gefallen war, bei Guadalcanal, hat da sein Kommandeur etwa Totenwache für ihn gehalten?«

»Ich hatte gedacht, daß die Sache hier doch etwas anders sei, Ari. Sie kennen Seew seit Ihrer Kindheit. Seine Frau ist ein Mädchen aus Yad El. Sie ist in Ihrer unmittelbaren Nachbarschaft aufgewachsen?«

»Na und? Was sollte ich Ihrer Meinung nach tun?«

»Weinen sollten Sie, weinen um dieses arme Mädchen.«

Einen Augenblick zuckte es in Aris Gesicht, und seine Lippen zitterten, doch dann war sein Gesicht wieder starr und unbeweglich. »Es ist für mich nichts Neues, einen Mann auf dem Schlachtfeld sterben zu sehen. Und jetzt verschwinden Sie hier —«

VII

Die Belagerung von Safed hatte genau einen Tag nach der Abstimmung der UNO-Vollversammlung vom 29. November 1947 begonnen, bei der die Mehrheit für die Teilung Palästinas gestimmt hatte. Als die Engländer im Frühjahr 1948 aus Safed abzogen, übergaben sie, wie nicht anders zu erwarten gewesen war, den Arabern die drei Schlüsselpositionen: das unmittelbar oberhalb des jüdischen Viertels gelegene Gebäude der Polizei, die Akropolis, die die gesamte Stadt beherrschte, und das vor der Stadt am Berge Kanaan gelegene Teggart-Fort.

Safed hatte die Form eines umgekehrten Kegels. Das jüdische Viertel bildete ein schmales Segment, das etwa ein Achtel der Oberfläche dieses Kegels ausmachte, und dieses Segment war oben und unten auf beiden Seiten von Arabern umgeben. Die Juden verfügten nur über zweihundert Mann Hagana, die noch dazu mangelhaft ausgebildet waren. Ihre Weigerung, sich evakuieren zu lassen, und ihr Entschluß, bis zum letzten Mann zu kämpfen, entsprach der heroischen Tradition der alten Hebräer. Die Juden von Safed, die ihr Leben dem Studium der Kabbala gewidmet hatten und am wenigsten dazu fähig gewesen waren, sich zur Wehr zu setzen, waren die ersten Opfer der vom Mufti inszenierten blutigen Ausschreitungen gewesen. Es war nicht das erstemal, daß eine fanatisierte arabische Meute über sie hergefallen war, und sie hatten sich stets geduckt und ängstlich verkrochen. Diesmal aber waren sie entschlossen, sich zum Kampf zu stellen und nötigenfalls kämpfend zu sterben. Einen Tag, nachdem die Engländer abgezogen waren, schleuste Ari Joab Yarkoni mit dreißig jungen Männern und zwanzig jungen Frauen vom Palmach heimlich in das jüdische Viertel von Safed. Ihre Ankunft wurde mit einem ausgelassenen Fest gefeiert. Es war Sabbat, Yarkonis Leute waren vom Marsch durch feindliches Gebiet erschöpft und hungrig. Zum erstenmal seit Jahrhunderten brachen die strenggläubigen Kabbalisten die Vorschriften des Sabbats, indem sie für die Männer und Frauen, die zu ihrer Verstärkung gekommen waren, eine warme Mahlzeit bereiteten.

Kawuky, der Safed als vorläufigen Sitz des Mufti sicherzustellen wünschte, gab seinen Streitkräften den Befehl, das jüdische Viertel zu erobern. Wiederholt versuchten die Araber einzudringen, aber jedesmal wurden sie wieder hinausgeworfen. Sie waren sich sehr bald darüber klar, daß sie das jüdische Viertel nur in einem harten Kampf um jede Straße und jedes Haus besetzen konnten. Sie überlegten sich die Sache noch einmal, verlegten sich dann wieder auf ihre alte Taktik der Belagerung und schossen nur aus sicherer Entfernung.

Die militärische Führung der Juden lag bei Remez und Joab Yarkoni. Brigadier Sutherland hatte seine Villa auf dem Berge Kanaan verlassen. Er war der einzige Gast in dem Touristenhotel von Remez. Man holte ihn gelegentlich heran, um ihn um seinen Rat zu bitten, doch er stellte fest, daß die Juden ihre Sache auch ohne ihn sehr gut machten.

Remez hielt es für seine erste Aufgabe, eine bestimmte Zone als Gefechtsfront und Schußfeld freizulegen. Das jüdische Viertel und die anschließenden arabischen Wohnviertel lagen so dicht beieinander, daß es für arabische Spähtrupps leicht war, sich einzuschleichen und die ohnehin schwache Defensive aufzusplittern. Remez wollte einen klaren Zwischenraum zwischen seinen eigenen Leuten und dem arabischen Gegner schaffen. Yarkoni drang mit einem Stoßtrupp in das arabische Viertel ein, besetzte ein Dutzend der an der Grenze gelegenen Häuser und begann, aus den Fenstern dieser Häuser auf die Araber zu schießen. Dann zog er sich wieder zurück. Sobald die Araber in die eroberten Häuser zurückkamen, griff Yarkoni wieder von neuem an und eroberte dieselben Häuser am Rande des arabischen Viertels zurück. Schließlich sprengten die Araber diese Häuser in die Luft, damit die Juden sie nicht weiter als Schießstände benutzen konnten. Das war genau das, was Remez gewollt hatte: Dadurch entstand zwischen den beiden Sektoren ein freier Raum, der für die Juden besser überschaubar und leichter zu verteidigen war.

Dann inszenierten Remez und Yarkoni die zweite Phase ihres Planes. Yarkoni machte sich daran, die Araber Tag und Nacht zu beunruhigen. Jeden Tag schickte er drei oder vier Patrouillen in den arabischen Sektor, die plötzlich zuschlugen und sich dann sofort wieder zurückzogen. Der Angriff erfolgte jedesmal an einer anderen Stelle. Wann immer die Araber ihre Leute an einem bestimmten Platz konzentriert hatten, waren die Juden durch ihr Spionagesystem genau darüber unterrichtet. Sie wußten stets, wo sie anzugreifen und welche Orte sie zu meiden hatten.

Doch was die Araber in geradezu hysterische Angst versetzte, waren die Nachtpatrouillen des Palmach. Yarkoni, der in Marokko aufgewachsen war, kannte seinen Gegner genau. Die Araber waren zumeist abergläubische Menschen, die eine übertriebene Furcht vor der Dunkelheit hatten. Das machte sich Yarkoni zunutze. Seine Nachtpatrouillen, die nichts weiter taten, als mit harmlosen Feuerwerkskörpern zu knallen, hielten die arabische Bevölkerung in beständiger Furcht.

Remez und Yarkoni waren sich darüber klar, daß ihre Taktik aus Verzweiflungsmaßnahmen bestand. Sie waren nicht in der Lage, dem Gegner ernsthaften Schaden zuzufügen, und das rein zahlenmäßige Übergewicht der Araber, ihre bessere Ausrüstung und Positionsvorteile machten sich immer bedrohlicher bemerkbar. Wenn Palmach oder Hagana einen Mann verlor, so konnte er nicht ersetzt werden. Fast genauso schwierig war es, Nahrung heranzuschaffen. Die Munition war so knapp, daß jeder Soldat, der unüberlegt einen Schuß abgab, bestraft werden mußte.

Ungeachtet dieser absoluten Überlegenheit des Gegners verteidigten und hielten die Juden jeden Zentimeter ihres Viertels, und ihr großartiger Kampfgeist blieb unverändert. Ihre einzige Verbindung mit der Außenwelt stellte ein Funkgerät dar; dennoch ging der Schulunterricht unverändert und regelmäßig weiter, jeden Tag erschien eine Ausgabe der kleinen Zeitung, und die Frommen versäumten keine Minute in der Synagoge.

Den ganzen Winter hindurch und in den Frühling hinein hielt die Belagerung an. Yarkoni besprach eines Tages mit Sutherland und Remez die Lage. Das Ergebnis war bitter. Die Juden hatten fünfzig ihrer besten Soldaten verloren, sie waren bei den letzten zwölf Sack Mehl angelangt, und die Munition reichte keine fünf Tage mehr. Yarkoni hatte nicht einmal mehr Knallkörper für seine Nachtpatrouillen. Die Araber, die die Schwäche spürten, wurden allmählich dreister.

»Ich hatte Ari versprochen, ihn nicht mit unseren Schwierigkeiten hier zu behelligen«, sagte Yarkoni. »Doch ich fürchte, ich muß ihn jetzt aufsuchen und mit ihm reden.«

Noch in der gleichen Nacht stahl er sich aus Safed fort und suchte Ari in seinem Hauptquartier auf. Er gab ihm einen genauen Lagebericht und sagte zum Schluß: »Es ist mir sehr unangenehm, dich damit zu behelligen, Ari, aber in drei Tagen werden wir anfangen müssen, Ratten zu essen. Weißt du eine Lösung?«

Ari brummte vor sich hin. Die standhafte Verteidigung der Juden von Safed war für den gesamten Jischuw ein begeisternder Ansporn gewesen. Safed war nicht nur ein strategisch wichtiger Punkt, es hatte sich auch zu einem Symbol des entschlossenen Widerstandes entwickelt. »Wenn es uns gelingen sollte, die Schlacht um Safed zu gewinnen, dann wäre das ein verheerender Schlag für die Moral der Araber in ganz Galiläa«, sagte er.

»Ari – jedesmal, wenn wir einen Schuß abgeben müssen, gibt es vorher eine Diskussion darüber.«

»Ich habe eine Idee«, sagte Ari. »Komm mit.«

Ari teilte eine Nachtpatrouille ein, die wenigstens einen kleinen Nachschub an Verpflegung nach Safed hineinbringen sollte, und ging dann mit Joab zur Waffenkammer. Dort zeigte er dem verblüfften Marokkaner ein seltsames Gebilde aus Gußeisen und Schrauben.

»Was, zum Teufel, ist das?« fragte Joab.

»Joab – was du vor dir siehst, ist eine *Davidka*.«

»Eine *Davidka*?«

»Ja, ein *Kleiner David*, ein Erzeugnis jüdischen Erfindungsgeistes.« Joab strich sich nachdenklich über das Kinn. In gewisser Hinsicht mochte das Ding Ähnlichkeit mit einer Waffe haben. Und doch gab es auf der ganzen Welt nichts, was man mit diesem Gebilde hätte vergleichen können.

»Und was kann man mit diesem Ding anfangen?« fragte Joab.

»Wie mir gesagt wurde, kann man damit Granaten abschießen, wie mit einem Mörser.«

»Und wie funktioniert das?«

»Keine Ahnung. Wir haben es noch nicht ausprobiert. Doch nach einem Bericht aus Jerusalem soll es sich als sehr wirkungsvoll erwiesen haben.«

»Für wen – für die Juden, oder für die Araber?«

»Hör zu, Joab. Ich habe diese Waffe für eine besondere Gelegenheit aufgespart. Jetzt ist diese Gelegenheit da. Der *Kleine David* ist dein – nimm ihn mit nach Safed.«

Die Nachtpatrouille, die die Notrationen nach Safed trug, brachte auch den Kleinen David und fünfzehn Kilo Munition mit. Sofort nach seiner Rückkehr rief Joab Yarkoni die Führer der Hagana und des Palmach zusammen, und stundenlang stellte man Vermutungen darüber an, wie das Monstrum wohl funktionierte. Zehn Leute waren dabei anwesend, und es gab zehn verschiedene Ansichten.

Schließlich kam jemand auf den Gedanken, Brigadier Sutherland kommen zu lassen. Er wurde im Hotel aus dem Bett geholt und zum Hauptquartier gebracht. Er betrachtete den Kleinen David mit ungläubigem Staunen.

»Nur ein Jude konnte sich so etwas ausdenken«, sagte er schließlich.

»Wie ich höre, soll sich das Ding in Jerusalem als sehr wirkungsvoll erwiesen haben«, sagte Joab entschuldigend.

Sutherland betätigte sämtliche Hebel, Griffe und Visiereinrichtungen und im Verlauf der nächsten Stunden entwickelten sie ein Abschußverfahren, das möglicherweise zum Ziel führen würde – allerdings nur möglicherweise.

Am nächsten Morgen wurde die Davidka an eine freie Stelle gebracht und so aufgestellt, daß sie ungefähr in die Richtung des von den Arabern besetzten Polizeigebäudes und einiger in der Nähe gelegener Häuser zeigte, die von den Arabern benutzt wurden, um von dort aus Schüsse auf das jüdische Viertel abzugeben.

Die Munition des *Kleinen David* sah genauso sonderbar aus wie das Geschütz. Sie hatte die Form einer Keule, deren oberes Ende aus einem Eisenzylinder bestand, der mit Dynamit gefüllt und mit Zündköpfen versehen war. Der dicke Stiel der Keule sollte angeblich in das Rohr des Mörsers hineinpassen. Beim Abschuß sollte der Stiel mit solcher Gewalt herausgeschleudert werden, daß er die ganze vorderlastige Dynamitladung auf das Ziel zuwirbelte. Sutherland fürchtete, daß die sonderbare Keule nur ein paar Meter weit fliegen und unmittelbar vor ihnen in die Luft gehen würde.

»Falls dieser Sprengkopf einfach nur aus dem Ende des Rohres herausfällt – wie ich mit Sicherheit annehme«, sagte er, »dann werden wir höchstwahrscheinlich die gesamte jüdische Bevölkerung von Safed einbüßen.«

»Dann schlage ich vor, daß wir eine lange Leine daran festmachen, damit wir das Ding aus sicherer Entfernung abschießen können«, sagte Remez.

»Und wie zielen wir damit?« fragte Yarkoni.

»Es hat nicht viel Sinn, mit diesem Monstrum zielen zu wollen«, sagte Sutherland. »Stellt es einfach so auf, daß es ungefähr in die richtige Richtung zeigt, und dann wollen wir beten, daß alles gut geht.« Der Rabbi und viele der frommen Kabbalisten versammelten sich um den Kleinen David und debattierten lang und breit darüber, ob diese Waffe für sie alle den Tag des Gerichts bedeute oder nicht. Schließlich sprach der Rabbi über dem Geschütz segnende Worte und bat Gott, sie gnädigst zu verschonen, denn sie hätten wahrlich in Frömmigkeit gelebt und alle Gesetze beachtet.

»Also los – damit wir es bald hinter uns haben«, sagte Remez pessimistisch.

Die Kabbalisten entfernten sich eilig und begaben sich in Sicherheit. In das Rohr des Mörsers wurden Zündhütchen geschoben. Eins der keulenähnlichen Geschosse wurde vorsichtig hochgehoben. Man steckte den langen Stiel in das Rohr. Der mit Dynamit gefüllte eiserne Zylinder schwebte bedrohlich über dem Ende des Rohres. An dem Abschußmechanismus wurde eine lange Leine befestigt. Alles begab sich in Deckung. Die Erde stand still.

»In Gottes Namen – schießt«, befahl Yarkoni mit unsicherer Stimme.

Remez riß an der Leine – und das Unerwartete geschah: der *Kleine David* schoß. Der Stiel fuhr zischend aus dem Rohr, und der Dynamitkübel flog, sich um sich selbst drehend, im Bogen den Berg hinauf. Während er durch die Luft wirbelte und kleiner und kleiner wurde, machte er ein unheimlich zischendes Geräusch. Dann schlug das Geschoß krachend in ein arabisches Haus in der Nähe des Polizeigebäudes ein.

Sutherland fiel der Unterkiefer herunter.

Yarkonis Schnurrbart ging in die Höhe. Remez machte große Augen. Die alten Kabbalisten unterbrachen ihr Gebet lange genug, um dem Geschoß erstaunt nachzusehen.

Die Keule explodierte mit Donnergetöse und ließ die Stadt bis in ihre Grundfesten erzittern. Es hörte sich an, als sei der halbe Hang in die Luft gesprengt worden.

Nach einer kurzen Pause schweigender Verblüffung brachen die Verteidiger des jüdischen Viertels in laute Freudenrufe aus, umarmten und küßten sich, beteten und jubelten.

»Beim Zeus!« war alles, was Sutherland sagen konnte. »Beim Zeus!«

Die Palmach-Angehörigen bildeten einen Ring um den *Kleinen David* und tanzten eine Horra.

»Kommt, Leute, kommt – wir wollen einen zweiten Schuß abgeben.«

Die Araber hörten, wie die Juden jubelten, und sie wußten, warum. Schon das Geräusch der fliegenden Bombe genügte, um tödlichen Schrecken zu verbreiten, ganz zu schweigen von der Explosion. Weder von den Palästina-Arabern noch von den Irregulären hatte jemand mit etwas Derartigem gerechnet; jeder Schuß, den der *Kleine David* abgab, hatte Verheerung und Chaos zur Folge.

Joab Yarkoni meldete Ari, daß der *Kleine David* bei den Arabern eine Panik ausgelöst habe.

Ari, der jetzt eine Chance spürte, entschloß sich zu einem riskanten Versuch, die gegebene Situation auszunutzen. Er brachte mit ein paar Mann aus jeder Stellung zwei Kompanien Hagana zusammen und begab sich mit ihnen und weiterer Munition für den *Kleinen David* bei Nacht in das jüdische Viertel von Safed.

Drei Tage nach der Ankunft des *Kleinen David* in Safed öffnete sich der Himmel, und es regnete in Strömen. Ari ben Kanaan benutzte diesen Wolkenbruch für den größten Bluff dieses Krieges, in dem der Bluff eine wirksame Waffe war. Durch Remez ließ er alle arabischen Spitzel zusammenrufen und gab ihnen eine vertrauliche Information.

»Falls ihr es noch nicht wissen solltet, Brüder«, sagte er ihnen auf arabisch, »– wir haben eine geheime Waffe. Ich bin nicht befugt, über die Art dieser Waffe genauere Angaben zu machen, doch soviel darf ich vielleicht sagen, daß es, wie euch allen ja bekannt ist, jedesmal nach einer Atomexplosion zu regnen pflegt. Ist es nötig, noch mehr zu sagen?«

Innerhalb weniger Minuten hatten die Spitzel die Nachricht verbreitet, daß der *Kleine David* eine Geheimwaffe war. Innerhalb einer Stunde hatte es sich bei sämtlichen Arabern von Safed herumgesprochen: Die Juden besaßen die Atombombe!

Der *Kleine David* fauchte und krachte, der Regen steigerte sich zum Wolkenbruch und die Panik war da. Nach zwei Stunden waren die Straßen, die aus Safed herausführten, dicht bevölkert von fliehenden Arabern.

Ari ben Kanaan ging mit dreihundert Mann Hagana zum Angriff vor. Der Angriff erfolgte spontan, und Aris Leute wurden durch Irreguläre und eine Handvoll erbitterter Safed-Araber wieder aus der Akropolis hinausgeworfen. Die Hagana hatte schwere Verluste, doch die Flucht der arabischen Bevölkerung von Safed hielt an. Drei Tage später, als fast die gesamte arabische Zivilbevölkerung Safed verlassen hatte und Hunderte von Irregulären desertiert waren, unternahmen Ari ben Kanaan, Remez und Joab Yarkoni einen besser vorbereiteten, aus drei verschiedenen Richtungen vorgetragenen Angriff auf die Akropolis und eroberten sie.

Jetzt waren die Rollen vertauscht. Die Juden saßen oben auf dem Gipfel über dem Gebäude der arabischen Polizei. Jetzt war für die Araber, die sich jahrzehntelang wie eine fanatisierte Meute auf die wehrlosen Kabbalisten gestürzt hatte, die Gelegenheit gekommen, sich zum Kampf zu stellen; doch sie zogen es vor, sich dem Zorn der Juden durch die Flucht zu entziehen. Das Polizeigebäude fiel in die Hand der Hagana, und Ari ging sofort danach mit seinen Leuten hinaus vor die Stadt, um das riesige Teggart-Fort am Berge Kanaan, die stärkste Bastion der Araber, zu blockieren. Als er bei dem Fort ankam, stellte er zu seiner Verblüffung fest, daß die Araber diese fast uneinnehmbare Festung einfach aufgegeben hatten und abgezogen waren. Die Eroberung von Safed war abgeschlossen.

Dieser Sieg erschien wie ein Wunder. Die Juden von Safed, deren Position so bedrohlich gewesen war, daß man ihre Verteidigung für unmöglich gehalten hatte, hatten die Stellung nicht nur gehalten, sondern mit ein paar hundert Mann und einer sonderbaren Waffe, dem sogenannten *Kleinen David*, sogar die Stadt erobert.

Es wurde lang und breit darüber diskutiert, und viele verschiedene Theorien wurden darüber aufgestellt, wie es eigentlich zu diesem Sieg gekommen war. Selbst die Kabbalisten von Safed waren in dieser Frage verschiedener Meinung, Rabbi Chajim, ein Vertreter der Aschkenasim, der europäischen Juden also, war davon überzeugt, daß Gott eingegriffen hatte, wie im Buche Hiob geweissagt:

Wenn er aber seinen Bauch füllen will, wird Gott ihn treffen mit seinem Zorn, und es wird Feuer auf ihn regnen, während er isset. Er wird fliehen vor der eisernen Waffe –

Rabbi Meir, ein Vertreter der Sephardim, der aus Spanien vertriebenen Juden, widersprach Chajim, war aber ebenso sicher, daß Gott eingegriffen hatte, wie bei Ezechiel zu lesen:

Deine Mauern werden erzittern von dem Getöse – er wird durch deine Tore schreiten, wie Männer eindringen in eine Stadt, in deren

*Mauer man eine Bresche gelegt hat – deine starke Festung wird dem Erd-
boden gleichgemacht werden.*

Bruce Sutherland kehrte zu seinem Landhaus am Berge Kanaan zurück. Die Araber hatten es verwüstet, den schönen Rosengarten zertrampelt, und alles gestohlen, sogar die Türklin-
ken. Doch Sutherland trug es mit Fassung. Das alles ließ sich reparieren. Er ging mit Yarkoni und Remez auf die Terrasse hinter
dem Haus, und die drei Männer sahen über das Tal hinüber nach
Safed. Sie tranken eine Menge Brandy und lachten leise in sich
hinein. Weder sie noch irgendein Mensch ahnten, daß die wilde
Flucht der Einwohner von Safed ein neues, tragisches Kapitel eröffnet hatte. Diese Flucht war der Beginn des arabischen Flücht-
lingsproblems.

Irgendwo über Galiläa suchten die Piloten eines ausrangierten
Bombers vom Typ *Liberator* nach zwei blauen Signalfeuern.
Schließlich landete die Maschine mehr oder weniger blind, nur
von einigen Taschenlampen eingewiesen. Rumpelnd rollte der
alte Bomber über die Unebenheiten der Landebahn. Die Motoren wurden eilig abgestellt.

Ein Schwarm von Menschen stürzte sich auf das Flugzeug und
löschte die Ladung, die erste Lieferung moderner Waffen: Gewehre, Maschinengewehre, Granatwerfer und mehrere hunderttausend Schuß Munition.

Innerhalb von Minuten hatten die Arbeitskommandos die Maschine entladen. Sie beluden eine Reihe Lastwagen, die sich eilig
nach verschiedenen Richtungen entfernten. In einem Dutzend
Kibbuzim standen Gadna-Jungscharen bereit, um die Waffen zu
reinigen und zu den im Kampf befindlichen Siedlungen hinaus-
zubringen. Die Maschine wendete und flog zurück nach Europa,
um von dort weitere Waffen herbeizuschaffen.

Am Morgen erschien ein britisches Kommando und stellte Untersuchungen an, da die Araber gemeldet hatten, ein Flugzeug
sei gelandet. Die Engländer konnten nicht die geringste Spur eines Flugzeugs entdecken.

Als die vierte und die fünfte Waffenladung ankam, begannen
die Juden, Siege einzuheimsen. Tiberias am See Genezareth fiel
in die Hand der Juden. Sie eroberten das Teggart-Fort und wehrten wiederholt Angriffe irregulärer irakischer Streitkräfte ab.

Nach dem Fall von Safed starteten die Juden ihre erste koordi-
nierte Offensive, das Unternehmen ›Eiserner Besen‹, um das

Land Galiläa von feindlichen Stützpunkten zu säubern. Mit Maschinengewehren bestückte Jeeps preschten in die Ortschaften und trieben die Araber in wilder Flucht vor sich her. Der Fall von Safed hatte der Moral der Araber einen heftigen Stoß versetzt, und dieses psychologische Moment begünstigte auch das Gelingen der Operation ›Eiserner Besen‹.

Nachdem die Juden eine ganze Reihe einzelner, örtlich begrenzter Siege errungen und die Erfahrung gewonnen hatten, daß sie auch in einer Offensive erfolgreich sein konnten, nahmen sie sich die lebenswichtige Hafenstadt Haifa vor.

Über die Hänge des Karmelberges trug die Hagana einen Angriff vor, dessen vier Stoßkeile sich jeweils gegen eine arabische Schlüsselposition richteten. Die arabischen Streitkräfte, bestehend aus Heimwehr und aus syrischen, libanesischen und irakischen Irregulären, leisteten wirkungsvoll Widerstand und waren zunächst in der Lage, die Kräfte des angreifenden Gegners zu binden. Die Engländer, die noch immer das Hafengebiet kontrollierten, ordneten einen Waffenstillstand nach dem anderen an, um den Angriffen der Juden Einhalt zu gebieten, und nahmen ihnen dabei gelegentlich sogar strategisch wichtige Stellungen wieder ab, die die Juden vorher in schweren Kämpfen erobert hatten.

Die Araber setzten dem unablässigen jüdischen Druck weiterhin wirkungsvollen Widerstand entgegen. Doch als dann die Kämpfe besondere Heftigkeit erreichten, machte sich der arabische Kommandeur mit seinem gesamten Stab heimlich aus dem Staube. Die arabische Verteidigung, die nun ohne Führung war, fiel in sich zusammen. Als die Juden in die arabischen Stadtviertel eindrangen, befahlen die Engländer erneut einen Waffenstillstand.

In diesem Augenblick nahm die Sache eine verblüffende Wendung: Die Araber erklärten plötzlich und völlig überraschend, daß die gesamte Bevölkerung wünsche, die Stadt zu verlassen. Das Ganze ging auf die gleiche sonderbare Weise vor sich wie in Safed und vielen der kleineren Ortschaften. Es war ein seltsames Schauspiel, zu sehen, wie die gesamte arabische Bevölkerung in Richtung auf die libanesische Grenze flüchtete, ohne daß sie verfolgt wurde.

Akko, eine rein arabische Stadt, dazu überfüllt von arabischen Flüchtlingen, fiel nach einer mit halbem Herzen geführten Verteidigung, die nur drei Tage dauerte, in die Hand der Hagana.

Wie eine ansteckende Krankheit griff die Mutlosigkeit auf den arabischen Teil der Stadt Jaffa über, wo die Makkabäer, die den mittleren Frontabschnitt innehatten, einen Angriff vortrugen, durch den dieser älteste Hafen der Welt in die Hand der Juden fiel. Auch aus Jaffa flohen die Araber.

Im Korridor von Jerusalem gelang es Abdul Kader, die Juden aus der entscheidenden Höhenstellung von Kastel zu vertreiben, doch Hagana und Palmach griffen sofort wieder an und warfen die Araber hinaus. Kader sammelte seine Leute und griff Kastel abermals an. Bei diesem Angriff fand er den Tod. Der Verlust ihres einzigen wirklich befähigten Kommandeurs war ein weiterer schwerer Schlag für die demoralisierten Araber.

So kam der Mai des Jahres 1948 heran. Die Engländer hatten nur noch zwei Wochen Zeit, um das Land zu räumen und das Mandat aufzugeben.

An den Grenzen von Palästina standen die rachelüsternen Armeen Syriens, des Yemen, des Libanon, Transjordaniens, Ägyptens, Saudi Arabiens und des Irak auf dem Sprung, um einzumarschieren und die siegreichen Juden zu vernichten.

Die Stunde der Entscheidung – ob die Juden einen unabhängigen Staat proklamieren sollten oder nicht – war gekommen.

VIII

In der Zeit vom November 1947 bis zum Mai 1948 hatten die Juden Palästinas der Welt das erstaunliche Schauspiel geliefert, daß sie sich, mit nur wenig mehr als gar nichts, erfolgreich gegen eine überwältigende Übermacht zur Wehr setzen konnten. Im Verlauf dieses Zeitabschnittes hatten sie aus der Hagana, die bis dahin eine illegale Heimwehr gewesen war, die Keimzelle einer regulären Armee gemacht. Sie hatten weitere Soldaten und Offiziere ausgebildet, taktische Lehrgänge eingerichtet, Kommandostäbe organisiert, Nachschublager, Transportkolonnen, und Hunderte weitere Dinge, wie sie der Übergang vom Partisanenkampf zur staatlich organisierten Kriegsführung einer regulären Armee erforderte. Sie besaßen eine Luftwaffe, die über einige Maschinen von Typ *Spitfire* verfügte; ihre Bemannung bestand aus Juden, die im Krieg bei der amerikanischen, britischen oder südafrikanischen Luftwaffe gedient hatten. Ihre Flotte, die im

Anfang aus einigen baufälligen Blockadebrechern bestanden hatte, war inzwischen durch einige Korvetten und PT-Boote ergänzt worden.

Die Juden hatten die Herausforderung des Gegners angenommen und sich siegreich behauptet. Dennoch waren sie sich darüber klar, daß sie bisher nur einen Kleinkrieg gegen einen Gegner geführt hatten, der kein allzu großes Verlangen danach gehabt hatte, zu kämpfen. Zwar hatten die leichten Waffen, die der alte Bomber aus Europa herangebracht hatte, den Juden dabei geholfen, sich gegen die Araber von Palästina und Kawukys Irreguläre zu behaupten, doch als jetzt die Stunde der Entscheidung herankam, wurde es den Juden klar, daß sie mit diesen leichten Waffen den Kampf gegen reguläre Armeen würden aufnehmen müssen, gegen Armeen, die mit Tanks und schwerer Artillerie ausgerüstet waren und die auch über eine moderne Luftwaffe verfügten.

Wer geglaubt hatte, daß die arabischen Staaten nur blufften, dem wurde durch die Arabische Legion von Transjordanien bald demonstriert, daß er sich geirrt hatte. Die Legion war in Palästina als britische Polizeitruppe eingesetzt. Diese ›Polizeitruppe‹ ging zum offenen Angriff gegen die an der Straße nach Bethlehem gelegenen isolierten Siedlungen der Ezion-Gruppe vor. Die vier Dörfer der Ezion-Gruppe wurden von orthodoxen Juden bewohnt, die, genau wie die Bewohner aller anderen jüdischen Siedlungen, entschlossen waren, sich ihrer Haut zu wehren. Die Arabische Legion, die von britischen Offizieren geführt wurde, bombardierte erbarmungslos die vier Siedlungen und schnitt sie völlig von jeder Hilfe von außen ab.

Erstes Angriffsziel der Legion war der Kibbuz Ezion. Nach heftiger Artillerievorbereitung griff die Legion diese Siedlung an, deren Verteidiger durch die Belagerung erschöpft und halb verhungert waren. Die orthodoxen Juden des Kibbuz Ezion hielten stand, bis sie ihre letzten Patronen verschossen hatten; erst dann ergaben sie sich. Arabische Zivilisten, die sich der Legion angeschlossen hatten, stürmten die Siedlung und massakrierten fast sämtliche Überlebenden. Die Legion unternahm einen Versuch, dem Blutbad Einhalt zu gebieten, doch nur vier Juden blieben am Leben.

Die Hagana richtete daraufhin sofort einen Appell an das Internationale Rote Kreuz, mit der Bitte, die Kapitulation der anderen drei Siedlungen der Ezion-Gruppe, in denen die Munition gleichfalls zu Ende ging, zu überwachen. Nur dadurch konnte verhindert werden, daß es auch dort zu einem Blutbad kam.

Danach griff die Arabische Legion von neuem in der Negev-Wüste an, in der Nähe des Toten Meeres. Diesmal richtete sich der Angriff gegen einen Kibbuz, den die Juden am niedrigsten und heißesten Punkt der Erde errichtet hatten. Er hieß Beth Ha'Avara – Haus in der Schlucht. Im Sommer betrug die Temperatur hier über fünfzig Grad im Schatten. In dem alkalischen Erdreich war im Verlauf der gesamten Geschichte noch nie irgend etwas gewachsen. Die Juden wuschen das Erdreich, Morgen um Morgen, um es von Salzen zu reinigen, und durch diese mühsame Arbeit und durch die Anlage von Kanälen, Dämmen und Zisternen hatten sie hier eine moderne Farm erstehen lassen.

Da die nächsten Juden hundert Meilen entfernt waren und sie sich einer unüberwindlichen Übermacht gegenübersahen, ergaben sich die Siedler von Beth Ha'Avara der Arabischen Legion. Als sie das ›Haus in der Schlucht‹ verließen, steckten sie es an und verbrannten die Felder, die sie der Wüste mit übermenschlicher Anstrengung abgewonnen hatten.

Die Araber hatten schließlich also doch noch die Siege errungen, mit denen sie schon so lange geprahlt hatten.

Am Abend des 13. Mai 1948 verließ der britische Hohe Kommissar für Palästina in aller Stille das umkämpfte Jerusalem. Der Union Jack, an dieser Stelle ein Symbol des Mißbrauchs der Macht, wurde eingeholt – für immer.

Am 14. Mai 1948 versammelten sich in Tel Aviv die Führer des Jischuw und der Zionistischen Weltorganisation im Hause von Meir Dizengoff, dem Gründer und ersten Bürgermeister der Stadt. Vor dem Haus standen mit Maschinenpistolen ausgerüstete Posten, die die ungeduldig drängende Menschenmenge in Schach hielten. In Kairo, New York, Jerusalem, in Paris, London und Washington richteten sich die Augen und die Ohren der Menschen auf dieses Haus.

»Hier spricht Kol Israel – die Stimme Israels«, sagte der Sprecher des Rundfunks langsam und gewichtig. »Man hat mir soeben ein mit der Beendigung des britischen Mandats zusammenhängendes Dokument übergeben, dessen Wortlaut ich Ihnen jetzt zu Gehör bringe.«

»Ruhe!« sagte Dr. Liebermann zu den Kindern, die sich in seiner Wohnung versammelt hatten. »Ruhe!«

»Das Land Israel«, sagte die Stimme aus dem Lautsprecher, »ist die Geburtsstätte des jüdischen Volkes. Hier entwickelte sich seine geistige, religiöse und nationale Besonderheit. Hier erreichte es seine Unabhängigkeit und schuf eine Kultur von nationaler und universaler Bedeutung. Hier schrieb es die Bibel und überlieferte sie der Welt.«

Im Hotel in Safed unterbrachen Bruce Sutherland und Joab Yarkoni ihre Schachpartie und hörten, gemeinsam mit Remez, in atemloser Spannung auf die Worte des Sprechers.

»Nach ihrer Vertreibung aus Israel bewahrten die in alle Welt zerstreuten Juden überall in der Diaspora diesem Land die Treue, und unablässig erflehten und erhofften sie den Tag der Rückkehr und die Wiederherstellung ihrer nationalen Freiheit.«

In Paris wurde das Geräusch der atmosphärischen Störungen stärker und übertönte die Stimme, während Barak ben Kanaan und die anderen Beauftragten des Jischuw in fieberhafter Aufregung vor dem Lautsprecher saßen.

»Jahrhundertelang blieb in den Juden die Sehnsucht lebendig, in das Land ihrer Väter heimzukehren und wieder eine Nation zu werden. In den letzten Jahrzehnten kamen sie in Massen hierher zurück. Sie machten die Wüste urbar, erweckten ihre alte Sprache zu neuem Leben, errichteten Siedlungen, bauten Städte und bildeten eine unablässig wachsende Gemeinschaft mit eigenem wirtschaftlichen und kulturellen Leben. Sie kamen hierher auf der Suche nach Frieden, waren jedoch entschlossen, sich ihrer Haut zu wehren. Sie brachten die Segnungen des Fortschritts allen Bewohnern des Landes –«

In Safed lauschten die Kabbalisten, in der Hoffnung auf Worte, die eine Erfüllung der alten Prophezeiungen darstellen würden. Im Jerusalem-Korridor lauschten die müden Palmach-Soldaten der Hügelbrigade, und auch in den abgeschnittenen und belagerten Siedlungen der glühenden Negev-Wüste lauschten die Menschen. »– wurde ihnen zugestanden durch die Balfour-Deklaration vom 2. November 1917 und bestätigt durch das Mandat des Völkerbunds, das die ausdrückliche internationale Anerkennung erhielt –«

In Ejn Or kam David ben Ami in das Dienstzimmer des Kommandeurs gestürzt. Ari legte den Finger an den Mund und zeigte auf das Radio.

»Die jüngste Vernichtungswelle, der Millionen europäischer

Juden zum Opfer fielen, bewies von neuem die Notwendigkeit —«

Sara ben Kanaan saß in Yad El am Lautsprecher, und während sie zuhörte, mußte sie daran denken, wie sie das erstemal Barak auf einem weißen Araberhengst nach Rosch Pina hatte hereinreiten sehen.

»— Wiedererrichtung eines jüdischen Staates, dessen Tore allen Juden offenstehen und durch den das jüdische Volk als gleichberechtigtes Mitglied in den Kreis der Völkerfamilie —«

Dov und Karen saßen schweigend im Speisesaal, hielten sich bei den Händen und lauschten atemlos.

»Im Zweiten Weltkrieg hat sich die jüdische Bevölkerung von Palästina mit ihrer ganzen Kraft eingesetzt. Am 29. November 1947 hat die Generalversammlung der UNO eine Resolution angenommen, welche die Errichtung eines jüdischen Staates in Palästina fordert. Niemand kann das Recht des jüdischen Volkes auf staatliche Unabhängigkeit bestreiten. Genau wie alle anderen Nationen hat auch das jüdische Volk ein natürliches Recht auf staatliche Souveränität.«

»Wir proklamieren hiermit die Errichtung eines jüdischen Staates in Palästina, des Staates Israel.«

Kitty Fremont fühlte ihr Herz klopfen – und Jordana lächelte.

»Der Staat Israel steht den Juden in aller Welt zur Einwanderung offen; er wird die Erschließung und Entwicklung des Landes zum Nutzen aller seiner Einwohner fördern; er beruht auf den Grundsätzen der Freiheit, der Gerechtigkeit und des Friedens, gemäß den Konzeptionen der Propheten Israels; er gewährleistet die volle soziale und politische Gleichberechtigung aller seiner Bürger, gleichgültig welcher Religion, welcher Rasse, welchen Geschlechtes; er garantiert die Freiheit des religiösen und des kulturellen Lebens, den Schutz der heiligen Stätten aller Religionen und wird die in der Charta der Vereinten Nationen niedergelegten Grundsätze loyal befolgen –

– richten wir dennoch an die arabischen Einwohner des Staates Israel die Aufforderung, den Frieden zu wahren und sich zu beteiligen an der Entwicklung des Staates, und zwar auf der Grundlage der vollen staatsbürgerlichen Gleichberechtigung und entsprechender Vertretung in allen staatlichen Körperschaften –

– bieten wir allen benachbarten Staaten und ihren Völkern in Frieden und Freundschaft die Hand und fordern sie auf zu friedlicher Zusammenarbeit –

Im Vertrauen auf Gott, den Allmächtigen, setzen wir unsere Unterschrift unter diese Deklaration bei dieser Sitzung des Provisorischen Staatsrats, auf dem Boden der Heimat, in der Stadt Tel Aviv, an diesem Vorabend des Sabbat, dem 5. Ijjar 5708, dem 14. Mai 1948.«

So war nach zweitausend Jahren die Wiedergeburt des Staates Israel Wirklichkeit geworden. Bereits wenige Stunden später erfolgte die Anerkennung des neuen Staates durch die USA. Doch während die begeisterte Menschenmenge auf den Straßen von Tel Aviv Horra tanzte, stiegen bereits ägyptische Bomber auf, um die Stadt zu zerstören, und die Armeen der arabischen Welt überschritten die Grenzen des neugeborenen Staates.

IX

Als die einzelnen arabischen Armeen die Grenzen des Staates Israel verletzten, rühmten sie sich schon im voraus ihres unmittelbar bevorstehenden Sieges und gaben eine Reihe großsprecherischer Kommuniqués heraus, die lebhafte Schilderungen der in ihrer Vorstellung bereits errungenen Triumphe enthielten. Die Araber erklärten zugleich, daß sie einen wunderbaren ›Plan‹ ausgearbeitet hätten, um die Juden mit vereinten Kräften ins Meer zu werfen. Falls es einen solchen Plan überhaupt gab, konnte er jedenfalls nicht in die Tat umgesetzt werden, weil jedes einzelne arabische Land seine eigene Vorstellung davon hatte, wer das Kommando führen und nach dem Sieg über Palästina herrschen sollte. Sowohl Bagdad als auch Kairo erhoben Ansprüche darauf, über die arabische Welt und ein ›Großarabisches Reich‹ zu herrschen. Doch auch Saudi-Arabien wollte als das Land, das die heiligen Städte Mekka und Medina besaß, auf den Führungsanspruch nicht verzichten. Transjordanien wiederum erhob auf Palästina als einen Teil des Mandatsgebiets Ansprüche, und schließlich bestand Syrien auch weiterhin darauf, daß Palästina nur der südliche Teil einer Provinz des Ottomanischen Reichs sei. Das waren die politischen Voraussetzungen, unter denen die ›vereinigten‹ Araber angriffen.

NEGEV-WÜSTE
Von Stützpunkten auf der Halbinsel Sinai aus ging eine von

viel rühmenden Worten angekündigte ägyptische Streitmacht durch das in den Händen der Araber befindliche Gaza an der Küste zum Angriff vor. Von den zwei ägyptischen Kolonnen, die durch Tanks, Panzerwagen, Artillerie und moderne Luftgeschwader verstärkt waren, ging die erste auf der Küstenstraße vor, die längs der Eisenbahn in genau nördlicher Richtung zu der provisorischen jüdischen Hauptstadt Tel Aviv führte. Die Ägypter waren fest davon überzeugt, daß die Bewohner der jüdischen Siedlungen beim bloßen Anblick eines so furchterregenden, machtvollen Gegners die Flucht ergreifen würden.

Bei dem ersten Kibbuz, Nirim, griffen die Ägypter Hals über Kopf an und wurden blutig abgewiesen. Bei der zweiten und dritten Siedlung stießen sie auf den gleichen erbitterten Widerstand. Diese unerfreuliche Erfahrung veranlaßte den ägyptischen Führungsstab, seinen Plan zu revidieren. Man beschloß, die Siedlungen, bei denen man auf zäheren Widerstand stoßen würde, links liegen zu lassen und die Küste entlang weiter nach Norden vorzugehen. Allerdings entstand dadurch die Gefahr, daß die Entfernungen für den Nachschub allzu groß wurden und die Verteidiger dieser jüdischen Widerstandsnester ihnen in den Rücken fallen konnten; an bestimmten, strategisch wichtigen Punkten mußten sie also wohl oder übel haltmachen und kämpfen.

Die ägyptische Artillerie und die ägyptische Luftwaffe machten einige Siedlungen dem Erdboden gleich. Nach heftigen Kämpfen eroberten die Ägypter drei Siedlungen. Doch die meisten Siedlungen hielten stand und mußten vom Gegner umgangen werden.

Die für den Vormarsch der Ägypter wichtigste Siedlung war der Kibbuz Negba – das Tor zur Negev-Wüste – in der Nähe der Stelle gelegen, wo von der Straße nach Tel Aviv eine Straße abzweigte, die ins Innere des Landes führte. Das war einer der Punkte, den die Ägypter unbedingt erobern mußten.

Eine knappe Meile von Negba entfernt befand sich Fort Suweidan – das Scheusal auf dem Berg. Fort Suweidan war von den Engländern den Arabern übergeben worden. Die Araber konnten den Kibbuz Negba von dem Fort aus in Trümmer schießen, während man in Negba auch nicht über eine einzige Schußwaffe verfügte, mit der man das Fort hätte erreichen können.

Die Siedler von Negba erkannten schnell, wie wichtig die von ihnen kontrollierte Straßenkreuzung für die Invasionsarmee war. Sie wußten aber auch, daß sie nicht unbesiegbar waren. Doch obwohl sie wußten, was ihnen bevorstand, beschlossen sie, zu bleiben und zu kämpfen. Auch als die Kanonen von Fort Suweidan das letzte Gebäude in Trümmer gelegt hatten, die tägliche Wasserration auf ein paar Tropfen reduziert werden mußte und die Knappheit an Lebensmitteln einer Hungersnot gleichkam, hielten die Verteidiger von Negba weiterhin stand. Immer wieder griffen die Ägypter an, und jedesmal wurden sie von den Juden abgewiesen. Bei einem dieser Angriffe, bei dem die Ägypter mit Panzerunterstützung vorgingen, verfügten die Juden nur noch über fünf Schuß Panzerabwehrmunition, doch damit erledigten sie vier Panzer. Wochenlang leistete Negba den Ägyptern Widerstand. Seine Verteidiger kämpften, wie die alten Hebräer von Massada gekämpft hatten, und Negba wurde zum ersten Symbol der Widerstandskraft des neuen Staates.

Die ägyptische Angriffskolonne, die an der Küste vorging, ließ im Fort Suweidan eine starke Besatzung zurück und setzte ihren Vormarsch fort, wobei sie bedrohlich nahe an Tel Aviv herankam. Bei Aschdod, nur zwanzig Meilen von Tel Aviv entfernt, verstärkten die Israelis ihre Verteidigungsstellungen. So eilig man im Hafen die Schiffe entladen konnte, die Waffen heranbrachten, so eilig wurden diese Waffen, zusammen mit neu angekommenen Einwanderern, nach Aschdod geschafft, um der ägyptischen Kolonne den Weg zu verlegen.

Die Ägypter machten halt, um sich neu zu formieren, den Nachschub heranzubringen, die Verbindungswege zum Hinterland abzusichern und um den entscheidenden Angriff vorzubereiten, der ihnen den Weg nach Tel Aviv öffnen sollte.

Die andere Hälfte der ägyptischen Invasionsarmee stieß vor ins Innere des Landes, in die Negev-Wüste. Während sie unbehelligt durch die arabischen Ortschaften Ber Scheba, Hebron und Bethlehem vorrückte, berichteten Radio Kairo und die ägyptische Presse triumphierend von ›Sieg zu Sieg‹.

Es war geplant, diese zweite Kolonne an der ›glorreichen‹ Eroberung von Jerusalem zu beteiligen; ihre Aufgabe war es, die Stadt vom Süden her anzugreifen, während gleichzeitig vom Norden her ein Angriff der Arabischen Legion erfolgen sollte. Die Ägypter beschlossen jedoch, den Ruhm nicht mit anderen zu teilen, und machten sich allein auf den Weg nach Jerusalem.

Sie formierten sich bei Bethlehem und griffen den Kibbuz Ramat Rachel an – Hügel der Rachel –, eine vorgeschobene Stellung zur Verteidigung der Neustadt Jerusalems gegen einen vom Süden erfolgenden Angriff, an der Stelle errichtet, an der Rachel einst über die Verbannung der Kinder Israels geweint hatte.

Die Siedler von Ramat Rachel wehrten den Angriff der Ägypter so lange ab, bis sie ihre Stellung nicht länger halten konnten, und zogen sich dann langsam nach Jerusalem zurück. Am südlichen Stadtrand stieß Verstärkung der Hagana zu ihnen, und gemeinsam mit den Leuten der Hagana eroberten sie ihren Kibbuz zurück, warfen die Ägypter hinaus und jagten sie nach Bethlehem.

JERUSALEM

Als die Engländer aus Jerusalem abzogen, besetzte die Hagana rasch die dadurch freigewordenen Stadtteile und unternahm Angriffe auf diejenigen Stadtviertel, die von Kawukys Irregulären besetzt waren. Es waren Kämpfe um einzelne Straßen, bei denen Jungen und Mädchen der Gadna als Meldegänger beteiligt waren und Männer in Straßenanzügen das militärische Kommando führten. Nächstes Ziel der Hagana war die Einnahme eines arabischen Vororts, der die Juden auf dem Skopus von denen der Neustadt trennte. Nachdem das erreicht war, sahen sich die Juden einer schwierigen Frage gegenüber. An sich wäre es ihnen jetzt möglich gewesen, die Altstadt zu besetzen. Befand sich auch diese in ihrer Hand, hatten sie eine geschlossene, gut zu verteidigende Front, während sie ohne die Altstadt verwundbar waren. Überlegungen politischer Art und die Sorge, daß die heiligen Stätten dabei Schaden leiden könnten, bewogen die Hagana jedoch, die Altstadt nicht zu besetzen, obwohl innerhalb ihrer Mauern mehrere tausend frommer Juden lebten. Ein Beobachtungsposten im Turm einer in der Altstadt gelegenen armenischen Kirche wurde auf die Bitte der Mönche von den Juden geräumt. Kaum waren die Juden abgezogen, als sich die Irregulären in diesem Turm einnisteten und sich weigerten, ihn zu räumen. Dennoch glaubten die Juden, daß es auch die Araber nicht wagen würden, die Altstadt anzugreifen, diesen von drei Religionen verehrten heiligsten Ort der ganzen Welt.

Diese Hoffnung sollte sich jedoch als trügerisch erweisen. Glubb Pascha, der britische Kommandeur der Arabischen Legion, hatte die feierliche Zusicherung gegeben, daß die Legion nach Jordanien zurückkehren werde, wenn die Engländer Palästina geräumt hätten. Doch als die Engländer aus Jerusalem abgezogen waren, eilte die Arabische Legion in offener Verletzung des gegebenen Versprechens herbei, griff die Stadt an und konnte den Juden einen Teil des Viertels, den die Hagana schon besetzt hatte, wieder abnehmen. Die Verteidigung des Vororts, der die Neustadt mit dem Skopus-Berg verband, war den Makkabäern übertragen worden; sie verloren ihn an die Legion, so daß die jüdischen Streitkräfte auf dem Skopus isoliert waren. Und dann gab Glubb der Arabischen Legion den Befehl, die Altstadt restlos zu zerstören.

Nach den Erfahrungen, die sie in all den Jahren mit den Arabern gemacht hatten, gaben sich die Juden keinerlei Illusionen mehr hin. Doch dieser Angriff auf das Allerheiligste übertraf alles andere. Der eindringenden Legion stand nichts entgegen außer ein paar tausend strenggläubiger Juden, die keinen Finger zu ihrer Verteidigung rühren konnten. Die Hagana schickte eilig so viele ihrer Leute, wie sie irgend entbehren konnte, in die Altstadt hinein. Mehrere hundert zorniger Makkabäer gingen freiwillig mit ihnen. Für sie gab es, nachdem sie erst einmal innerhalb der Mauern waren, kein Entrinnen mehr.

JERUSALEM-KORRIDOR

Die Straße von Jerusalem nach Tel Aviv bildete weiterhin den Schauplatz der erbittertsten Kämpfe des ganzen Krieges. Die Hügelbrigade des Palmach hatte ein halbes Dutzend der beherrschenden Höhenstellungen in den Hügeln von Judäa erobert. Kastel befand sich fest in ihrer Hand, und sie hatten Comb, Suba und genügend andere Schlüsselstellungen angegriffen und erobert, um Bab el Wad, die bedrohte Zufahrt nach Jerusalem offenzuhalten.

Und dann kam es zu einem der unrühmlichsten Ereignisse der jüdischen Geschichte. Die Verteidigung des arabischen Bergdorfes Neve Sadij war den Makkabäern übertragen worden. Durch eine Reihe sonderbarer und unerklärlicher Vorgänge brach unter den Makkabäern eine Panik aus, und es begann eine wilde und grundlose Schießerei, die nicht mehr aufzuhalten war, nachdem sie einmal angefangen hatte. Mehr als zweihundert arabische Zivilisten kamen dabei ums Leben. Durch das Massaker von Neve Sadij hatten die Makkabäer, die sich so große Verdienste erworben hatten, der jungen Nation einen Makel angeheftet, dessen Beseitigung Jahrzehnte erfordern sollte.

Zwar hatte die Hügelbrigade den Bab el Wad geöffnet, doch

die Engländer machten es den Arabern leicht, Jerusalem zu blok-
kieren, indem sie der Legion das Teggart-Fort von Latrun übergaben. Das ehemalige britische Gefängnis für politische Häftlinge, in dem irgendwann einmal alle führenden Männer des Jischuw gesessen hatten, versperrte als massiver Block den Zugang zum Bab el Wad. Daher wurde Latrun zum wichtigsten Angriffsziel der Israelis. Man machte einen verzweifelten Plan zur
Eroberung des Forts und stellte hierfür eine Spezialbrigade auf.
Sie bestand größtenteils aus jüdischen Einwanderern, die aus der
Internierung auf Zypern oder aus europäischen DP-Lagern gekommen waren. Die Offiziere waren für eine so schwierige militärische Operation gleichfalls ungeeignet. Nach nur kurzer Ausbildung begab sich diese Brigade in den Korridor und versuchte
einen nächtlichen Angriff auf Latrun. Er war mangelhaft geplant,
wurde schlecht geführt, und die Arabische Legion schlug ihn ab.

In den beiden darauffolgenden Nächten unternahm die Brigade zwei weitere Angriffe, die jedoch ebenso erfolglos blieben.
Darauf trat die Hügelbrigade des Palmach, die schon sehr durch
die Aufgabe überanstrengt war, die lange Strecke des Bab e Wad,
der Straße nach Jerusalem, zu sichern, zu einem Angriff auf Latrun an, der beinahe zum Erfolg führte.

Ein ehemaliger Colonel der amerikanischen Armee, Mickey
Marcus, der sich aus Gründen der Tarnung Stone nannte, war in
die israelische Armee eingetreten. Man schickte ihn in den Korridor, wo seine taktischen Erfahrungen und organisatorischen Fähigkeiten dringend benötigt wurden. Es gelang ihm in allerkür-
zester Zeit, den Nachschub neu zu organisieren und die motorisierte Jeep-Kavallerie zu verbessern, die die Israelis bei dem Unternehmen ›Eiserner Besen‹ verwendet hatten. Vor allem aber
richtete er sein ganzes Bemühen darauf, möglichst rasch eine gut
ausgebildete und gut geführte Truppe zu bilden, die in der Lage
war, strategisch zu operieren und das Hindernis von Latrun zu
beseitigen. Dieses Ziel war fast erreicht, als sich ein weiteres tragisches Unglück für Israel ereignete:

Marcus fand den Tod.

HULE-TAL – SEE GENEZARETH

Die syrische Armee drang von der Ostseite des Sees Genezareth
und vom Jordan her in mehreren Kolonnen vor, von Panzern
und durch Luftstreitkräfte unterstützt.

Die erste syrische Kolonne richtete ihren Angriff gegen die drei ältesten Kollektivsiedlungen in Palästina: Schoschana, wo Ari ben Kanaan geboren war, Dagania A und B, die dicht beieinander am Einfluß des Jordan in den See lagen.

Die Juden hatten dort so wenig Leute, daß sie täglich mit Lastwagen zwischen Tiberias und diesen Siedlungen hin- und herfuhren, um bei den Syrern den Eindruck zu erwecken, daß sie Verstärkung heranbrachten.

Die Leute von Schoschana hatten so wenig Waffen, daß sie eine Abordnung zu Ari ben Kanaan schickten. Die drei Siedlungen der Schoschana-Gruppe lagen an sich nicht mehr in seinem Befehlsbereich, doch hoffte man, daß er bereit sein werde, etwas für seinen Geburtsort zu tun. Doch Ari, der mit Kassi bei Gan Dafna, in Safed und mit einer der anderen syrischen Kolonnen alle Hände voll zu tun hatte, erklärte der Delegation, das einzige, das sie möglicherweise retten könnte, sei die Wut. Er gab ihnen den Rat, Molotow-Cocktails herzustellen und die Syrer in das Innere der Ortschaften hereinzulassen. Wenn irgend etwas imstande sei, den Kampfgeist der Juden aufs äußerste zu steigern, dann würde es der Anblick von Arabern auf ihrem geliebten Grund und Boden sein.

Als erstes griffen die Syrer Dagania A an. Die Hagana-Kommandeure gaben den Verteidigern den Befehl, nicht eher zu schießen, als bis die Panzer, in deren Schutz die feindliche Infanterie herankam, im Zentrum der Siedlung angelangt waren. Der Anblick syrischer Panzer, die ihre Rosengärten niederwalzten, versetzte die Juden in so erbitterte Wut, daß sie ihre Molotow-Cocktails aus einer Entfernung von nur wenigen Metern mit tödlicher Sicherheit warfen und die Panzer erledigten. Die syrische Infanterie, die hinter den Panzern herkam, war für die Siedler kein ernst zu nehmender Gegner. Sie floh.

Die zweite syrische Kolonne griff weiter südlich an, im Jordantal und im Beth-Schäan-Tal. Es gelang ihnen, Schaar Hagolan und den Kibbuz Massada am Yarmuk-Fluß einzunehmen. Als die Juden zum Gegenangriff antraten, steckten die Syrer die Häuser in Brand, plünderten alles, was nicht niet- und nagelfest war, und flohen. Fort Gescher, das die Hagana schon zu einem früheren Zeitpunkt erobert hatte, hielten die Juden genau wie die übrigen Siedlungen dieses Gebietes.

Die dritte Kolonne ging über den Jordan in das Hule-Tal vor, in den Kommandobereich Ari ben Kanaans. Sie eroberte Mischmar Hajarden – den Wächter des Jordan. Dann formierte sie sich neu zu einem Angriff, der sie in das Zentrum des Hule-Gebietes bringen sollte, um sich hier mit den Irregulären Kawukys zu vereinigen. Doch Yad El, Ayelet Haschachar, Kfar Szold, Dan und die anderen Wehrsiedlungen leisteten dem Gegner zähen Widerstand. Sie ließen das Artilleriefeuer, das sie nicht erwidern konnten, über sich ergehen und kämpften wie die Tiger, sobald die Syrer näher herankamen.

Es war Ari gelungen, die Vereinigung arabischer Streitkräfte im Hule-Gebiet zu verhindern. Und als eine neue Waffenlieferung bei ihm eintraf, ging er rasch zur Offensive über. Er entwickelte einen ›Defensiv-Offensiv-Plan‹: diejenigen Siedlungen, die nicht unmittelbar vom Gegner bedrängt wurden, gingen ihrerseits zum Angriff vor, statt dazusitzen und abzuwarten, bis sie angegriffen wurden. Durch diese Methode gelang es Ari, die Syrer völlig durcheinanderzubringen. Er konnte jeweils an die Stellen, wo der Druck besonders heftig war, Verstärkung zur Unterstützung der Verteidiger heranbringen. Er baute sein Nachrichten- und Transportwesen so weit aus, daß das Hule-Gebiet zu einer der stärksten jüdischen Positionen in Israel wurde. Die einzige strategisch wichtige Stellung in seinem Befehlsbereich, die sich noch in der Hand des Feindes befand, war Fort Esther.

Die ganze syrische Invasion verpuffte wirkungslos. Mit Ausnahme von Mischmar Hajarden und ein oder zwei kleineren Siegen war sie ein Fiasko. Die Syrer beschlossen daher, ihre Bemühungen auf einen einzelnen Kibbuz zu konzentrieren. Ziel ihres Angriffes war Ejn Gev am östlichen Ufer des Sees von Genezareth, der Ort der winterlichen Konzerte.

Die Syrer beherrschten die Höhen, die Ejn Gev auf drei Seiten umgaben. Die vierte Seite war der See. Ejn Gev war völlig abgeschnitten, bis auf die Bootsverbindung bei Nacht, von Tiberias her quer über den See. Als die Artillerie der Syrer den Kibbuz erbarmungslos bombardierte, waren die Juden gezwungen, in Bunkern unter der Erde zu leben. Dennoch führten sie den Schulunterricht weiter, gaben eine Zeitung heraus, und sogar ihr Symphonieorchester übte und spielte weiter. Nachts kamen sie aus den Bunkern heraus und bestellten ihre Felder. Der Ausdauer der Verteidiger von Ejn Gev konnte nur die heldenhafte Verteidigung von Negba an die Seite gestellt werden.

Die Syrer legten sämtliche Gebäude in Trümmer. Sie steckten die Felder in Brand. Die Juden besaßen nicht ein einziges Geschütz, mit dem sie das Feuer hätten erwidern können.

Nach wochenlanger Artillerievorbereitung gingen die Syrer zum Angriff vor. Zu Tausenden stießen sie von ihren Höhenstellungen herunter. Dreihundert Kibbuz-Bewohner in kampffähigem Alter standen ihnen entgegen. Sie eröffneten ein gezieltes, zusammengefaßtes Abwehrfeuer, und Scharfschützen nahmen sich die syrischen Offiziere aufs Korn. In immer neuen Wellen griffen die Syrer an und drängten die Juden an das Ufer des Sees zurück. Doch die Verteidiger gaben nicht auf. Sie hatten noch zwölf Schuß Munition, als der syrische Angriff zusammenbrach. Ejn Gev – und damit der Anspruch des Staates Israel auf den See Genezareth – war siegreich verteidigt worden.

SCHARON, TEL AVIV, DAS DREIECK

Ein ausgedehnter Landstrich in Samaria, an dessen drei Enden die rein arabischen Orte Jenin, Tulkarem und Ramleh lagen, bildete das ›Dreieck‹. Nablus, von Anfang an Stützpunkt für Kawukys Irreguläre, wurde Hauptstützpunkt der irakischen Armee. Die Iraker hatten versucht, den Jordan zu überschreiten und in das Bet-Schään-Tal vorzudringen, waren aber heftig zurückgeschlagen worden und hatten sich dann im arabischen Teil von Samaria festgesetzt. Westlich von dem Dreieck lag das Scharon-Tal. Dieses Gebiet war sehr verwundbar; in der Hand der Juden befand sich nur ein zehn Meilen schmaler Landstreifen längs der von der jordanischen Grenze bis zur Mittelmeerküste verlaufenden Straße von Tel Aviv nach Haifa. Gelang es den Irakern hier durchzustoßen, dann hatten sie Israel in zwei getrennte Hälften zerschnitten.

Doch die Iraker waren nicht geneigt zu kämpfen. Der Gedanke, das dichtbesiedelte Scharon-Tal angreifen zu sollen, war ihnen außerordentlich zuwider. Damit wollten die Iraker nichts zu tun haben.

Tel Aviv hatte mehrere Angriffe durch ägyptische Luftstreitkräfte zu erleiden, allerdings nur so lange, bis Flak kam, die weitere Angriffe verhinderte. Die arabische Presse brachte allerdings mindestens ein Dutzend Berichte darüber, wie Tel Aviv durch ägyptische Bomber dem Erdboden gleichgemacht worden war.

Es gelang den Juden, ein paar Maschinen in Dienst zu stellen, und sie errangen einen großen Luftsieg, indem sie einen ägyptischen Kreuzer vertrieben, der an der Küste erschienen war, um Tel Aviv zu beschießen.

WEST-GALILÄA

Kawukys Irreguläre hatten es im Laufe von sechs Monaten immer noch nicht fertiggebracht, auch nur eine einzige jüdische Siedlung zu erobern. Kawuky verlegte sein Hauptquartier in das vorwiegend arabisch besiedelte Gebiet in der Mitte von Galiläa, in der Gegend von Nazareth. Hier wartete er auf die Vereinigung mit den syrischen, libanesischen und irakischen Streitkräften, die aber niemals erfolgen sollte. Im Gebiet von Nazareth gab es viele Araber christlichen Glaubens, die nichts mit dem Krieg zu tun haben wollten und Kawuky wiederholt aufforderten, sich aus dem Teggart-Fort von Nazareth zu entfernen.

Der größte Teil von West-Galiläa war vom Feind gesäubert worden, bevor die Invasion der arabischen Armeen erfolgte. Haifa war in die Hand der Juden gefallen, und die Operation ›Eiserner Besen‹ der Chanita-Brigade hatte mit vielen feindlichen Stützpunkten aufgeräumt. Nach dem Fall der arabischen Stadt Akko beherrschten die Juden das Gebiet bis hinauf zur libanesischen Grenze. Bis auf Kawuky war Galiläa frei vom Feind.

Der angekündigte großangelegte ›Plan‹ der Araber war zu einem völligen Fehlschlag geworden. Der neugeborene jüdische Staat hatte die erste Erschütterung der Invasion mannhaft bestanden. Überall auf der ganzen Welt schüttelten die militärischen Fachleute ungläubig staunend die Köpfe. An hundert Fronten hatten die Juden einen Krieg gegen die irregulären Streitkräfte geführt und sich dort an einem Dutzend weiterer Fronten siegreich im Kampf gegen zahlenmäßig stark überlegene reguläre Truppen des Gegners behauptet.

Der größte Erfolg auf arabischer Seite war von der Legion errungen worden, die noch immer Latrun in ihrer Hand hatte, die Schlüsselstellung für die Blockade Jerusalems. Die übrigen arabischen Armeen hatten zusammen nur eine Handvoll von Siedlungen, aber keinerlei größere Ortschaften oder Städte erobert. Es war ihnen allerdings gelungen, bedrohlich nahe an Tel Aviv heranzukommen.

Waffen kamen jetzt in großen Mengen nach Israel herein, und mit jedem Tag verbesserte sich die militärische Ausrüstung der Juden. Am Tage der Proklamation eines unabhängigen jüdischen Staates war der erste Spatenstich für sechs neue Siedlungen erfolgt, und während der ganzen Zeit der Invasion begründeten neue Einwanderer weitere Gemeinschaftssiedlungen. Ein Staat nach dem andern erkannte Israel an.

648

X

Barak ben Kanaan hatte in Europa eine Reihe diplomatischer Aufgaben erfüllt und Verträge über Waffenlieferungen abgeschlossen. Er war allmählich krank vor Heimweh und bat darum, nach Israel zurückkehren zu dürfen. Er war jetzt über Achtzig, und seine Kräfte begannen merklich nachzulassen, wenn er das auch nicht zugeben wollte.

Er kam nach Neapel, um von hier aus mit dem Schiff weiterzufahren. Er wurde von Israelis begrüßt, die in Neapel ein Büro unterhielten. Es waren größtenteils Agenten von Aliyah Bet, die jetzt damit beschäftigt waren, die DP-Lager in Italien zu räumen, so rasch es der Schiffsraum erlaubte, den sie beschaffen konnten. Denn alle Arbeitskräfte wurden in Israel dringend benötigt. Einwanderer in wehrfähigem Alter wurden sofort nach ihrer Landung in Ausbildungslager überführt. Alle anderen wurden zu einem großen Teil an die Grenzen geschickt, um dort Wehrsiedlungen zu errichten.

Baraks Ankunft in Neapel wurde zum Anlaß für eine Zusammenkunft, und die Lampen in den Quartieren der Israelis brannten bis spät nach Mitternacht. Bei vielen Cognacs wollten alle immer wieder die Geschichte des ›Wunders von Lake Success‹ hören.

Dann kam die Rede auf den Krieg. Besonders bewegt waren alle über die Belagerung von Jerusalem; eben war die Nachricht durchgekommen, daß ein neuer Versuch, Latrun zu erobern, fehlgeschlagen war. Niemand wußte, wie lange die hunderttausend eingeschlossenen Zivilisten noch aushalten konnten.

Gegen zwei Uhr morgens kam man auf einen kleinen Privatkrieg zu sprechen, den die Israelis hier in Neapel um ein Schiff namens *Vesuvius* führten, einen italienischen Frachter von viertausend Tonnen. Die *Vesuvius* war von den Syrern gechartert worden, um Waffen nach Tyra zu bringen. Die Ladung umfaßte zehntausend Gewehre, eine Million Schuß Munition, tausend Maschinengewehre, tausend Granatwerfer und alle möglichen anderen Waffen.

Vor einem Monat war die *Vesuvius* kurz vor dem Auslaufen gewesen. Durch einen befreundeten Beamten des italienischen Zolls hatten die Israelis Kenntnis von dem Schiff und seiner Ladung erhalten, und in der Nacht vor der festgesetzten Ausreise schwammen israelische Froschmänner an das Schiff heran und befestigten unterhalb der Wasserlinie Haftminen an seinem Rumpf. Die Minen sprengten zwar drei ansehnliche Löcher in die Bordwand der *Vesuvius*, brachten jedoch nicht, wie man gehofft hatte, die an Bord befindliche Munition zur Explosion. Das Schiff sank zwar teilweise unter die Wasseroberfläche, ging aber nicht unter.

Der syrische Oberst Fawdzi, der die Verantwortung für diese Ladung hatte, die einen Wert von vielen Millionen Dollar besaß, ließ das Schiff ins Trockendock bringen, wo die Löcher in der Bordwand repariert wurden. Er holte fünfzig arabische Studenten aus Rom und Paris herbei, die die Umgebung des Schiffes bewachten, und ersetzte die Crew von zwölf Mann durch Araber. Nur der Kapitän und der Erste und Zweite Offizier waren Italiener von der Reederei, der die *Vesuvius* gehörte. Der Kapitän, der den aufgeblasenen Oberst Fawdzi nicht riechen konnte, versprach den Israelis heimlich, daß er ihnen helfen wolle, allerdings nur, wenn sie ihm zusicherten, sein Schiff nicht noch einmal zu beschädigen. Und jetzt hatten sie gerade wieder die Mitteilung bekommen, daß die *Vesuvius* bereit zum Auslaufen sei.

Die Israelis mußten unter allen Umständen zu verhindern versuchen, daß die Waffen nach Tyra gelangten – doch wie sollten sie das Schiff aufhalten? Sie hatten sowohl den italienischen Beamten als auch dem Kapitän die Zusicherung gegeben, das Schiff im Hafen nicht in die Luft zu sprengen. Doch wenn die *Vesuvius* erst einmal auf hoher See war, konnte die israelische Flotte, die nur aus drei Korvetten bestand, sie nie und nimmer finden.

Barak ben Kanaan war von der Schwierigkeit des Problems sehr beeindruckt. Er hatte schon oft anscheinend unlösbaren Problemen ähnlicher Art gegenübergestanden und sie zu lösen gewußt. Sein Kopf begann zu arbeiten. Als der Tag anbrach, hatte er die Einzelheiten eines neuen fantastischen Planes entwickelt. Zwei Tage später verließ die *Vesuvius* ihren Liegeplatz im Hafen von Neapel, und Fawdzi hatte als besondere Vorsichtsmaßnahme den italienischen Zweiten Offizier aus der Funkbude entfernt. Doch die Israelis waren nicht auf Funkverbindung angewiesen. Sie waren auch so über den genauen Zeitpunkt des Auslaufens der *Vesuvius* informiert. Das Schiff hatte das Hafengebiet kaum verlassen, als ein Zollkutter mit dröhnendem Lautsprecher angebraust kam.

Fawdzi, der kein Italienisch verstand, kam in das Ruderhaus

gestürmt und verlangte von dem Kapitän Auskunft, was das Ganze zu bedeuten hatte.

Der Kapitän zog die Schultern hoch und sagte nur: »Wer weiß?«

»Hallo, *Vesuvius!*« ertönte es aus dem Lautsprecher. »Halten Sie sich bereit, ein Zollkommando an Bord zu nehmen!«

Eine Jakobsleiter wurde angebracht, und zwanzig Mann in italienischer Zolluniform kamen eilig an Bord.

»Ich verlange Auskunft, was das zu bedeuten hat!« schrie Oberst Fawdzi wütend.

Der Anführer des Zollkommandos, ein rotbärtiger Riese, der eine auffallende Ähnlichkeit mit Barak ben Kanaan hatte, trat vor und sagte zu Fawdzi auf arabisch: »Wir haben Kenntnis davon erhalten, daß ein Mann Ihrer Crew in einem der Laderäume einen Zeitzünder angebracht hat.«

»Unmöglich!« schrie Fawdzi.

»Wir haben erfahren, daß der Mann von den Juden bestochen wurde«, erklärte der Mann mit dem roten Bart ernsthaft. »Wir müssen uns aus dem Hafengebiet entfernen, bevor das Schiff explodiert.«

Fawdzi wurde unsicher und verwirrt. Er hatte keine Lust, mit der *Vesuvius* in die Luft zu fliegen; ebensowenig gefiel ihm die Vorstellung, mit dieser sonderbaren Bande italienischer ›Zollbeamter‹ an Bord hinaus auf See zu gehen. Andererseits konnte er sich auch nicht gut als Feigling erweisen und darum bitten, von Bord gebracht zu werden.

»Rufen Sie Ihre Crew zusammen«, sagte der bärtige Riese. »Wir werden feststellen, wer der Attentäter ist, und er wird uns mitteilen, wo sich die Höllenmaschine befindet.«

Die arabische Crew wurde im Laufgang versammelt und ›verhört‹. Im Verlauf dieses Verhörs passierte die *Vesuvius* die Drei-Meilen-Grenze, und der Zollkutter kehrte nach Neapel zurück. Die getarnten Aliyah-Bet-Agenten nahmen Fawdzi und seine Crew fest. Einige Zeit später, als sie ein Stück weiter auf See hinaus waren, gaben sie der Crew einen Kompaß und eine Karte und setzten sie in einem Ruderboot aus. Oberst Fawdzi wurde an Bord in seiner Kabine eingesperrt. Die Israelis übernahmen das Schiff, das nun mit voller Fahrt auf die hohe See hinaussteuerte.

Sechsunddreißig Stunden später kamen zwei Korvetten, die den Totenkopf geflaggt hatten, an die *Vesuvius* heran, machten links und rechts von dem Frachter fest, übernahmen eiligst die

Ladung und die israelische Crew und entfernten sich eiligst, nachdem sie das Funkgerät unbrauchbar gemacht hatten. Die *Vesuvius* kehrte daraufhin nach Neapel zurück.

Oberst Fawdzi tobte vor Wut und verlangte eine genaue Untersuchung dieser Seeräuberei. Der italienische Zoll, der von den Arabern beschuldigt wurde, den Juden Kutter und Uniformen zur Verfügung gestellt zu haben, erklärte, ihm sei von der ganzen Sache nichts bekannt. Die Bewegung jedes einzelnen Zollkutters sei genau im Logbuch aufgezeichnet und für jedermann leicht nachzuprüfen. Die arabische Crew war nicht bereit, irgend etwas zuzugeben, was sie kompromittiert hätte, und so schilderten die zwölf Mann die Geschichte in zwölf verschiedenen Versionen. Der italienische Kapitän dagegen und sein Erster und Zweiter Offizier beschworen, daß die arabische Crew desertiert sei, als sie festgestellt habe, daß sich im Laderaum Sprengstoff befand. Bald hatte ein ganzes Heer von Anwälten die Sache durch einander widersprechende Darstellungen derart verwickelt, daß es völlig unmöglich war, den wahren Sachverhalt noch festzustellen. Die Israelis in Neapel machten die Verwirrung vollständig, indem sie das Gerücht in Umlauf brachten, daß Fawdzi ein jüdischer Agent und die *Vesuvius* ein jüdisches Schiff war, das die Araber gestohlen hätten.

Oberst Fawdzi tat das einzige, was ihm in dieser Lage noch übrigblieb. Er täuschte Selbstmord vor und verschwand spurlos. Und offenbar weinte ihm auch niemand eine Träne nach.

Zwei Tage nach der Übernahme der Ladung der *Vesuvius* brachten die Korvetten, die jetzt den Davidstern gehißt hatten, Barak im Triumph nach Israel zurück.

XI

Ari ben Kanaan bekam den Befehl, sich in Tel Aviv zu melden. Das Oberkommando befand sich in einer Pension in Ramat Gan. Auf dem Dach des Gebäudes wehte der Davidstern, und überall standen uniformierte Posten der neuen israelischen Armee, die die Personalausweise überprüften.

Vor dem Gebäude parkten an die hundert Jeeps und Motorräder, und überall herrschte lebhafte militärische Geschäftigkeit. Pausenlos kamen Telefongespräche an.

Von einer Ordonnanz wurde Ari durch den Beratungsraum des Generalstabs geführt, wo die Kampffronten auf großen Karten abgesteckt waren, dann durch den Nachrichtenraum, wo an zahlreichen Geräten Funker saßen, die die Nachrichtenverbindung mit den Frontabschnitten und den Siedlungen aufrechterhielten. Ari sah sich um und mußte daran denken, wie wenig Ähnlichkeit dies hier mit dem einstigen Hauptquartier der Hagana hatte, das aus einem ramponierten Schreibtisch bestand, der von Keller zu Keller geschleppt wurde.

Avidan, bisher Kommandeur der Hagana, hatte das offizielle Kommando an jüngere Männer Ende Zwanzig oder Anfang Dreißig abgegeben, die sich als Offiziere im britischen Heer Kriegserfahrung erworben hatten oder, wie Ari, in jahrelangem Kampf gegen die Araber gestanden hatten. Avidan war jetzt Verbindungsoffizier zwischen der Armee und der Provisorischen Regierung, und obwohl er keinen offiziellen Posten bekleidete, war er immer noch ein sehr angesehener und einflußreicher Mann.

Er begrüßte Ari mit großer Herzlichkeit. Es war für Ari schwer, festzustellen, ob Avidan müde oder eben aufgewacht, ob er bekümmert oder heiter war, denn Avidans Gesicht zeigte immer den gleichen Ausdruck feierlichen Ernstes. Sie gingen in sein Dienstzimmer, und Avidan gab Anweisung, ihn nicht zu stören.

»Einen tollen Laden habt ihr hier«, sagte Ari.

»Ja«, sagte Avidan, »es sieht sehr anders aus als früher, und ich kann mich noch gar nicht so richtig daran gewöhnen. Manchen Morgen fahre ich hierher und erwarte allen Ernstes, daß plötzlich die Engländer ankommen und uns alle miteinander ins Gefängnis stecken könnten.«

»Keiner von uns hat erwartet, daß du deinen Abschied nehmen würdest.«

»Diese neue Armee zu organisieren und einen großen Krieg zu führen ist Sache eines jüngeren Mannes.«

»Wie ist die Lage?« fragte Ari.

»Jerusalem – und Latrun. Das sind die entscheidenden Probleme. Wir werden uns in der Altstadt nicht mehr lange halten können. Und der Himmel mag wissen, wie lange die Neustadt noch standhalten kann, wenn es uns nicht bald gelingt, den Leuten dort Hilfe zu bringen. In deinem Abschnitt hast du unserer Sache jedenfalls wirklich sehr wertvolle Dienste geleistet.«

»Wir haben halt Glück gehabt.«

»Nein, Ari, Safed war nicht einfach nur Glück, genausowenig wie die großartige Verteidigung von Gan Dafna. Sei nicht unnötig bescheiden. Aber – Kawuky sitzt noch immer in Zentralgaliläa. Wir möchten den Kerl los sein. Das ist der Grund, weshalb ich dich gebeten habe, hierherzukommen. Ich möchte deinen Befehlsbereich erweitern, weil ich dich für den einzig geeigneten Mann halte, um die Operation gegen Kawuky zu leiten. Ich denke, daß es uns in einigen Wochen möglich sein wird, dir ein Bataillon und auch einiges an Waffen und Munition zur Verstärkung zugehen zu lassen.«

»Und wie stellst du dir die Sache vor?«

»Ich denke, wenn wir Nazareth in unsere Hand bekommen, ist das Problem gelöst. Wir kontrollieren dann ganz Galiläa und sämtliche Straßen in ostwestlicher Richtung.«

»Und was ist mit den arabischen Dörfern in diesem Gebiet?«

»Die Bewohner sind, wie du weißt, größtenteils Christen. Sie haben bereits Abordnungen hergeschickt, um mit uns zu verhandeln. Und sie haben Kawuky aufgefordert, sich aus ihrer Gegend zu entfernen. Jedenfalls haben sie kein Interesse daran, zu kämpfen.«

»Gut.«

»Doch bevor wir darangehen, diese Operation einzuleiten, möchten wir, daß du den letzten feindlichen Widerstand in deinem Gebiet beseitigst.«

»Fort Esther?« fragte Ari.

Avidan nickte.

»Dazu brauche ich Artillerie – das habe ich euch schon geschrieben. Wenigstens drei oder vier Davidkas.«

»Warum verlangst du nicht gleich Gold?«

»Da oben an der Grenze liegen zwei Dörfer, die den Zugang zu Fort Esther versperren. Ich kann einfach nichts machen, wenn ich nicht wenigstens ein paar weittragende Geschütze habe.«

»Also gut, du sollst sie haben.« Avidan stand unvermittelt auf.

Ari hatte schon die ganze Zeit eine sonderbare Ahnung darüber gehabt, weshalb ihn Avidan nach Tel Aviv gerufen hatte. Es mußte sich um mehr handeln als um die Planung der neuen Operation, und er wußte, daß Avidan jetzt davon anfangen würde.

»Ari«, sagte Avidan mit bedächtigem Ernst, »du hast vor zwei Wochen den Befehl bekommen, Abu Yesha einzunehmen.«

»Deshalb also hast du mich herbestellt?«

»Ich fand, es sei das beste, wenn wir die Sache miteinander besprächen, ehe darüber im Generalstab eine große Diskussion entsteht.«

»Ich habe euch einen Bericht geschickt, daß Abu Yesha meiner Meinung nach keine Bedrohung für uns darstellt.«

»Wir sind anderer Meinung.«

»Als Gebietskommandeur sollte ich die Sache wohl am besten beurteilen können.«

»Komm, komm, Ari. Abu Yesha ist ein Stützpunkt für Mohammed Kassi. Es ist eine Stelle, an der Irreguläre einsickern, und es blockiert zugleich die Straße nach Gan Dafna.«

Ari sah mit verschlossener Miene beiseite.

»Wir kennen einander zu lange«, sagte Avidan, »als daß wir uns etwas vormachen könnten.«

Ari schwieg einen Augenblick. Dann sagte er: »Ich kenne die Leute von Abu Yesha, seit ich gehen lernte. Wir haben gemeinsam Hochzeiten gefeiert. Wir sind zusammen zu Beerdigungen gegangen. Wir haben ihnen ihre Häuser gebaut, und sie schenkten uns das Land für Gan Dafna.«

»Das alles weiß ich, Ari. Dutzende Siedlungen stehen dem gleichen Problem gegenüber. Aber wir kämpfen nun einmal um unsere Existenz. Wir haben die arabischen Armeen nicht aufgefordert, unsere Grenzen zu überschreiten.«

»Ich kenne aber diese Leute«, sagte Ari heftig, fast schreiend. »Sie sind nicht unsere Feinde. Sie sind einfache Bauern, die friedlich sind und keinen anderen Wunsch haben, als in Ruhe gelassen zu werden.«

»Ari!« sagte Avidan mit scharfer Stimme. »Es gibt hier bei uns arabische Dörfer, die den Mut besaßen, sich Kawuky und den arabischen Armeen zu widersetzen. Die Leute von Abu Yesha haben sich anders entschieden. Du machst dir etwas vor, wenn du meinst, Abu Yesha sei nicht feindlich. Es muß verschwinden –«

»Ohne mich«, sagte Ari, stand auf und wollte gehen.

»Bleib«, sagte Avidan ruhig. »Bitte, geh nicht fort.« Der große, kahlköpfige Mann schien jetzt wirklich müde zu sein. Er ließ die Schultern hängen. »Tausendmal haben wir die Araber von Palästina gebeten, sich nicht an diesem Kampf zu beteiligen. Niemand von uns hat den Wunsch, sie von Heim und Hof zu vertreiben. Die Dörfer, die sich loyal verhalten haben, hat man in Ruhe gelassen. Doch bei den anderen blieb uns keine andere Wahl. Der Gegner hat sie als Waffendepots verwendet, als Ausbildungslager, als Stützpunkte für Angriffe auf unsere Transportkolonnen und für die Belagerung unserer Siedlungen. Wir haben wochenlang über dieses Problem diskutiert. Wir haben keine andere Wahl, als den Gegner zu vernichten oder selbst vernichtet zu werden.«

Ari ging ans Fenster und steckte sich eine Zigarette an. Bedrückt starrte er durch die Scheibe. Avidan hatte recht.

»Ich könnte natürlich das Kommando in deinem Bereich einem anderen übertragen«, sagte Avidan. »Aber das möchte ich nicht gern. Solltest du dich allerdings nicht in der Lage fühlen, diesen Befehl auszuführen, dann würde ich vorschlagen, daß du um Versetzung bittest.«

»Wohin sollte ich mich versetzen lassen? In ein Gebiet, wo irgendein anderes Abu Yesha liegt, das nur einen anderen Namen hat?«

»Ari, ehe du eine endgültige Antwort gibst – ich habe dich gekannt, seit du ein Baby warst. Seit deinem fünfzehnten Jahr bist du ein Kämpfer gewesen. Wir haben nicht genug Leute von deinem Kaliber. In all diesen Jahren habe ich es nie erlebt, daß du einem Befehl nicht gehorcht hättest.«

Ari wandte sich um. Sein Gesicht zeigte Sorge, Trauer und Resignation. »Ich werde tun, was getan werden muß«, sagte er tonlos.

»Ich wußte es«, sagte Avidan. »Übrigens, du bist zum Colonel befördert.«

Ari lachte kurz und bitter.

»Auch mir tut es leid«, sagte Avidan. »Glaube mir, es tut mir wirklich leid.«

Colonel Ari ben Kanaan, sein Ia und sein Adjutant, die Majore Ben Ami und Joab Yarkoni, legten die Einzelheiten der *Operation Purim* für die Eroberung von Fort Esther und die Ausschaltung von Abu Yesha als arabischen Stützpunkt fest. Mit dieser Operation sollte die Sicherung dieses Gebietes abgeschlossen werden.

Die Artillerie, die Avidan versprochen hatte, kam niemals an, doch Ari hatte das auch nicht ernstlich erwartet. Er ließ den kleinen David aus Safed, zusammen mit fünfzig Schuß Munition, heranschaffen.

Ohne Artillerie war es unmöglich, Fort Esther von Gan Dafna aus anzugreifen. Kassi hatte immer noch einige vierhundert

Mann in dem Gebiet, überlegene Waffen in Fort Esther und außerdem die bessere strategische Position.

Ari machten drei arabische Dörfer zu schaffen. Das erste auf dem Weg nach Fort Esther war Abu Yesha, und hoch oben in den Bergen lagen an der libanesischen Grenze zwei Dörfer, die den Zugang zu dem Fort versperrten. Kassi hatte in beiden Dörfern Leute stationiert. Ari plante, das Fort von der Rückseite her anzugreifen. Dazu aber mußte er an den beiden Dörfern vorbei, die rechts und links von dem Fort lagen.

Für den Angriff auf Fort Esther teilte Ari seine Leute in drei Gruppen ein. Mit der ersten Gruppe ging er selbst bei Einbruch der Dunkelheit los. Auf schmalen Saumpfaden führte er seine Leute die Hänge zur libanesischen Grenze hinauf. Es war ein schwerer und gefährlicher Weg. Sein Ziel war, nahe an das erste der beiden Bergdörfer heranzukommen. Er mußte einen weiten Umweg machen, um unbemerkt in die Rückseite des Dorfes zu gelangen. Der Marsch wurde durch den Anstieg im Gebirge, die Dunkelheit, und das Gewicht der Davidka mit der Munition erschwert. Fünfunddreißig Männer und fünfzehn Mädchen trugen je einen Schuß der Davidka-Munition. Weitere fünfzig Mann sicherten die Transportkolonne.

Aris Bein schmerzte noch immer, doch er führte die Kolonne in mörderischem Tempo über die Hänge hinauf. Sie mußten ihr Ziel vor Tagesanbruch erreichen, wenn die Operation nicht fehlschlagen sollte.

Gegen vier Uhr morgens kamen sie erschöpft auf dem Gipfel an. Doch für eine Rast war keine Zeit. Im Eilmarsch ging es über den Gipfel weiter auf das erste Dorf zu. Sie umgingen es in weitem Bogen und trafen mit einer Patrouille eines ihnen freundlich gesinnten Beduinenstammes zusammen. Die Beduinen teilten Ari mit, daß die Gegend feindfrei war.

Ari führte seine Gruppe eilig in die Ruinen eines kleineren Kreuzritterkastells, das zwei Meilen hinter dem Dorf lag. Als es anfing, hell zu werden, gingen sie mit letzter Kraft eilig in Dekkung. Den ganzen Tag über hielten sie sich verborgen, während die Beduinen Wache hielten.

Am nächsten Abend brachen die beiden anderen Gruppen von Ejn Or aus auf. Major David ben Ami führte seine Leute auf dem nun schon vertrauten Weg über die Hänge nach Gan Dafna hinauf. Er erreichte den Ort bei Tagesanbruch und tauchte mit seiner Gruppe unsichtbar im Buschwerk unter.

Die dritte Gruppe, angeführt von Major Joab Yarkoni, stieg auf dem gleichen Weg wie Ari in einem weiten Bogen auf schmalen Saumpfaden in die Berge hinauf. Seine Leute kamen rascher vorwärts, weil sie nicht den Kleinen David und seine Munition zu schleppen hatten. Dafür hatten sie jedoch eine größere Entfernung zurückzulegen, weil sie sowohl an dem ersten Dorf, in dem Ari in Deckung lag, als auch an Fort Esther vorbei mußten, um sich nahe an das zweite Dorf heranzuarbeiten. Die Beduinen nahmen auch Yarkonis Gruppe oben auf dem Gipfel in Empfang und brachten sie unbemerkt an ihr Ziel.

Gegen Abend des zweiten Tages schickte Ari den Anführer der Beduinen mit seinem Ultimatum zur Übergabe in das Dorf. Der Muktar des Dorfes und die rund achtzig Mann von Kassis Leuten, die sich dort befanden, hielten das Ultimatum für einen Bluff: es schien ihnen unmöglich, daß die Juden unbemerkt heraufgekommen sein und das Dorf umgangen haben sollten. Der Beduine kam mit der Meldung zurück, daß es nötig sei, die Dorfbewohner durch einen sinnfälligen Beweis zu überzeugen, und Ari ließ die Davidka zwei Schuß abgeben.

Zwei Dutzend Lehmhütten flogen in die Luft. Die Araber waren überzeugt. Nach dem zweiten Schuß des Kleinen David flohen die Irregulären, angeführt von ihren Offizieren, in wilder Eile über die libanesische Grenze, und im Dorf sah man überall weiße Fahnen. Ari schickte rasch einen Teil seiner Gruppe in das Dorf hinein und eilte mit dem Rest zu dem zweiten Dorf, gegen das Yarkoni bereits den Angriff eröffnet hatte.

Zwanzig Minuten nach Aris Ankunft und nach drei Schuß der Davidka ergab sich das Dorf, und weitere hundert von Kassis Leuten flohen nach dem Libanon. Die beiden Dörfer hatten sich so rasch ergeben, daß man es in Fort Esther gar nicht bemerkt hatte. Man hielt dort das entfernte Geräusch der Davidgranaten und der Gewehrschüsse für eine Schießerei der eigenen Leute.

Im Morgengrauen des dritten Tages ging David ben Ami mit seiner Gruppe von Gan Dafna aus vor und legte sich mit ihr außerhalb von Abu Yesha, wo Kassi weitere hundert Mann hatte, in einen Hinterhalt. Nachdem Ben Amis Leute in Stellung gegangen waren, um zu verhindern, daß Verstärkung von Abu Yesha kam, näherten sich Ari und Yarkoni mit ihren Gruppen der Rückseite von Fort Esther. Als sie mit dem Kleinen David das Feuer eröffneten, hatte Kassi nur hundert Mann innerhalb des Forts. Der Rest war in den Libanon geflohen oder befand sich in

Abu Yesha. Schuß auf Schuß zischte und fauchte durch die Luft und explodierte krachend vor den Betonmauern des Forts. Jeder Schuß kam ein wenig näher an das Ziel, das eiserne Tor an der Rückseite des Forts, heran. Nach dem zwanzigsten Schuß war das Tor aus seinen Angeln gesprengt, und die nächsten fünf Schüsse gingen bereits in den Hof des Forts.

Ari ben Kanaan ging mit der ersten Welle vor. Die Angreifer krochen flach über die Erde, unter dem Schutz von Maschinengewehrfeuer und den Schüssen der Davidka.

Der tatsächliche Schaden, den das Fort durch den Beschuß erlitt, war unbedeutend; doch der Lärm und der plötzlich Angriff waren für Kassi und seine Helden zuviel gewesen. Sie verteidigten sich nur schwach und warteten auf Verstärkung. Die einzigen, die ihnen noch zu Hilfe hätten kommen können, verließen Abu Yesha und liefen direkt in David ben Amis Falle. Kassi sah es durch das Fernglas. Er war abgeschnitten. Die Juden waren am hinteren Tor angelangt. Über Fort Esther ging die weiße Fahne hoch.

Yarkoni ging mit zwanzig Mann in das Fort hinein, entwaffnete die Araber und jagte sie nach dem Libanon davon. Kassi, der jetzt ganz fügsam war, und drei seiner Offiziere wurden in die Arrestzellen gesperrt. Auf dem Fort hißte man den Davidstern. Ari ging mit dem Rest der Leute die Straße hinunter, zu den Stellungen Davids und seiner Leute. Der Zeitpunkt war gekommen, Abu Yesha endgültig als arabischen Stützpunkt zu schwächen, ja ganz und gar auszuschalten.

Die Bewohner von Abu Yesha hatten den Kampf gesehen und gehört. Sie waren sich klar darüber, daß ihr Dorf als nächstes an der Reihe war. Ari schickte einen Trupp mit einem Parlamentär in den Ort, um den übriggebliebenen Bewohnern mitteilen zu lassen, sie hätten zwanzig Minuten Zeit, um den Ort zu verlassen. Andernfalls müßten sie die Konsequenzen tragen. Von seinem erhöhten Standpunkt aus konnte er viele seiner alten Freunde sehen, die Abu Yesha verließen und sich auf die mühsame Wanderschaft in die Berge des Libanon machten. Ari fühlte sich elend, als er sie davonziehen sah.

Es verging mehr als eine ganze Stunde.

»Es hat keinen Zweck, noch länger zu warten«, sagte David.

»Ich – ich möchte die Gewißheit haben, daß alle heraus sind.«

»In der letzten halben Stunde hat niemand mehr den Ort verlassen, Ari. Alle, die herauswollten, sind fort.«

Ari wandte sich ab und entfernte sich ein Stück von seinen Leuten, die auf den Befehl zum Angriff warteten. David ging ihm nach. »Ich werde das Kommando übernehmen«, sagte er.

»In Ordnung«, sagte Ari leise.

Ari stand einsam am Hang, während David die Männer zu dem Bergsattel führte, in dem Abu Yesha lag. Sein Gesicht wurde bleich, als er die ersten Schüsse hörte. David ließ die Leute, als sie an die ersten Häuser des Dorfes kamen, sich in Schützenkette entwickeln. Sie wurden von heftigem MG- und Gewehrfeuer empfangen. Die Juden warfen sich zu Boden und arbeiteten sich einzeln vorwärts.

In Abu Yesha hatten rund hundert Araber, angeführt von Taha, beschlossen, sich zum Kampf zu stellen. Dabei ergab sich eine Situation, die in diesem Krieg eine seltene Ausnahme darstellte: Die Juden waren zahlenmäßig und waffenmäßig überlegen.

Einem heftigen Sperrfeuer automatischer Schußwaffen folgte ein Hagel von Handgranaten auf die vordersten arabischen Stellungen. Das erste arabische Maschinengewehr wurde zum Schweigen gebracht, die Verteidiger wichen zurück, und die Juden konnten im Ort selbst Fuß fassen. Der Kampf ging um jede Straße, um jedes Haus, und er war hart und blutig. Diese Häuser waren nicht aus Lehm, sondern aus Stein und die Bewohner des Ortes, die geblieben waren, wehrten sich in erbittertem Nahkampf.

Die Stunden vergingen. Ari ben Kanaan bewegte sich nicht von der Stelle. Das unablässige Geräusch des Gewehrfeuers, das Krachen der Handgranaten, und sogar die Schreie der Menschen drangen an sein Ohr.

Eine Position nach der anderen mußten die Araber von Abu Yesha räumen, während der unbarmherzig nachdrängende Gegner sie immer mehr aufsplitterte und isolierte. Schließlich wurden alle, die noch lebten, in einer Straße am Ende des Ortes zusammengedrängt. Mehr als fünfundsiebzig Araber waren gefallen, nachdem sie sich bis zuletzt in einem der erbittertsten Kämpfe, der jemals von Arabern zur Verteidigung eines ihrer Dörfer geführt worden war, zur Wehr gesetzt hatten.

Die letzten acht Mann verschanzten sich im Palast des Muktar, der gegenüber der Moschee am Ufer des Stromes stand. David forderte die Davidka an, um dieses letzte Bollwerk in Trümmer legen zu lassen. Die letzten acht Mann, darunter auch Taha, fanden den Tod.

Es war schon fast dunkel, als David ben Ami bei Ari ankam.

»Es ist alles vorbei«, sagte er mit müder Stimme.

Ari starrte ihn wortlos an.

»Es waren annähernd hundert, die dageblieben waren. Alle tot. Unsere Verluste – vierzehn Jungens, drei Mädchen. Ein weiteres Dutzend Verwundete sind oben in Gan Dafna.«

Ari schien überhaupt nicht gehört zu haben, was David sagte.

»Was wird aus ihren Feldern werden?« sagte er leise. »Und was wird aus ihnen – wohin wollen sie gehen?«

David ergriff Ari an der Schultr. »Geh nicht hinunter, Ari«, sagte er.

Ari richtete den Blick auf die flachen Dächer des Dorfes. Alles war so still.

»Ist das Haus am Strom –«

»Nein«, sagte David. »Versuche, es in Erinnerung zu behalten, wie es war.«

»Was soll aus ihnen werden?« fragte Ari. »Sie sind meine Freunde.«

»Wir erwarten deinen Befehl, Ari.«

Ari sah David an und schüttelte langsam den Kopf.

»Dann muß ich den Befehl geben«, sagte David.

»Nein«, flüsterte Ari, »ich werde ihn geben.« Er richtete zum letztenmal den Blick auf das Dorf. Dann sagte er: »Macht Abu Yesha dem Erdboden gleich.«

XII

David schlief in Jordanas Armen. Sie drückte seinen Kopf an ihre Brust. Sie konnte nicht schlafen. Mit weit geöffneten Augen starrte sie in die Dunkelheit.

Ari hatte sie von Gan Dafna beurlaubt, damit sie mit David über das Wochenende nach Tel Aviv fahren konnte. Morgen mußte sie Abschied von ihm nehmen, und Gott allein wußte, wann sie ihn wiedersehen würde, falls sie ihn überhaupt jemals wiedersehen sollte. Jordana hatte schon die ganze Zeit geahnt, daß sich David freiwillig für eine heikle Aufgabe melden werde. Seit dem Beginn der Belagerung hatte ihm die Sorge um Jerusalem keine Ruhe gelassen. Jedesmal, wenn sie in seine Augen sah, hatte sie den abwesenden Ausdruck schmerzlicher Trauer darin gesehen.

Er bewegte sich unruhig im Schlaf. Sie küßte ihn sanft auf die Stirn und strich ihm mit den Fingern durch das Haar, und er lächelte im Schlaf und lag wieder ruhig.

Ein Sabre-Mädchen durfte dem Geliebten nicht verraten, daß sie krank vor Sorge um ihn war. Sie durfte nur lächeln und ihm Mut machen, aber die Furcht in ihrem Herzen mußte sie verschließen. Die Angst um ihn preßte ihr das Herz zusammen. Sie hielt ihn in ihren Armen und wünschte sich, daß diese Nacht kein Ende nahm.

Es hatte an dem Tag angefangen, an dem die Vollversammlung der UNO der Teilung zugestimmt hatte. Am nächsten Tag rief der Großarabische Aktionsausschuß zu einem Generalstreik auf, bei dem es zu wilden Brandstiftungen und Plünderungen im jüdischen Geschäftsviertel von Jerusalem kam. Und kurze Zeit darauf, als Abdul Kader mit Hilfe der an der Straße liegenden arabischen Ortschaften den jüdischen Güterverkehr von Tel Aviv nach Jerusalem blockierte, begann die Belagerung der Stadt. In Jerusalem entwickelten sich die Feindseligkeiten zu einem regelrechten Krieg. Der Kommandeur der Hagana von Jerusalem sah sich Problemen gegenüber, die über rein militärische Fragen hinausgingen. Er trug die Verantwortung für die Ernährung und den Schutz der Zivilbevölkerung. Seine Aufgabe wurde durch den Umstand erschwert, daß sich ein großer Teil dieser Bevölkerung, fanatisch orthodoxe Juden, nicht nur zu kämpfen weigerte, sondern sich auch den Bemühungen der Hagana widersetzte.

Ein weiteres Problem waren die Makkabäer, die nur teilweise gemeinsame Sache mit der Hagana machten und im übrigen ihren Privatkrieg führten. Die Hügelbrigade des Palmach, die ein allzu großes Gebiet in den Hügeln von Judäa zu sichern hatte und überbeansprucht war, nahm gleichfalls nur widerstrebend Befehle von dem Kommandeur der Hagana von Jerusalem entgegen. Alles zusammen ergab eine verzweifelt schwierige Situation, die es dem Kommandeur der Hagana praktisch unmöglich machte, die erforderlichen Maßnahmen zu treffen.

Das schöne Jerusalem wurde zu einem blutigen Schlachtfeld. Die Ägypter griffen vom Süden her an, belegten die Stadt mit Artilleriefeuer und ließen sie von ihren Flugzeugen bombardieren. Die Arabische Legion machte die heiligen Mauern der Altstadt zum kriegerischen Bollwerk. Die Zahl der jüdischen Verluste stieg in die Tausende.

Als die Arabische Legion das Teggart-Fort von Latrun besetzte, versprach sie, das Wasserwerk weiter in Betrieb zu halten, damit der Trinkwasserbedarf der Zivilbevölkerung gedeckt werden könne. Doch statt sich an ihr Versprechen zu halten, sprengten die Araber die Pumpstation und legten die Wasserversorgung lahm.

Man wußte, daß unter der Stadt zwei- bis dreitausend Jahre alte Zisternen lagen. Die Juden legten sie frei und entdeckten, daß diese uralten Zisternen wie durch ein Wunder noch immer Wasser enthielten.

Bis eine notdürftige Wasserleitung gebaut werden konnte, war es allein das Wasser dieser Zisternen, das die Juden vor dem Verdursten bewahrte.

Die Tage wurden zu Wochen und die Wochen zu Monaten, und noch immer hielt Jerusalem aus. Tag für Tag traten Männer, Frauen und Kinder zum Kampfe an, mit einer mutigen Entschlossenheit, die durch nichts zu brechen war.

Gleichzeitig mit der Legion drang der arabische Mob in die Altstadt ein, zerstörte Synagogen und heilige Stätten und plünderte jedes jüdische Haus.

Die frommen Juden und ihre Verteidiger von der Hagana und von den Makkabäern wurden weiter und weiter zurückgedrängt, bis sich nur noch zwei Gebäude in ihrer Hand befanden. Es konnte sich nur noch um Tage handeln, bis sie samt und sonders vernichtet waren.

Jordana wurde wach durch das Licht des neuen Tages. Sie reckte sich und streckte die Hand nach David aus. Er war nicht da.

Als sie erschreckt die Augen öffnete, sah sie, daß er am Bettrand stand und sich über sie beugte. Er trug zum erstenmal die Uniform der Armee des Staates Israel. Sie lächelte und ließ den Kopf auf das Kissen sinken. Er kniete sich zu ihr und strich über ihr rotes Haar.

»Ich habe dich eine Stunde lang angesehen«, sagte er. »Du siehst sehr schön aus im Schlaf.«

Sie öffnete die Arme, zog ihn an sich und küßte ihn. »Schalom, Major Ben Ami«, flüsterte sie ihm ins Ohr.

»Es ist spät, mein Liebes«, sagte er. »Ich muß fort.«

»Ich ziehe mich schnell an«, sagte sie.

»Ich glaube, es ist besser, ich gehe jetzt gleich und allein.«

Jordana stockte das Herz. Für den Bruchteil einer Sekunde meinte sie, ihn fassen, ihn halten zu müssen; doch dann beherrschte sie sich und lächelte.

»Ja, natürlich, Liebster«, sagte sie.

»Ich liebe dich, Jordana.«

»Schalom, David. Geh jetzt – bitte geh rasch.«

Sie drehte das Gesicht zur Wand und fühlte seinen Kuß auf ihrer Wange. Und dann hörte sie, wie die Tür geschlossen wurde.

»David, David«, flüsterte sie. »Bitte, komm zu mir zurück.«

Avidan fuhr mit David ben Ami zur Wohnung des Generalstabschefs Ben Zion, die in der Nähe des Hauptquartiers lag. General Ben Zion war ein Mann von einunddreißig Jahren. Er stammte gleichfalls aus Jerusalem. Bei ihm befand sich sein Adjutant, Major Altermann.

»Avidan hat uns mitgeteilt, Sie hätten einen interessanten Vorschlag zu machen«, sagte Altermann.

»Ja«, antwortete David. »Es handelt sich um Jerusalem. Das Schicksal der Stadt beschäftigt mich seit Monaten.«

Ben Zion nickte. Er hatte seine Frau, seine Kinder und seine Eltern in Jerusalem.

»Wir haben die Straße bis nach Latrun ziemlich fest in unserer Hand«, fuhr David fort. »Hinter Latrun, im Bab el Wad, beherrscht der Palmach fast alle wichtigen Höhenstellungen.«

»Daß Latrun das entscheidende Hindernis ist, ist für uns alle nichts Neues«, sagte Altermann ironisch.

»Lassen Sie ihn ausreden«, sagte Ben Zion scharf.

»Ich habe über die Sache nachgedacht«, sagte David. »Ich kenne die Gegend bei Latrun so genau wie das Lächeln meiner Mutter. Monatelang habe ich in Gedanken die Strecke abgeschritten, immer wieder, Meter um Meter. Ich bin fest davon überzeugt, daß es möglich ist, Latrun zu umgehen.«

Einen Augenblick lang herrschte verblüfftes Schweigen.

»Was wollen Sie damit sagen?« fragte Ben Zion.

»Wenn man einen Bogen um Latrun schlägt, so beträgt die Entfernung von Straße zu Straße sechzehn Kilometer.«

»Aber diese sechzehn Kilometer sind nur eine Linie auf der Karte. Es gibt keine Straße dort, die Schluchten sind wild und unpassierbar.«

»Es gibt eine Straße dort«, sagte David.

»Sag mal, David – wovon redest du eigentlich?« fragte Avidan.

»Über einen Teil dieses Gebietes führt eine Straße aus römischer Zeit. Sie ist zweitausend Jahre alt und völlig verschüttet und überwachsen, doch sie ist da. Für den Rest der Strecke kann man dem Verlauf der Wadis folgen. Das weiß ich so sicher, wie ich hier stehe.«

David ging an die Wandkarte und zeichnete um Latrun einen Halbkreis, der die beiden Straßen miteinander verband.

Avidan und Ben Zion starrten schweigend auf die Karte.

»David«, sagte Avidan skeptisch und sachlich, »nehmen wir einmal an, es gelingt dir tatsächlich, diese angeblich vorhandene römische Straße zu finden, und nehmen wir weiter an, es gelingt dir auch, einen Saumpfad durch die Wadis zu finden – was ist damit gewonnen? Das bedeutet noch lange keine Hilfe für das belagerte Jerusalem.«

»Mein Vorschlag geht dahin«, sagte David ohne Zögern, »daß wir über die römische Straße eine neue Straße bauen und die Einnahme Latruns unnötig machen, indem wir es umgehen.«

»Hören Sie mal, David«, sagte Ben Zion skeptisch. »So, wie Sie die Strecke auf der Karte eingezeichnet und geplant haben, müßten wir die Straße unmittelbar vor der Nase der Arabischen Legion in Latrun bauen.«

»Stimmt«, sagte David. »Wir brauchen nicht viel mehr als einen Pfad, der gerade breit genug ist für einen Lastwagen. Josua ließ die Sonne bei Latrun stillstehen, vielleicht können wir den Nächten befehlen, stillzustehen. Wenn ein Arbeitskommando von Jerusalem und ein anderes von Tel Aviv aus baut, und wenn wir lautlos bei Nacht arbeiten, dann können wir die Umgehungsstraße innerhalb eines Monats fertigstellen. Und was die Arabische Legion angeht, so wissen Sie genauso gut wie ich, daß Glubb mit seinen Leuten nicht aus Latrun herauskommen und sich zum offenen Kampf stellen wird.«

»Das ist nicht so sicher«, sagte Altermann. »Vielleicht stellt er sich doch zum Kampf, wenn es um die Straße geht.«

»Wenn Glubb sich nicht davor scheute, mit der Legion zum Kampf anzutreten, warum hat er dann nicht vom Dreieck aus angegriffen und versucht, Israel in zwei Teile zu zerschneiden?«

Das war eine Frage, die niemand beantworten konnte. Vielleicht hatte David recht; doch das war nur eine Vermutung.

»Und was wollen Sie von mir?« sagte Ben Zion schließlich.

»Geben Sie mir einen Jeep und eine Nacht Zeit, um die Strecke abzufahren.«

Avidan machte sich Sorgen. In der ersten Zeit der Hagana war es für ihn jedesmal schmerzlich, wenn er einen Verlust gehabt hatte. Es war ihm nahegegangen wie der Verlust eines Sohnes oder einer Tochter. Jetzt, im Krieg, gingen die Verluste der Juden in die Tausende, und für ein kleines Land war das eine verheerende Zahl. Die meisten dieser Todesopfer, Männer wie Frauen, gehörten zur Elite der jungen Generation. Keine Nation, gleichgültig, wie groß oder wie klein, konnte es sich leisten, das Leben von Leuten wie David ben Ami leichtfertig aufs Spiel zu setzen, mußte Avidan denken. Vielleicht bildete David sich nur ein, Kenntnis von einer Straße nach Jerusalem zu haben, weil er wollte, daß sie existierte.

»Einen Jeep und vierundzwanzig Stunden«, bat David.

Avidan sah Ben Zion an. Altermann schüttelte den Kopf. Was David vorhatte, schien undurchführbar. Der Gedanke an Jerusalem bedrückte jedes Herz. Jerusalem war das eigentliche Zentrum, der lebendige Kern des Judentums. Dennoch – Ben Zion fragte sich, ob es nicht von Anfang an Wahnsinn gewesen sei, die Stadt halten zu wollen.

David sah mit brennenden Augen von Avidan zu Ben Zion. »Ihr müßt mir eine Chance geben!« rief er heftig.

Es klopfte. Altermann ging an die Tür und nahm eine Meldung entgegen, die er Ben Zion überreichte. Das Blut wich aus dem Gesicht des Generalstabschefs. Er reichte die Meldung an Avidan weiter. Keiner der Anwesenden hatte Avidan jemals fassungslos gesehen; doch jetzt begann seine Hand zu zittern, Tränen stiegen ihm in die Augen.

»Soben hat die Altstadt kapituliert«, sagte er. Seine Stimme war kaum zu hören.

»Nein!« rief Altermann.

Ben Zion ballte die Hände zur Faust. »Ohne Jerusalem gibt es keine jüdische Nation!« stieß er zwischen den Zähnen hervor. Er wandte sich um. »Fahren Sie, David – finden Sie einen Weg nach Jerusalem!«

Als Moses mit den Kindern Israels an das Ufer des Roten Meeres kam, da fragte er nach einem Mann, dessen Glaube an die Allmacht Gottes so fest war, daß er bereit sein werde, als erster ins Meer zu gehen. Der Mann, der damals vortrat, hieß Nachschon.

Und ›Nachschon‹ wurde jetzt der Deckname für das gewagte Unternehmen Ben Amis.

Bei Einbruch der Dunkelheit startete David in der südlich von Tel Aviv gelegenen Stadt Rechovot und fuhr nach Judäa. Am Fuß der Berge, kurz vor Latrun, bog er von der Straße ab in die Wildnis der steilen, steinigen Schluchten und Wadis. David ben Ami wurde auf seinem Weg von einer leidenschaftlichen Besessenheit vorangetrieben, doch seine Leidenschaft wurde durch das Bewußtsein von der Schwierigkeit und Wichtigkeit seiner Aufgabe gezügelt und von seiner genauen Kenntnis des Landes kontrolliert.

David fuhr mit gedrosseltem Motor und im ersten Gang langsam und vorsichtig, als er in die Nähe von Latrun kam. Die Gefahr, einer Patrouille der Legion zu begegnen, war groß.

Seine Aufmerksamkeit verschärfte sich noch, als er in der Ferne das Fort sah. Langsam steuerte er das Fahrzeug einen steilen Hang hinunter. Er war auf der Suche nach der vom Schutt der Jahrtausende bedeckten Römerstraße. An einer Stelle, wo zwei Wadis aufeinanderstießen, hielt er an, stieg aus und kratzte mehrere Steine hervor. Ihre Struktur gab ihm die Bestätigung, daß sich die Straße hier befand. Nachdem er erst einmal die allgemeine Richtung des Marschweges der römischen Legionen festgestellt hatte, war es ihm möglich, sich auf diesem Weg mit größerer Geschwindigkeit vorwärtszubewegen.

David ben Ami fuhr im Bogen um Latrun herum, sich und seinem Fahrzeug das Äußerste abverlangend. Immer wieder stellte er den Motor ab und saß unbeweglich, um auf ein feindliches Geräusch zu lauschen, das er gehört zu haben meinte. Oftmals kroch er auf Händen und Knien über den Boden, um in der Dunkelheit die Richtung des Weges durch die trockenen, felsigen Wadis zu ertasten. Die sechzehn Kilometer schienen endlos. Die Nacht verging zu schnell, und die Gefahr, auf eine arabische Patrouille zu stoßen, wurde immer größer.

Ben Zion und Avidan, die die ganze Nacht über gewartet hatten, waren bei Morgengrauen müde und voller Sorge. Davids Wagnis hielten sie für einen sinnlosen Versuch, und in ihrem Innern waren sie davon überzeugt, daß sie ihn nie wieder sehen würden.

Das Telefon klingelte. Avidan hob den Hörer ab, und sein Gesicht nahm einen gespannten Ausdruck an.

»Die Funkstelle ruft an«, sagte er zu Ben Zion. »Sie haben eben einen Funkspruch aus Jerusalem bekommen.«

»Inhalt?«

»J–35–8.«

Ben Zion schlug eine Bibel auf und begann ungeduldig darin zu blättern. Dann stieß er einen langen Seufzer der Erleichterung aus, als er die Stelle fand. »Jessaia, Kapitel fünfunddreißig, Vers acht: *Und es wird daselbst eine Bahn sein und ein Weg. Es wird da kein Löwe sein, und wird kein reißend Tier drauftreten noch daselbst gefunden werden, sondern man wird frei und sicher daselbst gehen.*«

Der erste Schritt auf dem Weg des Unternehmens ›Nachschon‹ war getan: David ben Ami hatte den Weg gefunden, auf dem Latrun umgangen werden konnte! Es bestand wieder Hoffnung für Jerusalem.

Tausende von Freiwilligen wurden in Jerusalem zu strengster Geheimhaltung verpflichtet. Heimlich brachen sie auf und strömten aus der Stadt, um mit ihren Händen einen Weg durch die Wildnis zu bahnen, längs der Route, die David gefunden hatte. David kehrte nach Tel Aviv zurück, von wo sich eine zweite Gruppe freiwilliger Arbeiter aufmachte, die auf der anderen Seite zu bauen anfing. Die beiden Arbeitskommandos hielten sich bei Tage verborgen und arbeiteten nachts, direkt vor den Wachen der Arabischen Legion in Latrun. Sie arbeiteten fieberhaft und schweigend. Das gesamte Erdreich mußte Sack für Sack auf dem Rücken weggeschleppt werden. Durch die Wadis und Schluchten arbeiteten sich die beiden Gruppen Schritt für Schritt die alte Römerstraße entlang aufeinander zu. David ben Ami erbat seine Versetzung nach Jerusalem; sie wurde ihm gewährt.

Jordana hatte sich die ganze Zeit, seit sie in Tel Aviv Abschied von David genommen hatte, in einem Zustand hochgradiger Nervosität befunden. Sie kehrte nach Gan Dafna zurück, wo ungeheure Arbeit zu leisten war, um die zerstörte Siedlung wieder aufzubauen. Die meisten Gebäude lagen in Trümmern. Die jüngeren Kinder, die man damals evakuiert hatte, waren inzwischen zurückgekommen. Kittys Bungalow hatte nur geringfügigen Schaden erlitten. Jordana war mit Kitty und Karen dort eingezogen. Zwischen den beiden Frauen hatte sich eine herzliche Freundschaft entwickelt.

Kitty konnte nicht übersehen, in welchem Zustand sich Jordana befand, als sie von Tel Aviv zurückkam, obwohl Jordana versuchte, sich nichts davon anmerken zu lassen. Eines Abends, zwei Wochen nach dem Abschied von David, saß sie mit Kitty im Speiseraum, um noch eine Kleinigkeit zu essen und einen Tee zu trinken. Während Kitty sprach, wurde Jordana plötzlich blaß, stand auf und rannte hinaus. Kitty lief ihr nach und erreichte sie gerade noch, ehe sie zu Boden sank. Kitty fing sie auf und brachte sie mit Mühe in ihr Büro, legte sie auf das Feldbett und flößte ihr mit Gewalt einen Schluck Cognac ein.

Es dauerte zehn Minuten, bis Jordana wieder zu sich kam. Sie richtete sich benommen auf und schüttelte erstaunt den Kopf.

»Was war los?« fragte Kitty.

»Ich weiß nicht. So etwas habe ich noch nie erlebt. Ich hörte Ihnen zu, aber plötzlich konnte ich Ihre Stimme nicht mehr hören und auch Ihr Gesicht nicht mehr sehen. Mir wurde schwarz vor den Augen, und es durchfuhr mich kalt.«

»Erzählen Sie weiter.«

»Ich – hörte David schreien – es war entsetzlich.«

»Also, jetzt hören Sie mal zu, meine Dame. Ihre Nerven sind kurz vorm Zerreißen. Ich möchte, daß Sie ein paar Tage ausspannen. Gehen Sie nach Yad El zu Ihrer Mutter –«

Jordana sprang auf. »Nein!« sagte sie.

»Setzen Sie sich!« fuhr Kitty sie an.

»Das ist ja alles Unsinn. Ich benehme mich einfach unmöglich.«

»Das ist eine ganz normale Reaktion. Sie wären nicht in einem solchen Zustand, wenn Sie sich ab und zu ein wenig Luft gemacht und ein wenig geheult hätten, statt zu versuchen, alles krampfhaft zu unterdrücken.«

»David wäre entsetzt, wenn er wüßte, wie ich mich benehme.«

»Hören Sie doch auf damit, Jordana. Zum Teufel mit Ihrem Sabre-Stolz. Ich gebe Ihnen jetzt ein Beruhigungsmittel, und dann bringen wir Sie ins Bett.«

»Nein!« sagte Jordana und lief hinaus.

Kitty seufzte resigniert. Was sollte man mit einem Mädchen anfangen, das der Meinung war, jede Äußerung einer Gefühlsregung werde von den anderen als Schwäche ausgelegt?

Drei Tage nach diesem Zwischenfall kam Kitty eines Abends, nachdem sie Karen zu Dov geschickt hatte, in ihren Bungalow.

Jordana arbeitete an Berichten und schien ihr Eintreten gar nicht bemerkt zu haben. Kitty nahm auf einem Stuhl an der anderen Seite des Schreibtisches Platz. Jordana hob den Blick von ihrer Arbeit und lächelte. Aber sie wurde ernst, als sie Kittys Gesicht sah. Kitty nahm ihr die Feder aus der Hand.

Eine Weile saßen beide schweigend.

Schließlich sagte Jordana. »David ist tot.«

»Ja.«

»Wie geschah es?« fragte Jordana mit tonloser Stimme.

»Ari hat mich vor ein paar Minuten angerufen. Die genauen Umstände weiß man nicht. Allem Anschein nach hat er eine Gruppe organisiert, teils Palmach, teils Makkabäer, teils Hagana – auf eigene Faust. Er hat mit dieser Gruppe einen Angriff unternommen und versucht, die Altstadt zurückzuerobern. Es gelang ihnen, den Zionsberg zu erobern –«

»Weiter«, sagte Jordana.

»Sie kämpften auf verlorenem Posten. Es war ein Selbstmord-Kommando.«

Jordana saß unbeweglich.

»Was kann ich tun, was kann ich sagen?« sagte Kitty.

Jordana stand auf. »Machen Sie sich um mich keine Sorge«, sagte sie mit fester Stimme.

Niemand sah Jordana bat Kanaan eine Träne vergießen. Sie versteckte sich mit ihrem Kummer in den Ruinen von Abu Yesha. Dort saß sie unbeweglich vier Tage und vier Nächte lang, ohne zu essen oder zu trinken. Dann kehrte sie nach Gan Dafna zurück. Genau wie Ari nach dem Tode von Dafna, erwähnte auch Jordana nie mehr Davids Namen.

Einen Monat, nachdem David ben Ami den Weg nach Jerusalem gefunden hatte, war eines Nachts die ›Burma-Straße‹ zur Umgehung von Latrun vollendet. Eine mit Panzerfahrzeugen gesicherte Transportkolonne brauste über diese Umgehungsstraße nach Jerusalem, und die Belagerung der Stadt war für alle Zeiten beendet.

Bis jetzt hatte noch niemand mit Sicherheit gewußt, ob der Staat Israel am Leben bleiben würde. Doch in dem Augenblick, als die Männer der Arbeitskolonne von Jerusalem den Männern der Arbeitskolonne von Tel Aviv die Hand reichten, hatten die Juden ihren Freiheitskrieg gewonnen.

XIII

Dem jungen Staat standen noch viele Monate erbitterter und blutiger Kämpfe bevor, doch die Fertigstellung der ›Burma-Straße‹ gab den Juden einen moralischen Auftrieb in einem Augenblick, als sie ihn am dringendsten benötigten.

Nachdem die Juden die erste Invasion der arabischen Streitkräfte aufgehalten hatten, gelang es dem Sicherheitsrat der UNO, einen einstweilen Waffenstillstand herbeizuführen. Er war beiden Seiten sehr willkommen. Die Araber hatten es zweifellos nötig, ihre Streitkräfte neu zu organisieren. Sie hatten der Welt gegenüber das Gesicht verloren, da es ihnen nicht gelungen war, das Land zu überrennen. Und die Israelis brauchten Zeit, um weitere Waffen hereinzubekommen und ihre militärische Einsatzfähigkeit zu verbessern.

Die Provisorische Regierung war nicht völlig Herr der Lage, denn der Palmach, die Makkabäer und die orthodoxen Juden waren nur bedingt zur Mitarbeit bereit. Der Palmach verzichtete allerdings auf die Sonderstellung seiner Elitekorps und trat geschlossen in die israelische Armee ein, als die Regierung drohte, den Palmach wegen der Ablehnung, Befehle vom Oberkommando entgegenzunehmen, aus der kämpfenden Truppe auszuschließen. Auch die Makkabäer stellten Sonderbataillone innerhalb der israelischen Armee auf, bestanden jedoch darauf, daß diese Bataillone von Offizieren der Makkabäer befehligt würden. Nichts konnte dagegen die starre Haltung der religiösen Fanatiker verändern, die an der wörtlichen Interpretation der Bibel festhielten und weiterhin auf den Messias warteten.

Gerade als die Vereinigung dieser verschiedenartigen Elemente Wirklichkeit zu werden versprach, kam es zu einem tragischen Ereignis, das die trennende Kluft zwischen der Regierung und den Makkabäern verewigen sollte. Amerikanische Gönner der Makkabäer hatten große Mengen dringend benötigter Waffen angekauft und für die Beförderung dieser Waffen eine Transportmaschine erworben, der man den Namen *Akiba* gab. Nicht nur Waffen standen bereit, sondern auch mehrere hundert Freiwillige für die Sonderbataillone der Makkabäer. Zwar sahen die Waffenstillstandsbedingungen vor, daß auf beiden Seiten keinerlei Verstärkungen vorgenommen werden

671

sollten; doch hielten sich weder die Araber noch die Juden an diese Vorschrift der UNO.

Die Existenz der *Akiba* wurde durch Israelis in Europa bekannt. Die Provisorische Regierung forderte, die Transportmaschine und die Waffen der nationalen Armee zur Verfügung zu stellen. Israel sei eine geeinte Nation und kämpfe einen gemeinsamen Krieg; die Makkabäer-Bataillone seien schließlich nur ein Teil der israelischen Armee. Die Makkabäer waren damit nicht einverstanden. Sie legten auf die Beibehaltung ihrer Sonderstellung Wert und machten geltend, diese Waffen seien ausdrücklich für die Angehörigen ihrer Organisation bestimmt. Es kam zu einem erbitterten Streit zwischen der Provisorischen Regierung, die den Standpunkt vertrat, daß es nur eine zentrale Autorität geben könne, und den Makkabäern, die anderer Meinung waren.

Von Europa aus startete die *Akiba* mit der ersten Waffenladung und den ersten Freiwilligen. Die Regierung, die sowohl die Waffen als auch die Freiwilligen dringendst benötigte, sah sich gezwungen, den Makkabäern den Befehl zu erteilen, zu veranlassen, daß die Maschine ohne zu landen nach Europa zurückkehrte. Dieser Befehl löste bei den Makkabäern wütende Empörung aus. Als die *Akiba* Palästina unter Mißachtung der Anordnung der Regierung anflog, wimmelte der Flugplatz von Vertretern der Regierung, Makkabäern und Beobachtern der Vereinten Nationen. Die Regierung ließ der Maschine durch Funkspruch eine letzte Warnung zugehen und forderte sie auf, nach Europa zurückzufliegen. Die *Akiba* lehnte es ab, dieser Anweisung Folge zu leisten. Auf Befehl der Provisorischen Regierung stiegen Jagdflieger auf, und die *Akiba* wurde abgeschossen.

Zwischen der Armee und den Makkabäern kam es zu Kämpfen, und die Makkabäer zogen ihre Bataillone voller Zorn aus der Armee zurück. Doch dieser unglückliche Zwischenfall bewirkte eine endgültige Klärung der Situation. In den Jahren des britischen Mandats hatten die Makkabäer durch ihre beständige Aktivität beigetragen, die Engländer dazu zu veranlassen, Palästina zu räumen. Nach dem Abzug der Engländer aber waren Terrormethoden nicht mehr angebracht. Die Makkabäer schienen unfähig, sich an die Disziplin zu gewöhnen, die in einer regulären Armee notwendig ist. Dadurch war ihr Wert als kämpfende Truppe sehr beeinträchtigt. Ihren einzigen großen Sieg hatten sie in Jaffa errungen, einer Stadt, in der die Kampfstimmung von Anfang an schwach gewesen war. An anderen Orten hatten sie völlig versagt. Unvergessen war auch ihr Massaker von Neve Sadij geblieben, das stets einen Fleck auf der Ehre der jüdischen Kämpfer darstellen würde. Die Makkabäer waren Aktivisten von großem persönlichen Mut, doch sie lehnten jede Autorität ab. Nach dem unglücklichen Zwischenfall mit der *Akiba* verharrten sie in trotziger Ablehnung. Ihre Auffassung bestand darin, daß alle Probleme mit Gewalt gelöst werden konnten.

Monatelang verhandelten Graf Bernadotte und sein amerikanischer Mitarbeiter, Ralph Bunche, als Beauftragter der UNO mit den Juden und den Arabern, ohne jedoch eine Einigung erreichen zu können. Sie konnten innerhalb eines Monats nicht abbauen, was sich im Verlauf von drei Jahrzehnten angesammelt hatte.

In Zentralgaliläa hatte Kawuky immer wieder die Waffenstillstandsbedingungen verletzt. Jetzt wurden die Ägypter wortbrüchig, indem sie vor Ablauf des Waffenstillstands die Kampfhandlungen wieder aufnahmen. Das erwies sich als schwerer Fehler, denn damit war das Startzeichen für einen neuen israelischen Feldzug gegeben. Hatten die Militärexperten der ganzen Welt über die Fähigkeit der Juden gestaunt, einer Invasion standzuhalten, so waren sie jetzt völlig verblüfft, als die Armee des Staates Israel ihrerseits zur Offensive überging.

Diese neue Phase des Krieges wurde eröffnet, als die israelische Luftwaffe Kairo, Damaskus und Amman bombardierte, um die Araber davor zu warnen, weiterhin Luftangriffe auf Tel Aviv und Jerusalem zu unternehmen. Die Araber bombardierten von da an keine jüdischen Städte mehr. Korvetten der israelischen Marine gingen zum Angriff auf den Feind über, indem sie die libanesische Hafenstadt Tyra, einen der Hauptumschlagplätze für die Einfuhr von Waffen, beschossen.

Im Kibbuz Ejn Gev am See Genezareth gingen die Farmer, die einen syrischen Angriff abgewiesen und monatelang der Belagerung standgehalten hatten, nunmehr ihrerseits zum Angriff über. In einem kühnen, nächtlichen Manöver erstiegen sie den Berg Sussita und warfen die Syrer aus ihren Höhenstellungen.

In Zentralgaliläa ging Ari ben Kanaan zum Angriff gegen Kawuky auf Nazareth vor. Er verlangte seinen Leuten das Äußerste ab und setzte die ihm zur Verfügung stehenden Waffen so außerordentlich wirkungsvoll ein, daß es ihm gelang, die Streitkräfte der Irregulären völlig zu überrennen. Der Generalissimus des Mufti bekam eine verdiente Lektion und verlor Nazareth. Nachdem Nazareth gefallen war, streckten die feindlichen arabischen Ortschaften in Zentralgaliläa die Waffen, und Kawuky floh an der Spitze seiner Truppen zur libanesischen Grenze. Die Israelis beherrschten damit das gesamte Gebiet von Galiläa.

In der Negev-Wüste boten die Israelis den Ägyptern Schach. Samson hatte einst tausend Füchse mit brennenden Schwänzen auf die Felder der Philister losgelassen. Jetzt unternahmen blitzschnelle Einheiten von Jeeps mit Maschinengewehren, genannt ›Samson-Füchse‹, verheerende Angriffe auf ägyptische Nachschubwege und arabische Ortschaften. Sie machten der qualvollen Belagerung von Negba ein Ende.

Doch den größten Erfolg errangen die Israelis im Gebiet des Scharon-Tals. Unter besonders wirkungsvollem Einsatz von Jeep-Einheiten, und angeführt von der ehemaligen Chanita-Brigade des Palmach, stießen die Juden nach Lydda und Ramle vor. Diese zwei arabischen Städte hatten eine beständige Bedrohung der Straße nach Jerusalem gebildet. Sie eroberten den Flughafen Lydda, den größten in Palästina, und gingen dann in das im Land Samaria gelegene ›Dreieck‹ vor, um Latrun einzukreisen. Kurz vor dem Erfolg des Unternehmens verlangten die Araber einen zweiten Waffenstillstand.

Alle diese Siege hatten die Israelis innerhalb von zehn Tagen errungen.

Während Bernadotte und Bunche die Verhandlung über den zweiten Waffenstillstand führten, herrschte große Aufregung in der arabischen Welt. Abdullah von Jordanien war der erste, der erkannte, was die Stunde geschlagen hatte. Heimlich nahm er Unterhandlungen mit der Provisorischen Regierung auf und erklärte sich damit einverstanden, daß sich die Arabische Legion nicht mehr an Kampfhandlungen beteiligte. Dadurch konnten die Juden ihre Aufmerksamkeit auf die Ägypter konzentrieren. Sie verpflichteten sich dafür gegenüber Abdullah, keinen Angriff auf die Altstadt von Jerusalem oder das von der Legion beherrschte Dreieck von Samaria zu unternehmen.

Der alte Brigant Kawuky brach den Waffenstillstand erneut, indem er vom Libanon aus angriff. Als der zweite Waffenstillstand zu Ende ging, machte die ›Operation Hiram‹, so genannt nach dem libanesischen König der Bibel, mit den Träumen des Mufti und seinem Generalissimus Kawuky ein für allemal Schluß. Die israelische Armee stieß über die libanesische Grenze vor und trieb die Reste der zerschlagenen irregulären Streitkräfte vor sich her. In den libanesischen Ortschaften gingen die weißen Fahnen hoch. Nachdem Kawuky endgültig erledigt war, zogen sich die Juden auf ihr eigenes Territorium zurück, obwohl sie kaum Widerstand gefunden hätten, wenn sie gleich bis nach Beirut oder Damaskus marschiert wären.

In der arabischen Welt war man inzwischen eifrig bemüht, die israelischen Erfolge zu bagatellisieren oder zu leugnen. Abdullah von Transjordanien machte öffentlich den Irak für den arabischen Mißerfolg verantwortlich. Nach seiner Meinung hätte es den Irakern gelingen müssen, vom Dreieck aus anzugreifen und das jüdische Gebiet in zwei Hälften zu teilen. Das Mißlingen dieser Operation habe die Araber lächerlich gemacht. Der Irak, der seinerseits davon träumte, ein Großarabisches Reich anzuführen, redete sich auf seine überbeanspruchten Nachschublinien hinaus, die über transjordanisches Gebiet führten. Die Syrer waren die lautstärksten Schreier von allen: Sie schoben die Schuld auf den amerikanischen und westlichen Imperialismus. Die Saudi-Araber, die innerhalb der ägyptischen Armee kämpften, beschuldigten alle übrigen arabischen Länder, während die Ägypter Vorwürfe gegen Transjordanien mit der Begründung erhoben, daß Abdullah sie durch sein Abkommen mit den Juden ›verkauft‹ habe. Eine der bemerkenswertesten Nebenerscheinungen des Freiheitskrieges war die Art und Weise, wie die ägyptische Presse und Radio Kairo die ägyptischen Niederlagen in Siege umzudeuten versuchte. Die ägyptische Öffentlichkeit wurde in dem Glauben gehalten, daß die ägyptischen Truppen den Krieg gewannen. Nur der Libanon und der Jemen hielten sich aus der Sache heraus. Sie waren von allem Anfang nicht sehr an einem Krieg interessiert gewesen.

Der Mythos der arabischen Einigkeit platzte, als die Juden den vereinten arabischen Streitkräften weiterhin eine Niederlage nach der anderen beibrachten. An die Stelle des ursprünglichen Austausches von Küssen, Händedrücken und Gelübden ewiger Brüderschaft traten feindliche Mienen, drohende Worte und politische Attentate. Abdullah wurde, als er vom Gebet aus der Omar-Moschee in der Jerusalemer Altstadt kam, von fanatischen Moslems ermordet. Intrige und Mord, das alte arabische Spiel, waren wieder einmal in vollem Gange.

In der Negev-Wüste führte die israelische Armee, deren Kräfte inzwischen unter einheitlicher Führung zusammengefaßt waren, den Krieg seiner letzten Phase entgegen. Fort Suweidan, das

Ungetüm auf dem Berg, das den Kibbuz Negba gequält hatte, fiel, obwohl die Ägypter gerade hier mit besonderer Tapferkeit gekämpft hatten.

Eine von den Juden belagerte ägyptische Stellung bei Fallacha wurde später unter Waffenstillstandsverhandlungen evakuiert. Einer der ägyptischen Offiziere in diesem Raum war ein junger Hauptmann, der bald durch seine Führerschaft im Putsch gegen König Faruk bekannt werden sollte. Sein Name war Gamal Abdel Nasser.

Der Stolz der ägyptischen Flotte, der Kreuzer *Faruk*, hatte den Versuch gemacht, kurz vor Beginn der Waffenstillstandsverhandlungen eine jüdische Stellung zu bombardieren, um dadurch einen taktischen Vorteil zu erringen. Er wurde durch israelische Motorboote versenkt, die man vorher mit Dynamit gefüllt hatte und dann ferngesteuert auf den Kreuzer als Ziel lenkte.

Ber Scheba – die Sieben Quellen, die Stadt Vater Abrahams – erlag im Herbst 1948 einem Überraschungsangriff der Israelis.

Die Ägypter gruben sich unterhalb von Ber Scheba ein und verschanzten sich in einer Verteidigungsstellung, die uneinnehmbar schien. Doch auch hier kam den Juden ihre genaue Kenntnis des Landes zu Hilfe. Sie entdeckten einen jahrtausendealten Pfad der Nabatäer, der es ihnen ermöglichte, die ägyptischen Stellungen zu umgehen und sie vom Rücken her anzugreifen.

Von da an entstand eine wilde Flucht. Die israelische Armee jagte die Ägypter vor sich her. Sie ging an dem Gebiet von Gaza vorbei und stieß über die Grenze der Halbinsel Sinai vor.

Die Engländer waren angesichts des ägyptischen Debakels und der Möglichkeit, daß die Israelis in die Nähe des Suezkanals vordringen könnten, außerordentlich beunruhigt. Sie forderten die Juden auf, haltzumachen, wenn sie es nicht mit der britischen Armee zu tun bekommen wollten. Als Warnung ließen sie Kampfflieger vom Typ *Spitfire* aufsteigen, die die Israelis aus der Luft angreifen sollten. Irgendwie schien es nur logisch, daß die letzten Schüsse im Freiheitskrieg gegen die Briten gerichtet sein sollten. Die israelische Luftwaffe schoß sechs der britischen Kampfflieger ab. Dann gab Israel dem internationalen Druck nach und ließ die Ägypter entweichen. Die zerschlagene ägyptische Armee formierte sich neu, marschierte nach Kairo und inszenierte mit unglaublicher Unverschämtheit eine ›Siegesparade‹.

Der Sieg im Freiheitskrieg war zu einem historischen Faktum geworden!

Die arabische Bevölkerung Palästinas hatte sich mit der Rückkehr der Juden seit langem vertraut gemacht und war bereit, mit ihnen in Frieden zu leben und an dem Fortschritt teilzuhaben, der nach einem Jahrtausend des Stillstands ins Land kam. Diese Menschen wollten nicht kämpfen. Sie wurden jedoch von Führern, die im Augenblick der Gefahr als erste die Flucht ergriffen, betrogen und irregeführt. Ihr Mut war der Fanatismus von Wahnsinnigen gewesen. Man hatte sie gegen die Juden aufgehetzt und ihnen Furcht vor einem militanten Zionismus eingejagt, den es nie gab. Die arabischen Führer hatten die Unwissenheit der breiten Massen für ihre eigenen durchsichtigen Zwecke ausgenützt.

Gewiß hatten manche der arabischen Armeen Kampfwert bewiesen. Man hatte ihnen leichte Siege, fette Beute und Frauen versprochen. Sie hatten an eine arabische Einheit geglaubt, die sich jedoch als trügerische Illusion gezeigt hatte. Ihren Führern war aber offenbar die ›Sache‹ doch nicht so groß erschienen, als daß auch sie ihr Blut für sie zu opfern bereit gewesen wären.

An der jüdischen Bereitschaft, für Israel zu sterben, konnte es hingegen niemals Zweifel geben. Am Ende hatten die Juden unter Opfern an Blut und Eigentum das erkämpfen müssen, was ihnen schon vorher rechtmäßig gehört und vom Gewissen der Welt gegeben worden war.

Von nun an sollte die Fahne mit dem Davidstern, der zweitausend Jahre hindurch nicht gezeigt werden konnte, wieder wehen, von Elath bis Metulla, um nie mehr herabgeholt zu werden. Zu den Folgen des Freiheitskrieges gehörte eine der meist diskutierten und strittigsten Fragen des Jahrhunderts: das arabische Flüchtlingsproblem. Mehr als eine halbe Million der in Palästina ansässigen Araber waren in die angrenzenden arabischen Staaten geflohen. Jede sachliche Erörterung der Situation dieser Menschen ging in einem wilden Streit der Meinungen unter, in Anklagen und Diskriminierungen, in Verwirrung und Nationalismus. Die Entstellung des Sachverhalts nahm derartige Formen an, daß die Angelegenheit schließlich zu einem bedrohlichen politischen Zündstoff wurde.

Wieder einmal erging an Barak ben Kanaan die Aufforderung, seine Kräfte in den Dienst seines Landes zu stellen. Die Regierung von Israel forderte ihn auf, eine ausführliche Darstellung dieser anscheinend hoffnungslos verwickelten Situation zu geben. Er untersuchte die Sache mit größter Gründlichkeit, und sein Bericht über das Ergebnis seiner Ermittlungen füllte mehrere hundert Seiten.

Fünftes Buch

MIT FLÜGELN WIE ADLER

*Die auf den Herrn harren, kriegen neue Kraft,
daß sie auffahren mit Flügeln wie Adler, daß sie
laufen und nicht matt werden, daß sie wandeln
und nicht müde werden.*

JESAJA

I

Der gesamte Maschinenpark der Arctic Circle Airways in Nome, Alaska, bestand aus drei ausrangierten Transportmaschinen der US-Army, die Stretch Thompson auf Kredit gekauft hatte.

Stretch war während des Krieges als Soldat in Alaska gewesen. Er galt als ein junger Mann, dessen Fantasie unerschöpflich war, wenn es sich darum handelte, Mittel und Wege zu finden, um sich vor ehrlicher Arbeit zu drücken. Die Nächte in Alaska waren lang, und Stretch Thompson hatte viel Zeit, nachzudenken. Die meiste Zeit dachte er darüber nach, wie man den ungenutzten Reichtum von Alaska ausbeuten könne, ohne zu arbeiten. Je länger die Nächte wurden, desto eifriger dachte Stretch nach. Eines Nachts hatte er es: Krebse.

An der ganzen Küste von Alaska wimmelte es von Königskrebsen, die bisher noch niemand in ihrer Ruhe gestört hatte. Es waren Tiere, die teilweise einen Durchmesser von dreißig bis vierzig Zentimetern erreichten. Es müßte doch mit dem Teufel zugehen, wenn man das amerikanische Publikum mit ein bißchen Unternehmungsgeist nicht dazu bringen konnte, sich nach diesen Krebsen die Finger zu lecken. Innerhalb eines Jahres würde er daraus eine ebenso begehrte Delikatesse machen wie Hummer, Schildkröten oder Muscheln. Man konnte die riesigen Schalentiere, in Eis verpackt, per Flugzeug in die Vereinigten Staaten bringen. Eifrige Einzelhändler würden ihm die Ware aus den Händen reißen. Er würde reich werden, reich und berühmt: Stretch Thompson, der Königskrebsekönig.

Die Sache klappte nicht ganz so, wie Stretch sie sich gedacht hatte. Offenbar war die menschliche Rasse noch nicht genügend entwickelt, um den richtigen Sinn für seine Krebse zu haben. Die Kosten für ein Flugzeug, das Benzin und den Piloten schienen immer etwas mehr auszumachen als das, was er an den Krebsen verdiente. Aber Stretch war kein Mann, der die Flinte ins Korn warf. Mit geschickter Buchführung und kesser Schnauze verstand er es, sich seine Gläubiger vom Halse zu halten. Er war nun einmal Inhaber einer Airline, und er blieb es auch. Irgendwie gelang es ihm, die drei Maschinen der Arctic Circle in Gang zu halten. Jedesmal, wenn ihm das Wasser bis an den Hals stieg, kam irgendeine gutbezahlte Fracht, die ihn über die Runden brachte.

Der einzig dauerhafte Aktivposten in Stretch Thompsons Rechnung war sein erster und gelegentlich einziger Pilot, Foster J. MacWilliams, genannt ›Tex‹ – weil er aus Texas war. Foster J. MacWilliams war, wie Stretch es ausdrückte, »der verdammt beste Chefpilot, den irgendeine verdammte Fluglinie jemals gehabt hatte«. Der Ruf, der Foster J. MacWilliams vorausging, war ungewöhnlich. Niemand in Nome hatte Lust, mit ihm darüber zu wetten, daß er mit einer C-47 im dicksten Schneesturm auf dem schmalen Ende eines Eisberges nicht landen könne, dazu in betrunkenem Zustand. Tatsächlich hatte Stretch mehrmals versucht, genügend Leute zusammenzubekommen, die dagegen hielten, damit sich die Sache auch lohne; aber irgendwie kam immer irgend etwas dazwischen – entweder ließ der Schneesturm nach, oder es gelang Foster nicht, richtig besoffen zu werden.

MacWilliams war ein Vagabund. Und er war ein begeisterter Flieger. Er hatte nichts für zahme Sachen übrig, etwa mit erstklassigen Maschinen nach festem Fahrplan bestimmte Strecken abzufliegen. Viel zu langweilig. Ihm machte es nur Spaß, wenn ein Risiko dabei war, und in diesem Punkt kam er bei der Arctic Circle auf seine Kosten.

Eines Tages kam er in die Bretterbude am Ende der Rollbahn, die gleichzeitig das Büro, die Flugleitung und die Wohnung von Stretch Thompson darstellte.

»Tag, Stretch«, sagte er. »Eine Saukälte heute mal wieder.«

Stretch saß da und machte ein Gesicht wie eine Katze, die eben den Kanarienvogel der Familie gefressen hat. »Hättest du nicht Lust, Foster«, sagte er, »deine Tätigkeit in ein wärmeres Klima zu verlegen und deine gesamte Löhnung auf einmal ausgezahlt zu bekommen?«

»Laß deine unangebrachten Witze.«

»Nein, Tex, ganz im Ernst. Du ahnst es nicht –«

»Was denn?«

»Rate mal.«

Foster zuckte die Schultern. »Du hast den Laden verkauft.«

»So ist es.«

Foster blieb der Mund offenstehen. »Und wem hast du die Klamotten angedreht?«

»Ich habe die Leute nicht nach ihrem Lebenslauf gefragt. Ich stellte fest, ihr Geld war gut – und das genügte mir, sagte das Mädchen.«

»Ich werd' verrückt. Aber das ist prima, Stretch, denn die Sache hier oben wurde mir allmählich sowieso langweilig. Was meinst du denn, wieviel du mir schuldest?«

»Mit der Zulage, die ich dir gebe, ungefähr viertausend.«

Foster J. MacWilliams stieß einen leisen Pfiff aus. »Das reicht für eine Menge Schnaps, genug, um auf der ganzen Reise bis nach Südamerika nicht einmal nüchtern zu werden. Das ist nämlich meine nächste Station, Stretch. Ich will bei einer von diesen südamerikanischen Firmen anheuern. Wie ich höre, bezahlen die einem schweres bares Geld, wenn man Dynamit über die Anden schaukelt.«

»Die Sache hat allerdings einen Haken«, sagte Stretch.

»Hatte ich mir beinahe schon gedacht.«

»Wir müssen die drei Maschinen bei dem neuen Eigentümer abliefern. Ich habe zwei Jungens angeheuert, die die Nummer Eins und die Nummer Zwei hinfliegen – und jetzt finde ich keinen dritten.«

»Du meinst wohl, daß es außer mir niemanden gibt, der idiotisch genug ist, die Nummer Drei zu fliegen. Geht in Ordnung. Und wo soll ich die Kiste abliefern?«

»In Israel.«

»Wo?«

»Israel.«

»Nie gehört.«

»Ich suchte auch gerade auf der Karte danach, als du reinkamst.«

Stretch Thompson und Foster J. MacWilliams suchten kreuz und quer auf der Weltkarte. Als sie es nach einer halben Stunde noch immer nicht gefunden hatten, schüttelte Tex den Kopf und sagte:

»Du, Stretch, mir scheint, da hat dir einer einen Bären aufgebunden.«

Beide begaben sich nach Nome und fragten in den verschiedenen Kneipen, wo dieses Israel wohl sein könnte. Der eine oder andere hatte irgend etwas darüber gehört, aber genaues wußte niemand.

Stretch begann trotz der Kälte allmählich der Schweiß auszubrechen, bis schließlich jemand vorschlug, sie sollten doch mal den Bibliothekar wecken.

682

»Das ist Palästina!« sagte der Bibliothekar wütend.

Sie suchten erneut auf der Karte, und schließlich fanden sie es.

»Teufel auch, Stretch«, sagte Foster und schüttelte bedenklich den Kopf. »Das ist ja kleiner als ein mittlerer Eisberg. Wenn man da nicht verdammt genau aufpaßt, fliegt man glatt darüber weg.«

Drei Wochen später landete Foster J. MacWilliams mit der Maschine Nummer Drei der Arctic Circle Airways auf dem Flugplatz Lydda. Stretch Thompson, der eine Woche früher geflogen war, nahm ihn in Empfang und führte ihn in ein Büro, an dessen Tür ein Schild mit der Aufschrift hing: PALESTINE CENTRAL AIRWAYS, S. S. THOMPSON, GENERAL MANAGER.

»Freu mich riesig, dich zu sehen, alter Junge! Na, und wie war der Flug?«

»Oh, prima. Ja, Alter, wenn du mir jetzt vielleicht meinen rückständigen Lohn auszahlen könntest – ich will mit der nächsten Gelegenheit weiter nach Paris. Ich hab' da eine ganz kesse Sache aufgetan und noch einen Monat Zeit, bevor ich nach Rio gehe.«

»Aber sicher«, sagte Stretch. »Dein Geld liegt hier im Safe bereit.«

Foster MacWilliams machte große Augen, als er die Scheine zählte.

»Mann – vier Tausender und fünf Hunderter!«

»Die fünfhundert habe ich zugelegt, um dir zu zeigen, daß Stretch Thompson kein Knicker ist«, sagte Stretch.

»Bist ein prima Kerl – hab' ich schon immer gesagt.«

»Übrigens, Tex, das ist 'ne interessante Gegend hier. Beinahe jeder, der hier rumläuft, ist ein Jude. Bin jetzt schon seit einer Woche hier, und kann mich noch immer nicht so richtig dran gewöhnen.«

Foster wollte Stretch nicht fragen, wieso er eigentlich hier war – aber dann fragte er ihn doch.

»Sieh dir den Namen an der Tür an, dann weißt du alles. Palestine Central Airways – hab ich mir selber ausgedacht. Siehst du, diese Burschen hier haben nicht allzuviel Ahnung, wie man eine erstklassige Fluglinie organisiert, und deshalb haben sie mich gefragt, ob ich die Sache in die Hand nehmen wollte. Das erste, was ich ihnen gesagt haben – Jungens, sagte ich, wenn ihr einen erstklassigen Flugdienst haben wollt, dann braucht ihr dazu einen erstklassigen Chefpiloten, und ich kann euch den verdammt besten Chefpiloten verschaffen, den irgendeine verdammte Airline jemals –«

»Also, dann bis zum nächstenmal«, sagte Foster und stand rasch auf.

»Wo brennt's denn?«

»Ich bin auf dem Weg nach Paris.«

»Ich habe dir einen geschäftlichen Vorschlag zu machen.«

»Bin nicht interessiert.«

»Tu mir den Gefallen und hör dir die Sache wenigstens an.«

»Also gut, ich höre sie mir an, aber ich steige nicht ein. Ich gehe nach Paris, und wenn ich hinschwimmen müßte.«

»Hör zu. Wie schon gesagt, die Leute hier sind alles Juden. Sie haben die Arctic Circle gekauft, um noch mehr Juden herzubringen. Mann, überall auf der ganzen Welt sitzen welche von denen rum, und alle wollen sie hierher. Wir haben weiter nichts zu tun, als sie einzuladen und ranzubringen. Begreifst du denn das gar nicht? Jede Fuhre bringt gutes Geld – bar auf die Hand. Das ist eine einmalige Chance, mein Junge. Mach mit, und du schwimmst im Geld. Du kennst mich doch, Tex. Du weißt, ich erzähle keine Märchen und – ich bin kein Knicker.«

»Ich weiß, in was ich schwimmen werde. Ich schick' dir mal 'ne Ansichtskarte aus Rio.«

»Okay, Foster – hat mich gefreut, Ihre Bekanntschaft zu machen.«

»Nun sei nicht gleich böse, Stretch.«

»Böse? Wer ist denn böse?«

»War doch nett, die Zeit da oben in Nome.«

»Sicher – war prima. Hab' mir in der Saukälte alles mögliche abgefroren.«

»Dann leg dir 'ne Wärmflasche drauf«, sagte Foster und streckte die Hand aus. Stretch schüttelte sie mißmutig.

»Was hast du eigentlich, Stretch? Du tust, als würde ich dir ein Messer zwischen die Rippen rennen.«

»Ich will ganz aufrichtig sein, Foster. Ich sitze in der Klemme. Wir haben ein brandeiliges Telegramm bekommen, daß ein ganzer Haufen von diesen Juden in einem Ort namens Aden herumsitzt und darauf wartet, abgeholt zu werden. Ich hatte ein paar Piloten angeheuert, aber die haben mich sitzenlassen.«

»Das ist Pech. Aber mich kriegst du nicht rum. Ich gehe nach Paris.«

»Klar«, sagte Stretch. »Fahr nach Paris. Das würde ich an deiner Stelle auch tun. Ich nehm' es dir nicht übel. Diese anderen Piloten bekamen es mit der Angst zu tun, als sie hörten, die Araber könnten unter Umständen auf sie schießen.«

Foster, der schon auf dem Weg zur Tür war, blieb stehen und drehte sich um.

»Du hast recht, Foster«, sagte Stretch, »hat ja keinen Sinn, daß du dir hier einen verplätten läßt. Das ist wirklich 'ne gefährliche Kiste – noch ein bißchen gefährlicher, als mit Dynamit über die Anden zu fliegen.«

Foster J. MacWilliams fuhr sich mit der Zunge über die Lippen. Stretch zog noch ein paar dramatische Register, doch er wußte, daß Foster schon angebissen hatte.

»Also, Stretch, ich will dir mal was sagen. Ich werde diese eine Tour für dich machen, um dir aus der Klemme zu helfen. Aber sieh zu, daß du ein paar Piloten erwischst, bis ich zurück bin. Ich mache nur diese eine Tour. Und wo liegt nun dieses Aden?«

»Keine Ahnung.«

»Dann wollen wir mal auf der Karte nachsehen.«

Als Foster J. MacWilliams, amerikanischer Tramp-Pilot der Palestine Central, vormals Arctic Circle, vom Flugplatz Lydda startete, begab er sich in ein Abenteuer des zwanzigsten Jahrhunderts, das so fantastisch war wie ein Märchen aus Tausendundeiner Nacht. Er flog das Rote Meer hinunter, zum britischen Protektorat Aden am Südende der Arabischen Halbinsel.

Genaugenommen hatte dieses Abenteuer vor dreitausend Jahren in dem alten Königreich Saba begonnen. Zur Zeit der Königin von Saba war der südliche Teil der Arabischen Halbinsel ein reiches Land gewesen. Die Bewohner dieses Landes hatten die Kunst erlernt, Abflußkanäle, Dämme und Zisternen zu bauen, um das Regenwasser aufzufangen, und hatten mit diesem Wasser das Land in einen blühenden Garten verwandelt.

Nach dem Besuch der Königin von Saba bei König Salomon machten sich einige von Salomons Leuten auf den Weg nach Saba, um längs des Roten Meeres eine Handelsstraße durch die Wüste zu eröffnen und in Saba eine Kolonie zu gründen. Diese Juden kamen schon in biblischer Zeit nach Saba, Jahrhunderte vor der Zerstörung des ersten Tempels.

Jahrhundertelang ging es den Juden in Saba sehr gut. Sie wohnten als wohlhabende Kolonisten in eigenen Siedlungen, und sie nahmen regen Anteil am Leben ihrer Umwelt. Sie stellten die obersten Richter und gehörten mit zu den angesehensten Bürgern des Landes.

Doch dann kamen die schrecklichen Jahre. Der Sand der Wüste verschlang langsam und unaufhaltsam die fruchtbaren Böden. Die Wadis trockneten aus, und das Regenwasser verschwand spurlos in der verdorrten Erde. Menschen und Tiere schmachteten unter der erbarmungslosen Sonne, und der Kampf um einen Schluck Wasser wurde gleichbedeutend mit dem Kampf ums Leben. Das blühende Saba und die benachbarten Staaten zerfielen in feindliche Stämme, die sich ständig untereinander befehdeten.

Als der Islam siegreich die Welt überzog, respektierte er zunächst die religiöse und kulturelle Eigenart der Juden. Die Gesetze, die Mohammed erließ und an die alle Moslems gebunden waren, ordneten an, den Juden freundlich zu begegnen.

Doch diese Gleichberechtigung der Juden war nur von kurzer Dauer. Bald sah man in allen islamischen Ländern auf jeden, der kein Moslem war, mit Geringschätzung herab wie auf einen Ungläubigen. Die Araber zollten den Juden, wenn auch widerwillig, einen gewissen Respekt und behandelten sie auch, auf arabische Weise, mit einer gewissen Toleranz. Trotzdem kam es auch hier zu blutigen Ausschreitungen, doch niemals in der Form planmäßigen Massenmords wie in Europa. Es handelte sich mehr um plötzliche Ausbrüche der Gewalttätigkeit. Auch waren die Araber viel zu sehr damit beschäftigt, sich untereinander zu befehden, als daß sie den freundlichen kleinen Juden in dem Teil des Landes, der inzwischen nicht mehr Saba, sondern Jemen hieß, allzuviel Aufmerksamkeit hätten schenken können.

Wie in allen arabischen Ländern waren auch die Juden im Jemen Bürger zweiter Ordnung. Sie unterlagen den üblichen Beschränkungen, man legte ihnen höhere Steuern auf und räumte ihnen geringere Rechte ein als den Moslems. Sie waren Verfolgungen ausgesetzt, wobei die Art und der Grad dieser Verfolgungen in den verschiedenen Gebieten und unter den verschiedenen Herrschern unterschiedlich waren.

Ein Jude durfte in Gegenwart eines Moslems seine Stimme nicht erheben, er durfte kein Haus bauen, das höher war als das Haus eines Moslems, er durfte einen Moslem nicht berühren und

686

auch nicht an seiner rechten Seite vorbeigehen. Ein Jude durfte nicht auf einem Kamel reiten, weil er dabei das Haupt höher getragen hätte als ein Moslem. In einem Land, in dem das Kamel das entscheidende Fortbewegungsmittel war, war das eine sehr spürbare Einschränkung. Die meisten Juden lebten in ›Mellahs‹, der orientalischen Art des Ghettos.

Die Welt veränderte und entwickelte sich. Im Jemen stand die Zeit still. Das Land blieb so primitiv wie der Dschungel, so fern und unerreichbar wie Nepal oder die äußere Mongolei. Es gab im Jemen kein Krankenhaus, keine Schule und keine Zeitung, weder Radio noch Telefon oder Autostraßen. Es war ein Land wüster Einöden und unzugänglicher Hochgebirge. Einsame Ortschaften lagen in mehr als dreitausend Meter Höhe, rings umgeben von völliger Wildnis. Fast alle Bewohner waren Analphabeten. Nicht einmal die Grenzen dieses rückständigen, von Gott und der Welt verlassenen Landes waren genau festgelegt worden.

Regiert wurde Jemen von einem Imam, der ein Verwandter Mohammeds und der Stellvertreter Allahs, des Barmherzigen, war. Der Imam von Jemen war ein absoluter Herrscher. Er hatte die Macht über Leben und Tod aller seiner Untertanen. Er war keinem Kabinett verantwortlich. Er hielt sich an der Macht, indem er geschickt die einzelnen Stämme gegeneinander ausspielte, die beständig miteinander im Streit lagen. Er hatte an seinem Hof Hunderte von Sklaven. Er verabscheute die Zivilisation und tat alles, was in seiner Macht stand, um zu verhindern, daß zivilisatorische Neuerungen Eingang in sein Reich fanden, obwohl er gelegentlich, aus Angst vor seinem mächtigen saudi-arabischen Nachbarn im Norden, dessen Herrscher sich aus Liebhaberei am internationalen Ränkespiel beteiligten, Konzessionen machen mußte.

Die Furcht des Imam vor der Zivilisation hatte ihren Grund teilweise darin, daß die Zivilisation ein begehrliches Auge auf sein Land geworfen hatte. So verlassen dieses Land auch war, so lag es doch an einer Ecke der Welt, die einen Zugang zum Orient durch das Rote Meer darstellte.

Den Juden gegenüber spielte der Imam die Rolle des wohlwollenden Despoten. Solange die Juden unterwürfig und dienstwillig waren, genossen sie einen gewissen Schutz; denn die Juden stellten die besten Handwerker, die es im Jemen gab. Sie waren Silberschmiede, Juweliere, Kürschner, Tischler und Schuhmacher, und sie überlieferten von Generation zu Generation alle möglichen handwerklichen Künste, die die meisten Araber nicht erlernt hatten.

Daß die Juden vom Jemen Juden blieben, war allerdings erstaunlich. Dreitausend Jahre lang lebten diese Menschen ohne jeden Kontakt mit der äußeren Welt. Sie hätten es sehr viel einfacher gehabt, wenn sie Moslems geworden wären. Doch die jemenitischen Juden hielten durch alle Jahrhunderte der Isolierung hindurch an der Thora fest, befolgten die Gesetze und hielten den Sabbat ein. Viele von ihnen verstanden kein Arabisch, doch alle sprachen Hebräisch. Es gab keine Möglichkeit, Bücher zu drucken; alle heiligen Schriften wurden mit der Hand geschrieben und von Generation zu Generation überliefert.

Ihrer äußeren Erscheinung, ihrem Verhalten und ihrer Denkweise nach hätte man die heutigen Juden vom Jemen für Propheten aus biblischen Zeiten halten können. Wie in den Tagen der Bibel betrieben sie noch immer Vielweiberei. Sie glaubten an den bösen Blick, an feindliche Winde und an alle möglichen Dämonen, gegen die sie sich durch das Tragen von Amuletten schützten. Die Bibel befolgten sie buchstabengetreu. Niemals hörten sie auf, mit Sehnsucht ihre Blicke nach Jerusalem zu richten. Jahrhundertelang warteten sie geduldig und ergeben auf das Wort des Herrn, durch das er ihnen befehlen würde, sich aufzumachen und nach Jerusalem zurückzukehren. Von Zeit zu Zeit gelang es kleinen Gruppen oder einzelnen, den Weg aus dem Jemen hinaus nach Palästina zu finden.

Und dann kam eines Tages das erwartete Wort, genau, wie es die Propheten vorausgesagt hatten.

Nach der Unabhängigkeitserklärung des jüdischen Staates erklärte Jemen Israel den Krieg.

Das war für die Juden vom Jemen die Bestätigung, daß die Wiedergeburt Israels Wirklichkeit geworden war. Ihre Rabbis verkündeten ihnen, dies sei Gottes Botschaft; König David sei nach Jerusalem zurückgekehrt! Die lange Zeit des Wartens sei vorbei! Die Chachamim – die Weisen – sagten dem Volk, der Tag des Aufbruchs sei gekommen, um auf Adlersflügeln in das Gelobte Land heimzukehren.

Als die erste Kunde dieses Auszugs der Juden vom Jemen nach Israel drang, war der Freiheitskrieg noch in vollem Gang.

Man wußte wenig darüber, wie groß die Anzahl dieser Jemeniten war, wie man sie aus dem Jemen herausbekommen und was man mit ihnen anfangen sollte.

Im Jemen begab sich der oberste Chacham zum Imam und bat, der Allbarmherzige möge den Juden erlauben, heimzukehren. Dem Imam schien es aus einer Reihe politischer und wirtschaftlicher Gründe besser, die Juden im Lande zu behalten. Daraufhin gab der Chacham dem Imam den guten Rat, sich das Alte Testament vorzunehmen und genau die entsprechenden Kapitel des Buches Exodus zu lesen.

Tagelang saß der Imam mit untergeschlagenen Beinen in seinem Harem und überlegte. Was der Rabbi gesagt hatte, gab ihm zu denken. Sein Herz war schwer bei dem Gedanken an die Zehn Plagen. Erst kürzlich hatte eine Typhusepidemie ein Viertel der Bevölkerung des Landes hinweggerafft. Der Imam hielt sie für eine Warnung Allahs. Er erklärte sich daher damit einverstanden, daß die Juden das Land verließen, allerdings unter der Bedingung, daß das gesamte jüdische Eigentum an ihn überging, daß die Auswanderer eine Kopfsteuer entrichteten und daß mehrere hundert Handwerker und Spezialisten dablieben, die den Moslems ihre Kunst beibringen sollten.

Die Juden vom Jemen verließen Heim und Hof. Sie packten, was sie tragen konnten, in ein Bündel und begaben sich in langen Trecks durch die Wildnis des Gebirges, die Glut der Sonne und die Stürme der Wüste.

Diese freundlichen kleinen Leute mit der olivfarbenen Haut und den feingeschnittenen Gesichtern machten sich auf den Weg zur Grenze des Protektorats Aden. Auf dem Kopf trugen sie einen Turban, und ihre langen gestreiften Gewänder waren von der gleichen Art, wie man sie im Palast des Königs Salomon getragen hatte. Die Frauen waren in schwarze Umhänge mit weißen Rändern gekleidet, und ihre Babys trugen sie in Tüchern auf dem Rücken. So wanderten sie mühsam durch das Land, gehorsam den Worten der Weissagung, eine leichte Beute der Beduinen, die ihnen ihre kümmerliche Habe als Wegzoll abnahmen.

Ziel des Auszugs der Jemeniten war die Hafenstadt Aden. Die Briten wußten zunächst nicht recht, was sie mit diesen Leuten anfangen sollten, die da in Scharen über die Grenze ihres Protektoratgebiets hereingeströmt kamen. Zwar waren sie auf die Juden wegen des Palästina-Mandats noch immer nicht gut zu sprechen, doch diesen Jemeniten gegenüber vermochten sie keinerlei

Haß zu empfinden. Sie erklärten sich bedingt damit einverstanden, daß die Jemeniten ins Land kämen und ein Lager errichteten, vorausgesetzt, daß die Israelis sie in Aden abholten.

Diese Menschen boten einen bejammernswerten Anblick, als sie am Ende ihrer Wanderung angelangt waren. Sie waren zerlumpt, verwahrlost und halbtot vor Hunger und Durst. Was sie mitgenommen hatten, war ihnen von den Arabern gestohlen worden; doch jeder hatte noch seine Bibel bei sich, und jede Dorfgemeinschaft brachte die heilige Thora ihrer Synagoge mit.

In aller Eile wurde in der Nähe von Aden, bei Hashed, ein Lager errichtet. Leute aus Israel patrouillierten an der Grenze zwischen dem Protektorat und Jemen. Sobald die Nachricht von der Ankunft einer weiteren Gruppe eintraf, schickte man eilig Lastwagen an die Grenze, die die Auswanderer nach Hashed brachten. In Hashed fehlte es an Personal und allem anderen. Die Organisatoren waren nicht imstande, mit den Bedürfnissen der herbeiströmenden Massen Schritt zu halten.

Wasserleitung, WC oder elektrisches Licht waren für die Jemeniten unbegreifliche Dinge. Innerhalb von Stunden sahen sich diese Menschen mit dem Fortschritt von fast dreitausend Jahren konfrontiert. Motorisierte Fahrzeuge, westliche Kleidung, Medikamente und tausend andere Dinge waren ihnen fremd und unheimlich.

Die Frauen wehrten sich schreiend, als man versuchte, ihnen die verlausten Lumpen auszuziehen und gegen saubere Kleidung auszutauschen. Sie lehnten es ab, sich untersuchen zu lassen, und protestierten gegen Einspritzungen und Schutzimpfungen. Sie widersetzten sich immer wieder den Pflegern, die versuchten, Kinder, die wegen schwerer Unterernährung dringend behandelt werden mußten, vorübergehend in eine Krankenstation zu bringen.

Glücklicherweise fand man wenigstens eine Teillösung, durch die verhindert wurde, daß die Bemühungen der Ärzte und des Pflegepersonals völlig vergeblich waren. Das Pflegepersonal des Lagers, größtenteils Israelis mit einer sehr genauen Kenntnis der Bibel, lernte es sehr bald, zu den Rabbis der Jemeniten zu gehen und sie auf eine passende Bibelstelle hinzuweisen. Mit diesem Mittel ließ sich beinahe alles erreichen. Wenn es nur in ›dem Buch‹ geschrieben stand, waren die Jemeniten mit allem einverstanden. Das Lager von Hashed wurde größer und größer, und von der Grenze meldete man, daß immer neue Gruppen von Je-

meniten im Anmarsch waren. Die Provisorische Regierung von
Israel mußte die Jemeniten, gemäß der Vereinbarung mit den
Engländern, schleunigst aus Aden abtransportieren. So kam es,
daß aus den Arctic Circle Airways die Palestine Central Airways
wurden, und daß Foster J. MacWilliams, ohne es zu ahnen, eine
jahrtausendealte Prophezeiung in Erfüllung gehen ließ, indem er
mit dem ersten der ›großen Adler‹ aus dem Himmel zur Erde her-
niederschwebte.

Die Ankunft des Flugzeuges löste ungeheure Aufregung aus.
Die Leute der ersten Gruppe nahmen ihre Thora und ihre Wasserflaschen und begaben sich zum Flugplatz. Sie sahen den Adler und nickten sich bedeutungsvoll zu: Gott hatte ihn gesandt,
wie er es versprochen hatte. Doch sie weigerten sich, an Bord zu
gehen. Der Rabbi erinnerte daran, daß Sabbat war. Es entspann
sich eine aufgeregte Diskussion. Der Lagerleiter erklärte, daß
Tausende von Menschen darauf warteten, nach Israel zu kommen, und daß es diesen Menschen gegenüber nicht gerecht
wäre, den Adler auch nur einen Tag lang aufzuhalten. Doch was
immer man geltend machte, nichts konnte die Jemeniten veranlassen, gegen den Sabbat zu verstoßen. Sie saßen eisern unter
den Flügeln des Adlers und waren nicht von der Stelle zu bewegen. Nachdem sie dreitausend Jahre lang gewartet hatten, konnten sie auch diesen einen Tag noch warten.

Foster J. MacWilliams warf einen Blick auf diese sonderbaren
Gestalten, hörte sich das unverständliche Palaver an, bedachte
Stretch Thompson mit einem kurzen, aber kräftigen Fluch, begab
sich in die Stadt und betrank sich sinnlos.

Am nächsten Morgen erwachte er mit einem furchtbaren Ka-
ter, da er griechischen Ouzo, Reiswein und Whisky gemixt hatte.
Er fuhr mit brummendem Schädel zum Flugplatz. Er sah zu, wie
die Jemeniten mit ihren Wasserflaschen und ihrer Thora an Bord
gingen.

»Heiliger Herr Jesus«, war sein Kommentar zu dieser Prozession.

»Herr Flugkapitän«, sagte eine Stimme hinter ihm. Er drehte
sich um und sah sich einem großgewachsenen, gutgebauten
Mädchen gegenüber, die sich ihm als Hanna vorstellte. Sie war
Mitte Zwanzig, trug die im Kibbuz üblichen blauen Shorts und
Sandalen an den Füßen. »Ich fliege mit Ihnen und kümmere
mich um die Passagiere.«

In diesem Augenblick fing die Sache an, für Foster interessant zu werden. Hanna schien nicht zu bemerken, mit welcher Aufmerksamkeit er sie musterte. »Haben Sie irgendwelche besonderen Anweisungen? Es ist schließlich das erstemal, daß wir mit diesen Leuten einen Flug unternehmen.«

»Besondere Anweisungen? Nein. Wenn Sie nur dafür sorgen, daß diese seltsamen Gestalten da nicht nach vorn in die Kanzel kommen. Bei Ihnen ist das natürlich was anderes – Sie sind jederzeit herzlich willkommen. Und bitte, nennen Sie mich einfach Tex.«

Foster beobachtete das Einsteigen der Leute. Die Reihe der Jemeniten schien kein Ende zu nehmen. »He – was ist hier eigentlich los! Was denken Sie denn, wieviel von diesen Leuten in der Maschine Platz haben?«

»Auf der Liste stehen hundertvierzig.«

»Sind Sie wahnsinnig? Damit bekomme ich die Kiste nicht vom Boden hoch. Also, Hanna, laufen Sie hin und sagen sie dem, der dafür zuständig ist, er soll die Hälfte wieder ausladen.«

»Aber diese Leute wiegen doch so wenig«, sagte das Mädchen.

»Erdnüsse wiegen auch wenig. Das bedeutet noch lange nicht, daß ich eine Milliarde Erdnüsse einladen könnte.«

»Bitte – ich verspreche Ihnen, daß sie keinerlei Ärger mit ihnen haben werden.«

»Nein, bestimmt nicht. Am Ende der Rollbahn werden wir nämlich alle miteinander tot sein.«

»Herr Flugkapitän – unsere Situation ist verzweifelt. Die Engländer verlangen von uns, daß wir die Leute aus Aden abtransportieren. Jeden Tag kommen Hunderte von ihnen über die Grenze.«

Foster brummte vor sich hin und studierte die Gewichtstabelle. Die israelischen Helfer, die in seiner Nähe standen, hielten den Atem an, während er rechnete. Er beging den Fehler, den Blick zu heben und Hanna in die Augen zu sehen. Er machte einen neuen Überschlag, schummelte dabei ein bißchen und meinte dann, daß er der alten Kiste mit ein bißchen Glück genügend Dampf machen könne, um sie dazu zu bewegen, sich in die Luft zu heben. Und wenn er erst einmal mit ihr oben war, würde er es schon irgendwie fertigbringen, auch oben zu bleiben. »Von mir aus sollen sie einsteigen«, sagte er. »Das ist sowieso meine erste und letzte Tour.«

Der Lagerleiter überreichte ihm die Liste. Insgesamt einhundertzweiundvierzig Jemeniten befanden sich an Bord. Foster stieg die Leiter hinauf.

Der Gestank, der ihm an der Kabinentür entgegenschlug, ließ ihn zurückfahren.

»Wir hatten nicht Zeit, alle Leute zu baden«, sagte Hanna entschuldigend. »Wir wußten nicht, wann Sie kommen würden.«

Foster steckte den Kopf durch die Tür. Der Passagierraum war vollgestopft mit den kleinen Leuten. Sie saßen voller Angst auf dem Fußboden.

Der Geruch war grauenhaft.

Foster ging hinein, machte die Tür hinter sich zu und riegelte sie ab. In der unbewegten Luft und in der Hitze von mehr als fünfzig Grad begannen sich die Gerüche voll zu entfalten. Foster stieg über Arme und Beine hinweg und bahnte sich mühsam den Weg nach vorn. Er stieß das Fenster der Kanzel auf, um frische Luft zu bekommen. Er brachte die Motoren auf Touren, und während er mit der Maschine langsam an den Anfang der Startbahn rollte, hielt er den Kopf aus dem Fenster und übergab sich. Er mußte noch immer würgen, als er die Startbahn entlangbrauste und die Maschine im letzten Augenblick mit knapper Not vom Boden losbekam. Er lutschte eine Zitrone, während er sich abmühte, Höhe zu gewinnen. Als kühlere Luft hereinkam, beruhigte sich endlich auch sein Magen wieder.

Die Luft war unruhig, und die Maschine rüttelte heftig im Steigflug. Er ›bog um die Ecke‹ über der Straße von Bab el Mandeb und flog dann geradeaus in Richtung des Roten Meeres, Saudi-Arabien auf der einen und Ägypten auf der anderen Seite.

Hanna kam nach vorn in die Kanzel. Auch ihr war übel. »Können Sie es diesem Flugzeug nicht abgewöhnen, solche Sprünge zu machen?« sagte sie. »Da drin übergeben sich alle.«

Foster stellte die Heizung im Passagierraum ab. »Machen Sie die Luftklappen auf. Ich werde versuchen, noch ein bißchen höher zu gehen. Durch die kalte Luft wird den Leuten wieder besser werden.«

Sein Schädel brummte noch immer. Warum hatte er sich bloß von Stretch Thompson überreden lassen!

Nach einer halben Stunde erschien Hanna von neuem. »Jetzt jammern sie alle darüber, daß es so kalt ist – und ich selbst friere auch.«

»Entweder oder – wenn ich die Heizung anstelle, fangen sie wieder an zu kotzen.«

»Dann sollen sie lieber frieren«, sagte Hanna mit matter Stimme und begab sich zu ihren Passagieren zurück.

Wenige Augenblicke später kam sie in die Kanzel gerannt und schrie Foster aufgeregt etwas in hebräischer Sprache zu.

»Reden Sie englisch!«

»Feuer!« rief Hanna und zeigte zur Kabine. »Sie haben ein Feuer angemacht, um sich zu wärmen!«

Foster schaltete die automatische Steuerung ein und war mit einem Satz in der Kabine. In der Mitte brannte auf dem Fußboden ein kleines Feuer. Er stieß die freundlichen kleinen Leute wütend beiseite und trat das Feuer aus. Dann ging er zu Hanna, die mit weichen Knien an der Tür der Kanzel lehnte.

»Können Sie sich mit diesen Leuten da irgendwie verständigen?«

»Ja, auf hebräisch.«

Foster drückte ihr das Mikrofon der Sprechanlage in die Hand. »Machen Sie den Leuten gefälligst klar, daß der nächste, der seinen Platz verlassen sollte, sich auf ein Bad im Roten Meer gefaßt machen kann!«

Die Jemeniten hatten noch nie in ihrem Leben einen Lautsprecher zu Gesicht bekommen. Als sie Hannas Stimme hörten, begannen sie alle nach oben zu zeigen, schrien auf und duckten sich angstvoll.

»Was ist los? Was haben Sie denen denn erzählt?«

»Sie haben noch nie einen Lautsprecher gehört und meinten, es sei die Stimme Gottes.«

»Sehr gut. Lassen Sie sie ruhig dabei.«

Während der nächsten Stunden verlief alles ziemlich reibungslos. Es gab einige kleinere Zwischenfälle, aber es passierte nichts, was eine Gefahr für die Maschine bedeutet hätte. Foster hatte gerade angefangen, sich ein wenig zu entspannen, als er erneut Lärm aus der Kabine hörte. Er machte die Augen zu. »Lieber Gott«, sagte er seufzend, »ich will in Zukunft ein guter Christ sein – nur laß bitte diesen Tag zu Ende gehen.«

Hanna erschien von neuem bei ihm in der Kanzel.

»Ich wage nicht, zu fragen, was jetzt wieder los ist«, sagte Foster.

»Tex«, sagte sie, »Sie sind Patenonkel.«

»Was!«

»Ja, eine der Frauen hat eben einen Sohn geboren.«

»Nein – nein – nein!«

»Sie brauchen sich nicht aufzuregen«, sagte Hanna. »Ein Kind zur Welt zu bringen, ist für diese Menschen nichts Besonderes. Mutter und Sohn sind wohlauf.« Foster schloß die Augen und schluckte. Danach passierte eine Stunde lang nichts. Foster kam das verdächtig vor. Die kleinen Leute gewöhnten sich an das Geräusch der Motoren des ›Adlers‹ und nickten einer nach dem anderen ein, erschöpft von all dem Aufregenden, das sie erlebt hatten. Hanna kam mit einer heißen Fleischbrühe zu Foster, und sie lachten gemeinsam über die Ereignisse dieses Tages. Foster hatte eine Menge Fragen an Hanna zu stellen, über die Jemeniten und über den Krieg.

»Wo sind wir jetzt eigentlich?« fragte Hanna schließlich.

Foster, erster Pilot, zweiter Pilot, Nautiker und Funker in einer Person, sah auf die Karte. »Wir werden sehr bald um die Ecke biegen und dann den Golf von Akaba hinauffliegen. Auf dem Flug nach Aden konnte ich die Stellungen in der Wüste sehen.«

»Hoffentlich ist der Krieg bald zu Ende.«

»Ja, Krieg ist 'ne üble Sache. Sagen Sie mal, wie sind Sie eigentlich zu diesem Job hier gekommen? Ganz gleich, was Ihnen die Leute zahlen, Ihre Arbeit ist das Doppelte wert.«

Hanna lächelte. »Ich werde dafür nicht bezahlt.«

»Sie werden nicht dafür bezahlt?«

»Nein, es ist ein Auftrag, den ich ausführe. Möglicherweise gehe ich mit diesen Leuten hinaus aufs Land, um irgendwo eine Siedlung zu errichten, vielleicht aber fliege ich auf dieser Route auch weiter.«

»Ich verstehe kein Wort.«

»Es ist schwer zu erklären. Und für einen Außenstehenden ist es manchmal auch kaum zu verstehen. Geld bedeutet uns nichts. Aber diese Menschen nach Israel hereinzubekommen, das bedeutet uns alles. Vielleicht kann ich es Ihnen irgendwann einmal noch besser erklären.«

Foster zuckte die Achseln. Lauter solche sonderbare Sachen erlebte er da. Aber schließlich, was ging es ihn an. Ein interessanter Flug, aber eine einzige solche Tour war genug.

Nach einer Weile zeigte er nach unten. »Das da ist Israel«, sagte er.

Hanna griff hastig nach dem Mikrofon.

»He, was haben Sie denn vor?«

»Bitte, Tex, erlauben Sie mir, es den Leuten zu sagen. Sie ha-

695

ben so lange auf diesen Augenblick gewartet – jahrtausende-
lang.«

»Sie werden die Maschine in Stücke schlagen!«

»Ich werde dafür sorgen, daß sie ruhig bleiben – das verspreche ich Ihnen.«

»Also gut – erzählen Sie es den Leuten.«

Er schaltete erneut die automatische Steuerung ein und ging
an die Tür zur Kabine, um sich davon zu überzeugen, daß seine
Passagiere die Maschine nicht in die Luft sprengten.

Hanna machte die Durchsage.

Es erhob sich ein unvorstellbarer Jubel. Die Menschen weinten, sangen, lachten, beteten. Sie umarmten sich und jauchzten
vor Freude.

»Mein Gott«, meinte Foster erstaunt, »so ein Theater haben die
Leute nicht einmal gemacht, als wir die Mannschaft der Technischen Hochschule von Georgia geschlagen haben.«

Eine der Frauen ergriff seine Hand und küßte sie. Er wich zurück und begab sich wieder zu seinen Instrumenten. Auf dem
ganzen Weg bis nach Lydda hörte das Singen und Jubeln in der
Kabine nicht mehr auf. Als die Maschine am Anfang der Rollbahn aufsetzte, übertönten der Freudenlärm und die lauten Gebete das Geräusch der Motoren.

Foster sah zu, wie sie aus der Kabine nach draußen drängten,
wie sie, unten angelangt, auf die Knie fielen und weinend den
Boden Israels küßten.

»Leben Sie wohl, Tex«, sagte Hanna. »Ich finde es schade, daß
Sie wegfahren – aber ich wünsche Ihnen viel Spaß in Paris.«

Foster J. MacWilliams stieg langsam die Treppe hinunter. Er betrachtete das geschäftige Treiben auf dem Flugplatz. Busse und
Krankenwagen standen bereit. Dutzende von Mädchen, in der
gleichen blauen Uniform wie Hanna, mischten sich unter die Jemeniten, beruhigten sie und freuten sich mit ihnen. Foster blieb
unbeweglich am Ende der Treppe stehen, und eine sonderbare
Empfindung, neu und ungewohnt, stieg in ihm auf.

Er sah Stretch Thompson überhaupt nicht, der eilig auf ihn zukam.

»Gratuliere, alter Knabe! Wie hat sie sich denn gemacht?«

»Hm?«

»Ich meine, wie die Kiste geflogen ist?«

»Wie ein Adler.«

Mehrere Beamte der Einwanderungsbehörde drückten Foster die Hand und klopften ihm auf den Rücken.

»Wie haben die Leute sich denn benommen?«

»War es für Sie ein Flug wie jeder andere?«

Foster zog die Schultern hoch. »Klar«, sagte er, »ein Flug wie jeder andere.« Stretch nahm Foster am Arm und ging mit ihm auf das Büro zu. Foster blieb einen Augenblick stehen und sah sich um; Hanna winkte ihm zu, er winkte zurück.

»Ja, Foster«, sagte Stretch, »jetzt kannst du nach Paris. Ich habe meine Leute beisammen, und eine neue Maschine haben wir auch noch bekommen.«

»Also, Stretch, wenn du in Verlegenheit bist – eine Tour würde ich schließlich noch machen. Aber das ist dann die letzte.«

Stretch kratzte sich am Kopf. »Ich weiß nicht – vielleicht könnte ich dich für eine Tour noch mal einsetzen – um die neue Maschine auszuprobieren.« Er hat angebissen, dachte Stretch triumphierend. Jetzt habe ich den Himmelhund an der Leine!

Dieser Flug war der Beginn des Unternehmens ›Fliegender Teppich‹.

Stretch Thompson, der ehemalige Königkrebsekönig, holte ausgekochte amerikanische Piloten heran, die bei der Berliner Luftbrücke mitgeflogen waren. Jeder neue Pilot und jede Crew wurde leidenschaftlich von der Aufgabe ergriffen, die Jemeniten in ihr Gelobtes Land zu bringen.

Oft waren die Maschinen nahe daran, aus den Fugen zu gehen. Doch ungeachtet aller Überbeanspruchung und ungenügenden Wartungen fiel keine der Maschinen jemals aus. Den Piloten des ›Fliegenden Teppichs‹ kam es allmählich so vor, als stünden die Maschinen, solange sie Jemeniten beförderten, unter einer besonderen göttlichen Vorsehung.

Foster J. MacWilliams kam nicht nach Paris. Er flog die Route nach Aden, bis alle Jemeniten von dort abtransportiert waren, und dann machte er bei dem Unternehmen ›Ali Baba‹ weiter, der Luftbrücke zum Abtransport der irakischen Juden aus Bagdad. Foster arbeitete so pausenlos und angestrengt wie kaum ein anderer Pilot in der Geschichte der Luftfahrt. Wenn er mit einer Fuhre von Einwanderern gelandet war, legte er sich gleich auf dem Flugplatz in eine Koje, um ein paar Stunden zu schlafen, während seine Maschine wieder startklar gemacht wurde. Sobald das Bodenpersonal mit der Maschine fertig war, startete er erneut.

Im Lauf der nächsten Jahre brachte Foster Millionen von Flugmeilen hinter sich und annähernd fünfzigtausend Juden nach Israel.

Er erklärte jedesmal, daß dies endgültig der letzte Flug sei – bis er dann Hanna heiratete und sich in Tel Aviv eine Wohnung nahm.

Das Unternehmen ›Fliegender Teppich‹ war nur ein Anfang. Aus Kurdistan kamen Juden, aus dem Irak und der Türkei.

Aus Hadramaut, im östlichen Teil des Protektorats, fand ein versprengter jüdischer Haufen den Weg nach Aden.

Sie kamen in Scharen aus den DP-Lagern in Europa.

Sie kamen aus Frankreich und Italien, aus Jugoslawien und aus der Tschechoslowakei, aus Rumänien und Bulgarien, aus Griechenland und aus Skandinavien.

Überall in Nordafrika kamen sie aus den *Mellahs* von Algerien und Marokko, Ägypten und Tunesien.

In Südafrika machten sich die Angehörigen der wohlhabenden jüdischen Gemeinde, die begeistertsten Zionisten der Welt, auf nach Israel.

Sie kamen aus China und Indien.

Sie kamen aus Australien, aus Kanada und aus England.

Sie kamen aus Argentinien.

Sie kamen durch brennende Wüsten gezogen.

Sie kamen in klapprigen Flugzeugen geflogen.

Sie kamen mit alten Frachtdampfern, wie die Heringe in den Ladeluken zusammengepfercht.

Sie kamen in den Kabinen der Luxusdampfer.

Sie kamen aus vierundsiebzig verschiedenen Ländern.

Aus der Diaspora, aus dem Exil kamen sie, die überall Unerwünschten zu diesem einzigen kleinen Fleck auf der ganzen Welt, wo das Wort Jude kein Schimpfwort war.

II

Immer mächtiger schwoll der Strom der neuen Einwanderer an. Bald war die Bevölkerung von Israel ums Doppelte, ja ums Dreifache angestiegen. Die durch den Krieg geschwächte Wirtschaft des Landes brach unter dieser Belastung fast zusammen.

Viele besaßen kaum mehr als das, was sie auf dem Leibe trugen. Viele waren alt und krank, und viele waren des Lesens und Schreibens unkundig; doch so schwierig die Lage auch war und so sehr sie durch die zusätzliche Last erschwert werden mochte – nicht ein Jude, der an die Tür Israels klopfte, wurde abgewiesen. Überall sprangen Zeltstädte aus dem Boden, und häßliche Dörfer aus verrotteten Wellblechbaracken überzogen bald das ganze Land, von Galiläa bis zur Negev-Wüste. Hunderttausende von Menschen lebten in notdürftigen Behelfsheimen und stellten das Gesundheitswesen, das Erziehungswesen und die Wohlfahrtspflege vor schier unlösbare organisatorische Probleme.

Und doch war die Stimmung überall optimistisch. Sobald die Gedemütigten, die Unterdrückten den Fuß auf den Boden von Israel gesetzt hatten, fanden sie menschliche Würde und Freiheit, wie die meisten von ihnen sie niemals kennengelernt hatten, und diese Anerkennung als gleichberechtigte Wesen beflügelte sie mit einer zielstrebigen Energie, die einzigartig war.

Täglich entstanden neue landwirtschaftliche Siedlungen. Die Einwanderer zogen mit der gleichen Begeisterung hinaus, um die Wildnis und die Wüste in Angriff zu nehmen, mit der einst die ersten Pioniere den Sümpfen zu Leibe gegangen waren.

Kleine und größere Orte, ganze Städte schienen wie Pilze aus dem Boden zu schießen.

Südafrikanische, südamerikanische und kanadische Gelder strömten in die Wirtschaft. Fabriken wurden gebaut. Die Naturwissenschaften, die medizinische und die landwirtschaftliche Forschung wurden gefördert und erreichten bald hohes Niveau.

Tel Aviv entwickelte sich zu einer betriebsamen Metropole mit einer Viertelmillion Einwohnern, und Haifa wurde zu einem der wichtigsten Häfen des Mittelmeeres. In beiden Städten entstand eine Schwerindustrie. Jerusalem, Hauptstadt und kulturelles Zentrum der jungen Nation, dehnte sich bis zu den Hügeln aus.

Chemikalien, Medikamente, Textilien, Schuhe, Kleider, Anzüge – die Liste der Produktion umfaßte an die tausend verschiedene Waren. Autos wurden hergestellt, Busse gebaut, und ein Netz von Straßen überzog das Land.

Wohnraum, Wohnraum, Wohnraum – die Menschen brauchten Wohnungen, und die Umrisse der Neubauten schoben sich unablässig weiter in die Vorstädte hinaus. Das Hämmern und Bohren, das Geräusch der Betonmischmaschinen und der Schweißapparate verstummte in Israel nicht einen Augenblick. Von Metulla bis nach Elath, von Jerusalem bis Tel Aviv, überall herrschte die erregende Atmosphäre eines großen, unablässig arbeitenden Landes. Gleichzeitig aber war das Leben außerordentlich hart. Israel war ein armes und unfruchtbares Land, und jeder einzelne Schritt vorwärts mußte mit Schweiß errungen werden. Die Arbeiter hatten bei geringem Lohn schwerste Arbeit zu leisten. Noch härter waren die Arbeitsbedingungen der Siedler, die draußen in der Wildnis dem dürren Erdreich anbaufähigen Boden abzuringen versuchten. Allen Bürgern wurden hohe Steuern auferlegt, um die erforderlichen Geldmittel für die in Massen hereinströmenden neuen Einwanderer aufzubringen.

Doch die Menschen ließen nicht locker. Sie opferten ihren Schweiß und ihr Blut, und sie schafften es, daß die winzige Nation lebte und wuchs.

Die Maschinen einer nationalen Fluglinie stiegen in den Himmel. Fahrzeuge einer Handelsflotte, die den Davidstern führten, befuhren die Meere.

Das israelische Volk erkämpfte sich seinen Weg mit einer Entschlossenheit, die die Hochachtung der gesamten zivilisierten Welt errang. Und niemand in Israel arbeitete, um es zu seinen eigenen Lebzeiten besser zu haben: Alles geschah im Gedanken an die Zukunft, für die heranwachsende Generation, für die neuen Einwanderer, die ins Land kamen.

Die Negev-Wüste nahm die Hälfte des Gebiets von Israel ein. Sie war größtenteils unbelebte Wildnis und erinnerte teilweise an die Oberfläche des Mondes. Hier war Moses auf der Suche nach dem Gelobten Land gewandert. Sengende Hitze von mehr als fünfzig Grad stand über den endlosen Schieferfeldern, den tiefen Schluchten und Cañons. Auf den steinigen Plateaus wuchs kein Halm. Keine Lebewesen, nicht einmal ein Aasgeier, wagten sich in diese Einsamkeit.

Die Negev-Wüste war eine Herausforderung, und Israel nahm diese Herausforderung an. Die Israelis machten sich auf in die Wüste. Sie lebten in der erbarmungslosen Hitze und errichteten Siedlungen auf dem felsigen Boden. Sie machten es wie Moses: Sie schlugen Wasser aus den Felsen und ließen Leben in der unbelebten Einöde entstehen.

Sie suchten nach Mineralien. Aus dem Toten Meer holten sie Pottasche. In den Kupfergruben König Salomons, die seit Ewigkeiten stillgelegen hatten, wurde wieder das grüne Erz gewonnen. Spuren von Erdöl wurden gefunden und riesige Mengen von Eisenerz entdeckt. Ber Scheba, am nördlichen Eingang zur

Negev-Wüste gelegen, erlebte einen plötzlichen Aufschwung, und fast über Nacht wuchs aus der Wüste eine Industriestadt.

Die größte Hoffnung der Juden richtete sich auf Elath am südlichen Ende der Negev-Wüste und am Rande des Golfs von Akaba. Als israelische Truppen am Ende des Freiheitskrieges hierhergekommen waren, hatte Elath aus zwei Lehmhütten bestanden. Man träumte in Israel davon, aus Elath eines Tages, wenn die Ägypter die Blockade des Golfs von Akaba aufhoben, einen Hafen mit direkter Schiffahrtsverbindung zum Fernen Osten zu machen. Man begann bereits jetzt mit dem Bau.

Hier in der Negev-Wüste tat Colonel Ari ben Kanaan nach der Beendigung des Freiheitskrieges freiwillig Dienst. Sein Auftrag war, jeden Fußbreit dieses Gebietes kennenzulernen, das für Israel von vitaler Bedeutung und rings von drei erbitterten Feinden – Ägypten, Jordanien und Saudi-Arabien – umgeben war.

Ari marschierte mit seinen Soldaten über die mörderischen Schieferfelder und durch die Wadis und führte sie in Gegenden, die noch nie ein menschlicher Fuß betreten hatte. Er unterzog seine Truppe einer Ausbildung von so grausamer Härte, wie sie ihresgleichen nur wenige Armeen der Welt hatten. Alle Offiziersanwärter wurden zu Ari geschickt, der sie den schwersten körperlichen Erprobungen unterzog, die ein Mensch aushalten konnte. Aris stehende Truppe wurde unter dem Namen ›Wüstenwölfe‹ bekannt. Es waren harte Burschen, die die Negev-Wüste haßten, solange sie sich dort befanden und sich nach ihr sehnten, wenn sie fort waren. Zu der Ausbildung der Wüstenwölfe gehörten Fallschirmabsprünge, Eilmärsche, Nahkampf und Pionierdienst. Nur die Zähesten waren den Ansprüchen gewachsen. In der israelischen Armee gab es keine Tapferkeitsauszeichnungen – man setzte voraus, daß ein Soldat so tapfer war wie der andere – doch wer das Abzeichen der Wüstenwölfe trug, der stand in besonderem Ansehen.

Aris Stützpunkt war Elath. Er erlebte, wie es sich zu einer Stadt von kühnen Pionieren entwickelte. Eine Wasserleitung wurde angelegt, in den Kupfergruben lief die Förderung auf vollen Touren und aus Fußpfaden wurden Straßen. Die Juden waren dabei, ihren südlichsten Stützpunkt auszubauen.

Die Leute wunderten sich über das seltsame Wesen von Colonel Ben Kanaan. Er schien nie zu lachen und selten zu lächeln. Es war, als ob irgend etwas an ihm nage, ein Kummer oder eine

Sehnsucht, und als ob dies der Grund war, daß er sich und seinen Leuten diese fast unmenschlichen Strapazen abverlangte. Zwei volle Jahre lang vergrub er sich in der Wüste.

Im Januar 1949, zu Beginn des Unternehmens ›Fliegender Teppich‹, hatte man Kitty Fremont gebeten, nach Aden zu gehen, um dort das Gesundheitswesen für die Kinder im Lager Hashed zu organisieren. Kitty machte ihre Sache großartig. Sie brachte Ordnung in das Chaos. Sie war fest und energisch in ihren Anordnungen, aber sanft und freundlich im Umgang mit den Jugendlichen, die zu Fuß den weiten Weg vom Jemen zurückgelegt hatten. Innerhalb weniger Monate wurde sie einer der wichtigsten Mitarbeiter der Zionistischen Siedlungsgesellschaft. Von Aden aus begab sie sich direkt nach Bagdad, zu dem Unternehmen ›Ali Baba‹, das den doppelten Umfang des Unternehmens ›Fliegender Teppich‹ hatte. Nachdem sie im Auffanglager in Bagdad die Kinder-Fürsorge organisiert hatte, fuhr sie eiligst nach Marokko, wo die Juden zu Zehntausenden aus den *Mellahs* von Casablanca aufbrachen, um nach Israel zu gehen. Sie unternahm eilige Flüge zu DP-Lagern in Europa, um in schwierigen Situationen Abhilfe zu schaffen, und sie fuhr kreuz und quer durch Europa auf der Suche nach Pflegepersonal und allem, was für das Kinder-Gesundheitswesen sonst noch benötigt wurde. Als der Strom der Einwanderer nachzulassen begann, wurde Kitty nach Jerusalem zurückberufen, wo man ihr einen leitenden Posten in der Jugend-Aliyah übertrug.

Sie hatte geholfen, die Kinder und die Jugendlichen nach Israel hereinzubringen. Jetzt machte sie sich an die Aufgabe, diesen jungen Menschen zu helfen, sich als Mitglieder in die israelische Gemeinschaft einzuordnen. Die Lösung des Problems waren Jugenddörfer wie Gan Dafna, doch für all die vielen, die jetzt kamen, gab es zu wenige dieser Dörfer. Bei den Erwachsenen übernahm die israelische Armee diese Aufgabe.

Kitty Fremont sprach inzwischen fließend Hebräisch. Es war für sie nichts Neues mehr, mit Foster J. MacWilliams und einem Transport tuberkulöser Kinder nach Israel zu fliegen oder eine Siedlung an der Grenze zu besuchen, um den Gesundheitszustand der Kinder zu inspizieren.

Und dann mußte Kitty etwas erleben, das sie zugleich froh und traurig machte. Sie traf einige der älteren Mädchen, mit denen sie in Gan Dafna zusammengewesen war, Mädchen, die inzwischen geheiratet hatten und in den verschiedenen Siedlungen lebten. Kitty hatte diese Mädchen im Lager in Zypern und auf der *Exodus* bemuttert; sie waren sozusagen ihre Babys gewesen, und jetzt hatten sie selbst Babys. Kitty hatte beim Ausbau der Jugend-Aliyah und der Ausbildung des Pflegepersonals mitgearbeitet, von den ersten unsicheren Versuchen bis zu dem Punkt, wo alles vorbildlich und reibungslos funktionierte. Und jetzt erkannte Kitty Fremont plötzlich mit schwerem Herzen, daß sie ihre Schuldigkeit getan hatte. Sowohl Karen als auch Israel würden von nun an ohne ihre Hilfe auskommen. Kitty fand, es sei Zeit, ihre Zelte hier abzubrechen.

III

Barak ben Kanaan wurde fünfundachtzig Jahre alt. Er zog sich aus dem öffentlichen Leben zurück und war zufrieden, sich mit der Leitung seiner Farm in Yad El beschäftigen zu können. Das hatte er sich ein halbes Jahrhundert lang gewünscht. Ungeachtet seines hohen Alters war Barak noch immer ein Mann voller Kraft, geistig rege und körperlich durchaus in der Lage, den ganzen Tag über auf den Feldern seiner Farm zu arbeiten. Sein riesiger Bart war inzwischen fast ganz weiß geworden, zeigte aber immer noch Spuren des früheren flammenden Rots, und seine Hand hatte noch immer einen stahlharten Griff. Die Jahre nach der Beendigung des Freiheitskrieges gewährten ihm große Befriedigung. Er hatte endlich Zeit für sich und Sara.

Sein Glück war allerdings durch den Gedanken an Jordana und Ari getrübt, die nicht glücklich waren. Jordana konnte über den Tod von David ben Ami nicht hinwegkommen. Sie war eine Zeitlang in Frankreich herumgereist, und sie war mehrere unüberlegte Verbindungen mit Männern eingegangen, die sich sehr bald als unhaltbar erwiesen hatten. Schließlich war sie nach Jerusalem, der Stadt Davids, zurückgekehrt, und hatte wieder an der Universität zu arbeiten angefangen; doch war in ihr eine innere Leere geblieben. Barak wußte, warum: doch an seinen Sohn konnte er nicht heran.

Kurze Zeit nach seinem fünfundachtzigsten Geburtstag machten sich bei Barak Magenschmerzen bemerkbar. Viele Wochen lang sagte er nichts davon. Er fand es ganz in Ordnung, daß sich in seinem Alter einige Beschwerden einstellten. Den Schmerzen folgte ein quälender Husten, den er trotz aller Anstrengungen vor Sara nicht verheimlichen konnte. Sie bestand darauf, daß er zum Arzt ging, und Barak versprach es ihr schließlich, fand aber immer wieder einen Grund, den Besuch beim Arzt zu verschieben. Eines Tages rief Ben Gurion bei Barak an und fragte ihn, ob er Lust hätte, mit Sara nach Haifa zu kommen, um an der Feier des dritten Jahrestages der Unabhängigkeitserklärung teilzunehmen und bei der Parade auf der Ehrentribüne zu sitzen. Das war eine außerordentliche Ehrung, und Barak sagte zu. Sara benutzte die Gelegenheit der Reise nach Haifa, um Barak das Versprechen abzuverlangen, zum Arzt zu gehen. Fünf Tage vor dem Fest fuhren sie nach Haifa. Barak begab sich in ein Krankenhaus, um sich gründlich untersuchen zu lassen, und er blieb dort bis zum Vorabend des Jahrestages der Unabhängigkeit.

»Nun«, fragte Sara, »was haben die Ärzte gesagt?«

»Schlechte Verdauung und Altersbeschwerden«, sagte Barak lachend. »Sie haben mir irgendwelche Pillen verordnet.«

Sara wollte es genau wissen.

»Nun laß schon, altes Mädchen. Wir sind hier, um den Tag der Unabhängigkeit zu feiern.«

Den ganzen Tag über waren Massen von Menschen nach Haifa geströmt: per Anhalter, im Auto, mit dem Zug und mit dem Flugzeug. Die Stadt wimmelte von Menschen. Den ganzen Tag über erschienen Besucher in Baraks Hotelzimmer, die ihn begrüßten und ihm ihre Hochachtung bezeugen wollten.

Am Abend wurde die Feierlichkeit durch einen Fackelzug der Jugendgruppen eröffnet. Sie marschierten am Rathaus auf dem Karmelberg vorbei, und nach den üblichen Ansprachen wurde auf dem Gipfel des Karmel ein Feuerwerk abgebrannt.

Die ganze Herzlstraße entlang drängten sich Zehntausende von Menschen. Aus Lautsprechern ertönte Musik, und überall tanzten fröhliche Menschen Horra. Auch Barak und Sara reihten sich in den Kreis der Horratänzer ein, und die umstehende Menge spendete begeistert Beifall.

Spät in der Nacht begaben sich Sara und Barak in ihr Hotel, um sich noch ein wenig auszuruhen. Am nächsten Vormittag fuhren die beiden, im offenen Wagen jubelnd von der Menge begrüßt, die Paradestrecke entlang und begaben sich zur Ehrentribüne, wo sie ihre Plätze neben dem Präsidenten einnahmen.

Und dann marschierte das neue Israel vorbei, mit Bannern wie die Stämme aus biblischer Zeit: die Jemeniten, inzwischen stolze Soldaten, und die großgewachsenen kräftigen Männer und Frauen der Sabre-Generation, die Flieger aus Südafrika und Amerika, und die jüdischen Kämpfer, die aus allen Teilen der Welt in die neue Heimat gekommen waren. Die Fallschirmspringer mit ihren roten Baskenmützen kamen vorbei, und die Männer des Grenzschutzes in ihren grünen Uniformen. Tanks rasselten und Flugzeuge dröhnten. Und dann schlug Baraks Herz heftiger, und die jubelnden Zurufe der Menge wurden lauter: Die bärtigen, braungebrannten Wüstenwölfe marschierten vorbei und grüßten den Vater ihres Kommandeurs.

Nach der Parade gab es weitere Ansprachen und festliche Veranstaltungen. Als Barak und Sara zwei Tage später Haifa verließen, um nach Yad El zurückzufahren, tanzten die Menschen noch immer auf den Straßen.

Kaum waren sie zu Hause angelangt, als Barak einen langen, krampfhaften Hustenanfall bekam, so heftig, als hätte er ihn während der Feierlichkeiten mit aller Macht zurückgehalten. Erschöpft sank er in seinen Lehnstuhl, während Sara ihm eine Medizin brachte. »Ich hatte dir doch gleich gesagt, die Aufregung würde zuviel für dich werden«, sagte sie. »Du solltest endlich anfangen, dich deinem Alter entsprechend zu benehmen.«

Barak war mit seinen Gedanken bei den braungebrannten, drahtigen jungen Männern, die an der Tribüne vorbeimarschiert waren.

»Das Heer Israels«, murmelte er.

»Ich werde uns einen Tee machen«, sagte Sara und fuhr ihm zärtlich durchs Haar.

Barak ergriff ihr Handgelenk und zog sie auf seinen Schoß. Sie lehnte den Kopf an seine Schulter und sah dann fragend zu ihm auf. Barak wandte den Blick beiseite.

»Die Feier ist vorbei«, sagte Sara. »Und jetzt erzähle mir bitte, was dir die Ärzte wirklich gesagt haben.«

»Es ist mir nie sonderlich gut gelungen, dich anzuschwindeln«, sagte er.

»Ich werde auch ganz vernünftig sein, das verspreche ich dir.«

»Dann darf ich dir sagen, daß ich bereit bin«, sagte Barak. »Ich glaube, ich habe es schon die ganze Zeit gewußt.«

Sara stieß einen kleinen Schrei aus und biß sich auf die Lippen.

»Es ist wohl besser, wenn du Ari und Jordana Bescheid gibst, daß sie herkommen«, sagte Barak.

»Krebs?«

»Ja.«

»Und – wie lange?«

»Ein paar Monate noch – ein paar wunderbare Monate.«

Es war schwer, sich Barak anders als stark und riesig vorzustellen. Doch in den folgenden Wochen machte sich sein Alter bemerkbar. Er war hager und gebeugt, und sein Gesicht war bleich geworden. Er hatte große Schmerzen auszustehen, doch er verheimlichte sie und weigerte sich standhaft, in ein Krankenhaus gebracht zu werden.

Man hatte sein Bett ans Fenster gerückt, damit er hinaussehen konnte auf die Felder seiner Farm und hinauf zu den Bergen an der libanesischen Grenze. Als Ari nach Hause kam, sah er, wie Barak bekümmert zu der Stelle hinstarrte, wo einst Abu Yesha gestanden hatte.

»Schalom, Aba«, sagte Ari und umarmte seinen Vater. »Ich bin so rasch gekommen, wie ich konnte.«

»Schalom, Ari. Laß dich ansehen, Sohn. Es ist so lange her – über zwei Jahre. Ich hatte gedacht, du würdest vielleicht mit deinen Leuten an der Parade teilnehmen.«

»Die Ägypter hatten bei Nitzana mehrere Überfälle unternommen. Wir mußten Vergeltungsmaßnahmen ergreifen.«

Barak musterte seinen Sohn. Ari war von der Wüstensonne dunkel gebräunt und sah prachtvoll aus, stark wie ein Löwe.

»Die Wüste scheint dir gut zu bekommen«, sagte Barak.

»Was ist das für ein Unsinn, den mir die Ima da erzählt?«

»Denke bitte nicht, du müßtest mich aufheitern, Ari. Ich bin alt genug, um mit Anstand zu sterben.«

Ari schenkte sich einen Cognac ein und zündete sich eine Zigarette an, während ihn Barak weiterhin aufmerksam beobachtete. Die Tränen stiegen dem alten Mann in die Augen.

»Ich bin die letzte Zeit heiter und ruhig gewesen«, sagte er. »Nur der Gedanke an dich und Jordana machte mir zu schaffen. Wenn ich doch nur in dem Bewußtsein sterben könnte, daß ihr glücklich seid.«

Ari nahm einen Schluck von seinem Cognac und sah beiseite. Barak ergriff die Hand seines Sohnes.

»Man sagt mir, du könntest eines Tages Chef des Generalstabs werden, wenn du dich nur entschließen wolltest, aus der Wüste herauszukommen.«

»Es gibt viel zu tun in der Negev-Wüste, Vater. Irgend jemand muß es schließlich machen. Die Ägypter stellen Mörderbanden auf, die über die Grenze herüberschleichen und unsere Siedlungen überfallen.«

»Ja, Ari – aber du bist nicht glücklich.«

»Glücklich? Du kennst mich doch, Vater. Es ist mir nun einmal nicht gegeben, mein Glück offen zu zeigen, wie das die neuen Einwanderer tun.«

»Warum hast du dich zwei Jahre lang von mir und deiner Mutter ferngehalten?«

»Ja, das war falsch, und das tut mir auch leid.«

»Weißt du, Ari, in diesen letzten beiden Jahren habe ich mir zum erstenmal in meinem ganzen Leben den Luxus leisten können, einfach dazusitzen und nachzudenken. Es ist etwas Wunderbares, wenn man die Möglichkeit hat, in Ruhe und Frieden zu meditieren. Und in den letzten Wochen habe ich noch mehr Zeit dazu gehabt. Ich habe über alles nachgedacht. Und ich bin mir klar geworden, daß ich dir und Jordana kein guter Vater gewesen bin.«

»Vater, was redest du denn da. Hör doch auf mit diesen unsinnigen Selbstvorwürfen.«

»Nein, es ist etwas Wahres an dem, was ich sage. Ich sehe jetzt alles so deutlich. Wenn ich daran denke, wie wenig Zeit ich dir und Jordana widmen konnte – und Sara. Glaub mir, Ari, für eine Familie ist das nicht gut.«

»Ich bitte dich, Vater. Kein Sohn hat so viel Liebe und Verständnis erfahren wie ich. Vielleicht sind alle Väter der Meinung, sie hätten mehr tun können.«

Barak schüttelte den Kopf. »Du warst noch ein kleiner Junge, da mußtest du schon ein Mann sein. Mit zwölf Jahren hast du neben mir in den Sümpfen gearbeitet. Du hast mich nicht mehr gebraucht, seit ich dir einen Ochsenziemer in die Hand gab.«

»Ich will nichts mehr davon hören. Unser Leben in diesem Lande ist dem gewidmet, was wir für die Zukunft tun können. So hast du leben müssen, und so lebe ich jetzt. Du hast keinerlei Grund, dir irgendeinen Vorwurf zu machen. Es blieb uns gar nichts anderes übrig, als so zu leben.«

»Das versuche ich mir ja auch zu sagen, Ari. Denn, sage ich mir, was denn sonst? Ein Ghetto? Konzentrationslager? Gaskammern? Das, was wir hier haben, sage ich mir, lohnt jeden Einsatz. Und doch, diese unsere Freiheit – der Preis dafür ist hoch.«

»Kein Preis ist zu hoch für Israel«, sagte Ari.

»Doch, er ist zu hoch – wenn ich Trauer in den Augen meines Sohnes sehe.«

»Es ist nicht deine Schuld, wenn deiner Tochter der Geliebte genommen wurde. Es ist der Preis, den man dafür bezahlt, als Jude geboren zu sein. Aber ist es nicht besser, kämpfend für das Vaterland zu sterben, als so zu sterben, wie dein Vater starb, in einem Ghetto, unter den Händen einer wütenden Meute?«

»Doch die Trauer meines Sohnes ist meine Schuld, Ari.« Barak machte eine kleine Pause und fuhr dann zögernd fort: »Jordana hat sich mit Kitty Fremont sehr angefreundet.«

Ari blinzelte bei der Erwähnung ihres Namens.

»Sie besucht uns jedesmal, wenn sie im Hule-Tal ist. Schade, daß du dich gar nicht mehr um sie gekümmert hast.«

»Vater, ich –«

»Meinst du, ich würde nicht sehen, wie sich diese Frau vor Sehnsucht nach dir verzehrt? Und ist das die Art, wie man als Mann seine Liebe zeigt, indem man sich in der Wüste versteckt? Ja, Ari, laß uns endlich einmal darüber reden. Du bist vor ihr davongelaufen und hast dich versteckt. Gestehe es doch ein. Sage es mir, und sage es auch dir selber.«

Ari stand vom Bettrand auf und ging an das andere Ende des Zimmers.

»Was in dir ist es eigentlich, das es dir unmöglich macht, zu dieser Frau hinzugehen und ihr zu sagen, daß dir vor Sehnsucht nach ihr das Herz bricht.«

Ari fühlte den brennenden Blick seines Vaters im Rücken. Er wandte sich langsam um und schlug die Augen nieder. »Sie hat einmal zu mir gesagt, ich müßte solche Sehnsucht nach ihr haben, daß ich auf den Knien zu ihr krieche.«

»Dann tue es doch! Krieche zu ihr!«

»Das kann ich nicht! Ich weiß gar nicht, wie man das macht! Verstehst du denn nicht, Vater – ich kann doch niemals der Mann sein, den sie sich wünscht.«

»Und das ist der Punkt, wo ich unrecht an dir gehandelt habe, Ari«, sagte Barak und seufzte bekümmert. »Siehst du, ich wäre zu deiner Mutter auf den Knien gekrochen, tausendmal. Ich würde zu ihr kriechen, weil ich ohne sie nicht leben kann. Gott verzeih mir, Ari – ich habe ein Geschlecht von Männern und Frauen gegründet, die so hart sind, daß sie nicht mehr wissen, was es heißt, weinen zu können.«

»Dasselbe hat sie mir auch einmal gesagt«, sagte Ari leise.

»Für euch ist Zärtlichkeit gleichbedeutend mit Schwäche. Ihr haltet Tränen für etwas Unehrenhaftes. Doch das ist ein Irrtum, und in diesem Irrtum befindest du dich auch. Du bist so verblendet, daß du nicht einmal fähig bist, deine Liebe zu zeigen.«

»Wenn ich es nicht kann, dann kann ich es eben nicht«, rief Ari heftig.

»Und mir tut es leid um dich, Ari. Es tut mir leid um dich und um mich.«

Am nächsten Tag trug Ari seinen Vater auf seinen Armen zum Wagen und fuhr mit ihm nach Tel Chaj hinauf, dem Ort, über den Barak mit seinem Bruder Akiba vor mehr als einem halben Jahrhundert vom Libanon her nach Palästina gekommen war. Dort befanden sich die Gräber der Wächter, der ersten bewaffneten Juden, die um die Wende des Jahrhunderts die jüdischen Siedlungen gegen die Beduinen verteidigt hatten. Die Grabsteine der Toten bildeten zwei Reihen, und ein Dutzend weiterer Grabstellen erwartete diejenigen Wächter, die noch am Leben waren. Auch die sterblichen Überreste von Akiba waren hierhergebracht und auf diesem Ehrenhain beigesetzt worden. Der Platz neben Akiba war für Barak reserviert.

Ari trug seinen Vater an den Gräbern vorbei zu einer Stelle, wo ein riesiger steinerner Löwe stand, der in das Tal hinabblickte, Symbol eines Königs, der das Land beschützt. Auf dem Sockel standen die Worte: »ES IST EHRENVOLL, FÜR SEINE HEIMAT STERBEN ZU KÖNNEN.«

Barak sah ins Tal hinunter. Überall lagen Ortschaften, und überall entstanden neue Siedlungen. »Es ist schön, eine Heimat zu haben, für die man sterben kann«, sagte Bark.

Ari trug seinen Vater vom Gipfel wieder hinunter zum Wagen. Zwei Tage später entschlummerte Barak ben Kanaan. Man brachte ihn nach Tel Chaj und bestattete ihn neben Akiba.

IV

Dov Landau, der gegen Ende des Freiheitskrieges in die israelische Armee eingetreten war, nahm am Kampf gegen die ägyptischen Streitkräfte teil. Aufgrund seiner Tapferkeit bei der Erstürmung von Fort Suweidan war er zum Offizier befördert worden. Dann blieb er mehrere Monate lang als einer der Wüstenwölfe Colonel Ben Kanaans in der Negev-Wüste. Ari, der Dov Landaus ungewöhnliche Begabung erkannte, schickte ihn zum Oberkommando, um ihn testen zu lassen. Das Oberkommando schickte Dov auf die Technische Hochschule in Haifa, wo er an Speziallehrgängen teilnehmen konnte, die mit den großen Projekten zur Bewässerung und Erschließung der Negev-Wüste zusammenhingen. Dov zeigte dabei eine außerordentliche Befähigung für wissenschaftliche Arbeit.

Er hatte seine Menschenscheu völlig überwunden. Er war jetzt aufgeschlossen, voller Humor und von tiefem Mitgefühl für das Leiden anderer. Er war ein ausgesprochen gutaussehender junger Mann geworden, noch immer sehr schlank und mit sensiblen Gesichtszügen; er und Karen liebten sich heiß und innig und verbrachten so viel Zeit miteinander wie möglich.

Doch das junge Paar litt unter der ständigen Trennung, der Ungewißheit und der ewigen gespannten Lage. Wie das Land, so befanden auch sie sich in ständigem Aufruhr: Jeder von ihnen hatte seine eigenen schweren Pflichten. Es war die alte Geschichte in Israel, die Geschichte von Ari und Dafna, die Geschichte von David und Jordana. Jedesmal, wenn sie sich sahen, wuchs ihre Sehnsucht und zugleich ihre Enttäuschung. Dov, der Karen geradezu anbetete, wurde zum Stärkeren von ihnen.

Als er fünfundzwanzig Jahre alt wurde, war er Hauptmann im Pionierkorps und galt als eine der verheißungsvollsten Begabungen auf seinem Spezialgebiet. Seine Zeit war dem Studium an der Technischen Hochschule und am Weizmann-Institut in Rechowot gewidmet.

Nach dem Ende des Freiheitskrieges verließ Karen Gan Dafna und trat gleichfalls in die Armee ein. Dort setzte sie ihre Ausbildung als Krankenschwester fort. Sie hatte bei der Arbeit mit Kitty wertvolle Erfahrungen gesammelt und konnte die Grundausbildung daher sehr rasch abschließen. Die Krankenpflege sagte ihr sehr zu, und sie wünschte sich, eines Tages in Kittys Fußstapfen zu treten und sich als Kinderpflegerin zu spezialisieren. Sie arbeitete in einem Krankenhaus im Scharon-Tal. Von hier aus konnte sie per Anhalter nach Jerusalem fahren, um Kitty zu besuchen, wenn sie gerade dort war, und es war auch nicht weit nach Haifa, so daß sie Dov häufig sehen konnte.

Kitty wußte, daß Karen sie nicht mehr brauchte. Ebenso wußte sie, daß auch sie selbst Karen nicht mehr als Lebensinhalt nötig hatte. Sie wagte zu hoffen, daß sie irgendwann und irgendwo ein normales Leben und echtes Glück erwarteten.

Nein, was Karen und sie selbst anging, so hatte Kitty keine Sorge, abzureisen. Doch jetzt bewegte sie eine neue Furcht – die Sorge um die Zukunft Israels.

Die Araber saßen an den Grenzen Israels und warteten nur auf den Tag, an dem sie sich auf die kleine Nation stürzen und sie in der mit großem Trara angekündigten ›Zweiten Runde‹ zerstören könnten. Die arabischen Führer drückten den Massen Schußwaffen an Stelle von Pflugscharen in die Hand. Die wenigen, die die Chancen erkannten, die in der Zusammenarbeit mit Israel lagen, wurden umgebracht. Die Presse und das Radio der arabischen Länder wiederholten die alten Haßgesänge. Das Flüchtlingsproblem wurde vorsätzlich so verschärft, daß es unlösbar wurde. In offener Verletzung des internationalen Rechts sperrten die Ägypter den Suezkanal für israelische Schiffe und für Schiffe anderer Nationen, deren Ladung für Israel bestimmt war.

Der Golf von Akaba wurde blockiert, um die Juden daran zu hindern, Elath als Hafen zu benutzen.

Die Arabische Legion ignorierte unverfroren die beim Waffenstillstand getroffene Vereinbarung, daß die Juden zur Altstadt von Jerusalem freien Zugang haben sollten, um an der heiligsten Stätte der Judenheit, der Klagemauer des Tempels, ihre Gebete verrichten zu können.

Sämtliche arabischen Nationen lehnten es ab, die Existenz des Staates Israel anzuerkennen; sie betonten vielmehr bei jeder Gelegenheit ihre Entschlossenheit, Israel zu vernichten.

Die Araber, hauptsächlich die Ägypter im Gebiet von Gaza, stellten organisierte Banden auf, deren Aufgabe es war, nachts über die Grenze zu gehen, um die Felder der Israelis in Brand zu stecken, Wasserleitungen zu unterbrechen, Verheerung anzurichten und Menschen im Hinterhalt aufzulauern, um sie umzubringen. Für diese Banden verwendete man die drangsalierten, von Demagogen aufgehetzten Palästinaflüchtlinge.

Die Untaten der Banden erreichten schließlich ein solches Ausmaß, daß Israel nichts anderes übrigblieb, als Vergeltungsmaßnahmen zu ergreifen. Die israelische Armee erklärte, daß für jeden ermordeten Juden zehn Araber getötet werden würden. Vergeltung schien leider die einzige Sprache zu sein, die die Araber verstanden.

Eine der Abwehrmaßnahmen, die man in Israel entwickelte, hieß Nahal. Hierbei handelte es sich um die beschleunigte Errichtung wehrhafter Siedlungen an strategisch wichtigen Punkten. Viele Jugendgruppen, junge Männer und junge Frauen, gingen geschlossen zum Heer, um als militärische Einheit die Grundausbildung durchzumachen. Nach Abschluß der Grundausbildung wurden sie an die Grenzen des Landes geschickt, um dort Wehrsiedlungen zu errichten, also mit der doppelten Aufgabe, den Boden zu bearbeiten und die Grenze zu verteidigen. Die Siedlungen dieser jungen Leute, die meist noch keine Zwanzig waren, lagen unmittelbar an der Grenze, nur wenige Meter vom Feind entfernt.

Die Lebensbedingungen waren außerordentlich hart. Der Sold der jungen Farmer-Soldaten betrug dreißig Dollar im Jahr. Vor ihnen lag der Tod, hinter ihnen unfruchtbares Land, das erst urbar gemacht werden mußte. Und doch – ein weiteres Wunder der jungen Nation –: Die Jugend Israels meldete sich freiwillig dazu, ihr Leben in solchen Siedlungen an den Grenzen zu verbringen. Unauffällig und ohne jedes heroische Pathos begaben sie sich auf diesen entsagungsvollen Posten. Sie betrachteten es als ihre selbstverständliche Pflicht, in dieser Gefahr zu leben. Es war ihre Aufgabe. Sie hatten keinerlei Gedanken an irgendeinen persönlichen materiellen Gewinn, sondern dachten ausschließlich an Israel und die Zukunft.

Die härteste dieser Fronten bildete die Grenze im Gebiet von Gaza, diesem schmalen Landstrich, der wie ein Finger in das Gebiet Israels hineinstieß. Das alte Gaza, wo Samson einst die Tore aus den Angeln gehoben hatte, hatte jetzt neue Tore bekommen: die Tore der Lager für Palästinaflüchtlinge. Diese Flüchtlinge saßen untätig herum und lebten von den Spenden der internationalen Organisationen, während sie von den ägyptischen Lagerleitern voll Haß gepumpt wurden. Gaza war der entscheidende Stützpunkt für die Aufstellung und Ausbildung der von den Ägyptern geförderten Fedayin – der Banden, die nachts illegal zu Raub und Mord über die Grenze gingen.

An diese bedrohte Grenze zogen zweiundzwanzig junge Männer und sechzehn Mädchen, um hier, knapp zehn Kilometer vom Zentrum des Feindes entfernt, eine Nahal-Siedlung zu errichten. Sie bekam den Namen Nahal Midbar – Strom in der Wüste.

Eines der sechzehn Mädchen war die Sanitäterin Karen Hansen-Clement.

Dov hatte seine Studien am Weizmann-Institut beendet und wurde in das Hule-Tal versetzt, um dort an einem großen Wasserbauprojekt mitzuarbeiten. Er ließ sich fünf Tage Urlaub geben, um nach Nahal Midbar zu fahren und Karen zu besuchen, bevor er sich bei seiner neuen Dienststelle melden mußte. Sie hatten sich nicht mehr gesehen, seit Karen vor sechs Wochen mit ihrer Gruppe losgezogen war.

Dov brauchte einen ganzen Tag, um diese abgelegene Ecke der Negev-Wüste per Anhalter zu erreichen. Von der Landstraße, die an der Grenze des Gaza-Gebiets entlangführte, zweigte ein Landweg ab, der rund vier Kilometer weit zu der Siedlung führte.

Nahal Midbar bestand größtenteils noch aus Zelten. An Gebäuden gab es bisher nur eine Speisebaracke, einen Geräteschuppen und zwei Wachtürme. Diese wenigen Gebäude standen verloren inmitten einer windigen, unbelebten, ausgedörrten Einsamkeit, die am Ende der Welt zu liegen schien, am Rande des Nichts. Bedrohlich erhob sich der Umriß von Gaza am Horizont. Auf der dem Feind zugewandten Seite der Siedlung zogen sich Schützengräben und Stacheldrahthindernisse entlang.

Ein erstes Stück Land war unter dem Pflug. Dov blieb am Tor stehen. Nahal Midbar machte einen trostlosen Eindruck. Doch dann verwandelte es sich für ihn plötzlich in den herrlichsten Garten der Welt, denn er sah Karen, die von ihrem Lazarettzelt auf ihn zugelaufen kam.

»Dov! Dov!« rief sie, während sie rasch über die nackte braune Erde der Anhöhe lief. Sie warf sich in seine ausgebreiteten Arme; sie hielten sich eng umschlungen, und ihre Herzen klopften vor Erregung und Freude.

Dann nahm Karen ihn an der Hand und führte ihn an die Wasserstelle; er wusch sich das verschwitzte Gesicht und nahm einen tiefen Schluck. Anschließend ging sie mit ihm einen Weg entlang, der über den Hügel zu einer Stelle führte, wo Ruinen aus der Zeit der Nabatäer standen. Diese Stelle war der vorderste Beobachtungsposten, direkt an der Grenze gelegen, und ein beliebter Treffpunkt für Liebespaare.

Karen gab dem Posten durch ein Zeichen zu verstehen, daß sie die Wache übernehmen werde; der Posten verstand und zog ab.

Karen und Dov gingen zu den Mauerresten eines alten Tempels, und dort warteten sie, bis der Posten außer Sicht war. Karen spähte durch den Stacheldraht nach vorn. Alles war ruhig.

Beide lehnten ihre Gewehre gegen die Mauer und umarmten und küßten sich.

»Oh, Dov!« sagte Karen atemlos. »Endlich!«

»Ich bin vor Sehnsucht nach dir fast gestorben!« sagte er.

Sie küßten sich wieder und wieder, spürten die mittäglich brennende Wüstensonne nicht mehr, spürten nur noch die Nähe des anderen. Dov ging mit Karen in eine Ecke des Tempels. Sie setzten sich auf die Erde, und Karen lag in seinen Armen.

Nach einer Weile sagte Dov: »Ich muß dir etwas erzählen – eine großartige Sache.«

»Was denn?«

»Du weißt, daß ich zu diesem Wasserbauprojekt im Hule-Tal abkommandiert bin?«

»Ja, natürlich.«

»Also, gestern mußte ich mich beim Stab melden. Ich soll nur bis zum Ende des Sommers im Hule-Tal bleiben – dann soll ich nach Amerika gehen, um dort mein Studium fortzusetzen! An der Technischen Hochschule von Massachusetts!«

Karen machte große Augen. »Nach Amerika? Um zu studieren?«

»Ja, für zwei Jahre. Ich konnte es kaum erwarten, herzukommen, um es dir zu erzählen.«

Karen faßte sich rasch und zwang sich, zu lächeln. »Wie wunderbar, Dov. Ich bin so stolz auf dich. Dann wirst du also in sechs bis sieben Monaten nach Amerika gehen.«

»Ich habe noch keine feste Zusage gegeben«, sagte er. »Ich wollte es erst mit dir besprechen.«

»Zwei Jahre, das ist ja nicht für immer«, sagte Karen. »Und was meinst du, wie unser Kibbuz hier aussehen wird, wenn du zurückkommst. Wir werden dann zweitausend Dunam Land unterm Pflug haben, und eine Bibliothek, und ein Kinderheim voller Babys.«

»Sachte, sachte«, sagte Dov. »Ich gehe nicht nach Amerika oder sonstwohin ohne dich. Wir heiraten, und du gehst mit. Es wird natürlich nicht ganz einfach werden in Amerika. Man wird mir kein großes Stipendium geben können. Ich werde nebenbei arbeiten müssen, aber du kannst Kurse in Krankenpflege nehmen und auch praktisch arbeiten – wir werden es schon schaffen.«

Karen sagte nichts. Sie sah in die Ferne, wo sich Gaza erhob, und sie sah die Wachttürme und die Schützengräben.

»Ich kann nicht fort von Nahal Midbar«, sagte sie leise. »Wir haben gerade erst angefangen. Die Jungens arbeiten zwanzig Stunden täglich.«

»Karen – du mußt Urlaub nehmen.«

»Nein, Dov, das kann ich nicht. Wenn ich weggehe, wird es für alle anderen hier um so schwerer.«

»Du mußt mitkommen. Ich gehe nicht ohne dich. Verstehst du denn gar nicht, was das bedeutet? Wenn ich in zwei Jahren wieder hierherkomme, dann werde ich ein Fachmann auf dem Gebiet des Wasserbaues sein. Wir werden zusammen in Nahal Midbar wohnen, und ich werde hier in der Nähe an den Bewässerungsprojekten arbeiten. Begreife doch, Karen – ich werde dann für Israel fünfzigmal mehr wert sein als jetzt.«

Karen stand auf. »Für dich ist das richtig. Es ist wichtig, daß du nach Amerika gehst. Ich bin im Augenblick hier wichtiger.«

Dov wurde blaß und ließ die Arme hängen. »Ich dachte, du würdest dich darüber freuen –«

Karen, die mit dem Rücken zu ihm stand, drehte sich um und sah ihn an. »Du weißt genau, daß du nach Amerika mußt, und ebenso genau weißt du, daß ich hierbleiben muß.«

»Nein, verdammt noch mal! Ich kann nicht zwei Jahre lang von dir getrennt sein! Ich halte es nicht einmal mehr aus, zwei Tage ohne dich zu sein.« Er riß sie an sich, bedeckte ihr Gesicht mit seinen Küssen, und sie erwiderte Kuß um Kuß, und beide flüsterten immer wieder: »Ich liebe dich«; ihre Gesichter waren naß vor Schweiß und naß von Tränen, und ihre Hände waren ruhelos und hungrig, und eng umklammert sanken sie auf die Erde.

»Ja!« rief Karen.

»Nein!« Dov sprang auf. Er ballte die Hände zur Faust und zitterte.

»Wir müssen aufhören damit.«

Dann waren beide stumm, und nur das leise Schluchzen von Karen war zu hören. Dov kniete sich zu ihr. »Bitte, weine nicht, Karen«, sagte er.

»Ach, Dov, was sollen wir bloß machen? Es ist, als ob ich gar nicht lebte, wenn du nicht da bist, und jedesmal, wenn wir uns wie jetzt sehen, ist es dasselbe. Wenn du wieder wegfährst, bin ich tagelang krank vor Sehnsucht.«

»Für mich ist es genauso schlimm«, sagte er. »Aber es ist meine Schuld. Wir müssen vorsichtiger sein.«

Er ergriff ihre Hand und half ihr, aufzustehen.

»Sieh mich nicht so an, Karen. Ich werde nie etwas tun, was nicht gut für dich wäre.«

»Ich liebe dich, Dov. Ich schäme mich nicht, daß ich Sehnsucht nach dir habe, und ich habe auch keine Angst davor.«

»Es ist wohl besser, wir gehen jetzt wieder zurück«, sagte er.

Kitty Fremont war in fast ganz Israel herumgefahren und hatte Siedlungen besucht, die mit den denkbar schwierigsten Bedingungen zu kämpfen hatten. Als sie jetzt nach Nahal Midbar fuhr, ahnte sie, was sie zu erwarten hatte. Doch obwohl sie auf das Schlimmste gefaßt gewesen war, sank ihr Herz beim Anblick von Nahal Midbar, dieses Backofens am Rande der Hölle, der von haßerfüllten arabischen Horden bedroht war.

Karen führte Kitty überall herum und zeigte ihr mit spürbarem Stolz, was in drei Monaten hier erreicht worden war. Trotz der hölzernen Hütten und einem kleinen Stück bebauten Landes bot das ganze noch einen bedrückenden Anblick. Was hier entstand, war das Werk junger Männer und junger Frauen, die von früh bis spät über ihre Kräfte arbeiteten und nachts Wache standen. Ihr ganzes Leben war diesem Aufbau gewidmet.

»In ein paar Jahren«, sagte Karen, »werden hier überall Blumen sein und Sträucher und Bäume, wenn wir nur genug Wasser bekommen.«

Sie gingen aus der glühenden Sonne in Karens Lazarettzelt, und beide tranken ein Glas Wasser. Kitty sah durch den Eingang des Zeltes nach draußen. Ihr Blick fiel auf Schützengräben und Stacheldrahtverhaue. Draußen auf den Feldern arbeiteten Männer und Frauen in der Hitze, während andere mit Gewehren in ihrer Nähe standen und Wache hielten. Die eine Hand am Schwert und die andere am Pflug.

Kitty sah zu Karen hinüber. Das Mädchen war so jung und schön. Hier an diesem Ort würde es innerhalb weniger Jahre vorzeitig altern.

»Du willst also wirklich nach Amerika zurück?« sagte Karen.

»Ich habe den Leuten gesagt, ich wollte ein Jahr Urlaub nehmen. Ich habe seit einiger Zeit großes Heimweh. Und jetzt, wo du nicht mehr da bist – möchte ich es mir einfach mal für eine Weile etwas leichter machen. Vielleicht komme ich wieder nach Israel zurück, wer weiß.«

»Und wann willst du fahren?«

»Nach dem Pessach-Fest.«

»So bald schon? Es wird schrecklich sein, Kitty, wenn du nicht mehr bei mir bist.«

»Du bist inzwischen erwachsen, Karen, und hast dein eigenes Leben vor dir.«

»Ich kann es mir ohne dich nicht vorstellen.«

»Oh, wir werden uns schreiben. Wir werden uns immer nahe sein. Und wer weiß, vielleicht wird es für mich auf der ganzen übrigen Welt viel zu langweilig sein, nachdem ich vier Jahre hier in diesem Hexenkessel gelebt habe.«

»Du mußt zurückkommen, Kitty.«

»Das wird die Zeit lehren«, sagte Kitty. »Und was macht Dov? Wie ich höre, ist er mit seiner Ausbildung fertig.«

Karen vermied es, Kitty zu erzählen, daß man Dov vorgeschlagen hatte, nach Amerika zu gehen. Sie wußte, daß sich Kitty auf Dovs Seite stellen würde.

»Er ist am Hule-See. Man plant dort ein großes Projekt zur Senkung des Wasserspiegels, um Neuland zu gewinnen. Er hat einen Auftrag bekommen, daran mitzuarbeiten.«

»Dov ist ein sehr bedeutender junger Mann geworden. Ich habe erstaunliche Dinge über ihn gehört. Wird es ihm möglich sein, zum Pessach-Fest herzukommen?«

»Es sieht nicht danach aus.«

Kitty schnippte mit den Fingern. »Hör mal! Ich habe eine großartige Idee. Jordana hat mich gefragt, ob ich nicht Lust hätte, zu Pessach nach Yad El zu kommen, und ich habe zugesagt. Dov arbeitet ganz in der Nähe. Wie wäre es, wenn auch du nach Yad El kämst?«

»Zum Pessach-Fest sollte ich eigentlich hier sein.«

»Du kannst noch so oft zum Pessach-Fest hier sein. Und diesmal wäre es ein Abschiedsgeschenk für mich.«

Karen lächelte. »Ich werde kommen.«

»Gut. Und jetzt – wie steht es denn mit dir und deinem jungen Mann?«

»Alles in Ordnung – nehme ich an«, meinte Karen. Es klang nicht sehr glücklich.

»Habt ihr Streit miteinander gehabt?«

»Nein. Er würde nie mit mir streiten. Ach, Kitty, er ist ja so schrecklich anständig und korrekt – ich könnte manchmal direkt schreien.«

»Ach, so ist das also«, sagte Kitty. »Du bist die typische erwachsene Frau von achtzehn Jahren.«

»Ich weiß einfach nicht mehr, was ich machen soll. Kitty, ich – ich werde verrückt, wenn ich an ihn denke. Und wenn wir uns endlich einmal sehen, dann bekommt er es jedesmal mit dem Anstand. Man – vielleicht schickt man ihn eines Tages fort. Es kann zwei Jahre dauern, ehe wir heiraten können. Ich glaube, ich halte das einfach nicht mehr aus.«

»Du liebst ihn sehr, nicht wahr?«

»Ich sterbe vor Sehnsucht nach ihm. Ist es sehr schlimm von mir, daß ich so rede?«

»Aber nein, Karen. Jemanden so sehr zu lieben, ist das Schönste, was es auf der Welt gibt.«

»Kitty, ich – ich wünsche mir so sehr, ihm meine Liebe geben zu können. Ist das etwas Unrechtes?«

Etwas Unrechtes? Wer konnte wissen, wieviel Zeit den beiden blieb, sich zu lieben? Dieser haßerfüllte Feind auf der anderen Seite des Stacheldrahtes – würde er den beiden erlauben, zu leben?

»Liebe ihn, Karen«, sagte Kitty. »Gib ihm all die Liebe, die du in dir hast.«

»Oh, Kitty! Aber er hat solche Angst.«

»Dann hilf ihm, seine Angst zu überwinden. Du gehörst zu ihm, und er gehört zu dir.«

Kitty fühlte sich leer und einsam. Sie hatte Karen, ihre Karen, endgültig fortgegeben. Plötzlich spürte sie Karens Hand auf ihrer Schulter.

»Und du, Kitty – kannst du Ari nicht helfen?«

Kitty stockte einen Augenblick das Herz. »Das ist nicht Liebe, wenn nur der eine liebt und der andere nicht«, sagte sie.

Lange saßen beide schweigend. Kitty ging an den Eingang des Zeltes und sah nach draußen. Schwärme von Fliegen schwirrten durch die Luft. Kitty drehte sich plötzlich um und sah Karen an.

»Ich kann nicht fortgehen, ohne dir zu sagen, daß es mich krank macht, dich hier zu wissen.«

»Die Grenzen müssen verteidigt werden. Es ist sehr leicht, zu sagen: sollen es doch die anderen machen.«

»Drei Monate ist diese Siedlung alt, und schon habt ihr einen

Jungen und ein Mädchen auf eurem Friedhof liegen, die von Arabern ermordet wurden.«

»Wir denken anders darüber, Kitty. Zwei haben wir verloren, aber fünfzig sind neu nach Nahal Midbar gekommen, und weitere fünfzig sind gekommen, um fünf Kilometer von hier eine Siedlung zu errichten – weil wir den Anfang gemacht haben. In einem Jahr werden wir ein Kinderheim haben und tausend Dunam Ackerland.«

»Und du wirst in einem Jahr anfangen, alt zu werden. Du wirst täglich achtzehn Stunden arbeiten und die Nächte im Schützengraben verbringen. Und alles, was ihr beide, Dov und du, von dieser ganzen Schufterei haben werdet, wird ein kleines Zimmerchen sein, zweifünfzig mal drei Meter. Nicht einmal die Sachen, die ihr anhabt, werden euch gehören.«

»Du irrst dich, Kitty. Dov und ich werden alles haben, was wir uns wünschen.«

»Einschließlich einer Viertelmillion Araber, die nur darauf versessen sind, euch die Kehle durchzuschneiden.«

»Wir können diesen armen Menschen gegenüber keinen Haß empfinden«, sagte Karen. »Tag für Tag und Monat für Monat sitzen sie da, eingesperrt wie Tiere im Käfig, und müssen zusehen, wie unsere Felder grün werden.«

Kitty ließ sich auf ein Feldbett sinken und vergrub ihr Gesicht in ihren Händen.

»Kitty, hör doch zu –«

»Ich kann nicht.«

»Bitte – hör mich an. Du weißt, daß ich mich schon als kleines Mädchen in Dänemark gefragt habe, was es eigentlich zu bedeuten hat, daß ich als Jüdin zur Welt gekommen bin. Jetzt weiß ich die Antwort auf diese Frage. Gott hat die Juden nicht deshalb auserwählt, weil sie vor der Gefahr davonlaufen. Wir haben sechstausend Jahre lang Verfolgung und Erniedrigung ertragen und sind unserem Glauben treu geblieben. Wir haben jeden überlebt, der versuchte, uns zu vernichten. Begreifst du denn gar nicht, Kitty – dieses kleine Land hier wurde uns bestimmt, weil sich hier die Wege der Welt scheiden und die Wildnis beginnt. Hier an dieser Stelle wünscht Gott sein Volk zu sehen – an den Grenzen, damit es über Seine Gesetze wache, die das Rückgrat der moralischen Existenz des Menschen darstellen. Wo sollten wir sein, wenn nicht hier?«

»Israel steht mit dem Rücken gegen die Wand«, sagte Kitty

heftig. »So hat es immer gestanden, und so wird es immer stehen – und immer werdet ihr von unversöhnlichen Gegnern umgeben sein, die entschlossen sind, euch zu vernichten.«

»Nein, Kitty, nein! Israel ist die Brücke zwischen der Finsternis und dem Licht.«

Und auf einmal begriff Kitty, sah es so deutlich – so wunderbar klar. Das also war die Antwort: Israel, die Brücke zwischen der Finsternis und dem Licht.

V

Einen Abend gibt es, der sich für jeden Juden von allen anderen unterscheidet und von besonderer Bedeutung ist: der Beginn des Pessach-Festes. Das Pessach-Fest wird zur Erinnerung an die Befreiung aus der Knechtschaft in Ägypten begangen. Die damaligen Unterdrücker, die alten Ägypter, wurden zum Symbol für alle Unterdrücker der Juden durch die Jahrtausende.

Der Höhepunkt dieses Festes ist der Seder – die Feier der Befreiung, die am Vorabend des Pessach-Festes begangen wird, um dem Dank für die Freiheit Ausdruck zu geben und um denen Hoffnung zu verleihen, die in der Unfreiheit leben. In der Verbannung und in der Diaspora, vor der Wiedergeburt des Staates Israel, endete diese Feier stets mit den Worten: »Nächstes Jahr in Jerusalem.«

An diesem Abend wird aus der Haggada vorgelesen, einem Buch, das besondere Gebete, Erzählungen und Lieder für das Pessach-Fest enthält, die zum Teil dreitausend Jahre alt sind. Das Oberhaupt der Familie liest die Geschichte vom Auszug der Kinder Israels aus Ägypten.

Die Seder-Feier war immer und überall der Höhepunkt des Jahres. Wochenlang waren die Hausfrauen mit den Vorbereitungen für diesen Abend beschäftigt. Das Haus mußte peinlich gesäubert werden, die Räume wurden geschmückt, und besondere Pessach-Speisen wurden zubereitet.

Überall in Israel war man fieberhaft mit den Vorbereitungen für den Seder beschäftigt. In Yad El, im Haus der Familie Ben Kanaan, sollte der Seder in diesem Jahre in einem verhältnismäßig kleinen Kreis gefeiert werden. Dennoch mußte Sara die rituellen Vorschriften bis auf das i-Tüpfelchen erfüllen. Diese Arbeit war ihr eine Herzenspflicht, die sie sich nicht nehmen ließ. Das Haus wurden innen und außen gescheuert. Am Tage der Feier schmückte sie die Räume mit riesigen Galiläarosen. Der siebenarmige Menora-Leuchter war glänzend geputzt. Alle besonderen Pessach-Speisen standen bereit: verschiedene Kuchen, Plätzchen und Süßigkeiten, und Sara hatte ihr bestes Kleid angelegt.

Sutherland fuhr mit Kitty im Wagen von seinem Haus in Safed nach Yad El.

»Daß Sie Israel verlassen wollen, gefällt mir gar nicht«, brummte Sutherland. »Ich kann es mir einfach nicht vorstellen.«

»Ich habe lange darüber nachgedacht, Bruce. Es ist das beste so. Und jetzt scheint mir der richtige Augenblick dafür zu sein.«

»Meinen Sie wirklich, daß die Einwanderung ihren Höhepunkt überschritten hat?«

»Der erste Ansturm ist jedenfalls vorbei. Es gibt noch viele kleinere jüdische Gruppen, die hierherkommen wollen, aber in Europa festsitzen – wie etwa die Juden in Polen. Für die Juden in Ägypten kann die Lage jederzeit unhaltbar werden. Doch die Hauptsache ist, daß die entsprechenden Organisationen in Israel jetzt soweit sind und so fest auf eigenen Füßen stehen, daß man allen Schwierigkeiten gewachsen ist.«

»Sie meinen die Schwierigkeiten kleineren Ausmaßes«, sagte Sutherland. »Wie steht es mit den großen?«

»Ich verstehe Sie nicht ganz.«

»In den Vereinigten Staaten leben sechs Millionen Juden, und in Rußland vier. Wie steht es damit?«

Kitty dachte eine Weile intensiv nach, ehe sie antwortete. »Bei den paar amerikanischen Juden, die nach Israel gekommen sind, handelt es sich entweder um Idealisten oder um Neurotiker. Ich glaube nicht, daß der Tag jemals kommen wird, an dem amerikanische Juden aus Angst vor Verfolgung nach Israel kommen müßten. Ich möchte diesen Tag jedenfalls nicht erleben. Was Rußland angeht, so gibt es da eine seltsame und ergreifende Geschichte, die verhältnismäßig wenig Menschen kennen.«

»Sie machen mich neugierig«, sagte Sutherland.

»Nun, Sie wissen sicherlich, daß man in Rußland versucht hat, das jüdische Problem aus der Welt zu schaffen, daß man die Alten einfach aussterben ließ und die Jungen, von frühester Kindheit an, ideologisch zu drillen begann. Und Sie wissen natürlich auch, daß der Antisemitismus in Rußland noch immer sehr heftig ist.«

»Ich habe davon gehört.«

»Diese unwahrscheinliche Geschichte, von der ich berichten will, ereignete sich bei den letzten hohen Festtagen, und sie zeigt, daß der Versuch der Sowjets völlig mißlungen ist. Der israelische Gesandte begab sich zu der einzigen Synagoge, die es in Moskau noch gibt. Nach dreißig Jahren des Schweigens erschienen auf den Straßen plötzlich dreißigtausend Juden, die den Abgesandten aus Israel nur einmal sehen und berühren wollten! Ja, ich glaube, daß es eines Tages eine große Einwanderungswelle von Juden aus Rußland geben wird.«

Was Kitty da erzählt hat, berührte Sutherland zutiefst. Er dachte schweigend darüber nach. Ja, so war es: ein Jude hörte niemals auf, Jude zu sein. Und irgend einmal kam der Tag, an dem er sich zu seinem Judentum bekennen mußte. Sutherland dachte dabei an seine geliebte Mutter.

Sie bogen von der Hauptstraße ab und fuhren nach Yad El hinein.

Sara ben Kanaan kam aus dem Haus, um sie zu begrüßen.

»Sind wir die ersten?«

»Dov ist schon da. Aber nun kommt schon – herein, herein.«

Dov kam ihnen entgegen. Er schüttelte Sutherland die Hand und umarmte Kitty herzlich. Sie hielt ihn auf Armeslänge von sich.

»Major Dov Landau, Sie sehen von Mal zu Mal besser aus.«

Dov wurde rot.

Sutherland besah sich Saras Rosen im Wohnzimmer nicht ohne ein Gefühl des Neides.

»Wo sind denn all die andern?« fragte Kitty.

»Jordana ist gestern abend nach Haifa gefahren. Sie sagte, sie werde heute beizeiten zurück sein«, erklärte Sara.

»Karen schrieb mir, daß sie einen Tag vorher von Nahal Midbar fortfahren wollte«, sagte Dov. »Das wäre also gestern gewesen. Da hat sie an sich reichlich Zeit, herzukommen. Aber vielleicht hat sie in Haifa übernachtet.«

»Kein Grund zur Aufregung«, sagte Sutherland. »Sie wird bestimmt rechtzeitig zum Seder hier sein.«

Kitty war enttäuscht, daß Karen noch nicht da war, doch sie

versuchte, es sich nicht anmerken zu lassen. Das Verkehrsproblem war sehr schwierig, besonders an einem Feiertag. »Kann ich Ihnen bei irgend etwas helfen?« fragte sie Sara.

»Ja, indem Sie sich hinsetzen und es sich gemütlich machen. Es sind schon ein Dutzend Anrufe für Sie gekommen. Im ganzen Hule-Tal wissen Ihre Kinder, daß Sie herkommen. Sie sagten, sie wollten auf einen Sprung hereinsehen, um Ihnen guten Tag zu sagen.« Sara entfernte sich eilig wieder in die Küche.

Kitty wandte sich an Dov. »Ich habe viel Gutes über Sie gehört, Dov«, sagte sie.

Dov zog die Schultern hoch.

»Seien Sie nicht unnötig bescheiden. Man hat mir berichtet, daß Sie mit einem großen Projekt zur Regulierung des Jordan beschäftigt sind.«

»Ja, allerdings brauchen wir dazu das Einverständnis der Syrer, aber die werden natürlich nicht einverstanden sein. Dabei wäre der Vorteil für Syrien und Jordanien zehnmal größer als für uns. Trotzdem sind sie dagegen.«

»Und aus welchem Grund?« fragte Sutherland.

»Wir müssen den Lauf des Jordan einige Kilometer weit verändern. Die Araber behaupten, wir täten das aus strategischen Gründen, obwohl wir ihnen angeboten haben, Beobachter zu entsenden. Aber wir schaffen es schon.«

Dov holte tief Luft. Es war ihm deutlich anzumerken, daß er etwas auf dem Herzen hatte, über das er mit Kitty gern gesprochen hätte. Sutherland, dem das nicht entgangen war, begab sich an das andere Ende des Raumes und beschäftigte sich angelegentlich mit den Büchern, die dort standen.«

»Hören Sie, Kitty«, sagte Dov, »ich hätte gern mit Ihnen über Karen gesprochen, bevor sie da ist.«

»Ja, Dov, gern.«

»Sie ist schrecklich eigensinnig.«

»Ich weiß. Ich war vor ein paar Wochen in Nahal Midbar, und wir hatten ein langes Gespräch miteinander.»

»Hat sie Ihnen erzählt, daß ich die Möglichkeit habe, in Amerika zu studieren?«

»Nein, sie hat mir nichts davon erzählt, doch ich wußte es ohnehin schon. Wissen Sie, ich habe so lange in Israel gelebt, daß ich mein eigenes Spionagesystem entwickelt habe.«

»Ich weiß nicht, was ich machen soll. Sie meint, sie könne die Siedlung nicht im Stich lassen. Ich fürchte, sie wird sich weigern, mit mir zu kommen. Ich – ich kann mich einfach nicht für zwei Jahre von ihr trennen.«

»Ich werde sie mir vornehmen«, sagte Kitty lächelnd. »Karens Widerstand wird von Minute zu Minute schwächer. Keine Sorge, Dov – das kommt bestimmt alles in Ordnung.«

Die Haustür wurde aufgerissen, und Jordana stürmte mit ausgebreiteten Armen herein.

»Schalom alle miteinander«, rief sie.

Kitty umarmte sie.

»Ima!« rief Jordana. »Komm her – ich habe eine Überraschung für dich!

Sara kam eben aus der Küche gestürzt, als Ari zur Haustür hereinkam.

»Ari!«

Sara suchte nach ihrem Taschentuch, während ihr vor Freude die Tränen in die Augen stiegen und sie ihren Sohn umarmte.

»Ari! Oh, Jordana, du rothaariger Teufel! Warum hast du mir denn nichts davon gesagt, daß Ari kommt!«

»Weißt du, Mama«, sagte Ari, »wir hatten uns gedacht, daß du vielleicht auch für einen unerwarteten Gast etwas zu essen hast.«

»Ihr Teufel!« sagte Sara, drohte den beiden mit dem Finger und wischte sich mit dem Taschentuch verstohlen über die Augen. »Laß dich ansehen, mein Sohn. Du siehst müde aus, Ari. Du arbeitest zu viel.«

Ari nahm sie lachend in die Arme. Und dann entdeckte er Kitty Fremont.

Im Raum entstand ein unbehagliches Schweigen, während die beiden einander anstarrten. Jordana, die das Zusammentreffen sorgfältig arrangiert hatte, sah von einem zum andern.

Kitty erhob sich langsam. »Schalom, Ari«, sagte sie.

»Schalom«, flüsterte er.

»Macht es euch gemütlich«, sagte Jordana, hakte ihre Mutter unter und ging mit ihr in die Küche.

Dov begrüßte Ari. »Schalom, Brigadier Ben Kanaan«, sagte er.

Kitty beobachtete Dov. Seine Augen leuchteten vor Begeisterung, während er zu Ari, dem Kommandeur der ›Wüstenwölfe‹ aufsah.

»Schalom, Dov. Sie sehen gut aus. Wie ich höre, wollt ihr uns da unten in der Wüste Wasser bringen.«

»Wir werden uns große Mühe geben, Brigadier.«

Sutherland und Ari schüttelten sich die Hände.

»Ich habe Ihren Brief bekommen, Sutherland. Sie sind jederzeit herzlich in Elath willkommen.«

»Ich bin sehr begierig, mir die Negev-Wüste einmal genau anzusehen. Vielleicht können wir schon unser Treffen verabreden.«

»Gern. Und wie macht sich Ihr Garten?«

»Also, ich muß sagen, die Rosen Ihrer Mutter sind die ersten, die ich mit einem gewissen Neid betrachtet habe. Aber hören Sie, alter Junge, Sie dürfen diesmal nicht wieder abfahren, ohne vorher einen Nachmittag bei mir gewesen zu sein.«

»Ich werde versuchen, es mir einzurichten.«

Wieder entstand ein betretenes Schweigen, als Bruce Sutherland den Blick von Ari auf Kitty richtete. Sie stand noch immer da und sah Ari an. Sutherland hakte Dov unter und ging mit ihm auf die Tür zum Nebenzimmer zu. »Also, Major Landau, das müssen Sie mir jetzt mal genau erklären, wie ihr Burschen es eigentlich anfangen wollt, den Hule-See zu senken und das Wasser in den See von Genezareth abzuleiten. Das ist keine Kleinigkeit –«

Ari und Kitty waren allein.

»Sie sehen gut aus«, sagte Kitty schließlich.

»Sie auch.«

Danach verstummten beide wieder.

»Ich – wie geht es eigentlich der kleinen Karen? Kommt sie auch her?«

»Ja, sie kommt. Wir erwarten sie jeden Augenblick.«

»Hätten Sie Lust, einen kleinen Spaziergang zu machen? Es ist schöne frische Luft draußen.«

»Ja, warum nicht?« sagte Kitty.

Sie gingen stumm zum Gartentor hinaus, den Weg am Rande der Felder entlang und durch den Olivenhain, bis sie an den Jordan kamen. Überall roch es nach Frühling. Ari sah Kitty an. Sie war noch schöner, als er sie in Erinnerung gehabt hatte.

»Ich – ich schäme mich wirklich, daß ich noch nie in Elath war«, sagte Kitty. »Der Kommandant von Ber Scheba hat mir mehrfach angeboten, mich hinzufliegen. Ich glaube, ich sollte es mir wirklich einmal ansehen.«

»Der Blick auf das Wasser und die Berge ist sehr schön.«

»Wächst die Stadt?«

»Sie würde sich rascher entwickeln als irgendeine Stadt der Welt, wenn die Blockade nicht wäre und wir Elath als Tor zum Fernen Osten in Betrieb nehmen könnten.«

»Ari«, sagte Kitty ernst, »wie ist die Situation da unten?«

»Wie sie immer gewesen ist – und immer sein wird.«

»Das Unwesen der arabischen Banden nimmt zu, nicht wahr?«

»Diese armen Teufel sind nicht unsere schlimmste Sorge. Aber der Gegner massiert seine Kräfte auf der Halbinsel Sinai, um den gesamten Mittleren Osten zu überrennen. Wir werden gezwungen sein, zuerst zuzuschlagen, wenn wir am Leben bleiben wollen.« Ari machte eine Pause und sagte dann lächelnd: »Wissen Sie, was meine Jungen sagen? Wir sollten über die Grenze gehen, zum Berge Sinai, und Gott die Tafel mit den Zehn Geboten zurückgeben – die ganze Sache hätte uns genug Ärger gemacht.«

Kitty starrte lange in das rauschende Wasser des Stroms. Sie seufzte bekümmert. »Ich bin krank vor Sorge um Karen. Sie ist da an der Grenze von Gaza – in Nahal Midbar.«

»Eine üble Ecke«, brummte Ari. »Aber es sind zähe junge Leute. Sie werden es schaffen.«

Ja, dachte Kitty, das war typisch Ari, diese Antwort.

»Ich höre, Sie wollen nach Amerika zurück.«

Kitty nickte.

»Sie sind eine Berühmtheit geworden.«

»Mehr eine Kuriosität«, sagte Kitty.

»Sie sind sehr bescheiden.«

»Ich bin sicher, daß Israel auch ohne mich gut auskommt.«

»Und warum wollen Sie wieder nach Amerika?«

»Sie haben Dov gesehen – inzwischen Major Dov Landau. Er ist ein sehr erfreulicher junger Mann, und Karen wird bei ihm in guten Händen sein. Warum ich weggehe? Ich weiß nicht – vielleicht möchte ich nur vermeiden, so lange hier zu bleiben, bis man mich nicht mehr haben will. Vielleicht gehöre ich hier immer noch nicht so ganz dazu. Oder vielleicht habe ich Heimweh. Ich könnte alle möglichen Gründe anführen. Jedenfalls möchte ich mal ein Jahr lang Urlaub machen und meine Zeit damit verbringen, nachzudenken – einfach nur nachzudenken.«

»Vielleicht handeln Sie damit sehr weise. Es ist eine gute Sache, unbehindert vom Zwang der täglichen Pflichten nachdenken zu können. Mein Vater konnte sich diesen Luxus erst in seinen beiden letzten Lebensjahren leisten.«

Sie schienen auf einmal beide nicht mehr zu wissen, was sie sagen sollten.

»Es ist wohl besser, wir gehen jetzt wieder zurück«, sagte

Kitty. »Ich möchte gern im Haus sein, wenn Karen kommt. Außerdem wollen mich einige von meinen Kindern besuchen kommen.

»Kitty – einen Augenblick noch.«

»Ja?«

»Ich möchte Ihnen gern sagen, wie froh ich darüber bin, daß Sie sich mit Jordana so angefreundet haben. Sie sind ihr eine große Hilfe gewesen. Ich habe mir wegen der rastlosen Unruhe meiner Schwester oft Sorgen gemacht.«

»Sie ist sehr unglücklich. Niemand kann wirklich ermessen, wie sehr sie David geliebt hat.«

»Wie lange wird es dauern, bis sie darüber hinwegkommt?«

»Ich weiß es nicht, Ari. Aber ich bin nun schon so lange hier, daß ich ein hemmungsloser Optimist geworden bin. Eines Tages wird es auch für Jordana wieder ein neues Glück geben.«

Unausgesprochen stand zwischen ihren Worten die Frage: Gab es eines Tages auch für sie ein neues Glück, für sie und für ihn?

»Gehen wir«, sagte Kitty.

Den ganzen Nachmittag über kamen aus Gan Dafna und einem Dutzend verschiedener Siedlungen im Hule-Tal Kittys ›Kinder‹, um sie zu begrüßen. Und die Leute von Yad El kamen, um Ari zu begrüßen. Im Haus der Familie Ben Kanaan herrschte ein beständiges Kommen und Gehen. Alle erinnerten sich daran, wie sie Kitty zum erstenmal hier erlebt hatten, eine Kitty, die sich fremd und unbehaglich gefühlt hatte. Jetzt unterhielt sie sich mit ihnen in ihrer Sprache, und alle sahen voller Bewunderung zu ihr auf.

Viele ›ihrer‹ Kinder hatten eine weite Reise unternehmen müssen, um ein paar Minuten mit ihr verbringen zu können. Manche hatten inzwischen geheiratet und konnten ihr den Mann oder die Frau vorstellen. Fast alle von ihnen trugen die Uniform der israelischen Armee.

Je weiter der Nachmittag vorrückte, desto nervöser wurde Kitty, weil Karen noch immer nicht gekommen war. Dov ging wiederholt auf die Hauptstraße hinaus, um nach ihr Ausschau zu halten.

Am späten Nachmittag hatten sich alle Besucher verabschiedet und waren nach Hause gegangen, um den Seder mit ihrer Familie zu feiern.

»Wo, zum Teufel, bleibt eigentlich dieses Mädchen?« sagte

Kitty schließlich, indem sie ihre tiefe Sorge mit vermeintlichem Ärger tarnte.

»Wahrscheinlich ist sie ganz in der Nähe«, sagte Dov.

»Sie hätte wenigstens anrufen und Bescheid sagen können, daß sie später kommt. Diese Gedankenlosigkeit sieht Karen so gar nicht ähnlich«, sagte Kitty.

»Hören Sie mal, Kitty«, sagte Sutherland. »Sie wissen doch, daß es heute einen Parlamentsbeschluß erfordern würde, um mit einem Ferngespräch durchzukommen.«

»Ich werde mal zur Zentrale gehen und ein eiliges Dienstgespräch nach Nahal Midbar anmelden«, sagte Ari, der sah, wie besorgt Kitty war. »Vielleicht weiß man dort, wo sie unterwegs Station machen wollte, und wir können sie irgendwo abholen.«

»Ich wäre Ihnen sehr dankbar«, sagte Kitty.

Kurze Zeit, nachdem Ari gegangen war, kam Sara herein und gab bekannt, daß die Seder-Tafel fertig sei und besichtigt werden könne. Jetzt war für sie nach wochenlanger Arbeit der Augenblick des Triumphes gekommen. Sie öffnete die Tür zum Speisezimmer, und die Gäste traten vorsichtig auf Zehenspitzen unter vielen »Ohs« und »Ahs« näher.

Auf der Tafel schimmerten die besten Silberbestecke und die schönsten Teller, die nur einmal im Jahr benutzt wurden. In der Mitte standen die silbernen Leuchter, und daneben ein großer, kostbar verzierter Silberpokal, der ›Becher des Elias‹. Er stand dort, mit Wein gefüllt, als Willkommenstrunk für den Propheten. Wenn der Prophet kam und aus dem Becher trank, so bedeutete es, daß die Ankunft des Messias nahe bevorstand.

An jedem Platz standen silberne Becher, die viermal während der Feier mit einem besonders schweren und köstlichen Wein gefüllt wurden. Diesen Wein, ein Symbol der Freude, trank man, während der Erzähler von den zehn Plagen berichtete, die Gott über Pharao verhängt hatte, und während man das Lied der Miriam sang, das erzählte, wie sich das Rote Meer über dem Heer des Pharao geschlossen hatte.

In der Mitte der Tafel und in der Nähe der Leuchter stand auch die goldene Seder-Schüssel mit den symbolischen Speisen: Matzen, das ungesäuerte Brot, zur Erinnerung daran, wie die Kinder Israels Ägypten so schnell verlassen mußten, daß keine Zeit blieb, um das Brot zu säuern, ein Ei als Symbol des freiwilligen Opfers, Kresse als Symbol des Frühlings und ein Lammschenkel zur Erinnerung an die Opfer, die Gott im Großen Tempel darge-

bracht wurden. Da gab es auch noch ein Gemisch aus kleinge-
schnittenen Nüssen und Äpfeln, zur Erinnerung an den Mörtel,
den die Juden als Sklaven der Ägypter zum Bau von Häusern
mischen mußten, und Maror, bittere Kräuter als Symbol der Bitterkeit des ägyptischen Jochs.

Als man alles bewundert hatte, scheuchte Sara sie wieder hinaus, und sie begaben sich in das Wohnzimmer zurück. Jordana
war die erste, die Ari sah. Er lehnte bleich und mit erloschenem
Blick in der Tür. Er versuchte zu sprechen, doch er brachte kein
Wort heraus, und plötzlich wußten sie es alle.

»Karen!« rief Kitty. »Wo ist Karen?«

Ari ließ den Kopf sinken. »Sie ist tot. Sie wurde gestern nacht
von einer Fedayin-Bande ermordet.«

Kitty schrie auf und sank zu Boden.

Als sie die Augen wieder aufschlug, sah sie Sutherland und
Jordana, die bleich und vor Kummer wie betäubt bei ihr knieten.

Kitty richtete sich langsam auf und erhob sich mühsam.

»Legen Sie sich wieder hin, bitte«, sagte Sutherland.

»Nein«, sagte Kitty, »nein.« Sie machte sich von Sutherland
los. »Ich muß zu Dov. Ich muß zu ihm.«

Mit unsicher schwankenden Schritten ging sie hinaus und
fand Dov, der im Zimmer nebenan in einer Ecke hockte. Sie
stürzte zu ihm und nahm ihn in die Arme.

»Dov, mein armer Dov«, sagte sie weinend.

Dov vergrub sein Haupt an ihrer Brust und schluchzte verzweifelt. Kitty wiegte ihn in ihren Armen, und sie weinten miteinander, bis sich die Dunkelheit über das Haus der Familie Ben
Kanaan senkte und keiner mehr Tränen hatte.

»Ich bleibe bei dir, Dov«, sagte Kitty. »Ich bin für dich da. Wir
werden es schon schaffen, Dov.«

Dov erhob sich unsicher. »Es wird mich nicht umschmeißen,
Kitty«, sagte er. »Ich mache weiter. Sie soll stolz auf mich sein.«

»Dov, ich bitte dich – werde jetzt bitte nicht wieder so, wie du
es früher warst.«

»Nein«, sagte er. »Ich habe darüber nachgedacht. Ich kann
diesen Menschen gegenüber keinen Haß empfinden, weil Karen es nicht konnte. Sie war nicht imstande, irgendeinem Lebewesen gegenüber Haß zu empfinden. Wir – hat sie einmal gesagt –, wir könnten unser Ziel nie erreichen, wenn wir die anderen haßten.«

Sara ben Kanaan erschien in der Tür. »Ich weiß, wie schwer uns allen ums Herz ist«, sagte sie. »Aber wir wollen deshalb doch mit dem Seder beginnen.«

Kitty sah Dov an, und Dov nickte.

Schweigend, in Trauer, begaben sie sich zum Eßzimmer. Vor der Tür nahm Jordana Kitty beiseite.

»Ari sitzt allein draußen in der Scheune«, sagte sie. »Willst du nicht zu ihm gehen?«

Kitty ging nach draußen. Sie sah, wie aus den Fenstern der Häuser der Lichtschein fiel. Überall hatte die Seder-Feier begonnen. In diesem Augenblick erzählten ringsum die Väter ihren Familien die jahrtausendealte Geschichte vom Auszug der Kinder Israels, wie sie seit jeher von den Oberhäuptern der Familie erzählt worden war, und wie sie auch in alle Zukunft erzählt werden würde.

Es begann zu nieseln, und Kitty ging rascher auf den flackernden Lichtschein zu, der aus der Scheune fiel. Ari saß, mit dem Rücken zu ihr, auf einem Heubündel. Sie ging zu ihm hin und legte ihm die Hand von hinten auf die Schulter.

»Ari, wir wollen mit dem Seder anfangen.«

Er wandte den Kopf, hob den Blick, und Kitty wich einen Schritt zurück, so sehr erschrak sie, als sie Aris Gesicht sah, in dem sich eine Qual spiegelte, wie sie sie noch nie bei einem Menschen gesehen hatte. Ari sah sie an, doch er schien sie kaum zu erkennen. Er wandte sich wieder ab, verbarg das Gesicht in den Händen und ließ die Schultern sinken.

»Ari – es ist Zeit für den Seder.«

»Mein Leben lang – mein ganzes Leben lang – habe ich mit ansehen müssen, wie man sie umgebracht hat, die ich liebe – einen nach dem andern – alle.«

Die Worte kamen aus der abgründigen Tiefe einer grenzenlosen Verzweiflung. Kitty war erschüttert und erschreckt. Dieser Mann, der von tiefer Qual geschüttelt wurde, war ihr unbekannt.

»Ich bin mit ihnen gestorben. Tausend Tode bin ich gestorben. Und jetzt bin ich innerlich leer – und allein.«

»Ari – Ari –«

»Warum müssen wir halbe Kinder dazu verurteilen, an solchen Orten zu leben? Ich verstehe nichts mehr! – Dieses wunderbare Mädchen – dieser Engel – warum – warum mußte auch sie umgebracht werden?«

Ari erhob sich mühsam und unsicher. Alle Energie, alle Kraft und Selbstbeherrschung hatten ihn verlassen. Dieser Mann, das war nicht Ari ben Kanaan, das war ein müdes, zerschlagenes Wrack.

»Warum müssen wir kämpfen um das Recht zu leben – immer wieder, jeden Tag von neuem?«

Die Jahre der Spannung, die Jahre des Kampfes und des herzzerbrechenden Kummers schlugen wie eine Flut über ihm zusammen. Ari hob das schmerzerfüllte Gesicht zum Himmel auf und ballte die Hände zur Faust. »Warum, o Gott, warum läßt man uns nicht in Ruhe! Warum lassen uns die Menschen nicht leben!« Er ließ den Kopf auf die Brust sinken, stand da mit hängenden Schultern und zitterte.

»O Ari«, rief Kitty weinend. »Ari! Was habe ich dir angetan! Wie war es nur möglich, daß ich so gar nicht begriff! Ari, Liebster – was mußt du gelitten haben. Kannst du mir jemals verzeihen, daß ich dir so weh getan habe.«

»Ich bin nicht richtig bei mir«, sagte Ari mit schwacher Stimme. »Bitte sag den andern nichts von dem, was du hier gesehen hast.«

»Nein«, sagte Kitty. »Aber wir müssen jetzt ins Haus. Sie warten auf uns.«

»Kitty!«

Sehr langsam kam er auf sie zu, bis er vor ihr stand und in ihre Augen sah. Langsam sank er auf seine Knie, schlang die Arme um sie und drückte seinen Kopf an ihren Schoß.

Ari ben Kanaan weinte.

Es hörte sich seltsam und erschreckend an. Er schüttete seine ganze Seele aus, er weinte für all die vielen Male in seinem Leben, da er es sich nicht gestattet hatte, zu weinen.

Kitty drückte seinen Kopf an sich, strich ihm durch das Haar und flüsterte ihm tröstend zu.

»Geh nicht fort von mir«, sagte Ari weinend.

Wie hatte sie sich danach gesehnt, solche Worte von ihm zu hören! Ja, dachte sie, ich werde bei dir bleiben, heute nacht und ein paar Tage lang, denn jetzt brauchst du mich, Ari. Doch selbst in diesem Augenblick, wo du zum erstenmal in deinem Leben zu weinen wagst, schämst du dich deiner Tränen. Du brauchst mich jetzt, in diesem Augenblick; doch morgen – morgen wirst du wieder Ari ben Kanaan sein. Du wirst wieder ganz der starke, trotzige Ari ben Kanaan sein, der sein Herz gegen die Tragik verhärtet. Und dann – dann wirst du mich nicht mehr nötig haben.

Sie half ihm aufstehen und trocknete seine Tränen. Er konnte sich kaum auf den Füßen halten. Kitty legte seinen Arm über ihre Schultern und stützte ihn. So gingen sie langsam aus der Scheune hinaus. Durch das Fenster konnten sie sehen, wie Sara die Kerze der Menora ansteckte. Ari blieb stehen, ließ sie los, richtete sich auf und stand aufrecht, groß und stark. Schon jetzt war er wieder Ari ben Kanaan.

»Ehe wir hineingehen, Kitty, muß ich dir etwas sagen. Ich muß dir sagen, daß ich Dafna nie so geliebt habe, wie ich dich liebe. Du weißt, was für ein Leben du an meiner Seite zu erwarten hast?«

»Ja, Ari, ich weiß es.«

»Ich bin nicht wie andere Männer. Vielleicht dauert es Jahre – oder auch noch länger –, bis es mir einmal möglich ist, zu sagen, daß mein Verlangen nach dir zuerst kommt, vor allem anderen – vor den Bedürfnissen dieses Landes. Wird es dir möglich sein, das zu verstehen?«

»Ja, Ari, ich werde es verstehen, immer.«

Alle betraten das Speisezimmer. Die Männer setzten kleine Kappen auf.

Dov und Jordana, Ari und Kitty, Sutherland und Sara. Ihre Herzen waren schwer von Kummer. Als Ari an das Kopfende der Tafel ging, um den Platz von Barak einzunehmen, berührte Sutherland seinen Arm.

»Falls Sie nichts dagegen haben«, sagte Sutherland. »Ich bin hier der Älteste – erlauben Sie, daß ich den Seder lese?«

»Es ist uns eine Ehre«, sagte Ari.

Sutherland ging an das Kopfende der Tafel, an den Platz des Oberhauptes der Familie. Alle setzten sich, und jeder öffnete sein Exemplar der Haggada. Er begann mit den vorgeschriebenen Segenssprüchen. Dann nickte Sutherland Dov Landau als dem Jüngsten der bei Tisch Versammelten zu, und Dov räusperte sich und las: »*Warum ist dieser Abend anders als alle anderen Abende des Jahres?*«

»*Der heutige Abend ist anders als alle anderen, weil wir heute den wichtigsten Augenblick in der Geschichte unseres Volkes feiern. An diesem heutigen Abend feiern wir den Auszug der Kinder Israels aus Ägypten, ihren Aufbruch aus der Sklaverei in die Freiheit.*«

ERLÄUTERUNGEN ZU DEN BEGRIFFEN, DIE IM TEXT NICHT NÄHER ERKLÄRT WERDEN

Aba *stammt aus dem Aramäischen und bedeutet Vater.*

Bauleute *eine Gruppe polnischer sozialistischer Zionisten, genannt ›Habonim‹.*

Chag sameach *hebr. ›Frohes Fest‹. Ein Wunschausspruch, den die Leute in Israel vor und während eines Festes gebrauchen.*

Chanukka *hebr. Einweihung, Lichtfest, Tempelweihfest. Beginnt am 25. Kislew (Nov.-Dez.) und dauert 8 Tage. Es feiert die Neuweihe des zur Zeit der Syrischen Religionsverfolgung durch die Heiden entweihten Tempels in Jerusalem und damit die großen Siege der Makkabäer, die in ihrem Enderfolg zur religiösen Freiheit und nationalen Selbständigkeit des jüdischen Volkes führten. Am 25. Kislew hatten die Heiden den Tempel zuerst entweiht, und am 25. Kislew wurde das Heiligtum drei Jahre später (165 v. Chr.) wieder neu geweiht.*

Diaspora *hebr. Galut, wörtlich die Wegführung ins Exil, dann die ›Weggeführten‹ selbst. Diaspora = Zerstreuung ist ein Begriff, der in der Bibel bei Jeremias vorkommt. ›Die Zerstreuten Judas‹, auch ›Die Verstoßenen Israels‹, auch allgemein: unter Andersgläubigen verstreut lebende Glaubensgenossen.*

Dunam *Das palästinensische Bodenmaß. 1 Dunam = 1600 Quadratpic = 919 qm = $^1/_{11}$ h = 0,23 acre.*

Ima *stammt aus dem Aramäischen und bedeutet Mutter.*

Har-Ha-Karmel *Garten, Gartenland, da das Gebirge infolge Taufalls immer grün ist. Das Gebirge am Meeresufer Palästinas südlich Haifas beginnend und nach Südosten verlaufend. Die höchste Spitze ist 552 m. – Berühmt ist Karmel durch die Geschichte Elias' geworden*

(1 Könige, Kap. 18), dessen Versteck noch heute ge-
zeigt wird. Heute elegantes Wohnviertel in Haifa.

Horra *vom griech. choros = Reigen. Ursprünglich rumäni-*
scher Reigentanz oder die zum Tanz gesungenen
Reimverse. Heute jüdischer, israelischer National-
tanz.

Ijar *Ursprünglich der 2. Monat des jüdischen Jahres, fällt*
in die Monate April oder Mai. Die Bezeichnung Ijar,
die sich auch in den anderen semitischen Sprachen
findet, wurde, ebenso wie die übrigen Monatsna-
men, von den Juden erst im Babylonischen Exil ange-
nommen. Der Monat Ijar, der im Zeichen (Sternbild)
des Stieres steht, hat stets 29 Tage.

Kabbalisten *vom Wort Kabbala (Überlieferung). Kabbala ist Ge-*
heime Tradition, woraus in übertragener Bedeutung
die Bezeichnung der jüdischen Geheimlehre selbst als
Kabbala entsprang. Das Wort Kabbala tritt in seiner
spezifischen Bedeutung nachweislich zuerst bei Ga-
briol, allgemein aber erst nach dem 14. Jh. auf. Über
den Ursprung der Kabbala wurden extreme An-
schauungen nach entgegengesetzter Richtung, ei-
nerseits von den Kabbalisten, andererseits von sol-
chen Theologen vertreten, die das mystische Element
als dem Judentum fremd ansehen. Erstere halten die
Kabbala für einen Hauptbestandteil der mündlichen
Lehre, ja für die eigentliche mündliche Lehre, verle-
gen sie aber auch noch vor die Offenbarung am Sinai
bis in die Urzeit des Menschengeschlechts zurück.

Mellah *Bis zu Beginn des 20. Jh.s lebten die Juden in Casa-*
blanca in einem besonderen jüdischen Viertel (Mel-
lah), nordöstlich von Casablanca, zwischen Báb-
Márrahlech, später siedelten sie sich innerhalb der
ganzen Stadt an.

Midrasch *(Forschung) = die Bezeichnung für eine Methode re-*
ligiöser Schrifterklärung; eine Form der Darstellung
der mündlichen Lehre.

Pessach	*Überschreitungsfest. Deutsch vielfach auch Passah. Entstanden aus dem nach dem Aramäischen gebildeten griechischen Pascha. Name eines Festes, das am 14. Nissan beginnt und 8 Tage, nach der Bibel nur 7 Tage, dauert. Die morgenländische Kirche feierte Ostern ursprünglich im Anschluß an die jüdische Sitte am 14. Nissan, die römische Kirche jedoch stets am Sonntag nach dem Frühlingsvollmond.*
Schekel	*alt-hebr. = Münze. Im Zionismus wurde bereits auf dem ersten Zionistenkongreß 1897 unter dem Namen ›Schekel‹ ein jährlich zu zahlender Beitrag als Ausdruck des Bekenntnisses zum Baseler Programm und der Zugehörigkeit zur zionistischen Organisation eingeführt.*
Schidduch	*Jemandem zum Heiraten zureden, ihn zum Heiraten bewegen, eheliche Verbindung. Verschwägerung. Im jüdischen Familienleben kommt von alters her ein Schidduch zumeist nur mit Hilfe eines Heiratsvermittlers, des sog. ›Schadchen‹ zustande.*
Le Chajim	*Zum Leben! Zuruf beim Trinken, in talmudischer Zeit auch beim Niesen, wie Prosit, Prost!*
Thora	*Ein Wort von vielfacher Bedeutung. Das Gemeinschaftliche aller Thorot scheint zu sein: Belehrungen religiöser Natur, die allgemein gültig und nicht nur für einen einzelnen Fall anwendbar sind.*
Jom Kippur	*Versöhnungstag. Der heiligste Tag des jüdischen religiösen Jahres am 10. Tischri (Sept./Okt.). Der ernste, weihevolle Abschluß der 10 Bußtage, die mit dem Gericht Gottes am Neujahr (Rosch Haschana) beginnen. Der Jom Kippur ist für die Erneuerung des religiös-sittlichen Lebens bestimmt. Er soll durch die aufrichtige Reue und Läuterung des Menschen die Verzeihung und die Versöhnung mit Gott, aber auch mit den Menschen erwirken. Nach religiöser Vorschrift wird am Jom Kippur vom Sonnenuntergang des vorhergehenden Tages bis nach Sonnenuntergang des Versöhnungstages, also mehr als 24 Stunden, gefastet.*

MOTTO: HOCHSPANNUNG

HEYNE BÜCHER

Meisterwerke der internationalen Thriller-Literatur

50/46

50/18

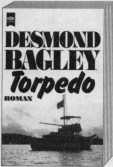

01/8038

01/6744

01/6408

01/8031

01/8027

01/6762